LES TOMMYKNOCKERS

STEPHEN KING

Les
Tommyknockers

ROMAN

traduit de l'anglais par
Dominique Dill

Albin Michel

Édition originale américaine :

THE TOMMYKNOCKERS

© 1987 by Stephen King, Tabitha King
and Arthur B. Greene, Trustee.

Je tiens à exprimer ma gratitude pour l'autorisation qui m'a été donnée de reproduire des extraits des œuvres suivantes :
Thank the Lord for the Night Time de Neil Diamond, © 1967 Tallyrand Music, Inc. Tous droits réservés. Autorisation d'utilisation.
Run Throught the Jungle de John Fogerty, © 1970 Jondora Music. Avec la permission de Fantasy, Inc.
Downstream (Bob Walkenhorst) ; © 1986 par Screen Gems — EMI Music, Inc., et Bob Walkenhorst Music. Tous droits administratifs contrôlés par Screen Gems — EMI Music, Inc.
Drinkin' on the Job (Bob Walkenhorst), © 1986 par Screen Gems — EMI Music, Inc., et Bob Walkenhorst Music. Tous droits administratifs contrôlés par Screen Gems — EMI Music, Inc.
Undercover of the Night (Mick Jagger/Keith Richards), © 1983 par EMI Music Publishing Ltd. Tous droits administratifs pour les États-Unis et le Canada contrôlés par Colgems — EMI Music, Inc.
Hammer to fall (Brian May), © 1984 par Queen Music Ltd. Tous droits administratifs pour les États-Unis et le Canada contrôlés par Beechwood Music Corporation.

Traduction française :

© Éditions Albin Michel S.A., 1989
22, rue Huyghens, 75014 Paris

ISBN : 2-226-03926-0

Pour Tabitha King

« ... promesses à tenir. »

Comme beaucoup de comptines et berceuses populaires, les vers sur les Tommyknockers sont d'une simplicité trompeuse. Par ailleurs, il est difficile d'établir l'origine du mot. Selon le dictionnaire *Webster's Unabridged*, les Tommyknockers sont soit des ogres vivant sous terre, soit des fantômes qui hantent les grottes ou les mines désaffectées. Dans la mesure où « tommy » est un ancien mot d'argot anglais désignant les rations de l'armée (d'où le sobriquet de « Tommies » attribué en France même aux soldats anglais pendant la Première Guerre mondiale, comme dans Kipling : « c'est Tommy par-ci et Tommy par-là... »), l'*Oxford Unabridged Dictionary,* sans expliquer le terme lui-même, suggère du moins que les Tommyknockers sont des fantômes de mineurs, morts de faim au fond de la mine, qui continuent à frapper aux portes pour qu'on les nourrisse et les secoure.

Les premiers vers (« Tard, la nuit dernière et celle d'avant », etc.) sont suffisamment connus pour qu'aussi bien ma femme que moi les ayons entendus étant enfants, bien que nous ayons été élevés dans des villes et des religions différentes, et que nous ayons également des origines nationales différentes — ses ancêtres étant pour la plupart français, les miens écossais et irlandais.

Tous les autres vers sont le produit de l'imagination de l'auteur.

Cet auteur — en d'autres termes, moi — souhaite remercier son épouse, Tabitha, critique inestimable bien que parfois exaspérante (quand quelqu'un vous exaspère par ses critiques, c'est presque toujours qu'il a raison, n'en doutez pas), son éditeur, Alan Williams, pour la gentillesse et le soin avec lesquels il a prêté attention à ce texte, Phyllis Grann pour sa patience (j'ai moins écrit ce livre que je ne l'ai tiré de mes tripes), et tout particulièrement George Everett McCutcheon, qui a lu chacun de mes romans et les a méticuleusement revus et corrigés — en s'attachant notamment aux questions d'armement et de balistique — et on a aussi vérifié la cohésion. Mac est mort pendant la relecture de ce livre. En fait, j'étais en train de reporter sagement les corrections qu'il m'avait suggérées quand j'ai appris qu'il avait finalement succombé à la leucémie contre laquelle il se battait depuis presque deux ans. Il me manque terriblement, moins pour l'aide qu'il m'apportait en remettant les choses en place que parce qu'il était proche de mon cœur.

Je dois des remerciements à beaucoup plus de gens que je ne puis en nommer : à des pilotes, dentistes, géologues et collègues écrivains, même à mes enfants qui ont écouté la lecture à haute voix de ce livre. Toute ma reconnaissance va également à Stephen Jay Gould. Bien qu'il soit un fan de l'équipe des Yankees, ce qui jette un doute sur le degré de confiance qu'on peut lui accorder, ses remarques sur la possibilité de ce que j'appellerai l' « évolution muette » (par exemple dans *Le Sourire du flamant rose*) m'ont aidé pour mettre en forme ce roman.

Haven n'existe pas. Les personnages n'existent pas. Il s'agit d'un ouvrage de fiction, à une exception près :

Les *Tommyknockers* existent.

Si vous croyez que je plaisante, c'est que vous avez raté le dernier journal télévisé de la soirée.

STEPHEN KING.

Tard, la nuit dernière et celle d'avant,
Toc, toc à la porte — les Tommyknockers,
    Les Tommyknockers, les esprits frappeurs...
Je voudrais sortir, mais je n'ose pas,
    Parce que j'ai trop peur
    Du Tommyknocker.

Berceuse traditionnelle.

LIVRE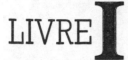

Le Vaisseau enterré

Alors on a repêché Harry Truman, qui dérivait depuis Independance,
On a dit : « Et la guerre ? »
Il a dit : « Bon débarras ! »
On a dit : « Et la bombe ? Vous avez des remords ? »
Il a dit : « Bazez-boi zette boudeille et bêlez-vous de ze gui vous regarde. »

THE RAINMAKERS, « Downstream ».

LIVRE I

Le Vaisseau enterré

1.

ROBERTA ANDERSON TRÉBUCHE

1

A cause d'un clou qui manquait, le royaume fut perdu — résumée à l'extrême, c'est à cet enseignement que pourrait se réduire toute la philosophie de l'histoire. En dernière analyse, on peut *tout* ramener à ce genre de formule. C'est du moins ce que pensa, beaucoup plus tard, Roberta Anderson, Bobbi pour les intimes. Ou bien tout n'est qu'accident... ou bien tout n'est que destin. Le 21 juin 1988, Bobbi Anderson trébucha littéralement sur son destin près du village de Haven, dans l'État du Maine. Tout découla de ce faux pas ; le reste ne fut que péripéties.

2

Cet après-midi-là, Roberta était sortie avec Peter, son vieux beagle borgne. Jim Gardener le lui avait offert en 1976. Elle avait quitté l'université l'année précédente, à deux mois de son diplôme, pour emménager à Haven (havre de paix bien nommé) dans la propriété que venait de lui léguer son oncle. Avant que Gard n'apporte le chien, elle ne s'était pas rendu compte de la profonde solitude dans laquelle elle vivait. Peter n'était qu'un chiot, à l'époque, et Roberta avait parfois du mal à croire qu'il était vieux maintenant — quatre-vingt-quatre ans en années de chien. C'était aussi une façon de mesurer son âge à elle. 1976 était loin. Oh, oui. A vingt-cinq ans, on peut toujours se payer le luxe de penser que — dans son cas au moins — le vieillissement n'est qu'une erreur administrative susceptible d'être finalement rectifiée. Quand on se réveille un matin et qu'on découvre que son chiot a quatre-vingt-quatre ans et qu'on en a trente-sept, il est temps de réexaminer cette théorie. Et comment !

Roberta cherchait où couper du bois. Elle en avait un stère et demi de côté, mais il lui en fallait au moins trois de plus pour passer l'hiver. Elle en avait coupé beaucoup depuis ces jours anciens où Peter était un chiot et se faisait les dents sur une vieille pantoufle (à cette époque, aussi il ne s'oubliait que trop souvent sur le tapis de la salle à manger), mais la forêt n'en manquait pas. La propriété, que les gens du village, treize ans après la mort de l'oncle de Roberta, appelaient encore le plus souvent « chez le vieux Garrick », n'avait que soixante mètres de façade sur la Route n° 9, mais les murs de pierre qui la délimitaient au nord et au sud s'écartaient selon un angle obtus. Un autre mur — si vieux qu'il avait dégénéré en amas de pierres isolés et recouverts de mousse — en marquait la fin à près de cinq kilomètres de la route, à travers une forêt touffue mêlant futaie et taillis. La superficie de ce domaine en forme de part de tarte était énorme. Au-delà du vieux mur, à l'extrémité ouest des terres de Bobbi Anderson, s'étendaient des kilomètres de forêt sauvage, propriété des Papeteries de Nouvelle-Angleterre. Sur la carte, on lisait : Bois Brûlants.

En réalité, Bobbi n'avait pas vraiment besoin de chercher un endroit particulier où couper son bois. Les terres qu'elle avait héritées du frère de sa mère devaient leur valeur au fait que presque tous les arbres étaient de bon bois dense, que le zigzag n'avait pratiquement pas infesté. Mais il faisait une chaleur agréable après un printemps pluvieux, les semailles dormaient sous la terre du jardin (où elles pourriraient presque totalement à cause des pluies), et le moment n'était pas encore venu de commencer le nouveau livre. Elle avait donc couvert sa machine à écrire, et elle se promenait avec son fidèle vieux Peter qui n'y voyait plus que d'un œil.

Il y avait derrière la ferme un ancien chemin forestier. Elle le suivit pendant un kilomètre et demi avant de tourner à gauche. Elle portait une gourde et un sac (contenant un sandwich et un livre pour elle, les biscuits pour chiens de Peter, plein de rubans orange à nouer autour des troncs des arbres qu'elle abattrait quand la chaleur de septembre céderait aux assauts du mois d'octobre). Elle avait aussi une boussole Silva dans sa poche. Elle ne s'était perdue qu'une fois dans la forêt, mais cette fois lui suffirait pour toute sa vie. Elle avait passé une nuit horrible dans les bois, aussi incapable de croire qu'elle s'était effectivement perdue (sur ses propres terres, nom de Dieu !) que certaine d'y mourir — ce qui ne paraissait pas impossible à l'époque, puisque seul Jim aurait pu remarquer son absence, et Jim ne venait que lorsqu'on ne l'attendait pas. Au matin, Peter l'avait conduite vers un ruisseau, et le ruisseau l'avait ramenée sur la Route n° 9, où il disparaissait sous le bitume en murmurant joyeusement dans une canalisation qui traversait la chaussée, à trois kilomètres à peine de chez elle. Maintenant, elle connaissait probablement assez bien la forêt pour trouver son chemin jusqu'à l'un des murs de pierre qui entouraient ses terres ou jusqu'à la route, mais le mot clé était *probablement*, si bien qu'elle emportait toujours une boussole.

Vers trois heures, elle trouva un beau bouquet d'érables. A vrai dire, elle en avait déjà trouvé plusieurs autres satisfaisants, mais celui-ci était tout près d'un chemin qu'elle connaissait bien, un chemin assez large pour qu'y passe son petit tracteur Tomcat. Vers le 20 septembre — si personne ne faisait sauter la planète entre-temps —, elle attellerait son traîneau au Tomcat et roulerait jusqu'ici pour abattre les arbres. Elle avait assez marché pour aujourd'hui.

« Ça te semble bien, Pete? »

Pete aboya faiblement, et Bobbi regarda le beagle avec une tristesse si profonde qu'elle en fut surprise et inquiète. Peter était épuisé. Il ne lui arrivait plus que rarement de poursuivre les oiseaux, les écureuils et les quelques tamias; l'idée qu'il pût rabattre un cerf faisait sourire. Il faudrait qu'elle s'arrête souvent pour qu'il se repose sur le chemin du retour... Il fut un temps, un temps pas si lointain (à moins que ce fût seulement ce que son esprit s'obstinait à soutenir), où Peter courait toujours à quatre cents mètres devant elle, faisant résonner les bois de ses aboiements. Elle se dit qu'un jour viendrait peut-être où elle déciderait que ça suffisait; elle tapoterait pour la dernière fois le siège du passager de son pick-up Chevrolet, et conduirait Peter chez le vétérinaire, à Augusta. Mais pas cet été, plaise à Dieu. Ni cet automne, ni cet hiver, plaise à Dieu. Ni jamais, plaise à Dieu.

Parce que sans Peter, elle serait seule. Il y avait bien Jim, mais Jim Gardener s'était montré passablement cinglé, ces huit dernières années. Il restait un ami, mais un ami...cinglé.

« Contente que tu sois d'accord, mon vieux Pete », dit Bobbi en nouant un ruban ou deux autour des érables, tout en sachant qu'elle pourrait aussi bien décider d'abattre un autre bouquet d'arbres et qu'alors les rubans pourriraient sur place. « Seule ton allure surpasse ton bon goût. »

Peter, qui savait ce qu'on attendait de lui (il était vieux, mais pas stupide), agita son ridicule petit bout de queue et aboya.

« Fais le Viêt-cong! » ordonna Bobbi.

Peter s'effondra complaisamment sur le côté — non sans laisser échapper un petit gémissement — et roula sur le dos, les pattes écartées. Bobbi ne s'en lassait pas (Peter faisait aussi le mort quand on lui disait « Aoutch » ou « My-Lai »), mais ce jour-là, la vue de son chien jouant au Viêt-cong évoquait de façon trop précise les pensées qu'elle venait d'avoir.

« Debout, Pete. »

Pete se leva lentement, haletant dans ses moustaches. Ses moustaches blanches.

« Rentrons. »

Elle lui lança un biscuit pour chiens. Pete claqua des mâchoires mais le rata. Il renifla le sol et mit un moment à le trouver. Il le mangea lentement, sans grand plaisir.

« Bon, dit Roberta. Allons-y. »

3

A cause d'une chaussure, le royaume fut perdu... A cause du choix d'un sentier, le vaisseau fut trouvé.

Roberta était déjà passée par là au cours de ces treize années qui n'avaient pas suffi pour que « chez Garrick » devienne « chez Anderson »; elle reconnaissait la pente du terrain, l'amas d'arbres coupés abandonnés par des papetiers probablement morts avant la guerre de Corée, un grand pin à la cime fendue. Elle avait déjà parcouru cette partie de la propriété et n'aurait aucun mal à trouver le chemin qu'elle emprunterait avec le Tomcat. Elle était sans doute passée une fois ou deux, ou peut-être même une douzaine de fois, à quelques mètres, quelques dizaines de centimètres, quelques millimètres de l'endroit où elle trébucha.

Cette fois, le sentier en vue, elle suivit le chien qui obliqua légèrement sur la gauche, et l'une de ses vieilles chaussures de marche heurta quelque chose... Le choc fut violent.

« Aïe ! » s'écria-t-elle.

Trop tard. Elle battit l'air de ses bras tournoyants, mais tomba tout de même. La branche d'un buisson lui gifla la joue et l'écorcha jusqu'au sang.

« Merde ! » jura-t-elle — ce qu'un geai lui reprocha immédiatement.

Peter revint sur ses pas, lui renifla le nez, puis la lécha.

« Bon Dieu, ne fais pas ça ! Ton haleine pue. »

Peter agita sa queue. Bobbi s'assit par terre. Elle passa la main sur sa joue gauche et vit du sang sur sa paume et ses doigts. Elle grogna.

« Me voilà bien », dit-elle en se retournant pour voir sur quoi elle avait trébuché : une branche d'arbre tombée, probablement, ou un rocher affleurant. Il y a beaucoup de rochers dans le Maine.

Mais elle aperçut un reflet métallique.

Elle toucha l'objet, en suivit le contour des doigts, souffla pour le débarrasser de la terre noire de la forêt.

« Qu'est-ce que c'est que ça ? » demanda-t-elle à Peter.

Peter approcha, renifla, puis il eut un comportement curieux. Il recula de deux pas de chien, s'assit et émit un unique hurlement sourd.

« Qu'est-ce qui t'arrive ? » demanda Bobbi.

Le beagle ne bougea pas. Anderson s'approcha, toujours assise, glissant sur le fond de ses jeans, et examina le bout de métal qui émergeait de l'humus. Il en sortait environ dix centimètres de la terre meuble, juste assez pour que l'on trébuche.

Le sol était légèrement surélevé à cet endroit, et il était possible que les fortes pluies de printemps aient dégagé un objet enfoui là. Bobbi pensa d'abord que les bûcherons qui avaient exploité cette forêt dans les années vingt ou trente avaient enterré ici leurs ordures — les détritus de trois jours d'abattage, ce qu'on appelait à l'époque un « week-end de bûcheron ».

Une boîte de conserve, se dit-elle — de la bière, des haricots B & M ou de la soupe Campbell. Elle saisit le métal et le secoua comme on le ferait pour extraire une boîte de la terre. Puis elle se dit que seul un enfant qui commence tout juste à marcher pourrait trébucher sur un obstacle aussi peu résistant que le bord d'une boîte de conserve. De fait, ce métal enfoncé dans la terre ne bougeait pas. Il était aussi solide que le socle rocheux. Un vieil outil de bûcheron, peut-être ?

Intriguée, Bobbi l'examina de plus près ; elle ne s'aperçut pas que Peter s'était mis sur ses pattes et avait reculé de quatre pas de plus avant de se rasseoir.

Le métal était d'un gris terne — il n'avait pas le lustre de l'aluminium ou de l'acier. Et il était plus épais que celui d'une boîte de conserve : pas loin d'un centimètre au sommet. Bobbi posa la pulpe de son index droit sur le rebord et sentit un instant un curieux chatouillement, comme une vibration.

Elle retira le doigt et regarda l'objet avec étonnement.

Elle reposa son doigt.

Rien. Pas de bourdonnement.

Elle pinça l'objet entre le pouce et l'index et tenta de le tirer du sol comme une dent de lait de sa gencive. Il ne céda pas. Elle le saisit par le milieu. Il s'enfonçait dans la terre — du moins ce fut son impression — de chaque côté sur une largeur de quelques centimètres, cinq tout au plus. Elle dirait plus tard à Jim Gardener qu'elle aurait pu passer à côté trois fois par jour pendant quarante ans sans jamais trébucher dessus.

Elle écarta un peu la terre, dégageant un peu plus l'objet. Elle creusa avec ses doigts une rigole de cinq centimètres tout le long du métal — la terre s'émiettait facilement, comme toujours en forêt... du moins tant que l'on n'atteint pas un réseau de racines. Le métal s'enfonçait plus loin encore. Bobbi se dressa sur ses genoux et creusa de part et d'autre de l'objet qu'elle tenta à nouveau de secouer. Il ne cédait toujours pas.

Elle gratta encore la terre avec ses doigts et dégagea rapidement une plus grande surface de métal gris : quinze centimètres, puis vingt, puis trente.

C'est une voiture, ou un camion, ou un traîneau, songea-t-elle soudain. *Enterré ici loin de tout. Ou peut-être un réchaud Hooverville. Mais pourquoi ici ?*

Elle ne trouvait aucune explication, pas la moindre raison. Il lui arrivait de temps à autre de découvrir toutes sortes de choses dans le bois : douilles d'obus, boîtes de bière (pas celles qui s'ouvrent d'un coup de pouce, mais le vieux modèle avec un trou en triangle qu'on dégageait à l'aide d'un anneau appelé « clé d'église » en ces jours lointains et oubliés des années soixante), papiers argentés de bonbons, etc. Haven ne se trouve sur aucune des deux grandes voies touristiques du Maine, dont l'une traverse la région des lacs et des montagnes à l'ouest de l'État, tandis que l'autre longe la côte à l'extrême est ; mais il y avait longtemps, bien longtemps que cette forêt n'était plus vierge. Une fois (alors qu'elle avait escaladé le mur écroulé marquant la limite de ses terres et s'était aventurée sur celles des Papeteries de Nouvelle-Angleterre), elle avait trouvé la carcasse rouillée d'une Hudson Hornet de la fin des années cinquante dans un ancien chemin forestier qui, vingt ans après que l'exploitation eut cessé, se trouvait envahi de taillis enchevêtrés — ce que les gens du cru appelaient du bois de merde. Rien ne justifiait non plus la présence de cette épave de voiture... mais elle s'expliquait plus facilement que celle du truc enterré là, fourneau, réfrigérateur ou n'importe quel foutu tas de ferraille.

Après avoir creusé des tranchées jumelles d'une trentaine de centimètres de long de chaque côté de l'objet sans en trouver le bout, elle s'enfonça de presque trente centimètres avant de s'écorcher les doigts sur le roc. Elle aurait peut-être réussi à extraire le bloc de rocher — qui *lui*, au moins, semblait remuer un peu sous la pression — mais cela ne présentait guère d'intérêt. L'objet enterré continuait en dessous.

Peter geignit.

Bobbi Anderson regarda le chien, puis se leva. Ses deux genoux craquèrent. Mille aiguilles lui picotaient le pied gauche. Elle pêcha dans sa poche de pantalon sa montre de gousset, une vieille montre Simon ternie, elle aussi héritée de l'oncle Frank, et fut stupéfaite de constater qu'elle était restée là un long moment : une heure et quart au moins. Il était plus de quatre heures.

« Viens, Pete, dit-elle, fichons le camp. »

Peter geignit à nouveau mais ne bougea pas. Bobbi s'inquiéta vraiment quand elle vit que le vieux beagle frissonnait de la tête aux pattes, comme pris d'une crise de fièvre des marais. Elle ne savait pas si les chiens attrapaient la fièvre des marais, mais elle se dit que cela pouvait sans doute arriver aux très vieux beagles. Elle se souvint que la seule fois où elle avait vu Peter frissonner ainsi, c'était à l'automne 1977 (ou bien 1978). Il y avait un puma dans les parages. Plusieurs nuits de suite, neuf, pensait-elle, ce qui était probablement une femelle en chaleur avait rugi et hurlé. Chaque nuit, Peter s'était posté près de la fenêtre du salon, perché sur le banc d'église que Bobbi avait installé là, près de sa bibliothèque. Il n'aboyait jamais. Il se contentait de scruter l'obscurité, dehors, tendu vers ce gémissement sinistre de la femelle, les narines dilatées, les oreilles dressées. Et il frissonnait.

Bobbi enjamba l'objet et s'approcha de Peter. Elle s'agenouilla et lissa de ses mains les deux côtés de la tête du chien ; les frissons se transmirent à ses paumes.

« Qu'est-ce qui ne va pas, mon vieux ? » murmura-t-elle.

Mais elle savait ce qui n'allait pas. L'œil valide de Peter avait glissé sur elle pour regarder cette chose dans la terre, puis s'était reporté sur Bobbi. La prière qu'elle avait perçue dans l'œil que l'horrible cataracte laiteuse n'avait pas voilé était aussi claire que si Peter avait pu parler : *Partons d'ici, Bobbi, j'aime presque autant cette chose que ta sœur.*

« D'accord », dit Bobbi, un peu mal à l'aise.

Soudain, elle se rendit compte qu'elle ne se souvenait pas d'avoir jamais perdu la notion du temps comme elle l'avait fait en ce lieu, ce jour-là.

Peter n'aime pas ça. Et moi non plus.

« Viens ! »

Elle s'engagea sur la pente qui montait vers le sentier. Peter ne se fit pas prier pour la suivre.

Ils avaient presque atteint le sentier quand Bobbi, comme la femme de Loth, regarda en arrière. Si elle s'était abstenue de jeter ce dernier regard, il est possible qu'elle eût laissé tomber toute l'affaire. Depuis qu'elle avait quitté l'université avant d'obtenir son diplôme — en dépit des supplications larmoyantes de sa mère et des diatribes furieuses agrémentées d'ultimatums menaçants de sa sœur —, Bobbi s'était perfectionnée dans l'art de laisser tomber.

Ce regard en arrière, permettant un certain recul, lui révéla deux choses. Premièrement, l'objet ne s'enfonçait pas dans la terre comme elle l'avait pensé au début. La langue de métal affleurait au milieu d'une déclivité assez marquée, peu large, mais profonde, dont l'origine remontait certainement à la fonte des neiges et aux fortes pluies de printemps qui avaient suivi. Si bien que le sol remontait de chaque côté de la saillie de métal, et que le reste de l'objet était simplement caché sous une couche de terre qui allait s'épaississant. L'impression qu'elle avait eue tout d'abord que le bout de métal émergeant du sol était le bord de quelque objet était finalement fausse — en tout cas, elle ne s'imposait plus comme vraie. Deuxièmement, cela ressemblait à une assiette — non pas une assiette dans laquelle on mange, mais un vulgaire plateau de métal, comme un plat ou...

Peter aboya.

« D'accord, dit Roberta. J'ai compris. On s'en va. »

On s'en va... et on s'en fiche.

Elle marchait au milieu du chemin, laissant Peter les conduire vers la route en clopinant à son rythme, profitant de la luxuriante végétation verte de l'été... Mais oui, *c'était* le premier jour de l'été, n'est-ce pas ? Le solstice d'été. Le plus long jour de l'année. Elle claqua les mains sur un moustique et sourit. L'été, Haven était agréable. La meilleure saison. Et si Haven ne soutenait pas la comparaison avec les célèbres lieux de villégiature de la côte, relégué comme il l'était au-dessus d'Augusta, dans cette région centrale de l'Etat que la plupart des touristes ignoraient, ce n'en était pas moins un endroit propice au repos, comme son nom le promettait. Tout d'abord, Bobbi avait honnêtement cru qu'elle n'y resterait que quelques années, juste le temps de se remettre des traumatismes de l'adolescence, de sa sœur, de son abandon abrupt et déconcertant de l'université (de sa capitulation, disait Anne) ; mais les quelques années avaient atteint le nombre de cinq, puis de dix, puis de treize et, voyez-vous ça, Peter était vieux et elle avait une belle touffe de gris qui gagnait du terrain sur des cheveux jadis noirs comme le Styx (elle avait essayé de les couper très court deux ans plus tôt, presque à la punk, et elle avait été horrifiée de découvrir que cela rendait le gris encore plus apparent ; depuis, elle les avait laissés repousser).

Elle se disait maintenant qu'elle pourrait bien passer le reste de sa vie à Haven, à la seule exception du voyage obligatoire qu'elle entreprenait presque chaque année pour aller voir son éditeur à New York. Le village l'avait envoûtée, la région, la *terre*. Et ce n'était pas si mal. Aussi bien que n'importe quoi d'autre, probablement.

Comme un plateau, un plateau de métal.

Elle cassa une petite branche tout emplumée de jeunes feuilles vertes et l'agita en moulinets au-dessus de sa tête. Les moustiques l'avaient trouvée et semblaient décidés à s'offrir un festin. Des moustiques tourbillonnaient autour de sa tête... et ses pensées tourbillonnaient comme des moustiques dans sa tête. Et ces pensées, elle ne pouvait les chasser d'un coup de brindille.

Ça a vibré sous mon doigt pendant une seconde. Je l'ai senti. Comme un diapason. Mais quand je l'ai touché de nouveau, ça s'est arrêté. Est-il possible qu'une chose vibre ainsi dans la terre ? Sûrement pas. Peut-être...

Peut-être n'était-ce qu'une vibration *psychique*. Elle ne refusait pas absolument de croire à de tels phénomènes. Peut-être que son esprit avait senti quelque chose dans cet objet enterré et le lui avait dit de la seule façon possible : en lui donnant une impression tactile — l'impression d'une vibration. Peter avait certainement senti quelque chose ; le vieux beagle n'avait pas voulu s'approcher de l'objet.

Oublie ça. C'est ce qu'elle fit.

Pour un temps.

4

Cette nuit-là, un violent vent tiède se leva, et Bobbi sortit sur le porche pour fumer et écouter le vent cheminer et parler. Il n'y avait pas si longtemps, moins d'un an plus tôt, Peter serait sorti avec elle, mais maintenant il restait dans le salon, lové devant le poêle sur son petit tapis au crochet, le nez sur la queue.

Roberta surprit son cerveau en train de se reporter à cet instant où elle s'était retournée pour jeter un dernier regard au plateau émergeant de la terre. Plus tard, elle en vint à penser qu'à un moment donné — peut-être quand elle avait lancé sa cigarette sur l'allée de gravier — elle avait décidé qu'il fallait qu'elle creuse pour voir ce que c'était... même si elle n'avait pas eu conscience, en cet instant, de la décision qu'elle prenait.

Incapable de trouver le repos, son cerveau se perdait en hypothèses sur ce que cela pouvait être, et cette fois elle lui laissa libre cours — elle avait appris que lorsque le cerveau insiste pour revenir sur un sujet quoi que l'on fasse pour l'en distraire, il vaut mieux lui céder. Seuls les obsédés s'inquiètent de leurs obsessions.

Un élément d'une construction, hasarda son cerveau, un préfabriqué. Mais qui assemblerait un abri Quonset dans les bois ? Qui traînerait tout ce métal quand trois hommes pouvaient abattre assez de bois et construire une cabane de bûcheron en six heures avec des haches, des scies et un passe-partout ? Ce n'était pas non plus une voiture, car le métal aurait été piqué de rouille. Un bloc moteur semblait un peu plus vraisemblable, mais pourquoi l'aurait-on enterré là ?

A présent, dans l'obscurité qui tombait, le souvenir de la vibration lui revint avec une certitude indubitable. C'était *obligatoirement* une vibration psychique, si elle avait vraiment senti quelque chose. Ça...

Une certitude froide et terrible s'imposa soudain à elle : quelqu'un était enterré là. Peut-être avait-elle dégagé le coin d'une voiture ou d'un vieux réfrigérateur, ou même d'un quelconque coffre d'acier, mais quoi qu'ait pu être ce machin avant qu'on ne l'enfouisse, c'était maintenant un cercueil. La victime d'un meurtre ? Qui d'autre aurait-on enterré de cette façon, dans une telle boîte ? Les gars qui s'aventuraient dans les bois à la saison de la chasse, qui s'y perdaient et y mouraient, ne se promenaient pas avec un cercueil de métal pour s'y glisser juste avant de trépasser... et même si l'on envisageait une idée aussi totalement idiote, qui aurait recouvert le cercueil de terre ? Laissez tomber, les gars ! comme nous disions au temps glorieux de notre jeunesse.

La vibration. C'était l'appel d'ossements humains.

Allez, Bobbi — ne sois pas si foutrement stupide.

Pourtant, elle ne put se retenir de frissonner. Dans son étrangeté, cette idée possédait un curieux pouvoir de persuasion, comme une histoire de fantôme de l'époque victorienne qui ne pouvait plus intéresser personne maintenant que le monde fonçait sur l'Avenue des Puces informatiques, vers les merveilles et les horreurs inconnues du XXIe siècle, mais qui n'en donnait pas moins la chair de poule. Elle entendait le rire d'Anne qui lui disait : *Tu deviens aussi folle qu'oncle Frank, Bobbi, et c'est tout ce que tu mérites à vivre seule là-bas avec ce chien puant.* D'accord. La fièvre de la cabane. Le complexe de l'ermite. Appelez un docteur, appelez une infirmière, Bobbi va mal... et ça empire.

Cela dit, elle eut soudain envie de parler à Jim Gardener — elle eut *besoin* de lui parler. Elle rentra pour l'appeler chez lui, plus loin sur la route, à Unity. Elle avait déjà composé quatre chiffres quand elle se souvint qu'il était parti pour une tournée de lectures publiques, puisque c'était grâce à ce genre de manifestations, à des conférences et des séminaires de poésie, qu'il gagnait sa vie. Pour les artistes itinérants, l'été constituait une période d'activité privilégiée. *Toutes ces matrones ménopausées doivent bien faire quelque chose de leurs étés,* disait Jim avec ironie, *et je dois manger en hiver. En somme, c'est un échange de bons procédés. Tu devrais rendre grâce à Dieu de pouvoir échapper à ce genre de tournées, Bobbi.*

Oui, cela lui était épargné — bien qu'elle pensât que Jim y trouvait plus de plaisir qu'il ne voulait bien le dire. En tout cas, il devait y trouver l'occasion de nombreuses aventures.

Roberta raccrocha et regarda sa bibliothèque, à gauche du poêle. Ce n'était pas un beau meuble — elle ne serait jamais menuisier — mais il était utile. Les deux étagères du bas étaient occupées par la série de volumes de *Time-Life* sur la conquête de l'Ouest. Les deux suivantes croulaient sous un mélange d'ouvrages de fiction et de reportages tournant autour du même sujet ; les premiers « westerns » de Brian Garfield se serraient contre le gros volume de Hubert Hampton sur les territoires de l'Ouest. La saga de Sackett de Louis L'Amour cohabitait tant bien que mal avec *La Venue de la pluie* et *En route vers la Terre promise,* les deux merveilleux romans de Richard Marius. *Lettres de sang et mauvais hommes* de Jay R. Nash, et *L'Expansion vers l'Ouest* de F.K. Mudgett entouraient une foule de livres de poche sur le Far-West de Ray Hogan, Archie Joceylen, Max Brand, Ernest Haycox et, naturellement, Zane Grey, dont Bobbi avait tant relu *Les Cavaliers de la sauge pourpre* que le volume était presque en lambeaux.

Sur l'étagère supérieure, elle avait disposé ses propres livres, onze en tout. Dix sur le Far-West, à commencer par *Le Village des pendus,* publié en 1975, pour finir par *La Longue Chevauchée du retour,* publiée en 1986. *Le Canyon du massacre,* le nouveau, paraîtrait en septembre, comme tous ses livres précédents sur l'Ouest. Elle se souvint qu'elle était ici, à Haven, quand elle avait reçu son premier exemplaire du *Village des pendus,* pourtant commencé dans un appartement miteux de Cleaves Mills, et tapé sur une Underwood des années trente en train de mourir de sa belle mort. Mais elle l'avait terminé ici, et c'était ici qu'elle avait tenu entre ses mains le premier exemplaire imprimé de son roman.

Ici, à Haven. Toute sa carrière d'auteur s'était déroulée ici... à l'exception de son premier livre.

Elle le saisit et le regarda avec curiosité, se rendant compte que cela faisait peut-être cinq ans qu'elle n'avait pas tenu le mince volume entre ses mains. Ce n'était pas seulement la pensée de la vitesse à laquelle le temps passait qui la déprimait, mais surtout le nombre de fois où cette pensée lui était venue dernièrement.

Ce volume n'avait rien à voir avec les autres, rien de commun avec leurs couvertures montrant des mesas et des pitons rocheux, des cavaliers, des vaches et des villages poussiéreux le long des pistes. La couverture de celui-ci était illustrée d'une gravure du XIXᵉ siècle représentant un clipper gagnant le port. Le contraste entre les noirs et les blancs, qui ne laissait place à aucun compromis, était frappant, presque choquant. *En récitant la rose des vents*, lisait-on au-dessus de la gravure. Et en dessous : *Poèmes de Roberta Anderson*.

Elle ouvrit le livre, tourna la page de titre, s'attarda un moment sur la date de publication, 1974, puis s'arrêta à la dédicace. Elle était aussi nette que la gravure : *Pour James Gardener*. L'homme qu'elle avait essayé d'appeler. Le second des trois hommes avec qui elle ait jamais eu de relations sexuelles, et le seul qui ait été capable de l'amener à l'orgasme. Non qu'elle attachât quelque importance particulière à *ça*. Pas une grande importance en tout cas. Du moins, c'est ce qu'elle croyait. Ou *croyait* qu'elle croyait. Ou quelque chose ·d'approchant. Et de toute façon, ça n'avait plus d'importance ; leur aventure, c'était du passé.

Elle soupira et remit le livre en place sans regarder les poèmes. Un seul était bon. Elle l'avait écrit en mars 1972, un mois après que son grand-père fut mort du cancer. Les autres ne valaient rien ; le lecteur distrait pouvait se laisser prendre parce qu'elle était *vraiment* un écrivain de talent, mais le cœur de son talent résidait ailleurs. Quand elle avait publié *Le Village des pendus*, les membres du cercle d'écrivains qu'elle connaissait alors la renièrent tous. Tous sauf Jim, qui avait édité *En récitant la rose des vents*.

Peu après son arrivée à Haven, elle avait envoyé une longue lettre bavarde à Sherry Fenderson, et elle avait reçu en retour une carte postale brutale : *Je te prie de ne plus m'écrire. Je ne te connais pas*. Signée d'un simple S en forme de coup de fouet, aussi brutal que le message. Elle était assise sous le porche, pleurant sur cette carte, quand Jim était arrivé. *Pourquoi pleures-tu à cause de ce que pense cette idiote ?* lui avait-il demandé. *Tu veux vraiment te fier au jugement d'une femme qui défile en criant « Le pouvoir au peuple ! » et se parfume au nᵒ 5 de Chanel ?*

Mais il se trouve qu'elle est un très bon poète, avait-elle dit entre deux reniflements.

Jim s'était impatienté. *Ça ne la rend pas plus mûre pour autant, et ça ne la rend pas plus capable de remettre en cause les interdits qu'on lui a inculqués et qu'elle s'est inculqués. Réfléchis un peu, Bobbi. Si tu veux continuer à faire ce que tu aimes, reprends tes esprits et arrête de pleurer connement. Ces nom de Dieu de larmes me rendent malade. Ces nom de Dieu de larmes me donnent envie de dégueuler. Tu n'es pas faible. Je sais reconnaître les faibles quand j'en vois. Pourquoi veux-tu être ce que tu n'es pas ? A cause de ta sœur ? C'est pour ça ? Elle n'est pas ici, et elle n'est pas toi, et rien ne te force à la laisser venir si tu ne le veux pas. Arrête de pleurer dans mon giron au sujet de ta sœur. Grandis un peu. Arrête de geindre.*

Elle l'avait regardé avec stupéfaction, elle s'en souvenait, maintenant.

Il y a une grande différence entre bien faire ce que tu FAIS *et montrer habilement ce que tu*

SAIS, lui avait-il dit. *Laisse à Sherry le temps de grandir. Donne-toi le temps de grandir. Et arrête de te juger. C'est chiant. Je ne veux pas te voir pleurnicher. Ce sont les cons qui pleurnichent. Arrête d'être conne.*

Elle avait senti qu'elle le haïssait, qu'elle l'aimait, qu'elle voulait tout de lui et rien de lui. Est-ce qu'il n'avait pas dit qu'il reconnaissait les faibles quand il en voyait ? Cela valait mieux pour lui. Il était bien placé pour ça. Même à cette époque, elle le savait déjà.

Bon, avait-il ajouté, *est-ce que tu veux baiser avec un ancien éditeur, ou est-ce que tu préfères continuer à chialer sur cette foutue carte ?*

Elle avait baisé avec lui. Maintenant, elle ne savait pas si elle l'avait *voulu,* et elle ne l'avait pas su sur le moment non plus, mais elle l'avait fait. Et elle avait crié de plaisir.

C'était près de la fin.

Elle s'en souvenait aussi — combien c'était près de la fin. Il s'était marié peu après, mais n'importe comment, ç'aurait été près de la fin. Il était faible, et il le savait.

De toute façon, ça n'a pas d'importance, se dit-elle, et elle se donna le bon vieux conseil : *laisse tomber.*

Conseil plus facile à donner qu'à suivre. Cette nuit-là, Bobbi mit longtemps à s'endormir. De vieux fantômes s'étaient réveillés quand elle avait pris son livre, ses poèmes d'étudiante... Ou peut-être était-ce ce vent ample et doux, bruissant dans les feuilles, sifflant dans les arbres ?

Elle était presque endormie quand Peter l'éveilla. Peter hurlait dans son sommeil.

Bobbi se leva d'un bond, effrayée. Il était déjà arrivé à Peter de faire toute sorte de bruits en dormant (sans parler des pets de chien incroyablement nauséabonds), mais jamais il n'avait hurlé. C'était comme se réveiller aux cris d'un enfant en proie à un cauchemar.

Elle gagna le salon, vêtue de ses seules chaussettes, et s'agenouilla près de Peter, toujours couché sur son tapis près du poêle.

« Pete, murmura-t-elle. Hé, Pete, calme-toi ! »

Elle caressa le chien. Peter tremblait, et quand Bobbi le toucha, il sursauta, découvrant les restes érodés de ses dents. Puis ses yeux s'ouvrirent — le bon et le mauvais — et il sembla reprendre ses esprits. Il gémit faiblement et battit de la queue contre le plancher.

« Ça va ? » demanda-t-elle.

Peter lui lécha la main.

« Alors, recouche-toi. Arrête de geindre. C'est chiant. Arrête de faire le con. »

Peter s'allongea et ferma les yeux. Bobbi resta à genoux près de lui à le regarder, inquiète.

Il rêve à ce machin.

Sa raison repoussa cette idée, mais la nuit imposait ses propres impératifs — c'était vrai, et Bobbi le savait.

Elle se coucha enfin, et le sommeil la gagna peu après deux heures du matin. Elle fit un rêve curieux. Elle se voyait tâtonnant dans l'obscurité... elle ne tentait pas de trouver quelque chose, mais d'échapper à quelque chose. Elle était dans les bois. Des branches lui fouettaient le visage et lui griffaient les bras. Elle trébuchait parfois sur des racines ou des arbres abattus. Et alors, devant elle, une terrifiante lumière verte se mettait à luire en un rayon unique, étroit comme un crayon. Dans son rêve, elle songeait au « Cœur révélateur » de Poe, à la lanterne du narrateur fou, dont l'éclat ne luisait que par un petit trou qui lui servait à diriger un rayon de lumière sur le mauvais œil qu'il soupçonnait son vieux bienfaiteur d'avoir jeté sur lui.

Bobbi Anderson sentait ses dents tomber.

Elles se déchaussaient sans douleur, toutes. Celles du bas tombaient en désordre, certaines à l'extérieur, d'autres dans la bouche, et elles restaient sur sa langue ou bien en dessous, comme de petits grumeaux durs. Celles du haut atterrissaient sur le devant de son chemisier. Elle en sentait une glisser dans son soutien-gorge, où elle restait coincée, lui meurtrissant la peau.

La lumière. La lumière verte. Il y avait dans cette lumière...

5

... quelque chose qui n'allait pas.

Ce n'était pas simplement parce qu'elle était grise et nacrée, cette lumière : on pouvait s'attendre à ce qu'un vent comme celui qui avait soufflé la nuit précédente amène un changement de temps. Bobbi sut qu'autre chose n'allait pas avant même de regarder le réveil sur sa table de nuit. Elle le prit à deux mains et l'approcha de son visage, bien que sa vue fût de 10/10. Il était trois heures et quart de l'après-midi. Elle avait pris l'habitude de se lever tard, d'accord. Mais même si elle dormait tard, l'habitude ou l'envie d'uriner la réveillait toujours vers neuf heures, dix tout au plus. Cette fois, elle avait fait un tour de cadran complet... Et elle aurait dévoré un bœuf.

Elle glissa jusqu'au salon sur ses chaussettes, et vit que Peter gisait inerte sur le côté, la tête rejetée en arrière, ses babines découvrant ses chicots jaunes, les pattes écartées.

Mort, pensa-t-elle avec une certitude froide et absolue. *Peter est mort. Il est mort pendant la nuit.*

Elle s'approcha de son chien, anticipant déjà la sensation de chair froide et de fourrure sans vie. C'est alors que Peter émit un son confus, un claquement de babines — un ronflement chaotique de chien. Bobbi sentit un immense soulagement la parcourir. Elle prononça le nom du chien et Peter entreprit de se lever, l'air presque coupable, comme s'il avait conscience d'avoir trop dormi. Bobbi se dit que c'était sûrement le cas : les chiens semblent avoir un sens de la durée extrêmement développé.

« On a fait la grasse matinée, mon vieux », dit-elle.

Peter se leva et étira d'abord une patte arrière, puis l'autre. Il regarda autour de lui, avec une perplexité presque comique, et s'approcha de la porte. Bobbi l'ouvrit. Peter resta planté là un moment : il n'aimait pas la pluie. Puis il sortit pour sa petite affaire.

Bobbi resta quelques instants encore dans le salon, s'étonnant de la certitude qu'elle avait eue de la mort de Peter. Bon sang ! Qu'est-ce qui n'allait pas chez elle ces derniers temps ? Tout était funeste et sinistre. Puis elle alla à la cuisine se préparer à manger... sans bien savoir quel nom donner à un petit déjeuner pris à quinze heures.

En chemin, elle fit un détour par la salle de bains pour se soulager elle aussi. Elle s'arrêta devant son reflet dans le miroir crépi de projections de dentifrice. Une femme qui va sur la quarantaine. Cheveux grisonnants, mais sinon pas si mal — elle ne buvait pas beaucoup, ne fumait pas beaucoup, passait presque tout son temps dehors quand elle n'écrivait pas. Cheveux noirs irlandais — aucune romanesque flamme rousse pour elle — un peu trop longs. Yeux gris-bleu. Elle découvrit brusquement ses dents, s'attendant tout à coup à ne trouver que des gencives roses.

Mais ses dents étaient là, toutes. Rendons grâce à l'eau fluorée d'Utica, État de New York. Elle les toucha, afin que ses doigts convainquent son cerveau de cette existence osseuse.

Mais il y avait quelque chose qui n'allait pas.

Une humidité.

Elle était humide entre les cuisses.

Oh, non ! Oh, merde ! Presque une semaine trop tôt, et j'ai justement changé mes draps hier...

Cependant, après s'être douchée, avoir doublé son slip propre d'une serviette et s'être habillée douillettement, elle alla voir l'état de ses draps et constata qu'ils n'étaient pas tachés. Si ses règles étaient en avance, elles avaient eu la politesse d'attendre qu'elle soit réveillée pour se déclarer. Aucune raison non plus de s'inquiéter : elle était plutôt bien réglée, mais il lui était arrivé d'avoir un peu de retard ou un peu d'avance de temps à autre ; une question de régime, peut-être, ou d'anxiété inconsciente, à moins que son horloge intérieure n'ait perdu une ou deux dents de ses engrenages. Elle n'avait pas envie de vieillir vite, pourtant elle se disait souvent qu'être débarrassée de tous les inconvénients de la menstruation serait un grand soulagement.

Les traces de son cauchemar effacées, Bobbi Anderson entreprit de se préparer un petit déjeuner tardif.

2.

ROBERTA ANDERSON CREUSE

1

Il plut sans interruption pendant les trois jours suivants. Bobbi arpentait nerveusement la maison. Elle emmena Peter dans son pick-up jusqu'à Augusta pour des courses dont elle n'avait pas vraiment besoin, but de la bière, écouta les vieilles chansons des Beach Boys en s'acquittant de menues réparations dans la maison. L'ennui, c'était qu'en réalité, il n'y avait pas tellement de réparations à faire. Au troisième jour, elle se mit à tourner autour de la machine à écrire, se disant qu'elle allait peut-être commencer son nouveau livre. Elle savait de quoi il devait parler : d'une jeune maîtresse d'école et d'un chasseur de bisons, mêlés à une guerre pour le partage des pâturages dans le Kansas au début des années 1850 — période où tous, dans le centre des Grandes Plaines, semblaient se préparer pour la guerre de Sécession, qu'ils en aient conscience ou non. Ce serait un bon livre, se dit-elle, mais elle ne le sentait pas encore tout à fait « mûr », bien qu'elle ne sût pas vraiment ce que cela signifiait (le visage et la voix sardoniques d'Orson Welles lui vinrent à l'esprit : *Nous n'en écrirons point d'autre avant que le temps ne soit venu*). Mais son agitation la minait, et tous les signes étaient apparus : impatience envers les livres, envers la musique, envers elle-même. Une tendance à partir à la dérive... et puis à regarder la machine à écrire en souhaitant la tirer de son sommeil pour la projeter dans quelque rêve.

Peter aussi semblait nerveux : il grattait à la porte pour sortir, puis grattait pour rentrer cinq minutes plus tard, déambulant dans la maison, se couchant, se relevant.

Basses pressions, se disait Roberta. C'est tout. *Ça nous énerve tous les deux, ça nous rend irritables.*

Et ces fichues règles. D'ordinaire, elles se déclenchaient soudain, abondantes, puis s'arrêtaient. Comme lorsqu'on ferme un robinet. Cette fois, elles continuaient à couler. *Il faut remplacer le joint, ha ! ha !* se dit-elle sans le moindre humour. Le second jour de pluie, elle se retrouva assise devant sa machine à écrire juste après la tombée de la nuit, une feuille blanche engagée sous le rouleau. Elle se mit à taper et il en résulta une série de X et de O, comme au jeu de morpion, et puis quelque chose qui ressemblait à une équation mathématique... ce qui était stupide, puisqu'elle n'avait plus jamais refait de maths depuis le cours d'algèbre — niveau II — au collège. Maintenant, les X ne lui servaient qu'à barrer les mots erronés, c'était tout. Elle retira la feuille et la jeta.

Le troisième jour de pluie, après le déjeuner, elle téléphona au département d'anglais de l'université. Jim n'y enseignait plus depuis huit ans, mais il y avait toujours des amis et gardait le contact avec eux. Muriel, au secrétariat, savait en général où il se trouvait.

Elle le savait effectivement. Jim Gardener, dit-elle à Roberta, faisait une lecture de ses poèmes à Fall River ce soir-là, le 24 juin, puis il en donnerait deux autres à Boston dans les trois jours qui venaient, avant de se rendre à Providence et New Haven — le tout dans le cadre de la Caravane de la Poésie de Nouvelle-Angleterre. Encore un coup de Patricia McCardle, se dit Roberta en esquissant un sourire.

« Alors il sera de retour... quand ? Pour la fête nationale, le 4 Juillet ?

— Oh, je ne sais pas quand il reviendra, Bobbi, répondit Muriel. Tu connais Jim. Sa dernière conférence est le 30 juin. C'est tout ce que je peux dire avec certitude. »

Bobbi la remercia et raccrocha. Elle regarda le téléphone d'un air songeur, cherchant à faire surgir dans son esprit une image complète de Muriel — encore une jeune Irlandaise (mais Muriel avait les cheveux roux traditionnels) qui entrait dans la maturité, le visage rond, les yeux verts, une belle poitrine. Est-ce qu'elle avait couché avec Jim ? Probablement. Bobbi ressentit un petit pincement de jalousie, mais pas très fort. La jeune secrétaire était une fille bien. Bobbi se sentait mieux du seul fait d'avoir parlé à Muriel, à quelqu'un qui savait qui elle était, qui pouvait penser à elle comme à une personne réelle, et non pas juste comme à une cliente de l'autre côté du comptoir dans une quincaillerie d'Augusta, ou comme à une vague connaissance que l'on salue de la main depuis la boîte aux lettres. Bobbi était d'un naturel solitaire, mais peu portée sur la vie monastique... et parfois un simple contact humain pouvait la combler alors même qu'elle ignorait ce besoin d'être comblée.

Elle estima qu'elle savait maintenant pourquoi elle voulait joindre Jim : parler avec Muriel avait assouvi ce manque, c'était toujours ça. La chose dans le bois n'avait pas quitté son esprit, et l'idée que ce pût être une sorte de cercueil clandestin s'imposait maintenant comme une certitude. Si elle était énervée, ce n'était pas parce qu'elle avait besoin d'*écrire :* elle avait besoin de *creuser*. Et elle n'avait pas envie de le faire seule.

« Il semble pourtant qu'il va falloir que je le fasse, Pete », dit-elle en s'asseyant dans son fauteuil à bascule près de la fenêtre donnant sur l'est — le fauteuil où elle lisait.

Peter lui jeta un coup d'œil, comme pour dire : *Tout ce que tu veux, minette.* Bobbi se redressa, regardant soudain Peter — le *regardant* vraiment. Peter lui rendit son regard avec un certain plaisir, la queue battant le sol. Un instant elle eut l'impression que Peter était différent... de façon si évidente qu'elle aurait dû en découvrir immédiatement la cause.

Mais elle ne voyait rien.

Elle s'adossa de nouveau, ouvrant un livre — une thèse de l'université du Nebraska qui n'avait probablement d'excitant que son titre : *guerre des pâturages et guerre de Sécession*. Elle se souvint d'avoir pensé quelques nuits plus tôt à ce que sa sœur Anne aurait dit : *Tu deviens aussi folle que l'oncle Frank, Bobbi.* Oui... peut-être.

Elle ne tarda pas à s'immerger dans sa lecture, prenant parfois des notes sur le bloc de papier qu'elle gardait à portée de la main. Dehors, la pluie continuait à tomber.

2

L'aube du quatrième jour se leva, claire, lumineuse et sans pluie : une journée d'été de carte postale, avec juste ce qu'il fallait de brise pour que les insectes se tiennent à distance. Bobbi traîna dans la maison presque jusqu'à dix heures, consciente de la pression croissante que son esprit exerçait sur elle pour qu'elle aille creuser, déjà. Elle eut conscience de lutter contre cette pression (Orson Welles à nouveau — *Nous ne déterrerons personne avant...* oh, ferme-la, Orson !). L'époque où elle se contentait d'obéir à l'envie du moment, conformément à un style de vie que résumait alors le mot d'ordre : « Si ça te chante, fais-le », était révolue. Cette philosophie ne lui avait d'ailleurs jamais convenu ; en fait, presque tout ce qui lui était arrivé de mauvais, elle le devait à quelque action impulsive. Mais elle ne portait pas de jugement moral sur les gens qui vivaient selon leurs impulsions ; peut-être que, tout simplement, ses propres intuitions n'étaient pas très bonnes.

Elle prit un solide petit déjeuner, ajouta un œuf brouillé à la pâtée Gravy Train de Peter (il avait plus d'appétit que d'ordinaire, et Bobbi attribua cela à la fin de la pluie), puis elle fit la vaisselle.

Si seulement elle arrêtait de saigner, tout serait parfait. Passons : ça ne s'arrête jamais avant que le temps ne soit venu. N'est-ce pas, Orson ? Tu as foutrement raison.

Bobbi sortit, enfonça sur sa tête un vieux chapeau de paille, un chapeau de cow-boy, et passa l'heure suivante dans le jardin. Étant donné la pluie qui était tombée, les choses se présentaient plutôt mieux qu'elles ne l'auraient dû. Les petits pois gonflaient et le maïs montait bien, comme aurait dit oncle Frank.

Elle s'arrêta de jardiner à onze heures. Et merde. Elle contourna la maison pour se rendre au hangar, prit une bêche et une pelle, réfléchit, ajouta un pied-de-biche. Elle se dirigea vers la porte, revint sur ses pas et sortit de la boîte à outils un tournevis et une clé à molette.

Peter lui emboîta le pas, comme toujours, mais cette fois Roberta dit : « Non, Peter », et lui montra la maison du doigt.

Peter s'arrêta, prit un air offensé, gémit et esquissa un pas timide vers Bobbi.

« *Non*, Peter. »

Peter obtempéra et fit demi-tour, la tête basse, la queue pendante de découragement. Bobbi était triste de le voir partir ainsi, mais l'autre fois, Peter avait trop mal réagi face à cette masse métallique enfoncée dans le sol. Elle resta quelques instants encore sur le sentier qui devait la mener à la route forestière, la bêche dans une main, la pelle et le pied-de-biche dans l'autre, regardant Peter monter les marches du perron, ouvrir la porte de derrière avec son museau et entrer dans la maison.

Elle se dit : *Il avait quelque chose de différent... il est différent. En quoi ?* Elle ne le savait pas. Mais en un éclair, presque comme une image subliminale, son rêve lui revint — cette flèche de lumière verte empoisonnée... et toutes ses dents qui tombaient sans douleur de ses gencives.

L'image disparut, et Bobbi, écoutant les criquets émettre leur cri-cri-cri continu derrière la maison, dans le petit champ où elle pourrait bientôt moissonner, se mit en chemin vers l'endroit où elle avait trouvé cette curieuse chose dans le sol.

3

Cet après-midi-là, à trois heures, ce fut Peter qui la sortit de l'hébétude dans laquelle elle avait travaillé, lui faisant prendre conscience qu'elle avait frôlé deux limites vitales : celle de la faim et celle de l'épuisement.

Peter hurlait.

A ce cri, Bobbi eut la chair de poule dans le dos et sur les bras. Elle laissa tomber la pelle dont elle se servait et s'écarta de la chose enfoncée dans la terre — la chose qui n'était ni un plateau, ni une boîte, ni rien qu'elle pût déterminer. Tout ce dont Bobbi était sûre, c'est qu'elle était tombée dans un étrange état de semi-inconscience qu'elle n'aimait pas du tout. Cette fois, elle n'avait pas seulement perdu la notion du temps ; elle avait l'impression d'avoir perdu la notion d'*elle-même*. C'était comme si quelqu'un d'autre était entré dans sa tête, se contentant d'y mettre le moteur en marche et de manœuvrer les bonnes manettes, comme on conduirait un bulldozer ou une pelleteuse.

Peter hurlait, le nez pointé vers le ciel — en une modulation prolongée, terrifiante, funèbre.

« *Arrête, Peter !* » s'exclama Bobbi. Il obéit, et elle lui en fut reconnaissante. Encore un hurlement, et elle aurait tout simplement fait demi-tour et se serait mise à courir.

Au contraire, elle lutta pour recouvrer le contrôle d'elle-même, et elle y parvint. Elle recula d'un pas de plus, et poussa un cri quand quelque chose de mou s'abattit sur son dos. A son cri, Peter émit un son bref et plaintif avant de se taire à nouveau.

Bobbi tendit la main pour attraper ce qui l'avait touchée, pensant que ce pouvait être... Non, en fait, elle ne savait pas ce qu'elle pensait que ça pouvait être, mais avant même que ses doigts ne se referment dessus, elle sut ce que c'était. Elle se rappelait vaguement s'être arrêtée juste le temps d'accrocher son chemisier à un buisson ; et c'était cela.

Elle le prit et l'enfila, décalant tout d'abord les boutons, si bien qu'un pan descendait plus bas que l'autre. Elle le reboutonna comme il convenait en regardant les fouilles qu'elle avait entamées, et à présent, ce terme archéologique semblait s'appliquer exactement à ce qu'elle avait entrepris. Les souvenirs des quatre heures et demie pendant lesquelles elle avait creusé ressemblaient au souvenir de son chemisier accroché à un buisson : brumeux et hachés. Ce n'étaient pas des souvenirs, seulement des fragments.

Mais en considérant ce qu'elle avait accompli, elle ressentit une admiration mêlée d'effroi... et une excitation grandissante.

Quoi que ce fût, c'était gigantesque. Pas seulement grand, *gigantesque*.

La bêche, la pelle et le pied-de-biche reposaient le long d'une tranchée de cinq mètres creusée dans le sol de la forêt. Bobbi avait constitué à intervalles réguliers de jolis tas de terre noire et de morceaux de roche. Sortant de cette tranchée profonde d'un mètre vingt environ, à l'endroit où Bobbi avait trébuché à l'origine sur dix centimètres de métal gris, on voyait le bord de quelque objet titanesque. *Du métal gris... un objet.*

En temps ordinaire, se dit-elle en essuyant de sa manche la sueur qui coulait sur son front, on s'estime en droit d'obtenir, de la part d'un écrivain, une meilleure définition, quelque chose de plus précis, mais elle n'était même plus certaine que le métal était de l'acier. Elle se disait maintenant que ce pouvait être un alliage plus rare, à base peut-être de béryllium ou de magnésium — et quelle que fût la composition de cet objet, elle n'avait de toute façon aucune idée de ce que *c'était*.

Elle commença à déboutonner son jean pour pouvoir y rentrer son chemisier, puis s'arrêta.

L'entrejambe de son Levi's délavé était imbibé de sang.

Doux Jésus ! Seigneur ! Ce ne sont plus des règles, mais les chutes du Niagara.

Elle eut peur, vraiment peur, puis elle s'intima l'ordre de cesser d'être aussi froussarde. Dans un état de semi-abrutissement, elle avait abattu un travail dont une équipe de quatre robustes bonshommes auraient pû être fiers... Elle, une femme qui pesait cinquante-sept, cinquante-huit kilos au maximum. *Oui,* elle saignait abondamment. Mais elle allait bien ; en fait, elle pouvait même se féliciter de ne pas avoir de douleurs en plus des saignements.

Mon Dieu, quel poète tu fais, aujourd'hui, Bobbi ! songea-t-elle en émettant un petit rire sec.

Il fallait seulement qu'elle se lave : une douche et des vêtements propres suffiraient. De toute façon, son jean était bon pour les ordures ou le sac à chiffons. Ça faisait une interrogation de moins dans ce monde perturbé et inquiétant, non ? Exactement. Pas la peine d'en faire un drame.

Elle reboutonna son pantalon sans y rentrer son chemisier — inutile de le bousiller aussi, même s'il n'avait rien d'un article de chez Dior. La sensation d'humidité poisseuse la fit grimacer quand elle se remit en mouvement. Oh, comme une bonne douche lui ferait du bien ! Et vite.

Mais au lieu de commencer à remonter la pente vers le sentier, elle revint vers la chose enfoncée dans la terre, cette chose qui l'attirait. Peter hurla, et elle en eut de nouveau la chair de poule.

« *Peter, est-ce que tu vas te* TAIRE, *pour l'amour de Dieu !* »

Elle ne criait presque jamais après Peter, ce qu'on appelle *crier*. Mais ce foutu crétin commençait à lui donner l'impression qu'elle servait de cobaye à un psychologue pavlovien. Chair de poule quand le chien hurlait au lieu de saliver au son de la cloche, mais c'était le même principe du réflexe conditionné.

Debout près de sa trouvaille, elle oublia Peter et se plongea dans sa contemplation. Au bout d'un moment, elle tendit la main et saisit le métal. Elle ressentit à nouveau cette curieuse sensation de vibration, une vibration qui pénétra dans sa main et disparut. Cette fois, elle eut l'impression de toucher la coque d'un navire où la salle des machines aurait fonctionné à plein régime. Le métal lui-même était tellement lisse que sa surface paraissait graisseuse, au point qu'on s'attendait à se tacher les mains.

Elle replia les doigts et frappa la chose de ses articulations, produisant un son assourdi, comme un poing frappant un billot d'acajou. Elle resta encore un moment sans bouger puis sortit le tournevis de sa poche arrière et le tint un moment entre ses mains, ne parvenant pas à se décider, se sentant curieusement coupable, comme si elle s'apprêtait à commettre une sorte d'acte de vandalisme. Elle en frotta le métal. Aucune éraflure n'apparut.

Ses yeux lui suggéraient deux autres remarques, mais l'une ou l'autre, ou l'une et l'autre, auraient pu n'être que des illusions d'optique. La première était que le métal semblait s'épaissir à partir du bord exposé jusqu'à la partie qui disparaissait dans la terre. La seconde, que le bord était légèrement incurvé. Ces deux remarques — si elles étaient exactes — évoquaient une idée à la fois excitante, absurde, effrayante, impossible... et recelaient une certaine logique, une logique un peu folle.

Elle passa la paume sur le métal lisse et doux, et recula. Que diable faisait-elle là, à caresser ce fichu machin alors que le sang lui dégoulinait le long des jambes ? Si ce qu'elle commençait à penser devait se confirmer, ses règles seraient vraiment le dernier de ses soucis.

Tu ferais mieux d'appeler quelqu'un, Bobbi. Et tout de suite.

Je vais appeler Jim. Dès que je serai rentrée.

Ben voyons ! Appelle un poète. Brillante idée. Après ça, tu peux appeler le révérend Moon. Et peut-être Edward Gorey et Gahan Wilson pour faire des photos. Ensuite loue quelques groupes de rock et organise Woodstock 1988 ici. Sois sérieuse, Bobbi. Appelle la police.

Non. Je veux d'abord parler à Jim. Je veux qu'il voie ça. Je veux lui en parler. En attendant, je vais creuser un peu plus.

Ça pourrait être dangereux.

Oui. Non seulement ça pouvait l'être, mais ça l'était probablement, est-ce qu'elle ne l'avait pas senti ? Est-ce que Peter ne l'avait pas senti ? Il y avait encore autre chose. En descendant la pente depuis le sentier, le matin, elle avait trouvé une marmotte (elle avait même failli marcher dessus). Bien que l'odeur qu'elle avait perçue en se penchant sur l'animal lui apprît qu'il était mort depuis au moins deux jours, aucune mouche ne l'avait alertée. Il n'y avait pas de mouches autour de Marmotte-la-pauvre-marmotte, et Bobbi ne se souvenait pas d'avoir jamais vu ça. Aucun signe apparent n'indiquait non plus ce qui l'avait tuée, mais croire que la chose dans le sol ait pu jouer un rôle quelconque dans cette mort n'était que foutaises. Marmotte, cette bonne vieille marmotte, avait probablement mangé quelques boulettes empoisonnées préparées à son intention par un fermier, et elle était venue mourir ici.

Rentre à la maison. Change de pantalon. Tu es pleine de sang et tu pues.

Elle s'écarta de la chose, puis tourna les talons et grimpa la pente pour rejoindre le sentier, où Peter sauta maladroitement autour d'elle et commença à lui lécher la main avec un empressement un peu pathétique. Un an auparavant, il aurait encore tenté de renifler son pantalon, attiré par l'odeur qui s'en dégageait, mais plus maintenant. Maintenant, il ne savait plus que frissonner.

« C'est entièrement de ta faute, dit Roberta. Je t'avais bien *ordonné* de rester à la maison. »

Elle n'en était pas moins contente que Peter soit venu. S'il ne l'avait pas fait, elle aurait tout aussi bien pu travailler jusqu'à la tombée de la nuit, et l'idée qu'elle aurait repris ses esprits dans l'obscurité à côté de ce machin énorme ne l'enchantait pas.

Elle se retourna avant de s'engager dans le sentier. De là-haut, elle avait une vision plus complète de l'objet. Elle constata qu'il n'émergeait pas tout droit du sol. Et elle eut de nouveau l'impression que le bord en était légèrement recourbé.

Un plateau, c'est ce que j'ai pensé quand j'ai creusé autour avec mes doigts. Je me suis dit : un plateau d'acier, et pas une assiette. Mais peut-être que même à ce moment, alors qu'il n'en sortait qu'un petit bout du sol, je pensais en fait que c'était une assiette. Ou une soucoupe.

Une soucoupe volante, nom de Dieu.

4

De retour à la maison, elle se doucha, se changea et se garnit d'une maxi-serviette, même si le plus gros semblait passé. Puis elle se prépara un énorme dîner de haricots en conserve et de saucisses. Mais il s'avéra qu'elle était trop fatiguée pour faire plus que de grappiller dans son assiette. Elle posa les restes par terre pour Peter — plus de la moitié du plat — et gagna son fauteuil à bascule près de la fenêtre. La thèse qu'elle lisait la veille était toujours sur le sol à côté du fauteuil, la page marquée par le rabat d'une pochette d'allumettes déchirée, le bloc de papier posé à côté. Elle le ramassa, chercha une page vierge et se mit à dessiner la chose enterrée dans le bois telle qu'elle l'avait vue quand elle s'était retournée en haut du monticule.

Sans être très brillante au crayon, si ce n'est pour aligner des mots, elle avait tout de même un petit talent de dessinatrice. Son esquisse ne progressait pourtant que très lentement, non seulement parce qu'elle la voulait aussi exacte que possible, mais parce qu'elle était très fatiguée. Pour tout arranger, Peter vint vers elle et lui poussa la main pour qu'elle le caresse.

Elle lui flatta la tête sans trop y penser, effaçant un trait de crayon dont le nez du chien lui avait fait barrer la ligne d'horizon de son dessin.

« Oui, tu es un bon chien, un merveilleux chien, va donc voir s'il y a du courrier, tu veux bien ? »

Peter traversa le salon et ouvrit la porte-moustiquaire avec son museau. Bobbi reprit son croquis, ne levant qu'une fois les yeux pour voir Peter exécuter son numéro mondialement connu de chien ramasseur de courrier. Il posa sa patte avant gauche sur le piquet soutenant la boîte et frappa sur l'abattant à petits coups répétés. Joe Paulson, le postier, connaissait les talents de Peter et laissait toujours la boîte entrouverte. Pete parvint à faire basculer l'abattant, mais perdit l'équilibre avant d'avoir pu agripper le courrier de son autre patte. Bobbi grimaça. C'était seulement depuis cette année que Peter perdait l'équilibre. Avant, cela ne lui arrivait *jamais*. Aller chercher le courrier était son morceau de bravoure, plus spectaculaire encore que de jouer au Viêtcong mort, et *beaucoup* plus original que de faire le beau ou de « parler » pour demander un biscuit pour chiens. Le voir faire emballait toujours les gens, et Peter le savait. Mais ces derniers temps, c'était un numéro pénible à observer. Bobbi se disait qu'elle aurait été aussi mal à l'aise si elle avait vu Fred Astaire et Ginger Rogers tenter de danser à quatre-vingt-quatre ans — en années d'homme —, comme ils le faisaient dans leur verte jeunesse.

Le chien parvint à se dresser à nouveau contre le piquet, et cette fois il attrapa le courrier du premier coup de patte — un catalogue et une lettre (ou une facture — oui, avec la fin du mois qui approchait, c'était plus probablement une facture). L'enveloppe tomba en tourbillonnant sur la route, et quand il l'eut ramassée, Bobbi reporta les yeux sur son dessin, s'intimant l'ordre d'arrêter de sonner pour Peter ce fichu glas toutes les deux minutes. Effectivement, le chien avait l'air à demi vivant, ce soir-là ; il y *avait* eu des soirs, récemment, où il avait dû s'y reprendre à trois ou quatre fois pour attraper le courrier, courrier qui souvent se réduisait à un échantillon de Procter & Gamble ou à un prospectus publicitaire du supermarché.

Tout en grisant machinalement le tronc du grand pin à la cime fendue, Bobbi regarda attentivement son dessin. Il n'était pas rigoureusement exact, mais à peu près quand même. En tout cas, elle avait bien restitué l'angle sous lequel la chose s'enfonçait dans le sol.

Elle traça un cadre autour de son croquis, puis transforma le cadre en cube, comme pour isoler la chose. Sur son dessin, la courbure était évidente, mais existait-elle vraiment ?

Oui. Et ce qu'elle appelait un plateau de métal était en fait bombé, c'était une coque, n'est-ce pas ? Une coque lisse comme du verre, et sans rivets.

Tu perds la tête, Bobbi... Tu le sais, non ?

Peter gratta la moustiquaire pour qu'elle le laisse entrer. Bobbi s'approcha de la porte sans quitter son dessin des yeux. Peter entra et laissa tomber le courrier sur une chaise de l'entrée. Puis il se dirigea lentement vers la cuisine, sans doute pour voir s'il n'avait rien oublié dans l'assiette de Bobbi.

Elle prit les deux enveloppes et les essuya sur son jean avec une petite grimace de dégoût. C'était un bel exploit, d'accord, mais la bave de chien sur le courrier ne l'enchanterait jamais. Le catalogue venait de chez Radio Shack : ils voulaient lui vendre un traitement de texte. La facture, c'était sa note d'électricité ; elle émanait de Central Maine Power. Cela lui fit brièvement repenser à Jim Gardener. Elle jeta les deux missives sur la table de l'entrée, retourna à son fauteuil, se rassit, prit une nouvelle page et recopia rapidement son dessin.

Elle fronça les sourcils à la vue de la courbure qui n'était peut-être d'ailleurs qu'une extrapolation de sa part, comme si elle avait creusé jusqu'à quatre ou cinq mètres de profondeur au lieu de s'arrêter juste au-delà d'un mètre. Et alors ? Un peu d'extrapolation ne la gênait pas ; après tout, cela faisait partie du travail d'un romancier, et les gens qui pensaient que cela ne relevait que de la science-fiction ou du fantastique n'avaient jamais regardé par le bon bout de la lorgnette, n'avaient jamais été confrontés au problème des espaces vides qu'aucun livre d'histoire ne pouvait combler : par exemple, qu'est-ce qui avait bien pu arriver aux colons de l'île Roanoke, au large des côtes de Caroline du Nord, alors qu'ils avaient tout bonnement disparu, ne laissant comme trace de leur passage que le mot inexplicable de CROATOAN gravé sur un tronc d'arbre ? Qui avait érigé les statues monolithiques de l'île de Pâques ? Pourquoi les citoyens d'une petite ville de l'Utah du nom de Blessing (une vraie bénédiction !) étaient-ils tous soudain devenus fous — à ce qu'il semblait — le même jour, pendant l'été de 1884 ? Si l'on ne pouvait avoir de certitude, on avait le droit d'imaginer — à moins qu'on ne puisse prouver que les faits mêmes étaient différents.

Il existait une formule permettant de calculer la circonférence à partir d'un arc de cercle, elle en était sûre. Le problème, c'était qu'elle l'avait oubliée, cette fichue formule. Mais elle pourrait peut-être se faire une idée grossière — toujours en admettant que l'impression qu'elle avait de la courbure de l'objet était exacte — en situant le centre...

Bobbi retourna vers la table de l'entrée et ouvrit le tiroir central, sorte de fourre-tout. Elle écarta des paquets mal ficelés de relevés de banque, de vieilles piles électriques de 1,5 ; 4,5 et 9 volts (elle ignorait pourquoi elle n'avait jamais été capable de jeter les piles usagées, et elle les gardait ici plutôt que de les balancer aux ordures, si bien que le tiroir était un cimetière de piles, pâle imitation de celui qui est censé accueillir les éléphants), des élastiques, de gros caoutchoucs pour conserves maison, des lettres admiratives de lecteurs auxquelles elle n'avait jamais répondu (et qu'elle ne pouvait pas plus se résoudre à jeter que les vieilles piles), des recettes de cuisine notées sur des fiches. Tout au fond du tiroir reposait une couche de petits outils, parmi lesquels elle trouva ce qu'elle cherchait : un compas avec un bout de crayon jaune fixé à son armature.

Bobbi s'assit à nouveau dans son fauteuil à bascule. Elle prit une page vierge et traça pour la troisième fois le bord de la chose enfoncée dans la terre. Elle tenta de garder la même échelle, mais le fit un peu plus grand cette fois, ne s'occupant plus des arbres environnants et n'esquissant la tranchée que pour fixer la perspective.

« Bon, jouons aux devinettes », dit-elle.

Avant d'enfoncer la pointe sèche dans le bloc de papier, elle tâtonna afin d'ajuster l'écartement du compas pour que la mine du crayon suive d'aussi près que possible le bord incurvé de la chose, mais elle n'essaya même pas de tracer un cercle complet : c'était impossible. Elle regarda sa feuille, puis s'essuya la bouche avec son poignet. Elle sentit soudain que ses lèvres pendaient et qu'elles étaient trop humides.

« Quelle connerie ! » murmura-t-elle.

Mais ce n'était pas une connerie. A moins que son estimation de la courbure du bord et celle de l'emplacement du centre soient toutes deux totalement erronées, elle n'avait déterré qu'un tout petit bout d'un objet mesurant au moins trois cents mètres de circonférence.

Bobbi laissa tomber par terre le compas et le bloc de papier et regarda par la fenêtre. Son cœur battait trop fort.

5

A la tombée du jour, Bobbi s'assit sur son porche à l'arrière de la maison, les yeux tournés vers les bois au-delà de son jardin, et écouta les voix dans sa tête.

En troisième année, à l'université, elle avait participé à un séminaire de psychologie sur la créativité et avait été stupéfaite — et un peu soulagée — de constater qu'elle ne dissimulait pas une névrose toute personnelle : presque tous les gens possédant un talent créateur entendaient des voix. Pas seulement des pensées, mais de vraies *voix* dans leur tête, des personnes différentes, chacune aussi clairement définie que les voix des anciens feuilletons radiophoniques. Elles venaient de l'hémisphère droit du cerveau, expliquait le professeur, hémisphère le plus souvent associé aux visions, à la télépathie et à cette étonnante capacité qu'ont les hommes de créer des images en établissant des comparaisons et en élaborant des métaphores.

Les soucoupes volantes n'existent pas.

Ah oui ? Et qui a dit ça ?

L'armée de l'air, pour commencer. Elle a refermé le dossier des soucoupes volantes il y a vingt ans, car elle avait été en mesure d'expliquer 97 % des apparitions vérifiées. Quant aux 3 % restantes, elles avaient très certainement été causées par des conditions atmosphériques éphémères — des trucs comme des parhélies, ou faux soleils, des turbulences atmosphériques, des poches d'électricité dans l'air. Bon sang, les Lumières de Lubbock faisaient la une des journaux, et elles n'étaient rien d'autre que... rien que des nuées de phalènes en déplacement, tu vois ? Et l'éclairage urbain de Lubbock illuminait leurs ailes, et les grandes formes mouvantes de couleur claire se réfléchissaient dans les masses de nuages bas qu'une conjoncture atmosphérique stagnante maintenait au-dessus de la ville depuis une semaine. Presque tout le monde avait passé des jours entiers à imaginer qu'un être habillé comme Michael Rennie dans Le Jour où la Terre s'arrêta *allait remonter la rue principale de Lubbock avec Gort, son robot favori, clopinant à ses côtés, pour exiger d'être conduit à notre chef. Et c'étaient des phalènes. Ça te va ? Est-ce que tu as le choix ?*

Cette voix était tellement claire que c'en était amusant : c'était celle du

Dr Klingerman, qui avait dirigé le séminaire. La voix faisait la leçon à Bobbi avec l'enthousiasme sans faille, bien qu'un peu criard, de Klingy. Bobbi Anderson sourit et alluma une cigarette. Elle fumait un peu trop, ce soir, mais de toute façon, tout allait mal.

En 1947, un capitaine de l'armée de l'air du nom de Mantell prit trop d'altitude en pourchassant une soucoupe volante — ce qu'il croyait être une soucoupe volante. Il s'évanouit et l'avion s'écrasa. Mantell fut tué. Il mourut pour avoir pourchassé un reflet de Vénus sur des nuages d'altitude — un faux soleil, en quelque sorte. Il y a des reflets de phalènes, des reflets de Vénus, et probablement des reflets dans un œil d'or aussi, Bobbi, mais il n'y a pas de soucoupes volantes.

Alors, qu'est-ce que c'est que ce machin qu'il y a dans le sol ?

La voix du professeur se tut. Elle ne savait pas. Mais la voix d'Anne prit le relais, disant pour la troisième fois que Bobbi devenait aussi folle qu'oncle Frank, disant qu'on avait confectionné sur mesure pour elle une de ces solides chemises de toile qu'on met devant derrière, et que bientôt on allait la conduire à l'asile de Bangor ou de Juniper Hill, et qu'elle pourrait délirer tranquillement sur les soucoupes volantes plantées dans les bois, tout en tressant des paniers. C'était bien la voix de Sœurette ; Bobbi pourrait lui téléphoner, lui dire ce qui était arrivé, et Anne lui administrerait ce sermon au mot près. Elle le savait.

Mais était-ce juste ?

Non. Ça ne l'était pas. Anne assimilait la vie solitaire de sa sœur à de la folie, quoi que Bobbi fasse ou dise. Eh oui, l'idée que la chose enfoncée dans la terre était une sorte de vaisseau spatial *était* effectivement folle... mais était-il fou d'envisager cette possibilité, du moins tant qu'on ne l'avait pas réfutée ? Anne le penserait, mais ce n'était pas le cas de Bobbi. Rien de mal à ne pas avoir d'idées préconçues.

Et pourtant, la vitesse à laquelle cette possibilité lui était apparue...

Elle se leva et rentra. La dernière fois qu'elle avait fait l'idiote avec cette chose dans les bois, elle avait dormi douze heures. Elle se demanda si elle devait s'attendre à un semblable marathon du sommeil cette fois-ci. En tout cas, elle se sentait presque assez fatiguée pour dormir douze heures

Laisse tomber, Bobbi. C'est dangereux.

Mais elle ne laisserait pas tomber, se dit-elle en enlevant son T-shirt OPUS FOR PRESIDENT. Elle n'abandonnerait pas. Pas encore.

L'ennui, quand on vit seul, avait-elle découvert — et c'était la raison pour laquelle la plupart des gens qu'elle connaissait n'aimaient pas rester seuls, même pour un bref moment —, c'est que plus la solitude se prolonge, plus ces voix de l'hémisphère droit du cerveau parlent fort. Au fur et à mesure que les jalons de la raison s'étiolent dans le silence, ces voix ne se contentent plus de solliciter votre attention ; elles l'*exigent*. On pouvait facilement s'en effrayer, penser que peut-être, finalement, elles représentaient la folie.

Anne penserait que c'était le cas, songea Bobbi en se mettant au lit. La lampe projetait un cercle de lumière limpide et réconfortant sur la courtepointe, mais Bobbi laissa sur le sol la thèse qu'elle lisait. Elle s'attendait toujours à ressentir les fortes douleurs qui accompagnaient généralement ses règles quand elles venaient trop tôt ou se montraient particulièrement abondantes, mais jusqu'à présent, elle n'en avait pas éprouvé. Non qu'elle fût impatiente de les voir se manifester, vous comprenez bien.

Elle se croisa les mains derrière la tête et regarda le plafond.

Non, tu n'es pas du tout folle, Bobbi, se dit-elle. *Pourtant, si tu penses que Gard est un peu cinglé, mais que toi, tu vas parfaitement bien, n'est-ce pas aussi le signe que c'est toi qui ne tournes pas rond ? Il y a même un nom pour ça : dénégation et substitution. « Moi, ça va, c'est le monde qui est tordu. »*

C'était vrai. Mais elle n'en sentait pas moins qu'elle se contrôlait parfaitement. Elle était certaine d'une chose : elle était plus saine d'esprit à Haven qu'à Cleaves Mills, et *beaucoup* plus qu'à Utica. Quelques années de plus à Utica, quelques années de plus avec Sœurette, et elle aurait été aussi folle que le chapelier d'*Alice au pays des merveilles*. Bobbi était convaincue qu'Anne considérait que rendre ses proches parents complètement cintrés faisait partie de... son travail ? Non, rien d'aussi trivial. Cela faisait partie de sa mission sacrée sur terre.

Bobbi savait ce qui la troublait réellement, et ce n'était pas la vitesse à laquelle l'idée d'une soucoupe volante s'était imposée à elle. C'était ce sentiment de *certitude*. Elle garderait l'esprit ouvert, mais le plus difficile serait de le garder ouvert en faveur de ce qu'Anne appellerait la « raison ». Parce qu'elle *savait* ce qu'elle avait trouvé, parce que cela l'emplissait d'un effroi mêlé d'une excitation fébrile.

Tu vois, Anne, ta vieille Bobbi n'a pas emménagé à Sticksville pour y devenir folle ; ta vieille Bobbi est venue s'installer ici et elle y est devenue saine d'esprit. La folie, c'est ce qui limite les possibilités, Anne, tu piges ? La folie, c'est refuser d'emprunter certains chemins de la spéculation alors même que la logique t'y conduit... comme un jeton pour passer le tourniquet. Tu vois ce que je veux dire ? Non ? Bien sûr, que tu ne vois pas. Tu ne vois pas et tu n'as jamais rien vu. Alors va-t'en, Anne. Reste à Utica et grince des dents dans ton sommeil, érode-les jusqu'à ce qu'il n'en reste rien, rends fous tous ceux qui le sont déjà assez pour rester à portée de ta voix, fais comme tu veux, mais reste hors de ma tête.

La chose enfoncée dans la terre était un vaisseau venu de l'espace.

Là. Elle l'avait dit. Plus de foutaises. Au diable Anne, au diable les Lumières de Lubbock, au diable l'armée de l'air qui avait classé le dossier sur les soucoupes volantes. Au diable les chars des dieux, le triangle des Bermudes et le prophète Élie emporté au ciel dans une roue de feu. Qu'ils aillent tous au diable — son cœur savait ce qu'il savait. C'était un vaisseau, et il s'était posé, ou écrasé, il y avait très longtemps — des millions d'années peut-être.

Seigneur !

Elle était dans son lit, les mains derrière la tête. Elle était assez calme, mais son cœur battait vite, vite, vite.

Puis une autre voix, et c'était la voix de son grand-père mort, répéta ce que la voix d'Anne avait dit plus tôt :

Laisse tomber, Bobbi. C'est dangereux.

Cette vibration momentanée. Sa première prémonition, suffocante et impérieuse, d'avoir trouvé le bord de quelque étrange cercueil d'acier. La réaction de Peter. Ses règles en avance, modérées quand elle était ici à la ferme, mais qui la saignaient comme un porc quand elle était près de la chose. Sa façon de perdre la notion du temps, de dormir douze heures de suite. Et n'oublions pas Marmotte, cette bonne vieille marmotte. Elle sentait les gaz de décomposition, mais il n'y avait pas de mouches. Pas de mouches sur Marmotte !

On ne cire pas ses chaussures avec de la merde. Admettons la possibilité d'un vaisseau enfoncé dans la terre, même si cela semble une idée folle au premier abord, c'est tout à fait logique. Mais aucune logique ne sous-tend le reste ; ce sont des perles échappées d'un collier qui s'éparpillent sur une table. Reconstitue le collier, trouve le fil rouge, et peut-être que j'y croirai — du moins j'y réfléchirai. D'accord ?

Encore la voix de son grand-père, sa voix lente et autoritaire, la seule de la maison qui ait jamais été capable d'imposer le silence à Anne quand elle était enfant.

Tout cela est arrivé après *que tu as eu trouvé la chose, Bobbi. Voilà ton fil rouge.*

Non. Ça ne suffit pas.

Maintenant, il était facile de répondre à son grand-père : cela faisait seize ans qu'il était dans sa tombe. Mais c'est pourtant la voix de son grand-père qui la suivit dans son sommeil !

Laisse tomber, Bobbi. C'est dangereux..

... et tu le sais.

3.

PETER VOIT
LA LUMIÈRE

1

Elle avait cru remarquer quelque chose de différent chez Peter, mais sans pouvoir préciser quoi. Quand Bobbi se réveilla le lendemain matin (à neuf heures — parfaitement normal), elle vit presque immédiatement ce que c'était.

Debout devant le plan de travail, à la cuisine, elle versait du Gravy Train dans la vieille écuelle rouge de Peter. Comme toujours, en l'entendant faire, Peter s'approcha. Le Gravy Train était une nouveauté ; jusqu'à cette année, Peter avait toujours eu des croquettes Gaines Meal le matin, une demi-boîte de pâtée pour chiens Rival le soir, et tout ce qu'il pouvait se procurer dans les bois entre ces deux repas. Et puis Peter avait cessé de manger son Gaines Meal et il avait fallu presque un mois pour que Bobbi comprenne : ce n'était pas que Peter en avait marre, mais il ne lui restait tout simplement plus assez de dents pour mâcher les croquettes. Alors maintenant, elle lui donnait du Gravy Train pour son petit déjeuner... L'équivalent, supposait-elle, de l'œuf poché des vieillards.

Elle fit couler de l'eau chaude sur les boulettes Gravy Train et les remua avec la vieille cuiller bosselée qu'elle conservait à cet effet. Bientôt les boulettes ramollies flottèrent dans un liquide bourbeux qui ressemblait effectivement, comme le promettait le fabricant, à une sauce... *enfin, à une sauce, ou au contenu d'une fosse septique*, se dit Roberta.

« Et voilà pour toi ! » annonça-t-elle en se détournant de l'évier.

Peter avait pris position à sa place habituelle sur le linoléum — à une distance polie pour que Bobbi ne trébuche pas sur lui en se retournant — et il frappait le sol de sa queue.

« J'espère que ça te plaira. Pour ma part, je crois que... »

Elle s'arrêta net, se pencha avec l'écuelle rouge de Peter dans la main droite, les cheveux retombant sur son visage. Elle les écarta.

« Pete ! » s'entendit-elle dire.

Peter la regarda d'un air étonné avant de venir manger son repas du matin. Un instant plus tard, il l'engloutissait avec enthousiasme.

Bobbi se redressa, regardant son chien, plutôt contente de ne plus le voir de face. Dans sa tête, la voix de son grand-père lui redit de laisser tomber, que c'était dangereux, et puis... avait-elle encore besoin d'un fil rouge pour rattacher ses perles ?

Dans ce seul pays, il y a environ un million de gens qui arriveraient en courant s'ils avaient vent de ce genre de danger, se dit Roberta. *Et Dieu sait combien il y en aurait dans le reste du monde ! C'est tout ce que ça fait ? Quel effet est-ce que ça peut bien avoir sur le cancer, d'après toi ?*

Soudain, elle n'eut plus aucune force dans les jambes. Elle tâtonna à reculons jusqu'à ce qu'elle trouve une des chaises de la cuisine. Elle s'assit et regarda Peter manger.

La cataracte laiteuse qui couvrait l'œil gauche du beagle était à demi partie.

2

« Je n'y comprends vraiment rien », dit le vétérinaire cet après-midi-là.

Bobbi avait pris place sur la seule chaise de la salle de consultation et Peter, bien obéissant, était monté sur la table d'examen. Bobbi se rappela combien elle avait craint d'avoir à conduire Peter chez le vétérinaire cet été même... mais finalement, il ne semblait pas qu'elle dût bientôt faire piquer le vieux chien.

« Mais je n'ai pas rêvé ? » demanda Bobbi.

Elle se dit qu'elle voulait surtout entendre le Dr Etheridge confirmer ou réfuter ce que disait la voix d'Anne dans sa tête : *C'est tout ce que tu mérites, à vivre seule là-bas avec ce chien puant...*

« Non, dit Etheridge, mais je comprends que vous soyez étonnée. Je le suis un peu, moi aussi. Sa cataracte est en rémission active. Tu peux descendre, Peter. »

Peter descendit de la table, passant d'abord par le tabouret d'Etheridge avant d'atteindre le sol et de se diriger vers Bobbi.

Elle lui posa la main sur la tête et regarda Etheridge en pensant : *Est-ce que vous avez vu ça ?* Elle n'osait pas le dire à haute voix. Etheridge croisa son regard, mais détourna les yeux. *Je l'ai vu mais je ne suis pas prêt à l'admettre.* Certes, Peter était descendu avec prudence, et sa descente était à cent lieues des bonds téméraires du chiot qu'il avait été, mais elle n'avait rien à voir non plus avec les tremblements, les mille précautions et les déséquilibres des dernières fois où il était venu, quand il lui fallait pencher ridiculement la tête vers la droite pour voir ce qu'il faisait, si peu sûr de lui que le cœur de Bobbi cessait de battre jusqu'à ce que le chien soit arrivé par terre sans s'être rompu les os. Peter était descendu avec la circonspection, mais aussi avec la confiance indéfectible, du vieil homme d'État auquel il ressemblait deux ans plus tôt. Bobbi attribua une part de cette assurance au fait qu'il y voyait de nouveau de l'œil gauche, ce qu'Etheridge avait confirmé par quelques simples tests de perception. Mais l'œil n'expliquait pas tout. La coordination motrice s'était améliorée, elle aussi. C'était aussi simple que ça. Tout à fait dément, mais parfaitement simple.

Et si le museau de Peter était redevenu poivre et sel alors qu'il était du blanc le plus pur, ce n'était pas grâce à la régression de la cataracte, n'est-ce pas ? Bobbi l'avait remarqué dans le pick-up Chevrolet alors qu'elle roulait vers Augusta. Elle en avait presque quitté la route.

Qu'est-ce qu'Etheridge avait remarqué de tout cela, sans être prêt à l'admettre ? Une bonne part, évalua Bobbi, mais Etheridge n'était pas le Dr Daggett.

Daggett avait vu Peter au moins deux fois par an au cours des dix premières années de sa vie, sans compter les accidents, comme la fois où Peter avait rencontré un porc-épic, par exemple, et où Daggett avait enlevé les piquants un à un en sifflant la musique du *Pont de la rivière Kwaï*, apaisant de sa grande main amicale le chiot d'un an tout tremblant. Une autre fois, Peter était rentré à la maison en boitant, l'arrière-train criblé de plombs, cadeaux cruels d'un chasseur trop stupide pour regarder avant de tirer, ou peut-être assez sadique pour infliger cette douleur à un chien parce qu'il n'arrivait pas à trouver une perdrix ou un faisan à tuer. Le Dr Daggett aurait remarqué *tous* les changements chez Peter, et il n'aurait pu les nier, même s'il l'avait voulu. Le Dr Daggett aurait enlevé ses lunettes à monture rose, les aurait nettoyées avec sa blouse, et il aurait dit quelque chose comme : *Il faut que nous trouvions où il est allé et dans quoi il s'est fourré, Roberta. C'est important. Les chiens ne rajeunissent pas, et c'est ce que Peter semble faire*. Et alors, Bobbi aurait été forcée de répondre : *Je sais où il est allé, et j'ai une idée assez précise de ce qui lui fait ça*. Et cette simple phrase l'aurait beaucoup soulagée, non ? Mais le vieux Dr Daggett avait vendu son cabinet à Etheridge, qui avait l'air assez gentil mais qui restait encore un étranger, et il avait pris sa retraite en Floride. Etheridge voyait plus fréquemment Peter que Daggett — quatre fois l'année passée, en fait —, parce que Peter se faisait vieux et qu'il était de plus en plus infirme. Mais il ne le connaissait pas comme son prédécesseur, et Bobbi soupçonnait en plus qu'il n'avait ni son œil acéré ni son courage.

Depuis le chenil, un berger allemand explosa soudain en une série d'aboiements qui sonnèrent comme autant de jurons canins. D'autres chiens se joignirent à lui. Les oreilles de Peter se dressèrent et il se mit à trembler sous la main de Bobbi. Apparemment, la sérénité du beagle est quelque peu ébranlée, songea Bobbi. Aussitôt après avoir dépassé les orages de la jeunesse, Peter s'était montré tellement réservé qu'il en était devenu presque paralytique. Ce tremblement intense était tout nouveau.

Etheridge fronça les sourcils en entendant les chiens. Presque tous aboyaient, maintenant.

« Merci de m'avoir reçue si vite ! » cria Bobbi pour se faire entendre.

Un chien de la salle d'attente se mit aussi à aboyer ; c'était le jappement bref et nerveux d'un très petit animal, un loulou de Poméranie ou un caniche, probablement.

« C'était très... »

Sa voix cassa. Elle sentit une vibration sous ses doigts et sa première pensée
(le vaisseau)
fut pour la chose enfouie dans les bois. Mais elle savait ce qu'était cette
vibration. Bien qu'elle ne l'eût sentie que très, très rarement, elle ne
comportait pas de mystère.

Cette vibration venait de Peter, c'était un son très grave, issu du fond de sa
gorge. Peter grondait.

« ... gentil de votre part, mais je crois que je dois vous quitter. On dirait que
vous avez une mutinerie sur les bras. »

Elle voulait plaisanter, mais apparemment, il n'y avait plus guère matière à
plaisanterie. Soudain, toute la petite clinique vétérinaire — la section de la
salle d'attente et de traitement, mais aussi les sections annexes de gardiennage
et de chirurgie — semblait en révolution. Tous les chiens aboyaient, et dans la
salle d'attente, le loulou avait donné le ton à deux autres chiens, et un cri
ondulant et féminin, indubitablement félin, s'était joint aux leurs.

Mme Alden arriva en panique.

« Docteur Etheridge...

— Oui, oui, j'arrive ! dit-il sur un ton irrité. Excusez-moi, mademoiselle
Anderson. »

Il fonça vers le chenil. Quand il ouvrit la porte, le vacarme des chiens parut
redoubler. *Ils deviennent enragés*, se dit Roberta, mais ce fut tout ce qu'elle eut le
temps de penser, parce que Peter bondit littéralement sous sa main. Le
profond râle dans la gorge du beagle se durcit soudain en un grognement.
Etheridge ne l'entendit pas : il courait déjà dans l'allée centrale du chenil, les
chiens aboyant tout autour de lui tandis que la porte se refermait lentement
dans son dos sur ses gonds pneumatiques ; mais Bobbi l'entendit, et si elle
n'avait pu attraper le collier de Peter à temps, le beagle aurait traversé la pièce
comme un boulet de canon et aurait suivi le vétérinaire dans le chenil. Le
tremblement et le grondement profond n'étaient pas des signes de peur, elle le
comprit. C'était de la rage. C'était inexplicable, totalement étranger à Peter,
mais c'était bien de la rage.

Le grognement de Peter s'étrangla — *yark !* — quand Bobbi le tira en arrière
par son collier. Il tourna la tête, et dans l'œil droit bordé de rouge que roulait
Peter, Bobbi perçut ce que plus tard elle ne pourrait caractériser que comme la
fureur de se voir empêché de faire ce qu'il avait décidé. Elle pouvait admettre
la possibilité d'une soucoupe volante de trois cents mètres de circonférence
enterrée sur sa propriété, la possibilité de quelque émanation ou vibration
provenant du vaisseau qui aurait tué une marmotte assez malchanceuse pour
s'approcher trop près, qui l'aurait tuée si totalement, et de façon si
déplaisante, que même les mouches, à ce qu'il semblait, n'en avaient pas
voulu ; elle pouvait admettre des règles anormales, une cataracte en rémission
chez un chien, et même la quasi-certitude que Peter rajeunissait.

Tout ça, oui.

Mais l'idée qu'elle avait perçu dans les yeux du bon vieux chien Peter une
folle haine pour elle, Bobbi Anderson... Non.

3

Ce moment fut heureusement bref. La porte du chenil se referma, étouffant la cacophonie. Peter sembla se détendre un peu. Il tremblait toujours, mais du moins s'assit-il à nouveau.

« Viens, Pete, sortons d'ici », dit Roberta. Elle était sérieusement éprouvée, beaucoup plus qu'elle ne l'avoua ultérieurement à Jim Gardener. Car l'admettre l'aurait peut-être ramenée à cette furieuse lueur de rage dans l'œil sain de Peter.

Bobbi chercha fébrilement la laisse qu'elle avait empruntée à Mme Alden et qu'elle avait retirée à Peter dès qu'ils étaient entrés dans la salle d'examen (que l'on dût obligatoirement tenir les chiens en laisse en attendant la consultation lui avait toujours paru désagréable — jusqu'à maintenant), et faillit la laisser tomber. Elle parvint finalement à l'attacher au collier de Peter.

Elle se dirigea vers la porte de la salle d'attente, qu'elle ouvrit avec le pied. Le vacarme était plus violent que jamais. C'était bien un loulou de Poméranie qui avait donné le signal, et il appartenait à une grosse femme portant un pantalon d'un jaune criard et un haut de même couleur. Bouboule tentait de tenir le loulou et lui disait : « Sois gentil, Éric, sois un gentil petit garçon à ta Maman. » Bien peu de chose, hormis les yeux de rat brillants du chien, émergeait des gros bras flasques de Maman.

« Mademoiselle Anderson... », essaya de dire Mme Alden.

Elle semblait perdue et un peu effrayée, cette pauvre femme qui s'efforçait de continuer son travail habituel dans ce qui était devenu un asile d'aliénés. Bobbi comprenait ce qu'elle ressentait.

Le loulou repéra Peter — Bobbi jurerait plus tard que c'est ce qui avait mis le feu aux poudres — et devint comme fou. Il n'hésita pas longtemps à choisir sa cible. Il enfonça ses crocs aigus dans l'un des bras de Maman.

« Putain de merde ! » hurla Maman en laissant tomber le loulou par terre.

Le sang commença à couler sur son bras.

Au même moment, Peter bondit en avant, aboyant et grondant, tirant sur la courte laisse assez brutalement pour entraîner Bobbi à sa suite. Son bras droit se tendit et son œil averti d'écrivain lui montra très exactement ce qui allait arriver : dans une seconde, Peter le beagle et Éric le loulou se rencontreraient au milieu de la pièce comme David et Goliath. Mais le loulou était un écervelé pas même sournois, et Peter lui arracherait la tête d'une seule grosse bouchée.

C'est grâce à une gamine d'environ onze ans que le carnage fut évité. Assise à la gauche de Maman, la petite avait une boîte à chat sur les genoux. A l'intérieur se trouvait un gros serpent noir dont les écailles luisaient de bonne santé. Par un étonnant réflexe d'enfant, la petite fille lança en avant une de ses jambes habillées d'un jean et écrasa son pied sur le bout de la laisse d'Éric. Éric fit un tour complet en l'air avant de retomber. La petite fille tira le loulou en arrière. Elle était de loin la plus calme de la salle d'attente.

« *Et s'il m'a donné la rage, ce petit salaud ?* » hurlait Maman en se ruant sur Mme Alden. Le sang luisait entre ses doigts, qui pressaient son bras. Peter se tourna vers elle quand elle passa et Bobbi le tira en arrière, puis l'entraîna vers la porte. Au diable la petite pancarte posée sur le bureau de Mme Alden et qui signalait : SAUF ACCORD PRÉALABLE, IL EST D'USAGE QUE LES CLIENTS RÈGLENT LES SOINS LE JOUR DE LA CONSULTATION. Elle voulait sortir d'ici, ignorer toutes les limitations de vitesse, rentrer chez elle et boire un verre. Un Cutty Sark. Un double. Disons même un triple, après tout.

Bobbi entendit un long feulement virulent sur sa gauche. Elle se retourna et vit un chat qu'on aurait mieux imaginé sur l'épaule d'une sorcière. Tout noir à l'exception d'une pointe de blanc au bout de sa queue, il avait reculé au fond de sa cage. Il faisait le gros dos et sa fourrure se hérissait, toute droite comme des piquants ; ses yeux verts, qui fixaient Peter, luisaient d'une lueur irréelle. Sa gueule rouge grande ouverte découvrait deux rangées de dents pointues.

« Sortez ce chien ! dit à Bobbi la dame au chat d'une voix aussi froide qu'un pistolet qu'on arme. Noiraud l'aime pas. »

Bobbi aurait voulu répliquer que Noiraud pouvait aller se faire voir chez les Martiens, mais elle ne pensa à cette expression grossière mais délicieusement de circonstance que plus tard — elle avait l'esprit de l'escalier. Ses personnages avaient le chic pour toujours dire exactement ce qu'il fallait, et elle avait rarement besoin de se creuser la cervelle pour trouver leurs répliques, qui lui venaient facilement, naturellement. Mais ce n'était presque jamais le cas dans la vie.

« La ferme ! » fut tout ce qu'elle trouva, et ce ne fut qu'un murmure d'une telle lâcheté qu'elle douta que la propriétaire de Noiraud eût la moindre idée de ce qu'elle avait dit, ou même imaginât qu'elle eût dit quoi que ce soit. Elle tirait vraiment Peter maintenant, utilisant la laisse pour contraindre le chien d'une façon qu'elle trouvait détestable à chaque fois qu'elle en était témoin dans la rue. La gorge de Peter émettait une sorte de toux et sa langue n'était qu'une gouttière dégoulinante de salive pendant de côté. Il regarda un boxer dont la patte avant droite était plâtrée. Le boxer était retenu à deux mains par un grand gaillard en bleu de travail ; en fait, l'homme avait même enroulé deux fois la laisse autour d'un de ses gros poings tachés de cambouis, et il avait beaucoup de mal à contrôler son chien, qui aurait tué Peter aussi vite et aussi proprement que Peter aurait massacré le loulou de Poméranie. La puissance du boxer ne semblait pas affectée par sa patte cassée, et Bobbi avait davantage confiance dans la poigne du mécanicien qu'en cette laisse de chanvre qui paraissait donner des signes de faiblesse.

Bobbi eut l'impression de mettre cent ans à trouver et actionner la poignée de la porte donnant sur la rue. C'était comme dans un cauchemar où l'on a les mains prises et où l'on sent que son pantalon, lentement mais inexorablement, commence à descendre.

C'est Peter qui a tout déclenché. Je ne sais pas comment.

Elle tourna enfin la poignée de la porte et jeta un dernier coup d'œil à la salle d'attente. Une véritable scène d'apocalypse. Maman demandait à Mme Alden de la soigner, et il semblait bien qu'elle en eût besoin, car le sang dégoulinait maintenant en rigoles le long de son bras, tachant son pantalon jaune et ses chaussures blanches ; Noiraud le chat feulait toujours ; même les gerbilles du Dr Etheridge devenaient folles dans l'enchevêtrement de tours et de tubes en plastique de l'étagère où elles vivaient ; Éric le Fou de Poméranie se dressait au bout de sa laisse et aboyait d'une voix étranglée en direction de Peter. Peter lui répondait par un grondement féroce.

Le regard de Bobbi tomba sur le serpent noir de la petite fille et vit qu'il s'était dressé dans sa boîte comme un cobra et regardait Peter lui aussi, sa gueule sans crochets grande ouverte, son étroite langue rose fouettant l'air de petits coups fulgurants.

Les couleuvres ne font pas ça. Je n'ai jamais vu de couleuvres faire ça de toute ma vie.

Dans un état proche de l'horreur, Bobbi s'enfuit, traînant Peter derrière elle.

4

Peter se calma presque dès que la porte se referma derrière eux avec un soupir pneumatique. Il cessa de tousser et de tirer sur la laisse et se mit à marcher à côté de Bobbi, lui jetant à l'occasion un regard qui disait : *Je n'aime pas cette laisse, et je ne l'aimerai* jamais. *Mais d'accord, ça va, si c'est ce que tu veux.* A leur arrivée dans la cabine du pick-up, Peter était redevenu lui-même.

Mais pas Bobbi.

Ses mains tremblaient tellement qu'elle s'y reprit à trois fois pour insérer la clé de contact. Puis elle se trompa de vitesse et cala. Le pick-up eut une violente secousse et Peter tomba du siège. Du sol, il lança à Bobbi un de ces regards de reproche propres aux beagles (bien que tous les chiens soient capables de lancer des regards de reproche, seuls les beagles paraissent avoir la maîtrise totale de cette déclaration d'incommensurables souffrances). *Où est-ce que tu as trouvé ton permis de conduire, Bobbi ? Dans une pochette surprise ou au supermarché ?* avait-il l'air de demander. Il remonta sur le siège. Bobbi avait déjà du mal à croire que, cinq minutes plus tôt, Peter ne cessait de gronder et d'aboyer, transformé en un chien méchant qu'elle ne connaissait pas, prêt, semblait-il, à mordre tout ce qui bougeait, *et cette expression, cette...* mais son cerveau ferma la parenthèse avant d'achever ce propos.

Elle lança de nouveau le moteur et sortit du parking. En passant devant le bâtiment portant une jolie pancarte — CLINIQUE VÉTÉRINAIRE D'AUGUSTA —, elle baissa la vitre. Quelques aboiements et autres jappements. Rien d'extraordinaire.

C'était fini.

Et ce n'était pas tout, se dit-elle. Bien qu'elle n'en fût pas certaine, elle pensait que ses règles aussi étaient finies. Dans ce cas, bon débarras.

Comme dirait l'autre.

5

Bobbi ne voulut — ou ne put — pas attendre d'être rentrée pour boire le verre qu'elle s'était promis. Juste à la sortie de la ville d'Augusta se trouvait un routier qui portait le nom charmant de « Bar et grill du Grand week-end perdu » (spécialité de côtes de porc ; cette semaine, vend. et sam., les Kitty-Cats de Nashville !).

Bobbi se gara entre un vieux break et un tracteur John Deere dont la herse sale dressait ses pointes vers le ciel. Un peu plus loin, elle avait vu une vieille Buick tirant un van, et elle s'était délibérément éloignée de l'éventuel cheval.

« Reste là », ordonna-t-elle à Peter qui s'était enroulé sur le siège.

Il lui lança un regard qui voulait dire : *Pourquoi est-ce que j'aurais envie d'aller où que ce soit avec toi ? Pour que tu m'étrangles encore avec cette stupide laisse ?*

Le Grand week-end perdu était sombre et presque désert en ce mercredi après-midi, et la piste de danse luisait faiblement comme un lac dans une grotte. L'endroit sentait la bière. Le barman et serveur s'approcha.

« Bien le bonjour, jolie petite dame. Y a aussi du chili au menu du jour. Et...

— Je voudrais un Cutty Sark, dit Roberta. Un double. Sans eau.

— Vous buvez toujours comme un homme ?

— Oui : d'habitude, dans un verre », dit Roberta.

Ce mot d'esprit n'avait aucun sens, mais elle se sentait si fatiguée... et à cran. Elle se rendit aux toilettes pour changer sa serviette et, par précaution, la remplaça par un simple protège-slip ; ce n'était effectivement qu'une précaution, et un grand soulagement la gagna. Il semblait que l'hémorragie fût terminée jusqu'au mois prochain.

Elle revint à son tabouret de bar de bien meilleure humeur, et se sentit encore mieux quand elle eut avalé la moitié de son verre.

« Dites, je ne voulais pas vous vexer, dit le barman, mais on est un peu seul, ici, l'après-midi, et quand un étranger vient, je ne sais plus ce que je dis.

— C'est de ma faute. Je n'ai pas passé une très bonne journée, répondit Roberta avant de finir son verre et de soupirer.

— Vous en voulez un autre, mademoiselle ? »

Je crois que je préférais encore « jolie petite dame », se dit Roberta en hochant la tête.

« Je vais plutôt prendre un verre de lait, sinon j'aurai mal à l'estomac tout l'après-midi. »

Le barman lui apporta son lait. Bobbi le but en se demandant ce qui s'était passé chez le vétérinaire. Mais elle ne le savait tout simplement pas.

Je vais te dire ce qui est arrivé, quand tu l'as amené. Rien du tout.

Son cerveau s'accrocha à cette idée. La salle d'attente était aussi pleine de monde à son arrivée que lorsqu'elle était repartie, mais rien de cataclysmique ne s'était produit la première fois. La salle n'était pas calme — des animaux d'espèces différentes, dont beaucoup étaient des ennemis héréditaires par instinct, ne se côtoient pas dans un silence de bibliothèque quand on les rassemble — mais il ne s'était rien passé d'anormal. Maintenant, l'alcool aidant, elle se souvenait de l'entrée du mécanicien avec son boxer. Le chien avait regardé Peter. Peter l'avait regardé. Rien.

Alors ?

Alors, bois ton lait, rentre et oublie ça.

D'accord. Et cette chose enfouie dans les bois ? Il faut que je l'oublie aussi ?

Au lieu d'une réponse, c'est la voix de son grand-père qu'elle entendit : *A propos, Bobbi, qu'est-ce qu'elle te fait, à toi, cette chose ? Y as-tu réfléchi ?*

Non. Elle n'y avait pas réfléchi.

Maintenant qu'elle y réfléchissait, elle avait envie de commander un autre verre... sauf qu'avec un autre, un seul autre, elle serait ivre... et elle n'avait pas vraiment envie de rester tout l'après-midi à se soûler seule, dans cette espèce d'immense grange, attendant l'inévitable homme d'esprit (peut-être le barman lui-même) qui viendrait lui demander ce qu'un endroit aussi joli faisait autour d'une fille comme elle !

Elle laissa un billet de cinq dollars sur le comptoir et le barman la salua. En sortant, elle vit une cabine téléphonique. L'annuaire était sale et corné, et il sentait le vieux bourbon, mais du moins avait-il l'avantage d'exister. Bobbi glissa une pièce dans la fente et coinça le combiné entre sa joue et son épaule pour pouvoir consulter la liste des vétérinaires. Elle appela la clinique d'Etheridge. La voix de Mme Alden lui parut tout à fait sereine. A l'arrière-plan, seul un chien aboyait.

« Je ne voulais pas que vous pensiez que j'étais partie à la cloche de bois, dit Roberta. Je vous renverrai votre laisse avec le chèque dès demain.

— Mais je vous en prie, mademoiselle Anderson ! répondit Mme Alden. Au bout de tant d'années, vous êtes la dernière personne que j'aurais pu soupçonner d'une chose pareille. Quant à la laisse, nous en avons un plein placard !

— Il m'a semblé que tous les animaux devenaient fous.

— Mon Dieu, complètement fous ! J'ai dû appeler un médecin en urgence pour Mme Perkins. Je ne pensais pas que c'était grave à ce point — il a fallu lui poser des points de suture, naturellement, mais en pareil cas, la plupart des gens se rendent chez le médecin par leurs propres moyens, dit-elle en baissant la voix pour une confidence qu'elle n'aurait sans doute pas faite à un homme. Heureusement que c'est son chien qui l'a mordue. C'est le genre de femme à faire un procès pour un rien.

— Avez-vous une idée de la cause de ce tumulte ?

— Non... et le Dr Etheridge non plus. La chaleur après la pluie, peut-être. Le Dr Etheridge dit qu'il a entendu parler d'un incident de ce type lors d'un congrès. Une vétérinaire de Californie a raconté que tous les animaux de sa clinique s'étaient déchaînés, « comme ensorcelés », selon ses propres termes, juste avant le dernier grand tremblement de terre.

— C'est vrai ?

— Ici dans le Maine, nous avons eu un tremblement de terre, l'an passé, dit Mme Alden. J'espère qu'il n'y en aura pas d'autre. Cette usine nucléaire de Wiscasset est trop proche pour qu'on soit rassuré. »

Demande à Gard, se dit Roberta.

Elle remercia et raccrocha.

Bobbi revint à son véhicule. Peter dormait. Il ouvrit les yeux quand elle entra, puis les referma. Son museau reposait sur ses pattes. Le gris du museau disparaissait. Cela ne faisait aucun doute.

A propos, Bobbi, qu'est-ce qu'elle te fait, à toi, cette chose ?

Tais-toi, grand-père.

Elle roula jusqu'à chez elle. Après s'être remontée avec un second whisky — moins raide —, elle gagna la salle de bains et s'approcha du miroir, examinant d'abord son visage, puis passant ses doigts dans ses cheveux, les soulevant et les laissant retomber.

Le gris était toujours là, tout le gris qui avait poussé jusqu'à maintenant ; du moins à ce qu'elle croyait.

Elle n'aurait jamais pensé qu'elle serait heureuse de se voir des cheveux gris, mais elle l'était. En quelque sorte.

6

Au début de la soirée, de sombres nuages s'étaient amoncelés à l'ouest, et à la nuit tombée, le tonnerre retentit. Les pluies allaient revenir, semblait-il, du moins pour la nuit. Bobbi savait que ce soir-là, elle ne ferait sortir Peter que pour le plus pressant des besoins ; depuis qu'il était tout petit, le beagle avait toujours été terrifié par les orages.

Bobbi s'installa dans son fauteuil à bascule près de la fenêtre, et si quelqu'un était passé par là, il aurait pu penser qu'elle lisait, mais en fait elle travaillait, elle travaillait sans enthousiasme sur la thèse *Guerre des pâturages et guerre de Sécession*, thèse aussi aride que le désert, mais Bobbi se disait qu'elle lui serait extrêmement utile quand elle se mettrait à écrire..., ce qui ne devrait plus tarder.

A chaque grondement de tonnerre, Peter se rapprochait un peu du fauteuil de Bobbi, un petit sourire honteux semblant se dessiner sous ses yeux attendrissants. *Ouais, je sais que ça ne me fera pas de mal, je sais, mais je vais seulement me rapprocher un peu de toi, d'accord ? Et si ça tonne vraiment fort, je viendrai te rejoindre sur ce foutu fauteuil à bascule, tu veux bien, Bobbi ? Ça ne t'ennuie pas, hein, Bobbi ?*

L'orage se contint jusque vers neuf heures, et Bobbi acquit la certitude que lorsqu'il se déciderait à éclater vraiment, c'en serait un bon, un de ceux que les habitants d'Haven appellent « un vrai geyser ». Elle alla dans la cuisine, fouilla dans le cagibi qui lui servait de buanderie et trouva sa lanterne à gaz Coleman sur le haut d'une étagère. Peter était sur ses talons, la queue entre les jambes, toujours avec son sourire honteux. En sortant du cagibi avec sa lanterne, Bobbi faillit trébucher sur lui.

« Si ça ne te gênait pas, Peter... »

Il s'éloigna un peu... puis revint se lover contre ses chevilles quand le tonnerre éclata assez fort pour ébranler les fenêtres. Quand Bobbi regagna son fauteuil, un éclair d'un blanc bleuté illumina la pièce et le téléphone tinta. Le vent se leva. Les arbres s'agitèrent en bruissant.

Peter se colla contre le fauteuil, levant vers Bobbi un regard suppliant.

« D'accord, céda-t-elle en soupirant, monte, crétin. »

Elle n'eut pas à le lui dire deux fois. Il bondit sur ses genoux, lui meurtrissant l'entrejambe d'une de ses pattes avant. Il atterrissait toujours là ou sur un de ses seins. Il ne visait pas. C'était simplement l'une de ces lois mystérieuses, comme celle qui veut que les ascenseurs s'arrêtent à chaque étage quand on est pressé. Bobbi n'avait pas encore trouvé de parade.

La foudre déchira le ciel. Peter se pelotonna contre elle. Son odeur — *Eau de Beagle* — emplit le nez de Bobbi.

« Pourquoi est-ce que tu ne me sautes pas à la gorge, qu'on en finisse, Pete ? »

Peter sourit de son sourire honteux, comme pour dire : *Je sais, je sais, ne retourne pas le couteau dans la plaie.*

Le vent se leva. Les lumières se mirent à clignoter, signe indubitable que Roberta Anderson et Central Maine Power allaient bientôt se faire des adieux touchants... du moins jusqu'à trois ou quatre heures du matin. Bobbi posa la thèse à côté d'elle et entoura son chien de ses bras. Les orages d'été ne la dérangeaient pas vraiment, ni les blizzards d'hiver, d'ailleurs. Elle aimait leur puissance. Elle aimait voir et entendre cette puissance brutale et aveugle s'appliquer à la terre. Elle éprouvait une sympathie irraisonnée pour les agissements de ces orages. Elle sentait celui-ci agir en elle — les poils de ses bras et de sa nuque se hérissaient, et un éclair particulièrement proche lui donna l'impression d'être presque galvanisée par son énergie.

Elle se souvint d'une curieuse conversation qu'elle avait eue avec Jim Gardener. Il avait une plaque métallique dans le crâne, souvenir d'un accident de ski qui avait failli le tuer à l'âge de dix-sept ans. Gard lui avait dit qu'une fois, en changeant une ampoule électrique, il avait reçu un choc horrible en introduisant par inadvertance son doigt dans la douille. Ce sont des choses qui arrivent. Mais dans son cas, ce fut plus curieux, puisque pendant une semaine, il capta des émissions de musique et d'informations dans sa tête. Il avait vraiment cru un moment qu'il devenait fou. Le quatrième jour, Gard avait même identifié la station qu'il recevait : WZON, une des trois radios en modulation d'amplitude de Bangor. Il avait noté le nom de trois chansons à la suite et avait appelé la station de radio pour savoir si elle avait effectivement diffusé ces chansons, plus des publicités pour le restaurant polynésien Sing, la Subaru « Village » et le musée ornithologique de Bar Harbor. C'était le cas.

Le cinquième jour, l'intensité avait commencé de diminuer, et deux jours plus tard il n'entendait plus rien.

« C'était cette fichue plaque dans ma tête, lui avait-il expliqué en tapant doucement la cicatrice de sa tempe avec son poing. Aucun doute. Je suis sûr que des milliers de gens riraient, mais moi, je suis absolument sûr que c'est ça. »

Si quelqu'un d'autre lui avait raconté cette histoire, Bobbi aurait cru qu'on essayait de la faire marcher, mais Jim ne plaisantait pas. Il suffisait de le regarder dans les yeux pour savoir qu'il ne mentait pas.

Les gros orages avaient une puissance énorme.

Un éclair jeta une lumière bleue sur ce que Bobbi — ainsi que ses voisins — considérait comme son jardin, devant la porte. Elle vit l'espace d'un instant sa camionnette avec les premières gouttes qui s'étaient écrasées sur le pare-brise, la petite allée sablée, la boîte aux lettres avec son drapeau baissé et frileusement collé à l'aluminium du côté, les arbres agités. Le tonnerre explosa quelques secondes plus tard et Peter sursauta en gémissant dans les bras de

Bobbi. Les lumières s'éteignirent. Elles ne prirent même pas la peine de baisser ou de clignoter. Elles s'éteignirent d'un seul coup, complètement. Elles s'éteignirent avec *autorité*.

Bobbi voulut prendre la lanterne, mais elle interrompit son geste.

Il y avait une tache verte sur le mur d'en face, juste à droite du buffet gallois d'oncle Frank. Elle monta de cinq centimètres, s'écarta vers la gauche, puis vers la droite, disparut un instant, puis reparut. Le rêve de Bobbi lui revint avec toute la puissance inquiétante du déjà vu. Elle repensa à la lanterne, dans l'histoire d'Edgar Poe, mais cette fois un autre souvenir s'y associait : *La Guerre des mondes*. Le rayon de chaleur martien qui faisait pleuvoir une mort verte sur Hammersmith.

Elle se tourna vers Peter et entendit les tendons de son cou grincer comme des gonds rouillés, certaine de ce qu'elle allait voir. La lumière venait de l'œil de Peter. De son œil gauche. Il luisait de cette diabolique lueur verte des feux follets parcourant un étang après une journée calme et humide.

Non... pas l'*œil*. C'était la *cataracte* qui luisait... du moins ce qui restait de la cataracte. Elle avait encore beaucoup réduit, même depuis le matin, au cabinet du vétérinaire. Tout le côté gauche de la tête de Peter était illuminé par cette lumière verte surnaturelle, et il ressemblait à un monstre de bande dessinée.

Elle fut tout d'abord tentée de se débarrasser de Peter, de bondir du fauteuil et de s'enfuir.

Mais c'était *Peter,* après tout. Et il était déjà mort de peur. Si elle l'abandonnait, il serait tout à fait terrorisé.

Le tonnerre éclata dans la nuit. Cette fois, tous deux sursautèrent. Puis la pluie se mit à tomber en grands pans d'eau, comme un rideau. Bobbi tourna à nouveau les yeux vers le mur où la tache verte se déplaçait toujours par à-coups. Elle se souvint des nuits où encore enfant, dans son lit, elle utilisait le verre de sa montre-bracelet pour projeter une tache semblable sur le mur en bougeant son poignet.

A propos, qu'est-ce que cela te fait, à toi, *Bobbi ?*

Un feu vert au fond de l'œil de Peter, qui lui enlève sa cataracte. Qui la ronge. Elle regarda de nouveau et dut se contrôler pour ne pas avoir un mouvement de recul quand Peter lui lécha la main.

Cette nuit-là, Bobbi Anderson ne dormit quasiment pas.

4.

LES FOUILLES, SUITE

1

Quand Bobbi se réveilla, il était presque dix heures et la plupart des lampes étaient allumées : apparemment, Central Maine Power avait réparé. Elle fit le tour de la maison en chaussettes, éteignant les lumières, puis déverrouilla la fenêtre du devant. Peter était sur le porche. Bobbi le fit entrer et regarda son œil. Elle se souvenait de sa terreur la nuit précédente, mais dans la clarté de ce lumineux matin d'été, la terreur faisait place à la fascination. *N'importe qui* songea-t-elle, *aurait été effrayé*, en voyant quelque chose comme ça dans le noir, en pleine panne d'électricité, tandis que dehors un orage déchirait le ciel et la terre.

Pourquoi diable Etheridge n'avait-il pas vu ça ?

C'était cependant facile à comprendre. Les chiffres fluorescents des réveils luisent aussi bien le jour que la nuit, pourtant, on ne voit pas leur lueur à la lumière du jour. Certes, elle était un peu surprise de ne pas avoir remarqué la lueur verte dans l'œil de Peter les nuits précédentes, mais pas vraiment déroutée. Après tout, il lui avait fallu deux jours pour remarquer que la cataracte régressait. Et pourtant... Etheridge y avait regardé de *près*, non ? Etheridge avait regardé *dans* l'œil de Peter avec son ophtalmoscope, il était *entré* dans l'œil de Peter.

Il avait été d'accord avec Bobbi. La cataracte régressait... Mais il n'avait mentionné aucune lueur, ni verte ni de quelque couleur que ce soit.

Peut-être l'a-t-il vue et a-t-il décidé de ne pas la voir. Comme il a vu que Peter rajeunissait tout en décidant de ne pas le voir. Parce qu'il ne voulait *pas voir ça.*

Au fond, elle n'aimait guère le nouveau vétérinaire. Elle se dit que c'était parce qu'elle avait tant aimé le vieux Doc Daggett et qu'elle avait stupidement (mais, semble-t-il, inévitablement) supposé qu'il serait toujours là tant que Peter et elle auraient besoin de lui. Mais c'était une bien piètre raison pour ressentir de l'hostilité envers le successeur du vieil homme, et même si

Etheridge n'avait pas vu (ou avait refusé de voir) l'apparent rajeunissement de Peter, il n'en restait pas moins un vétérinaire parfaitement compétent.

Une cataracte émettant une lueur verte... elle ne pensait pas qu'il aurait pu ne pas remarquer un tel phénomène.

Ce qui l'amena à la conclusion que la lueur verte n'était pas là quand Etheridge avait examiné Peter.

Du moins, pas au début.

Il n'y avait pas eu de grand chambardement tout de suite non plus. Pas quand ils étaient entrés. Pas au cours de l'examen. Seulement quand ils s'étaient préparés à partir.

Est-ce que c'était à ce moment-là que l'œil de Peter s'était mis à luire ?

Bobbi versa du Gravy Train dans l'écuelle de Peter et tâta l'eau du robinet de sa main gauche, attendant qu'elle devienne assez chaude pour en arroser les boulettes. Il fallait attendre de plus en plus longtemps. Le chauffe-eau était lent, capricieux et tristement démodé. Bobbi voulait le faire remplacer — et devrait certainement s'y résoudre avant les froids de l'hiver — mais le seul plombier de Haven, et des villages au nord ou au sud immédiat de Haven, était un garçon plutôt désagréable appelé Delbert Chiles qui la regardait toujours comme s'il savait *exactement* à quoi elle devait ressembler sans ses vêtements (*pas grand-chose,* disaient ses yeux, *mais j'pense que ça f'rait, au besoin*) et voulait toujours savoir si Bobbi écrivait « un nouveau livre ces derniers temps ». Chiles aimait à lui dire qu'il aurait été un sacrément bon écrivain, lui aussi, mais qu'il avait trop d'énergie et pas assez de colle sur le fond de son pantalon, « si vous voyez ce que je veux dire ». La dernière fois qu'elle avait été obligée de l'appeler, c'était quand les tuyaux avaient éclaté, l'avant-dernier hiver, l'année où le thermomètre était descendu en dessous de moins trente. Après avoir tout réparé, il avait demandé à Bobbi si elle voudrait « aller danser » un jour. Elle avait poliment décliné l'invitation, et Chiles lui avait lancé un clin d'œil qui se voulait détenteur de sagesse universelle mais qui n'exprimait qu'une totale vacuité. « Vous ne savez pas ce que vous perdez, minette », avait-il dit. *Je crois bien que si, et c'est pourquoi j'ai dit non,* avait-elle failli répondre, mais elle n'avait rien dit : même si elle ne l'aimait pas, elle savait qu'elle pourrait avoir à nouveau besoin de lui. Pourquoi dans la vie, les bonnes répliques ne venaient-elles immédiatement à l'esprit que lorsqu'on n'osait pas les utiliser ?

Tu devrais faire quelque chose pour ce chauffe-eau, Bobbi, dit une voix dans son cerveau, une voix qu'elle ne put identifier. La voix d'un *étranger* dans sa tête ? Oh, flûte ! Est-ce qu'elle devait appeler la police ? *Tu pourrais,* insista la voix, *tu n'aurais qu'à...*

Mais l'eau commençait à se réchauffer, à tiédir en tout cas, et elle oublia le chauffe-eau. Elle remua le Gravy Train, le posa par terre, et regarda Peter manger. Il avait bien meilleur appétit, ces jours-ci.

Tu devrais vérifier l'état de ses dents, se dit-elle. *Tu pourrais peut-être lui redonner du Gaines Meal. Un sou économisé, c'est un sou gagné, et les lecteurs américains ne se pressent pas vraiment à ta porte, ma vieille. Et...*

A quel moment *exactement* le tumulte avait-il commencé à la clinique ?

Bobbi y réfléchit attentivement. Elle n'en était pas vraiment certaine, pourtant, plus elle y pensait, plus il lui semblait que cela aurait pu être — pas sûr, mais peut-être — juste après que le Dr Etheridge eut fini d'examiner la cataracte de Peter et posé son ophtalmoscope.

Attendez, Watson, dit soudain la voix de Sherlock Holmes avec le débit rapide, presque pressé, de son interprète à l'écran, Basil Rathbone. *L'œil luit. Non... pas l'œil ; la cataracte luit. Bobbi ne l'observe pas, mais elle devrait le faire. Etheridge ne l'a pas observée, et il aurait indubitablement dû le faire. Pouvons-nous dire que les animaux de la clinique vétérinaire n'ont pas été troublés avant que la cataracte de Peter se soit mise à luire... avant, pourrions-nous avancer, que le processus de guérison ne se soit remis en marche ? C'est possible. La lueur ne serait-elle visible que lorsqu'il n'est pas dangereux qu'on la voie ? Ah, Watson, il s'agit là d'une hypothèse aussi effrayante qu'injustifiée. Parce que cela indiquerait une sorte de...*

une sorte d'intelligence.

Bobbi n'aimait pas la direction où l'entraînaient les propos de Sherlock Holmes et elle essaya d'interrompre le travail de son cerveau grâce au bon vieux conseil : laisse tomber.

Cette fois, elle y réussit.

Pour un temps.

2

Bobbi voulait aller creuser davantage.

Son cerveau n'aimait pas du tout cette idée.

Son cerveau pensait que c'était une idée idiote.

Laisse tomber, Bobbi. C'est dangereux.

Oui.

A propos, qu'est-ce que ça te fait, à toi ?

Rien de *visible*. Mais on ne peut voir non plus ce que la fumée de cigarette fait aux poumons ; c'est pourquoi les gens continuent de fumer. Il était possible que son foie soit en train de pourrir, que les parois de son cœur s'enlisent dans le cholestérol, ou qu'elle soit devenue stérile. Elle ne pouvait pas savoir si sa moelle ne s'était pas mise à produire des globules blancs de façon anarcho-frénétique. Pourquoi se contenter de règles en avance quand on peut avoir quelque chose de *vraiment* intéressant, comme une leucémie, Roberta ?

Mais elle voulait quand même creuser.

Ce besoin, simple et élémentaire, n'avait rien à voir avec son cerveau. Il émergeait d'un lieu plus profond. Il présentait toutes les caractéristiques d'un besoin physique impérieux — besoin d'eau, de sel, de cocaïne, d'héroïne, de cigarette, de café. Son cerveau fonctionnait selon la logique ; cette autre partie d'elle fonctionnait selon des impératifs presque incohérents : *Creuse, Bobbi, tout va bien, creuse, fouille, nom de Dieu ! Pourquoi ne pas creuser un peu plus, tu sais que tu veux savoir ce que c'est, alors creuse jusqu'à ce que tu voies ce que c'est, creuse, creuse, creuse...*

Par un effort conscient, elle parvint à faire taire la voix, mais elle se rendit compte quinze minutes plus tard qu'elle l'écoutait à nouveau, comme un oracle de Delphes.

Il faut que tu dises à quelqu'un ce que tu as trouvé.

A qui ? A la police ? Hum. Pas moyen. Ou...

Ou à qui ?

Elle était dans son jardin, arrachant les mauvaises herbes comme une forcenée... une droguée en état de manque.

... ou n'importe quelle autorité, termina son cerveau.

L'hémisphère droit de son cerveau la gratifia du rire sarcastique d'Anne, comme elle s'y attendait... Mais le rire n'avait pas autant de force qu'elle l'avait craint. Comme bon nombre de gens de sa génération, Bobbi n'accordait pas une grande confiance aux « autorités ». Elle avait commencé à se méfier des autorités à l'âge de treize ans, à Utica. Elle était assise sur le canapé du salon entre Anne et sa mère. Elle mangeait un hamburger et regardait à la télévision la police de Dallas escorter Lee Harvey Oswald dans un parking souterrain. Il y avait beaucoup de policiers de Dallas. Tellement, en fait, que le commentateur annonça au pays que quelqu'un avait tué Oswald avant même que ces policiers — toutes ces personnes détenant une autorité — ne semblent avoir eu la moindre idée que quelque chose n'allait pas, sans parler de ce qui se passait vraiment.

A son avis, on avait trouvé que la police de Dallas avait fait du si bon boulot en protégeant tellement bien John F. Kennedy et Lee Harvey Oswald que c'était à elle qu'on avait confié le soin de s'occuper des émeutes raciales deux ans plus tard, puis de la guerre au Viêt-nam. D'autres tâches lui incombèrent : le règlement de l'embargo sur le pétrole dix ans après l'assassinat de Kennedy, les négociations pour faire libérer les otages américains de l'ambassade de Téhéran, et, quand il fut évident que ces têtes enturbannées n'écouteraient ni la voix de la raison ni celle de l'autorité, c'est la police de Dallas que Jimmy Carter avait envoyée pour sauver ces « pôv' gens » — après tout, on pouvait compter sur ces autorités, qui avaient su régler leur compte aux étudiants de Kent State University avec un sang-froid et un aplomb aussi extraordinaires, pour réussir le même genre de travail que l'équipe de *Mission impossible* réalisait chaque semaine à la télévision. D'accord, cette bonne vieille police de Dallas n'avait vraiment pas eu de chance ce coup-là, mais en gros, elle tenait les choses bien en main. Il n'y avait qu'à voir combien la situation mondiale était foutument *ordonnée* depuis qu'un homme au T-shirt trop serré et aux cheveux clairsemés, avec de la graisse de poulet sous les ongles, avait fait sauter la cervelle du Président assis à l'arrière d'une Lincoln qui descendait la rue principale d'une ville de cow-boys texans.

Je vais le dire à Jim Gardener. Quand il rentrera. Gard saura quoi faire, comment régler le problème. En tout cas, il aura une idée.

Voix d'Anne : *Tu vas demander conseil à un cinglé certifié. Formidable.*

Ce n'est pas un cinglé. Il est juste un peu bizarre.

Ouais, arrêté à la dernière manifestation de Seabrook avec un 45 chargé dans son sac à dos. C'est effectivement un peu bizarre.

Anne, tais-toi.

Elle arracha d'autres mauvaises herbes. Pendant toute la matinée, elle arracha des mauvaises herbes sous le soleil brûlant, le dos de son T-shirt trempé de sueur. En outre c'est l'épouvantail qui portait à présent le chapeau qu'elle mettait généralement pour se protéger des rayons.

Après le déjeuner, elle s'allongea pour une petite sieste et ne put dormir. Tout ça continuait à tourner dans sa tête, et la voix étrangère ne cessait de parler : *Creuse, Bobbi, tout va bien, va fouiller...*

Jusqu'à ce que finalement elle se lève, prenne la pince, la bêche et la pelle, et se dirige vers les bois. Tout au bout de son champ, elle s'arrêta, le front plissé par ses pensées, et revint chercher aussi son piolet. Peter était sur le porche. Il leva brièvement les yeux mais ne manifesta aucune intention de l'accompagner.

Bobbi n'en fut pas vraiment surprise.

3

C'est ainsi qu'environ vingt minutes plus tard, elle était plantée en haut de la butte, regardant en contrebas la tranchée qu'elle avait entamée dans le sol et qui avait mis au jour une très petite fraction de ce qu'elle croyait maintenant être un vaisseau spatial extraterrestre. Sa coque grise était aussi solide qu'une clé ou un tournevis, elle n'était pas le produit d'un rêve, d'idées folles ou de suppositions délirantes : elle était là. La terre que Bobbi avait rejetée de chaque côté, humide et noire, et secrète comme la forêt même, était maintenant d'un brun sombre, détrempée par la pluie de la nuit.

Tandis qu'elle descendait la pente, son pied fit craquer ce qu'elle crut être un journal. Ce n'était pas un journal : c'était un moineau crevé. Sept mètres plus loin, il y avait un corbeau crevé, les pattes ridiculement pointées vers le ciel comme un oiseau mort dans un dessin animé. Bobbi s'arrêta, regarda autour d'elle, et vit les corps de trois autres oiseaux — encore un corbeau, un geai et un tangara écarlate. Aucune trace de blessure. Morts, tout simplement. Et pas de mouches autour d'aucun d'eux.

Elle gagna la tranchée et laissa tomber ses outils. La tranchée était boueuse. Elle y entra tout de suite, et ses chaussures émirent le bruit ragoûtant attendu. Se penchant, elle vit du métal gris bien lisse s'enfoncer dans la terre, une flaque d'eau bordant l'un des côtés.

Qu'es-tu donc ?

Elle posa sa main dessus. La vibration pénétra dans sa peau, sembla un instant la parcourir tout entière, puis s'arrêta.

Bobbi se retourna et posa la main sur sa pelle, tâtant le bois doux du manche chauffé par le soleil. Elle ne prit que vaguement conscience du fait qu'elle n'entendait aucun bruit dans la forêt, aucun : pas un chant d'oiseau, pas un bruit d'animal fuyant, dans les buissons, l'odeur de l'homme. Elle avait une conscience plus nette des odeurs : tourbe, aiguilles de pin, écorce, sève.

Une voix à l'intérieur d'elle — tout au fond d'elle, qui ne venait pas de l'hémisphère droit de son cerveau mais peut-être des racines mêmes de son esprit — hurla de terreur.

Il se passe quelque chose, Bobbi, quelque chose est en train d'arriver en ce moment même. *Sors d'ici marmotte morte oiseaux morts Bobbi s'il te plaît s'il te plaît S'IL TE PLAÎT...*

Sa main serra plus fort le manche de la pelle et elle vit à nouveau, tel qu'elle l'avait dessiné, le bord gris d'une chose de taille titanesque enfouie dans le sol.

Ses règles avaient repris, mais elle ne s'en souciait pas. Elle avait remis une protection dans son slip avant même d'aller arracher les mauvaises herbes de son jardin. Une maxi. Et elle en avait une demi-douzaine dans son sac... ou une douzaine complète?

Elle ne savait pas, et cela n'avait pas d'importance. Même le fait de découvrir qu'une partie d'elle-même avait toujours su qu'elle finirait par revenir, en dépit de toutes ses idées folles sur le libre arbitre, ne la dérangeait pas. Une sorte de paix lumineuse l'emplissait. Des animaux crèvent... tes règles s'arrêtent et recommencent... tu arrives en ayant tout préparé alors même que tu avais affirmé que tu n'avais encore rien décidé... ce ne sont que de petites choses, plus petites que petites, des foutaises. Elle allait fouiller un moment, creuser autour de ce nom de Dieu d'objet, découvrir s'il y avait autre chose à voir qu'une douce peau de métal. Parce que tout...

« Tout va bien », dit Bobbi Anderson dans un silence irréel, et elle se mit à creuser.

5.

GARDENER FAIT UNE CHUTE

1

Tandis qu'avec son compas Bobbi Anderson suivait le contour d'une forme titanesque tout en pensant l'impensable avec son cerveau plus engourdi par l'épuisement qu'elle n'en avait conscience, Jim Gardener faisait le seul travail dont il fût capable ces temps-ci. Cette fois, c'était à Boston. Sa lecture de poèmes du 25 juin eut lieu à l'université. Et *ça* se passa bien. Le 26 était une journée de repos. Et c'est précisément ce jour-là que Gardener trébucha à son tour — à ceci près que, malheureusement, « trébucher » ne décrit pas vraiment ce qui arriva. Il ne s'agissait pas d'un incident mineur comme de se prendre le pied sous une racine en marchant dans les bois. Ce fut une *chute*, une satanément longue *chute*, du genre de celle qui vous fait dégringoler cul par-dessus tête un long escalier. *Escalier ?* Mais non, merde, il était pratiquement tombé de la surface de la terre.

La chute commença dans sa chambre d'hôtel ; elle se termina sur Arcadia Beach, dans le New Hampshire, huit jours plus tard.

Bobbi avait envie de creuser ; quand Gard s'éveilla, ce matin du 26, il avait envie de boire.

Il savait qu'un alcoolique qui aurait « presque » arrêté de boire, cela n'existait pas. On buvait ou on ne buvait pas. Il ne buvait pas en ce moment, et c'était bien, mais il y avait toujours eu de longues périodes où il ne *pensait* même pas à boire. Des mois, parfois. Il faisait un saut à une réunion de temps à autre, se levait et disait : « Bonjour, je m'appelle Jim et je suis alcoolique. » (Si deux semaines s'écoulaient sans qu'il assiste à une réunion des Alcooliques Anonymes, Gard ne se sentait pas bien — comme si, ayant renversé du sel, il avait négligé d'en lancer une pincée par-dessus son épaule, ainsi que l'exige la superstition.) Toutefois, quand le besoin impérieux de boire ne se manifestait pas, cela ne lui semblait pas exact. Pendant ces périodes, il ne s'abstenait pas vraiment ; il pouvait boire, et il buvait — il *buvait*, mais il ne se soûlait pas. Un ou deux cocktails vers cinq heures, s'il participait à une réunion ou à un dîner entre collègues. Pas plus. Ou alors il lui arrivait d'appeler Bobbi Anderson et de lui demander si elle ne voulait pas venir avec lui se rafraîchir le gosier, et c'était bien. Pas de crainte.

Et puis arrivait un matin comme celui-là, et il se réveillait avec le désir d'écluser tout l'alcool du monde. Cela ressemblait à une vraie soif, à un besoin physiologique et lui rappelait les dessins humoristiques de Virgil Partch dans le *Saturday Evening Post* où un vieux fou de prospecteur rampait à travers le désert, tirant la langue comme un chien, à la recherche d'une flaque d'eau.

Quand ce besoin lui tombait dessus, il ne lui restait qu'à le combattre, à garder ses distances. Il valait parfois mieux que cela arrive dans un lieu comme Boston, parce qu'il pouvait aller à une réunion des AA chaque soir, et même toutes les quatre heures, s'il fallait. Au bout de trois ou quatre jours, ça passait.

En général.

Il se dit qu'il n'avait qu'à attendre que ça passe. Qu'il n'avait qu'à rester dans sa chambre, à regarder des films à la télévision par câble et à faire porter la dépense sur sa note d'hôtel. Depuis huit ans qu'il avait divorcé et mis fin à sa carrière d'enseignant à l'université, il était Poète à Plein Temps... ce qui signifiait qu'il en était venu à vivre dans une curieuse petite sous-société où le troc importait souvent plus que l'argent.

Il avait échangé des poèmes contre de la nourriture : une fois, ç'avait été un sonnet d'anniversaire pour la femme d'un fermier en échange de trois sacs de pommes de terre nouvelles. « Vous avez intérêt à ce qu'il rime, votre truc, lui avait dit le fermier en posant un œil de pierre sur Gardener. Je veux des *vraies* rimes de poème. »

Gardener, qui était capable de suivre un conseil (surtout quand son estomac était en jeu), avait composé un sonnet tellement plein de rimes masculines exubérantes qu'il avait piqué des fous rires en relisant son second jet. Il avait téléphoné à Bobbi et lui avait lu son œuvre. Ils avaient tous deux hurlé de rire. C'était meilleur encore à haute voix. A haute voix, ça ressemblait à une lettre d'amour du Dr Seuss. Pourtant, Jim n'avait pas eu besoin de Bobbi pour savoir que son canular restait un poème honnête, des vers ronflants, mais pas le travail d'un vendu.

Une autre fois, une petite maison de West Minot accepta de publier une de ses plaquettes (c'était au début de 1983 et, en fait, ce fut le dernier recueil que Gardener publia), et proposa un demi-stère de bois comme avance. Gardener accepta.

« Tu aurais dû exiger trois quarts de stère, lui avait dit Bobbi cette nuit-là devant son poêle, les pieds sur le garde-feu, fumant des cigarettes tandis qu'un vent glacé déposait de la neige fraîche dans les champs et sur les arbres. Ce sont de bons poèmes. Et il y en a beaucoup.

— Je sais, mais j'avais froid. Un demi-stère me mènera au printemps, avait dit Gardener en lui faisant un clin d'œil. En plus, le type est du Connecticut. Je ne crois pas qu'il savait que l'essentiel était du frêne.

— Tu veux rire ? avait-elle demandé en reposant ses pieds par terre et en le regardant droit dans les yeux.

— Eh non ! »

Elle avait pouffé et il lui avait donné un baiser sonore. Plus tard, il l'avait emmenée au lit et ils avaient dormi ensemble, enchâssés comme des petites cuillers. Il se souvenait qu'il s'était réveillé une fois, qu'il avait écouté le vent, qu'il avait pensé à l'obscurité et au froid insidieux dehors, et à la chaleur du lit, leur chaleur paisible sous deux couettes ; il avait alors souhaité rester éternellement ainsi — sauf que rien ne durait jamais éternellement. On lui avait appris que Dieu était amour, mais il se demandait quel genre d'amour Il dispense quand Il fait l'homme et la femme assez intelligents pour aller sur la lune, mais assez stupides pour devoir apprendre, et réapprendre sans cesse, que l'éternité n'existe pas.

Le lendemain, Bobbi lui avait à nouveau proposé de l'argent et Gardener avait à nouveau refusé. Il ne roulait pas sur l'or, mais il s'en sortait. Et malgré le ton très neutre de Bobbi, il n'avait pu empêcher qu'une petite étincelle de colère craque dans son cœur.

« Est-ce que tu ne sais pas qui est censé recevoir de l'argent après une nuit au lit ? avait-il demandé.

— Tu me traites de putain, avait-elle répliqué en levant le menton.

— T'as besoin d'un mac ? Il paraît que ça gagne bien, avait-il dit en souriant.

— Tu veux ton petit déjeuner, Gard, ou tu veux me foutre en rogne ?

— Disons les deux ?

— Non. »

Elle était vraiment en colère. Bon sang, il était de pire en pire ! Alors que jadis tout était si *facile*. Il l'avait serrée contre lui. *Je plaisantais, elle ne voyait pas ?* songea-t-il. *Elle savait* toujours *quand je plaisantais*. Mais naturellement, elle ne pouvait savoir qu'il plaisantait puisqu'il ne plaisantait pas. S'il avait pensé autre chose, le seul qu'il aurait trompé aurait été lui-même. Il avait essayé de la blesser parce qu'elle l'avait mis dans l'embarras. Et ce n'était pas l'offre de Bobbi qui était stupide, mais la façon dont lui s'était senti embarrassé. Il avait plus ou moins choisi la vie qu'il menait, non ?

Il ne voulait pas faire de mal à Bobbi, il ne voulait pas la repousser. Au lit, c'était bien, mais l'essentiel ne se situe pas là. Le plus important était que Bobbi Anderson restait une amie, et quelque chose d'effrayant semblait se produire ces derniers temps. Ses amis se clairsemaient à une vitesse étonnante. C'était très effrayant.

Tu perds tes amis ? Ou tu les écartes ? Que se passe-t-il, Gard ?

Au début, il avait eu l'impression de serrer contre lui une planche à repasser, et il eut peur qu'elle n'essaie de s'écarter. Dans ce cas, il aurait fait la bêtise de tenter de la retenir, mais elle finit par s'adoucir.

« Je veux prendre mon petit déjeuner, dit-il, et je veux te dire que je suis désolé.

— Ce n'est rien », répondit-elle avant de se retourner pour qu'il ne voie pas son visage.

Mais sa voix avait cette brusque sécheresse qui signifiait qu'elle pleurait, ou qu'elle allait pleurer.

« J'oublie toujours qu'on ne propose pas d'argent aux Yankees. »

Il ne savait pas si ça se faisait ou non, mais il n'accepterait pas d'argent de Bobbi. Il ne l'avait jamais fait, et il ne le ferait jamais.

Mais la Caravane de la Poésie de Nouvelle-Angleterre, c'était tout autre chose.

Attrape ce poulet, mon gars, aurait dit Ron Cummings, qui avait presque autant besoin d'argent que le pape d'un nouveau chapeau. *La salope est trop lente pour s'enfuir, et trop grasse pour que tu laisses passer ta chance.*

La Caravane de la Poésie de Nouvelle-Angleterre payait rubis sur l'ongle. Des espèces sonnantes et trébuchantes pour la poésie : deux cents dollars d'avance et deux cents à la fin de la tournée. Le mot engraissait, pourrait-on dire. Mais il était sous-entendu que l'argent ne représentait qu'une partie du marché.

Le reste, c'étaient les NOTES DE FRAIS.

Pendant la tournée, on saisissait toutes les occasions : on se faisait apporter ses repas dans sa chambre, couper les cheveux par le coiffeur de l'hôtel (s'il y en avait un), on apportait sa paire de chaussures de rechange (si on en avait une) et on la laissait devant sa porte, pour qu'elle aussi soit cirée pendant la nuit, et tout se trouvait réglé avec la note d'hôtel par la Caravane de la Poésie.

Et il y avait les films dans les chambres à la télévision par câble, ces films qu'on ne voyait jamais au cinéma parce que les salles de cinéma veulent toujours gagner de l'argent ; et toujours pour gagner de l'argent, on fait croire aux poètes, même aux très bons, qu'ils sont censés travailler pour rien, ou presque rien — trois sacs de patates = un (1) sonnet, par exemple. Il fallait payer pour les films, naturellement, mais quelle importance ? On n'avait même pas à les porter sur LA NOTE, un ordinateur le faisait automatiquement, et tout ce que Gardener avait à dire à ce sujet était : Que Dieu bénisse et garde LA NOTE, et en avant les conneries ! Il regardait *tout,* depuis *Emmanuelle à New York* (trouvant particulièrement artistique et remontant le moment où la fille s'occupe de la bite du type sous une table du restaurant Windows on the World — la scène l'avait en tout cas bien remonté, lui) jusqu'à *Indiana Jones et le Temple maudit* ou *Rainbow Brite et le voleur d'étoiles.*

Et c'est ce que je vais faire maintenant, se dit-il en se frottant la gorge et en pensant au goût d'un bon whisky de douze ans d'âge. EXACTEMENT *ce que je vais faire. Je vais m'asseoir et les revoir* tous, *même* Rainbow Brite. *Et pour le déjeuner, je vais demander trois cheeseburgers au bacon et en manger un froid à trois heures. Peut-être que je raterai* Rainbow Brite *pour faire la sieste. Je resterai ici ce soir. Je me coucherai tôt. Et je tiendrai le coup.*

Bobbi Anderson trébucha sur une langue de métal dont dix centimètres sortaient de terre.

Jim Gardener trébucha sur Ron Cummings.

Objets différents, résultat similaire.

A cause d'un clou...

Ron se pointa presque à l'heure où, à quelque trois cent quarante kilomètres de là, Bobbi et Peter revenaient enfin de leur voyage tout à fait hors du commun chez le vétérinaire. Cummings suggéra qu'ils descendent au bar de l'hôtel et prennent un verre ou dix.

« Ou bien, proposa Ron d'un ton jovial, on pourrait sauter les préliminaires et se soûler la gueule. »

S'il avait présenté les choses plus délicatement, Gard aurait pu s'en sortir. Mais il se retrouva au bar avec Ron Cummings, levant un bon Jack Daniel's à ses lèvres et se persuadant qu'il pouvait arrêter quand il voulait — cette vieille blague.

Ron Cummings était un bon poète, sérieux, qui avait tout bonnement le cul cousu d'or. Comme il le disait souvent : « Je suis mon propre Médicis ; l'argent me sort pratiquement par le trou du cul. » Sa famille, dans l'industrie textile depuis environ neuf cents ans, possédait presque tout le sud du New Hampshire. Elle pensait que Ron était fou, mais comme il était le second fils, et que le premier n'était *pas* fou (il s'intéressait au textile), elle laissait Ron faire ce qu'il voulait, c'est-à-dire écrire des poèmes, lire des poèmes et boire presque sans arrêt. C'était un jeune homme mince au visage de tuberculeux. Gardener ne l'avait jamais vu manger autre chose que les cacahuètes et les crackers Goldfish qu'on lui apportait avec ses verres. Pour sa défense, il faut dire qu'il ignorait tout à fait que l'alcool était un problème pour Gardener... et que celui-ci avait presque tué sa femme un jour où il était ivre.

« D'accord, dit Gardener. Je suis prêt. Allons nous noircir. »

Après quelques verres au bar de l'hôtel, Ron suggéra que deux gentils garçons comme eux pourraient trouver un endroit où l'on s'amusait un peu plus qu'ici, où la muzak dégoulinait des haut-parleurs.

« Je crois que mon cœur tiendrait le coup, dit Ron. C'est-à-dire que je n'en suis pas sûr, mais...

— ... Dieu exècre les lâches », termina Gardener.

Ron gloussa, donna à Gard une grande claque dans le dos et demanda LA NOTE. Il signa d'un paraphe et ajouta un généreux pourboire de sa poche.

« Et que ça saute, mesdames ! »

Et ils partirent.

Le soleil du soir frappa les yeux de Gardener comme des flèches de verre, et il se dit soudain que c'était peut-être une mauvaise idée.

« Écoute, Ron, dit-il. Je crois que je vais juste... »

Cummings le frappa sur l'épaule, les joues pâles rougirent, les yeux bleus délavés lancèrent des éclairs (pour Gard, Cummings ressemblait maintenant plutôt au roi des Gogos après l'acquisition de sa voiture) et il le supplia :

« Ne me fais pas faux bond maintenant, Jim ! Boston est à nous, dans toute sa splendeur et sa diversité, scintillant comme la première éjaculation d'un jeune garçon... »

Gardener ne put arrêter un fou rire.

« Je retrouve déjà mieux le Gardener que nous connaissons et aimons tous, claironna Ron en gloussant encore.

— Dieu exècre les lâches, dit Gard. Appelle un taxi, Ronnie. »

C'est alors qu'il le vit, l'entonnoir tourbillonnant dans le ciel. Grand et noir, et se rapprochant. Bientôt, il atteindrait le sol et les emporterait.

Mais pas à Oz.

Un taxi se rangea le long du trottoir. Ils y montèrent. Le chauffeur leur demanda où ils voulaient aller.

« A Oz », murmura Gardener.

Ron ricanait toujours.

« Il veut dire quelque part où elles boivent vite et dansent encore plus vite. Vous croyez que vous pouvez nous arranger ça ?

— Oh, je crois », dit le chauffeur en démarrant.

Gardener passa un bras autour des épaules de Ron et s'écria :

« *Que la fête commence !*

— Je lèverai mon verre à cette bonne parole », dit Ron.

2

Gardener se réveilla le lendemain matin tout habillé dans une baignoire pleine d'eau froide. Ses meilleurs vêtements — qu'il portait par malchance quand il avait mis les voiles avec Ron Cummings la veille — s'agglutinaient lentement à sa peau. Il regarda ses doigts et constata qu'ils étaient très blancs et très fripés. Des doigts de poisson. Apparemment, il était là depuis un moment. Il était même possible que l'eau eût été chaude quand il était entré dans la baignoire. Il ne s'en souvenait plus.

Il ouvrit la bonde et vit une bouteille de bourbon posée sur le siège des toilettes. Elle était à moitié vide, et luisait comme si elle était recouverte de graisse. Il la prit. La graisse sentait vaguement le poulet frit. Gardener s'intéressait davantage à l'arôme venant de l'*intérieur* de la bouteille. Ne fais pas ça, se dit-il, mais le goulot de la bouteille heurta ses dents avant que sa pensée ne soit même à demi formulée. Il but. Il perdit à nouveau conscience.

Quand il revint à lui, il était nu dans sa chambre, le téléphone à l'oreille, avec la vague impression qu'il venait de composer un numéro. Celui de qui ? Il n'en sut rien avant que Cummings ne réponde. En l'entendant, Gardener se dit que Cummings paraissait dans un état pire que le sien. Il aurait pourtant juré que c'était impossible.

« Est-ce que c'était vraiment terrible ? » s'entendit-il demander. C'était toujours comme ça quand il était dans la poigne du cyclone ; même quand il était conscient, tout semblait avoir la texture granuleuse d'une photo très agrandie, et il n'avait jamais vraiment l'impression d'être exactement à l'*intérieur* de lui-même. La plupart du temps, il lui semblait qu'il flottait au-dessus de sa tête, comme un ballon argenté d'enfant.

« On s'est mis dans les ennuis ?

— Des ennuis ? » répéta Cummings.

Puis un lourd silence s'appesantit.

Gardener *pensait* que Cummings pensait. Il *espérait* qu'il pensait. A moins qu'il ne le redoutât. Il attendait, les mains glacées.

« Pas d'ennuis », finit par dire Cummings.

Gard se détendit un peu.

« Sauf ma tête. J'ai mis ma tête dans *des tas* d'ennuis. Doux Jé-*sus !*

— Tu es sûr ? *Aucun* ennui ? Vraiment aucun ? »

Il pensait à Nora.

T'as tiré sur ta femme, hein? dit soudain une voix dans sa tête, la voix du flic à la bande dessinée. *Tu t'es mis dans de beaux draps.*

« Eh bien... », dit lentement Cummings avant de s'interrompre.

La main de Gardener se crispa à nouveau sur le combiné.

« Eh bien *quoi?* »

Les lumières de la pièce furent soudain trop brillantes. Comme le soleil quand ils étaient sortis de l'hôtel, la veille.

Tu as fait quelque chose. Tu as eu encore une de tes absences et tu as encore fait quelque chose d'idiot. Oh, c'est stupide! Oh, c'est horrible! Quand vas-tu apprendre à ne pas y toucher? Es-tu seulement capable d'apprendre?

Le dialogue d'un vieux film résonna bêtement dans son esprit :

El Comandante (le méchant) : Demain avant l'aube, *señor,* vous serez mort! Vous avez vu le soleil pour la dernière fois!

L'Americano (brave) : Ouais, mais vous resterez chauve toute votre vie.

« Quoi? demanda-t-il à Ron. Qu'est-ce que j'ai fait?

— Tu t'es bagarré avec un type au Stone Country Bar and Grille, dit Cummings en riant brièvement. Oh, bon Dieu! Quand ça fait mal de rire, on est *sûrs* qu'on a passé les bornes. Tu te souviens du Stone Country Bar and Grille et de ces gentils garçons, James, mon cher ami? »

Il dit qu'il ne se souvenait pas. C'était très éprouvant. Il arrivait à se souvenir d'un lieu appelé Smith Brothers. Le soleil commençait juste à descendre dans un horizon de sang, et comme on était fin juin, cela voulait dire qu'il était... quelle heure? Huit heures et demie? Neuf heures moins le quart? Environ cinq heures, grosso modo, après que Ron et lui eurent commencé leur virée. Il se souvenait que l'enseigne à l'extérieur ressemblait au dessin représentant des jumeaux sur les boîtes de pastilles pour la toux. Il se souvenait d'avoir furieusement discuté de Wallace Stevens avec Cummings, d'avoir crié pour que l'autre l'entende malgré les beuglements qui sortaient du juke-box où quelqu'un avait mis à fond un truc de John Fogerty. C'est là que les vagues fragments de souvenirs s'arrêtaient.

« C'était là qu'il y avait un autocollant WAYLON JENNINGS PRÉSIDENT sur le bar, dit Cummings. Ça te rafraîchit la cervelle?

— Non, répondit Gardener sur un ton pitoyable.

— Eh bien, tu t'es mis à discuter avec des gars. Vous avez échangé des paroles. De simples arguments d'abord, puis des insultes. Un coup de poing est parti.

— De moi? dit Gardener qui n'arrivait même plus à timbrer sa voix.

— De toi, affirma joyeusement Cummings. A ce moment-là nous nous sommes envolés dans les airs avec la plus grande facilité du monde; et nous avons atterri sur le trottoir. Je me suis dit qu'on s'en tirait à très bon compte, pour tout te dire. Ils étaient écumants de rage à cause de toi, Jim.

— C'était à propos de Seabrook ou de Tchernobyl?

— Merde, tu t'en souviens, alors!

— Si je m'en souvenais, je ne te poserais pas la question.

— En fait, c'étaient les deux, dit Cummings en hésitant. Ça va, Gard ? Tu sembles vraiment à plat. »

Ah oui ? Eh bien, en fait, Ron, je suis tout à fait remonté. Je suis tout en haut dans l'œil du cyclone. Je tournoie de haut en bas, et personne ne sait où ça finit.

« Ça va.

— Bon. On espère que tu sais qui tu dois remercier.

— Toi, peut-être ?

— Qui d'autre ? Mon vieux, j'ai atterri sur ce trottoir comme un gosse qui arrive au bout d'un toboggan pour la première fois. Je ne vois pas bien mes fesses dans le miroir, mais c'est sûrement quelque chose ! Elles doivent ressembler à une affiche soixante-huitarde en couleurs fluo du genre Grateful Dead. Toi, tu voulais y retourner et leur dire que tous les enfants de la région de Tchernobyl seraient morts de leucémie avant cinq ans. Tu voulais leur raconter comment des types ont failli faire sauter tout l'Arkansas en recherchant un faux contact à l'aide d'une bougie dans une centrale nucléaire. Tu disais qu'ils avaient mis le feu. Moi, je parierais ma montre — et c'est une Rolex — que c'étaient des saboteurs payés par le Mississippi. Pour arriver à t'enfourner dans un taxi, il a fallu que je te promette qu'on reviendrait plus tard pour leur casser la gueule. Je t'ai baratiné jusqu'à ta chambre et je t'ai fait couler un bain. Tu as dit que ça allait. Tu as dit que tu allais prendre un bain et ensuite appeler un type du nom de Bobbi.

— Ce type est une fille, dit Gard en se frottant la tempe droite de sa main libre, d'un air absent.

— Jolie ?

— Oui. Sans plus. »

Une pensée passagère, absurde mais parfaitement concrète — *Bobbi a des ennuis* — lui traversa la tête comme une boule de billard roulant sur le feutre vert avant de disparaître dans un trou. Et c'est ce qu'elle fit.

3

Il s'approcha lentement d'un fauteuil et s'assit, massant maintenant ses deux tempes. Le nucléaire. Naturellement ; ç'avait été à propos du nucléaire. Quoi d'autre ? Si ce n'était pas Tchernobyl, c'était Seabrook, et si ce n'était pas Seabrook, c'était Three-Mile Island, et si ce n'était pas Three-Mile Island, c'était Maine Yankee à Wiscasset ou ce qui aurait pu arriver à la centrale de Hanford, dans l'État de Washington, si quelqu'un n'avait pas remarqué par hasard, juste à temps, que les barres de commande périmées, stockées dehors dans un fossé sans protection, étaient prêtes à sauter jusqu'au ciel.

Combien de fois pourrait-on jouer avec le temps ?

Des barres de commande périmées qui s'empilaient en beaux amoncellements brûlants. Et on s'inquiétait pour la Malédiction du roi Toutânkhamon ? Seigneur ! Attendez un peu qu'un archéologue du XXVe siècle déterre une réserve de ce genre de merde ! Vous essayez de dire aux gens que tout ça, ce ne sont que des *mensonges,* rien que des *mensonges* éhontés, que l'énergie d'origine nucléaire finira par tuer des millions de gens et rendre de gigantesques portions de la Terre stériles et invivables. Et en retour, vous n'obtenez qu'un regard vide. Vous parlez à des gens qui ont connu des gouvernements successifs et dont les représentants élus proféraient mensonge sur mensonge, puis mentaient à propos de leurs *mensonges,* et quand *ces* mensonges étaient dévoilés, les menteurs disaient : Oh, bon sang, j'ai oublié, je suis désolé — et comme ils avaient *oublié,* les gens qui les avaient élus se conduisaient en bons chrétiens et *pardonnaient.* Vous avez du mal à croire qu'il y ait *tant* de ces imbéciles prêts à le faire jusqu'à ce que vous vous souveniez de ce que P. T. Barnum disait du taux de natalité extraordinairement élevé des connards. Ils vous regardent droit dans les yeux quand vous essayez de leur dire la vérité et ils vous font savoir que vous êtes un petit merdeux, que le gouvernement américain ne dit pas de mensonges, et que ne pas dire de mensonges fait la grandeur de l'Amérique. *Ô, père vénéré, voici la vérité, je l'ai fait avec ma petite hache, je ne peux garder le silence parce que c'est moi, et advienne que pourra, je ne peux dire un mensonge.* Quand vous essayez de leur parler, ils vous regardent comme si vous jacassiez dans une langue étrangère. Cela faisait bientôt huit ans qu'il avait presque tué sa femme, et trois depuis que Bobbi et lui avaient été arrêtés à Seabrook, Bobbi sous la vague accusation de manifestation illégale, Gard sous l'accusation beaucoup plus précise de possession et dissimulation d'un pistolet sans port d'arme. Les autres avaient payé une amende et étaient sortis. Gard avait fait deux mois. Son avocat lui avait dit qu'il avait eu de la chance. Gardener avait demandé à son avocat s'il savait qu'il était assis sur une bombe à retardement et que sa viande était déjà en train de se dessécher. Son avocat lui avait demandé s'il n'avait jamais envisagé de recourir aux services d'un psychiatre. Gardener avait demandé à son avocat s'il avait jamais envisagé d'aller se faire foutre.

Mais il avait été assez sage pour ne plus participer à d'autres manifestations. C'était toujours ça. Il se tenait à l'écart. On l'empoisonnait. Mais quand il se soûlait, son cerveau — ou du moins ce que l'alcool en avait laissé — revenait de façon obsessionnelle aux réacteurs, aux barres de commande, aux déchets, à l'impossibilité de ralentir sur une pente une fois qu'on a pris de la vitesse.

En d'autres termes, il revenait toujours au nucléaire.

Quand il se soûlait, son cœur s'échauffait. Le nucléaire. Ce foutu nucléaire. D'accord, c'était symbolique ; inutile d'être Freud pour trouver que ce contre quoi il manifestait vraiment était le réacteur que recelait son propre cœur. Quand il s'agissait de se restreindre, James Gardener révélait que son système de contrôle n'était pas au point. Il avait à l'intérieur de sa tête un technicien qu'on aurait dû flanquer à la porte depuis longtemps. Il restait assis et jouait avec les mauvais leviers. Ce type ne serait pas content tant que Jim Gardener n'aurait pas fait le syndrome chinois.

Ce foutu nucléaire.

Passons.

Il essaya. Pour commencer, il tenta de penser à la lecture qu'il donnerait ce soir-là à l'université Northeastern, devant une bande de petits rigolos amenés par un groupe qui s'intitulait les Amis de la Poésie, nom qui emplissait

Gardener de crainte et de tremblement. Les groupes arborant des noms de ce genre étaient généralement constitués exclusivement de femmes qui se disaient des dames (et dont la plupart appuyaient leurs prétentions par leurs cheveux bleutés). Les dames du club connaissaient généralement beaucoup mieux les œuvres de Rod McKuen que celles de John Berryman, Hart Crane, Ron Cummings, ou de ce bon vieux branleur habitué des cuites et tueur de femmes nommé James Eric Gardener.

Fiche le camp, Gard. Au diable la Caravane de la Poésie de Nouvelle-Angleterre. Au diable Northeastern et les Amis de la Poésie. Au diable cette salope de McCardle. Sors-toi de là tout de suite avant que quelque chose de grave n'arrive. Quelque chose de vraiment grave. Parce que si tu restes, quelque chose de vraiment grave va arriver. Il y a du sang sur la lune.

Mais il se damnerait s'il rentrait en courant dans le Maine, la queue entre les jambes. Pas lui.

Et en plus, il y avait la salope.

Elle s'appelait Patricia McCardle, et pour Gard, c'était une salope de classe internationale.

Elle avait établi le contrat, et il spécifiait : pas de lecture, pas d'argent.

« Doux Jésus », dit Gardener. Il posa ses mains sur ses yeux, essayant d'enrayer une migraine grandissante, sachant qu'il n'y avait qu'un seul médicament qui pourrait l'en guérir, et sachant aussi que c'était exactement le type de médicament qui pourrait provoquer cette chose vraiment grave.

Et il savait *aussi* que le savoir ne servirait à rien. Si bien qu'après un moment, l'alcool se remit à couler et le cyclone à souffler.

Jim Gardener, en chute libre maintenant.

4

Patricia McCardle était le principal mécène de la Caravane de la Poésie de Nouvelle-Angleterre — et son principal cerbère. Elle avait les jambes longues mais maigres, le nez aristocratique trop en lame de couteau pour qu'on le trouve séduisant. Une fois, Gard avait essayé d'imaginer qu'il l'embrassait, et il avait été horrifié par la vision qui avait surgi involontairement dans son esprit : le nez de Patricia n'avait pas seulement glissé le long de la joue de Jim, mais l'avait entaillée comme une lame de rasoir. Elle avait le front haut, des seins inexistants, et des yeux aussi gris qu'un glacier un jour de pluie. Elle était fière de pouvoir remonter dans son arbre généalogique jusqu'aux immigrants venus sur le *Mayflower*.

Gardener avait déjà travaillé pour elle — non sans susciter des problèmes. C'est dans des conditions plutôt sinistres qu'elle l'avait embauché pour la Caravane de la Poésie de Nouvelle-Angleterre cru 1988... mais la raison de son recrutement soudain n'était pas plus inouïe dans le monde de la poésie que dans celui du jazz ou du rock and roll. Patricia McCardle s'était retrouvée au dernier moment avec un trou dans son programme parce que l'un des six poètes qui avaient signé pour la joyeuse équipée de cet été-là s'était pendu dans son placard avec sa ceinture.

« Comme Phil Ochs », avait dit Ron Cummings à Gardener le premier jour de la tournée, à l'arrière du bus.

Il avait eu un ricanement de cancre-du-fond-de-la-classe.

« De toute façon, Bill Claughtsworth a toujours été un fils de pute sans aucune originalité », avait-il ajouté.

Patricia McCardle avait placé douze lectures publiques et obtenu une assez bonne avance sur des contrats qui, quand on les débarrassait de toute leur rhétorique verbeuse, revenaient à engager six poètes pour le prix d'un. Après le suicide de Claughtsworth, il ne lui restait que trois jours pour trouver un poète édité, à un moment où presque tous les poètes édités étaient déjà retenus pour la saison (« ou en vacances permanentes comme cet abruti de Billy Claughtsworth », dit Cummings avec un rire tout de même un peu gêné).

Parmi les groupes qui avaient engagé la Caravane, aucun, sans doute, n'aurait rechigné à payer le tarif convenu parce qu'il y avait un poète de moins ; c'eût été plutôt de mauvais goût, surtout quand on connaissait la *raison* pour laquelle il manquait un poète. Néanmoins, d'un point de vue légal en tout cas, cela plaçait Caravane Inc. en situation de rupture de contrat, et Patricia McCardle n'était pas femme à tolérer de se retrouver en position de faiblesse.

Après avoir joint en vain quatre poètes, de plus en plus mineurs, et trente-six heures avant la première lecture, elle se résolut à appeler Jim Gardener.

« Tu bois toujours, Jimmy ? » demanda-t-elle sans détour.

Jimmy — il détestait ça. La plupart des gens l'appelaient Jim. Jim, ça allait. Personne ne l'appelait Gard sauf lui-même... et Bobbi Anderson.

« Je bois un peu, dit-il. Je ne fais pas la bringue.

— J'en doute, dit-elle froidement.

— Comme toujours, Patty », répondit-il, sachant parfaitement qu'elle détestait ça plus encore que lui Jimmy, son sang puritain se révulsant contre ce diminutif.

« Tu me demandes ça parce que tu voudrais prendre un verre, ou est-ce que tu avais une raison plus pressante ? » interrogea-t-il.

Il savait bien sûr, et bien sûr elle savait qu'il savait, et bien sûr elle savait qu'il souriait, et bien sûr elle était furieuse, et bien sûr cela excitait Jim à mort, et bien sûr il savait qu'elle savait *ça* aussi, et c'était exactement ce qu'il aimait.

Ils se défièrent quelques minutes encore, et finirent par arriver à un mariage non de raison mais d'intérêt. Gardener voulait acheter une bonne chaudière à bois d'occasion pour l'hiver ; il en avait assez de vivre comme un clochard, emmitouflé la nuit devant le fourneau de la cuisine tandis que le vent secouait les feuilles de plastique agrafées sur les fenêtres. Patricia McCardle voulait acheter un poète. Pas d'accord verbal, pourtant, pas avec Patricia McCardle. Elle était venue de Derry l'après-midi même avec un contrat (en trois exemplaires) et un avocat. Gard fut un peu surpris qu'elle n'ait pas amené un second avocat, pour le cas où le premier aurait une crise cardiaque, ou tout autre empêchement rédhibitoire.

En dépit de ses sentiments et de ses intuitions, il n'avait aucun moyen de quitter la tournée *et* d'avoir sa chaudière à bois, parce que s'il quittait la Caravane, il ne verrait jamais la deuxième moitié de son argent. Elle le traînerait devant les tribunaux et dépenserait mille dollars pour lui faire recracher les deux cents dollars que Caravane Inc. lui avait versés d'avance. Elle en était bien capable. Il avait donné presque toutes ses lectures publiques, mais le contrat qu'il avait signé était d'une limpidité cristalline à ce sujet : s'il abandonnait en cours de route *pour toute raison inacceptable par le Coordinateur de la Tournée, toute somme non encore payée serait déclarée non payable et nulle, et toute somme déjà versée serait remboursable à Caravane Inc. dans les trente (30) jours.*

Et elle le poursuivrait, sans aucun doute. Elle se dirait peut-être qu'elle le faisait par principe, mais ce serait en fait parce qu'il l'avait appelée Patty alors qu'elle était en position de demandeuse.

Et ce ne serait pas fini. S'il partait, elle ne ménagerait aucun effort pour le couler. Il ne pourrait certainement plus jamais participer à aucune autre des tournées de poésie dans lesquelles elle avait son mot à dire, et cela en faisait beaucoup. Sans parler de la question délicate des donations. Feu le mari de Patricia McCardle lui avait laissé beaucoup d'argent (bien que Jim ne pensât pas que l'on pût dire, comme dans le cas de Ron Cummings, que l'argent lui sortait pratiquement par le trou du cul, parce qu'il ne croyait pas que Patricia McCardle *eût* quoi que ce soit d'aussi vulgaire qu'un trou du cul, ni même un rectum — lorsqu'elle voulait se soulager, elle se livrait probablement à un Acte d'Immaculée Excrétion). Patricia McCardle avait consacré une grande partie de cet argent à un certain nombre de fondations. Cela faisait d'elle simultanément une patronne sérieuse dans le monde des arts et une femme d'affaires extrêmement rusée vis-à-vis des très gourmandes contributions directes : les donations étaient déductibles des impôts. Certaines de ses fondations offraient des bourses à des poètes, pour une durée déterminée. D'autres attribuaient ponctuellement des distinctions et des prix variés, et d'autres encore subventionnaient des magazines de poésie et de littérature contemporaine. Les donations étaient administrées par des comités. Derrière chacun d'eux s'agitait la main de Patricia McCardle, s'assurant qu'ils se complétaient aussi parfaitement que les pièces d'un puzzle chinois... ou les fils d'une toile d'araignée.

Elle pouvait lui faire bien pis que de récupérer ses foutus quatre cents dollars. Elle pouvait le museler. Or il était possible — improbable, mais possible — qu'il écrive encore quelques bons poèmes avant que les malades qui avaient fourré un canon de fusil dans le trou du cul du monde ne décident d'appuyer sur la détente.

Alors, va jusqu'au bout, se dit-il. Il avait commandé une bouteille de Johnnie Walker (Dieu bénisse LES NOTES DE FRAIS dans les siècles des siècles, amen), et maintenant il se versait un deuxième verre d'une main qui était devenue remarquablement ferme. *Va jusqu'au bout, c'est tout.*

Mais tandis que la journée passait, il ne cessait de rêver à un bus Greyhound, à la gare routière de Stuart Street, dont il descendrait cinq heures plus tard devant le petit drugstore poussiéreux d'Unity. De là, il gagnerait Troie en auto-stop. Il appellerait Bobbi Anderson et lui dirait : *J'ai failli me faire emporter jusqu'au ciel par le cyclone, Bobbi, mais j'ai trouvé la cave du cyclone juste à temps. J'ai de la chance, hein ?*

Et merde. On forge sa chance. Quand on est fort, Gard, on a de la chance. Va jusqu'au bout, c'est tout. C'est ce qu'il faut faire.

Il fouilla dans son sac, cherchant les meilleurs vêtements qui lui restaient, dans la mesure où ceux qu'il mettait généralement pour les conférences semblaient au-delà de toute récupération possible. Il en sortit une paire de jeans délavés, une chemise blanche, un caleçon en bout de course et une paire de chaussettes. Il jeta le tout sur le dessus de lit *(merci, madame, mais ce n'est pas la peine de faire la chambre, j'ai dormi dans la baignoire)*. Il s'habilla, ingurgita des amuse-gueule, ingurgita de l'alcool, ingurgita quelques amuse-gueule de plus, et fouilla à nouveau dans le sac, cette fois pour y chercher de l'aspirine. Il en trouva et en ingurgita aussi quelques comprimés. Il regarda la bouteille. Détourna le regard. Les pulsations douloureuses augmentaient sous son crâne. Il s'assit près de la fenêtre avec son calepin, ne sachant pas quels poèmes il allait lire ce soir-là.

Sous la lumière blafarde de ce long après-midi, tous ses poèmes lui semblaient rédigés en punique. Au lieu d'améliorer ses maux de tête, l'aspirine semblait en fait les intensifier : *slam, bam, merci, Madame.* Chaque battement de son cœur résonnait dans sa tête. C'était sa vieille migraine, qui lui donnait l'impression qu'une vrille s'enfonçait lentement dans sa tête juste au-dessus de son œil gauche, vers la tempe. Il posa le bout de ses doigts sur la mince cicatrice et suivit la trace laissée par la plaque d'acier cachée sous sa peau après son accident de ski, quand il n'était encore qu'adolescent. Il se souvenait que le docteur lui avait dit : *Il est possible que vous éprouviez des maux de tête de temps à autre, mon garçon. Dans ce cas, remerciez Dieu de pouvoir éprouver quoi que ce soit. Vous avez beaucoup de chance d'être encore en vie.*

Mais dans de tels moments, il en doutait.

Dans de tels moments, il doutait beaucoup.

Il écarta son calepin d'une main tremblante et ferma les yeux.

Je ne peux pas aller jusqu'au bout.

Si, tu le peux.

Je ne peux pas. Il y a du sang sur la lune. Je le sens, je peux presque le voir.

Tu ne m'auras pas avec tes élucubrations irlandaises ! Va jusqu'au bout, espèce de femmelette ! Sois fort !

« Je vais essayer », murmura-t-il sans ouvrir les yeux.

Et un quart d'heure plus tard, quand son nez se mit lentement à saigner, il ne s'en aperçut pas. Il s'était endormi dans le fauteuil.

5

Il avait toujours le trac avant une lecture publique, même si l'auditoire était réduit (ce qui était le plus souvent le cas pour entendre lire de la poésie moderne). Le soir du 27 juin, la migraine accrut encore le trac de Jim Gardener. Quand il s'éveilla de sa sieste dans le fauteuil de sa chambre d'hôtel, les tremblements et les crampes d'estomac avaient disparu, mais les maux de tête n'avaient fait qu'empirer : sa fameuse migraine s'était promue au premier rang mondial des Cogneurs et Vrilleurs, distinction qu'elle n'avait peut-être jamais autant mérité de se voir attribuer que ce jour-là.

Quand vint son tour de lire, il lui sembla s'entendre de très loin, un peu comme quand on écoute un enregistrement de sa propre voix diffusé sur ondes courtes en provenance d'un autre continent. Puis un étourdissement le prit de telle façon que pendant quelques instants il ne put que faire semblant de chercher un poème qu'il aurait égaré. Les doigts engourdis et mous, il fouilla dans ses papiers tout en se disant : *Je vais m'évanouir, je crois. Ici, devant tout le monde. Je vais tomber contre ce pupitre et nous allons tous deux nous écraser sur le premier rang. Peut-être que je pourrais atterrir sur la putain au sang bleu et la tuer. Il me semble que ça suffirait à justifier toute mon existence.*

Va jusqu'au bout, répondit l'implacable voix intérieure. Parfois, cette voix ressemblait à celle de son père ; le plus souvent, c'était celle de Bobbi Anderson. *Va jusqu'au bout, c'est tout. C'est ce qu'il faut faire.*

L'auditoire était plus important qu'à l'ordinaire. Une centaine de personnes peut-être, pressées derrière les tables d'une salle de cours de Northeastern. Leurs yeux semblaient trop grands. *Comme tu as de grands yeux, mère-grand !* C'était comme s'ils allaient le manger de leurs yeux. Comme s'ils allaient aspirer son âme, son *ka*, ou je ne sais quoi. Une réplique de ce vieux T. Rex lui revint en mémoire. *Ma belle, je suis le vampire de ton amour... et je vais te SUCER !*

Bien sûr, T. Rex n'était plus. Marc Bolan avait enroulé sa voiture de sport autour d'un arbre et il avait la chance de ne plus être en vie. *Sonne les cloches, Marc, tu as vraiment réussi. Ou tu t'en es tiré. Je ne sais plus. Un groupe qui s'appelle Power Station va reprendre ta chanson en 1986 et ce sera vraiment terrible... ça...*

Il leva une main hésitante vers son front, et un discret murmure parcourut l'auditoire.

Il vaut mieux y aller, Gard. Les indigènes s'impatientent.

Ouais, c'était bien la voix de Bobbi.

Les néons, emprisonnés dans des rectangles de verre au plafond, semblaient pulser en cycles coïncidant parfaitement avec la douleur qui martelait sa tête. Il voyait Patricia McCardle. Elle portait une petite robe noire qui n'avait probablement pas coûté un sou de plus que trois cents dollars — coup de balai de l'une de ces petites boutiques en vogue de Newbury Street. Son visage était aussi étroit, pâle et impitoyable que celui de ses ancêtres puritains, ces merveilleux joyeux drilles qui étaient plus qu'heureux de vous jeter dans une cellule puante pour trois ou quatre semaines si vous aviez la malchance de vous faire prendre dehors un dimanche sans mouchoir dans votre poche. Les yeux sombres de Patricia pesaient sur Jim comme des pierres poussiéreuses, et il se dit : *Elle voit ce qui arrive et elle ne pourrait être plus heureuse. Regarde-la. Elle attend que je m'effondre. Quand je le ferai, tu sais ce qu'elle va penser, n'est-ce pas ?*

Naturellement qu'il le savait.

C'est tout ce que tu mérites pour m'avoir appelée Patty, espèce d'ivrogne, fils de pute, c'est tout ce que tu mérites pour m'avoir tout fait subir, sauf de me mettre à genoux pour te supplier. Alors vas-y, Gardener. Peut-être même que je te laisserai l'avance. Deux cents dollars, ce n'est pas cher payé pour le plaisir exquis de te voir t'effondrer devant tous ces gens. Vas-y. Vas-y, qu'on en finisse.

Maintenant, certains spectateurs étaient visiblement gênés ; la pause entre les poèmes avait duré beaucoup plus longtemps que ce qu'on pouvait considérer comme normal. Le murmure s'était changé en chuchotements étouffés. Gardener entendit Ron Cummings s'éclaircir maladroitement la gorge derrière lui.

Sois fort ! cria à nouveau la voix de Bobbi, mais elle s'éloignait, s'éloignait. Prête à lui fausser compagnie. Il regarda leurs visages et ne vit que des disques vides et pâles, des zéros, grands trous blancs dans l'univers.

Le chuchotement grandissait. Jim était debout sur le podium, et on ne pouvait ignorer maintenant qu'il oscillait de droite et de gauche, qu'il s'humectait les lèvres et qu'il regardait l'auditoire avec une sorte de stupéfaction hébétée. Et c'est alors qu'au lieu d'*entendre* Bobbi, il la *vit*. Cette image eut toute la force d'une vision.

Bobbi flottait devant lui, telle qu'elle était à Haven, en ce moment même. Il la vit assise dans son fauteuil à bascule, portant un short, un débardeur qui cachait son peu de poitrine et de vieux chaussons, Peter enroulé à ses pieds, profondément endormi. Elle tenait un livre mais ne lisait pas. Il était retourné sur ses cuisses (la vision était tellement parfaite que Gardener put même lire le titre du livre : *Spectres*, de Dean Koontz), et Bobbi regardait dans la nuit par la fenêtre, plongée dans ses pensées — pensées qui s'enchaînaient de la façon saine et rationnelle dont on voudrait toujours qu'un train de pensées s'organise. Pas de déraillements ; pas de retard ; pas d'avance ; Bobbi savait gérer une gare.

Il découvrit qu'il savait même à quoi elle pensait. Quelque chose dans le bois. Quelque chose... c'était quelque chose qu'elle avait trouvé dans le bois. Oui, Bobbi était à Haven, essayant de déterminer ce que pouvait être cette chose, et pourquoi elle se sentait si fatiguée. Elle ne pensait pas à James Eric Gardener, le célèbre poète contestataire qui tirait sur sa femme pour Thanksgiving, qui était en ce moment debout sous les projecteurs d'une salle de Northeastern University, avec cinq autres poètes et un gros lard du nom d'Arberg ou Arglebargle ou quelque chose dans le genre, et qui allait s'évanouir. Ici, dans cette salle, se dressait le Maître du Désastre. Dieu bénisse Bobbi qui avait on ne sait comment réussi à rester elle-même alors que tout autour d'elle les gens se décomposaient, Bobbi était là-haut, à Haven, pensant comme les gens étaient *censés* penser...

Non. Elle ne pense pas du tout comme ça.

Alors, pour la première fois, il perçut cette prémonition sans brouillage, elle lui parvint aussi forte et insistante que le tocsin dans la nuit : *Bobbi a des ennuis ! Bobbi a de GROS ENNUIS !*

Cette certitude le frappa avec la violence d'une gifle, et soudain son vertige disparut. Il se retrouva en lui-même et en reçut un tel choc qu'il sentit presque ses dents s'entrechoquer. Une douleur fulgurante dans la tête lui souleva le cœur, mais même cette douleur était la bienvenue : s'il ressentait de la douleur, il était de retour, *ici* à nouveau, et non en train de dériver quelque part dans la couche d'ozone.

Pendant un instant troublant, il vit une nouvelle image, très brève, très claire et très effrayante : Bobbi dans la cave de la ferme qu'elle avait héritée de son oncle. Elle était à genoux devant une énorme machine, elle y travaillait...

Y travaillait-elle ? Cela semblait si compliqué, et Bobbi n'était pas très forte en mécanique. Mais elle faisait *quelque chose* en tout cas, parce qu'une flamme bleue irréelle s'échappait et clignotait entre ses doigts tandis qu'elle s'empêtrait dans un réseau de câbles dans... dans... mais il faisait trop sombre pour voir ce qu'était cette forme cylindrique. Cela lui rappelait des objets qu'il avait déjà vus, des objets familiers mais...

Puis il entendit aussi bien qu'il voyait, et ce qu'il entendit était encore moins réconfortant que cette flamme bleue. C'était Peter. Peter hurlait. Mais Bobbi ne s'en souciait pas, et cela ne lui ressemblait pas. *Pas du tout.* Elle continuait simplement à tripoter les câbles, à les disposer de façon à bricoler *quelque chose* là-bas dans la cave obscure et qui sentait le moisi...

La vision éclata, submergée par des voix de plus en plus fortes.

Les visages qui accompagnaient ces voix n'étaient plus des trous blancs dans l'univers, mais les visages de gens réels ; certains amusés (bien peu), davantage embarrassés, et la plupart inquiets ou soucieux. Presque tous le regardaient, en somme, comme il les aurait regardés s'ils avaient été à sa place. Avait-il eu peur d'eux ? *Vraiment ?* Si oui, pourquoi ?

Seule Patricia McCardle arborait une expression différente. Elle le regardait avec une satisfaction tranquille et confiante qui acheva de le ramener sur terre.

Gardener se mit soudain à parler à l'auditoire, et fut surpris du naturel et du son agréable de sa voix.

« Je suis désolé. Je vous prie de m'excuser. J'ai toute une pile de nouveaux poèmes, et je crains de m'être perdu dans mes recherches. »

Un temps. Sourire. Maintenant il constatait que les plus soucieux se détendaient, soulagés. Il y eut un petit rire, mais un rire sympathique. Il remarqua néanmoins qu'une bouffée de colère teintait les joues de Patricia McCardle, et cela soulagea grandement sa migraine.

« En fait, continua-t-il, ce n'est même pas tout à fait vrai. J'essayais de décider si j'allais vous lire ou non certains de ces nouveaux textes. Au terme d'un combat acharné entre ces deux champions poids lourds que sont Vanité d'Auteur et Prudence, Prudence l'a emporté aux points. Vanité d'Auteur a fait appel... »

Rires plus francs. Maintenant, les joues de cette vieille Patty ressemblaient au foyer du fourneau de Jim, vu à travers la petite plaque de mica, un soir d'hiver. Elle serrait ses mains l'une contre l'autre à en blanchir les articulations. Elle ne montrait pas les dents, mais presque.

« En attendant le jugement, je vais braver le danger : je vais vous lire un assez long poème de mon premier recueil, *Grimoire*. »

Sûr de lui, il fit un clin d'œil en direction de Patricia McCardle avant de mettre avec humour toute la salle dans sa poche.

« Mais Dieu exècre les lâches, n'est-ce pas ? »

Ron grogna de rire derrière lui, et tout le monde s'esclaffa, et pendant un instant il *vit* réellement l'éclat des dents blanches de Patricia derrière ses lèvres tendues et furieuses. Et, bon sang, c'était tellement bon !

Fais attention à elle, Gard. Tu crois que tu lui as posé ta botte sur la nuque, maintenant, et c'est peut-être vrai, pour le moment, mais fais attention à elle. Elle n'oubliera pas.

Elle ne pardonnera pas non plus.

On verrait plus tard. Il ouvrit un exemplaire éculé de son premier recueil de poèmes. Il n'eut pas à chercher « Rue Leighton », le livre s'ouvrit tout de suite à la bonne page. Ses yeux tombèrent sur la dédicace : *Pour Bobbi, qui sentit la sauge pour la première fois à New York.*

« Rue Leighton » avait été écrit l'année où il l'avait rencontrée, l'année où elle ne savait parler que de la rue Leighton. C'était naturellement la rue d'Utica où elle avait grandi, la rue dont elle devait s'échapper avant même de commencer à devenir ce qu'elle voulait être — un simple auteur d'histoires simples. Elle en était capable ; elle s'en tirerait brillamment et avec aisance. Gard l'avait compris presque tout de suite. Plus tard cette année-là, il avait senti qu'elle pourrait même faire mieux : surmonter la facilité insouciante et prolixe avec laquelle elle écrivait et produire, sinon une grande œuvre, pour le moins une œuvre intrépide. Mais il fallait d'abord qu'elle s'éloigne de la rue Leighton. Non pas de la vraie rue, mais de la rue Leighton qu'elle portait dans sa tête, lieu infernal d'appartements hantés par son père malade et bien-aimé, sa mère faible et bien-aimée et sa vieille bique arrogante de sœur qui les écrasait tous comme un démon tout-puissant.

Une fois, cette année-là, elle s'était endormie pendant un cours (première année de rédaction) et il s'était montré gentil avec elle, parce qu'il l'aimait déjà un peu et qu'il avait vu les grands cernes sous ses yeux.

« J'ai mal dormi la nuit dernière », avait-elle dit quand il l'avait retenue un moment après le cours.

Elle était *encore* à moitié endormie, sinon elle n'aurait jamais continué ; et c'était ainsi qu'il avait mesuré l'emprise d'Anne — l'emprise de la rue Leighton — sur elle. Elle était comme quelqu'un qui a été drogué, et survit avec une jambe de chaque côté du mur de pierres sombres du sommeil.

« Je m'endors presque, et alors je l'entends.

— Qui ? avait-il demandé gentiment.

— Sœurette... ma sœur Anne. Elle grince des dents et on croirait entendre des... »

Des *os*, c'est ce qu'elle allait dire, mais elle s'était éveillée pour sombrer dans une crise de larmes hystérique qui avait beaucoup effrayé Gard.

Anne.

Plus que tout, Anne était la rue Leighton.

Anne avait été

(on frappe à la porte)

le bâillon imposé aux besoins et aux ambitions de Bobbi.

D'accord, se dit Gard. *Pour toi, Bobbi. Pour toi seule.* Et il se mit à lire « Rue Leighton » aussi aisément que s'il avait passé l'après-midi à s'entraîner dans sa chambre. Il lut :

> « Ces rues commencent où les pavés
> affleurent à travers le macadam
> comme des têtes d'enfants
> mal enterrées dans leur texture.

Quel est ce mythe ?
            demandons-nous, mais
les enfants qui jouent au Jokari et
à saute-mouton par ici se contentent de rire.

Ils nous disent : *C'est pas un mythe, c'est pas un mythe,*
ils disent juste : *Hé, fils de pute, c'est*
            rien que la rue Leighton, ici,
c'est rien que des petites maisons,
rien que des arrière-cours où nos mères
lavent, ici, et ci et ça.

Les jours deviennent chauds
et dans la rue Leighton ils écoutent la radio
pendant que des ptérodactyles
volent entre les antennes de télé

sur les toits et ils disent : *Hé, fils de pute,*
            ils disent *hé, fils de pute !*

Ils nous disent : *C'est pas un mythe, c'est pas un mythe,*
ils disent juste : *Hé, fils de pute, c'est*
            rien que la rue Leighton, ici.
Ils disent : *Voilà comment vous êtes silencieux,*
            dans vos longs jours de silence.
            Fils de pute.

Quand on a tourné le dos à ces routes du nord,
aux faces de brique aveugles de ces entrepôts,
quand on dit : « Oh, mais je suis au bout de mon savoir
et je l'entends toujours dans la nuit, elle grince
            elle grince des dents... »

Comme il y avait bien longtemps qu'il n'avait pas lu ce poème, même pour lui, il ne se contenta pas de le *débiter* (ainsi qu'il l'avait découvert, il était presque impossible de ne pas « débiter » les textes à la fin d'une tournée comme celle-ci) ; il le *redécouvrit*. La plupart de ceux qui étaient venus l'écouter ce soir-là, à Northeastern — même ceux qui furent témoins de la conclusion sordide et terrifiante de la soirée — s'accordent à dire que la présentation de « Rue Leighton » par Jim Gardener avait été le meilleur moment de la manifestation poétique. Nombreux furent ceux qui affirmèrent que ç'avait été la plus belle lecture qu'ils eussent jamais entendue.

Étant donné que c'était la dernière fois de sa vie que Jim Gardener participait à ce type de réunion, ce fut sans doute un beau départ.

6

Il lui fallut presque vingt minutes pour lire son poème en entier, et quand il eut terminé, il hésita à lever les yeux vers un puits de silence aussi parfait que profond. Il eut juste le temps de penser qu'il n'avait pas lu ce fichu poème, que ce n'avait été qu'une hallucination d'une criante vérité dans les deux ou trois secondes précédant un évanouissement.

Puis quelqu'un se leva et commença d'applaudir fort et régulièrement. Le jeune homme avait les joues mouillées de larmes. Une jeune fille à côté de lui se leva à son tour et se mit à applaudir, elle aussi en pleurant. Puis ils se levèrent tous et applaudirent, oui, ils lui faisaient bel et bien une de ces foutues ovations debout : il regarda leurs visages et vit ce que tout poète ou tout aspirant poète espère voir quand il termine une lecture : les visages de gens soudain éveillés d'un rêve plus lumineux que toute réalité. Ils avaient l'air aussi hébété que Bobbi ce jour-là, ils semblaient ne plus bien savoir où ils étaient.

Mais ils ne s'étaient pas *tous* levés pour l'applaudir : Patricia McCardle était assise raide et droite au troisième rang, les mains toujours crispées sur ses cuisses, serrant son petit sac du soir. Ses lèvres s'étaient refermées. Plus trace des célèbres dents blanches ; sa bouche se réduisait à une mince coupure dont le sang n'aurait pas coulé. Gard, malgré son épuisement, s'en amusa. *En ce qui te concerne, Patty, la* vraie *morale puritaine, c'est que lorsqu'on est une brebis galeuse on ne devrait pas oser s'élever au-dessus du niveau de médiocrité que l'on s'est vu assigner, c'est ça ? Mais il n'y a pas de clause relative à la médiocrité dans ton contrat, n'est-ce pas ?*

« Merci », murmura-t-il dans le micro tandis que ses mains tremblantes rassemblaient ses livres et ses papiers en une pile instable — et il faillit tout répandre sur le sol en s'éloignant du podium. Il s'effondra avec un profond soupir sur son siège près de Ron Cummings.

« Mon Dieu, murmura Ron en continuant d'applaudir. Mon *Dieu !*

— Arrête d'applaudir, crétin, murmura Gardener en retour.

— Compte dessus ! Je me moque de savoir quand tu as écrit ça, c'était foutument *brillant*, dit Cummings, et je t'offrirai un verre pour ça plus tard.

— Je ne prendrai rien de plus fort qu'une eau gazeuse, ce soir », dit Gardener.

Il savait qu'il mentait. Sa migraine revenait sournoisement. L'aspirine n'y pourrait rien. Même le Percodan serait sans effet, et le Qualude aussi, inutile de se leurrer. Rien ne remettrait sa tête en place comme une bonne dose d'alcool. Soulagement rapide, rapide.

Les applaudissements finirent par se calmer. Patricia McCardle prit une expression de gratitude acide.

7

Le nom du gros lard qui avait présenté chaque poète était Arberg (même si Gardener continuait de vouloir appeler Arglebargle ce pinailleur de marchand de tapis roublard). Il était assistant d'anglais à l'université et dirigeait le comité de soutien à la poésie. C'était le genre de type que Gardener père aurait appelé « bifteck de fils de pute ».

Le bifteck avait organisé chez lui, après la soirée de lecture, une réception pour la Caravane, les Amis de la Poésie et l'essentiel du département d'anglais. Tout commença vers onze heures : un peu guindé au départ — hommes et femmes debout en petits groupes raides, verres et assiettes de carton à la main, parlant en respectant la prudence en usage dans les milieux universitaires. A l'époque où il enseignait, Gard considérait ce genre de foutaises comme une perte de temps stupide. Il n'avait pas changé d'avis, mais ces conversations avaient maintenant une petite touche nostalgique plutôt agréable — dans une tonalité mélancolique.

Sa tendance à jouer le Monstre des Réunions mondaines lui dit que, guindée ou non, celle-ci présentait des possibilités. Vers minuit, les études de Bach céderaient presque certainement la place aux Pretenders, et les conversations dériveraient des cours, de la politique et de la littérature vers des sujets beaucoup plus intéressants comme l'équipe des Red Sox, les professeurs qui buvaient trop et le vieux thème préféré de tous : qui baisait qui.

Fidèles à la Règle n° 1 pour Poètes en Tournée selon Gardener — *Si c'est gratuit, n'en laissez rien* —, la plupart des poètes assiégeaient le buffet abondamment fourni. Tandis que Jim les regardait, Ann Delaney, qui écrivait de rares poèmes inspirés sur la classe ouvrière rurale de Nouvelle-Angleterre, ouvrait un four énorme pour engloutir le monumental sandwich qu'elle tenait. Ann lécha nonchalamment la mayonnaise qui lui coulait sur les doigts, et dont la couleur et la consistance rappelaient le sperme de taureau. Elle décocha un clin d'œil à Gardener. A sa gauche, le dernier lauréat du Prix Hawthorne de l'Université de Boston (Pour son long poème *Rêves portuaires 1650-1980*) s'enfournait des olives vertes dans la bouche à une vitesse fascinante. Ce type, du nom de Jon Evard Symington, s'interrompit juste le temps de glisser une poignée de mini-Babybel enveloppés de rouge dans chacune des poches de sa veste de sport en velours côtelé (avec des pièces de daim aux coudes, naturellement), puis revint aux olives.

Ron Cummings s'approcha de Gardener. Comme à l'accoutumée, il ne mangeait pas. Un verre en cristal de Waterford qui semblait plein de whisky sec à la main, il montra le buffet de la tête.

« Formidable. Si t'es spécialiste de la mortadelle Kirschner et de la laitue de couche, t'es bon pour la revue, troufion.

— Cet Arglebargle sait vivre », dit Gardener.

Cummings, qui était en train de boire, pouffa si fort que le whisky lui ressortit par le nez.

« T'es en forme ce soir, Jim. Arglebargle, Seigneur ! »

Il regarda le verre que tenait Gardener. C'était une vodka tonic — pas forte, mais sa deuxième tout de même.

« De l'eau gazeuse ?

— Essentiellement... »

Cummings rit à nouveau et s'éloigna.

Quand quelqu'un vira Bach pour le remplacer par B. B. King, Gard en était à son quatrième verre, et pour ce dernier, il avait demandé au barman, qui avait assisté à la réunion poétique, de forcer un peu sur la vodka. Il s'était mis à se répéter deux remarques qui lui semblaient de plus en plus drôles au fur et à mesure qu'il s'enivrait : d'abord que si tu es un spécialiste de la mortadelle Kirschner et de la laitue de couche, t'es bon pour la revue, troufion, et l'autre que tous les assistants de faculté ressemblent aux *Chats* de T.S. Eliot sur un point au moins : ils ont tous des noms secrets. Gardener en avait eu l'intuition s'agissant de leur hôte, Arglebargle. Il retourna se faire servir un cinquième verre et demanda au barman de se contenter d'effleurer son verre de vodka avec la bouteille de soda, cela suffirait. L'air solennel, le barman fit passer la bouteille de Schweppes devant le verre de vodka de Gardener. Celui-ci rit jusqu'à ce que les larmes lui emplissent les yeux et que son estomac lui fasse mal. Il se sentait vraiment bien, ce soir... et qui, femme ou homme, le méritait davantage ? Il avait fait sa meilleure lecture depuis des années, peut-être de toute sa vie.

« Tu sais, dit-il au jeune diplômé sans le sou recruté spécialement pour l'occasion et qui servait de barman, tous les assistants de faculté sont comme les chats de T. S. Eliot, d'une certaine façon.

— Vraiment, monsieur Gardener ?

— Jim, appelle-moi simplement Jim. »

Mais il voyait dans le regard du gamin qu'il ne serait jamais *simplement Jim* pour lui. Ce soir il avait vu Gardener s'élever jusqu'au firmament, et les hommes qui s'élèvent jusqu'au firmament ne peuvent plus jamais être *simplement Jim*.

« Mais oui, expliqua-t-il au jeune homme, chacun a un nom secret. J'ai trouvé celui de notre hôte : c'est Arglebargle. Comme le bruit qu'on fait quand on se gargarise, ajouta-t-il avant de réfléchir un instant. Maintenant que j'y pense, le monsieur dont nous parlons pourrait d'ailleurs en utiliser une bonne dose, de gargarisme. »

Gardener n'eut pas un rire très discret, beau supplément à la plaisanterie de base. *Comme ajouter un joli bouchon de radiateur au capot d'une belle voiture*, se dit-il. Et il rit à nouveau. Cette fois, quelques personnes le regardèrent avant de reprendre leurs conversations.

Trop fort, se dit-il. *Baisse un peu le volume, Gard, mon vieux*. Il sourit à pleines dents en pensant qu'il vivait une de ces nuits magiques où même ses bon Dieu de *pensées* étaient drôles.

Le barman souriait, lui aussi, mais son sourire était empreint d'une certaine inquiétude.

« Vous devriez faire attention à ce que vous dites du professeur Arberg, dit-il, et à ceux à qui vous le dites. Il est... un peu soupe au lait.

— Oh, *vraiment !* dit Gardener en roulant des yeux et en haussant les sourcils avec autant d'énergie que Groucho Marx. Il en a justement l'air, ce vieux bifteck de fils de pute, vous ne trouvez pas ! »

Mais il prit la précaution de tourner au plus bas son bon vieux bouton de contrôle du volume.

« Ouais, dit le barman en regardant autour de lui et en se penchant sur le bar pour s'approcher de Gardener. On dit qu'il est passé près du bureau des assistants l'an dernier, et qu'il a entendu l'un d'eux dire pour plaisanter qu'il avait toujours rêvé de travailler dans une université où *Moby Dick* n'était pas seulement un classique emmerdant mais un professeur en chair et en os. D'après ce qu'on m'a dit, ce type était un des jeunes assistants d'anglais les plus prometteurs que Northeastern ait jamais eus ; il est parti avant même la fin du semestre. Et tous ceux qui avaient ri aussi. Seuls ceux qui n'avaient pas ri sont restés.

— Dieu du ciel ! » s'exclama Gardener.

Il avait déjà entendu ce genre d'histoire — et même une ou deux pires encore — mais il n'en était pas moins dégoûté. Il suivit le regard du barman et vit Arglebargle au buffet, près de Patricia McCardle. Arglebargle gesticulait d'une main, celle qui tenait une chope de bière. Son autre main plongeait des pommes de terre chips dans une coupe de purée d'huîtres et les amenait ainsi chargées vers sa bouche, laquelle n'en continuait pas moins de parler. Gardener ne pouvait se souvenir d'avoir jamais observé quoi que ce fût de plus profondément répugnant. Et pourtant cette salope de McCardle le regardait avec une telle admiration attentive que tout laissait prévoir qu'elle pourrait à tout moment tomber à genoux et lui faire une pipe par pure adoration, se dit Gardener, *et pendant ce temps-là, le gros dégueulasse continuerait à manger, en lui laissant tomber des miettes de chips et des gouttes d'huître sur les cheveux.*

« Jésus a pleuré », dit-il, et il engloutit la moitié de sa vodka-sans-soda. Cela ne le brûla pratiquement pas... Ce qui le brûlait, c'était sa première véritable bouffée d'hostilité de la soirée, la première manifestation de cette rage muette et inexplicable qui le tenaillait presque depuis l'époque où il s'était mis à boire.

« Tu veux bien me refaire le plein ? »

Le barman versa une rasade de vodka et dit timidement :

« J'ai trouvé votre lecture tout à fait merveilleuse, ce soir, monsieur Gardener. »

Gardener en fut touché de façon absurde. « Rue Leighton » avait été dédié à Bobbi Anderson, et ce garçon derrière le bar — à peine assez vieux pour avoir le droit de boire — lui rappelait Bobbi quand elle était arrivée à l'université.

« Merci.

— Méfiez-vous de cette vodka, dit le barman, elle a une façon bien à elle de vous assommer.

— Je contrôle encore la situation, dit Gardener en décochant au barman un clin d'œil rassurant. Visibilité claire de dix kilomètres à l'infini. »

Il s'écarta du bar et tourna de nouveau les yeux vers le bifteck de fils de pute et Patricia McCardle. Elle le surprit les regardant et le fixa de ses petits yeux bleus glacés, sans le moindre sourire. *Viens te frotter à moi, salope frigide,* se dit-il et il leva son verre en un grossier salut de poivrot tout en la gratifiant d'un grand sourire insultant.

« Juste de l'eau gazeuse, c'est ça ? »

Jim se retourna. Ron Cummings était apparu aussi soudainement que Satan, et son sourire était vraiment diabolique.

« Va te faire foutre », dit Gardener.

Et plusieurs personnes se retournèrent pour les regarder.

« Jim, mon vieux...

— Je sais, je sais, baisse un peu le volume. »

Il sourit, mais il sentait sous son crâne des pulsations de plus en plus fortes, tout particulièrement insistantes. Ce n'était pas comme les maux de tête que le médecin avait prédits à la suite de l'accident ; ça ne venait pas de sa tempe mais plutôt de l'arrière du cerveau, tout au fond. Et ça ne faisait pas mal.

C'était même, en fait, assez agréable.

« T'es bon, mon vieux, dit Cummings avec un imperceptible signe de tête pour désigner McCardle. Elle t'a dans le collimateur, Jim. Elle adorerait te renvoyer de la tournée. Ne lui en donne pas l'occasion.

— Qu'elle aille se faire foutre.

— Charge-t'en toi-même, dit Cummings. Cancer, cirrhose du foie et affections cérébrales découlent statistiquement de la consommation excessive de boissons alcoolisées, si bien que je dois raisonnablement m'attendre à en souffrir dans l'avenir, et si l'une de ces plaies me tombe dessus, je ne pourrai m'en prendre qu'à moi-même. Pour ce qui est du diabète, des glaucomes et de la sénilité précoce, on en trouve beaucoup dans ma famille. Mais quant à l'hypothermie du pénis, j'ai une chance de l'éviter. Excuse-moi. »

Gardener resta immobile un moment, interloqué. Il regarda Ron s'éloigner. Puis il comprit et partit d'un grand rire. Cette fois les larmes ne lui vinrent pas simplement aux yeux, elles lui coulèrent carrément le long des joues. Pour la troisième fois ce soir-là, les gens le regardèrent, lui, ce grand type mal fagoté, tenant un verre plein de ce qui ressemblait bigrement à de la vodka pure, et qui riait à gorge déployée, là, tout seul.

Mets-y une sourdine, se dit-il, *baisse le volume sonore,* se dit-il. *Hypothermie du pénis,* se dit-il, et il pouffa de plus belle.

Petit à petit, il parvint à recouvrer le contrôle de lui-même. Il se dirigea vers la pièce adjacente, d'où venait la musique, car c'était généralement là que se tenaient les gens les plus intéressants dans ce genre de réunions. Il s'appropria au passage deux canapés qu'il engloutit. Il avait la curieuse impression qu'Arglebargle et McCarglebargle le regardaient encore, et que McCarglebargle était en train de le décrire à Arglebargle en quelques phrases bien senties, avec ce petit sourire glacial horripilant qui ne quittait jamais son visage. *Vous ne saviez pas ? C'est la pure vérité : il lui a tiré dessus. En plein visage. Elle lui a promis de ne pas porter plainte s'il lui accordait un divorce en sa faveur. Qui sait si elle a eu raison ? Il n'a plus tiré sur aucune autre femme... du moins pas encore. Mais même s'il a assez bien lu son poème ce soir — je veux dire : après ce temps mort totalement excentrique —, il n'en est pas moins instable, comme vous pouvez le constater, il est incapable de contrôler sa consommation d'alcool...*

Tu aurais intérêt à faire attention, Gard, se dit-il, et pour la deuxième fois cette nuit-là, une pensée lui vint, portée par une voix qui ressemblait beaucoup à celle de Bobbi. *Tu recommences, avec ta paranoïa ; ils ne parlent pas de toi, bon sang !*

A la porte, il se retourna.

Ils le regardaient tous les deux.

Il ressentit une déception si amère qu'il en eut un choc... et il leur adressa à nouveau un grand sourire insultant en levant son verre.

Fiche le camp d'ici, Gard. Ça pourrait mal tourner. Tu es ivre.

Je me contrôle très bien, ne t'en fais pas. Elle veut que je parte, c'est pour ça qu'elle n'arrête pas de me regarder, c'est pour ça qu'elle raconte des choses sur moi à ce gros lard — que j'ai tiré sur ma femme, que j'ai été pris à Seabrook avec un pistolet chargé dans mon sac — elle veut se débarrasser de moi parce qu'elle considère qu'il n'est pas normal qu'un contestataire-antinucléaire-sympathisant-communiste-tueur-de-femmes-et-alcoolique reçoive tous les foutus lauriers de la soirée. Mais je peux garder mon sang-froid. Pas de problème, minette. Je vais seulement tenir le coup, diminuer mes rations d'eau-de-feu, prendre un café, et rentrer me coucher très tôt. Pas de problème.

Et bien qu'il n'eût pas bu de café, qu'il ne fût pas rentré se coucher tôt et qu'il n'eût pas diminué sa consommation d'eau-de-feu, il ne s'en tira pas si mal pendant l'heure qui suivit. Il baissa le volume à chaque fois qu'il sentit que le son enflait trop, et il abandonna la partie à chaque fois qu'il s'entendit faire ce que sa femme appelait *pérorer*. « Quand tu es soûl, Jim, avait-elle dit, le problème avec toi c'est que tu as vite tendance à ne plus discuter, mais à te mettre à *pérorer*. »

Il resta l'essentiel du temps dans le salon d'Arberg, où les groupes étaient plus jeunes et moins guindés. Leur conversation vivante, joyeuse et intelligente, fit resurgir dans son esprit l'obsession du nucléaire. Dans de tels moments, c'était toujours ce qui arrivait, c'était comme un corps pourrissant ramené à la surface d'un lac par l'écho d'une salve de canon. Dans de tels moments — et quand il en était à cette étape de sa soûlerie — la certitude qu'il devait alerter ces jeunes gens et ces jeunes filles des dangers du nucléaire refaisait toujours surface, entraînant, comme des algues en décomposition, son accumulation fiévreuse de colère et de déraison. Toujours. Les six dernières années de sa vie n'avaient pas été bonnes, et les trois dernières ressemblaient à un cauchemar où il ne se comprenait plus lui-même et effrayait presque tous ceux qui le connaissaient. Quand il buvait, cette rage, cette terreur, et surtout cette incapacité à expliquer ce qui était arrivé à Jimmy Gardener, même à *se* l'expliquer, trouvaient un exutoire dans le nucléaire.

Mais ce soir-là, il n'abordait qu'à peine le sujet quand Ron Cummings entra dans la pièce en titubant, son visage émacié rougeoyant de fièvre. Ivre ou non, Cummings était encore parfaitement capable de sentir d'où venait le vent. Il ramena adroitement la conversation sur la poésie. Si Gardener lui en fut vaguement reconnaissant, il en fut aussi irrité. C'était irrationnel, mais c'était ainsi : on l'avait privé de sa dose.

Si bien que grâce en partie au contrôle de soi qu'il s'était imposé et en partie à l'intervention opportune de Ron Cummings, Gardener évita les ennuis jusqu'à ce que la réception chez Arberg soit presque terminée. Si la fête avait duré une demi-heure de moins, Gardener aurait pu éviter totalement les ennuis... du moins pour cette nuit-là.

Mais quand Ron Cummings commença à « pérorer » sur les poètes « beat » avec son habituel humour tranchant, Gardener s'en retourna vers la salle à manger pour se faire servir un autre verre et peut-être grappiller quelque chose au buffet. Ce qui suivit aurait pu être orchestré par un démon à l'humour particulièrement vicieux.

« Quand la centrale d'Iroquois fonctionnera, vous économiserez l'équivalent de trois douzaines de bourses d'études », disait une voix sur la gauche de Gardener.

Gardener se retourna si brutalement qu'il faillit renverser son verre. Il ne pouvait qu'imaginer cette conversation, la coïncidence était trop extraordinaire pour tout devoir au hasard.

Une demi-douzaine de gens étaient regroupés à un bout du buffet, trois hommes et trois femmes. Un des couples était ce duo de vaudeville de renommée mondiale, Arglebargle et McCarglebargle. L'homme qui avait parlé ressemblait à un vendeur de voitures qui aurait eu meilleur goût que ses collègues en matière de vêtements. Sa femme se tenait à côté de lui. Elle était d'une beauté un peu fatiguée, ses yeux d'un bleu délavé agrandis par d'épaisses lunettes. Gardener remarqua tout de suite une chose. Cela tenait peut-être de l'obsession, mais il avait toujours été un bon observateur et il le restait. La femme aux épaisses lunettes se disait que son mari faisait exactement ce que Nora accusait Gard de faire dans les soirées mondaines quand il était ivre : *il pérorait*. Elle voulait l'interrompre, mais elle n'avait pas encore trouvé le moyen d'y parvenir.

Gardener les observa mieux. Il se dit qu'ils n'étaient mariés que depuis huit mois. Un an peut-être, mais plutôt huit mois.

L'homme qui parlait devait être une huile de Bay State Electric. C'était forcément Bay State, parce que Bay State possédait cette aubaine de centrale nucléaire d'Iroquois. Ce type en parlait comme de la plus grande invention depuis le pain en tranches, et comme il avait vraiment l'air convaincu, Gardener conclut qu'il ne pouvait s'agir que d'une huile de deuxième catégorie, peut-être même seulement d'une huile de vidange. Il doutait un peu que les huiles de premier choix soient aussi enthousiasmées par Iroquois. Même en oubliant pour un moment que l'énergie nucléaire constituait de toute façon une folie, Iroquois avait pris cinq ans de retard, et le destin de trois banques associées de Nouvelle-Angleterre dépendait de ce qui arriverait quand la centrale serait mise en service, l'essentiel étant quand même qu'elle le soit. Elles étaient toutes trois enfoncées jusqu'au cou dans les paperasses et les sables mouvants radioactifs. C'était comme un jeu de chaises musicales complètement fou.

Naturellement, les tribunaux avaient finalement donné à l'entreprise l'autorisation de mettre en place les barres de commande, un mois plus tôt, et Gardener supposait qu'après cette décision, tous ces fils de pute avaient dû respirer plus librement.

Arberg écoutait avec un respect solennel. Il n'appartenait pas au conseil d'administration, mais au-dessus du poste de chargé de cours, tout le monde à l'université savait qu'il fallait passer de la pommade à tout émissaire de Bay State Electric, même à une huile de vidange. Les grandes entreprises privées comme Bay State pouvaient beaucoup pour les établissements d'enseignement — si elles le voulaient.

Est-ce que M. Kilowatt était un Ami de la Poésie? Presque autant, se dit Gard, que lui-même était un Ami de la Bombe à Neutrons. Sa femme, en revanche — celle aux grosses lunettes et au visage à la beauté fatiguée — *elle* avait bien l'air d'une Amie de la Poésie.

Parfaitement conscient de commettre là une terrible erreur, Gardener s'approcha. Il arborait un gracieux sourire du genre je-ne-suis-déjà-que-trop-resté-et-je-ne-vais-pas-tarder-à-partir, mais dans sa tête la pulsation s'accéléra, se centrant sur la gauche. La vieille colère irrépressible montait en une vague rouge. *Est-ce que vous savez de quoi vous parlez?* criait son cœur qui ne pouvait en dire davantage. Il connaissait des arguments logiques contre les centrales nucléaires, mais en de tels moments, il ne trouvait dans son cœur que des cris inarticulés.

Est-ce que vous savez de quoi vous parlez? Est-ce que vous savez ce qui est en jeu? Est-ce qu'aucun d'entre vous ne se souvient de ce qui est arrivé en Russie il y a deux ans? Eux ne savaient pas ; et maintenant ils ne peuvent plus *savoir. Ils vont enterrer les victimes mortes de cancer pendant des dizaines d'années encore. Nom de Dieu de bordel de merde! Enfoncez-vous une de ces barres de commande usagées dans le cul pendant une demi-heure, et puis allez raconter à tout le monde combien l'énergie nucléaire est inoffensive, avec vos fesses phosphorescentes! Doux Jésus! Vous êtes là, pauvres cons, à écouter ce type plastronner comme s'il était* sain d'esprit!

Il restait là, verre à la main, sourire agréable aux lèvres, écoutant l'huile de vidange cracher ses conneries meurtrières.

Le troisième homme du groupe avait environ la cinquantaine et ressemblait à un professeur titulaire. Il se renseignait sur la possibilité d'autres manifestations de protestation à l'automne. Il appelait l'huile de vidange Ted.

Ted, l'Homme de l'Énergie, dit qu'il doutait que l'on doive se faire beaucoup de souci. Seabrook, c'était du passé, et même Arrowhead dans le Maine : les mouvements de protestation avaient vite perdu de leur virulence, surtout depuis que les juges fédéraux s'étaient mis à distribuer des peines plus sévères à ceux qu'*eux-mêmes* considéraient comme de simples fauteurs de troubles.

« L'engouement de ces gamins pour ce genre de cause ne dure pas plus que leur passion pour un groupe de rock », dit-il.

Arberg, McCardle et les autres rirent — tous sauf la femme de Ted, l'Homme de l'Énergie. Son sourire n'en fut qu'un peu plus pâle.

Celui de Gardener resta charmant. Il semblait gelé sur son visage.

Ted, l'Homme de l'Énergie, se sentit en droit d'en rajouter. Il dit qu'il était temps de montrer une fois pour toutes aux Arabes que l'Amérique et les Américains n'avaient pas besoin d'eux. Il dit que même les centrales thermiques à charbon les plus modernes étaient trop sales pour la législation sur la protection de l'environnement. Il dit que l'énergie solaire, c'était formidable... « tant que le soleil brille ». Autre rires entendus.

La tête de Gardener battait et cognait, cognait et battait. Ses tympans, dont la sensibilité atteignait une acuité presque surnaturelle, perçurent un léger craquement, comme de la glace à la dérive. Jim ne desserra sa main qu'une fraction de seconde avant qu'elle ne se crispe au point d'écraser son verre.

Il ferma un instant les yeux et Arberg se trouva gratifié d'une tête de cochon. Cette hallucination, aussi complète que parfaite, montrait jusqu'aux soies sur le groin du gros homme. Le buffet n'était plus que ruines, mais Arberg, jouant à l'égout, s'attaquait aux restes, s'emparant du dernier Triscuit, embrochant la dernière tranche de saucisson et le dernier bout de fromage sur le même cure-dent de plastique, les faisant descendre avec les dernières miettes de chips. Tout disparaissait dans son groin baveux, et il continuait d'approuver de la tête tandis que Ted, l'Homme de l'Énergie, expliquait que le nucléaire était la seule solution, vraiment.

« Heureusement que les Américains commencent enfin à remettre cette histoire de Tchernobyl à la place qu'elle aurait toujours dû occuper, dit-il. Trente-deux morts. C'est horrible, naturellement, mais le mois dernier un accident d'avion en a tué cent quatre-vingt-dix et quelques. Et qui va demander au gouvernement d'interdire les compagnies aériennes? Trente-deux morts, c'est horrible, mais c'est loin de l'hécatombe dont parlent ces antinucléaires fanatiques. Ils sont aussi cinglés, dit-il en baissant la voix, que ces partisans de LaRouche qu'on a vus dans les aéroports, mais d'une certaine façon, ils sont pires. *A première vue* ils sont plus raisonnables. Mais si on leur donnait ce qu'ils veulent, ils reviendraient dans un mois ou deux pour pleurer qu'ils ne parviennent plus à utiliser leur sèche-cheveux, ou qu'ils ont découvert que leur robot de cuisine ne marchait plus au moment où ils voulaient préparer leur bouillie macrobiotique. »

Gard ne le voyait plus comme un homme. La tête hirsute d'un loup sortait du col de la chemise blanche à fines rayures rouges. Elle regardait autour d'elle, sa langue rouge pendante, ses yeux jaune verdâtre brillants. Arberg émit une sorte de sifflement qui se voulait une approbation et enfourna d'autres restes dans son groin. Patricia McCardle avait maintenant la tête fine et lisse d'un whippet. Le professeur et sa femme étaient des fouines. Et la femme de l'homme de la compagnie d'électricité s'était changée en un lapin apeuré roulant de petits yeux rouges derrière d'épaisses lunettes.

Oh, Gard, non! supplia son cerveau.

Jim ferma de nouveau les yeux, et ces gens redevinrent des gens.

« Et il y a une chose que ces types-là oublient toujours de mentionner lors de leurs grandes réunions de protestation, ajouta Ted, l'Homme de l'Énergie, en regardant chacun de ses auditeurs comme un avocat d'assises qui arrive à la péroraison de sa plaidoirie. En trente ans de développement de l'industrie nucléaire pacifique, il n'y a pas eu *un seul décès dû à l'énergie nucléaire aux États-Unis d'Amérique.* »

Il sourit modestement et avala le reste de son scotch.

« Je suis sûr que nous serons tous plus tranquilles maintenant que nous savons *ça*, dit l'homme qui avait l'air d'un professeur. Et maintenant, je crois que mon épouse et moi-même...

— Savez-vous que Marie Curie est morte empoisonnée par les radiations? » demanda Gardener sur le ton de la conversation.

Les têtes se tournèrent vers lui.

« Ouais. Leucémie due à l'exposition directe aux rayons gamma. Elle fut la première victime sur la longue route mortelle qui mène à l'usine de ce monsieur. Elle a fait de longues recherches, et elle a tout précisé par écrit. »

Gardener regarda autour de lui. La pièce était soudain silencieuse.

« Ses carnets d'observation sont enfermés dans un coffre-fort, continua-t-il. A Paris. Dans un coffre-fort doublé de plomb. Les carnets sont intacts, mais ils sont trop radioactifs pour qu'on les manipule. Quant au nombre de ceux qui sont morts ici, nous n'en savons rien. Le Commissariat à l'Énergie Atomique et l'Agence pour la Protection de l'Environnement gardent l'information secrète. »

Patricia McCardle lui faisait les gros yeux. Le professeur ne le regardant plus, Arberg retourna nettoyer le buffet.

« Le 5 octobre 1966, dit Gardener, le cœur du réacteur Enrico Fermi, dans le Michigan, est entré en fusion.

— Et rien n'est arrivé ! répliqua Ted, l'Homme de l'Énergie, en écartant les mains comme pour dire à l'auditoire : *vous voyez ? CQFD.*

— Non, dit Gardener. Rien n'est arrivé. La réaction en chaîne s'est arrêtée d'elle-même. Dieu sait peut-être pourquoi, mais je pense qu'Il est bien le seul. Un des ingénieurs qu'on avait appelés pour l'expertise a souri, il a dit : " Eh bien les gars, vous avez failli rayer Detroit de la carte. " Et il s'est évanoui.

— Oh, mais M. Gardener ! C'était...

— Quand on examine les statistiques de morts par cancer, interrompit Gardener en levant une main impérieuse, dans les régions qui entourent toutes les centrales nucléaires du pays, on trouve des anomalies, un taux de mortalité qui dépasse de loin les normes.

— C'est tout à fait faux, et...

— Laissez-moi terminer, s'il vous plaît. Je ne crois plus que les faits aient une quelconque importance, mais laissez-moi tout de même terminer. Bien avant Tchernobyl, les Russes ont eu un accident sur un réacteur à Kychtym. Mais Khrouchtchev était alors au pouvoir, et les Soviétiques n'ouvraient pas la bouche aussi facilement. Il semble qu'ils aient stocké les barres de commande usagées dans un fossé peu profond. Pourquoi pas ? Comme aurait pu le dire Mme Curie, cela semblait une bonne idée, à l'époque. On pense que les barres de commande se sont oxydées, mais qu'au lieu de produire de l'oxyde de fer, de la rouille, comme de bonnes vieilles barres à mine, ces barres-là se sont mises à cracher du plutonium. Cela revenait à peu près à installer un feu de camp sous un réservoir de méthane, mais personne ne le savait. On se disait que ça irait. C'est ce qu'*on se disait.* »

Il entendait la rage s'insinuer dans sa voix et ne pouvait l'arrêter.

« C'est ce qu'on se disait en jouant avec les vies d'êtres humains comme s'ils n'étaient... comme s'ils n'étaient que des poupées... et devinez ce qui est arrivé ? »

La pièce était silencieuse. La bouche de Patty n'était plus que la marque rouge et glacée d'un coup de fouet fendant son visage blême de rage.

« Il a plu, dit Gardener. Il a plu *très fort.* La pluie a entraîné une réaction en chaîne, qui a déclenché une explosion. Quelque chose comme l'éruption d'un volcan de boue. Des milliers de personnes ont été évacuées. Toutes les femmes enceintes ont dû avorter. On n'avait pas le choix. La route traversant la région de Kychtym a été fermée pendant presque un an. Et puis, quand on s'est mis à raconter qu'il y avait eu un très grave accident du côté de la Sibérie, les Russes ont rouvert la route. Mais ils ont placé des pancartes vraiment hilarantes. J'en ai vu des photos. Je ne connais pas le russe, mais j'ai demandé à quatre ou cinq personnes différentes de me traduire ce qu'il y avait écrit, et elles sont toutes tombées d'accord. On dirait une mauvaise plaisanterie. Imaginez que vous conduisiez sur une autoroute, et que vous approchiez d'une pancarte disant : FERMEZ TOUTES LES FENÊTRES, ARRÊTEZ TOUT SYSTÈME DE VENTILATION, ET ROULEZ AUSSI VITE QUE VOUS LE POURREZ PENDANT LES TRENTE PROCHAINS KILOMÈTRES.

— Foutaises ! s'exclama Ted, l'Homme de l'Énergie.

— Photographies disponibles conformément à la Loi sur la Liberté de l'Information. Si ce type ne faisait que mentir, dit Gard en montrant Ted, je pourrais m'en désintéresser. Mais lui et tous ceux qui lui ressemblent font bien pire. Ils sont comme des vendeurs qui baratinent les gens en prétendant que non seulement les cigarettes ne donnent pas de cancer des bronches, mais qu'elles sont pleines de vitamine C et vous empêchent d'attraper des rhumes.

— Est-ce que vous voulez dire...

— Trente-deux à Tchernobyl dont nous pouvons *vérifier* la mort. Bon, il y en a peut-être eu *seulement* trente-deux. Nous avons des photos prises par des médecins américains qui indiquent qu'il devait y en avoir déjà plus de deux cents, mais disons trente-deux. Cela ne change rien à ce que nous avons appris de l'exposition aux radiations. La mort ne survient pas toujours immédiatement. C'est ce qui fait illusion. Les morts arrivent en trois vagues. Premièrement, vous avez les gens qui rôtissent pendant l'accident. Deuxièmement, les victimes de leucémie, surtout les enfants. Troisièmement, la vague la plus meurtrière : le cancer des adultes de plus de quarante ans. Tellement de cas de cancer qu'on pense à une épidémie de peste. Épithéliomas, cancers de la peau, cancers du sein, cancers du foie, mélanomes et cancers des os sont les plus fréquents. Mais vous avez aussi vos cancers du côlon, vos cancers de la vessie, vos tumeurs au cerveau, vos...

— Arrêtez ! Est-ce que vous ne pouvez pas vous arrêter, s'il vous plaît ? » hurla la femme de Ted.

L'hystérie donnait une puissance surprenante à sa voix.

« Je le ferais si je le pouvais, très chère, dit-il gentiment. Je ne peux pas. En 1964, le Commissariat à l'Énergie Atomique a demandé une étude sur un scénario de catastrophe imaginant l'explosion d'un réacteur américain cinq fois moins important que celui de Tchernobyl. Les résultats obtenus étaient tellement effrayants que le CEA a enterré le rapport. Ce rapport expliquait...

— Taisez-vous, Gardener, dit Patty. Vous êtes ivre. »

Il l'ignora, fixant du regard l'épouse de l'Homme de l'Énergie.

« Il expliquait qu'un tel accident dans une région plutôt rurale des États-Unis — on avait choisi le centre de l'État de Pennsylvanie, où se trouve Three-Mile Island, à propos — tuerait 45 000 personnes, irradierait 70 % de l'État, et causerait 17 millions de dollars de dégâts.

— Nom de Dieu ! dit quelqu'un. Vous *déconnez* ?

— Pas le moins du monde dit Gardener sans quitter des yeux la femme hypnotisée de terreur. Si vous multipliez par cinq, ça fait 225 000 morts et 85 millions de dollars de dégâts. »

Gardener alla regarnir son verre avec nonchalance ; la pièce baignait dans un silence sépulcral. Il leva son verre en direction d'Arberg et avala deux gorgées de vodka pure. De la vodka *non contaminée*, il fallait l'espérer.

« Alors, au terme de la troisième vague, aux alentours de 2040, conclut-il, c'est de près d'un quart de million de morts qu'il faut parler. »

Il fit un clin d'œil à Ted, l'Homme de l'Énergie, dont les lèvres découvraient les dents.

« Ce serait dur de tasser *autant* de gens même dans un Boeing 767, non ?

— Ces chiffres sont de pures élucubrations », dit avec colère Ted, l'Homme de l'Énergie.

Son épouse qui était devenue pâle comme la mort, à part deux petites taches d'un rouge brûlant sur les pommettes, intervint d'un ton nerveux :

« Ted...

— Et vous espériez que je resterais là... à... écouter ces discours creux de réunion mondaine ? demanda Ted en s'approchant de Gardener jusqu'à ce que leurs poitrines se touchent presque. Vraiment ?

— A Tchernobyl, ils ont tué les enfants, dit Gardener. Est-ce que vous refusez de le comprendre ? Ceux de dix ans comme ceux qui étaient encore *in utero*. La plupart sont peut-être encore en vie, mais ils meurent en ce moment même pendant que nous sommes ici un verre à la main. Certains ne savent même pas encore lire. La plupart n'embrasseront jamais une fille. Ils ont tué leurs enfants. »

Il regarda la femme de Ted, et sa voix se mit à trembler et à monter d'un ton, comme une supplication.

« Nous avons appris d'Hiroshima, de Nagasaki, de nos propres expériences à Trinity et sur Bikini. *Ils ont tué leurs propres enfants, est-ce que vous comprenez ce que je dis ? Il y a des gamins de neuf ans à Pripyat qui vont mourir en chiant leurs propres intestins ! Ils ont tué les enfants !* »

La femme de Ted recula d'un pas, les yeux agrandis derrière les gros verres, la bouche tordue.

« Je crois que nous admirons tous M. Gardener en tant que poète », dit Ted, l'Homme de l'Énergie, en entourant sa femme d'un bras pour l'attirer vers lui comme un cow-boy attrape un veau au lasso. « Il n'est cependant pas très bien informé des réalités de l'énergie nucléaire. Nous ne savons vraiment pas ce qui a pu arriver ou ce qui n'est pas arrivé à Kychtym, et les chiffres donnés par les Russes concernant les victimes de Tchernobyl sont...

— Trêve de conneries, dit Gardener. Vous savez très bien de quoi je parle. Bay State Electric a tout ça dans ses dossiers, ainsi que les chiffres sur le taux élevé des cancers dans les zones entourant les centrales nucléaires américaines, la pollution des eaux par les déchets radioactifs — l'eau des nappes phréatiques, l'eau où les gens lavent leurs vêtements et leur vaisselle, où ils se lavent eux-mêmes, l'eau qu'ils boivent. Vous le *savez,* vous et tous les responsables de surrégénérateurs privés, municipaux, d'État et fédéraux d'Amérique.

— Arrêtez, Gardener, menaça McCardle en avançant. Il est un peu... tenta-t-elle d'expliquer en adressant au groupe un sourire artificiel.

— Ted, est-ce que tu le *savais ?* demanda soudain la femme de Ted.

— Bien sûr, on a des statistiques, mais... »

Il s'interrompit. Sa mâchoire se referma si brutalement qu'on l'entendit presque claquer. Ce n'était pas beaucoup... mais c'était suffisant. Soudain ils comprirent, ils comprirent tous, qu'il avait omis bien des faits dans son sermon. Gardener ressentit la joie aigre d'un triomphe facile et inattendu.

Il y eut un moment de silence gêné. Soudain, tout à fait ostensiblement, la femme de Ted s'éloigna de lui. Il rougit. Gard se dit qu'il ressemblait à un type qui vient de se donner un coup de marteau sur le doigt.

« Oh, il y a toutes sortes de rapports, dit-il. La plupart ne sont qu'un tissu de mensonges, de la propagande russe. Des gens comme cet idiot sont plus qu'heureux de tout avaler, l'appât, l'hameçon, la ligne et le bouchon. Jusqu'à plus ample informé, Tchernobyl n'est peut-être pas du tout un accident, mais une façon de nous empêcher de...

— Seigneur ! et maintenant vous allez nous dire que la terre est plate, dit Gardener. Est-ce que vous avez vu les photos des soldats en combinaison antiradiations se promener autour d'une centrale à une demi-heure de voiture de Harrisburg ? Est-ce que vous savez comment ils ont essayé de réparer une fuite, là-bas ? Ils ont coincé un ballon de basket enveloppé de papier collant dans le conduit d'évacuation éclaté. Ça a tenu un temps, et puis la pression l'a recraché, et elle a fait un trou en plein dans l'enceinte de confinement.

— Vous recrachez vous-même une bonne dose de propagande, dit Ted avec un sourire sauvage. Les Russes *adorent* les gens comme vous ! Ils vous paient, ou vous faites ça gratuitement ?

— Qui est-ce qui parle comme les disciples de Moon qui racolent dans les aéroports, pour l'instant ? demanda Gardener avec un petit rire et en s'approchant de Ted. Les surrégénérateurs sont mieux construits que Jane Fonda, c'est ça ?

— En ce qui me concerne, ça se réduit à ça, oui.

— Je vous en prie, supplia la femme du professeur en plein désarroi. Nous pouvons discuter, mais ne *crions* pas. Nous sommes des *universitaires* tout de même...

— Il faut bien que *quelqu'un* crie ! » hurla Gardener.

La dame, battant des paupières, se fit toute petite, et son mari posa sur Gardener un regard de glace, comme s'il le marquait à jamais au fer rouge. Gard le comprit parfaitement.

« Si votre maison était en feu et que vous étiez le seul membre de votre famille à vous réveiller au milieu de la nuit et à réaliser ce qui est en train d'arriver, vous crieriez, non ? Ou bien iriez-vous sur la pointe des pieds glisser le message à l'oreille des autres, parce que vous êtes une *universitaire ?*

— Je pensais seulement que cela était allé ass... »

Gardener l'ignora, se tourna vers M. Bay State Electric et lui fit un clin d'œil complice.

« Dites-moi, Ted, *votre* maison, à quelle distance est-elle de cette superbe centrale nucléaire que vous construisez ?

— Rien ne m'oblige à rester là et...

— Pas trop près, hein ? C'est bien ce que je pensais. »

Il regarda Mme Ted. Elle se replia, s'accrochant au bras de son mari. Gard se demanda *Qu'est-ce qui fait qu'elle s'éloigne de moi aussi peureusement ? Quoi, exactement ?*

La voix du flic cureur de nez et lecteur de bandes dessinées lui envoya une réponse douloureuse : *T'as tiré sur ta femme, hein ? Tu t'es mis dans de beaux draps.*

« Est-ce que *vous* avez l'intention d'avoir des enfants ? demanda-t-il d'une voix douce. Dans ce cas, j'espère pour vous que vous et votre mari êtes *vraiment* installés à une distance respectueuse de la centrale... Ils passent leur temps à se gourer, vous savez. Comme à Three-Mile Island : juste avant qu'ils ne mettent en activité ce piège à cons, quelqu'un a découvert que les plombiers, on ne sait comment ni pourquoi, avaient raccordé un réservoir de 14 000 litres de déchets radioactifs liquides au distributeur d'eau potable au lieu de le raccorder à l'épurateur. En fait, ils ne s'en sont aperçus qu'une semaine avant que le surrégénérateur ne soit lancé. Elle est bien bonne, hein ? »

Elle pleurait.

Elle pleurait, mais il ne pouvait pas s'arrêter.

« Les types qui ont mené l'enquête ont écrit dans leur rapport que raccorder une canalisation de refroidissement de déchets radioactifs aux tuyaux d'eau potable était une " pratique qu'il fallait généralement déconseiller ". Si votre jules ici présent vous invite à une visite guidée de sa merveille, je vous conseille de faire comme au Mexique : ne buvez pas d'eau. Et si votre jules vous y invite alors que vous êtes déjà enceinte — ou même que vous *pensez* seulement que vous pourriez l'être —, dites-lui... que vous avez la migraine, dit Gardener avec un sourire qu'il adressa d'abord à la femme, puis à Ted.

— Taisez-vous », dit Ted.

Sa femme commençait à gémir.

« Oui, dit Arberg. Je crois vraiment qu'il est temps que vous vous taisiez, monsieur Gardener. »

Gard les regarda, regarda les autres invités, dont le jeune barman, qui observaient, les yeux écarquillés et en silence, le tableau qu'ils formaient près du buffet.

« *Me taire !* » hurla Gardener.

Une violente douleur lui poignarda la tempe gauche.

« Ouais ! Je me tais et je laisse brûler cette foutue maison ! Ne vous inquiétez pas : les marchands de sommeil des taudis viendront ramasser l'argent de l'assurance plus tard, quand les cendres auront refroidi, et qu'on rassemblera au râteau ce qui restera des corps ! *Que je me taise !* C'est exactement ce que tous ces types veulent ! Ils veulent qu'on se taise, et si on ne se tait pas de soi-même, il se peut qu'on vous *fasse* taire, comme Karen Silkwood...

— Laissez tomber, Gardener », siffla Patricia McCardle de sa bouche de serpent.

Gardener se pencha vers la femme de Ted dont les joues creuses étaient maintenant trempées de larmes.

« Vous pouvez aussi vous renseigner sur le taux de mort subite du nourrisson. Il est plus élevé dans les zones entourant les centrales. Les malformations congénitales aussi, comme le syndrome de Down, c'est-à-dire le mongolisme, et la cécité, et...

— Je vous demande de sortir de ma maison, dit Arberg.

— Vous avez un bout de chips sur le menton », dit Gardener avant de se tourner à nouveau vers M. et Mme State Electric. Sa voix semblait venir de tout au fond de lui, de plus en plus profond, comme si elle sortait d'un puits. Ça tournait au drame. Les lumières rouges s'allumaient sur tout le panneau de contrôle.

« Notre Ted peut mentir en nous disant combien tout ça est exagéré, que ce n'était rien qu'un petit incendie et une aubaine pour les journalistes, et vous pouvez tous le croire... mais les faits sont là : *Ce qui est arrivé à la centrale nucléaire de Tchernobyl a dégagé plus de déchets radioactifs dans l'atmosphère de cette planète que toutes les bombes A qui ont éclaté depuis Trinity.* Tchernobyl est encore chaud. Et le restera longtemps. Combien de temps ? Personne ne le sait vraiment, n'est-ce pas, Ted ? »

Il leva son verre à la santé de Ted et regarda les invités qui l'observaient silencieusement, avec parfois un air aussi défait que Mme Ted.

« Et ça arrivera encore. Peut-être dans l'État de Washington. Il n'y a pas longtemps, ils stockaient des barres de commande dans des fossés sans protection près du surrégénérateur de Hanford, exactement comme à Kychtym. Peut-être en Californie, la prochaine fois qu'il y aura un grand tremblement de terre ? En France ? En Pologne ? Ou peut-être ici, dans le Massachusetts, si ce type obtient ce qu'il veut et que la centrale d'Iroquois est mise en service au printemps. Qu'un lampiste pousse le mauvais levier au mauvais moment, et on ne verra plus jouer l'équipe des Red Sox avant 2075. »

Patricia McCardle était blanche comme un cierge... à l'exception de ses yeux qui crachaient des étincelles bleues comme pour une soudure à l'arc. Arberg avait pris le chemin inverse : il était aussi rouge et noir que les briques de la maison que sa famille occupait fièrement depuis des générations à Back Bay. Mme Ted regardait alternativement Gardener et son mari comme s'ils étaient deux chiens prêts à mordre. Ted vit son regard, il sentit qu'elle tentait de s'échapper de l'encerclement carcéral de son bras. Gardener se dit ensuite que c'était sa réaction à ce qui avait été dit qui avait entraîné l'escalade finale. On avait sans aucun doute préparé Ted à répondre aux hystériques du genre de Gardener ; son entreprise formait ses Ted en prévision de ce genre de situation, de même que les compagnies aériennes forment leurs hôtesses pour qu'elles montrent aux passagers, sur chaque vol, comment se servir des masques à oxygène et des gilets de sauvetage.

Mais il était tard. Malgré son ivresse, Gardener avait eu des arguments assez éloquents pour déclencher un petit orage... et maintenant la femme se conduisait comme si son mari était le Boucher de Riga.

« Bon sang, j'en ai marre de vous et de vos semblables avec vos airs dégoûtés. Ce soir même, vous avez lu vos poèmes incohérents devant un micro qui marche à l'électricité, vos braiments ont été amplifiés par des haut-parleurs qui marchent à l'électricité, et vous avez eu recours à des lampes électriques pour y voir. Et d'où croyez-vous donc que vienne l'énergie, bande de luddistes, briseurs de machines ? Du Magicien d'Oz ? Bon Dieu !

— Il est tard, dit précipitamment Patricia McCardle et nous sommes tous...

— La leucémie, dit Gardener sur un ton de confidence tragique en s'adressant directement aux grands yeux de la femme de Ted. Les enfants. Les enfants sont toujours ceux qui partent les premiers, après une catastrophe. Ce qu'il y a de bien, c'est que, si on perd Iroquois, les fondations qui distribuent les bourses d'études auront du travail.

« Ted ? gémit-elle. Il a tort, hein ? Je veux dire... »

Elle chercha un mouchoir dans son sac avec une telle fébrilité qu'elle le fit tomber et qu'on entendit un objet se briser à l'intérieur avec un bruit cristallin.

« Arrêtez, dit Ted à Gardener. Nous en reparlerons, si vous le voulez, mais cessez de bouleverser délibérément ma femme.

— Mais je *veux* qu'elle soit bouleversée », dit Gardener.

Il s'était complètement plongé dans les ténèbres, maintenant. Il leur appartenait et elles lui appartenaient, et c'était ce qu'il fallait.

« Il y a tant de choses qu'elle ne semble pas savoir. Des choses qu'elle *aurait dû* savoir, surtout quand on voit qui elle a épousé. »

Il se tourna vers elle avec son beau sourire merveilleusement sauvage. Elle le regarda sans flancher cette fois, fascinée comme une lapine dans la lumière des phares qui s'approchent.

« Les barres de commande usagées, maintenant. Est-ce que vous savez où on les met quand elles ont fait leur temps dans le réacteur ? Est-ce qu'il vous a raconté que la Fée des Barres de Commande les emporte ? Ce n'est pas vrai. Les gens des centrales les entassent, comme les écureuils leurs noisettes. Il y en a de grosses piles brûlantes ici, là, partout, qui trempent dans de méchantes flaques d'eau pas bien profondes. Et elles sont *vraiment* brûlantes, madame. Et elles vont le rester très, très longtemps.

— Gardener, je veux que vous sortiez », répéta Arberg.

Gardener l'ignora et continua de parler à Mme Ted, rien qu'à Mme Ted.

« Est-ce que vous savez qu'ils ont déjà oublié où se trouvent certains de ces tas de barres de commande usagées ? Comme des mômes qui s'amusent toute la journée et, le soir, vont au lit épuisés. Quand ils se réveillent le lendemain, ils ne se rappellent plus où ils ont laissé leurs jouets. Et puis il y a le truc qui fait boum. Le fin du fin pour le Bombardier Fou : on a déjà égaré suffisamment de plutonium pour faire sauter toute la côte est des États-Unis. Mais il me faut un micro pour lire mes poèmes incohérents au public. Dieu me préserve d'avoir à élever ma v... »

Arberg le saisit soudain au collet. L'homme était gros et mou, mais assez fort. La chemise de Gardener sortit de son pantalon. Son verre tomba de sa main et se fracassa au sol. D'une voix ronde qui portait loin — une voix dont sans doute ne peut se prévaloir qu'un enseignant indigné qui a passé de nombreuses années dans des salles de cours — Arberg annonça à ses invités :

« Je mets ce type à la porte. »

Cette déclaration fut accueillie par des applaudissements spontanés. Tout le monde n'applaudit pas. Moins de la moitié des gens applaudit. Mais la femme du type de l'énergie pleurait très fort maintenant, serrée contre son mari, n'essayant plus de lui échapper ; jusqu'à ce qu'Arberg l'empoigne, Gardener était resté penché vers elle, comme s'il la menaçait.

Gardener sentit ses pieds glisser sur le sol, puis s'en détacher complètement. Il entrevit Patricia McCardle, la bouche serrée, les yeux luisants, frappant ses mains l'une contre l'autre dans un geste de furieuse approbation qu'elle avait refusé de lui accorder dans l'amphithéâtre. Il vit Ron Cummings dans l'embrasure de la porte du bureau, un verre monstrueux à la main, enlaçant une jolie blonde de son autre bras, la main fermement plaquée sur le côté de sa poitrine. Cummings avait l'air inquiet, mais pas vraiment surpris. Après tout, ce n'était que la discussion du Stone Country Bar and Grille qui continuait, non ?

Est-ce que tu vas laisser ce gros sac de merde te jeter dehors comme un chat errant ?

Gardener décida que non.

Il recula son coude gauche aussi fort qu'il le put, et frappa Arberg en pleine poitrine. Gardener eut l'impression d'enfoncer son coude dans un bol de gelée très ferme.

Arberg émit un cri étranglé et lâcha Gardener qui se retourna, les poings prêts à frapper Arberg si celui-ci tentait de se saisir à nouveau de lui, tentait même seulement de le toucher. En fait, il aurait assez aimé qu'Arglebargle veuille se battre.

Mais le bifteck de fils de pute n'avait pas l'air disposé à l'affronter. Il avait même renoncé à jeter Gardener dehors. Il serrait sa poitrine à deux mains comme un mauvais acteur qui s'apprête à chanter une aria déchirante. Son visage avait presque entièrement perdu sa couleur brique, seules subsistaient des traînées flamboyantes sur ses joues. Les grosses lèvres d'Arberg formèrent un O, se relâchèrent, formèrent à nouveau un O, se relâchèrent.

« ... cœur..., souffla-t-il.

— Quel cœur, demanda Gardener. Vous voulez dire que vous en *avez un ?*

— ... attaque..., souffla Arberg.

— Une attaque ? Tu parles, dit Gardener. La seule chose qui est attaquée, c'est votre sentiment de propriété. Et c'est bien fait pour vous, salaud. »

Il écarta Arberg, toujours figé dans sa pose de ténor qui va pousser le grand air du jour, les deux mains pressées sur le côté gauche de sa poitrine, où le coude de Gardener l'avait frappé. Beaucoup d'invités s'étaient massés à la porte séparant la salle à manger de l'entrée, et ils s'écartèrent précipitamment quand Gardener s'approcha d'eux et traversa leur groupe pour gagner la porte d'entrée.

Derrière lui, une femme cria :

« Sortez, vous entendez ? Sortez, petite ordure ! *Sortez d'ici ! Je ne veux plus jamais vous revoir !* »

Cette voix perçante et hystérique ressemblait tellement peu à l'habituel ronronnement hypocrite de Patricia McCardle (des griffes d'acier cachées sous des coussinets de velours) que Gardener s'arrêta. Il se retourna... et fut déséquilibré par une gifle qui lui fit venir les larmes aux yeux. Le visage de la femme montrait à quel point elle était malade de rage.

« J'aurais dû m'en douter, siffla-t-elle. Vous n'êtes qu'un butor incapable et alcoolique, un homme hideux plein de hargne belliqueuse, d'une brutalité obsessionnelle. Mais je vais vous faire votre affaire. N'en doutez pas. Vous savez que je le peux.

— Oh, Patty, je ne savais pas que vous en aviez envie, dit-il. Comme c'est gentil. J'attends que vous me fassiez mon affaire depuis des années. Est-ce que nous montons dans une chambre ou est-ce que nous offrons le spectacle à tous les invités en baisant sur le tapis ? »

Ron Cummings, qui s'était rapproché, éclata de rire. Patricia McCardle montra les dents. Sa main jaillit à nouveau, atteignant cette fois l'oreille de Gardener.

Elle prit une voix basse mais parfaitement audible pour tous :

« J'aurais dû m'y attendre de la part d'un homme capable de tirer sur sa propre femme. »

Gardener regarda autour de lui, vit Ron et dit :

« Tu veux bien m'excuser ? »

Il prit alors le verre de Ron et en un seul mouvement aussi rapide qu'efficace, il introduisit deux doigts dans le décolleté de la petite robe noire de McCardle, qui s'écarta facilement, car il était élastique — et y versa le whisky.

« A votre santé, ma chère », dit-il avant de se diriger vers la porte.

Il trouvait que c'était la meilleure sortie possible en de telles circonstances.

Arberg était toujours figé, les mains crispées sur la poitrine, la bouche formant un O et se relâchant alternativement.

« ... cœur... », gémit-il à nouveau à l'intention de Gardener — ou de quiconque voudrait l'écouter.

Dans la pièce voisine, Patricia McCardle criait :

« Ça va ! Ne me touchez pas ! Laissez-moi tranquille ! Ça va !

— Hé, vous ! »

Gardener se tourna vers la voix et le poing de Ted s'écrasa en haut de sa joue. Gardener tituba tout le long du couloir, s'accrochant aux murs pour rester debout. Il trébucha sur le porte-parapluies et le renversa, puis s'écrasa sur la porte d'entrée dont la vitre trembla.

Ted, longeant le couloir, s'approchait de lui d'une démarche d'homme de main.

« Ma femme est dans la salle de bains en pleine crise de nerfs à cause de vous, et si vous ne sortez pas immédiatement, je vais vous réduire en bouillie. »

Les ténèbres explosèrent comme une poche de boyaux pourrie, pleine de gaz nauséabonds.

Gardener saisit un parapluie. Un long parapluie roulé noir — un parapluie de lord anglais comme on n'en fait plus. Il courut vers Ted, vers ce type qui savait exactement ce qui était en jeu, mais qui allait pourtant de l'avant. Et pourquoi pas ? Il lui restait encore sept échéances de crédit sur sa Datsun Z et dix-huit sur sa maison, alors pourquoi pas, hein ? Ted qui considérait qu'une augmentation de 600 % des cas de leucémie n'était qu'un chiffre qui attristait sa femme. Ted, ce bon vieux Ted, et ce bon vieux Ted avait de la chance que Jim ait trouvé au bout du couloir des parapluies et non des fusils de chasse.

Ted s'arrêta et regarda Gardener, les yeux ronds et la mâchoire pendante. La colère qui avait coloré son visage cédait la place à l'incertitude et à la peur, la peur qui vous saisit quand vous comprenez que vous affrontez un être irresponsable.

« Hé... !

— *Caramba*, espèce de con ! » cria Gardener.

Il brandit le parapluie et le planta dans le ventre de Ted, l'Homme de l'Énergie.

« *Hé !* éructa Ted en se pliant en deux. *Arrêtez !*

— *Andale, andale !* » criait Gardener.

Il se mit à frapper Ted de la pointe du parapluie, un coup, deux coups, trois coups d'estoc. La lanière qui retenait le tissu contre le manche craqua. Le parapluie était toujours fermé, mais le tissu ondulait librement autour du manche.

« *Arriba, arriba !* »

Ted était maintenant trop sonné pour penser à renouveler son attaque, ou à quoi que ce soit d'autre que la fuite. Il tourna les talons et se mit à courir. Gardener le poursuivit en s'étouffant de rire, le frappant sur la tête et sur la nuque avec son parapluie. Il riait... mais cela n'avait rien de drôle. L'exaltation de la victoire le quittait. Quelle victoire était-ce d'entraîner un homme comme celui-là dans une dispute, même temporaire ? Ou de faire pleurer sa femme ? Ou de le battre avec un parapluie ? Est-ce que l'une de ces actions empêcherait qu'on mette Iroquois en service en mai prochain ? Est-ce qu'elles sauveraient ce qui restait de sa propre vie misérable, est-ce qu'elles tueraient ces vers qui continuaient à creuser, à grignoter et à croître en lui, à manger tout ce qui restait de sain en lui ?

Non, bien sûr que non. Mais pour le moment, seule comptait une absurde fuite en avant... parce que c'était tout ce qui lui restait.

« *Arriba*, salaud ! » criait-il en pourchassant Ted dans la salle à manger.

Ted avait entouré sa tête de ses bras et agitait les mains au-dessus de ses oreilles. On aurait dit qu'il était attaqué par des chauves-souris. Et justement, le parapluie ressemblait assez à une chauve-souris dans ses mouvements de haut en bas.

« A l'aide ! gémit Ted. Aidez-moi ! Cet homme est devenu fou ! »

Mais ils reculaient tous, les yeux agrandis par la terreur.

Ted heurta de la hanche le coin du buffet. La table se souleva et pencha, l'argenterie glissant le long du plan incliné de la nappe plissée, les assiettes tombant par terre avec fracas. La coupe de cristal de Waterford contenant un reste de punch éclata comme une bombe, et une femme cria. La table resta un instant en équilibre avant de basculer.

« A l'aide ! A l'aide ! *A l'aide !*

— *Andale !* »

Gardener abattit le parapluie particulièrement fort sur la tête de Ted, ce qui déclencha le mécanisme, le parapluie s'ouvrit avec un *poussshhh*, et Gardener, tel une Mary Poppins prise de démence, continua à pourchasser Ted, l'Homme de l'Énergie, le parapluie ouvert à la main. Plus tard, il se souvint qu'ouvrir un parapluie dans une maison portait malheur.

Des mains se saisirent de lui par-derrière.

Il se retourna, s'attendant à ce qu'Arberg se soit remis de son attaque pour lui flanquer une raclée.

Ce n'était pas Arberg. C'était Ron. Il semblait toujours calme... mais il y avait quelque chose dans son visage, quelque chose d'horrible. Était-ce de la compassion ? Oui, Gardener le vit bien. C'était de la compassion.

Tout à coup, il ne comprenait plus ce qu'il pouvait bien faire avec le parapluie et le jeta. On n'entendait dans la pièce que la respiration rapide de Gardener et les sanglots hoquetants de Ted. La table où avait été dressé le buffet gisait dans une mare de linge blanc, de porcelaine cassée, de cristal éclaté. Les vapeurs odorantes du punch renversé piquaient les yeux.

« Patricia McCardle est en train d'appeler la police, dit Ron, et quand il s'agit de Back Bay, ils arrivent sur-le-champ. Tu ferais mieux de filer, Jim. »

Gardener regarda autour de lui et vit des groupes d'invités massés contre les murs et dans l'embrasure des portes qui le contemplaient de leurs grands yeux effrayés. *Demain matin, ils ne se rappelleront même plus si la bagarre s'est déclenchée à propos de l'énergie nucléaire, de William Carlos Williams ou du nombre d'anges qui peuvent danser sur une tête d'épingle, se dit-il. La moitié d'entre eux racontera à l'autre moitié que j'ai fait du gringue à la femme de Ted. C'était juste ce vieux rigolo de Jim Gardener, celui qui tire sur les femmes, qui est devenu cinglé et qui a tabassé un gars à coups de parapluie. Il a aussi versé une pinte de Chivas entre les petits nichons de la femme qui lui a donné du travail quand il n'en avait pas. L'énergie nucléaire ? Je ne vois pas le rapport.*

« Quel bordel ! dit-il à Ron d'une voix rauque.

— Merde ! Ils en reparleront encore dans des années, approuva Ron. La meilleure lecture qu'ils aient jamais entendue suivie du plus grand gâchis qu'on ait jamais vu à une soirée mondaine. Maintenant, va-t-en. File jusque dans le Maine. Je t'appellerai. »

Ted, l'Homme de l'Énergie, les yeux ronds et humides, voulut s'élancer à nouveau vers lui. Deux jeunes gens — dont le barman — le retinrent.

« Au revoir, dit Gardener aux groupes frileux d'invités. Merci pour cette délicieuse soirée. »

Il gagna la porte et se retourna.

« Et si vous oubliez tout le reste, souvenez-vous de la leucémie et des enfants. Souvenez-vous... »

Mais ce dont ils se souviendraient, ce serait que Jim avait frappé Ted à coups de parapluie. Il le lut sur leurs visages.

Gardener hocha la tête et traversa l'entrée. Il passa devant Arberg qui tenait toujours sa poitrine à deux mains, ses lèvres réussissant une parfaite imitation de la bouche des carpes. Gardener ne se retourna pas. Il poussa du pied les parapluies qui jonchaient le sol, ouvrit la porte et sortit dans la nuit. Son envie de boire n'avait jamais été aussi forte, et il se dit par la suite qu'il avait dû assouvir cette envie, parce qu'il était alors tombé dans le ventre du gros poisson et les ténèbres l'avaient avalé.

6.

GARDENER
SUR LES ROCHERS

1

Peu après l'aube, le 4 juillet 1988, Gardener s'éveilla — reprit conscience, en tout cas — près de l'extrémité de la digue de pierre qui brise les lames de l'Atlantique non loin du parc de loisirs « Arcadia Funworld », à Arcadia Beach, dans le New Hampshire. Mais à ce moment précis, Gardener ne savait pas où il se trouvait. A part son nom, il ne savait pratiquement rien sauf qu'il semblait dans un état de déchéance physique total et, ce qui était un peu moins important, qu'il avait dû échapper de justesse à la noyade la nuit précédente.

Il était allongé sur le côté, l'eau lui baignant les pieds. Il se dit qu'il avait dû se coucher tout en haut, au sec, quand il avait valsé ici la nuit précédente, mais qu'il avait apparemment roulé dans son sommeil, glissé un peu le long de la pente nord de la digue... et maintenant, la marée montait. S'il s'était éveillé une demi-heure plus tard, les flots auraient tout simplement pu l'emporter des rochers de la digue comme ils arrachent à son banc de sable un bateau échoué.

Il portait encore un de ses mocassins, mais cette unique chaussure était en piteux état, et inutile. D'un mouvement du pied, Gardener la balança dans l'eau, puis il la regarda d'un œil apathique s'enfoncer dans l'obscurité verdâtre. *Les langoustes pourront chier dedans*, se dit-il en s'asseyant.

La douleur qui traversa sa tête fut si fulgurante qu'il pensa un instant à une attaque d'apoplexie; il n'aurait survécu à cette nuit sur la digue que pour mourir d'une embolie au matin.

La douleur régressa un peu et le monde émergea de nouveau de la brume grise où il s'était dissimulé. Jim put évaluer le degré de sa déchéance. C'était indubitablement ce que Bobbi Anderson aurait appelé « le voyage du corps entier », comme dans *Savoure le voyage du corps entier, Jim. Qu'est-ce qui peut être meilleur que ce que tu ressens après une nuit dans l'œil du cyclone ?*

Une *nuit ?* *Une seule* nuit ?

Pas possible. C'était une *cuite*. Une cuite historique.

Aigreurs et ballonnements d'estomac. Gorge et sinus tapissés de vomi séché. Il regarda sur sa gauche, et naturellement elle était là, un peu au-dessus de lui dans ce qui devait être sa position initiale, la signature des ivrognes : une grande flaque de vomissures qui séchait.

Gardener passa une main droite tremblante et sale sous son nez et y récolta des parcelles de sang séché. Il avait saigné du nez. Cela lui arrivait de temps à autre depuis son accident de ski à Sunday River, quand il avait dix-sept ans. Il était presque toujours sûr de saigner quand il buvait.

Au terme de ses précédentes cuites — et c'était la première fois qu'il allait jusqu'au bout depuis presque trois ans —, Gardener éprouvait toujours les mêmes maux que maintenant : un malaise plus profond que les martèlements dans la tête, l'estomac tordu comme une éponge imbibée d'acide, les douleurs, les muscles tremblants. Ce profond malaise ne pouvait même pas s'appeler dépression — c'était un sentiment de damnation totale.

C'était pire que jamais, pire que la dépression qui avait suivi la Fameuse Biture de Thanksgiving, celle qui avait mis fin à sa carrière d'enseignant et à son mariage, celle qui avait failli mettre fin aussi à la vie de Nora. Cette fois-là, il était revenu à lui dans la prison du comté de Penobscot. Un flic était assis devant sa cellule et lisait le magazine *Crazy* en se curant le nez. Ainsi que Gardener l'apprit par la suite, tous les policiers savent que les buveurs invétérés émergent fréquemment de leurs cuites profondément déprimés. Si bien que s'il y a au poste un homme qui n'a rien d'autre à faire, on le met là pour qu'il vous surveille, pour être sûr que vous ne ferez pas le grand saut... du moins pas tant que vous êtes sous les verrous et sous leur responsabilité, dans les locaux appartenant à la collectivité.

« Où suis-je ? avait demandé Gardener.

— Et où est-ce que vous croyez que vous êtes ? » avait demandé le policier.

Il avait contemplé la grosse crotte verte qu'il venait d'extraire de son nez et l'avait essuyée sur la semelle de sa chaussure, lentement et avec un plaisir non dissimulé, l'écrasant et l'étalant sur la sombre crasse accumulée là. Gardener n'avait pu détacher les yeux de cette opération ; un an plus tard, il lui consacrerait un poème.

« Qu'est-ce que j'ai fait ? »

A part quelques éclairs épars, les deux jours précédents étaient plongés dans le noir absolu. Rien ne reliait les éclairs les uns aux autres, ils étaient comme les rayons de soleil incertains qui filtrent entre les nuages à l'approche d'un orage. Il apportait à Nora une tasse de thé et commençait à la haranguer à propos du nucléaire. *Ave Nuclea Eterna.* Quand il mourrait, son dernier mot donnant la clé de toute sa putain de vie ne serait pas *Rosebud*, mais *Nucléaire*. Il se souvenait qu'il s'était effondré dans l'allée près de sa maison ; qu'il avait acheté une pizza et fait tomber, dans sa chemise, des bouts de fromage fondus qui lui brûlaient la poitrine. Il se souvenait d'avoir appelé Bobbi. De l'avoir appelée et de lui avoir dit quelque chose, quelque chose d'horrible, et est-ce que Nora avait crié ? *Crié ?*

« *Qu'est-ce que j'ai fait ?* » avait-il demandé avec une impatience croissante.

Le policier l'avait regardé un moment d'un œil clair où se lisait le plus parfait mépris.

« T'as tiré sur ta femme. C'est ça que t'as fait. Tu t'es mis dans de beaux draps ! »

Et le policier s'était replongé dans ses bandes dessinées.

Ce jour-là, c'était vraiment moche. Cette fois-ci, c'était pire. Cet infini mépris de soi, l'impression effroyable qu'*on a fait quelque chose dont on ne peut se souvenir*. Pas seulement quelques verres de champagne de trop comme pour ce réveillon du nouvel an où vous vous êtes coiffé d'un abat-jour et où vous avez dansé, l'abat-jour vous glissant sur les yeux et tous les amis autour de vous l'empêchant de tomber de votre tête, et dont tous (tous sauf votre femme) se souviennent comme de la chose la plus drôle qu'ils aient vue de leur *vie*. Pas seulement des trucs marrants comme de boxer le chef d'un département de l'université. Ou de tirer sur votre femme.

Cette fois, c'était pire.

Comment est-ce que ça pouvait être pire que Nora ?

Quelque chose. Pour le moment, sa tête lui faisait trop mal pour qu'il essaie même de reconstituer la dernière période qui lui échappait.

Gardener baissa les yeux vers l'eau, les vagues qui montaient doucement vers l'endroit où il était assis, les bras enserrant ses genoux, la tête basse. Quand ses pensées s'estompèrent il remarqua des bernaches et de longues algues vertes. Non, pas vraiment des algues. Du limon vert. Comme des crottes de nez.

Tu as tiré sur ta femme... tu t'es mis dans de beaux draps !

Gardener ferma les yeux pour lutter contre les pulsations douloureuses qui lui donnaient la nausée, puis les rouvrit.

Saute, lui dit une voix douce et persuasive. *Qu'est-ce que ça peut foutre, n'est-ce pas ? Qu'as-tu à faire de toute cette merde ? Partie arrêtée dès le premier engagement. Rien d'officiel. Lavé par la pluie. Sera reprogrammé quand la Grande Roue du Karma tournera jusqu'à ta prochaine vie... ou la suivante, si tu dois passer la prochaine à payer pour celle-ci en étant un bousier ou quelque chose comme ça. Jette l'éponge, Gard. Saute. Dans ton état, tes deux jambes se paralyseront et ça sera très rapide. En tout cas, ça vaut mieux qu'un drap noué aux barreaux d'une cellule. Vas-y, saute.*

Il se leva et resta debout, sur les rochers, vacillant, regardant l'eau. Un seul grand pas, il n'en faudrait pas plus. Il aurait pu le faire dans son sommeil, merde ! Il l'avait presque fait.

Pas encore. Il faut d'abord que je parle à Bobbi.

La partie de son cerveau qui avait encore un peu envie de vivre s'accrocha à cette idée. Bobbi. Bobbi était tout ce qui lui semblait encore sain et bon dans la vie qu'il avait menée. Bobbi vivait là-bas à Haven, écrivant des livres sur le Far West, toujours les pieds sur terre, toujours son amie, même si elle n'était plus sa maîtresse. Sa dernière amie.

Il faut que je parle d'abord à Bobbi, d'accord ?

Pourquoi ? Pour tenter une dernière fois de la bousiller, elle aussi ? Dieu sait que tu as suffisamment essayé. Elle a un dossier de police à cause de toi, et certainement un dossier au FBI, aussi. Laisse Bobbi tranquille. Saute et arrête de faire le con.

Il se pencha en avant, tout près de le faire. La partie de lui qui avait encore envie de vivre semblait à bout d'arguments, sans autre tactique dilatoire. Elle aurait pu dire qu'il était resté — plus ou moins — sobre depuis trois ans, qu'il n'avait pas eu de perte de conscience depuis que Bobbi et lui avaient été arrêtés à Seabrook en 1985. Mais c'était un argument creux. A part Bobbi, il n'avait plus personne, il était seul. Son esprit était toujours agité, tournant et retournant dans tous les sens le problème du nucléaire — même quand il n'avait pas bu. Il reconnaissait que ce qui n'était à l'origine qu'une préoccupation et une colère avait dégénéré en obsession... Mais reconnaître les faits et y remédier, c'était très différent. Ses poèmes étaient de plus en plus mauvais, son *esprit* fonctionnait de plus en plus mal. Et le pire : quand il ne buvait pas, il rêvait de boire. *C'est que ça fait tout le temps mal, maintenant. Je suis comme une bombe qui ferait les cent pas à la recherche d'un lieu où exploser. Il est temps de désamorcer.*

D'accord. Bon. D'accord. Il ferma les yeux et se prépara.

Ce faisant, une curieuse certitude s'imposa à lui, une intuition tellement forte qu'elle ressemblait à une prémonition. Il sentit que c'était Bobbi qui avait besoin de *lui* parler, et non lui de parler à Bobbi. Ce n'était pas une feinte de son esprit. Elle avait des ennuis. De *graves* ennuis.

Il ouvrit les yeux et regarda autour de lui, comme un homme qui sort d'un profond sommeil. Il fallait qu'il trouve un téléphone et appelle Bobbi. Il ne dirait pas : « Salut Bobbi, j'ai encore pris une cuite », il ne dirait pas non plus : « Je ne sais pas où je suis, Bobbi, mais cette fois il n'y a pas de flic qui se cure le nez pour m'arrêter. » Il dirait : « Salut, Bobbi, comment ça va ? » et quand elle lui raconterait qu'elle allait bien, qu'elle était en pleine forme, qu'elle jouait du revolver avec le gang de Jessie James à Northfield, qu'elle filait vers les territoires de l'Ouest avec Butch Cassidy et Sundance Kid, et au fait, Gard, comment vas-tu vieille branche, Gard lui dirait qu'il allait bien, qu'il écrivait de bonnes choses pour changer, et qu'il envisageait d'aller passer quelque temps chez des amis dans le Vermont. Et puis il reviendrait au bout de la digue et sauterait. Rien d'extraordinaire ; il ferait juste un plat dans la mort. Ça semblait logique ; après tout, il avait presque passé tout son temps à faire des plats dans la vie. L'océan était là depuis un milliard d'années environ. Il attendrait bien cinq minutes de plus que Gardener téléphone.

Mais tu ne lui infliges pas tout ça, tu m'entends ? Promets-le, Gard. Tu ne t'effondres pas, tu ne te mets pas à pleurer comme un veau. Tu es censé être son ami, pas l'équivalent masculin de sa foutue sœur. Rien de tout ça.

Il avait déjà trahi des promesses dans sa vie, Dieu en était témoin, dont quelques milliers faites à lui-même. Mais celle-là, il la tiendrait.

Il remonta gauchement jusqu'en haut de la digue, escarpée et pierreuse, l'endroit idéal pour se casser une cheville. Il regarda autour de lui d'un air absent, cherchant son minable sac marron, celui qu'il emportait toujours quand il partait en tournée, ou simplement en balade ; il pensait qu'il pouvait être coincé entre deux rochers. Il n'y était pas. C'était un vieux de la vieille, éraflé et décoloré, qui remontait aux dernières années troublées de son mariage, un des trucs qu'il était parvenu à conserver alors que tout ce qui avait de la valeur lui avait échappé. Eh bien, maintenant, le sac avait fini par disparaître, lui aussi. Les vêtements, la brosse à dents, le pain de savon dans une boîte en plastique, un paquet de bâtons de viande séchée (ça amusait Bobbi de faire sécher de la viande dans son appentis, parfois), un billet de vingt dollars sous le fond du sac... et tous ses poèmes inédits, naturellement.

Les poèmes étaient bien le dernier de ses soucis. Ceux qu'il avait écrits ces deux dernières années, et auxquels il avait donné le titre merveilleusement humoristique et tellement à propos de « Période de Désintégration », avaient été soumis à cinq éditeurs différents et refusés par les cinq. Un éditeur anonyme avait gribouillé : « La poésie et la politique vont rarement de pair ; la poésie et la propagande, jamais. » Ce petit adage était parfaitement vrai, il le savait... et cela ne l'avait pas arrêté pour autant.

Enfin, la marée leur avait administré l'Ultime Biffure au Crayon Bleu. *Va et fais-en autant*, pensa-t-il, et il s'engagea lentement sur la digue en direction de la plage, se disant que son trajet jusqu'à l'endroit où il s'était éveillé avait dû relever du numéro de cirque le plus téméraire. Il tournait le dos au soleil d'été qui se levait, rouge et brumeux, sur l'Atlantique, son ombre s'allongeant devant lui, et sur la plage un gosse en jeans et T-shirt fit éclater une rangée de pétards.

2

Merveille ! Son sac n'était pas perdu, finalement. Il était renversé sur la plage, juste au-dessus de la ligne moussue laissée par la marée, la fermeture à glissière béante, et Gardener lui trouva l'air d'une grande bouche de cuir mordant le sable. Il le ramassa et regarda à l'intérieur. Tout était parti, même ses sous-vêtements sales. Il tira le fond de cuir. Le billet de vingt était parti aussi. Vain espoir trop vite perdu.

Gardener laissa tomber le sac. Ses carnets, les trois, avaient été jetés un peu plus loin sur la plage. L'un reposait sur la tranche ouverte, formant une sorte de tente, un autre avait atterri juste en dessous de la ligne de marée, et il était trempé, gonflé à tel point qu'on aurait pu le prendre pour un annuaire téléphonique, et le vent feuilletait négligemment le troisième. *T'embête pas*, songea Gardener. C'était de la *lie de merde*.

Le gamin aux pétards s'approcha de lui... mais pas trop près. *Il veut pouvoir filer au plus vite si je suis vraiment aussi bizarre que j'en ai certainement l'air*, se dit Gardener. *Futé, le gosse.*

« C'est à vous ? » demanda le gosse.

Sur son T-shirt, on voyait la tête d'un enfant crachant ses dents avec l'inscription : VICTIME DE LA CANTINE SCOLAIRE.

« Ouais », répondit Gardener en se penchant pour ramasser le carnet trempé.

Il le regarda un moment et le jeta.

Le gamin lui tendit les deux autres. Que pouvait-il dire ? *T'embête pas, mon vieux ? Ces poèmes sont de la merde ? La poésie et la politique vont rarement de pair, la poésie et la propagande, jamais ?*

« Merci, dit-il.

— De rien, dit l'enfant en tendant le sac à Gardener pour qu'il puisse y glisser les deux carnets secs. Ça m'étonne qu'il vous reste même ça. Cet endroit est plein de vrais artistes de la fauche, en été. Sûrement à cause du parc. »

Le gamin fit un signe du pouce et Gardener vit les montagnes russes se profiler sur le ciel. Gard se dit tout d'abord qu'il était parvenu, Dieu savait comment, tout au nord, à Old Orchard Beach, avant de s'effondrer. Mais en y réfléchissant il changea d'avis. Là-bas, il n'y avait pas de digue.

« Où suis-je ? » demanda Gardener.

Et son esprit retourna de façon inquiétante, et en bloc, vers la cellule de prison et le policier qui se curait le nez. Il était certain que le gamin allait dire : *Et où vous croyez donc que vous êtes ?*

« A Arcadia Beach, répondit le gamin sur un ton mi-amusé mi-méprisant. Vous avez dû prendre une sacrée cuite, la nuit dernière, monsieur.

— La nuit dernière, et celle d'avant, psalmodia Gardener d'une voix un peu rouillée et un peu lointaine. Toc, toc à la porte — les Tommyknockers ! Les Tommyknockers, les esprits frappeurs. »

Le gamin arrondit les yeux de surprise... puis il enchanta Gardener en ajoutant trois vers qu'il ne connaissait pas :

« Je voudrais sortir, mais je n'ose pas, parce que j'ai trop peur du Tommyknocker. »

Gardener sourit, mais son sourire se transforma en grimace de douleur.

« Où as-tu entendu ça, mon gars ?

— Ma mère. Quand j'étais petit.

— Moi aussi, on m'a parlé des Tommyknockers quand j'étais petit, dit Gardener, mais je n'avais jamais entendu ces vers-là. »

Le gamin haussa les épaules comme si le sujet avait perdu le petit intérêt marginal qu'il avait pu susciter en lui.

« Elle inventait des tas de trucs, répondit-il. Vous avez mal ?

— Mon gars, dit Gardener en s'inclinant solennellement, selon les termes immortels d'Ed Sanders et Tuli Kupferberg, j'ai l'impression d'être un paquet de merde maison.

— On dirait que vous êtes resté soûl longtemps.

— Ah ouais ? Et comment tu sais ça ?

— Ma mère. Avec elle c'étaient toujours des trucs marrants comme les Tommyknockers... ou bien elle était trop cuitée pour parler.

— Elle a laissé tomber la bouteille ?

— Ouais. Un accident de voiture. »

Gardener fut soudain secoué de frissons. Le gamin sembla ne pas le remarquer ; il regardait le ciel, suivant le vol d'une mouette. Elle parcourait un ciel matinal au bleu délicatement pommelé de cirro-cumulus scintillants comme des écailles de maquereau. Elle vira au noir quand elle passa devant l'œil rouge du soleil levant. Elle se posa sur la digue où elle se mit à picorer quelque chose que les mouettes doivent trouver délicieux.

Le regard de Gardener allait de la mouette à l'enfant. Tout cela prenait un air particulièrement prémonitoire. Le gamin connaissait l'histoire des Tommyknockers. Combien d'enfants dans le monde la connaissaient-ils, et quelles étaient les chances pour que Gardener tombe sur un enfant qui, à la fois (a) connaissait les Tommyknockers et (b) avait perdu sa mère à cause de l'alcool ?

L'enfant fouilla dans sa poche et en sortit un petit paquet de pétards. *Douce jeunesse*, se dit Gard avec un sourire.

« Vous voulez en faire péter un ou deux ? Pour célébrer la fête nationale ? Ça pourrait vous remonter le moral.

— La fête nationale ? On est le 4 ? Le *4 Juillet ?*

— Ben, c'est pas la Noël ! »

Le 26 juin, c'était... il remonta le temps. Bon sang ! Il sortait de huit jours de noir. Enfin... pas tout à fait. Il aurait mieux valu. Des taches de lumière, pas du tout bienvenues, commençaient à illuminer certaines zones obscures. L'idée qu'il avait blessé quelqu'un — *encore* — se fit certitude dans son esprit. Voulait-il savoir de qui

(Arglebargle)

il s'agissait, ou ce qu'il lui avait fait ? Pas vraiment. Mieux valait appeler Bobbi et en finir avant de se le rappeler.

« Monsieur, comment vous vous êtes fait cette cicatrice sur le front ?

— J'ai rencontré un arbre en faisant du ski.

— Je parie que ça fait sacrément mal.

— Ouais, et même pire que ça, mais pas tellement. Est-ce que tu sais où il y a une cabine téléphonique ? »

Le gamin montra du doigt une énorme maison biscornue au toit vert qui se trouvait à environ un kilomètre et demi plus loin sur la plage. Elle couronnait une avancée de granit à moitié écroulée et semblait sortie de la couverture d'un roman en édition de poche. C'était certainement un hôtel. Après avoir fouillé un moment dans sa mémoire, il se souvint du nom :

« C'est l'Alhambra, non ?

— Le seul, le vrai.

— Merci, dit Gard en s'éloignant.

— Monsieur ! »

Il se retourna.

« Vous ne voulez pas le dernier carnet ? demanda l'enfant en montrant le cahier mouillé sur la laisse de haute mer. Vous pourriez le faire sécher.

— Mon garçon, dit Gardener en hochant la tête, je n'arrive même pas à me sécher moi-même !

— Vous êtes sûr que vous ne voulez pas lancer quelques pétards ?

— Fais attention avec ça, répondit Gardener en secouant la tête avec un sourire. D'accord ? Les gens peuvent aussi se faire mal, avec les trucs qui font boum.

— C'est vrai, dit l'enfant avec un sourire un peu timide. Ma mère jouait avec les mélanges explosifs avant le... vous savez.

— Je sais. Comment t'appelles-tu ?

— Jack. Et vous ?

— Gard.

— Joyeuse fête, Gard.

— Joyeuse fête, Jack. Et fais attention aux Tommyknockers.

— Les esprits frappeurs », acquiesça l'enfant, solennel.

Il regarda Gardener avec des yeux qui semblaient singulièrement savants.

Pendant un instant, Gardener eut l'impression d'éprouver une seconde prémonition. (*Qui aurait bien pu deviner qu'une cuite rendait si sensible aux émanations psychiques de l'univers ?* demanda une voix en lui, une voix sarcastique et amère.) Il ne savait pas une prémonition de quoi, exactement, mais cela imposa de nouveau à son esprit l'idée qu'il lui fallait appeler Bobbi de toute urgence. Il fit un signe d'adieu à l'enfant et se mit en route. Il marchait d'un pas rapide et sûr, bien que le sable s'accrochât à ses pieds, les collant, les aspirant. Son cœur ne tarda pas à battre plus fort et sa tête se mit à cogner si bruyamment qu'il eut l'impression que ses yeux sortaient rythmiquement de leurs orbites.

L'Alhambra ne semblait pas se rapprocher vraiment.

Ralentis, ou tu vas avoir une crise cardiaque. Ou une attaque. Ou les deux.

Il ralentit... et cela lui sembla soudain tout à fait absurde. Il se préparait à se noyer dans moins d'un quart d'heure, et il ménageait son cœur. C'était du même style que l'histoire du condamné à mort qui refuse la cigarette que lui offre le capitaine commandant le peloton d'exécution en expliquant : « J'essaie d'arrêter de fumer. »

Gardener accéléra de nouveau sa marche, et les pulsations douloureuses se mirent à rythmer la comptine :

> *Tard la nuit dernière et celle d'avant,*
> *Toc, toc à la porte — les Tommyknockers,*
> > *Les Tommyknockers, les esprits frappeurs...*
> *J'étais fou, et Bobbi sage*
> *Mais c'était avant le passage*
> *Des Tommyknockers*

Il s'arrêta. *Qu'est-ce que c'est que cette histoire merdique de Tommyknockers ?*

Au lieu d'une réponse, retentit à nouveau la voix profonde, aussi terrifiante et aussi assurée que le chant d'un grèbe sur un lac désert : *Bobbi a des ennuis !*

Il se remit en route, reprenant sa marche rapide, puis accélérant encore. *Je voudrais sortir,* songea-t-il, *mais je n'ose pas, parce que j'ai trop peur du Tommyknocker.*

Tandis qu'il gravissait sur le flanc de l'avancée de granit les marches usées par le temps et les intempéries menant de la plage à l'hôtel, il passa la main sous son nez et vit qu'il saignait à nouveau.

3

Gardener ne tint qu'exactement onze secondes dans le hall de l'Alhambra — le temps qu'il fallut au portier pour constater qu'il n'avait pas de chaussures. Quand Gardener se mit à protester, le portier fit signe à un robuste veilleur de nuit, et tous deux l'expulsèrent comme un clochard.

Ils m'auraient viré même si j'avais porté des chaussures, songea Gardener. *Merde. Moi-même, à leur place, je me serais viré.*

Il avait eu un bon aperçu de son apparence dans le miroir du hall. Trop bon. Il avait réussi à essuyer l'essentiel du sang de son visage sur sa manche, mais il en restait encore des traces. Ses yeux étaient fixes et injectés de sang. Sa barbe de huit jours lui donnait l'air d'un hérisson environ six semaines après la tonte. Dans l'atmosphère estivale feutrée de l'Alhambra, où les hommes étaient des hommes, où les femmes portaient des jupes de tennis, il avait l'air d'une clocharde mâle.

Comme seuls les clients les plus matinaux étaient éveillés, le veilleur de nuit prit le temps d'informer Gardener qu'il y avait une cabine téléphonique à la station d'essence Mobil.

« Au croisement d'U.S.1. et de la Route n° 26. Maintenant foutez le camp avant que j'appelle les flics. »

S'il avait eu besoin d'en savoir sur lui-même davantage qu'il n'en savait déjà, il lui aurait suffi de le lire dans le regard dégoûté du robuste veilleur de nuit.

Gardener descendit lentement la colline vers la station-service. Ses chaussettes claquaient et collaient au goudron. Son cœur battait comme le moteur d'une antique Ford modèle T qui a connu trop d'heures de routes difficiles et trop peu d'heures d'atelier. Il sentait ses maux de tête se déplacer vers la gauche, où ils finiraient par se concentrer en un point brillant... s'il vivait jusque-là. Et soudain, il eut à nouveau dix-sept ans.

Il avait dix-sept ans et son obsession, ce n'était pas le nucléaire mais le flirt. La fille s'appelait Annmarie et il se disait qu'il arriverait peut-être bientôt à ses fins avec elle, s'il ne perdait pas son sang-froid. S'il restait calme. Peut-être même ce soir. Mais pour garder son calme, il devait accomplir des prouesses sportives. Aujourd'hui, ici, à Straight Arrow, une piste verte de Victory Mountain, dans le Vermont. Il regardait ses skis, se remémorant les étapes nécessaires pour arriver à s'arrêter en chasse-neige, se les remémorant comme il l'aurait fait pour un examen, voulant réussir, sachant qu'il n'était encore qu'un débutant et qu'Annmarie n'en était plus une ; il se disait qu'elle ne craquerait pas aussi facilement s'il se transformait en bonhomme de neige le premier jour sur la piste des débutants ; il ne craignait pas d'apparaître un peu *inexpérimenté* tant qu'il n'avait pas l'air totalement *stupide* ; alors il était là, et il regardait bêtement ses pieds au lieu de regarder où il allait, et il filait droit sur un vieux pin portant un trait de peinture rouge autour du tronc, il n'entendait que le bruit du vent et celui de la neige glissant sous ses skis, et tous deux avaient la même sonorité apaisante : *Chhhhhh...*

C'est la chanson qui lui revint alors en mémoire, et il s'arrêta près de la station Mobil. La chanson lui revint, et elle ne le quitta plus, martelant ses syllabes au même rythme que les pulsations de sa tête. *Tard la nuit dernière et celle d'avant, toc, toc à la porte — les Tommyknockers ! Les Tommyknockers, les esprits frappeurs...*

Gard se racla la gorge et il sentit le désagréable goût de cuivre de son propre sang. Il cracha une masse rougeâtre sur le talus qui servait visiblement de décharge. Il se souvint d'avoir demandé à sa mère qui étaient les Tommyknockers. Il ne savait plus ce qu'elle avait répondu, ni même si elle avait répondu, mais il avait toujours pensé que ce devaient être des vagabonds, des voleurs qui opéraient à la lueur de la lune, tuaient dans l'ombre, et enterraient leurs victimes au plus noir de la nuit. Et avant que le sommeil ne se décide enfin à avoir pitié de lui et à l'emporter sur ses ailes, n'avait-il pas passé dans l'obscurité de sa chambre à coucher une demi-heure interminable de torture, à se dire qu'ils n'étaient peut-être pas seulement voleurs et meurtriers, mais aussi cannibales ? Qu'au lieu d'enterrer leurs victimes au plus noir de la nuit, il les faisaient peut-être cuire et... Bien...

Gardener serra sa poitrine de ses bras amaigris (il ne semblait pas y avoir de restaurant dans le cyclone), et frissonna.

Il traversa la route et gagna la station Mobil ornée de drapeaux mais pas encore ouverte. Il lut plusieurs pancartes : SUPER SANS PLOMB 0,99 ; DIEU BÉNISSE L'AMÉRIQUE et ON ADORE LES WINNEBAGOS ! La cabine était en dehors du bâtiment. Gardener fut soulagé de constater qu'elle était du nouveau modèle : on pouvait appeler n'importe où sans argent. Cela lui épargnait au moins la honte de passer une partie de sa dernière matinée sur Terre à mendier.

Il appuya sur le zéro, mais il dut s'arrêter. Sa main droite tremblait si violemment qu'elle s'agitait en tous sens. Il coinça le combiné entre sa tête et son épaule pour avoir les deux mains libres, attrapa son poignet droit de sa main gauche pour en contrôler les tremblements, autant que faire se pouvait. Il entreprit ensuite, concentré comme un tireur devant la cible, de viser les boutons correspondant au numéro de Bobbi avec son index, et de les presser d'un geste volontaire et horriblement lent. Une voix de robot lui dit de composer le numéro de sa carte de crédit (tâche que Gard aurait été tout à fait incapable d'accomplir, même s'il avait possédé une telle carte) ou bien d'appuyer sur le zéro pour parler à une téléphoniste. Gardener pressa le zéro.

« Bonjour, joyeuse fête, je suis Eileen, dit une voix enjouée. Puis-je savoir à qui facturer l'appel, s'il vous plaît ?

— Salut, Eileen, joyeuse fête à vous aussi, dit Gard. Je voudrais que l'appel soit facturé au destinataire, un PCV de Jim Gardener.

— Merci, Jim.

— Je vous en prie », dit-il avant d'ajouter soudain : « Non, dites-lui que c'est Gard. »

Tandis que le téléphone commençait à sonner là-bas, à Haven, Gardener se retourna et regarda le soleil levant. Encore plus rouge qu'avant, il montait comme une grosse ampoule ronde vers l'accumulation de plus en plus dense d'écailles de maquereau filant dans le ciel. La vue du soleil et des cirro-cumulus lui fit penser à un dicton météorologique et paysan : *Ciel pommelé, femme fardée, sont toujours de courte durée !* Ces délicats nuages étaient donc signe de pluie.

Ça fait beaucoup de foutu folklore pour le dernier matin d'un homme sur Terre, songea-t-il avec irritation. Puis il se dit : *Je vais te réveiller, Bobbi. Je vais te réveiller, mais je promets que je ne le referai plus jamais.*

Mais il n'y avait pas de Bobbi à réveiller. Le téléphone sonnait, c'était tout. Il sonnait... et sonnait... et sonnait.

« Le numéro ne répond pas, lui dit Eileen pour le cas où il serait sourd ou peut-être aurait oublié pendant quelques secondes ce qu'il était en train de faire et mis le combiné sous ses fesses plutôt qu'à son oreille. Est-ce que vous pouvez rappeler plus tard ? »

Ben oui, peut-être, mais il faudra que je trouve un médium et une table tournante, Eileen.

« D'accord, dit-il. Bonne journée.

— Merci, Gard ! »

Il écarta le téléphone de son oreille comme si l'écouteur l'avait mordu et le regarda. Pendant un instant, la voix d'Eileen avait tellement ressemblé à celle de Bobbi... *tellement*...

Il plaça de nouveau le combiné contre son oreille et dit : « Pourquoi est-ce que vous... » avant de se rendre compte que la joyeuse Eileen avait raccroché.

Eileen, Eileen, pas Bobbi. Mais...

Elle l'avait appelé Gard. *Bobbi était la seule qui...*

Mais avant, il avait ajouté : *Non, dites-lui que c'est Gard.*

Voilà. C'était une explication parfaitement logique.

Alors pourquoi est-ce que ça ne semblait pas suffisant ?

Il raccrocha lentement. Il resta planté là, près de la station Mobil, avec ses chaussettes mouillées, son pantalon rétréci, sa chemise qui pendait, son ombre longue, longue. Une phalange de motocyclistes passa sur l'U.S.1, en direction du Maine.

Bobbi a des ennuis.

Est-ce que tu vas arrêter, s'il te plaît ? C'est des foutaises, comme Bobbi le dirait elle-même. Qui dit que les seules fêtes qu'on va passer en famille sont Noël et le Nouvel An ? Elle est partie pour le Glorieux 4 Juillet à Utica, c'est tout.

Tu parles. C'était à peu près autant le genre de Bobbi de rentrer à Utica pour le 4 Juillet que celui de Gard de se porter candidat à un poste d'ingénieur à la nouvelle centrale nucléaire de Bay State. La chère sœur Anne célébrerait probablement le 4 Juillet en faisant sauter quelques pétards M-80 dans le cul de Bobbi.

Eh bien, on l'a peut-être invitée à présider la parade — ou à remplacer le shérif, ha ! ha ! — dans un de ces villages à vaches dont elle parle tout le temps dans ses livres. Deadwood, Abilene, Dodge City, un de ces bleds. Tu as fait ce que tu pouvais. Maintenant, termine le travail.

Son esprit ne fit aucun effort pour répliquer — ce à quoi il aurait pu faire face. Non. Son esprit se contenta de lui répéter ce qu'il disait depuis le début : *Bobbi a des ennuis.*

Ce n'est qu'une excuse, poule mouillée.

Il ne le pensait pas. Son intuition gagnait en consistance, se faisait certitude. Que ce soient des foutaises ou non, cette voix continuait à insister, Bobbi était dans la merde. Il pensait que tant qu'il n'en aurait pas le cœur net, il pourrait remettre ses projets personnels à plus tard. Comme il se l'était dit il n'y avait pas si longtemps, l'océan ne s'en irait pas.

« Peut-être que les Tommyknockers l'ont eue », dit-il à haute voix.

Et il rit d'un petit rire peureux et contraint. Il devenait fou, c'était sûr.

7.

GARDENER ARRIVE

1

Chuchhhh...

Il regarde ses skis, de simples lattes de bois brun filant sur la neige. Il ne les avait regardés que pour s'assurer qu'ils étaient bien parallèles, qu'il n'avait pas l'air d'un clown égaré sur les pentes. Maintenant, il est presque hypnotisé par la vitesse harmonieuse de ses skis, par la neige scintillante comme du cristal qui défile en bande régulière de quinze centimètres de large entre les lattes. Il ne se rend pas compte de son état de semi-hypnose avant qu'Annmarie ne crie : « Gard, attention ! Attention ! »

C'est comme s'il s'éveillait d'un bref assoupissement, et il comprend qu'il était plongé dans une demi-transe, qu'il a regardé beaucoup trop longtemps ce ruban luisant et bruissant.

Annmarie crie : « Tourne ! Gard ! Fais du chasse-neige ! »

Elle crie à nouveau, et cette fois elle lui dit de se laisser tomber. Tomber ? Mais on peut se casser une jambe à ce petit jeu-là !

Il n'arrive toujours pas à comprendre comment les choses ont pu mal tourner aussi vite, en ces quelques secondes fulgurantes avant l'impact.

Il a, Dieu sait comment, dérivé sur la gauche de la piste. Pins et épicéas, leurs branches gris bleu lourdes de neige, filent dans un brouillard à moins de trois mètres de lui. Un rocher émergeant de la neige semble lancer un signal ; son ski gauche ne le rate que de quelques centimètres. Glacé, il comprend alors avec horreur qu'il a perdu le contrôle de ses skis, qu'il a oublié tout ce qu'Annmarie lui a appris, les manœuvres si faciles sur les pistes pour enfants.

Et maintenant il fonce à... combien ? Trente kilomètres-heure ? Quarante ? Soixante ? L'air gelé lui cisaille le visage et il voit se rapprocher la ligne des arbres qui bordent la piste de Straight Arrow. Sa trajectoire s'incurve légèrement. Légèrement, mais assez néanmoins pour devenir mortelle. Il comprend qu'il ne va pas tarder à sortir complètement de la piste, et qu'alors il s'arrêtera, et comment ! Il s'arrêtera très vite.

Elle crie à nouveau et il se dit : Elle veut que je tourne en chasse-neige ? Est-ce qu'elle a vraiment dit ça ? Je ne peux même pas *m'arrêter en chasse-neige*, bon sang, et elle veut que je *tourne* en chasse-neige ?

Il essaie de virer à droite, mais ses skis restent obstinément dans leur trace. Maintenant, il voit l'arbre qu'il va heurter, un gros vieux pin chenu. Une bande de peinture rouge ceint son tronc noueux — signal tout à fait superflu de danger.

Il essaie à nouveau de tourner mais il ne se rappelle plus comment on fait.

L'arbre grossit et semble se précipiter vers lui ; il voit des nœuds saillants, des branches basses aiguisées qui semblent pointer droit sur lui pour l'embrocher. Il voit des entailles dans l'écorce, il voit les gouttes de peinture rouge qui ont coulé.

Annmarie crie encore, et il se rend compte qu'il crie aussi.

Chuchhhhh...

2

« Monsieur ? Monsieur, est-ce que ça va ? »

Gardener se redressa d'un coup, en sursaut, s'attendant à payer ce mouvement d'un élancement de douleur dans la tête. Il n'y en eut pas. Il ressentit un vertige nauséeux qui pouvait tout aussi bien être un vertige de faim, mais il avait l'esprit clair. La migraine s'était dissipée tout à coup, comme d'habitude, tandis qu'il dormait — peut-être même tandis qu'il rêvait de son accident.

« Ça va », dit-il en regardant autour de lui.

Sa tête émit à nouveau un bruit sourd, comme un tambour qui bat. Une fille en jean coupé aux genoux riait.

« En principe, on utilise des bâtons, pour skier, pas sa tête. Vous avez parlé dans votre sommeil. »

Gardener vit qu'il était dans un van, et tout se remit en place.

« J'ai parlé, vraiment ?

— Ouais. Ça ne semblait pas très drôle.

— Mon rêve n'était pas très drôle.

— Prenez-en une bouffée », dit la jeune fille en lui tendant un joint.

Elle le tenait à l'aide d'une vieille pince à l'effigie de Richard Nixon, en costume bleu, les bras levés, les doigts formant le double V dont probablement aucune des cinq autres personnes installées dans le van ne se souvenait, même pas la plus âgée.

« C'est souverain contre les mauvais rêves », ajouta la jeune fille d'un ton solennel.

C'est ce que les gens disent de l'alcool, Belle Dame. Mais parfois ils mentent. Croyez-moi. Parfois ils mentent.

Il tira une bouffée par pure politesse et sentit presque immédiatement la tête lui tourner. Il rendit le joint à la fille assise contre la porte coulissante du van en disant :

« Je préférerais quelque chose à manger.

— On a une boîte de biscuits, dit le chauffeur en la tendant. On a mangé tout le reste. Le Castor a *même* bouffé ces saloperies de pruneaux, désolé.

— Le Castor mangerait n'importe quoi », dit la fille au jean coupé.

Le jeune homme occupant le siège du passager à l'avant du van se retourna. C'était un garçon rondouillard au visage large et agréable.

« C'est pas vrai, dit-il, c'est *pas* vrai. Je ne mangerais jamais ma mère. »

Ils en rirent tous beaucoup, y compris Gardener. Quand il le put, il dit : « Des biscuits, ce sera bien. Vraiment. »

Et c'était vrai. Au début, il mangea lentement, avec précaution, surveillant de près son appareil digestif, guettant tout signe de rébellion. Il n'y en eut pas, et il se mit à manger de plus en plus vite, jusqu'à engloutir les biscuits à pleines poignées, son estomac grondant et gargouillant.

Quand avait-il mangé pour la dernière fois ? Il ne s'en souvenait plus. Il était perdu dans les ténèbres. Il savait par expérience qu'il ne mangeait jamais beaucoup quand il essayait de boire le monde entier — et l'essentiel de ce qu'il mangeait finissait de toute façon sur ses genoux ou le long de sa chemise. Cela lui rappela la grosse pizza grasse qu'il avait mangée — ou *tenté* de manger — ce soir de Thanksgiving, en 1980, la nuit où il avait transpercé les joues de Nora d'une balle.

— *Ou vous auriez pu sectionner un nerf optique, ou les deux !* s'écria soudain dans sa tête l'avocat de Nora, furieux contre lui. *Cécité partielle ou totale ! Paralysie ! Mort ! Il aurait suffi que cette balle heurte une dent pour qu'elle ricoche dans n'importe quelle direction, n'importe laquelle ! Juste une dent ! Et arrêtez de nous casser les oreilles en racontant que vous n'aviez pas l'intention de la tuer. Quand vous tirez sur quelqu'un en visant la tête, qu'est-ce que vous essayez de faire ?*

La dépression revenait — grosse, noire et haute d'un kilomètre. *Tu aurais dû te tuer, Gard. Tu n'aurais pas dû attendre.*

Bobbi a des ennuis.

Peut-être bien. Mais demander de l'aide à un type comme toi, c'est comme prendre un pyromane pour régler une lampe à huile.

Tais-toi.

Tu es perdu, Gard. Cuit. Ce que le gosse là-bas sur la plage appellerait certainement un déchet.

« Monsieur, vous êtes sûr que vous allez bien ? » demanda la jeune fille.

Elle avait les cheveux roux coupés court, comme une punk, et des jambes tellement longues qu'on aurait dit qu'elles lui montaient presque jusqu'au menton.

« Ouais, est-ce que je n'ai pas l'air d'aller bien ?

— Pendant une minute, là, vous sembliez au plus mal », répondit-elle gravement.

Cela le fit sourire — non pas ce qu'elle avait dit, mais la solennité avec laquelle elle l'avait dit — et elle lui sourit en retour, soulagée.

Il regarda par la fenêtre et vit qu'ils montaient vers le nord sur l'autoroute du Maine, qui n'en était qu'à son cinquante-cinquième kilomètre. Il n'avait donc pas pu dormir bien longtemps. Les cirro-cumulus duveteux qu'il avait remarqués deux heures plus tôt dans le ciel commençaient à s'agglutiner en une chape d'un gris terne, promettant la pluie pour l'après-midi. Avant qu'il n'arrive à Haven, la nuit serait probablement tombée et il serait trempé.

Après avoir raccroché dans la cabine de la station Mobil, il avait enlevé ses chaussettes et les avait jetées dans une des poubelles. Puis, les pieds nus, il avait gagné la Route n° 1, en direction du Maine, et il s'était planté sur l'accotement, son vieux sac dans une main, le pouce de l'autre retourné et montrant le nord.

Vingt minutes plus tard, le van était arrivé — un Dodge Caravel assez récent portant des plaques du Delaware. Une paire de guitares électriques, les manches croisés comme des épées, et le nom du groupe de rock, ORCHESTRE EDDIE PARKER, décoraient ses flancs. Il s'était garé et Gardener avait couru vers lui, essoufflé, le sac cognant ses jambes, le côté gauche de la tête battant douloureusement, comme chauffé à blanc. Malgré la douleur, le slogan calligraphié avec beaucoup d'application sur les portes du van l'amusa : LE ROCK D'EDDIE, C'EST DE L'INÉDIT.

Assis par terre à l'arrière et soucieux de ne pas se retourner trop brusquement afin de ne pas réveiller le tambour endormi dans sa tête, Gardener voyait maintenant approcher la sortie d'Old Orchard. A ce moment précis, les premières gouttes de pluie s'écrasèrent sur le pare-brise.

« Écoute, dit Eddie en se garant, ça m'ennuie vraiment de te laisser comme ça. Il commence à pleuvoir et tu n'as même pas de godasses.

— Ça ne fait rien.

— Tu n'as pas l'air tellement en forme », dit doucement la fille au jean coupé.

Eddie retira sa casquette (au-dessus de la visière, on pouvait lire : NE VOUS EN PRENEZ PAS À MOI, J'AI VOTÉ POUR HOWARD LE CANARD) et dit :

« Crachez, les gars. »

Des porte-monnaie apparurent ; des pièces sortirent des poches des jeans.

« Non ! Hé, merci, mais non ! »

Gardener se sentit rougir. Ses joues brûlaient. Pas d'embarras, de honte. Il ressentit un choc violent quelque part tout au fond de son être, mais ni ses dents ni ses os ne s'entrechoquèrent. Il se dit que ce devait être son âme qui faisait une chute fatale. Tout ça *semblait* complètement mélo. Mais c'était réel. Et cette simple réalité lui parut horrible. *D'accord, se dit-il, c'est ce qu'on ressent. Toute ta vie, tu as entendu des gens parler de toucher le fond : voilà ce qu'on ressent, alors, quand on touche le fond. Nous y voilà. James Eric Gardener, qui devait être l'Ezra Pound de sa génération, accepte l'aumône d'un groupe de rock du Delaware.*

« Vraiment... non ! »

Eddie Parker continua de faire circuler le chapeau. Il y avait une poignée de pièces et quelques billets d'un dollar. Le Castor fut le dernier, et jeta deux pièces de vingt-cinq cents.

« Écoutez, dit Gardener. J'apprécie beaucoup, mais...

— Allez, le Castor, dit Eddie. Crache, radin.

— Non, mais... J'ai des amis à Portland, et je vais en appeler quelques-uns... et je crois que j'ai peut-être laissé mon chéquier chez un type que je connais à Falmouth, dit Gardener, affolé.

— Le *Cas*-tor est ra*din !* se mit à psalmodier gaiement la fille au jean coupé. Le *Cas*-tor est ra*din*, le *Cas* tor est ra*din !* »

La fille au jean coupé et les garçons riaient à nouveau comme des fous. Avec un regard résigné destiné à Gardener, comme pour lui dire : *Tu vois un peu les crétins avec lesquels il faut que je vive ? Tu comprends ?* le Castor tendit le chapeau à

Gardener, qui dut bien le prendre : s'il ne l'avait pas fait, toutes les pièces se seraient éparpillées sur le sol du van.

« Vraiment, dit-il en tentant de rendre le chapeau au Castor, ça va très bien...

— Non, dit Eddie Parker. Tu ne vas pas bien, alors arrête tes conneries, d'accord ?

— Il ne me reste qu'à vous remercier, alors. Je ne vois rien d'autre à dire pour le moment.

— Ça ne fait pas une si grosse somme que tu doives la déclarer aux impôts, dit Eddie. Mais ça te paiera quelques hamburgers et une paire de sandales de caoutchouc. »

La fille ouvrit la porte coulissante latérale du Caravel.

« Remonte-toi, d'accord ? » dit-elle.

Et avant qu'il n'ait pu répondre, elle le serra contre elle et lui donna un baiser de sa bouche humide, amicale, à demi ouverte, et sentant le hasch.

« Prends bien soin de toi, grand idiot.

— Je vais essayer. »

Alors qu'il allait sortir, il se retourna soudain et la serra à nouveau dans ses bras, férocement.

« Merci, merci à tous. »

Il resta au bout de la rampe ; la pluie tombait un peu plus fort maintenant. Il regarda la porte du van coulisser sur ses rails et se refermer. La fille lui fit un signe de la main. Gardener le lui rendit, la camionnette prit de la vitesse et s'intégra à la circulation. Gardener les regarda partir, la main toujours levée pour le cas où ils se retourneraient en s'éloignant. Des larmes se mêlaient à la pluie sur ses joues.

3

Il n'eut pas l'occasion de s'acheter des sandales en caoutchouc, mais il arriva à Haven avant la nuit sans même avoir à marcher pour les quinze derniers kilomètres qui le séparaient de la maison de Bobbi, comme il l'avait craint car, contrairement à ce qu'on pourrait croire, les gens, même s'ils ont pitié, ne sont guère enclins à prendre un type qui fait du stop sous la pluie : qui a envie d'une flaque humaine sur le siège du passager ?

Mais il fut pris à la sortie d'Augusta par un fermier qui ne cessa de se plaindre amèrement du gouvernement jusqu'à l'entrée de China, où il fit descendre Gard. Gard marcha trois kilomètres, faisant signe du pouce aux quelques voitures qui passaient, se demandant si ses pieds se transformaient en blocs de glace ou si c'était seulement l'effet de son imagination, puis un camion de pâte à papier s'arrêta en tintinnabulant à côté de lui.

Gardener grimpa dans la cabine aussi vite qu'il le put. Ça sentait les vieux copeaux de bois et la sueur de bûcheron, mais il y faisait chaud.

« Merci, dit-il.

— Pas de quoi, répondit le chauffeur. Je m'appelle Freeman Moss. »

Il lui tendit la main et Gardener, qui ne savait pas qu'il reverrait cet homme dans un avenir pas si lointain et dans des circonstances beaucoup moins réjouissantes, la prit et la secoua.

« Jim Gardener. Merci encore.

— Vous êtes pas brillant », plaisanta Freeman Moss.

Il fit redémarrer le camion, qui frémit le long de l'accotement, puis prit de la vitesse, non seulement en ronchonnant, se dit Gard, mais en semblant véritablement souffrir. *Tout* tremblait. Le cardan gémissait sous eux comme une vieille sorcière au coin de la cheminée. La plus vieille brosse à dents du monde, ses poils usés noirs de la graisse utilisée pour dégripper quelque mécanisme ou quelque rouage, traversa la planche de bord, passant en chemin devant un antique ventilateur orné d'une femme nue à la poitrine fort opulente. Moss poussa le levier de changement de vitesse, parvint à trouver la seconde après un temps infini passé à faire grincer les pignons, et contraignit à la force du poignet le camion de pâte à papier à regagner la route.

« Vous avez l'air à moitié noyé. J'ai une demi-Thermos de café qui me reste de mon dîner au " Drunken Donuts " d'Augusta, vous en voulez ?

Gardener le but avec gratitude. Le breuvage était fort, chaud et généreusement sucré. Gard accepta aussi une cigarette du chauffeur, aspira de profondes bouffées avec grand plaisir, bien que cela fût douloureux pour sa gorge de plus en plus irritée.

Moss le laissa juste à l'entrée de Haven à sept heures moins le quart. La pluie avait diminué et le ciel s'éclairait à l'ouest.

« Je crois que le Seigneur va laisser passer quelques rayons du couchant, dit Freeman Moss. J'aurais bien aimé pouvoir vous donner des chaussures, monsieur. D'habitude, j'en ai une vieille paire derrière le siège, mais il pleuvait tellement aujourd'hui que je n'ai pris que mes caoutchoucs.

— Merci, mais ça ira. Mon amie est à moins d'un kilomètre sur la route. »

En fait, la maison de Bobbi était encore à cinq kilomètres, mais s'il l'avait dit à Moss, rien n'aurait empêché celui-ci de l'y conduire. Gardener était fatigué, de plus en plus fiévreux, toujours trempé même après quarante-cinq minutes d'exposition à l'air chaud et sec dans la cabine du camion, mais il n'aurait pu supporter davantage de gentillesse le même jour. Dans son état d'esprit actuel, ç'aurait bien pu le rendre fou.

« Bon, alors bonne chance.

— Merci. »

Il descendit et fit adieu de la main tandis que le camion s'engageait dans une route secondaire et rentrait chez lui en cahotant.

Moss et sa pièce de musée de camion avaient disparu, et Gardener était toujours au même endroit, son sac mouillé dans une main, pieds nus, blanc comme un linge, planté dans la boue de l'accotement, regardant la borne à une soixantaine de mètres en arrière, sur la route qu'ils avaient empruntée. *Chez vous, c'est l'endroit où, quand vous devez y aller, on doit vous laisser entrer*, disait Frost. Mais Gardener ferait bien de se souvenir qu'il n'allait pas chez lui. La pire des erreurs que puisse commettre un homme est d'imaginer que la maison d'un ami est la sienne, surtout quand cet ami est une femme dont il a partagé le lit.

Non, il n'était pas chez lui, pas du tout, mais il *était* à Haven.
Il se remit à suivre la route qui menait chez Bobbi.

4

Un quart d'heure plus tard environ, quand finalement les nuages se déchirèrent à l'ouest pour laisser filtrer le soleil couchant, il se produisit un phénomène étrange : un éclat de musique, clair et bref, traversa la tête de Gardener.

Il s'était arrêté, et regardait la lumière qui arrosait des kilomètres de bois et de champs vallonnés à l'ouest, le soleil dardant ses rayons comme dans une épopée biblique de Cecil B. De Mille. A cet endroit, la Route n° 9 commençait à monter et la vue s'étendait loin sur un paysage splendide et solennel, dans la belle lumière claire du soir, quelque peu anglaise et pastorale. La pluie avait donné au paysage un aspect lisse et propre, approfondissant les couleurs, semblant souligner les contours des objets. Gardener fut soudain très content de ne pas s'être suicidé, non pas à la façon cucu la praline d'Art Linkletter, mais parce qu'il lui avait été donné de vivre ce moment de beauté et de perception radieuse. Il restait là, maintenant presque à bout d'énergie, fiévreux et malade, et il ressentait un émerveillement enfantin.

Tout était calme et silencieux dans ces derniers rayons du soir. Il ne voyait aucun signe d'industrie ou de technologie. D'humanité, oui : une vaste grange rouge accotée à une ferme blanche, des cabanes, une ou deux carrioles, mais c'était tout.

La lumière. C'était la lumière qui le frappait avec force.

Sa douce clarté, si ancienne et si profonde, les rayons de soleil pénétrant presque horizontalement à travers les nuages qui s'effilochaient comme cette longue journée perturbante et épuisante qui touchait à sa fin. Cette ancienne lumière semblait nier le temps lui-même, et Gardener s'attendait presque à entendre un chasseur sonner le débucher dans son cor. Il entendrait des chiens, et des galops de chevaux, et...

... et c'est à ce moment que la musique, tonitruante et moderne, lui traversa la tête, éparpillant ses pensées. Ses mains se portèrent à ses tempes en un geste de surprise. Cela dura au moins cinq secondes, peut-être dix, et il identifia parfaitement ce qu'il entendait : c'était Dr Hook chantant « Baby makes her blue jeans talk. »

La chanson n'était pas très sonore, mais assez claire, comme s'il écoutait un petit poste à transistors, du genre de ceux que les gens emportaient sur la plage avant que les groupes punk-rock, les baladeurs et les radiocassettes n'aient déferlé sur le monde. Mais cette chanson ne se déversait pas dans ses oreilles ; elle venait du devant de sa tête... de l'endroit où les médecins avaient bouché le trou de son crâne avec une plaque de métal.

> *Reine de tous les oiseaux de nuit,*
> *Joueuse de l'obscurité,*
> *Elle ne dit rien*
> *Mais elle fait parler son blue-jean.*

Le volume sonore était presque insupportable. Une fois déjà, il lui était arrivé d'entendre de la musique dans sa tête, après qu'il eut planté ses doigts dans une douille électrique — était-il soûl, à l'époque ? Voyons, est-ce qu'un chien pisse sur une bouche d'incendie ?

Il avait découvert que ces visites musicales n'étaient ni hallucinatoires ni tellement rares : des gens avaient capté des émissions de radio sur les flamants roses en tôle décorant leurs pelouses, sur les plombages de leurs dents, sur les branches métalliques de leurs lunettes. Pendant une semaine et demie, en 1957, une famille de Charlotte, en Caroline du Nord, avait reçu les émissions d'une radio de musique classique de Floride. Ils l'entendirent tout d'abord venant du verre à dents de la salle de bains. Bientôt, d'autres verres de la maison se mirent à diffuser le même programme. Avant que ça ne se termine, toute la maison résonnait du son angoissant de verres retransmettant du Bach et du Beethoven, la musique ne s'interrompant que pour l'annonce périodique de l'heure. Finalement, alors qu'une douzaine de violons tenaient une longue note très haute, presque tous les verres de la maison avaient éclaté, et le phénomène avait cessé.

Gardener avait ainsi appris qu'il n'était pas le seul, et qu'il n'était donc pas en train de devenir fou. Mais il n'en était pas plus à l'aise pour autant : jamais cela n'avait été aussi fort après l'incident de la douille électrique.

La chanson de Dr Hook s'évanouit aussi vite qu'elle était venue, et Gardener resta tendu, prêt à ce qu'elle recommence. Mais ce fut tout. En revanche, ce qui revint, et plus forte, et plus insistante qu'avant, ce fut la voix qui l'avait fait se mettre en route en lui répétant : *Bobbi a des ennuis !*

Il cessa de contempler l'ouest, se détourna, et reprit son chemin sur la Route n° 9. Bien qu'il fût fiévreux et très fatigué, il marchait vite. En fait, il ne tarda pas à presque courir.

5

Il était sept heures et demie quand Gardener arriva enfin chez Bobbi — à la propriété que les gens du cru appelaient encore, après tant d'années, « Chez le vieux Garrick ». Gardener arriva en haut de la route titubant, soufflant, son visage ayant pris une couleur rouge malsaine. Il passa devant la boîte aux lettres de campagne dont Bobbi et Joe Paulson, le facteur, laissaient l'abattant légèrement entrebâillé pour que Peter l'ouvre plus facilement avec sa patte. Il emprunta le chemin où était garé le pick-up bleu de Bobbi. Le plateau du pick-up avait été recouvert d'une bâche pour protéger de la pluie ce qu'il transportait. Une lumière brillait à la fenêtre est de la maison, celle près de laquelle Bobbi s'installait pour lire dans son fauteuil à bascule.

Tout avait *l'air* d'aller bien ; pas une seule fausse note. Cinq ans plus tôt — trois ans plus tôt, même — Peter aurait aboyé à l'arrivée d'un étranger, mais Peter s'était fait vieux. Comme eux tous.

De l'extérieur, la maison de Bobbi lui paraissait aussi délicieusement calme et pastorale que la vue de l'ouest à la sortie de la ville ; elle représentait tout ce que Gardener aurait voulu avoir. La paix, ou peut-être seulement le sentiment d'être chez soi. Il est certain qu'il ne remarquait rien de bizarre depuis la boîte aux lettres. La maison avait l'air, de façon presque palpable, d'appartenir à une personne contente d'elle. Pas vraiment inerte, ni en retrait ni éloignée des affaires du monde, mais... se balançant calmement. C'était la maison d'une femme sage et plutôt heureuse. Elle n'avait pas été construite dans la zone du cyclone.

Malgré tout, il y avait quelque chose qui n'allait pas.

Il restait là, l'étranger, dehors, dans la nuit,

(mais je ne suis pas un étranger, je suis un ami, son ami, l'ami de Bobbi... non ?)

et une impulsion soudaine et effrayante naquit en lui : partir. Pivoter sur un de ses talons nus et décamper. Parce que soudain il douta d'avoir vraiment envie de savoir ce qui se passait dans la maison, dans quels ennuis Bobbi s'était empêtrée.

(Les Tommyknockers, Gard, c'est ça les ennuis, des Tommyknockers.)

Il frissonna.

(Tard la nuit dernière et celle d'avant, toc toc à la porte de Bobbi ! Les Tommyknockers, les Tommyknockers, les esprits frappeurs ; et Gard n'ose pas)

Arrête

(parce qu'il a trop peur du Tommyknocker.)

Il se lécha les lèvres, tentant de se dire que ce n'était que la fièvre qui les rendait si sèches.

Fiche le camp, Gard ! Du sang sur la lune !

La peur s'enracinait maintenant très profondément, et si cela avait été pour n'importe qui d'autre que Bobbi — n'importe qui d'autre que sa dernière véritable amie —, il se serait bel et bien taillé. La ferme semblait rustique et agréable, la lumière que répandait la fenêtre ouvrant à l'est lui donnait un petit air d'intimité douillette, et tout paraissait aller bien... mais les murs de bois et le verre des fenêtres, les pierres du chemin et l'air même qui se pressait contre le visage de Gard... tout lui hurlait de partir, de s'enfuir, que dans cette maison ça allait mal, c'était dangereux, peut-être même maléfique.

(Tommyknockers)

Mais quoi qu'il y eût dans la maison, il y avait aussi Bobbi. Il n'avait pas fait tout ce chemin, presque constamment sous une pluie battante, pour tourner le dos et s'enfuir à la dernière seconde. Alors, malgré sa peur, il quitta la boîte aux lettres et remonta le chemin, lentement, grimaçant au contact des graviers anguleux qui blessaient la tendre plante de ses pieds.

C'est alors que la porte d'entrée s'ouvrit brutalement, projetant son cœur dans sa gorge. Il ne put que penser : *C'est l'un d'eux, un des Tommyknockers, il va foncer sur moi, m'attraper et me manger !* Il fut à peine capable d'étouffer un cri.

La silhouette à la porte était mince, beaucoup trop mince, se dit-il pour être celle de Bobbi Anderson, qui n'avait jamais été grasse mais tout de même solidement bâtie et agréablement ronde partout où il le fallait. Mais la voix, bien qu'aiguë et tremblante, était sans nul doute possible celle de

Bobbi... Et Gardener se détendit un peu, parce que Bobbi avait l'air encore plus terrifié que lui, debout près de la boîte aux lettres et regardant la maison.

« Qui est là ? Qui est-ce ?

— C'est Gard, Bobbi. »

Il y eut un long silence. Puis des pas sur le porche.

Puis, de nouveau, la voix méfiante de Bobbi :

« Gard ? C'est vraiment toi ?

— Ouais. »

Il s'approcha en souffrant sur les durs graviers acérés du chemin, jusqu'à la pelouse. Alors il posa la question pour laquelle il avait parcouru tout ce chemin et différé son suicide :

« Bobbi, est-ce que tu vas bien ?

— Je vais bien », dit Bobbi comme si elle avait toujours été aussi terriblement maigre, comme si elle avait toujours accueilli les nouveaux venus dans sa cour avec une voix suraiguë et terrorisée.

La voix de Bobbi ne tremblait plus, mais Gardener ne pouvait toujours pas la distinguer clairement : le soleil était depuis longtemps descendu derrière les arbres, épaississant les ombres. Il se demanda où était Peter.

Bobbi descendit les marches du porche et sortit de l'ombre du toit. Gardener put la voir vraiment dans la lumière blafarde de la nuit. Il fut frappé d'horreur et de stupéfaction.

Bobbi venait vers lui, souriante, visiblement ravie de le voir. Son jean flottait et claquait sur ses jambes, et sa chemise n'était pas plus ajustée ; son visage était décharné, les yeux profondément enfoncés dans les orbites, le front pâle et comme trop large, la peau tendue et luisante. Les cheveux défaits de Bobbi lui tombaient sur la nuque et les épaules comme des algues rejetées sur une plage. Sa chemise était mal boutonnée et la braguette de son jean ouverte aux trois quarts. Elle sentait la crasse, la sueur et... enfin, comme si elle avait eu un accident dans son pantalon et avait oublié de se changer.

Une image traversa soudain l'esprit de Gardener : une photo de Karen Carpenter prise peu avant sa mort, prétendument consécutive à une anorexie mentale. Il lui avait semblé voir l'image d'une femme déjà morte mais pourtant en vie, d'une femme souriant de toutes ses dents, mais dont les yeux fiévreux criaient. Maintenant, Bobbi ressemblait exactement à ça.

Elle n'avait pas dû maigrir de plus de dix kilos — elle ne pouvait se permettre davantage si elle voulait rester debout — mais Gard ne pouvait s'empêcher de penser qu'elle avait dû en perdre une quinzaine.

Elle semblait au dernier degré de l'épuisement. Ses yeux, comme ceux de cette pauvre femme perdue sur la couverture du magazine, étaient immenses et brillants, son sourire celui, énorme et vide d'intention, d'un boxeur qui va tomber KO, juste avant que ses genoux ne ploient.

« Très bien ! » répéta ce squelette titubant, tâtonnant et sale.

Comme elle s'était approchée, Gardener put à nouveau entendre le tremblement de sa voix. Il n'était pas dû à la peur, comme il l'avait pensé, mais à l'épuisement.

« J'ai cru que tu m'avais abandonnée ! Ça fait plaisir de te voir, vieux !

— Bobbi... Bobbi. Seigneur, qu'est-ce... »

Bobbi tendait une main pour que Gardener la prenne. Elle tremblait comme une feuille dans l'air, et Gardener vit combien le bras de Bobbi était devenu incroyablement mince, effrayant.

« Il se passe beaucoup de choses, dit la voix rauque et tremblante de Bobbi. J'ai abattu beaucoup de boulot, et il en reste encore beaucoup plus à faire, mais je touche au but, bientôt, attends de voir...

— Bobbi, qu'est-ce...

— Ça va, ça va bien », répéta Bobbi.

Et elle tomba en avant, à demi consciente seulement, dans les bras de Gardener. Elle tenta de dire autre chose mais il ne sortit de sa bouche qu'un gargouillis inarticulé et un peu de salive. Sa poitrine, toute petite, reposait comme une galette plate sur l'avant-bras de Gardener.

Il souleva Bobbi et fut frappé de la trouver si légère. Oui, c'était bien quinze, *au moins* quinze kilos qu'elle avait perdus. Incroyable, mais malheureusement indéniable. Il eut soudain le sentiment de découvrir une réalité aussi choquante que pitoyable : *Ce n'est pas Bobbi. C'est moi. Moi à la fin d'une cuite.*

Il se hâta de porter Bobbi en haut des marches puis dans la maison.

8.
MODIFICATIONS

1

Il déposa Bobbi sur le divan et courut au téléphone. Il prit le combiné, prêt à composer le 0 pour que l'opératrice lui indique le numéro du service de secours le plus proche. Il fallait que l'on conduise Bobbi à l'hôpital de Derry, et tout de suite. Gardener se disait qu'elle avait craqué nerveusement — bien qu'en vérité il fût si fatigué et si perturbé qu'il ne savait plus que penser. Une sorte d'accès de dépression. Bobbi Anderson lui paraissait la dernière personne au monde qui aurait pu craquer ainsi, mais apparemment c'était arrivé.

Allongée sur le divan, Bobbi dit quelque chose, que Gardener ne comprit pas : la voix de Bobbi n'était guère plus qu'un râle.

« Quoi, Bobbi ?

— N'appelle personne. »

Elle avait réussi à parler un peu plus haut, cette fois, mais cet effort semblait l'avoir épuisée. Ses joues étaient rouges et le reste de son visage cireux, ses yeux fiévreux aussi brillants que des pierres précieuses bleues — des diamants, ou des saphirs, peut-être.

« N'appelle *personne...*, Gard. »

Elle retomba sur le divan, respirant très vite. Gardener raccrocha et s'approcha d'elle, inquiet. Il lui fallait un médecin, c'était évident, et Gardener voulait en faire venir un, mais calmer son agitation semblait pour l'instant le plus important.

« Je suis avec toi, et je resterai, dit-il en prenant sa main, si c'est ce qui t'inquiète. Dieu sait combien de fois tu es restée avec moi quand... »

Mais Bobbi secouait la tête avec une véhémence croissante.

« J'ai seulement besoin de dormir, murmura t elle. De dormir, et de manger demain matin. Surtout dormir. Je n'ai pas... depuis trois jours. Peut-être quatre. »

Gardener la regarda, à nouveau horrifié. Il rapprocha ce que Bobbi venait de dire et l'état dans lequel il la trouvait.

« Quelle saloperie est-ce que tu as avalée ? — *et pourquoi ?* ajouta son esprit. Des Bennies ? Des Reds ? »

Il songea à la cocaïne mais écarta cette hypothèse. Bobbi pouvait indubitablement s'en offrir si elle le voulait, mais il ne pensait pas que même à fortes doses la coke suffise à tenir une femme ou un homme éveillé pendant trois ou quatre jours et à le faire fondre de quinze kilos en — Gardener calcula depuis combien de temps il n'avait pas vu Bobbi — en trois semaines.

« Pas de drogue, dit Bobbi, pas de médicaments. »

Ses yeux roulèrent et scintillèrent, elle ne put empêcher la salive de couler des coins de sa bouche et la lécha. Pendant un instant, Gardener lut sur le visage de Bobbi une expression qu'il n'aimait pas, une expression qui l'effraya un peu. C'était une expression d'*Anne*. Vieille et forte. Puis les yeux de Bobbi se refermèrent, et Gard vit la délicate couleur pourpre de l'épuisement total teignant les paupières. Quand elle rouvrit les yeux, elle était redevenue Bobbi... et Bobbi avait besoin d'aide.

« Je vais appeler une ambulance, dit Gardener en se levant à nouveau. Tu n'as vraiment pas l'air bien, B... »

La main menue de Bobbi se tendit et saisit le poignet de Gardener alors que celui-ci se tournait à nouveau vers le téléphone. Elle le retint avec une force surprenante. Il la regarda, et bien qu'elle parût terriblement épuisée et presque perdue, dans un état désespéré, l'éclat de la fièvre avait quitté ses yeux. Maintenant son regard était droit, clair, et elle semblait en parfaite possession de ses moyens.

« Si tu appelles qui que ce soit, dit-elle d'une voix encore un peu tremblante mais presque normale, nous ne serons plus amis, Gard. Je parle sérieusement. Appelle une ambulance, ou l'hôpital de Derry, ou même le vieux Dr Warwick en ville, et c'est fini pour nous. Tu ne remettras plus jamais les pieds chez moi. Ma porte te sera fermée. »

Gardener regarda Bobbi avec un sentiment croissant de stupéfaction et d'horreur. S'il avait pu se persuader, à ce moment, que Bobbi délirait, il l'aurait admis avec soulagement... mais elle ne délirait pas.

« Bobbi, tu... »

ne sais pas ce que tu dis ! Mais elle le savait très bien, et c'était le plus horrible. Elle menaçait de mettre fin à leur amitié si Gardener ne faisait pas ce qu'elle voulait, utilisant, pour la première fois depuis qu'il la connaissait, leur amitié comme une arme. Et les yeux de Bobbi Anderson exprimaient autre chose encore : elle savait que son amitié était peut-être la dernière chose sur Terre qui eût de l'importance pour Gardener.

Est-ce que ça changerait quelque chose, si je te disais combien tu ressembles à ta sœur, Bobbi ?

Non. Il lisait sur son visage que rien ne pourrait rien changer.

« ... ne te rends pas compte à quel point tu as l'air d'aller mal, termina-t-il maladroitement.

— C'est vrai, avoua-t-elle en esquissant un pâle sourire. Mais j'en ai pourtant une vague idée, crois-moi. Ton visage... vaut tous les miroirs. Mais Gard... je n'ai besoin que de sommeil. De sommeil et... »

Ses yeux se refermèrent, et elle dut visiblement s'imposer un effort pour les rouvrir.

« ... d'un petit déjeuner. Dormir et déjeuner.

— Bobbi, tu as besoin de davantage.

— Non, dit-elle en resserrant son étreinte sur le poignet de Gardener. J'ai besoin de *toi*. Je t'ai appelé. Et tu as entendu, n'est-ce pas ?

— Oui, dit Gardener mal à l'aise. Je crois que je t'ai entendue.

— Gard... »

La voix de Bobbi s'éteignit. Gard attendit, l'esprit en plein désarroi. Bobbi avait besoin des soins d'un médecin... mais ce qu'elle avait dit de la fin de leur amitié si Gardener appelait qui que ce soit...

Le doux baiser qu'elle déposa au milieu de sa paume sale le surprit. Il la regarda, stupéfait, et plongea dans ses yeux immenses. Tout signe de fièvre les avait quittés. Il n'y lut qu'une supplication.

« Attends jusqu'à demain, dit-elle. Si je ne vais pas mieux demain... mille fois mieux... je verrai un médecin. D'accord ?

— Bobbi...

— D'accord ? »

Sa main se resserra, exigeant que Gardener acquiesce.

« Eh bien... je crois...

— Promets-le-moi !

— Je te le promets. »

Peut-être, ajouta mentalement Gardener. *Sauf si tu ne t'endors pas et que tu te mets à respirer d'une drôle de façon, si je viens te voir vers minuit et que je constate que tes lèvres ont l'air pleines de jus de mûres, si tu as une crise.*

C'était idiot. Dangereux, lâche... mais surtout idiot. Il était ressorti du grand cyclone noir convaincu que la meilleure façon de mettre fin à toutes ses misères et de s'assurer qu'il ne ferait plus de mal aux autres était de mettre fin à ses jours. Il l'avait voulu ; il savait que c'était le bon moyen. Il avait été sur le point de sauter dans l'eau froide. Et cette conviction que Bobbi avait des ennuis

(Je t'ai appelé et tu as entendu, n'est-ce pas ?)

s'était imposée à lui, et elle demeurait. Il lui semblait entendre la voix au débit précipité de l'animateur Allen Ludden : *Et maintenant, mesdames et messieurs, voici notre question quitte ou double. Dix points si vous pouvez me dire pourquoi Jim Gardener s'inquiète que Bobbi Anderson le menace de mettre fin à leur amitié, alors que Gardener lui-même a l'intention d'y mettre fin en se suicidant ? Quoi ? Personne ? Eh bien, je vais vous surprendre ! Je n'en sais rien non plus !*

« D'accord, disait Bobbi. D'accord. Formidable. »

Son agitation proche de la terreur se dissipa, sa respiration haletante se ralentit, et la rougeur de ses joues s'estompa. La promesse avait au moins eu cet effet bénéfique.

« Dors, Bobbi. »

Il resterait assis près d'elle et guetterait tout changement. Il était fatigué, mais il pouvait boire du café (et peut-être avaler un ou deux des trucs que Bobbi avait pris, s'il les trouvait). Il devait bien une nuit de veille à Bobbi. Elle l'avait veillé bien des fois.

« Dors, maintenant », dit-il en libérant son poignet de la main de Bobbi.

Les yeux de Bobbi se fermèrent, puis se rouvrirent lentement une dernière fois. Elle sourit, d'un sourire si doux qu'il se sentit à nouveau amoureux d'elle. Elle avait cette emprise sur lui.

« Comme au bon vieux temps..., Gard.

— Oui, Bobbi. Comme au bon vieux temps.

— ... t'aime...

— Je t'aime aussi. Dors. »

Sa respiration se fit plus profonde. Gard resta assis près d'elle trois minutes, cinq minutes, regardant ce sourire de madone, de plus en plus convaincu qu'elle dormait. Mais très lentement, péniblement, les yeux de Bobbi s'ouvrirent à nouveau.

« *Fabuleux*, murmura-t-elle.

— Quoi ? demanda Gardener en se penchant vers elle car il n'était pas sûr d'avoir compris.

— Ce que c'*est*... ce que ça peut *faire*... ce que ça *fera*... »

Elle parle en dormant, se dit Gard, mais il frissonna à nouveau. L'expression de force était revenue sur le visage de Bobbi. Non pas sur son visage, mais *dans* son visage, comme une puissance s'accroissant sous sa peau.

« C'est toi qui aurais dû le trouver... Je crois qu'il est pour toi, Gard...

— Quoi ?

— Regarde autour de toi, dit Bobbi d'une voix de plus en plus faible. Tu verras. Nous finirons de le déterrer ensemble. Tu verras, ça résout les... problèmes... tous les problèmes... »

Gardener devait maintenant coller son oreille à la bouche de Bobbi pour l'entendre.

« De quoi parles-tu, Bobbi ?

— Regarde autour de toi », répéta Bobbi.

Et les derniers sons semblèrent s'étirer tout en devenant plus graves, pour se transformer en ronflement. Elle dormait.

2

Gardener faillit téléphoner. Il n'en fut pas loin. Il se leva, mais à mi-chemin, il tourna et se dirigea vers le fauteuil à bascule de Bobbi. Il se dit qu'il allait d'abord la surveiller un peu et essayer de comprendre ce que tout cela pouvait bien signifier.

Il avala sa salive et grimaça de douleur. Il avait mal à la gorge, et il soupçonnait que sa fièvre ne se contentait pas d'un seul petit degré. Il se sentait plus que mal, il se sentait *irréel*.

Fabuleux... ce que c'est... Ce que ça peut faire...

Il allait s'asseoir un moment et réfléchir. Après, il se ferait du café fort et le sucrerait avec six aspirines. Ça calmerait les douleurs et la fièvre, du moins temporairement. Et ça pourrait aussi le réveiller.

... ce que ça fera...

Gard ferma les yeux, se laissant somnoler. Rien à redire à une petite sieste, mais pas trop longue. Il n'avait jamais pu dormir assis. Et Peter pourrait arriver n'importe quand, il verrait son vieil ami Gard, lui sauterait sur les genoux et lui piétinerait les couilles. *Comme toujours.* Quand il s'agissait de sauter pour rejoindre Gard dans son fauteuil Peter ne ratait jamais les couilles. Tu parles d'un réveil, si tu dormais. Cinq minutes, c'est tout. Un petit somme. Ça ne fait de mal à personne.

C'est toi qui aurais dû le trouver. Je crois qu'il est pour toi, Gard...

Il dériva, et sa somnolence l'entraîna rapidement dans un sommeil si profond qu'il était proche du coma.

3

Chuchhhh...

Il regarde ses skis, simples lattes de bois brun glissant sur la neige, hypnotisé par leur vitesse harmonieuse. Il ne se rend pas compte qu'il est dans un état proche de l'hypnose avant qu'une voix sur sa gauche ne dise : « Il y a une chose que vous autres, petits cons, vous oubliez toujours dans vos foutues réunions communistes contre le nucléaire : en trente ans de développement de l'énergie nucléaire pacifique, nous n'avons jamais été pris. »

Ted porte un sweater orné de rennes et des jeans délavés. Il skie vite et bien. Gardener, en revanche, a perdu le contrôle de ses skis.

« *Tu vas te planter* », *dit une voix sur sa droite. Il regarde et c'est Arglebargle. Arglebargle a commencé de pourrir. Sa grosse face, gonflée d'alcool à la réunion de l'autre soir, est maintenant du jaune grisâtre que prennent les vieux rideaux pendus à des fenêtres sales. Sa chair, bouffie et fendillée, commence à dégouliner. Arglebargle voit que Gard est horrifié et terrorisé. Ses lèvres grises ébauchent un sourire.*

« *C'est vrai, dit-il. Je suis mort. J'ai vraiment eu une crise cardiaque. Pas une indigestion, pas un coup de semonce de ma vésicule biliaire. Je me suis effondré cinq minutes après ton départ. Ils ont appelé une ambulance et le gosse que j'avais engagé pour s'occuper du bar a fait redémarrer mon cœur, mais je suis mort pour de bon dans l'ambulance.* »

Le sourire s'agrandit ; il devient aussi lunaire que le sourire d'une truite crevée rejetée sur la berge déserte d'un lac empoisonné.

« *Je suis mort à un feu rouge sur Storrow Drive, dit Arglebargle.*

— *Non* », *murmure Gardener.*

C'est ce qu'il a toujours craint. L'acte définitif et irrévocable de l'ivrogne.

« *Si* », *insiste le mort tandis qu'ils dévalent la pente, se rapprochant des arbres.*

« *Je t'ai invité chez moi, je t'ai donné à manger et à boire, et tu m'as remercié en me tuant dans une bagarre d'ivrognes.*

— *S'il vous plaît... Je...*

— *Tu quoi ? Tu quoi ?* » *entend-il à nouveau sur sa gauche.*

Les rennes ont disparu du sweater de Ted. Ils ont été remplacés par les symboles jaunes signalant le danger d'irradiation. « Tu, tu, tu ! rien du tout ! Et d'où croyez-vous que vienne cette énergie, bande de briseurs de machines, luddistes arriérés ?

— *Tu m'as tué, gronde Arberg sur sa droite, mais tu vas payer. Tu vas t'écraser, Gardener.*

— *Vous croyez qu'elle est produite par le Magicien d'Oz ? s'écrie Ted. Des crevasses de larmes apparaissent sur son visage. Ses lèvres se boursouflent, pèlent, craquent, commencent à suppurer. Un de ses yeux se voile de la taie laiteuse d'une cataracte. Gardener comprend avec une horreur croissante qu'il regarde un visage présentant tous les symptômes d'une maladie due à l'irradiation, et en phase terminale.*

Sur le sweater de Ted, les symboles signalant les radiations virent au noir.

« *Je parie que tu vas t'écraser, continue Arglebargle. T'écraser.* »

Maintenant, Jim pleure de terreur, comme il a pleuré après avoir tiré sur sa femme, entendant l'incroyable écho du pistolet qu'il tient dans sa main, la voyant reculer en titubant contre le plan de travail de la cuisine, une main sur sa joue, comme une femme s'écriant, horrifiée : « *Mon Dieu ! JAMAIS je ne ferai ça !* » *Et ensuite, tandis que le sang filtrait à travers les doigts de Nora, il avait pensé, dans un dernier effort désespéré pour tout nier :* c'est du ketchup, détends-toi, c'est seulement du ketchup. *Et il s'était mis à pleurer comme il pleure maintenant.*

« *Quant à vous, les gars, votre responsabilité s'arrête au mur où vous branchez vos appareils à la prise.* »

Le pus dégouline sur le visage de Ted. Ses cheveux sont tombés, sauf quelques touffes mal accrochées sur son crâne. Sa bouche s'ouvre en un sourire aussi lunaire que celui d'Arberg. Maintenant, aux limites de la terreur, Gardener se rend compte qu'il a perdu le contrôle de ses skis sur Straight Arrow et qu'il est flanqué de deux morts.

« *Mais vous ne nous arrêterez pas, vous savez. Personne ne nous arrêtera. On a perdu le contrôle du réacteur, vous comprenez. Ça dure depuis... oh, environ 1939, je crois. Nous avons atteint la masse critique vers 1965. Nous ne le contrôlons plus. L'explosion ne tardera pas.*

— *Non... non...*

— *Tu t'es élevé très haut, mais plus dure sera la chute, ronronne Arberg. Tuer son hôte est le pire des meurtres. Tu vas t'écraser... t'écraser... t'écraser !* »

Comme c'est vrai ! Il essaie de tourner, mais ses skis restent opiniâtrement dans leurs traces rectilignes. Maintenant il voit le vieux pin chenu. Arglebargle et Ted, l'Homme de l'Énergie, sont partis et Jim se dit : Est-ce que c'étaient des Tommyknockers, Bobbi ?

Il peut distinguer un anneau de peinture rouge sur le tronc noueux du pin... qui peu à peu s'écaille et se fend. Tandis qu'il glisse, impuissant, vers l'arbre, il voit que le pin est vivant, qu'il s'est ouvert pour l'engloutir. Les mâchoires de l'arbre grandissent et s'écartent, et il semble courir vers Jim, tandis qu'il lui pousse des tentacules, et qu'un horrible trou noir de pourriture s'ouvre en son centre, cerné de peinture rouge comme le rouge à lèvres d'une triste putain, et Jim entend des vents sinistres hurler dans cette bouche noire et tordue et

4

il ne se réveille pas, même s'il semble qu'il se soit éveillé — tout le monde sait que même les rêves les plus extraordinaires semblent réels, qu'ils peuvent même avoir leur propre fausse logique, mais ils ne sont pas réels, ils ne peuvent l'être. Il s'est contenté de remplacer un rêve par un autre. Ça arrive tout le temps.

Dans son rêve, il a rêvé de son vieil accident de ski — pour la seconde fois aujourd'hui, incroyable, non ? Mais cette fois, l'arbre qu'il a percuté, celui qui a failli le tuer, a une bouche pourrie, comme un nœud tordu. Il se réveille d'un coup et se retrouve dans le fauteuil à bascule de Bobbi, trop soulagé par son réveil pour s'inquiéter de ses courbatures, et de sa gorge qui lui fait maintenant tellement mal qu'on la croirait garnie de fil de fer barbelé.

Il se dit : Je vais me lever et me préparer une dose de café à l'aspirine. Est-ce que je ne l'avais pas prévu ? Il commence à se lever, et c'est alors que Bobbi ouvre les yeux. C'est aussi à ce moment qu'il comprend qu'il rêve, obligatoirement, parce que des rayons de lumière verte sortent des yeux de Bobbi — comme sur ces images où l'on voit le regard aux rayons X de Superman, dans les bandes dessinées, des rayons d'un vert pâle acide. Mais la lumière qui sort des yeux de Bobbi rappelle les marécages, et elle est effrayante... elle a quelque chose de pourri, comme les feux follets sur l'eau stagnante par une nuit trop chaude.

Bobbi s'assied lentement et regarde autour d'elle... Regarde Gardener. Il essaie de lui dire non... S'il te plaît, ne projette pas cette lumière sur moi.

Aucun mot ne sort de la bouche de Gardener, et quand la lumière l'éclaire, il voit qu'elle provient bien des yeux de Bobbi : à la source, c'est aussi vert qu'une émeraude, aussi lumineux qu'un soleil. Il ne peut regarder plus longtemps. Il doit se protéger les yeux. Il essaie de soulever un bras pour se cacher le visage, mais il n'y arrive pas, son bras est trop lourd. Ça va te brûler, *se dit-il,* ça va te brûler, et quand, dans quelques jours, les premières plaies apparaîtront, tu te diras que ce sont des boutons, parce que c'est à ça que ressemblent les effets d'une irradiation, au début, comme quelques petits boutons, mais *ces* boutons-là ne guérissent jamais, ils ne font qu'empirer... empirer...

Il entend la voix d'Arberg, un écho désincarné du rêve précédent, et maintenant Arberg semble ronronner de triomphe : « *Je savais que tu allais t'écraser, Gardener !* »

La lumière le touche... le balaye. Même s'il serre les paupières, l'obscurité est illuminée de vert comme le cadran phosphorescent d'une montre. Mais on n'a pas vraiment mal dans les rêves, et il n'a pas mal. La lumineuse lumière verte n'est ni chaude ni froide. Elle n'est rien. Sauf...

Sa gorge.

Sa gorge ne lui fait plus mal.

Et il entend ceci, aussi clair qu'indiscutable : « ... pour cent de moins ! Il se pourrait bien que l'on ne revoie plus jamais de telles réductions ! TOUT LE MONDE peut obtenir un crédit ! Nous avons des balancelles ! des matelas à eau ! des salons... »

La plaque dans son crâne parle à nouveau. La voix radiophonique est repartie presque avant même qu'il ne se soit aperçu qu'elle parlait.

Comme sa gorge.

Et cette lumière verte est partie aussi.

Gardener ouvre les yeux... avec précaution.

Bobbi est allongée sur le divan, les yeux fermés, profondément endormie... comme avant. Qu'est-ce que c'est que cette histoire de rayons qui lui sortent des yeux ? Seigneur !

Il se rassied dans le fauteuil à bascule. Il avale sa salive. Aucune douleur. Sa fièvre est aussi tombée très nettement.

Café et aspirine, *se dit-il.* Tu allais te lever pour prendre du café et de l'aspirine, tu te souviens ?

Bien sûr, se dit-il en s'installant plus confortablement dans le fauteuil à bascule et en fermant les yeux. Mais dans un rêve il n'y a pas moyen d'obtenir de café ni d'aspirine. Je m'en occuperai dès que je me réveillerai.

Gard, tu es réveillé...

Non, bien sûr, cela ne pouvait être vrai. Dans le monde de la veille, les gens ne projettent pas de rayons verts avec leurs yeux, des rayons qui font baisser la fièvre et guérissent les maux de gorge. Dans les rêves, si, dans la réalité, non.

Il croise les bras sur sa poitrine et dérive. Et — endormi ou éveillé — il n'a plus conscience de rien pendant tout le reste de la nuit.

5

Quand Gardener s'éveilla, la lumière du jour baignait son visage à travers la grande baie vitrée. Son dos lui faisait un mal de chien, et quand il se leva, son cou produisit un horrible craquement arthritique qui le fit grimacer. Il était neuf heures moins le quart.

Il regarda Bobbi et ressentit un instant une telle peur qu'il en suffoqua : il fut certain que Bobbi était morte. Puis il vit qu'elle était seulement endormie, si profondément, sans aucun mouvement, qu'elle donnait l'impression d'être morte. C'était une erreur que n'importe qui aurait pu commettre. La poitrine de Bobbi se soulevait en mouvements lents et réguliers, mais les pauses entre deux inspirations étaient assez longues. Gardener chronométra et constata qu'elle ne respirait pas plus de six fois par minute.

Pourtant, elle semblait aller mieux, ce matin ; elle n'avait pas l'air en pleine forme, mais mieux que l'épouvantail hagard qui était sorti à sa rencontre la veille.

Je doute d'être beaucoup plus présentable, se dit-il, et il gagna la salle de bains pour se raser.

Le visage qui le regardait depuis le miroir n'était pas aussi affreux qu'il l'avait craint, mais il fut contrarié de remarquer que son nez avait encore saigné dans la nuit ; pas beaucoup, mais assez pour avoir taché presque toute sa lèvre supérieure. Il trouva un gant de toilette dans un tiroir à droite du lavabo et ouvrit le robinet d'eau chaude pour l'humecter.

Il plaça le gant sous l'eau qui coulait du robinet avec toute l'indifférence d'une longue habitude : avec le chauffe-eau de Bobbi, on a le temps de prendre un café et de fumer une cigarette avant que l'eau ne coule tiède — et encore, les bons...

« Aïïïe ! »

Il écarta vivement sa main de l'eau, si chaude qu'elle fumait. Bon, voilà tout ce qu'il méritait pour avoir supposé que Bobbi parcourait clopin-clopant la route de la vie sans jamais faire réparer son foutu chauffe-eau.

Gardener porta sa paume échaudée à sa bouche et regarda l'eau qui sortait du robinet. Elle avait déjà couvert de buée le bas du miroir fixé à la porte de l'armoire à pharmacie, où il se regardait quand il se rasait. Il tendit la main, mais le robinet était trop chaud pour qu'il le touche, et il dut interposer le gant de toilette pour ne pas se brûler en le tournant. Puis il ferma la bonde, fit couler — avec précaution ! — un peu d'eau chaude et ajouta une généreuse quantité d'eau froide. Le coussinet charnu à la base de son pouce gauche avait un peu rougi.

Il ouvrit la pharmacie et fouilla dedans jusqu'à ce qu'il tombe sur un flacon de Valium portant son nom inscrit sur l'étiquette. *Si ce truc se bonifie avec l'âge, il doit être formidable,* se dit-il. Presque plein. Ça n'avait rien de surprenant. Si Bobbi avait utilisé un médicament, c'était forcément l'opposé du Valium.

Gardener n'en voulait pas non plus. Il cherchait ce qui était rangé derrière, si c'était toujours...

Ah ! bravo !

Il sortit un rasoir Burma à double tranchant et un paquet de lames. Il regarda un peu tristement la couche de poussière qui recouvrait le rasoir — cela faisait longtemps qu'il ne s'était pas rasé le matin chez Bobbi — puis le rinça. *Au moins, elle ne l'a pas jeté,* se dit-il. *Ç'aurait été pire que la poussière.*

Une fois rasé, il se sentit mieux. Il s'était concentré sur l'opération, tandis que son esprit continuait son petit bonhomme de chemin.

Quand il eut fini, il replaça les ustensiles de rasage derrière le Valium et se lava. Puis il posa un regard songeur sur le robinet portant la pastille rouge, et décida d'aller voir à la cave quel magnifique chauffe-eau Bobbi avait installé. Il n'avait rien d'autre à faire que de regarder Bobbi dormir, ce dont elle semblait s'acquitter très bien toute seule.

Il traversa la cuisine en se disant qu'il se sentait vraiment bien, surtout maintenant que les douleurs dans son dos et sa nuque, dues à la nuit passée dans le fauteuil à bascule de Bobbi, commençaient à se dissiper. *C'est toi, le type qui n'a jamais pu dormir assis ?* se dit-il d'un ton moqueur. *Tu préfères t'écrouler sur une digue, hein ?* Mais ces taquineries n'avaient rien à voir avec l'humour noir dur et à peine cohérent qu'il s'était infligé la veille. Il oubliait toujours, quand il était en pleine gueule de bois dépressive après une cuite mémorable, le sentiment de régénération qui venait quelque temps plus tard. On peut se réveiller un jour et se rendre compte que l'on n'a pas introduit de poison dans son système depuis une nuit... une semaine... parfois un *mois* entier... et on se sent bien.

Quant à ce qu'il avait pris pour le début d'une grippe, voire d'une pneumonie, c'était du passé. Plus de maux de gorge. Pas de nez bouché. Pas de fièvre. Il avait pourtant offert une cible idéale à tous les microbes de la Terre après huit jours de boisson, de nuits à la belle étoile et enfin d'auto-stop pieds nus sous l'orage. Mais tous ses maux étaient partis dans la nuit. Il arrivait que Dieu fût bon.

Il s'arrêta au milieu de la cuisine, son sourire se dissipant pour céder la place un instant a une expression d'étonnement un peu inquiet. Un fragment de son rêve — ou de ses rêves — resurgit dans sa mémoire.

(pubs radiophoniques dans la nuit... est-ce que ça avait quelque chose à voir avec son bien-être de ce matin ?)

puis repartit. Il l'écarta, content de se sentir bien et de voir que Bobbi aussi avait l'air bien — mieux, en tout cas. Si Bobbi n'émergeait pas du sommeil à dix heures, dix heures trente au plus tard, il la réveillerait. Si Bobbi se sentait mieux et tenait des propos raisonnables, parfait. Ils pourraient parler de ce qui lui était arrivé (il *est forcément arrivé* QUELQUE CHOSE, se dit Gardener, et il se demanda vaguement si elle avait reçu de chez elle quelque terrible nouvelle... dont le récit lui aurait été sans aucun doute servi par Sœur Anne). Ce serait leur point de départ. Mais si elle devait ressembler si peu que ce fût à la Bobbi Anderson déphasée et plutôt terrifiante qui l'avait accueilli la veille, Gardener appellerait un médecin, que Bobbi soit d'accord ou pas.

Il ouvrit la porte de la cave et chercha à tâtons le vieil interrupteur sur le mur. Il le trouva. L'interrupteur n'avait pas changé. La lumière, si. Au lieu de la faible lueur de deux ampoules de soixante watts — seul éclairage depuis des temps immémoriaux — la cave s'illumina d'une vive clarté blanche. C'était aussi bien éclairé qu'un magasin de soldes. Gardener commença de descendre, la main tendue vers la rampe branlante. A la place, il en trouva une bien épaisse et solide. Elle était fermement retenue au mur par de nouvelles attaches de cuivre. On avait aussi remplacé certaines des marches, qui grinçaient autrefois de façon inquiétante.

Gardener parvint au bas des marches et regarda autour de lui, sa surprise le cédant maintenant à une émotion plus forte, presque un choc. La légère odeur de moisi de la cave enterrée avait disparu.

Elle avait l'air d'une femme qui fonctionne à vide, sans blague. Sur le fil du rasoir. Elle n'arrivait même pas à se rappeler depuis combien de jours elle n'avait pas dormi. Pas étonnant. J'ai déjà vu des maisons rénovées, mais à ce point, c'est ridicule. Mais elle n'a pas pu faire tout elle-même. Bien sûr que non.

Mais Gardener soupçonnait que si, bien qu'il ne sût comment.

Si Gardener s'était éveillé ici au lieu de se retrouver sur la digue d'Arcadia Point, sans aucun souvenir du passé immédiat, il n'aurait pas compris qu'il se trouvait dans la cave de Bobbi, bien qu'il y soit descendu un nombre incalculable de fois auparavant. Il ne reconnaissait l'endroit que parce qu'il savait qu'il y était arrivé par l'escalier depuis la cuisine de Bobbi.

L'odeur de terre n'était pas *complètement* partie, mais elle avait beaucoup diminué. Le sol de terre battue de la cave avait été soigneusement ratissé — non, pas *seulement* ratissé, constata Gardener. La terre des caves rancit quand elle est trop vieille ; il faut s'en occuper si l'on prévoit de travailler pour un certain temps dans un souterrain. Bobbi avait apparemment amené un tombereau de terre fraîche qu'elle avait étendue et fait sécher avant de la ratisser. Gardener se dit que c'était sans doute ce qui avait adouci l'atmosphère qu'on respirait.

Les rampes d'éclairage étaient alignées au plafond, suspendues aux vieilles poutres par des chaînes et des fixations en cuivre. Elles projetaient une lueur égale et blanche. Au-dessus de l'établi, les rampes avaient même été doublées et la lumière qui en émanait était si éclatante que Gardener pensa à une salle d'opération. Il s'approcha de l'établi, du *nouvel* établi de Bobbi.

Avant, c'était une table de cuisine ordinaire couverte de papier adhésif sale. Elle était éclairée par une lampe d'architecte et jonchée de quelques outils, la plupart en assez piètre état, et de quelques boîtes de plastique renfermant des clous, des vis, des boulons, etc. C'était le modeste atelier de petit bricolage d'une femme qui n'était ni très habile ni très passionnée par le bricolage.

La vieille table de cuisine avait disparu. Elle avait été remplacée par trois longues tables de bois clair, du type de celles qui servent à disposer les objets lors des ventes de charité à l'église. On les avait alignées bout à bout le long du côté gauche de la cave. Dessus, des outils, de la quincaillerie, des rouleaux de fil isolé de différents diamètres, des boîtes de café pleines de clous, d'agrafes, d'attaches... et des dizaines d'autres objets. Des centaines.

Et des piles.

Il y en avait une caisse sous la table, une énorme collection de piles longue durée encore empaquetées, cylindriques ou parallélépipédiques de 1,5 volt, 4,5 volts, 9 volts. *Il doit y en avoir pour deux cents dollars*, se dit Gardener, *sans compter celles qui traînent sur la table. Nom de Dieu qu'est-ce... ?*

Abasourdi, il longea la table comme un client qui vérifie une marchandise avant d'acheter. Il semblait que Bobbi menât de front plusieurs projets différents... et Gardener n'aurait pu en définir aucun. Vers le milieu de la table, le devant coulissant d'un gros boîtier carré découvrait dix-huit boutons. En regard de chaque bouton figurait le titre d'une chanson connue : *Chantons sous la pluie ; New York, New York ; La Chanson de Lara*, etc. A côté, un mode d'emploi soigneusement collé à la table indiquait qu'il s'agissait du « seul et unique au monde spécial carillon pour la porte *digital (Made in Taïwan)* ».

Gardener n'arrivait pas à deviner pourquoi Bobbi aurait voulu une sonnette à puce permettant à l'utilisateur de programmer un air différent quand il le souhaitait. Est-ce qu'elle s'imaginait que Joe Paulson serait content d'entendre « La Chanson de Lara » quand il devrait venir jusqu'à la maison pour lui remettre un colis ? Mais ce n'était pas tout. Gardener aurait pu comprendre que l'on *utilise* un carillon de porte digital, même s'il ne saisissait pas ce qui aurait pu pousser Bobbi à en installer un, mais il semblait qu'elle avait entrepris de *modifier* le carillon, qu'elle était en fait en train de le relier à une radiocassette grosse comme une petite valise.

Une demi-douzaine de fils — quatre fins et deux assez gros — ondulaient entre la radio (dont le mode d'emploi était lui aussi soigneusement collé à la table) et le carillon dont Bobbi avait ouvert les entrailles.

Gardener considéra ce spectacle quelques instants puis continua son exploration.

Elle a craqué. Le type d'effondrement psychique que Pat Summerall adorerait.

Il reconnut autre chose : un récupérateur de chaleur pour chaudière. On fixe l'engin à la chaudière et il est censé faire circuler une partie des calories qui sinon auraient été perdues. C'était le genre de gadget que Bobbi pouvait admirer dans un catalogue ou peut-être à la quincaillerie Trustworthy d'Augusta, et dont elle pouvait avoir envie. Mais elle ne l'achetait pas, parce que si elle l'achetait, il faudrait qu'elle l'installe.

Mais elle l'avait vraiment acheté... et installé.

Tu ne peux pas te dire qu'elle a craqué, et « c'est tout », parce que lorsque quelqu'un de vraiment créatif fait le saut, on peut rarement s'arrêter à un « c'est tout ». Une dépression n'est jamais jolie, mais quand quelqu'un comme Bobbi craque, ça peut devenir stupéfiant. Regarde un peu cette merde.

Tu y crois ?

Ouais, j'y crois. Je ne veux pas dire que les créateurs sont meilleurs ou plus sensibles et ont donc des dépressions nerveuses meilleures ou plus sensibles — garde ce type de connerie pour les adorateurs de Sylvia Plath ; le suicide d'un poète n'est pas plus joli que celui d'un camionneur. Mais les créateurs ont des dépressions créatives. Si tu ne me crois pas, j'insiste : regarde un peu cette merde !

Et le chauffe-eau. C'était un gros cylindre blanc à droite de la porte de la cave. Il ne *semblait* pas différent, mais...

Gardener s'en approcha. Il voulait voir ce que Bobbi lui avait fait pour qu'il fonctionne si bien.

Elle a eu une crise de rénovation. Le pire c'est qu'elle ne semble pas avoir fait la différence entre réparer le chauffe-eau et fabriquer une sonnette sur mesure. Une nouvelle rampe. De la terre fraîche apportée et ratissée sur le sol de la cave. Et Dieu seul sait quoi d'autre. Pas étonnant qu'elle soit épuisée. Et à propos, Gard, où est-ce que Bobbi a appris à faire tout ça ? Dans les cours par correspondance de Mécanique Populaire ? *Alors, il a fallu qu'elle potasse ferme !*

Le sentiment de surprise qu'il avait d'abord éprouvé en découvrant cet atelier fou du sous-sol de Bobbi se transformait en malaise. Pas seulement parce que les outils trop parfaitement rangés et les notices collées par les quatre coins révélaient un comportement obsessionnel. Pas seulement non plus parce que Bobbi ne parvenait visiblement pas à distinguer les rénovations utiles des rénovations absurdes (*apparemment* absurdes, corrigea Gardener) — signe d'une névrose maniaco-dépressive.

Ce qui le terrifiait, c'était de penser — d'*essayer* de penser — à l'énorme énergie, à l'énergie *débordante* que Bobbi avait dû dépenser. Pour réaliser ne serait-ce que ce qu'il avait vu, il avait fallu que Bobbi brûle comme une torche. Il y avait les projets déjà réalisés, comme les rampes d'éclairage, et d'autres en voie de réalisation. Il y avait les voyages à Augusta pour rapporter tout l'équipement, la quincaillerie, les piles. *Plus la terre fraîche pour remplacer la vieille terre moisie, n'oublie pas.*

Qu'est-ce qui avait bien pu la pousser à faire tout ça ?

Gardener n'en savait rien, mais il n'aimait pas imaginer Bobbi ici, courant en tous sens, travaillant sur deux projets à la fois, ou cinq, ou dix. Il la voyait trop bien. Bobbi, les manches de sa chemise relevées, les trois boutons du haut défaits, des gouttes de sueur ruisselant entre ses petits seins, les cheveux tirés en une queue de cheval mal ficelée, les yeux brûlants, le visage pâle autour de taches rouges sur les pommettes. Bobbi ressemblant à une Mme Magicien d'Oz devenue folle, l'air de plus en plus hagard tandis qu'elle visse, boulonne, raccorde, transporte, monte sur son escabeau, renversée en arrière comme une danseuse, la sueur coulant sur son visage, le cou tendu pour accrocher les nouvelles lampes. Oh, et puis tant que tu y es, n'oublie pas Bobbi refaisant les branchements électriques et arrangeant le chauffe-eau.

Gardener toucha le réservoir cylindrique et retira précipitamment sa main. Il ne *semblait* pas différent, mais il l'était. Il était chaud comme l'enfer. Gard s'accroupit et ouvrit la trappe au bas du réservoir.

Et c'est alors que Gardener prit *réellement* son envol vers le bout du monde.

6

Avant, le chauffe-eau marchait au gaz. Les tuyaux de cuivre de faible diamètre qui amenaient le gaz au brûleur venaient de bonbonnes rangées derrière la maison. Le camion de Dead River Gas, à Derry, passait une fois par mois, et le livreur remplaçait les bonbonnes si nécessaire — ce qui était généralement le cas parce que le chauffe-eau était aussi gaspilleur qu'inefficace... deux défauts qui vont presque toujours de pair, quand on y réfléchit. Gard remarqua d'abord que les tuyaux de cuivre n'étaient plus reliés au réservoir. Ils pendaient derrière, inutiles, bouchés avec des linges.

Tonnerre de Dieu, comment est-ce qu'elle chauffe cette eau ? se demanda-t-il.

Puis il regarda par la trappe, et se retrouva totalement paralysé pendant quelques instants.

Son cerveau ne semblait pas spécialement embué, mais il éprouvait à nouveau cette sensation de flottement, cette impression de ne plus être branché où il fallait, d'avoir disjoncté. Ce vieux Gard s'envolait à nouveau, comme un ballon argenté d'enfant. Il savait qu'il avait peur, mais il ne s'en rendait pas vraiment compte, et cela n'avait que peu d'importance, comparé à la terreur de se sentir séparé de lui-même. *Non, Gard, Seigneur !* s'écria une voix suppliante tout au fond de lui.

Il se souvint d'être allé à la foire de Fryeburg, étant enfant, quand il avait à peine dix ans. Il était entré avec sa mère dans un labyrinthe où bon nombre des vitres avaient été remplacées par des miroirs déformants, et il s'était trouvé séparé d'elle. Pour la première fois il avait éprouvé cette impression curieuse d'être séparé de lui-même, de dériver, de monter dans les airs, loin, au-dessus de son corps matériel et de son esprit (cela existait-il ?) matériel. Il *voyait* sa mère, oh oui — cinq mères, une douzaine, une *centaine* de mères, certaines petites, certaines grandes, certaines grosses, certaines décharnées. Et en même temps il voyait cinq, douze, cent Jim. Parfois, l'un de ses reflets rejoignait l'un de ceux de sa mère, et Jim tendait la main, presque involontairement, s'attendant à trouver le pantalon maternel. Mais sa main ne se refermait que sur le vide... Ou se heurtait à un autre miroir.

Il avait longtemps tourné en rond, et il avait dû paniquer, mais il n'avait pas *ressenti* la panique, et pour autant qu'il s'en souvenait, personne ne s'était *comporté* comme s'il avait eu un moment de panique quand il retrouva finalement la sortie — après quinze minutes de tours et de détours, de retours sur ses pas et de collisions avec des parois en verre transparent. Les sourcils de sa mère s'étaient légèrement froncés, puis elle avait retrouvé sa sérénité. C'était tout. Mais il *avait* paniqué, tout comme en ce moment, en sentant son esprit prendre la clé des champs après avoir fait sauter les boulons qui le retenaient comme une machine qui se démantèle et dont les pièces flottent en état d'apesanteur.

Ça vient... et ça va. Attends, Gard. Attends que ça passe.

Il s'accroupit sur ses talons, le regard perdu dans la trappe ouverte à la base du chauffe-eau de Bobbi, et attendit que ça passe, comme il avait jadis attendu que ses pieds le conduisent vers la sortie de ce terrible labyrinthe de miroirs à la foire de Fryeburg.

Comme on avait retiré les tuyaux de gaz, il restait une cavité ronde à la base du réservoir. On l'avait remplie d'un incroyable enchevêtrement de fils — rouges, verts, bleus, jaunes. Au centre se trouvait une boîte à œufs en carton de HILLCREST FARMS, étiquetée : ŒUFS FRAIS, CATÉGORIE A. Dans chaque alvéole de la boîte à œufs reposait une pile alcaline de 1,5 volt, le pôle + au-dessus. Un petit bidule en forme d'entonnoir recouvrait chaque pile, et tous les fils semblaient partir de ces entonnoirs ou y arriver. En y regardant de plus près, dans un état qu'il ne ressentait pas vraiment comme de la panique, Gardener constata que sa première impression — que les fils étaient enchevêtrés — n'était pas plus vraie que sa première impression de l'établi de Bobbi — qu'il avait cru en désordre. Non, il y avait un ordre inhérent à la façon dont les fils sortaient de ces douze chapeaux chinois ou y rentraient — seulement deux pour certains, et jusqu'à six pour d'autres. Il perçut même un ordre dans la forme qu'ils adoptaient : un petit arc. Certains fils joignaient les entonnoirs recouvrant deux piles, mais la plupart étaient connectés à des plaques de circuits imprimés disposés sur les côtés du système de chauffe. Elles sortaient tout droit de jouets électroniques *Made in Korea*, supputa Gardener — trop de mauvaises soudures argentées sur une plaquette de fibres striée. Un bien étrange attirail à la Géo Trouvetout... mais ce conglomérat de composants hétéroclites fonctionnait. Oh oui. Il chauffait l'eau assez vite pour que la peau cloque !

Au centre du compartiment, juste au-dessus de la boîte à œufs, dans l'arche formée par les fils, luisait une brillante sphère de lumière, pas plus grosse qu'une bille, mais aussi lumineuse que le soleil.

Gardener avait instinctivement levé la main pour se protéger les yeux de la lueur cruelle qui sortait en une barre de lumière semblable à un bâton blanc et projetait son ombre loin derrière lui sur le sol de terre. Il ne pouvait regarder qu'en plissant les yeux pour réduire la fente entre ses paupières au minimum, puis en écartant un peu les doigts.

Aussi lumineux que le soleil.

Oui — sauf qu'au lieu d'être jaune, c'était d'un blanc bleuté éblouissant, comme un saphir. La lumière changeait légèrement de teinte et d'intensité, puis restait égale un moment avant de se remettre à changer, de façon cyclique.

Mais d'où vient la chaleur ? se demanda Gardener. Et ce faisant, il commença à reprendre ses esprits. *D'où vient la* chaleur ?

Il leva une main et la posa à nouveau sur le flanc doux et émaillé du réservoir d'eau mais seulement pour une seconde. Il la retira brusquement en repensant à la façon dont l'eau fumait en sortant du robinet de la salle de bains. Le réservoir était plein d'eau bouillante, plein au point que la vapeur aurait dû faire exploser le chauffe-eau dans la cave de Bobbi Anderson. Mais rien de tel n'arrivait, de toute évidence, et c'était un mystère... mais ce n'était qu'un mystère mineur comparé au fait qu'on ne sentait aucune chaleur sortant de la trappe, aucune. Gard aurait dû se brûler les doigts en touchant le petit bouton qu'il fallait tirer pour ouvrir la trappe, et quand elle était ouverte, ce soleil de la taille d'une bille aurait dû lui peler le visage. Alors ?

Lentement, en hésitant, Gardener tendit la main gauche vers l'ouverture, tout en gardant la droite plaquée sur ses yeux, les doigts à peine écartés, pour filtrer les rayons. Il tordit sa bouche, s'attendant à une brûlure.

Ses doigts entrèrent dans la trappe... et rencontrèrent comme une membrane qui cédait à la pression. Il se dit plus tard que cela ressemblait à un bas de nylon tendu — sauf qu'ici, on enfonçait un peu les doigts, mais l'élasticité s'arrêtait vite. Et les doigts ne parvenaient pas à passer à travers, comme ç'aurait été le cas pour un bas.

Mais il n'y avait ni bas ni membrane. Rien. Rien qu'il pût voir, en tout cas.

Il cessa d'appuyer et la membrane invisible repoussa doucement sa main hors de la trappe. Il regarda ses doigts et vit qu'ils tremblaient.

C'est un champ de forces. Un genre de champ de forces qui produit de la chaleur. Mon Dieu, je suis entré dans une histoire de science-fiction de Startling Stories. *Publiée vers 1947, j'imagine. Je me demande si j'apparais sur la couverture. Et si oui, qui m'a dessiné ? Virgil Finlay ? Hannes Bok ?*

Ses mains se mirent à trembler plus fort. Il tenta de saisir la petite porte, la rata, la retrouva, et la claqua, obturant le flot aveuglant de lumière blanche. Il abaissa lentement sa main droite, mais il voyait toujours le petit soleil, de même qu'on voit encore, comme en négatif, la lumière d'un flash après qu'il a lancé son éclair. A ceci près que Gardener voyait une grande main verte flottant dans les airs, avec entre les doigts une lueur d'un bleu d'ectoplasme.

L'image disparut. Pas les tremblements.

De sa vie, jamais Gardener n'avait autant voulu boire un verre.

7

Il le but dans la cuisine de Bobbi.

Elle ne buvait pas beaucoup, mais elle gardait toujours ce qu'elle appelait « une réserve de première nécessité » au fond d'un placard derrière les casseroles et les poêles : bouteilles de gin, de scotch, de bourbon, de vodka. Gardener sortit le bourbon — une mauvaise marque, mais un mendiant ne peut se permettre de cracher dans la soupe — s'en versa trois doigts dans un gobelet de plastique et l'avala.

Tu ferais mieux de faire gaffe, Gard. Tu tentes le diable.

Mais ce n'était pas le cas. Il aurait pourtant bien aimé prendre une cuite, mais le cyclone était parti souffler ailleurs... du moins pour l'instant. Il se versa trois autres doigts de bourbon, contempla le liquide un moment, puis en vida l'essentiel dans l'évier. Il rangea la bouteille et ajouta de l'eau et des glaçons dans son verre, convertissant la dynamite liquide en boisson civilisée.

Il se dit que le gamin sur la plage aurait été content.

Il se dit que le calme onirique qui l'avait entouré quand il était sorti du labyrinthe, et qu'il ressentait à nouveau, était une défense pour éviter de s'allonger par terre et de crier jusqu'à perdre conscience. Il aimait ce calme. Ce qui l'effrayait, c'était la vitesse avec laquelle son esprit s'était mis en marche pour essayer de le convaincre que rien de tout cela n'était vrai, qu'il avait eu des hallucinations. Aussi incroyable que cela paraisse, son cerveau lui suggérait que ce qu'il avait vu en ouvrant le capot à la base du chauffe-eau n'était qu'une ampoule électrique très brillante — de deux cents watts, disons.

Ce n'était pas une ampoule électrique, et ce n'était pas une hallucination. C'était quelque chose comme un soleil, très petit, et très brillant, flottant sous une arche de fils électriques, au-dessus d'une boîte à œufs garnie de piles de 1,5 volt. Maintenant, tu peux devenir fou si ça te chante, ou en appeler à Jésus, ou te soûler, mais tu as vu ce que tu as vu, et ne noie pas le poisson, d'accord ? D'accord.

Il alla voir Bobbi et constata qu'elle dormait toujours d'un sommeil de plomb. Gardener avait décidé de la réveiller à dix heures et demie si elle ne l'avait pas fait d'elle-même ; il regarda sa montre et fut stupéfait de constater qu'il était neuf heures vingt. Il était resté dans la cave beaucoup plus longtemps qu'il ne l'avait cru.

Penser à la cave fit renaître dans sa mémoire la vision surréaliste du soleil miniature suspendu sous son arche de fils, brillant comme une balle de tennis en feu... et penser à cette vision fit renaître la sensation déplaisante que son esprit se dédoublait. Il repoussa ces pensées. Il ne voulait pas s'envoler. Il fit un effort, se disant qu'il n'allait tout simplement plus y repenser jusqu'à ce que Bobbi se réveille et lui explique ce qui se passait.

Il regarda ses bras et vit qu'il transpirait.

8

Gardener prit son verre, sortit de la maison par la porte de derrière, et trouva d'autres traces de l'explosion presque surhumaine d'activité de Bobbi.

Le tracteur Tomcat trônait devant le hangar à gauche du jardin. Rien d'inhabituel : c'était généralement là qu'elle le laissait quand la météo disait qu'il ne pleuvrait pas. Mais même à six mètres de distance, Gardener voyait bien que Bobbi avait radicalement modifié le moteur du Tomcat.

Non. Ça suffit. Laisse tomber, Gard. Rentre chez toi.

Cette voix n'avait rien d'onirique ni de déconnecté. Elle était dure, bruissante de panique et de consternation inquiète. Pendant un moment, Gardener sentit qu'il était sur le point de céder... puis il se dit que ce serait la plus abominable trahison qui fût : envers Bobbi, envers lui-même. Il pensa à Bobbi qui, la veille, l'avait retenu de se tuer. Et en ne se tuant pas, il pensait qu'il avait évité qu'elle aussi ne se tue. Un proverbe chinois dit : « Si tu sauves une vie, tu es responsable d'elle. » Mais si Bobbi avait besoin d'aide, comment pouvait-il la lui apporter ? Pour trouver ce moyen, ne fallait-il pas d'abord qu'il tente de découvrir ce qui se passait ici ?

(Mais tu sais qui a fait tout le travail, n'est-ce pas, Gard ?)

Il avala d'un trait la fin de son breuvage, posa le verre sur la dernière marche du perron et s'approcha du Tomcat. Il eut à peine conscience du chant des criquets dans les hautes herbes. Il n'était pas soûl, pas même éméché, pour autant qu'il puisse en juger ; l'alcool semblait être passé totalement à côté de son système nerveux. Raté, comme disent les artilleurs.

(Peut-être les lutins qui toc, tac, toc, tappeti-tap, réparent les chaussures pendant que le cordonnier dort.)

Mais Bobbi n'avait pas dormi. Bobbi avait été poussée à travailler jusqu'à ce qu'elle tombe — littéralement — dans les bras de Gardener.

(Toc-toc frappe frappe encore toc-tac-toc tard la nuit dernière et celle d'avant toc-toc à la porte les Tommyknockers les Tommyknockers les esprits frappeurs.)

Devant le Tomcat, regardant sous le capot ouvert, Gardener ne se contenta pas de frissonner : il trembla comme un homme qui meurt de froid, ses dents mordant sa lèvre inférieure, le visage blanc, les tempes et le front couverts de sueur.

(Ils ont réparé chauffe-eau et tracteur, ils savent faire tout ça, les Tommyknockers.)

Le Tomcat était un petit véhicule de travail agricole qui se serait montré presque inutile sur une grande propriété où on aurait vraiment exploité la terre. Il était un peu plus grand qu'une tondeuse à siège, plus petit que le plus petit tracteur jamais fabriqué par John Deere ou Farmall, mais exactement de la bonne taille pour quelqu'un qui avait un jardin un peu trop grand pour qu'on le qualifie de jardin de curé, et c'était le cas du jardin de Bobbi. Sur moins d'un hectare, elle cultivait des haricots, des concombres, des petits pois, du maïs, des radis et des pommes de terre. Pas de carottes, ni de choux, ni de courgettes, ni de citrouilles. « Je ne fais pas pousser ce que je n'aime pas, avait-elle dit un jour à Gardener. La vie est trop courte. »

Le Tomcat avait tous les talents, et ça valait mieux pour lui. Même un gentleman-farmer aisé aurait eu du mal à justifier l'achat d'un mini-tracteur de 2 500 dollars pour un jardin de moins d'un hectare. Selon les accessoires dont on l'équipait, il pouvait labourer, tondre l'herbe, moissonner, tracter sur tout terrain (elle l'utilisait pour tirer ses troncs d'arbres à l'automne et, à la connaissance de Gardener, elle ne s'était retrouvée coincée qu'une fois), et en hiver, elle y fixait un système de chasse-neige et dégageait son chemin en une demi-heure. Il possédait un robuste moteur à quatre temps.

Avant, en tout cas.

Le moteur était toujours là, mais il avait été retapé avec les gadgets et les ustensiles les plus invraisemblables. Gardener se surprit à penser au carillon-poste-de-radio qu'il avait trouvé sur la table dans le sous-sol de Bobbi, et à se demander si Bobbi avait l'intention de le placer bientôt sur le Tomcat... C'était peut-être un radar ! Il laissa échapper un éclat de rire, un seul, et qui ressemblait plutôt à un aboiement sauvage.

Un pot de mayonnaise sortait d'un des côtés du moteur. Rempli d'un liquide trop incolore pour être de l'essence, il était fixé par une attache de cuivre boulonnée sur la culasse du moteur. Sur le capot saillait un équipement qui aurait semblé davantage à sa place sur une Chevrolet Nova ou Super-Sport : la prise d'air d'un compresseur.

Le modeste carburateur avait été remplacé par un monstre à quatre corps. Pour lui faire de la place, Bobbi avait dû pratiquer une découpe dans le capot.

Et il y avait des fils, des fils partout, qui sortaient et rentraient, montaient et descendaient en ondulant, raccordés de façon totalement absurde... du moins en l'état des connaissances de Gardener.

Il contempla le tableau de bord rudimentaire du Tomcat et il allait détourner son regard quand... ses yeux s'agrandirent et se fixèrent.

Le Tomcat possédait un levier de changement de vitesse, et les positions des différentes vitesses étaient schématisées sur une plaque de métal rivée au tableau de bord, au-dessus de la jauge de pression d'huile. Gardener connaissait bien cette plaque; au fil des années, il avait assez souvent conduit le Tomcat. Avant, le schéma se présentait ainsi :

$$
\begin{array}{ccc}
1 & & 3 \\
& & 4 \\
2 & & AR
\end{array}
$$

Maintenant, une nouvelle mention y figurait, une mention assez simple pour être terrifiante :

$$
\begin{array}{ccl}
1 & 3 & \text{HAUT} \\
& 4 \longrightarrow\!\!\uparrow \\
2 & AR &
\end{array}
$$

Tu n'y crois pas, hein ?

Je ne sais pas.

Allons, Gard... des tracteurs volants ? lâche-moi un peu !

Elle a un soleil miniature dans son chauffe-eau.

Quelle connerie ! Moi, je dis que ça peut tout aussi bien être une ampoule électrique, une ampoule de très forte puissance, de deux cents watts...

Ce n'était *pas* une ampoule électrique !

Très bien, d'accord, calme-toi. C'est seulement que ça ressemble à une pub pour une vraie entourloupe extraterrestre, c'est tout. « Tu croiras aux tracteurs volants. »

Ta gueule.

Ou « John Deere, téléphone à la maison ». Ça te plaît ?

Il était de nouveau dans la cuisine de Bobbi, regardant avec convoitise le placard aux alcools. Il détourna les yeux — ce qui ne s'avéra pas facile parce qu'il avait l'impression qu'ils s'étaient alourdis — et regagna le salon. Il vit que Bobbi avait bougé et que sa respiration était un peu plus rapide. Premiers signes du réveil. Gardener regarda sa montre; il était presque dix heures. Il s'approcha de la bibliothèque à côté du bureau de Bobbi, cherchant quelque chose à lire en attendant qu'elle se réveille, quelque chose qui le distrairait de tout ça pour un moment.

Ce qu'il trouva sur le bureau de Bobbi, à côté de la vieille machine à écrire déglinguée, lui infligea le choc le plus brutal de tous. Un choc suffisant en tout cas pour qu'il ne remarque qu'à peine un autre changement : un rouleau de papier de listing pour ordinateur était suspendu au mur, comme un rouleau géant de papier torchon, derrière le bureau et la machine à écrire.

9

LES SOLDATS DES BISONS

un roman
de Roberta Anderson

Gardener souleva la première feuille et la retourna, le recto contre la table. Il lut alors sur le second feuillet son nom — ou plutôt son surnom, que seuls Bobbi et lui utilisaient.

> *Pour Gard,*
> *qui est toujours là quand j'ai besoin de lui.*

Un nouveau frisson le parcourut. Il retourna la deuxième feuille sur la première.

I

En ce temps-là, juste avant que le Kansas ne se mette à saigner, on trouvait encore beaucoup de bisons dans la plaine, suffisamment en tout cas pour que les pauvres, les Blancs comme les Indiens, soient enterrés dans une peau de bison plutôt que dans un cercueil.

*« Quand t'as goûté la viande de bison, tu veux jamais revenir à la vache »,
et les hommes de l'époque devaient croire ce qu'ils disaient, parce que les chasseurs des plaines, ces soldats des bisons, semblaient vivre dans un monde de fantômes poilus et bossus. Ils portaient partout sur eux la marque du bison, l'odeur du bison — l'odeur, oui, parce que beaucoup d'entre eux s'enduisaient le cou, le visage et les mains de graisse de bison pour éviter que le soleil de la prairie ne les brûle. Ils portaient des dents de bison en collier et parfois à l'oreille ; leur pantalon était en peau de bison, et plus d'un de ces nomades conservait un pénis de bison comme porte-bonheur ou comme garant de sa virilité.*

Fantômes eux-mêmes, ils suivaient les troupeaux qui, tels les épais nuages couvrant la prairie de leur ombre, traversaient les vastes étendues d'herbe rase ; les nuages sont toujours là, mais les grands troupeaux ont disparu... de même que les soldats des bisons, ces fous des grandes étendues qui n'avaient encore jamais connu de clôtures, ces hommes aux pieds chaussés de mocassins de peau de bison et portant autour du cou des os qui cliquetaient, ces fantômes hors du temps, hors d'un lieu qui existait juste avant que tout le pays ne se mette à saigner.

Tard dans l'après-midi du 24 août 1848, Robert Howell, qui devait mourir à Gettysburg un peu moins de quinze ans plus tard, dressa son bivouac près d'un petit ruisseau perdu dans la « queue de poêle » du Nebraska, dans cette région sinistre connue sous le nom de Pays de la Colline de Sable. Le ruisseau n'était pas grand, mais l'eau en semblait assez fraîche...

Gardener, complètement absorbé par sa lecture, arrivait à la quarantième page quand il entendit Bobbi Anderson appeler d'une voix endormie :

« Gard ? Gard, tu es toujours là ?

— Je suis là, Bobbi », dit-il.

Il se leva, redoutant ce qui allait arriver maintenant, à moitié persuadé déjà qu'il était devenu fou. Il ne pouvait en être autrement. Il ne pouvait y avoir de petit soleil au bas du chauffe-eau de Bobbi. Ni, sur son Tomcat, une nouvelle plaque de changement de vitesse semblant indiquer le geste à faire pour entrer en lévitation... Mais il aurait été plus facile pour lui de croire à l'une quelconque de ces choses plutôt que d'admettre que les trois semaines écoulées depuis sa dernière visite avaient suffi à Bobbi pour écrire un roman de quatre cents pages intitulé *Les Soldats des bisons* — un roman qui se trouvait être, soit dit en passant, le meilleur qu'elle ait jamais écrit. Impossible, oui. Plus facile — moins fou, nom de Dieu ! — de croire qu'il était devenu cinglé, et en rester là.

Si seulement il le pouvait.

9.

ROBERTA ANDERSON RACONTE UNE LONGUE HISTOIRE

1

Bobbi se leva lentement du divan, grimaçant comme une vieille femme.

« Bobbi..., commença Gardener.

— Bon sang, j'ai mal partout, dit Roberta. Et il faut que je change ma... passons. J'ai dormi combien de temps ?

— Quatorze heures, je crois, répondit Gardener après avoir consulté sa montre. Un peu plus. Bobbi, ton nouveau livre...

— Ouais. Attends que je revienne, j'en ai pour une minute. »

Elle traversa lentement la pièce pour gagner la salle de bains tout en déboutonnant la chemise dans laquelle elle avait dormi. Gardener put donc bien voir — mieux qu'il ne l'aurait souhaité, en fait — combien Bobbi avait maigri. Ça dépassait la maigreur. Elle était carrément squelettique.

Elle s'arrêta, comme si elle s'était rendu compte que Gardener la regardait. Sans se retourner, elle dit :

« Je peux tout expliquer, tu sais.

— Vraiment ? » demanda Gardener.

2

Bobbi resta longtemps dans la salle de bains, beaucoup plus longtemps qu'elle n'aurait dû pour aller aux toilettes et changer sa serviette — Gardener était presque certain que c'était ce qu'elle voulait faire : elle avait la tête désolée-j'ai-mes-règles. Il prêta l'oreille pour entendre la douche, mais elle ne coulait pas, et l'inquiétude le gagna. Bobbi lui avait semblé parfaitement lucide quand elle s'était réveillée, mais cela voulait-il nécessairement dire qu'elle l'*était* ? Gardener eut la vision désagréable de Bobbi sortant par la fenêtre de la salle de bains et s'enfuyant vers les bois, vêtue seulement de son blue-jean et jacassant comme une folle.

Il posa sa main droite sur le côté gauche de son front, à l'endroit de sa cicatrice. Sa tête s'était remise à battre un peu. Il attendit une ou deux minutes de plus, puis se leva et se dirigea vers la salle de bains, d'une démarche rendue silencieuse par des efforts pas vraiment inconscients. A l'image de Bobbi s'échappant par la fenêtre de la salle de bains pour éviter les explications avait succédé celle de Bobbi se tranchant calmement la gorge avec l'une des lames de rasoir de Gard afin encore d'éviter les explications, mais de façon définitive.

Il décida qu'il ne ferait qu'écouter. S'il entendait des bruits normaux, il irait à la cuisine pour préparer du café et peut-être quelques œufs brouillés. S'il n'entendait rien...

Ses craintes n'étaient pas fondées. La porte de la salle de bains ne s'était pas bien fermée : quelles que fussent les améliorations apportées au reste de la maison, les portes de Bobbi qui fermaient mal restaient fidèles à leur bonne vieille habitude de se rouvrir. Il faudrait probablement que Bobbi refasse tout le côté nord de la maison pour remédier à ça. *C'est peut-être son projet pour la semaine prochaine,* se dit-il.

La porte s'était rouverte assez largement pour qu'il puisse voir Bobbi debout devant le miroir où il s'était lui-même regardé pas si longtemps auparavant. Elle tenait sa brosse à dents d'une main et un tube de dentifrice de l'autre, mais elle n'avait pas encore débouché le tube. Elle regardait dans le miroir avec une intensité presque hypnotique. Elle avait retroussé ses lèvres, découvrant toutes ses dents.

Elle surprit un mouvement dans le miroir et se retourna, sans faire d'effort particulier pour dissimuler sa poitrine amaigrie.

« Gard, est-ce que tu trouves que mes dents sont normales ? »

Gardener les regarda. Elles lui semblaient telles qu'elles avaient toujours été, même s'il ne se souvenait pas d'en avoir jamais vu autant — ce qui lui rappela cette terrible photo de Karen Carpenter.

« Bien sûr. »

Il s'efforçait de ne pas regarder les côtes saillantes de Bobbi ni les os de son bassin qui pointaient au-dessus de son jean — jean qui tombait en dépit d'une ceinture tellement serrée qu'on aurait dit un pantalon de vagabond, trop large, retenu par une ficelle.

« Je crois, ajouta-t-il. " Regarde maman, je n'ai pas de caries ! " » singea-t-il en souriant.

Bobbi essaya de lui rendre son sourire, mais avec ses lèvres tirées jusqu'aux gencives, le résultat de l'expérience fut assez grotesque. Elle posa un doigt sur une molaire et appuya :

« Eheu a hou an eu hé a ?

— Pardon ?

— Est-ce que ça bouge quand je fais ça ?

— Non. Pour autant que je puisse voir. Pourquoi ?

— C'est à cause de ce rêve que je fais tout le temps. Je... »

Elle se regarda.

« Sors d'ici, Gard, je suis déshabillée. »

Ne t'en fais pas, Bobbi, je n'avais pas l'intention de te sauter dessus. J'aurais trop peur de me faire des bleus, ha ! ha !

« Désolé, dit-il. La porte était ouverte. J'ai pensé que tu étais sortie. »

Il ferma la porte, tirant d'un coup ferme pour s'assurer que le pêne était bien enclenché.

D'une voix claire, Bobbi lui déclara à travers la porte :

« Je sais ce qui te préoccupe. »

Il ne répondit rien et resta planté là. Mais il eut l'impression qu'elle savait — *savait* — qu'il était toujours là. Comme si elle avait pu voir à travers la porte.

« Tu te demandes si je perds la raison.

— Non. Non, Bobbi, mais...

— Je suis aussi saine d'esprit que toi, déclara-t-elle. Je suis tellement raide que je peux à peine marcher et j'ai un bandage autour du genou droit et je ne me souviens plus pourquoi et j'ai une faim de loup et j'ai trop maigri... mais je ne suis pas folle, Gard. Je crois qu'avant ce soir, il se pourrait que tu te demandes par moments si tu n'es pas fou. Mais je connais la réponse : nous ne le sommes ni l'un ni l'autre.

— Bobbi, qu'est-ce qui se passe, ici ? l'interrogea Gardener d'une voix qui ressemblait plutôt à un cri d'impuissance.

— Je veux enlever ce foutu bandage et voir ce qu'il y a dessous, dit Bobbi à travers la porte. Il me semble que je me suis bien arrangée. Dans les bois, probablement. Après, je veux prendre une douche bien chaude et enfiler des vêtements propres. Pendant ce temps, tu pourrais nous faire un bon petit déjeuner, et je te raconterai tout.

— Vraiment ?

— Oui.

— D'accord, Bobbi.

— Je suis contente que tu sois là, Gard. J'ai eu un mauvais pressentiment une fois ou deux. J'avais l'impression que tu n'allais pas bien. »

Gardener sentit sa vision se dédoubler, éclater, avant de s'éparpiller en prismes de kaléidoscope. Il passa un bras sur son visage.

« La mer est calme, le ciel est bleu, dit-il. Je vais faire le déjeuner.

— Merci, Gard. »

Il s'éloigna, mais il dut marcher lentement, parce qu'il avait beau se frotter les yeux, sa vision tentait sans cesse de voler en mille morceaux.

3

Il s'arrêta brusquement au seuil de la cuisine et retourna vers la salle de bains. Maintenant, l'eau coulait.

« Où est Peter ?

— *Quoi ?* cria Bobbi dans le vacarme de la douche.

— *Je te demande où est Peter ?*

— Il est mort. J'ai pleuré, Gard. Mais il était... tu sais...

— Vieux, murmura Gardener avant de se souvenir qu'il lui fallait élever la voix pour qu'elle l'entende malgré la douche. Il est mort de vieillesse, alors ?
— Oui. »
Gardener resta planté là un moment avant de retourner à la cuisine, se demandant pourquoi il croyait que Bobbi mentait au sujet de Peter et de la façon dont il était mort.

4

Gard prépara des œufs brouillés et du bacon grillé. Il remarqua un four à micro-ondes installé sur le four ordinaire, et de nouvelles rampes d'éclairage au-dessus des plans de travail et de la table où Bobbi avait l'habitude de prendre la plupart de ses repas, en tenant généralement un livre dans sa main libre.
Il fit du café, fort et noir, et il apportait le tout sur la table quand Bobbi arriva, vêtue d'un pantalon de velours propre et d'un T-shirt orné du dessin d'une monstrueuse simulie noire au-dessus de la légende : L'OISEAU DU MAINE. Ses cheveux mouillés étaient enveloppés d'une serviette.
Bobbi inventoria du regard ce qui se trouvait sur la table.
« Pas de toasts ? demanda-t-elle.
— Rôtis-les toi-même, tes foutus toasts, dit aimablement Gardener. Je n'ai pas fait trois cents bornes en stop pour te préparer ton petit déjeuner.
— Tu as fait *quoi* ? demanda Bobbi en arrondissant les yeux. Hier ? Sous la pluie ?
— Ouais.
— Mais, nom de Dieu, qu'est-ce qui t'est arrivé ? Muriel m'a dit que tu étais en tournée et que tu donnais ta dernière lecture le 30 juin.
— Tu as appelé Muriel ? Quand ? »
Il était bêtement ému. Bobbi claqua des doigts comme si ça n'avait pas d'importance, ce qui était probablement vrai.
« Qu'est-ce qui t'est arrivé ? » insista-t-elle.
Il pensa le lui dire. Il s'aperçut même avec horreur qu'il *voulait* le lui dire. Mais est-ce qu'elle n'était bonne qu'à ça ? Est-ce que Bobbi Anderson ne valait pas plus que la digue sur laquelle il s'était échoué ? Il hésita, il voulait le lui dire... mais il résista. Il pourrait le faire plus tard.
Peut-être.
« Plus tard, dit-il. Je veux savoir ce qui se passe ici.
— D'abord, on déjeune. Et c'est un ordre ! »

5

Gard donna à Bobbi l'essentiel des œufs et du bacon, et Bobbi ne perdit pas de temps : elle se jeta dessus comme une femme qui est restée sans bien manger pendant longtemps. En la regardant dévorer, Gardener se souvint de la biographie de Thomas Edison qu'il avait lue quand il était très jeune — dix ou onze ans. Edison fonctionnait par crises de travail pendant lesquelles les idées fusaient les unes après les autres, les inventions se succédaient. Pendant ces crises, il négligeait femme, enfants, toilette et même nourriture. Si sa femme ne lui avait pas apporté ses repas sur un plateau, il aurait tout aussi bien pu se laisser mourir de faim entre l'invention de l'ampoule électrique et celle du phonographe. Une image le montrait, les mains plongées dans sa tignasse hirsute, comme s'il voulait atteindre son cerveau à travers les cheveux et le crâne, ce cerveau qui ne le laissait pas en paix — et Gardener se souvint d'avoir pensé que cet homme avait l'air fou.

Et puis, se dit-il en touchant le côté de son front, Edison souffrait de migraines. De migraines et de profondes dépressions.

Bobbi ne montrait pourtant aucun signe de dépression. Elle engloutit les œufs, mangea sept ou huit tranches de bacon coincées entre des toasts tartinés de margarine et avala deux grands verres de jus d'orange. Quand elle eut fini, elle émit un rot sonore.

« Que tu es mal élevée, Bobbi !

— En Chine, on rote pour féliciter la cuisinière.

— Et qu'est-ce qu'on fait quand on a bien baisé ? On pète ? »

Bobbi rejeta la tête en arrière et éclata de rire. La serviette tomba de ses cheveux, et d'un seul coup, Gard eut envie de l'emmener au lit, sac d'os ou pas.

Avec un petit sourire, Gardener dit :

« D'accord, c'était bon. Merci. Un de ces dimanches, je te ferai des œufs Bénédict terribles. Maintenant, vas-y. »

Bobbi tendit le bras derrière lui et attrapa un paquet de Camel à moitié plein. Elle alluma une cigarette et poussa le paquet vers Gardener.

« Non, merci. C'est la seule de mes mauvaises habitudes que j'aie presque réussi à éliminer. »

Mais avant que Bobbi n'ait fini, Gardener en avait fumé quatre.

6

« Tu as regardé autour de toi, dit Roberta. Je me souviens — à peine — de t'avoir dit de le faire, mais je sais que tu l'as fait. Tu as la tête que j'avais quand j'ai trouvé la chose dans le bois.

— Quelle chose ?

— Si je te le disais maintenant, tu penserais que je suis folle. Plus tard, je te montrerai ; mais pour le moment, je crois que nous ferions mieux de parler. Dis-moi ce que tu as vu ici. Quels changements ? »

Gardener les énuméra : la rénovation de la cave, les projets, le drôle de petit soleil dans le chauffe-eau. L'étrange transformation du moteur du Tomcat. Il hésita un moment en pensant à la modification du schéma des vitesses, mais il décida de laisser cela pour le moment. Il se dit que, de toute façon, Bobbi savait qu'il avait vu la plaque.

« Et au milieu de tout ça, dit-il, tu as trouvé le temps d'écrire un autre livre. Un livre très long. J'en ai lu les quarante premières pages pendant que j'attendais que tu te réveilles, et je crois que c'est aussi bon que long. Probablement le meilleur roman que tu aies jamais écrit... et tu en as écrit de bons.

— Merci, dit Roberta en hochant la tête avec satisfaction. Je crois aussi que c'est bien. Tu la veux ? demanda-t-elle en montrant la dernière tranche de bacon.

— Non.

— Tu es sûr ?

— Oui. »

Elle la prit et l'avala.

« Ça t'a pris combien de temps pour l'écrire ?

— Je n'en suis pas absolument certaine, mais peut-être trois jours. Pas plus d'une semaine, en tout cas. J'en ai fait l'essentiel en dormant. »

Gardener sourit.

« Je ne blague pas, tu sais », dit-elle en souriant aussi.

Gardener cessa de sourire.

« Ma perception du temps est complètement déréglée, admit-elle. Je sais que je n'y travaillais pas encore le 27. C'est le dernier jour où je percevais encore très clairement l'écoulement du temps. Tu es arrivé ici la nuit dernière, le 4 Juillet, et c'était fini. Alors... une semaine au maximum. Mais je ne crois vraiment pas que ça m'ait pris plus de trois jours. »

Gardener restait bouche bée. Bobbi le regardait calmement. Elle essuyait ses doigts sur une serviette.

« Bobbi, c'est impossible, finit-il par dire.

— Si tu crois ça, c'est que tu n'as pas bien regardé ma machine à écrire. »

Gardener n'avait jeté qu'un coup d'œil à la machine de Bobbi quand il s'était assis, parce que son attention s'était immédiatement fixée sur le manuscrit. Il avait vu mille fois la vieille Underwood noire. Le manuscrit, en revanche, était tout nouveau.

« Si tu l'avais regardée, tu aurais vu le rouleau de papier de listing accroché au mur, et encore un de ces gadgets derrière. Boîte à œufs, piles longue durée, etc. Quoi ? Tu veux ça ? »

Elle poussa les cigarettes vers Gardener, qui en prit une.

« Je ne sais pas comment ça fonctionne, mais en fait, je ne sais pas comment rien de tout ça fonctionne — y compris le truc qui fournit *tout* le jus ici. »

Elle sourit devant l'expression d'incrédulité qui se peignait sur le visage de Gardener.

« J'ai décroché de la mamelle de Central Maine Power, Gard. Je leur ai fait suspendre la fourniture d'électricité... c'est comme ça qu'ils disent, comme s'ils savaient parfaitement que tu y reviendras avant longtemps... voyons... il y a quatre jours. Ça, je m'en souviens.

— Bobbi...

— Dehors, dans la boîte de raccordement, il y a un bidule comme celui de mon chauffe-eau et celui de ma machine à écrire, mais celui-là, c'est le grand-père de tous les autres, dit-elle avec le rire d'une femme évoquant un plaisant souvenir. Il y a vingt ou trente piles dedans. Je pense que Poly Andrews, au supermarché Cooder, doit croire que je suis cinglée : j'ai acheté toutes les piles de son stock, et ensuite je suis allée jusqu'à Augusta pour en avoir davantage... Est-ce que c'est le jour où j'ai eu la terre pour la cave? se demanda-t-elle en fronçant les sourcils. Je crois, ouais, dit-elle en retrouvant un visage serein. La Fameuse Course aux Piles de 1988. J'ai fait sept magasins différents et je suis revenue avec des centaines de piles, et puis je me suis arrêtée à Albion et j'ai pris un chargement de terreau pour la cave. Je suis presque sûre que j'ai fait les deux le même jour. »

Son front se plissa de nouveau, et Gardener crut un instant que Bobbi était aussi effrayée et épuisée que la veille. Naturellement, elle était encore épuisée. Le type d'épuisement qui l'avait conduite à s'effondrer dans les bras de Gardener pénétrait jusqu'à la moelle des os. Une seule nuit de sommeil, même long et profond, ne pouvait l'effacer. Et puis il y avait ce discours fou, hallucinatoire : le livre écrit dans son sommeil, tout le courant de la maison venant de piles, l'équipée à Augusta...

Mais les preuves étaient là, tout autour de lui. Il les avait *vues*.

« ... Ah, celui-là! dit Roberta en riant.

— Quoi, Bobbi?

— .Je disais que j'ai eu un mal de chien à monter le machin qui produit le courant pour la maison, et aussi pour les fouilles.

— Quelles fouilles? La chose dans le bois que tu veux me montrer?

— Oui. Bientôt. Donne-moi encore quelques minutes. »

Le visage de Bobbi refléta à nouveau le plaisir de raconter, et Gardener songea soudain que ce devait être l'expression de ceux qui non seulement *veulent* raconter une histoire, mais *doivent* la raconter — comme le conférencier qui a participé à une expédition dans l'Antarctique en 1937 et vous barbe avec ses diapositives délavées, comme Ishmaël le Marin, ancien du malheureux *Pequod*, terminant son récit par une phrase qui ressemble plutôt à un cri désespéré à peine déguisé en information : « Et il ne reste que moi qui puisse encore vous le raconter. » Était-ce du désespoir et de la folie qu'il fallait déceler sous les souvenirs joyeux et chaotiques des Dix Jours qui Ébranlèrent Haven? Gardener le pensait... le *savait*. Qui mieux que lui eût pu détecter les signes révélateurs? Quoi que Bobbi ait pu vivre ici tandis que Gardener lisait ses poèmes à des matrones informes et à leurs maris somnolents, cela avait bien failli la rendre folle.

Bobbi prit une autre cigarette d'une main un peu tremblante qui fit un instant clignoter la flamme de l'allumette. Tremblement imperceptible, que Gard n'avait remarqué que parce qu'il s'y attendait.

« Je n'avais pas de cartons à œufs sous la main, et de toute façon, les piles que je devais placer étaient trop nombreuses pour tenir dans un ou deux cartons. Alors je suis montée chercher un des coffrets à cigares d'oncle Frank, il doit y en avoir une douzaine, en bois, dans le grenier — même Mabel Noyes, au Bazar de Haven, m'en donnerait probablement quelques dollars, et tu sais quel vautour elle est — et j'ai bourré le coffret de papier hygiénique pour faire des niches où les piles tiendraient debout. Tu sais... des niches ? »

Bobbi fit un geste rapide de son index droit et regarda Gard, les yeux brillants, pour voir s'il comprenait. Gard acquiesça. Le sentiment d'irréalité revenait, cette impression que son esprit allait s'éjecter de son crâne et flotter jusqu'au plafond. *Une cuite arrangerait tout,* se dit-il, et les pulsations s'amplifièrent dans sa tête.

« Mais les piles n'arrêtaient pas de tomber, continua-t-elle en écrasant sa cigarette avant d'en allumer immédiatement une autre. Ils étaient surexcités, complètement surexcités. Et moi aussi. Alors j'ai eu une idée. »

Ils ?

« Je suis allée chez Chip McCausland, tu sais sur Dugout Road ? »

Gardener hocha la tête. Il n'était jamais allé sur Dugout Road.

« Eh bien, il vit là-bas avec cette femme — sa concubine, je crois — et environ dix gosses. Si tu voyais ça ! La crasse autour de son cou, Gard... Pour la nettoyer, il faudrait un marteau et un burin. Je crois qu'il était marié avant, et... ça n'a pas d'importance... c'est seulement que... je n'avais personne à qui parler... Je veux dire... *ils* ne parlent pas, pas comme des personnes normales, et je n'arrête pas de mélanger ce qui est important et ce qui ne l'est pas. »

Les mots s'étaient mis à jaillir de plus en plus vite de la bouche de Bobbi, et maintenant, ils se bousculaient presque. *Elle s'emballe,* se dit Gardener un peu inquiet, *et elle ne va pas tarder soit à crier, soit à pleurer.* Il ne savait ce qu'il redoutait le plus, et repensa à Ishmaël, Ishmaël déambulant dans les rues de Bedford, Massachusetts, puant plus la folie que l'huile de baleine, accrochant finalement un malheureux passant et criant : *Écoutez ! Il ne reste que moi pour vous raconter, alors vous feriez mieux d'écouter, bon Dieu ! Vous feriez mieux d'écouter si vous ne voulez pas utiliser ce harpon comme suppositoire ! J'ai une histoire à raconter, c'est à propos de cette nom de Dieu de baleine blanche et VOUS ALLEZ ÉCOUTER !*

Il posa sa main sur la sienne, de l'autre côté de la table.

« Tu me racontes tout comme tu en as envie. Je suis ici, et je t'écoute. J'ai tout le temps ; comme tu l'as dit, c'est ton jour de congé. Alors ralentis un peu. Si je m'endors, c'est que tu te seras trop écartée du sujet, d'accord ? »

Bobbi sourit et se détendit. Gardener aurait voulu lui demander à nouveau ce qui passait dans le bois. Plus encore, il aurait voulu savoir qui *ils* étaient. Mais il valait mieux attendre. *Tout vient à point à qui sait attendre,* se dit-il, *surtout les mauvaises nouvelles.* Après avoir observé une pause pour se ressaisir, Bobbi continua :

« Je te racontais ça parce que Chip McCausland a trois ou quatre poulaillers. Pour quelques dollars, il m'a donné autant de cartons à œufs que je voulais, et même quelques-uns de ces grands plateaux pour dix douzaines d'œufs. »

Bobbi rit joyeusement et ajouta quelque chose qui donna la chair de poule à Gardener :

« Je n'en ai pas encore utilisé, mais quand je le ferai, je crois qu'on aura assez de courant pour que tout Haven décroche de la mamelle de Central Maine Power ! Et du rabiot pour Albion et Troie ! Bon, alors — je m'égare encore — j'ai donc eu le courant ici, et j'avais déjà le bidule pour la machine à écrire, et j'ai vraiment dormi — enfin, j'ai somnolé en tout cas — et c'est à peu près là qu'on en est, non ? »

Gardener approuva, toujours aux prises avec l'idée que les faits se mêlaient aux hallucinations quand Bobbi déclarait calmement qu'elle pourrait bricoler un « bidule » capable de fournir assez de courant pour trois villages à partir d'une source d'énergie composée de cent vingt piles de 9 volts

« La machine à écrire, justement, ça... »

Bobbi fronça les sourcils et pencha un peu la tête, comme si elle écoutait une voix que Gardener ne pouvait entendre.

« ... Ce serait peut-être plus facile si je te montrais comment ça marche. Vas-y, et engage une feuille sur le chariot, tu veux bien ?

— D'accord. »

Il se dirigea vers la porte qui menait au salon, puis se retourna vers Bobbi.

« Tu ne viens pas ?

— Je reste ici », répondit Bobbi en souriant.

C'est alors que Gardener saisit. Il comprit même à un niveau mental où seule la pure logique permettait qu'il en soit ainsi — l'immortel Sherlock Holmes lui-même n'avait-il pas dit que, lorsqu'on élimine l'impossible, il faut croire à ce qui reste, aussi improbable que ce soit ? Et il y avait bien un nouveau roman sur la table, près de ce que Bobbi appelait parfois son accordéon à mots.

Ouais, sauf que les machines à écrire n'écrivent pas de livres toutes seules, mon vieux Gard. Tu sais ce que dirait probablement l'immortel Holmes ? Que le fait qu'il y ait un roman près de la machine à écrire de Bobbi, et le fait, de surcroît, que tu n'aies jamais vu ce roman auparavant, n'implique pas que ce soit un écrit récent. Holmes dirait que Bobbi a écrit ce livre il y a quelque temps. Et puis, pendant ton absence, quand elle perdait la boule, elle l'a sorti et l'a posé près de la machine à écrire. Il est possible qu'elle croie ce qu'elle te raconte, mais ça ne veut pas dire que ce soit vrai.

Gardener gagna le coin encombré de la salle de séjour où Bobbi avait installé son bureau d'écrivain, assez près de la bibliothèque pour qu'elle n'ait qu'à se balancer sur deux pieds de sa chaise pour attraper presque n'importe lequel de ses livres. *C'est trop bon pour sortir d'une vieille malle.*

Il savait aussi ce que l'immortel Holmes dirait de *ça* : il admettrait que l'hypothèse selon laquelle *Les Soldats des bisons* auraient été exhumés d'une malle était hautement *improbable* ; il déclarerait pourtant qu'écrire un roman en trois jours — et pas à la machine à écrire, mais pendant qu'on fait la sieste entre deux accès d'activité frénétique — était totalement *impossible*. Nom de Dieu !

Sauf que ce roman n'était sorti d'aucune malle. Gardener le savait, parce qu'il connaissait *Bobbi*. Bobbi aurait été tout aussi incapable de garder un aussi bon roman dans une malle que Gard de rester calme dans une discussion portant sur l'énergie nucléaire.

Va te faire foutre, Sherlock, et le joli fiacre dans lequel vous vous promeniez avec le Dr W... Bon Dieu, j'ai tellement envie d'un verre !

L'envie — le *besoin* — d'un verre était revenu avec une force effrayante.

« Tu y es, Gard ? demanda Bobbi.

— Oui. »

Cette fois, il enregistra vraiment la présence du rouleau de papier qui pendouillait au mur. Il regarda derrière la machine à écrire et vit effectivement un autre des « gadgets » de Bobbi. Plus petit, celui-là : une demi-boîte à œufs dont deux alvéoles restaient vides alors que des piles de 9 volts occupaient les quatre autres, chacune soigneusement coiffée de l'un de ces petits entonnoirs (à y regarder de plus près, Gard conclut que c'étaient des bouts de boîtes de conserve consciencieusement découpés à la forme voulue, avec des cisailles, pour qu'ils s'adaptent aux plots), un fil sortant de chaque entonnoir au-dessus du pôle +... Un rouge, un bleu, un jaune, un vert. Ils étaient raccordés à une plaque de circuits imprimés qui semblait provenir, elle, d'un poste de radio. Elle était coincée verticalement entre deux petites planchettes de bois collées au bureau qui la prenaient en sandwich. Gardener connaissait parfaitement ces planchettes de bois, qui ressemblaient un peu à la gouttière où l'on pose les craies au bas d'un tableau noir, mais pendant un instant il eut du mal à les identifier. Puis il se souvint : c'étaient les supports que chaque joueur de Scrabble utilise pour disposer ses lettres devant lui.

Un fil unique, presque aussi épais qu'un câble de batterie, reliait le tableau à la machine à écrire.

« Introduis le papier ! cria Bobbi en riant. C'est la seule chose que j'avais oubliée, c'est idiot, non ? Ils n'arrivaient pas à m'aider et j'ai failli devenir folle avant de trouver la solution. J'étais aux chiottes un jour, regrettant finalement de ne pas avoir acheté un de ces foutus traitements de texte, quand j'ai tendu la main pour prendre du papier Q... *eureka !* Qu'est-ce que je me suis sentie idiote ! Engage-le simplement sous le cylindre, Gard ! »

Non, je vais sortir d'ici, et tout de suite, et après je vais faire du stop jusqu'au Purple Cow, à Hapden, et je vais me soûler à un tel point que je ne me souviendrai jamais *de tout ça. Je ne veux* jamais *savoir qui* « *ils* » *sont.*

Mais il tira le bout du rouleau, engagea la feuille perforée sous le cylindre et tourna le bouton sur le côté de la vieille machine jusqu'à ce qu'il puisse rabattre le guide-page. Son cœur commençait à battre fort et vite.

« Ça y est ! dit-il. Est-ce que tu veux que je... heu... j'allume quelque chose ? »

Il ne voyait aucun interrupteur, et même s'il en avait vu un, il n'aurait pas voulu y toucher.

« Pas besoin ! » répondit-elle.

Gard entendit un déclic, suivi d'un ronronnement — le son d'un transformateur de train électrique pour gosse.

La machine à écrire de Bobbi émit soudain une lumière verte.

Gardener fit un pas en arrière, un pas involontaire et titubant sur des jambes qui ressemblaient plutôt à des échasses. La lumière filtrait entre les touches en rayons étranges et divergents. Les côtés de l'Underwood étaient tapissés de plaques de verre qui luisaient maintenant comme les parois d'un aquarium.

Soudain, les touches de la machine s'enfoncèrent d'elles-mêmes, s'abaissant et se relevant comme les touches d'un piano mécanique. Le chariot avançait rapidement.

Si je mens je vais en enfer

Ding ! Bang !
Le chariot revint en début de ligne.
Non. Je ne vois pas ça. Je ne crois pas que je voie ce que je vois.

Voici les perles qu'étaient ses yeux

A travers le clavier, une lumière verte et soyeuse de radium léchait les mots.
Ding ! Bang !

Ma bière, c'est Rheingold

Il lui sembla que la ligne s'inscrivait en une seconde. Les touches frappaient si vite qu'on les voyait floues. C'était comme un téléscripteur dernier cri.

Quand vous achetez une bière, pensez Rheingold

Bon Dieu, est-ce qu'elle fait vraiment ça ? Ou est-ce que c'est un truc ?
Face à cette nouvelle merveille, son esprit recommençait à vaciller, et il se surprit à appeler désespérément Sherlock Holmes à l'aide — un truc, naturellement, il y avait un truc, ça faisait partie de la dépression nerveuse de cette pauvre Bobbi... de sa très *créative* dépression nerveuse.
Ding ! Bang ! Le chariot revint en début de ligne.

Il n'y a pas de truc, Gard.

Le chariot revint, et voici ce que les touches tapèrent sous les yeux agrandis et fixes de Jim :

> *Ta première idée était la bonne. Je fais ça depuis la cuisine. Le gadget derrière la machine à écrire est sensible à la pensée, comme une cellule photoélectrique est sensible à la lumière. Ce bidule semble capter clairement mes pensées jusqu'à huit kilomètres. Si je suis plus loin, ça s'embrouille. Au-delà d'une quinzaine de kilomètres, ça ne marche plus du tout.*

Ding ! Bang ! Le grand levier argenté à gauche du chariot s'actionna deux fois, faisant monter de quelques lignes le papier sur lequel s'inscrivaient maintenant les six messages parfaitement tapés. Puis la machine se remit à frapper.

> *Alors, tu vois, je n'avais pas besoin d'être assise à la machine pour travailler à mon roman — « Regarde maman, sans les mains ! » Cette pauvre vieille Underwood a foncé comme une folle pendant ces deux ou trois jours, Gard, et pendant qu'elle frappait, je courais dans les bois, je travaillais sur le site, ou à la cave. Mais comme je te l'ai dit, la plupart du temps, je dormais. C'est drôle... même si quelqu'un avait pu me convaincre qu'un tel gadget existait, je n'aurais*

jamais cru qu'il fonctionnerait avec moi, parce que j'ai toujours si mal dicté. Je prétendais qu'il fallait que j'écrive mes lettres moi-même parce que j'avais besoin de voir les mots sur le papier. Il m'était impossible d'imaginer comment quelqu'un pouvait dicter tout un roman au magnétophone, par exemple, alors que certains écrivains le font, apparemment. Mais là, ce n'est pas comme quand on dicte, Gard — c'est comme une prise directe sur l'inconscient, plus un rêve qu'une écriture... Mais ce qui en sort n'a pas le caractère souvent irréaliste et illogique des rêves. Ce n'est plus du tout une machine à écrire. C'est une machine de rêve. Une machine qui rêve de façon rationnelle. C'est une sorte de plaisanterie cosmique qu'ils me l'aient donnée, pour que je puisse écrire Les Soldats des bisons. *Tu as raison, c'est vraiment le meilleur livre que j'aie jamais écrit, mais c'est toujours un roman alimentaire. C'est comme si quelqu'un inventait une machine à mouvement perpétuel pour que son gosse ne l'embête plus à lui demander sans arrêt de changer les piles de sa voiture ! Mais est-ce que tu imagines quels auraient été les résultats si Scott Fitzgerald avait eu l'un de ces gadgets ? Ou Hemingway ? Faulkner ? Salinger ?*

Après chaque point d'interrogation, la machine marquait un temps de silence avant d'exploser en un autre nom. Après Salinger, elle s'arrêta complètement. Gardener avait lu au fur et à mesure qu'elle écrivait, mais d'une façon mécanique, presque sans comprendre. Ses yeux se reportèrent au début du passage. *Je m'étais dit que c'était un truc, qu'elle avait peut-être programmé la machine pour qu'elle m'écrive ces bouts de phrases. Et ça a écrit...*

Ça avait écrit : *Il n'y a pas de truc, Gard.*

Une idée lui vint soudain : *Est-ce que tu peux lire dans mes pensées, Bobbi ?*

Ding ! Bang ! Le chariot repartit soudain, surprenant Gard au point de le faire sursauter, presque crier.

Oui, mais juste un peu.

Qu'avons-nous fait le 4 Juillet de l'année où j'ai abandonné l'enseignement ?

Nous sommes allés jusqu'à Derry. Tu as dit que tu connaissais un type qui nous vendrait des bombes cerises. Il nous a bien vendu les bombes cerises, mais elles n'ont jamais voulu éclater. Tu étais assez soûl. Tu voulais retourner trouver le gars et lui casser la gueule. Je n'arrivais pas à t'en dissuader, alors on y est retournés, et sa bon Dieu de maison était en feu. Il avait plein de vrais feux d'artifice dans sa cave, et il avait jeté un mégot de cigarette dans une boîte ! Quand tu as vu le feu et les camions de pompiers, tu t'es mis à rire si fort que tu est tombé par terre dans la rue.

Le sentiment d'irréalité qu'éprouvait Gard n'avait jamais été aussi fort qu'à présent. Il lutta contre lui, le repoussant à bout de bras tandis que ses yeux cherchaient autre chose dans le passage précédent. Au bout d'une ou deux secondes, il trouva : *C'est une sorte de plaisanterie cosmique qu'ils me l'aient donné...*

Plus tôt, Bobbi avait dit : *Les piles n'arrêtaient pas de tomber. Ils étaient surexcités, complètement surexcités...*

Il sentait ses joues rouges et chaudes, comme quand on a de la fièvre, mais son front était aussi froid qu'un bloc de glace. Même la pulsation régulière de la douleur au-dessus de son œil gauche ressemblait à de froids élancements superficiels qui le frappaient avec la régularité d'un métronome.

En regardant la machine à écrire, qui diffusait toujours cette lumière verte spectrale, Gardener pensa : *Bobbi, qui sont-« ils »* ?

Ding ! Bang !

Les touches crépitèrent, les explosions de lettres formant des mots, les mots formant une ritournelle enfantine :

> Tard, la nuit dernière et celle d'avant,
> Toc, toc à la porte — les Tommyknockers !
> Les Tommyknockers, les esprits frappeurs.

Jim Gardener se mit à hurler.

7

Finalement, ses mains cessèrent de trembler — du moins suffisamment pour qu'il puisse porter son café à ses lèvres sans le renverser sur lui, couronnant les festivités de cette folle matinée par quelques brûlures de plus.

Bobbi, de l'autre côté de la table de la cuisine, gardait sur lui ses yeux inquiets. Elle conservait une bouteille de très bon brandy dans les profondeurs obscures de son cagibi, loin des « alcools de première nécessité », et elle avait proposé à Gard d'arroser son café. Il avait refusé, pas seulement avec regret, mais avec douleur. Il avait *besoin* de ce brandy — qui atténuerait ses maux de tête, les arrêterait peut-être même totalement. Plus important encore : qui remettrait son cerveau en place. Il se débarrasserait de cette sensation de « je-viens-de-m'envoler-du-bout-du-monde ».

Mais le problème, c'était qu'il en soit arrivé à « ce » point, non ? Oui. Le point où il ne suffirait pas d'une giclée de brandy dans son café pour que ça s'arrête. Il y avait eu trop de choses à enregistrer depuis qu'il avait ouvert la trappe au bas du chauffe-eau de Bobby et qu'il était remonté pour boire un verre de bourbon. A ce moment-là, il n'avait pas pris de risques ; maintenant l'air vibrait de l'instabilité qui déclenche les cyclones.

Alors · plus d'alcool. Pas même pour allonger son café à l'irlandaise. Jusqu'à ce qu'il ait compris ce qui se passait ici. Ce qui arrivait à Bobbi. Surtout ça.

« Je suis désolée si la fin t'a fait peur, dit Roberta, mais je ne crois pas que j'aurais pu l'arrêter. Je t'ai dit que c'est une machine de rêve ; c'est aussi une " machine du subconscient ". Je ne perçois pas vraiment grand-chose de tes pensées, Gard — j'ai essayé avec d'autres gens, et dans la plupart des cas c'est aussi facile que d'enfoncer le pouce dans de la pâte à pain toute fraîche. On peut creuser jusqu'à ce qu'on appellerait le ça, je pense... bien qu'au fond ce soit horrible, plein des plus monstrueuses... on ne peut même pas dire idées...

images, je crois qu'on appellerait cela des images. Aussi simple qu'un gribouillage d'enfant, mais vivant. Comme ces poissons qu'on trouve tout au fond de l'océan, ceux qui explosent quand on les remonte à la surface, expliquait Bobbi qui se mit soudain à frissonner. Ils sont *vivants.* »

Pendant une seconde, ce fut le silence, si ce n'est que, dehors, les oiseaux chantaient. Bobbi reprit brutalement :

« Bon, en tout cas, tout ce que je tire de toi, c'est superficiel, et même ça, c'est éclaté, épars et incohérent. Si tu étais comme les autres, je saurais ce que tu as, et pourquoi tu as l'air tellement minable...

— Merci, Bobbi. Je savais bien qu'il y avait une raison pour que je revienne toujours ici, et comme ce n'est pas la cuisine, ça doit être les flatteries. »

Il sourit, mais d'un sourire nerveux, et il alluma une autre cigarette.

« Enfin, continua Bobbi comme s'il n'avait rien dit, je peux me livrer à certaines conjectures sur la base de ce qui t'est déjà arrivé, mais il faudra que tu me donnes les détails... Même si je le voulais, je ne pourrais pas y fourrer mon nez. Je ne suis même pas certaine que je verrais les choses clairement si tu amenais tout sur le devant de ta tête et me déroulais le tapis rouge. Mais quand tu as demandé qui " ils " étaient, cette berceuse des Tommyknockers m'est venue comme une grosse bulle. Et elle s'est inscrite toute seule sur le papier.

— D'accord, dit Gardener bien qu'il ne le fût guère. Mais qui sont-ils, si ce ne sont pas des Tommyknockers ? Est-ce que ce sont des gnomes ? Des lutins ? Des greml... ?

— Je t'ai demandé de regarder autour de toi parce que je voulais que tu aies une idée de l'ampleur de tout ça. De l'immensité des implications possibles.

— Je le comprends bien, dit Gardener tandis qu'un pâle sourire relevait les commissures de ses lèvres. Encore quelques petites implications comme celles que j'ai vues, et je suis bon pour la camisole de force.

— Tes Tommyknockers sont venus de l'espace, dit Roberta, comme je pense que tu l'as compris maintenant. »

Gardener se dit que l'idée avait fait plus que traverser son esprit, mais il avait la bouche sèche, les mains paralysées autour de sa tasse de café.

« Est-ce qu'ils sont près de nous ? » demanda-t-il.

Sa voix semblait venir de très, très loin. Il eut soudain peur de se retourner, peur de voir une chose difforme avec trois yeux et une corne à la place de la bouche sortir du cagibi en valsant, ce qu'on ne voit qu'au cinéma, dans une quelconque *Guerre des étoiles.*

« Je crois qu'ils sont morts depuis longtemps, dit calmement Bobbi. Leur être physique est mort. Ils sont probablement morts bien avant que les hommes n'existent sur Terre. Mais tu sais... Caruso est mort, mais il chante encore sur Dieu sait combien de disques, non ?

— Bobbi, dis-moi ce qui est arrivé. Je voudrais que tu commences par le début et que tu termines en disant " et puis tu es arrivé dans mon chemin juste à temps pour m'attraper alors que je m'évanouissais ". Peux-tu faire ça ?

— Pas complètement, dit-elle avec un sourire. Mais je vais essayer. »

8

Bobbi parla longtemps. Quand elle eut terminé, il était plus de midi. Gard, assis en face d'elle à la table de la cuisine, fumant, ne s'excusa qu'une fois pour aller à la salle de bains, où il avala trois aspirines de plus.

Bobbi commença par le jour où elle avait trébuché, lui raconta comment elle était revenue pour dégager davantage le vaisseau — assez pour comprendre qu'elle avait trouvé quelque chose d'absolument unique —, et comment elle était revenue une troisième fois. Elle ne lui parla pas de Marmotte, la marmotte morte à laquelle les mouches ne s'intéressaient pas, ni de la cataracte de Peter qui avait régressé, ni de sa visite à Etheridge, le vétérinaire. Elle passa sur tout ça sans avoir l'air d'y toucher, disant seulement que lorsqu'elle était revenue de sa première journée complète de fouilles, elle avait retrouvé Peter étendu sur le porche, devant la maison.

« C'était comme s'il s'était endormi », dit-elle avec un sentimentalisme tellement mièvre dans la voix que Gardener, qui savait que ce n'était pas du tout son genre, la scruta du regard, avant de baisser rapidement les yeux, parce qu'elle pleurait un peu. Au bout d'un moment, Gardener demanda :

« Et ensuite ?

— Et puis tu es arrivé dans mon chemin juste à temps pour m'attraper alors que je m'évanouissais.

— Je ne comprends pas ce que tu veux dire.

— Peter est mort le 28 juin », dit-elle.

Elle n'avait jamais été une très bonne menteuse, mais en prononçant ce mensonge-là, elle eut l'impression que sa voix restait normale et naturelle.

« C'est le dernier jour dont je me souvienne clairement, dont le déroulement s'organise logiquement autour de l'horloge. Je n'ai repris conscience de l'écoulement du temps que lorsque tu es arrivé hier soir. »

Elle sourit à Gardener, mais la franchise de son sourire camouflait un autre mensonge : ses souvenirs clairs et chronologiquement organisés ne remontaient pas au 28 mais au jour précédent, le 27, alors qu'elle se tenait au-dessus de cette chose titanesque émergeant à peine de la terre, la pelle à la main. Ils avaient pris fin quand elle avait murmuré « Tout va bien », et qu'elle avait commencé à creuser. Il y avait bien plus d'événements qu'elle n'en avait raconté, des tas de plus, de toutes sortes, mais elle ne parvenait pas à se souvenir de l'ordre dans lequel ils étaient survenus, et parmi ceux dont elle se souvenait, il lui fallait trier, très consciencieusement. Elle ne pouvait pas vraiment, par exemple, parler à Gard de Peter. Pas encore. *Ils* lui avaient dit qu'elle ne le devait pas, mais en l'occurrence, elle n'avait pas besoin qu'ils le lui disent.

Ils lui avaient également dit qu'il faudrait qu'elle surveille très étroitement Jim Gardener. Très. Pas longtemps, naturellement — Gard ne tarderait pas à être

(l'un des nôtres)

dans l'équipe. Oui. Et ce serait *formidable* de l'avoir dans l'équipe, parce que Jim Gardener était l'être que Bobbi aimait le plus au monde.

Bobbi, qui sont « ils » ?

Les Tommyknockers. Ce nom, qui avait jailli de l'étrange opacité de l'esprit de Gard comme une bulle argentée, ne s'avérait pas plus mauvais qu'un autre, non ? Mais oui. Meilleur que certains autres.

« Et maintenant ? demanda Gardener en allumant la dernière cigarette d'un air à la fois hébété et circonspect. Je ne prétends pas que je peux avaler tout ça, dit-il avec un petit rire incontrôlé. Mon gosier n'est peut-être pas assez large pour que tout ça descende d'un coup.

— Je comprends, je crois que si je me souviens aussi peu de la semaine passée, c'est essentiellement parce que tout est si... étrange. C'est comme si j'avais l'esprit attaché à une rampe de lancement de fusée. »

Elle n'aimait pas mentir à Gard ; cela la mettait mal à l'aise. Mais elle ne tarderait pas à cesser de mentir. Gard serait... serait...

... convaincu.

Quand il aurait vu le vaisseau. Quand il aurait *senti* le vaisseau.

« Quoi que je croie ou non, dit Gard, je serai bien forcé de croire l'essentiel, j'imagine.

— " Quand on élimine l'impossible, ce qui reste est la vérité, aussi improbable que ce soit. "

— Tu as perçu ça aussi, hein ?

— Vaguement. J'aurais tout aussi bien pu ne pas comprendre si je ne t'avais pas entendu le dire une ou deux fois.

— Bon, acquiesça Gardener, je crois que ça convient assez bien à la situation dans laquelle nous nous trouvons. Si je ne crois pas aux preuves que me donnent mes sens, il faut que je croie que je suis fou. Mais il est vrai que Dieu sait combien de gens dans le monde seraient ravis de témoigner que je le suis effectivement.

— Tu n'es pas fou, Gard », dit calmement Bobbi.

Elle posa sa main sur la sienne. Il retourna sa main et serra celle de Bobbi.

« Enfin... tu sais, un type qui a tiré sur sa femme... Il ne manque pas de gens qui diraient que c'est une preuve assez convaincante de démence.

— Gard, ça s'est passé il y a huit ans !

— Bien sûr. Et ce type à qui j'ai donné un coup de coude dans la poitrine, c'était il y a huit *jours*. J'ai aussi poursuivi un gars dans l'entrée d'Arberg, et à travers la salle à manger, à coups de parapluie, est-ce que je te l'ai raconté ? Ces cinq dernières années, mon comportement a été de plus en plus autodestructeur...

— Salut tout le monde, et bienvenue à une nouvelle Heure Nationale d'Apitoiement sur Soi ! annonça Bobbi comme un camelot de foire. Ce soir, notre invité est...

— Hier matin, j'allais me suicider, dit Gardener d'un ton calme. Si je n'avais pas eu cette idée — cette idée vraiment *forte* — que tu avais des ennuis, je nourrirais les poissons, à l'heure qu'il est. »

Bobbi le regarda intensément. Sa main serra progressivement celle de Gard jusqu'à lui faire mal.

« C'est vrai ? Seigneur ! »

— Oui. Tu veux savoir jusqu'où j'étais tombé ? Il m'a semblé que vu les circonstances, c'était la chose la plus sensée que je puisse faire.

— Allons...

— Je suis sérieux. Et puis cette idée m'est venue. L'idée que tu avais des ennuis. Alors j'ai remis mon suicide à plus tard pour pouvoir te téléphoner. Mais tu n'étais pas là.

— J'étais probablement dans le bois, dit Roberta. Et tu es accouru. »

Elle éleva jusqu'à sa bouche la main de Gard, et l'embrassa doucement.

« Même si toute cette folle histoire n'aboutit à rien d'autre, elle aura au moins permis que tu restes en vie, couillon.

— Comme toujours, je suis impressionné par la gauloiserie de tes compliments, Bobbi.

— Si jamais tu le fais *vraiment*, je veillerai à ce qu'on l'écrive sur ta pierre tombale, Gard. COUILLON en lettres gravées si profondément qu'elles ne s'effaceraient pas avant au moins un siècle.

— Merci beaucoup, mais tu n'auras pas à t'en préoccuper avant un moment, parce que j'ai toujours le même sentiment.

— Lequel ?

— Le sentiment que tu as des ennuis. »

Elle essaya de détourner le regard, de retirer sa main de celle de Gardener.

« Regarde-moi, Bobbi, bon sang ! »

Elle finit par le faire, à contrecœur, la lèvre inférieure un peu retroussée, avec cette expression butée qu'il lui connaissait si bien — mais est-ce qu'elle n'avait pas l'air un tout petit peu mal à l'aise ? Il en avait nettement l'impression.

« Tout cela semble tellement merveilleux : l'énergie de la maison fournie par des piles électriques, des livres qui s'écrivent tout seuls, et Dieu sait quoi d'autre. Alors pourquoi est-ce que j'ai toujours le sentiment que tu as des ennuis ?

— Je ne sais pas », dit-elle doucement.

Elle se leva pour faire la vaisselle.

9

« Naturellement, j'ai travaillé jusqu'à l'épuisement, c'est sûr », dit Roberta.

Elle lui tournait le dos, maintenant, et il eut le sentiment qu'elle préférait ça. La vaisselle tintait dans l'eau chaude et savonneuse.

« Et, tu sais, je n'ai pas simplement dit : " Des êtres venus de l'espace, de l'électricité bon marché et propre, et la télépathie — pas mal ! ". Le facteur trompe sa femme, et je le sais — je ne veux *pas* le savoir, bon sang, je ne suis pas une concierge, mais c'était là, Gard, juste devant sa tête. Ne pas le voir aurait été nier la présence d'un néon de trente mètres de haut. Bon Dieu, j'ai titubé et vacillé.

— Très bien », dit-il, et il pensa : *Elle ne dit pas la vérité, du moins pas toute la vérité, et je ne crois pas qu'elle en soit même consciente.* « La question reste posée : Qu'est-ce qu'on fait, maintenant ?

— Je ne sais pas. »

Elle regarda par-dessus son épaule et vit les sourcils levés de Gardener.

« Est-ce que tu croyais, dit-elle, que j'allais t'apporter la réponse en un joli petit essai de cinq cents mots ou moins ? Je ne peux pas. J'ai quelques idées, mais c'est tout. Et ce ne sont peut-être même pas de bonnes idées. J'imagine que la première chose à faire, c'est de t'emmener là-bas pour que tu puisses

(être convaincu)

y jeter un coup d'œil. Après... eh bien... »

Gardener la regarda un long moment. Cette fois, Bobbi ne détourna pas les yeux. Ils étaient ouverts et candides. Mais quelque chose n'allait pas ici. Ça sonnait faux. Des choses comme cette note de mièvrerie quand Bobbi avait parlé de Peter. Peut-être que ses larmes étaient sincères, mais le ton de sa voix... sonnait faux.

« D'accord. Allons jeter un coup d'œil à ton vaisseau spatial fossile.

— On va d'abord déjeuner, dit calmement Bobbi.

— Tu as *encore* faim ?

— Bien sûr. Pas toi ?

— Bon sang, non !

— Alors, je vais manger pour deux », répliqua-t-elle.

Et c'est ce qu'elle fit.

10.

GARDENER DÉCIDE

1

« Seigneur ! »

Gardener s'assit lourdement sur une motte de terre fraîche. Il sentait que s'il ne s'asseyait pas, il allait tomber. Comme lorsqu'on reçoit un coup de poing dans l'estomac. Non, c'était plus étrange et plus violent que ça. Plutôt comme si on lui avait mis dans la bouche le tuyau d'un aspirateur industriel pour pomper en une seconde tout l'air de ses poumons.

« Seigneur ! » répéta-t-il d'une petite voix haletante.

Il semblait qu'il ne fût pas capable de dire autre chose.

« C'est pas rien, hein ? »

Ils étaient à mi-pente, non loin de l'endroit où Bobbi avait trouvé la marmotte. Avant, la pente était assez boisée. Maintenant, un sentier avait été dégagé pour permettre le passage d'un étrange véhicule que Gardener reconnut presque, et qui se trouvait au bord des fouilles de Bobbi. Il semblait tout petit à cause de la taille du trou comme de celle de la chose en cours d'exhumation.

La tranchée mesurait maintenant soixant-dix mètres de long sur sept de large à chaque bout, mais elle s'élargissait à une dizaine de mètres ou plus sur une quinzaine de mètres au milieu, ce qui lui donnait une silhouette de femme fessue vue de profil. Le rebord gris du vaisseau, sa courbure s'affirmant maintenant triomphalement, émergeait comme le bord d'une soucoupe — métallique et gigantesque.

« Seigneur, murmura de nouveau Gardener. Regarde un peu ça.

— C'est ce que j'ai fait, dit Bobbi, un petit sourire distant sur les lèvres. Ça fait plus d'une semaine que je regarde. C'est la plus belle chose que j'aie jamais vue. Et elle va résoudre bien des problèmes, Gard. " Un homme est arrivé sur son cheval. Il chevauchait, chevauchait. " »

Ce fut une trouée dans le brouillard. Gardener regarda Bobbi, qui aurait pu tout aussi bien dériver dans les espaces sombres dont venait cette chose incroyable. La vue de son visage glaça Gardener d'effroi. Les yeux de Bobbi n'étaient pas seulement perdus dans le lointain. Ils n'étaient plus que des fenêtres vides.

« Qu'est-ce que tu veux dire ?

— Hein ? demanda Bobbi comme s'il la tirait d'un profond sommeil.

— Qui est cet homme ?

— Toi, Gard. Moi. Mais je crois... Je crois que je veux surtout dire toi. Viens, descendons voir ça de plus près. »

Bobbi s'engagea rapidement sur la pente, avec la grâce que donne l'habitude. Elle parcourut près de quinze mètres avant de s'apercevoir que Gardener ne la suivait pas. Elle se retourna. Il s'était levé de sa motte de terre, mais c'était tout.

« Ça ne te mordra pas, dit-elle.

— Non ? Et *qu'est-ce* que ça va me faire, Bobbi ?

— *Rien !* Ils sont *morts*, Gard ! Tes Tommyknockers étaient bien *réels*, mais ils étaient *mortels*, et ce vaisseau est ici depuis au moins cinquante millions d'années. Le glacier s'est fendu autour de lui ! Il l'a découvert, mais il n'a pas pu l'entraîner. Toutes ces tonnes de glace n'ont pas réussi à le faire bouger. Alors le glacier s'est fendu autour. Tu peux regarder dans la tranchée et *voir* ce que ça fait. C'est comme une vague gelée. Ça rendrait fou le Dr Borns, à l'université... Mais ils sont bien morts, Gard.

— Est-ce que tu es entrée dedans ? demanda Gardener sans bouger.

— Non. La porte — je crois, je *sens* qu'il y en a une — est encore enterrée. Mais cela ne change rien au fait que je *sais*. Ils sont morts, Gard, *morts*.

— Ils sont morts, tu n'es pas entrée dans le vaisseau, mais tu inventes des trucs comme Thomas Edison en plein délire créatif et tu peux lire les pensées des autres. Alors je répète ma question : qu'est-ce que ça va me faire *à moi ?* »

Alors elle proféra le plus gros de tous les mensonges, elle l'énonça calmement, sans aucun regret. Elle dit :

« Rien que tu ne veuilles pas. »

Et elle reprit sa descente, sans se retourner pour voir s'il la suivait.

Gardener hésita, il sentit les pulsations douloureuses dans sa tête, et il la suivit.

2

Le véhicule que Gardener avait vu au bord de la tranchée n'était rien d'autre que la vieille voiture de Bobbi, qui avait été autrefois un break Country Squire. Bobbi l'avait conduit depuis New York pour venir à l'université. C'était treize ans plus tôt, et à l'époque déjà, le break n'était pas neuf. Elle l'avait utilisé sur route jusqu'en 1984, mais même Elt Barker, à la station Shell, le seul garage de Haven, refusa cette année-là d'y apposer l'autocollant du contrôle de sécurité. Alors, en un week-end de travail frénétique — ils étaient ivres la plupart du temps, et Gardener pensait encore qu'il avait fallu un miracle pour qu'ils n'aient pas pris feu tous les deux en utilisant le chalumeau du vieux Frank Garrick — ils avaient découpé le toit de la voiture depuis le dossier des sièges avant jusqu'au hayon, transformant le véhicule en camionnette à ridelles.

« Vise un peu ça, sacré vieux Gard ! s'était solennellement exclamée Bobbi en regardant les restes de sa voiture. V'là-t-y pas qu'on s'est construit un vrai bombardier lourd ! »

Puis elle s'était penchée en avant et avait vomi. Gardener l'avait prise dans ses bras et l'avait portée sur le porche (Peter tournant anxieusement autour de ses jambes). A peine l'avait-il posée qu'elle s'évanouissait — et lui aussi.

Le véhicule ainsi tronqué était un vieux routier de Detroit bien costaud, mais finalement, il avait quand même fallu le mettre sur cales. Bobbi l'avait gardé au fond du jardin, hissé sur des blocs de béton, car elle prétendait que personne ne l'achèterait, même pour les pièces détachées. Gardener s'était dit qu'elle faisait du sentiment.

Et maintenant, le break était ressuscité. Même s'il ne se ressemblait guère, c'était bien lui, avec sa peinture bleue délavée et, sur les côtés, des restes de faux bois, garniture caractéristique des Country Squire. La porte du chauffeur et presque tout l'avant avaient disparu. Le capot avait été remplacé par de curieux équipements destinés à creuser et à transporter la terre. Pour les sens un peu troublés de Gardener, le break ressemblait maintenant à un bulldozer d'enfant bricolé. Une espèce de tournevis géant sortait de ce qui avait été la grille du radiateur, et le moteur semblait avoir été emprunté à un vieux Caterpillar D9.

Bobbi, d'où sors-tu cet engin ? Comment l'as-tu transporté d'où il était pour le mettre là ? Seigneur !

Et pourtant tout cela, si remarquable que ce fût, ne pouvait retenir son attention que quelques instants. Il foula la terre retournée pour rejoindre Bobbi qui l'attendait, les mains dans les poches, regardant la plaie ouverte dans la terre.

« Qu'est-ce que tu en penses, Gard ? »

Il ne savait pas ce qu'il en pensait, et de toute façon il restait sans voix.

La tranchée s'enfonçait à une profondeur stupéfiante : dix à douze mètres, au moins, se dit-il. Si l'angle d'incidence des rayons solaires n'avait pas été exactement celui-ci, il n'aurait pu distinguer le fond. Il y avait un espace d'environ un mètre entre la paroi de l'excavation et la coque lisse du vaisseau. Cette coque était parfaitement uniforme. Elle ne portait ni chiffres, ni symboles, ni dessins, ni hiéroglyphes.

Au fond de la tranchée, la chose disparaissait dans la terre. Gardener hocha la tête, ouvrit la bouche, découvrit qu'il ne pouvait toujours pas énoncer un mot, et la referma.

Le morceau de la coque sur lequel Bobbi avait trébuché le premier jour et qu'elle avait ensuite essayé de déterrer — pensant que ce pouvait être une boîte de conserve abandonnée après un « week-end de bûcheron » — se trouvait maintenant juste devant le nez de Gardener. Il aurait facilement pu tendre la main par-delà le fossé d'un mètre de large et le toucher, comme Bobbi l'avait fait deux semaines plus tôt... à cette différence près que lorsque

Bobbi avait saisi le rebord du vaisseau enterré, elle était à genoux. Gardener était debout. Il avait vaguement remarqué ce qu'avait subi la pente qu'ils avaient empruntée pour venir — terrain bouleversé et boueux, arbres abattus et écartés sur le côté, souches arrachées comme des dents cariées — mais il n'avait pas approfondi cette observation ponctuelle. Il y aurait regardé de plus près si Bobbi lui avait signalé quelle portion de la pente elle avait dégagée. Comme la colline rendait plus difficile l'extraction de la chose, Bobbi avait tout simplement éliminé la moitié du flanc de la colline pour faciliter le travail.

Une soucoupe volante, pensa vaguement Gardener. Puis : *j'ai* vraiment *sauté. Je suis en train de mourir, et c'est mon imagination qui travaille. D'une seconde à l'autre, je vais revenir à moi, essayer de respirer et boire une tasse d'eau salée. D'une seconde à l'autre. N'importe quand...*

Mais rien de tel n'arriva, ni n'arriverait, parce que tout était *réel.* C'était une soucoupe volante.

Et c'était là le pire, en quelque sorte. Pas un vaisseau spatial, ou un engin étranger ou un véhicule extraterrestre. C'était une *soucoupe volante.* La théorie des soucoupes volantes avait été complètement discréditée par l'armée de l'air, par les plus grands savants, par les psychologues. Aucun écrivain de science-fiction qui se respectait n'oserait plus en parler dans ses histoires, et s'il le faisait, aucun éditeur de science-fiction qui se respectait ne toucherait le manuscrit, même du bout d'un bâton de trois mètres. Les soucoupes volantes étaient passées de mode à peu près en même temps qu'Edgar Rice Burroughs et Otis Adelbert Kline. C'était un vieux truc usé. Les soucoupes volantes, c'était plus que du passé : l'idée même d'une soucoupe tournait à la plaisanterie, et seuls y croyaient encore les tordus, les illuminés et bien sûr les journaux à sensation — où le budget hebdomadaire consacré aux nouvelles doit forcément prévoir une histoire de soucoupe volante, du style UNE PETITE FILLE DE SIX ANS ENCEINTE APRÈS LA RENCONTRE D'ÊTRES ÉTRANGES DESCENDUS D'UNE SOUCOUPE VOLANTE. RÉVÉLATIONS DE LA MÈRE EN LARMES.

Ces histoires, pour quelque curieuse raison, semblaient toujours venir du Brésil ou du New Hampshire.

Et pourtant, une de ces choses était là, elle avait été là tout le temps, les siècles passant sur elle comme des minutes. Une phrase de la Genèse lui vint soudain à l'esprit, le faisant frissonner comme si un vent glacial s'était soudain levé : *Les géants étaient sur la terre en ces temps-là.*

Il se tourna vers Bobbi, les yeux presque suppliants, ne pouvant émettre qu'un murmure :

« Est-ce bien réel ?

— C'est réel. Touche-le », dit-elle en le frappant du poing.

Cela produisit de nouveau de son mat, comme si l'on frappait du poing un bloc d'acajou. Gardener tendit la main... puis la rétracta.

Un nuage d'ennui passa comme une ombre sur le visage de Bobbi.

« Je t'ai déjà dit que ça ne te mordrait pas, Gard.

— Ça ne me fera rien que je ne veuille pas...

— Absolument rien. »

Gardener se fit la réflexion — pour autant qu'il était capable de réfléchir dans son état de confusion tumultueuse — qu'il avait cru la même chose de l'alcool. A y repenser, il avait entendu des gens — surtout parmi ses étudiants à l'université, au début des années soixante-dix — prétendre la même chose de diverses drogues. Beaucoup avaient fini dans des cliniques ou dans des séances de thérapie de groupe, avec de sérieux problèmes d'accoutumance.

Dis-moi, Bobbi, est-ce que tu voulais travailler jusqu'à tomber d'épuisement ? Est-ce que tu voulais maigrir au point de ressembler à une anorexique ? Je crois que tout ce que j'ai vraiment envie de savoir, c'est ça : Est-ce que tu voulais, ou est-ce qu'on voulait pour toi ? Pourquoi as-tu menti au sujet de Peter ? Pourquoi est-ce que je n'entends aucun oiseau dans ce bois ?

« Vas-y, dit Roberta avec patience. Il faut que nous parlions et que nous prenions des décisions difficiles et je ne veux pas que tu arrêtes tout à mi-chemin en disant que ce n'était qu'une hallucination sortie d'une bouteille d'alcool.

— C'est vraiment dégueulasse de dire ça.

— Comme la plupart des choses que les gens ont vraiment à dire. Tu as déjà fait des crises de delirium tremens, autrefois. Tu le sais, et moi aussi. »

Ouais, mais la vieille Bobbi n'en aurait jamais parlé... ou du moins pas de cette façon.

« Si tu le touches, tu le croiras. C'est tout.

— On dirait que c'est important pour toi. »

Bobbi dansait nerveusement d'un pied sur l'autre.

« D'accord, d'accord, Bobbi. »

Il tendit la main et saisit le bord du vaisseau, comme Bobbi le premier jour. Il avait conscience, trop clairement conscience, qu'une expression d'impatience s'étalait sans fard sur le visage de Bobbi. Elle ressemblait à quelqu'un qui attend qu'un pétard éclate.

Plusieurs choses se produisirent presque simultanément.

D'abord une sensation de vibration transmise à sa main, le genre de vibration que l'on ressent quand on pose la main sur un pylône de lignes à haute tension. Pendant un instant, sa chair fut comme engourdie, comme si la vibration la secouait à une vitesse incroyable. Puis cette sensation disparut. Tandis qu'elle se dissipait, la tête de Gardener s'emplit de musique, mais une musique si sonore qu'elle ressemblait plutôt à un cri. Comparé à elle, ce qu'il avait entendu la veille au soir n'était qu'un murmure. C'était comme s'il s'était trouvé enfermé dans un haut-parleur diffusant de la musique à plein volume.

> *Le jour, je m'éteins,*
> *Et c'est pas une façon de parler,*
> *De neuf à cinq,*
> *Les heures ne me mènent pas où je veux aller*
> *Mais quand c'est fini, je rentre...*

Il ouvrait la bouche pour crier quand le son fut coupé, d'un seul coup. Gardener connaissait cette chanson. Elle datait de ses années de lycée. Et plus tard, tout en consultant sa montre, il chantait les quelques phrases qu'il avait entendues. Il avait eu l'impression que cette agression sonore ne durait qu'une ou deux secondes. Mais en fait, l'éclat de musique à lui rompre les tympans avait occupé environ douze secondes. Et puis son nez s'était mis à saigner.

Non, pas à lui rompre les tympans. A lui rompre la *tête*. Rien n'était entré par ses oreilles. La musique était entrée par cette foutue plaque de métal qu'il avait dans le crâne.

Il vit Bobbi reculer en titubant, les bras loin du corps comme pour écarter un danger, son visage n'exprimant plus l'impatience mais la surprise, puis la peur, la stupéfaction, la douleur.

Enfin, les maux de tête de Gard avaient disparu.

Complètement et totalement disparu.

Mais son nez ne se contentait pas de saigner. Il *pissait* le sang.

3

« Tiens, prends ça. Bon Dieu, Gard ! Est-ce que ça va ?

— Ça va », dit Gardener à travers le mouchoir.

Il le plia en deux et l'appliqua sur son nez, pressant fermement les narines. Il renversa la tête en arrière et le goût de vase du sang lui emplit la gorge.

« J'ai déjà connu pire que ça. »

C'était vrai, mais pas pour longtemps.

Ils avaient reculé de dix pas et s'étaient assis sur un tronc d'arbre. Bobbi le regardait anxieusement.

« Mon Dieu, Gard ! Je ne savais pas qu'une chose pareille allait arriver. Tu me crois, n'est-ce pas ?

— Oui. »

Il ne savait pas exactement *à quoi* Bobbi s'attendait... mais pas à ça.

« Est-ce que tu as entendu la musique ?

— Je ne l'ai pas vraiment *entendue,* répondit Roberta. Elle m'a été retransmise par ta tête. Ça a failli me faire éclater.

— Vraiment ?

— Ouais, répondit Roberta en tremblant un peu. Quand beaucoup de gens m'entourent, j'éteins le son qu'ils produisent...

— Tu peux faire ça ? »

Il retira le mouchoir de son nez. Le tissu était imbibé au point que Gardener aurait pu le tordre entre ses doigts pour en extirper un filet sanglant. Mais l'hémorragie se calmait, Dieu merci. Il jeta le mouchoir et déchira un pan de sa chemise.

« Oui, répondit Bobbi. Enfin... pas vraiment. Je ne peux pas éteindre complètement leurs pensées, mais je peux en baisser le son, si bien que c'est comme... comme un lointain murmure au fond de mon esprit.

— C'est incroyable.

— C'est *nécessaire,* dit-elle d'un air sombre. Si je ne le pouvais pas, je crois que je ne quitterais plus jamais cette bon Dieu de maison. Je suis allée à Augusta samedi, et j'ai ouvert mon esprit pour voir ce que ça donnerait.

— Et alors ?

— Un véritable ouragan dans la tête. Et ce qui m'a fait peur, c'est de constater à quel point il était difficile de refermer la porte.

— Cette porte, cette barrière, ou je ne sais quoi... comment est-ce que tu la fermes, justement ?

— Je ne peux pas l'expliquer, répondit Bobbi en hochant la tête, pas plus qu'un type qui sait bouger les oreilles ne peut t'expliquer comment il s'y prend. »

Elle s'éclaircit la voix en toussotant et regarda un moment ses chaussures — des chaussures de travail pleines de boue, remarqua Gardener. Il semblait bien qu'elles n'avaient guère quitté les pieds de Bobbi depuis deux semaines.

Bobbi sourit légèrement. C'était un sourire embarrassé et chargé en même temps d'un humour douloureux. A ce moment, de nouveau, elle ressembla totalement à l'ancienne Bobbi. Celle qui était restée son amie alors que plus personne ne voulait l'être. C'était la bonne vieille Bobbi. Gardener avait remarqué cette expression la toute première fois qu'il l'avait rencontrée, alors que Bobbi n'était qu'une étudiante de première année et Gardener un assistant de première année s'acharnant sans espoir sur une thèse de doctorat dont il savait probablement déjà qu'il ne la terminerait jamais. Un matin de gueule de bois et d'amertume, Gardener avait demandé à sa classe de bizuths ce qu'était le datif. Personne n'avait répondu. Il était sur le point de prendre un grand plaisir à tirer dans le tas quand Anderson, Roberta, 5ᵉ rang, siège 3, avait levé la main et contré le tir. Sa réponse était embrouillée... mais juste. Il ne fut pas étonné d'apprendre qu'elle était la seule à avoir étudié le latin au lycée. Ce même sourire de la bonne vieille Bobbi flottait maintenant sur son visage, et Gard sentit une vague d'affection l'envahir. Merde, Bobbi avait traversé une période affreuse... mais c'était toujours Bobbi. Cela ne faisait aucun doute.

« Je laisse les barrières en place la plupart du temps, disait-elle. Sinon, j'ai l'impression de regarder par un trou de serrure. Tu te souviens, je t'ai parlé du facteur, Paulson, qui a une aventure. »

Gardener acquiesça.

« Ce ne sont pas des choses que je veux savoir. Si un pauvre plouc est kleptomane, ou un autre secrètement alcoolique... Comment va ton nez ?

— Il ne saigne plus, dit-il en jetant le bout de chemise près du mouchoir de Bobbi. Alors, tu disais que tu gardes les barrières fermées...

— Oui. Je ne sais pas pour quelle raison — morale, éthique, ou simplement pour éviter de devenir cinglée à cause du bruit. Avec toi, je les ouvre, parce que tu ne m'envahis pas, même quand j'essaie. Et *j'ai* essayé quelques fois. Je comprends que ça puisse te mettre en rogne, mais ce n'était que de la curiosité, parce que personne d'autre n'est... heu... comme ça.

— *Personne ?*

— Non. Il doit y avoir une raison. C'est un peu comme si tu avais un groupe sanguin extrêmement rare, je pense. C'est peut-être même *ça*.

— Désolé, je suis du groupe O.

— Tu es prêt à rentrer, Gard ? » dit-elle en riant.

C'est la plaque dans ma tête, Bobbi. Il faillit le dire, et puis, pour quelque raison, il décida de n'en rien faire. *La plaque dans ma tête t'empêche d'entrer. Je ne sais pas comment je le sais, mais je le sais.*

« Oui, ça va, dit-il en se levant en même temps qu'elle. J'ai bien envie
(d'un verre)
d'une tasse de café.
— C'est comme si tu l'avais. Viens. »

4

Alors qu'une partie d'elle-même réagissait à Gard avec la chaleur et les
sincères sentiments amicaux qu'elle avait toujours éprouvés pour lui, même
aux pires moments, une autre partie (une partie qui, au sens strict, n'était plus
du tout Bobbi Anderson) était restée à l'observer froidement et sans
complaisance. Affirmer. Interroger. Et la première question était de savoir si
(ils)
elle voulait vraiment que Gardener soit ici. Elle
(ils)
avait tout d'abord pensé que tous ses problèmes seraient résolus, que Gard
se joindrait à elle pour les fouilles et qu'elle n'aurait plus à exécuter cette...
enfin, cette première partie... toute seule. Il avait raison sur un point : le fait
d'avoir essayé de tout faire par elle-même avait failli la tuer. Mais le
changement qu'elle avait espéré n'était pas intervenu en lui. Il n'y avait eu que
cet inquiétant saignement de nez.

*Il ne le touchera plus si ça le fait saigner du nez comme ça. Il ne le touchera pas, et il
n'entrera certainement pas dedans.*

*On n'en arrivera peut-être pas là. Après tout, Peter ne l'a jamais touché. Peter ne voulait
même pas s'approcher, mais son œil... et son rajeunissement...*

*Ce n'est pas pareil. Gard est un homme, pas un vieux beagle. Et, franchement, Bobbi, à
part ce saignement de nez et cet éclat de musique,* il n'y a eu absolument aucun
changement.

Aucun changement immédiat.

Est-ce à cause de la plaque de métal dans son crâne ?

Peut-être... mais pourquoi un truc comme ça devrait-il changer quoi que ce soit ?

La partie froide de Bobbi l'ignorait ; elle ne pouvait qu'envisager cette
possibilité. Le vaisseau lui-même diffusait elle ne savait quelle force énorme et
presque vivante ; quels que soient les êtres qui étaient venus à l'intérieur, ils
étaient morts, elle était sûre qu'elle n'avait pas menti sur ce point, mais *le
vaisseau lui-même* était presque vivant, diffusant cette énergie titanesque à travers
sa peau de métal... et, elle le savait, le rayon de diffusion s'élargissait un peu plus
avec chaque centimètre de la surface qu'elle libérait de sa gangue de terre. Cette
énergie *s'était* communiquée à Gard. Mais alors elle avait... quoi ?

Elle avait été comme convertie. D'abord convertie, puis elle avait explosé
avec cette émission de radio, brièvement, mais avec une puissance féroce.

Alors qu'est-ce que je fais ?

Elle ne le savait pas, mais elle savait que ça n'avait pas d'importance.

Ils allaient le lui dire.

Quand le moment viendrait, *ils* le lui diraient.

En attendant, Gard continuerait à observer. Mais si seulement elle pouvait *lire* en lui ! Ce serait tellement plus simple si elle pouvait *lire* en lui, bon Dieu !

Une voix répondit froidement : *Soûle-le. Alors tu pourras lire en lui. Tu pourras lire en lui comme dans un livre.*

5

Ils étaient sortis avec le Tomcat, qui n'avait pas du tout volé mais roulé sur le sol comme à son habitude, en évoluant toutefois dans un silence si complet qu'il en devenait fantomatique, au lieu d'émettre ses cliquetis et grondements bien connus.

Ils sortirent du bois et cahotèrent le long du jardin. Bobbi gara le Tomcat où elle l'avait pris le matin.

Gardener regarda le ciel qui commençait à se couvrir et dit :

« Tu ferais mieux de le rentrer dans le hangar, Bobbi.

— Il ne craint rien », répondit-elle simplement.

Elle empocha la clé et se dirigea vers la maison. Gardener jeta un coup d'œil vers le hangar, commença de suivre Bobbi, puis se retourna. Un gros cadenas Krieg fermait la porte du hangar. Encore un changement. On dirait que nous ne sommes pas sortis de la forêt, si je puis me permettre cette plaisanterie.

Qu'est-ce que tu as, dans ce hangar ? Une machine à remonter le temps qui marche sur piles ? Qu'est-ce que la Nouvelle Bobbi Améliorée a caché là-dedans ?

6

Quand il entra dans la maison, Bobbi fourrageait dans le frigo. Elle en sortit deux bières.

« Tu voulais vraiment un café, ou tu préfères ça ?

— Et que dirais-tu d'un Coca ? Le Coca-Cola convient mieux aux soucoupes volantes ! Je n'en démordrai pas, dit-il avec un rire un peu involontaire.

— Bien sûr... Je l'ai fait, hein ? demanda Bobbi qui interrompit son geste pour remettre les bières au frigo et en extraire deux boîtes de Coke.

— Hein ?

— Je t'ai emmené là-bas, et je te l'ai montré. Le vaisseau. Non ? »

Seigneur ! songea Gardener. *Seigneur Dieu.*

Pendant un instant, debout, là, avec ses boîtes à la main, elle ressembla à une femme atteinte de la maladie d'Alzheimer.

« Oui, dit Gardener qui en avait la chair de poule. Oui tu me l'as montré.

— Bon, répondit Roberta d'un air soulagé, je me disais bien que je l'avais fait.

— Bobbi ? Ça va ?

— Bien sûr, dit-elle avant d'ajouter comme incidemment : C'est seulement que je ne me souviens pas de grand-chose entre le moment où nous avons quitté la maison et maintenant. Mais j'imagine que ça n'a pas vraiment d'importance, hein ? Tiens, voilà ton Coke, Gard. Buvons à la vie dans d'autres mondes, qu'est-ce que tu en penses ? »

7

Ils burent donc à d'autres mondes puis Bobbi demanda à Gard ce qu'ils devaient faire quant à ce vaisseau spatial sur lequel elle avait trébuché dans le bois derrière sa maison.

« *Nous* n'allons rien faire. *Tu* vas faire quelque chose.

— Je fais déjà quelque chose, Gard, dit-elle doucement.

— Je sais, répliqua-t-il d'un ton irrité. Mais je parle de dispositions définitives. Je serai plus qu'heureux de te donner tous les conseils que tu voudras — nous les poètes ivres et brisés sommes de grands donneurs de conseils — mais en fin de compte, c'est *toi* qui vas faire quelque chose. Quelque chose d'un peu plus important que de seulement le déterrer. Parce que c'est à toi. C'est sur tes terres, et c'est à toi.

— Tu ne penses tout de même pas, s'insurgea Bobbi, que cette chose *appartient* à qui que ce soit ! Pourquoi ? Parce que l'oncle Frank m'a légué cette propriété par testament ? Parce qu'il avait un titre de propriété sur une parcelle d'un domaine que le roi George III avait pris aux Français, qui l'avaient pris aux Indiens ? Bon Dieu, Gard, cette chose date de cinquante millions d'années, quand les ancêtres de notre foutue race humaine étaient accroupis dans leurs cavernes à se curer le nez !

— Je suis sûr que c'est tout à fait vrai, dit sèchement Gardener, mais ça ne change pas la loi. Et de toute façon, est-ce que tu vas perdre ton temps à me dire que tu n'as pas de sentiments possessifs vis-à-vis d'elle ? »

Bobbi eut l'air à la fois ennuyée et pensive.

« Possessifs ? Non — je ne dirais pas ça. C'est de la responsabilité que je ressens, pas de la possessivité.

— Enfin bon, l'un ou l'autre. Mais puisque tu m'as demandé mon opinion, je vais te la donner. Appelle la base de l'armée de l'air de Limestone. Dis à qui te répondra que tu as trouvé sur tes terres un objet non identifié qui ressemble à un engin volant de technique avancée. Il se peut que tu aies du mal au début, mais tu finiras par les convaincre. Ensuite... »

Bobbi Anderson se mit à rire. Elle rit longtemps et fort. C'était un vrai rire, et il ne recelait rien de méchant, mais il mit Gardener très mal à l'aise. Elle rit jusqu'à ce que des larmes lui coulent sur le visage. Il se raidit.

« Je suis désolée, dit-elle en voyant son expression. C'est seulement que je n'arrive pas à croire que c'est toi qui me dis ça, toi ! Tu sais... c'est seulement... elle éclata de rire à nouveau. Enfin, ça m'a fait un choc. C'est comme si un prédicateur baptiste conseillait de boire pour se guérir de la luxure !

— Je ne comprends pas ce que tu veux dire.

— Mais si, tu comprends. J'écoute le type qui s'est fait arrêter à Seabrook avec un flingue dans son sac, le type qui pense que le gouvernement ne sera pas content tant que nous ne luirons pas tous dans le noir comme des montres à cadran phosphorescent, et il me dit tout simplement d'appeler l'armée de l'air pour qu'elle envoie des militaires ramasser un vaisseau interstellaire égaré.

— C'est ta terre...

— Merde, Gard! Ma terre est aussi exposée à l'expropriation par le gouvernement des États-Unis que celle de n'importe qui. C'est l'expropriation qui permet de construire les autoroutes. Et les centrales nucléaires. »

Bobbi s'assit et regarda Gardener en silence.

« Réfléchis un peu à ce que tu dis, reprit-elle doucement. Trois jours après que j'aurai passé ce coup de fil, ni la terre ni le vaisseau ne seront plus à " moi ". Six jours plus tard, ils auront tout entouré de fils de fer barbelés et posté des sentinelles tous les vingt mètres. Six *semaines* plus tard, je pense que 80 % de la population de Haven aura été expropriée, éjectée... ou aura simplement disparu. Ils pourraient le faire, Gard. Tu sais très bien qu'ils le pourraient. Ça revient tout simplement à ça : est-ce que tu veux que je prenne le téléphone et que j'appelle la police de Dallas ?

— Bobbi...

— Oui. Ça revient à ça. J'ai trouvé un vaisseau spatial et tu veux que je prévienne la police de Dallas. Est-ce que tu crois qu'ils vont venir ici et dire : " Voudriez-vous nous accompagner à Washington, mademoiselle Anderson, s'il vous plaît ? Le haut commandement aimerait connaître vos idées à ce sujet, non seulement parce que vous possédez — enfin, vous *possédiez* — le domaine sur lequel l'objet a été trouvé, mais parce que le haut commandement demande *toujours* leur avis aux écrivains de westerns avant de décider que faire de ce genre de choses. Et le Président voudrait également que vous passiez à la Maison Blanche pour que vous lui donniez votre opinion. Il aimerait aussi vous dire combien il a aimé *Noël en feu*. »

Bobbi rejeta la tête en arrière et cette fois, elle eut un rire sauvage, hystérique et assez inquiétant. Gardener le remarqua à peine. Est-ce qu'il avait *vraiment* pensé qu'ils viendraient ici et se montreraient polis ? Avec une chose potentiellement aussi énorme que ça sur les bras ? Certainement pas. Ils prendraient la propriété. Ils les bâillonneraient, Bobbi et lui... mais ça risquait même de ne pas suffire pour qu'ils se sentent rassurés. Il était possible qu'ils les envoient croupir dans un lieu à mi-chemin entre le Goulag et un Club Med snobinard. Les paris seraient ouverts, la seule certitude étant qu'ils n'en ressortiraient jamais.

Et peut-être que ça non plus ne leur suffirait pas... parents et amis, ni fleurs ni couronnes, s'il vous plaît. Alors seulement les nouveaux propriétaires pourraient dormir sur leurs deux oreilles.

Après tout, ce n'était pas vraiment un objet d'études historiques, comme un vase étrusque ou des balles Minié exhumées sur le site d'un ancien champ de bataille de la guerre de Sécession, n'est-ce pas ? La femme qui l'avait trouvé avait ensuite réussi à tirer de simples piles toute l'énergie nécessaire à sa maison... Et maintenant il était prêt à croire que si le nouveau levier de vitesse du Tomcat ne marchait pas encore, cela ne saurait tarder.

Et qu'est-ce qui le *ferait* marcher, exactement ? Des puces ? Des semi-conducteurs ? Non. *Bobbi*. C'était elle l'ingrédient ajouté, la Nouvelle Bobbi Anderson Améliorée. *Bobbi*. Ou peut-être n'importe qui s'approchant de cette chose. Et une trouvaille comme ça... on ne pouvait pas permettre à n'importe quel citoyen ordinaire de s'en emparer, non ?

« Quoi que ce soit, murmura-t-il, ce foutu machin doit être un formidable stimulateur cérébral. Elle t'a transformée en génie.

— Non, en savant idiot, dit calmement Bobbi.

— Quoi ?

— En savant idiot. Ils en ont une bonne demi-douzaine à Pineland — c'est l'hôpital pour débiles profonds. J'y ai passé deux étés pour un programme d'études quand j'étais à l'université. Il y avait un type qui pouvait multiplier de tête deux nombres de six chiffres et donner la réponse en moins de cinq secondes... et il pouvait tout aussi bien pisser dans son pantalon. Il y avait un typographe hydrocéphale de douze ans. Il avait la tête aussi grosse qu'une citrouille, mais il pouvait composer cent-soixante mots à la minute, parfaitement justifiés. Il ne savait ni parler, ni lire, ni *penser*, mais il composait à la vitesse d'un ouragan. »

Bobbi extirpa une cigarette du paquet et l'alluma. Ses yeux, dans son mince visage hagard, fixèrent Gardener.

« C'est exactement ce que je suis, un savant idiot. C'est *tout* ce que je suis, et ils le savent. Ces bidules — pour la machine à écrire, le chauffe-eau — je ne m'en souviens que partiellement. Quand je les *fais*, tout semble clair comme de l'eau de roche. Mais plus tard... Est-ce que tu comprends ? » demanda-t-elle à Gardener avec un regard suppliant.

Il hocha la tête.

« Ça vient du vaisseau, comme les émissions de radio viennent d'une tour hertzienne. En d'autres termes, un poste de radio peut capter les émissions et les transmettre à l'oreille humaine, mais le poste de radio lui-même ne *parle* pas. Le gouvernement serait trop heureux de mettre la main dessus, de m'enfermer quelque part, et puis de me couper en petits morceaux pour voir si j'ai subi des transformations physiques... Dès qu'un regrettable accident leur donnera une raison de pratiquer une autopsie, naturellement.

— Est-ce que tu es certaine de ne pas lire dans mes pensées, Bobbi ?

— Non. Mais crois-tu vraiment qu'ils éprouveraient des scrupules à sacrifier quelques vies pour une pareille trouvaille ? »

Gardener hocha lentement la tête.

« Suivre ton conseil reviendrait à ça, dit Roberta. D'abord appeler la police de Dallas, ensuite être mis au trou par la police de Dallas, enfin se faire tuer par la police de Dallas. »

Gard la regarda, troublé, et dit :

« D'accord. Je me range à tes arguments. Mais qu'est-ce qu'on peut faire d'autre ? Il faut bien que tu fasses *quelque chose*, bon Dieu. Ce machin est en train de te *tuer*.

— *Quoi ?*

— Tu as perdu quinze kilos, pas mal comme début, non ?

— Qu'est-ce que... ? »

Bobbi eut l'air stupéfaite et gênée.

« Non, Gard, c'est impossible. *Sept*, peut-être, mais j'avais mes règles, de toute façon, et...

— Va te peser. Même avec tes bottes, si l'aiguille dépasse les quarante-cinq kilos, je mange la balance. Perds quelques kilos de plus et tu seras malade. Dans l'état où tu es, tu peux faire une arythmie cardiaque et mourir en deux jours.

— J'avais besoin de perdre quelques kilos. Et j'étais...

— ... trop occupée pour manger. C'est ce que tu allais dire ?

— Pas vraiment comme ça, ...

— Quand je t'ai vue, la nuit dernière, tu avais l'air d'un rescapé de la marche de la mort de Bataan. Tu savais qui j'étais, mais c'était *tout* ce que tu savais. Tu n'es toujours pas redescendue sur terre. Aujourd'hui, cinq minutes après notre retour de tes fouilles, dont j'admets le caractère stupéfiant, tu me demande si je t'y ai bien emmené ! »

Bobbi ne quittait pas la table des yeux, mais il put voir son expression : figée et renfrognée.

Il la toucha doucement.

« J'essaie seulement de te dire que même si cette chose dans les bois est tout à fait merveilleuse, elle a exercé sur ton corps et ton esprit une action dangereuse pour toi. »

Bobbi s'écarta de lui.

« Si tu veux dire que je suis folle...

— Non, pour l'amour du ciel, je ne dis pas que tu es folle ! Mais tu risques de le *devenir* si tu ne ralentis pas. Pourrais-tu nier que tu as eu des absences ?

— C'est un interrogatoire ?

— Pour une femme qui me demandait un conseil il y a un quart d'heure, tu es un témoin foutrement hostile. »

Pendant un moment, ils se regardèrent par-dessus la table, l'œil mauvais.

C'est Bobbi qui céda.

« Je n'appellerais pas ça des absences. N'essaie pas de rapprocher ce qui t'arrive quand tu bois trop de ce qui m'arrive à moi. Ce n'est pas la même chose.

— Je ne vais pas me lancer dans une discussion sur le vocabulaire avec toi, Bobbi. C'est une façon de détourner la conversation, et tu le sais. Cette chose, là-dehors, est dangereuse. C'est tout ce qui m'importe. »

Bobbi leva les yeux sur lui. Son visage était impénétrable.

« C'est ce que tu penses », dit-elle.

Ces mots ne constituaient ni une affirmation ni une question. Bobbi les avait prononcés tout uniment, sans la moindre inflexion.

« Tu n'as pas fait qu'avoir ou recevoir des idées, dit Gardener. Tu as été *menée*.

— Menée, dit Roberta sur le même ton neutre.

— Menée, oui, répéta Gardener en se frottant le front. Menée comme un homme méchant et stupide mènerait un cheval jusqu'à ce qu'il tombe mort... et puis fouetterait la carcasse parce que ce bon Dieu de canasson aurait eu le culot de mourir. Un tel homme serait dangereux pour les chevaux, et quoi qu'il y ait dans ce vaisseau... je crois que c'est dangereux pour Bobbi Anderson. Si je n'étais pas arrivé...

— Quoi ? Si tu n'étais pas arrivé, quoi ?

— Je crois que tu y serais encore, travaillant jour et nuit, sans manger... et d'ici la fin de la semaine tu serais morte.

— Je ne crois pas, dit froidement Bobbi, mais disons que tu as raison. En tout cas, je suis revenue sur terre, maintenant.

— Ce n'est *pas* vrai, tu ne vas *pas* bien. »

Son air de mule butée avait reparu sur le visage de Bobbi, cet air qui disait que Gard ne proférait que des conneries qu'elle se serait bien passée d'entendre.

« Écoute, dit Gardener. Je suis d'accord avec toi au moins sur un point, tout à fait d'accord : il s'agit de la chose la plus grandiose, la plus importante, la plus stupéfiante qui soit jamais arrivée. Quand ce sera connu, les titres du *New York Times* le feront ressembler au premier journal à potins venu. Les gens vont carrément changer de *religion* à cause de ça, tu t'en rends compte ?

— Oui.

— Ce n'est pas un baril de poudre, c'est une bombe atomique. Tu te rends compte de ça aussi ?

— Oui.

— Alors quitte cet air d'emmerdeuse. Il faut que nous en parlions, alors *parlons-en*, nom de Dieu !

— Ouais, dit-elle en soupirant. D'accord. Je suis désolée.

— J'admets que j'avais tort de vouloir appeler l'armée de l'air. »

Ils parlèrent ensemble, puis rirent ensemble, et ce fut bon.

Souriant toujours, Gard dit :

« Il faut faire *quelque chose*.

— Entièrement d'accord.

— Mais, Bobbi, bon sang ! J'ai raté mon examen de chimie dès la première année et je ne suis jamais allé au-delà des livres de physique en bandes dessinées pour gosse. Je ne sais pas précisément, mais je suis sûr qu'il faut que ce soit... étouffé... ou quelque chose comme ça.

— Nous avons besoin d'un avis d'expert.

— C'est vrai ! approuva vigoureusement Gardener qui n'en attendait pas tant. Des experts.

— Gard, tous les experts travaillent pour la police de Dallas. »

Gardener leva les bras de dégoût.

« Maintenant que tu es là, je vais aller bien. Je le sais.

— Il y a beaucoup plus de chances pour que ça tourne exactement au contraire. Avant longtemps, c'est *moi* qui aurai des absences.

— Je pense que ça vaut la peine de courir le risque.

— Tu as déjà pris ta décision, c'est ça ?

— Oui, j'ai décidé ce que je *veux* faire. Ce que je veux faire c'est ne rien dire et continuer à creuser. Je crois qu'une fois que j'aurai — que *nous* aurons, j'espère — creusé quinze ou vingt mètres de plus, nous devrions avoir dégagé une voie d'accès. Si nous pouvons entrer à l'intérieur... »

Les yeux de Bobbi se mirent à briller et à cette idée Gardener sentit l'excitation naître dans sa propre poitrine. Tous les doutes de la Terre ne pourraient retenir cette excitation.

« Si nous pouvons entrer ? répéta-t-il.

— Si nous pouvons entrer, nous pourrons atteindre les contrôles. Et si nous pouvons faire ça, je ferai décoller ce foutu truc du sol.

— Tu crois que tu peux faire ça ?

— Je *sais* que je le peux.

— Et ensuite ?

— Ensuite, je ne sais pas », dit Roberta en haussant les épaules.

C'était le meilleur mensonge, et le plus crédible, qu'elle eût proféré jusqu'ici, mais Gardener sentit que *c'était* un mensonge.

— Ensuite, il se passera quelque chose, dit-elle, c'est tout ce que je sais.

— Mais tu as dit que c'était à moi de prendre la décision.

— Oui. Pour ce qui est du monde extérieur, tout ce que je peux faire c'est continuer à ne *rien* dire. Si tu décides de *parler,* que puis-je faire pour t'en empêcher ? T'abattre avec le fusil de l'oncle Frank ? Je ne pourrais jamais. Peut-être qu'un des personnages de mes romans le pourrait, mais pas moi. Malheureusement, c'est dans la vie réelle que nous vivons, celle où il n'existe pas de vraies réponses. Je pense que dans cette vie réelle, je me contenterais de te regarder partir. Mais qui que tu appelles, Gard — scientifiques de l'université d'Orono, biologistes des laboratoires Jennings, physiciens du MIT — qui que tu appelles, ce sera toujours comme si tu avais finalement appelé la police de Dallas. Des gens viendront ici avec des camions pleins de fils de fer barbelés et d'hommes armés. Du moins, ajouta-t-elle avec un petit sourire, n'aurais-je pas à aller seule dans ce Club Med de la police.

— Non ?

— Non. Tu es dans le coup, maintenant. Quand ils m'emmèneront d'ici, tu seras juste à côté de moi, sur le même siège, dit-elle en élargissant son sourire sans y mettre plus d'humour. Bienvenue sur la galère, mon ami. N'es-tu pas heureux d'être venu ?

— Ravi », dit Gardener.

Et ils éclatèrent soudain de rire tous les deux.

8

Quand ils cessèrent de rire, Gardener découvrit que dans la cuisine de Bobbi, l'atmosphère s'était considérablement allégée.

« A ton avis, qu'est-ce qui arriverait au vaisseau, demanda Bobbi, si la police de Dallas s'en emparait ?

— As-tu déjà entendu parler du Hangar 18 ?

— Non.

— On dit que le Hangar 18 serait sur une base de l'armée de l'air non loin de Dayton. Ou de Dearborn. Ou ailleurs. N'importe où aux États-Unis. C'est là que se trouveraient les corps de cinq petits hommes au visage de poisson avec des branchies sur le cou. Les occupants d'une soucoupe volante. Ça fait partie des histoires qu'on entend, comme la rumeur sur le type qui a trouvé une tête de rat dans son hamburger, ou celle sur les alligators dans les égouts de New York. Mais maintenant, je me demande si c'est vraiment une histoire. Je crois que ce serait la fin.

— Est-ce que je peux te raconter un de ces contes de fées modernes, moi aussi, Gard ?

— Assène-le-moi.

— Est-ce que tu connais celui du type qui a inventé une pilule qui remplace l'essence ? »

9

Le soleil baissait sur l'horizon, dans un flamboiement de rouge, jaune et pourpre. Pour le voir se coucher, Gardener s'assit sur une grosse souche à l'arrière de la maison de Bobbi. Ils avaient parlé presque tout l'après-midi, discutant, raisonnant, se disputant parfois. Bobbi avait mis fin à la conversation en déclarant une fois de plus qu'elle mourait de faim. Elle avait préparé une énorme marmite de spaghettis et d'épaisses côtes de porc grillées. Gardener l'avait suivie à la cuisine, désireux de reprendre la conversation : les pensées roulaient dans sa tête comme les boules sur le feutre vert d'un billard. Mais Bobbi ne le laissa pas faire. Elle lui proposa un verre que Gardener, après une longue hésitation pensive, finit par accepter. Le whisky descendit sans problème, lui fit du bien, mais Gard ne sembla pas avoir besoin d'en prendre un second — enfin, pas un besoin irrépressible. Assis là, plein de nourriture et de boisson, regardant le ciel, il se disait maintenant que Bobbi avait eu raison. Ils avaient épuisé tous les sujets de discussion constructive.

Il était temps de prendre une décision.

Bobbi avait dévoré un dîner gargantuesque.

« Tu vas dégueuler, Bobbi, dit Gardener qui le pensait vraiment mais ne pouvait s'empêcher de rire.

— Non, dit-elle d'un ton placide. Je ne me suis jamais sentie aussi bien. »
Elle rota.

« En Chine, c'est un compliment à la cuisinière.

— Et après avoir bien baisé... »

Gard leva une jambe et laissa échapper un gaz. Bobbi éclata de rire.

Ils firent la vaisselle (« T'as encore rien inventé pour régler ça, Bobbi ? — Ça viendra, laisse-moi le temps. ») et gagnèrent le petit séjour terne, qui n'avait guère changé depuis l'époque de l'oncle de Bobbi, pour regarder les nouvelles du soir. Elles n'étaient pas très bonnes : le Proche-Orient à nouveau en effervescence, Israël lançant des raids aériens contre les forces syriennes au sol au Liban (et frappant une école par erreur — Gardener fit la grimace en voyant les enfants brûlés qui pleuraient), les Russes attaquant une poche de résistance de rebelles afghans, un coup d'État en Amérique du Sud.

A Washington, le Comité de réglementation du nucléaire avait publié une liste de quatre-vingt-dix centrales atomiques, dans trente-sept États, présentant des problèmes de sécurité qualifiés de « mineurs ou graves ».

Mineurs ou graves, génial ! se dit Gardener qui sentit sa vieille rage impuissante monter et lui tordre la poitrine, le mordant comme un acide. *Si Topeka saute, c'est mineur, si New York saute, c'est grave.*

Il se rendit compte que Bobbi le regardait un peu tristement.

« Le spectacle continue, hein ? dit-elle.

— Oui. »

Quand les nouvelles furent terminées, Bobbi dit à Gardener qu'elle allait se coucher.

« A sept heures et demie ?

— Je suis encore crevée. »

A la voir, on n'en doutait pas.

« D'accord. Je ne vais pas tarder à en faire autant. Je suis fatigué. On peut dire que ces deux derniers jours ont été complètement fous, mais je ne suis absolument pas sûr que je vais dormir, vu ce qui se passe dans ma tête.

— Tu veux un Valium ?

— J'ai vu que la boîte était toujours là, dit-il en souriant. Je m'en passerai. C'est toi qui aurais pu en utiliser une poignée ces deux dernières semaines. »

Quand Nora avait décidé de ne pas porter plainte contre son mari, l'État du Maine avait imposé à Gardener des soins médicaux. Il dut les subir six mois durant ; il lui sembla que de sa vie il ne pourrait plus se passer de Valium. En fait, il y avait presque trois ans qu'il n'en avait plus pris, mais de temps à autre — généralement quand il partait en voyage — il faisait renouveler son ordonnance. Il redoutait sinon qu'un ordinateur ne fasse clignoter son nom et qu'un psychologue payé par l'État du Maine ne débarque chez lui pour s'assurer que sa tête restait rétrécie à une taille acceptable.

Après que Bobbi se fut couchée, Gardener éteignit la télévision et resta un moment dans le fauteuil à bascule pour lire *Les Soldats des bisons*. Il ne tarda pas à entendre Bobbi ronfler vers le sommeil. Ses ronflements devaient être un élément de la conspiration visant à empêcher Gardener de s'endormir, mais il ne s'en inquiéta pas. Bobbi avait toujours ronflé, à cause d'une déviation de la cloison nasale. Autrefois, cela gênait Gardener, mais il avait découvert la nuit précédente qu'il y avait pire. Le silence spectral dans lequel elle était plongée sur le divan, par exemple. C'était *bien* pire.

Gardener passa la tête un moment dans l'entrebâillement de la porte, et retrouva Bobbi dans une position de sommeil qui lui était beaucoup plus familière, nue jusqu'à la ceinture, ses petits seins à l'air, les couvertures repoussées et coincées en désordre entre ses jambes, une main repliée sous sa joue, l'autre près de son visage, le pouce presque dans la bouche. Bobbi allait bien.

Alors Gardener sortit pour prendre une décision.

Le petit jardin de Bobbi se couvrait d'une végétation plus luxuriante que jamais : le maïs était plus haut que dans tous les champs que Gardener avait vus depuis Arcadia Beach, et ses plants de tomates gagneraient certainement un ruban bleu au concours agricole. Certains arrivaient à la poitrine de Gard.

Au milieu s'épanouissait un carré d'impressionnants tournesols géants, dodelinant de la tête dans la brise.

Quand Bobbi lui avait demandé s'il avait jamais entendu parler de la « pilule-à-remplacer-l'essence », Gardener avait souri et hoché la tête, lui aussi. Encore un conte de fées du XXe siècle. Elle lui avait alors demandé s'il y croyait. Gardener, sans se départir de son sourire, avait dit que non. Bobbi lui avait alors rappelé le Hangar 18.

« Est-ce que tu veux dire que tu *crois* que cette pilule existe ? Ou qu'elle *a* existé ? Un petit truc que tu flanquerais dans le réservoir et qui ferait marcher ta voiture toute la journée ?

— Non, répondit tranquillement Bobbi. Je n'ai jamais rien lu qui permette de penser qu'une telle pilule existe. Mais, ajouta-t-elle en se penchant en avant, les avant-bras sur les cuisses, je vais te dire ce que je *crois* : si elle *existait*, elle ne serait pas en vente. Un gros cartel, ou le gouvernement lui-même peut-être, l'achèterait... ou la volerait.

— Ouais », dit Gard.

Il avait souvent réfléchi à l'ironie inhérente au statu quo : si on ouvrait les frontières des États-Unis, on mettait tous les douaniers au chômage ; si on légalisait la drogue, on détruisait l'Agence de Contrôle de la Drogue. Autant essayer d'abattre un homme sur la lune avec un pistolet.

Gard éclata de rire.

Bobbi le regarda, étonnée, souriant un peu :

« Tu pourrais me faire rire aussi ?

— Je pensais seulement que s'il *existait* une pilule comme ça, la police de Dallas abattrait le gars qui l'aurait inventée et qu'on le mettrait à côté des petits hommes verts du Hangar 18.

— Avec toute sa famille. »

Gard ne rit pas, cette fois. Il ne trouvait plus ça aussi drôle.

« Vu sous cet éclairage, avait ajouté Bobbi, regarde ce que j'ai fait ici. Je ne suis même pas une bonne bricoleuse, et encore moins une scientifique, alors les forces qui ont travaillé sur moi ont produit un tas de trucs qui ressemblent à des gadgets de *Boy's Life* assemblés par un gamin plutôt maladroit.

— Mais qui marchent. »

Oui. Bobbi devait l'admettre. Ça marchait. Elle savait même vaguement *comment* ça marchait : selon un principe qu'on pourrait appeler « fusion de molécules effondrées ». Ce n'était pas atomique, complètement propre. La machine à écrire télépathique, dit-elle, dépendait d'une fusion de molécules effondrées pour son alimentation en courant, mais son véritable *principe* de fonctionnement était totalement différent, et elle ne le comprenait *pas*. Il y avait à l'intérieur une source de puissance qui avait commencé sa vie en tant que fer à friser, mais à part ça, Bobbi séchait.

« Tu fais venir une poignée de scientifiques de l'Agence pour la Sécurité nationale ou du *Shop*, et ils mettront probablement tout à plat en six heures, dit-elle. Ils s'agiteront partout comme des types qui viennent de prendre un coup de pied entre les jambes, et ils se demanderont comment ils ont fait pour ne pas découvrir depuis longtemps des notions aussi élémentaires. Et tu sais ce qui arrivera ensuite ? »

Gardener y avait bien réfléchi, la tête baissée, une main serrée sur une boîte de bière que Bobbi lui avait donnée, l'autre soutenant son front ; et soudain il s'était retrouvé à cette terrible réunion mondaine en train d'écouter Ted, l'Homme de l'Énergie, qui défendait la centrale d'Iroquois alors qu'en ce moment même on y chargeait les barres de commande : *Si on donnait à ces cinglés d'antinucléaires ce qu'ils veulent, ils reviendraient dans un mois ou deux pour pleurer qu'ils ne parviennent plus à utiliser leur sèche-cheveux, ou qu'ils ont découvert que leur robot de cuisine ne marchait plus au moment où ils voulaient préparer leur bouillie macrobiotique.* Il se vit amenant l'Homme de l'Énergie vers le buffet d'Arberg — il le vit aussi clairement que si c'était arrivé... merde, comme si c'était *en train* d'arriver. Sur la table, entre les chips et le bol de légumes crus, se trouvait l'un des bidules de Bobbi. Les piles étaient reliées à un tableau électrique, à son tour relié à un interrupteur mural tout à fait courant, de ceux qu'on trouve dans n'importe quelle quincaillerie pour un dollar. Gardener se vit tourner l'interrupteur et soudain tout ce qui se trouvait sur la table — les chips, les légumes crus, les crackers et leurs cinq sortes de garnitures, les restes de viande froide et la carcasse du poulet, les cendriers et les verres pleins — s'élevait à deux mètres dans les airs et y restait ainsi suspendu, les ombres formant des motifs très décoratifs sur la nappe. Ted, l'Homme de l'Énergie, contemplait la scène un moment, légèrement irrité, puis il saisissait le bidule de Bobbi. Il arrachait les fils, les piles roulaient sur la table. Et tout retombait à grand bruit, les verres renversés, les cendriers retournés, partout des mégots... Ted retirait sa veste de sport et en couvrait les restes du gadget, comme on couvrirait le cadavre d'un animal tué sur la route. Cela fait, il revenait à son petit auditoire fasciné, et reprenait son discours. *Ces gens croient qu'ils peuvent avoir le beurre et l'argent du beurre, pour toujours. Ils s'imaginent qu'il y aura toujours une solution de rechange. Ils ont tort. Il n'y a pas de solution de rechange. C'est simple : le nucléaire ou rien.* Gardener s'entendit crier dans un accès de rage qui, pour une fois n'avait pas été engendré par plusieurs verres d'alcool : *Et ce que vous venez de casser ? Hein ?* Ted se baissait et ramassait sa veste d'un geste aussi gracieux que celui d'un prestidigitateur faisant tournoyer sa cape devant le public ébahi. Il n'y avait rien en dessous ; le plancher n'était jonché que de quelques chips. Pas trace du gadget. Pas la moindre trace. *Et qu'est-ce que je viens de casser ?* demandait Ted, l'Homme de l'Énergie, en regardant Gardener droit dans les yeux avec une expression de sympathie à laquelle il avait généreusement ajouté une bonne dose de mépris. Il se tournait vers les autres invités. *Est-ce que quelqu'un voit quelque chose ?... Non,* répondaient-ils à l'unisson, comme des enfants qui récitent leur leçon : Arberg, Patricia McCardle, et tous les autres ; même le jeune barman et Ron Cummings, tous récitaient leur leçon. *Non, nous ne voyons rien, nous ne voyons rien du tout, Ted, pas la moindre chose, vous avez raison, Ted, c'est le nucléaire ou rien.* Ted souriait. *Vous allez voir qu'il va maintenant nous raconter la bonne vieille histoire de la petite pilule qu'on met dans son réservoir à essence et qui fait marcher la voiture toute une journée.* Ted, l'Homme de l'Énergie, se mettait à rire. Tous les autres se joignaient à lui. Ils se moquaient tous de Gardener.

Gardener leva la tête et regarda Bobbi Anderson avec des yeux suppliants.

« Est-ce que tu crois qu'ils... qu'ils classeront ça Top Secret ?

— Pas toi ? »

Au bout d'un moment, d'une voix très douce, Bobbi insista :
« Gard ?
— Oui, répondit Gard après un long silence. Oui, bien sûr qu'ils le feraient. »
Et pendant un instant, il fut sur le point d'éclater en sanglots.

10

Et maintenant, il était assis sur une souche derrière la maison de Bobbi, sans se douter le moins du monde qu'un fusil de chasse chargé était braqué sur sa nuque.

Il pensait à la vision qu'il venait d'avoir de cette nouvelle version d'une soirée chez Arberg. C'était si terrifiant, et si terriblement évident, qu'il se dit qu'on lui pardonnerait peut-être d'avoir mis si longtemps à voir et à comprendre. Le problème du vaisseau enterré ne pourrait se régler sur la seule base du bien de Bobbi ou de celui de Haven. Sans même considérer ce qu'était ce vaisseau, ni ce qu'il faisait à Bobbi ou à quiconque s'approchait de lui, le destin ultime du vaisseau enterré devrait être décidé sur la base du bien du *monde*. Gardener avait siégé dans des dizaines de comités dont les buts allaient du possible au plus fou. Il avait donné plus qu'il ne le pouvait vraiment pour payer des publicités lors de deux campagnes visant à exiger un référendum sur la fermeture de l'usine de Maine Yankee ; encore étudiant, il avait participé à des marches contre l'engagement militaire américain au Viêt-nam ; il appartenait à Greenpeace ; il soutenait le NARAL. Il avait exploré une demi-douzaine de chemins boueux dans son désir d'améliorer le monde, mais ses efforts, bien que nés d'une pensée individuelle, s'étaient toujours exprimés à travers un groupe. Maintenant...

A toi de décider, mon vieux Gard. Tout seul. Il soupira. Ce fut comme un sanglot. *Change un peu le monde, petit homme blanc... bien sûr. Mais demande-toi d'abord qui veut que le monde change. Ceux qui ont faim, ceux qui sont malades, ceux qui sont à la rue, non ? Les parents de ces gosses en Afrique, avec leur gros ventre et leurs yeux mourants. Les Noirs d'Afrique du Sud. L'OLP. Est-ce que Ted l'Homme de l'Énergie veut qu'on l'aide à tout changer ? Tu parles ! Pas Ted, ni le Politburo russe, ni la Knesset, ni le Président des États-Unis, ni les grandes firmes d'automobiles, ni Xerox, ni Barry Manilow.*

Oh non ! pas les grosses huiles, pas ceux qui détiennent vraiment le pouvoir, pas ceux qui conduisent la Machine du Statu Quo. Leur mot d'ordre est : « Éliminez ces cinglés que je ne saurais voir ! »

Fut un temps, il n'aurait pas hésité une seconde, et c'était presque hier. Bobbi n'aurait pas eu besoin de beaucoup d'arguments pour le convaincre ; ç'aurait été lui qui aurait fouetté les chevaux jusqu'à ce que leur cœur éclate... mais il aurait été attelé avec eux, tirant d'un même mouvement. Voilà qu'on disposait enfin d'une source d'énergie propre, tellement abondante et tellement facile à produire qu'elle pourrait presque être gratuite. En six mois, tous les réacteurs nucléaires des États-Unis pourraient être arrêtés. En un an, tous les réacteurs du monde. De l'énergie à bon marché. Des transports à bon marché. Des voyages vers d'autres planètes, et même vers d'autres systèmes solaires — après tout, le vaisseau de Bobbi n'était pas arrivé à Haven, dans le Maine, sur un toboggan. En fait, c'était — roulement de tambour, Maestro! — LA RÉPONSE À TOUT.

Il y a des armes sur ce vaisseau, tu crois?

Il allait demander ça à Bobbi quand les mots avaient gelé sur ses lèvres. Des armes? Peut-être. Et si Bobbi pouvait recevoir assez de cette « force » résiduelle pour créer une machine à écrire télépathique, ne pourrait-elle pas créer aussi quelque chose qui ressemblerait au pistolet à rayons mortels de Flash Gordon, mais qui marcherait vraiment? Ou bien un désintégrateur? Un faisceau porteur? Quelque chose qui, au lieu de faire seulement broummmmmmm ou taca-taca-tac, transformerait les gens en tas de cendres fumantes? Possible. Sinon, est-ce que les scientifiques hypothétiques de Bobbi ne pourraient pas *adapter* des trucs comme le gadget du chauffe-eau ou celui du Tomcat pour en tirer quelque chose qui pourrait faire beaucoup de mal aux gens? Évidemment. Après tout, bien avant qu'on ait même conçu les grille-pain, les séchoirs à cheveux et les radiateurs, l'État de New York utilisait l'électricité pour faire frire les meurtriers à Sing-Sing.

Ce qui effrayait Gardener, c'était surtout que cette idée d'armes inconnues était assez séduisante. Il s'y glissait, probablement, un peu d'intérêt personnel. Si on donnait l'ordre de jeter une veste de sport sur tout ce merdier, alors il ne faisait pas de doute que Bobbi et lui feraient partie de ce qui devait être couvert. Mais il envisageait d'autres possibilités. L'une, folle mais plutôt attirante, donnait à Bobbi la possibilité de botter un certain nombre de culs qui le méritaient bien. L'idée d'envoyer dans la stratosphère quelques joyeux drilles comme l'ayatollah Khomeiny était tellement délicieuse que Gardener en gloussa presque. Pourquoi attendre que les Israéliens et les Arabes règlent leurs problèmes? Et les terroristes de tout poil?... Au revoir, les amis!

Formidable, Gard! J'adore! On passera ça à la télévision! Ce sera mieux que Deux Flics à Miami! *A la place de deux pourfendeurs de trafiquants de drogue, voici Gard et Bobbi, parcourant la planète dans leur soucoupe volante! Que quelqu'un me passe le téléphone! Il faut que j'appelle CBS!*

Tu n'es pas drôle, se dit Gardener.

Qui est-ce que ça fait rire? Est-ce que tu n'es pas en train de parler de ça? Bobbi et toi jouant le Justicier solitaire et son copain?

Et alors? Combien de temps faudrait-il avant que ce choix commence à paraître bon? Combien de bombes dans des valises? Combien de femmes abattues dans les toilettes d'une ambassade? Combien d'enfants tués? Combien de temps allons-nous tout laisser continuer?

Gard, j'adore. « D'accord, vous tous sur la Planète Terre, chantez en cœur avec Gard et Bobbi — suivez la balle qui rebondit : " Écoute la réponse, écoute, mon ami, écoute, la réponse dans le vent... " »

Tu es répugnant.

Et tu commences à avoir l'air carrément dangereux. Est-ce que tu te souviens comme tu as eu peur quand le flic a trouvé le pistolet dans ton sac? Comme tu as eu peur parce que tu ne te rappelais pas l'y avoir mis? Ça recommence. Mais maintenant il s'agit d'un plus gros calibre. Doux Jésus, ô combien!

Quand il était jeune, il ne se serait jamais posé ces questions... et s'il se les était posées, il les aurait immédiatement écartées. Apparemment c'était ce qu'avait fait Bobbi. C'était elle, finalement, qui avait parlé de l'homme à cheval.

Qui est cet homme à cheval ?

Nous, Gard. Mais je crois... je crois que je veux surtout dire toi.

Bobbi, quand j'avais vingt-cinq ans, je brûlais sans cesse. Quand j'en avais trente, je brûlais parfois. Mais l'oxygène doit s'épuiser, parce que maintenant je ne brûle plus que lorsque je suis ivre. J'ai peur de monter sur ce cheval, Bobbi. Si l'histoire ne m'a appris qu'une chose, c'est que les chevaux aiment s'emballer.

Il bougea sur sa souche, et l'arme pointée sur lui le suivit. Bobbi était assise sur un tabouret de la cuisine, faisant pivoter légèrement le canon de son fusil à chaque mouvement de Gardener. Elle ne saisissait que très peu de ses pensées, et c'était frustrant, irritant. Mais elle en captait suffisamment pour savoir que Gardener n'était pas loin de prendre une décision... et quand il la prendrait, Bobbi était sûre qu'elle saurait laquelle.

Si c'était la mauvaise, elle lui logerait une balle dans la tête et enterrerait son corps dans la terre meuble du jardin. Elle n'envisageait pas cette possibilité de gaieté de cœur, mais s'il le fallait, elle le ferait.

Bobbi attendait calmement que le moment soit venu, l'esprit attentif au faibles émissions des pensées de Gardener, établissant des relations ténues.

Ce ne serait plus long.

11

En fait, ce qui te fait peur, c'est de te retrouver en position de force pour la première fois de ta vie misérable et déconcertante.

Il se redressa, frappé de stupeur. Ce n'était pas vrai ! *Non,* ça ne pouvait pas être ça.

Oh, mais si, Gard. Même quand il s'agit de base-ball, tu n'encourages que des équipes qui sont des perdantes notoires. Comme ça tu n'as jamais à te sentir déprimé si une des équipes prend une déculottée dans la coupe du monde. C'est la même chose pour les candidats des causes que tu soutiens, est-ce que j'ai tort ? Parce que si tes idées politiques n'ont jamais l'occasion d'être essayées concrètement, tu n'auras jamais le choc de t'apercevoir que le nouveau chef ne vaut pas mieux que l'ancien, non ?

Je n'ai pas peur. Pas de ça.

Tu parles, que tu n'as pas peur. Un cavalier ? Toi ? Quelle rigolade ! Tu aurais une crise cardiaque si on te demandait de monter sur un tricycle. Ta vie personnelle n'a cessé d'être un effort constant pour détruire toute base de pouvoir dont tu aurais pu disposer. Prenons le mariage. Nora était solide ; il a fallu finalement que tu tires sur elle pour t'en débarrasser, mais au moment crucial, tu n'as pas pu aller jusqu'au bout ! Tu es de ceux qui saisissent toutes les occasions, il faut le reconnaître. Tu t'es fait renvoyer de ton poste d'enseignant, éliminant ainsi une autre base de puissance. Tu as passé douze ans à verser assez d'alcool sur la petite étincelle de talent qui t'a été donnée pour l'éteindre. Et maintenant ça. Tu ferais mieux de t'enfuir, Gard.

Ce n'est pas juste ! Vraiment, ce n'est pas juste !

Non ? N'y a-t-il pas là assez de vérité pour que cela mérite au moins discussion ?

Peut-être. Peut-être pas. D'une façon ou d'une autre, il découvrit que la décision avait déjà été prise. Il resterait aux côtés de Bobbi, du moins pour un temps, il ferait les choses à sa façon.

Le ton allègre que Bobbi avait pris pour lui assurer que tout marchait comme sur des roulettes ne collait pas vraiment avec son épuisement et sa perte de poids. Ce que le vaisseau enterré pouvait faire à Bobbi, il pouvait probablement le lui faire à lui aussi. Ce qui était arrivé — ou n'était pas arrivé — aujourd'hui ne prouvait rien ; il ne pouvait s'attendre à ce que tous les changements interviennent d'un seul coup. Et pourtant, le vaisseau — et la force, quelle qu'elle fût, qui en émanait — avait une formidable capacité à faire le bien. C'était l'essentiel, et..., bon, que le Tommyknocker aille se faire *foutre*.

Gardener se leva et regagna la maison. Le soleil était couché, et le ciel devenait cendreux. Gard avait le dos raide. Il s'étira, debout sur la pointe des pieds, et grimaça en entendant ses vertèbres craquer. Il contempla, au-delà de la silhouette sombre et silencieuse du Tomcat, la porte du hangar avec son nouveau cadenas. Il eut envie d'aller regarder à l'intérieur par les interstices des planches qui condamnaient les fenêtres, puis il y renonça. Peut-être avait-il peur qu'un visage blanc ne se dresse comme un diable derrière les vitres sales, et ne découvre, en un sourire, le cercle presque parfait de ses dents fatales de cannibale. *Salut, Gard ! Est-ce que tu veux rencontrer un* vrai *Tommyknocker ? Entre donc ! Nous sommes toute une bande !*

Gardener frissonna. Il entendait presque les doigts maigres et malfaisants gratter les vitres. Il était arrivé trop de choses aujourd'hui et hier. Son imagination l'entraînait ; cette nuit, elle allait marcher et parler. Il ne savait pas s'il devait espérer le sommeil ou espérer rester éveillé pour la combattre.

12

Quand il fut rentré, son malaise se dissipa. Et avec lui son envie irrésistible d'un verre. Il enleva sa chemise et jeta un coup d'œil dans la chambre de Bobbi. Elle était couchée exactement comme avant, les couvertures coincées entre ses jambes si affreusement maigres, une main tendue, et elle ronflait.

Elle n'a même pas bougé. Bon Dieu, elle doit être épuisée !

Il prit une longue douche sous un jet aussi chaud qu'il put le supporter (avec le nouveau chauffe-eau de Bobbi, cela signifiait tourner à peine le robinet de cinq degrés à l'ouest du froid glacial). Quand sa peau rougit, il sortit dans une salle de bains aussi embuée que Londres étouffé par un brouillard de la fin de l'ère victorienne. Il se sécha, se brossa les dents avec un doigt — *il faut que j'aille faire des courses*, se dit-il — et alla se coucher.

En s'assoupissant, il se prit à repenser à la dernière chose que Bobbi avait dite pendant leur discussion. Elle croyait que le vaisseau enterré avait commencé d'affecter certains autres habitants du village. Quand il lui avait demandé des précisions, elle était restée dans le vague avant de changer de sujet. Gardener se disait que tout était possible, avec ce truc fou. Bien que la propriété du vieux Frank Garrick fût perdue en plein cambrousse, elle se trouvait presque exactement au centre géographique de la commune. Il y avait bien un village appelé Haven, mais il était à huit kilomètres au nord.

« On dirait que tu penses qu'il envoie du gaz empoisonné, avait-il risqué tout en espérant ne pas avoir l'air aussi mal à l'aise qu'il l'était vraiment. *Le paraquat de l'espace. Les Créatures de l'Agent Orange.* »

— Du gaz empoisonné ? » avait répété Bobbi.

Elle s'était à nouveau retirée en elle-même, son mince visage fermé et distant.

« Non, pas du gaz empoisonné. Appelle ça des vapeurs, si tu veux y mettre un nom. Mais ce serait plutôt des vibrations, comme quand on le touche. »

Gardener n'avait rien dit. Il ne voulait pas qu'elle sorte de son état d'inspiration.

« Des vapeurs ? Non pas ça non plus. Mais *comme* des vapeurs. Si les gens de l'Agence pour la Protection de l'Environnement venaient avec leurs appareils d'analyse de l'air, je ne crois pas qu'ils trouveraient d'agents polluants. S'il existe un résidu physique réel dans l'air, ce n'est qu'à l'état de traces infimes.

— Crois-tu que ce soit possible, Bobbi ? avait-il demandé doucement.

— Oui. Je ne dis pas que je *sais* ce qui arrive, parce que je ne le sais pas. Je n'ai pas d'informations directes. Mais je crois qu'une fine couche de la coque du vaisseau — et quand je dis *fine,* je pense à une ou deux molécules d'épaisseur — pourrait s'oxyder depuis que je l'ai mise au jour et que l'air l'attaque. Ça veut dire que c'est moi qui ai pris la première dose, la plus forte... et qu'ensuite le reste est parti dans le vent, comme des retombées. Les gens du village en recevront l'essentiel... mais " l'essentiel " signifie vraiment " infiniment peu ", dans le cas présent. »

Bobbi s'était tournée dans son fauteuil à bascule et avait abaissé sa main droite. C'était un geste que Gardener l'avait souvent vue faire depuis son arrivée, geste inconscient des doigts habitués à trouver la tête poilue de Peter, et son cœur s'était serré pour son amie quand un voile de tristesse était passé sur son visage. Bobbi avait reposé sa main sur ses genoux.

« Mais je ne suis pas certaine que c'est ce qui se passe, tu sais. Un certain Peter Straub a écrit un roman, *Le Dragon flottant...* Tu l'as lu ? »

Gardener avait secoué la tête.

« Enfin, il y postule quelque chose qui ressemble à ton Agent Orange de l'Espace ou paraquat des Dieux ou je ne sais quel nom tu as trouvé. »

Gardener sourit.

« Dans l'histoire, un produit chimique expérimental est diffusé dans l'atmosphère et retombe sur un quartier de banlieue d'une ville du Connecticut. Ce truc, c'est *vraiment* du poison — une sorte de gaz qui rend fou. Les gens se bagarrent sans raison, un type décide de repeindre toute sa maison — y compris les fenêtres — en rose indien, une femme court jusqu'à ce qu'elle meure d'une crise cardiaque, etc. Dans un autre roman, *Onde cérébrale,* de... »

Elle fonça les sourcils et sa main droite longea de nouveau le côté du fauteuil avant de remonter.

« ... de Poul Anderson, Anderson comme moi, la Terre passe à travers la queue d'une comète et certaines des retombées rendent les animaux plus intelligents. Le livre commence par la description d'un lapin qui *raisonne,* littéralement, pour arriver à se sortir d'un piège.

— Plus intelligents, répéta Gardener.

— Oui. Si tu avais un QI de 120 avant que la Terre ne traverse la queue de la comète, tu te retrouves avec un QI de 180, tu comprends ?

— Une véritable intelligence ?

— Oui.

— Mais avant, tu as parlé d'un savant idiot. C'est tout l'opposé d'une véritable intelligence, non ? c'est une sorte de... de *bosse* des maths sans rien autour...

— Ça n'a pas d'importance », répondit Roberta en écartant cette remarque de la main.

Maintenant, allongé dans son lit, en train de s'assoupir, Gardener se le demandait.

13

Cette nuit-là, il fit un rêve. C'était très simple. Il était dans le noir devant le hangar, entre le corps de ferme et le jardin. A sa gauche, la masse sombre du Tomcat. Il se disait exactement ce qu'il s'était dit le soir — qu'il allait regarder par une fenêtre, entre les planches. Et qu'allait-il voir ? Mais les Tommy-knockers, bien sûr ! Pourtant, il n'avait pas peur. Au lieu de ressentir de la peur il éprouvait un ravissement, une joie. Parce que les Tommyknockers n'étaient ni des monstres, ni des cannibales ; ils étaient comme les lutins serviables dans l'histoire du petit cordonnier. Il allait regarder à travers les vitres sales du hangar comme un enfant ravi regardant par la fenêtre de sa chambre dans une illustration de *La Nuit de Noël* (et qui était donc le Père Noël, le joyeux lutin ? Un vieux Tommyknocker en habit rouge !) et il *les* verrait, riant et bavardant autour d'une longue table, bricolant des générateurs d'électricité et des planches à roulettes de lévitation, et des téléviseurs qui montreraient des films par transmission de pensée.

Il s'approchait du hangar, et soudain le bâtiment se trouvait éclairé par la même lueur que celle provenant de la machine à écrire modifiée de Bobbi. Le hangar avait été transformé en une sorte de lanterne magique, à ceci près qu'il n'en émanait pas une chaude lumière jaune, mais une lueur d'un affreux vert pourri. Elle filtrait entre les planches, elle filtrait à travers les trous laissés par les nœuds, projetant comme des yeux de chat maléfiques sur le sol. Et *maintenant*, il avait peur, parce qu'aucun étrange petit ami venu de l'espace n'aurait produit *cette* lumière ; si le cancer avait une couleur, ce serait celle qui dégoulinait de chaque fente ou fissure, de chaque trou, de chaque fenêtre condamnée du hangar de Bobbi Anderson.

Mais il s'approchait tout de même, parce que dans les rêves on ne fait pas toujours ce qu'on veut. Il s'approchait, ne voulant plus voir, pas plus qu'un enfant ne voudrait regarder par la fenêtre de sa chambre le soir de Noël pour voir le Père Noël glissant sur un toit pentu couvert de neige, une tête coupée dans chaque main gantée, le sang dégoulinant des cous en fumant dans le froid.

Par pitié, non, non...

Mais il s'approchait et quand il arrivait dans la lueur verte, de la musique rock envahissait sa tête en un flot paralysant de violence. C'était George Thorogood et les Destroyers, et Jim savait que quand la guitare distorsion de George commencerait à jouer, son crâne vibrerait un moment d'harmonies meurtrières et exploserait tout simplement comme les verres d'eau dans la maison dont il avait un jour parlé à Bobbi.

Rien de cela n'avait d'importance. Seule la peur avait de l'importance ; la peur des Tommyknockers dans le hangar de Bobbi. Il sentait leur présence, il pouvait presque sentir leur *odeur,* une odeur riche et électrique, comme celle de l'ozone et celle du sang.

Et... les étranges bruits de liquide qui barbote. Il pouvait les entendre même avec la musique dans sa tête. C'était comme une vieille machine à laver, sauf que ça ne faisait pas un bruit d'eau, et ce bruit était faux, faux, *faux.*

Alors qu'il se haussait sur la pointe des pieds pour regarder dans le hangar, le visage aussi vert que celui d'un cadavre sorti des sables mouvants, George Thorogood commença à jouer un blues sur sa guitare distorsion, et Gardener se mit à hurler de douleur — et c'est *alors* que sa tête explosa et qu'il se réveilla assis tout droit dans le vieux lit de la chambre d'amis, la poitrine couverte de sueur, les mains tremblantes.

Il se rallongea en pensant : *Mon Dieu ! S'il faut que tu fasses des cauchemars à cause de ça, va donc y jeter un coup d'œil demain. Ça te calmera.*

Il s'était attendu à faire des cauchemars après avoir pris sa décision ; en se recouchant, il se dit que ce n'était que le premier. Mais il ne rêva plus.

Pas cette nuit-*là.*

Le lendemain, il accompagna Bobbi sur le champ de fouilles.

LIVRE **II**

Contes et légendes de Haven

Le terroriste était défoncé !
Le Président était envapé !
La sécurité était blindée !
Les Services secrets étaient beurrés !
Et tout le monde est pinté,
Tout le monde est paumé,
Tout le monde est bourré,
Et ça n'est pas près de changer,
Parce que tout le monde est pinté,
Tout le monde est paumé,
Tout le monde boit pendant le service.

THE RAINMAKERS, « Boire pendant le service ».

Et puis il a couru jusqu'au village en criant
« C'est tombé du ciel ! »

CREEDENCE CLEARWATER REVIVAL, « C'est tombé du ciel »,

1.

LA COMMUNE

1

Avant de s'appeler Haven, le village avait porté quatre autres noms.

L'existence de la municipalité commence en 1816, sous le nom de Montville Plantation. Un certain Hugh Crane en possédait tout le territoire. C'est en 1813 que cet ancien lieutenant des armées de la Révolution américaine avait acquis cette propriété de l'État du Massachusetts, dont le Maine était alors une province.

Ce nom de Montville Plantation était une plaisanterie irrespectueuse. De toute son existence, le père de Crane, douzième comte de Montville, ne s'était jamais aventuré à l'est de Londres et, bon conservateur, il était resté fidèle à la Couronne quand les colons d'Amérique s'étaient insurgés contre elle. Il mourut pair du royaume. Hugh Crane, son fils aîné, aurait dû devenir à son tour comte de Montville, treizième du nom. Mais son père, furieux qu'il ait pris le parti des rebelles, le déshérita. Pas décontenancé le moins du monde, Crane se proclama joyeusement premier comte du Maine Central et parfois même duc de Nullepart.

La propriété que Crane appelait Montville Plantation comptait environ 9 000 hectares. Quand Crane demanda et obtint pour son domaine le statut de municipalité, Montville Plantation devint la cent quatre-vingt-treizième commune du Maine, province du Massachusetts. Crane avait acheté cette terre parce qu'on y trouvait à foison du bois de bonne qualité et que Derry, où les troncs pouvaient être mis à l'eau pour flotter jusqu'à la mer, n'était qu'à huit lieues.

Combien Hugh Crane paya-t-il cette terre qui devint Haven ?

Il emporta le morceau pour dix-huit cents livres.

Naturellement, à l'époque, avec une livre, on allait beaucoup plus loin que maintenant.

2

A la mort de Hugh Crane, en 1826, cent trois personnes vivaient à Montville Plantation. Les bûcherons doublaient le nombre des habitants pendant six ou sept mois de l'année, mais ils ne comptaient pas vraiment, parce qu'ils allaient dépenser à Derry le peu d'argent qu'ils gagnaient, et généralement c'était aussi à Derry qu'ils s'installaient quand ils se faisaient trop vieux pour travailler dans les bois. A cette époque, « trop vieux pour travailler dans les bois », c'était environ vingt-cinq ans.

En 1826, la petite communauté qui devait devenir le village de Haven n'en avait pas moins commencé à s'étendre le long de la route boueuse qui conduisait au nord vers Derry et Bangor.

On pouvait lui donner le nom que l'on voulait (et, sauf dans les souvenirs des plus vieux de la vieille, comme Dave Rutledge, elle finit par s'appeler tout simplement Route n° 9). C'était forcément cette route que les bûcherons devaient emprunter à la fin de chaque mois pour aller claquer leur paie dans les bars et les bordels de Derry. Ils gardaient l'essentiel de leur argent pour les plaisirs de la grande ville, mais la plupart ne refusaient pas de se dépoussiérer le gosier en chemin avec une bière ou deux, à la taverne Cooder ou au Lodging-House. Ce n'était pas grand-chose, mais cela suffisait à asseoir solidement ces modestes entreprises. Le magasin juste en face, le General Mercantile (dont le propriétaire, qui trônait derrière le comptoir, était le propre neveu de Hiram Cooder), sans être aussi florissant, restait néanmoins une affaire prospère. En 1828, un coiffeur-barbier-chirurgien (qui n'était autre que le cousin de Hiram Cooder) ouvrit boutique à côté du General Mercantile. A l'époque, il n'était pas rare de trouver, dans ce petit établissement animé et de plus en plus apprécié, un bûcheron installé dans l'un des trois fauteuils inclinables pour se faire couper les cheveux, raser la barbe et recoudre une entaille au bras, tandis que, extraites du pot qui voisinait avec la boîte à cigares et accrochées chacune au-dessus d'un des yeux fermés du patient, deux grosses sangsues viraient du gris au rouge au fur et à mesure qu'elles se gorgeaient de sang, protégeant ainsi l'homme contre toute infection de sa blessure et contre une maladie que l'on appelait à l'époque « cervelle douloureuse ». En 1830, un hôtel-restaurant (propriété du frère de Hiram Cooder) s'installa à l'extrémité sud du village.

En 1831, Montville Plantation devint Coodersville.

Personne n'en fut très surpris.

Coodersville resta Coodersville jusqu'en 1864, mais prit alors le nom de Montgomery, en l'honneur d'Ellis Montgomery, un fils du pays tombé en héros à la bataille de Gettysburg où, dit-on, le 20ᵉ régiment du Maine sauva l'Union à lui tout seul. Personne ne contesta ce changement : le dernier des Cooder, ce vieux fou d'Albion, avait fait faillite et s'était suicidé deux ans plus tôt.

Dans les années qui suivirent la fin de la guerre de Sécession, une mode, aussi inexplicable que la plupart des modes, déferla sur l'État du Maine. Il ne s'agissait ni de jupes à crinolines ni de rouflaquettes : on se mit frénétiquement à affubler les villages de noms empruntés à l'Antiquité. De cette époque datent Sparte, Carthage et Athènes, et, naturellement, Troie, juste à côté. En 1878, les habitants de Montgomery votèrent pour changer à nouveau le nom de leur village ; cette fois, il devait s'appeler Ilion. Lors d'une réunion précédant le vote, la mère d'Ellis Montgomery infligea aux citoyens une longue philippique larmoyante qui parut plus sénile que convaincante. On raconte que les habitants de Montgomery écoutèrent, avec patience et une touche de culpabilité, la mère du héros accablée sous le poids des ans — soixante-quinze pour être précis.

Certains trouvèrent que Mme Montgomery avait bien raison, que quatorze années ne représentaient guère le « souvenir immortel » solennellement promis à son fils lors des cérémonies de changement de nom qui avaient eu lieu le 4 juillet 1864, de telle sorte que la proposition mise aux voix aurait très bien pu être repoussée si la vessie de la bonne dame ne l'avait pas trahie à ce moment décisif. Tandis qu'elle continuait à vitupérer contre les Philistins ingrats qui auraient à se repentir de ce jour funeste, on l'aida à sortir de la salle.

Montgomery devint quand même Ilion.

Vingt-deux ans passèrent.

3

Vint alors un prédicateur du mouvement du Réveil de la Foi, bel homme à la langue agile qui, on ne sait pourquoi, méprisa Derry et choisit de planter sa tente à Ilion. Il se faisait appeler Colson, mais Myrtle Duplissey, qui se prétend l'historienne officielle de Haven, est convaincue que Colson s'appelait en fait Cooder, et qu'il était le fils illégitime d'Albion Cooder.

Quelle qu'ait pu être son identité, quand le maïs fut prêt pour la récolte il avait converti la plupart des chrétiens du village à sa version personnelle très vivante de la foi — au grand désespoir de M. Hartley, pasteur des méthodistes d'Ilion et de Troie, et de M. Crowell qui veillait sur la santé spirituelle des baptistes d'Ilion, Troie, Etna et Unity (une plaisanterie qui avait cours à l'époque prétendait que Crowell tenait son presbytère du village de Troie, mais ses hémorroïdes de Dieu). Quoi qu'il en soit, leurs voix ne clamaient plus que dans le désert. La congrégation de Colson continua de croître et multiplier au fil de cet été presque parfait de l'an 1900. Dire que les récoltes de l'année furent exceptionnelles ne leur rendrait pas justice : la fine couche de terre du nord de la Nouvelle-Angleterre, habituellement d'une avarice sordide, déversa cette année-là une véritable corne d'abondance qui sembla ne jamais devoir se tarir. De plus en plus déprimé et taciturne, M. Crowell, le baptiste qui tenait ses hémorroïdes de Dieu, finit par se pendre, trois ans plus tard, dans la cave du presbytère de Troie.

L'inquiétude de M. Hartley, le pasteur méthodiste, croissait, elle, au rythme de la ferveur évangélique qui déferlait sur Ilion comme une épidémie de choléra. Peut-être était-ce parce que les méthodistes sont, dans des circonstances ordinaires, les moins démonstratifs parmi les adorateurs de Dieu : ils n'écoutent pas de sermons mais des « messages », ils prient l'essentiel du temps dans un silence impressionnant, et ils considèrent que les « amen » de la congrégation ne doivent intervenir qu'à la fin du Notre Père et des rares hymnes qui ne sont pas chantés par le chœur. Mais ces ouailles jadis si réservées se mettaient maintenant à parler en langues et entraient en transe.

« Si ça continue, disait parfois M. Hartley, ils finiront par charmer des serpents. »

Les assemblées des mardis, jeudis et dimanches dans la tente du Réveil près de la route de Derry se firent de plus en plus bruyantes et sauvages, les fidèles laissant exploser leurs sentiments.

« Si cela se passait dans une tente de carnaval, on appellerait ça de l'hystérie », dit M. Hartley à Fred Perry, le diacre de son église et son seul véritable ami, un soir où ils sirotaient un verre de sherry au presbytère.

« Comme ça se passe dans une tente du Réveil, ils disent que c'est le Saint-Esprit qui descend sur eux. »

Le révérend Hartley avait vu juste au sujet de Colson. Ses soupçons furent amplement justifiés avec le temps, mais Colson s'était déjà enfui, non sans avoir récolté, au lieu de citrouilles et de patates, une belle quantité de monnaie sonnante et trébuchante et de femmes au tempérament généreux. Avant cela, il avait imprimé durablement sa marque sur le village en le faisant une dernière fois changer de nom.

En cette chaude soirée d'août, Colson commença son sermon en évoquant la moisson, symbole de la plus belle récompense divine, puis il en vint à parler du village. Colson avait déjà enlevé sa veste de costume. Ses cheveux trempés de sueur lui tombaient sur les yeux. Les sœurs avaient déjà commencé à s'agenouiller pour psalmodier leurs amen, bien que le moment de parler en langues et de se balancer en cadence soit encore loin.

« Je considère que ce village est sanctifié », avait annoncé Colson à ses fidèles en s'agrippant à son pupitre de ses deux mains puissantes.

Il est possible qu'il ait eu, pour le considérer ainsi, d'autres raisons que le choix que son honorable personne en avait fait afin d'y semer la bonne parole (sans parler de quelques bâtards), mais il n'en dit rien.

« Je considère que c'est un havre. Oui ! J'ai trouvé ici un havre de paix où je suis chez moi, une terre délicieuse, peut-être pas tellement différente de celle qu'ont connue Adam et Ève avant de cueillir ce fruit sur l'arbre qu'ils n'auraient pas dû manger. Sanctifié ! » mugit le prédicateur Colson.

Des années plus tard, des membres de la congrégation admiraient encore la façon dont, gredin ou pas, il pouvait invoquer Jésus.

« Amen ! » répondit la congrégation d'une seule voix.

La nuit, bien que chaude, ne l'était peut-être pas assez pour expliquer tout à fait le rouge qui monta aux joues et au front de nombreuses femmes ; ce genre de rougeurs étaient courantes depuis l'arrivée au village du prédicateur Colson.

« Pour Dieu, ce village est une gloire !

— Alléluia ! » cria la congrégation qui exultait.

Les poitrines se gonflèrent. Les yeux étincelèrent. Les langues humectèrent les lèvres.

« Ce village a reçu une *promesse* ! » s'écria le prédicateur Colson qui marchait maintenant de long en large d'un pas rapide, rejetant de temps à autre en arrière d'un coup de tête rapide, qui mettait en valeur son cou parfaitement cravaté, les boucles noires qui lui barraient le front.

« Ce village a reçu une *promesse* : la *promesse* d'une riche *moisson*, et *cette promesse sera tenue* !

— *Loué soit le Seigneur* ! »

Colson revint au pupitre, le saisit et regarda ses ouailles d'un air sévère.

« Alors, pourquoi voulez-vous qu'un village à qui est promise la *moisson* de Dieu et qui est le *havre de paix* de Dieu — pourquoi voulez-vous qu'un village qui témoigne ainsi de Dieu, porte je ne sais quel nom à coucher dehors ? Je n'arrive pas à me l'expliquer, mes frères. C'est le diable qui a dû égarer la génération précédente, je ne vois rien d'autre. »

Dès le lendemain, on envisagea de changer le nom d'Ilion en Haven. Le révérend Crowell protesta mollement contre ce changement, le révérend Hartley y mit beaucoup plus de vigueur. Les notables du village restèrent neutres, mais soulignèrent que le changement de nom coûterait vingt dollars au village pour la modification du registre des municipalités dans les dossiers d'Augusta, et probablement vingt dollars de plus pour remplacer les panneaux routiers. Sans parler du papier à en-tête des documents officiels.

Bien avant la réunion municipale de mars au cours de laquelle l'article 14 (« Voir si la commune approuverait le changement de nom de la municipalité n° 193 de l'État du Maine d'ILION en HAVEN ») fut discuté et mis au voix, le prédicateur Colson avait littéralement plié sa tente et s'était évanoui dans la nuit. Le pliage et l'évanouissement eurent lieu le 7 septembre, à l'issue de ce que Colson avait appelé pendant des semaines le Grand Réveil de la Moisson de 1900. Durant un mois au moins, il avait annoncé que cette assemblée serait la plus importante qu'il tiendrait dans ce village cette année-là ; peut-être la plus importante qu'il tiendrait jamais, même s'il devait s'installer ici — et Dieu semblait l'appeler de plus en plus souvent à le faire. A cette nouvelle, le cœur des dames se mettait à battre la chamade ! Ce serait, disait-il, la plus grande offrande d'amour au Dieu d'amour qui avait offert à ce village une récolte et une moisson aussi merveilleuses.

Colson récolta pour son compte. Il se mit à cajoler les fidèles pour qu'ils lui apportent la plus large « offrande d'amour » de son séjour, et finit par labourer et ensemencer non pas deux, ni quatre, mais *six* jeunes filles dans les champs derrière la tente après l'assemblée.

« Les hommes, y-z aiment les grands mots, mais la plupart d'entre eux, y cachent juste un derringer dans leur pantalon, même qu'y-z emploient de grands *mots* », dit un soir chez le barbier le vieux Duke Barfield.

S'il y avait eu un concours de l'Homme-le-plus-puant-du-village, le vieux Duke l'aurait remporté haut la main. Il dégageait une odeur d'œufs pourris qui seraient restés un mois dans une mare de boue. On l'écoutait, mais de loin, et contre le vent, s'il y avait du vent.

« Moi, j'ai entendu causer d'hommes qu'avaient un fusil à deux canons dans leur pantalon, et on en rencontre d' temps à aut', et une fois j'ai même entendu causer d'un type qu'avait un pistolet à trois coups, mais c't enculé d' Colson c'est le *seul* homme que j' connaisse qu'est venu avec un pistolet à six coups. »

Trois des conquêtes du prédicateur Colson étaient vierges avant l'intervention du baiseur de la Pentecôte.

L'offrande d'amour de cette nuit de la fin de l'été 1900 fut effectivement généreuse, mais les bavardages chez le barbier ne concordaient pas sur l'ampleur de la générosité *monétaire*. Tous disaient bien que même avant le Grand Réveil de la Moisson — où le prêche avait duré jusqu'à dix heures, le chant d'hymnes jusqu'à minuit et la partie de jambes en l'air dans les champs jusqu'à plus de deux heures — on avait sorti beaucoup d'argent. Certains faisaient remarquer que Colson n'avait pas non plus dépensé grand-chose pendant son séjour. Les femmes se battaient presque pour le privilège de lui apporter ses repas, et les propriétaires de l'hôtel lui avaient prêté un buggy... et naturellement, personne ne lui faisait jamais payer ses distractions nocturnes.

Au matin du 8 septembre, la tente et le prédicateur étaient partis. Il avait bien moissonné... et semé avec succès. Entre le 1er janvier et la réunion municipale de la fin mars 1901, neuf enfants illégitimes, trois filles et six garçons, naquirent dans la région. Ces neuf « enfants de l'amour » se ressemblaient étrangement : six avaient les yeux bleus, et leur tête s'orna invariablement de cheveux noirs brillants et drus. Les bavardages chez le barbier (et aucun groupe d'hommes sur terre ne sait aussi bien marier la logique et la luxure que ces oisifs pétant dans des fauteuils de coiffeur en roulant des cigarettes ou en projetant des giclées brunes de jus de chique dans des crachoirs de fer-blanc) insinuaient aussi qu'on ne pouvait préciser au juste le nombre de jeunes filles qui étaient parties « chez des parents » vers le sud, dans le New Hampshire, ou même aussi loin que le Massachusetts. Certains avaient aussi remarqué que beaucoup de femmes *mariées* avaient mis des enfants au monde entre janvier et mars. Pour celles-là, qui pouvait savoir ? Mais les bavardages chez le barbier rappelaient naturellement ce qui était arrivé le 29 mars, après que Faith Clarendon eut mis au monde un garçon vigoureux de quatre kilos. Un vent du nord humide et furieux tourbillonnait autour du toit de la maison des Clarendon, déversant le dernier grand chargement de neige de 1901 avant le retour de l'hiver en novembre. Cora Simard, la sage-femme qui avait mis le bébé au monde, somnolait à moitié près du poêle de la cuisine, attendant que son mari Irwin se fraye enfin un chemin dans la tempête pour la ramener à la maison. Elle vit Paul Clarendon s'approcher du berceau ou dormait son fils nouveau-né, de l'autre côté du poêle, dans le coin le plus chaud de la pièce. Il resta à contempler le bébé pendant plus d'une heure. Cora commit l'impardonnable erreur de prendre le regard de Paul Clarendon pour de l'admiration et de l'amour. Ses yeux se fermèrent peu à peu. Quand elle s'éveilla, Paul Clarendon était penché sur le berceau avec son rasoir à la main. Avant que Cora eût pu débloquer sa voix pour crier, il prit le bébé par sa toison de cheveux noir de jais et lui trancha la gorge. Il quitta la pièce sans un mot. Quelques instants plus tard Cora entendit un gargouillis provenant de la chambre. Elle trouva le mari et la femme sur le lit, les mains jointes. Clarendon avait tranché la gorge de sa femme, lui avait pris la main droite dans sa main gauche, et pour finir s'était tranché la gorge. C'était deux jours après que les habitants d'Ilion eurent approuvé par leur vote le changement du nom du village.

4

Le révérend Hartley s'opposa vigoureusement à ceux qui voulaient donner au village le nom qu'avait suggéré un homme qui s'était révélé voleur, fornicateur et faux prophète, un véritable serpent dans le poulailler. Il l'avait dit du haut de sa chaire et il avait remarqué les hochements de tête approbateurs de ses paroissiens avec un plaisir presque vindicatif qui ne lui ressemblait guère. Il arriva à la réunion communale du 27 mars 1901 certain que l'article 14 serait repoussé à une forte majorité. Il ne se troubla pas de la brièveté de la discussion qui s'instaura entre la lecture de l'article par le secrétaire de mairie et la question posée laconiquement par le maire Luther Ruvall : « Quelle est votre opinion, braves gens ? » S'il avait eu le moindre doute, Hartley aurait pris la parole avec véhémence, avec fureur, même, pour la seule fois de sa vie. Mais aucun doute ne traversa jamais son esprit.

« Que ceux qui sont pour le changement le montrent en disant oui », dit Luther Ruvall. Et quand le *oui !* vigoureux bien que sans passion, fit trembler la charpente, Hartley eut l'impression qu'on lui donnait un coup de poing en pleine poitrine. Il regarda autour de lui d'un air affolé, mais il était trop tard. La force de ce *oui !* l'avait pris si totalement par surprise qu'il ne savait même pas combien de ses propres ouailles s'étaient retournées contre lui et avaient voté à l'opposé de ses vœux.

« Attendez..., dit-il d'une voix étranglée que personne n'entendit.

— Qui est contre ? »

Quelques *non* épars. Hartley tenta de crier le sien, mais il ne s'échappa de sa gorge qu'une syllabe sans aucune signification : *Nik !*

« La motion est adoptée, dit Luther Ruvall. Passons maintenant à l'article 15. »

Le révérend Hartley sentit soudain qu'il avait chaud — beaucoup trop chaud. Il sentit en fait qu'il pourrait bien s'évanouir. Il se fraya un chemin à travers la foule des hommes debout en chemise à carreaux rouge et noir et pantalon de flanelle boueux, à travers les nuages de fumée âcre des cigarettes papier maïs et des cigares bon marché. Il avait toujours l'impression qu'il allait s'évanouir, mais maintenant il sentait qu'il pourrait aussi vomir *avant* de s'évanouir. Une semaine plus tard, il ne pouvait s'expliquer pourquoi ce choc avait été aussi profond, au point de confiner à l'horreur. Un an plus tard, il ne s'avouerait même plus qu'il avait ressenti une telle émotion.

Il sortit au sommet des marches menant à l'hôtel de ville, inspirant de grandes bouffées d'air à 5 °C, s'agrippant désespérément à la rampe, le regard perdu au loin dans les champs où fondait la neige. Elle avait suffisamment fondu pour qu'on aperçoive par plaques la terre boueuse à découvert et il pensa, avec une grossièreté vicieuse qui ne lui ressemblait pas non plus, que ces champs ressemblaient au pan d'une chemise de nuit tachée de merde. Il ressentit pour la première et la dernière fois de sa vie une amère jalousie à l'encontre de Bradley Colson — ou Cooder, si c'était là son véritable nom. Colson avait fui Ilion... oh, pardon! il avait fui *Haven*, son havre de paix. Il avait fui et maintenant Donald Hartley se prenait à penser qu'il pourrait bien en faire autant. *Pourquoi ont-ils fait ça?* Pourquoi? *Ils savaient quel genre d'homme c'était, ils le* savaient! *Alors pourquoi avaient-ils...*

Une large main chaude pressa son épaule. Il se retourna et vit son vieil ami Fred Perry. Le long visage réconfortant de Fred reflétait l'inquiétude et la sympathie, et Hartley sourit involontairement.

« Don, est-ce que ça va? demanda Fred Perry.

— Oui. J'ai eu un petit étourdissement à l'intérieur. A cause du vote. Je ne m'attendais pas à ce résultat.

— Moi non plus.

— Mes paroissiens y sont pour quelque chose, forcément. Le *oui* était si fort, il a bien fallu qu'ils l'aient crié aussi, tu ne crois pas?

— Eh bien...

— Apparemment, dit le révérend Hartley avec un petit sourire, je n'en sais pas autant que je le croyais sur la nature humaine.

— Reviens à l'intérieur, Don. Ils vont voter sur le pavage de Ridge Road.

— Je crois que je vais encore rester un peu dehors, et réfléchir à la nature humaine. »

Il s'interrompit, et juste quand Fred Perry tourna le dos pour rentrer, le révérend Donald Hartley demanda sur un ton presque suppliant :

« Est-ce que *toi,* tu comprends, Fred? Est-ce que tu comprends pourquoi ils ont fait ça? Tu as presque dix ans de plus que moi. Est-ce que tu comprends? »

Et Fred Perry, qui avait crié son propre *oui!* derrière son poing serré, hocha la tête et dit que non, qu'il ne comprenait pas du tout. Il aimait bien le révérend Hartley. Il respectait le révérend Hartley. Mais en dépit de ça (ou peut-être — peut-être seulement — à cause de ça), il avait pris un malin plaisir à voter pour un nom suggéré par Colson. Colson le faux prophète, Colson si sûr de lui, Colson le voleur, Colson le séducteur.

Non, Fred Perry ne comprenait pas du tout la nature humaine.

2.

BECKY PAULSON

1

Rebecca Bouchard Paulson avait épousé Joe Paulson, l'un des deux facteurs de Haven, qui représentait donc le tiers du personnel de la poste de Haven. Joe trompait sa femme, ce que Bobbi Anderson savait déjà. Maintenant, Becky Paulson le savait aussi. Elle le savait depuis trois jours. Jésus le lui avait dit. Ces derniers jours, Jésus lui avait dit les choses les plus stupéfiantes, les plus terribles et les plus affolantes que l'on puisse imaginer. Ça la rendait malade, insomniaque, folle... Mais est-ce que ce n'était pas aussi assez merveilleux ? Bon sang ! Est-ce qu'elle allait arrêter d'écouter, renverser l'image de Jésus pour qu'elle repose à plat sur Son visage, ou Lui crier de La fermer ? Sûrement pas. Pour commencer, elle ressentait une sorte de besoin malsain mais impérieux de connaître ce que Jésus avait à lui apprendre. Et puis, Il était le Sauveur.

Jésus était installé sur la télévision Sony des Paulson. Il s'y trouvait depuis six ans. Avant, Il avait trôné successivement sur deux téléviseurs Zénith. Becky estimait que Jésus occupait cette place d'honneur depuis environ seize ans. Jésus était représenté en relief, comme s'Il était vivant. C'était une image de Lui que la sœur aînée de Becky, Corinne, qui vivait à Portsmouth, leur avait offerte pour leur mariage. Quand Joe avait fait remarquer que la sœur de Becky était un peu pingre, non ? Becky lui avait dit de se taire. Non qu'elle en eût été vraiment surprise : elle ne pouvait attendre d'un homme comme Joe qu'il comprenne qu'on ne peut chiffrer la véritable Beauté.

Sur l'image, Jésus était vêtu d'une simple robe blanche et Il tenait sa houlette de Bon Pasteur. Le Christ posé sur la télévision de Becky Se peignait un peu comme Elvis juste après son retour de l'armée. Oui, Il ressemblait beaucoup à Elvis dans *G.I. Blues*. Il avait les yeux bruns et doux. Derrière Lui, dans une perspective parfaite, des moutons aussi blancs que des draps dans une publicité de lessive couvraient la prairie jusqu'à l'horizon. Becky et

Corinne avaient grandi dans une ferme d'élevage de moutons à New Gloucester, et l'expérience avait appris à Becky que les moutons ne sont *jamais* aussi uniformément blancs et laineux que des petits nuages de beau temps tombés sur terre. Mais, se disait-elle, si Jésus pouvait transformer l'eau en vin et ramener les morts à la vie, il n'y avait aucune raison pour qu'Il ne puisse, s'Il le voulait, faire disparaître les plaques de crotte au cul des moutons.

Joe avait une ou deux fois essayé d'enlever cette image de la télévision, et maintenant, Becky se disait qu'elle savait pourquoi, oui Monsieur ! Et comment ! Joe, naturellement avait inventé une raison :

« Ça me semble pas bien que Jésus trône sur le téléviseur pendant qu'on regarde *Magnum* ou *Deux flics à Miami*. Pourquoi tu le mets pas sur ta commode, Becky ? Ou bien... tiens, j'ai une idée ! Pourquoi pas le mettre sur ta commode jusqu'à *dimanche,* et alors tu pourrais le redescendre à sa place pendant que tu regardes les sermons de Jimmy Swaggart et Jack van Impe ? Je suis sûr que Jésus préfère de loin Jimmy Swaggart aux flics de Miami. »

Elle avait refusé.

Une autre fois, il avait dit :

« Quand ce sera mon tour de recevoir pour le poker du jeudi soir, il faudra l'enlever. Les gars aiment pas ça. Qui aurait envie que Jésus-Christ le regarde quand il essaie de tirer une quinte royale ?

— Peut-être qu'ils se sentent mal à l'aise parce qu'ils savent que les jeux d'argent sont diaboliques, avait répondu Becky.

— Alors, avait rétorqué Joe avec les réflexes d'un bon joueur de poker, c'est le diable qui t'a procuré ton séchoir à linge et cette bague de grenats que t'aimes tant. Tu devrais t' les faire rembourser et donner l'argent à l'Armée du Salut. J' crois qu' j'ai encore les tickets de caisse dans mon tiroir. »

Elle autorisa donc Joe à retourner l'image en trois dimensions de Jésus le jeudi soir où, chaque mois, il faisait des plaisanteries salaces en buvant de la bière autour d'un jeu de poker avec ses amis. Mais ce fut tout ce qu'elle concéda.

Mais maintenant, elle savait *vraiment* pourquoi il voulait se débarrasser de cette image. Il avait compris depuis toujours que cette image pourrait être une image *magique*. Oh, « sacrée » devait être un meilleur adjectif ! La magie, c'était pour les païens, les chasseurs de tête, les cannibales, les catholiques et les gens comme ça, mais ça revenait presque au même, non ? De toute façon, Joe avait dû sentir que l'image était spéciale et que, par elle, ses péchés seraient révélés.

Oh, évidemment, elle avait bien dû se douter, sans vouloir se l'avouer, qu'il se passait *quelque chose !* Jamais plus il ne l'importunait la nuit, et bien que ce fût une sorte de soulagement (le sexe, c'était exactement ce que sa mère lui avait dit : sale, brutal, parfois douloureux, et toujours humiliant), elle avait également détecté une odeur de parfum sur son col de temps à autre, et ça, ce n'était pas du tout un soulagement. Elle se disait qu'elle aurait pu ne jamais faire le rapprochement — entre les avances qui avaient cessé et cette odeur de parfum qu'elle avait commencé à repérer parfois sur le col de son mari — si l'image de Jésus posée sur la télé Sony ne s'était pas mise à parler, le 7 juillet. Elle aurait même pu ignorer un troisième facteur : les avances avaient cessé et le parfum s'était fait sentir presque au moment où le vieux Charlie Estabrooke avait pris sa retraite, et où une certaine Nancy Voss, venue d'Augusta, l'avait remplacé au bureau de poste. Becky pensait que la Voss (qu'elle n'appelait plus que la Garce) n'avait pas loin de cinq ans de plus qu'elle et Joe, c'est-à-dire sans doute presque cinquante ans, mais cette traînée était bien conservée et ne faisait pas son âge. Becky était prête à admettre qu'elle avait pris un peu de poids puisqu'elle était passée de cinquante-sept à quatre-vingt-douze kilos, essentiellement depuis que leur seul rejeton, Byron, avait quitté la maison.

Elle aurait pu feindre de tout ignorer, elle *aurait* tout ignoré, elle aurait peut-être même tout toléré avec soulagement : si la Garce aimait la bestialité des relations sexuelles, avec leurs grognements, leurs coups de boutoir et le jet final de ce truc qui sentait vaguement la morue et ressemblait à un liquide à vaisselle bon marché, alors cela ne faisait que prouver que la Garce elle-même n'était guère plus qu'un animal. Cela libérait aussi Becky d'une obligation fastidieuse, même si elle était de plus en plus rare. Elle aurait pu l'ignorer si l'image de Jésus n'avait pas parlé.

Elle parla pour la première fois juste après quinze heures dans l'après-midi du jeudi. Becky revenait de la cuisine avec un plateau (la moitié d'une brioche à la confiture et une chope de soda à la cerise) pour regarder son feuilleton, *Hôpital général*. Elle n'arrivait plus vraiment à croire que les héros Luc et Laura reviendraient jamais, mais elle n'avait pas *complètement* perdu espoir.

Elle se penchait pour allumer la télévision quand Jésus dit :

« Becky, Joe s'enfile la Garce presque tous les jours à l'heure du déjeuner, et parfois aussi le soir après le travail. Une fois, il était tellement excité qu'il l'a fait pendant qu'il devait l'aider à trier le courrier. Et tu sais quoi ? Elle a même pas dit : " Attends au moins que j'aie fini de trier les lettres urgentes. " Et c'est pas tout. »

Jésus traversa la moitié de l'image, Sa robe flottant autour de Ses chevilles, et Il s'assit sur un rocher qui émergeait du sol. Il tenait Sa houlette entre Ses genoux et regardait Becky d'un air sombre.

« Il se passe tellement de choses à Haven que t'en croirais pas la moitié. »

Becky parvint enfin à pousser un cri et tomba à genoux.

« Seigneur ! » s'exclama-t-elle.

Un de ses genoux atterrit sur son morceau de gâteau (qui avait en gros la taille et l'épaisseur de la Bible familiale), projetant de la confiture de framboises sur le museau d'Ozzie, le chat, qui était sorti en rampant de sous le poêle pour voir ce qui se passait.

« Seigneur ! Seigneur ! » continuait de crier Becky.

Ozzie se précipita en feulant vers la cuisine, où il se glissa à nouveau sous le poêle, du sirop rouge dégoulinant de ses moustaches. Il y passa le reste de la journée.

« Aucun des Paulson n'a jamais été bon à grand-chose », continua Jésus.

Un mouton s'approcha de Lui et Il l'écarta brutalement de Sa houlette avec une impatience distraite que Becky, en dépit de sa paralysie passagère, compara à celle de son père. Le mouton s'éloigna en ondulant un peu à cause de l'effet de troisième dimension de l'image. Il disparut, semblant même s'incurver tandis qu'il sortait du cadre... Mais ce n'était qu'une illusion d'optique, elle en était certaine.

« Que non ! déclara Jésus. Le grand-oncle de Joe était un meurtrier, comme tu le sais, Becky. Il a tué son fils, sa femme et ensuite lui-même. Et quand il est arrivé ici, au ciel, est-ce que tu sais ce qu'On lui a dit ? " Pas de place ! " C'est ça qu'On lui a dit, insista Jésus en se penchant en avant, appuyé sur Sa houlette. " Va donc voir l'autre aux sabots fendus là-bas en dessous, qu'On lui a dit. Tu trouveras là le havre qu'on t'a promis ! Mais il se pourrait que ton nouveau propriétaire te demande un sacré loyer et ne baisse jamais le chauffage ", qu'On lui a dit. »

Chose incroyable, Jésus lui fit un clin d'œil... et c'est alors que Becky s'enfuit de chez elle en criant.

2

Elle s'arrêta dans la cour, derrière la maison, à bout de souffle, ses cheveux blonds ternes dans les yeux, son cœur battant si vite qu'elle en fut effrayée. Dieu merci, personne n'avait entendu ses cris ni observé ses faits et gestes. Joe et elle vivaient assez loin sur la route de Nista, et leurs voisins les plus proches étaient les Brodsky, les catholiques qui vivaient dans cette roulotte répugnante. Les Brodsky étaient à presque un kilomètre. Ça valait mieux. Quiconque l'aurait entendue aurait pensé qu'il y avait une folle chez les Paulson.

Mais il y en a une, non ? Si tu crois que cette image s'est mise à parler, c'est que tu es folle. Papa t'aurait battue jusqu'à ce que tu aies des bleus de trois couleurs si tu lui avais dit une chose pareille : une couleur pour le mensonge, une autre pour y avoir cru, et une troisième pour avoir élevé la voix. Becky, les images ne parlent pas.

Non... et celle-ci ne l'a pas fait, dit soudain une autre voix. *Cette voix est sortie de ta propre tête, Becky. Je ne sais pas comment ça a pu se faire... comment tu as pu savoir ces choses-là... mais c'est ce qui s'est passé. Tu as fait dire à cette image de Jésus tes propres paroles, comme Edgar Bergen faisait parler Charlie McCarthy à la télévision pendant le show d'Ed Sullivan.*

Mais d'une certaine façon, cette solution semblait encore plus effrayante, carrément plus *folle* que l'idée que l'image aurait pu parler elle-même, et elle refusa de lui accorder le moindre crédit. Après tout, il se produisait chaque jour des *miracles :* ce Mexicain qui avait retrouvé une image de la Vierge Marie cuite dans son *enchilada,* ou je ne sais quoi ; les miracles de Lourdes ; sans parler de ces enfants qui avaient fait les gros titres du journal : ils avaient pleuré des pierres. Ça, c'étaient de *vrais* miracles (même s'il fallait admettre que les mômes qui pleuraient des pierres avaient dû trouver ça un peu douloureux), des miracles aussi enthousiasmants que les sermons de Pat Robertson. Mais entendre des voix, c'était idiot.

Mais c'est ce qui est arrivé. Et tu entends des voix depuis un moment maintenant, non ? Tu as entendu sa voix. Celle de Joe. Et c'est de là que c'est venu. Pas de Jésus, mais de Joe...

« Non, gémit Becky. J'ai pas entendu de voix dans ma *tête.* »

Elle restait plantée près de sa corde à linge dans la cour, le regard vide tourné vers les bois, de l'autre côté de la route de Nista. Ils étaient embrumés de chaleur. Moins d'un kilomètre plus loin à vol d'oiseau, dans ces bois, Bobbi Anderson et Jim Gardener dégageaient de sa gangue de terre un fossile titanesque.

Folle, lui dit dans sa tête la voix implacable de son défunt père. *Folle à cause de la chaleur. Viens un peu ici, Rebecca Bouchard, je vais te faire des bleus de trois couleurs pour avoir proféré d'aussi folles paroles.*

« Je n'ai pas entendu la voix dans ma *tête*, bougonna Becky. Cette image a *vraiment* parlé, je le jure, je ne suis pas ventriloque ! »

Il valait mieux que ce soit l'image. Si c'était l'image, c'était un miracle, et les miracles venaient de Dieu. Un miracle pouvait vous rendre fou — et le bon Dieu savait qu'elle avait l'impression de devenir folle en ce moment même — mais ça ne voulait pas dire que vous étiez fou *avant*. Par contre, entendre des voix dans sa tête, ou croire que vous pouviez entendre les pensées des autres...

Becky baissa les yeux et vit du sang sur son genou gauche. Elle cria à nouveau et courut dans la maison pour appeler un médecin, police secours, n'importe qui, n'importe quoi. Revenue dans le séjour, elle tripotait le cadran du téléphone, le combiné à l'oreille, quand Jésus dit :

« C'est seulement la confiture de framboises de ta brioche, Becky. Pourquoi est-ce que tu ne te calmes pas avant d'avoir une crise cardiaque ? »

Elle regarda le téléviseur Sony et laissa tomber le combiné sur la table, où il atterrit en faisant « clonk ». Jésus était toujours assis sur Son rocher. Il semblait qu'Il avait croisé les jambes. Sa ressemblance avec le père de Becky était étonnante... mais Il n'avait pas l'air sévère, prêt à se mettre en colère sans crier gare. Il la regardait avec une patience douce quoique exaspérée.

« Vérifie un peu, et tu verras si j'ai pas raison », dit Jésus.

Elle toucha légèrement son genou, grimaçant de la douleur qu'elle s'attendait à ressentir. Il n'y en eut pas. Elle aperçut les graines dans le sirop rouge et se détendit. Elle lécha la confiture de framboises sur ses doigts.

« Et puis, continua Jésus, il faut que tu te sortes de la tête cette idée que tu entends des voix et que tu deviens folle. C'est seulement Moi, et Je peux parler à qui Je veux, comme Je veux.

— Parce que Vous êtes le Sauveur, murmura Becky.

— Tu l'as dit, Becky. »

Il baissa les yeux. En dessous de Lui, sur l'écran, deux portions de salades dansaient pour montrer leur joie d'avoir été assaisonnées avec Hidden Valley Ranch Dressing.

« Et Je voudrais, s'il te plaît, que tu éteignes ces conneries, si ça ne te fait rien. On ne peut pas parler quand cet appareil est allumé. Et puis ça Me chatouille les pieds. »

Becky s'approcha du téléviseur Sony et l'éteignit.

« Seigneur », murmura-t-elle.

3

Le dimanche suivant, dans l'après-midi, Joe Paulson faisait une sieste dans le hamac de la cour avec Ozzie, le chat, répandu sur son large estomac. Becky était dans le séjour, et elle écartait le rideau pour regarder Joe. Qui dormait dans le hamac. Qui rêvait de sa Garce, sans aucun doute — rêvait de la renverser sur une grande pile de catalogues et de circulaires de Woolco, et alors — comment diraient Joe et ses porcs de compagnons de tripot ? — « de la tringler ».

Elle tenait le rideau de la main gauche parce qu'elle avait une poignée de piles parallélépipédiques de 9 volts dans la main droite. Elle emporta les piles dans la cuisine, où elle assemblait quelque chose sur la table. Jésus le lui avait demandé. Elle avait dit à Jésus qu'elle ne savait rien faire. Qu'elle était maladroite. Son papa le lui avait toujours dit. Elle songea à Lui raconter que son papa se demandait parfois comment elle savait se torcher sans un manuel explicatif, mais elle se dit que ce n'était pas le genre de choses qu'on dit au Sauveur.

Jésus lui avait répondu de ne pas faire la bête ; si elle suivait les instructions, elle construirait ce petit truc. Elle fut ravie de découvrir qu'Il avait absolument raison. Non seulement c'était facile, mais c'était amusant ! Beaucoup plus amusant que de faire la cuisine, en tout cas ; elle n'avait jamais vraiment eu beaucoup de talent pour ça non plus. Ses gâteaux retombaient et son pain ne levait jamais. Elle avait commencé son assemblage la veille, travaillant sur le grille-pain, le moteur de son vieux mixeur Hamilton Beach et un drôle de tableau plein de bidules électroniques extrait d'un vieux poste de radio remisé dans l'appentis. Elle pensait qu'elle aurait fini bien avant que Joe ne s'éveille et ne rentre pour regarder à deux heures la retransmission télévisée du match que devait disputer l'équipe des Red Sox.

Elle prit sa petite lampe à souder et l'alluma adroitement, avec une allumette de cuisine. Une semaine plus tôt, elle aurait ri si on lui avait dit qu'elle utiliserait jamais une lampe à souder au propane. Mais c'était facile. Jésus lui avait expliqué très précisément comment raccorder les fils au circuit imprimé de la vieille radio.

Et Jésus ne lui avait pas dit que ça, ces trois derniers jours. Il lui avait dit des choses qui avaient tué son sommeil, qui lui avait fait redouter d'aller au village pour ses courses, de peur que ce qu'elle savait ne se voie à l'expression coupable de son visage (*Je sais toujours quand tu as fait quelque chose de mal, Becky,* lui disait son père, *parce que tu as un visage qui sait pas garder un secret*) ; pour la première fois de sa vie, elle en perdait l'appétit. Joe, totalement occupé par son travail, les Red Sox et la Garce, n'avait rien remarqué... même s'il avait bien vu Becky se ronger les ongles, l'autre soir quand, ils regardaient *Hill Street Blues*, et Becky n'avait jamais rongé ses ongles avant — c'était même une chose qu'elle lui reprochait, à lui. Joe Paulson l'avait observée douze secondes entières avant de retourner à l'écran Sony et de se perdre dans le rêve des seins blancs de Nancy Voss.

C'étaient certaines des choses que Jésus lui avait dites qui avaient amené Becky à mal dormir et à se ronger les ongles pour la première fois à l'âge presque canonique de quarante-cinq ans.

En 1973, Moss Harlingen, l'un des compagnons de poker de Joe, avait tué son père. Ils étaient en train de chasser le cerf à Greenville. On avait considéré ça comme un de ces accidents tragiques, mais ce n'était pas par accident qu'Abel Harlingen avait été tué. Moss l'avait tout simplement guetté, à plat ventre derrière un arbre abattu sur lequel reposait le canon de sa Winchester, et il avait attendu que son père traverse à grand bruit un petit cours d'eau à une cinquantaine de mètres en contrebas. Moss avait repéré son père aussi facilement qu'un canard d'argile sur un stand de tir. Il *croyait* qu'il avait tué son père pour l'argent. L'entreprise de Moss, Big Ditch Construction, avait deux traites qui venaient à échéance à six semaines d'intervalle dans deux banques différentes, et aucune ne pourrait être reportée — à cause de l'autre. Moss était allé trouver Abel, mais le papa avait refusé son aide, bien qu'il eût pu lui avancer de l'argent. Alors Moss avait abattu son père et hérité d'une marmite de fric après que l'enquête eut conclu à une mort accidentelle. Les traites avaient été honorées et Moss Harlingen croyait vraiment (sauf peut-être dans ses rêves les plus profonds) qu'il avait tué pour de l'argent. Mais le véritable mobile était ailleurs. Bien longtemps auparavant, alors que Moss avait dix ans et que son frère Emory en avait sept, la femme d'Abel était allée plus au sud, à Rhode Island, pour tout un hiver. Son frère était mort subitement, et sa belle-sœur avait besoin d'aide. Pendant l'absence de la mère, il y eut plusieurs incidents chez les Harlingen. Ces incidents cessèrent quand la mère revint, et ne se reproduisirent jamais. Moss avait tout oublié de cet épisode. Il ne s'était jamais souvenu des nuits où il était resté éveillé dans son lit, mort de terreur, et où il avait vu la porte s'ouvrir et révéler l'ombre de son père. Il n'avait absolument aucun souvenir de sa bouche pressée contre son avant-bras, des larmes salées de honte et de rage giclant de ses yeux brûlants et coulant le long de ses joues glacées jusqu'à sa bouche, tandis qu'Abel Harlingen enduisait son pénis de lard et l'introduisait par la porte arrière de son fils avec un grognement et un soupir. Tout cela avait fait si peu d'impression sur Moss qu'il ne se souvenait pas d'avoir mordu son bras au sang pour ne pas crier, et il ne pouvait certainement pas se souvenir des petits cris d'oiseau hors d'haleine d'Emory dans le lit voisin — « Je t'en prie, papa, non, papa, je t'en prie, pas moi ce soir, s'il te plaît, papa. » Les enfants, naturellement oublient très facilement. Mais *certains* souvenirs peuvent affleurer, parce que quand Moss Harlingen avait appuyé sur la gâchette, quand il avait tiré sur ce fils de pute pédéraste, alors que les premiers échos s'éloignaient en roulant puis revenaient avant de disparaître dans le grand silence de la forêt sauvage du nord du Maine, Moss avait murmuré : « Pas toi, Em, pas ce soir. »

Alice Kimball, qui enseignait au collège de Haven, était lesbienne. Jésus l'avait dit à Becky vendredi, peu après que la dame en question, bien charpentée et respectable dans son tailleur pantalon vert, se fut arrêtée un instant pour une collecte en faveur de la Croix-Rouge.

Darla Gaines, la jolie jeune fille de dix-sept ans qui apportait le journal du dimanche, cachait une quinzaine de grammes de marijuana entre le matelas et le sommier de son lit. Jésus le dit à Becky juste après que Darla fut passée samedi pour se faire payer les cinq dernières semaines (trois dollars et cinquante cents de pourboire que Becky regrettait maintenant de lui avoir donnés). Et Darla fumait la marijuana au lit avec son petit ami avant de faire l'amour, sauf qu'ils appelaient ça « le bop horizontal ». Ils fumaient de la marijuana et « faisaient le bop horizontal » tous les jours de la semaine entre deux heures et demie et trois heures. Les parents de Darla travaillaient au magasin de chaussures Splendid Shoe, à Derry, et ne rentraient pas avant quatre heures passées.

Hank Buck, autre comparse de poker de Joe, travaillait dans un grand supermarché de Bangor et détestait son patron au point qu'il y a un an, il avait versé une demi-boîte de laxatif dans sa boisson au chocolat le jour où le patron l'avait envoyé lui chercher son déjeuner au McDonald. Le patron avait eu un accident beaucoup plus spectaculaire que de simples maux de ventre ; à trois heures et quart, ce jour-là, il avait propulsé dans son pantalon l'équivalent d'une bombe A de merde. La bombe A — ou bombe M, si vous préférez — avait explosé au moment où il était en train de préparer de la viande dans le rayon des produits frais du supermarché. Hank avait réussi à garder son sérieux jusqu'à l'heure de la fermeture, mais quand il avait gagné sa voiture pour rentrer chez lui il riait si fort qu'il faillit faire lui aussi dans son pantalon. Il fallut qu'il s'arrête par deux fois sur le bas-côté de la route, tant il riait.

« *Il riait,* dit Jésus à Becky. Qu'est-ce que tu dis de *ça ?* »

Becky se disait que c'était une bien méchante plaisanterie. Et ces révélations n'étaient que le hors-d'œuvre, semblait-il. Jésus savait quelque chose de désagréable ou d'inquiétant sur chacun de ceux que Becky connaissait, semblait-il.

Elle ne pouvait vivre avec des révélations aussi affreuses.

Et elle ne pouvait pas non plus vivre *sans* elles.

Et une chose était sûre : il fallait qu'elle agisse.

« Mais c'est déjà en route », dit Jésus.

Il parlait dans son dos, de l'image posée sur le poste Sony. *Naturellement.* L'idée que Sa voix pouvait venir *de l'intérieur de sa propre tête* — qu'en quelque sorte... elle... elle *lisait les pensées des autres*... ce n'était qu'une abominable illusion passagère. Il le *fallait*. Cette idée l'horrifiait.

Satan. *Sorcellerie.*

« En fait », dit Jésus, confirmant ainsi Son existence de cette voix sèche et impérieuse tellement semblable à celle du père de Becky, « tu as presque terminé cette étape. Soude seulement ce fil rouge à ce point à gauche du long bidule... non, pas là... *là.* C'est bien ! Pas trop de soudure, attention ! C'est comme la brillantine, Becky. Il suffit d'une goutte. »

Ça faisait drôle d'entendre Jésus-Christ parler de brillantine.

4

Joe s'éveilla à deux heures moins le quart, évinça Ozzie de son giron, marcha jusqu'au bout de la pelouse en enlevant du plat de la main les poils de chat de son T-shirt et arrosa généreusement le sumac vénéneux du fond du jardin. Puis il prit la direction de la maison. Les Yankees contre les Red Sox. Formidable. Il ouvrit le frigo, jeta un coup d'œil distrait aux chutes de fils électriques sur le plan de travail et se demanda ce que cette débile de Becky pouvait bien faire de tout ça. Mais il s'en désintéressa vite. Il pensait à Nancy Voss. Il se demandait comment ce serait d'éjaculer entre les seins de Nancy. Il se dit que lundi il le saurait peut-être. Il se chamaillait avec elle ; bon Dieu, parfois ils se chamaillaient comme deux chiens en août. Il semblait que ça n'arrivait pas qu'à eux ; tout le monde avait l'air à cran, ces temps derniers. Mais pour ce qui était de la baise... bon sang ! Il n'avait jamais été aussi excité depuis ses dix-huit ans, et elle non plus. Il semblait que ni l'un ni l'autre n'en avait jamais assez. Ça le reprenait même parfois la nuit. C'était comme en pleine adolescence. Il prit une bouteille de bière dans le frigo et gagna le séjour. Aujourd'hui, Boston allait certainement gagner. Il donnait les Red Sox gagnants à 8 contre 5. Il calculait incroyablement bien les chances, depuis un moment. Il y avait un type à Augusta qui prenait des paris, et Joe avait gagné presque cinq cents dollars en trois semaines... et Becky n'en savait rien. Il préférait les lui dissimuler. C'était drôle ; il savait exactement qui allait gagner et pourquoi, et quand il descendait à Augusta, il oubliait le *pourquoi,* mais se souvenait de *qui.* C'est tout ce qui comptait, non ? La dernière fois, le type avait ronchonné en lui payant trois contre un sur un pari de vingt dollars. C'étaient les Mets contre les Pirates, le lanceur Gooden sur le mont, ça semblait du tout cuit pour les Mets, mais Joe avait misé sur les Pirates, et ils avaient gagné, 5 à 2. Joe ne savait pas combien de temps encore le type d'Augusta prendrait ses paris, mais s'il les refusait, Joe pourrait toujours se rendre à Portland où deux ou trois bookmakers tenaient boutique. Il lui semblait que, dernièrement, il avait des maux de tête dès qu'il quittait Haven — besoin de lunettes, peut-être — mais quand on s'envoie en l'air, ça vaut bien une petite migraine. Encore un peu d'argent et ils pourraient partir tous les deux. Laisser Becky avec Jésus. C'était de toute façon le seul mari que voulait Becky.

Froide comme un glaçon, elle était. Mais Nancy ! Quelle affaire ! Et futée ! Aujourd'hui même, elle l'avait entraîné à l'arrière du bureau de poste pour lui montrer quelque chose.

« Regarde ! Regarde l'idée que j'ai eue ! Je crois que je devrais la faire breveter, Joe ! C'est vrai !

— Quelle idée ? » avait demandé Joe.

En vérité, il était un peu en colère contre elle. En *vérité,* il s'intéressait davantage à ses *nichons* qu'à ses *idées* et, en colère ou pas, il bandait déjà. C'était *vraiment* comme s'il était redevenu un gamin. Mais ce qu'elle lui montra suffit à lui faire oublier son projet immédiat. Pour quatre minutes au moins, en tout cas.

Nancy Voss avait pris le transformateur d'un train électrique d'enfant et l'avait raccordé, Dieu sait comment, à une série de piles de neuf volts. Ce montage était relié à sept blutoirs dont elle avait retiré les couvercles. Les blutoirs étaient couchés sur le côté. Quand Nancy allumait le transformateur, un certain nombre de fils aussi fins que des cheveux, reliés à ce qui ressemblait à un mixeur, se mettaient à projeter le courrier urgent d'une pile posée au sol dans les différents blutoirs, comme au hasard.

« Qu'est-ce ça fait ? avait demandé Joe.

— Ça trie le courrier urgent, avait-elle répondu en montrant les blutoirs l'un après l'autre. Celui-là c'est pour le village de Haven... celui-là pour RFD 1, c'est-à-dire la route de Derry, tu sais... celui-là pour la route de Ridge... celui-là pour la route de Nista... celui-là... »

Il n'y avait pas cru tout d'abord. Il avait cru à une plaisanterie, et il avait demandé ce qu'elle dirait d'une bonne baffe. *Pourquoi ferais-tu ça ?* avait-elle pleurniché. *Y a des mecs qui aiment les plaisanteries, mais pas moi,* avait-il répondu comme Sylvester Stallone dans *Cobra*. C'est alors qu'il avait vu que ça marchait vraiment. C'était un gadget formidable, mais le bruit que faisaient les fils quand ils frottaient le sol donnait un peu la chair de poule. Un bruit dur et chuintant, comme les pattes d'une grosse araignée. Ça marchait vraiment ; il aurait été bien incapable de dire comment, mais *ça marchait*. Il vit les fils attraper une lettre pour Roscoe Thibault et la projeter dans le bon blutoir — RFD 2, c'est-à-dire la route de Hammer Cut — alors même que l'adresse avait été mal libellée puisqu'elle indiquait le village de Haven.

Il aurait bien voulu demander à Nancy comment ça marchait, mais il ne voulait pas avoir l'air d'un crétin, alors il lui demanda plutôt où elle avait trouvé les fils.

« Dans ces téléphones que j'ai achetés à Radio Shack, répondit-elle. Tu sais, à la galerie marchande de Bangor. Ils étaient en solde ! J'ai aussi utilisé d'autres pièces des téléphones. Il a fallu que je change tout, mais c'était facile. Ça m'est venu... comme ça ! Tu sais ?

— Ouais », avait dit Joe d'une voix traînante en pensant à la tête du bookmaker quand il était venu chercher les soixante dollars gagnés sur son pari que les Pirates battraient Gooden et les Mets. « Pas mal. Pour une femme. »

Pendant un instant, le front de Nancy s'assombrit et Joe se dit : *Tu veux répondre ? Tu veux te battre ? Allez ! Je suis d'accord. Tout à fait d'accord.*

Et le visage de Nancy s'était éclairé d'un sourire.

« Maintenant nous pouvons *le* faire encore plus longtemps, avait-elle dit en longeant de ses doigts la braguette de Joe. Et tu veux le faire, non, Joe ? »

Oui, Joe voulait le faire. Ils glissèrent au sol et Joe oublia qu'il était en colère contre elle, qu'il était soudain capable de connaître comme ça l'issue des compétitions, des matchs de base-ball aux courses de chevaux en passant par les tournois de golf. Il la pénétra, elle gémit et Joe oublia même le sinistre murmure des fils qui continuaient à distribuer le courrier urgent dans la rangée de blutoirs.

5

Quand Joe entra dans le salon, Becky était assise dans son fauteuil à bascule et elle feignait de lire le dernier numéro de *Au plus haut des Cieux*. Dix minutes à peine avant que Joe ne rentre, elle avait fini de raccorder l'appareil que Jésus lui avait dit de fabriquer et de placer à l'arrière du téléviseur Sony. Elle avait suivi Ses instructions à la lettre, parce que, lui avait-Il expliqué, il fallait faire attention quand on tripotait l'intérieur d'un téléviseur.

« Tu pourrais te faire griller, l'avait prévenue Jésus. Il y a plus de jus là-bas derrière que dans un entrepôt de produits congelés Birds Eye, même quand c'est éteint. »

Ne voyant pas d'image sur l'écran, Joe s'irrita :

« Tu aurais pu tout préparer !

— J'imagine que tu sais comment allumer cette fichue télé », dit Becky, adressant la parole à son mari pour la dernière fois.

Joe leva les sourcils. Bon sang, c'était vraiment étrange, venant de Becky. Il eut envie de l'apostropher pour son insolence, mais décida de laisser pisser. Il se pourrait bien qu'une grosse vieille jument se retrouve seule à la maison avant longtemps.

« Je crois bien », dit Joe, adressant la parole *à sa femme* pour la dernière fois.

Il pressa le bouton pour allumer le Sony, et ce fut comme si deux mille volts le traversaient, l'alternatif survolté redressé en continu mortel puis à nouveau survolté. Les yeux de Joe s'écarquillèrent, sortirent de leurs orbites puis éclatèrent comme des grains de raisin dans un four à micro-ondes. Il avait fait le geste de poser sa bouteille de bière sur la télé, près de Jésus. Quand l'électricité le frappa, sa main se crispa si fort qu'elle cassa la bouteille. Des éclats de verre bruns entrèrent dans ses doigts et sa paume. La bière se répandit en moussant. Elle coula sur le dessus de la télé (dont le plastique crépitait déjà) et se transforma en une rigole qui sentait la levure.

« EEIIIOOOOOOOARRRRHMMMMMMM ! » cria Joe Paulson. Son visage virait au noir. De la fumée bleue sortait de ses cheveux et de ses oreilles. Ses doigts étaient cloués au bouton ON du Sony.

Une image apparut sur l'écran. C'était Dwight Gooden lançant une balle qui lui permit d'atteindre la deuxième base, mais il en fut évincé, ce qui rendit Joe Paulson plus riche de quarante dollars. L'image sauta et fut remplacée par celle de Joe et Nancy Voss baisant sur le sol du bureau de poste tapissé de catalogues, de *Lettres du congrès* et de publicités de compagnies d'assurances informant les destinataires qu'ils peuvent obtenir la garantie qu'ils désirent même s'ils ont plus de soixante-cinq ans, qu'aucun vendeur ne viendra sonner à leur porte, qu'aucun examen médical n'est exigé et que ceux qu'ils aiment seront protégés pour quelques cents par jour.

« Non ! » s'écria Becky, et l'image changea de nouveau. Maintenant elle montrait Moss Harlingen derrière un tronc de pin couché, repérant son père dans le viseur de sa Winchester 30.30 et murmurant : *Pas toi, Em, pas ce soir.* L'image changea encore, et elle vit un homme et une femme qui creusaient dans les bois. La femme conduisait un engin qui ressemblait un peu à un camion-benne en jouet ou à une des inventions des dessins animés de Rube Goldberg ; l'homme passait une chaîne sous une souche. Plus loin, un grand objet en forme de soucoupe sortait de terre. Il était argenté, mais mat : le soleil qui le frappait par endroits ne le faisait pas briller.

Les vêtements de Joe Paulson s'enflammèrent.

Le séjour s'emplissait d'une odeur de bière cuite. L'image en trois dimensions de Jésus trembla avant d'exploser.

Becky se mit à crier, comprenant, que cela lui plaise ou non, que ç'avait toujours été elle, elle, elle, *et qu'elle était en train d'assassiner son mari.*

Elle courut vers lui, saisit sa main qui décrivait des cercles saccadés... et fut à son tour foudroyée.

Jésus, oh Jésus, sauve-le, sauve-moi, sauve-nous tous les deux ! se disait-elle alors que le courant s'emparait d'elle, la dressant sur ses orteils comme la plus grande danseuse du monde faisant les pointes. C'est alors qu'elle entendit s'élever dans son cerveau une voix furieuse et acerbe, la voix de son père : *Je t'ai bien eue, Becky, hein ? Je t'ai bien eue ! Ça t'apprendra à mentir ! Ça t'apprendra une fois pour toutes !*

Le panneau arrière du téléviseur, qu'elle avait revissé après les transformations, fut projeté contre le mur dans un immense éclair de lumière bleue. Becky roula au sol, entraînant Joe dans sa chute. Joe était déjà mort.

Quand le papier peint fumant derrière le téléviseur mit le feu aux rideaux de chintz, Becky Paulson était morte elle aussi.

3.

HILLY BROWN

1

C'est le dimanche 17 juillet, une semaine exactement avant que l'hôtel de ville de Haven ne saute, que Hillman Brown réalisa le tour le plus spectaculaire de sa carrière de magicien amateur, — le *seul* tour spectaculaire de sa carrière de magicien amateur, en fait. Rien de surprenant à ce qu'Hillman Brown n'ait jamais réussi un tour spectaculaire auparavant. Après tout, il n'avait que dix ans.

On lui avait donné comme prénom le nom de jeune fille de sa mère. Il y avait eu des Hillman à Haven depuis l'époque où le village s'appelait Montgomery, et bien que Marie Hillman n'eût éprouvé aucun regret en devenant Marie Brown — c'était un mariage d'amour ! — elle avait voulu que le nom soit conservé, et Bryant ne s'y était pas opposé. Le bébé n'était pas arrivé chez lui depuis une semaine que déjà tout le monde l'appelait Hilly.

Hilly était un enfant nerveux. Le père de Marie, Ev, disait qu'il avait des vibrisses de chat à la place des nerfs et que toute sa vie il resterait survolté en permanence. Ce n'était pas le genre de prophétie que Marie et Bryant Brown avaient envie d'entendre, mais après un an de cohabitation avec Hilly, ce n'était plus une prophétie, mais un fait patent. Certains bébés se rassurent en se balançant dans leurs berceaux, d'autres en suçant leur pouce. Hilly se balançait presque constamment dans son berceau (ce qui ne l'empêchait pas, le plus souvent, de pleurer furieusement) et se suçait les *deux* pouces — et il les suçait si fort qu'ils étaient douloureusement tuméfiés avant que l'enfant n'ait atteint huit mois.

« Maintenant, il va s'arrêter », avait affirmé le Dr Lester, à Derry, après avoir examiné les vilaines plaies qui entouraient les pouces de Hilly, ces plaies sur lesquelles Marie avait pleuré comme si elle en souffrait personnellement.

Mais Hilly ne s'était pas arrêté. Il semblait que son besoin de réconfort fût plus grand que la douleur infligée par ses pouces blessés. Les plaies se transformèrent peu à peu en cals de plus en plus durs.

« Il sera toujours survolté », déclarait le grand-père de Hilly chaque fois qu'on lui demandait des nouvelles de l'enfant (et même quand on ne lui demandait rien : à soixante-trois ans, Ev Hillman devenait d'une volubilité fatigante).

« Il a des vibrisses au lieu de nerfs, ça oui ! Il va en faire voir à son père et à sa mère, le Hilly ! »

Hilly leur en fit voir, ça oui !

De chaque côté de l'allée menant au garage, Bryant, à la demande de Marie, avait placé des billots de bois. Sur chacun, Marie posa un bac où elle planta différentes sortes de plantes ou de fleurs. A trois ans, Hilly sortit du lit où il était censé faire la sieste (« Et pourquoi est-ce que je dois faire la sieste, Maman ? » avait demandé Hilly. « Parce que tu as besoin de repos, Hilly », avait répondu la mère épuisée), escalada la fenêtre, et renversa les douze bacs de plantes, et les billots. Quand Marie vit ce que Hilly avait fait, elle en fut inconsolable et pleura autant que sur les pauvres pouces du gamin. En la voyant pleurer, Hilly avait lui aussi éclaté en sanglots (autour de ses pouces, puisqu'il tentait de les sucer tous les deux en même temps). Il n'avait pas renversé les billots et les bacs à fleurs pour être méchant ; ça lui avait seulement semblé une bonne idée sur le moment.

« Tu te rends compte de ce que ça nous coûte, Hilly ? » avait dit son père à l'occasion. Il devait le répéter souvent avant ce dimanche 17 juillet 1988.

A cinq ans, par un beau jour de décembre, Hilly avait pris sa luge et avait dévalé de la maison vers la route l'allée couverte de neige durcie. Il n'avait pas songé une seconde, avait-il dit à sa mère dont le visage avait pris la couleur de la cendre, à vérifier si un véhicule n'arrivait pas sur la route de Derry ; il s'était simplement levé, il avait vu la neige luisante de glace, et il s'était demandé à quelle vitesse sa luge-soucoupe-volante en plastique dévalerait l'allée. Marie le vit, vit le camion-citerne de fuel qui cahotait sur la Route n° 9, et cria le nom de Hilly si fort qu'elle ne put élever la voix au-delà d'un murmure pendant deux jours. Cette nuit-là, encore tremblante dans les bras de Bryant, elle lui avait dit qu'elle avait vu la pierre tombale du gamin au cimetière — qu'elle l'avait vraiment vue : *Hillman Richard Brown, 1978-1983, Il nous a quittés trop tôt.*

« *Hiiillyyyyyyy !* »

Au cri poussé par sa mère, qui lui sembla aussi puissant qu'un avion à réaction au décollage, la tête de Hilly se retourna — ce qui le fit tomber de sa luge juste avant d'atteindre le bas de l'allée. L'allée était asphaltée, et la couche de verglas très fine. Hilly Brown n'avait jamais bénéficié du genre de grâce divine qui protège les enfants les plus aventureux et les plus actifs : la grâce de ne jamais se faire mal. Il se cassa un bras juste au-dessus du coude et infligea un tel choc à son front qu'il perdit connaissance.

Sa luge de plastique jaillit sur la route. Le chauffeur du camion-citerne réagit avant même de comprendre qu'il n'y avait personne sur la luge. Il donna un coup de volant, et le gros réservoir de fuel valsa sur le bas-côté enneigé avec l'élégance pachydermique des éléphants danseurs dans *Fantasia.* Il traversa le bas-côté en catastrophe et bascula dans le fossé. Moins de cinq minutes plus tard, le chauffeur parvint à s'extraire de sa cabine par la porte du passager et courut vers Marie Brown, laissant le camion dangereusement couché sur le côté dans l'herbe gelée tel un mastodonte agonisant. Le précieux fuel jaillissait en gargouillant des trois trop-pleins de la citerne.

Marie, hurlante, accourait à sa rencontre, son enfant inconscient dans les bras. Dans sa terreur et sa confusion, elle était sûre qu'Hilly avait été écrasé, alors même qu'elle l'avait très bien vu tomber de sa luge en bas de l'allée.

« Est-ce qu'il est mort ? » lui cria le chauffeur du camion.

Il écarquillait les yeux, le visage blanc comme du papier, les cheveux dressés sur la tête. Une tache sombre s'élargissait autour de sa braguette.

« Sainte Mère de Dieu, est-ce qu'il est mort ?

— Je crois, sanglota Marie. Je crois qu'il est mort. Oh, je crois qu'il est mort !

— Qui c'est qui est mort ? demanda Hilly en ouvrant les yeux.

— *Oh, Hilly, Dieu soit loué !* » s'écria Marie en le serrant contre son cœur.

Hilly répondit par un hurlement beaucoup plus convaincant : sa mère avait fait glisser l'une contre l'autre les deux parties brisées de son humérus gauche.

Hilly passa les trois jours suivants à l'hôpital de Derry.

« Ça va au moins le calmer », dit Bryant Brown le lendemain, devant ses haricots et ses saucisses.

Ev Hillman dînait avec eux, ce soir-là. Depuis que sa femme était morte, Ev Hillman venait partager environ cinq repas par semaine avec eux.

« Tu veux parier ? » le défia Ev à travers une bouchée de pain.

Bryant lança un regard noir à son beau-père et ne répondit rien.

Comme toujours, Ev avait raison — et c'était en partie pourquoi Bryant lui en voulait si souvent. Au cours de sa seconde nuit à l'hôpital, bien longtemps après que les autres enfants du service de pédiatrie se furent endormis, Hilly décida de partir en exploration. On ne saura jamais comment il réussit à passer sans être vu devant l'infirmière de garde. On découvrit sa disparition à trois heures du matin. Une première fouille du service de pédiatrie ne donna rien, ni celle de tout l'étage. On appela le service de sécurité. On organisa alors une fouille de tout l'hôpital. Maintenant, l'administration, qui tout d'abord ne s'était montrée qu'un peu irritée, s'inquiétait franchement. On ne trouva rien. On appela alors le père et la mère de Hilly, et ils arrivèrent sur-le-champ, comme en état de choc. Marie pleurait, mais, à cause de son larynx enflé, n'émettait qu'une sorte de râle.

« Nous pensons qu'il a pu sortir de l'immeuble, leur dit le directeur administratif.

— Mais comment un gamin de cinq ans peut-il tout simplement *sortir de l'immeuble ?* hurla Bryant. Qu'est-ce que vous dirigez donc, ici ?

— Eh bien... il faut que vous compreniez... ce n'est pas une prison, monsieur Brown... »

Marie les interrompit tous deux.

« Il faut le trouver, chuchota-t-elle. Il fait moins cinq dehors. Hilly est en pyjama. Il pourrait... Il...

— Oh, madame Brown, je crois vraiment qu'il est prématuré de s'inquiéter à ce point », intervint le directeur avec un sourire sincère.

En fait, il ne pensait pas du tout que ce fût prématuré. La première chose qu'il avait faite après s'être assuré que l'enfant *pouvait* être parti dès la ronde de vingt-trois heures, avait été de se renseigner sur la température qui avait régné pendant la nuit. La réponse l'avait incité à appeler le Dr Elfman, spécialiste de l'hypothermie, qui avait souvent eu à traiter des cas de ce genre pendant les longs hivers du Maine. Le pronostic du Dr Elfman était préoccupant :

« S'il est sorti, il est probablement mort », avait dit Elfman.

On entreprit une seconde fouille totale de l'hôpital, avec l'aide cette fois de la police de Derry et des pompiers, et on ne trouva toujours rien. On donna un sédatif à Marie Brown, et on la coucha. La seule bonne nouvelle était négative : jusqu'à présent, personne n'avait retrouvé le corps gelé de Hilly vêtu de son seul pyjama. Le directeur avait naturellement pensé à la proximité de la Penobscot. La rivière était gelée en surface. On pouvait très bien imaginer que l'enfant ait tenté de marcher sur la glace et que celle-ci se soit rompue sous son poids. Oh, comme il aurait voulu que les Brown aient amené leur petit emmerdeur au centre médical d'Eastern Maine !

A deux heures cet après-midi-là, Bryant Brown, à demi comateux, était effondré dans un fauteuil au chevet de sa femme endormie, et il se demandait comment il pourrait lui annoncer que leur fils unique était mort, si cette révélation s'avérait inéluctable. Presque au même moment, un gardien qui était allé vérifier le bon fonctionnement des lessiveuses resta interdit devant ce qu'il découvrit : un petit garçon vêtu de son seul pantalon de pyjama et d'un plâtre à un bras déambulant nonchalamment, pieds nus, entre les deux chaudières géantes de l'hôpital.

« Hé ! cria le gardien. Hé ! Petit !

— Salut ! dit Hilly en venant vers lui les pieds noirs de crasse et le bas de son pyjama taché de graisse. Qu'est-ce que c'est grand ici ! Je crois que je me suis perdu. »

Le gardien prit Hilly dans ses bras et le monta à l'étage de l'administration. Le directeur installa Hilly dans un grand fauteuil (non sans en avoir prudemment protégé le siège par deux feuilles du *Daily News* de Bangor), et il envoya sa secrétaire chercher pour l'emmerdeur un Pepsi-Cola et un sac de bonbons. Dans d'autres circonstances, le directeur y serait allé lui-même pour impressionner l'enfant par sa bonté grand-paternelle. Dans d'autres circonstances — *je veux dire,* songea amèrement le directeur, *avec un autre enfant.* Il avait peur de laisser Hilly seul.

Quand la secrétaire revint avec les bonbons et la boisson, le directeur lui confia une autre mission : celle d'aller chercher Bryant Brown, cette fois. Bryant était un homme fort, mais quand il vit Hilly dans le fauteuil du directeur, ses pieds sales ballottant à quinze centimètres du tapis et le papier journal crissant sous ses fesses, en train de manger des bonbons et de boire du Pepsi, il ne put retenir des larmes de soulagement et de reconnaissance. Si bien qu'en retour Hilly — qui n'avait jamais de sa vie fait *consciemment* quoi que ce fût de mal — éclata en sanglots.

« Pour l'amour du ciel, Hilly, où étais-tu donc ? »

Hilly raconta son histoire du mieux qu'il put, laissant à Bryant et au directeur le soin de reconstituer la vérité objective du mieux qu'*ils* le purent. Il s'était perdu, s'était retrouvé dans le sous-sol (« Je suivais un lutin », leur dit

Hilly), et s'était glissé *sous* une des chaudières pour dormir. Il y faisait très chaud, leur dit-il, tellement chaud qu'il avait retiré sa veste de pyjama, en prenant de grandes précautions pour en extraire son plâtre tout neuf.

« J'ai bien aimé les bébés chiens, aussi. Est-ce qu'on peut en avoir un, papa ? »

Le gardien qui avait trouvé Hilly trouva aussi sa veste de pyjama. Elle était sous la chaudière n° 2. En prenant la veste, il fit fuir les « bébés chiens » qui eurent peur de sa lampe torche. Il n'en parla ni à M. ni à Mme Brown, parce qu'ils n'avaient pas l'air capables de supporter un autre choc. Le gardien, qui était gentil, se dit qu'il valait mieux qu'ils ignorent que leur fils avait passé la nuit avec une colonie de rats d'égout dont certains étaient effectivement assez gros pour qu'on les prenne pour des bébés chiens.

2

Si on lui avait demandé comment *il* vivait ces expériences — et d'autres semblables (bien que moins spectaculaires) qu'il fit au cours des cinq années suivantes, Hilly aurait haussé les épaules et répondu :

« Je crois que je me mets toujours dans les ennuis. »

C'est-à-dire qu'il était prédisposé aux accidents. Mais personne ne lui avait encore appris cette expression de circonstance.

Quand il avait huit ans — deux ans après la naissance de David —, il ramena un mot de Mme Underhill, son institutrice du CE2, demandant si M. et Mme Brown pouvaient venir la voir pour un bref entretien. Les Brown y allèrent, non sans quelque angoisse. Ils savaient qu'au cours de la semaine précédente, les CE2 de Haven avaient passé un test d'intelligence. Bryant était secrètement persuadé que Mme Underhill allait leur dire que Hilly avait un quotient intellectuel bien inférieur à la normale et devrait être placé en classe de perfectionnement. Marie était (tout aussi secrètement) convaincue que Hilly était dyslexique. Aucun des deux n'avait très bien dormi la nuit précédente.

Mais Mme Underhill avait à leur dire que Hilly était hors normes. Pour parler franchement, le gamin était un génie.

« Si vous voulez connaître exactement à quel niveau se situe son quotient intellectuel, leur dit Mme Underhill, il faudra que vous le conduisiez à Bangor pour qu'il passe le test de Wechsler. Soumettre Hilly au simple test de QI de Tompall, c'est comme tenter de déterminer un QI humain au moyen d'un test conçu pour les chèvres. »

Marie et Bryant, après en avoir discuté, avaient décidé de ne pas pousser plus loin leurs investigations. Ils ne voulaient pas vraiment savoir à quel point Hilly était intelligent. Il leur suffisait de savoir qu'il n'était pas handicapé... et, comme le dit Marie cette nuit-là dans leur lit, cela expliquait beaucoup de choses : l'agitation de Hilly, le fait qu'il ne parvenait apparemment pas à dormir plus de six heures par nuit, son furieux appétit de tout connaître qui déferlait parfois comme un ouragan et retombait aussi vite. Un jour, alors que

Hilly avait presque neuf ans, Marie, revenant de la poste avec le petit David, avait retrouvé la cuisine — immaculée quinze minutes plus tôt — dans le désordre le plus complet. L'évier était plein de récipients maculés de farine. Du beurre finissait de fondre en une mare sur le plan de travail. Et quelque chose cuisait dans le four. Marie avait déposé David dans son parc et ouvert le four, s'attendant à recevoir en pleine figure un nuage de fumée noire et une odeur de brûlé. Mais elle trouva un plateau de biscuits roulés qui, bien qu'un peu mal formés, avaient fort bon goût. Ils les avaient mangés pour le dîner... mais auparavant, Marie avait tanné le cuir de Hilly et l'avait envoyé, pleurant des excuses, dans sa chambre. Puis elle s'était assise à la table de la cuisine et avait pleuré jusqu'à ce qu'elle se mette à rire, tandis que David — un bébé placide et joyeux, Tahiti ensoleillé comparé au cap Horn qu'était Hilly — restait à la regarder d'un air comique en s'agrippant aux barreaux de son parc.

Un point jouait franchement en faveur de Hilly : son amour pour son frère. Bien que Marie et Bryant aient hésité à mettre le bébé dans les bras de Hilly, ou même à les laisser seuls dans une pièce plus de, disons, trente secondes, ils s'étaient peu à peu détendus.

« Bon sang, on pourrait envoyer Hilly et David camper deux semaines dans les monts Allagash et ils reviendraient en pleine forme, disait Ev Hillman. Il adore ce gosse. Et il est *gentil* avec lui. »

Il le prouva à maintes reprises. La plupart des « ennuis » de Hilly découlaient d'un honnête désir soit d'aider ses parents, soit de s'améliorer. Seulement, ses tentatives tournaient toujours mal. Mais avec David, qui vénérait le sol foulé par son grand frère, tout semblait aller bien pour Hilly.

Enfin — jusqu'au 17 juillet, quand Hilly fit *son* tour.

3

M. Robertson Davies (puisse sa mort être différée de mille ans) a suggéré, dans sa *Trilogie de Deptford*, que notre attitude envers la magie et les magiciens révèle en grande partie notre attitude envers la réalité, et que notre attitude envers la réalité est révélatrice de notre attitude envers l'ensemble des merveilles de ce monde dans lequel nous nous trouvons — rien que des nourrissons dans les bois, même les plus vieux d'entre nous (même M. Davies en personne, croyez-moi). Dans les bois où certains arbres mordent tandis que d'autres confèrent de grands pouvoirs mystiques, en fonction des propriétés de leur écorce, sans nul doute.

Hilly Brown éprouvait profondément le sentiment de vivre *vraiment* dans un monde de merveilles. Ç'avait toujours été son attitude de base, et elle ne changea jamais, quel que fût le nombre d' « ennuis » qu'il connût. Le monde recelait une beauté aussi mystique que les boules de verre que sa mère et son père accrochaient chaque année sur l'arbre de Noël (Hilly était impatient d'en accrocher quelques-unes, mais l'expérience lui avait appris — de même qu'à ses parents — que donner une boule de verre à Hilly équivalait à une condamnation à mort de ladite boule de verre). Pour Hilly, le monde était un casse-tête aussi merveilleusement compliqué que le cube de Rubik qu'on lui avait donné pour son neuvième anniversaire (le cube était resté merveilleusement compliqué pendant deux semaines tant que Hilly n'avait pas compris comment colorer chaque face uniformément en quelques manipulations). Son attitude envers la magie n'avait donc rien d'étonnant — il adorait ça. La magie était faite pour Hilly Brown. Malheureusement, Hilly Brown, comme Dunstable Ramsey dans la *Trilogie de Deptford* de Davies, n'était pas fait pour la magie.

A l'occasion du dixième anniversaire de Hilly, Bryant Brown s'était arrêté à la galerie marchande de Derry pour aller chercher un cadeau. Marie lui avait téléphoné à l'heure de la pause-café.

« Bryant, mon père a oublié de prévoir un cadeau pour Hilly. Il voudrait savoir si tu pourrais t'arrêter au retour pour lui acheter un jouet ou ce que tu trouveras. Il nous remboursera quand il aura touché sa pension.

— Bien sûr », avait dit Bryant en pensant : *Et les cochons chevaucheront des balais.*

« Merci, chéri », avait-elle répondu avec reconnaissance.

Elle savait très bien que son père — qui venait maintenant dîner chez eux six ou sept fois par semaine au lieu de cinq — agissait comme du papier de verre sur l'âme de son mari. Mais il ne s'était jamais plaint, et Marie ne l'en aimait que plus.

« Et qu'est-ce qu'il croit qui ferait plaisir à Hilly ?

— Il a dit qu'il te faisait confiance. »

Typique de lui, se dit Bryant. Et cet après-midi-là, il s'était retrouvé dans l'un des deux magasins de jouets de la galerie marchande, regardant les jeux, les poupées (les poupées pour garçons étant rebaptisées euphémiquement « figurines d'action »), les modèles réduits, les maquettes, les coffrets (Bryant vit une grande boîte de chimie et il frémit en imaginant Hilly mélangeant tous les liquides dans des tubes à essai). Rien ne lui semblait convenir ; maintenant, à dix ans, son fils aîné avait atteint un âge où il était trop vieux pour les jouets de bébés et trop jeune pour des gadgets aussi sophistiqués que les cerfs-volants ou les modèles réduits d'avions équipés d'un moteur à deux temps. *Rien* ne lui semblait bien, et il fallait qu'il se presse. La fête d'anniversaire de Hilly était prévue pour cinq heures, et il était déjà quatre heures et quart. Il avait à peine le temps de rentrer.

Il prit le coffret de magicien presque au hasard. *Trente nouveaux tours !* disait la boîte. Bon. *Des heures d'amusement pour le jeune prestidigitateur !* disait la boîte. Parfait. *Âge : 8-12 ans,* disait la boîte. Juste bien. *Jouet ayant satisfait aux contrôles de sécurité,* disait la boîte, et c'était ce qui plaisait le plus à Bryant. Il acheta le coffret et l'introduisit clandestinement dans la maison, caché sous sa veste, tandis qu'Ev Hillman donnait le *la* pour que Hilly, David et trois des amis de Hilly entonnent *Frère Jacques,* que tous braillèrent aussi faux que possible.

« Tu arrives juste à temps pour le gâteau, dit Marie en l'embrassant.

— Emballe ça d'abord, tu veux bien ? »

Il lui tendit le coffret de magie. Elle y jeta un coup d'œil et approuva du chef.

« Comment ça va ? demanda-t-il.

— Bien. Nous avons fait des jeux et quand ç'a été le tour de Hilly d'accrocher la queue de l'âne, il a trébuché sur un pied de la table et planté l'épingle dans le bras de Stanley Jernigan, mais pour l'instant c'est tout. »

Bryant s'en réjouit. Les choses allaient *vraiment* bien. L'année précédente, en s'engouffrant, au cours d'un jeu de cache-cache, dans la « cachette la plus géniale du monde » découverte par Hilly, Eddie Golden s'était ouvert le bras sur un bout de fil de fer barbelé tout rouillé que Hilly s'était toujours arrangé pour éviter (en fait, Hilly n'avait jamais vu ce bout de fil de fer). Il avait fallu emmener Eddie chez le médecin, qui lui avait fait trois points de suture et injecté un sérum antitétanique. Le pauvre Eddie avait mal réagi à la piqûre et il avait passé à l'hôpital les deux jours suivant le neuvième anniversaire de Hilly.

Marie sourit et embrassa à nouveau Bryant.

« Papa te remercie, et moi aussi. »

Hilly ouvrit tous ses cadeaux avec plaisir, mais quand il ouvrit le coffret magique, il fut transporté de joie. Il se précipita vers son grand-père (qui avait déjà réussi à engloutir la moitié du gâteau d'anniversaire de Hilly et s'apprêtait à s'en couper une part de plus) et le serra farouchement dans ses bras.

« Merci, papy ! Merci ! C'est exactement ce que je voulais ! Comment as-tu deviné ?

— Je crois, dit Ev Hillman avec un bon sourire, que je n'ai pas complètement oublié ce que c'est qu'être un petit garçon.

— C'est super, papy ! Ouais ! Trente numéros ! Regarde, Barney... »

En se retournant pour montrer son cadeau à Barney Applegate, Hilly balança le coin du coffret dans la tasse de café de Marie, qu'il cassa. Le café éclaboussa le bras de Barney, qu'il brûla. Barney se mit à hurler.

« Désolé, Barney », dit Hilly sans cesser de danser.

Ses yeux brillaient tant qu'ils semblaient en feu.

« Mais regarde un peu ! Youpi ! *Formidable !* »

Voyant relégués au rôle du porte-sagaie dans une aventure au cœur de la jungle les trois ou quatre cadeaux pour lesquels ils avaient économisé, et qu'ils avaient commandés longtemps à l'avance sur catalogue au plus grand magasin de jouets du monde, FAO Schwarz, à New York, afin d'être sûrs qu'ils arriveraient à temps, Bryant et Marie échangèrent un regard et se parlèrent par télépathie.

Je suis désolée, mon chéri, disaient les yeux de Marie.

Oh ! Quelle importance... C'est ça la vie avec Hilly ! Répondaient ceux de Bryant.

Ils éclatèrent de rire.

Les enfants les regardèrent un instant — Marie n'oublierait jamais les yeux ronds et solennels de David — puis s'absorbèrent dans la contemplation de Hilly qui ouvrait son coffret de magicien.

« Je me demande s'il reste de cette glace au sirop d'érable et aux noix », dit Ev.

Et Hilly, qui considérait cet après-midi-là que son grand-père était l'homme le plus formidable du monde, se leva pour aller lui en chercher.

4

Dans la *Trilogie de Deptford*, Robertson Davies suggère *aussi* que le truisme qui s'applique à l'écriture, à la peinture, aux choix des chevaux lors des courses et à la façon de raconter des mensonges en paraissant sincère, convient aussi à la magie : certains ont le don et d'autres non.

Hilly ne l'avait pas.

Dans le premier volume de *Deptford, Cinquième emploi*, le narrateur (un enfant de l'âge de Hilly), ravi par la magie, fait — mal — un certain nombre de tours devant un public gagné d'avance (un jeune garçon de l'âge de David), ce qui aboutit à un résultat curieux : l'aîné découvre que le cadet possède ce talent naturel pour la prestidigitation qui lui fait défaut. En fait, le plus jeune des garçons fait honte au narrateur dès qu'il essaie d'escamoter une pièce de monnaie.

Sur ce dernier point, le parallèle s'effondra : David n'avait pas plus de talent pour la magie que Hilly. Mais David adorait son frère, et il aurait observé un silence patient, attentif et adorateur si, au lieu de vouloir faire sortir les valets de la maison en flammes ou tirer Victor, le chat de la famille, de son chapeau de magicien (ledit chapeau fut jeté en juin quand ledit Victor y eut crotté), Hilly lui avait fait une conférence sur les principes de la thermodynamique appliqués à la vapeur ou s'il lui avait lu tout l'Évangile selon saint Matthieu.

Non que Hilly fût un magicien totalement raté. En fait, LE PREMIER GALA DE MAGIE DE HILLY BROWN, qui se tint sur la pelouse familiale, derrière la maison, le jour où Jim Gardener quitta Troie pour se joindre à la Caravane de la Poésie de Nouvelle-Angleterre, fut considéré comme un franc succès. Une douzaine d'enfants — pour la plupart des amis de Hilly, mais aussi quelques élèves de l'école maternelle de David pour faire bonne mesure — et quatre ou cinq adultes vinrent voir Hilly réaliser une douzaine de tours, à peu près. La plupart de ces tours furent réussis, non pas grâce au talent ni au chic de Hilly, mais à cause de la volonté et de l'application avec laquelle l'enfant avait répété. Toute l'intelligence et toute la volonté du monde ne peuvent prétendre à une valeur artistique sans une étincelle de talent, mais l'intelligence et la volonté *peuvent* aboutir à de grandes escroqueries.

De plus, il faut dire que le coffret de magicien que Bryant avait choisi presque au hasard avait été conçu par des gens qui savaient que la plupart des aspirants magiciens entre les mains desquels leur création tomberait avaient toutes les chances d'être maladroits et sans talent, si bien qu'ils s'étaient essentiellement appuyés sur d'ingénieux mécanismes. Il fallait en actionner un pour que les pièces se multiplient, ou pour que fonctionne la guillotine magique, une fidèle reproduction, (la mention MADE IN TAIWAN apposée sur son socle en plastique était très discrète) munie d'une lame de rasoir. Quand un spectateur anxieux (ou David, absolument blasé) glissait son doigt dans la lunette, au-dessus d'une cigarette coincée dans un second trou, Hilly pouvait faire tomber le couperet et trancher la cigarette en deux... Mais laisser le doigt miraculeusement entier.

Pourtant, tous les tours ne dépendaient pas de mécanismes pour leur réalisation. Hilly avait passé des heures à s'entraîner à brasser un jeu de cartes de façon à ce que la carte du dessous « saute » sur le dessus. Il finit par y arriver assez correctement, sans savoir que son tour aurait été bien plus utile à un arnaqueur comme « Pits » Barfield qu'à un magicien. Avec un public de plus de vingt personnes, l'atmosphère intime du salon familial disparaît, et même le plus spectaculaire des tours de cartes tombe généralement à plat. Le public de Hilly était pourtant encore suffisamment réduit pour qu'il puisse le charmer — les adultes comme les enfants — en tirant nonchalamment des cartes qu'il avait introduites subrepticement au milieu du jeu après les avoir prélevées sur le dessus, en faisant trouver par Rosalie Skehan une carte qu'elle avait regardée et qu'elle avait ensuite réinsérée dans un jeu placé dans son sac, et naturellement en faisant fuir les valets de la maison en feu, ce qui reste le meilleur tour de cartes jamais inventé.

Il y avait eu des ratages, bien sûr. Hilly sans catastrophes, dit Bryant cette nuit-là dans le lit conjugal, ce serait McDonald's sans hamburgers. Quand il voulut verser une carafe d'eau dans un mouchoir emprunté à Joe Paulson, le facteur qui mourrait électrocuté environ un mois plus tard, il n'arriva qu'à tremper le mouchoir et le devant de son pantalon. Victor refusa de sortir du chapeau. Plus embarrassant : le tour des Pièces Disparues, sur lequel Hilly avait sué sang et eau lors des répétitions, rata complètement. Il escamota sans accroc les pièces (en fait des pièces en chocolat enveloppées de papier doré et estampées Munchie Money, marque déposée), mais alors qu'il se retournait, elles tombèrent toutes de sa manche, à la grande hilarité générale et aux applaudissements déchaînés de ses amis.

Il n'en demeure pas moins que les applaudissements qui saluèrent la fin du numéro de Hilly furent sincères. Tout le monde déclara qu'Hilly Brown était un grand magicien, « pour ses dix ans ». Trois personnes seulement n'étaient pas d'accord : Marie Brown, Bryant Brown, et Hilly lui-même.

« Il n'a toujours pas trouvé, hein ? » demanda Marie à son époux avant qu'ils ne s'endorment.

Tous deux savaient ce qu'elle voulait dire : Hilly n'avait pas encore découvert ce que Dieu voulait qu'il fasse de cette lampe torche qu'Il lui avait placée dans le cerveau.

« Non, répondit Bryant après avoir réfléchi un long moment en silence. Je ne crois pas. Mais il y a travaillé dur, non ? Il y a travaillé comme un forçat.

— Oui. J'ai été contente de le voir, aujourd'hui. Ça fait du bien de savoir qu'il *peut,* au lieu de se contenter de sauter d'une activité à l'autre. Mais ça m'a aussi rendue un peu triste. Il a travaillé sur ces tours comme un étudiant pour ses examens.

— Je sais.

— Il a donné sa représentation, soupira Marie. J'imagine que maintenant, il va tout abandonner et entreprendre autre chose. Il finira bien par trouver. »

5

Au début, on put penser que Marie avait raison, que l'intérêt porté à la magie par Hilly s'évanouissait comme s'était évanoui son intérêt pour une fourmilière, pour les roches lunaires et pour les ventriloques. Le coffret de magic était passé de sous son lit, où il était à portée de main au cas où Hilly se réveillerait au milieu de la nuit avec une idée, au sommet de son bureau en désordre. Marie y reconnut la première scène d'une pièce maintes fois jouée. Le dénouement coïnciderait avec la relégation du coffret de magie dans un coin poussiéreux du grenier.

Mais l'esprit de Hilly n'avait pas bougé — ce n'était pas si simple. Les deux semaines qui suivirent sa représentation furent une période de dépression assez profonde pour Hilly. Ce fut un phénomène que ses parents ne remarquèrent pas et dont ils n'eurent jamais connaissance. David savait mais, avec ses quatre ans, il ne pouvait rien faire, sauf attendre que Hilly recouvre sa bonne humeur.

Hilly Brown essayait de s'habituer à l'idée que pour la première fois de sa vie il avait échoué dans une chose qu'il *voulait vraiment faire*. Il avait été ravi des applaudissements et des félicitations, et il ne se rabaissait pas au point de prendre des compliments sincères pour de la politesse, mais il y avait un noyau dur en lui — un noyau qui aurait pu, dans d'autres circonstances, faire de lui un grand artiste — qui ne se satisfaisait pas de compliments sincères. Les compliments sincères, insistait ce noyau dur, c'était ce que tous les fumistes du monde grapillaient sur la tête des incompétents.

En bref, les compliments sincères ne suffisaient pas.

Hilly n'exprimait pas tout ça en ces termes d'adulte, mais il le pensait. Si sa mère avait connu ses pensées, elle aurait été très en colère de le voir montrer un tel orgueil — qui, lui avait appris sa Bible, précédait la chute. Elle aurait certainement été encore plus en colère contre lui que la fois où il avait descendu l'allée sur sa luge, droit sur le camion-citerne, ou la fois où il avait essayé de faire prendre à Victor un bain de mousse dans la cuvette des toilettes. *Qu'est-ce que tu veux, Hilly?* se serait-elle écriée en levant les bras au ciel, *des compliments hypocrites?*

Ev, qui voyait beaucoup de choses, et David, qui en voyait encore plus, auraient pu la prévenir.

Il voulait que leurs yeux s'écarquillent tant qu'ils auraient l'air de vouloir sortir de leurs orbites. Il voulait faire crier les filles et hurler les garçons. Il voulait que tout le monde rie quand Victor sortirait du chapeau avec un ruban autour de la queue et une pièce en chocolat dans la gueule. Il aurait échangé tous les compliments et tous les applaudissements sincères du monde pour un seul cri, un seul vrai rire, une seule femme évanouie, comme le racontait le fascicule des Fameuses Évasions de Houdini. Parce que les compliments sincères signifiaient seulement que l'on avait été bon. Alors que les cris, les rires et les évanouissements voulaient dire que l'on avait été grandiose.

Mais il soupçonnait — non, il *savait* — qu'il ne deviendrait jamais grandiose, et que toute la volonté du monde n'y changerait rien. C'était un coup très dur. Non pas l'échec lui même, mais le fait de savoir qu'il ne pourrait rien y changer. C'était comme ne plus croire au Père Noël.

Alors, tandis que ses parents s'imaginaient que sa désaffection pour la magie n'était qu'une autre de ces sautes de vent capricieuses qui ponctuent la plupart des enfances, il s'agissait en fait de la première conclusion d'adulte que Hilly parvenait à tirer : s'il ne devait jamais devenir un grand magicien , il devait remiser le coffret. Il ne pouvait le garder à portée de la main pour faire simplement un tour de temps en temps afin de se distraire. Son échec lui faisait trop mal pour ça. C'était une mauvaise équation. Il valait mieux l'effacer et en essayer une autre.

Si les adultes pouvaient écarter leurs obsessions avec une fermeté égale à celle de Hilly, notre monde serait indubitablement un lieu où l'on vivrait mieux. Robertson Davies ne le dit pas explicitement dans sa *Trilogie de Deptford*... mais il le suggère fortement.

6

C'est le 4 Juillet que David, entrant dans la chambre de Hilly, vit que celui-ci avait ressorti son coffret de magie. Hilly avait étalé beaucoup d'instruments devant lui... et aussi autre chose : des piles. Les piles de la grosse radio de Papa, se dit David.

« Qu'esse-tu fais, Hilly ? » demanda David sur le ton d'un camarade de jeu.

Le front de Hilly s'assombrit. Il sauta sur ses pieds et expédia David hors de la chambre avec une telle brutalité que le petit tomba sur le tapis. David fut tellement étonné du comportement inhabituel de son frère qu'il ne pleura même pas.

« *Sors d'ici !* hurla Hilly. Tu ne peux pas regarder les nouveaux tours ! Les princes de Médicis faisaient *exécuter* les curieux qu'ils prenaient en train de regarder les tours qui appartenaient à leurs magiciens préférés ! »

Ayant prononcé ces mots, Hilly claqua la porte à la tête de David. David hurla pour qu'il le laisse entrer, mais rien n'y fit. Cette dureté inaccoutumée de son frère, écervelé mais plutôt gentil, choqua tellement David qu'il descendit, alluma la télé, et pleura jusqu'à ce qu'il s'endorme devant la *Rue Sésame*.

7

L'intérêt de Hilly pour la magie avait brusquement resurgi, presque en même temps que l'image de Jésus s'était mise à parler à Becky Paulson.

Une pensée unique et puissante s'était emparée de son esprit : s'il ne pouvait faire mieux que des tours à mécanisme comme la Multiplication des Pièces, il pourrait inventer ses *propres* tours à mécanisme. Les meilleurs qu'on ait jamais vus ! Meilleurs que l'horloge de Thurston ou les miroirs pivotants de Blackstone ! S'il fallait de l'invention plutôt que des manipulations pour provoquer l'étonnement, les cris et les rires, qu'il en soit ainsi !

Ces temps derniers, il se sentait capable d'inventer n'importe quoi.

Ces temps derniers, son cerveau semblait presque *farci* d'idées d'inventions.

Ce n'était pas la première fois que l'idée d'*inventer* traversait son esprit, mais jusqu'ici ses projets étaient restés vagues, sortes de rêves éveillés plutôt que principes scientifiques : fusées faites de boîtes de chaussures, pistolets à rayons laser qui ressemblaient furieusement à de petites branches d'arbre agrémentées de morceaux de polystyrène, des trucs comme ça. De temps à autre, il avait eu de *bonnes* idées, des idées presque praticables, mais il les avait toujours laissées tomber parce qu'il ne savait pas comment s'y prendre. Il pouvait enfoncer un clou bien droit et scier une planche, mais pas plus.

Mais maintenant, les méthodes à appliquer semblaient aussi claires que du cristal.

Des *tours grandioses*, se disait-il, en connectant, attachant et vissant des pièces les unes aux autres. Quand sa mère lui dit, le 8 juillet, qu'elle allait faire des courses à Augusta (d'après sa façon de parler, elle semblait un peu distraite : depuis une semaine environ, Marie avait la migraine, et les nouvelles de l'incendie où Joe et Becky Paulson avaient trouvé la mort ne l'aidaient guère), Hilly lui demanda si elle ne voudrait pas s'arrêter au magasin Radio Shack, dans la galerie marchande du Capitol, pour lui acheter une ou deux choses. Il lui donna sa liste et les huit dollars qui avaient survécu depuis son anniversaire, et lui demanda si elle pouvait « lui avancer » le reste.

Dix (10) contacts de type ressort à 70 cents pièce (n° 1334567)
Trois (3) contacts « T » (type ressort) à 1 $ pièce (n° 133479)
Une (1) prise « barrière » pour câble coaxial à 2 $ 40 pièce (n° 19776-C)

Si elle n'avait pas eu cette migraine et cette impression générale d'indolence, Marie se serait certainement demandé à *quoi* étaient censés lui servir ces trucs. Elle se serait sans aucun doute demandé aussi comment Hilly pouvait connaître des informations aussi précises — numéro d'inventaire compris — sans avoir téléphoné au magasin Radio Shack d'Augusta. Elle aurait peut-être même soupçonné que Hilly avait finalement *trouvé*.

Et, chose terrible, c'était exactement ce qui était arrivé.

Mais elle accepta simplement d'acheter ce qu'il voulait et de lui « avancer » les quatre dollars et quelques qui manquaient.

Sur le chemin du retour, quand David et elle remontèrent dans la voiture, elle s'était effectivement posé certaines de ces questions. Le déplacement lui avait fait beaucoup de bien ; ses maux de tête avaient totalement disparu. Et David qui, depuis que Hilly l'avait exclu de sa chambre, était resté silencieux et renfermé — tout le contraire du petit garçon plein d'entrain, bavard et rieur qu'il était d'ordinaire —, semblait aussi reprendre du poil de la bête. Il parla à en faire éclater les oreilles de sa mère, et c'est de lui qu'elle apprit que Hilly avait prévu un SECOND GALA DE MAGIE pour dans neuf jours.

« Va faire plein d' nouveaux tours, dit David d'un air mélancolique.

— Vraiment ?

— Oui.

— Tu crois qu'ils seront bons ?

— Chais pas. »

David pensait à la façon dont Hilly l'avait chassé de sa chambre. Il était au bord des larmes, mais Marie ne s'en aperçut pas. Dix minutes plus tôt, ils étaient sortis de la commune d'Albion pour entrer dans celle de Haven, et ses maux de tête revenaient... et avec eux, cette sensation qu'elle avait déjà eue — un peu plus forte maintenant — qu'elle ne contrôlait plus vraiment ses pensées comme elle le devrait. Pour commencer, il semblait qu'elle en avait *trop*, et ensuite, elle n'aurait pu dire ce *qu'étaient* la plupart d'entre elles. C'était comme... Elle réfléchit consciencieusement et finit par trouver : au lycée, elle avait fait partie du groupe théâtral (elle était sûre que Hilly tenait d'elle son amour du théâtre), et les pensées qu'elle avait maintenant ressemblaient au murmure du public à travers le rideau fermé avant que la représentation ne commence. On ne saisit pas ce que disent les gens, mais on sent qu'ils sont là.

« Je crois pas qu'ils seront très bien », finit par dire David.

Il regardait par la fenêtre, et il eut soudain le regard d'un prisonnier, solitaire et pris au piège. Il vit Justin Hurd, tressautant sur son tracteur, qui passait la herse dans son champ. Il hersait alors qu'on était déjà dans la seconde semaine de juillet. Pendant un instant, l'esprit de quarante-deux ans de Justin Hurd s'ouvrit à l'esprit de quatre ans de David Brown, et David comprit que Justin chamboulait complètement ses terres, labourant le blé encore vert, arrachant les rangées de haricots, écrasant les melons sous les roues de son tracteur. Justin Hurd croyait qu'on était en mai. En mai 1951, précisément. Justin Hurd était devenu fou.

« J' crois pas qu'y seront bien du tout », dit David.

8

Il y avait eu environ vingt spectateurs pour le PREMIER GALA DE MAGIE de Hilly. Ils n'étaient plus que sept au second : sa mère, son père, son grand-père, David, Barney Applegate (qui avait dix ans comme Hilly), Mme Crenshaw (elle était venue du village dans l'espoir de vendre à Marie des produits de beauté Avon), et Hilly lui-même. Cette chute de fréquentation n'était pas la seule différence avec le premier gala.

Le public du premier gala était vivant, un peu insolent même (qu'on se souvienne des applaudissements sarcastiques quand les pièces de monnaie de singe étaient tombées de la manche de Hilly). Le public du second gala était sobre et apathique, chaque spectateur assis comme un mannequin de grand magasin sur les chaises de jardin que Hilly et son « assistant » (un David pâle et silencieux) avaient disposées. Le papa de Hilly, qui avait ri et applaudi et fait tout un cinéma au premier gala, avait interrompu Hilly pendant son discours préliminaire sur « les mystères de l'Orient » en disant qu'il ne pouvait consacrer beaucoup de temps à ces mystères, et que, si ça ne faisait rien à Hilly, comme il venait juste de tondre la pelouse, il voulait pouvoir rapidement prendre une douche et une bière.

Le temps, lui aussi, avait changé. Le jour du PREMIER GALA DE MAGIE, il était clair, tiède et verdoyant — ce que le nord de la Nouvelle-Angleterre peut offrir de plus merveilleux comme journée de fin de printemps. Ce jour de juillet était caniculaire et humide, un soleil embrumé dardant ses rayons dans un ciel couleur de chrome. Mme Crenshaw s'éventait avec l'un de ses propres catalogues Avon et attendait que la séance se termine. On pourrait tourner de l'œil à rester assis comme ça sous un soleil pareil. Et ce gosse sur son estrade faite de cageots d'oranges, en costume noir, avec sa moustache en cirage... gâté... prétentieux... Mme Crenshaw eut soudain envie de le tuer.

Cette fois, le spectacle de prestidigitation fut bien meilleur — stupéfiant, en fait — mais Hilly fut frappé et irrité de voir qu'il n'en ennuyait pas moins son public à mort. En voyant son père s'agiter sur son siège, prêt à partir, Hilly s'affola. C'était son père qu'il voulait le plus impressionner.

Alors, qu'est-ce qu'ils veulent? se demanda-t-il, furieux, dans son costume en laine noir du dimanche, transpirant autant que Mme Crenshaw. *Je suis formidable — meilleur même que Houdini — mais ils ne crient pas, ne rient pas, n'en ont pas le souffle coupé. Pourquoi pas? Qu'est-ce qui ne va pas?*

Au centre de l'estrade en cageots d'oranges se trouvait une petite plate-forme (un autre cageot d'oranges, mais recouvert d'un drap, celui-là). Hilly y avait caché un engin de son invention, qui utilisait les piles que David avait vues dans la chambre de son frère et l'intérieur d'une vieille calculatrice Texas Instruments que Hilly avait volée (sans aucun remords) dans un tiroir du bureau de sa mère, dans l'entrée. Le drap qui couvrait le cageot d'oranges formait des plis sur les bords, et Hilly avait caché dans un de ces replis de tissu un autre de ses larcins : la pédale de la machine à coudre de sa mère. Hilly avait relié la pédale à son gadget grâce aux contacts à ressort que sa mère lui avait achetés à Augusta.

Le mécanisme qu'il avait inventé faisait tout d'abord disparaître les choses, puis les faisait réapparaître.

Hilly trouvait cela très spectaculaire, ahurissant. Pourtant, la réaction du public partit très bas et ne cessa de baisser.

« Mon premier tour, la Tomate qui disparaît! » claironna Hilly.

Il extirpa une tomate de sa boîte de « fournitures magiques » et la montra.

« J'aimerais un volontaire dans le public pour vérifier qu'il s'agit bien d'une vraie tomate et non d'une imitation. Vous, monsieur! Merci! »

Il tendit la tomate à son père, qui se contenta d'un geste las et dit :

« C'est une tomate, Hilly, je le vois.

— Parfait! Maintenant, regardez les mystères de l'Orient... *attention!* »

Hilly se pencha, posa la tomate au centre du drap blanc recouvrant le cageot, puis la dissimula sous l'un des foulards en soie de sa mère. Il agita sa baguette magique au-dessus de la bosse circulaire qui relevait le foulard bleu.

« *Presto-majesto!* » cria-t-il en écrasant subrepticement la pédale de la machine à coudre dissimulée près de lui. Il y eut un bref ronronnement sourd.

La bosse disparut sous le foulard, qui retomba à plat. Il retira le foulard pour montrer que le dessus de la plate-forme était vide, puis attendit complaisamment les signes de stupéfaction et les cris. Il n'obtint que des applaudissements.

Des applaudissements polis, sans plus.

Il capta clairement ces pensées émanant du cerveau de Mme Crenshaw : *Il y a une trappe. Rien d'extraordinaire à* ça. *Et dire que je suis assise en plein soleil à regarder ce petit emmerdeur pourri flanquer des tomates dans une trappe simplement pour vendre un flacon de parfum à sa mère ! Non mais vraiment !*

Hilly commença à s'énerver sérieusement.

« Maintenant, un autre mystère de l'Orient ! le *Retour* de la tomate disparue ! dit-il en adressant une formidable grimace à Mme Crenshaw. Et pour ceux d'entre vous qui croient qu'il y a quelque chose d'aussi stupide qu'une trappe, et bien je pense que même les gens stupides peuvent croire qu'on peut faire *descendre* une tomate dans une trappe, mais on aurait bien du mal à trouver comment la faire *remonter,* non ? »

Mme Crenshaw resta impassible avec son sourire figé, les fesses débordant de sa chaise de jardin qui s'enfonçait lentement dans le gazon. Ses pensées avaient fui la tête de Hilly comme une mauvaise retransmission de radio.

Hilly posa à nouveau le foulard sur le drap. Il agita sa baguette, pressa sur la pédale. Le foulard bleu se bomba à nouveau. Hilly le retira triomphalement pour découvrir la tomate revenue.

« Ta-*taaa !* » cria-t-il.

Maintenant, les étonnements et les cris allaient fuser.

Autres applaudissements polis.

Barney Applegate bâilla.

Hilly aurait pu le tuer avec joie.

Hilly avait prévu de faire monter la tension du tour de la tomate jusqu'à son Grand Final, et c'était un bon plan, tant qu'il dura. Mais il ne dura pas assez longtemps. Dans son excitation pardonnable d'avoir inventé une machine qui faisait vraiment disparaître les choses (il avait pensé l'offrir au Pentagone, ou quelque chose comme ça, après avoir fait la couverture de *Newsweek* en tant que plus grand magicien de l'Histoire), Hilly avait oublié deux choses. D'abord, que personne, en dehors des bébés et des idiots, ne croit que les tours d'un spectacle de prestidigitation ne sont pas truqués, et deuxièmement qu'il refaisait éternellement presque le même tour. Chaque fois, le changement n'était qu'une question de degré.

De la Tomate qui disparaît et du Retour de la tomate disparue, Hilly passa à la Radio qui disparaît (celle de son père, considérablement plus légère depuis que les piles en avaient été retirées pour trouver leur place dans le gadget sous le cageot) et au Retour de la même.

Applaudissements polis.

La Chaise de jardin qui disparaît, suivie du Retour de vous savez quoi.

Son public restait apathique, comme endormi par le soleil... ou par ce je-ne-sais-quoi qui flottait dans l'air de Haven. Si quoi que ce soit s'oxydait vraiment à la surface du vaisseau et pénétrait dans l'atmosphère, il y en avait certainement une forte concentration ce jour-là, où on ne percevait pas le moindre souffle de vent.

Il faut que je fasse quelque chose, se dit Hilly qui commençait à paniquer.

Il décida tout à coup de sauter la Bibliothèque qui disparaît, la Bicyclette de gymnastique qui disparaît (celle de maman) et la Moto qui disparaît (celle de papa, et vu l'humeur présente dudit papa, Hilly doutait de toute façon qu'il accepte de l'amener sur l'estrade). Il allait réaliser directement son Grand Final :

Le Petit Frère qui disparaît.

« Et maintenant...

— Hilly, je suis désolé, mais..., commença son père.

— ... pour mon *dernier* tour, ajouta rapidement Hilly en regardant son père qui se rassit à contrecœur, j'ai besoin d'un volontaire dans le public. Viens ici, David ! »

David s'avança, image même d'un mélange harmonieux de crainte et de résignation. Bien qu'on ne lui ait rien expliqué en détail, David savait en quoi consistait le dernier tour. Il ne le savait que trop bien.

« Ze veux pas, murmura-t-il.

— T'as pas le choix, dit Hilly inflexible.

— Hilly, z'ai peur, supplia David dont les yeux s'emplissaient de larmes. Et si ze reviens pas ?

— Mais si, murmura Hilly. Tout le *reste* est toujours revenu, non ?

— Oui, mais t'as rien disparu qu'est *vivant* », dit David.

Les larmes coulaient maintenant sur son visage.

En regardant son frère, qu'il avait tant aimé et avec tant de succès (il avait mieux réussi à aimer David que tout ce à quoi il avait pu toucher, y compris la magie), Hilly eut un moment de doute horrible. C'était comme s'éveiller temporairement d'un cauchemar avant qu'il ne vous entraîne à nouveau dans l'abîme. *Tu ne vas pas faire ça, quand même ? Tu ne le pousserais pas sur une route à grande circulation simplement parce que tu crois que toutes les voitures s'arrêteront à temps, quand même ? Tu ne sais même pas où vont ces choses quand elles ne sont plus là !*

Puis il regarda son public — qui s'ennuyait et ne faisait guère attention, Barney Applegate, le seul qui semblât encore à moitié éveillé, s'occupant à arracher des croûtes de son coude — et la colère monta de nouveau en lui. Il ne voyait plus les larmes de terreur dans les yeux de David.

« Monte sur la plate-forme, David ! » murmura Hilly d'un ton sans appel.

Le petit visage de David se mit à trembler... mais il s'approcha de la plate-forme. Il n'avait jamais désobéi à Hilly, qu'il avait idolâtré chacun des quinze cents jours de sa vie, et ce n'était pas maintenant qu'il lui désobéirait. Mais ses jambes grassouillettes ne le portaient presque plus quand il grimpa sur le cageot d'oranges recouvert d'un drap sous lequel se cachait cet engin de fou.

David fit face au public, un petit garçon tout rond en short bleu et T-shirt délavé où on lisait : ON M'APPELLE DR AMOUR. Les larmes ruisselaient sur ses joues.

« *Souris,* nom de Dieu ! » siffla Hilly entre ses lèvres.

Il posa le pied sur la pédale de la machine à coudre.

Pleurant de plus en plus fort, David parvint à produire une parodie hideuse de sourire. Marie Brown ne vit pas les larmes de terreur de son plus jeune fils. Mme Crenshaw avait changé de siège (les pieds d'aluminium du premier étant maintenant engloutis jusqu'à mi-hauteur dans la pelouse) et se préparait à partir. Elle se moquait pas mal de vendre ou non un produit Avon à cette bonne femme stupide. Ça ne valait pas pareille torture.

« Et MAINTENANT ! gueula Hilly à son auditoire endormi, le plus grand secret que recèle l'Orient ! Que peu connaissent et que moins encore pratiquent ! L'Être Humain qui Disparaît ! Regardez bien ! »

Il jeta le drap sur la silhouette tremblante de David. Quand l'étoffe arriva aux pieds de David, Hilly entendit un sanglot. Il ressentit un autre frisson de ce qui pouvait être la peur ou la raison luttant faiblement pour imposer leur point de vue.

« *Hilly, ze t'en prie... s'il te plaît. Z'ai peur...* »

Le murmure étouffé s'estompa.

Hilly hésita. Et soudain il pensa : *Et te voilà parti ! Je sais que tu peux ! Parce que j'ai appris ce tour... du Tommyknocker !*

C'est à peu près à ce moment-là que Hilly Brown perdit vraiment la raison.

« *Presto-majesto !* » cria-t-il.

Il agita les mains au-dessus de la forme tremblante sous le drap de la plate-forme et pressa la pédale.

Hummmmmmmmmmmmm.

Le drap s'aplatit paresseusement, comme quand on en lance un sur un lit et qu'on attend qu'il tombe en place.

Hilly le retira.

« Ta-*taaaaa !* » cria-t-il.

Il était en plein délire, hésitant entre le triomphe et la peur, comme une balançoire où jouent deux enfants de poids égal.

David était parti.

9

Pendant un moment l'apathie générale fut ébranlée. Barney Applegate cessa d'arracher ses croûtes. Bryant Brown se redressa sur sa chaise, la bouche ouverte. Marie et Mme Crenshaw cessèrent les murmures de leur conversation, et Ev Hillman fronça les sourcils d'un air inquiet... bien que cette expression ne fût pas vraiment nouvelle. Cela faisait plusieurs jours qu'Ev avait l'air inquiet.

Ahhh, se dit Hilly, et un baume coula sur son âme. *Gagné !*

Le triomphe de Hilly ne survécut pas à la retombée de l'intérêt du public. Les tours où sont impliqués des gens sont toujours plus intéressants que les tours où sont impliqués des objets ou des animaux (tirer un lapin d'un chapeau, c'était très bien, mais aucun magicien digne de ce nom n'a jamais décidé sur cette base que le public préférerait le voir couper en deux un cheval plutôt qu'une jolie fille aux formes généreuses enveloppées d'un costume plutôt réduit)... mais c'était finalement toujours le même tour. Les applaudissements furent plus fournis cette fois (et Barney Applegate émit un tonitruant « *bravo, Hilly !* »), mais tout retomba rapidement. Hilly vit que sa mère recommençait à bavarder avec Mme Crenshaw. Son père se leva.

« Je vais prendre ma douche, Hilly, marmonna-t-il. Très bon spectacle.

— Mais... »

Un Klaxon retentit dans le chemin.

« C'est maman, dit Barney en se levant si vite qu'il faillit renverser Mme Crenshaw. A bientôt, Hilly ! T'as fait de très bons tours !

— Mais... »

Maintenant, Hilly sentait des larmes lui picoter les yeux.

Barney tomba à genoux et fit un signe de la main en direction du dessous de l'estrade.

« Salut, Davy ! T'as été très bien aussi.

— *Mais, bon sang, il n'est pas là-dessous !* » hurla Hilly.

Mais Barney s'éloignait déjà en bondissant. La mère de Hilly et Mme Crenshaw gagnaient la porte de derrière en regardant le catalogue Avon. Tout se passait trop vite.

« Ne jure pas, Hilly, lui lança sa mère sans se retourner. Et dis à David de se laver les mains en rentrant à la maison. C'est sale, là-dessous. »

Seul le grand-père de David, Ev Hillman, n'avait pas bougé. Ev regardait Hilly avec la même expression inquiète.

« Pourquoi tu pars pas aussi ? demanda Hilly avec une hargne amère que troublaient les tremblements de sa voix.

— Hilly, si ton frère *n'est pas* là-dessous, dit Ev d'une voix lente qui ne ressemblait pas du tout à son débit habituel, *où* est-il ? »

Je ne sais pas, songea Hilly, et c'est à ce moment que la planche de sa balançoire psychique fut déséquilibrée. La colère baissa, tout en bas, et la peur monta, tout en haut. Un sentiment de culpabilité accompagnait la peur. Hilly revit le visage terrifié et ruisselant de larmes de David. Il se vit (que ne ferait pas l'imagination !) avec un visage tordu de colère et presque vicieux — tyrannique en tout cas. *Souris, nom de Dieu !* Et David essayait de sourire à travers ses larmes.

« Oh, il est bien là-dessous », dit Hilly.

Il éclata en bruyants sanglots et s'assit sur son estrade, ramena ses genoux contre sa poitrine et y posa son visage brûlant.

« Il est bien là-dessous, oui, tout le monde a découvert mes trucs et personne n'a aimé mes tours. Je déteste la magie. Je voudrais que tu ne m'aies jamais offert ce stupide coffret de magicien...

— Hilly... »

Ev s'approcha, le regard éperdu, mais tout aussi inquiet qu'avant. Il se passait quelque chose ici... ici et partout dans Haven. Il le *sentait*.

« Qu'est-ce qui ne va pas ?

— *Fiche le camp d'ici !* sanglota Hilly. *Je te déteste ! je te DÉTESTE !* »

Les grands-pères sont tout aussi vulnérables aux blessures, à la honte et à la confusion que n'importe qui d'autre. Ev Hillman ressentit les trois à la fois. Cela lui faisait mal d'entendre Hilly dire qu'il le détestait — cela lui faisait mal, même s'il était évident que l'enfant était épuisé nerveusement. Ev avait honte que ce soit son cadeau qui ait provoqué les larmes de Hilly... et le fait que ce soit son gendre qui avait choisi ce coffret de magie ne comptait pas. Ev avait accepté que ce soit son cadeau quand Hilly en avait été heureux, il se dit qu'il devait aussi l'accepter maintenant qu'il faisait pleurer Hilly, le visage contre ses genoux sales. Il était en pleine confusion parce qu'il sentait qu'*autre chose* se passait ici... mais quoi ? Il ne le savait pas. Il savait qu'il avait commencé à s'habituer à l'idée de devenir sénile — oh, les signes étaient encore assez minces, mais l'évolution de son état semblait s'accélérer un peu plus chaque année — quand l'été était arrivé. Et cet été, justement, *tout le monde* semblait devenir sénile... Mais qu'est-ce qu'il voulait dire exactement par là ? Un reflet dans le regard ? De curieux lapsus ? L'oubli de noms qui auraient dû venir aisément sur les lèvres ? Tout ça, oui. Mais il y avait autre chose. Il n'arrivait pas à mettre le doigt sur ce que c'était.

Cette confusion, tellement différente de la vacuité qui avait affligé les autres spectateurs du SECOND GALA DE MAGIE, amena Ev Hillman, qui était le seul dont l'esprit fût vraiment sain (oui, le seul habitant de Haven dont l'esprit fût réellement sain — car si Jim Gardener était assez peu affecté par le vaisseau enfoui dans la terre, le 17 juillet, il s'était déjà remis à beaucoup boire), à faire une chose qu'il regretta amèrement plus tard. Au lieu de se baisser sur ses genoux arthritiques et grinçants et de regarder sous l'estrade improvisée de Hilly pour voir si David Brown y était vraiment, il s'enfuit. Il fuyait autant l'idée que son cadeau d'anniversaire avait causé de la peine à Hilly que n'importe quoi d'autre. Il laissa Hilly seul, se promettant de revenir « quand le gamin se serait ressaisi ».

10

Tandis que Hilly regardait son papy s'éloigner en traînant les pieds, son sentiment de culpabilité et sa tristesse redoublèrent... triplèrent. Il attendit qu'Ev fût parti, puis se leva maladroitement et remonta sur son estrade. Il posa le pied sur la pédale de machine à coudre et appuya.

Hummmmmmmmmmmmmmm.

Il attendit que le corps de David soulève le drap. Il retirerait le drap d'un coup et dirait : *Te voilà, mon vieux, tu vois ! C'était pas RIEN, hein ?* Il pourrait même en flanquer une bonne à David pour lui avoir fait peur et l'avoir mis dans un état pareil. Ou peut-être seulement qu'il...

Rien ne se produisit.

La peur commença d'étreindre la gorge de Hilly. Comment ça ? N'avait-elle pas toujours été là ? Tout du long, se dit Hilly. Mais maintenant, elle... enflait, oui, c'était le mot juste. Elle *enflait* là-dedans, comme si quelqu'un avait introduit un ballon dans sa gorge et le gonflait. Cette nouvelle peur lui fit considérer en comparaison son ancienne tristesse comme un bonheur et son sentiment de culpabilité comme une véritable bénédiction. Il tenta d'avaler sa salive, mais rien ne passait au-delà de cette enflure.

« David ? » murmura-t-il, et il pressa de nouveau la pédale.

Hummmmmmmmmmmmmmm.

Il décida qu'il n'en flanquerait pas une bonne à David. Il le *serrerait sur son cœur*. Quand David reviendrait, Hilly tomberait à genoux, serrerait David sur son cœur et lui dirait qu'il pouvait avoir *tous* les G.I. Joe (sauf peut-être Œil-de-Serpent et Boule-de-Cristal) pendant une semaine entière.

Il ne se produisait *toujours* rien.

Le drap qui avait couvert David restait collé à celui qui couvrait le cageot dissimulant sa machine. Le corps de David ne le soulevait pas. Hilly restait là, tout seul, dans le jardin, sous le brûlant soleil de juillet, le cœur battant de plus en plus vite dans sa poitrine, le ballon enflant dans sa gorge. *Quand il sera enfin assez gros pour éclater*, se dit-il, *je vais certainement crier*.

Arrête ! Il va revenir ! Bien sûr qu'il va revenir ! La tomate est revenue, et la radio, et la chaise de jardin, et toutes les choses que j'ai essayées dans ma chambre sont revenues. Il... il...

« Je veux que David et toi veniez vous débarbouiller, Hilly ! cria sa mère.

— Oui, maman ! répondit Hilly d'une voix tremblante et dont la gaieté était follement forcée. On arrive ! »

Et il se dit : *Mon Dieu, faites qu'il revienne, je suis désolé mon Dieu, je ferai tout pour qu'il revienne, il peut avoir tous les G.I. Joe pour toujours, je le jure, il peut avoir le MOBAT et même le Dôme de la Terreur, mais mon Dieu, JE VOUS EN SUPPLIE, FAITES QUE ÇA MARCHE, CETTE FOIS, ET QU'IL REVIENNE !*

Il appuya de nouveau sur la pédale.

Hummmmmmmmmmmm.

Il regarda le drap affaissé à travers les larmes qui troublaient sa vue. Pendant un instant, il crut qu'il se passait quelque chose, mais ce n'était qu'un souffle de vent qui agitait le drap.

La panique déchira le cerveau de Hilly comme une lame de rasoir étincelante. Il ne tarderait pas à crier, à faire sortir sa mère de la cuisine et son père de la salle de bains, trempé, vêtu d'une simple serviette de toilette autour des hanches, le shampooing lui dégoulinant sur les joues, tous deux inquiets de ce que Hilly avait bien pu faire, cette fois. Leur panique serait un soulagement, d'une certaine façon : elle oblitérerait ses pensées.

Mais les choses n'en étaient malheureusement pas encore là. Deux pensées se succédèrent rapidement dans l'esprit alerte de Hilly.

La première : *Je n'ai jamais fait disparaître quelque chose de vivant. Même la tomate était cueillie, et papa m'a dit que quand on cueille un végétal, il n'est plus vraiment en vie.*

La seconde : *Et si David ne peut pas respirer, là où il est ? S'il ne peut pas RESPIRER ?*

Jusqu'à cet instant, il s'était peu inquiété du lieu où séjournaient les choses qu'il faisait « disparaître ». Mais maintenant...

Sa dernière pensée cohérente avant que la panique s'abatte sur lui comme un suaire — ou un voile de deuil — fut une image mentale. Il vit David couché dans un paysage étrange et hostile. On aurait dit la surface d'un monde dur et mort. La terre grise était sèche et froide ; des fissures s'ouvraient comme des bouches de reptiles morts. Elles zigzaguaient dans toutes les directions. Au-dessus, le ciel était plus noir que le velours d'un bijoutier, et un milliard d'étoiles scintillaient, plus brillantes qu'aucune des étoiles qu'on ait jamais vues sur Terre, parce que le monde que contemplait Hilly, avec les yeux écarquillés et horrifiés de son imagination, était presque sans air.

Et au milieu de cet univers étrange et désolé reposait son petit frère potelé de quatre ans, avec son short et son T-shirt où on lisait : ON M'APPELLE DR AMOUR. David tenait sa gorge, tentant d'inspirer le non-air d'un monde qui se trouvait peut-être à un billion d'années-lumière de la maison. David étouffait, devenait violet. Le gel déposait des motifs mortels sur ses lèvres et ses ongles. Il...

Ah, mais c'est alors que la bienheureuse panique prit le dessus.

Hilly arracha le drap qui avait couvert David et il retourna le cageot qui cachait le mécanisme. Il écrasa et écrasa encore en criant la pédale de machine à coudre. Ce n'est que lorsqu'elle arriva près de lui que sa mère comprit qu'il ne faisait pas que crier : il y avait des mots dans ses hurlements.

« *Tous* les G.I. Joe! criait Hilly. *Tous* les G.I. Joe! *Tous* les G.I. Joe! Pour toujours! Tous les G.I. Joe! »

Puis, ce qui la glaça d'horreur :

« *Reviens, David! Reviens, David! Reviens!*

— Mon Dieu, qu'est-ce qu'il veut dire? » s'écria Marie.

Bryant prit son fils par les épaules et le fit pivoter pour qu'ils se retrouvent face à face.

« Où est David? Où est-il allé? »

Mais Hilly s'était évanoui, et il ne revint jamais vraiment à lui. Peu après, plus de cent hommes et femmes, dont Bobbi et Gard, fouillèrent les bois, de l'autre côté de la route, fouillèrent chaque buisson à la recherche de David, le frère de Hilly.

Si on avait pu l'interroger, Hilly aurait dit qu'à son avis, ils cherchaient bien près de la maison.

Beaucoup trop près.

4.

BENT
ET JINGLES

1

Le soir du 24 juillet, une semaine après la disparition de David Brown, vers huit heures du soir, le sergent Benton Rhodes sortait de Haven au volant d'un véhicule de patrouille de la police de l'État du Maine. Peter Gabbons, que ses collègues de la police appelaient Jingles, occupait la place du mort. Le soleil couchant semblait rougeoyer sous des cendres. Des cendres *métaphoriques*, naturellement, à la différence de celles qui couvraient les mains et le visage des deux policiers. Ces cendres-*là* étaient réelles. Rhodes ne pouvait s'empêcher de penser à la main et au bras coupés, et au fait qu'il avait immédiatement su à qui ils avaient appartenu. Seigneur !

Arrête d'y penser ! ordonna-t-il à son cerveau.

D'accord, concéda son cerveau, qui continua imperturbablement à y penser.

« Essaie encore la radio, dit-il. Je parie qu'on a des interférences à cause de cette saloperie de tour hertzienne qu'ils ont installée à Troie.

— D'accord, dit Jingles en prenant le micro. Ici voiture 16, j'appelle le central. Est-ce que tu m'entends, Tug ? A toi. »

Il lâcha le bouton et tous deux prêtèrent l'oreille. Ils n'entendirent qu'un bruit de fond particulièrement strident, d'où des voix fantomatiques émergeaient à grand-peine.

« Tu veux que j'essaie encore ? demanda Jingles.

— Non. On les joindra bien assez tôt », répondit Bent.

Bent roulait, toutes sirènes hurlantes, à cent quinze à l'heure sur la Route n° 3 en direction de Derry. Et où pouvaient bien être ces bon Dieu de renforts ? A Haven, ils n'avait eu aucun problème d'émission ni de réception. Les liaisons radio étaient tellement claires qu'elles donnaient presque le frisson. Et à Haven, ce soir-là, la qualité des transmissions radio n'était pas la seule raison qu'on avait de frissonner.

Exact ! approuva son cerveau. *Et, au fait, tu as tout de suite reconnu la bague, hein ?*

Bien sûr. Comment ne pas reconnaître une bague aux armes de sa propre unité, même au doigt d'une femme, n'est-ce pas ? Et tu as vu comme ses tendons pendaient ? On aurait dit un quartier de viande dans une boucherie, hein ? Un gigot, ou quelque chose comme ça. Ç'a arraché son bras d'un coup ! Ça...

Arrête, j'ai dit ! bon Dieu, ÇA SUFFIT !

D'accord, oui, c'est bon. J'avais oublié que tu ne voulais plus en entendre parler. Ou comme un rôti ficelé, hein ? Et tout ce sang !

Arrête, je t'en prie, arrête, gémit-il.

C'est vrai, d'accord. Je sais que je vais devenir fou si je continue à penser à ça, mais je crois que je vais quand même continuer à y penser parce que je n'arrive pas à m'arrêter. Sa main, son bras, c'était moche, pire que tous les accidents de la route que j'aie jamais vus. Et tous les autres morceaux ? Les têtes coupées ? Les yeux ? Les pieds ? Oui, monsieur, ç'a dû être une incroyable explosion de chaudière, ça oui !

« Où sont les renforts ? demanda Jingles d'un air agité.

— Je n'en sais rien. »

Mais quand il les verrait, il pourrait vraiment leur poser une colle, ça oui !

J'ai une devinette pour vous, qu'il dirait. *Vous ne trouverez jamais : Après une explosion, comment peut-il se faire qu'on ait des corps en pièces détachées dans tous les coins mais seulement un mort ? Et puis, comment peut-il se faire que le seul véritable dégât causé par l'explosion d'une* chaudière *soit la destruction de la* tour *de l'hôtel de ville ? Et, en passant, comment se fait-il que l'administrateur, ce Berringer, n'ait pas été capable d'identifier le corps, alors que même* moi *je sais qui c'était ? Vous donnez votre langue au chat, les gars ?*

Il avait caché le bras sous une couverture. Il n'y avait rien à faire pour les autres restes macabres, et il se disait que ça n'avait de toute façon pas d'importance. Mais il avait couvert le bras de Ruth.

C'est sur le trottoir de la place du village de Haven qu'il avait fait ça. Il avait fait ça pendant que cet idiot de chef des pompiers volontaires, Allison, restait là à sourire comme s'ils étaient tous réunis pour un bon dîner, et non à cause d'une explosion qui avait tué une gentille femme. Tout cela était fou. Complètement fou.

On appelait Peter Gabbons « Jingles » à cause de sa voix grave qui ressemblait à celle d'Andy Devine, lequel Devine avait joué le rôle d'un certain Jingles, héros de western dans une série télévisée. Quand Gabbons était arrivé de Georgie, Tug Ellender, le chef de poste, l'avait appelé ainsi, et le surnom lui était resté. Maintenant, d'une voix suraiguë et étranglée qui n'évoquait plus en rien celle de Jingles, Gabbons disait :

« Arrête-toi, Bent. Je ne me sens pas bien. »

Rhodes freina violemment, et le dérapage faillit envoyer la voiture dans le fossé. Du moins Gabbons avait-il été le premier à craquer ; c'était toujours ça de gagné.

Jingles gicla de la voiture sur sa droite. Bent Rhodes sur la gauche. Dans la lueur bleue du gyrophare de la voiture de police, ils vomirent tous deux tout ce qu'ils avaient dans le ventre. Bent tituba jusqu'à son siège, essuyant sa bouche d'une main. Il entendait Jingles qui continuait à vomir dans les fourrés bordant la route. Il renversa la tête en arrière, heureux de cette bouffée d'air frais.

« Ça va mieux, dit enfin Jingles. Merci, Bent. »

Benton se tourna vers son partenaire. Les yeux de Jingles, sombres, creusaient de véritables cavités dans son visage. Il avait l'air d'un homme qui essaie de trier toutes les informations qu'il possède sans parvenir à la moindre conclusion raisonnable.

« Qu'est-ce qui est arrivé, là-bas ? demanda Bent.

— T'es aveugle ? Le clocher de l'hôtel de ville s'est envolé comme une fusée.

— Alors comment est-ce qu'une chaudière a pu mettre le clocher sur orbite en explosant ?

— Chais pas. »

Bent essaya en vain de cracher, puis dit :

« Ça te paraît possible, à toi ? Une explosion de chaudière, en juillet, qui pulvérise le *clocher* de l'hôtel de ville ?

— Non. Ça sent mauvais.

— Tout à fait, ça pue... Jingles, est-ce que tu as *senti* quelque chose là-bas ? Quelque chose de bizarre ?

— Peut-être, dit prudemment Jingles. Peut-être que j'ai senti quelque chose de bizarre.

— Quoi ?

— Je ne sais *pas*. »

La voix de Jingles avait recommencé à monter dans les aigus, à dérailler, à trembler comme celle d'un petit enfant qui va pleurer. Au-dessus d'eux, une myriade d'étoiles scintillaient. Les criquets emplissaient de leur stridulation le silence de l'été plein d'odeurs.

« Je suis seulement bien content d'en être parti... »

Puis Jingles, qui savait qu'il lui faudrait retourner à Haven le lendemain pour le déblaiement et l'expertise, se mit *effectivement* à pleurer.

2

Ils finirent par se remettre en route. Toute trace de lumière avait quitté le ciel. Bent préférait ça. Il n'avait pas vraiment envie de voir Jingles... et il n'avait pas vraiment envie non plus que Jingles le voie.

Au fait, Bent, demanda son cerveau, *c'était drôlement étonnant, non ? Drôlement curieux. Les têtes coupées et les jambes avec les petites chaussures encore attachées aux petits pieds ? Et les torses ! Tu as vu les torses ? Les yeux ! Cet œil bleu ? Tu l'as vu ? Tu n'as pas pu faire autrement ! Tu l'as envoyé dans le caniveau d'un coup de pied quand tu t'es penché pour ramasser le bras de Ruth McCausland. Tous ces bras et toutes ces jambes et ces têtes et ces torses, mais seule Ruth était morte. C'est une vraie colle de championnat !*

Les morceaux de corps, c'était terrible. Les restes déchiquetés des chauves-souris — une quantité incroyable — ça *aussi* c'était terrible. Mais rien n'était aussi terrible que le bras de Ruth avec la bague de son mari au majeur de la main droite, parce que la main et le bras de Ruth étaient *réels*.

Les têtes coupées et les jambes et les torses lui avaient infligé un choc affreux au début — pendant un instant, tétanisé, il s'était demandé, vacances d'été ou pas, si une classe n'était pas en train de visiter l'hôtel de ville quand il avait sauté. Puis son cerveau engourdi avait compris que même les enfants de maternelle n'avaient pas des jambes ni des bras aussi petits, des membres qui ne saignaient pas quand ils étaient arrachés du corps.

Il avait regardé autour de lui et il avait vu Jingles qui tenait une petite tête fumante dans une main et une jambe à demi fondue dans l'autre.

« Des poupées, avait dit Jingles, des bon Dieu de *poupées*. D'où viennent toutes ces bon Dieu de poupées, Bent ? »

Il était sur le point de répondre, de dire qu'il ne savait pas (même si, déjà, ces poupées lui avaient semblé bizarres ; ça viendrait en temps voulu) quand il remarqua qu'il restait encore des gens attablés au Haven Lunch. Qu'il y avait encore des gens qui faisaient leur marché. Un profond frisson avait touché son cœur comme un doigt de glace. Cette femme était là, elle qu'ils avaient toujours connue, qu'ils avaient non seulement connue mais respectée et souvent aimée, et ils continuaient leurs petites affaires.

Ils continuaient leurs petites affaires comme si de rien n'était.

C'est à ce moment que Ben Rhodes commença à vouloir — à vouloir *sérieusement* décamper de Haven.

Maintenant, en baissant le son de la radio qui continuait à n'émettre que des parasites grinçants et vides de signification, Bent se souvint de ce qui lui avait semblé bizarre.

« Elle avait des poupées, Mme McCausland. »

Ruth, songea Bent. *J'aurais bien voulu la connaître assez pour l'appeler Ruth, comme Monstre. Comme Monstre le faisait. Tout le monde l'aimait, pour autant que je sache. Et c'est pourquoi ça semblait tellement impossible qu'ils continuent leurs petites affaires...*

« Je crois bien que j'ai entendu dire ça, dit Jingles. C'était son passe-temps, hein ? Je crois que j'ai entendu dire ça au Haven Lunch. Ou peut-être chez Cooder, en bavardant avec les potes. »

En buvant une bière avec les potes, plutôt, se dit Rhodes, mais il se contenta de hocher la tête et d'approuver :

« Oui, c'était ça. Je m'en souviens. Ses poupées. Au printemps dernier, j'ai parlé de Mme McCausland avec Monstre, je crois, et... »

— *Monstre ?* demanda Jingles. Monstre Dugan connaissait Mme McCausland ?

— Assez bien, je crois. Monstre faisait équipe avec son mari, autrefois. En tout cas, il m'a dit qu'elle avait une centaine de poupées, peut-être même deux cents. Il a dit que c'était sa passion, et qu'une fois on les avait exposées à Augusta. Il a dit qu'elle était plus fière de cette exposition que de tout ce qu'elle avait fait pour le village — et je crois qu'elle faisait beaucoup pour Haven. »

J'aurais bien voulu l'appeler Ruth, songea-t-il à nouveau.

« Monstre a dit que sauf quand elle s'occupait de ses poupées, elle travaillait tout le temps. »

Bent réfléchit un instant, puis il ajouta :

« A la façon dont Monstre parlait d'elle, j'ai eu l'impression qu'il était... qu'il avait le béguin. »

C'était aussi démodé qu'un western de Roy Rogers, mais c'était exactement l'impression que Butch « Monstre » Dugan avait toujours donnée quant à ses rapports avec Ruth McCausland.

« Il y a peu de chances pour que ce soit toi qui lui annonces la nouvelle, mais si c'était le cas, je te conseille de ne pas lui assener le coup trop brutalement.

— Ouais, d'accord. C'est noté. Je n'ai pas envie de me flanquer Monstre Dugan à dos. Pour aujourd'hui, j'ai déjà mon compte, tu sais ? »

Bent eut un sourire sans humour.

« Sa collection de poupées, dit Jingles en hochant la tête. Naturellement, je savais que c'étaient des poupées... »

Il vit le regard en coin de Bent et sourit un peu.

« Ouais, bon, j'ai eu une seconde ou deux... mais j'ai très vite vu la façon dont elles luisaient au soleil, et qu'il n'y avait pas de sang. Et j'ai su ce que c'était. Seulement je n'arrivais pas à comprendre comment il pouvait y en avoir autant.

— Et tu ne le sais *toujours* pas. Ni ça ni grand-chose d'autre. Nous ne savons pas ce qu'elles faisaient là. Bon sang, ni ce qu'*elle* faisait là !

— Qui aurait bien pu vouloir la tuer, Bent ? demanda Jingles d'un air malheureux. C'était une femme si gentille ! Bon sang !

— Je crois qu'elle a été assassinée. Est-ce que tu trouves que ç'avait l'air d'un accident ? » dit Bent.

S'il n'avait pas su que c'était sa voix qu'il entendait, il aurait pu croire qu'on lui cassait de petits morceaux de bois aux oreilles.

« Non. C'était pas une explosion de chaudière. Et cette fumée qui nous empêchait de descendre au sous-sol, tu trouves qu'elle sentait le fuel ? »

Bent secoua la tête. Il ne savait pas ce que c'était, mais il n'avait jamais rien senti de tel de sa vie. Il se pouvait bien que ce con de Berringer ait eu raison sur un point : il disait que respirer cette fumée pouvait être dangereux et qu'il valait mieux rester en haut jusqu'à ce que l'atmosphère du sous-sol de l'hôtel de ville s'éclaircisse. Maintenant, il se demandait s'ils n'avaient pas été tenus à l'écart à dessein, peut-être pour qu'ils ne voient pas que la chaudière était absolument intacte.

« Quand on aura fait notre rapport sur cette chierie, dit Jingles, ces bouseux auront du mal à expliquer tout ça. Allison, Berringer, tous ces types. Et il se pourrait qu'ils aient des explications à donner à Dugan. »

Bent acquiesça d'un air songeur.

« Tout ce bordel était complètement fou. On sentait la folie partout. Je veux dire que... même moi... j'ai eu comme un vertige. Pas toi ?

— La fumée..., suggéra Jingles d'un air dubitatif.

— Tu parles ! J'étais sonné même dans la rue.

— Ses poupées, Bent. Qu'est-ce que ses poupées foutaient là ?

— Je ne sais pas.

— Moi non plus. Mais c'est encore un truc qui ne colle pas. Écoute un peu : si quelqu'un la détestait au point de la tuer, peut-être qu'il la détestait au point de vouloir détruire ses poupées avec elle. Qu'en dis-tu ?

— Pas très convaincant, dit Benton Rhodes.

— Mais ça *pourrait* être ça », insista Jingles, comme si le dire était déjà le prouver.

Bent comprit que Jingles essayait de bâtir un îlot de raison au milieu de cet océan de folie. Il lui demanda d'essayer à nouveau la radio.

La réception était un peu meilleure, mais n'avait toujours rien de grandiose. Bent ne se souvenait pas d'avoir rencontré, si près de Derry, de telles interférences dues au relais hertzien de Troie.

3

D'après les témoins auxquels ils avaient parlé, l'explosion s'était produite à 15 heures 05, à trente secondes près. L'horloge de l'hôtel de ville avait sonné trois heures comme d'habitude. Cinq minutes plus tard, BADABOUM !

Et maintenant, sur la route de Derry, dans l'obscurité, une image étonnamment persuasive s'impose à Benton Rhodes, une image qui lui donne la chair de poule sur tout le corps. Il voit l'horloge du clocher de l'hôtel de ville qui marque trois heures quatre minutes, en ce chaud après-midi de fin juillet sans un souffle de vent. Et soudain, son regard passe en revue les clients du Haven Lunch, ceux du magasin Cooder, ceux de la quincaillerie de Haven, les dames de la friperie, les enfants sur les balançoires ou qui restent accrochés paresseusement, dans la chaleur de l'été, aux barres de la cage à poules du terrain de jeux près de l'école ; ses yeux vont d'une des dames un peu trop fortes qui jouent un double sur le court de tennis municipal, derrière l'hôtel de ville, à sa partenaire, puis à leurs adversaires, tout aussi grosses, de l'autre côté du filet. La balle roule lentement dans un coin du court tandis qu'elles se couchent et pressent leurs mains sur leurs oreilles... et attendent. Elles attendent l'explosion.

Tout le monde dans le village s'est allongé par terre et attend ce BADABOUM qui doit ébranler la journée comme un coup de masse sur un madrier.

Alors Bent frissonne derrière le volant de sa voiture.

Les caissières de chez Cooder. Les clients dans les allées. Les gens du restaurant Haven Lunch près de leurs chaises ou derrière le comptoir. A 15 heures 04, ils se sont couchés par terre, tous, comme un seul homme. Et à 15 heures 06 ils se sont relevés et ont repris leurs petites affaires. Tous, sauf les Gogos Désignés. Et Allison et Berringer, qui ont dit à tout le monde qu'il s'agissait d'une explosion de chaudière, ce qui n'était pas vrai, et qu'ils ignoraient qui était la victime, alors qu'ils savaient foutrement bien qui c'était.

Tu ne crois pas qu'ils savaient tous que ça allait arriver, quand même ?

C'était précisément ce que croyait une partie de lui-même. Parce que si les bonnes gens de Haven ne *savaient pas,* comment se faisait-il que les seules victimes aient été Ruth McCausland et ses poupées ? Comment se faisait-il qu'il n'y ait même pas eu un seul bras coupé quand une averse de verre avait cinglé la rue principale à une vitesse approximative de cent quatre-vingts kilomètres à l'heure ?

« Je crois que maintenant, nous devrions être débarrassés des interférences de cette foutue tour hertzienne, dit Bent. Essaie à nouveau.

— Je ne comprends toujours pas où sont ces nom de Dieu de renforts, dit Jingles en prenant le micro.

« — Peut-être qu'il est arrivé quelque chose ailleurs. Un malheur ne vient jamais...

— Oui, il arrive qu'il en pleuve. Autant que des bras et des jambes de poupées, parfois. »

Alors que Jingles pressait le bouton du micro, Bent négociait un tournant. Les phares éclairèrent violemment un camion à ridelles immobilisé en travers de la route.

« Nom de Dieu !... »

Ses réflexes jouèrent et il écrasa la pédale des freins. Les pneus hurlèrent et fumèrent ; pendant un instant, Bent pensa qu'il n'y arriverait pas ; mais la voiture s'arrêta à trois mètres à peine du véhicule silencieux qui barrait la route.

« S'il te plaît, passe-moi le papier toilette », demanda Jingles d'une voix basse et tremblante.

Ils sortirent, détachant tous deux sans vraiment y réfléchir la patte de sécurité maintenant leur revolver dans son étui. L'odeur de caoutchouc brûlé des pneus flottait dans l'air estival.

« Qu'est-ce que c'est que cette merde, encore ? » s'écria Jingles.

Et Bent songea : *Il le sent aussi. Ce n'est pas normal. C'est lié à ce qui se passait là-bas, dans cet horrible petit village, et il le sent aussi.*

La brise se leva, et Bent entendit un tissu claquer avant qu'une bâche ne glisse avec un bruit sec de serpent à sonnettes d'une masse occupant le plateau du camion. Bent sentit ses couilles regrimper à toute vitesse vers le nord. On aurait dit le canon d'un bazooka. Il allait s'accroupir quand il comprit, terrifié, que le bazooka n'était qu'un morceau de tuyau d'écoulement en ciment aggloméré posé sur une sorte de berceau de bois. Rien d'effrayant. Mais il avait peur. Il était *terrifié.*

« J'ai vu ce camion à Haven, Bent. Il était garé devant le restaurant.

— Y a quelqu'un ? » cria Bent.

Pas de réponse.

Il regarda Jingles. Jingles, les yeux grands ouverts et noirs dans son visage blanc, le regarda à son tour.

Bent se dit soudain : *Interférences du relais hertzien ? Est-ce que c'était bien ce qui nous empêchait de joindre le central ?*

« S'il y a quelqu'un dans ce camion, vous feriez mieux de répondre ! clama Bent. Vous... »

Un petit rire dément, suraigu, sortit du camion, puis le silence retomba.

« Oh, Seigneur, je n'aime pas ça ! » gémit Jingles Gabbons.

Bent s'approcha, levant son revolver, et c'est alors que le monde fut baigné d'une lumière verte.

5.

RUTH McCAUSLAND

1

Ruth Arlene Merrill McCausland avait cinquante ans, mais en paraissait dix de moins — quinze les bons jours. A Haven, tout le monde admettait que, bien qu'elle fût une femme, elle était bien le meilleur chef d'antenne de police, le meilleur *constable* que le village ait jamais eu. C'était parce que son mari avait été officier de police, prétendaient certains. D'autres disaient que c'était simplement parce que Ruth était Ruth. Quoi qu'il en soit, ils s'accordaient à penser que Haven avait de la chance de l'avoir. Elle était ferme, mais juste. Elle était capable de garder son sang-froid dans les cas difficiles. Les gens de Haven disaient tout ça d'elle, et bien d'autres choses encore. Dans un petit village du Maine administré par des hommes depuis qu'il y avait un village à administrer, de tels témoignages ne passaient pas inaperçus. Ce n'était que justice : elle n'était pas une femme que l'on pût ignorer.

Elle avait passé son enfance et son adolescence à Haven, où elle était née. Elle était la petite-nièce du révérend Donald Hartley, qui avait éprouvé une si cruelle surprise lorsque le village avait décidé de changer de nom, en 1901. En 1955, elle avait obtenu une dispense d'âge pour s'inscrire à l'université du Maine. Seules deux jeunes filles avant elle avaient été admises à y jouir de tous les privilèges des étudiants à plein temps au jeune âge de dix-sept ans. Elle s'était inscrite à la faculté de droit.

L'année suivante, elle était tombée amoureuse de Ralph McCausland, qui suivait les mêmes cours qu'elle. Il était grand. Avec son mètre quatre-vingt-quinze, il avait huit centimètres de moins que son ami Anthony Dugan (connu sous le nom de Butch par ses amis, et sous celui de Monstre par ses amis intimes seulement), mais il dominait tout de même Ruth d'une bonne trentaine de centimètres. Il possédait une grâce curieuse — presque absurde — pour un homme de cette taille, et il jouissait d'un très bon caractère. Il voulait être policier. Quand Ruth lui avait demandé pourquoi, il avait répondu que c'était parce que son père l'avait été. Il n'avait pas besoin d'un diplôme de droit pour entrer dans la carrière, lui avait-il expliqué ; pour devenir policier, il suffisait du bac, de bons yeux, de bons réflexes, et d'un casier judiciaire vierge. Mais Ralph McCausland voulait davantage que faire honneur à son père en marchant sur ses traces. « Un homme qui prend un métier et ne prévoit pas de progresser est soit paresseux soit fou », avait-il dit à Ruth un soir, devant deux Coke à la Tanière de l'Ours. Ce qu'il ne lui dit pas, parce qu'il était trop timide, c'était qu'il espérait un jour diriger la police du Maine. De toute façon, Ruth le savait, naturellement.

Elle accepta la demande en mariage de Ralph l'année suivante à condition qu'il attende qu'elle obtienne son diplôme. Elle ne voulait pas travailler pour son compte, lui dit-elle, mais elle voulait absolument pouvoir l'aider. Ralph accepta. Tout homme sain d'esprit, placé devant la beauté intelligente et les yeux clairs de Ruth Merrill, aurait accepté. Quand Ralph l'épousa en 1959, elle était avocate.

Elle entra vierge dans le lit nuptial. Elle s'en était un peu inquiétée, bien que seule une toute petite zone au fond de son cerveau — dans des profondeurs où même elle ne parvenait pas à exercer son habituel contrôle d'acier — osât se demander obscurément si *cette* partie de Ralph était proportionnellement aussi grande que le reste de sa personne ; elle en avait l'impression parfois quand ils dansaient et flirtaient. Mais il était gentil, et elle ne connut qu'une gêne passagère qui se transforma rapidement en plaisir.

« Fais-moi un enfant, lui murmura-t-elle à l'oreille quand il commença à bouger sur elle, en elle.

— Avec plaisir, madame », dit Ralph un peu hors d'haleine.

Mais Ruth ne fut jamais enceinte.

Ruth, fille unique de John et Holly Merrill, avait hérité d'une belle somme d'argent et d'une vieille demeure dans le village de Haven, quand son père était mort en 1962. Ralph et elle vendirent leur petit pavillon d'après-guerre à Derry, et s'installèrent à Haven en 1963. Bien que chacun d'eux eût pu affirmer que l'autre suffisait à son bonheur parfait, tous deux sentaient bien qu'il y avait trop de chambres vides dans la vieille maison victorienne. Peut-être, se disait parfois Ruth, que le bonheur parfait n'existe qu'au milieu de petites catastrophes : le bruit d'un vase ou d'un bocal à poissons renversé et qui se brise sur le sol, un rire joyeux et tonitruant juste au moment où vous vous laissez aller à une douce somnolence en début d'après-midi, l'enfant qui s'engrosse de bonbons pour Halloween et doit inéluctablement donner naissance à un cauchemar aux premières heures du 1er novembre. Dans ses moments de mélancolie (et elle veillait à ce qu'ils soient aussi rares que possible), Ruth pensait parfois aux noueurs de tapis musulmans qui incluaient toujours délibérément une erreur dans leur travail pour honorer le Dieu parfait qui les avait créés, eux, créatures faillibles. Elle se dit plusieurs fois que, dans le tapis d'une vie honnête, un enfant garantissait ce type d'erreur respectueuse.

Mais, pour l'essentiel, ils *étaient* heureux. Ils préparaient ensemble les affaires les plus difficiles de Ralph, si bien que ses témoignages au tribunal étaient toujours calmes, respectueux et dévastateurs. Peu importait que l'accusé fût un conducteur ivre, un pyromane ou un type qui avait cassé une bouteille de bière sur la tête d'un copain au cours d'une bagarre d'ivrognes dans un bar. S'il avait été arrêté par Ralph McCausland, ses chances de se faire acquitter étaient proches de celles qu'un type surpris par une expérimentation en pleine zone d'essais nucléaires aurait de s'en tirer avec des blessures superficielles.

Au fil des années où Ralph s'élevait lentement mais sûrement dans la hiérarchie administrative de la police du Maine, Ruth entreprit une carrière au service du village — non qu'elle considérât jamais que ce fût une « carrière », pas plus certainement qu'elle ne considérait son action comme de la « politique ». Pas de politique de village, mais service du village — petite différence, mais différence cruciale. Elle n'éprouvait pas dans son travail le bonheur serein qu'imaginaient les gens pour qui elle travaillait. Il manquait un enfant pour qu'elle soit comblée. Cela n'avait rien d'étonnant, ni de dégradant. Après tout, elle était une fille de son temps, et même les plus intelligentes ne sont pas prémunies contre une propagande en forme de tir de barrage. Ralph et elle avaient consulté à Boston. Après des examens complets, le médecin leur assura qu'ils étaient tous deux fertiles et leur conseilla de se détendre. D'une certaine façon, c'était une cruelle nouvelle. Si l'un d'eux avait été déclaré stérile, ils auraient adopté un enfant. Mais dans l'état des choses, ils décidèrent d'attendre un peu et de suivre le conseil du médecin... ou d'essayer de le suivre. Et bien que ni l'un ni l'autre ne l'aient su, ni même senti intuitivement, Ralph n'avait plus longtemps à vivre quand la question de l'adoption fut enfin soulevée.

Au cours de ces dernières années de leur mariage, Ruth avait réalisé une sorte d'adoption personnelle : elle avait adopté Haven.

La bibliothèque, par exemple. Depuis des temps immémoriaux, le presbytère méthodiste avait toujours été plein de livres. Il y avait les policiers du Club du Livre, et les livres condensés du *Reader's Digest* qui dégageaient une odeur de moisissure quand on les ouvrait, d'autres qui avaient gonflé jusqu'à ressembler à des annuaires téléphoniques quand les conduites d'eau du presbytère avaient éclaté en 1947, mais la plupart étaient dans un état surprenant de fraîcheur. Ruth appliqua sa patience à les trier, gardant les bons, vendant les mauvais qui, passés au pilon, redeviendraient pâte à papier, ne jetant que ceux dont on ne pouvait vraiment plus rien tirer. La bibliothèque municipale de Haven avait officiellement ouvert ses portes en décembre 1968, dans le presbytère méthodiste, repeint et restauré ; Ruth McCausland occupait le poste de bibliothécaire bénévole, qu'elle conserva jusqu'en 1973. Le jour où elle transmit ses pouvoirs, les membres du conseil d'administration accrochèrent une photo d'elle sur le manteau de la cheminée, dans la salle de lecture. Ruth protesta, puis elle céda quand elle comprit qu'ils avaient l'intention de l'honorer, avec ou sans son approbation. Elle aurait pu les blesser, mais pas les faire changer d'avis. Ils avaient *besoin* de l'honorer. Cette bibliothèque, qu'elle avait conçue seule, assise sur le parquet glacé du presbytère, emmitouflée dans l'une des vieilles vestes de chasse à carreaux rouges et noirs de Ralph, la vision troublée par la buée qui sortait de sa bouche et de son nez, triant patiemment des caisses entières de livres jusqu'à ce que ses mains soient engourdies, cette bibliothèque avait été élue, en 1972, Bibliothèque de l'Année des Petits Villages du Maine.

Dans d'autres circonstances, Ruth s'en serait réjouie, mais elle ne se réjouissait plus de grand-chose, en 1972 et 1973. Ralph McCausland était mort en 1972. A la fin du printemps, il avait commencé à se plaindre de violents maux de tête. En juin, une tache rouge apparut sur son œil gauche. Les radios révélèrent une tumeur au cerveau. Il mourut en octobre, deux jours avant son trente-septième anniversaire.

Ruth resta longtemps debout à côté du cercueil ouvert. Elle avait pleuré presque sans interruption depuis une semaine, et elle se disait qu'elle verserait encore bien des larmes — des océans de larmes peut-être — dans les semaines et les mois à venir. Mais elle n'aurait pas davantage songé à pleurer en public qu'à s'y montrer nue. A ceux qui venaient faire leur visite mortuaire (c'est-à-dire presque tout le monde), elle semblait aussi douce et posée que d'habitude.

« Au revoir, mon chéri », dit-elle enfin, et elle lui embrassa le coin des lèvres. Elle retira du majeur de la main droite de son époux la chevalière aux armes de la police d'État du Maine et la passa à son propre doigt. Le lendemain, elle alla voir l'orfèvre G. M. Pollock, à Bangor, et la fit mettre à sa taille. Elle ne la quitta plus jusqu'à son dernier jour et, bien que les circonstances violentes de sa mort aient arraché son bras de son épaule, la chevalière n'avait pas quitté son majeur, et ni Bent ni Jingles n'avaient eu le moindre mal à identifier cette bague.

2

La bibliothèque n'était pas le seul service rendu par Ruth au village. Chaque automne, elle collectait de l'argent pour la Cancer Society, et chacune des sept années où elle le fit, elle recueillit la plus forte somme rassemblée par la Cancer Society du Maine dans la catégorie des petits villages. Le secret de sa réussite était simple : Ruth allait *partout*. Elle parlait gentiment et sans crainte aux paysans les plus arriérés qui cachaient leurs yeux enfoncés derrière d'épais sourcils, et qui semblaient souvent presque aussi bâtards que les chiens hargneux qu'ils gardaient enchaînés dans leur cour jonchée des carcasses pourries de vieilles voitures et d'instruments agricoles. Dans la plupart des cas, elle obtenait un don. Il est possible que certains aient donné simplement sous le coup de la surprise de recevoir une visite alors qu'ils n'avaient vu personne depuis si longtemps.

Elle ne se fit mordre qu'une fois par un chien. Mais ce fut un événement mémorable. Le chien n'était pas très grand, mais il avait *plein* de dents.

Sur la boîte aux lettres, on lisait MORAN. Personne à la maison sauf le chien. Il arriva de derrière le bâtiment en grondant, alors que Ruth frappait à la porte sans peinture. Elle lui tendit une main, que le chien de M. Moran mordit immédiatement. Il recula et, dans son excitation, pissa sur le porche. Ruth redescendit les quelques marches en sortant de son sac un mouchoir dont elle entoura sa main en sang. Le chien bondit sur elle et la mordit à nouveau, à la jambe, cette fois. Elle lui donna un coup de pied, et le chien s'éloigna lâchement, mais alors qu'elle regagnait sa voiture en boitant, il s'approcha d'elle et la mordit une troisième fois. Ce fut la seule morsure sérieuse. Le chien de M. Moran arracha une assez grosse bouchée de viande du mollet gauche de Ruth (elle portait une jupe, ce jour-là ; par la suite, elle ne porta plus jamais de jupe quand elle allait collecter des fonds pour la Cancer Society). Le chien recula dans les herbes hautes de la pelouse de M. Moran, où il s'assit, grognant et bavant, le sang de Ruth dégoulinant de sa langue tirée. Au lieu de se mettre au volant de sa voiture, Ruth ouvrit le coffre. Elle le fit sans hâte, sûre que si elle se précipitait, le chien l'attaquerait à nouveau. Elle prit le Remington 30.06 qu'elle avait depuis ses seize ans et abattit le chien à l'instant où il se remettait à trotter vers elle. Elle ramassa le cadavre et le posa sur des journaux dans son coffre avant de se rendre chez le Dr. Daggett, le vétérinaire d'Augusta qui avait soigné Peter, le chien de Bobbi, avant de vendre son cabinet et de se retirer en Floride.

« Si ce cabot avait la rage, je suis dans de beaux draps », dit-elle à Daggett.

Le vétérinaire détourna son regard du chien (qui avait reçu la balle exactement entre ses deux yeux maintenant vitreux) pour le poser sur Ruth McCausland qui, bien que mordue et en sang, était aussi jolie que d'habitude.

« Je sais que je ne vous ai pas laissé grand-chose de son cerveau pour les analyses, mais c'était inévitable. Voulez-vous l'examiner, docteur Daggett ? »

Il lui dit qu'elle devait voir un médecin ; il fallait nettoyer les plaies, et elle avait besoin de points de suture au mollet. Daggett était plus agité qu'il ne l'avait jamais été. Ruth lui dit qu'elle était parfaitement capable de nettoyer les plaies. Quant à ce qu'elle appelait « les agrafes », elle les ferait poser aux urgences de l'hôpital de Derry dès qu'elle aurait passé quelques coups de téléphone. Elle lui dit d'examiner le chien pendant ce temps, et demanda si elle pouvait utiliser son bureau privé pour ne pas déranger la clientèle. Une femme avait crié quand Ruth était entrée, ce qui n'était pas vraiment surprenant : l'une des jambes de Ruth était ouverte et dans ses bras couverts de sang elle portait, enveloppé d'une couverture, le cadavre du chien de Moran. Daggett dit qu'elle pouvait naturellement utiliser son téléphone. Elle le fit, prenant toutefois la peine d'imputer le coût du premier appel à son interlocuteur et celui du second à son propre numéro — elle doutait un peu que M. Moran accepte un appel en PCV. Ralph était chez Monstre Dugan, où ils étudiaient les photos d'un crime en vue d'un procès imminent. Monstre ne décela rien d'anormal dans la voix de Ruth, et Ralph non plus ; il lui déclara plus tard qu'elle aurait fait une parfaite criminelle. Elle lui dit qu'elle avait pris du retard en sillonnant la campagne pour la Cancer Society, et que, s'il rentrait avant elle, il devrait réchauffer le rôti et se faire frire les légumes comme il les aimait (il y en avait de plusieurs sortes dans le congélateur). Elle lui dit aussi qu'un gâteau l'attendait dans la boîte à pain, si l'envie lui prenait de quelque chose de sucré. Daggett était entré dans le bureau et désinfectait ses plaies, et Ruth était très pâle. Ralph voulut savoir pourquoi elle avait pris du retard, et elle répondit qu'elle lui raconterait tout en rentrant. Ralph dit qu'il l'attendrait avec impatience et qu'il l'aimait. Ruth dit qu'elle aussi. Puis, comme Daggett avait fini de s'occuper de la morsure derrière le genou (il lui avait pansé la main pendant qu'elle parlait à Ralph), et se mettait à soigner la profonde blessure du mollet (elle *sentait* sa chair qui se contractait pour fuir l'alcool), elle appela M. Moran. Ruth lui dit que son chien l'avait mordue trois fois et que c'était une fois de trop, si bien qu'elle avait dû l'abattre, qu'elle avait laissé sa carte de souscription dans la boîte aux lettres et que l'American Cancer Society lui serait très reconnaissante de toute contribution qu'il pourrait apporter. Il y eut un bref silence. Puis M. Moran se mit à parler. Bientôt M. Moran se mit à crier. Finalement, M. Moran se mit à hurler. M. Moran était tellement furieux qu'il parvint à un débit d'expressions vulgaires qui dépassa la simple poésie pour atteindre une éloquence homérique. Jamais plus dans sa vie il ne parviendrait à de tels sommets, bien qu'il s'y essayât parfois. Il se souvint toujours de cette conversation avec une tristesse presque nostalgique. Elle avait tiré le meilleur de lui, il fallait bien le reconnaître. M. Moran dit qu'elle pouvait s'attendre à ce qu'il la traîne en justice, et qu'elle y perdrait chaque dollar qu'elle possédait en ville, plus quelques dollars de la campagne pour faire bon poids. M. Moran ajouta qu'il jouait au poker avec le meilleur avocat du pays. M. Moran assura Ruth que la cartouche qu'elle avait utilisée pour tuer son bon vieux chien serait la plus chère qu'elle ait jamais introduite dans une culasse. M. Moran lui dit que quand il en aurait fini avec elle, elle maudirait sa mère pour avoir jamais ouvert ses jambes à son père. M. Moran dit que bien qu'elle ait été assez bête pour faire ça, il était sûr, juste à lui parler, que ce qu'elle aurait eu de meilleur avait jailli du goupillon indubitablement respectable de son père et coulé le long de ce tas de graisse que sa mère appelait sa cuisse. M. Moran l'informa que si Madame La-Toute-Puissante Ruth McCausland avait la conviction qu'elle était la Reine-Crotte-de-la-Colline-de-Merde, elle ne tarderait pas à découvrir qu'il y avait une autre petite crotte qui flottait dans les Grandes Chiottes de la Vie. M. Moran ajouta que, dans ce cas particulier, il avait la main sur la chasse d'eau de ce grandiose dispositif d'évacuation et qu'il avait la ferme intention de tirer dessus. M. Moran dit encore bien des choses. M. Moran fit davantage que parler : M. Moran fit un *sermon*. Le prédicateur Colson (ou bien était-ce Cooder?) au sommet de sa puissance n'aurait pu égaler Moran ce jour-là. Ruth attendit patiemment qu'il soit temporairement à sec. Puis, d'une voix douce et agréable qui ne laissait pas du tout sentir qu'elle avait l'impression qu'on mettait son mollet à bouillir dans une chaudière, elle dit à M. Moran que bien que la législation ne soit pas absolument claire sur ce point, des dommages avaient plus souvent été accordés au blessé, même s'il n'en demandait pas, qu'au propriétaire des animaux agresseurs. Il s'agissait seulement de déterminer si le propriétaire avait pris ou non toutes les mesures raisonnables pour assurer...

« *Mais, bon Dieu! de quoi est-ce que vous parlez?* cria M. Moran.

— J'essaie de vous dire que les tribunaux n'apprécient pas les hommes qui laissent un chien libre pour qu'il puisse mordre une femme qui quête pour une organisation charitable comme l'American Cancer Society. En d'autres termes, j'essaie de vous faire comprendre qu'un tribunal vous ferait *payer* pour vous apprendre à agir comme un imbécile. »

Silence abasourdi à l'autre bout de la ligne. La muse de M. Moran l'avait quitté pour toujours.

Ruth s'interrompit brièvement et lutta contre une bouffée de faiblesse où elle faillit bien perdre connaissance alors que Daggett achevait de désinfecter la plaie et la recouvrait d'un pansement stérile.

« Si vous me faites un procès, monsieur Moran, est-ce que mon avocat pourrait trouver une personne pour témoigner que votre chien avait déjà mordu quelqu'un? »

Silence.

« Peut-être *deux* personnes? »

Toujours le silence.

« Peut-être *trois*...

— Allez vous faire foutre, conne prétentiarde! dit soudain Moran.

— Eh bien, dit Ruth, je ne peux pas dire que j'aie eu plaisir à parler avec vous, mais j'ai certainement beaucoup appris à vous écouter donner votre opinion. On croit souvent qu'on a vu le fond de la stupidité humaine, et il est parfois utile qu'on vous rappelle qu'elle n'a *pas* de fond. Je dois malheureusement raccrocher, maintenant. J'avais espéré me rendre dans six autres maisons aujourd'hui, mais je crains bien d'avoir à reporter mes visites. Je dois me rendre à l'hôpital de Derry pour qu'on me pose des agrafes.

— J'espère qu'ils arriveront à vous tuer.

— Je vous comprends. Mais essayez vraiment d'aider la Cancer Society, si vous le pouvez. Nous avons besoin de toute l'aide possible si nous voulons que le cancer soit vaincu à notre génération. Même les fils de pute violents, grossiers, stupides et dégénérés comme vous peuvent y contribuer. »

M. Moran ne lui fit pas de procès. Une semaine plus tard, elle reçut pourtant de sa part l'enveloppe de la Cancer Society qu'elle lui avait laissée. Il ne l'avait pas timbrée, volontairement, se dit-elle, pour qu'elle doive payer une surtaxe. A l'intérieur il y avait un billet d'un dollar avec une large tache brune, et un papier sur lequel il avait écrit triomphalement : JE ME SUIS ESSUYÉ LE CUL AVEC, SALOPE ! C'était écrit avec les grosses lettres tremblées d'un écolier de C.P. qui a des problèmes de coordination. Ruth prit le billet par un coin et l'ajouta à la lessive du matin. Quand il ressortit (propre ; M. Moran avait l'air d'ignorer, entre autres, que la merde part au lavage), elle le repassa. Maintenant, il n'était pas seulement propre, il était comme neuf : il aurait pu avoir été tiré de la banque la veille. Elle le plaça dans le sac de toile où elle rassemblait tous les dons en liquide. Dans son livre de comptes elle nota : *B. Moran, don : 1 $.*

3

La bibliothèque de Haven. La Cancer Society. Le Regroupement des petits villages de Nouvelle-Angleterre. Ruth servait Haven partout. Elle était aussi un membre actif de l'Église méthodiste : rares étaient les dîners de l'Église où l'on ne servait pas un ragoût de Ruth McCausland, ou les ventes de charité où l'on ne dégustait pas une tarte ou un pain brioché aux raisins de Ruth McCausland. Elle avait siégé au conseil d'école et aux commissions de choix des manuels scolaires.

Les gens disaient qu'ils ne savaient pas comment elle arrivait à tout faire. Quand on le lui demandait, elle souriait et disait qu'elle pensait que des mains actives étaient des mains heureuses. Avec tout ce qui se passait dans sa vie, on aurait pu penser qu'elle n'avait pas une minute pour un passe-temps... En fait, elle en avait deux : elle adorait lire (et elle appréciait tout particulièrement les romans western de Bobbi Anderson ; elle les avait tous, dédicacés) et elle collectionnait les poupées.

Un psychiatre aurait associé la collection de poupées de Ruth à son désir inassouvi d'avoir des enfants. Ruth, bien qu'elle n'eût pas beaucoup de contacts avec les psychiatres, aurait été d'accord. Jusqu'à un certain point, en tout cas. *Quelle qu'en soit la raison, elles me rendent heureuse,* aurait-elle pu dire si cette opinion de psychiatre avait été portée à son attention. *Et je crois que le bonheur est l'opposé exact de la tristesse, de l'amertume et de la haine : le bonheur devrait rester libre de toute analyse aussi longtemps que possible.*

Depuis leur installation à Haven, Ralph et elle avaient partagé un bureau à l'étage. La maison était assez grande pour qu'ils en aient chacun un, mais ils aimaient être ensemble le soir. En fait, le grand bureau était constitué de deux pièces, à l'origine, avant que Ralph ne fasse abattre la cloison, créant ainsi un espace plus vaste même que le salon du rez-de-chaussée. Ralph avait sa collection de pièces et de boîtes d'allumettes, un mur de livres (Ralph possédait essentiellement des livres d'histoire militaire, et pas de romans) et un vieux bureau à cylindre que Ruth avait restauré elle-même.

Pour Ruth, Ralph avait constitué ce que tous deux appelaient « la classe ».

Deux ans environ avant que ses migraines ne commencent, Ralph avait en effet constaté que Ruth n'aurait bientôt plus de place pour ses poupées (maintenant, elle en avait même disposé une rangée sur son bureau, et souvent elles tombaient quand elle tapait à la machine). Elles étaient assises sur les tabourets, leurs petites jambes pendaient nonchalamment des rebords des fenêtres, et les visiteurs devaient généralement en prendre deux ou trois sur leurs genoux quand ils voulaient s'asseoir. Et Ruth avait souvent de la visite : elle faisait fonction de notaire, et il y avait toujours quelqu'un pour lui demander d'authentifier un acte de vente, ou de certifier un document.

Alors, pour Noël, Ralph avait construit une douzaine de petits bancs pour ses poupées. Ruth en fut enchantée. Cela lui rappelait le temps où elle fréquentait la petite école à classe unique de Crosman Corner. Elle les plaça bien en rang et y installa les poupées. Dès ce jour, ce coin du bureau de Ruth fut appelé « la classe ».

Le Noël suivant — le dernier de Ralph, bien qu'à ce moment-là il se sentît encore bien, la tumeur qui devait le tuer n'étant encore qu'un point microscopique dans son cerveau — Ralph lui offrit quatre bancs de plus, trois nouvelles poupées, et un tableau noir à l'échelle des bancs. C'était tout ce qui manquait pour compléter l'illusion d'une salle de classe.

Sur le tableau, il avait écrit : « *Chère Maîtresse, je vous aime sincèrement — UN ADMIRATEUR SECRET* ».

Les adultes tombaient sous le charme de la classe de Ruth. Et la plupart des enfants aussi. Ruth était toujours heureuse de voir des enfants — les garçons comme les filles — jouer avec ses poupées, bien que certaines fussent assez précieuses et nombre des plus anciennes fragiles. Il arrivait que les parents s'inquiètent beaucoup quand ils comprenaient que leur enfant était en train de jouer avec une poupée chinoise d'avant la révolution ou avec celle qui avait appartenu à la fille du juge John Marshall. Ruth était une femme gentille ; si elle sentait que la joie qu'éprouvait un enfant à jouer avec ses poupées rendait ses parents *vraiment* nerveux, elle sortait une Barbie et un Ken qu'elle gardait pour ce genre d'occasions. Les enfants jouaient avec Ken et Barbie, mais sans enthousiasme, comme s'ils avaient compris que les poupées vraiment *bonnes* leur avaient été interdites pour une raison inconnue. Si, en revanche, Ruth sentait que les parents disaient non parce qu'ils avaient l'impression que leur enfant se montrait mal élevé en jouant avec les jouets d'une dame, elle expliquait clairement que cela ne la gênait pas du tout.

« Vous n'avez pas peur qu'un gosse en casse ? » lui avait un jour demandé Mabel Noyes.

Le bazar de Mabel était tout orné de pancartes du genre : JE SUIS AGRÉABLE À REGARDER, ET MERVEILLEUX À TOUCHER, MAIS SI VOUS ME CASSEZ, VOUS M'AVEZ ACHETÉ. Mabel savait que la poupée qui avait appartenu à la fille du juge valait au moins six cents dollars : elle en avait montré une photo à un marchand de poupées rares de Boston, et il lui en avait proposé quatre cents, si bien qu'elle avait considéré que six cents auraient été un prix honnête. Et il y avait celle qui avait appartenu à Anna Roosevelt.. une poupée vaudou haïtienne authentique... et Dieu sait quoi encore, joue contre joue et cuisse contre cuisse avec d'autres tout à fait ordinaires comme les traditionnels Ann et Andy en tissu bourré.

« Pas du tout », avait répondu Ruth qui trouvait l'attitude de Mabel aussi étonnante que Mabel trouvait la sienne. « Si Dieu veut qu'une de ces poupées soit cassée, Il peut la briser Lui-même, ou bien Il peut envoyer un de ces enfants le faire. Mais jusqu'à présent, aucun enfant n'en a jamais cassé. Oh, quelques têtes ont bien roulé par terre, et Joe Pell a tripoté le mécanisme dans le dos de Mme Beasley, si bien que maintenant elle ne sait plus que dire. " Est-ce que vous voulez prendre une douche ? " mais c'est à peu près tous les dégâts qu'elles ont subis.

— Vous me pardonnerez de continuer à penser que vous prenez un risque affreux avec des choses aussi fragiles et irremplaçables, dit Mabel en reniflant. Parfois, j'ai l'impression que la seule chose que j'aie jamais apprise dans ma vie, c'est que les enfants cassent.

— Eh bien, c'est peut-être seulement que j'ai eu de la chance. Mais ils font très attention à elles, vous savez. C'est parce qu'ils les aiment », je crois, dit Ruth avant de s'interrompre et de froncer un peu les sourcils. « La *plupart* d'entre eux les aiment », corrigea-t-elle au bout d'un moment.

Le fait que tous les enfants n'aient pas envie de jouer avec « les enfants de la classe », que certains en aient *peur*, l'étonnait et la peinait beaucoup. La petite Edwina Thurlow, par exemple. Edwina avait fait une crise de larmes et une colère terrible quand sa mère l'avait prise par la main et l'avait pratiquement *traînée* vers les poupées assises sur leurs bancs et qui regardaient attentivement le tableau. Mme Thurlow trouvait que les poupées de Ruth était *les choses les plus adorables qui soient, aussi mignonnes qu'un chaton, aussi délicieuse qu'une lichette de crème ;* si elle avait connu d'autres clichés que ceux de sa campagne, Mme Thurlow les aurait sans aucun doute utilisés pour qualifier les poupées de Ruth, et elle ne comprenait absolument pas pourquoi sa fille en avait peur. Elle se dit qu'Edwina faisait seulement « la timide ». Ruth, qui avait vu l'indubitable éclair de terreur dans les yeux de l'enfant, n'avait pas réussi à dissuader la mère (qu'elle considérait comme une idiote bornée) de forcer l'enfant à s'approcher des poupées.

Donc, Norma Thurlow avait traîné sa petite Edwina vers la classe et la petite Edwina avait hurlé si fort que Ralph l'avait entendue du fond de la cave où il recannait des chaises. Il avait fallu vingt minutes pour calmer l'hystérie d'Edwina, après qu'on l'eut, naturellement, transportée en bas, loin des poupées. Norma Thurlow était malade de gêne, et chaque fois qu'elle jetait un regard noir dans la direction d'Edwina, sa fille redoublait de sanglots incoercibles.

Plus tard dans la soirée, Ruth monta regarder tristement sa classe pleine d'enfants silencieux (les « enfants » comportaient des personnages de grands-mères, comme Mme Beasley et la Mère-Grand du Petit Chaperon rouge, qui, retournée et un peu arrangée, devenait le Grand Méchant Loup), et elle se demanda comment ils avaient pu terrifier Edwina à ce point. Edwina n'avait naturellement rien pu expliquer : la plus douce des interrogations la replongeait dans des hurlements hystériques.

Ruth finit par dire doucement aux poupées :

« Vous avez rendu cette enfant très malheureuse Qu'est-ce que vous lui avez fait ? »

Les poupées se contentèrent de la regarder avec leurs yeux de verre, ou de boutons de bottine, ou de fil.

« Et Hilly Brown n'a pas voulu s'en approcher non plus, la dernière fois que sa mère est venue pour que tu authentifies son acte de vente », dit Ralph derrière son épaule.

Elle s'était retournée, surprise, et avait souri.

« Oui, Hilly non plus », dit-elle.

Et d'autres. Pas beaucoup, mais suffisamment pour la troubler.

« Allons, dit Ralph en glissant un bras autour de sa taille, avouez ! Lequel d'entre vous a fait peur à la petite fille ? »

Les poupées le regardaient en silence.

Et pendant un moment... seulement un moment... Ruth sentit un frisson de peur dans son estomac qui remonta le long de sa colonne vertébrale, frappant sur chaque vertèbre comme sur une lame de xylophone... puis tout se calma.

« Ne t'en fais pas, Ruthie », dit Ralph en la serrant contre lui.

Comme toujours, l'odeur de son époux l'étourdit un peu. Il l'embrassa fermement. Son baiser n'était d'ailleurs pas tout ce qu'il y avait de ferme chez lui, à cet instant.

« S'il te plaît », dit-elle, un peu essoufflée, en l'écartant d'elle, pas devant les enfants. »

Ils rirent et il l'enleva dans ses bras.

« Et devant les œuvres complètes de Henry Steele Commager ?

— Merveilleux », souffla-t-elle en se rendant compte qu'elle était déjà à moitié... non, aux trois quarts... non, aux quatre cinquièmes... déshabillée.

Il lui fit l'amour frénétiquement, et ce fut une grande satisfaction pour l'un comme pour l'autre. Le bref moment de tristesse était oublié.

Mais elle se souvint de cet épisode pendant la nuit du 19 juillet. L'image de Jésus s'était mise à parler à Becky Paulson le 7 juillet. Le 19, les poupées de Ruth McCausland se mirent à lui parler.

4

Les gens du village furent surpris mais heureux quand, deux ans après la mort de Ralph McCausland, en 1974, sa veuve se porta candidate au poste de constable de Haven. Un homme du nom de Mumphry se présenta contre elle. C'était un jeune fou, presque tout le monde le disait, mais on pensait aussi que ce n'était probablement pas de sa faute : il était nouveau dans le village et ne savait pas comment se conduire. Ceux qui en discutèrent au Haven Lunch s'accordèrent à penser que Mumphry était plus à plaindre qu'à détester. Il se présentait en tant que militant du parti démocrate, et l'essentiel de sa plate-forme semblait se résumer à ceci : le policier qu'il s'agissait d'élire aurait officiellement pour tâche d'arrêter les ivrognes, les chauffards et les délin-quants de tout poil, voire de temps à autre de dangereux criminels, et de les conduire jusqu'à la prison du comté ; les citoyens de Haven n'allaient tout de même pas élire une *femme* à un tel poste, avocate ou pas !

Mais c'est ce qu'ils firent. Le résultat du vote fut : McCausland 407, Mumphry 9. Dans ces neuf voix, on pouvait imaginer qu'il y avait celle de sa femme, de son frère, de son fils de vingt-trois ans et la sienne. Restaient cinq voix inexpliquées. Personne ne les revendiqua jamais, mais Ruth pensa que M. Moran, là-bas, à l'extrémité sud de la commune, avait quatre amis de plus qu'elle ne l'aurait cru. Trois semaines après l'élection, Mumphry et son épouse quittèrent Haven. Son fils, un assez gentil garçon du nom de John, choisit de rester. Quatorze ans plus tard, on l'appelait encore « le nouveau gars » — « Ce nouveau gars, le Mumphry, y vient s' faire couper les tifs c' matin ; tu t' souviens quand son paternel y s'est présenté cont' Ruth et qu'y s'est fait moucher ? » Personne depuis ne s'était jamais opposé à Ruth.

Les gens du village avaient bien vu que sa candidature était une façon d'annoncer publiquement que son deuil avait pris fin. Une des choses (entre autres) que le pauvre Mumphry n'avait pas comprises, c'était que ce vote presque unanime avait été, en partie au moins, une façon pour Haven de s'écrier : « Hourra, Rhutie ! Bienvenue ! »

La mort de Ralph, si brutale, avait été un choc, et elle avait été bien près — bien trop près, même — de tuer en Ruth ce qu'elle avait de plus ouvert et de plus généreux. Ruth avait l'impression que cet aspect de sa personnalité adoucissait et complétait les traits dominants de son caractère, traits dominants qui faisaient d'elle un être intelligent, rusé, logique et parfois — bien qu'elle n'aimât pas l'admettre tout en sachant que c'était vrai — peu charitable.

Elle en vint à sentir que si ce côté ouvert et généreux de sa nature venait à disparaître, ce serait comme tuer Ralph une seconde fois. Alors elle retourna vers Haven. Elle se remit à son service.

Dans un petit village, une seule personne comme elle peut représenter une différence cruciale dans la façon dont les choses se passent, et, selon les termes des maîtres jargonneurs, dans « la qualité de la vie ». Cette personne peut devenir, en fait, le cœur du village. Ruth avait été bien près de devenir cette personne précieuse quand son mari était mort. Deux ans plus tard, après ce qui sembla rétrospectivement une longue et sinistre saison en enfer, elle redécouvrit cette personne précieuse comme on peut retrouver une chose assez merveilleuse dans un coin sombre d'un grenier — un verre ciselé, ou un fauteuil à bascule en bois courbé encore utilisable. Elle l'éclaira, vérifia qu'elle n'était pas brisée, l'épousseta, l'astiqua, et la rendit à la vie. Son élection au poste de constable local n'avait été qu'une première étape. Elle n'aurait pu dire pourquoi cela lui semblait bien, mais c'était le cas : il lui semblait que c'était la façon parfaite à la fois de se souvenir de Ralph et d'entreprendre le travail qui la ferait devenir elle-même. Elle pensait qu'elle trouverait probablement ce travail ennuyeux et déplaisant... mais c'était aussi vrai de son ratissage des campagnes pour la Cancer Society, ou des réunions de la commission de choix des manuels scolaires.

Qu'une tâche soit ennuyeuse et déplaisante ne signifiait pas qu'elle soit *infructueuse,* ce que la plupart des gens, semble-t-il, ne savent pas, ou veulent ignorer. Elle se dit que si elle n'aimait vraiment pas ça, aucune loi ne l'obligerait à se représenter pour être réélue. Elle voulait se rendre utile, non se poser en martyre. Si elle détestait ça, elle laisserait la place à Mumphry ou à un type dans son genre.

Mais Ruth découvrit qu'elle *aimait* ce travail. Il lui donnait, entre autres, l'occasion de mettre fin à quelques fâcheuses habitudes sur lesquelles le vieux John Harley avait fermé les yeux et que certains avaient impunément développées.

Del Cullum, par exemple. Les Cullum étaient installés à Haven depuis des temps immémoriaux, et Delbert — un mécanicien aux sourcils broussailleux qui travaillait à la station Shell d'Elt Barker — n'était probablement pas le premier d'entre eux à avoir des rapports sexuels avec ses filles. La lignée des Cullum était incroyablement tordue et entremêlée. Ruth avait connaissance d'au moins deux Cullum désespérément arriérés qui se trouvaient à l'institution de Pineland, et dont on disait dans le village qu'ils étaient nés les mains et les pieds palmés.

L'inceste est une de ces ancestrales traditions rustiques que les poètes romantiques ne chantent que rarement. Le fait qu'il s'agît d'une tradition pouvait peut-être expliquer l'inaction de John Harley devant ce phénomène, mais en l'espèce, s'agissant d'un comportement aussi manifestement criminel, l'idée de « tradition » ne pesait pas lourd dans l'esprit de Ruth. Elle se rendit chez les Cullum. Il y eut des cris. Albion Thurlow les entendit très clairement, bien qu'il habitât près de cinq cents mètres plus loin, sur la route, et qu'il fût sourd d'une oreille. Après les cris il y eut le bruit d'une tronçonneuse, suivi d'un coup de feu et d'un hurlement. Puis la tronçonneuse s'arrêta et Albion, qui était sorti au milieu de la route, une main en visière pour mieux voir chez les Cullum, entendit des voix de filles (Delbert avait été affligé de filles, six filles, et elles étaient sa malédiction, et lui la leur) qui criaient leur désespoir.

Plus tard, au Haven Lunch, quand il raconta son histoire à un auditoire fasciné, le vieil Albion dit qu'il avait pensé rentrer chez lui et appeler la police... quand il avait compris que c'était probablement la représentante de ladite police qui avait tiré le coup de feu.

Albion resta donc planté près de sa boîte aux lettres, attendant la suite. Quelques cinq minutes après que le bruit de la tronçonneuse eut cessé, il vit Ruth McCausland regagner le village dans sa voiture. Cinq minutes après *ça*, Del Cullum passa dans son camion. Sa femme, blanche comme un linge, occupait la place du mort. Un matelas et quelques cartons remplis de vêtements et de vaisselle avaient été jetés en vrac à l'arrière du camion. On ne revit jamais Delbert et Maggie Cullum à Haven. Les trois filles majeures allèrent travailler à Derry et Bangor. Les trois plus jeunes furent placées dans des foyers. Presque tout le monde, à Haven, fut content de voir la famille Cullum dispersée. Les Cullum avaient bourgeonné tout au bout de Ridge Road comme une éruption de champignons vénéneux dans une cave sombre. On se demanda longtemps ce que Ruth avait fait, comment elle s'y était prise, mais elle ne raconta jamais rien.

Et les Cullum ne furent pas les seuls que Ruth McCausland, grisonnante, toujours pimpante, avec son mètre soixante-cinq et ses cinquante-sept kilos, chassa du village ou mit en prison au fil des années. Des hippies qui fumaient de la marijuana, par exemple, s'étaient installés à un kilomètre et demi de la ferme du vieux Frank Garrick. Ces êtres inutiles et crasseux repartirent au bout d'un mois propulsés par le délicat peton (taille 37) de Ruth. La nièce de Frank, celle qui écrivait des livres, fumait probablement un peu aussi de temps à autre, pensait-on au village (dans les villages, on croit toujours que les écrivains fument, boivent trop et passent leurs soirées à faire l'amour dans les positions les plus invraisemblables), mais elle n'en vendait pas. Les hippies, à quelques centaines de mètres de chez elle, oui.

Et puis il y avait eu les Jorgenson, sur la route de Miller Bog. Benny Jorgenson était mort d'une attaque, et Iva s'était remariée, trois ans plus tard, pour devenir Mme Haney. Peu après, le fils de sept ans et la fille de cinq ans d'Iva se mirent à avoir des accidents domestiques. Le garçon tombait en sortant du bain ; la fillette se brûlait le bras contre le fourneau. Puis le garçon glissait sur le sol mouillé de la cuisine et se cassait le bras tandis que la fillette marchait sur un râteau à demi enfoui sous des feuilles, et le manche lui cognait la tête. Enfin, le garçon trébucha dans l'escalier de la cave en descendant chercher du petit bois d'allumage et se fractura le crâne. On crut un moment qu'il ne s'en sortirait pas. C'était vraiment la loi des séries, dans cette famille !

Ruth décida qu'il y avait eu assez de malheurs chez les Haney.

Elle partit dans sa vieille Dodge et trouva Elmer Haney assis sous le porche avec une canette de bière, en train de se curer le nez tout en lisant *Soldier of*

Fortune, le magazine pour l'unité des mercenaires de tous les pays. Ruth suggéra à Elmer Haney que la malchance qui frappait la maison d'Iva, et surtout Bethie et Richard Jorgenson, s'appelait peut-être bien Elmer Haney. Elle avait remarqué, dit-elle, que certains beaux-pères portaient *vraiment* malchance aux enfants du premier lit. Elle ajouta qu'elle pensait qu'ils pourraient renouer avec la chance si Elmer Haney quittait la ville. Très vite. Avant la fin de la semaine.

« Vous ne me faites pas peur, dit calmement Elmer Haney. Je suis chez *moi,* vous savez. Vous voudrez certainement partir avant que je vous fasse éclater la tête avec une bûche, espèce de fouilleuse de merde.

— Pensez-y », dit Ruth en souriant.

Pendant cette conversation, Joe Paulson se trouvait près de la boîte aux lettres. Il avait tout entendu — Elmer Haney avait un peu haussé le ton et Joe ne pouvait pas ne pas entendre. Joe raconta au Haven Lunch, plus tard, dans la soirée, qu'il triait le courrier quand les deux s'étaient querellés, et il semblait qu'il ait eu du courrier à trier jusqu'à la fin de leur conversation.

« Et comment tu sais qu'elle *souriait ?* demanda Elt Barker.

— Je l'ai entendu à sa voix », répondit Joe.

Dans la soirée, Ruth se rendit à la police de Derry pour parler à Butch « Monstre » Dugan. Avec ses deux mètres trois et ses cent vingt-sept kilos, Monstre était le flic le plus imposant de Nouvelle-Angleterre. Monstre aurait fait n'importe quoi pour la veuve de Ralph, sauf un assassinat (... et encore).

Deux jours plus tard, ils retournèrent chez Haney. C'était le jour de congé de Monstre et il était en civil. Iva Haney était partie travailler, Bethie à l'école, et Richard, naturellement, était encore à l'hôpital. Elmer Haney, qui n'avait toujours pas de travail, était assis sous le porche avec une canette de bière dans une main et une revue pornographique dans l'autre. Ruth et Monstre Dugan restèrent une heure environ en sa compagnie. Au cours de cette heure, Elmer Haney eut une extraordinaire série de malheureux accidents. Ceux qui le virent quitter le village cette nuit-là racontèrent qu'on aurait dit qu'il était tombé dans une éplucheuse à pommes de terre, mais le seul qui eut le courage de demander ce qui était arrivé fut le vieux John Harley en personne.

« Eh bien, je vous assure, dit Ruth en souriant, que c'est la chose la plus incroyable que j'aie jamais vue. Alors que nous essayions de le persuader que les enfants de sa femme seraient plus heureux s'il partait, il a décidé soudain qu'il voulait prendre une douche. Juste quand on lui parlait ! Et devinez quoi ? Il est tombé dans la baignoire ! Et puis il s'est brûlé le bras au poêle, et il a glissé sur le linoléum en reculant ! Après il a décidé qu'il voulait respirer un peu d'air frais, il est sorti et il a marché sur le même râteau que la petite Bethie Jorgenson il y a deux mois, et c'est à ce moment-là qu'il a décidé qu'il devait faire sa valise et partir, il a dit que s'il restait, il avait peur de se fracasser le crâne dans l'escalier de la cave. Je crois qu'il a eu raison, le pauvre homme. Il sera plus heureux ailleurs. »

5

Elle était vraiment la personne la plus apte à devenir le cœur du village, et c'est peut-être pourquoi elle fut la première à sentir un changement.

Tout commença par des maux de tête et de mauvais rêves.

Les maux de tête commencèrent avec le mois de juillet. Ils étaient parfois si légers qu'elle les remarquait à peine. Puis, sans crier gare, ils s'aggravaient en un martèlement puissant derrière son front. Le soir du 4 Juillet, ce fut si terrible qu'elle appela Christina McKeen, avec qui elle devait aller voir le feu d'artifice à Bangor, et se décommanda.

Elle se coucha alors que la lumière éclairait encore le ciel, mais il faisait noir quand elle parvint enfin à s'enfoncer dans le sommeil. Elle se dit que la chaleur et l'humidité l'empêchaient de s'endormir — en Nouvelle-Angleterre, elles empêcheraient tout le monde de dormir cette nuit-là, et ce n'était pas la première fois que cela arrivait. Elle vivait l'un des étés les plus lourds et les plus caniculaires dont elle puisse se souvenir.

Elle rêva de feux d'artifice.

Mais ces feux d'artifice n'étaient pas rouge et blanc et orange scintillant ; ils étaient tous d'un vert terne et horrible. Les fusées qui éclataient constellaient le ciel de brillantes lumières... mais au lieu de s'éparpiller, celles-ci flottaient dans le ciel telles des étoiles de mer, se rassemblaient comme pour former d'énormes blessures.

En regardant autour d'elle, elle vit des gens avec qui elle avait vécu toute sa vie — les Harley et les Crenshaw, les Brown et les Duplissey, les Anderson et les Clarendon — qui regardaient le ciel, le visage pourri par des sortes de feux follets verts des marais. Ils se tenaient devant la poste, la pharmacie, le Bazar, le Haven Lunch, la Northern National Bank ; ils se tenaient devant l'école et la station Shell, les yeux emplis d'une lueur verte, la bouche stupidement ouverte.

Et leurs dents tombaient.

Justin Hurd se tourna vers elle et sourit, ses lèvres découvrant ses gencives roses et nues. Dans la lumière folle qui baignait le rêve de Ruth, la salive qui coulait de ces gencives avait un air de morve.

« C'est *bon* », susurra Justin.

Et elle se dit : *Partez d'ici ! Il faut qu'ils partent tous immédiatement ! S'ils ne partent pas, ils vont tous mourir comme Ralph !*

Comme il s'approchait d'elle, elle vit avec une horreur croissante que le visage de Justin frémissait et changeait : il devenait le visage boursouflé et couturé de Lumpkin, la poupée épouvantail. Elle jeta un regard éperdu autour d'elle et vit qu'ils étaient tous devenus des poupées. Mabel Noyes se retourna et la regarda fixement, les yeux bleus de Mabel étaient toujours aussi calculateurs et avares, mais ses lèvres charnues dessinaient un arc de Cupidon, comme celles d'une poupée de porcelaine.

« Tommyknockers », chantonna Mabel d'une voix mélodieuse que reprit l'écho.

Ruth s'éveilla hors d'haleine, les yeux grands ouverts sur l'obscurité.

Ses maux de tête avaient disparu, du moins pour l'instant. Sans transition, au sortir de son rêve, elle se retrouva l'esprit tout à fait clair et se dit : *Ruth, tu dois décamper immédiatement. Ne prends même pas le temps de faire une valise — enfile juste des vêtements, saute dans ta voiture et PARS !*

Mais elle ne pouvait pas faire ça.

Elle se rallongea. Au bout d'un long moment, elle se rendormit.

6

Quand la maison des Paulson brûla, l'alarme retentit et les pompiers volontaires de Haven se mirent en route... mais il leur fallut un temps incroyable pour arriver. Ruth était là dix minutes avant que la première voiture n'apparaisse. Quand Dick Allison finit par se montrer, Ruth était prête à lui arracher les yeux, mais elle savait que le couple Paulson était déjà mort... et naturellement Dick Allison le savait aussi. C'est pourquoi il ne s'était pas pressé. Mais cela ne soulagea pas du tout Ruth. Bien au contraire.

Tout ce qu'ils savaient, maintenant... A quoi est-ce que ça rimait ?

Ruth l'ignorait.

Même le *fait* qu'ils savaient était presque insaisissable. Le jour où la maison des Paulson brûla, Ruth se rendit compte que, depuis plus d'une semaine, elle savait des choses qu'elle n'aurait aucunement dû savoir. Mais ça semblait tellement *naturel !* Ces connaissances arrivaient sans tambour ni trompette, ce phénomène faisait autant partie d'elle — de *tout le monde* maintenant à Haven — que les battements de son cœur. Elle n'y pensait pas davantage qu'aux battements de son cœur dont elle percevait dans ses oreilles le rythme doux et régulier.

Mais il *fallait* qu'elle y réfléchisse, non ? Parce que cela modifiait Haven... et pas en bien.

7

Quelques jours avant la disparition de David Brown, Ruth, profondément déçue, se rendit compte qu'elle avait fait l'objet d'un certain ostracisme de la part des villageois. Personne ne lui crachait au visage quand elle marchait le matin de sa maison à son bureau de l'hôtel de ville... personne ne lui lançait de pierres... elle ressentait toujours l'essentiel de leur ancienne affection pour elle dans leurs pensées... mais elle savait que certains se retournaient pour la regarder marcher. Elle s'en acquittait la tête haute, le visage serein, comme si sa tête ne battait pas, ne tambourinait pas, telle une dent pourrie, comme si elle n'avait pas passé la nuit dernière (et celle d'avant, et celle d'avant, et...) à se tourner et se retourner, à s'assoupir dans d'horribles rêves dont elle ne se souvenait plus qu'à moitié quand enfin elle s'en arrachait.

Ils la regardaient... ils regardaient et ils attendaient...
Qu'est-ce qu'ils attendaient ?
Elle le savait : ils attendaient qu'elle « évolue ».

8

C'est au cours de la semaine qui s'écoula entre l'incendie chez les Paulson et le SECOND GALA DE MAGIE de Hilly que les choses se gâtèrent pour Ruth.

Le courrier, maintenant. C'était une chose.

Elle continuait à recevoir des factures, des circulaires et des catalogues, mais aucune lettre. Aucun courrier personnel d'*aucune* sorte. Au bout de trois jours, elle alla jusqu'au bureau de poste. Nancy Voss était seule derrière le comptoir, comme une loque, le regard complètement inexpressif. Quand Ruth eut fini de parler, elle sentit comme le *poids* du regard de la femme. On aurait dit que deux petites pierres poussiéreuses s'étaient nichées dans son visage.

Dans le silence, elle entendait quelque chose qui ronronnait dans la pièce voisine, avec une sorte de crissement d'araignée géante. Elle ne savait pas ce que c'était,

(sauf que ça trie le courrier à sa place)

mais elle n'aimait pas ce bruit. Et elle n'aimait pas être ici avec cette femme, parce que Nancy Voss avait couché avec Joe Paulson, et qu'elle avait haï Becky, et...

Il faisait chaud dehors. Et encore plus chaud dans le bureau. Ruth sentit la sueur ruisseler de tous ses pores.

« Faut remplir une fiche de réclamation, dit Nancy Voss d'une voix lente et sans timbre en faisant glisser une carte blanche sur le comptoir. Voilà, Ruth », ajouta-t-elle avec un sourire sans joie.

Ruth vit qu'elle avait perdu la moitié de ses dents.

Et derrière elle, dans le silence : *Scratch-scratch, scritchi-cratch, scratch-scratch, scritchi-cratch.*

Ruth entreprit de remplir la fiche. Sous ses bras, de larges auréoles sombres de sueur tachaient sa robe. Dehors, le soleil tapait sans merci sur le parking du bureau de poste. Il faisait plus de trente à l'ombre, indiscutablement, et pas un souffle de vent ne remuait l'air. Ruth savait que le goudron du parking serait tellement ramolli qu'elle pourrait en enlever un morceau avec ses doigts si l'envie lui prenait d'en mâchouiller un peu...

Indiquez la nature de votre problème, disait la fiche.

Je deviens folle, se dit-elle, *c'est ça, la nature de mon problème. Et puis j'ai mes règles pour la première fois depuis trois ans.*

D'une main ferme, elle indiqua qu'elle n'avait reçu aucune lettre personnelle depuis une semaine et qu'elle souhaitait qu'on entreprenne les recherches nécessaires à ce sujet.

Scratch, scratch, scritchi-cratch.

« Quel est ce bruit ? » demanda-t-elle sans lever les yeux de sa fiche, car elle avait peur.

— Un gadget qui trie le courrier, grogna Nancy. C'est moi qui l'ai conçu... Mais vous le savez, n'est-ce pas, Ruth ?

— Comment pourrais-je le savoir avant que vous ne me l'ayez dit ? » demanda Ruth en faisant un gros effort pour que sa voix reste aimable.

Le stylo qu'elle tenait trembla un peu et fit une tache sur la fiche — non que cela eût la moindre importance : si son courrier ne lui arrivait pas, c'était parce que Nancy Voss le jetait. Cela aussi, Ruth le savait. Mais Ruth était solide ; son visage resta clair et ferme. Elle regarda Nancy droit dans les yeux, alors même qu'elle avait peur de ces yeux noirs poussiéreux, peur de leur poids.

Allez, parle, disait le regard de Ruth. *Je n'ai pas peur des gens comme toi. Parle... mais si tu t'imagines que je vais faire marche arrière, en couinant comme une souris, tu es bonne pour la surprise de ta vie.*

Le regard de Nancy vacilla puis se déroba. Elle se détourna.

« Prévenez-moi quand vous aurez rempli la fiche, dit-elle. J'ai trop à faire pour me permettre de rester à bayer aux corneilles. Depuis que Joe est mort, le travail s'est empilé dans des proportions incroyables. C'est probablement pour ça que votre courrier ne vous

(PARS DE CE VILLAGE, VIEILLE SORCIÈRE, PARS TANT QUE NOUS SOMMES TOUJOURS PRÊTS À TE LAISSER PARTIR)

arrive pas dans les temps, madââââme McCausland.

— Vous croyez ? »

Garder une voix aimable et désinvolte demandait maintenant à Ruth un effort surhumain. La dernière pensée de Nancy l'avait atteinte comme un uppercut, aussi lumineuse et évidente qu'un éclair. Elle baissa les yeux sur la fiche et vit une grosse

(tumeur)

tache noire qui s'y étalait. Elle froissa le formulaire et le jeta.

Scritch-scritch-scratch.

La porte s'ouvrit derrière elle. Elle se retourna et vit Bobbi Anderson qui entrait.

« Bonjour, Bobbi ! dit-elle.

— Bonjour, Ruth. »

(pars elle a raison pendant que tu le peux encore pendant que tu en as l'autorisation s'il te plaît Ruth je nous la plupart d'entre nous ne te veulent aucun mal)

« Est-ce que vous écrivez un nouveau roman, Bobbi ? »

Maintenant, Ruth avait du mal à dissimuler le tremblement de sa voix. C'était mauvais d'entendre les pensées — ça vous faisait croire que vous étiez fou et que vous aviez des hallucinations. Entendre ça de Bobbi Anderson,

(pendant que tu en as l'autorisation)

Bobbi Anderson qui était la plus *gentille...*

Je n'ai rien entendu de tel, songea Ruth en s'agrippant à cette affirmation comme si elle rassemblait les dernières forces de sa volonté épuisée. *Je me suis trompée, c'est tout.*

Bobbi la regarda et sourit. Ruth vit qu'elle avait perdu une molaire en bas à gauche et une canine en haut à droite.

« Vous feriez mieux de partir, Ruth, dit-elle doucement. Prenez votre voiture et partez. Vous ne croyez pas ? »

Ruth se sentit ferme — en dépit de sa peur et de sa tête douloureuse, elle s'était ressaisie.

« Jamais, dit-elle. C'est mon village. Et si vous savez ce qui se passe, dites aux autres qui le savent aussi de ne pas me provoquer. J'ai des amis en dehors de Haven, des amis qui m'écouteront avec sérieux même si ce que je leur raconte semble complètement fou. Ils m'écouteront en souvenir de mon mari, sinon pour moi. Quant à vous, vous devriez avoir honte. C'est aussi votre village. C'*était* votre village, en tout cas. »

Pendant un moment, elle eut l'impression que Bobbi était troublée et un peu honteuse. Puis elle eut un sourire radieux, et il y avait dans ce sourire édenté quelque chose de puéril qui fit plus peur à Ruth que tout le reste. Il n'était pas plus humain que le sourire d'une truite. Elle retrouvait Bobbi dans les yeux de cette femme, elle l'avait en tout cas sentie présente dans ses pensées... mais il n'y avait rien de Bobbi dans ce sourire.

« Comme vous voudrez, Ruth, dit-elle. Tout le monde vous aime, à Haven, vous savez. Je crois que dans une semaine ou deux... trois, tout au plus... vous cesserez de lutter. Je me suis seulement dit que je pouvais vous laisser le choix. Mais si vous décidez de rester, c'est parfait. Dans peu de temps vous serez... très bien. »

9

Elle s'arrêta chez Cooder pour acheter des Tampax. Il n'y en avait plus. Pas de Tampax, pas de Modess, pas de Stayfree, ni maxis ni minis, aucune serviette hygiénique, aucun tampon.

Une pancarte manuscrite indiquait : PROCHAINE LIVRAISON DEMAIN. DÉSOLÉS DE NE POUVOIR VOUS SATISFAIRE.

10

Le 15 juillet, un vendredi, elle eut des problèmes avec le téléphone de son bureau.

Le matin, c'était seulement un ronflement gênant qu'elle et ses correspondants devaient surmonter en criant. Vers midi s'y ajoutèrent divers craquements. A 14 heures, c'en était arrivé à un tel point que la ligne n'était plus utilisable.

Quand Ruth rentra chez elle, elle constata que son téléphone ne donnait aucune tonalité. La ligne était tout bonnement coupée. Elle se rendit chez ses voisins, les Fannin, pour appeler la compagnie du téléphone et demander un dépannage. Wendy Fannin préparait du pain dans la cuisine, pétrissant un pâton pendant que son mixer se chargeait du second.

Ruth remarqua — sans surprise, à cause de sa fatigue — que le mixer n'était pas branché à la prise murale mais raccordé à ce qui semblait être un jeu électronique dont on aurait enlevé le couvercle. Il produisait une forte lueur tandis que Wendy pétrissait son pain.

« Bien sûr, allez téléphoner, dit Wendy. Vous savez

(partez Ruth partez de Haven)

où ça se trouve, n'est-ce pas ?

— Oui, dit-elle en se dirigeant vers l'entrée avant de s'arrêter. Je suis allée chez Cooder. J'ai besoin de serviettes hygiéniques mais il n'y en a plus.

— Je sais, dit Wendy avec un sourire qui montra trois trous dans une dentition parfaite une semaine auparavant. J'ai pris l'avant-dernière boîte. Ce sera bientôt fini. Nous allons " évoluer " encore un peu plus et cette étape sera terminée.

— Vraiment ? demanda Ruth.

— Oh, oui », dit Wendy en retournant à son pain.

Le téléphone des Fannin marchait très bien. Ruth n'en fut pas surprise. La téléphoniste de New England Contel dit qu'elle allait envoyer un réparateur sur-le-champ. Ruth la remercia, et avant de sortir, elle remercia aussi Wendy Fannin.

« Pas de quoi, dit Wendy en souriant. Tout ce que vous voudrez, Ruth. Tout le monde vous aime à Haven, vous savez. »

Malgré la chaleur, Ruth frissonna.

L'équipe de réparation de la compagnie du téléphone intervint sur la boîte de branchement à l'extérieur de la maison de Ruth, sur le côté. Puis elle procéda à un essai. Le téléphone fonctionnait parfaitement. Elle repartit. Moins d'une heure plus tard, le téléphone avait de nouveau cessé de fonctionner.

Dans la rue, ce soir-là, Ruth entendit des murmures de plus en plus forts dans son cerveau — des pensées aussi légères que des feuilles mortes emportées par une soudaine bourrasque d'octobre.

(notre Ruth nous t'aimons tous Haven aime)

(mais pars si tu pars ou change)

(si tu restes personne ne te veut de mal Ruth alors pars ou reste)

(oui pars ou reste mais laisse-nous)

(oui laisse-nous tranquilles Ruth ne t'en mêle pas laisse-nous laisse-nous)

(« évoluer » oui laisse-nous « évoluer » laisse-nous « évoluer » tranquilles)

Elle marchait lentement, la tête bourdonnante de voix.

Elle jeta un regard à l'intérieur du Haven Lunch. Beach Jernigan, le cuisinier du snack, lui fit un signe de la main. Ruth le lui rendit. Elle vit la bouche de Beach qui bougeait, formant clairement les mots : *La voilà.* Plusieurs hommes assis au comptoir se retournèrent et lui firent signe. Ils souriaient. Elle vit des trous noirs à la place qu'occupaient des dents peu de temps auparavant. Elle dépassa le supermarché Cooder. Elle dépassa l'église méthodiste. Devant elle, maintenant, se dressait l'hôtel de ville avec son clocher de brique rouge. Les aiguilles de l'horloge marquaient 7 h 15 — sept heures et quart, par une soirée d'été, et partout dans Haven des hommes allaient s'ouvrir une bière bien fraîche et allumer la radio pour entendre Ned Martin et l'*Échauffement des Red Sox.* Elle vit Bobby Tremain et Stephanie

Colson sortir lentement du village par la Route n° 9, main dans la main. Ils étaient ensemble depuis quatre ans et c'était un miracle que Stephanie ne soit pas encore enceinte, se dit Ruth.

Une simple soirée de juillet à l'approche du crépuscule — tout à fait normale.

Rien n'était normal.

Hilly Brown et Barney Applegate sortaient de la bibliothèque, traînant derrière eux David, le petit frère de Hilly, comme la queue d'un cerf-volant. Elle demanda à voir quels livres les garçons avaient choisis et ils les lui montrèrent très spontanément. Elle lut seulement dans les yeux du petit David Brown que l'enfant percevait, tout en hésitant à l'admettre, la panique qu'elle éprouvait... et elle lut dans l'esprit de l'enfant la panique qu'il éprouvait. Le fait qu'elle ait ressenti la peur de David, et n'ait rien entrepris pour la calmer, fut une des raisons pour lesquelles elle s'en voulut tant quand le petit garçon disparut deux jours plus tard. Quelqu'un d'autre se serait justifié, aurait dit : *Bon, j'avais assez de problèmes sur les épaules sans m'inquiéter de ceux de David Brown.* Mais elle n'était pas femme à trouver le moindre réconfort dans ce type de défense. Elle avait ressenti la terreur sourde de l'enfant. Pire, elle l'avait senti résigné — certain que rien ne pourrait changer les événements — qu'ils allaient simplement suivre leur cours prédéterminé, du mauvais au pire. Et comme pour lui donner raison, — hé! *Presto!* — David avait disparu. Tout comme le grand-père de l'enfant, Ruth s'attribua une part de culpabilité.

A l'hôtel de ville, elle fit demi-tour et reprit le chemin de chez elle, gardant un visage gracieux en dépit de ses insupportables maux de tête, en dépit de sa consternation. Ses pensées tourbillonnaient, bruissaient et dansaient.

(t'aime Ruth)

(nous pouvons attendre Ruth)

(chut chut dors)

(oui dors et rêve)

(rêve de choses rêve de façons)

(d' « évoluer » de façons d' « évoluer » de façons d')

Elle entra chez elle et verrouilla la porte derrière elle avant de monter à l'étage et d'enfouir son visage dans son oreiller.

Rêve de façons d' « évoluer ».

Oh, Seigneur! Comme elle aurait voulu savoir exactement ce que cela voulait dire.

Si tu pars tu pars si tu restes tu changes.

Elle aurait voulu savoir parce que, quoi que ce fût, qu'elle le veuille ou non, c'était *en train* de lui arriver. Elle pouvait toujours résister de toutes ses forces, elle aussi « évoluait ».

(oui Ruth oui)

(dors... rêve... pense... « évolue »)

(oui Ruth oui)

Ces pensées, bruissantes et étrangères, l'accompagnèrent dans son sommeil puis disparurent dans l'obscurité. Elle était allongée en travers du grand lit, tout habillée, et dormait profondément.

Quand elle s'éveilla, son corps était raide mais son esprit clair et comme rafraîchi, ses maux de tête s'étaient dissipés comme une fumée. Ses règles, si curieusement indignes et honteuses alors qu'elle croyait que c'en était fini pour de bon, avaient cessé. Pour la première fois depuis presque deux semaines, elle se sentait à nouveau elle-même. Elle allait prendre une longue douche fraîche, puis elle entreprendrait d'aller au fond des choses. S'il fallait une aide extérieure, d'accord. Si elle devait passer quelques jours ou quelques semaines avec des gens qui penseraient qu'elle déraillait, qu'il en soit ainsi. Elle avait voué sa vie à établir sa réputation de femme de bon sens, et digne de confiance ; une telle réputation ne lui permettait-elle pas d'espérer convaincre les gens de la prendre au sérieux même si soudain elle semblait raconter des histoires folles ?

Alors qu'elle commençait à enlever sa robe toute froissée par sa nuit de sommeil, ses doigts se paralysèrent soudain sur les boutons.

Sa langue avait trouvé un espace vide dans la rangée de ses dents du bas — et elle ressentait une douleur sourde et vague à cet endroit. Son regard tomba sur le dessus de lit. A l'endroit où avait reposé sa tête, elle vit la dent qui était tombée durant la nuit. Soudain, plus rien ne lui parut simple, plus rien du tout.

Ruth se rendit compte que ses maux de tête revenaient.

11

En matière de canicule, Haven n'avait encore rien vu : en août, pendant une semaine, la température ne descendrait pas en dessous de 38 degrés. Mais en attendant, la chaleur humide qui régna sur le village entre le 12 et le 19 fut bien suffisante, merci beaucoup.

Les rues miroitaient. Les feuilles des arbres pendaient, molles et poussiéreuses. Les bruits portaient loin dans l'air immobile. Pendant toute cette période étouffante, on put entendre clairement, jusqu'au village, le vieux camion de Bobbi Anderson, reconverti en engin de chantier. Les gens savaient qu'il se passait quelque chose d'important là-bas, chez le vieux Frank Garrick — quelque chose d'important pour toute la commune — mais personne n'en parlait à haute voix, pas plus qu'on ne signala que Justin Hurd, le voisin le plus proche de Bobbi, était devenu complètement fou. Justin construisait des choses — c'était une partie de son « évolution » — mais comme il était devenu fou, certains des machins qu'il construisait étaient potentiellement dangereux. L'un envoyait des ondes harmoniques dans l'écorce terrestre, des ondes qui auraient pu déclencher un tremblement de terre suffisamment puissant pour éventrer l'État du Maine et en projeter toute la moitié est dans l'Atlantique.

Justin avait fabriqué sa machine à ondes harmoniques pour déloger ces foutus lapins et ces chiardes de marmottes de leurs terriers. Ils lui bouffaient toutes ses nom de Dieu de laitues. *Je vais les éjecter de là, ces petits salauds*, s'était-il dit.

Un jour, Beach Jernigan se rendit chez Justin alors que celui-ci était en train de herser son champ ouest (enfouissant sous terre cinq hectares de blé en un jour, transpirant à flots, les lèvres retroussées en une grimace maniaque ininterrompue, tant il s'inquiétait de sauver ses trois rangées de laitues) et mit hors service l'engin essentiellement formé de composants d'un récepteur stéréo. Quand Justin rentrerait, il ne retrouverait plus son gadget, et il se dirait peut-être que ces foutus lapins et ces chiardes de marmottes l'avaient piqué. Peut-être entreprendrait-il de le reconstruire... auquel cas Beach ou quelqu'un d'autre s'en occuperait à nouveau. Ou bien alors, s'ils avaient de la chance, il se sentirait appelé à construire quelque chose de moins dangereux.

Le soleil se levait chaque jour dans un ciel blafard, couleur de porcelaine, et semblait ensuite rester suspendu au toit du monde. Derrière le Haven Lunch, une rangée de chiens, trop écrasés de chaleur même pour se gratter les puces, restaient vautrés sous l'avancée du toit qui prodiguait une ombre rare. Les rues étaient presque désertes. De temps à autre, un véhicule traversait Haven, en route pour Derry ou Bangor, ou en revenant. Mais pas beaucoup : c'était bien plus rapide par l'autoroute.

Ceux qui passaient remarquaient une curieuse amélioration soudaine de la réception radio — un routier, qui se trouvait sur la Route n° 9 parce qu'il en avait eu marre de la I-95, tomba sur une station de rock et fut stupéfait d'entendre qu'elle émettait de Chicago. Deux personnes âgées qui se dirigeaient vers Bar Harbor captèrent une station de musique classique de Floride. Cette réception étrangement limpide s'était brouillée dès qu'ils étaient sortis de Haven.

Certains voyageurs de passage subirent des effets beaucoup plus désagréables, essentiellement maux de tête et nausées — nausées graves, parfois. On incrimina le plus souvent la nourriture mangée en route, sans doute avariée à cause de la chaleur.

Un petit garçon du Québec, alors qu'il se dirigeait vers Old Orchard Beach avec ses parents, perdit quatre dents de lait au cours des dix minutes qu'il fallut à la voiture familiale pour traverser la commune de Haven d'un bout à l'autre. La mère du petit garçon jura — tabernacle ! — qu'elle n'avait jamais vu ça de sa vie. Cette nuit-là, dans un motel d'Old Orchard Beach, la petite souris emporta les dents (dont une seule bougeait auparavant, déclara la mère du petit garçon) et les remplaça par un dollar canadien.

Un mathématicien du MIT, qui gagnait UMO pour un congrès de deux jours sur les nombres semi-logiques, se rendit soudain compte qu'il était sur le point de mettre sur pied une façon totalement nouvelle de considérer les mathématiques et la philosophie des mathématiques. Son visage vira au gris, sa peau, moite de sueur, se glaça quand il comprit avec une parfaite clarté comment cette découverte pouvait produire la preuve que tout nombre pair supérieur à deux est la somme de deux nombres premiers ; comment elle pouvait être utilisée pour diviser les angles en trois ; comment elle pouvait...

Il se gara, sortit précipitamment de sa voiture, et vomit dans le fossé. Il resta là, tremblant, les jambes flageolantes, au-dessus de la flaque dégoûtante (qui contenait une de ses canines, bien qu'il fût beaucoup trop excité pour se rendre compte qu'il avait perdu une dent), les doigts le démangeant de tenir une craie, de couvrir un tableau de sinus et de cosinus. Des visions de prix Nobel jaillissaient dans son cerveau surchauffé. Il se jeta sur son siège et reprit la route d'Orono, poussant sa vieille Subaru à cent trente à l'heure. Mais quand il atteignit Hampden, sa glorieuse vision s'était embrumée, et quand il arriva à Orono, il n'en restait plus qu'une vague lueur. Il se dit qu'il avait eu un coup de chaleur momentané. Seul son vomissement avait été réel, il le sentait sur ses vêtements. Pendant la première journée du congrès, il resta pâle et silencieux, n'apportant qu'une maigre contribution, pleurant son éphémère vision de gloire.

C'est ce matin-là aussi que Mabel Noyes devint une non-entité alors qu'elle bricolait dans le sous-sol du Bazar. On ne peut pas dire qu'elle « se tua par accident », ni qu'elle « mourut malencontreusement ». Aucune de ces deux expressions ne rendrait exactement compte de ce qui lui arriva. Mabel ne se tira pas une balle dans la tête en nettoyant un revolver, elle n'introduit pas ses doigts dans une prise électrique ; elle provoqua tout simplement la désagrégation de ses propres molécules et disparut de la surface de la Terre en un clin d'œil. Ce fut rapide et pas du tout sale. Il y eut un éclair de lumière bleue, puis plus rien. Elle était partie. Il n'en resta rien qu'une attache de soutien-gorge fumante et un gadget qui ressemblait à un polissoir d'argenterie. En fait, c'était exactement ce que ce gadget était censé être. Mabel s'était dit que cela rendrait un pensum sale et fatigant beaucoup plus facile et s'était demandé pourquoi elle ne l'avait pas fabriqué plus tôt — et pourquoi, bon sang, on ne pouvait en acheter nulle part, alors que c'était une chose très facile à fabriquer, et que les Chinetoques, là-bas, en Corée, auraient pu les usiner à la tonne ; mais elle se disait qu'elle devrait se montrer reconnaissante que ces Chinetoques de Japonais soient apparemment devenus trop crâneurs pour fabriquer ces *petits* trucs. Elle s'était mise à voir plein de choses qu'elle pouvait mettre au point à partir d'objets usagés de son magasin. Des choses *merveilleuses*. Elle ne cessait de regarder dans les catalogues et de s'étonner de ne pas les y trouver. *Mon Dieu*, se dit-elle, *je crois que je vais devenir riche !* L'ennui, c'était qu'elle s'était trompée dans on ne sait quel branchement en bricolant son polissoir d'argenterie, et qu'elle s'évanouit dans la quatrième dimension en moins de six dix millièmes de nanosecondes.

Il faut avouer que personne ne la regretta vraiment à Haven.

Le village restait amorphe au fond d'une cuvette d'air stagnant. Des bois, derrière chez Garrick, sortait le bruit des engins. Bobbi et Gardener fouillaient toujours.

A part cela, tout le village semblait somnoler.

12

Ruth ne somnolait pas, cet après-midi-là.

Elle pensait à ces bruits qui venaient de chez Bobbi Anderson (elle, au moins, ne disait plus « la ferme du vieux Garrick »), et à Bobbi Anderson elle-même.

Le village partageait maintenant un fonds de connaissances, un stock de pensées communautaire. Un mois plus tôt, Ruth aurait trouvé cela complètement fou. Maintenant, c'était indéniable. Comme les voix qui s'élevaient, murmurantes, la connaissance était *là*.

Et elle comportait le fait que Bobbi avait été à l'origine de tout ça.

C'était accidentel, mais c'était elle qui avait tout mis en branle. Maintenant, son ami et elle (l'ami était tout à fait impénétrable pour Ruth ; elle ne le connaissait que pour l'avoir vu, certains soirs, assis là-bas sur le porche, avec Bobbi) travaillaient douze à quatorze heures par jour à aggraver les choses. Elle ne pensait pas que l'ami savait vraiment ce qu'il faisait. Il était en quelque sorte hors du réseau communal.

Comment est-ce qu'ils aggravaient les choses ?

Elle ne le savait pas. Elle ne savait même pas vraiment ce qu'ils faisaient. Cela aussi était impénétrable, non seulement pour Ruth, mais pour tout le monde à Haven. Ils le sauraient en temps voulu ; cette connaissance faisait partie de leur « évolution », comme les menstruations de toutes les femmes de la commune, de huit à soixante ans, qui avaient cessé en même temps. Il s'agissait d'espèces de fouilles ; c'était tout ce que Ruth pouvait en dire. Un après-midi, elle fit une petite sieste et rêva de Bobbi et de son ami de Troie. Ils déterraient un gros cylindre argenté de soixante-dix mètres de long. Au fur et à mesure qu'ils le déterraient, elle voyait apparaître un cylindre plus petit, en acier celui-là, d'environ trois mètres de large et pas tout à fait deux de haut, qui sortait, comme une tétine, du centre de la chose. Sur la tétine était tracé le symbole +, et quand elle s'éveilla, Ruth comprit : elle avait rêvé d'une gigantesque pile alcaline enterrée dans le sol de granit du bois derrière la maison de Bobbi, une pile plus grande que le silo de Frank Spruce.

Ruth savait que, quoi que Bobbi et son ami fussent en train de déterrer dans le bois, ce n'était certainement pas une gigantesque pile longue durée de 1,5 volt. Sauf que... d'une certaine façon, elle se disait que c'était *exactement* ça. Bobbi avait découvert une fantastique source d'énergie et en était devenue prisonnière. Cette même force galvanisait et emprisonnait simultanément toute la commune. Et elle ne cessait de gagner de la puissance.

Son esprit murmura : *Tu dois laisser faire. Il te suffit de te mettre à l'écart et de laisser faire. Ils t'ont aimée, Ruth ; c'est vrai. Tu entends leurs voix dans ta tête comme le vent d'octobre qui soulève les feuilles mortes ; maintenant il ne se contente plus de les pousser un peu avant de les laisser retomber, il les emporte dans un cyclone ; tu entends la voix de leur cerveau, et bien qu'elle ne soit parfois que borborygmes confus, je ne crois pas qu'elle puisse mentir. Quand les voix disent de plus en plus fort que les habitants de Haven t'ont aimée, qu'ils t'aiment encore, elles disent la vérité. Mais si tu te mêles de ce qui se passe, je crois qu'ils vont te tuer, Ruth. Pas l'ami de Bobbi — il est en quelque sorte immunisé. Il n'entend pas de voix. Il n' « évolue » pas, sauf qu'il est de plus en plus dépendant de l'alcool. C'est ce que dit la voix de Bobbi : « Gard évolue vers l'alcoolisme. » Mais pour ce qui est des autres... si tu te mêles de leurs affaires... ils vont te tuer, Ruth. Gentiment. Avec amour. Alors reste en dehors de tout ça. Laisse les choses évoluer à leur façon.*

Mais si elle le faisait, son village serait détruit... non pas changé, comme son nom avait été changé maintes et maintes fois, non pas blessé, comme le prédicateur beau parleur l'avait blessé, mais *détruit*. Et elle serait détruite avec lui, parce que la force s'attaquait déjà au plus profond d'elle-même. Elle le sentait.

Bon, d'accord... alors qu'est-ce que tu fais?

Pour l'instant, rien. Les choses pourraient s'arranger d'elles-mêmes. En attendant, existait-il un moyen de garder ses pensées pour elle?

Elle commença par des exercices de diction : *les chaussettes de l'archiduchesse sont-elles sèches, archisèches? Panier, piano, panier, piano, panier, piano. Un chasseur sachant chasser doit savoir chasser sans son chien.* Avec un peu d'entraînement, elle découvrit qu'elle pouvait constamment en garder un en boucle au fond de son esprit. Elle partit donc en ville au marché, acheta de la viande hachée et deux épis de maïs pour le dîner, et eut une agréable conversation avec Madge Tilletts à la caisse, et avec Dave Rutledge, assis à sa place habituelle devant le magasin, rempaillant lentement une chaise de ses vieilles mains déformées et arthritiques. Sauf que le vieux Dave n'avait pas l'air aussi vieux que d'habitude, ces derniers temps. Loin de là.

Tous deux la regardèrent avec curiosité et surprise... perplexes.

Ils m'entendent... mais pas très bien. J'ai réussi mon brouillage! J'ai réussi!

Elle ne savait pas à quel point elle avait réussi, et elle ne pouvait pas compter sur sa capacité à le faire constamment — mais *ça marchait.* Cela ne voulait pas dire qu'ils ne pourraient pas l'entendre s'ils s'y mettaient à plusieurs, s'ils s'unissaient pour entendre son cerveau. Elle sentait que c'était en principe possible. Mais elle avait au moins obtenu *un résultat,* lancé une flèche dans une cible encore vide.

Cette nuit-là, celle du samedi, elle décida qu'elle attendrait jusqu'au mardi midi — soixante heures environ. Si les choses continuaient à se détériorer, elle irait à la police de Derry pour y chercher quelques vieux amis de son mari — à commencer par Monstre Dugan — et leur raconter ce qui se passait à soixante kilomètres de là sur la Route n° 9.

Ce n'était peut-être pas le meilleur des plans, mais il faudrait s'en contenter.

Ruth McCausland s'endormit.

Et rêva de piles dans la terre.

6.

RUTH McCAUSLAND SUITE ET FIN

1

La disparition de David Brown rendit caduc le plan de Ruth. Après que David eut disparu, elle se trouva incapable de quitter le village. Parce que David était parti et qu'ils le savaient tous... mais ils savaient aussi que David, pourtant, était encore à Haven.

Il arrivait toujours, pendant l'évolution, une étape qu'on aurait pu appeler « la danse de la contre-vérité ». Pour Haven, cette étape commença avec la disparition de David Brown, et se déroula pendant les recherches qui suivirent.

Ruth venait de s'asseoir pour regarder les nouvelles locales à la télévision quand le téléphone sonna. Marie Brown était hystérique, à peine cohérente.

« Calmez-vous, Marie », dit Ruth.

Elle pensa qu'elle avait eu raison de dîner tôt. Il se pourrait qu'elle n'ait plus d'autre occasion de se sustenter avant un moment. Au départ, la seule certitude qu'elle put obtenir de Marie était que son fils David avait des ennuis, des ennuis qui avaient débuté lors d'une représentation de prestidigitation sur leur pelouse, et que son fils Hilly était devenu hystérique...

« Passez-moi Bryant, dit Ruth.

— Mais vous allez venir, n'est-ce pas ? pleura Marie. Je vous en supplie, Ruth, avant la nuit. On n'arrivera pas à le trouver, je sais qu'on n'y arrivera pas.

— Bien sûr que je vais venir, dit Ruth. Maintenant, passez-moi Bryant. »

Bryant était sous le choc, mais tout de même capable de brosser un tableau plus clair de ce qui s'était passé. Ça n'en semblait pas moins fou, mais après tout, qu'est-ce qui n'était pas fou à Haven, ces temps derniers ?

Après la représentation de magie, le public s'était dispersé, laissant Hilly et David seuls pour ranger. Mais David n'était plus là. Hilly s'était évanoui, et maintenant il ne se souvenait plus du tout de ce qui s'était passé au cours de l'après-midi. La seule chose dont il était sûr, c'était que lorsqu'il verrait David, il faudrait qu'il lui donne tous ses G. I. Joe. Mais il ne se rappelait plus pourquoi.

« Il vaudrait mieux que vous veniez aussi vite que possible », dit Bryant.

En sortant, elle s'arrêta un instant avant de monter dans sa voiture et regarda la rue principale de Haven avec un véritable sentiment de haine. *Qu'avez-vous fait, maintenant ?* se dit-elle. *Mon Dieu, qu'avez-vous fait ?*

2

Il ne restait que deux heures avant la tombée de la nuit, et Ruth ne perdit pas de temps. Elle rassembla Bryant, Ev Hillman, John Golden, le voisin le plus proche, et Henry Applegate, le père de Barney, sur la pelouse des Brown. Marie voulait participer aux recherches, mais Ruth insista pour qu'elle reste avec Hilly. Étant donné son état, Marie serait une gêne plutôt qu'une aide. Ils avaient déjà fait des recherches, naturellement, mais ils les avaient entreprises de façon désordonnée et assez idiote. Finalement, comme les parents de l'enfant étaient convaincus que David avait dû traverser la route et entrer dans le bois, ils avaient complètement cessé leurs recherches, tout en continuant à s'agiter sans but.

Ruth le comprit en partie par ce qu'ils lui dirent, en partie par leur aspect curieusement distrait et effrayé, mais surtout en lisant dans leurs cerveaux.

Leurs deux cerveaux : l'humain et l'étranger. Il y avait toujours un moment où l'évolution pouvait dégénérer en folie — une folie schizophrénique, quand le cerveau de la cible tentait de lutter contre le cerveau du groupe étranger qui tentait de les amalgamer peu à peu l'un à l'autre... avant de les dissoudre. Alors, la nécessité d'accepter s'imposait. C'était le moment de la danse de la contre-vérité.

Mabel Noyes aurait pu déclencher cette étape, mais elle n'était pas assez aimée pour faire danser les gens. Les Hillman et les Brown, oui. Ils étaient profondément enracinés dans l'histoire de Haven, on les aimait et on les respectait.

Et puis David Brown n'était qu'un petit garçon.

Le réseau de cerveaux humains, le « cerveau-Ruth » du village, pourrait-on dire, pensa : *Il a pu partir dans les hautes herbes du pré derrière la maison des Brown et s'endormir. C'est plus probable que l'idée de Marie selon laquelle il serait parti dans les bois : pour ça, il lui aurait fallu traverser la route, et c'est un enfant trop obéissant pour faire une chose pareille. Marie et Bryant l'admettent eux-mêmes — et les autres aussi, ce qui a encore plus de poids. On lui a dit et redit qu'il ne devait jamais traverser la route sans un adulte, si bien que l'hypothèse des bois ne semble pas à prendre au sérieux.*

« Nous allons quadriller systématiquement la pelouse et le pré, expliqua Ruth. Et nous n'allons pas nous contenter de marcher, nous allons *regarder*.

— Mais si on ne le trouve pas ? demanda Bryant, le regard terrorisé et suppliant. Si on ne le trouve pas, Ruth ? »

Elle n'avait pas vraiment besoin de lui répondre. Il lui suffisait de penser à son intention. S'ils ne retrouvaient pas David rapidement, elle demanderait de l'aide. Elle rassemblerait beaucoup plus de monde pour une véritable battue — des hommes armés de lampes torches et de porte-voix qui fouilleraient les bois. Si l'on n'avait pas retrouvé David au matin, elle appellerait Orval Davidson à Unity pour qu'il amène les chiens. C'était une procédure familière à tous. Ils savaient ce qu'était une battue, et la plupart des hommes avaient déjà participé à l'une d'elles. Elles étaient assez courantes pendant la saison de la chasse, quand les bois grouillaient d'étrangers à l'État du Maine armés de gros calibres et vêtus de leurs fringues de flanelle orange achetées toutes neuves pour l'occasion. Généralement, on retrouvait vivants ceux qui se perdaient et ils ne souffraient que d'un petit refroidissement et d'un grand embarras...

Mais parfois on les retrouvait morts.

Et parfois on ne les retrouvait pas du tout.

Ils ne retrouveraient pas David Brown, et ils le savaient, bien avant de commencer les recherches. Leurs cerveaux s'étaient connectés les uns aux autres dès l'arrivée de Ruth, en un acte instinctif aussi involontaire qu'un clignement de paupière. Ils connectèrent leurs cerveaux et partirent à la recherche de celui de David, leurs voix mentales unies en un chœur si puissant que si David avait été présent dans un rayon de cent kilomètres, il aurait pressé ses mains contre sa tête et hurlé de douleur. Il aurait entendu et su qu'ils le cherchaient même à cinq cents kilomètres.

Non, David Brown n'était pas perdu. Il n'était simplement... *pas là*.

La battue qu'ils préparaient était totalement inutile.

Mais comme c'était le cerveau-Tommyknocker qui le savait, tandis qu'ils se considéraient encore comme des « êtres humains », ils allaient commencer la danse de la contre-vérité.

L'évolution exigerait beaucoup de mensonges.

Celui-ci, celui qu'ils se racontèrent, celui qui voulait qu'ils fussent encore les mêmes qu'avant, était le plus important de tous.

Ils le savaient tous très bien. Même Ruth McCausland.

3

A huit heures et demie, dans un crépuscule trop épais pour se différencier de la nuit, les cinq batteurs se retrouvèrent une douzaine. La nouvelle s'était répandue vite — un peu *trop* vite pour que ce fût normal. Ils quadrillèrent toutes les cours et tous les champs du côté des Brown, à commencer par l'estrade de Hilly (Ruth s'y glissa en personne avec une puissante torche électrique, pensant que si David Brown était à proximité, ce serait là, profondément endormi — mais elle n'y trouva que de l'herbe couchée et une curieuse odeur d'ozone qui lui fit froncer le nez) et en se déployant en éventail à partir de là.

« Vous croyez qu'il est dans les bois, Ruth ? demanda Casey Tremain.

— Il faut bien », répondit-elle avec un soupir de fatigue.

Sa tête la faisait à nouveau souffrir. David n'était
(pas là)
pas plus dans les bois que le Président des États-Unis. Néanmoins...

A l'arrière de son cerveau, les exercices de diction se pourchassaient sans cesse comme des écureuils apprivoisés courant dans une tournette pour prendre de l'exercice.

Le crépuscule n'était pourtant pas sombre au point qu'elle ne puisse voir Bryant Brown porter la main à son visage et se détourner des autres. Il y eut un moment de silence gêné que Ruth finit par briser.

« Nous avons besoin de renforts.

— Les flics de l'État, Ruth ? » demanda Casey.

Elle vit qu'ils la regardaient tous avec des visages calmes et sérieux.
(non Ruth non)
(des étrangers pas d'étrangers nous pourrons prendre en charge)
(prendre cette affaire en charge nous n'avons pas besoin d'étrangers pendant)
(pendant que nous nous débarrassons de notre vieille peau et mettons notre nouvelle peau pendant)
(pendant que nous « évoluons »)
(s'il est dans le bois nous l'entendrons il appellera)
(appellera avec son cerveau)
(pas d'étrangers Ruth chut chut pour ta vie Ruth nous)
(nous t'aimons tous mais pas d'étrangers)

Ces voix s'élevaient dans son cerveau, s'élevaient dans l'obscurité calme et humide ; elle regarda et ne vit que des formes sombres et des visages blancs, des formes et des visages qui pendant un instant ne semblèrent pas vraiment humains. *Combien d'entre vous ont encore leurs dents ?* pensa nerveusement Ruth McCausland.

Elle ouvrit la bouche, sûre qu'elle allait crier, mais sa voix — du moins à ses propres oreilles — sonna normalement. Très naturelle. Dans son cerveau, les exercices de prononciation
(un chasseur sachant chasser doit savoir chasser sans son chien)
tourbillonnaient plus vite que jamais.

« Je ne crois pas que nous en ayons déjà besoin, Casey. Qu'en pensez-vous ? »

Casey la regarda, un peu étonné.

« Eh bien, je crois que c'est à vous de voir, Ruth.

— Bon, dit-elle. Henry... John... tous les autres, lancez des appels ! J'ai besoin de cinquante hommes et femmes qui connaissent bien les bois. Tous ceux qui nous rejoindront ici, chez les Brown, devront être munis d'une torche électrique, sinon ils n'auront pas même le droit d'*approcher* des bois. Un petit garçon s'est perdu ; nous n'avons aucun besoin que des hommes et des femmes se perdent à leur tour. »

Tandis qu'elle parlait, sa voix gagnait de l'autorité, la peur qui la faisait trembler diminuait. Ils la regardèrent avec respect.

« Je vais appeler Adley McKeen et Dick Allison. Bryant, retournez dire à Marie de préparer plein de café. La nuit sera longue. »

Ils se mirent en route dans différentes directions ; les hommes qui devaient téléphoner prirent celle de la maison d'Henry Applegate. Celle des Brown était plus proche, mais la situation avait empiré et aucun d'eux ne voulait y aller pour le moment. Pas pendant que Bryant disait à sa femme que Ruth McCausland avait décidé que finalement leur garçonnet de quatre ans était sans doute

(pas là)

perdu dans les grands bois.

Ruth était écrasée de fatigue. Elle aurait bien voulu croire qu'elle devenait simplement folle ; si elle avait pu le croire, tout aurait été plus simple.

« Ruth ? »

Elle leva les yeux. Ev Hillman était là, ses fins cheveux blancs voletant autour de son crâne. Il avait l'air perplexe et effrayé.

« Hilly est à nouveau dans les vapes. Il a les yeux ouverts, mais... »

Il haussa les épaules.

« Je suis désolée, dit Ruth.

— Je vais l'emmener à Derry. Bryant et Marie veulent rester ici, bien sûr.

— Pourquoi ne pas commencer par appeler le Dr Warwick ?

— Il me semble que Derry, c'est une meilleure idée ; c'est tout. »

Ev regarda Ruth sans ciller. Ses yeux étaient ceux d'un vieil homme, bordés de rouge, larmoyants, le bleu de l'iris tellement pâli qu'il n'avait pratiquement plus de couleur définissable. Pâlis, mais pas stupides. Et Ruth comprit soudain, avec un sursaut d'excitation qui faillit presque lui faire tomber la tête des épaules, qu'*elle ne parvenait pratiquement pas à lire ses pensées !* Quel que soit le phénomène qui s'était saisi de Haven, Ev, comme l'ami de Bobbi, en était exclu. Ça se passait autour de lui, et il savait ce que c'était — partiellement — mais il n'en faisait pas partie.

Son excitation se teinta d'une jalousie amère.

« Je crois qu'il ira mieux hors du village ; pas vous, Ruthie ?

— Oui », dit-elle lentement.

Elle pensa à ces voix, elle pensa pour la dernière fois à la façon dont David n'était *pas là*, et puis elle repoussa pour toujours cette idée folle. *Bien sûr* qu'il était là. N'étaient-ils pas humains ? Ils l'étaient. *L'étaient.* Mais...

« Oui, je suppose.

— Vous pourriez venir avec nous, Ruthie. »

Elle le regarda un long moment.

« Est-ce que Hilly a fait quelque chose, Ev ? Je vois son nom dans votre tête. Je n'y vois rien d'autre — seulement ça. Il clignote comme une enseigne au néon. »

Il la regarda, apparemment peu surpris de constater qu'elle admettait implicitement — elle la très raisonnable Ruth McCausland — qu'elle lisait dans son esprit, ou qu'elle croyait le faire.

« Peut-être. Son *comportement* le laisse croire. Ce... cette demi-inconscience dans laquelle il est plongé... enfin... je ne sais pas comment appeler ça... pourrait signifier qu'il a fait quelque chose qu'il regrette maintenant.

Dans ce cas, ce n'était pas sa faute, Ruthie. Je ne sais pas ce qui se passe ici, à Haven... mais c'est *ça* qui l'a vraiment fait. »

Une porte claqua. Elle regarda vers la maison des Applegate et vit plusieurs hommes qui revenaient.

Ev jeta un coup d'œil, puis regarda Ruth à nouveau.

« Venez avec nous, Ruth.

— Abandonner mon village ? Je ne peux pas, Ev.

— D'accord. Si Hilly se souvient de quelque chose...

— Appelez-moi.

— Si je peux, murmura Ev. Ils peuvent rendre les choses difficiles, Ruthie.

— Oui, je sais qu'ils le peuvent.

— Ils arrivent, Ruth, dit Henry Applegate en regardant fixement Ev Hillman de ses yeux froids et scrutateurs. Beaucoup de gens *bien*.

— Parfait », dit Ruth.

Pendant un moment Ev ne détourna pas les yeux sous le regard d'Applegate, puis il s'éloigna. Une heure plus tard, alors que Ruth organisait les recherches et disposait les volontaires pour le premier ratissage, elle vit la vieille Valiant noire d'Ev descendre l'allée des Brown et prendre la direction de Bangor. Une petite forme sombre — Hilly — était sanglée comme un mannequin sur le siège du passager.

Bonne chance à vous deux, songea Ruth. Elle souffrait — physiquement — de ne pas s'être, elle aussi, arrachée à ce cauchemar.

Quand la voiture du vieil homme disparut derrière la première colline, Ruth se retourna et vit environ vingt-cinq hommes et une demi-douzaine de femmes, certains de son côté de la route, d'autres en face. Ils étaient tous là, immobiles, qui la regardaient,

(l'aimaient)

simplement. A nouveau, elle se dit que leurs silhouettes se modifiaient, se tordaient, devenaient inhumaines ; ils « évoluaient » bien, ils devenaient une chose à laquelle elle n'osait même pas penser... et elle aussi.

« Qu'est-ce que vous regardez comme ça ? cria-t-elle d'une voix trop aiguë. Allez ! Il faut trouver David Brown ! »

4

Ils ne le trouvèrent ni cette nuit-là, ni le lundi, où tout le jour fut écrasé sous un silence blanc de chaleur. Bobbi Anderson et son ami participaient aux recherches ; le ronronnement de la pelleteuse, derrière la ferme du vieux Garrick, s'était tu pour un temps. L'ami, Gardener, très pâle, semblait malade et cuité. Quand elle le vit, Ruth se demanda s'il tiendrait le coup. S'il semblait le moins du monde devoir abandonner sa place, elle le renverrait immédiatement chez Bobbi. En laissant un trou dans le dispositif de ratissage, on risquait de passer tout près de l'enfant sans le voir. Mais Gardener, cuité ou non, tint le coup.

C'est Ruth elle-même qui souffrit d'un petit malaise dû au double effort qu'elle déployait pour trouver David et pour résister aux changements insidieux qui se produisaient dans son cerveau.

Elle avait réussi à voler deux heures de sommeil difficile avant l'aube du lundi, puis elle était ressortie, buvant café sur café et fumant cigarette sur cigarette. Il n'était pas question d'en appeler à une aide extérieure. Si elle le faisait, les étrangers se rendraient compte très vite — en quelques heures, pensait-elle — que Haven avait changé son nom pour celui de Mystèreville. Plus que le garçonnet perdu, c'est le mode de vie de Haven — si l'on peut dire — qui attirerait rapidement leur attention. Et alors David serait perdu pour de bon.

La chaleur persista bien après le coucher du soleil. Un coup de tonnerre résonna au loin, mais il n'y eut pas la moindre brise, pas de pluie. Des éclairs de chaleur zébrèrent le ciel. Dans les buissons, les fourrés et les taillis étouffants, des moustiques zonzonnaient. Des branches craquaient. Des hommes juraient en s'enfonçant dans des flaques humides ou en trébuchant sur des branches mortes. Les faisceaux des lampes balayaient le terrain sans but. Un sentiment d'urgence, mais non de coopération, flottait dans l'air ; en fait, il y eut même plusieurs bagarres avant que minuit ne sonne, ce dimanche. La communication mentale n'avait pas fait naître de volonté de paix et d'harmonie à Haven ; il semblait même qu'elle avait produit l'effet opposé. Ruth les fit avancer du mieux qu'elle put.

Puis, peu après minuit — c'est-à-dire très tôt le lundi matin — le monde sembla s'éloigner d'elle à la nage. Tout se passa très vite, comme un gros poisson qui a l'air endormi donne soudain un coup de queue et disparaît. Elle vit la torche électrique glisser de ses doigts. Ce fut comme si elle se regardait au cinéma. Elle sentit la sueur brûlante se glacer sur ses joues et sur son front. Les maux de tête de plus en plus violents qui l'avaient éprouvée toute la journée éclatèrent en un « pop » indolore. Elle l'*entendit,* comme si, au centre de son cerveau, quelqu'un avait fait taire un trublion. Pendant un moment, elle vit des serpentins de papier crépon s'écouler à travers les circonvolutions grises de son cervelet. Puis ses genoux fléchirent. Ruth tomba en avant dans les buissons enchevêtrés. Elle vit les ronces dans le faisceau oblique de sa lampe, leurs épines longues et cruelles, mais finalement les buissons lui parurent aussi confortables qu'un oreiller de duvet.

Elle tenta d'appeler mais n'y parvint pas.

Ils entendirent quand même.

Des pieds approchèrent. Des rayons lumineux se croisèrent. Certains
(Jud Tarkington)
en percutèrent d'autres
(Hank Buck)
et un échange haineux fusa entre eux
(reste hors de mon chemin, traîne-savate !)
(je vais te fracasser le crâne avec cette torche, Buck, je le jure devant Dieu, je le ferai !)
Puis les pensées se concentrèrent sur elle avec une réelle et indéniable
(nous vous aimons tous Ruth)
gentillesse — mais, oh ! c'était une gentillesse prédatrice, et Ruth en fut effrayée. Des mains la touchèrent, la retournèrent et

(nous t'aimons tous et nous allons t'aider à « évoluer »)
la soulevèrent doucement.
(Et je t'aime aussi... maintenant, s'il te plaît, trouve-le. Concentre-toi là-dessus, concentre-toi sur David Brown. Ne lutte pas, ne discute pas.)
(nous t'aimons tous Ruth...)
Elle vit que certains pleuraient, et elle vit (alors même qu'elle ne l'aurait pas voulu) que d'autres avaient un air féroce, retroussant et laissant retomber leurs lèvres, puis les retroussant à nouveau, comme des chiens qui vont se battre.

5

Ad McKeen la ramena chez elle et Hazel McCready la mit au lit. Elle dériva dans une tempête de rêves confus. Dans le seul dont elle pût se souvenir, quand elle se réveilla le mardi matin, elle avait vu David Brown rendant le dernier soupir dans un vide presque total — il était allongé sur une terre noire sous un ciel noir scintillant d'étoiles, une terre dure, sèche et craquelée. Elle vit du sang jaillir de la bouche et du nez de David, elle vit ses yeux s'exorbiter, et c'est alors qu'elle s'éveilla en sursaut, hors d'haleine, et se retrouva assise dans son lit.

Elle téléphona à l'hôtel de ville. Hazel répondit. Presque toutes les personnes valides du village, hommes et femmes, étaient dans les bois pour chercher David, lui dit Hazel. Mais si on ne le trouvait pas d'ici demain... Hazel ne termina pas sa phrase.

Ruth rejoignit les chercheurs qui, à dix heures ce mardi matin, s'étaient déjà enfoncés de quinze kilomètres dans les bois.

Newt Berringer la regarda et dit :
« Vous n'avez
(rien à faire ici, Ruth)
et vous le savez, termina-t-il à haute voix.

— C'est *mon* travail, Newt, dit-elle d'une voix sèche qui ne lui ressemblait pas. Maintenant, laissez-moi tranquille et reprenez vos recherches. »

Elle continua tout au long de cet interminable après-midi étouffant, appelant David jusqu'à ce qu'elle soit trop enrouée pour parler. Quand le crépuscule descendit à nouveau, elle permit à Beach Jernigan de la reconduire au village. Il y avait quelque chose sous une bâche à l'arrière du camion de Beach. Elle ne savait pas ce que ça pouvait bien être, et elle ne voulait pas le savoir. Elle aurait désespérément voulu rester dans les bois, mais ses forces l'abandonnaient, et elle avait peur de s'effondrer à nouveau — alors ils ne la laisseraient pas revenir. Elle allait se forcer à manger, et puis dormir six heures environ.

Elle se fit un sandwich au jambon et renonça au café qui lui aurait vraiment fait plaisir ; à la place, elle prit un verre de lait. Elle monta dans la « classe », s'assit, et posa son plateau sur son bureau. Elle resta là à regarder les poupées. Elles lui rendaient son regard de leurs yeux de verre.

Plus de rires, plus de joie, songea-t-elle. *La réunion des Quakers a commencé. Si vous montrez vos dents ou votre langue...*

Sa pensée s'égara.

Quelque temps plus tard, elle cilla — non pas précisément pour se réveiller, mais pour revenir à la réalité — et regarda sa montre. Ses yeux s'agrandirent. Elle avait monté sa collation à huit heures et demie. Tout était encore là, à portée de main, mais il était maintenant onze heures et quart.

Et...

... et certaines des poupées avaient changé de place.

Le petit Bavarois en costume à *Lederhose* s'appuyait contre la dame Effanbee au lieu d'être assis entre la poupée japonaise en kimono et la poupée indienne en sari. Ruth se leva, le cœur battant trop vite et trop fort. La poupée hopi kachina était assise sur les genoux de la poupée de chiffon vaudou de Haïti aux yeux en forme de petites croix blanches. Et le vieux sylphe russe était par terre, regardant le plafond, la tête projetée sur le côté comme celle d'un pendu.

Qui a déplacé mes poupées ? Qui est venu ici ?

Elle regarda précipitamment autour d'elle, et pendant un instant son cerveau effrayé et confus s'attendit à voir le bourreau d'enfants Elmer Haney sortir du coin sombre de la grande pièce où se trouvait le bureau de Ralph, souriant de sa bouche rentrée et stupide. *Je t'avais prévenue, salope ; tu n'es qu'une fouille-merde.*

Rien. Personne.

Qui est venu ? Qui a déplacé...

Nous nous sommes déplacées toutes seules, ma chère.

Une petite voix sournoise et rieuse.

Ruth porta une main à sa bouche. Ses yeux s'écarquillèrent. Et c'est alors qu'elle vit les lettres maladroites qui s'étalaient sur le tableau. Elles avaient été tracées avec une telle force que la craie s'était brisée plusieurs fois — des petits bouts cassés jonchaient le rebord du tableau.

DAVID BROWN EST SUR ALTAÍR-4

Quoi ? Quoi ? Qu'est-ce que ça...

Ça veut dire qu'il est allé trop loin, dit la poupée kachina.

Et soudain une lumière verte sembla suinter de ses pores de bois. Tandis que Ruth la regardait, paralysée de terreur, le visage de la poupée se fendit d'un large sourire sinistre. Un criquet mort en tomba et percuta le parquet avec un bruit sec et métallique qui retentit dans la pièce silencieuse comme au milieu d'un désert. *Allé trop loin, trop loin, trop loin...*

Non, je ne peux pas le croire ! cria Ruth.

Tout le village, Ruth... allé trop loin... trop loin... trop loin...

Non !

Perdu... perdu...

Les yeux de la poupée Greiner en papier mâché s'emplirent soudain d'une lueur d'un vert liquide. *Tu es perdue aussi*, dit-elle. *Tu es aussi folle que les autres, maintenant. David Brown n'est qu'un prétexte pour que tu restes...*

Non...

Mais toutes ses poupées bougeaient, maintenant, cette lueur verte se communiquait de l'une à l'autre, et finalement, toute la classe en fut baignée. Elle s'intensifiait et pâlissait, et Ruth, malade d'horreur, eut l'impression de se trouver prise à l'intérieur d'un cœur d'émeraude scintillant et glacé.

Les poupées la regardaient de leurs yeux vitreux, et Ruth comprit enfin pourquoi elles avaient tant effrayé Edwina Thurlow.

Maintenant, les voix de ses poupées s'élevaient comme un tourbillon de feuilles d'automne, des chuchotements rusés, papotant entre elles, à l'adresse de Ruth... mais c'étaient des voix du village, aussi, et Ruth McCausland le savait.

Elle se dit qu'elles étaient peut-être tout ce qui restait du bon sens du village... et du sien.

Il faut faire quelque chose, Ruth. C'était la poupée chinoise en biscuit; du feu s'écoulait de sa bouche; elle avait la voix de Beach Jernigan.

Il faut prévenir quelqu'un. C'était la poupée française avec son corps de gomme dite gutta-percha; elle avait la voix de Hazel McCready.

Mais ils ne te laisseront jamais partir, maintenant, Ruth. C'était le poupon Nixon, les doigts levés formant deux V, et qui parlait avec la voix de John Enders, le principal du collège. *Ils pourraient, mais ce serait une erreur.*

Ils t'aiment Ruth, oui, mais si tu essaies de partir maintenant, ils te tueront. Tu le sais, n'est-ce pas? Sa poupée Kewpie de 1910, avec sa tête de caoutchouc en forme de larme à l'envers, avait la voix de Justin Hurd.

Il faut que tu envoies un signal.

Un signal, Ruth, oui, et tu sais comment...

Utilise-nous, nous pouvons te montrer comment faire, nous savons...

Elle tituba d'un pas en arrière, et porta les mains à ses oreilles comme si cela pouvait l'empêcher d'entendre les voix. Sa bouche se tordit. Elle était terrifiée, et ce qui l'effrayait le plus, c'était la façon dont elle avait pu prendre pour la voix du bon sens ces propos des poupées, qui n'étaient que des contre-vérités. Toute la folie de Haven était concentrée ici, en ce moment même.

Un signal, utilise-nous, nous pouvons te montrer comment faire et tu VEUX savoir, Ruth. L'hôtel de ville, le clocher...

Les voix qui chuchotaient psalmodièrent en chœur: *L'hôtel de ville, Ruth! Oui! Oui, c'est ça! L'hôtel de ville! L'hôtel de ville! Oui!*

Arrêtez! cria-t-elle. *Arrêtez, oh, je vous en prie, est-ce que vous...*

Et alors, pour la première fois depuis qu'elle avait onze ans et qu'elle s'était évanouie après avoir remporté le mile féminin lors du pique-nique d'été de l'Église méthodiste, Ruth McCausland perdit totalement connaissance.

6

A un moment, au début de la nuit, elle recouvra une sorte de vague conscience pâteuse et tituba jusqu'à sa chambre, au rez-de-chaussée, sans se retourner. Car elle avait peur de se retourner. Elle sentait sa tête l'élancer comme les rares fois où, ayant trop bu, elle s'était réveillée avec la gueule de bois. Elle se rendait compte aussi que sa vieille maison victorienne craquait, secouée comme un vieux navire par gros temps. Pendant que Ruth était restée sans connaissance sur le parquet de la classe, de terribles orages avaient déchiré le centre et l'est du Maine. Un front froid venu du Midwest avait fini par se forcer une voie jusqu'à la Nouvelle-Angleterre, repoussant la chaleur stagnante et l'humidité qui avaient recouvert la région depuis une semaine et demie. Ce changement de temps s'était accompagné par endroits de terribles orages. Les pires avaient épargné Haven, mais l'électricité avait encore été coupée, et le resterait cette fois plusieurs jours.

Cependant, cette coupure de courant était sans importance : Haven possédait maintenant sa propre source d'électricité. L'important, c'était que le temps avait changé : à Haven, Ruth ne fut pas la seule personne à se réveiller avec d'horribles maux de tête qui ressemblaient à ceux d'un lendemain de ripailles.

Tous les habitants du village, du plus jeune au plus vieux, se retrouvèrent dans le même état tandis que des vents puissants entraînaient vers l'est la masse d'air vicié, la dispersant au-dessus de l'océan, la fragmentant en lambeaux inoffensifs.

7

Ruth dormit jusqu'à treize heures le mercredi. Elle se leva avec un reste de maux de tête, mais deux aspirines l'en débarrassèrent. A cinq heures, elle se sentait mieux qu'elle ne s'était trouvée depuis longtemps. Elle avait mal partout et les muscles raides, mais ce n'étaient que de petits maux comparés à ceux qui l'avaient troublée depuis le début du mois de juillet, et ils n'entamaient pas le moins du monde son impression de bien-être. Même les craintes qu'elle éprouvait pour David Brown ne parvinrent pas à gâcher complètement son soulagement.

Dans la rue principale, les yeux de tous ceux qu'elle croisa renvoyaient un curieux éclat, comme si tous venaient à peine de se réveiller d'un sort jeté par une sorcière de conte de fées.

Ruth se rendit à son bureau de l'hôtel de ville, heureuse de la façon dont le vent soulevait ses cheveux de ses tempes, et dont les nuages traversaient le ciel d'un bleu profond et franc, un ciel qui semblait presque automnal. Deux enfants faisaient voler un cerf-volant dans le grand champ derrière le collège, en riant à gorge déployée.

Mais personne ne songea à rire, plus tard, quand elle parla au petit groupe qu'elle avait rapidement rassemblé : les trois édiles municipaux, l'administrateur du village et, naturellement, Bryant et Marie Brown. Ruth commença par s'excuser de n'avoir appelé ni la garde nationale ni la police de l'État, de ne même pas avoir signalé la disparition de l'enfant. Elle avait cru, dit-elle, qu'ils retrouveraient très vite David, probablement dès la première nuit, et en tout cas le lendemain. Elle savait qu'elle n'avait aucune excuse, mais c'était en raisonnant ainsi qu'elle avait laissé traîner les choses. C'était, dit-elle, la pire erreur qu'elle eût commise depuis qu'elle était responsable de la sécurité de ce village, et si David Brown devait en souffrir... elle ne se le pardonnerait jamais.

Bryant se contenta d'acquiescer, sonné, distant, l'air malade. Marie, en revanche, se pencha sur la table et prit la main de Ruth.

« Vous n'avez rien à vous reprocher, dit-elle doucement. Les circonstances étaient particulières. Nous le savons tous. »

Les autres acquiescèrent.

Je ne peux plus lire dans leur cerveau, se dit soudain Ruth, et son cerveau répondit : *Est-ce que tu as jamais lu dans leur cerveau, Ruth ? Vraiment ? Ou bien était-ce une hallucination due aux soucis que tu te faisais pour David Brown ?*

Si, si, j'y arrivais.

Il aurait été plus facile de croire que c'était une hallucination, mais ce n'était pas la vérité. En le comprenant, elle comprit autre chose : *elle le pouvait encore.* C'était comme si elle entendait un lointain grondement dans un coquillage, ce bruit que les enfants prennent pour celui de la mer. Elle ne savaient pas ce qu'étaient *effectivement* leurs pensées, mais elle les entendait encore. Et eux, l'entendaient-ils ?

ÊTES-VOUS ENCORE ICI ? Cria-t-elle mentalement aussi fort qu'elle le put.

Marie Brown porta sa main à sa tempe, comme si elle avait soudain ressenti une violente douleur. Newt Berringer fronça les sourcils. Hazel McCready, qui griffonnait distraitement sur son bloc de papier, leva les yeux comme si Ruth avait parlé à haute voix.

Oh, oui ! Ils m'entendent toujours.

« Quoi qu'il en soit, bien ou mal, c'est du passé, dit Ruth. Il est temps — plus que temps — de prendre contact avec la police de l'État au sujet de David. Ai-je votre approbation pour passer à cette nouvelle étape ? »

Dans des circonstances normales, il ne lui serait jamais venu à l'idée de leur poser une telle question. Ils lui payaient son maigre salaire pour qu'elle *réponde* aux questions, pas pour qu'elle en pose.

Mais maintenant, les choses étaient différentes, à Haven. Brise fraîche et air limpide ou non, les choses restaient toujours aussi *différentes.*

Ils la regardèrent, surpris et un peu choqués.

Leurs voix lui parvinrent très clairement : *Non, Ruth, non... pas d'étrangers... nous nous débrouillerons seuls... nous ne voulons pas d'étrangers pendant que nous « évoluons »... chut... pour ta vie, Ruth... chut...*

Dehors, les rafales de vent s'intensifiaient, secouant les fenêtres du bureau de Ruth. Adley McKeen tourna les yeux vers le bruit... tous l'imitèrent. Puis Adley eut un étrange petit sourire étonné.

« Naturellement, Ruth, dit-il. Si vous croyez qu'il est temps d'en référer à vos supérieurs, il faut que vous le fassiez. Nous vous avons toujours fait confiance. »

Les autres approuvèrent.

Le temps avait changé, le vent soufflait, et le mercredi après-midi, la police de l'État fut chargée de chercher David Brown.

8

Le vendredi, Ruth McCausland comprit que le mercredi et le jeudi avaient constitué une trêve illusoire dans le processus en cours. Elle était entraînée inéluctablement vers quelque folie étrangère.

Une petite partie de son cerveau reconnaissait ce fait, le déplorait... mais était incapable d'y mettre fin, ne pouvant qu'espérer que les voix des poupées reflétaient une part de vérité au milieu de tant de délire.

Se regardant comme si elle était à l'extérieur d'elle-même, Ruth vit ses mains sortir d'un tiroir son couteau de cuisine le plus aiguisé — celui qu'elle utilisait pour lever les filets de poisson. Elle le monta dans la classe.

La classe irradiait une lumière verte pourrie. Une lumière de Tommy-knocker. C'était ainsi que tout le monde les appelait maintenant dans le village, et c'était un nom adéquat, non ? Oui. Pas plus mauvais qu'un autre. Les Tommyknockers.

Envoie un signal. C'est tout ce que tu peux faire, maintenant. Ils veulent se débarrasser de toi, Ruth. Ils t'aiment, mais leur amour devient meurtrier. Je suppose que tu pourrais y trouver une forme perverse de respect. Parce qu'ils ont encore peur de toi. Même maintenant, maintenant que tu es presque aussi cinglée qu'eux tous, ils ont peur de toi. Peut-être que quelqu'un entendra le signal... l'entendra... le verra... le comprendra.

9

Maintenant, c'était un dessin malhabile du clocher de l'hôtel de ville qui s'étalait sur le tableau noir... le gribouillage d'un enfant de cinq ans.

Ruth ne pouvait supporter l'idée de travailler sur les poupées dans la classe... pas dans cette terrible lumière dont l'intensité changeait sans cesse, croissant et décroissant selon un rythme régulier. Elle les prit, une à une, et les emporta sur le bureau de son mari, où elle leur ouvrit le ventre, comme un chirurgien — la *dame* française, le clown du XIXe siècle, la Kewpie, toutes — l'une après l'autre. Et dans chacune elle plaça un petit dispositif fait de piles, de fils, de circuits électroniques récupérés sur des calculettes et de ces cylindres de carton qui forment le centre des rouleaux de papier hygiénique. Elle recousit rapidement les incisions, avec du fil à boutons noir. Tandis que s'allongeait la file des corps nus sur le bureau de son mari, les poupées se mirent à ressembler à des enfants morts, victimes d'un empoisonnement en masse, peut-être, et qui auraient été détroussés après leur mort.

Chaque couture laissait au milieu un trou d'où sortait un tube de carton, comme le cylindre d'un vieux télescope. Bien qu'ils ne fussent que des bouts de carton, les cylindres suffiraient à canaliser l'énergie que produiraient au moment voulu ses petits gadgets. Elle ne savait pas comment elle le savait, ni comment elle avait su construire ces engins... Cette connaissance, elle semblait l'avoir respirée dans l'air. Cet air même dans lequel David Brown

(est sur Altaïr-4)
avait disparu.

Tandis qu'elle plongeait son couteau dans les ventres rebondis et sans défense des poupées, la lumière s'en écoulait.

Moi, j'
(envoie un signal)
assassine les seuls enfants que j'aie jamais eus.

Le signal. Pense au signal, pas aux enfants.

Elle utilisait des rallonges pour relier comme il fallait les poupées les unes aux autres en une farandole. Elle avait enlevé l'isolant des dix derniers centimètres de fil électrique et glissé le cuivre luisant dans un pétard M-16 confisqué, une semaine environ avant que toute cette folie ne commence, au fils de Beach Jernigan, Bobosse, âgé de quatorze ans et à qui les gens avaient donné ce surnom parce qu'il avait une épaule légèrement plus haute que l'autre. Elle se retourna, doutant un instant, et regarda sa classe et ses bancs vides. Par-delà l'arcade séparant les deux parties de la grande pièce, il y filtrait assez de lumière pour qu'elle puisse voir le dessin du clocher de l'hôtel de ville. Elle l'avait réalisé lors d'une de ses périodes d'absence qui semblaient s'allonger de plus en plus.

Sur le dessin, les aiguilles de l'horloge indiquaient trois heures.

Ruth interrompit son travail et alla se coucher. Elle dormit, mais son sommeil fut agité ; elle se tourna et se retourna en gémissant. Les voix habitaient sa tête même pendant qu'elle dormait — des pensées de revanche, des souvenirs de gâteaux qu'elle avait fait cuire, des fantasmes sexuels, des inquiétudes quant à la normalité de son comportement, des idées de gadgets et de machines étranges, des rêves de puissance. Et, toujours sous-jacent, un ronronnement ténu et irrationnel, tel un cours d'eau pollué, charriait les pensées venant des têtes de ses concitoyens, mais pas des pensées *humaines* ; dans son sommeil plein de cauchemars, cette partie de Ruth McCausland qui s'accrochait opiniâtrement au bon sens connaissait la vérité : ce n'étaient *pas* les voix des gens avec lesquels elle avait vécu toutes ces années, mais celles de ces étrangers. C'étaient les voix des Tommyknockers.

10

Jeudi à midi, Ruth avait déjà compris que le changement de temps n'avait rien résolu.

La police d'État arriva, mais elle n'organisa pas de recherches de grande envergure ; le rapport que fit Ruth, détaillé et complet, comme toujours, montrait clairement que David Brown, quatre ans, ne pouvait guère s'être aventuré au-delà de la zone déjà quadrillée s'il n'avait pas été enlevé — possibilité qu'il fallait maintenant envisager. Son rapport était accompagné de cartes topographiques qu'elle avait annotées de son écriture appliquée et intelligente, et qui démontraient qu'elle avait mené les recherches avec rigueur.

« Tu as été très rigoureuse et précise, Ruthie », lui dit Monstre Dugan ce soir-là.

Il fronçait les sourcils à tel point que chaque ride ressemblait à une faille laissée par un tremblement de terre.

« Tu l'as toujours été. Mais je n'aurais jamais cru que tu te lancerais dans ce genre d'entreprise à la John Wayne !

— Butch, je suis désolée.

— Ouais, bien..., dit-il en haussant les épaules. Ce qui est fait est fait, hein ?

— Oui », dit-elle avec un petit sourire.

C'était l'une des expressions favorites de Ralph.

Butch posa plein de questions, mais pas celle à laquelle elle aurait eu besoin de répondre. *Ruth, qu'est-ce qui ne va pas à Haven ?* La bourrasque avait nettoyé l'atmosphère du village ; aucun des étrangers ne ressentit rien de particulier.

Mais le vent n'avait pas emporté les ennuis. La magie continuait son sale boulot. Quelle qu'en fût l'origine, elle semblait continuer d'elle-même au bout d'un certain temps. Ruth se dit que ce moment était venu. Elle se demanda ce qu'une équipe de médecins qui ausculteraient tout Haven pourrait trouver. Une carence en fer chez les femmes ? Des hommes dont la calvitie diminuait soudain ? Une meilleure acuité visuelle (surtout de la vision périphérique) associée à un nombre surprenant de dents tombées ? Des gens d'une intelligence surnaturelle, tellement en harmonie avec vous qu'ils pouvaient presque — ha, ha, ha ! — lire dans votre cerveau ?

Ruth avait perdu deux autres dents dans la nuit du mercredi, une qu'elle trouva sur son oreiller le jeudi matin, vieille offrande grotesque à la petite souris, et une autre qu'elle ne retrouva pas. Elle se dit qu'elle l'avait avalée. Ce n'était pas d'une importance primordiale.

11

Son envie de faire sauter l'hôtel de ville croissait comme une ortie mentale qui lui aurait constamment irrité le cerveau. Les voix des poupées chuchotaient sans cesse. Le vendredi, Ruth fit un dernier effort pour se sauver.

Elle décida de quitter finalement la ville — qui n'était *plus* la sienne. Elle se dit qu'en restant, elle était tombée dans l'un des pièges tendus par les Tommyknockers... et que, de même que David Brown, elle s'était précipitée dans la trappe, comme un lapin dans un collet.

Elle se dit que sa vieille Dodge n'allait pas démarrer, qu'ils l'auraient bricolée. Mais elle démarra.

Puis elle se dit qu'ils ne la laisseraient pas quitter le village, qu'ils l'arrêteraient, souriants comme des moonistes, et que leurs pensées débiteraient indéfiniment *nous-t'aimons-tous-Ruth*. Mais rien de tout cela n'arriva.

Elle descendit la rue principale et se retrouva dans la campagne, assise bien droite, les articulations des doigts blanchies par la crispation, un sourire de statue sur le visage, les exercices de diction

(les chaussettes de l'archiduchesse sont-elle sèches, archisèches)

volant à travers sa tête. Elle sentait son regard attiré vers le clocher de l'hôtel de ville

(un signal Ruth envoie)

(oui l'explosion l'adorable)

(bang fais-le sauter fais-le sauter jusqu'à Altaïr-4 Ruth)

et résista de toutes ses forces. Son envie irrépressible de faire sauter l'hôtel de ville pour attirer l'attention sur ce qui se passait de fou à Haven, c'était comme de mettre le feu à sa maison pour rôtir un poulet.

Elle se sentit mieux dès que la tour de brique fut hors de vue.

Une fois sur la route de Derry, elle dut résister à l'envie de pousser sa voiture à sa vitesse maximale (qui, étant donné son âge, était étonnamment rapide). Elle eut l'impression d'être une heureuse rescapée de la fosse aux lions — une rescapée qui devait plus à la chance qu'à sa ruse. Au fur et à mesure que le village s'éloignait et que le bruissement des voix s'affaiblissait, elle eut l'impression que *forcément* quelqu'un se serait décidé à la poursuivre.

Elle jeta maints coups d'œil dans le rétroviseur, s'attendant à voir des véhicules bien déterminés à la rattraper, à la ramener. Ils *insisteraient* pour qu'elle revienne.

Ils l'aimaient trop pour la laisser partir.

Mais la route restait vide. Pas de Dick Allison fonçant derrière elle toutes sirènes hurlantes dans l'un des trois camions de pompiers du village. Pas de Newt Berringer dans sa grosse vieille Oldsmobile 88 verte. Pas de Bobby Tremain dans sa Challenger jaune.

Alors qu'elle approchait de la limite entre les communes de Haven et Albion, elle poussa la voiture à quatre-vingts kilomètres-heure : plus elle filait vers ce qu'elle s'était mise à considérer, à juste titre ou non, comme le point où sa fuite serait irrévocable, plus elle trouvait que les deux semaines qu'elle venait de vivre ressemblaient à un cauchemar obscur et compliqué.

Je ne peux pas y retourner. Je ne peux pas.

Son pied pesait de plus en plus lourdement sur l'accélérateur.

Finalement, quelque chose l'alerta — peut-être une phrase que les voix lui avaient murmurée et que son subconscient avait écartée. Il faut dire qu'elle recevait toutes sortes d'informations, maintenant, dans son sommeil comme lorsqu'elle était éveillée. Comme elle parvenait au niveau du panneau

A
L
B
I
O
N

son pied quitta l'accélérateur et elle écrasa le frein. La pédale s'enfonça mollement, et beaucoup trop loin, comme elle le faisait depuis quatre ans environ. Ruth laissa la voiture quitter la chaussée et monter sur l'accotement. Un nuage de poussière aussi blanche et sèche que de la poudre d'os s'éleva derrière elle. Le vent était tombé. L'air de Haven était redevenu mortellement immobile. La poussière qu'elle avait soulevée allait rester longtemps suspendue, se dit Ruth.

Elle garda les mains serrées sur le volant, se demandant pourquoi elle s'était arrêtée.

Étonnée. Presque consciente. Commençant

(à « évoluer »)

à savoir. Ou à deviner.

Une barrière ? C'est à ça que tu penses ? Tu crois qu'ils ont élevé une barrière ? Qu'ils ont réussi à transformer tout Haven en une... une fourmilière, ou en un village sous cloche ? Ruth, c'est ridicule !

Ça l'était en effet, non seulement sur les plans de la logique et de la pratique, mais aussi par rapport aux indices que lui donnaient ses sens. Tandis qu'elle restait derrière son volant, écoutant la radio (une douce musique de jazz en provenance de la petite station de l'université de Bergenfield, dans le New Jersey), passa un camion de poulets Hillcrest, probablement en route pour Derry. Quelques secondes plus tard, une Chevrolet Vega passa dans le sens inverse. Nancy Voss la conduisait. Un autocollant sur le pare-chocs arrière disait : LES EMPLOYÉS DES POSTES PRÉFÈRENT LA VOIE EXPRÈS.

Nancy Voss ne regarda pas Ruth, et continua simplement sa route — qui, dans son cas, menait probablement à Augusta.

Tu vois ? Rien ne les arrête, se dit Ruth.

Non, murmura son cerveau en retour. *Pas eux, Ruth. Mais toi. Toi ça t'arrêterait, et l'ami de Bobbi Anderson, et peut-être deux ou trois autres. Allez ! Fonce droit dedans à quatre-vingts à l'heure, si tu ne nous crois pas ! Nous t'aimons tous, et nous ne voudrions pas que ça t'arrive... mais nous ne voudrions* — ne pourrions — *pas l'empêcher.*

Au lieu de se remettre en route, elle descendit de voiture et s'approcha à pied de la limite entre Haven et Albion. Son ombre s'allongeait derrière elle ; le chaud soleil de juillet frappait son crâne. Elle entendait à nouveau le ronronnement ténu mais régulier des engins dans le bois derrière chez Bobbi. Ils creusaient encore. L'intermède David Brown était terminé. Et elle sentait qu'ils se rapprochaient de... de *quelque chose*. A cette pensée, elle fut saisie de panique et d'un sentiment d'urgence.

Elle s'approcha du panneau... le dépassa... continua de marcher... et ressentit un espoir fou. *Elle était hors de Haven ! Elle était à Albion !* Dans un moment, elle allait courir, en criant, vers la maison la plus proche, le téléphone le plus proche. Elle...

... ralentit.

Son visage devint inquiet... puis il refléta une certitude fatale et horrible.

Marcher se révélait de plus en plus difficile. L'air devenait dense, comme élastique. Elle le sentait tendre ses joues et la peau de son front, aplatir sa poitrine.

Ruth baissa la tête et continua de marcher, la bouche tirée vers le bas en une grimace d'effort, les tendons marquant son cou. Elle avait l'air d'une femme tentant de marcher contre un vent de tempête, alors que, de chaque côté de la route, les feuilles ne bougeaient qu'à peine sur les arbres. L'image qui lui vint alors à l'esprit fut la même que celle dont Gardener s'était servi quand il avait essayé de voir ce qui se trouvait au bas du chauffe-eau modifié de Bobbi ; elles ne différaient qu'en degré : Ruth avait l'impression que toute la *route* était bloquée par un bas nylon, assez grand pour une femme titan. *On fait de la pub pour des collants invisibles,* se dit-elle au bord de la crise de nerfs, *mais à ce point, c'est ridicule.*

Elle commençait à avoir mal à la poitrine à cause de la pression. Et soudain ses pieds commencèrent à glisser sur la route. Elle fut saisie de panique. Elle avait atteint puis dépassé le point où la poussée vers l'avant qu'elle pouvait produire surpassait l'élasticité de la barrière invisible. Maintenant, cette puissance excédait les forces de Ruth.

Elle lutta pour se retourner, pour en sortir d'elle-même avant d'être rejetée, mais elle perdit l'équilibre et fut relancée violemment en arrière, les pieds traînant au sol, les yeux exorbités. C'était comme si un gigantesque ballon de baudruche la repoussait en se gonflant.

Pendant un instant, ses pieds quittèrent totalement le sol. Puis elle atterrit sur les genoux, se les écorchant douloureusement, déchirant sa robe. Elle se leva et retourna à sa voiture, les larmes aux yeux tant elle avait mal.

Elle resta bien vingt minutes derrière le volant, attendant que les élancements diminuent dans ses genoux. Des voitures et des camions passaient parfois sur la route de Derry, dans les deux sens, et à un moment, même, Ashley Ruvall arriva sur son vélo. Il portait une canne à pêche. Elle le vit lui adresser un signe de la main.

« Bonzour, madame McCauzland! » lui cria-t-il en une sorte de gazouillis souriant.

Elle ne fut pas surprise qu'il zozote, puisqu'il avait perdu toutes ses dents. Pas seulement quelques-unes, *toutes.*

Et Ruth fut parcourue d'un frisson glacé quand Ashley ajouta :

« Nous vous aimons touz, madame McCauzland... »

Au bout d'un long moment, elle fit reculer la voiture, effectua un demi-tour et regagna le silence brûlant de Haven. En remontant la rue principale jusque chez elle, il lui sembla que beaucoup de gens la regardaient, leurs yeux reflétant une connaissance plus rusée que sage.

Ruth regarda dans le rétroviseur et vit l'horloge sur la tour, à l'autre bout de la petite rue principale du village.

Les aiguilles de l'horloge approchaient de trois heures.

Elle s'arrêta devant chez les Fannin, montant sans y prendre garde sur le trottoir et calant le moteur. Elle ne prit même pas la peine de tourner la clé de contact. Elle resta là, derrière le volant, des lumières rouges idiotes allumées sur son tableau de bord, regardant dans le rétroviseur pendant que son esprit dérivait. Quand elle revint à elle, l'horloge de l'hôtel de ville sonnait six heures. Elle avait perdu trois heures... et une autre dent. Jamais elle ne retrouverait les heures, mais la dent, une incisive, était sur ses genoux.

12

Ses poupées lui parlèrent toute la nuit. Et elle pensa que rien de ce qu'elles disaient n'était vraiment un mensonge... et c'était le plus horrible de tout. Elle restait dans le cœur vert et malade de leur influence et les écoutait lui raconter des contes de fées déments.

Elles lui dirent qu'elle avait raison de croire qu'elle devenait folle : une radio de son cerveau, dirent-elles, une radio du cerveau de n'importe quel habitant de Haven, à vrai dire, ferait hurler de terreur n'importe quel neurologue. Son cerveau changeait. Il... « évoluait ».

Son cerveau, ses dents — oh, pardon, ses *ex*-dents — « évoluaient ». Et ses yeux... ils changeaient de couleur, non ? Oui. Jadis marron foncé, ils devenaient noisette... et l'autre jour, au Haven Lunch, est-ce qu'elle n'avait pas remarqué que les yeux de Beach Jernigan, qu'elle connaissait d'un bleu lumineux, avaient changé de couleur ? Qu'ils devenaient, eux aussi, noisette ?

Des yeux noisette... plus de dents... oh, mon Dieu, que nous arrive-t-il ?

Les poupées posaient toujours sur elle leur regard de verre, et souriaient.

Ne t'en fais pas, Ruth, ce n'est qu'une de ces invasions de l'espace dont on fait de mauvais films depuis des années. Tu le vois bien, non ? L'Invasion des Tommyknockers. *Si tu veux voir les envahisseurs de l'espace, dont les films de série B et les histoires de science-fiction parlent depuis toujours, regarde les yeux de Beach Jernigan. Ou ceux de Wendy. Ou les tiens.*

« Vous voulez dire que je me fais manger », murmura-t-elle dans l'obscurité estivale, alors que vendredi devenait samedi matin.

Mais, Ruth, qu'est-ce que tu croyais que c'était, « évoluer » ? Les poupées rirent et, miséricordieux, le cerveau de Ruth dériva à nouveau au loin.

13

Quand elle s'éveilla le samedi matin, le soleil était déjà haut, le maladroit dessin d'enfant représentant le clocher de l'hôtel de ville n'avait pas bougé du tableau de la classe, et il y avait plus de deux douzaines de calculettes de poche sur le bureau de Ralph, protégées par un drap. Elles étaient dans le sac à bandoulière en tissu que Ruth utilisait quand elle partait faire sa collecte pour la Cancer Society. Des étiquettes en relief Dymo avaient été collées sur certaines des calculettes : BERRINGER — MCCREADY — BUREAU DE L'ADMINISTRATEUR NE PAS DÉPLACER — SERVICE DES IMPÔTS. Elle ne s'était finalement pas endormie. Au lieu de dormir, elle s'était enfoncée dans une de ses absences... et pendant ce « trou » elle avait pillé comme une somnambule toutes les calculatrices de poche des bureaux de la ville, semblait-il.

Pourquoi ?

Le pourquoi ne t'appartient pas, Ruth, murmurèrent les poupées. Ruth comprenait de mieux en mieux chaque jour, de mieux en mieux à chaque *minute*, à chaque *seconde*, en fait, ce qui avait tant effrayé la petite Edwina Thurlow. *Ce qui t'appartient, c'est d'envoyer un signal... et de mourir.*

Quelle part de cette idée est mienne? Et quelle part leur revient, puisqu'ils me manipulent?

Ça n'a pas d'importance, Ruth. Ça arrivera de toute façon, alors fais que ça arrive le plus vite possible, et que ce soit le plus rapide et le plus fort possible. Arrête de réfléchir. Laisse les choses arriver... parce qu'une partie de toi veut que ça arrive, n'est-ce pas?

Oui. La *plus grande* partie d'elle-même, en fait. Et tout ce qui lui suggérait de s'abstenir d'envoyer un signal au monde extérieur, ou quelque autre connerie du même acabit, c'était juste le glaçage raisonnable sur un gros gâteau démoniaque d'irrationalité.

Elle voulait en être quand tout sauterait.

Les cylindres de carton canaliseraient la force, l'enverraient jusqu'en haut de la flèche du clocher comme un lumineux geyser au pouvoir destructeur, et la tour décollerait comme une fusée; l'onde de choc pilonnerait la rue de Haven, ce paradis pourri, et la détruirait, et c'est ce qu'elle voulait, la destruction. Cette volonté faisait partie de *son* « évolution ».

14

Ce soir-là, Butch Dugan l'appela pour l'informer de la progression de l'enquête sur David Brown. Certains des faits étaient très inhabituels. Le frère du gamin, Hillman, était à l'hôpital, dans un état proche de la catatonie. Le grand-père n'allait guère mieux. Il s'était mis à raconter que David Brown ne s'était pas simplement perdu, mais qu'il avait véritablement disparu. En d'autres termes, que le tour de prestidigitation n'était pas un truc. Et, dit Butch, il racontait à tous ceux qui voulaient l'écouter que la moitié des gens de Haven devenait folle, et que l'autre moitié l'était déjà.

« Il est allé à Bangor pour parler à un certain Bright, du *News*, dit Monstre. Le journal voulait récolter des informations sur l'aspect humain de cette disparition, et ils n'ont entendu qu'une histoire de fous. Le vieux devient complètement cinglé, Ruth.

— Tu ferais mieux de lui dire de rester loin de Haven, dit Ruth. Ils le laisseront rentrer, mais il ne pourra plus jamais ressortir.

— *Quoi?* cria Monstre dont la voix parut soudain très lointaine. La ligne fonctionne mal, Ruth.

— J'ai dit qu'il y aura peut-être du nouveau demain. Je n'ai pas perdu espoir, dit-elle en se massant les tempes et en regardant les poupées rangées sur le bureau de Ralph et reliées les unes aux autres comme la bombe artisanale d'un terroriste. Je t'enverrai un signal demain.

— *Quoi?* dit encore la voix de Monstre presque perdue dans la vague montante d'une impossible liaison téléphonique.

— Au revoir, Butch. Tu es un type vraiment sympa. Sois attentif, demain. Tu entendras le signal jusqu'à Derry, je crois. A trois heures pile.

— *Ruth je ne t'entends plus... rappellerai... bientôt...* »

Elle raccrocha le téléphone inutile, regarda ses poupées, écouta leurs voix s'élever et attendit que le moment soit venu.

15

Ce dimanche offrit l'image parfaite d'un jour d'été dans le Maine : clair, lumineux, chaud. A une heure moins le quart, Ruth McCausland, vêtue d'une jolie robe d'été bleue, quitta sa maison pour la dernière fois. Elle ferma la porte, et se haussa sur la pointe des pieds pour accrocher la clé à un petit crochet. Ralph avait toujours dit que tout cambrioleur digne de ce nom regardait d'abord au-dessus de la porte pour voir si l'on n'avait pas laissé de clé, mais Ruth avait continué de le faire, et la maison n'avait jamais été cambriolée. Elle se disait qu'au fond, tout se résumait à la confiance... et Haven ne l'avait jamais déçue. Elle avait mis les poupées dans le vieux sac de marin en toile de Ralph. Elle le traîna sur les marches du porche.

Bobby Tremain passait en sifflant.

« Je peux vous aider avec ça, madame McCausland ?

— Non, merci, Bobby.

— Très bien », dit-il en souriant.

Il lui restait encore quelques dents, pas beaucoup, mais quelques-unes, comme les derniers piquets d'une clôture entourant une maison hantée.

« Nous vous aimons tous.

— Oui, dit-elle en hissant le sac à l'arrière de sa voiture tandis qu'une vive douleur lui traversait la tête. Oh, je ne le sais que trop. »

(A quoi penses-tu Ruth ou vas-tu)

(panier piano panier piano)

(dis-nous Ruth dis-nous ce que les poupées t'ont dit de faire)

(les chaussettes de l'archiduchesse sont-elles sèches)

(avoue Ruth dis c'est ce que nous voulons ou bien tu triches)

(tu aimerais bien le savoir un chasseur sachant chasser)

(c'est ce que nous voulons, hein ? il n'y a pas de changements, hein ?)

Elle regarda Bobby un instant et lui sourit. Le sourire de Bobby Tremain pâlit un peu.

(m'aime ? oui... mais vous avez encore peur de moi. Et vous avez raison)

« Va, Bobby ! » dit-elle doucement.

Et Bobby partit. Il regarda une fois en arrière par-dessus son épaule, son jeune visage inquiet, méfiant.

Ruth se rendit à l'hôtel de ville.

Il régnait le silence des dimanches dans ce poussiéreux lieu de culte de l'administration. Un écho renvoyait le claquement de ses pas. Le sac de marin était trop lourd pour qu'elle le porte, si bien qu'elle le traînait sur le sol ciré du hall, produisant un sifflement de reptile. Elle le hissa sur deux étages, une marche à la fois, les mains serrées autour de la corde qui fermait l'ouverture du sac. Sa tête l'élançait douloureusement. Elle se mordit les lèvres et deux dents basculèrent doucement sur le côté, comme si elles étaient pourries. Elle les cracha. A chaque inspiration, elle avait l'impression qu'on lui frottait la gorge avec de la paille sèche. Les rayons de soleil qui entraient par les hautes fenêtres du second faisaient danser la poussière en suspension.

Elle traîna le sac le long du petit couloir qui explosait de chaleur. Il n'y avait que deux pièces, là-haut, une de chaque côté. Toutes les archives du village y étaient entreposées. Si l'hôtel de ville était le cerveau de Haven, c'était ici, dans la lourde chaleur de ce grenier, que se trouvait sa mémoire, une mémoire qui remontait jusqu'à l'époque où la ville s'était appelée Ilion, Montgomery, Coodersville, Montville Plantation.

Les voix murmuraient et bruissaient autour d'elle.

Un instant, elle regarda par la fenêtre du fond le tronçon de la rue principale qu'elle pouvait apercevoir. Il y avait bien quinze voitures garées devant le magasin Cooder, ouvert de midi à dix-huit heures le dimanche — et qui faisait de bonnes affaires. Les gens affluaient vers le Haven Lunch pour boire un café. Quelques voitures circulaient.

Tout a l'air normal... bon sang, tout a l'air tellement normal !

Elle eut un moment ou le doute l'étourdit... et puis Moose Richardson leva les yeux et lui fit un signe de la main, comme s'il pouvait la voir à travers cette fenêtre sale du deuxième étage !

Et Moose ne fut pas le seul. Bon nombre de gens la regardèrent.

Elle recula, se retourna et alla chercher la perche posée dans le coin opposé de la pièce. Elle l'accrocha à un anneau saillant au milieu du plafond et s'en servit pour tirer la trappe, qui libéra l'escalier pliant. Cela fait, elle se débarrassa de la perche et renversa la tête en arrière pour voir le haut de la tour. Elle entendait le claquement mécanique de l'horloge et, en dessous, le bruissement plus ténu des chauves-souris endormies. Il y en avait beaucoup, là-haut. La ville aurait dû s'en débarrasser depuis des années, mais une fumigation pouvait être dangereuse... et chère. Quand le mécanisme de l'horloge devrait être réparé, il faudrait bien régler le sort des chauves-souris. Ça viendrait toujours assez tôt. Les élus espéraient simplement que quelqu'un d'autre aurait la charge du village quand un beau jour l'horloge se mettrait à sonner midi à trois heures du matin, puis s'arrêterait d'un coup.

Ruth enroula trois fois la corde du sac autour de son bras et entreprit de grimper lentement l'échelle, traînant le sac entre ses jambes. Il cognait et montait par à-coups, et bientôt la main de Ruth devint toute rouge et engourdie. Elle respirait en longues inspirations qui déchiraient quelque chose tout au fond de sa poitrine. Enfin, des ombres l'enveloppèrent. Elle quitta l'échelle et se retrouva dans le *véritable* grenier de l'hôtel de ville, où elle hissa péniblement le sac. Ruth n'avait pas vraiment conscience que ses gencives et ses oreilles s'étaient mises à saigner et que sa bouche avait le goût fétide et cuivré du sang.

Tout autour d'elle, elle sentait l'odeur de renfermé exhalée par les vieilles briques dans l'obscurité chaude et sèche de l'été. A sa gauche, un vaste cercle obscur : le dos de l'horloge surplombant la rue principale. Dans un village plus prospère, chacune des quatre faces de la tour aurait porté une horloge. Mais l'hôtel de ville de Haven n'en avait qu'une, de quatre mètres de diamètre. Dans le fond, plus sombre encore, elle distinguait à peine les rouages et les pignons qui tournaient lentement et l'endroit où le marteau heurtant la cloche avait laissé sa marque profonde et ancienne. Le mécanisme de l'horloge était très bruyant.

Avec des gestes rapides et saccadés — elle ressemblait à une horloge, maintenant, une horloge qui allait s'arrêter, et son beffroi personnel était en tout cas plein de chauves-souris, non ? Ou bien dirait-on plutôt qu'elle avait des araignées dans le plafond ? Ruth déroula la corde de son bras, découvrant un profond sillon en spirale dans sa chair, et ouvrit le sac. Elle en sortit les poupées une à une, aussi rapidement qu'elle le put. Elle les disposa en cercle, les jambes vers l'extérieur pour que les pieds servent de contact tout autour du cercle, de même que les mains. Dans l'obscurité, on aurait dit des poupées participant à une séance de spiritisme.

Elle attacha le pétard M-16 au centre du renfoncement creusé par le marteau sur la grosse cloche. Quand l'heure sonnerait et que le marteau tomberait —

Boum.

Je vais rester ici, se dit-elle. Je resterai ici et j'attendrai que le marteau tombe.

C'est l'épuisement qui tomba soudain sur elle en bourdonnant, et Ruth perdit conscience.

16

Elle revint lentement à elle. Au début, elle crut être dans son lit chez elle, le visage enfoncé dans son oreiller. Elle était au lit, et tout cela n'avait été qu'un terrible cauchemar. Sauf que son oreiller n'était pas aussi dur, aussi brûlant, et ses couvertures ne battaient pas, ne respiraient pas.

Elle leva les mains et toucha un corps chaud et comme tendu de cuir, les os à peine couverts de chair. La chauve-souris s'était juchée au-dessus de son sein droit, dans le creux de son épaule... et elle se rendit soudain compte qu'elle l'avait appelée... *qu'elle les avait toutes appelées, sans savoir comment.* Ruth pouvait entendre le cerveau rugueux du rongeur, ses pensées sombres, instinctives et folles. La chauve-souris ne pensait qu'au sang, aux insectes et à ses vols aveugles dans l'obscurité.

« *Oh, mon Dieu, non !* » cria Ruth.

Le bruissement rugueux et étranger de ces pensées était affolant, insupportable.

« Oh, *non*, oh, mon Dieu, par pitié, *non...* »

Elle resserra ses mains, sans le vouloir, et les os friables des ailes se brisèrent sous ses doigts. La bête poussa un cri aigu, et Ruth sentit une douleur piquante et intense sur sa joue quand elle la mordit.

Maintenant, elles criaient toutes, *toutes*, et Ruth comprit qu'il y en avait des dizaines sur elle, des centaines peut-être. Sur son autre épaule, sur ses chaussures, dans ses cheveux. Quand elle y porta les yeux, sa jupe se mit à bouger et se tordit.

« Oh, *non !* » hurla-t-elle à nouveau dans l'obscurité poussiéreuse du clocher.

Des chauves-souris volaient tout autour d'elle. Elles criaient. Le bruissement de leurs ailes montait comme un doux tonnerre, comme le chuchotement des voix de Haven.

« Oh, *non !* Oh, *non !* Oh, *non !* »

Une chauve-souris se prit dans ses cheveux en poussant un cri aigu. Une autre, dont l'haleine puait comme un poulailler plein de volailles mortes, s'abattit sur son visage.

Le monde se mit à tourner et à virevolter. Elle parvint à se hisser sur ses pieds. Elle agitait les mains autour de sa tête. Partout des chauves-souris, tout autour d'elle, en un nuage noir, et maintenant il n'y avait plus de différence entre la douce explosion des battements d'ailes et les voix

(nous t'aimons tous, Ruth !)

les voix

(nous te détestons Ruth ne te mêle pas de nos affaires garde-toi de te mêler de)

les voix de Haven.

Elle avait oublié où elle était. Elle avait oublié la trappe dans le sol qui bâillait presque sous ses pieds, et en trébuchant en avant, elle entendit l'horloge sonner — mais le son en fut étouffé, faussé, parce que le marteau avait frappé le détonateur et...

... rien ne se passait.

Elle se retourna, les chauves-souris volaient toujours autour d'elle, et maintenant ses yeux incrédules voyaient le marteau tomber à nouveau, et une troisième fois, et le monde était toujours là.

Elle n'a pas explosé, se dit Ruth McCausland. *Elle n'a pas explosé.*

Et elle tomba dans la trappe.

Les chauves-souris s'envolèrent de son corps, sa robe s'envola de son corps, une chaussure s'envola de son pied. Elle heurta l'échelle, se tourna à moitié, et atterrit sur le côté gauche en un fracassement qui lui brisa toutes les côtes. Elle fit un effort énorme pour se retourner et finit par y parvenir. La plupart des chauves-souris avaient trouvé le chemin de la trappe et avaient regagné l'obscurité protectrice de la tour de l'horloge. Mais il en restait encore une demi-douzaine qui tournaient au-dessus d'elle, affolées, sous le plafond du hall du deuxième étage. Le bruit de leur voix était tout à fait étranger, un bruit d'insectes, de ruche, irradiant la folie. C'étaient *ces voix-là* qu'elle entendait depuis le 4 Juillet ! Le village ne devenait pas seulement fou. C'eût été terrible, mais cela... Oh, Seigneur, c'était pire, bien pire.

Et tout ça pour rien. Le M-16 de Bobosse Jernigan n'était finalement qu'un pétard mouillé. Elle s'évanouit et revint à elle environ quatre minutes plus tard quand une chauve-souris s'installa sur son nez, léchant des larmes de sang sur sa joue.

« *Non ! Saloperie !* » hurla-t-elle.

Et, révulsée, elle écarta la bête, jusqu'à l'agonie. Cela fit le bruit d'un papier toilé qu'on déchire. Les tripes étrangères dégoulinèrent sur son visage levé et déjà couvert de toiles d'araignées. Elle ne pouvait ouvrir la bouche pour crier — *Laissez-moi mourir, mon Dieu, je vous en supplie, ne me laissez pas être comme eux, ne me laissez pas « évoluer »* — parce que la bête mourante se serait écoulée en elle, et c'est alors que le M-16 de Bobosse explosa en un bang mouillé bien peu spectaculaire. La lumière verte éclaira d'abord le carré de la trappe... puis le monde entier. Pendant un instant, Ruth vit les os des chauves-souris se détacher clairement, comme sur une radiographie.

Puis tout le vert devint noir.

Il était 3 heures 5 minutes.

17

Dans tout Haven, les gens étaient couchés par terre. Certains étaient descendus à la cave avec la vague idée qu'il leur fallait y aller chercher des conserves, certains seulement avec l'idée qu'il y ferait plus frais. Beach Jernigan était allongé derrière le comptoir du Haven Lunch, les mains sur la nuque. Il pensait à la chose à l'arrière de son camion, la chose sous la bâche.

A 3 heures 5, la base du clocher s'éventra, arrosant tout de brique pulvérisée. Une immense détonation parcourut les champs. Le souffle brisa presque toutes les fenêtres de Haven, et bien d'autres à Troie et Albion.

Une vive lumière verte filtra entre les briques disjointes, et le clocher de ·l'hôtel de ville s'éleva, missile de brique surréaliste, fusée de Magritte avec une horloge sur le côté. Il s'éleva sur une colonne de feu vert et froid — certainement froid, sinon les poupées auraient été consumées, de même que le bras de Ruth McCausland... et tout le village.

Le clocher s'élevait sur cette torche verte. Ses flancs commençaient à gonfler, mais pendant un instant, l'illusion subsista : une fusée de brique s'élevant dans le ciel... et à travers le bruit de l'explosion, on entendait l'horloge qui sonnait, sonnait. Au douzième coup — midi ? minuit ? — la tour explosa comme un autre *Challenger* au destin funeste. Des briques volèrent en tous sens. Plus tard, Benton Rhodes verrait certains des dégâts, mais les pires avaient été rapidement dissimulés.

Des briques volantes traversèrent les murs des maisons, les fenêtres des celliers, les clôtures en bois. Des briques tombaient du ciel comme des bombes. La grande aiguille de l'horloge, en fer forgé ajouré, fendit l'air comme un boomerang mortel et vint se planter dans un des vieux chênes, devant la bibliothèque de Haven.

Des débris de maçonnerie et de charpente retombèrent sur le sol.

Puis ce fut le silence.

Au bout d'un moment, partout dans Haven, les gens se redressèrent sur leurs pieds avec précaution, regardèrent autour d'eux... puis se mirent à écarter le verre brisé ou à évaluer les dégâts. Un vent de destruction avait balayé le village, mais nul n'avait été blessé. Et dans tout Haven, une seule personne avait effectivement *vu* cette fusée de brique s'élever dans les airs, comme le rêve grandiose d'un ingénieur fou.

18

Cette personne était Jim Gardener. Bobbi était en train de faire la sieste. Gardener l'en avait convaincue. Il n'y avait aucune raison pour qu'ils travaillent l'après-midi, en pleine chaleur, et surtout pas Bobbi. Elle s'était un peu remise du terrible état dans lequel Gardener l'avait trouvée, mais elle exigeait encore trop d'elle-même, et d'un seul coup ses règles étaient revenues, toujours aussi abondantes.

Je me demande, s'était-il dit de façon un peu morbide, quand les comprimés de fer ne lui suffiront plus et qu'il lui faudra une transfusion sanguine. Mais c'était peu probable, il le savait. Son ex-femme avait souffert d'horribles problèmes de ce type, peut-être parce que sa mère avait pris un médicament appelé DES. Si bien que Gardener avait bénéficié d'un recyclage d'urgence sur des fonctions que son propre corps ne connaîtrait jamais, et il savait que l'idée que se font les profanes de la menstruation — un écoulement mensuel de sang par le vagin — n'était pas vraie. L'essentiel de ce qui faisait les menstrues n'était pas le sang, mais les tissus inutiles. La menstruation était un processus efficace d'élimination des déchets chez une femme pouvant avoir des enfants, mais qui n'en attendait pas.

Non, il ne pensait pas que Bobbi saignerait à mort... à moins d'une déchirure de l'utérus, ce qui était hautement improbable.

Foutaises. Tu ne sais ni ce qui est probable dans cette situation, ni ce qui ne l'est pas.

D'accord. Exact. Mais il savait que les femmes n'étaient pas conçues pour avoir leurs règles jour après jour, des semaines durant, quoi qu'il arrive. Au fond, sang et tissus revenaient au même : c'était ce dont Bobbi Anderson était faite. C'était comme du cannibalisme, mais...

Non. Non, ce n'était pas ça. C'était comme si quelqu'un avait tourné son thermostat à fond et qu'elle se consumait. Elle avait failli s'évanouir une ou deux fois pendant les fortes chaleurs de la semaine précédente, et Gardener savait, bien que cela ait l'air grotesque, que la recherche du petit Brown avait représenté une sorte de repos pour Bobbi.

Gardener n'avait pas vraiment cru qu'il réussirait à la convaincre de faire la sieste. Et puis, vers trois heures moins le quart, Bobbi avait dit qu'elle était un peu fatiguée, et que peut-être une sieste lui ferait du bien. Elle avait demandé à Gardener s'il n'allait pas se coucher lui aussi pour une heure.

« Oui, avait-il répondu. Mais je vais d'abord rester dehors pour lire un peu », *et finir ce petit verre, tant que j'y suis.*

« Bon. Ne traîne pas trop, une sieste ne te ferait pas de mal non plus. »

Mais il avait traîné assez longtemps, allongeant son verre, pour être encore là quand le rugissement traversa les champs et les collines entre chez Bobbi et le village, à près de huit kilomètres.

« Nom de Dieu !... »

Le rugissement s'amplifia... et soudain il la vit. Une vision de cauchemar. C'était l'entrée en scène du delirium tremens, il ne pouvait en être autrement, impossible. Fini les machines à écrire télépathes, ou les chauffe-eau venus de l'espace — il avait vu une nom de Dieu de fusée de brique décoller du village de Haven — et ça y est, vous tous dehors, amis et voisins, j'ai définitivement perdu les pédales.

Juste avant que le clocher n'explose, aspergeant le ciel de son feu vert, il reconnut ce que c'était et il comprit qu'il ne s'agissait pas d'une hallucination.

Le *voilà* le pouvoir de Bobbi Anderson ; *voilà* ce qu'ils allaient utiliser pour arrêter le nucléaire, la course aux armements, la marée sanglante de la folie mondiale ; voilà : ça montait vers le ciel sur une colonne de feu ; un des cinglés du village avait réussi à flanquer un détonateur sous l'hôtel de ville, il avait gratté une allumette et envoyé le clocher de Haven dans le ciel comme une foutue chandelle romaine.

« Nom de Dieu de *merde !* », murmura Gardener d'une petite voix horrifiée.

Et voilà, Gard ! Voilà l'avenir ! C'est ce que tu veux ? Parce que cette femme, dans la maison, devient cinglée, et tu le sais... elle présente des symptômes tout à fait évidents. Est-ce que tu veux placer ce type de puissance entre ses mains ? Hein ?

Elle n'est pas folle, répondit Gardener, effrayé. *Elle n'est pas folle du tout, et vous croyez que ce qu'on vient de voir change les termes du problèmes ? Non. Ça ne fait que les souligner. Si ce n'est pas Bobbi et moi, alors, qui ? La police de Dallas. Tout ira bien. Je vais la surveiller, lui serrer la bride...*

Oh, mais tu fais ça très bien, pauvre ivrogne, très bien.

La chose incroyable explosa dans le ciel, éclaboussant de feu vert tous les alentours. Gardener se protégea les yeux. Il s'était levé.

Bobbi sortit en courant.

« Qu'est-ce que c'était que *ça ?* » demanda-t-elle.

Mais elle savait... elle savait, et Gardener, avec une certitude froide et soudaine, *sut* qu'elle savait.

Gardener érigea une barrière dans son esprit ; au cours des deux dernières semaines, il avait appris à y réussir à la perfection. Il lui suffisait de réciter au hasard une liste de vieilles adresses, des fragments de poèmes, des vers de chansons, rien de plus... mais ça marchait. Il avait découvert qu'il n'était pas du tout difficile de brouiller ainsi ses pensées ; ce n'était pas très différent des multiples associations d'idées qui traversent presque toujours la tête des gens (il aurait sans doute changé d'avis s'il avait connu les pénibles efforts que s'imposait Ruth McCausland pour dissimuler ses pensées — Gardener ne savait pas combien d'ennuis lui épargnait cette plaque métallique vissée dans son crâne). Quelquefois, il avait remarqué que Bobbi le regardait d'une façon étrange, étonnée, et bien qu'elle détournât les yeux dès qu'elle voyait que Gardener l'observait, il savait qu'elle tentait de lire dans ses pensées... elle tentait de toute ses forces... et elle échouait toujours.

Il eut recours à la barrière pour dissimuler son premier mensonge à Bobbi depuis qu'il s'était lancé à ses côtés, le 5 juillet, presque trois semaines plus tôt.

« Je ne sais pas précisément, répondit-il à sa question. J'étais assoupi dans le fauteuil. J'ai entendu une explosion et j'ai vu un grand éclair de lumière. C'était vert. C'est tout. »

Bobbi scruta son visage, puis elle acquiesça :

« Je crois qu'il vaudrait mieux qu'on aille au village pour voir. »

Gardener se détendit un peu. Il ne savait pas vraiment pourquoi il avait menti ; il avait seulement senti que c'était moins dangereux ainsi... et elle l'avait cru. Il ne voulait pas non plus mettre cette confiance en danger.

« Ça t'ennuierait d'y aller seule ? Je veux dire... Si tu veux que je t'accompagne...

— Non, ça va », dit-elle sur un ton presque joyeux.

Et elle partit.

En revenant sous le porche après avoir assisté au départ du pick-up sur la route, Gard vida son verre. Il commençait à ne plus se contrôler, et il était temps d'arrêter. Parce qu'il se passait quelque chose de vraiment étrange, ici. Il fallait qu'il regarde, et quand on est ivre, on est aveugle.

Il se l'était promis, avant. A certaines périodes, il avait même tenu sa promesse. Cette fois, il ne la tint pas. Cette nuit-là, quand Bobbi rentra, Gardener était ivre et endormi sur le porche.

Le signal de Ruth avait toutefois été reçu. Celui qui l'avait reçu était troublé — engagé aux côtés de Bobbi, mais s'interrogeant suffisamment sur cet engagement pour se pinter régulièrement. Mais le signal *avait* été reçu, et du moins partiellement compris : le fait que Gardener eût menti déjà l'indiquait bien. Mais Ruth aurait sans doute préféré un résultat plus positif.

Voix ou pas, la dame était morte saine d'esprit.

7.

BEACH JERNIGAN ET DICK ALLISON

1

Personne, à Haven, n'était plus ravi d' « évoluer » que Beach Jernigan. Si les Tommyknockers de Gard lui étaient apparus en personne, portant des armes nucléaires, et proposant qu'il en plante une dans chacune des sept plus grandes villes du monde, Beach aurait sauté sur le téléphone pour retenir ses places d'avion. Même à Haven, où la ferveur silencieuse était devenue un vrai mode de vie, le fanatisme de Beach tranchait par son extrémisme. S'il avait soupçonné le moins du monde Gardener de nourrir des doutes croissants, il l'aurait éliminé. Définitivement. Immédiatement tout de suite, et même avant.

Beach avait ses raisons. En mai — peu après l'anniversaire de Hilly Brown, en fait —, Beach attrapa une mauvaise toux qui ne céda pas. C'était inquiétant, parce qu'il n'avait ni fièvre ni rhume. Ce fut encore plus inquiétant quand il se mit à cracher un peu de sang. Quand vous dirigez un restaurant, il est fortement déconseillé de tousser. Les clients n'aiment pas ça. Ça les rend nerveux. Tôt ou tard, quelqu'un vous signale aux services d'hygiène, et ils peuvent fermer l'établissement une semaine ou plus en attendant d'avoir les résultats des analyses. Le Haven Lunch était une petite affaire qui tournait bien, sans plus (Beach y travaillait douze heures par jour pour en retirer soixante-cinq dollars par semaine — si l'endroit n'avait pas été sien et libre de toute dette, il serait mort de faim), et Beach ne pouvait se permettre de voir son établissement fermé une semaine en été. L'été n'était pas encore là, mais il arrivait à grands pas. Il alla donc voir le vieux Dr Warwick. Doc Warwick l'envoya à l'hôpital de Derry pour une radio des poumons, et quand la radio fut faite, Doc Warwick l'étudia pendant vingt longues secondes, puis il appela Beach et quand Beach arriva, Doc Warwick dit :

« J'ai de mauvaises nouvelles pour vous, Beach. Asseyez-vous. »

Beach s'assit. Il eut l'impression que s'il n'y avait pas eu de fauteuil, il serait tombé par terre. Toute force avait fui ses jambes. Aucune télépathie à Haven en ce mois de mai — pas plus, en tout cas, que la télépathie ordinaire que les gens utilisent tout le temps — mais Beach n'avait besoin de rien d'autre que cette télépathie ordinaire. Il sut ce que le Dr Warwick allait lui dire avant même qu'il ne l'ait dit. Non, pas la tuberculose. La maladie qu'on imaginait avec un grand « C » — le Cancer, le Cancer du poumon.

Mais c'était en mai. Maintenant, en juillet, Beach était en pleine forme. Le Dr Warwick lui avait dit qu'il devait s'attendre à entrer à l'hôpital avant le 15 juillet, mais il était toujours là, mangeant comme un ogre, la plupart du temps excité comme un lapin, et prêt à défier Bobby Tremain à la course. Il n'était pas retourné à l'hôpital pour d'autres radios. Il n'avait pas besoin de preuves que la grosse tache sombre sur son poumon gauche avait disparu. De toute façon, s'il avait voulu une radio, il aurait pris un après-midi et construit lui-même un appareil de radiographie. Il savait exactement comment faire.

Mais maintenant, après l'explosion, il fallait construire d'autres choses, faire d'autres choses... et vite.

Ils se consultèrent. Tous ceux du village. Ils ne se retrouvèrent pas comme pour une assemblée municipale ; c'était tout à fait inutile. Beach continua à faire griller des hamburgers au Haven Lunch ; Nancy Voss à trier des timbres à la poste (maintenant que Joe était mort, la poste était au moins un lieu où elle pouvait se rendre et penser à lui, même le dimanche) ; Bobby Tremain resta sous son *Challenger* où il installait un système de recyclage des gaz qui lui permettrait de ne consommer que moins de quatre litres de carburant aux cent kilomètres (ce n'était pas la pilule d'essence de Bobbi — pas vraiment — mais presque) ; Newt Berringer, qui savait très bien qu'il n'y avait pas une seconde à perdre, se rendit chez les Applegate aussi vite qu'il l'osa. Mais quoi qu'ils fissent, où qu'ils fussent, ils étaient ensemble, réseau de voix silencieuses — ces voix qui avaient tellement effrayé Ruth.

Moins de quarante-cinq minutes après l'explosion, soixante-dix personnes étaient réunies chez Henry Applegate. Henry possédait l'atelier le plus vaste et le mieux équipé du village, maintenant que la station Shell s'était essentiellement reconvertie en atelier de réparation et de mise au point. Christina Lindley, qui avait remporté le second prix du Quatorzième Concours annuel de Photographie de l'État du Maine l'année précédente, bien qu'elle n'eût que dix-sept printemps, revint presque deux heures plus tard, effrayée, hors d'haleine (et assez sexy, pour dire la vérité) d'avoir circulé sur l'engin de Bobby Tremain à une vitesse qui atteignait parfois cent quatre-vingts kilomètres-heure. Quand Bobby lançait son Dodge à fond, il n'avait rien d'un trouillard.

On l'avait envoyée prendre deux photos de la tour de l'horloge. C'était un travail délicat puisque, la tour étant maintenant réduite à des morceaux épars de briques, de maçonnerie et d'horloge, cela revenait à photographier une photographie.

A toute vitesse, Christina avait feuilleté un recueil de photos du village. Newt lui avait dit mentalement où le trouver — dans le bureau de Ruth McCausland ! Elle écarta deux clichés parce que, bien que bons, ils étaient en noir et blanc. Le but était de construire une illusion — un clocher que les gens pourraient regarder... mais, si vous voulez, un clocher à travers lequel un avion pourrait passer sans dommages.

En d'autres termes, ils voulaient projeter un gigantesque hologramme dans le ciel.

Un bon truc.

Il fut un temps où Hilly Brown aurait envié leur idée.

Alors que Christina commençait à perdre espoir, elle trouva : une merveilleuse photo de l'hôtel de ville de Haven avec la tour au premier plan... et prise sous un angle qui montrait deux de ses côtés. Formidable. Ça leur donnerait la perspective dont ils avaient besoin. Les annotations précises de Ruth sous la photo disaient qu'elle venait du magazine *Yankee* daté de mai 87.

Il faut qu'on y aille, Chris, avait dit Bobby en parlant sans même se donner la peine d'ouvrir la bouche. Il dansait impatiemment d'un pied sur l'autre comme un petit garçon qui veut faire pipi.

Oui, d'accord. Ça...

Elle s'interrompit.

Oh, dit-elle. Oh, mon Dieu.

Bobby Tremain s'approcha.

Qu'est-ce qui ne va pas ?

Elle montra la photo.

« Oh, MERDE ! » cria tout haut Bobby Tremain, et Christina opina du chef.

2

A sept heures ce soir-là, ayant travaillé vite et silencieusement (si l'on omet quelques grognements de mauvaise humeur occasionnels émis par tel ou tel qui trouvait que tel autre ne travaillait pas assez rapidement), ils avaient construit quelque chose qui ressemblait à un gigantesque projecteur de diapositives juché sur un aspirateur industriel.

Ils le testèrent, un visage de femme, immense et comme sculpté dans la pierre, apparut au-dessus du champ de Henry. L'assistance rassemblée regarda en silence cet effet d'optique ressuscitant en trois dimensions la grand-mère d'Henry Applegate. Ils étaient satisfaits. La machine fonctionnait. Dès que la gamine apporterait la photographie — en fait *les* photographies, puisqu'ils avaient naturellement besoin d'une vue de divers côtés de l'hôtel de ville — ils pourraient...

Alors leur parvint la voix de Christina, faible, mais amplifiée par le cerveau de Bobby Tremain.

Mauvaises nouvelles.

« Qu'est-ce qu'y a ? demanda Kyle Archinbourg à Newt. J'ai pas tout compris.

— T'es sourdingue ou quoi ? lança Andy Baker. Nom de Dieu, la population de *trois contés* a entendu le bang quand cette salope a fait sauter le toit. Si je la tenais..., commença-t-il en brandissant les poings.

— Ça suffit, tous les deux, dit Hazel McCready en se tournant vers Kyle. Cette gamine a fait du très bon boulot. »

Elle projetait délibérément sa pensée aussi fort qu'elle le pouvait, dans

l'espoir, tout en expliquant la situation à Kyle Archinbourg, d'atteindre aussi Christina Lindley... pour lui remonter le moral. La jeune fille avait
(pensé)
paru déboussolée, presque hystérique, et elle ne leur servirait à rien dans cet état ; elle ficherait même tout par terre, et ils n'avaient pas le temps de se permettre des erreurs.

« Ce n'est pas de sa faute, si on peut voir l'heure sur l'horloge de la photo.

— Qu'est-ce que vous voulez dire ? demanda Kyle.

— Elle a trouvé une photo en couleurs prise sous un angle qui n'aurait pu être meilleur, dit Hazel. Et ce sera parfait, aussi bien de l'église que du cimetière, et il n'y aura qu'une légère distorsion depuis la route. Il faudra seulement éviter que des étrangers fassent le tour par l'arrière pendant un ou deux jours, jusqu'à ce que Chris trouve un cliché qui permette de voir la tour sous un autre angle. Mais comme ils ne s'intéresseront qu'à la chaudière... et à Ruth... Je crois que nous pourrons nous en sortir comme ça. On ferme les routes ? demanda-t-elle à Newt.

— Travaux sur les égouts, dit-il sans hésiter. Simple comme bonjour.

— Je comprends toujours pas où est le problème, dit Kyle.

— C'est p'têt ben toi, l' problème, pauv' connard », dit Andy Baker.

Kyle se retourna brusquement vers le mécanicien et Newt intervint :

« Arrêtez, tous les deux, dit-il avant de s'adresser à Kyle. Le *problème*, c'est que Ruth a fait sauter la tour de l'hôtel de ville à 3 h 05 cet après-midi. Sur la seule bonne photo que Christina ait pu trouver, on peut voir l'heure sur l'horloge.

— Elle marque dix heures moins le quart.

— Oh ! dit Kyle dont la sueur rendit le visage luisant au point qu'il dut ⌄ éponger de son mouchoir. Oh, *merde*. Et qu'est-ce qu'on fait, maintenant ?

— On improvise, dit calmement Hazel.

— *Salope !* s'écria Andy. Je la tuerais si qu'elle serait pas déjà morte !

— Tout le monde l'aimait au village, dit Hazel. Et tu le sais, Andy.

— Ouais. Et j'espère que le diable la fait rôtir sur une grande broche. »

Andy éteignit le gadget.

La grand-mère de Henry disparut. Hazel se sentit soulagée. Il y avait quelque chose d'un peu fantômatique dans la vue d'une femme au visage ridé flottant au-dessus du champ d'Henry, avec les vaches — qu'on aurait d'ailleurs dû rentrer à l'étable depuis longtemps — qui déambulaient à travers elle en broutant, ou disparaissaient dans la grosse broche ancienne que la grand-mère portait pour fermer son corsage au ras du cou.

« Tout ira bien », dit soudain Bobbi Anderson dans le silence ; et tout le monde — y compris Christina Lindley, qui était revenue — entendit et se sentit soulagé.

3

« Ramène-moi à la maison, dit Christina à Bobby Tremain. Vite. Je sais ce qu'il faut faire.

— C'est comme si tu y étais, dit-il en la prenant par le bras et en la tirant vers la porte.

— Attends, dit-elle.

— Hein ?

— Est-ce que tu ne crois pas que je ferais mieux... »

de prendre la photo ? termina-t-elle.

Oh, merde ! dit Bobby en se frappant le front.

4

Pendant ce temps, Dick Allison, le chef des pompiers volontaires de Haven, était assis dans son bureau, suant à grosses gouttes en dépit de l'air conditionné, et répondait aux coups de téléphone. Le premier émanait du maire de Troie, le second du chef de la police d'Unity, le troisième de la police de l'État, le quatrième d'Associated Press.

Il aurait probablement sué de toute façon, mais si l'air conditionné ne lui était d'aucun secours, c'était surtout parce que la porte du bureau avait été arrachée de ses gonds par le souffle. Le plâtre des murs était tombé, laissant apparaître des lattes de bois ressemblant à des côtes pourries. Allison, assis au milieu de cette désolation, disait à ceux qui appelaient que, bien sûr, il y *avait* eu une grosse explosion, et il semblait bien qu'ils avaient probablement à déplorer un mort, mais que ça se révélait *loin* d'être aussi terrible qu'on aurait pu le croire au bruit. Tandis qu'il débitait ses conneries au type du *Daily News* de Bangor, John Leandro, un panneau du plafond en liège lui tomba sur la tête. Dick l'envoya au loin d'un revers de main en poussant un grognement bestial, écouta, rit, et dit que c'était juste le tableau de service. Ce foutu truc était encore tombé. C'étaient les ventouses au dos, vous savez ? Enfin, les petites économies reviennent cher, sa mère l'avait pourtant prévenu, et...

Il parla encore cinq minutes et finit par lasser Leandro, qui prit congé. Alors que Dick raccrochait, presque tout le plafond du couloir, devant sa porte, s'effondra en un *crrrumppp* poudreux.

« NOM DE DIEU DE BORDEL DE MERDE ! » hurla Dick Allison en abattant aussi fort qu'il le put son poing gauche sur son bureau. Il était tellement furieux qu'il ne se rendit même pas compte qu'il s'était cassé les quatre doigts. Si quiconque était entré dans son bureau à cet instant, Allison lui aurait ouvert la gorge et se serait rempli la bouche de sang chaud qu'il aurait recraché au visage du mourant. Il cria et jura ; il trépigna, même, comme un enfant en pleine colère parce qu'on ne veut pas qu'il sorte.

Il avait *tout* d'un enfant.

Et il avait aussi l'air très *dangereux.*

Les Tommyknockers, les Tommyknockers, les esprits frappeurs.

5

Entre deux coups de téléphone, Dick se rendit dans le bureau de Hazel, trouva du Midol dans son tiroir et en prit six comprimés. Puis il banda très serré sa main qui enflait et l'élançait, et il l'oublia. S'il avait encore été humain, c'eût été impossible; on n'oublie pas comme ça quatre doigts brisés. Mais il avait « évolué ». Et le pouvoir d'exercer une volonté consciente sur la douleur faisait partie de l' « évolution ».

Ça venait à point.

Entre deux conversations avec l'extérieur — et parfois pendant — Dick parlait aux hommes et aux femmes qui travaillaient comme des fous chez Henry Applegate. Il leur dit que deux flics de l'État viendraient vers quatre heures et demie, cinq heures au plus tard. Est-ce que le projecteur serait prêt d'ici là? Quand Hazel expliqua le problème, Dick s'emporta à nouveau, plus cette fois par peur que par colère. Quand Hazel expliqua que Christina Lindley était en train de régler le problème, il se calma... un peu. Elle avait une chambre noire chez elle. Elle allait faire un négatif de la photo de *Yankee* et l'agrandir un peu, non pas parce que *ça* devait être plus grand pour que le projecteur fonctionne (surtout que trop agrandir donnerait à l'image de la tour un aspect curieusement granuleux), mais parce qu'*elle* avait besoin d'une image un peu plus grande pour travailler dessus.

Elle va faire un négatif, dit Hazel dans sa tête, *puis elle va effacer les aiguilles de l'horloge. Bobby Tremain les remettra en place avec un cutter pour qu'elles indiquent 3 heures 5. Il a une main très sûre et un certain talent. Pour l'instant c'est surtout sa main sûre qui importe.*

Je croyais que quand on tirait un négatif d'un positif, il était flou, dit Allison. *Surtout quand le positif était en couleurs.*

Elle a amélioré l'équipement de son labo, dit Hazel.

Inutile de préciser que, maintenant, Christina Lindley, malgré ses dix-sept ans, possédait probablement le labo photo le plus moderne du monde.

Alors ça prendra combien de temps?

Elle pense en avoir jusqu'à minuit, dit Hazel.

Nom de Dieu de merde! s'écria Dick si fort que ceux qui se trouvaient dans le champ de Henry grimacèrent.

Nous avons besoin d'environ trente piles d'1,5 volt, intervint calmement la voix de Bobbi Anderson. *Sois un amour et trouve-les, Dick. On comprend, pour la police. Fais-leur tout un numéro, d'accord?*

Il resta un instant silencieux avant de dire : *Oui. Ce seront des bleus, de toute façon.*

C'est ça. Et retiens-les. C'est plutôt leur radio qui m'inquiète. Ils n'enverront qu'une équipe, deux au plus, pour commencer. Mais s'ils voient... et s'ils le signalent par radio...

Il y eut un murmure approbateur qui ressembla au bruit de l'océan dans une conque.

Y a-t-il un moyen d'arrêter les transmissions depuis le village ? demanda Bobbi. *Je...*

Andy Baker, radieux, intervint soudain : *J'ai une meilleure idée. Débrouillez-vous pour que Buck Peters remue immédiatement ses grosses fesses jusqu'à la station d'essence.*

Oui ! explosa Bobbi, ses pensées rendues hyperaiguës par l'excitation. *Formidable ! Génial ! Et quand ils quitteront le village, quelqu'un... Beach, je crois...*

Beach considéra ce choix comme un honneur.

6

Bent Rhodes et Jingles Gabbons, de la police de l'État du Maine, arrivèrent à Haven à cinq heures et quart de l'après-midi. Ils s'attendaient à trouver les restes fumants et sans intérêt d'une explosion de chaudière, un vieux camion de pompiers coupant la rue et vingt ou trente curieux sur le trottoir. Mais ils découvrirent finalement que tout le clocher de l'hôtel de ville de Haven avait explosé comme une chandelle romaine. Des briques jonchaient la rue, les fenêtres étaient brisées, on retrouvait des membres de poupées dans tous les coins... et beaucoup trop de gens vaquaient à leurs occupations.

Dick Allison les accueillit avec une cordialité un peu étrange, comme s'il s'agissait d'un banquet électoral, alors qu'ils découvraient une véritable catastrophe.

« Dieu du ciel ! Qu'est-ce qui s'est passé ici ? demanda Bent.

— Ben... j' crois qu' c'est pire que c' que j'ai annoncé au téléphone, admit Dick en regardant la rue jonchée de briques avec un petit sourire du genre *j'ai-été-un-vilain-garçon* tout à fait incongru. J' me suis dit qu' personne me croirait. Fallait que vous veniez voir.

— Je *vois*, et je n'en crois tout de même pas mes yeux », marmonna Jingles.

Les deux policiers avaient jugé que Dick Allison était un minable, probablement un peu cintré. Parfait ! Il resta derrière eux à les regarder contempler le désastre. Peu à peu, son sourire se dissipa et son visage se fit glacé.

Rhodes découvrit le bras humain au milieu des petits membres factices. Quand il se retourna vers Dick, son visage était plus blanc que jamais, et il avait l'air beaucoup plus jeune.

« Où est Mme McCausland ? demanda-t-il d'une voix dont il ne put contrôler le timbre et qui se brisa sur la dernière syllabe.

— Eh ben, vous voyez, j' crois que ça pourrait bien être le problème, commença Dick. Vous comprenez... »

7

Dick parvint en effet à les retenir aussi longtemps que possible dans le village, sans que pourtant cela leur paraisse bizarre. Il était huit heures moins le quart quand ils partirent, et le crépuscule tombait déjà. Dick savait aussi que, s'ils ne repartaient pas bientôt, ils commenceraient à s'étonner que les renforts qu'ils avaient demandés ne soient pas encore arrivés.

Ils avaient tous deux parlé à la base de Derry au moyen de leur radio de bord, et quand ils avaient raccroché le micro, ils avaient eu le même air perplexe et lointain. Les réponses qu'ils recevaient étaient bonnes, mais la *voix* leur semblait curieuse. Ni l'un ni l'autre ne s'arrêtèrent pourtant à des détails aussi mineurs, du moins pas tout de suite. Ils devaient faire face à trop de problèmes importants. L'ampleur de l'accident, en premier lieu. Le fait qu'ils avaient connu la victime, en second lieu. Et en troisième lieu, il leur fallait poser les bases d'une affaire potentiellement importante en essayant de ne pas faire de faux pas qui plus tard compliqueraient l'instruction.

Et puis ils commençaient à ressentir les effets de l'atmosphère de Haven.

Ils étaient comme des hommes vitrifiant un parquet dans une pièce sans ventilation, et que les émanations assomment sans même qu'ils s'en rendent compte. Ils n'entendaient pas les pensées — il était trop tôt pour ça, et ils seraient partis avant que ça ne leur arrive — mais ils se sentaient bizarres. Cela les ralentissait, et ce n'est qu'au prix de gros efforts qu'ils parvenaient à exécuter les tâches les plus routinières.

Dick Allison lut tout cela dans leurs pensées tandis qu'ils s'étaient installés en face de l'hôtel de ville pour prendre une tasse de café au Haven Lunch. Enfin, bon. Ils étaient trop occupés et trop déboussolés pour penser au fait que

(Tug Ellender)

leur chef de poste n'avait pas la même voix que d'habitude, ce soir. La raison de ce changement était très simple : ils ne parlaient pas à Tug Ellender. Ils parlaient à Buck Peters ; leur radio ne les reliait pas à Derry, mais au garage de la station Shell d'Elt Barker, où Buck Peters était penché, en nage, sur un micro, Andy Baker à ses côtés. Buck envoyait des instructions et des informations fraîches depuis la radio d'Andy (une petite chose toute simple qu'il avait assemblée à temps perdu et qui aurait pu contacter Uranus, à condition qu'il y eût là-haut des braves types pour engager le dialogue). Plusieurs villageois se concentraient sur les cerveaux de Bent Rhodes et Jingles Gabbons. Ils retransmettaient à Buck tout ce qu'ils pouvaient piquer sur Ellender, puisque les flics s'*attendaient* naturellement à l'entendre. Buck Peters avait des talents d'imitateur (il remportait toujours un franc succès en imitant le Président du moment, sans oublier ses grands classiques comme James Cagney et John Wayne). Rien de génial, mais quand il « faisait » quelqu'un, on reconnaissait de qui il s'agissait. En général.

Qui plus est, ceux qui écoutaient pouvaient indiquer à Buck la façon dont il devait répondre puisque, presque toujours, celui qui parle connaît et a déjà dans la tête la réponse qu'il attend à ses questions ou à ses assertions. Si Bent et Jingles marchèrent dans l'imitation — et ils marchèrent presque totalement — ce ne fut donc pas tant grâce aux talents de Buck que grâce au fait qu'ils recevaient de « Tug » les réponses qu'ils attendaient. Andy avait en outre réussi à camoufler la voix de Buck avec un peu de friture — pas autant que Bent et Jingles en auraient sur la route du retour vers Derry, mais assez pour que la voix de « Tug » soit déformée à chaque fois que leur cerveau s'interrogeait

(mais ça ne ressemble pas à la voix de Tug, je me demande s'il est enrhumé)

un tant soit peu sur les intonations curieuses de la voix qu'ils entendaient.

A sept heures et quart, quand Beach lui apporta une autre tasse de café, Dick lui demanda :

« Tu es prêt ?

— Que oui !

— Et tu es sûr que ce gadget va marcher ?

— Il marche parfaitement... tu veux voir ? demanda Beach d'une voix presque servile.

— Non. Pas le temps. Et le daim ? Tu l'as ?

— Ouais. Bill Elderly l'a tué et Dave Rutledge l'a préparé.

— Bon. On y va.

— D'accord, Dick. »

Beach retira son tablier et l'accrocha à un clou derrière le comptoir. Il retourna la pancarte suspendue au-dessus de la porte pour qu'elle n'indique plus OUVERT mais FERMÉ. D'habitude, elle restait suspendue là sans bouger, mais ce soir, comme la vitre était brisée, elle se soulevait et se tordait dans le léger souffle du vent.

Beach s'arrêta et regarda Dick avec une rage concentrée et profonde.

« Elle n'avait pas le droit de faire une chose *pareille* », dit-il.

Dick haussa les épaules. Ça n'avait plus d'importance. C'était fait.

« Elle est partie. C'est tout ce qui compte. Les gosses se débrouillent très bien avec la photo. Quant à Ruth... il n'y a personne d'autre comme elle au village.

— Et ce type, chez le vieux Garrick ?

— Il est tout le temps soûl. Et il *veut* déterrer le vaisseau. Vas-y, Beach. Ils vont bientôt partir, et on veut que ça arrive aussi loin du village que ce sera possible pour toi.

— D'accord, Dick. Fais attention.

— Il faut que nous fassions tous attention, maintenant, dit-il en souriant. C'est délicat. »

Il regarda Beach monter dans son camion et reculer, devant le Haven Lunch, dans l'espace réservé depuis douze ans au vieux pick-up Chevrolet. Alors que le camion s'engageait dans la rue, Beach conduisant lentement et en zigzag pour éviter les morceaux de verre brisé, Dick aperçut la forme sous la bâche sur le plateau du camion, et, tout à fait à l'arrière, autre chose, enveloppé dans une feuille de plastique épais : le plus grand daim que Bill Elderly avait pu trouver en aussi peu de temps, alors que la chasse au daim était tout à fait interdite en juillet dans l'État du Maine.

Quand le pick-up de Beach fut hors de vue (on pouvait lire sur l'abattant du plateau : FAITES L'AMOUR, PAS LA GUERRE — PRÉPAREZ-VOUS AUX DEUX — NRA), Dick revint au comptoir et prit sa tasse. Comme toujours, le café de Beach était fort et bon. Dick en avait bien besoin. Il était plus que fatigué ; il était épuisé. Bien qu'il y eût encore de la lumière dans le ciel et qu'il eût toujours été le genre de type qui trouvait impossible d'aller se coucher avant que l'hymne national ait résonné à la fin du dernier programme disponible sur une quelconque chaîne de télévision, il n'avait plus qu'une envie : filer au lit. Ç'avait été une journée intense et effrayante, et elle ne se terminerait pas avant que Beach fasse son rapport. Et le bordel que Ruth McCausland avait réussi à semer ici ne serait pas non plus nettoyé avec la disparition des deux flics. On pouvait cacher beaucoup de choses, mais pas le simple fait que ces flics revenaient de Haven, où un autre flic (un simple flic de village, c'était vrai, mais un flic était un flic, et celui-là, justement, avait été marié à un gros bonnet de la police de l'État, histoire de pimenter le tout) avait disparu de la surface de la Terre.

Tout cela signifiait que l'on n'avait pas fini de s'amuser.

« Si ça t'amuse, dit amèrement Dick à personne en particulier, *moi* pas. »

Le café commençait à lui brûler l'estomac, mais il continua à boire, indifférent à l'acide qui le rongeait.

Dehors, un puissant moteur se mit à ronronner. Dick se retourna sur son tabouret et regarda les flics qui partaient du village, leur gyrophare trouant de brefs rayons bleus les ombres noires du désastre.

8

Christina Lindley et Bobby Tremain, côte à côte, fixaient la feuille blanche plongée dans le bain du laboratoire. Ils retenaient leur souffle, guettant l'Image qui allait apparaître... ou non.

Peu à peu, elle apparut.

C'était le clocher de l'hôtel de ville de Haven, en couleurs lumineuses et véridiques, et les aiguilles de l'horloge marquaient trois heures cinq.

Bobby expira très, très lentement. *Parfait*, dit-il.

Pas tout à fait, rectifia Christina. *Il reste un détail.*

Il se tourna vers elle, plein d'appréhension. *Quoi ? Qu'est-ce qui ne va pas ?*

Rien. Tout va bien. Mais il nous reste une chose à faire.

Elle n'était pas laide, mais comme elle portait des lunettes et que ses cheveux étaient bruns, elle s'était toujours *trouvée* laide. Malgré ses dix-sept ans, elle n'avait jamais eu de petit ami. Maintenant, ses lunettes et la teinte de ses cheveux ne semblaient plus avoir la moindre importance. Elle descendit la fermeture à glissière de sa jupe et la poussa vers le sol, de même que son jupon de rayonne et sa petite culotte de coton, tous deux achetés en solde à Derry. Elle prit avec de grandes précautions la photo mouillée dans son bain et se hissa sur la pointe des pieds pour l'accrocher, ses petites fesses bien serrées. Puis elle se tourna vers Bobby, les jambes écartées.

C'est moi *qui ai besoin de faire quelque chose.*

Il la prit debout. Contre le mur. Quand son hymen éclata, elle lui mordit l'épaule suffisamment fort pour qu'il saigne, lui aussi. Et quand ils jouirent tous les deux, ils grognèrent et griffèrent, et ce fut très, très bon.

Comme dans le bon vieux temps, se dit Bobby alors qu'ils se rendaient tous deux chez Applegate sur son engin ; et il se demanda ce qu'il voulait exactement dire par là.

Puis il décida que de toute façon ça n'avait vraiment aucune importance.

9

Beach poussa son pick-up Chevrolet grinçant à cent à l'heure — son maximum. Le vieux tacot faisait partie des quelques engins qu'il n'avait pas réussi à transformer grâce à ses fantastiques nouvelles connaissances. Mais il espérait que le véhicule l'emmènerait aussi loin qu'il le fallait ce soir, et cette fois encore, le bon vieux pick-up, qu'il appelait Betsy, ne le lâcha pas.

Quand il eut traversé la ligne de séparation entre Haven et Troie sans avoir entendu la sirène ni vu les éclairs bleus du gyrophare derrière lui, il ramena le camion à quatre-vingts kilomètres-heure (avec un grand soulagement, car le moteur chauffait), et pour traverser Newport, il ralentit même encore de dix kilomètres-heure. Le soir était presque tombé.

Il entrait sur le territoire de la commune de Derry et commençait à se demander avec quelque inquiétude si ces foutus flics n'avaient pas pris une autre route (ce qui semblait improbable, puisque c'était le chemin le plus rapide mais — nom de Dieu ! — où étaient-ils ?) quand il entendit le murmure de leurs pensées.

Il se gara et, dans le silence, la tête renversée en arrière, les yeux mi-clos, il écouta, pour être sûr. Sa bouche, curieusement informe et plissée à cause des dents qui manquaient, était celle d'un homme beaucoup plus vieux. Il était question de

(taches de rousseur)

Ruth. C'était bien eux. Les pensées lui parvenaient plus clairement.

(on pouvait voir les taches de rousseur même à travers le sang)

Et Beach hocha la tête. C'était bien eux. Ils arrivaient vite. Il avait le temps, mais il lui fallait quand même se presser.

Beach fit quelques centaines de mètres, prit un tournant, et vit la dernière longue ligne droite de la Route n° 3 qui menait à Derry. Il fit pivoter son pick-up et l'arrêta en travers de la route. Puis il retira la bâche qui recouvrait l'engin installé sur le plateau, ses doigts s'acharnant nerveusement sur les nœuds des cordes tandis que le volume des voix s'amplifiait, s'amplifiait dans sa tête.

Quand la lumière bleue éclaboussa les arbres de son côté du tournant, Beach baissa la tête. Il chercha les six transformateurs pour trains électriques qu'il avait cloués à un tableau (le tableau, pour qu'il ne glisse pas, était fixé par des écrous au plateau du camion) et les alluma, l'un après l'autre. Ils émirent un ronronnement qui s'enfla peu à peu... puis ce bruit, comme tous les autres, fut noyé dans le crissement des freins et des pneus. Une lumière d'un blanc éblouissant transpercée de flashes bleus inonda le plateau du pick-up et Beach s'écrasa sur le fond, les mains sur la tête, se disant qu'il avait tout gâché, qu'il s'était garé trop près de ce tournant aveugle, et qu'ils allaient s'écraser sur son camion ; il se pourrait qu'ils ne soient pas blessés et que lui soit tué, et ils trouveraient les restes de son « fusil » et diraient : *Non mais, qu'est-ce que c'est que ça ?* Et... et...

Tu as tout gâché, Beach, ils t'ont sauvé la vie et tu as tout gâché... oh, maudit sois-tu !

Puis le crissement des pneus cessa. L'odeur de caoutchouc brûlé était si forte qu'elle donnait la nausée, mais le choc qu'il avait redouté n'avait pas eu lieu. Les lumières bleues continuaient leurs pulsations régulières. Une radio fit entendre de la friture.

Il perçut très faiblement la voix enrouée d'un des flics qui disait : « *Qu'est-ce que c'est que cette merde, encore ?* »

Tout tremblant, Beach se redressa imperceptiblement pour jeter un coup d'œil au-dessus de la ridelle de son camion. Il vit la voiture arrêtée au bout d'une longue paire de traces de dérapage noires. Même à la faible lueur des étoiles, ces marques se détachaient clairement. La voiture était arrêtée en biais à moins de trois mètres. *S'ils avaient fait ne serait-ce que dix kilomètres-heure de plus...*

Mais ce n'était pas le cas.

Des bruits. Le double claquement de leurs portes qui se refermaient après qu'ils furent descendus de leur voiture. Le lointain ronronnement monotone des transformateurs qui faisaient marcher son gadget — un gadget qui n'était pas tellement différent de ceux que Ruth avait implantés dans le ventre de ses poupées. Et un zonzonnement sourd. Des mouches. Elles sentaient le sang sous la feuille de plastique mais n'arrivaient pas jusqu'à la carcasse du daim.

Votre tour viendra bientôt, se dit Beach en souriant. *Mais il faut vous faire une raison : vous ne goûterez pas à ces deux gars.*

« J'ai vu ce camion à Haven, Bent, dit le flic à la voix enrouée. Il était garé devant le restaurant. »

Beach fit légèrement pivoter le tuyau d'égout. Il regarda dedans. A l'autre bout, il voyait les deux flics. Même si l'un d'eux s'écartait un peu de l'axe de tir, ça ne faisait rien : on pouvait compter sur un léger évasement de l'effet produit.

Éloignez-vous de la voiture, les gars, pensa Beach en prenant le carillon de porte Western Auto et en posant le pouce sur le bouton. Son sourire dévoilait des gencives roses. *Je ne veux pas toucher la voiture. Écartez-vous, d'accord ?*

« Y a quelqu'un ? » dit l'autre flic.

Y a les Tommyknockers, les esprits frappeurs, couillon de fouille-merde, se dit Beach. Et il se mit à glousser de rire. Il ne put s'en empêcher. Et c'était peut-être tout aussi bien, parce qu'ils se regardèrent et s'avancèrent vers le camion en dégainant leurs revolvers. Vers le camion, et loin de la voiture.

Beach attendit d'être certain que le véhicule ne serait pas touché — on lui avait bien dit de ne pas endommager la voiture de police, et il ne voulait même pas qu'il manque une couche de chrome sur le pare-chocs. Quand les flics furent à la place idéale, Beach pressa le bouton du carillon de porte. *C'est l' plombier, flics à la manque,* se dit-il, et cette fois il ne se contenta pas de glousser, il poussa un *cri* de joie. Un épais tentacule de feu vert jaillit dans le noir, saisit les deux policiers et les enveloppa. Beach vit plusieurs étincelles d'un jaune brillant dans le rayon vert, et il comprit que l'un des flics avait tiré à plusieurs reprises avec son arme.

Beach sentait l'odeur de brûlé dégagée par les transformateurs. Il y eut un *pop !* et des gerbes d'étoiles virevoltantes jaillirent de l'un d'eux. Quelques étoiles atterrirent sur son bras, brûlantes, et il les brossa du revers de la main. Le feu vert sortant du tuyau d'égout s'éteignit. Les policiers étaient partis. Enfin... *presque* partis.

Beach sauta par-dessus l'abattant du camion, et se précipita. On n'était pas sur une autoroute, ça non ! Et personne des environs n'aurait l'idée d'aller à Derry à une heure pareille pour faire des courses, mais *quelqu'un* ne manquerait pas de passer par là tôt ou tard. Il ne devrait pas...

Sur la chaussée, une chaussure, toute seule, fumait. Il la ramassa et faillit la laisser tomber. Il ne s'attendait pas à ce qu'elle soit aussi lourde. Il comprit pourquoi en regardant à l'intérieur : elle contenait encore un pied, vêtu de sa chaussette.

Beach lança la chaussure dans la cabine du camion. Il s'en débarrasserait une fois de retour au village. Inutile de l'enterrer : on avait maintenant des moyens plus efficaces de se débarrasser des choses, à Haven. *Si la Mafia savait ce qu'on a ici, nous autres pauvres péquenots de Yankees, je crois bien qu'elle voudrait nous acheter les brevets,* se dit Beach en gloussant bêtement.

Il retira les clavettes de l'abattant arrière, qui s'ouvrit avec un grincement de charnières rouillées, puis il attrapa la carcasse du daim enveloppée de plastique. Qui avait eu cette idée ? Il se le demandait. Le vieux Dave ? Ça n'avait guère d'importance. A Haven, toutes les idées devenaient communes.

Le paquet enveloppé de plastique était lourd et encombrant. Beach entoura de ses bras les pattes arrière de la bête et tira. Le daim tomba du camion, et sa tête heurta la chaussée. Beach regarda à nouveau de chaque côté de la route dans la crainte qu'apparaissent des lueurs de phares au loin, ne vit rien venir, et traîna le daim aussi vite qu'il le put de l'autre côté de la route. Il le laissa tomber avec un grognement, retourna la carcasse pour la dégager du plastique. Le daim apparut. Il avait été très soigneusement saigné et nettoyé. Beach le souleva dans ses bras. Ses tendons saillirent sur son cou comme des câbles. Ses lèvres retroussées auraient montré ses dents s'il lui en était resté dans les gencives. La tête du daim, avec ses bois à moitié poussés, pendait sur l'avant-bras droit de Beach. Les yeux vitreux de la bête regardaient la nuit.

Beach fit trois pas en titubant vers le bord de la route et lança le daim dans le fossé, où il s'abattit avec un bruit mou. Beach s'écarta, ramassa le plastique et le rapporta vers le camion, où il le roula bien serré avant de le glisser sur le siège du passager. Il aurait préféré le mettre sur le plateau — parce qu'il puait pas mal — mais il risquait de s'envoler, et quelqu'un pourrait le trouver. Beach sauta sur son siège et, avec une petite grimace, écarta de sa poitrine sa chemise imbibée de sang. Il se changerait dès qu'il rentrerait chez lui.

Il lança le moteur du pick-up, recula et braqua jusqu'à ce qu'il se retrouve l'avant pointé vers Haven, puis il s'arrêta une seconde, photographiant mentalement la scène, essayant de voir si l'histoire qu'elle suggérait était bien celle qu'elle était censée raconter. Il conclut par l'affirmative. Il y avait une voiture de flics vide au milieu de la route au bout d'une longue traînée de dérapage. Moteur éteint, gyrophare allumé. Et la carcasse d'un gros daim dans le fossé. Ça ne pourrait passer inaperçu bien longtemps en plein mois de juillet.

Quelque chose dans cette scène pouvait-il faire penser à Haven ?

Beach ne le pensait pas. C'était l'histoire de deux flics revenant chez eux après avoir enquêté sur un accident qui n'avait fait qu'un mort. Ils étaient tombés par hasard sur une bande de braconniers transportant un daim. Qu'était-il advenu des flics ? Bonne question. Et les réponses possibles deviendraient de plus en plus inquiétantes au fil des jours. Il y avait des braconniers dans l'histoire, des braconniers qui avaient peut-être été saisis de panique, avaient abattu les deux flics, et les avaient ensuite enterrés dans les bois. Mais Haven ? Beach pensait franchement que tout le monde croirait que Haven n'avait rien à voir là-dedans, que cette piste était de loin la moins intéressante.

Il vit des phares dans son rétroviseur. Il démarra lentement et contourna la voiture de police. Le gyrophare le baigna d'une demi-douzaine d'éclairs bleus avant qu'il s'en soit écarté suffisamment. Beach regarda sur sa droite, vit la chaussure noire réglementaire avec le bout de chaussette bleue réglementaire qui en sortait comme une queue de cerf-volant, et ricana : *J' parie que quand t'as mis cette godasse ce matin, Monsieur le malin d' flic, tu savais pas où elle allait finir ce soir.*

Beach Jernigan ricana à nouveau et passa la seconde, non sans un grincement et une forte secousse. Il rentrait chez lui gonflé à bloc ; il ne s'était jamais senti aussi bien de toute sa vie.

8.

EV HILLMAN

1

A la une du *Daily News* de Bangor, le 25 juillet 1988 :

DEUX POLICIERS DISPARAISSENT À DERRY
Chasse à l'homme dans toute la région
par notre envoyé spécial David Bright

La nuit dernière, à Derry, la découverte, peu après 21 h 30, d'une voiture de police abandonnée, a déclenché la deuxième grande battue de l'été dans le centre-est du Maine. La première avait été organisée à la suite de la disparition du petit David Brown, âgé de quatre ans et originaire de Haven, que l'on n'a toujours pas retrouvé. L'ironie du sort fait que les deux officiers de police, Benton Rhodes et Peter Gabbons, au moment de leur disparition, revenaient justement de Haven, où ils avaient mené une enquête préliminaire sur une explosion de chaudière qui avait entraîné la mort d'une personne (voir notre article sur cette même page).

Aux dernières nouvelles, nous a confié un policier, « la pire des constatations qui ait pu être faite pour l'instant » serait la découverte du cadavre d'un daim abattu, saigné et vidé près de la voiture abandonnée, ce qui laisserait supposer que...

2

« Hé ! regardez un peu ça ! » dit Beach à Dick Allison et Newt Berringer, attablés au Haven Lunch devant une tasse de café, le lendemain matin.

Ils lisaient le journal qui venait d'arriver.

« Et nous qui pensions que personne ne ferait le rapprochement. Bon Dieu !

— Pas de panique », dit Newt, et Dick approuva. « Personne ne va mettre dans le même sac la disparition d'un gamin de quatre ans, qui s'est probablement juste égaré dans les bois et s'est fait enlever par un maniaque sexuel, et la disparition de deux gros flics de l'État. Hein, Dick ?

— Personne. »

3

Erreur

4

A la une du *Daily News* de Bangor, ce même jour, en bas de page :

LE CONSTABLE TUÉ DANS UN HORRIBLE ACCIDENT
ÉTAIT UNE DES FIGURES MARQUANTES DE LA COMMUNE DE HAVEN
par John Leandro

Ruth McCausland, une des trois femmes constables du Maine, est morte hier dans son village de Haven. Elle avait cinquante ans. Richard Allison, chef des pompiers bénévoles de Haven, a expliqué que Mme McCausland semble avoir été tuée quand des émanations de fuel, qui s'étaient concentrées dans les sous-sols de l'hôtel de ville à la suite du mauvais fonctionnement d'une vanne, ont explosé. Selon M. Allison, l'éclairage du sous-sol, où sont entreposées beaucoup des archives du village, n'est pas très bon. « Alors elle a peut-être gratté une allumette, dit-il. C'est du moins l'hypothèse que nous retenons pour l'instant. » Interrogé sur la possibilité d'un incendie criminel, M. Allison a déclaré que cela n'avait pas été envisagé, mais il a admis que la disparition des deux policiers envoyés pour enquêter sur l'affaire (voir l'article ci-dessus) pouvait susciter de nouvelles interrogations. « Comme aucun des deux enquêteurs n'a pu faire de rapport, je pense que nous aurons la visite des inspecteurs de la brigade des pompiers de l'État. Mais pour l'instant, j'espère surtout que les deux policiers disparus seront retrouvés en bonne santé. »

Newton Berringer, l'administrateur de Haven, a exprimé la profonde douleur causée à tout le village par la mort de Mme McCausland : « C'était une grande dame, dit M. Berringer, et nous l'aimions tous. » D'autres personnes du village, dont plusieurs en larmes, se sont fait l'écho de ce deuil en évoquant Mme McCausland.

Elle était au service du petit village de Haven depuis...

5

C'est évidemment Ev, le grand-père de Hilly, qui fit le rapprochement. Ev Hillman, qu'on aurait à juste titre pu considérer comme le village en exil, Ev Hillman qui était revenu de la Seconde Guerre mondiale avec deux petites plaques d'acier vissées dans le crâne à cause d'une grenade allemande qui avait explosé près de lui pendant la bataille des Ardennes.

Il avait passé le lundi matin suivant le dimanche cataclysmique de Haven au même endroit que tous ses autres matins depuis son exode : dans la chambre 371 de l'hôpital de Derry à surveiller Hilly. Il avait loué une chambre un peu plus loin sur Lower Main Street, et y passait ses nuits — ses nuits presque blanches — après que les infirmières l'eurent finalement mis à la porte.

Parfois, il restait allongé dans l'obscurité et pensait qu'il entendait des voix étouffées dans les canalisations ; alors il se disait : *Tu deviens fou, mon vieux*. Mais il savait qu'il ne devenait pas fou. Parfois, il souhaitait pourtant que ce fût le cas.

Il avait tenté de dire à certaines des infirmières ce qu'il pensait de la disparition de David — ce qu'il *savait* être arrivé à David. Elles avaient pitié de lui. Au début, il ne s'en était pas rendu compte. Ses yeux ne s'étaient ouverts qu'après qu'il eut commis l'erreur de parler au reporter. C'est ça qui lui avait ouvert les yeux. Il pensait que les infirmières l'admiraient pour son assiduité auprès de Hilly, et qu'elles le plaignaient parce que l'esprit de Hilly semblait leur échapper... mais c'est aussi qu'elles le croyaient fou. Les petits garçons ne disparaissent pas pendant un tour de magie exécuté dans un jardinet. Inutile même d'avoir fréquenté l'école d'infirmières pour savoir ça.

Au bout de quelque temps, seul à Derry, torturé d'inquiétude pour Hilly et David, de mépris pour ce qu'il considérait comme de la lâcheté de sa part et de craintes pour Ruth McCausland et tous ceux de Haven, Ev s'était mis à boire quelques verres au bar à mi-chemin entre l'hôpital et sa chambre meublée. En bavardant avec le barman, il avait entendu parler de John Smith, un type qui avait enseigné dans le village de Cleaves Mills pendant un temps et qui était resté des années dans le coma. Il s'était réveillé avec une sorte de don psychique. Voici quelques années, il était devenu fou, et il avait tenté d'assassiner un certain Stillson, haut fonctionnaire originaire du New Hampshire.

« Je sais pas s'il avait vraiment un don psychique ou non, commenta le barman en servant une nouvelle bière à Ev. Je crois plutôt que tout ça, c'est juste de la frime. Mais si vous avez une histoire incroyable à raconter (Ev avait suggéré que son histoire reléguerait les horreurs d'*Amityville* au rang de contes pour enfants), alors il faut vous adresser à Bright, un journaliste du *Daily News* de Bangor. C'est lui qui a raconté l'histoire de Smith dans le journal. Il passe par ici de temps à autre pour boire une bière, et je vous assure, monsieur, *lui,* il croyait que Smith avait un don. »

Ev avait bu trois bières à la file, très vite — juste assez, en d'autres termes, pour croire qu'il existait des solutions simples. Il entra dans la cabine téléphonique, aligna ses pièces sur le rebord métallique, et appela le *Daily News* de Bangor. David Bright était là, et Ev lui parla. Il ne lui raconta rien, pas au téléphone, mais il dit qu'il voulait le mettre au courant d'une histoire qu'il ne comprenait pas vraiment, mais dont il pensait qu'il faudrait informer les gens, et vite.

Bright eut l'air intéressé. Il sembla même plein de sympathie. Il demanda à Ev quand il pourrait venir à Bangor (le fait que Bright n'ait pas proposé de venir à Derry pour interroger le vieil homme aurait dû faire comprendre à Ev qu'il avait surestimé à la fois l'intérêt et la sympathie du journaliste), et Ev proposa de se déplacer le soir même.

« Je reste encore ici pendant deux heures, répondit Bright. Est-ce que vous pouvez passer avant minuit, monsieur Hillman ?

— Et comment ! s'exclama le vieil homme avant de raccrocher. »

Quand il sortit du bar Wally's Spa, une petite flamme brillait dans ses yeux, et il sentait comme des ressorts sous ses chaussures. Il avait l'air vingt ans plus jeune que l'homme qui était entré en traînant les pieds.

Mais il y avait quarante kilomètres jusqu'à Bangor, et l'effet des trois bières se dissipa. Quand Ev arriva devant le bâtiment du *Daily News*, il n'était plus ivre du tout. Pire : sa tête était douloureuse et son esprit confus. Il se rendit parfaitement compte qu'il racontait mal l'histoire, qu'il tournait en rond autour du spectacle de prestidigitation, de l'attitude de Hilly, de sa certitude que David Brown avait vraiment disparu.

Il finit par s'arrêter... enfin, il ne s'arrêta pas vraiment : c'est le flot de plus en plus bourbeux de ses paroles qui finit par se tarir.

Bright tapotait le côté de son bureau avec un crayon. Il ne regardait pas Ev.

« En fait, vous n'avez pas vraiment regardé sous l'estrade tout de suite, monsieur Hillman ?

— Non... non. Mais... »

Maintenant, Bright l'observait, l'air gentil ; mais Ev lut sur son visage une expression qui lui ouvrit les yeux : le journaliste pensait qu'Ev était complètement cinglé.

« Monsieur Hillman, tout cela est très intéressant..

— Ça n'a pas d'importance », dit Ev en se levant.

Il entendait à peine les imprimantes qui tapaient, les téléphones qui sonnaient, les gens qui marchaient en tout sens dans la salle de rédaction, les bras chargés de journaux. Il savait seulement que minuit avait sonné, qu'il était épuisé et malade de peur, et que ce type le croyait fou.

« Ça n'a pas d'importance, répéta-t-il. Il est tard. J'imagine que vous voulez rentrer chez vous pour retrouver votre famille.

— Monsieur Hillman, mettez-vous à ma place, et vous comprendrez que...

— C'est ce que je fais, dit Ev. Pour la première fois, je crois. Il faut que je parte, monsieur Bright. J'ai une longue route qui m'attend, et les visites sont autorisées à partir de neuf heures à l'hôpital. Désolé de vous avoir fait perdre votre temps. »

Il sortit très vite, se souvenant avec fureur de ce dont il aurait dû se souvenir dès le début : les vieux fous sont les plus fous des fous, et sa prestation de ce soir l'avait classé en tête de tous les vieux fous du monde. Bon. Voilà ce qui arrivait quand on essayait de raconter aux gens ce qui se passait à Haven. Il était vieux, mais jamais plus il ne supporterait qu'on le regarde ainsi.

Jamais plus, de toute sa vie.

6

Cette grande résolution ne tint que cinquante-six heures — jusqu'à ce qu'il ait lu les titres des journaux du lundi. En les regardant, il se dit qu'il devait aller voir l'homme chargé de l'enquête sur la disparition des deux policiers. Le *Daily News* disait qu'il s'appelait Dugan, et signalait qu'il avait également bien connu Ruth McCausland — que même, bien qu'il fût chargé d'une affaire extrêmement grave, il prendrait le temps de prononcer quelques mots aux funérailles de cette dame. Ev pensait qu'il avait dû la connaître foutrement bien.

Mais en cherchant en lui la flamme et l'excitation de l'autre nuit, il ne trouva que la peur et le désespoir. Les deux articles de la une lui avaient retiré le peu de courage qui lui restait. *Haven devient un nid de serpents, et maintenant, les serpents commencent à piquer. Il faut que j'en convainque quelqu'un, mais comment ? Comment est-ce que je vais convaincre quiconque que les habitants communiquent par télépathie, et Dieu sait quoi encore ? Comment, alors que je me souviens à peine de la manière dont j'ai compris qu'il se passait quelque chose ? Comment, alors que je n'ai jamais vraiment rien vu en personne ? Comment ? Et surtout, comment est-ce que je peux faire alors que tout ça saute aux yeux et qu'ils ne voient rien ? Tout un village devient fou à quelques kilomètres d'ici, et personne n'a la moindre idée de ce qui se passe.*

Il revint à la page de la notice nécrologique. Les yeux clairs de Ruth le regardaient depuis l'une de ces étranges photos de presse constituées en fait d'une infinité de points juxtaposés. Ses yeux, si clairs, si droits, si beaux, le regardaient calmement. Ev pensa qu'il y avait eu au moins cinq et peut-être même une douzaine d'hommes à Haven qui avaient été amoureux d'elle, et elle ne l'avait seulement jamais su. Ses yeux semblaient nier l'idée même de la mort, la déclarer ridicule. Mais morte, elle l'était bien.

Il se souvint du moment où il avait emmené Hilly, alors que la battue commençait.

Vous pourriez venir avec nous, Ruthie.

Je ne peux pas, Ev... Appelez-moi.

Il avait essayé, se disant que si Ruth le rejoignait à Derry, elle serait hors de danger... et pourrait authentifier son histoire. Vu son état de confusion et de désespoir, alors qu'il avait même le mal du pays, Ev ne savait plus vraiment ce qui comptait le plus pour lui. Finalement, ça n'avait pas d'importance. Trois fois, il avait essayé de téléphoner directement à Haven. La dernière fois, c'était juste après avoir parlé à Bright, et aucun de ses appels n'avait abouti. Il avait alors essayé par les réclamations, et la standardiste lui avait dit que les lignes devaient être en dérangement. Est-ce qu'il ne pourrait pas essayer plus tard ? Ev avait dit que oui, mais il ne l'avait pas fait. Il était resté allongé dans le noir et il avait écouté les ricanements de la tuyauterie.

Aujourd'hui, moins de trois jours plus tard, Ruth avait pris contact avec lui. Par la notice nécrologique.

Il regarda Hilly. Hilly dormait. Les médecins refusaient de parler de coma : les ondes transmises par son cerveau n'étaient pas celles d'un malade dans le coma, disaient-ils, mais celles d'un sujet profondément endormi. Ev n'avait cure du nom qu'on pouvait donner à l'état de son petit-fils. Il savait que Hilly s'échappait, que ce soit dans l'autisme — Ev ne savait pas ce que signifiait ce mot, mais il avait entendu l'un des médecins le murmurer à un autre d'une voix qu'il n'aurait pas dû entendre — ou dans le coma, cela ne faisait aucune différence. Ce n'étaient que des mots. Il leur échappait, et c'était bien assez terrible en soi.

Tandis qu'Ev le conduisait à Derry, l'enfant s'était comporté comme une personne en état de choc profond. Ev avait eu le vague sentiment que l'éloigner de Haven pourrait améliorer les choses, et dans leur folle inquiétude pour David, ni Bryant ni Marie n'avaient semblé remarquer combien leur fils aîné se comportait bizarrement.

Fuir Haven n'avait rien arrangé. Le niveau de conscience et la cohérence mentale de Hilly avaient continué de décliner. Le premier jour, il avait dormi onze heures sur vingt-quatre. Il pouvait répondre à des questions simples, mais les questions plus complexes l'affolaient. Il se plaignait de maux de tête. Il ne se souvenait plus du tout du spectacle de prestidigitation, et semblait penser que son anniversaire s'était déroulé la semaine précédente. Cette nuit-là, dans son sommeil, il avait prononcé une phrase, très clairement : « *Tous* les G.I. Joe. » Ev en avait eu la chair de poule. C'était ce que l'enfant criait sans arrêt quand ils s'étaient tous précipités hors de la maison et avaient découvert que David avait disparu et que Hilly était en pleine crise de nerfs.

Le jour suivant, Hilly avait dormi quatorze heures, et, pendant ses moments de semi-conscience, son esprit paraissait encore plus confus que la veille. Quand la psychologue pour enfants lui avait demandé son deuxième prénom, il avait répondu : « Jonathan ». C'était le deuxième prénom de *David*.

Maintenant, il dormait quasiment toute la journée. Parfois il ouvrait les yeux, semblait même regarder Ev ou l'une des infirmières, mais quand ils lui parlaient, il ne leur accordait que son gentil sourire à la Hilly Brown et repartait dans ses rêves.

Il leur échappait. Il était allongé comme sous l'effet d'un charme dans un château enchanté, et seuls le flacon du goutte-à-goutte suspendu au-dessus de sa tête et les annonces émises par le haut-parleur du couloir démentaient cette illusion.

Au début, le service de neurologie fut dans tous ses états : une ombre non spécifique dans la région du cortex cérébral de Hilly avait pu laisser croire que l'étrange abrutissement de l'enfant était causé par une tumeur. Mais, deux jours plus tard, quand on ramena Hilly à la radio (les clichés étaient à refaire, expliqua le radiologue à Ev, parce que personne ne s'attend à trouver dans la tête d'un enfant de dix ans une tumeur au cerveau qu'aucun symptôme prémonitoire n'a laissé présager), l'ombre avait disparu. Le neurologue s'était entretenu avec le radiologue, et Ev comprit, en sentant combien le radiologue était sur la défensive, qu'on avait dû lui voler dans les plumes. Le neurologue avait expliqué à Ev qu'on avait fait d'autres radios, parce qu'on pensait qu'elles seraient négatives. Les premières étaient probablement mauvaises.

« Je crois que quelque chose à dû foirer, dit-il à Ev.

— Et pourquoi ?

— Parce que cette ombre était *énorme,* dit en souriant l'imposant neurologue à la terrifiante barbe rousse. Pour dire les choses sans ambages, un gosse qui aurait une tumeur au cerveau de cette taille serait très malade depuis très longtemps... s'il était encore en vie.

— Je comprends. Alors vous ne savez toujours pas ce qu'a Hilly.

— Nous poussons nos recherches dans deux ou trois directions », dit le neurologue, dont le sourire se fit plus vague et dont les yeux quittèrent ceux d'Ev.

Le lendemain reparut la psychologue pour enfants. C'était une très grosse femme aux cheveux très noirs. Elle voulut savoir où étaient les parents de Hilly.

« Ils sont à la recherche de leur autre fils, dit Ev dans le vain espoir que ça lui clouerait le bec.

— Appelez-les et dites-leur que j'ai besoin qu'ils m'aident à retrouver celui-ci. »

Ils vinrent, mais ne servirent à rien. Ils avaient changé ; ils étaient étranges. La psychologue le comprit aussi, et après les premières questions de routine, elle se détourna d'eux — Ev la *sentit* s'éloigner. Ev dut prendre sur lui pour ne pas se lever et quitter la pièce. Il ne voulait pas que leur regard d'étrangers se pose sur lui, leur regard qui semblait lui dire qu'il était marqué, désigné pour quelque chose. La femme en chemisier écossais et en jeans délavés avait été sa fille, et elle *ressemblait* toujours à sa fille, mais elle ne l'était pas, elle ne l'était plus. En Marie, presque tout était mort, et ce qui restait mourrait rapidement.

La psychologue pour enfants ne les avait plus convoqués.

Depuis, elle était revenue deux fois examiner Hilly. La deuxième fois, c'était le samedi après-midi, la veille du jour où l'hôtel de ville avait sauté.

« Qu'est-ce qu'ils lui donnaient à manger ? » demanda-t-elle brusquement.

Ev était assis près de la fenêtre, presque assoupi dans le soleil qui le baignait. La question de la grosse femme l'éveilla en sursaut.

« Quoi ?

— Qu'est-ce qu'ils lui donnaient à *manger ?*

— Ben... de la nourriture normale...

— J'en doute.

— Mais si. Je prenais assez de repas avec eux pour le savoir. Pourquoi demandez-vous ça ?

— Parce qu'il lui manque dix dents », dit-elle brutalement.

7

En dépit de son arthrite, Ev serra furieusement son poing droit et l'abattit sur sa jambe.

Qu'est-ce que tu vas faire, mon vieux ? David est parti, et il serait plus simple de te convaincre qu'il est vraiment mort, non ?

Oui. Ce serait plus simple. Plus triste, mais plus simple. Mais il n'y croyait pas. Tout au fond de lui, il restait convaincu que David était vivant. Ce n'était peut-être qu'un vœu pieux, mais Ev ne le croyait pas — il en avait fait beaucoup en son temps, et jamais ils ne lui avaient donné cette impression. Il s'agissait d'une intuition forte et vibrante dans son esprit : *David est vivant. Il s'est perdu, et il est en danger de mort, oh, oui, sans aucun doute... mais on peut encore le sauver. Si. Si tu te décides à entreprendre quelque chose. Et si ce que tu décides d'entreprendre est bien ce qu'il faut faire. Un sacré défi pour un type comme toi qui, ces jours-ci, se retrouve avec une tache sombre sur son pantalon chaque fois qu'il n'arrive pas aux toilettes assez vite. Un sacré défi.*

Tard le lundi soir, dans la chambre de Hilly, il s'était éveillé d'un petit somme en tremblant (les infirmières compréhensives fermaient souvent les yeux et le laissaient rester bien au-delà des heures de visite autorisées). Il avait fait un affreux cauchemar. Il avait rêvé qu'il était dans un lieu sombre et caillouteux. Des montagnes aux sommets hérissés semblaient scier un ciel noir parsemé de froides étoiles, et un vent aussi aiguisé qu'un pic à glace hurlait dans d'étroits défilés pierreux. En dessous de lui, grâce à la lumière des étoiles, il pouvait distinguer une immense plaine. Elle semblait desséchée, froide et sans vie. De grandes fissures la parcouraient en zigzaguant, lui donnant l'aspect d'un pavage fou. Et il entendait la petite voix de David :

Aide-moi, Papy, z'ai mal quand ze respire ! Aide-moi, Papy, z'ai mal quand ze respire ! Aide-moi ! Z'ai peur ! Ze voulais pas le faire, ce tour, mais Hilly m'a forcé, et ze retrouve plus le semin de la maison, maintenant !

Il se redressa et, le corps baigné de sueur, les gouttes coulant sur son visage, il regarda Hilly.

Il se leva, s'approcha de l'enfant et se pencha sur lui.

« Hilly, dit-il une fois de plus. Où est ton frère ? *Où est David ?* »

Mais cette fois, les yeux de Hilly s'ouvrirent. Son regard liquide et aveugle glaça Ev de terreur : c'était le regard d'une sibylle.

« Sur Altaïr-4, dit Hilly d'une voix calme et tout à fait claire. David est sur Altaïr-4 et, à la porte, les Tommyknockers, les Tommyknockers, les esprits frappeurs. »

Ses yeux se refermèrent et il se rendormit profondément.

Ev resta penché sur lui, absolument immobile, le visage couleur mastic.

Au bout d'un moment, il se mit à trembler.

8

Ev était le village en exil.

Si Ruth McCausland avait pu être considérée comme le cœur et la conscience de Haven, Ev Hillman, à soixante-treize ans (et pas du tout aussi sénile qu'il l'avait craint ces derniers temps), était sa mémoire. Au cours de sa longue vie, il avait observé le village, et il l'avait écouté ; il avait toujours bien su écouter.

En quittant l'hôpital, ce lundi soir, il fit un détour par la librairie de Derry, et investit neuf dollars dans un grand atlas du Maine qui découpait l'État en beaux rectangles de 1 500 km². Sur la carte 23, il trouva Haven. Il avait aussi acheté un compas à la papeterie, et maintenant il traçait, sans se demander pourquoi, un cercle autour de Haven. Il ne planta pas l'aiguille du compas dans le village, naturellement, parce qu'il se trouvait à la limite de la commune.

David est sur Altaïr-4.

David est sur Altaïr-4 et à la porte, les Tommyknockers, les Tommyknockers, les esprits frappeurs.

Ev restait les sourcils froncés devant la carte et le cercle qu'il y avait tracé, se demandant si ce qu'avait dit Hilly avait une quelconque signification.

Tu aurais dû acheter un crayon rouge, mon vieux. Haven devrait être cerclé de rouge maintenant. Sur cette carte... sur toutes *les cartes.*

Il se pencha un peu plus. Sa vision de loin était encore tellement parfaite qu'il aurait pu distinguer un haricot d'un grain de maïs posé sur un piquet de clôture à quarante mètres. Mais sa vision de près se dégradait vite ; or il avait laissé ses lunettes de lecture chez Marie et Bryant et il se disait que s'il retournait les chercher, il pourrait bien découvrir que la lecture de petits caractères était le dernier de ses soucis. Pour le moment, il valait mieux s'en passer, c'était plus prudent.

Le nez pratiquement collé au papier, il examina l'endroit où la pointe du compas avait pénétré. Sur la route de Derry, juste un peu au nord de Preston Stream, et un peu à l'est de ce que lui et ses amis appelaient les bois du Grand Injun quand ils étaient enfants. Cette carte indiquait qu'il s'agissait des Bois Brûlants, et effectivement, Ev avait aussi entendu ce nom une ou deux fois.

Il referma le compas à un quart du rayon qu'il lui avait fallu pour entourer toute la commune de Haven, et traça un second cercle. Il constata que la maison de Bryant et de Marie se situait encore dans ce cercle. A l'ouest se trouvait une courte section de la route de Nista, qui partait de la route n° 9 — la route de Derry — pour s'arrêter à une gravière en bordure des mêmes bois — qu'on les appelle bois du Grand Injun ou Bois Brûlants, c'était la même chose, les mêmes bois.

Route de Nista... Route de Nista... ça lui disait quelque chose, mais quoi ? Quelque chose qui s'était passé avant même qu'il soit né, mais dont on avait continué à parler des années plus tard...

Ev ferma les yeux et on aurait dit qu'il dormait assis, petit homme maigre, presque chauve, avec sa chemise kaki bien propre et le pli de son pantalon kaki bien repassé.

Tout lui revint soudain, et il se demanda pourquoi il lui avait fallu si longtemps pour s'en souvenir : les Clarendon. Les Clarendon, naturellement. Ils vivaient au croisement de la route de Nista et de la vieille route de Derry. Paul et Faith Clarendon. Faith, qui s'était fait embobiner par ce beau parleur de prédicateur et qui avait donné naissance à un enfant aux cheveux noirs et aux doux yeux bleus environ neuf mois après que le prédicateur eut quitté le village. Paul Clarendon, qui avait bien examiné le bébé dans son berceau et qui était alors parti chercher son rasoir...

Certains avaient hoché la tête et blâmé le prédicateur — Colson, il s'appelait. A ce qu'il disait, en tout cas.

Certains avaient hoché la tête et blâmé Paul Clarendon, disant qu'il avait toujours été fou, et que Faith n'aurait jamais dû l'épouser.

Certains avaient naturellement blâmé Faith. Ev se souvenait d'un vieil homme, chez le barbier — c'était des années plus tard, mais les villages comme Haven ont la mémoire longue — qui prétendait qu'elle n'était « rien qu'une pute née pour faire des histoires ».

Et certains — à voix basse, naturellement — avaient prétendu que c'était la faute *des bois*.

Les yeux d'Ev s'ouvrirent d'un coup.

Oui. Oui, c'est ça. Sa mère assurait que ces gens étaient des ignorants superstitieux, mais son père hochait lentement la tête, tirait sur sa pipe et déclarait que parfois les vieilles histoires avaient un petit grain ou deux de vérité, et qu'il valait mieux ne pas prendre de risques. C'était pourquoi, disait-il, il se signait à chaque fois qu'un chat noir croisait sa route.

« Hum ! » avait reniflé la mère d'Ev, lequel n'avait alors que neuf ou dix ans.

« Et je crois que c'est pour ça que ta mère jette un peu de sel par-dessus son épaule à chaque fois qu'elle en renverse, avait dit doucement le père d'Ev.

— Hum ! » avait-elle reniflé à nouveau.

Elle était rentrée et avait laissé son mari fumer sur le porche, Ev à ses côtés. Ev écoutait son père de toutes ses oreilles. Ev avait toujours su écouter... sauf à cet instant crucial où quelqu'un avait eu absolument besoin qu'il écoute, cet instant irréparable où il avait permis aux larmes de Hilly de le plonger dans la plus grande confusion.

Maintenant, Ev écoutait. Il écoutait sa mémoire... la mémoire du village.

9

On avait nommé la forêt « les bois du Grand *Injun* » — c'est-à-dire du grand Indien — parce que c'était là qu'était mort le chef Atlántique. C'étaient les Blancs qui appelaient « Atlantique » ce grand chef — son nom micmac était Wahwayvokah, ce qui signifie « près des grandes eaux ». « Chef Atlantique » n'en était qu'une traduction méprisante. Sa tribu occupait à l'origine presque tout ce qui constitue maintenant le comté de Penobscot, avec des concentrations particulièrement importantes à Oldtown, Skowhegan, et dans les Grands Bois, qui commençaient à Ludlow — quand elle fut décimée par l'influenza dans les années 1880, c'est à Ludlow qu'elle enterra ses morts, avant de partir plus au sud avec Wahwayvokah, qui avait présidé à leur déclin. Wahwayvokah mourut en 1885, et sur son lit de mort, il déclara que les bois dans lesquels il avait amené son peuple mourant étaient maudits. Ces paroles furent rapportées par deux hommes blancs qui avaient assisté à ses derniers instants : un anthropologue du Boston College, et un autre de la Smithsonian

Institution, qui étaient venus dans la région à la recherche d'objets indiens des tribus du Nord-Est, tribus qui dégénéraient rapidement et ne tarderaient pas à s'éteindre. On ne sait pas si le Chef Atlantique maudissait lui-même cette terre ou confirmait seulement une tradition existante.

Quoi qu'il en fût, le seul monument érigé au vieil Indien fut ce nom de Grand Injun donné aux bois. On ne sait même plus où se trouve sa tombe. D'après Ev, ce nom donné à ce vaste territoire boisé était encore le plus utilisé à Haven et dans les autres communes qui en faisaient partie, mais il ne pouvait comprendre pourquoi les cartographes du Maine refusaient d'inscrire un nom comme Injun sur leurs cartes. Les gens étaient devenus susceptibles face à ce genre d'affront.

Les vieilles légendes comportent souvent un petit grain de vérité, comme son père le lui avait dit...

Ev, qui se signait, lui aussi, quand un chat noir traversait sa route (et même, à la vérité, quand un chat noir *semblait* vouloir traverser sa route — pour plus de sécurité), pensait que son père avait raison, qu'il y avait généralement là un grain de vérité. Maudits ou non, les bois du Grand Injun n'avaient jamais porté bonheur.

Ils n'avaient pas porté bonheur à Wahwayvokah, ni aux Clarendon. Ils n'avaient jamais non plus porté bonheur aux chasseurs qui s'y étaient aventurés. Au fil des années, il y avait eu deux... non, trois... attendez un peu...

Les yeux d'Ev s'écarquillèrent et il émit un sifflement silencieux en tournant mentalement les cartes d'un fichier intitulé ACCIDENTS DE CHASSE, HAVEN. Sans même réfléchir, il se souvenait d'une douzaine d'accidents, des balles perdues pour la plupart, qui s'étaient produits dans les bois du Grand Injun, d'une douzaine de chasseurs qu'on avait emportés, saignant et jurant, saignant et inconscients, ou tout simplement morts. Certains s'étaient tiré dessus eux-mêmes, en se servant de leur fusil chargé comme d'une béquille pour escalader les troncs des arbres abattus, ou en le laissant tomber, ou Dieu sait quoi encore. Il y avait eu un suicide. Mais Ev se souvenait qu'en deux occasions, c'était un meurtre qui avait été perpétré dans les bois du Grand Injun, les deux fois sans préméditation : la première lors d'une dispute au sujet d'une partie de cartes, l'autre quand deux amis se querellèrent pour savoir qui avait abattu un cerf d'une taille qui enterrait tous les records.

Et des chasseurs s'étaient perdus. Bon Dieu, combien de fois ! Chaque année il y avait au moins une battue pour retrouver un pauvre couillon terrorisé du Massachusetts, du New Jersey ou de New York, et certaines années, il s'en perdait deux ou trois. On ne les retrouvait pas tous.

La plupart étaient des citadins qui n'auraient de toute façon jamais dû mettre les pieds dans les bois, mais pas tous. Des chasseurs confirmés assuraient que les boussoles ne marchaient pas bien du tout, dans les bois du Grand Injun. Le père d'Ev pensait qu'il devait y avoir une énorme roche magnétique enterrée quelque part dans ces bois, qui affolait l'aiguille des boussoles. La différence entre les citadins et les vétérans des bois, c'était que les premiers avaient appris à se servir d'une boussole et qu'ils s'y fiaient corps et âme. Alors quand la boussole déraillait et prétendait que l'est était au nord ou l'ouest à l'est, ou quand elle se mettait à tourner sur elle-même comme la bouteille de lait d'un jeu du baiser, ils se retrouvaient comme coincés aux latrines avec la chiasse et pas d'épis de maïs. Les plus sages traitaient leur boussole de tous les noms, la remettaient dans leur poche et essayaient l'un des multiples autres moyens de trouver son chemin. En désespoir de cause, il fallait chercher un ruisseau et le suivre. Sinon, en marchant tout droit, on finissait toujours pas tomber, tôt ou tard, soit sur une route, soit sur un pylône à haute tension.

Mais Ev avait entendu parler de types qui avaient vécu et chassé toute leur vie dans le Maine et qu'il fallait *quand même* aller chercher, ou bien qui ne s'en sortaient seuls que par le plus grand des hasards. Delbert McCready, qu'Ev connaissait depuis l'enfance, avait été l'un d'eux. Del — le père de Hazel McCready, bien sûr — était parti dans les bois du Grand Injun avec son calibre 12 le 10 novembre 1947. Quarante-huit heures plus tard, comme il n'était toujours pas revenu, Mme McCready appela Alf Tremain, le constable de l'époque. Vingt personnes partirent dans les bois pour une battue depuis l'endroit où la route de Nista sort de la gravière du Diamant. A la fin de la semaine, ils étaient deux cents.

Ils allaient porter Del disparu, quand il sortit en titubant des bois à la hauteur du ruisseau Preston, pâle et ahuri, pesant dix kilos de moins que le jour de son départ.

Ev était allé le voir à l'hôpital.

« Comment ça a bien pu t'arriver, Del ? La nuit était claire, on voyait les étoiles. Et tu sais te repérer sur les étoiles, non ?

— Ouais, dit Del d'un air infiniment contrit. J'ai toujours su, en tout cas.

— Et la mousse ! Quand on était gosses, c'est même toi qui m'a appris à trouver le nord par la position de la mousse sur les arbres.

— Ouais », répéta Del.

Il n'ajouta rien. Ev lui laissa du temps, puis le pressa un peu.

« Bon, alors, qu'est-ce qui t'est arrivé ? »

Pendant un long moment Del ne dit rien. Puis, d'une voix presque inaudible, il murmura :

« J'ai été détourné. »

Ev laissa le silence mesurer le temps, aussi difficile que ce fût.

« Au début, tout s'est bien passé, reprit enfin Del. J'ai chassé presque toute la matinée, mais j'ai pas vu de traces fraîches. Je m' suis assis et j'ai mangé mon casse-croûte avec une bouteille de bière de ma mère. Ça m'a donné sommeil et j'ai fait une sieste. J'ai fait des drôles de rêves... Je sais plus quoi, mais je sais qu'y z'étaient bizarres. Et regarde ! C'est arrivé pendant mon sommeil, dit Del McCready en soulevant sa lèvre supérieure pour révéler un trou dans sa gencive.

— T'as perdu une dent ?

— Ouais... l'était sur ma braguette à mon réveil. L'a dû tomber pendant que j' dormais, j'imagine, mais j'ai presque jamais eu d' problèmes avec mes dents, du moins plus depuis qu'on m'a enlevé c'te foutue dent d' sagesse barrée qu'a failli m' tuer. Et y faisait presque nuit.

— *Nuit !*

— Je sais qu' ça a l'air idiot, dit Del avec la mauvaise humeur de ceux qui se sentent profondément honteux. J'ai dormi tout l'après-midi, et quand je m' suis réveillé, Ev... »

Ses yeux roulèrent, rencontrèrent ceux d'Ev pendant une misérable fraction de seconde, puis se détournèrent, comme si Del ne supportait pas de regarder son vieil ami dans les yeux plus longtemps.

« C'était comme si quék' chose m'aurait volé ma cervelle. La p'tite souris, pt'êt ben. »

Del rit, mais sans aucun humour.

« J'ai marché un moment, en pensant que j' suivais l'étoile Polaire, et comme sur le coup d' neuf heures environ j'avais toujours pas croisé la route d'Hammer Cut, je m' suis frotté les yeux et j'ai vu qu' c'était pas du tout l'étoile Polaire, mais une planète — Mars ou Saturne, j' crois. J' me suis allongé pour dormir, et jusqu'à c' que j' ressorte près du ruisseau Preston une semaine plus tard, j' me souviens que de p'tits bouts d' détails.

— Eh ben..., avait émis Ev qui ne retrouvait pas le Del plutôt pragmatique qu'il connaissait. T'as paniqué, Del ? »

Del leva les yeux, cherchant ceux d'Ev. Son regard reflétait encore de la honte, mais il pétillait maintenant de véritable humour.

« On peut pas paniquer pendant toute une semaine, quand même ! c'est trop crevant !

— Alors, t'as seulement...

— J'ai seulement, approuva Del. Mais j'ai seulement *quoi*, ça, j' sais pas. J' sais que quand j' me suis réveillé d' ma sieste, mes pieds et mes fesses étaient endormis, tout gourds, et j' sais qu' dans un d' ces rêves, c'était comme si j'entendais quék' chose qui ronronnait — comme les lignes à haute tension un jour sans vent, tu sais — et c'est tout. J'ai oublié tout c' que j' sais d' la forêt, et j'ai tourneviré dans les bois comme quelqu'un qu'a *jamais* vu de forêt avant. Quand j'ai r'joint l' ruisseau, j'ai eu assez ma tête à moi pour le suiv' jusqu'à la sortie, et j' me suis réveillé ici. J'imagine que tout l' village doit s' foutre de moi, mais j' suis r'connaissant d'être en vie. C'est à la bienveillance divine que j' dois d'être en vie.

— Personne ne se fout de toi, Del », dit Ev.

C'était un mensonge, naturellement, parce que tout le village s'esclaffait de la mésaventure de Del. Il lui fallut cinq ans pour surmonter ce handicap, et quand il vit que les plaisanteries chez le barbier ne lui permettraient jamais de vivre en paix, il déménagea pour East Eddington, où il ouvrit un garage avec un petit atelier de réparation automobile. Ev allait le voir de temps à autre, mais Del ne venait presque plus jamais à Haven. Ev croyait savoir pourquoi.

10

Assis dans sa chambre meublée, Ev referma son compas et traça le plus petit cercle qu'il put. Il n'y avait qu'une seule maison dans ce cercle de la taille d'une pièce d'un cent et il se dit : *Cette maison est la plus proche du centre de la commune. C'est drôle que je n'y aie jamais pensé avant.*

Chez le vieux Garrick, sur la route de Derry, juste en bordure des bois du Grand Injun.

Ce cercle-là, au moins, j'aurais dû le tracer en rouge.

Maintenant, c'était la nièce de Frank, Roberta Anderson, qui vivait chez le vieux Garrick. Bien sûr, elle ne cultivait pas les terres : elle écrivait des livres. Ev n'avait jamais beaucoup parlé avec Bobbi, mais elle avait une bonne réputation, dans le village. Elle payait ses factures dans les temps, disaient les gens, et ne faisait pas de commérages. Et puis elle écrivait de bons livres sur le Far West, des livres vrais, pas de ces trucs pleins de monstres et de gros mots comme en écrivait ce type, à Bangor. De bons livres sur l'Ouest, disaient les gens.

Surtout pour une fille.

Les gens aimaient bien Bobbi Anderson mais, naturellement, elle n'était dans la commune que depuis treize ans, et il ne fallait pas la juger trop hâtivement. Garrick, de l'avis général, était complètement cintré. Il cultivait un beau jardin, mais ça ne changeait pas sa mentalité : il essayait toujours de raconter ses rêves aux gens. Il s'agissait généralement du Second Avènement. Au bout d'un moment, c'en était arrivé au point que même Arlene Cullum, qui vendait les produits Amway avec le zèle d'une martyre chrétienne, disparaissait quand elle voyait s'approcher le camion de Frank Garrick (couvert d'autocollants qui disaient des trucs comme : SI LE MESSIE REVIENT AUJOURD'HUI, QUE N'IMPORTE QUI PRENNE LE VOLANT).

A la fin des années soixante, le vieil homme était obsédé par les soucoupes volantes. Il racontait que le prophète Élie aurait vu une roue dans une roue, après quoi des anges l'auraient emporté au ciel dans un char de feu propulsé grâce à l'électromagnétisme. Il était fou, et il était mort d'une crise cardiaque en 1975.

Mais avant de mourir, se rappela Ev avec un frisson dans le dos, *il avait perdu toutes ses dents. Je l'avais remarqué, et je me souviens que Justin Hurd, qui habitait un peu plus bas sur la route, avait commenté le phénomène, et... maintenant, c'est Justin qui est le plus proche, à part Bobbi elle-même, et Justin, il faut le dire, n'est pas ce qu'on peut appeler un modèle de logique et de raison. Les quelques fois où je l'ai vu avant de partir, il m'a même* rappelé *le vieux Frank.*

C'était curieux, se dit-il tout d'abord, qu'on ne se soit jamais interrogé auparavant sur l'accumulation de faits étranges qui s'étaient déroulés dans les limites de ces deux cercles. A y réfléchir, Ev se dit que ce n'était finalement pas si étrange que ça. Une vie — surtout une longue vie — était constituée de millions d'événements. Ils se fondaient dans une tapisserie très dense de motifs entremêlés. Ces motifs — les morts, les meurtres, les chasseurs perdus, ce fou de Frank Garrick, peut-être même ce curieux incendie chez les Paulson — ne paraissaient étranges que si on le voulait bien. Quand on faisait le rapprochement, on se demandait comment on avait pu ignorer la corrélation entre tous ces événements, mais si on ne le faisait pas...

Et maintenant, il lui venait une autre idée : peut-être bien que Bobbi Anderson n'allait pas si *bien* que ça. Il se souvint que depuis le début du mois de juillet, peut-être même *avant,* il y avait eu des bruits de machines provenant des bois du Grand Injun. Ev avait entendu les bruits mais n'y avait pas prêté attention : le Maine est très boisé, et on travaille souvent dans les bois. C'étaient probablement les Papeteries de Nouvelle-Angleterre qui abattaient une coupe sur leurs terres.

Sauf que, maintenant qu'il y réfléchissait — maintenant qu'il avait distingué le schéma —, Ev se rendait compte que les bruits ne provenaient pas d'assez loin dans la forêt pour être produits sur les terres des Papeteries de Nouvelle-Angleterre. Ils venaient de chez le vieux Garrick. Ev comprit aussi que les premiers bruits — le mugissement cyclique et grincheux d'une tronçonneuse, le craquement mat des arbres qui tombent, le rugissement hoquetant du moteur à essence d'une débroussailleuse — avaient cédé la place à des bruits qu'il n'associait pas du tout aux travaux des bûcherons. Les derniers bruits étaient... comment ? C'étaient les bruits d'une excavatrice, peut-être.

Une fois le schéma bien visualisé, les choses se mettaient en place facilement, comme les derniers morceaux d'un puzzle géant.

Ev restait à contempler la carte et les cercles qu'il y avait tracés avec un sentiment d'horreur qui le paralysait, qui semblait remplir ses veines, le geler de l'intérieur.

Une fois le schéma mis en place, on ne pouvait éviter de le voir.

Ev referma brutalement l'atlas et alla se coucher.

11

Et il ne parvint pas à s'endormir.

Ce soir, qu'est-ce qu'ils font, là-bas ? Ils construisent quelque chose ? Ils font disparaître des gens ? Quoi ?

Chaque fois qu'il s'assoupissait, une image surgissait : tous les habitants de Haven debout dans la rue principale, une expression de drogués à moitié endormis sur le visage, tous tournés vers le sud-ouest, vers ces bruits, comme des musulmans se tournent vers La Mecque pour prier.

Du matériel lourd... des excavatrices.

Tandis que les pièces du puzzle se mettent en place, nous commençons à nous représenter l'image, même si aucune photo sur le couvercle de la boîte ne vient à notre aide. Allongé sur son lit étroit, non loin de la chambre où Hilly gisait dans son espèce de coma, Ev Hillman commençait à se représenter assez bien ce que figurait le puzzle. Il ne le voyait pas entièrement, mais en grande partie. Il le voyait et savait parfaitement que personne ne le croirait. Pas sans preuves. Et il n'osait pas retourner là-bas, il n'osait pas pénétrer dans leur champ d'action. Ils ne le laisseraient pas repartir une seconde fois.

Quelque chose. Quelque chose dans les bois du Grand Injun. Quelque chose dans le sol, quelque chose sur les terres que Frank Garrick avait léguées à sa nièce, celle qui écrivait des livres sur l'Ouest. Quelque chose qui faisait dérailler les boussoles comme les cervelles des humains qui s'en approchaient. A son avis, il y avait peut-être d'autres choses aussi étranges abandonnées un peu partout sur la Terre. Cela expliquait peut-être pourquoi les gens, en certains lieux, semblaient tellement givrés. Quelque chose de mauvais. De hanté. Peut-être même quelque chose de maudit.

Ev s'étira nerveusement, roula sur le dos, regarda le plafond.

Il y avait quelque chose dans la terre. Bobbi Anderson l'avait trouvé et elle l'extrayait, avec ce type qui était avec elle à la ferme. Le nom de ce type était... était...

Ev réfléchit, mais il ne parvint pas à s'en souvenir. Il se souvint par contre de la façon dont la bouche de Beach Jernigan s'était amincie quand on avait parlé de l'ami de Bobbi, un jour, au Haven Lunch. Les habitués de la pause café l'avaient regardé sortir du supermarché, portant un sac d'épicerie. Il avait une bicoque à Troie, avait dit Beach ; une espèce de cabane avec un poêle à bois et du plastique collé aux fenêtres.

Quelqu'un avait dit qu'on racontait que ce type était très instruit.

Beach avait fait remarquer que l'instruction n'avait jamais empêché d'être un bon à rien.

Personne ne l'avait contredit au Lunch, Ev s'en souvenait.

Nancy Voss s'était montrée aussi dure. Elle avait dit que l'ami de Bobbi avait tiré sur sa femme mais qu'on l'avait laissé libre parce qu'il était professeur d'université.

« Dans ce pays, quand vous avez une peau d'âne écrite en latin, vous vous sortez de toutes les situations », avait-elle ajouté.

Ils avaient regardé le type monter dans le camion de Bobbi et reprendre la route de chez le vieux Garrick.

« On m'a dit que c'est surtout un grand spécialiste de la bouteille, avait déclaré le vieux Dave Rutledge depuis le tabouret du bout où il s'installait toujours. Tout le monde raconte qu'il est presque toujours rond comme une barrique. »

S'en était suivie une explosion de méchants rires aussi paysans que médisants. Ils n'aimaient pas l'ami de Bobbi ; aucun d'entre eux. Pourquoi ? Parce qu'il avait tiré sur sa femme ? Parce qu'il buvait ? Parce qu'il vivait avec une femme dont il n'était pas le mari ? Ev savait bien que non. Il y avait, au Lunch, ce jour-là, des hommes qui n'avaient pas seulement battu leur femme, mais l'avaient rendue méconnaissable. C'était une loi, ici : il fallait en flanquer une bonne en pleine figure à votre vieille si elle « faisait la maligne ». Il y avait des hommes qui vivaient de bière de onze heures du matin à six heures du soir, et de mauvais whisky de six heures à minuit, et qui auraient bu du tord-boyaux filtré dans un mouchoir morveux s'ils n'avaient pu se payer du whisky. Des hommes qui avaient une vie sexuelle de lapin, bondissant de trou en trou... Mais quel était son nom ?

Ev s'assoupit. Il les vit sur les trottoirs, sur la pelouse de la bibliothèque, dans le petit parc, les yeux rêveurs tournés en direction de ces bruits. Il se réveilla en sursaut.

Qu'avais-tu découvert, Ruth ? Pourquoi t'ont-ils assassinée ?

Il se tourna sur le côté gauche.

David est vivant... mais pour le ramener, je dois reprendre la piste depuis Haven.

Il se retourna sur le côté droit.

Ils me tueront si je reviens. Fut un temps, on m'aimait presque autant que Ruth... du moins, c'est ce que je voulais croire. Maintenant, ils me haïssent. Je l'ai vu dans leurs yeux la nuit où ils ont commencé à chercher David. J'ai emmené Hilly parce qu'il était malade et qu'il avait besoin d'un médecin, oui... mais c'était une bien bonne chose d'avoir une raison de partir. Peut-être ne m'ont-ils laissé partir que parce qu'ils étaient distraits par la disparition de David. Peut-être qu'ils voulaient simplement se débarrasser de moi. Quoi qu'il en soit, j'ai eu de la chance de sortir. Je ne sortirai jamais une autre fois. Alors comment pourrais-je y retourner ? Je ne peux pas.

Ev bougea et se retourna, prisonnier de deux impératifs : il faudrait qu'il retourne à Haven s'il voulait secourir David avant que celui-ci ne meure, mais s'il rentrait à Haven, il serait tué et enterré en un rien de temps dans une quelconque arrière-cour.

Peu avant minuit, il sombra dans une somnolence agitée qui s'approfondit rapidement en ce sommeil sans rêves que ne peut procurer que l'épuisement total.

12

Il dormit plus tard qu'il ne l'avait fait depuis des années, ne s'éveillant qu'à dix heures et quart le mardi. Il se sentait frais et dispos pour la première fois depuis bien longtemps. Le sommeil lui avait fait un bien immense, surtout qu'il avait trouvé comment il pourrait peut-être entrer dans Haven et en ressortir. Peut-être. Pour David, pour Hilly, il fallait qu'il coure le risque.

Il se dit qu'il pourrait entrer dans Haven et en ressortir le jour des funérailles de Ruth McCausland.

13

Butch « Monstre » Dugan était l'homme le plus grand qu'Ev ait jamais vu. Ev pensait que le père de Justin Hurd, Henry, ne devait pas avoir été bien loin de l'égaler avec son mètre quatre-vingt-dix-huit, ses cent soixante-dix kilos et ses épaules si larges qu'il devait passer la plupart des portes de profil. Mais Ev avait l'impression que ce Dugan était encore plus grand. Il pesait peut-être dix ou vingt kilos de moins, mais c'était tout.

En lui serrant la main, Ev comprit qu'on avait déjà parlé de lui au policier. Il pouvait le lire sur son visage.

« Prenez place, monsieur Hillman, dit Dugan en s'asseyant lui-même sur un fauteuil tournant qui semblait avoir été taillé dans un chêne géant. Que puis-je faire pour vous ? »

Il s'attend à ce que je me mette à délirer, se dit Ev avec calme, exactement comme on attendait toujours que Frank Garrick se mettre à délirer quand il coinçait quelqu'un dans la rue. Et je crois bien que je ne vais pas le décevoir. Mais si tu y vas prudemment, Ev, il se peut que tu y arrives. En tout cas, maintenant, tu sais où tu veux aller.

« Eh bien, peut-être que vous pourriez faire quelque chose », dit Ev.

Du moins n'avait-il pas bu. Il s'était rendu compte de la bêtise qu'il avait commise en tentant de parler au journaliste après ces bières.

« J'ai lu dans le journal que vous allez vous rendre aux funérailles de Ruth McCausland demain.

— Oui, confirma Dugan. J'y vais. Ruth était une amie.

— Et il y en a d'autres de la brigade de Derry qui iront aussi ? Son mari était un policier, et elle aussi, elle travaillait dans la police... Oh, je sais, rien d'extraordinaire à être constable dans un petit village, mais vous comprenez ce que je veux dire. Il y en aura d'autres, non ?

— Monsieur Hillman, dit Dugan en fronçant les sourcils et même tout son visage — ce qui faisait beaucoup de chair froncée —, je ne vois pas où vous voulez en venir. »

Et j'ai plein de boulot, mon vieux, ce matin, au cas où vous ne le sauriez pas, ajouta son visage. *Il me manque deux flics, et il semble de plus en plus probable qu'ils sont tombés sur des types qui braconnaient et que ces types ont paniqué et les ont tués ; je suis sur des charbons ardents avec cette affaire, et en plus ma grande amie Ruth McCausland est morte, et je n'ai ni le temps ni la patience d'écouter des conneries.*

« Je sais, mais c'est très simple. Est-ce qu'elle avait d'autres amis qui iront aussi ?

— Oui, une demi-douzaine, ou plus. J'irai seul un peu plus tôt pour parler à certaines personnes à propos d'une autre affaire.

— J'ai entendu parler de cette autre affaire, et j'imagine que vous connaissez mon histoire. Ou que vous croyez la connaître.

— Monsieur Hillman...

— J'ai parlé bêtement, et pas à qui j'aurais dû, et au mauvais moment, dit Ev de la même voix calme. Dans d'autres circonstances, j'aurais été plus prudent, mais j'étais bouleversé. Un de mes petits-fils a disparu et l'autre est dans une sorte de coma.

— Oui, je sais.

— J'ai été tellement perturbé que je ne savais pas où j'en étais. Alors j'ai bavardé avec certaines infirmières, et ensuite je suis allé à Bangor pour parler à ce journaliste, Bright. J'ai dans l'idée que vous avez eu des échos de la plupart des choses que j'avais à lui dire.

— Si j'ai bien compris, vous pensez qu'il y a eu une sorte de... de conspiration dans la disparition de David Brown... »

Ev dut se retenir de rire. Ce mot de conspiration était à la fois bizarre et tout à fait juste. Il n'y aurait jamais pensé lui-même. Oh, il y avait bien une conspiration ! Une sacrée conspiration.

« Oui, monsieur. Je crois qu'il y a une conspiration, et je crois que vous avez sur les bras trois affaires qui sont bien plus liées entre elles que vous ne le pensez : la disparition de mon petit-fils, la disparition de ces deux policiers, et la mort de Ruth McCausland — mon amie, comme elle était la vôtre. »

Dugan sembla un peu interloqué... et pour la première fois l'impatience quitta ses yeux. Pour la première fois, Ev sentit que Dugan le voyait vraiment, lui, Everett Hillman, au lieu de quelque vieux toqué venu lui voler une partie de sa matinée.

« Peut-être devriez-vous me résumer ce que vous soupçonnez, dit Dugan en sortant un bloc-notes.

— Non. Vous n'aurez pas besoin de prendre des notes. »

Dugan le dévisagea un moment en silence. Il ne rangea pas son bloc, mais posa le crayon.

« Bright a pensé que j'étais fou, et je ne lui ai pourtant pas dit la moitié de ce que je pensais. Alors, je ne vais rien vous dire du tout. Mais il y a une chose : je crois que David est vivant. Je ne crois pas qu'il soit encore à Haven, mais je crois que si j'y retournais, je pourrais avoir une idée de l'endroit où il se trouve vraiment. Cela dit, j'ai des raisons — de très bonnes raisons — de croire que je ne suis pas le bienvenu à Haven. J'ai des raisons de croire que si j'y retournais dans des circonstances ordinaires, j'aurais toutes les chances de disparaître comme David Brown. Ou d'avoir un accident comme Ruth.

— Je crois, dit Butch Dugan en changeant d'expression, que je dois vous demander de m'expliquer ça, monsieur Hillman.

— Je n'en ferai rien. Je ne peux pas. Je sais ce que je sais, et je crois ce que je crois, mais je n'ai pas l'ombre d'une preuve. Je sais que ça doit vous paraître fou, mais si vous me regardez, vous serez au moins assuré d'une chose : je suis sincère.

— Monsieur Hillman, soupira Dugan, si vous faisiez mon métier, vous sauriez combien la plupart des menteurs ont l'air sincère. »

Ev tenta de dire quelque chose, mais Dugan hocha la tête.

« Oubliez ça. C'était un coup bas. Je n'ai dormi que six heures depuis dimanche, et je me fais vieux pour ce genre de marathon. En fait, je crois que vous êtes sincère. Mais vous vous contentez d'émettre des propos alarmants et vous tournez autour du pot. Il arrive que les gens fassent ça quand ils ont peur, mais la plupart du temps, c'est qu'ils n'ont rien d'autre à dire. Quoi qu'il en soit, je n'ai pas le temps de vous supplier. J'ai répondu à vos questions ; peut-être pourriez-vous me dire l'objet de votre visite.

— J'en serais ravi. Je suis venu pour deux raisons, monsieur Dugan. La première était de m'assurer qu'il y aurait beaucoup de flics demain à Haven. Les choses ont moins de chances de mal tourner quand il y a beaucoup de flics dans les parages, n'est-ce pas ?... La deuxième, continua Ev devant le visage sans expression de Dugan, était de vous dire que je serais à Haven demain. Je n'assisterai pourtant pas aux funérailles de Ruth. Je vais emporter un pistolet lance-fusées Very avec moi, et si, pendant les funérailles, vous ou l'un de vos hommes voit monter dans le ciel une bonne vieille fusée éclairante, vous saurez que je suis tombé sur un de ces trucs fous que personne ne voudrait croire. Vous me suivez ?

— Vous avez dit que retourner à Haven pourrait être... heu... malsain pour vous ? »

Le visage de Dugan était toujours aussi impassible, mais ça n'avait pas d'importance. Ev savait qu'il était revenu à son idée d'origine : le vieux était bien fou.

« J'ai dit : *dans des circonstances ordinaires*. Dans *ces* circonstances, je crois que je peux m'en sortir. Je ne pense pas que je vous apprendrai grand-chose en vous disant que Ruth était très aimée à Haven. La plupart des gens du village viendront à son enterrement. Je ne sais pas s'ils l'aimaient encore quand elle est morte, mais ça n'a pas d'importance. Ils viendront de toute façon.

— Comment le savez-vous ? Ou bien est-ce là encore l'une de ces choses dont vous ne voulez pas parler ?

— Non. Je peux vous le dire. Ça ne ferait pas bien s'ils ne venaient pas.

— Vis-à-vis de qui ?

— De vous. Des autres policiers qui étaient ses amis et ceux de son mari. Des membres du comité du parti démocrate du comté de Penobscot. Ça ne me surprendrait pas si le député Brennan envoyait quelqu'un d'Augusta : elle s'était beaucoup démenée pour sa campagne électorale. Elle n'était pas seulement une personnalité locale, vous comprenez, et il faut qu'ils en tiennent compte. C'est comme des gens qui ne veulent pas inviter des amis mais qui sont obligés de le faire. J'espère qu'ils seront tellement occupés à ce que tout ait l'air normal — à jouer leur rôle — qu'ils ne s'apercevront même pas que je suis venu à Haven avant que j'en sois reparti. »

Butch Dugan croisa les bras sur sa poitrine. Ev n'était pas loin de la vérité : au début, Dugan s'était dit que peut-être David Bright, interprète généralement assez fiable du comportement humain, avait pu se tromper pour une fois : Hillman était aussi sain d'esprit que lui. Maintenant, il était un peu troublé. Non parce que Hillman s'était révélé aussi fou qu'on le lui avait dit, mais parce qu'il s'avérait qu'il était vraiment fou. Et pourtant... le calme du vieil homme, sa voix raisonnable et son regard droit avaient quelque chose de curieusement persuasif.

« On dirait, à vous entendre, que tout le monde à Haven s'est ligué, dit Dugan, et je crois que c'est impossible. Je préfère que vous le sachiez.

— Oui, c'est ce que croirait toute personne saine d'esprit. Et c'est pourquoi ils ont pu donner le change si longtemps. Il y a cinquante ans, les gens considéraient que jamais on ne pourrait inventer quoi que ce soit qui ressemble à une bombe atomique, et ils auraient ri à l'idée d'une télévision, sans parler d'un magnétoscope. Les choses ne changent guère, Dugan. La plupart des gens ne voient pas plus loin que le bout de leur nez, c'est tout. Quand on dit qu'il se passe quelque chose qu'on ne connaît pas encore, les gens n'écoutent pas. »

Ev se leva et tendit la main par-dessus le bureau de Dugan, comme s'il avait tous les droits de s'attendre à ce que Dugan la serre. Cela surprit Butch à un tel point qu'il le fit.

« J'ai tout de suite compris en vous regardant que vous pensiez que j'étais fou, dit Ev avec un petit sourire tranquille, et je crois que j'en ai dit assez pour vous conforter dans cette idée. Mais vous m'avez dit ce que je voulais savoir, et j'ai dit ce que je devais vous dire. Rendez un petit service à un vieillard, et regardez le ciel de temps à autre. Si vous voyez une fusée éclairante mauve...

— Les bois sont très secs, cet été », dit Dugan.

Alors même qu'il prononçait ces mots, il sentit combien ils étaient inutiles et curieusement sans importance, presque frivoles. Il comprit qu'il était inéluctablement amené à croire le vieil homme.

Dugan s'éclaircit la gorge et continua :

« Si vous avez vraiment un lance-fusées, vous pourriez déclencher un énorme incendie de forêt en l'utilisant. Et si vous n'avez pas de permis — et je sais parfaitement que vous n'en avez pas — ça pourrait vous conduire en prison.

— Si vous voyez une fusée éclairante, dit Ev avec son sourire sans humour, j'ai bien l'impression que le risque d'être jeté en prison à Bangor sera le dernier de mes soucis. Bonne journée, monsieur Dugan. »

Ev sortit et referma doucement la porte derrière lui. Dugan resta planté là un moment, plus perplexe et troublé qu'il ne l'avait jamais été de sa vie. *Laisse tomber*, se dit-il, et il se remit au travail.

Quelque chose troublait Butch Dugan. La disparition de deux policiers, qu'il connaissait et aimait bien, l'avait temporairement rendu fou. La visite de Hillman l'avait ramené sur terre, et c'est ce qui le décida à courir après le vieil homme.

Il se souvint de sa dernière conversation avec Ruth. Il se faisait déjà du souci pour elle avant ce dernier appel. La façon dont elle avait mené les recherches pour retrouver David Brown ne ressemblait pas du tout à la Ruth McCausland qu'il connaissait. D'après ce qu'il savait, c'était la seule fois qu'elle s'était conduite en amateur.

Et puis, la veille de sa mort, il l'avait appelée au sujet de l'enquête, pour échanger des idées, pour se tenir au courant, en quelque sorte. Il savait que ni lui ni elle n'avaient rien à dire, mais on peut parfois tirer quelque chose de simples spéculations, comme lorsqu'on jette un hameçon au hasard. Dans le courant de la conversation, ils en étaient venus au grand-père du gamin. Butch avait déjà parlé à David Bright, du *Daily News* — en fait, ils avaient bu une bière ensemble — et il avait dit à Ruth qu'Ev pensait que tout le village était devenu fou d'une étrange façon.

Ruth n'avait pas ri de cette histoire, ni de la cervelle dérangée d'Ev Hillman, comme il s'y attendait. Il ne savait pas bien ce qu'elle avait dit, parce que juste à ce moment-là, la ligne avait commencé à devenir mauvaise. Rien d'étrange à ça en tout cas : la plupart des petits villages comme Haven étaient encore desservis par des lignes de surface, et les communications étaient régulièrement interrompues — il suffisait d'un coup de vent pour qu'on ait l'impression que les téléphones avaient été remplacés par des boîtes de conserve reliées par une ficelle cirée.

Tu devrais lui dire de rester à l'écart, avait dit Ruth — il était sûr de cette phrase. Et puis, juste avant que la communication ne soit complètement coupée, il lui semblait qu'elle avait parlé de bas en nylon ! Il avait dû mal comprendre, mais il n'avait pu se tromper sur le ton de sa voix : triste et épuisée, comme si son échec dans l'affaire David Brown avait miné tout son courage. Un instant plus tard, il ne l'entendait plus du tout. Il n'avait pas essayé de la rappeler parce qu'il lui avait donné toutes les informations en sa possession... pas grand-chose, en réalité.

Le lendemain, elle était morte.

Tu ferais mieux de lui dire de rester loin de Haven. Il était sûr qu'elle avait dit ça.

J'ai des raisons de croire que je ne suis pas le bienvenu à Haven.

Tu ferais mieux de lui dire de rester loin de Haven.

Je pourrais disparaître comme David Brown.

Rester loin de Haven.
Ou avoir un accident comme Ruth McCausland.
Loin de Haven.
Il rattrapa le vieil homme sur le parking.

14

Hillman s'installait dans sa vieille Valiant noire méchamment rouillée. Il leva les yeux et vit Dugan qui se penchait vers lui, debout à côté de la portière ouverte du conducteur.

« Je viendrai avec vous, demain.

— Mais, protesta Ev en écarquillant les yeux, vous ne savez même pas où je vais !

— Non. Mais si je suis avec vous, je n'aurai pas à craindre que vous mettiez le feu à la moitié des forêts de l'est du Maine en tentant de m'envoyer un message à la James Bond. »

Ev le regarda d'un air soucieux, puis il hocha la tête.

« Je me sentirai mieux avec quelqu'un à mes côtés, dit-il. Surtout avec un type aussi grand que King Kong et qui porte un revolver à sa ceinture. Mais ils ne sont pas idiots, à Haven, Dugan. Ils ne l'ont jamais été, et j'ai l'impression qu'ils le sont encore moins, ces temps derniers. Ils s'attendent à vous voir aux funérailles. Si vous n'y allez pas, ils vont avoir des soupçons.

— Bon Dieu ! Je me demande comment vous pouvez dégoiser autant de conneries et paraître tellement sain d'esprit !

— C'est peut-être parce que vous savez aussi qu'il y a quelque chose qui cloche. Qu'il se passe vraiment toute sorte d'événements bizarres, à Haven... »

Puis, avec une sorte d'étonnante perspicacité, il ajouta :

« Ou peut-être connaissiez-vous assez Ruth pour sentir qu'elle avait perdu les pédales. »

Les deux hommes se fixaient sur le parking couvert de gravier du cantonnement de Derry, le soleil dardait ses rayons sur eux, et leurs ombres, nettes et noires, s'allongeaient bien proprement sur le sol, indiquant deux heures comme la flèche d'un cadran solaire.

« Je ferai savoir ce soir que je suis malade, dit Dugan. Que j'ai une grippe intestinale. Il y en a eu beaucoup dans le coin. Qu'en pensez-vous ? »

Ev opina du chef avec soulagement, un si grand soulagement qu'il en fut stupéfait. L'idée de s'introduire dans Haven l'effrayait bien plus qu'il ne l'avait avoué, qu'il ne se l'était avoué. Il avait à moitié convaincu ce grand flic qu'il se passait peut-être quelque chose là-bas ; il pouvait le lire sur son visage. A moitié, ce n'était pas beaucoup, peut-être, mais c'était néanmoins un pas de géant si on considérait son point de départ. Et, naturellement, il ne l'avait pas fait seul : Ruth McCausland l'avait aidé.

« D'accord, dit-il. Mais écoutez-moi, Dugan, et écoutez bien, parce que nos vies vont en dépendre. N'appelez aucun des hommes qui iront demain aux funérailles pour dire que votre excuse n'est qu'une feinte. Appelez quelques amis ce soir et dites-leur que vous êtes malade comme un chien, que vous espérez que vous viendrez, mais que vous en doutez.

— Mais pourquoi voudriez-vous... », dit Dugan en fronçant les sourcils.

Mais soudain il comprit, et sa bouche s'ouvrit toute grande. Le vieil homme le regardait calmement.

« Pour l'amour de Dieu, vous n'allez pas me dire que les gens de Haven peuvent *lire les pensées* ? Que si mes hommes savaient que je ne suis pas vraiment malade, les gens du village pourraient piquer l'information directement dans leur tête ?

— Je n'ai rien dit, Dugan. C'est vous qui avez parlé.

— Monsieur Hillman, je crois vraiment que vous devez vous faire des...

— Je n'avais jamais pensé que vous m'accompagneriez quand je suis venu vous voir. Je ne l'ai pas demandé non plus. J'espérais au mieux que vous seriez sur vos gardes, que vous verriez ma fusée si j'avais des ennuis, et que vous garderiez le couvercle un moment sur le nid de serpents. Mais quand on me propose davantage, j'en veux encore plus. Faites-moi encore un peu plus confiance. Je vous en prie. Pour Ruth... Si c'est ça qui peut vous convaincre de venir avec moi, je suis prêt à user de cet argument. Autre chose : quoi qu'il arrive, vous allez ressentir des impressions curieuses, demain.

— J'en ai ressenti d'assez curieuses aujourd'hui.

— Ouais, dit Ev sans attendre que Dugan prenne sa décision.

— Est-ce que vous comptez vous rendre à un endroit précis ? demanda Dugan au bout d'un moment. Ou bien est-ce que vous allez seulement vous promener dans le village jusqu'à ce que vous soyez fatigué ?

— Je pense à un endroit précis », dit calmement Ev.

Il se dit : *Oh oui ! Oui, monsieur ! Derrière chez le vieux Garrick, aux abords des bois du Grand Injun, où les boussoles n'ont jamais eu plus de valeur qu'un éclat de mica dans une mine d'or. Et je crois que nous n'aurons pas de mal à trouver le chemin dans les bois pour atteindre quelque chose — quelle que soit cette « chose » — parce que le genre de matériel que Bobbi Anderson et son ami ont utilisé a dû laisser une piste aussi large qu'une autoroute. Non, je ne crois pas qu'on aura du mal à trouver.*

« D'accord. Donnez-moi votre adresse à Derry, et je viendrai vous prendre à neuf heures avec ma voiture personnelle. Nous serons à Haven presque au moment où le service funèbre commencera.

— Je fournirai la voiture, dit doucement Ev. Pas celle-là — elle est trop connue à Haven. J'en louerai une. Et il vaudrait mieux que vous veniez à huit heures, parce qu'on prendra les petites routes.

— Je peux vous conduire à Haven et éviter le village, dit Dugan ; vous n'avez pas à vous en faire pour ça.

— Je ne m'en fais pas. Mais je veux que nous fassions tout le tour de la commune et que nous arrivions pas la route d'Albion, et je crois que je sais comment faire.

— Pourquoi donc voulez-vous entrer par ce côté ?

— Parce que c'est le plus éloigné de l'endroit où ils seront, et c'est par là que je veux entrer dans Haven. Aussi loin d'eux que possible.

— Vous avez vraiment peur, n'est-ce pas ? »

Ev approuva du chef.

« Et pourquoi une voiture de location ?

— Bon Dieu, que vous êtes curieux ! dit Ev en roulant les yeux d'une façon si comique que Butch Dugan sourit.

— C'est mon boulot, dit-il. Pourquoi est-ce que vous voulez louer une voiture ? Personne à Haven n'a jamais vu que ma voiture de fonction... personne, maintenant que Ruth est morte, ajouta-t-il après un instant de réflexion.

— Parce que c'est mon obsession, dit Ev Hillman, dont le visage se fendit soudain d'un sourire d'une étonnante douceur. Et on doit toujours faire attention à ses obsessions.

— D'accord, dit Butch. Je me rends. A huit heures. Par la route que vous voudrez, dans la voiture que vous voudrez, conformément à l'obsession que vous voudrez. Je dois être fou, vraiment !

— Demain à la même heure, je crois que vous aurez une bien meilleure idée de ce que veut dire être fou », dit Ev.

Il remonta dans sa vieille Valiant avant que Dugan ait pu lui poser d'autres questions.

En fait, Butch n'avait plus de questions à poser. Il avait le cafard, comme s'il avait acheté le pont de Brooklyn le jour de son arrivée à New York tout en sachant qu'un truc aussi énorme ne pouvait probablement pas être à vendre. *On ne se fait prendre que si on le veut bien*, se dit-il. Il avait passé trois ans au service des fraudes et escroqueries à Augusta, et c'était la première chose qu'on y apprenait. Le vieil homme s'était montré curieusement persuasif, mais Butch Dugan savait que ce n'était pas Hillman qui l'avait persuadé de faire ça ; il avait fait le saut lui-même. Parce qu'il avait aimé Ruth McCausland, et que dans un an ou deux il aurait probablement amassé assez de courage pour la demander en mariage. Parce que lorsque meurt quelqu'un que vous aimez, ça laisse un trou noir au milieu de votre cœur, et qu'une des façons de combler ce trou est de refuser d'admettre que cet amour vous a été enlevé simplement par la malchance, par une malchance stupide. Il vaut mieux croire — ne serait-ce que temporairement — que quelqu'un où quelque chose en porte la responsabilité. Ça colmate un peu le trou. Le dernier des culs-terreux le sait.

Avec un soupir, se sentant soudain beaucoup plus vieux que son âge, Dugan regagna son bureau.

Ev se rendit à l'hôpital, où il passa près de Hilly toute la fin de la journée. Vers quinze heures, il écrivit deux lettres. Il posa la première sur la table de nuit de Hilly, la calant bien avec un petit pot de fleurs pour que la brise qui, mutine, filtrait souvent par la fenêtre, ne l'emporte pas. La deuxième était plus longue, et quand il l'eut terminée, il la plia et la glissa dans sa poche. Puis il quitta l'hôpital.

Il se rendit dans un petit bâtiment de la zone industrielle de Derry sur lequel on pouvait lire : FOURNITURES MÉDICALES DU MAINE, et en dessous : « *Spécialiste des soins et des appareils de respiration depuis 1946.* »

Il expliqua ce qu'il désirait au vendeur. Celui-ci lui dit qu'il vaudrait peut-être mieux qu'il aille à Bangor pour discuter avec les plongeurs sous-marins. Ev expliqua qu'il ne voulait surtout pas de grosses bouteilles de plongée. Il tenait absolument à ce que l'appareil soit aussi facilement transportable que possible sur la terre ferme. Il parla encore un moment avec le vendeur, puis il partit après avoir signé un contrat de location de trente-six heures pour un équipement assez spécial. Le vendeur de fournitures médicales resta dans l'embrasure de la porte à se gratter la tête tout en regardant Ev s'éloigner.

15

L'infirmière lut la lettre posée au chevet de Hilly :

Hilly,
Je risque de ne plus venir te voir pendant un moment, mais je voulais seulement te dire que je suis sûr que tu vas surmonter ce mauvais passage, et si je peux t'aider à le faire, je crois que je serai le plus heureux grand-père du monde. Je pense que David est toujours en vie et que ce n'est pas par ta faute qu'il s'est perdu. Je t'aime, Hilly, et j'espère te revoir bientôt.

Papy.

Mais Ev ne revit jamais Hilly Brown.

9.

LES FUNÉRAILLES

1

A partir de neuf heures, les étrangers à Haven qui avaient connu Ruth McCausland personnellement ou dans son travail commencèrent à arriver. Toutes les places de stationnement de la rue principale ne tardèrent pas à être occupées. Le Haven Lunch faisait de bonnes affaires. Beach n'arrêtait pas de préparer des œufs, du bacon, des saucisses, des frites et de pleines cafetières. Le député Brennan n'était pas venu, mais il avait envoyé un de ses proches collaborateurs. *T'aurais dû v'nir en personne, Joe,* pensa Beach avec un méchant sourire. *T'aurais pu m' donner plein d' nouvelles idées sur comment ça marche au gouvernement.*

La journée s'annonçait lumineuse et claire, une journée de fin septembre, plutôt que de fin juillet. Le ciel était bleu, la température de 20 degrés seulement, et le vent d'ouest soufflait à une trentaine de kilomètres à l'heure. Une fois de plus, des étrangers arrivaient à Haven, et une fois de plus Haven avait la chance qu'il fasse un temps idéal. Mais, bientôt, qu'on ait ou non de la chance n'aurait plus d'importance, se disaient les habitants les uns aux autres sans parler ; bientôt ils feraient leur chance de leurs propres mains.

Une belle journée, aurait-on pu dire ; ce que l'été fait de mieux en Nouvelle-Angleterre ; le genre de journée qui attire les touristes. Une journée à vous mettre en appétit. Ceux qui arrivaient de l'extérieur commandaient de copieux petits déjeuners, comme toute personne jouissant d'une bonne santé, mais Beach avait remarqué que ces petits déjeuners revenaient à moitié mangés. L'appétit des nouveaux venus ne durait guère ; la lumière quittait leurs yeux ; la plupart pâlissaient et semblaient un peu malades.

Le Lunch était bondé, mais les conversations languissaient.

C'est p't' êt' que l'air d' not' p'tit village vous convient pas, à vous autres, se dit Beach. Il s'imagina allant dans l'arrière-boutique, où le « fusil » qu'il avait utilisé pour se débarrasser des deux flics trop curieux était caché sous une pile de nappes. Il s'imagina l'apportant dans la salle, son grand bazooka mortel, et nettoyant tout son restaurant de ces étrangers par le souffle purificateur d'une flamme verte.

Non. Pas maintenant. Pas encore. Bientôt, ça n'aurait plus d'importance. Le mois prochain. Le mois prochain. Mais pour l'instant...

Il regarda l'assiette qu'il vidait de ses restes et trouva une dent au milieu des œufs brouillés .

Les Tommyknockers arrivent, mes amis, se dit Beach. *Mais j' pense que quand y-z arriveront, finalement, y prendront même pas la peine de frapper. J' crois qu'ils enfonceront purement et simplement vot' foutue porte.*

Beach sourit de toutes les dents qui lui restaient. Il jeta la dent de l'assiette avec les restes.

2

Dugan savait se taire quand il le voulait, et ce matin-là, c'était ce qu'il voulait. Apparemment, c'était aussi ce que voulait le vieil homme. Dugan était arrivé à huit heures pile devant l'immeuble d'Ev Hillman, et il avait trouvé une Jeep Cherokee garée le long du trottoir derrière la vieille Valiant. A l'arrière, il avait aperçu un gros sac de jute fermé par une corde.

« Vous l'avez louée à Bangor ?

— Je l'ai prise en location-vente chez AMC, ici à Derry, répondit Ev.

— Ça a dû vous coûter bon.

— Rien n'est trop cher. »

Cela mit fin à la conversation. Ils arrivèrent à la limite d'Albion et Haven une heure quarante plus tard. *On prendra les petites routes,* avait dit le vieil homme, et si ce n'était pas un euphémisme, Butch ne savait vraiment pas quel nom donner à cette phrase. Il avait sillonné cette partie du Maine pendant presque vingt ans, et jusqu'à aujourd'hui, il avait toujours cru la connaître comme le dos de sa main ; mais comparé à Ev, Butch Dugan n'avait qu'une vague connaissance pragmatique de la région, rien de plus.

Ils passèrent de la voie rapide à la Route n° 69, puis à une départementale à deux voies qui débouchait dans une piste non asphaltée à l'ouest de Troie ; ils roulèrent ensuite sur du cailloutis, puis sur un chemin de terre avec de l'herbe qui poussait au milieu ; finalement, ils se retrouvèrent sur un sentier probablement abandonné par les bûcherons depuis les années cinquante.

« Est-ce que vous savez au moins où vous allez ? » cria Butch alors que la Cherokee cahotait sur des rondins pourris puis se hissait, moteur hurlant, les quatre roues faisant gicler boue et éclats de bois.

Ev hocha la tête. Il s'accrochait au grand volant de la Cherokee comme un vieux singe chauve.

Chaque sentier forestier menait à un autre, et finalement ils traversèrent bruyamment un écran de feuillage pour se retrouver sur un chemin de terre que Butch identifia comme la Route n° 5 du village d'Albion. Butch avait presque perdu espoir, mais le vieil homme avait fait exactement ce qu'il avait promis : il les avait amenés de l'autre côté de Haven sans jamais pénétrer dans la commune.

Ev arrêta la Cherokee à cent mètres du panneau annonçant Haven. Il coupa le moteur et baissa les fenêtres. On n'entendait rien que le « tic » du moteur qui se refroidissait. Aucun chant d'oiseau, et Butch trouva ça bizarre.

« Qu'est-ce qu'il y a dans le sac, là-derrière ? demanda Butch.

— Tout un tas de trucs. Inutile de vous en préoccuper pour l'instant.

— Qu'est-ce que vous attendez ?

— Les cloches de l'église. »

3

Les cloches sonnèrent à dix heures moins le quart pour appeler les fidèles — ceux qui ressentaient profondément ce deuil comme ceux qui s'étaient préparés à déverser des flots de larmes de crocodile — aux funérailles de Ruth, dans l'église méthodiste, pour le premier des trois actes des festivités prévues (Acte II : La Cérémonie devant la tombe ; Acte III : Rafraîchissements servis dans la bibliothèque du village). Mais ce n'étaient pas les cloches de l'église méthodiste qu'Ev avait entendues depuis son enfance et qu'il s'attendait à entendre ce jour-là.

Le révérend Goohringer, un homme si timide qu'il n'osait jamais ouvrir le bec, avait fait le tour du village quelques semaines plus tôt pour dire qu'il en avait plus qu'assez de ce tintamarre.

« Eh bien alors, pourquoi est-ce que vous ne faites rien pour arranger les choses, Gooey ? » lui avait demandé Pamela Sargent.

Le révérend Lester Goohringer ne s'était jamais entendu appeler « Gooey » de toute sa vie, mais dans son état d'ugucement, il s'en aperçut à peine.

« C'est peut-être ce que je vais faire, avait-il dit en la regardant d'un air sombre à travers ses épaisses lunettes. Peut-être bien.

— Vous avez une idée ?

— C'est possible, avait-il dit d'un air sournois. On verra bien !

— On verra bien, Gooey, on verra. »

De fait, le révérend Goohringer avait une bonne idée pour ses cloches, une si bonne idée qu'il se demandait comment il ne l'avait pas eue plus tôt, une idée si simple et si belle. Et la meilleure, c'était qu'il n'aurait pas à en parler à ses supérieurs, ni aux dames patronnesses (à aucun des deux stéréotypes de dames patronnesses : les grosses paysannes à l'énorme poitrine informe et celles aux fesses maigres et à la poitrine plate comme Pamela Sargent, avec son fume-cigarette en faux ivoire et sa toux rêche de fumeuse), ni aux quelques membres influents de la congrégation... Aller les solliciter lui avait toujours valu des semaines de brûlures d'estomac. Il n'aimait pas mendier. Non, c'était là une chose que le révérend Lester Goohringer pourrait régler tout seul, et il la régla donc. S'ils ne comprenaient pas la plaisanterie, qu'ils aillent tous se faire foutre.

« Et si vous m'appelez encore Gooey, Pam, avait-il murmuré en modifiant la boîte de fusibles dans le sous-sol de l'église pour qu'elle puisse supporter la forte puissance dont il avait besoin pour réaliser son idée, je vous enfoncerai le débouche-chiottes des pissotières du presbytère dans le vagin jusqu'au cerveau... si vous ne l'avez pas déjà recraché, votre cerveau. »

Il gloussa et continua son travail sur les fusibles. Le révérend Lester Goohringer n'avait jamais eu de pensées aussi scandaleuses, ni prononcé de paroles aussi crues de toute sa vie, et il trouva cette expérience tout à fait réjouissante et libératrice. En fait, il était prêt à dire à tous les habitants de Haven qui n'aimeraient pas son nouveau carillon qu'ils pouvaient tout aussi bien aller s'envoyer en l'air avec la première pute venue.

Mais tout le monde avait trouvé le changement magnifique. C'était vrai. Et aujourd'hui, le révérend Goohringer avait le cœur gonflé de fierté en manœuvrant le nouvel interrupteur dans la sacristie, et en entendant le son des nouvelles cloches s'envoler au-dessus de Haven, jouant un pot-pourri d'hymnes. Le carillon était programmable, et aujourd'hui Lester Goohringer avait choisi des hymnes que Ruth aimait particulièrement. On y reconnaissait de vieux tubes méthodistes et baptistes comme « Tu nous aimas, ô bon berger » et « Sur moi, ta clarté vienne luire ».

Le révérend Goohringer fit un pas en arrière, se frotta les mains, et regarda les gens se diriger vers l'église, en groupes de deux ou trois, attirés par les cloches, les cloches, l'appel des cloches.

« Bordel de merde ! » s'exclama le révérend Goohringer.

Il ne s'était jamais senti aussi bien de sa vie, et il avait bien l'intention de faire partir Ruth McCausland avec tout le décorum possible. Il avait l'intention de prononcer un éloge funèbre *inoubliable*.

Parce que, tout de même, ils l'avaient tous aimée.

4

Les cloches.

Dave Rutledge, le plus vieil habitant de Haven, tendit l'oreille vers elles et sourit de sa bouche édentée — il aurait souri même si les cloches avaient joué faux, parce qu'il pouvait les entendre. Jusqu'au début du mois de juillet, Dave était presque complètement sourd, et ses membres inférieurs restaient toujours froids parce que sa circulation devenait de plus en plus mauvaise. Il faut dire qu'il avait quatre-vingt-dix ans, et que ce n'est pas jeune. Mais depuis un mois, son audition et sa circulation s'étaient magiquement améliorées. Les gens lui disaient qu'il avait rajeuni de dix ans, et, par tous les saints, il se sentait rajeuni de *vingt* ans ! Et comme la musique de ces cloches était douce ! Dave se leva et prit le chemin de l'église.

5

L'appel des cloches.

En janvier, le collaborateur que Brennan, le député, avait délégué aujourd'hui à Haven, s'était rendu à Washington, et il y avait rencontré une très belle jeune femme du nom d'Annabelle. Cet été, elle était venue dans le Maine pour être auprès de lui, et elle l'accompagnait ce matin-là. Il lui avait promis qu'ils passeraient la nuit à Bar Harbor avant de rentrer à Augusta. Au début, elle s'était dit que c'était une mauvaise idée, parce qu'elle se sentait un peu nauséeuse dans ce restaurant, et qu'elle n'avait pu finir son petit déjeuner. Pour commencer, le cuisinier semblait une doublure grasse et vieillissante de Charles Manson. Il ne cessait de sourire de manière étrange quand il croyait que personne ne le regardait, et ça suffisait pour qu'on se demande s'il n'avait pas saupoudré d'arsenic les œufs brouillés. Mais le son des cloches jouant des hymnes qu'elle n'avait pas entendus depuis son enfance dans le Nebraska l'émerveilla.

« Mon Dieu, Marty, comment un bled aussi paumé que celui-ci a-t-il pu s'offrir ce fabuleux carillon ?

— C'est peut-être un riche estivant qui est mort et lui a légué les fonds nécessaires », répondit-il d'une voix vague.

Il ne s'intéressait pas au carillon. Il avait mal à la tête depuis leur arrivée, et ça empirait. De plus, il saignait d'une gencive. La pyorrhée alvéolo-dentaire était une maladie de famille, et il priait pour que ça n'en soit pas un signe.

« Viens, allons à l'église », dit-il. *Pour qu'on se débarrasse de cette cérémonie à la noix et qu'on aille s'envoyer en l'air à Bar Harbor. J'en ai marre de ce bled*, ajouta-t-il dans sa tête.

Ils traversèrent la rue, elle en tailleur noir (mais elle lui avait révélé en chemin que ses sous-vêtements étaient de soie blanche — enfin, le peu de sous-vêtements qu'elle portait), et lui en costume de cérémonie gris anthracite. Les habitants de Haven, vêtus de leurs habits les plus sombres et les plus chics, marchaient à leurs côtés. Marty remarqua un nombre surprenant d'uniformes bleus de la police de l'État.

« Regarde, Marty ! L'horloge ! »

Elle montrait la tour de l'hôtel de ville. Elle était de bonnes et solides briques rouges, mais pendant un instant, il sembla à Marty qu'elle flottait et oscillait devant ses yeux. Ses maux de tête empirèrent instantanément. C'était peut-être de la fatigue oculaire. Lors d'un bilan de santé, trois mois plus tôt, on lui avait dit qu'il y voyait assez bien pour devenir pilote de chasse, mais il y avait peut-être eu une erreur. La moitié des membres des professions libérales d'Amérique carburait à la cocke, ces temps derniers. Il l'avait lu dans le *Times*... Et pourquoi est-ce qu'il gambergeait ainsi ? C'était à cause des cloches. Il avait l'impression qu'elles se multipliaient, qu'elles se répondaient en écho dans sa tête. Dix, cent, mille, un million de cloches qui jouaient « Quand nous nous retrouverons aux pieds de Jésus. »

« Qu'est-ce qu'elle a, l'horloge ? demanda Marty d'une voix irritée.

— Les aiguilles sont drôles, dit Annabelle. On dirait presque qu'elles sont... dessinées. »

6

L'appel des cloches.

Eddie Stampnell, de la caserne de Derry, traversa la rue avec Andy Rideout, d'Orono. Tous deux avaient connu et apprécié Ruth.

« C'est joli, hein ? demanda Eddie sans beaucoup de conviction.

— Ouais, dit Andy. Je n'arrête pas de penser à Bent et Jingles qui se sont fait foutre en l'air par des salauds de braconniers, dans le coin. Ils sont probablement enterrés dans un champ de patates, et ça me glace les os. On dirait que Haven porte malheur. Je sais que c'est idiot, mais je ne peux pas m'empêcher de le penser.

— En tout cas, j'ai des malheurs avec ma tête, répondit Eddie. J'ai mal à en crever.

— Bon. Qu'on en finisse et qu'on fiche le camp. C'était une femme bien, mais elle est partie. Et de toi à moi, je me moque bien de ne plus jamais passer un seul quart d'heure à Haven, maintenant qu'elle n'y est plus. »

Ils pénétrèrent ensemble dans l'église méthodiste, ne regardant ni l'un ni l'autre le révérend Lester Goohringer, debout à côté du tableau commandant son merveilleux carillon, souriant, frottant ses mains sèches l'une contre l'autre et recueillant les compliments de tout un chacun.

7

Le cri des cloches.

Bobbi Anderson descendit de son pick-up Chevrolet bleu, claqua la porte et lissa sa jupe bleu marine sur ses cuisses tout en vérifiant son maquillage dans le rétroviseur extérieur avant de gagner l'église par le trottoir. Elle marchait la tête baissée et les épaules voûtées. Elle faisait tout ce qu'elle pouvait pour rassembler les forces dont elle avait besoin pour continuer, et Gard l'avait aidée à mettre un frein à son obsession.

(et c'était bien ça, une obsession, inutile de se leurrer)

Mais le frein que représentait Gard s'usait peu à peu. Il n'assisterait pas aux funérailles parce qu'il cuvait une cuite monumentale, le visage hirsute et fripé enfoui dans son bras replié, son haleine formant un nuage nauséabond autour de lui. Bobbi était fatiguée, très fatiguée, mais il y avait plus grave ; une énorme peine indistincte semblait lui remplir le cœur, ce matin — en partie pour Ruth, en partie pour David Brown, en partie pour tout le village. Mais elle sentait que c'était surtout pour elle-même. L' « évolution » continuait, pour tout le monde à Haven — sauf pour Gard — et c'était bien, mais elle regrettait son identité propre qui se dissolvait maintenant comme la brume du matin. Elle se rendait compte que *Les Soldats des bisons* seraient son dernier livre... et — ô ironie ! — elle soupçonnait les Tommyknockers d'en avoir écrit l'essentiel.

8

Les cloches, les cloches, les cloches.

Haven leur répondit. C'était l'acte I de la pièce intitulée *L'Enterrement de Ruth McCausland,* ou *Comme nous aimions cette femme !* Nancy Voss avait fermé le bureau de poste. La direction n'aurait pas été d'accord, mais ce qu'elle ignorait ne pouvait l'irriter. Elle en saurait beaucoup bien assez tôt, se dit-elle. Elle allait recevoir sous peu un gros courrier exprès en provenance de Haven. Cette direction-là, et toutes les autres sur cette boule de boue volante.

Frank Spruce, le propriétaire de la plus grosse ferme laitière de Haven, répondit aux cloches. John Mumphry, dont le père s'était présenté contre Ruth pour le poste de constable, leur répondit aussi ; et Ashley Ruvall, qui était passé à côté d'elle à vélo près de la limite de la commune deux jours avant sa mort, vint avec ses parents. Ashley pleurait. Le docteur Warwick était là, et Jud Tarkington ; Hazel McCready vint au bras d'Adley McKeen ; Newt Berringer et Dick Allison répondirent à l'appel des cloches et arrivèrent tout doucement en soutenant entre eux le prédécesseur de Ruth, John Harley. John était faible et presque transparent. Maggie, son épouse, n'était plus en état de se déplacer.

Ils vinrent, répondant à la sommation des cloches — les Tremain et les Thurlow, les Applegate et les Goldman, les Duplissey et les Archinbourg. De bonnes gens du Maine, auriez-vous dit, issus de souches saines essentiellement française, irlandaise, écossaise et canadienne. Mais ils étaient différents, maintenant ; alors qu'ils se rassemblaient dans l'église, leurs esprits se rassemblaient aussi pour ne plus en former qu'un, observant les étrangers, à l'affût de la plus petite fausse note dans leurs pensées... Ils se rassemblaient, ils écoutaient, et les cloches sonnaient dans leur sang étrange.

9

Ev Hillman se redressa derrière le volant de la Cherokee, écarquillant les yeux au faible son du carillon.

« Nom de Dieu, qu'est-ce... ?

— Les cloches de l'église, bien sûr, dit Butch Dugan. Une bien jolie musique. Ils se préparent à commencer la cérémonie, je crois. » *Ils enterrent Ruth dans le village... et qu'est-ce que je fais ici, au nom du ciel, en bordure de la commune, avec ce vieux fou ?*

Il ne le savait pas bien, mais il était trop tard maintenant pour modifier ses plans.

« Les cloches de l'église méthodiste n'ont jamais sonné comme ça, de mon temps, dit Ev. Quelqu'un les a changées.

— Et alors ?

— Alors rien. Alors tout. Je sais pas. Allons-y, Dugan, lança-t-il en tournant la clé de contact pour démarrer.

— Je vous le demande encore une fois, dit Dugan avec ce qu'il considérait comme une patience extraordinaire. Qu'est-ce que vous cherchez ?

— Je ne le sais pas exactement. »

La Cherokee franchit la limite entre les deux communes. Ils avaient quitté Albion, ils entraient dans Haven. Ev ressentit une prémonition douloureuse : en dépit de toutes les précautions qu'il avait prises avec tant de soin, il ne pourrait jamais repartir.

« Nous le saurons quand nous le verrons », ajouta-t-il.

Dugan ne répondit pas. Il pria pour sa vie et se demanda à nouveau comment il s'était laissé entraîner dans cette aventure. Il fallait qu'il soit aussi fou que le vieux fou qui conduisait la voiture, et plus encore. Il leva une main vers son front et le massa, juste au-dessus des sourcils.

Il commençait à avoir mal à la tête.

10

Il y eut des nez qui reniflèrent, des yeux rouges, et quelques sanglots quand le révérend Goohringer, sa tête chauve luisant doucement dans l'harmonie de couleurs que le soleil d'été projetait à travers les vitraux, se lança dans son éloge funèbre après un hymne, une prière, un autre hymne, la lecture d'un passage des Écritures qu'affectionnait Ruth (les Béatitudes), et encore un hymne. En dessous de lui, moussant en demi-cercle autour de la chaire, on avait amassé des fleurs d'été. Malgré les hautes fenêtres qui avaient été ouvertes pour laisser entrer une brise bénéfique, leur odeur douceâtre restait suffocante.

« Nous sommes réunis ici pour louer Ruth McCausland et pour célébrer son départ », commença Goohringer.

Les gens du village s'assirent, les mains croisées, ou serrées sur un mouchoir, les yeux — souvent humides — fixés avec une attention sobre et studieuse sur Goohringer. Ils avaient l'air en bonne santé, ces gens ; la couleur de leur peau, saine pour la plupart, était bonne. Et même si on n'était jamais venu à Haven auparavant, on voyait clairement que la congrégation se divisait naturellement en deux groupes. Les étrangers n'avaient pas l'air en bonne santé. Ils avaient la peau pâle et les yeux hébétés. Deux fois au cours de l'éloge funèbre, des gens quittèrent l'église en courant et, contre le mur, vomirent. Pour d'autres, la nausée ne se manifesta que par une sourde plainte : un mouvement désagréable des intestins, pas assez grave pour qu'ils dussent sortir, mais qui ne leur laissa pas de répit.

Plusieurs des étrangers perdirent des dents avant que la journée ne se termine.

Plusieurs souffrirent de maux de tête qui disparurent presque aussitôt qu'ils eurent quitté le village — les comprimés d'aspirine avaient enfin agi, se dirent-ils.

Et plus d'un esprit fut traversé par les idées les plus incroyables, alors que son propriétaire était assis sur les bancs inconfortables de l'église à écouter le révérend Goohringer prononcer l'éloge funèbre de Ruth McCausland. Dans certains cas, ces idées surgirent si soudainement et semblèrent tellement énormes et tellement fondamentales, que les intéressés eurent l'impression qu'on leur avait tiré une balle dans la tête. Ils durent se contrôler pour ne pas bondir hors de leur banc et courir dans la rue en hurlant : « Eurêka ! ».

Les villageois observaient ce qui arrivait aux étrangers et s'en amusaient. Tout d'un coup, le visage apathique de flanc aux œufs d'un étranger recevait un coup. Ses yeux s'écarquillaient, sa bouche s'ouvrait, et les gens de Haven reconnaissaient l'expression de quelqu'un qui venait d'avoir l'Idée du siècle.

Eddie Stampnell, de la caserne de Derry, par exemple, conçut l'idée d'une fréquence nationale sur laquelle tous les flics du pays pourraient communiquer. Et vit également comment on pourrait camoufler aisément cette fréquence : tous les civils trop curieux, avec leurs récepteurs branchés sur les fréquences de la police, se retrouveraient le bec dans l'eau. Sa tête s'emplit de ramifications et de modifications à une vitesse telle qu'il n'arrivait plus à les enregistrer ; si les idées avaient été de l'eau, il se serait noyé. *Je vais devenir célèbre pour ça*, se dit-il fiévreusement. Il avait oublié le révérend Goohringer, et Andy Rideout, son collègue, et même son aversion pour ce bled minable. Et Ruth. L'idée avait englouti son esprit. *Je vais devenir célèbre, je vais révolutionner le travail de la police en Amérique... dans le monde entier, peut-être. Bordel de merde ! Bordel de MERDE !*

Les habitants de Haven, qui savaient que la grande idée d'Eddie ne serait plus que brouillard quand midi sonnerait, et plus rien du tout à quinze heures, souriaient, écoutaient et attendaient. Ils attendaient que ça se termine, pour pouvoir retourner à leurs affaires.

Pour pouvoir retourner à leur « évolution ».

11

Ils s'étaient donc engagés dans un chemin de terre — la Route n° 5 d'Albion, qui devenait, à Haven, la Route d'incendie n° 16. Ils rencontrèrent deux embranchements de pistes forestières s'enfonçant dans les bois, et à chaque fois Dugan se crispa dans l'attente de secousses plus éprouvantes encore. Mais Hillman ne prit aucune des deux pistes. Il gagna la Route n° 9 et tourna à droite. Il poussa la Cherokee à quatre-vingts à l'heure et fonça vers le centre de la commune.

Dugan tremblait. Il ne savait pas exactement pourquoi. Le vieil homme était fou, naturellement. L'idée que Haven s'était transformé en nid de serpents n'était que pure paranoïa. Mais Monstre sentait néanmoins une nervosité croissante le gagner. C'était vague, comme un feu de prairie dans ses nerfs.

« Pourquoi est-ce que vous vous massez tout le temps le front ? demanda Hillman.

— J'ai mal à la tête.

— Ça vous ferait encore plus mal s'il n'y avait pas de vent. »

Encore une incursion dans le non-sens le plus total. Mais que faisait-il donc ici, au nom du ciel ? Et pourquoi se sentait-il tellement nerveux ?

« J'ai l'impression qu'on m'a fait ingurgiter des somnifères.

— Ouais.

— Mais pas vous, hein ? Vous êtes frais comme un gardon.

— J'ai peur, mais je n'ai pas les tremblements, ni les maux de tête.

— Et pourquoi auriez-vous des maux de tête ? demanda Dugan avec mauvaise humeur face à une conversation qui semblait tout droit sortie d'*Alice au pays des merveilles*. Les maux de tête ne sont pas contagieux.

— Quand on se met à plusieurs pour peindre une pièce fermée, il y a toutes les chances pour que tous les peintres aient des maux de tête, non ?

— Oui, je crois bien. Mais ce n'est pas...

— Non. Et nous avons de la chance, pour le temps. Mais je crois néanmoins que cette chose dégage des émanations puissantes, parce que vous la sentez. Je vois bien que vous la sentez », dit Hillman, avant d'ajouter une autre de ses phrases à la *Alice au pays des merveilles* : « Vous avez déjà eu de grandes idées, Dugan ?

— Qu'est-ce que vous voulez dire par là ?

— Bon, dit Hillman en hochant la tête d'un air satisfait. Si vous en avez, dites-le-moi. J'ai quelque chose pour vous dans ce sac.

— C'est complètement fou, dit Dugan d'une voix peu sûre. C'est de la folie pure. Faites demi-tour, Hillman. Je veux rentrer. »

Dans son cerveau, Ev se concentra soudain sur une phrase unique, aussi précisément et clairement qu'il le put. Il avait compris, les trois derniers jours qu'il avait passés à Haven, que Bryant, Marie, Hilly et David lisaient sans peine les pensées des autres. Il pouvait le sentir, même s'il ne pouvait en faire autant. Mais il s'était rendu compte qu'ils ne pouvaient accéder à *son* cerveau s'il ne les y autorisait pas. Il s'était demandé si cela n'avait pas un rapport avec le métal qu'il avait dans le crâne, un souvenir de cette grenade allemande. Il l'avait vue arriver avec une clarté inéluctable, comme une casserole gris-noir qui tournoyait au-dessus de la neige. Il s'était dit, *Eh bien, je suis mort. C'est fini pour moi*, Après, il ne se souvenait de rien jusqu'au moment où il s'était réveillé dans un hôpital français. Il se rappelait combien il avait mal à la tête. Il se souvenait de l'infirmière française qui l'avait embrassé, et de son haleine qui sentait l'anis. Elle ne cessait de répéter, en articulant bien comme si elle parlait à un tout petit enfant : « *Je t'aime, mon amour. La guerre est finie. Je t'aime. J'aime les États-Unis.* »

La guerre est finie, se répétait-il maintenant en français. *La guerre est finie.*

« Qu'est-ce que c'était ? demanda-t-il brusquement à Dugan.

— Que voulez-vous d... »

Ev rangea la Cherokee sur le côté de la route en projetant un nuage de poussière. Ils avaient parcouru plus de deux kilomètres à l'intérieur de la commune, maintenant ; il restait cinq ou six kilomètres pour atteindre la ferme du vieux Garrick.

« Ne *réfléchissez* pas, ne *parlez* pas, *dites-vous seulement dans votre tête ce que je pensais !*

— *Fini*, vous pensiez, *la guerre est finie*... mais vous êtes fou ! On ne peut pas lire dans les pensées des autres, on ne... »

Dugan s'interrompit. Il tourna lentement la tête et regarda Ev. Ev entendit craquer les tendons de son cou, vit ses yeux énormément dilatés.

« *La guerre est finie,* murmura-t-il. C'est ce que vous avez pensé, et qu'elle sentait la réglisse.

— L'anis, dit Ev en souriant. *Ses cuisses étaient blanches, et son sexe si étroit.*

— ... et j'ai vu une grenade dans la neige. Oh, mon Dieu, que se passe-t-il ? »

Ev se représenta un vieux tracteur rouge.

« Et maintenant ?

— Un tracteur, chuchota Dugan. Un tracteur Farmall. Mais ce ne sont pas les bons pneus. Mon père en avait un. Ce sont des pneus Dixie Field-Boss. Ils n'iraient pas pour ce type de trac... »

Soudain, Dugan se retourna, s'accrocha à la poignée de la portière, se pencha à l'extérieur et vomit.

12

« Ruth m'avait demandé un jour de lire les Béatitudes à ses obsèques s'il arrivait que je doive y présider, disait le révérend Goohringer de son onctueuse voix méthodiste que le révérend Donald Hartley n'aurait pas reniée. Et j'ai honoré son souhait. Pourtant... »

(la guerre vous pensiez la guerre est)

Goohringer s'interrompit avec une petite expression de surprise et d'inquiétude sur le visage. On aurait pu croire que sur le point de Roter il s'était interrompu pour réprimer cette éructation hors de propos.

« ... je crois qu'elle mérite encore quelques versets. Ils... »

(tracteur. Un tracteur Farmall)

Une autre petite secousse perturba le discours de Goohringer, et il fronça de nouveau les sourcils.

« ... ne sont pas de ceux, j'imagine, qu'une femme chrétienne oserait réclamer, sachant qu'une femme chrétienne doit les mériter. Écoutez cette lecture du Livre des Proverbes et voyez si, vous qui la connaissiez, vous ne trouvez pas qu'ils s'appliquent à Ruth McCausland. »

(ce sont des pneus Dixie Field-Boss)

Dick Allison jeta un coup d'œil sur sa gauche et rencontra le regard de Newt de l'autre côté de l'allée centrale. Newt semblait étonné. La bouche de John Harley s'était ouverte ; ses yeux bleus délavés erraient avec effarement.

Goohringer trouva sa page, la perdit, faillit faire tomber sa bible. Il se troubla. Il n'était plus le maître de cérémonie, mais un étudiant en théologie mort de trac. Il se trouva que personne ne le remarqua : les étrangers étaient occupés soit par leurs malheurs physiques soit par leurs idées grandioses, et les habitants de Haven s'étaient rassemblés au premier signe d'alarme, l'information circulant d'une tête à l'autre jusqu'à ce qu'elles résonnent toutes du son discordant d'un nouveau carillon :

(il y en a qui mettent leur nez où il n'a)

(rien à faire)

Bobby Tremain prit la main de Stephanie Colson et la serra. Elle lui rendit sa pression et le regarda de ses grands yeux bruns, les yeux effrayés d'une biche qui entend le frottement et le déclic d'un fusil qu'on arme.

(Sur la Route n° 9)

(trop près du vaisseau)

(l'un d'eux est un flic)

(un flic, oui, mais pas n'importe quel flic — le flic de Ruth, il l'aimait)

Ruth aurait reconnu ces voix qui s'élevaient. Et maintenant, même certains des étrangers commençaient à les sentir, bien qu'ils fussent relativement peu infectés par Haven. Quelques-uns regardèrent autour d'eux comme des gens qui s'éveillent d'un petit somme. Parmi eux, la jeune amie du collaborateur du député Brennan. Elle semblait à des kilomètres de là : bien que simple employée de bureau à Washington, elle venait de concevoir un système de classement qui pourrait bien lui valoir une promotion foudroyante. Et puis une idée insolite, une idée qui n'était pas d'elle, elle l'aurait juré

(il faut que quelqu'un les arrête, et vite !)

traversa son esprit et elle regarda autour d'elle pour voir si quelqu'un avait parlé tout haut dans l'église.

Mais tous étaient silencieux, hormis le prêtre qui avait retrouvé sa page. Elle regarda Marty, mais Marty était assis, complètement hébété, les yeux fixés sur un vitrail, comme hypnotisé. Elle se dit que ce devait être l'ennui et revint à ses propres pensées.

« " Qui peut trouver une femme vertueuse ? " lisait Goohringer d'une voix un peu inégale qui le fit hésiter et bafouiller à plusieurs reprises. " Car elle a bien plus de valeur que les perles. Le cœur de son mari a confiance en elle, et les produits ne lui feront pas défaut. Elle lui fait du bien et non du mal, tous les jours de sa vie. Elle se procure... " »

Une autre explosion de pensées étrangères parvint à l'unique oreille de l'église :

(désolé de ce qui arrive, je n'ai pas pu)

(...)

(quoi ?)

(...)

(nom de Dieu, mais c'est incroyable ! comment...)

Il y a deux voix qui parlent mais on n'en entend qu'une, pensa le réseau de cerveaux, et les yeux se concentrèrent sur Bobbi. Il n'y avait qu'une personne à Haven qui pouvait leur rendre son esprit opaque, et cette personne n'était pas là avec eux. *Deux voix — est-ce que la voix qu'on n'entend pas est celle de ton ivrogne d'ami ?*

Bobbi se leva soudain et se glissa le long des bancs, affreusement consciente des regards de l'assemblée. Goohringer, ce con, s'était à nouveau interrompu.

« Excusez-moi, murmurait Bobbi. Excusez-moi... excusez-moi. »

Elle parvint finalement à s'échapper dans le narthex, puis dans la rue. D'autres — dont Bobby Tremain, Newt, Dick et Bryant Brown — entreprirent de la suivre. Aucun des étrangers ne remarqua quoi que ce soit. Ils étaient retournés à leurs rêves bizarres.

13

« Désolé de ce qui m'arrive, dit Butch Dugan en refermant la portière avant de sortir un mouchoir et de s'en essuyer la bouche. Je n'ai pas pu me retenir. Je me sens mieux, maintenant.

— Je ne vous expliquerai rien, dit Ev en hochant la tête. Il n'est pas temps. Mais je veux que vous écoutiez quelque chose.

— Quoi ? »

Ev alluma l'autoradio et tourna le bouton de recherche des stations. Dugan n'en revenait pas. Il n'avait jamais entendu autant de stations, pas même la nuit quand elles se bousculaient toutes, se gonflant et disparaissant dans une mer de voix. Celles-ci ne chevrotaient pas. La plupart étaient parfaitement claires.

Ev s'arrêta sur une station. Une chanson des Judds se terminait. Et Butch Dugan entendit alors le jingle de la station : « *W-W-V-Aïe !* » chantait un groupe de filles du Sud pleines d'entrain, accompagnées de violoneux et de joueurs de banjo typiquement texans.

« Nom de Dieu, mais c'est incroyable ! s'écria Dugan. Comment...

— Maintenant, dit Ev en éteignant la radio, je voudrais que vous écoutiez mon crâne. »

Dugan le dévisagea pendant un moment complètement abasourdi. Même dans *Alice au pays des merveilles*, personne n'était fou *à ce point*.

« Mais au nom du ciel, de quoi parlez-vous ?

— Ne discutez pas. Contentez-vous de faire ce que je vous dis, ordonna Ev en se tournant pour présenter son occiput à Dugan. J'ai deux pièces de métal dans la tête. Un souvenir de guerre. La plus grosse est derrière, vous voyez ? Les cheveux n'ont pas repoussé.

— Oui, mais...

— Nous n'avons que peu de temps ! Approchez votre oreille de la cicatrice et *écoutez !* »

C'est ce qu'il fit... et l'irréalité l'engloutit. L'occiput du vieil homme jouait de la musique. C'était faible et lointain, mais parfaitement identifiable : Frank Sinatra chantait *New York, New York*.

Butch Dugan se mit à glousser. Et bientôt, il rit à gorge déployée avant d'entourer son estomac de ses bras et de rugir littéralement. Il était là, au bout du monde, avec un vieil homme dont la tête s'était transformée en boîte à musique. Bon Dieu ! C'était encore mieux que tout ce qu'il avait vu à *Incroyable, mais vrai !*

Butch rit, suffoqua, pleura, rugit...

La main calleuse du vieil homme le frappa au visage. Le choc de cette gifle arracha Butch à sa crise de nerfs, davantage parce que ce traitement est généralement réservé aux petits enfants que parce qu'il eut mal. Il regarda Ev en portant la main à sa joue.

« Ça a commencé une semaine et demie avant que je quitte le village, dit sombrement Ev. Des bribes de musique dans ma tête. Elles étaient plus fortes quand j'approchais de cette partie de la commune, et j'aurais dû faire le rapprochement plus tôt. Elles sont plus fortes, maintenant. *Tout* est plus fort. Alors je n'ai pas de temps à consacrer à vos vapeurs et à vos braillements. Est-ce que vous allez vous ressaisir ? »

Dugan se sentit rougir au point que la marque écarlate laissée par la main d'Ev disparut presque totalement. *Vos vapeurs et vos braillements*. Oui, c'était bien ça. Il avait commencé par dégueuler, et puis il avait eu une crise d'hystérie digne d'une gamine de quinze ans. Le vieil homme ne s'était pas contenté de le secouer en mettant le doigt sur ses faiblesses. Maintenant, il passait la seconde et accélérait.

« Ça ira, dit Dugan.

— Est-ce que maintenant vous êtes convaincu qu'il se passe quelque chose, ici ? Que quelque chose a changé à Haven ?

— Oui. Je..., dit-il avant d'avaler sa salive. Oui, répéta-t-il.

— Bon, dit Ev. Cette... chose... est en train de changer tout le monde dans le village, Dugan. Tout le monde sauf moi. J'entends de la musique dans ma tête, mais c'est tout. Je ne lis pas les pensées... et je n'ai pas de grandes idées.

— Qu'est-ce que vous voulez dire par des " idées " ? Quelle sorte d'idées ?

— Toutes sortes, dit Ev en approchant les cent kilomètres-heure puis en les dépassant. Vous comprenez, je n'ai aucune *preuve* de ce qui se passe. Aucune. Vous avez pensé que ça n'allait pas, dans ma tête, hein ? »

Dugan opina du chef. Il se cramponnait au tableau de bord devant lui. Il avait à nouveau mal au cœur. Le soleil brillait trop fort, et il se reflétait sur le pare-brise et les chromes.

« Le journaliste et les infirmières aussi. Mais il y a quelque chose dans les bois, et je vais trouver ce que c'est. Je vais en prendre quelques photos, et je vais vous faire sortir, et nous allons faire du foin, et peut-être que nous trouverons un moyen de faire revenir mon petit-fils David, et peut-être que nous ne trouverons pas, mais d'une façon ou d'une autre, il faut que nous arrivions à arrêter ce qui se passe ici avant qu'il ne soit trop tard. Il le *faut*. Nous n'avons *pas le choix*. »

L'aiguille s'était stabilisée juste en dessous de cent dix à l'heure.

« Jusqu'où roulons-nous ? » demanda Dugan entre ses dents serrées.

Il n'allait pas tarder à vomir à nouveau. Il espérait seulement qu'il pourrait se retenir jusqu'à ce qu'ils arrivent à destination.

« Jusqu'à la ferme du vieux Garrick, dit Ev. A un kilomètre environ. »

Dieu merci, se dit Dugan.

14

« Ce n'est pas Gard, dit Bobbi. Gard a perdu connaissance sur le porche de la maison.

— Qu'est-ce que tu en sais ? demanda Adley McKeen, tu ne peux pas lire dans ses pensées.

— Si, rétorqua Bobbi. Un peu mieux chaque jour. Il est toujours sur le porche, j'en suis sûre. Il rêve qu'il skie. »

Ils regardèrent Bobbi silencieusement pendant un moment. Tous. Une douzaine d'hommes debout dans la rue, en face de l'église méthodiste, devant le Haven Lunch.

« Alors, qui est-ce ? demanda enfin Joe Summerfield.

— Je n'en sais rien, répondit Bobbi. Mais ce n'est pas Gard. »

Bobbi se balançait un peu sur ses pieds. Elle avait le visage d'une femme de cinquante ans, pas de trente-sept. Des marques brunes d'épuisement cerclaient ses yeux. Les hommes ne semblaient pas s'en apercevoir.

De l'église, des voix s'élevèrent pour un cantique.

« Je sais qui c'est, dit soudain Dick Allison dont la haine avait curieusement durci les yeux. Ça ne *peut* être qu'une seule autre personne. La seule autre personne que je connais au village qui ait du métal dans la tête.

— Ev Hillman ! s'écria Newt. Seigneur !

— Il faut se mettre en route, dit Jud Tarkington. Ces salauds se rapprochent. Adley, prends des fusils au magasin.

— D'accord.

Prenez-les, mais ne les utilisez pas, dit Bobbi en posant les yeux sur chacun des hommes. Pas contre Hillman, si c'est lui, et pas contre le flic. *Surtout* pas contre le flic. Nous ne pouvons nous permettre une autre affaire à Haven. Pas avant

(l'" *évolution* ")

que tout soit fini.

— Je vais chercher mon tube, dit Beach dont ·le visage irradiait d'impatience.

— Non ! dit Bobbi en l'attrapant par l'épaule. Tu n'iras pas. Quand je dis qu'on ne peut se permettre une autre affaire, ça veut dire aussi qu'on ne peut plus faire disparaître un autre flic. »

Elle les regarda tous à nouveau, en finissant par Dick Allison qui hocha la tête.

« *Hillman* doit disparaître, dit-il. Y a aucun moyen d'y échapper. Mais c'est sans risque. Ev est cinglé. Un vieux fou peut décider de faire n'importe quoi. Il peut partir à Zion, dans l'Utah, ou à Grand Forks, dans l'Idaho, pour attendre la fin du monde. Le flic, ce sera toute une histoire, mais *à Derry*. Et ce sera une histoire que tout le monde comprendra. Plus personne ne reviendra nous emmerder chez nous. Vas-y,

Jud, prends les fusils. Bobbi, amène ton camion derrière le Lunch. Newt, Adley, Joe, vous venez avec moi. Tu restes avec Bobbi, Jud. Les autres, dans la Cadillac de Kyle. Allez, remuez votre graisse ! »

Ils se mirent en route.

15

Chuchhhhhh...

Le même vieux rêve, avec quelques nouvelles rides. De très curieuses rides. La neige est devenue rose. Elle est imbibée de sang. Est-ce que ça vient de *lui ?* Nom de Dieu ! *Qui aurait pu deviner que ce vieux sac à alcool avait autant de sang en lui ?*

Ils skient sur la piste moyenne. Gard sait qu'il aurait dû rester sur celle des débutants encore une descente au moins. Ici, ça va trop vite pour lui, et en plus, toute cette neige sanglante le distrait, surtout que c'est son propre sang qui l'imprègne.

Il lève les yeux et une douleur lui déchire la tête... et ses yeux s'agrandissent : il y a une Jeep sur cette foutue piste !

Annmarie crie : « Fais du chasse Bobbi, Gard ! CHASSE BOBBI !

Mais ce n'est pas la peine qu'il chasse Bobbi parce que c'est seulement un rêve, et ce rêve est devenu un ami très cher, ces dernières semaines, comme les éclats de musique dans sa tête ; c'est un rêve, et ce n'est pas une Jeep et ce n'est pas la piste de Straight Arrow, c'est

... en train de tourner dans le chemin de Bobbi.

Est-ce un rêve ? Ou bien est-ce vrai ?

Non. Il comprend qu'il a mal posé la question. Il aurait mieux fait de se demander : *Qu'est-ce qui est vrai dans tout ça ?*

Le chrome décoche des flèches de lumière aveuglantes dans les yeux de Gardener. Il cligne des yeux et cherche à tâtons

(ses bâtons de skis ? non, pas un rêve, c'est l'été, tu es à Haven)

la rambarde du porche. Il se rappelle presque tout. C'est brumeux, mais il se rappelle. Plus de trous noirs depuis qu'il est revenu chez Bobbi. De la musique dans sa tête, mais pas de trous. Bobbi est partie aux funérailles. Après, elle va revenir, et ils recommenceront à creuser. Il se rappelle tout, exactement comme il se rappelle le clocher de l'hôtel de ville s'élevant dans le ciel comme un oiseau au gros cul. Tout est là et bien là, monsieur. Sauf ça.

Il se lève, les mains sur la rambarde, les yeux embués et injectés de sang fixés sur la Jeep en dépit de la luminosité. Il se rend compte qu'il doit avoir l'air de sortir tout droit d'une nuit sous un pont.

Alors l'homme assis à la place du passager tourne la tête et voit Gard. L'homme est tellement énorme qu'il a l'air d'une créature de conte fantastique. Il porte des lunettes de soleil ; Gard ne peut donc pas vraiment savoir si leurs yeux se rencontrent ou non. Il le croit. Il le sent. En tout cas, ça n'a pas d'importance. Il le reconnaît. En tant que vétéran d'une cinquantaine de manifestations, il le connaît bien. Il le connaît aussi en tant que poivrot qui s'est réveillé plus d'une fois au poste.

La police de Dallas est enfin arrivée, se dit-il. Et il ressent colère et regrets... mais surtout un grand soulagement. Du moins pour le moment.

*C'est un flic... mais qu'est-ce qu'il fait dans une Jeep ? Bon Dieu, la taille de sa tête...
grosse comme des fesses ! Ça doit être un rêve. C'est impossible autrement.*

La Jeep ne s'arrête pas ; elle remonte l'allée et disparaît. Gardener n'entend
plus que le ronronnement du moteur.

*Ils vont là-bas. Ils s'enfoncent dans les bois. Ils savent. Oh, Seigneur, si le gouvernement
met la main dessus !*

Toutes ses craintes refluent comme de la bile ; son soulagement béat
s'envole comme de la fumée. Il a vu Ted l'Homme de l'Énergie jeter sa veste
sur les restes de la machine de lévitation et dire : *Quel gadget ?*

Et ses craintes cèdent la place à sa vieille fureur nauséeuse.

HÉ ? BOBBI ? RAMÈNE-TOI UN PEU ICI ! hurle son cerveau aussi fort et clair
qu'il le peut.

Du sang gicle de son nez et il titube faiblement en arrière, grimaçant de
dégoût et cherchant son mouchoir. *Quelle importance, de toute façon ? Qu'ils l'aient.
C'est le diable qui l'aura de toute façon, et tu le sais. Alors pourquoi pas la police de
Dallas ? Ça transforme Bobbi et tous les autres du village en policiers de Dallas. Surtout
ses amis. Ceux qu'elle ramène tard le soir quand elle croit que je dors. Ceux qu'elle emmène
dans le hangar.*

C'était arrivé deux fois, les deux fois vers trois heures du matin. Bobbi avait
cru que Gardener dormait profondément grâce aux effets conjugués d'une dure
journée de travail, de nombreux verres, et d'un comprimé de Valium. Le
niveau des comprimés dans le flacon de Valium baissait régulièrement, c'était
vrai, mais pas parce que Gardener les avalait. Chaque soir, il en jetait un dans
les toilettes.

Pourquoi cette dissimulation ? Il ne le savait pas, pas plus qu'il ne savait
pourquoi il avait menti à Bobbi sur ce qu'il avait vu le dimanche après-midi.
Jeter chaque soir un comprimé de Valium n'était pas un vrai *mensonge,* parce
que Bobbi ne lui avait pas demandé directement s'il en prenait ; elle avait
seulement constaté la baisse du niveau des comprimés dans le flacon et en
avait tiré une conclusion erronée que Gardener n'avait pas pris la peine de
démentir.

Tout comme il n'avait pas pris la peine de lui dire qu'il ne dormait pas
profondément. En fait, il souffrait d'insomnies. Même de grosses quantités
d'alcool ne parvenaient pas à le faire plonger bien longtemps. Il en résultait
une conscience ininterrompue, bien que confuse, parfois voilée de gris pour
quelques instants de sommeil, comme si on avait tiré un rideau fait de bas
sales.

La première fois qu'il avait vu des lumières éclairer le mur de la chambre
d'amis aux premières heures du matin, il avait regardé dehors : une grosse
Cadillac entrait dans le chemin. En consultant sa montre, il s'était dit : *ça doit
être la Mafia... qui d'autre viendrait en Cad dans une ferme isolée au milieu des bois à trois
heures du matin ?*

Mais quand la lumière du porche s'était allumée, il avait vu la plaque
personnalisée KYLE-I, et il s'était dit que la Mafia ne se faisait sûrement pas
faire des plaques personnalisées.

Bobbi avait rejoint les quatre hommes et la femme qui en étaient sortis.
Bobbi était habillée, mais pieds nus. Gardener connaissait deux des hommes :

Dick Allison, le chef des pompiers volontaires, et Kyle Archinbourg, un agent immobilier du coin qui conduisait une grosse Cadillac. Les deux autres lui disaient vaguement quelque chose. La femme était Hazel McCready.

Au bout de quelques minutes, Bobbi les avait conduits à son hangar, dont la porte arborait un gros cadenas Krieg.

Gardener s'était dit : *Peut-être que je devrais sortir et aller voir ce qui se passe.* Mais il s'était rallongé. Il ne voulait même pas *s'approcher* du hangar. Il en avait peur. Il avait peur de ce qui pouvait s'y trouver.

Il s'était assoupi.

Le lendemain matin, Cad et les copains avaient disparu. Ce matin-là, Bobbi avait semblé plus guillerette, plus semblable à ce qu'elle était jadis qu'à n'importe quel autre moment depuis le retour de Gardener. Il s'était convaincu que c'était peut-être un rêve, ou Dieu sait quoi qui avait jailli de sa bouteille — pas forcément du delirium tremens, mais presque. Et puis, voici quatre nuits, KYLE-I était revenue. Les mêmes gens en étaient descendus, avaient rejoint Bobbi et s'étaient dirigés vers le hangar.

Gard s'effondre dans le fauteuil à bascule de Bobbi et cherche à tâtons la bouteille de scotch qu'il a sortie sur le porche au matin. Il la trouve. Il la lève lentement, boit, sent le feu liquide lui frapper le ventre et s'y propager. Le bruit de la Jeep s'évanouit, comme dans un rêve. Ce n'était peut-être que ça. C'est ce qu'il lui semble, maintenant. Quel était ce vers dans la chanson de Paul Simon ? *Maintenant, le Michigan me semble un rêve.* Eh oui ! Le Michigan, les étranges vaisseaux enterrés, les Jeep Cherokee et les Cadillac au milieu de la nuit. Qu'on boive assez, et tout devenait rêve.

Sauf que ce n'est pas un rêve. Ce sont les gens qui prennent les choses en main, ceux qui sortent de la Cadillac aux plaques KYLE-I. Exactement comme la police de Dallas. Exactement comme ce bon vieux Ted, avec ses réacteurs.

Qu'est-ce que tu leur offres, Bobbi ? Comment est-ce que tu les survoltes encore plus que tous les autres génies du coin ? La vieille Bobbi n'aurait pas donné dans ce genre de merde, mais la Nouvelle Bobbi Améliorée, oui. Ne serait-ce pas la réponse à tout ça ? Y a-t-il une réponse ?

« Le diable est des deux côtés ! » déclare Gardener avec emphase.

Il engloutit la dernière goutte de scotch et jette la bouteille dans les buissons, par-delà la rambarde.

« Le diable est des deux côtés ! » répète-t-il avant de perdre conscience.

16

« Ce type nous a vus », dit Butch tandis que la Jeep traversait le jardin de Bobbi en diagonale, renversant les énormes pieds de maïs et les tournesols géants qui s'élevaient bien au-dessus du toit de la Cherokee.

« Je m'en fous », dit Ev accroché au volant.

Ils émergèrent du jardin à l'opposé de la maison. Les pneus de la Cherokee roulèrent sur un certain nombre de citrouilles qui arrivaient à maturité incroyablement tôt dans la saison. Leur peau était étrangement pâle, et quand elles éclataient, elles révélaient une chair d'un rose désagréable.

« S'ils ne savent pas encore que nous sommes ici, alors c'est que je me suis gouré sur toute la ligne... Regardez ! Qu'est-ce que je vous avais dit ? »

Une large piste ravinée s'enfonçait dans les bois. Ev fonça dessus.

« Il avait du sang sur le visage », dit Dugan en avalant sa salive.

C'était difficile. Il avait horriblement mal à la tête, et la pulpe de ses dents semblait vibrer à toute vitesse. Son ventre recommençait à bouillonner.

« Et sa chemise, continua-t-il, on aurait dit que quelqu'un lui avait... Arrêtez-vous ! Je vais être malade à nouveau. »

Ev écrasa les freins. Dugan ouvrit sa portière, se pencha au-dehors et vomit un petit filet jaune dans la poussière. Il ferma un instant les yeux. Le monde tournait et virevoltait.

Des voix bruissaient dans sa tête. Beaucoup de voix.

(Gard les a vus il appelle à l'aide)

(Combien)

(deux dans une Jeep ils se dirigent)

Butch s'entendit dire comme s'il était très loin : « Écoutez, je ne veux pas gâcher votre journée, mais je suis malade. *Gravement* malade.

— Je savais que ça risquait d'arriver », dit la voix de Hillman comme si elle sortait d'une chambre d'écho.

Butch parvint à se hisser à nouveau contre le dossier de son siège, mais il n'eut même pas la force de claquer la porte. Il se sentait aussi faible qu'un chaton.

« Vous n'avez pas eu le temps de vous forger une résistance, et on est en plein à l'endroit où c'est le plus fort. Accrochez-vous. J'ai quelque chose qui va vous remettre d'aplomb. Du moins, je crois. »

Ev poussa l'interrupteur qui abaissait la vitre arrière de la Cherokee, sortit, fit basculer la plate-forme de chargement, et sortit son sac de toile. Il le traîna jusqu'à l'avant de la Jeep et le hissa sur le siège. Il jeta un coup d'œil à Dugan, et il n'aima pas ce qu'il vit. Le visage du flic était couleur de cire. Dugan avait fermé ses paupières violettes. Sa bouche entrouverte laissait échapper une respiration rapide et saccadée. Ev trouva une seconde pour se demander comment quoi que ce soit pouvait mettre Dugan dans un tel état alors que lui-même ne ressentait rien, absolument rien.

« Tenez bon, mon vieux, dit-il en coupant avec son canif la corde qui fermait le sac.

— ... malade... », murmura Dugan en bavant un liquide brun.

Ev aperçut trois dents au milieu de cette bouillie.

Il sortit le léger réservoir d'oxygène en plastique que l'employé des fournitures médicales du Maine avait appelé un paquetage plat. Un embout femelle d'acier inoxydable apparut. Ev sortit alors une espèce de coupelle de plastique doré — rappelant les masques respiratoires dont sont équipés les avions de ligne. Un tuyau de plastique y était relié, terminé par un embout mâle de plastique blanc muni d'une valve.

Si ça ne marche pas comme ce type l'a dit, j'ai bien l'impression que ce grand costaud va me claquer entre les pattes.

Il raccorda l'embout mâle du masque à l'embout femelle du réservoir à oxygène, pénétration violente qui devait, espérait-il, garder Dugan en vie. Il entendit l'oxygène sourdre doucement dans le masque doré. Bon. Jusqu'à présent, ça marchait

Il se pencha, plaça le masque sur la bouche et le nez de Dugan, et fixa les élastiques autour de sa tête pour le maintenir en place. Puis il attendit avec anxiété ce qui allait arriver. Si Dugan ne sortait pas de son vertige d'ici trente à quarante secondes, il laisserait tomber. David avait disparu et Hilly était malade, mais ça ne lui donnait pas le droit d'assassiner Dugan, qui ne savait pas en venant dans quel pétrin il se fourrait.

Vingt secondes passèrent. Puis trente.

Ev passait la marche arrière pour faire demi-tour au coin du jardin de Bobbi quand Dugan eut un sursaut, inspira profondément et ouvrit les yeux. Ils semblaient très grands, très bleus et stupéfaits par-dessus le masque doré. Les couleurs revenaient peu à peu sur les joues du policier.

« Mais qu'est-ce..., dit-il en portant la main au masque.

— Gardez-le, dit Ev en posant une de ses vieilles mains percluses d'arthrite sur celle de Butch. L'air ambiant vous empoisonnait. Vous tenez vraiment à en respirer encore ? »

Butch lâcha le masque, qui remua sur son visage quand il dit :

« Combien de temps est-ce que peut durer la provision d'oxygène ?

— Une vingtaine de minutes, m'a dit le vendeur. C'est une valve qui marche à la demande. Retirez le masque de temps à autre. Quand vous sentez que ça va mal à nouveau, remettez-le. Je veux continuer si vous le pouvez. Ça ne peut plus être loin... et il faut que je sache. »

Dugan approuva du chef.

La Cherokee bondit en avant. Dugan regarda les bois autour d'eux. Le silence. Pas un chant d'oiseau. Pas un animal. Rien. C'était de très mauvais augure. Très très *mauvais*.

Faiblement, bien loin dans sa tête, il entendait comme le murmure de transmissions sur ondes courtes.

Il regarda Ev.

« Mais qu'est-ce qui se passe donc ici, nom de Dieu ?

— C'est ce qu'on cherche à comprendre. »

Sans quitter des yeux la piste défoncée, Ev fourragea dans le sac. Dugan grimaça quand le bas de caisse de la Cherokee frotta contre un monticule un peu plus protubérant que les autres.

Ev sortit un gros revolver Colt 45. Il avait l'air assez vieux pour que son propriétaire d'origine s'en soit servi pendant la Première Guerre mondiale.

« C'est à vous ? demanda Dugan, étonné de la vitesse à laquelle l'oxygène le ramenait à la vie.

— Ouais. On vous a appris à vous servir de ces trucs-là, non ?

— Oui, dit-il bien qu'il n'eût jamais vu une antiquité pareille.

— Il se pourrait que vous ayez à l'utiliser aujourd'hui, dit Ev en le lui tendant.

— Qu'est-ce...

— Faites gaffe. Il est chargé. »

Devant eux, la piste se mettait soudain à descendre. Un énorme reflet traversa le feuillage des arbres ; le soleil rebondissait sur un gigantesque objet de métal.

Ev freina, terrifié soudain jusqu'au plus profond de son cœur.

« Nom de Dieu ! » entendit-il Dugan murmurer à côté de lui.

Ev ouvrit la porte et sortit. Comme ses pieds touchaient le sol, il se rendit compte que la terre nue était parcourue de petits courants de poussière et qu'elle vibrait très rapidement. La seconde d'après, une musique assourdissante fusa dans sa tête avec la force d'un cyclone. Elle joua pendant une trentaine de secondes, mais la douleur le tortura à un tel point qu'il eut l'impression qu'elle ne cesserait jamais. Elle s'arrêta d'un coup.

Il vit Dugan debout devant la Cherokee, le masque pendant sous son menton. Il tenait le réservoir d'oxygène d'une main par les sangles, le 45 de l'autre. Il regardait Ev avec appréhension.

« Je vais bien, dit Ev.

— Ouais ? Vous saignez du nez. Exactement comme ce type que j'ai vu en passant à la ferme. »

Ev passa un doigt sous son nez et regarda le sang qui le maculait. Il essuya son doigt sur son pantalon et regarda Dugan.

« N'oubliez pas de remettre le masque quand vous vous sentirez partir.

— Ne vous en faites pas. »

Ev retourna à la Cherokee et fourragea à nouveau dans son sac à malice. Il en sortit un appareil Kodak à disque et un truc qui semblait le produit des amours illicites d'un pistolet à bouchon et d'un sèche-cheveux.

« C'est votre lance-fusées ? demanda Dugan avec un petit sourire.

— Ouais. Reprenez le masque, Dugan. Vous perdez vos couleurs. »

Dugan remit le masque et les deux hommes s'avancèrent vers la chose luisante dans le bois. A quinze mètres de la Cherokee, Ev s'arrêta. C'était plus qu'énorme ; c'était titanesque. Une fois complètement dégagé, ça pourrait sûrement contenir un transatlantique.

« Donnez-moi la main », dit brusquement Ev à Dugan.

Dugan s'exécuta, mais il voulut savoir pourquoi.

« Parce que je suis mort de peur », dit Ev.

Dugan serra sa main. L'arthrite d'Ev craqua, mais il serra à son tour la main de Dugan. Et les deux hommes reprirent leur marche.

17

Bobbi et Jud sortirent les fusils du magasin et les placèrent à l'arrière du pick-up. Ce petit détour n'avait pas pris longtemps, mais Dick et les autres avaient une bonne avance, et Bobbi poussa son moteur aussi vite qu'elle l'osa pour les rattraper. L'ombre du véhicule raccourcissait à mesure qu'on approchait de midi.

Soudain, Bobbi se raidit un peu derrière le volant.

« Tu n'as rien entendu ? »

— Ouais, j'ai entendu quelque chose, répondit Jud. C'est ton copain ?

— Gard les a vus. Il appelle à l'aide.

— Combien ?

— Deux. Dans une Jeep. Ils se dirigent vers le vaisseau.

— Les salauds ! s'écria Jud en abattant un poing sur sa cuisse droite. Foutus salauds de fouille-merde !

— On va les rattraper, dit Bobbi. Ne t'en fais pas. »

Un quart d'heure plus tard, ils étaient à la ferme. Bobbi rangea son pick-up derrière la Nova d'Allison et la Cadillac d'Archinbourg. Elle regarda le groupe d'hommes et se dit que ça ressemblait beaucoup à leurs réunions nocturnes... les réunions de ceux qui devaient

(« *évoluer* » *les premiers*)

devenir particulièrement forts. Mais il manquait Hazel, tandis que Beach, Joe Summerfield et Adley McKeen n'étaient jamais entrés dans le hangar.

« Prends les fusils ! dit-elle à Jud. Joe, aide-le ! Souviens-toi : pas de coups de feu sauf cas d'urgence, et n'abats pas le flic, quoi qu'il arrive ! »

Elle jeta un coup d'œil vers le porche et vit Gard allongé sur le dos. La bouche ouverte, il respirait lentement en émettant des ronflements rouillés. Les yeux de Bobbi s'adoucirent. Il y avait beaucoup de gens à Haven — Dick Allison et Newt Berringer parmi les premiers, probablement — qui pensaient qu'elle aurait dû se débarrasser de Gard depuis longtemps. Rien n'avait vraiment été dit, mais à Haven, il n'était plus nécessaire de dire les choses. Bobbi savait que si elle envoyait une balle dans la tête de Gard, il y aurait tout un peloton de fossoyeurs bénévoles pour l'aider à l'enterrer. Ils n'aimaient pas Gard parce que sa plaque dans la tête l'immunisait contre l' « évolution ». Et empêchait presque qu'on lise ses pensées. Il était son frein. Et ça aussi, c'était moche. La vérité était beaucoup plus simple : elle l'aimait toujours. Elle était encore assez humaine pour ça.

Il faudrait bien qu'ils l'admettent : ivre ou non, quand ils avaient eu besoin d'être prévenus, Gard avait donné l'alarme.

Jud et Joe Summerfield revinrent avec les fusils. Il y en avait six, de divers calibres. Bobbi s'arrangea pour que cinq reviennent à des gens en qui elle pouvait avoir une totale confiance, et elle donna le sixième, un 22, à Beach qui, sinon, se serait plaint.

Comme ils étaient tous occupés par le rituel de la distribution des fusils, aucun ne remarqua que Gardener avait à demi ouvert ses yeux injectés de sang et les regardait. Personne n'entendit ses pensées : il avait appris à les rendre impénétrables.

« Allons-y, dit Bobbi. Et n'oubliez pas que je veux ce flic indemne. »

Ils partirent en groupe serré.

18

Ev et Butch s'arrêtèrent bien en retrait du bord de ce qui était maintenant une entaille inégale, longue de plus de trois cents mètres de droite à gauche et béante de vingt mètres en son point le plus large. Le vieux break hybride de Bobbi, fatigué et usé, tenait compagnie au tracteur gonflé armé de son appendice en forme de tournevis géant. D'autres engins étaient tapis près d'un abri de rondins écorcés. Ev vit une tronçonneuse d'un côté, une déchiqueteuse de l'autre. Un gros tas de sciure détrempée s'amoncelait sous la déchiqueteuse. Il y avait des bidons d'essence dans l'abri, et un bidon noir marqué DIESEL. Quand Ev avait entendu pour la première fois les bruits venant des bois, il avait pensé que les Papeteries de Nouvelle-Angleterre exploitaient à nouveau la forêt, mais ce n'était pas un travail de bûcheron ; c'étaient des fouilles.

Cette soucoupe. Cette monstrueuse soucoupe luisant dans le soleil.

On ne pouvait en détacher les yeux ; on y revenait irrésistiblement. Gardener et Bobbi avaient creusé davantage encore le flanc de la colline. Trente mètres de métal poli d'un gris argenté jaillissaient maintenant de la terre dans la lumière verte et dorée du soleil. S'ils s'étaient penchés sur la tranchée, ils en auraient vu quinze mètres de plus.

Mais aucun des deux ne s'approcha suffisamment pour regarder.

« Doux Jésus, dit Dugan en écartant le masque doré de son visage et en arrondissant ses yeux bleus. Doux Jésus, c'est un vaisseau spatial ! Vous croyez qu'il est à nous ou qu'il est russe ? *Seigneur*, il est aussi grand que le *Queen Mary*. Il n'est pas russe, il n'est pas... pas... »

Il retomba dans le silence. En dépit de l'oxygène, ses maux de tête revenaient.

Ev leva son appareil photo et prit sept clichés aussi vite que son doigt pouvait presser le bouton. Puis il se décala d'une dizaine de mètres vers la gauche et prit cinq autre photos à côté de la déchiqueteuse.

« Poussez-vous vers la droite ! dit-il à Dugan.

— Hein ?

— A droite ! Je veux vous prendre sur les trois dernières, pour l'échelle.

— Pas question, pépé ! »

Malgré le masque, on percevait une note suraiguë dans sa voix.

« Pas besoin d'aller très loin. Quatre pas suffiront. »

Dugan fit quatre très petits pas vers la droite. Ev leva son appareil — un cadeau de Bryant et Marie pour une Fête des Pères — et prit les trois dernières photos. Dugan était très grand, mais le vaisseau enterré le réduisait à la taille d'un pygmée.

« C'est bon », dit Ev.

Dugan recula vite, mais à tout petits pas prudents, sans quitter des yeux l'immense objet rond.

Ev se demandait s'il y aurait quelque chose sur la pellicule. Ses mains avaient tremblé. Et le vaisseau — car c'était certainement une sorte de vaisseau spatial — risquait d'émettre des radiations qui pourraient voiler le film.

Et même si ça sort, qui le croira ? Qui ? Dans un monde où les enfants vont chaque dimanche voir des films comme La Guerre des étoiles *?*

« Je veux partir d'ici », dit Dugan.

Ev regarda le vaisseau un moment de plus, se demandant si David était à l'intérieur, prisonnier, errant dans des couloirs inconnus, passant par des portes taillées pour des formes inhumaines, mourant de faim dans l'obscurité. *Non... S'il était là-dedans, il serait mort de faim depuis longtemps. Mort de faim ou de soif.*

Il glissa son appareil photo dans la poche de son pantalon, revint vers Dugan et prit le pistolet lance-fusées.

« Ouais. Je crois... »

Il s'interrompit. Dans la direction de la Cherokee, une ligne d'hommes — avec une femme — se détachait devant les arbres. Certains étaient armés. Ev les reconnut tous... et aucun.

19

Bobbi s'engagea sur la pente pour rejoindre les deux hommes. Les autres la suivirent.

« Salut, Ev », dit Bobbi d'une voix gentille.

Dugan leva le 45 en regrettant de ne pas sentir dans son poing la crosse familière de son 357 magnum de service.

« Halte ! » dit-il.

Il n'aimait pas la façon dont le masque doré avait étouffé ce mot, l'avait privé de son autorité. Il le retira.

« Vous êtes tous en état d'arrestation.

— Tu fais pas le poids, Butch, dit Newt Berringer d'un ton plaisant.

— On va lui faire sa fête ! » grogna Beach.

Dick Allison lui fit les gros yeux.

« Tu ferais mieux de remettre ton masque, Butch, dit Adley McKeen avec un demi-sourire moqueur. Je crois que tu es en train de tourner de l'œil. »

Butch avait commencé à se sentir mal dès qu'il avait retiré le masque. Le chuchotement constant de leurs pensées ne faisait qu'aggraver les choses. Il remit le masque en place en se demandant combien d'oxygène pouvait rester dans le réservoir.

« Baissez votre arme, dit Bobbi. Et vous, Ev, baissez votre pistolet lance-fusées. Personne n'a l'intention de vous faire du mal.

— Où est David ? demanda brutalement Ev. C'est lui que je veux, sale garce !

— Il est sur Altaïr-4 avec Robby le Robot et le Dr Moebius, dit Kyle Archinbourg en gloussant. Il pique-nique au milieu des banques de mémoire Krell.

— Tais-toi », dit Bobbi qui se sentit soudain un peu perdue, honteuse, décontenancée.

Garce ? Est-ce que c'était bien ainsi que le vieil homme l'avait appelée ? Sale garce ? Elle eut envie de lui dire qu'il se trompait, que ce n'était pas *elle,* la garce, mais sa sœur Anne.

Et soudain, une image confuse s'imposa à elle : la détresse du vieil homme, celle de Gard, la sienne propre, toutes mêlées. Elle ne faisait plus attention.

Profitant de cet instant de distraction, Ev Hillman leva son pistolet et tira une fusée éclairante. Si Dugan avait voulu le faire, ils auraient connu ses intentions avant qu'il n'agisse. Mais avec le vieil homme, c'était différent.

Il y eut un *pfuuiiittt !* et un *hououchss*. Beach Jernigan explosa en flammes blanches, tituba en arrière et lâcha son 22. Ses yeux pelèrent, fondirent, puis éclatèrent après s'être remplis de phosphore brûlant. Ses joues se mirent à couler. Il ouvrit la bouche et agrippa sa poitrine tandis que l'air surchauffé qu'il inspirait se dilatait et faisait éclater ses poumons. Tout arriva en quelques secondes.

La ligne d'hommes ondula et perdit de sa cohésion. Ils reculaient, le visage blanc de terreur. Ils entendaient Beach Jernigan mourir dans leurs têtes.

« *Venez !* » cria Ev à Dugan en courant vers la Cherokee. Jud Tarkington tenta de l'arrêter. Ev lui balança le canon brûlant de son pistolet à travers le visage, lui entaillant la joue et lui cassant le nez. Jud recula en agitant les bras, s'emmêla les pieds et s'étala.

Beach brûlait sur le sol boueux et raviné. Il porta faiblement une main tordue et décharnée à sa gorge, sursauta et retomba, inerte.

Dugan se mit en mouvement et courut derrière le vieil homme qui saisissait déjà la porte de la Cherokee.

Bobbi entendit les pensées de Beach s'évanouir, s'éteindre, et elle se retourna juste à temps pour voir que le vieil homme et le flic étaient sur le point de s'échapper.

Pour l'amour de Dieu, les gars, arrêtez-les !

Cela les réveilla de leur paralysie, mais Bobbi avait réagi la première. Elle rattrapa Ev et abattit la crosse de son fusil sur la nuque du vieil homme. Le visage d'Ev s'écrasa sur le haut de la porte de la Jeep. Le sang jaillit de son nez et il tomba à genoux, étourdi. Bobbi leva à nouveau son fusil, mais Dugan, qui se trouvait de l'autre côté de la voiture, tira par la fenêtre du passager avec le 45 du vieil homme.

Bobbi sentit un gros marteau brûlant s'abattre sur le bas de son épaule droite. Son bras droit fut tiré puissamment vers le haut et elle lâcha son arme. Le coup insensibilisa un instant sa chair, puis la chaleur revint, une fournaise qui se diffusait et la cuisait de l'intérieur.

Elle recula et porta la main gauche à l'endroit où le marteau l'avait frappée, s'attendant à trouver du sang. Elle n'en trouva pas — du moins pas encore — mais seulement un trou dans son chemisier et dans la chair, en dessous. Les bords indurés du trou étaient chauds et tremblants. Le sang coulait dans son dos, beaucoup de sang, mais le choc l'avait engourdie et elle ne ressentait pas encore vraiment la douleur. Sa main gauche avait trouvé le petit orifice d'entrée. La blessure de sortie était aussi grosse qu'un poing d'enfant.

Elle vit le visage blême et paniqué de Dick Allison.

Ça ne va pas bon Dieu pas du tout il faut l'avoir avant qu'il nous ait ce foutu fouineur fouilleur de merde FOUILLEUR DE MERDE !

« *Ne tire pas !* » hurla Bobbi.

La douleur explosa en elle. Le sang jaillit de sa bouche en un jet très fin. La balle lui avait déchiré le poumon droit.

Allison hésita. Avant que Dugan ait pu lever à nouveau son arme, Newt et

Joe Summerfield s'étaient avancés. Dugan se tourna vers eux et Newt abattit le canon de son fusil sur la main qui tenait le 45. Le second coup de Dugan partit dans le sol.

« *Arrêtez, Dugan, arrêtez ou vous êtes mort !* cria John Enders, le principal du collège. *Il y a quatre fusils braqués sur vous à votre droite.* »

Dugan se retourna et vit quatre hommes tenant leurs armes. Allison, qui louchait toujours et n'avait pas encore réussi à se désengluer complètement, semblait prêt à tirer au premier pet d'écureuil.

Ils vont te tuer de toute façon. Tu ferais bien de partir comme John Wayne. Merde. Ils sont tous fous.

« Non, dit Bobbi qui s'était adossée au capot de la Jeep tandis que le sang coulait toujours de sa bouche et imbibait le dos de son chemisier. Nous ne sommes pas fous. Nous n'allons pas vous tuer. Vérifiez vous-même. »

Dugan s'introduisit maladroitement dans la tête de Bobbi Anderson et vit qu'elle était sincère... mais il y avait un piège quelque part, quelque chose qu'il aurait compris s'il n'avait pas été si novice dans l'art étrange de la transmission de pensées. C'était comme les petits caractères au dos d'un contrat de vente de voiture. On se disait qu'on les lirait plus tard. Ces types n'étaient que des amateurs, et il lui restait peut-être une chance de s'en sortir sans mal. Si...

Soudain Adley McKeen arracha le masque doré du visage de Butch, et celui-ci se sentit presque immédiatement pris de vertiges.

« Je te préfère comme ça, dit Adley. Tu penseras pas tant à t'enfuir, sans ton air en boîte. »

Butch combattit le vertige et regarda Bobbi Anderson.

Je crois qu'elle va mourir.

Pense ce que tu veux.

Il se redressa et fit un pas en arrière quand cette pensée inattendue emplit sa tête. Il la regarda de plus près.

« Et le vieux ? demanda-t-il.

« Ce n'est pas... », commença Bobbi.

Elle toussa et du sang jaillit de sa bouche. Des bulles se formèrent dans ses narines. Kyle et Newt s'approchèrent d'elle mais elle les écarta de la main.

« Ce n'est pas votre problème. Nous allons monter tous les deux à l'avant de la Jeep. C'est vous qui conduirez. Il y aura trois hommes armés à l'arrière pour le cas où vous tenteriez un sale coup.

— Je veux savoir ce qui va arriver au vieil homme », répéta Butch.

Bobbi fit un gros effort pour lever son arme. Elle écarta ses cheveux mouillés de sueur de sa main gauche. Sa main droite pendait, inutile, sur le côté. C'était comme si elle voulait que Dugan la voie bien, qu'il l'évalue. C'est ce qu'il fit. La froideur qu'il lut dans ses yeux était bien réelle.

« Je ne veux pas vous tuer, dit-elle doucement. Vous le savez. Mais si vous dites un mot de plus, ces hommes vous exécuteront sur-le-champ. Nous vous enterrerons à côté de Beach et nous courrons notre chance. »

Ev Hillman tentait de se remettre sur ses pieds. Il semblait étourdi ; il ne savait plus où il était. Il essuya le sang de son front comme si c'était de la sueur.

Une nouvelle vague de malaise submergea Butch, et une pensée délicieusement apaisante lui vint : *C'est un rêve. C'est seulement un rêve.*

Bobbi sourit sans humour.

« Pensez-le si vous voulez, dit-elle, et montez dans la Jeep. »

Butch monta et se glissa derrière le volant. Bobbi fit le tour du véhicule pour prendre place sur le siège du passager. Elle se mit à nouveau à tousser, éclaboussant la voiture de sang, et ses genoux plièrent. Il fallut que deux des autres l'aident.

Je ne fais pas que le « penser ». Je sais qu'elle va mourir.

Bobbi tourna la tête et le regarda. Cette voix mentale si claire

(pense ce que tu veux)

remplit à nouveau sa tête.

Archinbourg, Summerfield et McKeen se tassèrent sur le siège arrière de la Cherokee.

« En route, murmura Bobbi. Lentement. »

Butch commença à reculer. Il allait voir une fois encore Everett Hillman, mais il ne s'en souviendrait pas : plus tard, presque tous les souvenirs de Butch seraient effacés comme de la craie sur un tableau noir. Le vieil homme était debout, éclairé par le soleil, avec cette stupéfiante forme de soucoupe à l'arrière-plan. De grands types l'entouraient et, à trois mètres à sa gauche, gisait au sol quelque chose qui ressemblait à un chien calciné.

Tu ne t'es pas si mal débrouillé, vieil homme. Et ton temps, tu as dû être quelqu'un... et tu n'étais pas du tout fou.

Hillman leva les yeux et haussa les épaules comme pour dire : *Enfin, on a essayé.*

Encore un vertige. Butch sentit sa vision se troubler.

« Je ne suis pas sûr de pouvoir conduire », dit-il.

Sa voix sembla lui revenir de très loin dans les oreilles.

« Cette chose... me rend malade.

— Il reste de l'air dans son réservoir, Adley ? » murmura Bobbi.

Son visage était tellement cendreux qu'en comparaison le sang semblait très rouge sur ses lèvres.

« Le masque siffle un peu.

— Remets-le-lui. »

Un moment après que le masque eut été fermement replacé sur sa bouche et sur son nez, Butch se sentit mieux.

« Profitez-en tant que vous pouvez », murmura Bobbi avant de s'évanouir.

20

« Les cendres retournent aux cendres... la poussière à la poussière. Nous mettons donc le corps de notre amie Ruth McCausland en terre, et remettons son âme à Dieu. »

Le cortège s'était déplacé vers le joli petit cimetière situé sur une colline à l'ouest du village. Les gens s'étaient rassemblés autour de la tombe ouverte. Le cercueil de Ruth était suspendu au-dessus. Il y avait bien moins de monde qu'à l'église ; beaucoup des étrangers, qu'ils aient souffert de migraines ou de nausées, ou qu'ils aient brûlé d'une fièvre d'idées nouvelles, avaient saisi l'occasion de l'entracte pour s'esquiver.

Les fleurs posées à la tête de la tombe ondulaient doucement dans la brise d'été. Quand le révérend Goohringer leva la tête, il vit une rose d'un jaune lumineux tourbillonner jusqu'en bas de la colline herbeuse. Au-delà et en contrebas de la clôture blanche un peu décrépite du cimetière, il aperçut le clocher de l'hôtel de ville. Il oscillait légèrement dans l'air lumineux, comme si on le voyait à travers une brume de chaleur. Mais Goohringer se dit néanmoins que l'illusion n'était vraiment pas si mauvaise que ça. Les étrangers au village n'avaient jamais vu de plus bel effet de lanterne magique de leur vie, et ils ne le savaient même pas.

Ses yeux rencontrèrent un instant ceux de Frank Spruce. Il y lut un grand soulagement, et il se dit que Frank lisait tout aussi clairement la même chose dans les siens. Beaucoup des étrangers retourneraient d'où ils étaient venus et diraient à leurs amis que la mort de Ruth avait ébranlé les fondations de la petite communauté ; les gens de Haven semblaient à peine être là. Ce qu'aucun des étrangers ne savait, se dit Goohringer, c'était que Haven suivait avec une grande attention les événements qui se déroulaient près du vaisseau. Pendant un moment, les choses étaient allées très mal. Mais maintenant, on contrôlait à nouveau la situation. Pourtant, Bobbi Anderson risquait de mourir si on ne l'amenait pas à temps dans le hangar, et c'était très triste.

Mais on contrôlait la situation. L' « évolution » allait continuer. C'était tout ce qui comptait vraiment.

Goohringer tenait sa bible ouverte d'une main. Le vent agitait un peu les pages. Il leva son autre main. Les fidèles rassemblés autour de la tombe de Ruth baissèrent la tête.

« Que le Seigneur te garde ; que le Seigneur lève Son visage et qu'Il t'illumine et te donne la paix. Amen. »

Tout le monde releva la tête. Goohringer sourit.

« Des rafraîchissements seront servis dans la bibliothèque, pour ceux d'entre vous qui voudraient y faire halte un moment en souvenir de Ruth », dit-il.

L'acte II était terminé.

21

Kyle glissa doucement la main dans la poche de Bobbi et fouilla jusqu'à ce qu'il trouve l'anneau de son porte-clés. Il le sortit, examina les clés, et saisit celle qui ouvrait le cadenas de la porte du hangar. Il l'inséra dans la serrure mais ne la tourna pas.

Adley et Joe Summerfield surveillaient Dugan, toujours au volant. Butch trouvait de plus en plus difficile d'inspirer l'air du masque. L'aiguille de la jauge était dans le rouge depuis cinq minutes au moins. Kyle les rejoignit.

« Va voir où en est le poivrot, dit Kyle à Joe Summerfield. On dirait qu'il est toujours dans les vapes, mais je lui fais pas confiance. »

Joe traversa la cour, monta sur le porche et examina Gardener de près, au point que l'haleine puante de Gard le fit grimacer. Cette fois, il n'y avait pas d'entourloupe. Gardener s'était trouvé une bouteille de scotch toute neuve et avait bu jusqu'à sombrer dans l'oubli.

Pendant qu'ils attendaient que Joe revienne, Kyle dit à Adley :

« Bobbi va sûrement mourir. Dans ce cas, la première chose que je ferai sera de me débarrasser de cette loque.

— Il est dans les vapes », dit Joe en les rejoignant.

Kyle hocha la tête et tourna la clé dans le cadenas pendant que Joe allait surveiller le flic en compagnie d'Adley. Kyle dégagea le cadenas et entrouvrit la porte. Une brillante lumière verte et sortit, si lumineuse qu'elle concurrença le soleil. On entendait un curieux bruit de liquide en mouvement. C'était presque (mais pas vraiment) comme le bruit d'une machine à laver.

Kyle fit involontairement un pas en arrière, le visage momentanément crispé en une expression de peur et de dégoût mêlé de respect. Rien que l'odeur — épaisse, fétide et organique — aurait suffi à assommer son homme. Kyle comprit — comme tous les autres — que la double nature des Tommyknockers se fondait en une seule. La danse de la contre-vérité était presque terminée.

Le bruit de liquide en mouvement, l'odeur... et puis un autre bruit. Quelque chose comme le faible jappement bouillonnant d'un chien qui se noie.

Kyle était déjà entré deux fois dans le hangar, mais il ne se souvenait pas de grand-chose. Il savait, naturellement, que c'était un lieu important, un lieu bénéfique, qui avait accéléré sa propre « évolution ». Mais la part d'humanité qu'il conservait encore restait en proie à un effroi presque superstitieux.

Il revint vers Adley et Joe.

« On ne peut pas attendre les autres. Il faut qu'on porte Bobbi là-dedans immédiatement si on veut garder une chance de la sauver. »

Le flic, constata-t-il, avait retiré son masque. L'appareil, inutile, était posé sur le siège, à côté de Butch. C'était bien. Comme Adley l'avait dit dans les bois, il penserait moins à s'échapper sans son air en conserve.

« Gardez vos flingues pointés sur le flic, dit Kyle. Joe, aide-moi pour Bobbi.

— Que je t'aide à la porter dans le hangar ?

— Non, au zoo de Rumford, pour qu'elle voie les lions ! hurla Kyle. Bien sûr, dans le hangar !

— Je ne crois pas... je ne crois pas que je veux y entrer. Pas encore, dit Joe dont les yeux allaient de la lumière verte à Kyle tandis qu'un petit sourire gêné fendait sa bouche.

— Je vais t'aider, dit doucement Adley. Bobbi est une bonne copine. Ce serait dommage, si elle crevait avant qu'on soit arrivés au bout.

— D'accord, dit Kyle. Occupe-toi du flic, Joe. Et si tu fais une connerie, je te jure que je te tuerai.

— Je n'en ferai pas, Kyle, dit Joe dont les yeux trahirent le soulagement bien qu'il ne se soit pas départi de son sourire honteux. Je ferai bien attention à lui.

— On compte sur toi », dit faiblement Bobbi.

Ils en furent tous stupéfaits.

Kyle la regarda, puis regarda Joe. Joe ne put soutenir le franc mépris révélé par le regard de Kyle... mais il ne tourna pas les yeux vers le hangar, vers cette lumière, vers ces bruits mouillés et grondants.

« Allez, Adley, dit enfin Kyle. Emportons Bobbi à l'intérieur. Plus vite ça commencera, plus vite ça finira. »

Adley McKeen, la cinquantaine, presque chauve, râblé, ne faiblit qu'un instant.

« Est-ce que..., commença-t-il en se léchant les lèvres. Kyle, est-ce que c'est terrible ? Là-dedans ?

— Je ne m'en souviens pas précisément, dit Kyle. Je sais seulement que je me sentais très bien en ressortant. Comme si j'en savais plus. Comme si je pouvais en *faire* plus.

— Oh, dit Adley d'une voix presque inexistante.

— Tu seras l'un des nôtres, Adley, dit Bobbi de la même voix faible.

— D'accord, dit Adley dont le visage, bien qu'encore effrayé, se raffermit.

— Essayons de ne pas lui faire mal », dit Kyle.

Ils emmenèrent Bobbi dans le hangar. Joe Summerfield détourna brièvement son attention de Dugan pour les regarder disparaître dans la lueur verte, et il lui sembla qu'ils avaient vraiment disparu, et non qu'ils étaient simplement entrés dans le hangar.

Ce bref instant aurait suffi à l'ancien Butch Dugan. Il le comprit, d'ailleurs. Mais il ne fut tout simplement pas capable de le mettre à profit. Aucune force dans ses jambes. Une nausée horrible au creux de l'estomac. La tête qui battait et grondait.

Je ne veux pas entrer là-dedans.

Il ne pourrait pourtant rien faire s'ils décidaient de l'y traîner. Il était si faible...

Et il glissa dans l'inconscience.

Au bout d'un moment, il entendit des voix et leva la tête. Il lui fallut faire un effort, parce qu'il lui sembla que quelqu'un avait versé du ciment dans l'une de ses oreilles jusqu'à lui remplir toute la tête. Le reste de l'équipe sortait de la végétation qui couvrait le jardin de Bobbi. Ils poussaient rudement le vieil homme devant eux. Ev Hillman se prit les pieds dans une ronce et tomba. L'un des hommes — Tarkington — lui donna un coup de pied pour qu'il se relève, et Butch entendit très clairement les pensées de Tarkington : il était scandalisé par ce qu'il considérait comme le meurtre de Beach Jernigan.

Hillman tituba vers la Cherokee. C'est alors que la porte du hangar s'ouvrit. Kyle Archinbourg et Adley McKeen sortirent. McKeen n'avait plus l'air effrayé : ses yeux luisaient, et un grand sourire édenté étirait ses lèvres. Mais ce n'était pas tout. Il y avait autre chose...

Alors, Butch comprit.

Il semblait que pendant les quelques minutes que les deux hommes avaient passé à l'intérieur, une grande partie des cheveux d'Adley McKeen avaient disparu.

« J'y retournerai chaque fois qu'il faudra, Kyle, disait-il, pas de problème. »

Et il y avait encore autre chose, mais maintenant tout semblait vouloir lui échapper à nouveau, et Butch se laissa emporter.

Le monde s'estompa jusqu'à ce qu'il ne reste rien d'autre que ces bruits mouillés et le reflet de la lumière verte sur ses paupières.

22

Acte III.

Ils étaient assis dans la bibliothèque du village. Tous avaient approuvé l'idée de lui donner maintenant le nom de Ruth McCausland. Ils buvaient du café et du thé glacé, du Coca-Cola ou du Canada Dry. Ils ne buvaient rien d'alcoolisé. Pas aux funérailles de *Ruth*. Ils mangeaient de tout petits sandwichs triangulaires au thon ou fourrés de fromage blanc au poivron. Ils mangeaient de la viande froide et de la salade à la gelée rouge, où des filaments de carotte flottaient comme des fossiles dans de l'ambre.

Ils parlaient beaucoup, mais la pièce était presque silencieuse. S'il y avait eu des micros, les espions en auraient été pour leurs frais. La tension qui avait fermé bien des visages à l'église, pendant que le contrôle de la situation dans les bois risquait de leur échapper, se dissipait maintenant. Bobbi était dans le hangar. On y avait aussi entraîné ce fouille-merde d'Ev Hillman, et en dernier, on y avait même emmené ce fouille-merde de flic.

Le cerveau du groupe avait perdu la trace de ces gens au moment où ils étaient entrés dans le reflet de cuivre oxydé de la lumière verte.

Ils mangeaient, buvaient, écoutaient et parlaient, et personne ne disait un mot, et c'était très bien comme ça. Le dernier étranger avait quitté le village après la bénédiction de Goohringer au bord de la tombe, et, à Haven, on se retrouvait de nouveau entre soi.

(Est-ce que ça va aller maintenant)
(oui ils comprendront pour Dugan)
(tu en es sûr)
(Oui ils comprendront ils croiront *qu'ils comprennent)*

L'horloge Seth Thomas sur le manteau de la cheminée, donation du collège après la fête du printemps, émettait, avec son tic-tac, le bruit le plus sonore de la pièce. De temps à autre résonnait le cling décoratif d'une tasse de porcelaine. Très faible, par-delà les fenêtres ouvertes, le son d'un avion, au loin.

Pas de chants d'oiseaux.

Personne ne les regrettait.

Ils mangeaient et buvaient, et quand on sortit Dugan du hangar de Bobbi, vers une heure trente, cet après-midi-là, ils le surent. Les gens se levèrent, et des conversations de *vraies* conversations éclatèrent tout d'un coup. Les bols Tupperware furent recouverts, les sandwiches restants se retrouvèrent dans des sacs. Claudette Ruvall, la mère d'Ashley, posa un morceau de papier d'aluminium sur les restes du ragoût qu'elle avait apporté. Ils sortirent, souriants et bavards, et chacun se dirigea vers son chez-soi.

L'acte III était terminé.

23

Gardener revint à lui vers le crépuscule avec une féroce migraine de lendemain de cuite et la sensation que des choses étaient arrivées dont il ne parvenait pas à se souvenir.

Tu as finalement réussi, Gard, se dit-il. *Tu as finalement réussi à perdre conscience. Satisfait?*

Il parvint à descendre du porche et à tituber autour de la maison, hors de vue de la route, avant de vomir. Il ne fut pas surpris de trouver du sang dans ses vomissures. Ce n'était pas la première fois, mais cette fois, il y avait pourtant plus de sang que d'habitude.

Ses rêves. Bon Dieu, il avait fait de bien étranges cauchemars, cuite ou non. Des gens devant la maison qui allaient et venaient, tellement de gens qu'il ne manquait plus qu'une fanfare et la

(police de Dallas, la police de Dallas était là ce matin et tu t'es soûlé pour ne pas la voir putain de lâche)

clique des majorettes. Des cauchemars, c'était tout.

Il s'écarta de la flaque de dégueulis encadrée par ses pieds. Le monde oscillait, se brouillant puis redevenant clair au rythme des battements de son cœur, et Gardener comprit qu'il s'était approché dangereusement de la mort. En fin de compte, il était bien en train de se suicider... sauf qu'il se suicidait à petit feu. Il posa son bras contre le mur de la maison, et son front sur son bras.

« Monsieur Gardener, est-ce que ça va?

— *Hein!* » s'écria-t-il en sursautant.

Son cœur frappa deux coups violents, s'arrêta un temps infini, puis se remit à battre si rapidement que Gardener pouvait à peine distinguer les pulsations. Son mal de tête atteignit soudain l'insupportable. Il se retourna.

Bobby Tremain était planté là, surpris, un peu amusé, même... mais pas vraiment désolé d'avoir fait une telle peur à Gardener.

« Oh! monsieur Gardener, je ne voulais pas vous surprendre... »

C'est pourtant ce que tu as fait, pauvre con, et tu le sais parfaitement.

Le petit Tremain cilla rapidement à plusieurs reprises. Gardener se dit que Bobby avait saisi une partie de sa pensée, mais se rendit compte au même instant qu'il s'en foutait complètement.

« Où est Bobbi? demanda-t-il.

— *Je suis...*

— Je sais qui *tu* es. Je sais *où* tu es. Juste devant moi. Où est *Bobbi?*

— Eh bien, je vais vous dire », commença Bobby Tremain.

Son visage s'ouvrit, ses yeux s'agrandirent, il prit un air parfaitement honnête, et Gardener se retrouva soudain renvoyé à l'époque où il enseignait. C'était la tête que prenaient les étudiants qui avaient passé un long week-end d'hiver à skier, baiser et boire, quand ils venaient lui expliquer qu'ils ne pouvaient pas lui rendre un devoir parce que leur mère était morte le samedi.

« Vas-y, raconte. »

Gardener s'adossa au pignon de bois de la maison, regardant l'adolescent rougi par le soleil couchant. Par-dessus son épaule, il voyait le hangar, le cadenas, les fenêtres condamnées avec des planches.

Il avait vu le hangar dans son rêve, il s'en souvenait.

Un rêve ? Ou ce dont tu ne veux pas admettre la réalité ?

Pendant un instant, le gamin eut l'air franchement déconcerté par l'expression cynique de Gardener.

« Mlle Anderson a eu une insolation. Des hommes l'ont trouvée près du vaisseau et l'ont emportée à l'hôpital de Derry. Vous étiez dans les vapes.

— Est-ce qu'elle va bien ? demanda Gardener en se redressant.

— Je ne sais pas. Ils sont toujours avec elle. Personne n'a téléphoné. En tout cas pas depuis que je suis arrivé. Il y a environ trois heures. »

Gardener s'écarta du mur et contourna la maison, la tête baissée, luttant contre les suites de sa cuite. Il s'attendait à ce que le gamin lui mente, et peut-être avait-il menti sur la *nature* de ce qui était arrivé à Bobbi, mais Gardener sentait un fond de vérité dans ses paroles : Bobbi était malade, blessée, *quelque chose comme ça*. Ce qui expliquait ces allées et venues dont il se souvenait. Il se dit que Bobbi les avait appelés mentalement. Bien sûr. Elle les avait appelés mentalement, le plus beau numéro de la semaine, mesdames et messieurs, et on ne voit ça qu'à Haven !

« Où allez-vous ? demanda Bobby Tremain d'une voix soudain très aiguë.

— A Derry. »

Gardener était arrivé au bout de l'allée où le pick-up de Bobbi était garé près de la grosse Dodge Challenger jaune du petit Tremain. Gardener se retourna vers le gosse. Le soleil couchant marquait son visage de flammes rouges et d'ombres noires qui lui donnaient l'air d'un Indien. Gardener y regarda de plus près et comprit qu'il n'irait nulle part. Ce gamin avec sa voiture rapide et ses épaules de star du football n'avait pas été posté ici simplement pour annoncer la mauvaise nouvelle à Gard quand celui-ci aurait assez cuvé sa gnôle pour revenir parmi les vivants.

Est-ce qu'on voudrait me faire croire que Bobbi était dans les bois, creusant comme une folle, et qu'elle aurait été assommée par une insolation alors que son partenaire occasionnel était vautré sur le porche de sa maison, soûl comme une vache ? C'est ça ? Ouais, c'est une bonne blague, parce qu'elle était censée se trouver aux funérailles de Mme McCausland. Elle est partie au village, je suis resté seul, et j'ai commencé à penser à ce que j'ai vu dimanche... j'ai commencé à penser et je me suis mis à boire, c'est presque toujours ainsi que ça se passe, avec moi. Naturellement, Bobbi aurait pu aller aux funérailles, revenir, se changer, partir travailler dans les bois et attraper une insolation... mais ce n'est pas ce qui s'est passé. Le gosse ment. C'est écrit sur son visage, et tout à coup je suis foutrement content qu'il ne puisse pas lire mes pensées.

« Je crois que Mlle Anderson préférerait que vous restiez ici pour continuer le travail, dit calmement Bobby Tremain.

— C'est ce que *tu* penses ?

— C'est ce que nous pensons *tous*. »

L'adolescent sembla soudain plus déconcerté que jamais, inquiet, se dandinant d'un pied sur l'autre.

Tu ne t'attendais pas à ce qu'il reste encore des dents et des griffes au petit animal de compagnie toujours ivre de Bobbi, hein ?

Cette pensée en entraîna une autre beaucoup plus étrange, tandis que Gardener regardait le gamin plus attentivement dans la lumière qui virait maintenant à l'orange et au rose cendré. Des épaules de star de foot, un beau visage au menton bien marqué qui aurait pu être dessiné par Alex Gordon ou Berni Wrightson, la poitrine large, la taille mince — Bobby Tremain, l'Américain avec un grand A. Pas étonnant que la fille Colson soit folle de lui. Mais cette bouche enfoncée et infirme ne cadrait pas avec le reste. C'étaient *eux* qui continuaient à perdre leurs dents, pas Gardener.

D'accord. Pourquoi est-il ici ?

Pour me surveiller. Pour être sûr que je ne bougerai pas, quoi qu'il arrive.

« Eh bien alors, dit Gard à Bobby d'une voix plus douce et plus conciliante, si c'est ce que vous pensez tous...

— Oui, vraiment, dit Tremain en se détendant un peu.

— Alors entrons et préparons un peu de café. J'en ai bien besoin. J'ai mal au crâne. Et il faudra qu'on y aille tôt, demain matin... Tu vas bien m'aider, hein ? demanda-t-il au gamin en le regardant droit dans les yeux. C'est ce qu'ils veulent, non ?

— Euh... Oui, monsieur. »

Gardener opina du chef. Il regarda un instant le hangar. La nuit étant presque tombée, on aurait dit que la brillante lumière verte était tatouée dans les interstices des planches. Son rêve sembla revenir presque à sa portée — des cordonniers mortels tapant sur des objets inconnus dans la lueur verte. Jamais la lueur ne lui avait paru si aveuglante, et il remarqua que les yeux de Bobby Tremain se détournaient d'un air gêné quand ils regardaient dans cette direction.

Les paroles d'une vieille chanson flottèrent, pas vraiment par hasard, dans l'esprit de Gardener :

Je ne sais ce qu'ils font, mais ils rient beaucoup derrière la porte verte... porte verte, quel secret gardes-tu ?

Et il y avait un bruit. Léger... rythmé... impossible à identifier... mais pourtant déplaisant.

Tous deux avaient hésité. Mais Gardener se dirigea finalement vers la maison, et Tremain le suivit avec gratitude.

« Bon, dit Gard, comme si la conversation n'avait jamais été interrompue. J'ai bien besoin d'aide. Bobbi prétend qu'on devrait atteindre une trappe quelconque dans deux semaines environ... et qu'alors on pourra entrer dans le vaisseau.

— Oui, je sais, dit Bobby sans hésiter.

— Mais ça, c'était si on y travaillait à deux.

— Oh, il y aura toujours quelqu'un avec vous, dit Bobby avec un grand sourire.

— Oh ? répondit Gard qui sentit un frisson lui parcourir le dos.

— Ben, oui. Bien sûr !

— Jusqu'au retour de Bobbi.

— C'est ça. »

Sauf qu'il ne pense pas que Bobbi reviendra. Jamais.

« Allez, dit-il. Le café. Et puis après, on pourrait manger un morceau.

— Ça me va. »

Ils entrèrent dans la maison, laissant le hangar à ses gémissements et à ses marmonnements dans l'obscurité croissante. Au fur et à mesure que le soleil disparaissait, les interstices verts entre les planches gagnaient en luminosité. Un criquet sauta dans le rayon lumineux qu'une des fissures projetait au sol, et tomba mort.

10.

LE LIVRE
DES JOURS
LE VILLAGE, FIN

1

Jeudi, 28 juillet :

Butch Dugan s'éveilla dans son lit, à Derry, à 3 h 05 du matin. Il repoussa ses couvertures et posa les pieds par terre, écarquillant des yeux ensommeillés dans un visage bouffi. Les vêtements qu'il portait la veille pour son voyage à Haven avec Ev Hillman étaient posés sur la chaise de son petit bureau. Un stylo sortait de la poche de poitrine de la chemise, et il voulait ce stylo. Cette pensée paraissait la seule que son cerveau fût prêt à admettre clairement.

Il se leva, s'approcha de la chaise, prit le stylo, jeta la chemise à terre, s'assit, et resta ainsi plusieurs minutes à regarder l'obscurité, attendant sa prochaine pensée.

Butch était entré dans le hangar de Bobbi, mais bien peu de lui en était ressorti. Il semblait rétréci, amenuisé. Il n'avait aucun souvenir clair. Il n'aurait même pas pu dire son deuxième prénom, et il ne se souvenait pas du tout d'avoir été conduit jusqu'à la limite de Haven et Troie dans la Cherokee que Hillman avait louée, ni d'avoir repris le volant après qu'Adley McKeen fut descendu pour rejoindre Kyle Archinbourg dans sa Cadillac. Il ne se souvenait pas non plus de son retour à Derry. Et pourtant tout cela était arrivé.

Il avait garé la Cherokee devant l'immeuble du vieil homme, l'avait verrouillée. Puis il était monté dans sa propre voiture. Deux blocs plus loin, il s'était arrêté le temps de jeter les clés de la Jeep dans une bouche d'égout.

Il s'était mis au lit tout de suite et avait dormi jusqu'à ce que sonne le réveil planté dans sa tête.

Un nouveau déclic se fit dans sa cervelle. Butch cilla une ou deux fois, ouvrit un tiroir et en sortit un bloc de papier. Il écrivit :

Mardi, j'ai dit à tout le monde que je ne pouvais aller à ses funérailles parce que j'étais malade. C'était vrai. Mais ce n'était pas mon estomac qui me faisait souffrir. Je voulais lui demander de m'épouser, mais je remettais toujours ma déclaration, de peur qu'elle ne me repousse. Si je n'avais pas eu peur, elle serait peut-être encore en vie. Elle morte, rien dans mon avenir ne semble plus valoir la peine.

Désolé pour les problèmes que je vais causer.

Il se relut, puis signa de son nom au bas de la page : *Anthony F. Dugan.*

Il repoussa le bloc et le stylo sur le bureau et reprit sa posture, bien droit sur sa chaise, le regard tourné vers la fenêtre.

Un autre déclic arriva enfin.

Le dernier.

Il se leva, gagna son placard, fit jouer la serrure à combinaison du coffre qui se trouvait au fond et en sortit son 357 magnum. Il suspendit la sangle à son épaule et retourna s'asseoir à son bureau.

Il fronça les sourcils un moment pour mieux réfléchir, puis se leva, éteignit la lumière dans le placard, en ferma la porte, revint au bureau, se rassit, sortit le 357 de son étui, appuya fermement le canon sur sa paupière gauche et appuya sur la détente. La chaise se renversa et heurta le sol avec un claquement mat bien peu spectaculaire. Comme l'ouverture d'une trappe de potence.

2

À *la une,* Daily News *de Bangor, vendredi, 29 juillet :*

UN POLICIER DE DERRY S'EST APPAREMMENT SUICIDÉ
Il enquêtait sur la disparion de ses deux collègues
par John Leandro.

Il semblerait que le sous-officier de la police d'État Anthony « Butch » Dugan, cantonné à Derry, se soit tué d'une balle tirée avec son revolver de service tôt jeudi matin. Sa mort a durement éprouvé ses collègues encore sous le choc de la mystérieuse disparition de deux autres policiers la semaine dernière. En effet...

3

Samedi, 30 juillet :

Gardener est assis sur une souche dans les bois, torse nu, en train de manger un sandwich au thon et aux œufs durs et de boire du café glacé agrémenté de brandy. En face de lui, sur une autre souche, est assis John Enders, le principal du collège. Enders n'est pas fait pour le travail physique, et bien qu'il ne soit que midi, il a l'air brûlant, épuisé, presque vidé.

« Pas mal, dit Gardener en hochant la tête. C'est mieux que Tremain, en tout cas. Si ce gosse essayait de faire bouillir de l'eau, il se débrouillerait pour qu'elle déborde et crame comme du lait.

— Merci », dit Enders avec un faible sourire.

Gardener regarda derrière lui la grande forme circulaire jaillissant du sol. Le fossé ne cessait de s'élargir, et il leur avait fallu des quantités de plus en plus grandes de ce filet argenté qui empêchait les côtés de s'effondrer. Gard ne savait absolument pas comment ils le fabriquaient. Il en avait trouvé de grosses réserves dans la cave, mais quand elles s'étaient épuisées, deux femmes étaient arrivées du village dans un van avec un chargement soigneusement plié, comme des rideaux fraîchement repassés. Il leur en avait fallu beaucoup, parce qu'ils retiraient de plus en plus de déblais du flanc de la colline... et que la chose continuait de s'enfoncer. Maintenant, toute la maison de Bobbi aurait tenu dans son ombre.

Il regarda de nouveau Enders. Enders fixait le vaisseau avec une expression d'adoration respectueuse, presque religieuse, tel un péquenot de druide sortant pour la première fois de son bled pour voir Stonehenge.

Gardener se leva en titubant un peu.

« Allez, dit-il. On va déclencher quelques petites explosions. »

Bobbi et lui avaient atteint un point, quelques semaines plus tôt, où le vaisseau était incrusté dans la roche comme un morceau d'acier dans le béton. La roche n'avait pas endommagé le vaisseau ; elle n'avait pas même infligé la moindre rayure à sa coque gris perle — sans parler de l'ébrécher ou de la cabosser. Mais le vaisseau était complètement coincé. Il fallait faire sauter la roche. Dans d'autres circonstances, c'eût été un travail réservé à une équipe d'ingénieurs spécialisés dans l'utilisation de la dynamite, de *beaucoup* de dynamite.

Mais maintenant, il y avait à Haven des explosifs qui reléguaient la dynamite au magasin des antiquités. Gardener ne savait pas encore très bien ce qu'avait été l'explosion de dimanche, au village, et il n'était pas sûr de vouloir le savoir. C'était une question délicate, en tout cas, parce que personne n'en parlait. Quoi qu'il en fût, un énorme édifice de brique avait indubitablement décollé comme une fusée, et on avait forcément utilisé, pour obtenir ce brillant résultat, de Nouveaux Explosifs Améliorés. A une époque, il s'en souvenait, il avait perdu quelque temps à se demander si la supernourriture pour les méninges que l'engin de Bobbi diffusait dans l'air pouvait produire des armes. Cette phase d'incroyable naïveté lui semblait infiniment lointaine.

« Tu y arriveras, Johnny ? » demanda-t-il au principal du collège, tout en remettant sa chemise.

Enders se releva à son tour en grimaçant, les mains sur les reins. Il semblait désespérément fatigué, mais il parvint néanmoins à sourire. La vue du vaisseau semblait le ragaillardir. Du sang commençait pourtant à sourdre au coin d'un de ses yeux — une unique larme rouge. Une veinule avait dû éclater. *C'est parce qu'il est tellement près de la soucoupe*, se dit Gardener. Lors du premier des deux jours que Bobby Tremain avait passé à l' « aider », presque à l'instant de leur arrivée, il avait craché ses quelques dernières dents comme une mitraillette ses balles.

Gardener songea à dire à Enders qu'il fuyait de l'œil droit, mais il décida de le laisser le découvrir par lui-même. Enders n'en ferait pas une histoire. Probablement pas. Dans le cas contraire, Gardener avait l'impression que lui, il s'en moquait un peu... et c'est cette découverte qui le choqua plus que tout.

Et pourquoi t'en faire ? Est-ce que tu essaies toujours de te persuader que ces mecs sont encore humains ? Dans ce cas, tu ferais mieux de revenir sur Terre, mon vieux Gard.

Il entreprit de descendre la pente, s'arrêtant à la dernière motte avant que la terre ne cède la place à la roche maintenant entaillée et fendue. Il ramassa un petit poste de radio à transistors de plastique jaune reproduisant la silhouette de Snoopy. On y avait fixé le clavier d'une calculette Sharp. Et, bien sûr, des piles.

Gardener gagna le bord de la tranchée en chantonnant. Puis la musique cessa et il regarda en silence le flanc gris du vaisseau titanesque. Ce spectacle ne le ragaillardit pas, lui, mais s'il lui inspira une crainte respectueuse, elle ressemblait de plus en plus à une peur bleue.

Mais tu as encore de l'espoir, hein ? Répondre non serait mentir. La clé peut toujours se trouver ici... quelque part.

Tandis que la peur prenait des couleurs de plus en plus sombres, l'espoir suivait la même voie. Gard pensa qu'il ne tarderait pas à le perdre totalement.

Les excavations du flanc de la colline avaient trop éloigné du vaisseau le bord de la tranchée pour qu'on puisse en toucher la coque. Non que Gard eût voulu le faire : il n'adorait pas sentir son crâne transformé en haut-parleur. Ça faisait mal. Maintenant, même quand il touchait le vaisseau (ce qui était parfois inévitable), il ne saignait plus que rarement, mais les éclats de radio ne manquaient jamais d'arriver à plein volume, et parfois son nez et ses oreilles projetaient autour de lui beaucoup plus de sang qu'il n'avait envie d'en voir. Gardener se demanda un instant combien il lui restait de sursis, mais cette question aussi restait sans réponse. Depuis le matin où il s'était éveillé sur sa digue du New Hampshire, chaque instant de vie était un sursis. Il était malade, et il le savait, mais pas assez malade pour ne pas mesurer l'ironie de la situation dans laquelle il se trouvait : après s'être crevé à déterrer cette saloperie avec une gamme d'outils qui semblaient sortis du Catalogue de Tout l'Univers d'Hugo Gernsback, après avoir abattu un travail dont tous les autres n'auraient probablement pas pu venir à bout sans se tuer à la tâche dans une sorte de transe hypnotique, il était possible qu'il ne puisse pas pénétrer dans le vaisseau une fois qu'ils auraient trouvé la trappe dont l'existence ne faisait aucun doute pour Bobbi. Mais il était bien décidé à essayer. *Je vous parie ma montre, et la chaîne avec.*

Il introduisit sa botte dans une boucle de corde, serra le nœud et glissa la radio dans sa chemise.

« Descends-moi tout doucement, Johnny », dit-il.

Enders se mit à actionner le treuil et Gardener à glisser. Il avait l'impression que la coque, lisse et grise, montait lentement à côté de lui.

S'ils voulaient se débarrasser de lui, ce serait une façon comme une autre, se dit-il. Il suffirait qu'ils envoient un ordre télépathique à Enders : *Laisse filer la corde, John. On en a fini avec lui.* Et il plongerait. Une chute de douze mètres jusqu'au rocher en contrebas, la corde molle le suivant. Crunch !

De toute façon il était à leur merci... et il se disait qu'ils devaient admettre son utilité, même à contrecœur. Le fils Tremain était jeune et fort comme un bœuf, mais il s'était épuisé en deux jours. Enders tiendrait jusqu'au soir — peut-être — mais Gardener aurait parié *sa* montre et la chaîne avec (*quelle* montre et *quelle* chaîne ? Ha-ha !) que le lendemain, ce serait quelqu'un d'autre qui viendrait et resterait avec lui.

Bobbi allait bien.

Tu parles ! Si tu n'étais pas arrivé, elle se serait tuée.

Mais elle tenait mieux le coup ici qu'Enders ou le fils Tremain...

Le cerveau de Gard y revenait toujours : *Bobbi est entrée dans le hangar avec les autres. Mais jamais Tremain ni Enders... du moins pour autant que tu le saches. La différence réside peut-être là.*

Alors, qu'est-ce qu'il y a, là-dedans ? Dix mille anges qui dansent sur une tête d'épingle ? Le fantôme de James Dean ? Le Saint Suaire de Turin ? Quoi ?

Il ne le savait pas.

Son pied heurta le fond.

« J'y suis ! » cria-t-il.

Le visage d'Enders, très petit, apparut au bord de la tranchée. Derrière lui, Gardener apercevait une mince bande de ciel bleu. *Trop* mince. La claustrophobie murmurait dans son oreille d'une voix aussi rugueuse que du papier de verre.

Au fond, l'espace entre le flanc du vaisseau et la paroi recouverte du filet argenté était très étroit. Gardener devait prendre beaucoup de précautions pour se mouvoir afin d'éviter de toucher le vaisseau, ce qui aurait déclenché une autre explosion radiophonique dans son cerveau.

Le roc était très sombre. Il s'accroupit et y passa les doigts. Il les retira mouillés. Depuis une semaine, l'humidité s'accroissait de jour en jour.

Le matin, il avait découpé un petit carré de dix centimètres de côté et de trente de profondeur dans le roc en utilisant un instrument qui, pour l'essentiel, avait été un sèche-cheveux. Il ouvrit son sac à outils, trouva la torche électrique et éclaira l'orifice.

De l'eau.

Il se leva et cria :

« Envoie le tuyau !

— ... *Quoi...* ? » entendit-il en retour d'un ton désolé.

Gardener soupira, se demandant combien de temps il allait tenir, lui aussi, combien de temps il pourrait lutter contre l'épuisement. Tout cet équipement, et personne n'avait songé à installer un moyen de communiquer entre le sommet et le fond de la tranchée. Il fallait qu'ils s'arrachent la gorge à crier.

Oh, mais aucune de leurs grandes idées ne va dans cette direction, et tu le sais. Pourquoi penseraient-ils à un moyen de communiquer alors qu'ils peuvent lire dans les pensées ? C'est toi, l'humain minable, ici, pas eux.

« Le tuyau ! cria-t-il. *Envoie ce putain de tuyau, imbécile !*

— *Oh ! Oui...* »

Gardener attendit que le tuyau descende, rêvant qu'il était n'importe où ailleurs dans le monde, rêvant de pouvoir se convaincre que tout cela n'était qu'un cauchemar.

En vain. Le vaisseau était totalement invraisemblable, mais cette réalité restait trop prosaïque pour n'être qu'un rêve : l'odeur aigre de la sueur de John Enders, l'odeur légèrement alcoolisée de la sienne, l'enfoncement de la boucle de corde sous son pied quand il descendait dans la tranchée, la roche rugueuse et moite sous ses doigts.

Où est Bobbi, Gard ? Est-ce qu'elle est morte ?

Non. Il ne pensait pas qu'elle fût morte, mais il était convaincu qu'elle était *terriblement* malade. Quelque chose lui était arrivé mercredi. Quelque chose était arrivé à *tout le monde,* mercredi. Gardener ne parvenait pas vraiment à rassembler ses souvenirs, mais il savait qu'il n'avait pas vraiment perdu conscience, et que ses visions n'étaient pas dues au delirium tremens. Il aurait pourtant mieux valu pour lui que ce fût le cas. On s'était livré à Dieu sait quelle mascarade, mercredi dernier, à un camouflage frénétique. Et au cours de l'opération, il pensait que Bobbi était tombée malade... qu'elle avait été blessée... quelque chose comme ça.

Mais ils n'en parlent pas.

Bobby Tremain : *Bobbi ? Voyons, monsieur Gardener, elle va bien ! C'est seulement une petite insolation. Elle reviendra en moins de temps qu'il n'en faut pour le dire. Elle est solide ! Je crois que vous le savez mieux que quiconque !*

Formidable. Tellement formidable qu'on aurait presque pu penser que le gosse croyait ce qu'il disait — jusqu'à ce qu'on regarde tout au fond de ses yeux bizarres.

Gard s'imaginait allant voir ceux qu'il appelait les Gens du Hangar, et *exigeant* de savoir ce qui était arrivé à Bobbi.

Newt Berringer : *Attendez un peu et il va nous dire que c'est nous la police de Dallas.*

Et ils se mettraient tous à rire, hein ? *Eux,* la police de Dallas ? C'était vraiment marrant. C'était à hurler de rire.

C'est peut-être pour ça que j'ai tellement envie de le faire. De hurler, je veux dire.

Et il était là, attendant qu'on lui fasse descendre un tuyau, tout au fond de cette tranchée creusée par l'homme dans la terre, une tranchée qui contenait un vaisseau spatial titanesque. Et soudain, l'horrible passage final de *La Ferme des Animaux,* de George Orwell, résonna dans sa tête comme un cri de mort. C'est étrange, de découvrir que l'on sait plein de choses par cœur : « *Les yeux fatigués de Douce glissaient d'un visage à l'autre... Et tandis que les yeux des animaux, à l'extérieur, passaient du cochon à l'homme et de l'homme au cochon, et à nouveau du cochon à l'homme, il sembla qu'une chose étrange arrivait. Il était impossible de dire qui était qui.* »

Doux Jésus, Gard, ferme-la !

Le tuyau arriva enfin, un tuyau de vingt-cinq mètres prêté par le dépôt des pompiers volontaires. Il avait naturellement été conçu pour *projeter* de l'eau, et pas pour l'aspirer, mais une pompe avait été adaptée pour inverser sa fonction.

Enders l'envoyait par à-coups. L'extrémité se balançait de telle sorte qu'elle heurtait parfois la coque du vaisseau. A chaque fois que cela se produisait, on entendait un choc à la fois sourd et curieusement pénétrant. Gardener n'aimait pas ce son, et il anticipait chaque choc avec appréhension.

Bon Dieu, est-ce qu'il ne pourrait pas arrêter de balancer ce truc !

Bang... bang... bang. Pourquoi est-ce que ça ne fait pas simplement cling ? Pourquoi est-ce que ça fait toujours cet autre son, comme de la terre jetée sur un cercueil ?

Bang... bang... bang.

Bon Dieu, j'aurais dû sauter quand j'en ai eu l'occasion. J'aurais dû simplement faire un pas de trop sur cette foutue digue d'Arcadia Beach, le 4 Juillet. C'était bien le 4 Juillet ? Merde. J'aurais pu être un Yankee Doodle Décédé.

Alors, vas-y ! Quand tu rentreras à la maison ce soir, gobe tout le Valium de l'armoire à pharmacie. Tu n'as qu'à te tuer, si tu n'as le courage ni de vivre la fin de cette aventure, ni de l'arrêter. Les bonnes gens de Haven organiseront probablement une fête sur ton corps. Tu crois qu'ils veulent de toi, ici ? S'il ne restait pas une fraction de la Vieille Bobbi Non Améliorée dans les parages, je crois bien que tu serais déjà parti. Si elle ne s'interposait pas entre toi et eux...

Bang... bang... bang.

Est-ce que Bobbi était *toujours* entre lui et les habitants de Haven ? Ouais. Mais si elle mourait, combien de temps cela prendrait-il avant qu'on débarrasse l'écorce terrestre de sa personne ?

Pas longtemps, mon vieux. Pas longtemps du tout. Quelque chose comme un quart d'heure.

Bang... bang... b...

Grimaçant, les dents serrées pour lutter contre le son plat et mort, Gard sauta et attrapa l'extrémité de cuivre du tuyau avant qu'elle ne heurte à nouveau le flanc du vaisseau. Il tira l'embout, s'agenouilla au-dessus du trou, et tourna la tête vers le petit visage d'Enders.

« Démarre la pompe ! cria-t-il.

— ... Quoi ?... »

Seigneur, ayez pitié de moi, se dit Gardener.

« *Démarre cette putain de pompe !* » hurla-t-il.

Cette fois, il sentit vraiment sa tête se briser. Il ferma les yeux.

« ... D'ac... cord... »

Quand il releva les yeux, Enders était parti.

Gardener plongea l'extrémité du tuyau dans ce bordel de trou qu'il avait taillé dans le roc le matin. L'eau commença lentement à bouillonner, de façon presque contemplative. C'était glacé, au début, mais les mains de Gard ne tardèrent pas à s'engourdir. Bien que la tranchée dans laquelle il se trouvait ne mesurât qu'une douzaine de mètres de profondeur, compte tenu de tout ce que Bobbi et lui avaient retiré du flanc de la colline, il était probable que le niveau où Gardener était accroupi se trouvait, fin juin, à trente mètres de profondeur. On aurait pu le mesurer à la surface du vaisseau maintenant dégagée mais Gardener s'en foutait. La situation était simple : il semblait bien qu'ils avaient presque atteint la couche aquifère, la roche spongieuse remplie d'eau. Apparemment, la moitié ou les deux tiers inférieurs du vaisseau baignaient dans un grand lac souterrain.

Maintenant, ses mains étaient tellement engourdies qu'il avait oublié leur existence.

« Allez, connard », marmonna-t-il.

En réponse, le tuyau se mit à vibrer et à se tordre. De l'endroit où il se trouvait, Gard ne pouvait entendre le moteur de la pompe, mais c'était inutile. Quand le niveau de l'eau baissa dans le trou, Gardener put à nouveau voir ses mains rougies et trempées. Il regarda baisser le niveau de l'eau.

Si on arrive à la couche aquifère, ça va nous retarder.

Ouais. On pourrait bien perdre toute une journée à attendre qu'ils fabriquent je ne sais quelle super-pompe. Ça les retardera peut-être, mais rien ne les arrêtera, Gard. Est-ce que tu ne le sais pas ?

Le tuyau commença d'émettre le bruit d'une paille géante au fond d'un verre géant de Coca-Cola. La cavité était vide.

« *Arrête-la !* » hurla-t-il.

Enders continua de le regarder. Gardener soupira et tira très fort sur le tuyau. Enders parut surpris, puis il forma un cercle avec son pouce et son index et disparut. Quelques secondes plus tard, le tuyau cessa de vibrer. Puis il remonta lentement au fur et à mesure qu'Enders l'enroulait.

Avant de la lâcher, Gardener s'assura que l'extrémité du tuyau ne se remettrait pas à osciller comme un pendule.

Il sortit la radio de sa chemise et l'alluma. On y avait installé un système à retardement de dix minutes. Il plaça la radio au fond du trou, puis la recouvrit avec des morceaux de roche. Il savait que de toute façon, une grande part de la force de l'explosion serait canalisée vers le haut mais c'était un engin assez puissant — quelle que soit sa nature — pour que le souffle déchiquette le roc sur environ un mètre de profondeur, le réduisant en morceaux faciles à hisser à la surface avec un treuil. Le vaisseau ne serait pas endommagé. Apparemment, *rien* ne pouvait l'endommager.

Gardener engagea son pied dans la boucle de corde et cria :

« *Remonte-moi !* »

Il ne se passa rien.

« *REMONTE-MOI, JOHNNY !* » hurla-t-il.

Il eut à nouveau l'impression que son crâne se fendait suivant il ne savait quelle suture médiane pourrie.

Toujours rien.

En plongeant ses mains jusqu'au poignet dans l'eau glacée, Gardener avait certainement abaissé sa température de plus d'un degré. Une sueur abondante et collante perla néanmoins sur son front. Il regarda sa montre. Deux minutes s'étaient écoulées depuis qu'il avait allumé la radio Snoopy. De sa montre, ses yeux se portèrent sur la pile de fragments de granit qu'il avait amoncelés dans le trou. Il avait tout le temps de ressortir les blocs et d'éteindre la radio.

Sauf qu'en éteignant la radio, il n'arrêterait pas ce qui se passait *à l'intérieur* de la radio. Il ne savait pas ce qui s'y passait, il ne savait pas comment il savait qu'il s'y passait quelque chose, mais il en était sûr.

Il leva les yeux à la recherche d'Enders. Enders n'était pas là.

Voilà comment ils vont se débarrasser de toi, Gard.

Grimpe, Gard.

Douze mètres ? Tu rêves ! Peut-être du temps de la fac. Même pas.

Il regarda sa montre. Trois minutes.

Ouais. C'est comme ça. Pouf. Parti. Un sacrifice au Grand Vaisseau. Un petit quelque chose pour s'attirer les bonnes grâces des Tommyknockers.

« ... *l'as déjà mis en marche ?* »

Il leva la tête si brusquement que son cou craqua, sa peur croissante se transformant immédiatement en rage.

« *Je l'ai mis en marche il y a presque cinq minutes espèce de connard de merde ! Sors-moi de là avant que ça pète et que ça m'envoie dans les nuages !* »

La bouche d'Enders s'ouvrit en un O presque comique. Il disparut à nouveau et il ne resta plus à Gardener qu'à consulter sa montre à travers une brume de sueur.

C'est alors que la boucle lui secoua le pied, et un moment plus tard il commença à monter. Gardener ferma les yeux et s'accrocha à la corde. Apparemment, il n'était pas aussi prêt à faire ses adieux à la Terre qu'il le pensait. Ce n'était peut-être pas si mal non plus de le savoir.

Il atteignit le sommet de la crevasse, sortit, retira la boucle de corde de son pied, et s'approcha d'Enders.

« Désolé, dit Enders avec un petit sourire en coin, je croyais que nous étions convenus que vous crieriez avant... »

Gardener le frappa. Avant que Gardener ait même pleinement conscience de ce qu'il avait l'intention de faire, ce fut fait, et Enders s'étala au sol, ses lunettes pendant d'une oreille et la lèvre en sang. Et bien qu'il ne fût pas doué de télépathie, Gard eut l'impression qu'il sentait toutes les têtes de Haven se tourner soudain vers eux, en alerte, l'oreille tendue.

« Tu m'as laissé en bas alors que le compte à rebours avait commencé, espèce de con ! Si vous recommencez — toi ou n'importe qui d'autre dans ce village — vous feriez mieux de ne pas me remonter du tout. Tu m'entends ? »

Une lueur de colère apparut dans les yeux d'Enders. Il remit ses lunettes en place comme il put et se leva. Sa tête chauve était maculée de terre.

« Je ne crois pas que tu saches à qui tu parles, dit-il.

— J'en sais plus que tu ne crois. Écoute, Johnny. Et tous les autres, si vous m'entendez, et je crois que vous m'entendez, écoutez aussi. Je veux un interphone, en bas. J'exige certains égards élémentaires. J'ai joué le jeu. Je suis le seul dans ce village qui n'ait pas eu besoin qu'on lui brouille le cerveau pour arriver à ça. *J'exige des égards, nom de Dieu !* Vous entendez ? »

Enders le regardait, mais Gardener savait qu'il écoutait aussi. Il écoutait les autres voix. Gardener attendit leur décision. Il était trop en colère pour s'en inquiéter vraiment.

« D'accord, dit finalement Enders tout doucement en pressant le dos de sa main contre sa bouche sanglante. Vous avez peut-être raison. On va installer un interphone, et on veillera à ce que vous bénéficiiez d'un peu plus de... comment avez-vous dit ? »

Un sourire méprisant passa sur ses lèvres. C'était le genre de sourire que Gardener connaissait très bien. Le sourire de tous les Arberg et de toutes les McCardle du monde. Le sourire de ceux qui ont la haute main sur l'atome quand ils parlent des centrales nucléaires.

« J'ai dit " égards ". Et vous feriez mieux de vous en souvenir. Mais quand on est intelligent, on apprend vite, hein, Johnny ? Il y a un dictionnaire à la maison. T'en as besoin, trou-du-cul ? »

Il fit un pas en direction d'Enders et il éprouva une grande satisfaction à voir l'homme reculer de deux pas, tandis que son petit sourire méprisant s'effaçait. Il fut remplacé par un regard d'appréhension.

« Des *égards*, Johnny. Souviens-t'en. Souvenez-vous en tous. Si ce n'est pour moi, que ce soit pour Bobbi. »

Ils étaient maintenant près de l'abri à outils, les yeux d'Enders étrécis et nerveux, ceux de Gardener injectés de sang et dilatés par la fureur.

Et si Bobbi meurt, votre notion d'égards peut aller jusqu'à une mort rapide et sans douleur. C'est à peu près ça, non ? Est-ce que j'ai bien décrit les tenants et les aboutissants de la situation, connard chauve ?

« Je — *nous* — apprécions le fait que vous nous parliez franchement, dit Enders, dont les lèvres s'avançaient puis rentraient nerveusement dans sa bouche, puisque aucune dent ne les en empêchait.

— J'en suis certain.

— Peut-être devrions-nous aussi vous parler franchement. »

Il retira ses lunettes et entreprit de les essuyer sur le devant trempé de sueur de sa chemise (geste qui, selon Gardener, ne pouvait que les maculer plus encore), et Gardener vit un éclair sale et furieux dans ses yeux.

« Ce n'est pas une bonne idée de... de frapper comme ça, Jim. Je vous préviens — nous vous prévenons *tous* — ne le refaites jamais. Il y a des... euh.. des *changements*... à Haven..

— Sans blague.

— Et certains de ces changements ont rendu les gens... euh... un peu vifs. Alors frapper comme ça pourrait être... une lourde erreur.

— Est-ce que les bruits soudains vous gênent ? l'interrogea Gardener.

— Je ne comprends pas ce..., commença Enders d'un air intrigué.

— Parce que si le minuteur de cette radio est bien réglé, vous ne tarderez pas à en entendre un. »

Gardener se dirigea vers l'abri de rondins, pas vraiment en courant, mais sans traîner. Enders jeta un regard stupéfait vers le vaisseau et courut derrière Gard. Il trébucha sur une pelle et s'étala dans la poussière, grimaçant, tenant son tibia d'une main. Un instant plus tard, un brusque grondement ébranla la terre. Il y eut une série de ces bruits mats et pourtant pénétrants tandis que des morceaux de roche retombaient sur la coque du vaisseau. D'autres s'élancèrent plus haut et jaillirent à l'extérieur de la tranchée. Gardener en vit un frapper la coque du vaisseau et rebondir à une distance stupéfiante.

« Espèce de farceur de fils de pute au cerveau rétréci ! hurla Enders toujours aplati au sol et tenant son tibia.

— Cerveau rétréci toi-même ! C'est *toi* qui m'as laissé au fond. »

Enders lui jeta un regard noir.

Gardener resta un instant où il était, puis il s'approcha d'Enders et lui tendit la main.

« Allez, Johnny. Oublions le passé. Si Staline et Roosevelt ont pu coopérer assez longtemps pour écraser Hitler, je crois qu'on devrait pouvoir coopérer assez longtemps pour dégager cette saloperie, qu'est-ce que tu en dis ? »

Enders ne pouvait rien dire, mais au bout d'un moment, il prit la main de Gardener et se leva. Il essuya ses vêtements d'un air maussade, jetant de temps à autre, presque comme un chat, un regard haineux à Gardener.

« Tu veux aller voir si nous avons réussi à forer notre puits ? » demanda Gardener.

Il se sentait mieux qu'il ne s'était senti depuis des jours — des mois, même, des années peut-être. Casser la gueule à Enders lui avait fait un bien fou.

« Qu'est-ce que tu veux dire ?

— Rien. »

Gardener s'approcha seul de la tranchée. Il regarda en bas, cherchant de l'eau, tendant l'oreille à l'affût de gargouillis. Il ne vit rien, n'entendit rien. Il semblait qu'il n'avait pas eu de chance, cette fois encore.

Il lui vint soudain à l'idée qu'il était debout, les mains plantées sur ses cuisses, penché au-dessus d'un à-pic de douze mètres, tournant le dos à un homme à qui il venait de casser la figure.

Si Enders le voulait, il pourrait bondir derrière moi et me précipiter dans le trou d'une simple poussée, se dit-il, et il entendit la voix d'Enders : Frapper comme ça pourrait être une lourde erreur.

Mais il ne regarda pas derrière lui, et cette sensation de bien-être totalement hors de propos ne le quitta pas. Il était dans la merde, et ce n'était pas en s'accrochant un rétroviseur au front pour surveiller ses arrières qu'il s'en sortirait.

Quand il se retourna, Enders était toujours près de l'abri, arborant la même expression de chat haineux. Gardener soupçonna qu'il avait ses copains mutants au bout du fil.

« Qu'est-ce que vous en dites ? demanda Gardener avec une amabilité forcée. Il y a plein de roches brisées en bas. Est-ce que nous nous remettons au travail, ou est-ce que nous continuons à nous dire nos quatre vérités ? »

Enders entra dans l'abri, empoigna l'appareil de levage qu'ils utilisaient pour déplacer les plus gros rochers, et rejoignit Gardener. Il lui tendit l'engin, que Gardener chargea sur son épaule. Gardener reprit la direction de la tranchée, puis se retourna.

« N'oublie pas de me remonter quand j'appelle.

— Je n'oublierai pas. »

Les yeux d'Enders — à moins que ce ne fussent que les verres de ses lunettes ? — étaient répugnants. Gardener découvrit qu'il s'en moquait. Il plaça son pied dans la boucle de corde, serra le nœud et Enders empoigna la manivelle du treuil.

« Souviens-toi, Johnny. Des égards. C'est la règle du jour. »

John Enders le fit descendre, sans un mot.

4

Dimanche, 31 juillet :

A onze heures et quart, ce dimanche matin, Henry Buck, que ses amis appelaient Hank, commit le dernier acte de pure folie irrationnelle qui devait se dérouler à Haven.

Les habitants de Haven sont un peu vifs, avait dit Enders à Gard. Ruth

McCausland avait eu quelques preuves de ce tempérament pendant la battue organisée pour retrouver David Brown : insultes grossières, chamailleries, quelques coups de poing. Ironiquement, c'est Ruth en personne — Ruth et l'impératif moral tout à fait clair qu'elle avait toujours représenté dans la vie de ces gens — qui avait empêché que la battue ne tournât en mêlée générale.

Vifs ? « Fous » constituait probablement un qualificatif plus approprié.

Sous le choc de l' « évolution », le village s'était retrouvé comme une pièce remplie de gaz attendant que quelqu'un gratte une allumette... ou que se produise un accident tout aussi mortel, comme l'arrivée d'un livreur qui sonnerait à la porte et ferait tout exploser en produisant une simple étincelle.

Il n'y eut pas d'étincelle. En partie grâce à Ruth. En partie grâce à Bobbi. Et puis, après la visite au hangar, un groupe d'une demi-douzaine d'hommes et une femme commencèrent à travailler comme les « guides de voyages au LSD » des années soixante, et aidèrent Haven à traverser sans mal la première phase de l' « évolution ».

C'était une bonne chose pour les habitants de Haven que le grand boum n'ait jamais été déclenché, et une bonne chose aussi pour les habitants du Maine, de la Nouvelle-Angleterre, et peut-être de tout le continent, voire de toute la planète. Ce n'est pas moi qui vous dirai qu'il n'y a nulle part dans l'univers une planète qui flotte dans l'espace, transformée en gros nuage de cendres mortes à la suite d'une querelle explosive entre deux personnes s'accusant mutuellement de monopoliser le sèche-linge à la laverie automatique du coin, querelle qui a dégénéré en conflagration mondiale. On ne sait jamais vraiment comment les choses finiront — ni *si* elles finiront. Et il y avait eu une période, fin juin, où le monde entier aurait bien pu s'éveiller un matin et découvrir qu'un terrible conflit menaçant l'existence même de la planète se déroulait dans un village inconnu du Maine — à cause d'une affaire aussi cruciale que de savoir qui, ce jour-là, devait payer la note de la pause-café au Haven Lunch.

Naturellement, il est possible que nous fassions un jour sauter notre monde sans aucune aide extérieure, et pour des raisons qui paraîtront tout aussi triviales considérées en termes d'années-lumière : si c'est d'une autre galaxie que l'on contemple le petit point où nous tournons dans la Voie lactée, au sein du Petit Nuage de Magellan, alors le fait que les Russes envahissent ou non les champs de pétrole d'Iran, ou bien que l'OTAN décide ou non d'installer des missiles de croisière américains en Allemagne de l'Ouest, cela peut sembler tout aussi futile que de savoir qui paiera les cinq cafés et les cinq croissants de la pause. Du point de vue de Sirius, ça revient peut-être au même.

Quoi qu'il en soit, la période de tension ne prit réellement fin à Haven qu'au mois de juillet. A ce moment, presque tout le monde au village avait perdu ses dents, et beaucoup d'autres mutations plus étranges encore avaient commencé. Les sept personnes qui avaient pénétré dans le hangar de Bobbi, communiant avec ce qui les attendait dans la lueur verte, avaient vécu le début de ces mutations une dizaine de jours plus tôt, mais en avaient gardé le secret.

Étant donné la nature des changements en question, c'était probablement plus sage ainsi.

Et c'est probablement aussi parce que la revanche prise par Hank Buck contre Albert « Pits » Barfield fut véritablement à Haven le dernier acte de folie démesurée, qu'elle mérite qu'on s'y arrête brièvement.

Hank et Pits Barfield appartenaient au cercle de joueurs de poker du jeudi soir dont Joe Paulson avait été un pilier. Au 31 juillet, les jeux de poker avaient pris fin, non parce que cette garce de Becky Paulson, devenue folle, avait fait rôtir son mari, mais parce qu'on ne peut plus bluffer au poker quand tous les joueurs sont télépathes.

Hank nourrissait pourtant une certaine rancune contre Pits Barfield, et plus il y pensait, plus elle croissait dans son cœur. Toutes ces années, Pits avait triché. Plusieurs d'entre eux le soupçonnaient. Hank se souvenait d'un soir, dans l'arrière-salle de Moss Harlingen, où Moss lui avait dit, alors qu'ils jouaient au billard : « Il triche, j'en mettrais ma main à couper, Hank. La six dans la poche de côté. »

Whack ! La sixième boule était tombée dans la poche comme tirée par un fil.

« Le pire, c'est que ce bâtard connaît bien son affaire. S'il allait juste un peu plus lentement, on pourrait le pincer.

— Si tu penses ça, tu devrais te retirer du jeu.

— Merde ! Tous les autres sont honnêtes, et en plus je peux presque tous les battre — la neuf dans le coin. »

Whap !

« Surtout que ce petit salaud est rapide, et qu'il n'abuse pas ; il donne juste le petit coup de pouce qu'il faut s'il voit qu'il va perdre. T'as remarqué comment il s'en sort, chaque jeudi ? Il rentre dans son fric. »

Hank l'avait remarqué. Mais il pensait tout de même que toute cette histoire était un peu embrouillée dans la tête de Moss. Moss était un bon joueur de poker, et il en voulait à tous ceux dont il ne parvenait pas à prendre l'argent. Mais d'autres s'étaient fait l'écho de soupçons similaires au fil des années, et plus d'un — dont quelques types très gentils, des types avec lesquels Hank aimait boire quelques bières et faire un petit poker — s'étaient retirés de leur cercle. Ils en étaient sortis sans bruit, sans faire d'histoires ni d'ennuis, et jamais ils n'avaient insinué que, s'ils partaient, c'était à cause de Pits Barfield. C'était parce qu'ils allaient tous les lundis au bowling à Bangor et que leurs femmes ne voulaient pas qu'ils sortent deux soirs par semaine. C'était parce que leurs horaires de travail avaient changé et qu'ils ne pouvaient plus se permettre de veiller tard. C'était parce que l'hiver arrivait (même si l'on n'était encore qu'en mai) et qu'il fallait qu'ils travaillent sur leur scooter des neiges.

Enfin, ils étaient partis, laissant à lui-même le noyau de trois ou quatre copains qui étaient là depuis le début. Le pire était encore de devoir se dire que ces étrangers s'étaient rendu compte de quelque chose, ou même qu'ils nourrissaient des soupçons aussi tenaces que l'odeur de jungle qui montait presque toujours du corps crasseux de Barfield. C'étaient *eux* qui avaient raison. Kyle, Joe et lui s'étaient fait avoir. Toutes ces années, ils s'étaient fait avoir.

Quand l' « évolution » se fut vraiment enclenchée, Hank découvrit la vérité une bonne fois pour toutes. Non seulement Pits donnait les cartes du dessous du paquet, mais il se permettait parfois un marquage discret. Il avait acquis ces talents au cours des longues heures monotones de garde dans un reppeldeppel des environs de Berlin, pendant les mois qui suivirent la fin de la Seconde Guerre mondiale, quand il attendait d'être relevé. Hank avait passé certaines de ces nuits chaudes et humides de juillet, les yeux grands ouverts dans son lit, la tête douloureuse, en train d'imaginer le jeune Pits dans une jolie ferme bien chauffée, sans chemise ni chaussures, puant à faire fuir les mouches, et souriant d'un grand sourire de merde en s'entraînant à tricher et en rêvant aux pigeons qu'il allait plumer quand il rentrerait au pays.

Hank subit ces rêves et ces maux de tête pendant deux semaines... et alors, une nuit, la réponse lui vint. Il allait tout simplement renvoyer le vieux Pits à son reppeldeppel, c'est ça qu'il allait faire. A *un* reppeldeppel en tout cas. Un reppeldeppel, c'était peut-être à cinquante années-lumière de là, ou à cinq cents, ou cinq millions. Un reppeldeppel dans la Quatrième Dimension. Et Hank sut exactement comment faire. Il se redressa dans son lit, et son visage se fendit d'un énorme sourire. Ses maux de tête avaient enfin disparu.

« Mais, au fait, qu'est-ce que c'est, un reppeldeppel ? » murmura-t-il.

Puis il décida que c'était le dernier de ses problèmes. Il sortit du lit et se mit au travail, à trois heures du matin.

Il se vengea de Pits une semaine après en avoir eu l'idée. Pits était assis devant le supermarché Cooder, renversé dans un fauteuil qui ne reposait plus au sol que sur les deux pieds arrière. Il regardait les images du magazine *Gallery*. Il regardait des photos de femmes nues, de tricherie au poker et de reppeldeppels puants — c'étaient là ses spécialités, avait décidé Hank.

C'était un dimanche couvert et chaud. Les gens virent Hank se diriger vers l'endroit où Albert « Pits » Barfield était vautré dans son fauteuil, ses bottes de travail calées autour des pieds avant du fauteuil, regardant toutes ces Filles d'A-Côté. Ils sentirent-entendirent la pensée unique qui battait régulièrement *(reppeldeppelreppeldeppelreppeldeppel)* dans la tête de Hank ; ils virent le monstrueux radio-cassette, comme en promènent les jeunes des ghettos, que Hank tenait à la main, ils virent le pistolet (souvenir de son propre passé militaire) glissé dans la ceinture de son pantalon, et ils reculèrent en panique.

Pits était profondément absorbé par la page centrale de son *Gallery*. On y voyait l'essentiel d'une fille du nom de Candi (dont les hobbies, disait le magazine, comprenaient « la voile et les hommes aux mains à la fois fortes et douces »), et il ne leva les yeux que bien trop tard pour imaginer quoi que ce soit de constructif pour lui-même. Étant donné la taille du pistolet que portait Hank, dirent les gens (généralement sans ouvrir la bouche, sauf pour y ingurgiter davantage de nourriture) le soir au souper, il était probablement déjà trop tard pour le pauvre vieux Pits quand il s'était levé le dimanche matin.

Le fauteuil de Pits retomba avec un bang.

« Hé, Hank ! Qu'est-ce... »

Hank dégaina. Lui, il avait fait son temps en Corée, pas dans un reppeldeppel.

« Tu vas rester assis où tu es, dit Hank, ou tout le monde verra tes boyaux s'étaler sur cette fenêtre, espèce de tricheur de fils de pute.

— Hank... Hank... Qu'est-ce... »

Hank retira de sa chemise une paire de petits écouteurs Borg. Il les raccorda à la grosse radio, l'alluma, et envoya les écouteurs en direction de Pits.

« Mets-les, Pits. On va voir comment tu te sors de *ça*.

— Hank... Je t'en prie...

— Je ne suis pas prêt à discuter de ça avec toi, Pits, dit Hank avec un grand accent de sincérité. Je te donne cinq secondes pour mettre ces écouteurs, et ensuite je t'opérerai des sinus.

— *Bon Dieu, Hank, ce n'était qu'un foutu jeu de poker avec une cave à vingt-cinq cents !* » hurla Pits.

La sueur dégoulinait le long de ses joues et tachait sa chemise kaki. L'odeur qu'il dégageait était ample, vinaigrée et incroyablement répugnante.

« Un... deux... »

Pits jetait des regards affolés autour de lui. Il n'y avait plus personne dans les parages. La rue s'était vidée comme par magie. Pas une seule voiture ne roulait sur la chaussée, alors que beaucoup étaient garées devant le supermarché. Le silence était total. Aussi bien Pits que Hank pouvaient même entendre la musique qui sortait des écouteurs — Los Lobos qui se demandaient si le monde allait survivre.

« *C'était qu'un foutu jeu de poker à vingt-cinq cents la cave, et je l'ai presque jamais fait, de toute façon !* hurla Pits. *Je vous en supplie ! Que quelqu'un arrête ce type !*

— ... trois...

— *Et puis,* hurla Pits dans un dernier geste de défi, *t'es qu'un foutu mauvais perdant !*

— Quatre », dit Hank en levant son pistolet.

Pits, dont la chemise était presque noire de sueur, roulait des yeux et dégageait une odeur de fumier incendié au napalm. Il céda.

« *D'accord ! D'accord ! D'accord !* hurla-t-il en prenant les écouteurs. Je les mets, tu vois ? Je les mets ! »

Il les mit. Tout en gardant son arme pointée sur Pits, Hank se pencha sur la radio. Sur le bouton « Marche », il avait collé un bout de sparadrap. Et sur le bout de sparadrap, il avait écrit ce mot effrayant : éjection.

Hank le poussa.

Pits se mit à crier. Puis les cris s'évanouirent, comme si quelqu'un en lui baissait le son. Il sembla aussi qu'on baissait sa vitalité, sa cohérence physique... sa *présence.* Pits Barfield se décolora comme une photo. Sa bouche bougeait sans émettre un son, sa peau devenait laiteuse.

Un petit morceau de réalité — un morceau de réalité environ de la taille du battant bas d'une porte d'écurie — sembla s'ouvrir derrière lui. Cela donnait l'impression que cette réalité — la réalité de Haven — avait pivoté sur quelque axe inconnu, comme une bibliothèque à mécanisme secret dans une maison hantée. Derrière Pits, apparut un paysage sinistre dans les mauves et noirs, qui ne ressemblait en rien à un dépôt de matériel de l'armée. Non, ce n'était *pas* un reppeldeppel...

Les cheveux de Hank s'agitèrent autour de ses oreilles, son col frémit en émettant le son d'un pistolet automatique muni d'un silencieux ; les ordures qui jonchaient l'asphalte — papiers de bonbons, paquets de cigarettes écrasés, quelques sacs de pommes de terre chips — s'arrachèrent de la chaussée pour s'engouffrer dans ce trou. Ils avaient été emportés par le courant d'air qui soufflait vers cet ailleurs presque privé d'air. Une partie de ces ordures se prit dans les jambes de Pits. Mais il sembla à Hank que certaines passaient directement *à travers* Pits.

Puis, soudain, alors qu'il était devenu lui-même aussi léger que les ordures qui gisaient un instant plus tôt sur le parking pavé du supermarché, Pits fut aspiré dans ce trou. Son magazine *Gallery* le suivit, ses pages claquant comme des ailes de chauve-souris. *T'as de la chance, enculé,* se dit Hank, *t'auras quelque chose à lire dans ton reppeldeppel!* Le fauteuil de Pits se renversa, gratta l'asphalte et se coinça en travers de l'ouverture. Un violent courant d'air sifflait maintenant autour de Hank. Il se pencha vers sa radio, et posa le doigt sur le bouton « Stop ».

Juste avant qu'il ne le presse, il entendit un cri à la fois fort et menu qui sortait d'ailleurs, de l'autre côté du trou. Il leva les yeux. *Ce n'est pas Pits!*

A nouveau.

« ... *hilli...* »

Hank fronça les sourcils. C'était la voix d'un enfant. Une voix d'*enfant*. Une voix d'*enfant*. Une voix d'enfant qu'il reconnaissait. Quelque chose..

« ... *encore finiiii? Ze veux rentrer à la maisooon...* »

Il y eut un tintement clair bien que sans tonalité au moment où la vitre du supermaché Cooder, qui avait été soufflée vers l'intérieur lors de l'explosion du dimanche précédent, se trouva cette fois aspirée vers l'extérieur. Une tornade d'éclats de verre entoura Hank, le laissant miraculeusement indemne.

« ... *Ze t'en priiiiie, c'est dûr de respireeeeer...* »

C'est alors que les boîtes de haricots B&M en promotion empilées en une belle pyramide dans la vitrine de façade du supermarché se mirent à voler autour de Hank et furent aspirées par la porte qu'il avait découpée dans la réalité. Les sacs de deux kilos et demi d'engrais pour pelouse, et ceux de cinq kilos de charbon, glissèrent sur le sol avec un bruit sec de papier.

Il faut que j'arrête cette saloperie d'aspirateur, se dit Hank. Et comme pour confirmer son jugement, une boîte de haricots le frappa à l'occiput, rebondit et se précipita dans la meurtrissure mauve et noire.

« *Hilliiiiii...* »

Hank appuya sur le bouton « Stop ». L'ouverture disparut immédiatement. Il y eut un craquement de bois quand le fauteuil coincé se brisa en deux, selon une diagonale presque parfaite. La moitié du fauteuil reposait sur l'asphalte. L'autre moitié restait introuvable.

Randy Kroger, l'Allemand qui possédait le supermarché Cooder depuis la fin des années cinquante, saisit Hank et lui fit faire volte-face.

« Tu vas me payer cette vitrine, Buck, dit-il.

— Bien sûr, Randy, comme tu voudras, acquiesça Hank en frottant d'un air absent la bosse qui poussait à l'arrière de sa tête.

— Et tu vas aussi payer pour ce fauteuil », dit Kroger en montrant l'étrange demi-siège de guingois.

Il rentra dans le magasin.

C'est ainsi que le mois de juillet pris fin.

5

Lundi, 1ᵉʳ août :

John Leandro termina sa phrase, avala le reste de sa bière, et demanda à David Bright :

« Alors, que crois-tu qu'il va dire ? »

Bright réfléchit un instant. Leandro et lui étaient attablés à la taverne Bounty, un pub de Bangor, au décor délirant, qui n'avait que deux arguments plaidant en sa faveur : il se trouvait presque en face de la rédaction du *Daily News* de Bangor, et le lundi on pouvait boire une Heineken pour un dollar vingt-cinq la bouteille.

« Je crois qu'il va d'abord te dire d'aller en vitesse à Derry et de rapporter le Calendrier des festivités, dit Bright. Ensuite, je crois qu'il risque de te demander si tu as songé à recourir aux services d'un psychiatre. »

Leandro s'effondra, ce qui le rendit parfaitement ridicule. Il n'avait que vingt-quatre ans et les deux dernières affaires qu'il avait suivies — la disparition (lire : le meurtre présumé) de deux policiers et le suicide d'un troisième — avaient aiguisé son appétit pour les enquêtes brûlantes. Quand on avait au menu une lugubre battue nocturne pour retrouver les corps de deux flics, rédiger un compte rendu sur le dîner des anciens combattants de Derry n'était pas très excitant. Il ne voulait pas qu'on lui retire ces grosses affaires. Bright avait presque pitié de cette petite andouille — et l'ennui, c'était que Leandro en était une. Être une andouille à vingt-quatre ans, c'était excusable. Mais David pensait que Johnny Leandro serait encore une andouille à quarante-quatre ans... à soixante-quatre ans... à quatre-vingt-quatre ans — s'il vivait jusque-là.

Une andouille de quatre-vingt-quatre ans, c'était une image assez horrible et tout à fait effrayante. Bright décida finalement de commander une autre bière.

« Je plaisantais, dit Bright.

— Alors, tu crois qu'il va me laisser suivre l'affaire ?

— Non.

— Mais tu viens de dire...

— Je plaisantais pour le psychiatre, expliqua patiemment Bright. Pas pour le reste. »

« Il », c'était Peter Reynault, le rédacteur en chef des nouvelles locales. Bright avait appris, bien des années plus tôt, que les chefs des nouvelles locales avaient un point commun avec Dieu Lui-même, et il avait l'impression que Johnny Leandro n'allait pas tarder à l'apprendre aussi, très bientôt : les reporters pouvaient proposer, mais c'était le rédacteur en chef des nouvelles locales — ici Peter Reynault — qui disposait en dernière instance.

« Mais...

— Il n'y a rien à suivre », dit Bright.

Si le noyau dur de Haven — composé de ceux qui avaient fréquenté le hangar de Bobbi Anderson — avait entendu ce que répondit Leandro, l'espérance de vie de l'andouille se serait probablement réduite à quelques jours... voire à quelques heures.

« Il faut que je suive *Haven,* dit-il avant d'engloutir sa Heineken brune en trois longues gorgées. Tout part de là. Le gamin a disparu à Haven, la femme est morte à Haven, Rhodes et Gabbons revenaient de Haven. Dugan se suicide. Pourquoi ? Parce qu'il aimait cette McCausland, qu'il dit. La McCausland de Haven.

— Et n'oublie pas ce gentil grand-père, dit Bright. Il raconte à qui veut l'entendre que la disparition de son petit-fils est l'aboutissement d'une conspiration. Je m'attendais à ce qu'il se mette à parler de Fu Manchu et de la traite des blanches.

— Alors qu'est-ce qu'il y a, demanda Leandro d'un ton mélodramatique. *Qu'est-ce qui se passe à Haven ?*

— C'est bien l'insidieux docteur », dit Bright.

Sa bière arriva, mais il n'en voulait plus. Il ne souhaitait que partir. Il avait eu tort de parler du gentil grand-père. Ça le mettait un peu mal à l'aise, de penser au petit grand-père. Le vieux était à l'évidence à côté de ses pompes, mais il y avait quelque chose dans ses yeux...

« Quoi ?

— Le Dr Fu Manchu. Si tu vois Nayland Smith dans les parages, je crois que tu tiendras l'histoire du siècle, dit Bright en se penchant avant de murmurer d'une voix rauque : la traite des blanches. Souviens-toi de celui qui t'a refilé le tuyau quand le *New York Times* t'appellera.

— Je ne trouve pas ça très drôle, David. »

Une andouille de quatre-vingt-quatre ans, se dit à nouveau Bright. *Imagine un peu !*

« Tiens, j'ai une autre idée : des petits hommes verts. L'invasion de la Terre est déjà commencée, tu vois, mais personne ne le sait. Et... TARATATA ! *Personne NE VEUT CROIRE CE JEUNE FAUCON HÉROÏQUE DE LA PRESSE ! Robert Redford tient le rôle de John Leandro dans une histoire à vous ronger les ongles...*

— Est-ce que vous pourriez baisser un peu la voix ? demanda le serveur en passant à côté d'eux.

— Ton sens de l'humour est complètement puéril, David, dit Leandro en se levant et en jetant trois billets d'un dollar sur le bar.

— J'ai autre chose encore, dit Bright d'un air rêveur. C'est l'alliance de Fu Manchu *et* des petits hommes verts de l'espace. Un pacte scellé en enfer. Et personne ne le sait sauf toi, Johnny. *Klaatu barada nictu !*

— Finalement, je me fiche que Reynault me laisse ou non suivre l'affaire », dit Leandro.

Devant le visage tendu de Leandro, Bright se dit qu'il avait sans doute un peu trop tiré sur la ficelle : l'autre était furieux.

« Mon stage ne commence que vendredi prochain. Je vais aller à Haven. Je suivrai l'affaire à titre personnel.

— Mais voilà ! » dit Bright tout excité.

Il savait qu'il aurait dû laisser tomber, que Leandro ne tarderait pas à lui envoyer son poing dans la figure, mais ce type ne cessait de le provoquer en baissant sa garde.

« Voilà! continua-t-il. C'est comme ça que ça doit se passer! Redford n'accepterait jamais le rôle s'il devait ne pas agir seul. Le Loup solitaire! *Klaatu barada nictu!* Ouah! Seulement, n'oublie pas d'emporter ta montre spéciale quand tu iras là-bas.

— Quelle montre? » demanda Leandro, toujours furieux.

Oh, il était mouché, mais il tenait le coup.

« Tu sais, celle qui envoie des signaux, des ultrasons que seul Superman peut entendre, quand on tire sur le remontoir, dit Bright en indiquant comment faire avec sa propre montre non sans renverser de la bière sur son pantalon. Ça fait *ziiiiiiiii*...

— Je me moque de ce que pense Peter Reynault, et je me moque de tes plaisanteries stupides. Il se pourrait bien que vous soyez surpris, tous les deux, dit Leandro en faisant mine de s'en aller. En tout cas, soit dit en passant, je te considère comme un merdeux cynique sans imagination. »

Ayant prononcé son discours d'adieu, Johnny Leandro tourna les talons et sortit la tête haute.

Bright leva son verre en direction du serveur .

« Trinquons à tous les merdeux cyniques du monde, dit-il. Nous n'avons aucune imagination, mais nous résistons remarquablement bien au fléau de l'andouillerie.

— Comme vous voudrez », dit le serveur.

Il croyait avoir tout vu... mais il n'avait jamais tenu un bar à Haven.

6

Mardi, 2 août :

Six personnes se réunirent tard cet après-midi-là dans le bureau de Newt Berringer. Il était bientôt cinq heures, mais l'horloge du clocher — une tour qui avait l'air réelle mais qu'un oiseau aurait aisément pu traverser, s'il était resté le moindre oiseau à Haven — marquait toujours trois heures cinq. Tous les six avaient passé un certain temps dans le hangar de Bobbi : Adley McKeen, le dernier initié, et les autres, Newt, Dick Allison, Kyle, Hazel et Frank Spruce.

Ils discutèrent de quelques points sans prononcer un seul mot.

Frank Spruce demanda comment allait Bobbi.

Newt répondit qu'elle était encore en vie ; personne n'en savait plus. Il se pouvait qu'elle ressorte du hangar. Mais probablement pas. De toute façon, si ça se produisait, ils le sauraient.

On parla brièvement de ce que Hank Buck avait fait la veille, et de ce qu'il disait avoir entendu en provenance de l'autre monde. Personne ne regrettait vraiment feu Pits Barfield — pas une lumière, et une puanteur ambulante. Le crime commis appelait peut-être cette punition, même si elle semblait un peu trop radicale. Ça n'avait plus d'importance. C'était une affaire classée. Il n'était rien arrivé à Hank après ce qu'il avait fait ; il avait remis à Randy Kroger un chèque pour rembourser la vitrine et les articles aspirés par le trou que Hank avait découpé dans la réalité. Kroger avait appelé la banque Northern National à Bangor pour vérifier que le compte de Hank n'était pas à découvert, avait eu confirmation que le chèque serait payé et n'en avait pas demandé plus.

Ils ne pouvaient pas faire grand-chose contre Hank, même s'ils le voulaient : l'unique cellule de prison du village se trouvait dans le sous-sol de l'hôtel de ville — une pièce de réserve reconvertie où Ruth avait gardé quelques ivrognes du samedi soir — et elle n'aurait pas retenu Hank plus de dix minutes. Un gamin un peu costaud de quatorze ans aurait pu en sortir. Et ils ne pouvaient guère envoyer Hank à la prison du comté : les accusations portées contre lui sembleraient plutôt curieuses. Ils n'avaient qu'une alternative : le laisser tranquille ou l'envoyer sur Altaïr-4. Par chance, ils pouvaient scruter l'esprit de Hank et juger de ses motivations. Ils virent que sa colère et sa confusion mentale décroissaient, comme chez tous les autres habitants du village. Il était incapable d'un nouvel acte violent. Ils se contentèrent donc de lui prendre sa radio transformée, de lui demander de ne pas en fabriquer une autre, et passèrent à ce qui les intéressait davantage : la voix qu'il prétendait avoir entendue.

Selon Frank Spruce, c'était bien David Brown. Est-ce que quelqu'un en doutait ?

Personne.

David Brown était donc sur Altaïr-4.

Personne ne savait précisément *où* était Altaïr-4, ni *ce* que c'était, et ils ne s'en souciaient pas vraiment. Le nom lui-même venait d'un vieux film, et ne signifiait rien de plus que celui de Tommyknocker, emprunté à une vieille berceuse. L'important (même si ça ne l'était pas tant que ça, finalement) c'était qu'Altaïr-4 constituait une sorte de hangar cosmique, un lieu où toutes sortes de choses étaient stockées. Hank y avait envoyé Pits, mais il avait d'abord fait subir à ce vieux fils de pute puant on ne savait quel foutu processus de désintégration.

Ça n'avait apparemment pas été le cas pour David Brown.

Long silence songeur.

(oui, probablement)

Ces mots ne pouvaient être attribués à personne en particulier ; c'était une pensée de groupe, comme dans un essaim, complète en elle-même.

(mais pourquoi pourquoi s'en faire)

Ils se regardèrent sans émotion. Ils *pouvaient* éprouver des émotions, mais pas à propos de questions aussi mineures que celle-ci.

Il faudrait le ramener, dit Hazel avec indifférence. *Ça ferait plaisir à Bryant et à Marie. Et Ruth. C'est ce qu'elle aurait voulu. Et nous l'aimions tous, vous le savez.* Ses pensées avaient le ton d'une femme qui suggère à une amie d'acheter une glace à son fils pour le remercier d'être gentil.

Non, dit Adley, et ils se tournèrent tous vers lui. C'était la première fois qu'il entrait dans leur conversation. Il prit un air gêné, mais continua. *Tous les journaux et toutes les chaînes de télévision arriveraient pour raconter l'histoire du « retour miracle ». Ils pensent qu'il est mort, puisqu'il n'avait que quatre ans et qu'il y a maintenant deux semaines qu'il a disparu. S'il revient, ça fera trop de foin.*

Ils approuvaient.

Et qu'est-ce qu'il dirait ? intervint Newt. *Quand on lui demanderait où il était, qu'est-ce qu'il dirait ?*

On pourrait effacer sa mémoire, dit Hazel. *Ça ne poserait aucun problème, et les journalistes trouveraient parfaitement naturel qu'en de telles circonstances il souffre d'amnésie.*

(oui mais ce n'est pas le problème)

C'étaient à nouveau toutes les voix en une. Elles s'assemblaient en une étrange combinaison de mots et d'images pour définir le problème : maintenant, les choses étaient allées trop loin pour que *qui que ce soit* puisse être admis au village, sauf les conducteurs qui le traversaient sans y prendre garde... et même. La plupart pouvaient être découragés par des barrières de prétendus travaux et des déviations. Et les gens de Haven ne voulaient à aucun prix d'un troupeau de reporters avec leurs caméras. Le clocher ne se verrait pas sur la pellicule. C'était une diapositive mentale, rien de plus qu'une hallucination. Non, il valait mieux laisser David Brown où il était. Il ne risquait rien pour le moment. Ils ne savaient pas grand-chose d'Altaïr-4, mais ils savaient que le temps ne s'y déroulait pas à la même vitesse qu'ici : sur Altaïr-4, il ne s'était pas écoulé plus d'un an depuis que la Terre avait été crachée par le soleil. Alors David Brown venait à peine d'y arriver. Bien sûr il se pouvait qu'il meure ; d'étranges microbes pouvaient envahir son système ; d'étranges rats d'entrepôts pouvaient le gober ; il pouvait même mourir du choc de son transfert. Mais probablement pas, et s'il mourait, ça n'avait vraiment pas beaucoup d'importance.

« Moi, j'ai l'impression que le gamin pourrait nous être utile », dit Kyle

(comment)

« Comme diversion. »

(qu'est-ce que tu veux dire ?)

Kyle ne *savait* pas exactement ce qu'il voulait dire. Il avait seulement l'impression que si les projecteurs devaient à nouveau se braquer sur Haven — à la façon dont Ruth avait tenté de les attirer sur le village avec ses foutues poupées explosives (qui avaient beaucoup mieux marché qu'elles n'étaient censées le faire), peut-être qu'ils pourraient ramener David Brown et le déposer ailleurs. Si l'on s'y prenait correctement, ça pourrait laisser plus de temps ici. Le temps posait toujours un problème. Le temps d' « évoluer ».

Kyle n'exprimait pas ces idées de façon cohérente, mais les autres hochaient la tête au fur et à mesure que se déroulaient ses pensées. Ce serait une bonne chose de garder David Brown en coulisse, pour ainsi dire, pendant quelque temps.

(il ne faut pas que Marie le sache — elle n'a pas encore « évolué » suffisamment — il faut le lui cacher encore un peu)

Tous les six regardèrent autour d'eux, les yeux écarquillés. Cette voix, faible mais claire, n'appartenait à aucun d'eux. C'était celle de Bobbi Anderson.

Bobbi ! cria Hazel en se levant à moitié de son siège. *Bobbi, est-ce que tu vas bien ? Comment ça va ?*

Pas de réponse.

Bobbi était partie — il ne restait même pas une sensation de sa présence dans l'air. Ils se regardèrent prudemment, vérifiant l'impression des autres concernant cette pensée, confirmant que c'était bien Bobbi. Chacun savait que seul, sans possibilité de confirmation, il aurait écarté cette incroyable possibilité comme une puissante hallucination.

Comment pouvons-nous le cacher à Marie ? demanda Dick Allison presque en colère. *On ne peut rien cacher à personne !*

Si, répliqua Newt, *nous, nous pouvons. Nous ne sommes pas encore très au point, mais nous pouvons diminuer un peu l'intensité des émissions de notre pensée, la rendre difficile à saisir. Parce que...*

(parce que nous sommes allés)
(allés là-bas)
(allés dans le hangar)
(le hangar de Bobbi)
(nous avons mis les écouteurs dans le hangar de Bobbi)
(et mangé mangé pour « évoluer »)
(prenez et mangez en souvenir de moi)

Ils soupirèrent doucement.

Il faut que nous y retournions, dit Adley McKeen. *Non ?*

« Oui, dit Kyle. Nous allons le faire. »

Ce furent les seules paroles prononcées à haute voix durant toute la réunion, et elles en marquèrent la fin.

7

Mercredi, 3 août :

Andy Bozeman, l'unique agent immobilier de Haven jusqu'au jour, trois semaines auparavant, où il avait fermé son bureau, avait découvert qu'on s'habituait très vite à lire dans les pensées. Il ne s'était pas bien rendu compte de la vitesse à laquelle il avait acquis cette faculté, ni du degré auquel il en dépendait, jusqu'à ce que son tour vienne de se rendre chez Bobbi pour aider et surveiller le poivrot.

Depuis qu'il avait parlé à Enders et au gosse Tremain, il savait que cela lui poserait un problème. Le problème était en partie de devoir rester si près du vaisseau : ça revenait à côtoyer le plus grand générateur du monde. Tourbillons et courants de cette force étrange parcouraient constamment sa peau comme le glapissement de tous les djinns. Parfois, de grandes idées flottaient dans sa tête, l'empêchant totalement de se concentrer sur ce qu'il faisait. Parfois, c'était juste le contraire : sa pensée se fragmentait complètement, comme un flux de micro-ondes interrompu par une explosion de rayons ultraviolets. Mais l'essentiel du problème, c'était la *présence* physique du vaisseau qui se dressait, menaçant, comme s'il sortait d'un rêve. C'était enthousiasmant, effrayant, impressionnant, merveilleux. Bozeman comprenait maintenant ce qu'avaient dû ressentir les Hébreux en transportant l'Arche d'alliance à travers le désert. Dans l'un de ses sermons, le révérend Goohringer avait raconté qu'un type s'était aventuré à y passer la tête, juste pour voir ce qui causait tant de bruit, et qu'il était mort sur le coup.

Parce que Dieu se trouvait à l'intérieur.

Il y avait peut-être aussi une sorte de Dieu dans ce vaisseau, se disait Andy. Et même si ce Dieu s'était échappé, il avait laissé des vestiges... un peu de Lui... et Andy avait du mal à se concentrer sur son travail avec toutes ces idées en tête.

Et puis le vide que constituait Gardener le troublait. On n'arrêtait pas de se heurter à lui comme à une porte fermée qui aurait dû être ouverte. Andy lui demandait en hurlant dans sa tête de lui passer quelque outil, et il continuait son petit boulot comme si de rien n'était.

Il ne répondait pas... tout simplement. Ou bien Andy se branchait sur lui, pour entrer dans ses pensées en quelque sorte, comme on décroche le second poste d'un téléphone pour savoir avec qui l'autre parle, et il n'y a personne. Personne. Rien d'autre que la tonalité.

L'interphone sonna. Il était cloué à l'intérieur de l'abri et un fil en sortait qui courait sur le sol boueux et descendait dans la tranchée d'où émergeait le vaisseau.

Bozeman appuya sur la touche « Talk ».

« Je suis là, dit-il.

— La charge est posée, dit Gardener. Remonte-moi. »

Il avait une voix très, très fatiguée. La nuit dernière, il s'était laissé aller à une bonne soûlerie campagnarde, à en juger par les bruits de vomissement que Bozeman avait entendus vers minuit. Et quand il avait jeté un coup d'œil dans la chambre de Gardener le matin, il avait vu du sang sur son oreiller.

« Tout de suite. »

L'épisode Enders leur avait appris à tous que lorsque Gardener demandait qu'on le remonte, il n'y avait pas de temps à perdre.

Il se dirigea vers le treuil et commença à tourner la manivelle. C'était une vraie chierie d'avoir à faire ça à la main, mais on manquait à nouveau de piles. Encore une semaine, et tout marcherait ici comme sur des roulettes... sauf que Bozeman doutait d'être là pour le voir. La proximité immédiate du vaisseau l'épuisait. La proximité immédiate de *Gardener* l'épuisait d'une autre manière : c'était comme se trouver du mauvais côté d'un pistolet armé à la détente très sensible. La façon dont ce salaud avait frappé le pauvre John Enders ? Et c'était seulement parce que Gardener opposait un vide aussi *irritant* que John ne l'avait pas vu venir. De temps à autre une bulle de pensée, partielle ou complète, remontait à la surface de son esprit, aussi clairement lisible qu'un titre de journal, mais c'était tout. Peut-être qu'Enders ne l'avait pas volé. Bozeman se disait que lui non plus n'adorerait pas rester coincé au fond d'une tranchée avec une de ces radios explosives. Mais ça n'avait rien à voir avec le problème. Le problème, c'était que Johnny ne l'avait pas vu venir. Gardener pouvait faire n'importe quoi, à n'importe quel moment, et personne ne pourrait l'arrêter, parce que *personne* ne l'aurait senti venir.

Andy Bozeman souhaita presque que Bobbi meure pour qu'ils puissent se débarrasser de lui. Ce serait plus dur si seuls les gens de Haven travaillaient sur le chantier, c'était vrai, ça les ralentirait, mais ça en vaudrait presque la peine.

Cette façon de surprendre les gens était tellement déroutante !

Ce matin, par exemple, à la pause-café. Bozeman était assis sur une souche en train de manger un de ses petits sandwiches — biscuits secs et beurre de cacahuète — en buvant le café glacé de sa Thermos. Il avait toujours préféré le café brûlant au café froid, même par temps chaud, mais depuis qu'il avait perdu ses dents, les boissons très chaudes le gênaient.

Gardener était assis sur une vieille toile goudronnée, les jambes croisées comme un yogi, et il mangeait une pomme arrosée d'une bière. Bozeman n'arrivait pas à comprendre comment *quiconque* pouvait manger une pomme et boire une bière en même temps, surtout le *matin,* mais Gardener le faisait. D'où il était, Bozeman voyait la cicatrice de trois centimètres au-dessus du sourcil gauche de Gardener. La plaque de métal devait se trouver dessous. Ça...

Gardener avait tourné la tête et surpris Bozeman qui l'observait. Bozeman avait rougi, se demandant si Gardener allait se mettre à crier et à tempêter. S'il n'allait pas bondir sur lui et essayer de lui envoyer une châtaigne comme il l'avait fait à Johnny Enders. S'il essaye, se dit Bozeman en serrant les poings, il va se rendre compte qu'il ne faut pas me prendre pour un con.

Mais Gard s'était mis à parler d'une voix claire et qui portait loin, non sans un petit sourire cynique au coin de la bouche. Au bout d'un moment, Bozeman avait compris qu'il ne parlait pas, mais qu'il *récitait* quelque chose. Ce type était assis là, dans les bois, les jambes en tailleur, sur une vieille toile goudronnée, encore embaumé par sa cuite, le corps luisant du vaisseau enterré renvoyant en rides mouvantes des reflets sur ses joues, et il récitait comme un écolier. Ce type était complètement taré. Bozeman le dirait à tout le monde. Il aurait tant voulu que Gardener fût mort !

« " Tom abandonna le pinceau avec un air de regret sur le visage, mais beaucoup d'empressement au cœur ", dit Gardener les yeux mi-clos, le visage tourné vers le chaud soleil du matin, sans que le petit sourire ne quitte jamais ses lèvres. " Et tandis que l'ex-vapeur *Grand Missouri* peinait et suait en plein soleil, l'artiste à la retraite, assis à l'ombre sur une barrique, les jambes ballantes, grignotait sa pomme tout en méditant le massacre d'autres innocents. "

— Qu'est...? » commença Andy.

Mais Gardener dont le rictus s'élargissait maintenant en un véritable — mais non moins cynique — sourire, l'interrompit :

« Les victimes ne manquaient pas. D'autres garçons arrivaient sans cesse, d'abord dans l'intention de se gausser du peintre, puis ils restaient pour badigeonner la clôture. Avant que Ben en eût assez, Tom avait négocié sa succession en faveur de Billy Fisher, moyennant un cerf-volant en bon état de réparation. Après Billy Fisher, Johnny Miller se fit adjuger la place moyennant un rat mort et une ficelle pour le balancer. »

Gardener termina sa bière, rota et s'étira.

« Tu ne m'as jamais apporté un rat mort avec une ficelle pour le balancer, mais tu as apporté un interphone, Bozie, et c'est un début, non ?

— Je comprends pas », dit lentement Bozeman.

Il n'avait fréquenté l'université que deux ans pour étudier l'économie et la gestion, avant de devoir travailler. Son père était cardiaque, et souffrait d'hypertension artérielle. Les intellectuels rendaient Andy nerveux et irritable. Comme si crâner devant les gens ordinaires en citant de mémoire un truc écrit par un type mort depuis des années faisait que leur merde sentait moins mauvais que celle des autres.

« Rien, dit Gardener. C'est tiré du chapitre deux de *Tom Sawyer*. Quand Bobbi était gosse, à Utica, en cinquième, on avait organisé une compétition de récitation pour la fête. Elle ne voulait pas concourir, mais sa sœur Anne avait décidé qu'il le fallait, que ce serait bon pour elle, ou je ne sais quoi, et quand sa sœur Anne décidait quelque chose, c'était *décidé*, tu peux me croire. A cette époque, Anne était une vraie mégère, Bozie, et elle est toujours une vraie mégère. Du moins à ce que je sais. Ça fait longtemps que je ne l'ai pas vue, et c'est comme ça, tra-la-la, que j'aime ça. Mais je crois qu'on peut dire qu'elle est toujours égale à elle-même. Les gens comme elle changent rarement.

— M'appelle pas Bozie, dit Andy, qui espérait avoir l'air plus dangereux qu'il ne s'en sentait la capacité. J'aime pas ça.

— Quand Bobbi est arrivée dans ma classe en première année de fac, elle a raconté dans un devoir comment elle était restée paralysée en essayant de réciter *Tom Sawyer*. Ça m'a vraiment fait craquer. »

Gardener se leva et s'avança vers Andy, mouvement dont l'ancien agent immobilier s'inquiéta violemment.

« Je l'ai vue après le cours, continua Gard, et je lui ai demandé si elle se souvenait encore de l'épisode où Tom doit badigeonner la clôture à la chaux. Elle s'en souvenait. Je n'en fus pas surpris. Il y a des choses qu'on n'oublie jamais, comme le jour où votre sœur ou votre mère vous a propulsé dans une scène d'horreur, la fête de l'école, par exemple. Vous avez peut-être oublié votre texte devant tous ces gens, mais vous pourriez le réciter sur votre lit de mort.

— Écoute, dit Andy, on devrait reprendre le travail....

— Je l'ai écoutée me réciter les quatre première phrases, et puis je me suis joint à elle. Sa mâchoire inférieure est presque tombée jusqu'à ses genoux. Et puis elle a souri, et nous avons fini le texte ensemble, mot pour mot. Ce n'était pas si étrange. Nous étions tous deux des enfants timides, Bobbi et moi. Sa sœur était le dragon posté devant sa caverne, et ma mère était le dragon posté devant la mienne. Les gens comme ça ont souvent l'idée très curieuse qu'on guérit la timidité d'un enfant en le plaçant dans la situation qu'il redoute le plus — la fête de l'école, par exemple. Ce n'était même pas vraiment une coïncidence que nous ayons tous deux retenu ce passage par cœur. Le seul autre texte de circonstance était " Le cœur révélateur ", d'Edgar Poe. »

Gardener prit son souffle et déclama :

« " *Misérables ! m'écriai-je — ne dissimulez pas plus longtemps ! J'avoue la chose ! arrachez ces planches ! c'est là ! c'est là ! c'est le battement de son affreux cœur !* " »

Andy avait émis un petit gémissement. Il laissa tomber sa Thermos, et une demi-tasse de café froid tacha son pantalon.

« Oh, là, là ! Bozie, dit Gardener sur le ton de la conversation. Tu n'arriveras jamais à enlever une tache pareille de ce pantalon en pur polyester. La seule différence entre nous deux, c'est que *moi*, je ne suis pas resté paralysé, continua-t-il. En fait, j'ai gagné le second prix. Mais ça ne m'a pas guéri de ma terreur de parler en public... ça n'a fait que l'aggraver. A chaque fois que je monte sur une scène pour lire des poèmes, je regarde tous ces yeux affamés... et je pense à la clôture qu'il fallait badigeonner. Et je pense à Bobbi. Parfois, ça suffit à me mettre sur les rails. En tout cas, ça a fait de nous des amis.

— Je ne vois pas ce que ça a à voir avec le *travail !* » cria Andy d'une voix de fausset qui n'était pas du tout la sienne.

Mais son cœur avait battu trop vite. Pendant un instant, quand Gardener s'était mis à déclamer, il avait vraiment cru que celui-ci était devenu fou.

« Tu ne vois pas ce que ça a à voir avec le fait de badigeonner une clôture ? demanda Gardener en riant. Alors, tu dois être aveugle, Bozie. »

Il montra le vaisseau qui jaillissait de la large tranchée vers le ciel selon un angle parfait de quarante-cinq degrés.

« On déterre au lieu de badigeonner, mais ça ne change pas le principe le moins du monde. J'ai épuisé Bobby Tremain et John Enders, et si tu es en état de revenir demain, je mange tes pantoufles. Ce qu'il y a, c'est que je ne gagne jamais aucun *prix* pour mes exploits. Tu diras à celui qui viendra demain que je veux un rat mort et une ficelle pour le balancer, Bozie... pour le moins. »

Gardener s'était arrêté à mi-chemin de la tranchée. Il se retourna vers Andy. Jamais le fait de ne pouvoir lire dans les pensées de ce grand type aux épaules tombantes et au visage indistinct et curieusement brisé n'avait semblé plus inconfortable à Bozeman.

« Mieux encore, Bozie, dit Gardener d'une voix si basse qu'Andy l'entendit à peine. Demain, que Bobbi revienne. Je voudrais savoir si la Nouvelle Bobbi Améliorée se souvient encore de la clôture qu'il fallait badigeonner dans *Tom Sawyer*. »

Puis, sans ajouter un mot, il s'était approché de la corde et avait attendu qu'Andy le fasse descendre.

Si *tout* ça n'était pas calculé pour surprendre, alors Andy ne savait pas comment qualifier cette attitude. Et en plus, se disait-il en tournant la manivelle, c'était après la première bière de la journée. *Il va en ingurgiter cinq ou six de plus au déjeuner, et il deviendra complètement fou.*

Gardener remontait maintenant. Il se balançait au-dessus de la tranchée et Andy eut une furieuse envie de lâcher la manivelle. Ça résoudrait le problème.

Sauf qu'il ne pouvait pas faire ça : Gardener appartenait à Bobbi Anderson, et en attendant que Bobbi meure ou sorte du hangar, il fallait que les choses continuent plus ou moins telles quelles.

« Allez, Bozie. Certaines des pierres volent très loin. »

Il se dirigea vers la remise et Andy le suivit précipitamment.

« Je t'ai dit que je n'aime pas qu'on m'appelle Bozie, dit-il.

— Je sais », dit Gardener en lui décochant un regard étonnamment inexpressif.

Ils contournèrent la remise. Trois minutes plus tard, un autre de ces rugissements puissants et sourds retentissait en vibrant hors de la tranchée. Un geyser de pierres s'éleva dans le ciel et retomba, ricochant sur la coque du vaisseau avec des clang et des clong mats.

« Bon, allons... », commença Bozeman.

Gardener lui saisit le bras. Il penchait la tête, le visage attentif, les yeux vifs et sombres.

« *Chutttt !*

— Qu'est-ce qui te prend ? dit Andy en dégageant son bras.

— T'entends pas ?

— J'entends r... »

Puis il entendit. Une sorte de sifflement, comme celui d'une bouilloire géante, sortait de la tranchée. Il s'enflait. Une folle excitation s'empara soudain d'Andy — mêlée d'une bonne dose de terreur.

« C'est cux ! murmura-t-il en tournant vers Gard des yeux de la taille de boutons de porte et des lèvres tremblantes d'où s'écoulaient des gouttes de salive. Ils n'étaient pas morts. On les a réveillés... *Ils sont en train de sortir !*

— Jésus arrive et Il est complètement bourré », remarqua Gardener fort peu impressionné.

Le sifflement s'intensifiait. S'y ajouta soudain un bruit d'écrasement. Non pas une explosion, mais le bruit d'un corps lourd qui s'effondre. Un instant plus tard, c'est un autre corps qui s'effondra : Andy. Toute force quitta ses jambes et il tomba à genoux.

« *C'est eux, c'est eux, c'est eux !* » bafouilla-t-il.

Gardener glissa la main sous le bras de l'homme, grimaça un peu en sentant l'humidité brûlante et poisseuse, et le remit sur ses pieds.

« Ce ne sont pas les Tommyknockers, dit-il. C'est de l'eau.

— Hein ? souffla Bozeman dont le regard trahissait une totale incompréhension.

— De l'eau ! cria Gardener en secouant brutalement Bozeman. Nous venons de trouver notre piscine, Bozie !

— Qu'... »

Le sifflement explosa soudain en un ronronnement doux et régulier. L'eau jaillit de la tranchée vers le ciel, comme une tenture liquide. Ce n'était pas une colonne d'eau. On aurait dit qu'un enfant géant s'amusait à presser son doigt sur un robinet géant pour voir l'eau gicler à l'horizontale dans toutes les directions. C'est ainsi que l'eau jaillissait des nombreuses fissures au fond de la tranchée.

« De l'eau ? » demanda Andy d'une voix faible.

Il n'arrivait pas à se le mettre dans la tête.

Gardener ne répondit pas. Des arcs-en-ciel dansaient dans l'eau ; l'eau coulait en rigoles sur la coque lisse, laissant des chapelets de gouttes derrière elle... et pendant qu'il regardait ces gouttes il les vit crépiter comme si elles étaient projetées sur de l'huile bouillante dans une poêle. Mais elles ne sautaient pas au hasard : elles s'organisaient selon des lignes de force qui encerclaient le vaisseau comme les lignes de longitude sur un globe terrestre.

Je la vois, se dit Gardener. *Je vois la force qu'irradie la peau du vaisseau. Oh, mon Dieu !*

Il y eut un autre craquement. Gardener eut l'impression que le sol *s'effondrait* un peu sous ses pieds. Au fond de la tranchée, la pression de l'eau terminait le travail entamé par l'explosif : elle agrandissait les fissures et les trous en entraînant la roche friable. L'eau s'échappa en plus grande quantité, et plus facilement. Le rideau liquide retomba. Un dernier arc-en-ciel diffus oscilla dans l'air avant de disparaître.

Gardener vit le vaisseau bouger quand céda la gangue de roche qui l'avait si longtemps retenu prisonnier. Il bougea si peu que ç'aurait pu être l'imagination de Gard qui lui jouait des tours. Mais ce n'était pas le cas. En ce bref instant, il vit comment le vaisseau pourrait sortir du sol, il vit son ombre ondulant lentement sur le sol alors qu'il s'élevait, il entendit le gémissement sinistre de la coque frottant sur les saillies du lit rocheux, il sentit tous les habitants de Haven regarder dans cette direction tandis que le vaisseau s'élevait dans le ciel, brûlant et luisant, monstrueuse pièce argentée basculant lentement à l'horizontale pour la première fois depuis des millénaires, flottant sans bruit dans le ciel, flottant, libre...

Il le voulait. Seigneur ? Bien ou mal, c'était ce qu'il voulait de toutes ses forces.

Gardener secoua vigoureusement la tête, comme pour en chasser le brouillard.

« Allez, dit-il. On va jeter un coup d'œil. »

Sans attendre, il gagna la tranchée et regarda en contrebas. Il entendit bien l'eau qui jaillissait toujours, mais il avait du mal à la voir. Il fixa à la corde rattachée au treuil une des grosses torches qu'ils utilisaient pour le travail de nuit et la fit descendre d'environ trois mètres. Ça suffisait : s'il l'avait descendue trois mètres de plus, elle aurait plongé sous l'eau. Ils avaient libéré un lac. Sans blague. La tranchée se remplissait très vite.

Au bout d'un moment, Andy le rejoignit, le visage défait.

« Tout ce travail ! gémit-il.

— T'as pris ton attirail de plongée, Bozie ? On pourra nager gratis jeudi ou ven...

— Ta gueule ! s'écria Andy Bozeman. Ta gueule. Je te déteste ! »

Gardener craqua. Il tituba jusqu'à une souche et s'assit, se demandant si ce foutu vaisseau était resté dans l'eau toutes ces années, se demandant quel était, sur le marché, le prix d'une soucoupe volante ayant subi des dégâts des eaux. Il se mit à rire. Même quand Andy Bozeman s'approcha de lui et lui donna un coup de poing au visage qui le projeta au sol, Jim Gardener ne put s'arrêter de rire.

8

Jeudi 4 août :

Quand, à neuf heures moins le quart, Gardener constata que personne n'était encore arrivé, il se demanda s'ils abandonnaient. Il caressait cette idée en se balançant dans le fauteuil à bascule de Bobbi, sous le porche, tâtant sa joue tuméfiée par le coup de Bozeman.

Un groupe était à nouveau venu, après minuit, dans la Cadillac d'Archinbourg. Presque les mêmes que d'habitude. Encore une de leurs Fêtes Nocturnes du Hangar. Gardener s'était soulevé sur un coude et les avait regardés par la fenêtre de la chambre d'amis, se demandant qui avait apporté les petits gâteaux. On ne voyait que des ombres groupées autour du long capot du coupé. Ils restèrent là un moment, puis gagnèrent le hangar. Quand ils ouvrirent la porte, la lumière, d'une intensité cruelle, jaillit en un flot qui éclaira toute la cour et la chambre où il se trouvait d'une lueur maladive de cadran phosphorescent. Ils entrèrent. La lueur se réduisit à une large bande verticale, mais ne disparut pas totalement. Ils avaient laissé la porte entrouverte. Ces types d'un petit village merdique du Maine étaient maintenant les gens les plus intelligents sur Terre, mais apparemment ils n'avaient même pas trouvé comment condamner une porte de l'extérieur ni comment la fermer de l'intérieur.

Maintenant, assis sous le porche et regardant vers le village, Gardener se disait : *Peut-être que quand ils entrent là-dedans, ils sont tellement exaltés qu'ils ne pensent plus à des questions aussi triviales que la fermeture des portes.*

Il se protégea les yeux de la main. Un camion approchait. Un gros camion d'un modèle ancien qu'il avait vu quelque part. Une toile de bâche recouvrait quelque chose à l'arrière. Elle battait dans le vent. Gardener savait qu'il allait tourner dans le chemin de Bobbi. Ils n'avaient pas renoncé, bien sûr.

> *Tard la nuit dernière, je me suis réveillé*
> *Dans le lit de la chambre d'amis.*
> *Et j'ai vu ces gens qui rentraient,*
> *Dans le hangar des Tommyknockers.*
> *J'aurais pu y passer la tête,*
> *Mais je n'ai pas osé,*
> *Parce que je ne veux pas savoir*
> *Ce qui se passe dans le hangar.*

Il se dit que les juges du concours des Jeunes Poètes de Yale ne tiendraient pas son poème en grande estime. *Mais*, songea-t-il, *c'est là qu'en est Jim Gardener, maintenant. Peut-être que plus tard, ils appelleront ça ma Phase Tommyknockers. Ou ma Période Hangar. Ou...*

Le conducteur du camion rétrograda et l'engin entra en grondant dans la cour de Bobbi. Le moteur s'éteignit dans un sifflement. L'homme en débardeur qui en descendit était celui qui avait pris Gard en stop jusqu'à l'entrée de la commune de Haven le 4 Juillet. Il le reconnut aussitôt. *Du café*, se dit-il, *tu m'as donné du café bien sucré. C'était bon.* Il semblait sorti d'un roman de James Dickey sur ces gars de la ville qui partent descendre le Cahoolawassee en canoë. Gardener ne pensait pourtant pas que l'homme était de Haven... est-ce qu'il n'avait pas dit qu'il habitait Albion ?

Ça s'étend, constata-t-il. *Et pourquoi pas ? C'est comme des retombées, non ? Et Albion est sous le vent.*

« Salut! dit le conducteur du camion. J'imagine que tu t' souviens pas d' moi. *(Te fous pas de moi, mon vieux, disait le ton de sa voix.)*
— Je crois bien que si », dit Gard.

Et le nom de l'homme s'épanouit comme par magie dans son esprit. Même après tout ce qui s'était passé — un simple mois qui semblait avoir duré dix ans —, après tous ces événements étranges.

« Freeman Moss. Tu m'as pris en stop. Je venais voir Bobbi. Mais je crois que tu le sais.

— Ouais. »

Moss se dirigea vers l'arrière du camion et entreprit de défaire les nœuds de la corde retenant le prélart.

« Tu peux m'aider ? »

Gardener descendit les marches du perron, puis s'arrêta, un petit sourire aux lèvres. D'abord Tremain, puis Enders, puis Bozeman avec son pauvre pantalon de polyester jaune pâle.

« Bien sûr, dit-il. Mais dis-moi... »

Moss en avait fini avec les cordes. Il releva la bâche et Gardener aperçut à peu près ce qu'il s'attendait à découvrir : un curieux agglomérat d'équipements hétéroclites : réservoirs, tuyaux, trois batteries de voiture fixées à une planche : une Nouvelle Pompe Améliorée.

« Ouais, dit Moss. Si j' peux.

— Est-ce que tu m'as apporté un rat mort et une corde pour le balancer ? » demanda Gardener avec un sourire sans joie.

9

Vendredi 5 août :

Aucun avion ne survolait plus Haven de façon régulière depuis que la base de l'armée de l'air de Bangor avait été fermée à la fin des années 1960. Si quiconque avait mis le vaisseau au jour à cette époque, cela aurait pu provoquer quelques ennuis : des appareils de la base Dow traversaient le ciel quatre à cinq fois par jour, ébranlant les fenêtres et les cassant parfois par leurs bang en franchissant le mur du son. Les pilotes n'étaient pas censés voler à des vitesses supersoniques au-dessus du continent américain, sauf nécessité absolue, mais les têtes brûlées qui pilotaient les F-4, pour la plupart des gamins qui ne s'étaient pas encore tout à fait débarrassés de leur acné juvénile sur les joues et le front, se montraient parfois un peu exubérants. Les avions de chasse prenaient la relève des petites bombes automobiles genre Mustang et Charger que ces adolescents montés en graine conduisaient depuis moins d'un an. Quand Dow ferma, il resta quelques appareils de la Garde nationale, mais leurs plans de vols les emmenaient plus au nord, vers la base Loring, près de Limestone.

Après quelques tergiversations, la base Dow fut transformée en aéroport commercial et rebaptisée Aéroport International de Bangor. Certains pensèrent que c'était là un nom bien prétentieux pour un aéroport qui n'accueillait que quelques vols quotidiens vers Boston et une poignée de Pipers en partance pour la grande aventure d'un saut de puce jusqu'à Augusta ou Portland. Mais le trafic aérien finit par s'accroître et, dès 1983, l'Aéroport International de Bangor débordait d'activité : deux compagnies commerciales le desservaient et plusieurs vols internationaux y atterrissaient pour se ravitailler en carburant — ce qui justifia à posteriori son nom grandiose.

Pendant quelque temps, au début des années soixante-dix, certains vols commerciaux passèrent au-dessus de Haven. Mais les pilotes et les navigateurs faisaient régulièrement état de problèmes de radar dans le secteur codé G-3, un carré qui englobait presque tout Haven, tout Albion, et la région de China Lakes. Ce type d'interférences locales connues sous le nom de « popcorn » ou de « brume d'écho », ou bien, de façon plus imagée encore, de « merde de fantôme », est aussi régulièrement signalé au-dessus du Triangle des Bermudes. Les boussoles s'affolent, et l'équipement électrique crépite souvent comme un fou.

En 1973, un appareil de la compagnie Delta se dirigeant vers le sud, de l'aéroport de Bangor vers celui de Boston, avait failli entrer en collision avec un appareil de la TWA assurant la ligne Londres-Chicago. Dans les deux avions, les cocktails furent renversés ; une hôtesse de la TWA fut brûlée par des projections de café. En dehors des équipages, personne ne sut à quel point on était passé près de la catastrophe. Le copilote de Delta éjecta le contenu brûlant de ses intestins dans son pantalon et ne put contrôler un rire hystérique avant l'atterrissage à Boston. Deux jours plus tard, il démissionnait.

En 1974, un des moteurs d'un charter de la compagnie Big Sky, transportant vers Las Vegas de joyeux piliers de tripots de Bangor et des Provinces Maritimes du Canada, perdit de la puissance au-dessus de Haven et dut retourner à Bangor. Quand on fit redémarrer le moteur au sol, il tourna parfaitement.

Une autre collision fut encore évitée de peu en 1975. Dès 1979, tous les plans de vols commerciaux contournaient la région. Quand on interroge un contrôleur aérien sur ce phénomène, il se contente de hausser les épaules et de dire que c'est un *dragon*. C'est le mot qu'ils emploient. Il y a des lieux comme ça, ici et là, et personne ne sait pourquoi. Alors il est plus simple de dérouter les avions et de penser à autre chose.

Dès 1982, même les avions privés se voyaient régulièrement invités à contourner le secteur G-3 par les contrôleurs d'Augusta, de Waterville et de Bangor. Si bien qu'aucun pilote n'avait pu voir le grand objet luisant exactement au centre du carré G-3 sur la carte Côte est n° 2 du contrôle aérien.

Aucun pilote avant Peter Bailey, dans l'après-midi du 5 août.

Bailey, un pilote privé, totalisait deux cents heures de vol en solitaire. Il pilotait un Cessna Hawk WP, et il aurait été le premier à vous dire que ça lui avait coûté quelques peaux de bananes. C'est ainsi que Peter Bailey appelait les billets de banque. Il trouvait ça hilarant. Le Hawk volait à deux cent cinquante kilomètres-heure et pouvait monter à 6 000 mètres sans s'essouffler. La centrale de navigation du Cessna empêchait qu'il se perde (l'antenne spéciale, en option, avait aussi coûté quelques peaux de bananes à Bailey). En d'autres termes, c'était un bon avion, un avion qui pouvait presque voler de lui-même — mais il n'avait pas besoin de se donner cette peine avec un pilote aussi formidable que Peter Bailey aux commandes.

Peter Bailey avait une dent contre sa compagnie d'assurances. C'étaient des voleurs de grands chemins, et il avait ennuyé à mort ses partenaires de golf en leur racontant les infamies des compagnies d'assurances.

Il avait des tas d'amis qui volaient, leur avait-il affirmé. Beaucoup totalisaient bien moins d'heures de vol que lui sur leur licence, et refilaient beaucoup moins de peaux de bananes que lui à ces mécréants des assurances. Il aurait fallu le payer cher pour voler avec certains d'entre eux, disait-il, même s'ils possédaient le dernier avion de la terre et si sa femme était à Denver en train de mourir d'une hémorragie cérébrale. Mais ce n'était pas la somme à payer qui lui valait la plus grande des humiliations. La plus grande des humiliations était que *lui*, Peter Bailey, *lui*, neurochirurgien de grand renom qui gagnait bien plus de trois cent mille peaux de bananes par an, avait dû accepter une assurance *restrictive* s'il voulait voler. Il expliquait à ses auditeurs captivés (qui souvent regrettaient amèrement de ne pas s'être contentés de jouer les neuf premiers trous, ou mieux, de rester au bar à siroter quelques Bloody Mary), qu'une assurance restrictive ne couvrait que des *risques contrôlés*, c'est le genre de police qu'on impose aux adolescents et aux ivrognes pour leur voiture. Merde ! Plus discriminatoire, tu meurs. S'il n'était pas aussi occupé, il attaquerait ces salauds en justice, et il *gagnerait*.

Bon nombre de partenaires de golf de Bailey étaient des avocats, et la plupart savaient qu'il ne gagnerait pas. Les assurances évaluaient leurs risques sur la base de statistiques, et les médecins détenaient le record des plus mauvais pilotes au monde, tous groupes socio-professionnels confondus.

Rescapé d'une de ces tirades, un joueur remarqua, alors que Bailey, toujours écumant de rage, se dirigeait vers le bar :

« Je n'irais même pas à Denver dans la *voiture* de ce fils de pute prétentieux si ma femme était en train de mourir d'une hémorragie cérébrale. »

Peter Bailey était exactement le genre de pilote pour qui on avait inventé les statistiques. Il existe indubitablement, partout en Amérique, des médecins qui sont des pilotes exemplaires. Bailey n'était pas l'un d'eux. Rapide et sachant prendre ses responsabilités dans la salle d'opération quand on avait ouvert une fenêtre dans la tête d'un malade pour découvrir la masse rose grisâtre de son cerveau, aussi délicat qu'un funambule avec le scalpel et le bistouri à laser, il était dans les airs un pilote maladroit qui violait constamment les consignes d'altitude des contrôleurs aériens, les règles de sécurité, et les indications de son propre plan de vol. Pilote téméraire, il ne pouvait justifier que de deux cents heures de vol, ce qui, en aucun cas, ne le classait dans la catégorie des *vieux* pilotes, même avec beaucoup d'imagination. La position adoptée par les assurances à son égard n'était que le reflet d'une vieille certitude : un pilote pouvait être téméraire, ou vieux, mais pas les deux à la fois.

Ce jour-là, il volait seul de Teterboro, près de New York, à Bangor. A Bangor, il louerait une voiture et se rendrait à l'hôpital de Derry. On l'avait appelé en consultation auprès du jeune Hillman Brown. Comme le cas était intéressant et les honoraires corrects (et comme il avait entendu dire beaucoup de bien du terrain de golf d'Orono), il avait accepté.

Pendant tout le trajet, le temps avait été idéal : bonne visibilité, pas de turbulences. Bailey avait beaucoup aimé cette escapade. Comme toujours, son carnet de vol était aux oubliettes ; il avait raté une balise, décidé qu'une autre devait être détraquée (il avait heurté sa radio d'un coup de coude), et il s'était écarté de son altitude imposée de 3 500 mètres, montant jusqu'à 5 000 ou descendant jusqu'à 2 000. Il avait une fois de plus évité de tuer qui que ce soit... par une bénédiction qu'il était malheureusement trop stupide pour reconnaître.

Il s'était également beaucoup écarté de sa route, si bien qu'il survola Haven, où un grand éclair de lumière frappa soudain ses yeux. C'était comme si quelqu'un dirigeait sur lui le reflet du couvercle de la plus grosse boîte de conserve du monde.

« Nom de Dieu, qu'est-ce... ! »

Il avait regardé en contrebas et vu d'où venait ce reflet d'une telle taille et d'une telle luminosité. Il aurait pu ne pas s'y intéresser et continuer. Continuer pour voler le lendemain encore — ou pour entrer en collision avec un avion de ligne plein à craquer. Mais il était en avance et la chose l'intrigua. Il fit demi-tour.

« Mais où... »

De nouveau ce reflet, assez lumineux pour lui imprimer un croissant bleu sur la rétine quand il ferma les paupières. Des ondulations de lumière parcouraient la cabine de pilotage.

« Seigneur ! »

Là, en dessous de lui, dans une clairière d'un bois vert terne, gisait un immense objet argenté dont il ne put pas dire grand-chose avant de virer de nouveau à bâbord sur son aile.

Descendant à 2 000 mètres pour la seconde fois ce jour-là, Bailey refit demi-tour. Il commençait à avoir mal à la tête, mais il mit cela sur le compte de l'excitation. Il avait d'abord pensé que c'était un château d'eau, mais personne ne bâtirait un château d'eau aussi grand au fond des bois.

Il survola de nouveau l'objet, à 1 500 mètres cette fois. Il avait réduit les gaz du Hawk autant qu'il l'avait osé (c'est-à-dire beaucoup plus qu'aucun pilote plus expérimenté ne l'aurait osé, lui, mais le Hawk était un bon avion, et il lui pardonna).

Un engin spatial, se dit-il cette fois, presque malade d'excitation. Un gros engin en forme de soucoupe enfoncé dans la terre... un truc de la NASA ? Mais si cet engin appartenait au gouvernement, comment se faisait-il qu'il n'était pas recouvert d'un filet de camouflage ? Et tout autour, le sol avait été *excavé*. D'en haut, la tranchée creusée dans le sol se distinguait très clairement.

Bailey décida de survoler encore une fois l'engin — il allait même passer en rase-mottes ! — quand son regard se posa sur ses instruments de contrôle. Son cœur s'accéléra d'un coup. Sa boussole tournait bêtement en rond, la jauge de carburant entrait dans le rouge. L'altimètre monta soudain à 7 000 mètres, s'arrêta brièvement, puis retomba à zéro.

Le brave moteur de 195 chevaux du Cessna produisit une terrifiante secousse. L'avion piqua du nez. Le cœur de Bailey lui monta dans la gorge. Sa tête battait. Devant ses yeux exorbités, des aiguilles tourbillonnaient, des lumières passaient du vert au rouge comme des signaux routiers pour pygmées, et l'alarme sonore de l'altimètre — dont le rôle était de dire au pilote rêveur : *Réveille-toi, imbécile, tu ne vas pas tarder à percuter un grand objet immuable appelé la Terre* — se mit à résonner, alors qu'elle n'aurait dû le faire qu'en dessous de deux cents mètres, et que Bailey voyait de ses propres yeux que son appareil était toujours à 1 500 mètres, peut-être même davantage. Il regarda le thermomètre digital qui enregistrait la température extérieure. Les chiffres s'agitèrent entre 8 et 14, avant de descendre à − 5, où ils restèrent un moment, avant d'indiquer 999. Les chiffres rouges en restèrent là, plus ou moins lumineux d'une seconde à l'autre, avant que le thermomètre n'éclate.

« *Mais nom de Dieu, qu'est-ce qui se passe, ici ?* » s'écria Bailey, qui regarda, stupéfait, une de ses incisives voler hors de sa bouche, rebondir sur le cadran de l'anémomachmètre, et tomber par terre.

Le moteur eut un nouveau sursaut.

« Merde », murmura Bailey.

Maintenant, il était malade de peur. Du sang provenant de sa gencive privée d'une dent coulait sur son menton, et une goutte s'écrasa sur sa chemise Lacoste.

La chose luisante passa une fois encore sous ses ailes.

Le moteur du Hawk trembla et s'arrêta. Il commença à perdre de l'altitude. Oubliant tout ce qu'il avait appris, Bailey tira le manche à balai aussi fort qu'il le put, mais l'avion silencieux ne pouvait répondre. La tête de Bailey battait et cognait. Le Cessna tomba à 1 300 mètres... 1 100... 1 000. Bailey tendit une main comme un aveugle et pressa le bouton de REDÉMARRAGE D'URGENCE. Le kérosène fusa dans les carburateurs. L'hélice sursauta, puis s'arrêta à nouveau. Le Cessna était descendu à 700 mètres. Il survola la vieille route de Derry tellement bas que Bailey put lire les heures des messes sur le panneau planté devant l'église méthodiste.

« Nom de Dieu, murmura-t-il. Je vais mourir. »

Il tira à fond le starter et enfonça désespérément le bouton de redémarrage. Le moteur toussa, ronronna un temps, puis se mit à bégayer.

« *Non !* » hurla Bailey.

Un vaisseau se rompit dans son œil gauche, et des larmes de sang coulèrent le long de sa joue. Affolé, terrorisé, il ne le remarqua même pas. Il s'acharna sur le starter.

« *Non ! Ne cale pas, putain d'avion !* »

Le moteur rugit ; l'hélice tourna jusqu'à devenir invisible, renvoyant seulement un rayon de soleil. Bailey tira sur le manche. Le Hawk, malmené, se mit à protester à nouveau.

« *Saloperie d'avion ! Saloperie d'avion ! Saloperie d'avion !* » hurla Bailey.

Maintenant, son œil gauche était plein de sang et il prit conscience, à un certain niveau, que le monde semblait avoir une étrange coloration rose, mais il n'avait ni le temps ni l'envie d'y penser. Il ne ressentait que de la rage devant cette situation stupide.

Il laissa aller le manche ; le Cessna, autorisé à monter selon un angle presque normal, se remit au travail. Le village de Haven défila sous l'appareil, et Bailey se rendit compte que les gens levaient les yeux vers lui. Il était assez bas pour qu'on puisse noter son numéro d'immatriculation — si quiconque y songeait.

Vas-y ! ordonna-t-il en serrant les dents. *Vas-y, grimpe ! Parce que lorsque j'en aurai fini avec la Cessna Corporation, tous les actionnaires, jusqu'au dernier, n'auront plus que leurs sous-vêtements à se mettre ! Je vais traîner ces fils de pute négligents en justice pour chaque peau de banane qu'ils ont empochée !*

Le Hawk remontait doucement, son moteur ronronnant comme un chat. La tête de Bailey faisait tout ce qu'elle pouvait pour s'arracher de ses épaules, mais il lui vint soudain une idée, une idée d'une simplicité tellement stupéfiante, et aux ramifications tellement fabuleuses, que rien d'autre ne compta plus. Il avait compris le fondement physiologique de la bilatéralité du cerveau humain, rien de moins. Cela conduisait directement à la compréhension de la mémoire de l'espèce, non pas seulement en tant que brumeux concept jungien, mais en tant que fonction de l'ADN et de l'empreinte biologique. Ce qui permettait ensuite de comprendre ce que signifiait vraiment la capacité qu'avait le corps calleux d'augmenter sa production d'énergie de quelques milliergs pendant les périodes d'activité accrue des glandes endocrines, phénomène qui laissait perplexes les scrutateurs du cerveau humain depuis trente ans.

Peter Bailey comprit soudain que le voyage dans le temps — le véritable *voyage dans le temps* — était à sa portée.

C'est à cet instant qu'une grande partie de son propre cerveau explosa.

Une lumière blanche jaillit dans sa tête, une lumière blanche exactement semblable à celle que lui avait envoyée cet objet dans les bois.

S'il s'était effondré vers l'avant, enfonçant le manche, les gens de Haven auraient eu un autre problème sur les bras. Mais il se renversa en arrière, la tête dodelinant au bout de son cou, du sang coulant de ses oreilles. Il leva les yeux vers le plafond de l'habitacle avec une expression finale de prodigieuse surprise.

Si le pilote automatique du Cessna avait été enclenché, l'avion aurait certainement continué à voler dans la plus parfaite sérénité jusqu'à ce qu'il n'ait plus de carburant. Les conditions atmosphériques étaient optimales, et on avait déjà vu des cas semblables. En fait, l'avion plana à 1 800 mètres pendant presque cinq minutes. La radio braillait au neurochirurgien mort de lever sur-le-champ son cul jusqu'à l'altitude qui lui avait été assignée.

Au-dessus de Derry, un courant engagea l'avion dans un lent virage sur l'aile. Il décrivit un long arc de cercle en direction de Newport. Puis l'arc se resserra et devint une spirale. La spirale, une vrille. Un gosse qui pêchait d'un pont sur la Route n° 7 leva les yeux et vit un avion qui tombait en tire-bouchon du haut du ciel. Il le regarda, bouche bée, s'écraser dans le champ du nord appartenant à Ezra Dockery, et exploser en une colonne de flammes.

« Nom de *Dieu !* » hurla l'enfant.

Il abandonna sa canne à pêche et courut à la station Newport Mobil, un peu plus loin sur la route, pour appeler les pompiers. Peu après qu'il fut parti, une perche voulut déguster son vers, mordit à l'hameçon et entraîna la ligne. Le gosse ne retrouva jamais sa canne à pêche, mais il était tellement excité d'avoir combattu le feu dans le champ de Dockery et d'avoir retiré le pilote rôti des restes du Cessna qu'il ne s'en soucia guère.

10

Samedi, 6 août :

Newt et Dick étaient attablés au Haven Lunch, le journal déployé devant eux. On y parlait surtout de nouvelles flambées de violence au Proche-Orient, mais l'histoire qui les concernait ce matin-là se trouvait au bas de la page : UN NEUROCHIRURGIEN SE TUE AUX COMMANDES DE SON AVION, disait le titre. Sur la photo, on ne pouvait rien reconnaître du si beau Cessna Hawk, à part sa queue.

Ils avaient repoussé leur petit déjeuner sur un coin de la table sans presque y goûter. Maintenant que Beach était mort, c'était Molly Fenderson, sa nièce, qui faisait la cuisine. Molly était une fille vraiment gentille, mais ses œufs au plat avaient l'air de trous-du-cul brûlés. Dick pensait qu'ils en avaient aussi le goût, bien qu'il n'eût jamais vraiment *mangé* un trou-du-cul, ni brûlé ni autrement.

P't-êt' que si, dit Newt.

Dick le regarda, sourcils levés.

Y mettent vraiment n'importe quoi *dans les hot dogs. En tout cas, c'est c' que j'ai lu.*

Dick sentit son estomac se retourner. Il dit à Newt de fermer sa grande gueule.

Newt resta un instant silencieux, puis il dit : *Doit bien y avoir vingt ou trente personnes qu'ont vu cette connerie d'engin perdre de l'altitude au-dessus du village.*

Tous d'ici ? demanda Dick.

Oui.

Alors, on n'a pas d' problème, si ?

Non, j' crois pas, répondit Newt en aspirant une gorgée de café. *Du moins tant qu' ça se r'produit pas.*

Dick secoua la tête. *Ça devrait pas. Le journal dit qu' l'avion avait dévié d' sa route.*

Ouais. C'est ce que ça dit. Prêt ?

Ouais.

Ils sortirent sans payer. L'argent avait cessé de présenter un bien grand intérêt pour les habitants de Haven. Dick Allison avait entreposé plusieurs grands cartons de billets dans son sous-sol, dans l'ancienne cave à charbon : des billets de vingt, de dix ou d'un dollar, pour la plupart. Haven était un petit village Quand les gens avaient besoin d'argent liquide, ils venaient en chercher La maison n'était pas fermée. En plus des machines à écrire télépathiques et des chauffe-eau qui marchaient grâce aux molécules effondrées, Haven avait inventé une forme presque parfaite de collectivisme.

Sur le trottoir, devant le Lunch, ils regardèrent en direction de l'hôtel de ville. Le clocher de l'horloge tremblotait. Parfois il apparaissait, aussi solide qu'un Taj Mahâl de brique, bien que moins beau, et à d'autres moments, on ne voyait plus que le ciel bleu au-dessus des ruines désordonnées de sa base. Et puis il réapparaissait. Sa longue ombre matinale flottait comme celle d'un store soulevé par un vent intermittent. Newt découvrit que parfois l'*ombre* était là, alors que la tour elle-même n'y était plus, ce qu'il trouva particulièrement déroutant.

Bon Dieu ! Si j' regarde trop longtemps c'te saloperie, j' vais d'venir dingue, annonça Dick.

Newt demanda si quelqu'un s'occupait de réparer les dégâts.

Tommy Jacklin et Hester Brookline ont dû s' rendre à Derry, répondit Dick. *Y doivent aller dans cinq stations-service différentes, et dans les deux magasins d' pièces détachées pour voitures. J' leur ai donné pas loin de sept cents dollars, et j' leur ai demandé de rapporter au moins vingt batteries d' voiture, s'ils pouvaient. Mais y sont censés disperser leurs achats. Y manque pas d' gens dans les villages environnants qui croient qu' les habitants de Haven ont la folie des batteries.*

Tommy Jacklin et Hester Brookline ? demanda Newt d'un ton dubitatif. *Mais c'est qu' des gosses ! Est-ce que Tommy a au moins son permis, Dick ?*

Non, dut avouer Dick. *Mais il a quinze ans, une autorisation, et y conduit très prudemment. En plus, il est grand. Il a l'air plus vieux qu' son âge. La gamine aussi. Tout ira bien.*

Bon sang, c'est rudement risqué !

Oui, mais...

Ils communièrent en pensées qui étaient davantage des images que des mots ; c'était de plus en plus fréquent à Haven, où les gens apprenaient cet étrange nouveau langage de la pensée. Malgré ses craintes, Newt comprenait le problème fondamental qui avait poussé Dick à envoyer un couple de gamins à Derry dans le pick-up des Fannin. Ils avaient besoin de batteries, ils en avaient *besoin,* mais il devenait de plus en plus difficile pour ceux qui *vivaient* à Haven de *quitter* Haven. Si un vieux bonhomme comme Dave Rutledge ou ce vieux con de John Harley essayait, il serait mort — et probablement en train de pourrir, déjà — avant d'arriver à l'entrée de Derry. Il faudrait plus longtemps pour des hommes plus jeunes comme Newt et Dick, mais ils y passeraient aussi... et probablement très douloureusement, à cause des modifications physiques qu'ils avaient commencé à subir dans le hangar de Bobbi. Ni l'un ni l'autre n'étaient surpris que Hilly Brown soit dans le coma, et pourtant il était parti quand les choses ne faisaient que commencer. Tommy Jacklin avait quinze ans, Hester Brookline, treize. Du moins avaient-ils la jeunesse pour eux, et ils pouvaient espérer partir *et revenir* sans disposer de combinaisons spatiales comme celles de la NASA qui les protègent de ce qui était maintenant pour eux une atmosphère étrangère et malsaine. Il aurait été de toute façon hors de question d'utiliser de tels équipements, même s'ils en avaient possédé. Ils auraient bien pu fabriquer quelque chose, mais s'ils avaient débarqué au magasin de pièces détachées Napa à Derry en combinaison lunaire, on n'aurait pas manqué de leur poser quelques questions. Et même davantage.

J'aime pas ça, dit enfin Newt.

Mais moi non plus ! répliqua Dick. *J'aurai pas une minute de répit tant qu'y seront pas de retour. J'ai posté le vieux Dr Warwick à la limite de Haven et de Troie pour qu'il s'en occupe dès qu'ils...*

S'ils...

Ouais... si. J' crois qu'y reviendront. Mais y-z auront mal.

On doit s'attendre à quel genre de problèmes ?

Dick secoua la tête. Il ne savait pas, et le Dr Warwick se refusait à la moindre conjecture. Il avait pourtant demandé mentalement à Dick ce qui, selon lui, arriverait à un saumon qui déciderait de remonter le courant à vélo au lieu de nager vers sa frayère.

Eh bien..., dit Newt d'un air songeur.

Eh bien, rien, répondit Dick. *On peut pas laisser ce truc* — il montra du menton la tour branlante — *comme il est.*

Newt répondit : *On est presque au bout du chemin, maintenant. J' crois qu'on pourrait laisser tomber.*

Peut être. Peut-être pas. Mais on a besoin de batteries pour d'autres choses, et tu le sais. Et y faut encore qu'on soit prudents. Ça aussi, tu le sais.

On n'apprend pas à un vieux singe à faire la grimace, Dick.

(va...)

Va te faire foutre, connard, allait dire Newt, mais il se retint, bien que, chaque jour qui passait, il aimât de moins en moins Dick Allison. En fait, Haven *fonctionnait* sur batteries, maintenant, exactement comme une voiture miniature pour enfants de chez FAO Schwarz. Et il leur fallait de plus en plus de piles, plus puissantes, aussi. Les commander par correspondance aurait été trop lent, et aurait en outre risqué de déclencher une sorte de signal d'alarme. On ne pouvait pas savoir.

En fait, Newt Berringer était mal à l'aise. Ils avaient survécu à la catastrophe aérienne ; mais si quoi que ce soit arrivait à Tommy et Hester, pourraient-ils y survivre ?

Il ne savait pas. Il savait seulement qu'il n'aurait pas de paix avant que les enfants soient de retour à Haven, chez eux.

11

Dimanche, 7 août :

Gardener était au travail près du vaisseau, et il le regardait, tentant de décider — à nouveau — si quoi que ce soit de bon pouvait sortir de ce merdier... et si *non*, s'il y avait un moyen de s'en tirer. Il avait entendu le petit avion, deux jours auparavant, bien que, se trouvant dans la maison, il en fût sorti un instant trop tard pour le voir à son troisième passage. Trois passages — c'étaient deux de trop. Il était certain que le pilote avait repéré le vaisseau et la tranchée. Cette pensée lui avait procuré un soulagement étrange, un peu amer. Et puis, la veille, il avait lu l'article du journal. Inutile d'être bardé de diplômes pour comprendre. Le pauvre Dr Bailey s'était égaré, et ce résidu de l'armada spatiale de Ming l'Impitoyable avait bloqué ses commandes.

Est-ce que cela le rendait lui, Jim Gardener, complice de meurtre ? C'était possible et, qu'il ait ou non tiré sur sa femme, Gard n'était pas enthousiaste à cette idée.

Freeman Moss, l'austère homme des bois d'Albion, n'était pas reparu ce matin. Gard se disait que le vaisseau était venu à bout de ses fusibles comme de ceux des autres avant lui. Gard était seul pour la première fois depuis la disparition de Bobbi. Superficiellement, ça semblait ouvrir des possibilités. Mais à y regarder de plus près, les énigmes demeuraient.

L'histoire de la mort du neurochirurgien et de l'avion qui s'était écrasé n'était pas une bonne nouvelle, mais pour Gard, l'article du haut de la page — celui auquel Newt et Dick n'avaient pas prêté attention — était pire. Le Proche-Orient s'apprêtait à exploser à nouveau, et cette fois, on pourrait bien sortir les armes nucléaires. Le journal disait que l'Union des savants contre le péril atomique, ces joyeux gardiens de l'Horloge noire de la guerre nucléaire, avait, hier, avancé les aiguilles jusqu'à deux minutes avant minuit, l'heure du grand boum. Les jours heureux étaient bel et bien revenus. Le vaisseau pourrait régler tout ça... mais était-ce là le but de Freeman Moss, Kyle Archinbourg, Bozie et les autres? Gard ressentait parfois la certitude nauséeuse qu'éteindre la mèche serpentant vers la poudrière sur laquelle reposait notre planète était le *dernier* des soucis du Nouveau Haven Amélioré. Et alors?

Alors, il ne savait pas. Parfois, se rendre compte qu'on était un parfait zéro en télépathie se révélait une vraie chierie.

Gard porta les yeux sur une pompe embourbée au bord de la tranchée. Jusque-là, le travail sur le vaisseau s'était fait dans la poussière, la terre, la roche et les souches d'arbres qui n'acceptaient de bouger que lorsqu'on était presque devenu fou de frustration. Maintenant, on pataugeait dans la boue. Ces deux derniers jours, Gard était rentré le soir avec de l'argile dans les cheveux, entre les doigts de pied, et entre les fesses. La boue, ça n'était déjà pas drôle, mais l'argile, en plus, ça *poissait*.

Le groupe de pompage constituait l'assemblage le plus étrange et le plus laid qui fût, mais il marchait. Il pesait des tonnes, et pourtant Freeman Moss, celui qui gardait presque toujours le silence, l'avait transporté, seul avec Gard, depuis la cour de Bobbi... Ça lui avait pris presque tout le jeudi... et pas loin de cinq cents piles. Mais il y avait réussi, alors qu'une équipe moyenne d'ouvriers aurait mis plus d'une semaine pour accomplir la même tâche.

Moss avait utilisé un ancien détecteur de métaux bricolé pour guider chaque composant vers son emplacement final — descente du camion, traversée du jardin, déplacement sur la piste ravinée menant aux fouilles. Les composants flottaient sereinement dans l'air chaud de l'été, leur ombre s'étalant sous eux. Moss portait l'ex-détecteur de métaux d'une main, et quelque chose qui ressemblait à un walkie-talkie dans l'autre. Quand il levait l'antenne d'acier incurvée plantée dans le walkie-talkie et qu'il bougeait la plaque de son détecteur, le moteur ou la pompe s'élevaient. Quand il les bougeait vers la gauche, ils allaient vers la gauche. Gard, observant la scène avec la stupéfaction d'un vieil ivrogne (et pourtant personne ne voit autant de choses étranges que les vieux ivrognes), s'était dit que Moss avait l'air d'un dresseur scrofuleux conduisant des éléphants mécaniques à travers les bois jusqu'au site d'on ne savait quel cirque inimaginable.

Gardener avait observé le déplacement laborieux de suffisamment d'équipements lourds pour savoir que ce gadget pourrait révolutionner les techniques de construction. Il était difficile de chiffrer l'intérêt de ce genre de matériel, mais il se dit qu'un seul instrument du type de celui qu'avait utilisé Moss ce jeudi avec une aisance aussi évidente pourrait diminuer d'au moins vingt-cinq pour cent le coût d'un projet comme le barrage d'Assouan.

Sur un point, il s'apparentait cependant à l'illusion du clocher de l'hôtel de ville : il consommait beaucoup d'énergie.

« Tiens, avait dit Moss en tendant à Gard un lourd paquetage. Mets-toi ça sur le dos. »

Gard avait grimacé en enfilant les lanières. Moss l'avait vu et il avait eu un petit sourire.

« Ça s'allégera au fur et à mesure de la journée. Ne t'en fais pas pour *ça*. »

Il avait branché la fiche d'un écouteur sur le côté du walkie-talkie et introduit l'écouteur dans son oreille.

« Qu'est-ce qu'il y a, dans ce sac ? avait demandé Gardener.

— Des piles. Allons-y. »

Moss avait enclenché le gadget.

Il parut écouter, hocha la tête, puis pointa l'antenne incurvée vers le premier moteur, qui s'éleva dans les airs et y resta comme suspendu. Tenant l'instrument de contrôle d'une main et le détecteur de métaux modifié de l'autre, Moss s'approcha du moteur. A chaque pas, le moteur s'écartait d'une distance égale. Gard fermait la marche.

Moss fit passer le moteur entre la maison et le hangar, lui fit contourner le Tomcat et traverser le jardin de Bobbi. Les passages répétés y avaient ménagé une large allée, mais des deux côtés les plantes continuaient de croître et d'étaler leur splendeur. Certains des tournesols montaient maintenant à quatre mètres. Ils rappelaient à Gardener *Le Jour des Triffids*. Une nuit, une semaine plus tôt environ, il s'était éveillé au milieu d'un terrible cauchemar. Il y avait vu les tournesols du jardin se déraciner et se mettre à marcher, une lumière luisant en leur centre et éclairant le sol comme les rayons d'une torche à lentille verte.

Dans le jardin, les courgettes avaient la taille de grosses torpilles, les tomates celle de ballons de basket. Le maïs montait presque aussi haut que les tournesols. Curieux, Gardener avait cueilli un épi. Il mesurait près de soixante centimètres de long. S'il avait été consommable, un seul épi aurait pu nourrir deux hommes. Mais Gard, grimaçant, avait recraché la seule bouchée qu'il avait croquée, et essayé, en se frottant la bouche, de faire disparaître l'horrible goût de viande que les grains y avaient laissé. Bobbi faisait pousser des plantes énormes, mais les légumes en étaient immangeables, peut-être même vénéneux.

Le moteur se déplaçait tout tranquillement devant eux sur le chemin, les épis de maïs se penchant au passage pour le caresser en bruissant. Gardener remarqua des taches et des traînées de graisse de machine sur certaines des feuilles en forme d'épées vertes et agressives. De l'autre côté du jardin, le moteur s'affaissa. Moss baissa l'antenne, le moteur se posa sur le sol en produisant un bruit étouffé.

« Qu'est-ce qui se passe ? » demanda Gardener.

Moss se contenta d'émettre un grognement. Il sortit une pièce de monnaie et l'introduisit à la base de son walkie-talkie, la tourna, et entreprit d'extraire six piles Duracell du compartiment qui leur était réservé. Il les jeta négligemment à terre.

« Donne-m'en d'autres », dit-il.

Gardener posa le sac à dos, défit la sangle et ouvrit le rabat. Au premier coup d'œil, il crut voir des millions de piles, comme si quelqu'un avait gagné le Grand Jackpot d'Atlantic City et que la machine avait craché des piles au lieu de dollars.

« Seigneur !

— C'est pas Lui, dit Moss. Donne-moi une demi-douzaine de ces cochonneries. »

Pour une fois, Gard fut à court de bons mots. Il tendit les six piles à Moss et le regarda les insérer dans leur compartiment. Puis Moss remit le couvercle, alluma l'engin, replaça l'écouteur dans son oreille et dit :

« Allons-y. »

Ils n'avaient pas parcouru quarante mètres dans les bois qu'ils durent à nouveau changer les piles. Et encore soixante mètres plus loin. Il fallait moins de jus quand le chemin descendait, mais avant que Moss ne pose enfin le gros bloc-moteur au bord de la tranchée, il avait utilisé quarante-deux piles.

Une à une, allant et venant sans cesse, ils amenèrent chacune des pompes du camion de Freeman Moss jusqu'au bord de la tranchée. Le sac s'allégeait progressivement sur le dos de Gardener.

Au quatrième voyage, Gard demanda à Moss s'il pouvait essayer. Une grosse pompe industrielle, dont la raison d'être, avant ce curieux petit voyage d'agrément, avait probablement été de vidanger des fosses septiques, était posée un peu de guingois à une centaine de mètres de la tranchée. Moss changeait les piles, une fois de plus. Les cadavres des anciennes piles jonchaient le sentier, et Gard sentit son cœur se serrer en se souvenant de l'enfant sur la plage d'Arcadia. L'enfant aux pétards. L'enfant dont la mère avait cessé de boire... dont la mère avait tout cessé. L'enfant qui connaissait les Tommyknockers.

« Tu peux toujours essayer, dit Moss en lui tendant le gadget. J' suis pas contre un peu d'aide, et j'ai pas honte de l' dire. Ça crève son homme, de soulever tout ça. Eh ouais, ajouta-t-il devant le regard étonné de Gardener. J'en fais une partie par moi-même. C'est pour ça que j' me branche ce truc dans l'oreille. Tu peux essayer. Mais j' crois pas qu' ça ira bien loin. T'es pas comme nous.

— J'ai remarqué. Je suis le seul qui n'aura pas à acheter un râtelier chez Sears et Roebuck quand tout ça sera terminé. »

Moss lui jeta un regard assassin, mais ne répondit rien.

Gard essuya avec son mouchoir la couche brune de cérumen que Moss avait laissée sur l'écouteur, qu'il introduisit ensuite dans son oreille. Il entendit un bruit lointain, comme dans un gros coquillage. Pointant l'antenne vers la pompe, comme il avait vu Moss le faire, il la redressa doucement. Dans son oreille, le doux murmure de l'océan changea de tonalité. La pompe bougea un tout petit peu, il était sûr que ce n'était pas l'effet de son imagination. Mais un instant plus tard, deux autres choses se produisirent : il sentit la chaleur du sang qui sortait de son nez, et sa tête s'emplit d'une voix tonitruante.

« MOQUETTEZ VOTRE CHAMBRE OU TOUTE VOTRE MAISON POUR MOINS CHER ENCORE ! hurlait un présentateur de radio assis soudain au beau milieu de la tête de Gardener et criant apparemment dans un méga-phone. OUI, NOUS AVONS UN NOUVEL ARRIVAGE DE TAPIS PRÊTS À POSER ! LE DERNIER A ÉTÉ VENDU EN UN RIEN DE TEMPS, ALORS N'ATTENDEZ PAS... »

« Aaaaïïïïe ! Seigneur ! La ferme ! » hurla Gardener.

Il lâcha tout et porta les mains à sa tête. L'écouteur tomba de son oreille, ce qui coupa le sifflet au présentateur. Mais le nez de Gard continua à saigner et sa tête à résonner comme une cloche.

Freeman Moss, dont l'étonnement fut plus fort que l'humeur taciturne, regarda Gardener avec de grands yeux.

« Nom de Dieu ! Qu'est-ce que c'était que ça ? demanda-t-il.

— Ça, répondit Gardener d'une voix faible, c'était WSON, la station qui ne diffuse que du rock parce que c'est ÇA qui vous plaît. Si ça ne t'ennuie pas, Moss, je vais m'asseoir un moment. Je crois que ça m'a vidé.

— Et tu saignes du nez.

— Bien vu, Sherlock, dit Gardener.

— Tu f'rais p' t-êt mieux d' me laisser la machine, après ça. »

Gardener s'était rangé avec soulagement à cet avis. Transporter le reste de l'équipement près de la tranchée leur prit toute la journée, et Moss était tellement fatigué quand arriva la dernière pièce que Gardener dut presque le porter jusqu'à son camion.

« J'ai l'impression d'avoir débité du bois jusqu'à en chier ma cer-velle », murmura l'homme.

Après ça, Gard ne s'attendait pas vraiment à ce qu'il revienne. Mais Moss revint à sept heures pile le lendemain. Il arriva dans une vieille Pontiac à double calandre au lieu de son camion. Il en descendit en balançant une gamelle au bout de son bras.

« Allez. On y va. »

Gardener éprouvait plus de respect pour Moss que pour ses trois autres « aides » réunis. En fait, il l'aimait bien.

Tandis qu'ils se dirigeaient vers le vaisseau, la rosée de ce vendredi matin humectant les revers de leur pantalon, Moss regarda Gardener et grogna :

« J'ai repris du poil de la bête. J'ai l'impression que ça va aussi, pour toi. »

Ce fut à peu près tout ce que M. Freeman Moss eut à lui dire ce jour-là.

Ils envoyèrent un faisceau de tuyaux dans la tranchée et raccordèrent d'autres tuyaux, des tuyaux d'évacuation, pour diriger l'eau qu'ils pom-paient en contrebas, sur une pente qui aboutissait un peu au sud-est de chez Bobbi. Ces tuyaux de dégagement, comme les appelait Moss, étaient de gros diamètre, en toile, et Gard soupçonna qu'ils venaient eux aussi du dépôt des pompiers.

« Ouais, j'en ai pris ici et là », dit Moss sans s'étendre davantage sur ce sujet.

Avant de mettre les pompes en marche, il avait demandé à Gardener de fixer les tuyaux de dégagement avec quelques attaches en U.

« Sinon, y vont s' balader et y-z-aspergeront tout d'eau. Si t'as déjà vu une lance d'incendie qu'on a lâchée, tu sais qu' ça peut faire mal. Et on a pas assez d'hommes pour qu'y passent leurs journées à t'nir ces foutus tuyaux pisseurs.

— Ça doit pourtant pas manquer de volontaires qui attendent leur tour, hein ? »

Freeman Moss l'avait regardé en silence. Puis il avait grommelé :

« Enfonce bien ces attaches. Faudra de toute façon qu'on s'arrête souvent pour les renfoncer. Elles vont prendre du jeu.

— Tu peux pas contrôler le débit de ce truc pour qu'on n'ait pas à s'emmerder avec ces attaches ?

— Évidemment qu' si ! avait dit Moss en levant impatiemment les yeux au ciel devant tant d'ignorance. Mais y a une sacrée quantité d'eau, dans c' trou, et faut l'enlever avant l' jugement dernier, si ça t' fait rien.

— Bon ! dit Gardener en protégeant son visage à moitié rigolard de ses mains. C'était juste pour savoir. Du calme. »

L'homme s'était contenté de grogner dans son inimitable style Freeman Moss.

A neuf heures et demie, l'eau coulait abondamment le long de la colline. Elle était fraîche, claire et douce — et tous ceux qui ont un puits peuvent confirmer combien l'eau peut être douce. A midi, elle avait formé un nouveau ruisseau de deux mètres de large, assez peu profond, mais bouillonnant. Il emportait les aiguilles de pin, la terre noire et les petits débris. Les hommes n'avaient pas grand-chose à faire qu'attendre et surveiller qu'aucun des gros tuyaux d'évacuation ne se détache et, comme pris de folie, ne se mette à tout asperger. Moss fermait les pompes régulièrement, chacune à son tour, pour qu'ils puissent renfoncer les attaches ou les déplacer si le sol était devenu trop meuble à l'endroit où elles étaient fixées.

A trois heures, le courant entraînait des buissons entiers, et juste avant cinq heures, Gardener entendit s'abattre un assez gros arbre. Il se leva et haussa le col, mais cela s'était produit trop loin en aval pour qu'il puisse voir.

« On dirait que c'était un pin », dit Moss.

Ce fut le tour de Gardener de se retourner et de regarder Moss sans rien dire.

« Un épicéa, peut-être. »

Bien que le visage de Moss soit resté parfaitement impassible, Gardener se dit qu'il avait peut-être bien fait une plaisanterie. Une toute petite plaisanterie, mais une plaisanterie quand même.

« Tu crois que l'eau a atteint la route ?

— Oh, ouais ! J' crois bien.

— Ça va la submerger, non ?

— Non. Y z'ont d'jà creusé un nouveau fossé. Un gros. Faudra p'têt qu'y détournent les voitures quelques jours pour refaire la chaussée, mais y a plus tant d' trafic qu'avant, d' toute façon.

— J'ai remarqué, dit Gardener.

— Une bonne chose, si tu veux mon avis. Ces estivants, y z'apportent que des emmerdes. Bon, regarde un peu, Gardener. J' vais réduire le débit d' ces pompes, mais elles vont continuer à pomper dans les quatre-vingts litres à la minute toute la nuit. Avec quat' pompes, ça fait plus d' dix-sept mille litres à l'heure, toute la nuit. Pas mal, pour des trucs qui marchent tout seuls ! Allez, viens ! C' vaisseau, il est merveilleux, mais y fait monter ma tension. J' boirais bien une de tes bières avant d' rentrer chez bobonne, si tu permets. »

Moss était revenu hier, samedi, dans sa vieille Pontiac, et il avait tout de suite remis les pompes en marche à plein régime : cent soixante litres à la minute chacune, trente-huit mille litres à l'heure.

Ce matin, pas de Freeman Moss. Il avait fini par se sentir vidé, comme les autres, laissant Gardener devant les mêmes vieux choix :

Premier choix : travailler comme d'habitude.

Deuxième choix : s'enfuir comme un lapin.

Gard était déjà arrivé à la conclusion que si Bobbi mourait, il ne tarderait pas à succomber à un accident fatal. Ça pourrait prendre jusqu'à une demi-heure pour qu'il soit quitte. S'il décidait de s'enfuir, est-ce qu'ils le sauraient à l'avance ? Il ne le croyait pas. Les gens de Haven et lui continuaient à jouer au poker à l'ancienne : toutes les cartes cachées. Oh, et puis dites donc, *jusqu'où* devrait-il aller pour leur échapper, à eux et à leurs gadgets diaboliques ?

En fait, Gard ne pensait pas qu'il faudrait aller bien loin. Derry, Bangor, même Augusta... ça risquait d'être trop près. Portland ? Peut-être, *Probablement*. A cause de ce qu'il appelait l'Analogie de la Cigarette.

Quand un gosse se met à fumer, il a de la chance s'il arrive à la moitié de la cigarette sans vomir tripes et boyaux ou s'évanouir à moitié. Au bout de six mois, il peut finir cinq à dix clopes par jour. Donnez-lui trois ans, et vous aurez devant vous un candidat au cancer du poumon qui fume deux paquets et demi par jour.

Recommençons. Dites à un gosse qui vient juste de finir sa première cigarette et qui titube, le teint verdâtre, qu'il faudrait qu'il arrête de fumer, et il tombera à genoux pour vous baiser les pieds. Attrapez-le quand il en est à cinq ou dix clopes par jour, et il se moquera bien de ce que vous lui dites, même si ce gosse, qui a déjà une bonne habitude de la fumée, peut encore se rendre compte qu'il mange trop de bonbons et qu'il a envie de fumer quand il s'ennuie ou quand il est nerveux.

Quant au vétéran du tabac, si vous lui dites de laisser tomber ces clous de cercueil, il saisira sa poitrine à deux mains comme s'il avait une crise cardiaque... sauf qu'il protégera en fait par ce geste sa poche intérieure de veston où se trouve le précieux paquet. Gardener savait très bien, après de nombreux efforts inutiles pour cesser de fumer, ou du moins diminuer sa consommation jusqu'à un niveau moins mortel, que fumer entraîne une accoutumance physique. Au cours de la première semaine sans cigarettes, les fumeurs souffrent de tremblements, de maux de tête, de spasmes musculaires. Les médecins prescrivent parfois de la vitamine B12 pour amoindrir la gravité de ces symptômes. Mais ils savent qu'aucune pilule ne combattra l'impression de perte et de dépression dont l'ex-fumeur souffrira pendant les six mois à venir, dès le moment où il écrase son dernier mégot et entreprend son voyage solitaire hors de l'accoutumance.

Et Haven, se disait maintenant Gardener en remettant les pompes à pleine puissance, *est comme une pièce remplie de fumée. Au début, ils sont malades... ils sont comme un groupe de gosses qui apprennent à fumer des feuilles de maïs derrière la grange. Mais maintenant ils* aiment *l'air qu'on respire, et pourquoi pas? Ils sont devenus des fumeurs à la chaîne. Tout est dans l'air qu'ils respirent, et Dieu sait quels changements physiologiques s'opèrent dans leur cerveau et leur corps. Des coupes de poumons ont montré la formation de cellules anormales dans les tissus chez des gens qui ne fumaient que depuis huit mois. On constate une forte augmentation des tumeurs au cerveau dans les villages où des minoteries (ou, Dieu nous en garde, les centrales nucléaires) déversent une forte pollution. Alors qu'est-ce que ça leur fait, à eux?*

Il ne le savait pas. Il n'avait observé aucun changement extérieur notable, en dehors de la chute des dents et d'une certaine vivacité d'humeur. Mais il ne pensait pas qu'ils le poursuivraient bien loin s'il se taillait. Ils commenceraient peut-être par lui donner une chasse digne d'un détachement de cavalerie dans un western, mais il se disait qu'ils lâcheraient vite prise... dès que les symptômes de manque s'installeraient.

Les quatre pompes fonctionnaient maintenant à plein régime, transformant presque instantanément le ruisseau en un véritable fleuve. Et il commença ainsi sa journée de vérification des attaches en U qui retenaient les tuyaux.

S'il partait, il avait deux choix : fermer sa gueule ou sonner l'alarme. Il savait que, pour diverses raisons, il fermerait probablement sa gueule. Ce qui signifiait tout simplement qu'il allait se rendre justice — qu'il allait rayer ce dernier mois de travail éreintant, rayer tout espoir de changer d'un coup le cours suicidaire de la politique mondiale, rayer surtout de sa vie sa chère amie et ancienne maîtresse Bobbi Anderson, qui n'avait pas reparu depuis près de deux semaines.

Troisième choix : S'en débarrasser. Le faire sauter. Le détruire. Le réduire à de simples rumeurs, comme les êtres venus d'ailleurs du Hangar 18.

En dépit de sa fureur devant la folie de l'énergie nucléaire et de ces porcs de technocrates qui l'avaient créée et cautionnée — et refusaient d'en admettre les dangers, même après Tchernobyl — en dépit du choc qu'il avait éprouvé en regardant cette photo de presse montrant des scientifiques avançant l'Horloge noire à deux minutes avant minuit, il reconnaissait pleinement la possibilité que la destruction du vaisseau représente la meilleure solution. L'oxydation de ce qui imprégnait la surface de la coque (quoi que ce fût, il savait que cette oxydation était délibérée) avait provoqué une avalanche de gadgets insensés; Dieu seul savait quelles merveilles pouvait receler l'inté-rieur. Mais il y avait le reste, non? Ce neurochirurgien mort dans un accident d'avion, peut-être aussi le constable McCausland, et le fils Brown... Combien encore devraient être sacrifiés sur l'autel de cette chose qu'il regardait, qui sortait du sol comme la gueule de la plus grande baleine blanche dont on puisse rêver? Quelques-uns? Tous? Aucun?

Gardener était certain d'une chose : ce n'était pas fini.

On ne pouvait nier que le vaisseau était une source de création... mais il était aussi l'appareil échoué d'une espèce inconnue venue de très loin au-delà des ténèbres — des créatures dont l'esprit pourrait être aussi différent de l'esprit humain que l'esprit humain diffère de celui des araignées. C'était un engin merveilleux et inimaginable qui luisait dans la lumière embrumée de ce dimanche matin... mais c'était aussi une maison hantée où il se pouvait que des démons marchent encore entre les murs et dans les recoins vides. Il lui arrivait de le regarder et de sentir sa gorge se serrer d'étrange façon, comme si des yeux plats l'avaient regardé depuis ce trou dans la terre.

Mais *comment* s'en débarrasser ? *Comment* le faire sauter ? Même s'il le voulait, comment s'y prendrait-il ? Les charges qu'ils avaient utilisées pour briser le lit de pierre retenant le vaisseau étaient plus puissantes que de la dynamite, mais elles n'avaient pas même égratigné la coque. Est-ce qu'il était censé courir jusqu'à la base aérienne de Limestone pour y voler une bombe A, en se déplaçant avec l'incroyable douceur soyeuse d'un Dirk Pitt dans un roman de Clive Cussler ? Et ne serait-ce pas drôle, ne serait-ce pas à mourir de rire, qu'il arrive vraiment à se procurer une bombe atomique et à la faire exploser, pour découvrir qu'il n'était arrivé qu'à libérer enfin le vaisseau, toujours incroyablement intact, sans la moindre égratignure ?

C'étaient donc là ses trois choix, et le troisième n'était pas même un vrai choix... Apparemment, ses mains en savaient davantage que son cerveau, parce que tandis qu'il tournait ces choix dans sa tête pour la énième fois, il avait exécuté son travail matinal, maintenant le débit de pompage à son maximum et vérifiant que les tuyaux de dégagement restaient fermement fixés au sol. Il était penché sur la tranchée pour vérifier les tuyaux de pompage et le niveau de l'eau. Il fut heureux de constater qu'il lui fallait maintenant une puissante torche électrique pour apercevoir l'eau, dont le niveau baissait rapidement. Il se dit que le dynamitage et le déblayage pourraient reprendre mercredi, jeudi au plus tard... et quand ils recommenceraient, le travail progresserait vite. La roche aquifère était spongieuse et poreuse. Ils n'auraient même pas à creuser de trous pour y déposer les explosifs, parce qu'il y aurait suffisamment de cavités naturelles pouvant recevoir non seulement les radios explosives, mais même de grosses charges. Avec la phase suivante, ils auraient l'impression, après avoir pétri une pâte dense, de travailler un pâton levé.

Gard resta penché un certain temps sur la tranchée, fouillant de sa torche les profondeurs sombres. Puis il l'éteignit et se prépara à retourner vérifier les attaches. Il n'était que huit heures et demie, et il avait déjà envie d'un verre.

Il se retourna.

Bobbi était là.

La bouche de Gardener s'ouvrit. Au bout d'un moment il la referma avec un claquement et s'avança vers Bobbi, persuadé que son hallucination allait devenir transparente avant de s'évaporer. Mais Bobbi restait opaque, et Gard constata qu'elle avait perdu beaucoup de cheveux. Son front, d'un blanc pâle et luisant, gagnait presque le milieu de son crâne, laissant au centre une longue pointe de cheveux qui rappelait le triangle de velours noir des coiffes de vieilles femme au XVIIe siècle. Les parties nouvellement exposées de son cuir chevelu n'étaient pas les seules surfaces pâles : elle ressemblait à quelqu'un qui a traversé une terrible maladie anémiante. Son bras droit était en écharpe et...

... et elle est maquillée. Elle a du fond de teint. Je suis tout à fait sûr que c'est ça... elle s'en est mis plein, comme une femme qui veut dissimuler un bleu. Mais c'est elle... Bobbi... ce n'est pas un rêve.

Ses yeux s'emplirent soudain de larmes. Il vit deux Bobbi, trois Bobbi. Et ce n'est qu'à ce moment-là que Gard comprit combien il avait eu peur. Combien il était seul.

« Bobbi ? demanda-t-il d'une voix rauque. C'est vraiment toi ? »

Bobbi sourit, sourit de ce doux sourire qu'il aimait tant, celui qui l'avait si souvent sauvé de lui-même quand il se montrait trop idiot. C'était Bobbi. C'était Bobbi et il l'aimait.

Il s'avança vers elle, l'enlaça, posa son visage fatigué contre son cou. Ça aussi, il l'avait déjà fait.

« Salut, Gard », dit-elle en se mettant à pleurer.

Il pleurait aussi. Il l'embrassait, l'embrassait, l'embrassait.

Ses mains furent soudain partout sur elle, et celle qu'elle avait de libre sur lui.

« Non, disait-il en l'embrassant. Non, tu ne peux pas...

— Chhhhut. Je le dois. C'est ma dernière chance, Gard. *Notre* dernière chance. »

Ils s'embrassaient, s'embrassaient. Oh, ils s'embrassaient, et la chemise de Bobbi se trouva déboutonnée. Le corps qui apparaissait, blanc et maladif, les muscles mous, la poitrine avachie, n'était pas celui d'une déesse du sexe, mais il l'aimait et il l'embrassait et l'embrassait et ils mêlaient leurs larmes.

« Gard, cher, cher, toujours mon

— Chhhhhut

— Oh s'il te plaît je t'aime

— Bobbi je t'aime

— aime

— embrasse-moi

— embrasse

— Oui »

Sur les aiguilles de pin. Douceur. Les larmes de Bobbi. Les larmes de Gard. Ils s'embrassaient, s'embrassaient, s'embrassaient. Tout à coup, en la pénétrant, Gard se rendit compte de deux choses : combien elle lui avait manqué, et qu'aucun oiseau ne chantait. Les bois étaient morts.

Ils s'embrassaient.

12

Gard se servit de sa chemise, pas bien propre de toute façon, pour essuyer les traînées de fond de teint brun qui maculaient son corps nu. Bobbi n'en avait pas seulement sur le visage. Est-ce qu'elle était venue ici dans l'intention de faire l'amour avec lui ? Il valait mieux qu'il n'y pense pas. Pas maintenant, en tout cas.

Bien qu'ils eussent dû constituer un festin d'action de grâces pour les mouches et les moustiques, avec toute la sueur qu'ils avaient transpirée, Gardener n'avait pas été piqué une seule fois. Il ne pensait pas que Bobbi l'ait été non plus. *C'est pas seulement un survolteur de l'intelligence,* se dit-il en regardant le vaisseau, *ça fait honte à tous les insecticides du marché.*

Il jeta sa chemise un peu plus loin et toucha le visage de Bobbi, son doigt ramassant un peu plus de maquillage. Mais l'essentiel avait été entraîné par la sueur ou les larmes.

« Je t'ai fait mal ? » demanda-t-il.

Tu m'as aimée, répondit-elle.

« Quoi ? »

Tu m'entends, Gard. Je sais que tu m'entends.

« Tu es en colère ? » demanda-t-il, prenant conscience que les barrières s'élevaient à nouveau, prenant conscience qu'il se remettait à jouer un rôle, prenant conscience que c'était fini, que tout ce qu'ils avaient eu était bel et bien terminé.

Prendre conscience de ce genre de chose faisait mal.

« Est-ce que c'est pour ça que tu ne veux pas me parler ?... Je ne t'en veux pas. Il a fallu que tu en supportes pas mal de ma part, ces dernières années.

— Mais je te *parlais* », dit-elle.

Il avait honte de lui mentir après l'avoir aimée, mais il fut content de sentir un doute dans sa voix.

« Je te parlais avec mon *cerveau !*

— Je n'ai pas entendu.

— Avant, tu m'entendais. Tu m'entendais... et tu répondais. Nous nous *arlions,* Gard !

— Nous étions plus proches de... ça », dit-il en tendant le bras vers le vaisseau.

Elle lui sourit tristement et posa sa joue contre son épaule. Maintenant que presque tout le fond de teint en était parti, sa chair révélait une translucidité troublante.

« Est-ce que je t'ai fait mal ? Dis ?

— Non. Oui. Un peu. »

Elle sourit. C'était ce sourire par lequel la vieille Bobbi Anderson voulait dire « la barbe », mais une dernière larme roula néanmoins sur sa joue.

« Ça en valait la peine. Nous avons gardé le meilleur pour la fin, Gard. »

Il l'embrassa doucement, mais ses lèvres étaient différentes, maintenant. Les lèvres de la Nouvelle Roberta Anderson Améliorée.

« Début, fin ou milieu, je n'avais pas à te faire l'amour, et tu n'avais rien à faire ici.

— Je sais, j'ai l'air fatigué, et je suis couverte de cette saloperie, comme tu t'en es aperçu. Tu avais raison. Je me suis épuisée, et j'ai souffert d'une sorte d'effondrement physique. »

Tu voudrais me faire avaler ça, se dit Gardener, mais il couvrit sa pensée de bruit blanc pour que Bobbi ne puisse pas la lire. Il le faisait maintenant presque sans en avoir conscience. Cette dissimulation devenait une seconde nature.

« Le traitement a été... radical. Il en est résulté un problème superficiel de peau et de chute de cheveux, mais tout redeviendra normal.

— Ah, dit Gardener tout en pensant : *T'es toujours pas foutue de mentir, Bobbi.* Je suis content que tu ailles bien. Mais il faudrait peut-être que tu prennes quelques jours de repos, que tu te poses les pieds sur un coussin...

— Non, dit calmement Bobbi. C'est le moment du dernier coup de collier, Gard. On y est presque. On a commencé tout ça, toi et moi...

— Non, dit Gardener. C'est *toi* qui as commencé, Bobbi. Tu as pratiquement trébuché dessus. Quand Peter était encore en vie. Tu te souviens ? »

Au nom de Peter, Gard vit une douleur passer dans les yeux de Bobbi. Elle se dissipa. Bobbi haussa les épaules.

« Tu es arrivé très vite. Tu m'as sauvé la vie. Je ne serais pas là, sans toi. Alors faisons-le ensemble, Gard. Je suis sûre qu'il ne reste même plus dix mètres jusqu'à l'entrée. »

Gardener se disait qu'elle avait raison, mais il n'avait soudain aucune envie de l'admettre. Une lame tournait et retournait dans son cœur, et la douleur était pire que toutes les migraines de lendemain de cuite.

« Si tu le dis, je te crois.

— Et toi, qu'est-ce que tu en penses, Gard ? On fait un kilomètre de plus. Toi et moi. »

Il restait songeur, regardant Bobbi, prenant à nouveau conscience du silence presque malsain des bois où aucun chant d'oiseau ne se faisait entendre.

C'est comme ça que ce serait — c'est comme ça que ce sera — si l'une de leurs foutues centrales entre en fusion. Les gens seraient assez malins pour s'enfuir — s'ils étaient prévenus à temps, et si les responsables de la centrale en question, et ceux du gouvernement, avaient le courage de les informer — mais on ne pourrait dire ni aux chouettes ni aux piverts de quitter la région. On ne peut pas demander à un tangara écarlate de ne pas regarder la boule de feu. Alors leurs yeux fondraient et ils ne pourraient plus que voleter en tous sens, aveugles comme des chauves-souris, se heurtant aux arbres et aux bâtiments jusqu'à ce qu'ils meurent de faim ou se cassent le cou. Est-ce que c'est un vaisseau spatial, Bobbi ? Ou est-ce que c'est un grand réservoir qui fuit déjà ? Ça, fuit, non ? C'est pourquoi ces bois sont aussi silencieux, et c'est pourquoi l'Oiseau Neurologue en Costume de Dacron est tombé du ciel vendredi, non ?

« Et toi, qu'est-ce que tu en penses, Gard ? On fait un kilomètre de plus ? »

Alors, où se trouve la bonne solution ? Où se trouve la paix dans l'honneur ? Est-ce que tu fuis ? Est-ce que tu remets l'affaire entre les mains de la police de Dallas américaine pour qu'elle puisse l'utiliser contre la Police de Dallas soviétique ? Quoi ? Quoi ? Une autre idée, Gard ?

Et soudain il *eut* une idée... ou une ombre d'idée.

Mais une ombre valait mieux que rien.

Il entoura Bobbi d'un bras menteur.

« D'accord. Un kilomètre de plus. »

Le sourire de Bobbi s'élargit, puis se transforma en un curieux air de surprise.

« Combien est-ce qu'elle t'en a laissé, Gard ?

— Combien qui m'a laissé de quoi ?

— La petite souris, dit Bobbi. Tu as fini par en perdre une. Juste devant. »

Stupéfait et un peu effrayé, Gard porta la main à sa bouche. Oui, il y avait bien un trou à la place qu'occupait hier encore une incisive.

Alors, ça avait commencé. Au bout d'un mois de travail à l'ombre de cette chose, il avait eu la folie de se croire immunisé, mais ce n'était pas le cas. Ça avait commencé ; il était sur le point de devenir un Nouveau Gardener Amélioré.

Il était en train d' « évoluer ».

Il se força à sourire.

« Je n'avais pas remarqué, dit-il.

— Tu te sens différent ?

— Non, dit-il sincèrement. Pas encore, en tout cas. Tu veux qu'on se mette au travail ?

— Je ferai ce que je pourrai, dit Bobbi. Avec mon bras...

— Tu peux vérifier les tuyaux et me dire si des attaches se relâchent. Et parle-moi, dit-il à Bobbi avec un sourire gêné. Aucun de ces types ne savait parler. Je veux dire... ils étaient sincères, mais... tu sais... », dit-il en haussant les épaules.

Bobbi lui rendit son sourire, et Gardener vit un autre éclair brillant et sans mélange de l'ancienne Bobbi, de la femme qu'il avait aimée. Il se souvint du hàvre paisible et sombre de son cou et la lame tourna à nouveau dans son cœur.

« Je crois que je sais, dit-elle. Je vais parler à t'en faire éclater les tympans, si tu veux. Moi aussi, j'ai été seule. »

Ils restèrent face à face, se souriant, et c'était presque comme avant, mais les bois étaient silencieux, sans chants d'oiseaux pour les animer.

L'amour est fini, se dit-il. *Maintenant, c'est le même vieux jeu de poker, sauf que la petite souris est venue la nuit dernière, et que cette salope reviendra sûrement ce soir. Elle amènera peut-être aussi ses cousines et ses belles-sœurs. Et quand ils commenceront à voir mes cartes, quand ils découvriront peut-être mon ombre d'idée, tout sera fini. D'une certaine façon, c'est plutôt drôle. Nous avons toujours cru évident que les « étrangers » venus d'ailleurs devraient au moins être vivants pour nous envahir. Même H. G. Wells n'a jamais imaginé une invasion de fantômes.*

« Je voudrais regarder dans la tranchée, dit Bobbi.

— D'accord. Tu seras contente de voir comment ça se dégage, je crois. »

Ils entrèrent ensemble dans l'ombre du vaisseau.

13

Lundi, 8 août :

La chaleur était de retour.

Devant la fenêtre de la cuisine de Newt Berringer, la température atteignait vingt-six degrés, à sept heures et quart, ce lundi matin, mais Newt n'était pas dans la cuisine pour consulter le thermomètre. Dans la salle de bains, en pantalon de pyjama, il se tartinait maladroitement sur le visage un reste de fond de teint ayant appartenu à sa défunte épouse, jurant comme un charretier contre les coulées de sueur qui gâchaient son travail. Il avait toujours pensé que le maquillage était un artifice innocent pour enjoliver les dames, mais maintenant qu'il essayait d'utiliser le fond de teint comme le prévoyait sa vocation originelle — qui n'était pas d'accentuer le beau mais de dissimuler le laid (du moins le plus voyant du laid) — il découvrait que se maquiller, comme se couper les cheveux, était vachement plus difficile que ça n'en avait l'air.

Il essayait de cacher le fait que, depuis environ une semaine, la peau de ses joues et de son front avait commencé à se décolorer. Il savait, naturellement, que c'était lié aux visites que lui et les autres avaient rendues au hangar de Bobbi — visites dont il n'avait aucun souvenir, en dehors du fait que ç'avait été effrayant, mais d'autant plus excitant, et qu'il en était ressorti les trois fois dans une forme époustouflante, prêt à faire l'amour dans la boue à un peloton de catcheuses. Il aurait dû associer tout de suite au hangar ce qui lui arrivait, mais au début, il avait simplement cru qu'il perdait son bronzage de l'été. Au cours des années qui avaient précédé cet après-midi d'hiver glacial où le camion d'un boulanger l'avait emportée dans un dérapage, la femme de Newt, Elinor, aimait dire en riant qu'il suffisait de mettre son mari sous un rayon de soleil après le premier mai pour qu'il en ressorte aussi brun qu'un Indien.

Mais dès vendredi, il n'avait pu continuer à se leurrer : il voyait ses veines, ses artères, et les capillaires de ses joues, exactement comme on les voyait sur le mannequin qu'il avait acheté à son neveu Mikaël pour Noël deux ans plus tôt : l'Extraordinaire Homme Visible. C'était très troublant. Et pas seulement parce qu'il voyait en lui-même : quand il appuyait sur ses pommettes, il les sentait molles... comme si elles... se *dissolvaient.*

Je ne peux pas sortir comme ça, s'était-il dit, *sûrement pas.*

Mais le samedi, quand il s'était regardé dans le miroir et qu'il avait compris après mûre réflexion, et de nombreux essais d'éclairage, que l'ombre grise qu'il voyait à travers sa joue était sa propre langue, il avait pratiquement volé jusque chez Dick Allison.

Dick lui avait ouvert la porte. Il semblait tellement normal que pendant quelques secondes terribles, Newt crut que ça n'arrivait qu'à lui, à lui seul. Puis la pensée ferme et claire de Dick emplit sa tête, le soulageant d'un gros poids : *Seigneur, tu peux pas te balader comme ça, Newt ! Tu vas faire peur aux gens. Entre. Je vais appeler Hazel.*

(Le téléphone n'était naturellement plus vraiment nécessaire, mais les vieilles habitudes ne meurent que lentement.)

Dans la cuisine, sous le cercle fluorescent du plafonnier, Newt avait très bien vu que Dick était maquillé. Hazel, lui expliquait Dick, lui avait montré comment appliquer le fond de teint. Oui, c'était arrivé à tous les autres, sauf Adley, qui n'était entré dans le hangar pour la première fois que deux semaines plus tôt.

Où est-ce que tout ça nous mène, Dick ? avait demandé Newt, un peu mal à l'aise.

Le miroir de l'entrée de Dick l'attirait comme un aimant, et il se regardait, il regardait sa langue derrière et à travers ses lèvres blafardes, il regardait l'entrelacs de ses capillaires agités de pulsations dans son front. Il appuya le bout de ses doigts contre son arcade sourcilière, et quand il les retira, il vit qu'ils avaient laissé leur trace, comme des marques de doigts dans de la cire, jusqu'aux boucles et aux circonvolutions de ses empreintes digitales enfoncées dans sa peau livide. Cette vision lui donna mal au cœur.

Je sais pas, répondit Dick, tout en parlant avec Hazel au téléphone. *Mais ça n'a pas vraiment d'importance. Ça finira par arriver à tout le monde. Comme tout le reste. Tu sais ce que je veux dire.*

Il le savait. Les premières modifications, se dit Newt en se regardant dans le miroir en cette chaude matinée de lundi, avaient été pires, finalement, plus choquantes, parce qu'elles avaient été tellement... intimes.

Mais il s'y était habitué, ce qui tendait à prouver, se disait-il, qu'on pouvait s'habituer à n'importe quoi avec une bonne raison et du temps.

Il était planté devant le miroir, écoutant d'une oreille distraite le météorologue, à la radio, qui informait les auditeurs qu'un flux d'air méridional chaud entrait dans la région, ce qui signifiait qu'il fallait s'attendre à au moins trois jours de temps moite, peut-être une semaine, et à des températures qui pourraient dépasser les trente degrés. Newt maudit le temps humide qui s'annonçait — ses hémorroïdes allaient le gratter et le brûler, comme toujours — et continua d'essayer de couvrir ses joues de plus en plus transparentes, son front, son nez et son cou avec le fond de teint Max Factor d'Elinor. Il cessa de jurer contre le temps et passa sans transition aux injures contre le maquillage, ignorant que ce genre de produits finit par vieillir et sécher — et ce flacon occupait le fond du tiroir de la salle de bains bien avant qu'Elinor ne meure, en février 1984.

Mais il se dit qu'il s'habituerait à étaler cette cochonnerie... avant que ça ne soit de toute façon plus nécessaire. On pouvait s'habituer à pratiquement n'importe quoi. Un tentacule, blanc au bout, puis se teintant progressivement de rose pour devenir rouge sang à son point le plus épais, à sa base qu'on ne voyait pas, sortit de la braguette de son pyjama. Presque comme pour démontrer sa théorie, Newt Berringer se contenta de le rentrer d'un air absent, et continua d'étaler le maquillage de sa défunte épouse sur son visage en voie de disparition.

14

Mardi, 9 août :

Le vieux Dr Warwick remonta lentement le drap sur Tommy Jacklin et le laissa retomber. L'air emprisonné le gonfla un instant, puis il s'affaissa. On distinguait très bien la forme du nez de Tommy. C'était un beau garçon, mais il avait un grand nez, comme son père.

Son père, se dit Bobbi Anderson avec un pincement au cœur. *Il va falloir que quelqu'un prévienne son père, et devinez qui sera choisi ?* Ce genre de choses n'aurait plus dû la gêner, elle le savait — des choses comme la mort du fils Jacklin, comme de savoir qu'elle devrait se débarrasser de Gard quand ils atteindraient l'entrée du vaisseau — mais elles la gênaient encore parfois.

Elle se disait que ça diminuerait avec le temps.

Quelques voyages de plus au hangar. Il n'en faudrait pas davantage.

Elle lissa sa chemise d'un air absent et éternua.

Hormis le son de cet éternuement, et celui de la respiration stertoreuse de Hester Brookline, dans l'autre lit de la petite clinique improvisée par le docteur à son cabinet, un silence profond régnait. L'assistance était sous le choc.

Kyle : *Est-ce qu'il est vraiment mort ?*

Non, c'est juste que j'aime bien les recouvrir pour blaguer, rétorqua Warwick d'un ton sans réplique. Merde ! J'ai su qu'il m'échappait à quatre heures. C'est pour ça que je vous ai tous appelés. Après tout, c'est vous les pères du village, maintenant, non ?

Ses yeux se fixèrent un moment sur Hazel et Bobbi.

Excusez-moi. J'oubliais les deux mères du village.

Bobbi sourit sans joie. Il ne tarderait plus à n'y avoir qu'un seul sexe à Haven. Ni mères, ni pères. Juste un nouveau panneau publicitaire du genre de ceux des rasoirs Burma, pourrions-nous dire, sur la Grande Route de l' « Évolution ».

Elle regarda successivement Kyle, Dick, Newt et Hazel et vit que les autres avaient l'air aussi secoués qu'elle. Dieu merci, elle n'était donc pas la seule. Tommy et Hester étaient bien revenus, en avance, même, parce que lorsque Tommy avait commencé à se sentir vraiment mal, trois heures seulement après qu'ils eurent quitté le secteur de Haven-Troie, il avait accéléré, exécutant sa mission le plus vite qu'il pouvait.

Ce foutu gosse est vraiment un héros, se dit Bobbi. *J'imagine qu'on ne peut rien faire d'autre pour lui que de lui réserver une place au cimetière, mais il n'en est pas moins un héros.*

Elle regarda du côté de Hester, pâle comme un camée, respiration sèche, yeux fermés. Ils auraient pu — auraient peut-être dû — revenir, quand ils avaient senti les premiers maux de tête, quand leurs gencives s'étaient mises à saigner, mais ils n'en avaient même pas évoqué la possibilité. Il n'y avait pas que leurs gencives qui saignaient : contrairement à celles des femmes plus âgées, les règles des adolescentes semblaient ne jamais vouloir s'arrêter... elles ne l'avaient pas encore fait, en tout cas. Hester, dont les règles, donc, n'avaient pas cessé depuis le début de l' « évolution », avait demandé à Tommy de s'arrêter au magasin général de Troie pour qu'elle puisse acheter des serviettes hygiéniques plus épaisses. Elle s'était mise à saigner copieusement. Avant qu'ils aient acheté trois batteries de voiture et une bonne batterie de camion d'occasion au magasin de pièces détachées de Newport-Derry, sur la Route n° 7, elle avait trempé quatre maxi-serviettes Stayfree.

Leurs maux de tête s'étaient accentués, plus encore pour Tommy que Hester. Quand ils eurent acquis une douzaine de batteries Allstate chez Sears et plus de cent piles de 1,5 ; 4,5 et 9 volts à la quincaillerie de Derry (qui venait d'être livrée), ils comprirent qu'il fallait qu'ils rentrent... et vite. Tommy commençait à avoir des hallucinations : en remontant la rue Wentworth, il crut voir un clown souriant qui émergeait d'une bouche d'égout, avec des dollars d'argent luisants à la place des yeux, et tenant dans sa main gantée de blanc toute une grappe de ballons.

Sur la Route n° 9, au retour, à une douzaine de kilomètres de Derry, le rectum de Tommy se mit à saigner.

Il se gara et, le visage rouge d'embarras, demanda à Hester si elle pouvait lui passer une de ses serviettes. Il put lui dire pourquoi quand elle l'interrogea, mais il n'osa pas la regarder. Elle lui en passa quelques-unes, et il se retira une minute derrière les buissons. Il revint vers la voiture en titubant comme un ivrogne, une main tendue en avant.

« Va falloir que tu conduises, Hester, dit-il. Je n'y vois plus des masses. »

Quand ils atteignirent la limite du village, le siège avant de la voiture était maculé de sang, et Tommy inconscient. Hester n'y voyait plus qu'à travers un voile sombre ; elle savait qu'il était quatre heures, en ce splendide après-midi d'été, mais le Dr Warwick sembla venir vers elle auréolé d'un nuage crépusculaire pourpre. Elle comprit qu'il ouvrait la portière, qu'il lui touchait la main et qu'il disait : *Tout va bien, ma chérie, tu es revenue, tu peux lâcher le volant, maintenant, tu es de retour à Haven.* Elle réussit à relater de façon plus ou moins cohérente leur après-midi alors qu'elle reposait entre les bras protecteurs de Hazel McCready, mais elle avait rejoint Tommy dans l'inconscience bien avant qu'ils n'arrivent au cabinet du docteur, alors que celui-ci dépassait les cent à l'heure pour la première fois de sa vie, ses cheveux blancs agités par le vent.

« Et la gamine ? murmura Adley McKeen.

— Sa tension artérielle s'effondre, dit Warwick. Mais elle ne saigne plus. Elle est jeune et solide. Une vraie fille de la campagne. J'ai connu ses parents et ses grands-parents. Elle s'en sortira. »

Il regarda autour de lui et ajouta sombrement :

« Mais je ne crois pas qu'elle recouvre jamais la vue. »

Le maquillage, qui les faisait tous ressembler à une demi-douzaine de clowns aussi fantômatiques que bronzés, ne pouvait dissimuler les larmes qui emplissaient ses vieux yeux bleus.

Bobbi rompit le silence paralysant qui avait régné après cette déclaration :

« Mais si ! »

Le Dr Warwick se tourna vers elle.

« Elle verra de nouveau, dit Bobbi. Quand l' " évolution " sera terminée, elle verra. Nous verrons tous d'un œil, à ce moment-là.

— Oui, dit-il en croisant un instant le regard de Bobbi avant de baisser les yeux. Je te crois. Mais c'est quand même bien dommage.

— C'est triste pour elle, approuva Bobbi sans ardeur. C'est pire pour Tommy. Ce n'est pas gai non plus pour leurs parents. Il faut que j'aille les voir. J'aimerais assez ne pas être seule. »

Elle regarda chacun d'entre eux, mais leurs yeux se détournèrent des siens à tour de rôle, et leurs pensées ne furent plus qu'un doux ronronnement.

« D'accord, dit Bobbi. Je me débrouillerai. J'espère.

— Je crois, dit humblement Adley McKeen, que je vais venir avec toi, si tu veux, Bobbi. Ça te fera de la compagnie.

— Merci, Ad, dit-elle avec un sourire fatigué, mais pourtant lumineux, tout en lui serrant l'épaule. Encore une fois : merci. »

Ils sortirent. Les autres les regardèrent, et quand ils entendirent démarrer le pick-up de Bobbi, ils se tournèrent vers le lit où Hester Brookline reposait, inconsciente, raccordée à une machine de soins intensifs fabriquée à partir de deux radios, d'une platine de tourne-disque et de la télécommande du nouveau téléviseur Sony du docteur...

... et, naturellement, d'un tas de piles.

15

Mercredi, 10 août

En dépit de sa fatigue, de son esprit confus, de son incapacité à cesser de jouer les Hamlet et, pis encore, de son impression persistante que les choses s'aggravaient sans cesse à Haven, Jim Gardener s'était à peu près tenu à l'écart de la bouteille depuis le jour où Bobbi était revenue et qu'ils s'étaient allongés ensemble sur les aiguilles de pin odorantes. C'était dû en partie à une appréhension correcte de ses intérêts personnels : trop de saignements de nez, trop de maux de tête. Ils étaient sans aucun doute partiellement imputables à l'influence du vaisseau, se disait-il — il n'avait pas oublié ce qui s'était passé après que Bobbi l'eut poussé à toucher sa trouvaille, quand il avait saisi le rebord du vaisseau et ressenti cette vibration rapide et paralysante — mais il n'était pas inconscient au point de ne pas savoir que ses soûleries régulières n'avaient rien arrangé. Il n'avait pas sombré dans de vrais trous noirs mais, certains jours, son nez avait saigné trois ou quatre fois. Il connaissait sa tendance à l'hypertension, et on lui avait dit plus d'une fois que sa façon de boire risquait d'aggraver un état déjà préoccupant.

Il allait donc plutôt bien, jusqu'à ce qu'il entende Bobbi éternuer.

Ce bruit, si affreusement familier, raviva une série de souvenirs, et une idée terrible explosa soudain dans son exprit comme une bombe.

Il se rendit dans la cuisine et ouvrit le panier à linge pour regarder une robe, celle que Bobbi portait la veille au soir. Bobbi ne sut rien de cette inspection parce qu'elle dormait. Elle avait éternué dans son sommeil.

La veille, Bobbi était sortie sans lui donner aucune explication. Elle lui avait semblé nerveuse et inquiète, et bien que tous deux aient travaillé dur toute la journée, Bobbi n'avait presque rien mangé au dîner. Et puis, au soleil couchant, elle avait pris un bain, changé de robe et elle était partie dans son pick-up malgré la chaleur encore moite du soir. Gardener l'avait entendue rentrer vers minuit et avait vu la lumière brillante quand Bobbi avait pénétré dans le hangar. Il pensait qu'elle était revenue aux premières lueurs de l'aube, mais il n'en était pas sûr.

Toute la journée d'aujourd'hui, elle avait été morose, ne parlant que lorsqu'il lui adressait la parole, et seulement par monosyllabes. Les efforts maladroits de Gardener pour lui remonter le moral n'avaient obtenu aucun succès. Bobbi n'avait pas dîné non plus ce soir, et elle s'était contentée de secouer la tête quand Gardener lui avait proposé de faire quelques parties de cartes sur le porche, comme au bon vieux temps.

Les yeux de Bobbi, incrustés dans cette curieuse couche de fond de teint couleur chair, semblaient plus sombres et humides. Alors que Gardener se faisait cette remarque, Bobbi avait attrapé une poignée de Kleenex sur la table derrière elle, et éternué deux ou trois fois.

« Un rhume d'été, j'imagine. Je vais m'effondrer, Gard. Je suis désolée de gâcher ainsi les réjouissances, mais je suis crevée.

— D'accord », dit Gard.

Quelque chose — un détail familier dont il se souvenait — le rongeait et il restait là, tenant la robe entre ses mains, une petite robe d'été en coton, sans manches. Avant, elle l'aurait lavée le matin même, accrochée dehors pour qu'elle sèche dans la journée, repassée après le dîner et rangée dans le placard bien avant l'heure du coucher. Mais rien n'était plus comme avant. Ils vivaient maintenant des Nouveaux Jours Améliorés, et on ne lavait plus les vêtements que lorsque cela devenait absolument nécessaire. Il y avait des choses plus importantes à faire, non ?

Comme pour confirmer cette idée, Bobbi éternua deux fois de plus dans son sommeil.

« Non, murmura Gard, pitié. »

Il remit dans le panier cette robe qu'il n'avait plus envie de toucher. Il claqua le couvercle et se raidit, inquiet que le bruit ait pu réveiller Bobbi.

Elle a pris le pick-up. Elle est partie faire quelque chose qu'elle ne voulait pas faire. Quelque chose qui l'inquiétait. Quelque chose de suffisamment solennel pour qu'elle ait mis une robe. Elle est revenue tard et elle est allée dans le hangar. Elle n'est pas repassée par ici pour se changer. Elle est allée dans le hangar comme si elle devait *y aller. Tout de suite.* Pourquoi ?

Mais la réponse, associée aux éternuements et à ce qu'il avait trouvé sur sa robe, semblait impassible à esquiver.

Du réconfort.

Et quand Bobbi, qui vivait seule, avait besoin de réconfort, qui était toujours là pour le lui procurer ? Gard ? Ne me faites pas rire, les gars. Gard ne se pointait que lorsqu'*il* avait besoin de réconfort, pas pour la réconforter *elle*.

Il avait envie de se soûler. Il n'en avait jamais eu plus envie depuis que toute cette folle histoire avait commencé.

Laisse tomber. Alors qu'il se retournait pour quitter la cuisine, où Bobbi gardait aussi bien les bouteilles d'alcool que le panier à linge sale, quelque chose ricocha sur le parquet.

Il se pencha, ramassa l'objet, l'examina, le fit sauter dans sa main d'un air songeur. C'était une dent, naturellement, le Grand Numéro Deux. En glissant un doigt dans sa bouche, il y trouva un nouveau trou. Il regarda la trace de sang sur son doigt, gagna la porte de la cuisine et prêta l'oreille. Bobbi ronflait en rafales dans sa chambre. Il semblait que ses sinus fussent aussi fermés qu'un verrou.

Un rhume d'été, a-t-elle dit. *Peut-être. C'est peut-être ça.*

Mais il se rappela comment Peter sautait parfois sur ses genoux, quand Bobbi était assise dans son vieux fauteuil à bascule près de la fenêtre, en train de lire, ou quand elle était dehors sur le porche. Bobbi disait qu'il y avait plus de chances que Peter exécute un de ses sauts massacreurs de nichons quand le temps était incertain, tout comme il y avait plus de chances que cela déclenche chez elle une de ses crises allergiques quand le temps était chaud et instable. *C'est comme s'il savait*, avait-elle remarqué une fois en passant la main dans les poils du beagle. *Est-ce que tu SAIS Pete ? Est-ce que tu AIMES me faire éternuer ? Un malheur ne vient jamais seul, c'est ça ?* Et Pete avait semblé rire, à sa façon.

Gardener se souvenait qu'au moment où le retour de Bobbi l'avait brièvement éveillé la nuit précédente (le retour de Bobbi et cette lumière verte), il avait entendu le lointain grondement d'un orage de chaleur sans grande importance.

Maintenant, il se souvenait que parfois *Pete* avait aussi besoin d'un petit réconfort.

Surtout quand ça tonnait. Pete était terrorisé par ce bruit. Par le bruit du tonnerre.

Seigneur, est-ce qu'elle garderait Peter dans ce hangar ? Et dans ce cas, POURQUOI ?

Il y avait aussi de drôles de traînées vertes sur la robe de Bobbi.

Et des poils.

Des poils.

Des poils courts, bruns et blancs, très familiers à Gard. Peter était dans le hangar, et il y était depuis toutes ces semaines. Bobbi avait bien menti en prétendant que Peter était mort. Dieu seul savait sur combien de choses encore elle avait menti... mais pourquoi ça ?

Pourquoi ?

Gardener ne savait pas.

Il changea de direction, revint vers le placard à droite et au-dessous de l'évier, se pencha, et en extirpa une nouvelle bouteille de scotch. Il en brisa le sceau et, levant la bouteille, il s'écria :

« Au meilleur ami de l'homme ! »

Il but au goulot, se gargarisa rageusement et avala.

Une première gorgée.

Peter. Qu'est-ce que tu as foutu de Peter, Bobbi ?

Il avait décidé de se soûler.

De se soûler complètement.

Vite.

LIVRE **III**

Les Tommyknockers

Je vous présente le nouveau patron. Pareil que l'ancien.

THE WHO, « Won't Get Fooled Again ».

Là-haut sur la montagne :
Tonnerre, mousse magique,
Fais connaître aux gens ma sagesse,
Remplis la Terre de fumée.
Cours dans la jungle...
Ne regarde pas en arrière.

CREEDENCE CLEARWATER REVIVAL, « Run Through the Jungle ».

J'ai dormi, et j'ai rêvé le rêve. Cette fois, il n'y avait aucun masque nulle part. J'étais le méchant nain hermaphrodite, le principe de la joie de détruire ; et Saul était mon double, hermaphrodite, mon frère et ma sœur, et nous dansions dehors, au pied d'énormes bâtisses blanches, pleines de hideuses machines noires, menaçantes et destructrices. Mais dans le rêve, lui et moi, ou elle et moi, nous étions amis, nous n'étions pas hostiles l'un à l'autre, nous nourrissions ensemble notre venimeuse méchanceté. Le rêve recelait une terrible nostalgie, un désir de mort. Nous nous sommes unis et embrassés, amoureux. C'était terrible, et même dans le rêve je le savais. Parce que je reconnaissais dans ce rêve ces autres rêves que nous faisons tous, où l'essence de l'amour, de la tendresse, se concentre en un baiser ou une caresse, mais maintenant c'était la caresse de deux créatures à moitié humaines célébrant la destruction.

DORIS LESSING, *Le Carnet d'or.*

1.

SŒURETTE

1

« Nous espérons que ce vol a été agréable », dit l'hôtesse de l'air postée près de la porte de l'avion à la femme sans âge qui, avec une poignée d'autres passagers, était restée jusqu'à Bangor, terminus du vol 230 de Delta Airlines.

Anne, la sœur de Bobbi Anderson, avait quarante ans, mais *pensait* comme une femme de cinquante ans — et c'était l'âge qu'on lui *donnait* — (Bobbi aurait même dit, les rares fois où elle avait un verre dans le nez, que sa sœur Anne pensait comme une femme de cinquante ans depuis qu'elle avait à peu près treize ans). Anne, donc, s'arrêta net et posa sur l'hôtesse un regard qui aurait paralysé une horloge.

« Je vais vous dire, mon petit, rétorqua-t-elle. J'ai trop chaud. Mes aisselles puent parce que l'avion a décollé en retard de cette poubelle d'aéroport de La Guardia et a perdu encore davantage de temps à Logan. On nous a secoués comme des pommes de terre, et je déteste l'avion. Cette poufiasse que vous avez envoyée s'occuper du bétail de la classe touriste a renversé sur moi le cocktail de mon voisin, et j'ai du jus d'orange qui sèche en plaques craquelées sur mon bras. Mon slip pue dans la fente de mes fesses, et ce village a l'air d'un chancre sur la bite de la Nouvelle-Angleterre. D'autres questions ?

— Non », parvint à articuler l'hôtesse de l'air, dont les yeux étaient devenus vitreux.

Elle avait l'impression qu'elle venait de livrer impromptu trois rounds rapides contre Boum-Boum Mancini à un moment où le champion du monde était en rogne contre la Terre entière. Anne Anderson produisait souvent cet effet sur ceux qu'elle rencontrait.

« Parfait, ma chère. »

Anne passa devant l'hôtesse et s'engagea sur la passerelle en balançant au bout de son bras un grand sac d'un rouge agressif. L'hôtesse n'eut même pas le temps de lui souhaiter un agréable séjour à Bangor. Elle se dit que, de toute façon, ç'aurait été de l'énergie gaspillée. Cette dame avait l'air de ne jamais s'être plu nulle part. Elle marchait en se tenant bien droite, mais elle semblait n'y réussir qu'en luttant contre quelque douleur, comme la petite sirène qui continuait de marcher alors qu'à chaque pas elle avait l'impression que des lames de couteaux lui déchiraient les pieds.

Seulement, se dit l'hôtesse de l'air, *si elle a un Grand Amour quelque part, j'espère pour lui qu'il connaît les mœurs sexuelles et alimentaires de la mygale.*

2

L'employée de chez Avis informa Anne qu'elle n'avait pas de voiture disponible, que si Anne n'en avait pas réservé, c'était bien dommage, désolée, mais en été, dans le Maine, on s'arrachait les voitures de location.

Quelle erreur de la part de cette employée, quelle grave erreur !

Anne sourit d'un air féroce, se cracha mentalement dans les mains et se mit au boulot. Dans ce type de situation, Anne se sentait comme un poisson dans l'eau. Elle avait pris soin de son père jusqu'à ce qu'il meure misérablement le 1er août, huit jours plus tôt. Elle avait refusé qu'on l'emmène à l'hôpital, préférant le laver, soigner ses escarres, changer ses couches d'incontinent et lui donner ses pilules elle-même au milieu de la nuit. Elle avait finalement précipité l'attaque d'apoplexie qui l'avait emporté en le tourmentant sans cesse à propos de la vente de la maison de Leighton Street : il ne voulait pas vendre ; elle avait décidé qu'il le ferait ; la dernière attaque, massive, survenant après trois plus bénignes à deux ans d'intervalle, le frappa trois jours après la mise en vente de la maison. Mais elle n'aurait pas davantage admis sa responsabilité dans ce tragique événement qu'elle n'aurait reconnu que, bien qu'ancienne élève de l'Institution St. Bart d'Utica, et une des principales dames patronnesses de sa paroisse, elle considérait que l'idée de Dieu n'était qu'un tas de merde. A dix-huit ans à peine, elle avait soumis sa mère à sa volonté, et maintenant elle avait détruit son père et regardé les pelletées de terre tomber sur son cercueil. Aucune employée d'Avis ne pouvait faire le poids contre Sœurette. Il lui fallut tout de même dix minutes pour briser celle-ci. Anne refusa la proposition d'un coupé qu'Avis gardait en réserve pour une célébrité éventuelle — très éventuelle — qui serait passée par Bangor, et insista encore, flairant la peur croissante de la jeune employée comme un carnivore affamé hume le sang. Vingt minutes après avoir dédaigné la petite voiture, elle quittait l'Aéroport international de Bangor au volant d'une Cutlass Supreme réservée par un homme d'affaires qui devait arriver à 18 h 15. D'ici là, l'employée aurait terminé son service, une autre l'aurait relayée, et de toute façon, le matraquage d'Anne l'avait tellement éprouvée que la Cutlass aurait tout aussi bien pu être réservée pour le président des États-Unis. Elle quitta le comptoir, se retrancha en tremblant dans le bureau du fond, ferma la porte, la verrouilla, coinça une chaise sous la poignée, et fuma un joint qu'un des mécaniciens lui avait passé. Puis elle éclata en sanglots.

Anne Anderson produisait souvent ce genre d'effet sur les gens.

3

Il était presque trois heures quand elle acheva de dévorer l'employée, et elle aurait pu rouler directement vers Haven — la carte qu'elle avait prise sur le comptoir d'Avis indiquait une distance de moins de quatre-vingts kilomètres — mais elle voulait être absolument fraîche pour sa confrontation avec Roberta.

Un policier réglait la circulation à l'intersection des rues Hammond et Union (le feu de signalisation ne marchait pas, ce qui n'étonna pas Anne de la part d'une ville aussi minable) et elle s'arrêta au milieu du carrefour pour lui demander où elle trouverait le meilleur hôtel ou motel de la ville. Le flic avait eu l'intention de la réprimander de gêner ainsi les autres véhicules pour une question aussi futile, mais ce qu'il vit dans ses yeux — le regard chaleureux d'un incendie du cerveau qui, bien que sous contrôle, risquait à tout moment de jaillir des orbites — fit qu'il jugea préférable de lui donner son renseignement pour se débarrasser d'elle. Cette dame ressemblait à un chien que le policier connaissait quand il était enfant, un chien qui trouvait très drôle d'arracher les fonds de culotte des gosses sur le chemin de l'école. Il n'avait pas besoin de ce genre d'ennui un jour où la température brûlait autant que son ulcère à l'estomac. Il orienta Sœurette vers l'hôtel Cityscape, sur la Route n° 7, et fut heureux de voir disparaître l'arrière de sa voiture.

4

L'hôtel Cityscape était complet.

Ce n'était pas un problème pour sœur Anne.

Elle se fit attribuer une chambre double, puis persécuta le portier épuisé jusqu'à ce qu'il lui en donne une autre parce que l'appareil d'air conditionné de la première était trop bruyant et la couleur de la télévision si mauvaise, dit-elle, qu'on avait l'impression que tous les acteurs venaient de manger de la merde et ne tarderaient pas à en crever.

Elle défit ses bagages, se masturba pour atteindre un plaisir sans joie avec un vibro-masseur dont la taille égalait presque celle des carottes mutantes du jardin de Bobbi (ces plaisirs sans joie étaient les seuls qu'elle connaissait ; elle n'avait jamais couché avec un homme, et n'avait pas l'intention de le faire), elle prit une douche, se reposa et alla dîner. Elle parcourut la carte en fronçant les sourcils, et découvrit une rangée de dents impitoyables quand le maître d'hôtel vint prendre sa commande.

« Apportez-moi un tas de légumes. Crus, des légumes feuillus.

— Madame veut une sal...

— Madame veut un tas de légumes crus et feuillus. Je me fous du nom que vous leur donnez. Et lavez-les pour enlever la pisse d'insecte. Et apportez-moi tout de suite un sombrero.

— Bien, madame », dit le maître d'hôtel après s'être humecté les lèvres.

Des clients les regardaient. Certains souriaient... mais ceux qui croisèrent le regard d'Anne Anderson cessèrent bien vite. Le maître d'hôtel s'éloignait quand elle le rappela d'une voix forte, égale et imparable.

« Dans un sombrero, il y a du Kahlua et de la crème. De la *crème*. Si vous m'apportez un sombrero avec du lait, mon vieux, je me sers de cette cochonnerie pour vous faire un shampooing. »

La pomme d'Adam du maître d'hôtel montait et descendait comme un singe sur une perche. Il tenta de produire son sourire aristocratique et méprisant, arme de tout bon maître d'hôtel face aux clients vulgaires. Il faut lui accorder que le sourire ne démarra pas mal — jusqu'à ce que les lèvres d'Anne en produisent un qui gela le sien dans l'œuf. Aucune bonhomie dans ce sourire, plutôt un prélude au meurtre.

« Tu ferais mieux de me croire, mon vieux », murmura sœur Anne.

Le maître d'hôtel la crut.

5

A 19 h 30, elle était de retour dans sa chambre. Elle se déshabilla, enfila une robe de chambre, et regarda par sa fenêtre du quatrième étage. En dépit du « Panorama sur la Ville » que semblait promettre son nom, l'hôtel se trouvait dans la lointaine banlieue de Bangor. La vue qui s'offrait à Sœurette, au-delà des quelques lumières du parking, n'était que ténèbres et obscurité. C'était exactement le genre de panorama qu'elle aimait.

Son sac contenait des gélules d'amphétamines. Anne en sortit une, l'ouvrit, versa la poudre blanche sur le miroir de son poudrier, traça une ligne d'un ongle raisonnablement court, et en renifla la moitié. Son cœur se mit immédiatement à faire des sauts de lapin dans son étroite poitrine. Une bouffée de couleur rehaussa son visage blafard. Elle garda le reste pour le lendemain matin. Elle s'était mise à utiliser cet ersatz de cocaïne peu après la première attaque de son père. Maintenant, elle avait découvert qu'elle ne pouvait dormir sans renifler un peu de sa poudre, alors que c'était exactement le contraire d'un sédatif. Quand elle était enfant, toute petite même, sa mère s'était écriée un jour, exaspérée : « Tu n'es vraiment pas faite comme tout le monde ! »

Anne se disait que c'était sans doute exact à l'époque, et que ça l'était resté... mais sa mère n'oserait jamais le lui redire aujourd'hui, naturellement.

Anne jeta un coup d'œil au téléphone, mais détourna les yeux. Rien qu'à le regarder, elle pensait à Bobbi, à la façon dont elle avait refusé de venir à l'enterrement de leur père. Elle n'avait pas refusé directement mais, comme une lâche qu'elle était, en ne daignant même pas répondre aux efforts de plus en plus pressants d'Anne pour communiquer avec elle. Anne l'avait appelée deux fois dans les vingt-quatre heures qui avaient suivi l'attaque de ce vieux salaud, quand il devint évident qu'il allait défuncter. A l'autre bout, personne n'avait décroché.

Elle avait encore appelé après la mort de leur père — cette fois à 1 h 04 du matin, le 2 août. C'est un ivrogne qui lui avait répondu.

« Passez-moi Roberta Anderson, je vous prie », avait dit Anne.

Elle était debout, toute raide, dans la cabine téléphonique du hall de l'hôpital militaire d'Utica. Sa mère était assise tout près dans un fauteuil en plastique, entourée par une infinité de frères et une infinité de sœurs avec leur infini visage de pomme de terre irlandaise, pleurant, pleurant, pleurant.

« Et tout de suite, avait-elle ajouté.

« Bobbi ? avait dit la voix de l'ivrogne. Vous voulez l'ancienne patronne, ou la Nouvelle-Patronne-Améliorée ?

— Épargnez-moi vos conneries, Gardener. Son père est...

— Vous ne pouvez pas parler à Bobbi pour le moment », interrompit l'ivrogne.

C'était bien Gardener. Elle reconnaissait sa voix maintenant. Anne ferma les yeux. Au téléphone, il n'y avait qu'une seule impolitesse qu'elle détestait plus que de s'entendre couper la parole.

« Elle est dehors dans le hangar avec la police de Dallas, continua Gardener. Ils sont tous en train de devenir encore plus Nouveaux et encore plus Améliorés.

— Dites-lui que sa sœur Anne... »

Clic !

La rage sèche transforma les côtés de sa gorge en papier de verre surchauffé. Elle écarta le combiné de son oreille et le regarda comme s'il s'était changé en serpent et venait de la mordre. Ses ongles étaient blancs et viraient au violet.

L'impolitesse qu'elle détestait le *plus* au téléphone, c'était qu'on lui raccroche au nez.

6

Elle avait rappelé sur-le-champ, mais cette fois, après un long silence, le téléphone avait émis dans son oreille un étrange bruit de sirène. Elle avait raccroché et s'était approchée de sa mère en larmes et de ses parents irlandais.

« Est-ce que tu l'as eue, Sœurette ? demanda la mère à Anne.

— Oui.

— Qu'a-t-elle dit ? demanda-t-elle avec un regard implorant de bonnes nouvelles. Est-ce qu'elle a dit qu'elle viendrait pour l'enterrement ?

— Je n'ai pas pu lui tirer de promesse », dit Anne.

Et soudain toute sa fureur contre Roberta, Roberta qui avait eu la témérité d'essayer de lui échapper, explosa hors de son cœur, mais pas sur le mode strident. Anne n'était jamais ni silencieuse *ni* stridente. Son sourire de requin apparut sur son visage. Les parents qui murmuraient firent silence et regardèrent Anne avec une sorte de malaise. Deux des vieilles dames saisirent leur rosaire.

« En fait, corrigea Anne, elle a *dit* qu'elle était ravie que ce vieux salaud soit mort. Ensuite, elle a ri. Et puis elle a raccroché. »

Il y eut un instant de silence stupéfait avant que Paula Anderson ne presse ses mains sur ses oreilles et ne se mette à crier.

7

Anne n'avait jamais douté, du moins au début, que Bobbi viendrait à l'enterrement. *Anne* avait décidé qu'elle y viendrait, et il en serait ainsi. Anne obtenait toujours ce qu'elle voulait. C'était ce qui rendait le monde si beau pour elle, et c'était ainsi que les choses devaient être. Quand Roberta viendrait, elle aurait à s'expliquer sur le mensonge d'Anne — non pas devant leur mère, qui serait trop pathétiquement heureuse de la voir pour y faire allusion (et même probablement pour s'en souvenir), mais certainement devant l'un des oncles irlandais. Bobbi nierait, alors l'oncle irlandais laisserait probablement tomber — sauf si l'oncle irlandais était très ivre, ce qui n'était jamais un mauvais pari à prendre avec les frères de Maman, mais tous se souviendraient de la déclaration d'Anne, et pas des dénégations de Bobbi.

C'était bien. Très bien, même. Mais pas suffisant. Il était temps, plus que temps, que Roberta revienne à la maison. Pas seulement pour l'enterrement, pour de bon.

Elle y veillerait. Faites confiance à Sœurette.

8

Cette nuit-là, au Cityscape, le sommeil eut quelque mal à emporter Anne, en partie parce qu'elle dormait dans un lit étranger, en partie à cause du murmure des téléviseurs des autres chambres qui ne lui permettait pas d'oublier qu'elle était entourée d'autres gens, qu'elle n'était qu'une abeille parmi d'autres essayant de dormir dans un des alvéoles carrés et non hexagonaux de cette ruche bourdonnante, en partie parce qu'elle savait que, le lendemain, elle aurait une dure journée. Mais ce qui l'empêchait de dormir, c'était surtout sa rage rentrée, depuis qu'on l'avait contrariée. C'était là ce qu'elle haïssait par-dessus tout, le reste n'était que petites gênes sans importance. *Bobbi* l'avait contrariée. Jusqu'à présent, elle avait réussi à se dérober, à lui échapper complètement, ce qui avait rendu indispensable ce voyage stupide alors que régnait ce que les météorologues appelaient la pire vague de chaleur qu'ait connue la Nouvelle-Angleterre depuis 1974.

Une heure après avoir menti à sa mère et à ses tantes et oncles irlandais au sujet de Bobbi, elle avait à nouveau essayé de téléphoner, des pompes funèbres, cette fois. Sa mère était depuis longtemps rentrée à la maison, soutenue par sa sœur Betty, et Anne supposait qu'elle était en train de boire ce bordeaux dégueulasse qu'elle et cette conne aimaient tant, en train de gémir sur le mort pendant qu'elles se pintaient. Elle n'obtint rien de mieux que le son de sirène. Elle passa par l'opératrice et signala que la ligne était en dérangement.

« Je veux que vous vérifiiez, que vous trouviez la panne et que vous veilliez à ce qu'elle soit réparée, dit Anne. Il y a eu un décès dans la famille, et il faut que je joigne ma sœur dès que possible.

— Bien, madame. Pouvez-vous me donner votre numéro...

— J'appelle des pompes funèbres. Je vais choisir un cercueil pour mon père et aller me coucher. Je rappellerai demain matin. Assurez-vous que je pourrai joindre ce numéro à ce moment-là, très chère. »

Elle raccrocha et se tourna vers l'employé des pompes funèbres.

« Une boîte en pin, dit-elle. La moins chère que vous ayez.

— Mais, mademoiselle Anderson, je suis certain que vous préféreriez réfléchir...

— Je ne veux réfléchir à *rien,* aboya Anne qui sentait les pulsations prémonitoires signalant le début de l'une de ses fréquentes migraines. Je prends la boîte en pin la moins chère que vous ayez et je fous le camp d'ici. Ça pue la mort.

— Mais..., tenta l'employé, stupéfait, mais est-ce que vous ne voulez pas voir...

— Je verrai quand il sera dedans, dit Anne en sortant son carnet de chèques de son sac. Combien ? »

9

Le lendemain matin, le téléphone de Bobbi fonctionnait, mais personne ne répondit. Il sonna en vain toute la journée, et Anne s'énerva de plus en plus. Vers quatre heures de l'après-midi, en pleine heure de pointe des visites de condoléances dans la pièce adjacente, elle avait appelé les renseignements et déclaré à l'opératrice qu'elle voulait le numéro du poste de police de Haven.

« C'est que... il n'y a pas de *poste* de police à Haven, mais nous avons le numéro du constable. Est-ce que ça...

— Ouais. Donnez-le-moi. »

L'opératrice s'exécuta. Anne appela. Le téléphone sonna... sonna... sonna. La sonnerie était exactement semblable à celle qu'elle entendait quand elle appelait la maison où son insignifiante sœur se cachait depuis treize ans environ. On aurait presque pu croire que c'était le même appareil qui sonnait.

Elle nourrit un instant cette idée avant de l'écarter. Consacrer ne serait-ce qu'un moment à ce genre de pensée paranoïaque lui ressemblait si peu que cela la rendit encore plus furieuse. Si la sonnerie avait le même timbre, c'était parce que leur petite compagnie du téléphone merdique du fond des bois distribuait le même type d'équipement dans tout le village.

« Est-ce que tu l'as eue ? demanda timidement Paula en passant la tête dans l'entrebâillement de la porte.

— Non. *Elle* ne répond pas, le *constable* ne répond pas. J'ai l'impression que tout ce foutu village est parti pour les Bermudes, nom de Dieu ! s'exclama-t-elle en soufflant sur une boucle de cheveux qui s'était collée à son front en nage.

— Peut-être que si tu appelais des amis à elle...

— Quels amis ? Cet ivrogne avec qui elle traîne ?

— Sœurette ! Tu ne sais pas...

— Je sais qui a répondu au téléphone la seule fois où on ait décroché, répliqua-t-elle méchamment. Avec ce que j'ai connu dans cette famille, je sais très bien si un homme est ivre, rien qu'au son de sa voix. »

Sa mère ne répondit rien ; elle était réduite à un silence tremblant et mouillé de larmes, une main tenant le col de sa robe noire, et c'était exactement comme ça qu'Anne aimait la voir.

« Non, il est là, et ils savent tous deux que j'essaie de les appeler. Et pourquoi. Et ils vont regretter de s'être foutus de moi.

— Sœurette, j'aimerais vraiment que tu n'emploies pas un tel lang...

— *Ta gueule !* » hurla Anne.

Sa mère se tut, naturellement.

Anne reprit le combiné. Cette fois, quand elle eut composé le numéro des renseignements, elle demanda le numéro du maire de Haven. Ils n'avaient rien de tel non plus, dans ce bled. Mais il existait un type qui portait le titre d'administrateur, ou Dieu sait quoi.

Petits claquements étouffés, grattements de griffes de rat sur une plaque de verre, l'opératrice recherchait le numéro sur l'écran de son ordinateur. Paula Anderson s'était enfuie. De la pièce voisine parvenaient à Anne les sanglots et les gémissements théâtraux du deuil irlandais. Comme un V-2, se dit Anne ; les veillées funèbres irlandaises marchent elles aussi au carburant liquide, et dans les deux cas, le liquide est le même. Anne ferma les yeux. Sa tête la faisait souffrir. Elle grinça des dents, ce qui produisit un goût métallique et amer. Elle ferma les yeux et imagina comme ce serait bon, comme ce serait merveilleux de pratiquer un peu de chirurgie esthétique avec ses ongles sur le visage de Bobbi.

« Êtes-vous toujours là, très chère, demanda-t-elle sans ouvrir les yeux, ou bien êtes-vous soudain partie aux toilettes ?

— Oui, j'ai un...

— Donnez-le-moi. »

L'opératrice était partie. Un robot récita un numéro d'une curieuse voix heurtée et saccadée. Anne le composa. Elle s'attendait à n'obtenir aucune réponse, mais on décrocha rapidement.

« Newt Berringer à l'appareil.

— Ah ! Ça fait plaisir de savoir qu'il y a *quelqu'un*. Je m'appelle Anne Anderson. Je vous appelle d'Utica, New York. J'ai tenté de joindre votre constable, mais apparemment il est parti à la pêche.

— Il s'agit d'une dame, mademoiselle Anderson, dit Berringer d'une voix calme. Elle est morte accidentellement le mois dernier et n'a pas encore été remplacée. Elle ne le sera probablement pas avant la prochaine assemblée municipale. »

Cela n'arrêta Anne qu'un instant. Autre chose l'intéressait davantage dans ce qu'elle venait d'entendre.

« *Mademoiselle* Anderson ? Comment savez-vous que je suis une demoiselle, monsieur Berringer ?

— Vous n'êtes pas la sœur de Bobbi ? répondit immédiatement Berringer. Dans ce cas, si vous étiez mariée, vous ne vous appelleriez pas Anderson, hein ?

— Alors, vous connaissez Bobbi ?

— A Haven, tout le monde connaît Bobbi, mademoiselle Anderson. C'est notre célébrité locale. Nous sommes très fiers d'elle. »

Cette déclaration traversa la cervelle d'Anne comme un éclat de verre. *Notre célébrité locale. Ô doux Jésus !*

« Parfait. J'essaie de la joindre au moyen de ce que vous appelez un téléphone, dans vos riantes campagnes, pour lui dire que son père est mort hier et qu'il va être enterré demain. »

Puisque cet officiel sans visage connaissait Bobbi, Anne s'attendait à quelque réaction conventionnelle de sa part mais il n'en eut aucune.

« On a eu des ennuis avec les lignes, par chez elle », se contenta-t-il d'expliquer.

Anne fut à nouveau momentanément désarçonnée (*très* momentanément — Anne ne restait jamais désarçonnée bien longtemps). La conversation ne progressait pas comme elle s'y était attendue. Les réponses de l'homme étaient un peu étranges, trop réservées, même pour un Yankee. Elle essaya de se le représenter, mais n'y parvint pas. Il y avait quelque chose de curieux dans sa voix.

« Est-ce que vous pourriez obtenir qu'elle me rappelle ? Notre mère pleure toutes les larmes de son corps dans la pièce à côté, elle est effondrée, et si Roberta n'arrive pas à temps pour l'enterrement, je crois qu'elle ne s'en remettra jamais.

— Je ne peux pas la forcer à vous rappeler, mademoiselle Anderson, vous le comprenez bien, répondit Berringer d'une voix lente particulièrement crispante. C'est une adulte. Mais je peux en tout cas lui transmettre le message.

— Je pourrais vous donner mon numéro, dit Anne entre ses dents serrées. On est toujours au même endroit, mais elle appelle si rarement, ces temps-ci, qu'elle l'a peut-être oublié. C'est...

— Inutile, interrompit Berringer. Si elle ne s'en souvient pas, ou si elle ne l'a pas écrit quelque part, elle demandera aux renseignements. C'est bien comme ça que vous avez eu le mien ? »

Anne détestait le téléphone parce qu'il ne laissait passer qu'une fraction de toute la force de sa personnalité. Elle se dit que jamais elle ne l'avait autant haï qu'à ce moment-là.

« Écoutez ! cria-t-elle. Je ne crois pas que vous compreniez que...

— Je crois que si, dit Berringer, l'interrompant pour la deuxième fois en moins de trois minutes de conversation. J'irai la voir avant le dîner. Merci de votre appel, mademoiselle Anderson.

— Écoutez... »

Avant qu'elle ne pût continuer, il fit ce qu'elle haïssait le *plus*.

Anne raccrocha, imaginant quelle joie elle éprouverait à regarder le connard auquel elle venait de parler se faire dévorer vivant par des chiens sauvages. Elle grinçait furieusement des dents.

10

Bobbi ne la rappela pas cet après-midi-là. Ni au début de la soirée, alors que le V-2 de la veillée funèbre entrait dans l'alcoolosphère. Ni plus tard, quand il se mit sur orbite. Ni dans les deux heures qui suivirent minuit, alors que les derniers pleureurs, les yeux chassieux, titubaient jusqu'à leur voiture, avec laquelle ils allaient mettre en péril la vie d'autres conducteurs en rentrant chez eux.

Dans son lit, Anne resta presque toute la nuit raide comme une baguette et les yeux grands ouverts, reliée à sa poudre d'amphétamines comme une bombe à son détonateur, grinçant des dents quand elle ne s'enfonçait pas les ongles dans les paumes, tirant les plans de sa revanche.

Tu vas revenir, Bobbi, oh oui, tu vas revenir. Et quand tu reviendras...

Comme, le soir suivant, Bobbi n'avait toujours pas appelé, Anne repoussa l'enterrement, en dépit des faibles gémissements de sa mère qui pensait que ce n'était pas correct. Finalement, Anne se retourna brusquement vers elle et lâcha :

« C'est moi qui décide ce qui est correct et ce qui ne l'est pas. Il serait correct que cette petite putain soit ici, et elle n'a même pas pris la peine d'appeler. Fiche-moi la paix ! »

Sa mère s'éclipsa furtivement.

Cette nuit-là, Anne essaya de nouveau de téléphoner à Bobbi, puis au bureau de l'administrateur du village. Au premier numéro, le bruit de sirène était revenu. Au second, elle tomba sur un répondeur. Elle attendit patiemment le signal sonore et dit :

« C'est à nouveau la sœur de Bobbi, monsieur Berringer, qui vous souhaite cordialement d'être atteint d'une syphilis qui ne sera pas diagnostiquée avant que votre nez tombe et que vos couilles deviennent toutes noires. »

Elle rappela les renseignements et demanda trois numéros à Haven : le numéro personnel de Newt Berringer, celui d'un Smith (« *n'importe quel* Smith, ma chère, ils sont tous parents, à Haven »), et celui d'un Brown (en vertu de l'ordre alphabétique, le numéro qu'on lui indiqua en réponse à cette dernière demande fut celui de Bryant). A chaque numéro, seul le hurlement de la sirène lui répondit.

« *Merde !* » cria Anne.

Et elle jeta le téléphone contre le mur.

A l'étage, dans son lit, sa mère tremblait et espérait que Bobbi ne viendrait pas... du moins pas tant qu'Anne ne serait pas de meilleure humeur.

11

Elle avait encore repoussé l'enterrement d'un jour.

Les parents commençaient à grommeler, mais Anne s'en moquait complètement, merci. Le directeur des pompes funèbres la dévisagea et décida que le vieil Irlandais pouvait bien pourrir dans sa boîte de pin, il ne s'en mêlerait pas. Si Anne, qui passa toute la journée au téléphone, l'avait entendu raisonner, elle l'aurait félicité de cette sage décision. Sa fureur renversait toutes les bornes jamais atteintes. Maintenant, *tous* les téléphones de Haven semblaient en dérangement.

Elle ne pouvait reporter encore l'enterrement, et elle le savait. Bobbi avait gagné cette bataille. D'accord. Qu'il en soit ainsi. Mais elle n'avait pas gagné la guerre. Oh, non! Si elle le croyait, la pauvre garce ne savait pas ce qui l'attendait — rien que de très douloureuses nouvelles.

Anne acheta les billets d'avion avec colère mais confiance; un New York/Bangor... et deux Bangor/New York.

12

Elle devait prendre l'avion pour Bangor le lendemain — c'était la date indiquée sur son billet — mais son idiote de mère était tombée dans les escaliers et s'était cassé le col du fémur. Sean O'Casey a dit un jour que vivre avec des Irlandais, c'est participer continuellement à une fête des fous; et comme il avait raison! Les cris de sa mère parvinrent à Anne dans la cour où, sur une chaise longue, elle prenait le soleil et peaufinait sa stratégie pour garder Bobbi à Utica une fois qu'elle l'aurait ramenée. Sa mère était étendue au pied de l'étroit escalier, la jambe pliée selon un angle monstrueux, et Anne se dit tout d'abord qu'elle laisserait bien cette stupide vieille bique par terre jusqu'à ce que l'effet anesthésiant du bordeaux se dissipe. La nouvelle veuve sentait l'outre à vin.

Folle de rage et de déception, Anne comprit qu'il lui fallait modifier tous ses projets, et elle se demanda même si sa mère n'avait pas eu cet accident à dessein — si elle ne s'était pas soûlée pour se donner du courage et si, loin de *tomber*, elle ne s'était pas *jetée* dans l'escalier. Pourquoi? Pour protéger Bobbi, bien sûr.

Mais tu n'y arriveras pas, s'était dit Anne en gagnant le téléphone. *Tu n'y arriveras pas. Quand je veux quelque chose, quand j'ai décidé quelque chose, cette chose arrive. Je vais aller à Haven et, là-bas, tout renverser sur mon passage. Je vais ramener Bobbi, et ils se souviendront de moi très longtemps. Surtout ce péquenot prétentiard qui m'a raccroché au nez.*

Elle saisit le combiné et, d'un doigt rapide, irrité et crochu, appela le SAMU dont le numéro était collé sur le téléphone depuis la première attaque de son père. Elle grinçait des dents.

13

Anne ne put donc partir avant le 9 août. Et Bobbi n'appela pas. Anne n'essaya plus de la joindre, ni son enculé d'alcoolique de Troie, ni ce connard d'administrateur. Il semblait que le poivrot s'était installé chez Bobbi pour pouvoir baiser à plein temps. Bien. Qu'ils croient tous deux qu'elle avait renoncé ! C'était parfait.

Et elle était à l'hôtel Cityscape de Bangor où elle dormait mal... en grinçant des dents.

Elle avait toujours grincé des dents. Si fort parfois qu'elle réveillait sa mère... et même son père, qui avait un sommeil de plomb. Sa mère avait signalé ce phénomène au médecin de famille quand Anne avait trois ans. Ce cher docteur, un vénérable généraliste du nord de l'État de New York avec qui le Dr Warwick aurait eu beaucoup d'affinités, parut surpris. Il réfléchit un moment, puis il dit :

« Je pense que vous devez vous tromper, madame Anderson.

— Alors, c'est contagieux, avait répondu Paula. Mon mari l'entend, lui aussi. »

Ils avaient regardé Anne, occupée à monter une tour de cubes. Elle travaillait avec une sombre concentration, sans un sourire. Alors qu'elle posait le sixième cube, la tour s'effondra... et elle recommença son travail. Alors, ils entendirent tous deux Anne grincer des dents, ses petites dents de lait.

« Elle le fait aussi en *dormant ?* » avait demandé le docteur.

Paula avait hoché la tête.

« Ça lui passera sûrement, avait assuré le docteur. C'est sans danger. »

Mais, naturellement, ça ne lui passa jamais, et ce n'était pas sans danger ; c'était une maladie appelée bruxisme qui, comme les crises cardiaques, les attaques d'apoplexie et les ulcères, affecte souvent les gens énergiques et sûrs d'eux. La première dent de lait qu'Anne perdit était incroyablement érodée. Ses parents le remarquèrent... puis oublièrent. Déjà, à cette époque, la personnalité d'Anne s'affirmait par d'autres biais beaucoup plus voyants et étonnants. A six ans et demi, elle avait déjà une façon indéfinissable de diriger la famille Anderson. Et ils s'étaient tous habitués au grincement ténu mais assez effrayant des dents d'Anne dans la nuit.

Quand Anne eut neuf ans, le dentiste de la famille remarqua que le problème ne se réglait pas : il empirait. Mais il ne s'y attaqua pas avant qu'Anne ait quinze ans et que son habitude commence à lui occasionner des douleurs insupportables : elle avait érodé ses dents jusqu'aux nerfs. Le dentiste l'équipa d'un appareil dentaire de protection en caoutchouc qui venait s'interposer entre ses dents et qu'elle mettait la nuit, puis d'un appareil semblable en matière acrylique. Quand elle eut dix-huit ans, on couronna presque toutes ses dents, tant supérieures qu'inférieures. Les Anderson ne pouvaient guère financer une telle opération, mais Anne insista. C'était de leur faute si le problème n'avait pas été résolu plus tôt, et elle n'était pas disposée à

laisser son radin de père lui dire, le jour de sa majorité : « Tu es adulte, maintenant, Anne. C'est *ton* problème. Si tu veux des couronnes, *tu* les paies. »
Elle voulait de l'or, mais c'était vraiment trop cher pour eux.

Après ça, pendant des années, les rares sourires d'Anne possédèrent un très étonnant aspect rutilant et mécanique. Les gens craignaient souvent ce sourire. Elle se réjouissait de ces réactions, et quand elle avait vu le méchant Jaws dans un James Bond, elle avait ri à s'en faire éclater la rate, au point que cette explosion de joie, tout à fait inhabituelle pour elle, l'avait étourdie et presque rendue malade. Quand le géant avait découvert pour la première fois ses dents d'acier dans un sourire de requin, elle avait compris pourquoi elle effrayait les gens — et regretté d'avoir fait recouvrir le métal d'une jaquette de porcelaine. Elle se dit pourtant qu'il valait peut-être mieux ne pas se dévoiler aussi franchement — il était aussi peu avisé d'étaler sa personnalité dans sa bouche que de porter son cœur en écharpe. Peut-être n'est-il pas indispensable de *montrer* qu'on peut se creuser son chemin avec les dents à travers une porte de chêne massif, tant qu'on sait qu'on le *peut*.

Indépendamment de son bruxisme, Anne avait eu également de nombreuses caries, aussi bien quand elle était enfant qu'à l'âge adulte, en dépit de l'eau fluorée d'Utica et de la très stricte hygiène bucale qu'elle observait (il lui arrivait de se brosser les dents jusqu'à faire saigner ses gencives). Il s'agissait, là encore, davantage d'un révélateur de sa personnalité que d'un problème physiologique. La volonté et le besoin de domination affectent à la fois les parties les plus fragiles du corps humain — l'estomac et les organes vitaux — et les plus dures : les dents. Anne avait toujours la bouche sèche. Sa langue était presque blanche. Ses dents constituaient de petites îles arides. Sans un flot continu de salive pour laver les restes de nourriture, les caries se forment rapidement. En cette nuit où elle dormait d'un sommeil agité à Bangor, Anne avait plus de 340 grammes de plombages dans la bouche. A l'occasion, il arrivait qu'elle déclenche l'alarme des détecteurs de métaux dans les aéroports.

Ces deux dernières années, elle avait commencé à perdre des dents en dépit de ses efforts fanatiques pour les sauver : deux en haut à droite, trois en bas à gauche. Dans les deux cas, elle avait opté pour les prothèses les plus chères du marché, et elle avait fait exécuter le travail à New York. Le chirurgien avait retiré les racines pourries, incisé ses gencives jusqu'à l'os blanc de la mâchoire et implanté de petites vis de titane. Les gencives recousues s'étaient bien cicatrisées (l'os de certaines personnes rejette les implants de métal, mais la mâchoire d'Anne Anderson accueillit le titane sans aucun mal), ne laissant apparaître que deux plots pointus. Les dents artificielles avaient été fixées sur ces ancres de métal après cicatrisation complète de la gencive.

Elle n'avait pas autant de métal dans la tête que Gard (la plaque de Gard déclenchait *toujours* l'alarme des détecteurs de métaux dans les aéroports), mais elle en avait beaucoup.

Elle passa donc sa mauvaise nuit sans savoir qu'elle était membre d'un club extrêmement fermé : celui des gens qui pouvaient entrer dans le Nouveau Haven Amélioré avec une petite chance de survie.

14

Elle partit pour Haven dans sa voiture de location à huit heures le lendemain matin. Elle se trompa de route une fois, mais arriva tout de même à la limite entre Troie et Haven à neuf heures et demie.

Elle s'était éveillée aussi nerveuse et trépignante qu'un pur-sang dansant devant le starting-gate. Mais au cours des vingt ou trente kilomètres la séparant de la commune de Haven — entourée de terres presque vides, de champs mûrs à point dans la chaleur étouffante de l'été — elle sentit que se retirait d'elle ce merveilleux sentiment d'anticipation qui la faisait se sentir à un fil de ce à quoi elle s'était préparée. Elle commença à avoir mal à la tête. Au début, elle ne ressentit que de petites pulsations, mais elles s'enflèrent rapidement pour se transformer en ces coups lourds et répétés typiques de l'approche de ses migraines.

Elle entra dans la commune de Haven.

A son arrivée au village, elle ne s'accrochait plus au volant que par la force de sa volonté. Ses maux de tête allaient et venaient en vagues nauséeuses. Une fois, elle crut entendre un éclat de musique hideusement déformée sortant de sa bouche, mais c'était sûrement le fait de son imagination, un corollaire de ses maux de tête. Elle avait vaguement conscience que des gens marchaient dans les rues du petit village, mais pas qu'ils se retournaient tous sur son passage pour la regarder, puis se regarder entre eux.

Elle entendait une machine au travail dans les bois, un son lointain et presque onirique.

Sa voiture se mit à zigzaguer sur la route déserte. Elle vit double, triple, puis les images se rassemblèrent péniblement avant de se dédoubler à nouveau.

Du sang commença de sourdre aux commissures de ses lèvres, mais elle ne le remarqua pas.

Elle s'accrochait à une pensée unique : *C'est sur cette route, la Route n° 9, et son nom sera sur la boîte aux lettres. C'est sur cette route, la Route n° 9, et son nom sera sur la boîte aux lettres. C'est sur cette route...*

La route était déserte, Dieu merci ! Haven dormait dans le soleil du matin. Quatre-vingt-dix pour cent du trafic avaient été détournés, maintenant, et c'était une bonne chose pour Anne dont la voiture déviait et zigzaguait, ses roues arrachant tantôt la terre du bas-côté gauche, tantôt celle du bas-côté droit. Elle renversa sans même s'en rendre compte un panneau de signalisation.

Le jeune Ashley Ruvall la vit arriver et mit prudemment sa bicyclette à l'abri à une bonne distance de la route, sur le pâturage nord de Justin Hurd, jusqu'à ce qu'elle soit passée.

(une dame il y a une dame et je ne peux rien entendre d'autre que sa douleur)

Cent voix lui répondirent, le rassurèrent.

(on sait Ashley ça va... chhhut... chhhut)

Ashley sourit, exposant ses gencives roses de bébé.

15

L'estomac d'Anne se révolta.

Sans savoir comment, elle parvint à se garer, à arrêter le moteur et à ouvrir la porte de la voiture, juste avant de restituer la totalité de son petit déjeuner. Elle resta ainsi un moment, les avant-bras sur la fenêtre ouverte de la porte, penchée de guingois vers l'extérieur, sa conscience réduite à une faible étincelle qu'elle ne maintenait allumée qu'à force de volonté. Elle réussit finalement à se redresser et à refermer la porte.

Elle se dit de façon brumeuse et confuse que ce devait être à cause du petit déjeuner. Les migraines, elle savait ce que c'était, mais elle ne vomissait presque jamais. Le petit déjeuner au restaurant de ce nid de cloportes qui prétendait être le meilleur hôtel de Bangor... Ces salauds l'avaient empoisonnée.

Peut-être que je suis en train de mourir... Oh, mon Dieu, oui, j'ai vraiment l'impression que je vais mourir ! Mais si je ne meurs pas, je les traînerai en justice, jusqu'à la Cour Suprême. Si je survis, je m'arrangerai pour qu'ils regrettent que leurs mères aient jamais rencontré leurs pères.

C'est peut-être cette idée tonifiante qui lui donna l'énergie de remettre la voiture en marche. Elle se traîna à cinquante à l'heure, cherchant une boîte aux lettres portant le nom d'ANDERSON. Il lui vint alors une idée terrible : et si Bobbi avait effacé son nom de la boîte ? Ce n'était pas si invraisemblable, en y réfléchissant bien. Elle craignait sûrement que Sœurette ne rapplique : cette petite connasse écervelée avait toujours eu peur d'elle. Anne n'était pas en état de s'arrêter à chaque ferme pour demander où trouver Bobbi. De toute façon elle ne pouvait guère attendre de ces péquenots qu'ils l'aident, s'ils étaient tous du même acabit que cet âne auquel elle avait parlé au téléphone. Et...

Pourtant si, une boîte portait son nom : R. ANDERSON. Et derrière, Anne découvrit une maison qu'elle n'avait jamais vue qu'en photo : celle d'oncle Frank. La ferme du vieux Garrick. Un pick-up bleu était garé dans l'allée. C'était bien *l'endroit,* mais la *lumière* n'était pas la bonne. Anne s'en rendit clairement compte pour la première fois en approchant de l'allée. Au lieu d'éprouver le sentiment de triomphe auquel elle s'était attendue — le triomphe d'un prédateur qui a finalement réussi à plaquer au sol sa proie en fuite —, elle ne ressentait que de la confusion, de l'incertitude, et, bien qu'elle ne s'en rendît pas vraiment compte, parce que cela lui était trop étranger, un léger chatouillement de peur.

La *lumière.*

La *lumière* n'était pas la bonne.

Quand elle en prit conscience, d'autres constatations se succédèrent rapidement dans son esprit : elle avait le cou raide, des cercles de sueur fonçaient sa robe sous ses bras et...

Sa main vola jusqu'à son entrejambe. Elle y détecta une trace d'humidité presque sèche, et sentit une légère odeur d'ammoniaque dans la voiture. L'odeur flottait déjà depuis un certain temps, mais sa conscience venait seulement de trébucher dessus.

J'ai pissé dans ma culotte. J'ai pissé dans ma culotte et je suis restée assez longtemps dans cette foutue voiture pour que ce soit presque sec...

(et la lumière, Anne)

La *lumière* n'était pas la bonne. C'était une lumière de crépuscule.

Oh, non ! Il est neuf heures et demie du...

Mais *c'était* une lumière de crépuscule. Impossible de le nier. Elle s'était sentie mieux après avoir vomi, oui... et elle comprit soudain pourquoi. Elle l'avait toujours su, en fait, mais elle attendait seulement de le remarquer, comme les taches de sueur sous les manches de sa robe, ou cette légère odeur d'urine séchée. Elle s'était sentie mieux parce que le temps qui s'était écoulé entre le moment où elle avait refermé la portière et celui où elle avait effectivement fait redémarrer la voiture ne s'était pas compté en secondes ni en minutes, mais en *heures*... Elle avait passé toute cette journée d'été à la chaleur brutale dans le four que constituait sa voiture. Elle était restée dans un état de stupeur proche de la mort, et si, quand elle avait arrêté la Cutlass, elle avait eu toutes les fenêtres de la voiture fermées pour se rafraîchir à l'air conditionné, elle aurait cuit comme une dinde de Noël. Mais ses sinus étaient aussi secs que ses dents, et l'air conditionné des voitures les irritait. Ce problème physiologique, se dit-elle soudain en regardant la vieille ferme de ses yeux grands ouverts et injectés de sang, lui avait probablement sauvé la vie : elle avait roulé avec les quatre fenêtres ouvertes. Sinon...

Elle en vint à une autre idée : elle avait passé la journée dans un état de stupeur proche de la mort, garée sur le bas-côté de la route, *et personne ne s'était arrêté pour voir ce qu'elle avait.* Que personne ne soit passé sur la grande Route n° 9 pendant toutes les heures qui s'étaient écoulées depuis neuf heures et demie du matin lui paraissait impossible à accepter, même en pleine cambrousse. Et, à Cambrousseville, quand on voit que vous avez des ennuis, on ne se contente pas de mettre la pédale au plancher et de continuer sa route, comme des New-Yorkais marchant sur un ivrogne !

Quelle sorte de village est-ce donc, ici ?

Ce chatouillement inhabituel, à nouveau, comme de l'acide chaud dans son estomac.

Cette fois, elle identifia cette sensation. C'était de la peur. Anne la saisit, lui tordit le cou... et la tua. Son frère pointerait peut-être son nez plus tard, mais dans ce cas, elle le tuerait aussi, et tous les frères et sœurs qui suivraient.

Elle entra dans la cour.

16

Anne n'avait rencontré Jim Gardener que deux fois, mais elle n'oubliait jamais un visage. Pourtant, elle reconnut à peine le Grand Poète, même si elle se dit qu'une brise même modérée aurait pu lui apporter son *odeur* à quarante mètres. Il était assis sur le porche, vêtu d'un débardeur et d'un blue-jean, une bouteille de scotch ouverte à la main. Sa barbe de trois ou quatre jours était presque grise et ses yeux injectés de sang. Anne ne le savait pas — et s'en serait moquée — mais Gardener était plus ou moins dans cet état depuis deux jours. Il avait balancé toutes ses nobles résolutions en trouvant les poils de chien sur la robe de Bobbi.

Il regarda la voiture entrer dans la cour (ratant de peu la boîte aux lettres) avec des yeux d'ivrogne que rien ne peut surprendre. Une femme en sortit, tituba et s'accrocha une minute à la porte ouverte.

Oh là là ! pensa Gardener. *C'est un oiseau, c'est un avion, c'est Supersalope. Plus rapide qu'une lettre de haine, capable d'atteindre d'un seul bond les membres récalcitrants de la famille.*

Anne claqua la porte. Elle resta immobile un instant, dominant son ombre allongée au sol, et Gardener eut une étrange impression de déjà vu. Elle ressemblait à Ron Cummings, quand Ron était plein comme une outre et se demandait s'il pourrait traverser la pièce.

Anne traversa la cour, s'appuyant d'une main tout le long du pick-up de Bobbi. Arrivée au bout du véhicule, elle s'accrocha immédiatement à la rampe du porche. Elle leva les yeux, et dans la lumière horizontale du soir, Gardener se dit qu'elle paraissait à la fois vieille et sans âge. Elle avait aussi l'air méchant : teint jaune, yeux cernés de noir, son énorme dose de méchanceté l'épuisait et la dévorait en même temps.

Gardener leva sa bouteille, but, eut un haut-le-cœur quand l'alcool le brûla. Il tendit ensuite la bouteille en direction d'Anne :

« Salut, Sœurette ! Bienvenue à Haven. Maintenant que je t'ai tout dit, je te suggère de repartir aussi vite que tu le pourras. »

17

Elle monta sans dommage les deux premières marches, puis trébucha et tomba à genoux. Gardener lui tendit la main. Elle l'ignora.

« Où est Bobbi ?

— Ça n'a pas l'air d'aller, dit Gard. Haven produit ce genre d'effet sur les gens, ces temps derniers.

— Je vais très bien. Où est-elle ? » dit-elle en atteignant enfin le porche où elle le toisa, hors d'haleine.

Gardener montra la maison d'un signe de tête. Un chuintement d'eau leur parvenait d'une des fenêtres ouvertes.

« Elle se douche. Nous avons travaillé dans les bois toute la journée et il faisait ess... *extrêmement* chaud. Bobbi croit qu'il faut se doucher pour se nettoyer, dit Gardener en levant à nouveau sa bouteille. Moi je me contente de désinfectant. C'est plus rapide et plus agréable.

— Vous puez comme un cochon crevé, remarqua Anne avant de se diriger vers la porte.

— Même si mon nez est indubitablement moins fin que le vôtre, chérie, vous dégagez vous aussi une odeur délicate mais pénétrante, dit Gard. Comment les Français appelleraient-ils ce parfum si particulier ? *Eau de Pisse ?* »

Elle se retourna vers lui, émettant un grondement stupéfait. Les gens — du moins ceux d'Utica — ne lui parlaient pas comme ça. *Jamais.* Mais ils la connaissaient. Le Grand Poète, lui, l'avait indubitablement jugée à l'aune de son sac à sperme, la célébrité locale de Haven. Et il était ivre.

« Bon, dit Gardener, amusé mais aussi un peu mal à l'aise sous son regard incendiaire, c'est vous qui avez abordé le sujet des arômes.

— En effet, dit-elle lentement.

— Peut-être devrions-nous repartir à zéro, dit-il avec la courtoisie d'un ivrogne.

— Et pour quelle raison ? Vous êtes le Grand Poète, l'ivrogne qui a tiré sur sa femme. Je n'ai rien à vous dire. Je suis venue pour Bobbi. »

Bien envoyé, le coup de sa femme. Elle vit le visage de Gard se figer, sa main se serrer autour du goulot de la bouteille. Il sembla momentanément ne plus savoir où il était. Elle lui décocha un charmant sourire. La vacherie de ce con sur l'*Eau de Pisse* avait fait mouche mais, malade ou non, elle se dit qu'elle gagnait quand même aux points.

A l'intérieur, on arrêta la douche. Et — peut-être n'était-ce qu'une intuition — Gardener sentit clairement que Bobbi écoutait.

« Vous avez toujours aimé opérer sans anesthésie, dit-il à Anne. J'imagine que jusqu'à maintenant je n'avais rien subi de plus grave que de la chirurgie exploratoire, hein ?

— C'est possible.

— Pourquoi maintenant ? Au bout de tant d'années. Pourquoi avez-vous choisi *maintenant* ?

— Ça ne vous regarde pas.

— *Bobbi* me regarde. »

Ils se faisaient face. Elle le transperça de ses yeux, attendant qu'il baisse les siens. Il ne le fit pas. Anne se dit soudain que si elle essayait d'entrer dans la maison sans en dire plus, il pourrait s'y opposer physiquement. Ça ne le mènerait pas bien loin, mais il serait peut-être plus simple de répondre à sa question. Qu'est-ce que ça pouvait bien faire ?

« Je suis venue chercher Bobbi pour la ramener à la maison. »

Silence.

Il n'y a pas de criquets.

« Laissez-moi vous donner un conseil, sœur Anne.

— Inutile. On n'accepte ni les bonbons des étrangers, ni les conseils des ivrognes.

— Faites exactement ce que je vous ai dit quand vous êtes descendue de voiture. Partez. Tout de suite. *Partez !* En ce moment, il ne fait pas bon traîner par ici. »

Elle lut dans les yeux de Jim Gardener quelque chose de désespérément honnête, qui de nouveau lui fit éprouver ce frisson et cette inhabituelle confusion. On l'avait laissée toute la journée inconsciente dans sa voiture, sur le bas-côté de la route. Quelle sorte de gens pouvaient bien agir ainsi ?

Mais chaque atome de Super-Anne se dressa, et écrasa ces misérables doutes. Quand elle *voulait* quelque chose, quand elle l'avait *décidé,* cela *arrivait.* Il en avait toujours été ainsi, il en était ainsi, et il en serait toujours ainsi, alléluia, amen.

« D'accord, mon vieux, dit-elle. Vous m'avez donné votre conseil, je vais vous donner le mien. Je vais entrer dans cette cahute, et dans moins de deux minutes, un gros paquet de merde viendra s'écraser sur le ventilateur. Je vous suggère d'aller vous balader si vous ne voulez pas être éclaboussé. Posez vos fesses sur un rocher quelque part, et regardez le soleil se coucher, branlez-vous, pondez des vers ou faites tout ce que les Grands Poètes peuvent faire d'autre quand ils contemplent un coucher de soleil. Mais restez en dehors de ce qui va se passer dans cette maison, quoi qu'il arrive. Il s'agit de Bobbi et de moi. Si vous me mettez des bâtons dans les roues, je vous étripe.

— A Haven, vous avez beaucoup plus de chances d'être l'étripée que l'étripeuse.

— Vous me permettrez d'en juger par moi-même », dit Anne en s'approchant de la porte.

Gardener fit une dernière tentative :

« Anne... Sœurette... Bobbi n'est plus la même. Elle...

— Allez-vous promener, minus ! » dit Anne en entrant.

18

Les fenêtres étaient ouvertes, mais les rideaux tirés. De temps à autre, une légère brise se levait, aspirant les rideaux dans les ouvertures. Ils ressemblaient alors aux voiles d'un bateau sur une mer calme, des voiles qui faisaient tout ce qu'elles pouvaient, mais retombaient, flasques. Anne renifla et plissa le nez. Beurk ! Ça sentait la cage à singes. Ça ne l'étonnait pas du Grand Poète, mais sa sœur avait été mieux élevée que ça. C'était une vraie porcherie, ici.

« Salut, Sœurette ! »

Elle se retourna. Pendant un instant, Bobbi ne fut qu'une silhouette à contre-jour, et Anne sentit son cœur lui monter dans la gorge parce qu'il y avait quelque chose de curieux dans cette silhouette, quelque chose de totalement *faux.*

Puis elle vit l'auréole blanche du peignoir de sa sœur, entendit l'écoulement de l'eau et compris que Bobbi sortait juste de sa douche. Elle était nue sous son peignoir. Bon. Mais le plaisir d'Anne n'était pas aussi complet qu'il aurait dû l'être. Son malaise demeurait, sa sensation qu'il y avait quelque chose de totalement *faux* dans la forme qui se dessinait dans l'embrasure de la porte.

En ce moment il ne fait pas bon traîner par ici.

« Papa est mort », dit-elle en plissant les yeux pour mieux voir.

En dépit de ses efforts, Bobbi restait une silhouette floue à la porte de communication entre le séjour et — supposait Anne — la salle de bains.

« Je sais. Newt Berringer m'a appelée pour me le dire. »

Il y avait quelque chose dans sa voix. Une chose plus fondamentalement différente encore que ce que suggérait vaguement sa silhouette. Anne comprit soudain. Elle comprit et ressentit un méchant choc en même temps qu'une forte bouffée de crainte : Bobbi n'avait pas l'air effrayée. Pour la première fois de sa vie, Bobbi n'avait pas l'air d'avoir peur d'elle !

« On l'a enterré sans toi. Ta mère est comme morte, elle aussi, parce que tu n'es pas venue, Bobbi. »

Elle attendit que Bobbi se défende. Il n'y eut que le silence.

Pour l'amour de Dieu, sors de là que je puisse te voir, espèce de lâche !

Anne... Bobbi n'est plus la même...

« Elle est tombée dans l'escalier il y a quatre jours et elle s'est cassé le col du fémur.

— Ah, oui ? demanda Bobbi avec indifférence.

— Tu vas revenir à la maison avec moi, Bobbi ! » dit-elle.

Et elle fut soudain atterrée d'entendre sa voix faible et aiguë alors qu'elle voulait montrer sa force.

« C'est grâce à tes dents que tu as pu entrer, dit Bobbi. Naturellement ! J'aurais dû y penser !

— Bobbi, sors de là, que je puisse te voir !

— Tu le veux vraiment ? demanda Bobbi d'une voix qui avait pris une étrange intonation ironique. Je me demande...

— Arrête de te foutre de moi, Bobbi ! explosa Anne d'une voix vacillante.

— Écoute-moi ça ! Je n'aurais jamais cru que j'entendrais ça de *toi*, Anne. Après toutes ces années où tu t'es foutue de moi... de nous *tous*. Mais d'accord. Si tu insistes. Si tu insistes, c'est parfait. Parfait. »

Anne ne voulait plus voir. Soudain, elle ne voulait plus que fuir, courir loin de cet endroit plein d'ombres, de ce village où on vous laissait évanoui toute une journée au bord de la route. Mais il était trop tard. Elle distingua un mouvement de la main de sa jeune sœur, et la lumière s'alluma juste au moment où le peignoir tombait sur le sol avec un bruit soyeux.

La douche avait enlevé le fond de teint. Toute la tête et le cou de Bobbi étaient transparents et semblables à de la gelée. Sa poitrine, enflée et boursouflée vers l'avant, semblait se fondre en une unique protubérance de chair sans tétons. Anne pouvait apercevoir dans le ventre de Bobbi de petits organes qui ne ressemblaient pas du tout à des organes humains. Un liquide y circulait, mais on aurait dit qu'il était vert.

Derrière le front de Bobbi, elle distinguait la masse frémissante du cerveau.

Bobbi lui offrit son sourire sans dents.

« Bienvenue à Haven, Anne », dit-elle.

Anne se sentit faire un pas en arrière comme dans un rêve spongieux. Elle tenta de crier, mais l'air ne passait pas.

Entre les jambes de Bobbi, un grotesque foisonnement de tentacules ressemblant à des algues sortaient en ondulant de son vagin... ou de l'endroit où se trouvait son vagin, en tout cas. Anne ne pouvait savoir s'il était toujours là où non, et s'en moquait. La vallée profonde qui avait remplacé le sexe de Bobbi suffisait. Ça... et la façon dont les tentacules semblaient pointer vers elle... tenter de l'*atteindre*.

Nue, Bobbi s'avança vers elle. Anne tenta de reculer et se prit les pieds dans un tabouret.

« Non, murmura-t-elle, tentant de s'échapper en rampant. Non... Bobbi... non...

— Ça fait plaisir de t'avoir ici, dit Bobbi sans se départir de son sourire. Je ne comptais pas sur toi... pas du tout... mais je crois qu'on pourra te trouver un boulot. Il reste encore des postes à pourvoir, comme on dit.

— Bobbi... »

Elle parvint à émettre ce dernier murmure terrifié avant de sentir les tentacules tâter légèrement son corps. Elle sursauta, tenta de s'échapper... mais les tentacules s'enroulèrent autour de ses poignets, les hanches de Bobbi se projetant en avant en un mouvement qui ressemblait à une obscène parodie de copulation.

2.

GARDENER VA
SE PROMENER

1

Gardener suivit le conseil d'Anne et partit se promener. En fait, il alla jusqu'au vaisseau, dans les bois. C'était la première fois qu'il s'y rendait seul et à la tombée de la nuit. Il ressentit une légère crainte, comme un enfant qui passerait près d'une maison hantée. *Est-ce qu'il y a des fantômes, là-dedans ? Des fantômes d'anciens Tommyknockers ? Ou bien est-ce que les vrais Tommyknockers sont encore là en personne, peut-être en état de vie suspendue, des êtres ressemblant à du café lyophilisé qui n'attend que de se réhydrater ? Et puis qu'étaient-ils, au juste ?*

Il s'assit par terre près de l'abri, et regarda le vaisseau. Au bout d'un moment, la lune se leva et donna à la surface de métal un reflet plus fantômatique encore. Un lustre argenté, étrange et pourtant très beau.

Que se passe-t-il, ici ?

Je ne veux pas le savoir.

On ne peut pas clairement le définir...

Je ne veux pas le savoir.

Hé, arrête ! Qu'est-ce que c'est que ce bruit ? Regardez tous ce qui descend...

Il leva la bouteille, but une grande gorgée, puis la posa au sol, s'allongea et lova sa tête douloureuse dans ses bras. C'est ainsi qu'il s'endormit, dans les bois, près de la courbe gracieuse du rebord du vaisseau.

Il dormit là toute la nuit.

Au matin, il trouva deux dents par terre.

C'est tout ce que je gagne à dormir si près, se dit-il dans un demi-sommeil, mais il y avait au moins une compensation : sa tête ne lui faisait pas du tout mal, alors qu'il avait ingurgité près d'une bouteille de scotch. Il avait déjà remarqué ce phénomène et, mis à part ses autres attributs, le vaisseau — ou la modification de l'atmosphère engendrée par le vaisseau — semblait, de très près, prémunir contre les cuites.

Il ne voulait pas laisser ses dents par terre comme ça. Cédant à un obscur besoin, il les recouvrit de terre. Ce faisant, il se dit à nouveau : *Jouer Hamlet est un luxe que tu ne peux plus t'offrir, Gard. Si tu ne t'engages pas d'un côté ou de l'autre très bientôt — demain au plus tard, je crois — tu n'auras plus d'autre choix que de te rallier à eux tous.*

Il regarda le vaisseau, pensa au profond ravin qui s'enfonçait sous le flanc doux et intact de l'engin, et se dit à nouveau : *On va bientôt arriver à la trappe, s'il y a une trappe... Et ensuite ?*

Plutôt que d'essayer de répondre, il prit la direction de la maison.

2

La Cutlass d'Anne était partie.

« Où étais-tu, la nuit dernière ? demanda Bobbi à Gardener.

— J'ai dormi dans les bois.

— Tu t'es vraiment cuité ? » s'enquit Bobbi avec une surprenante gentillesse.

Son visage était à nouveau opacifié par le maquillage. Bobbi semblait porter des chemises étonnamment amples, ces derniers jours, et ce matin Gard pensa qu'il en avait compris la raison. Sa poitrine s'étoffait. Ses seins commençaient à ne plus former qu'un monticule au lieu de deux. Gardener pensa aux maniaques du culturisme.

« Pas vraiment. Une ou deux gorgées, et je me suis écroulé. Pas de gueule de bois ce matin. Et aucune piqûre de moustique, dit-il en levant ses bras brun foncé sur le dessus et d'un blanc étrangement vulnérable en dessous. En d'autres temps, je me serais réveillé tellement dévoré par les moustiques que je n'aurais pas pu ouvrir les yeux. Mais c'est fini, tout ça. Plus d'oiseaux non plus. En fait, Roberta, il semble que le vaisseau repousse tout sauf les cinglés comme nous.

— Tu as changé d'avis, Gard ?

— Est-ce que tu te rends compte que tu n'arrêtes pas de me poser la même question ?... Tu as entendu les nouvelles à la radio, hier ? » poursuivit-il en voyant qu'elle ne répondait pas.

Bien sûr que non. Bobbi ne voyait ni n'entendait plus rien, ne pensait plus à rien qui ne soit en rapport avec le vaisseau. Il ne fut pas surpris qu'elle hoche la tête.

« Des troupes se massent en Libye. On se bat encore au Liban. L'armée américaine manœuvre. Les Russes font de plus en plus de foin avec la Guerre des Étoiles. On est toujours assis sur une poudrière. Ça n'a pas changé du tout depuis 1945. Et puis tu découvres un *deus ex machina* dans ta cour, et maintenant tu veux sans arrêt savoir si j'ai changé d'avis sur son utilisation.

— *As-tu* changé d'avis ?

— Non », dit Gard, qui ne savait pas vraiment s'il mentait ou non, mais restait *très* content que Bobbi ne puisse lire dans ses pensées.

Elle ne le peut pas ? Je crois que si. Pas beaucoup, mais plus qu'il y a un mois... de plus en plus chaque jour. Parce que maintenant tu « évolues », toi aussi. Est-ce que tu as changé d'avis ? Quelle blague : tu n'es même pas capable d'avoir un avis !

Bobbi se désintéressa du problème, apparemment du moins. Elle se tourna vers le tas d'outils rassemblés au coin du porche. Elle avait oublié une plaque de peau juste sous son oreille droite, remarqua Gardener — à l'endroit même que beaucoup d'hommes oublient quand ils se rasent. Gard comprit avec un sentiment de malaise qu'il pouvait voir à travers Bobbi : sa peau avait changé, elle était devenue une sorte de gelée transparente. Bobbi s'était épaissie et avait rapetissé, ces derniers jours. Et les changements s'accéléraient.

Mon Dieu, se dit-il horrifié mais avec une ironie amère, *est-ce que c'est ce qui arrive quand on se transforme en Tommyknocker ? On commence à ressembler à quelqu'un qui s'est trouvé pris dans un gros bordel de catastrophe atomique ?*

Bobbi, qui était penchée sur les outils et les ramassait pour les emporter dans ses bras, se tourna rapidement pour regarder Gardener d'un air circonspect.

« Quoi ?

— *J'ai dit : Allons-y, flemmarde !* émit clairement Gardener, et l'expression intriguée et inquiète du visage de Bobbi se transforma en un sourire réticent.

— D'accord. Alors aide-moi à porter ça. »

Non, naturellement, les victimes de rayons gamma ne devenaient pas transparentes comme Claude Rains dans *L'Homme invisible.* Elles ne se mettaient pas à rapetisser tandis que leur corps se tordait et s'épaississait. Mais, oui, elles pouvaient perdre leurs dents, leurs cheveux pouvaient tomber — en d'autres termes, on constatait une sorte d' « évolution » physique dans les deux cas.

Il pensa encore une fois : *Je vous présente le nouveau patron. Pareil que l'ancien.*

Bobbi s'était remise à scruter son visage.

Je suis en train de perdre ma marge de manœuvre. Je la perds très vite...

« *Qu'est-ce* que tu as dit, Gard ?

— J'ai dit : " Allons-y, patron. "

— Ouais, dit Bobbi au bout d'un long moment. La lumière du jour ne durera pas éternellement. »

3

Ils prirent le Tomcat pour gagner les fouilles. Il ne volait pas comme la bicyclette du petit garçon dans *E.T. ;* jamais le tracteur de Bobbi ne pourrait s'élever spectaculairement devant la lune, à des dizaines de mètres au-dessus des toits. Mais il évoluait silencieusement à cinquante centimètres du sol, ce qui était très pratique. Ses larges roues tournaient lentement, comme des hélices sur le point de s'arrêter. Cela rendait le trajet beaucoup plus agréable. Gard conduisait, Bobbi debout derrière lui sur le marchepied.

« Ta sœur est partie ? demanda Gard sans avoir besoin de crier tant le moteur du Tomcat ronronnait discrètement.

— Oui, dit Bobbi. Elle est partie. »

Tu n'es toujours pas capable de mentir, Bobbi. Et je crois — je crois vraiment — que je l'ai entendue crier. Juste avant de m'engager sur le chemin forestier, je crois que je l'ai entendue crier. Qu'est-ce qu'il faut pour qu'une prétentieuse, une pure salope, une castratrice comme Sœurette pousse un tel cri ? Jusqu'où faut-il aller ?

Il était facile de répondre à ça : il fallait aller très loin.

« Elle n'a jamais été du genre à savoir s'éclipser avec grâce, dit Bobbi. Ni à laisser aux autres une chance de se montrer gracieux, si elle pouvait l'éviter. Elle était venue pour me ramener à la maison, tu sais... fais attention à cette souche, Gard, elle est très haute. »

Gardener tira le levier du changement de vitesse jusqu'en haut. Le Tomcat s'éleva de quelques centimètres de plus, frôlant le sommet de la grosse souche. L'obstacle une fois passé, Gard relâcha le levier et le Tomcat redescendit, comme avant, à cinquante centimètres du sol.

« Oui, elle est arrivée sur ses grands chevaux, dit Bobbi, comme étonnée. A une époque, elle aurait pu m'embobiner. Mais maintenant, elle n'avait pas la moindre chance. »

Gardener eut un frisson. On pouvait interpréter cette remarque de bien des façons, non ?

« Je m'étonne tout de même qu'il ne t'ait fallu qu'une soirée pour la convaincre, dit Gardener. Je croyais qu'il n'y avait pas pire que Patricia McCardle, mais à côté de ta sœur, Patty ressemble à Annette Funicello.

— Il m'a suffi d'enlever un peu de fond de teint. Quand elle a vu ce qu'il y avait en dessous, elle a hurlé et elle est partie si vite qu'on aurait dit qu'elle avait des fusées sous les pieds. C'était très drôle. »

Plausible. Tellement plausible qu'il eut un mal fou à résister à la tentation de la croire. Sauf qu'il savait que la dame en question aurait été incapable d'aller *où que ce soit* sans aide. Elle pouvait à peine *marcher* sans aide.

Non, se dit Gardener. *Elle n'est jamais partie. Je me demande seulement si tu l'as tuée, ou si elle est dans ce foutu hangar avec Peter.*

« Combien de temps les modifications physiques vont-elles se poursuivre, Bobbi ? demanda Gardener.

— Elles seront bientôt terminées. »

Et Gardener se répéta que Bobbi n'avait jamais su mentir.

« On y est. Gare le Tomcat près de l'abri. »

4

Le soir, ils s'arrêtèrent tôt : la chaleur persistait et ni l'un ni l'autre ne se sentait capable de continuer jusqu'au crépuscule. Ils rentrèrent à la maison, promenèrent leur nourriture dans leur assiette, en mangèrent même un peu. La vaisselle lavée, Gardener dit qu'il allait se promener.

« Ah ? » dit Bobbi en le regardant avec cet air interrogateur et circonspect qui était devenu l'une de ses expressions favorites. Je pensais que tu avais pris assez d'exercice pour aujourd'hui.

— Le soleil est couché, dit Gard d'un ton détaché. Il fait plus frais. Pas de moustiques. Et..., ajouta-t-il en regardant Bobbi dans les yeux, si je m'installe sur le porche, je vais prendre une bouteille. Si je prends une bouteille, je vais me soûler. Si je vais me promener et que je reviens épuisé, peut-être que je me mettrai au lit sans boire, pour une fois. »

C'était vrai... mais une autre vérité se nichait à l'intérieur de la première, comme une poupée russe dans une autre. Gardener regarda Bobbi et attendit de voir si elle allait chercher à découvrir la seconde poupée.

Elle n'en fit rien.

« D'accord, dit-elle, mais tu sais que je me moque de ce que tu bois, Gard. Je suis ton amie, pas ta femme. »

C'est vrai, tu te moques de ce que je bois... Tu m'as même facilité les choses pour que je boive autant que je voulais. Parce que ça me neutralise.

Il longea la Route n° 9, passa devant chez Justin Hurd, et quand il déboucha sur la route de Nista, il tourna à gauche et accéléra le pas, ses bras se balançant avec insouciance. Ce dernier mois de travail l'avait plus endurci qu'il ne l'aurait cru. Il n'y avait pas si longtemps, au bout de trois kilomètres de marche, il n'aurait plus eu de souffle et ses jambes en caoutchouc auraient refusé de le porter.

L'atmosphère restait étrange. Pas le moindre engoulevent pour saluer le crépuscule ; pas un chien pour lui aboyer après ; presque toutes les maisons sans lumière ; pas une lueur instable et bleue de téléviseur à travers les quelques fenêtres allumées.

Peut-on encore s'intéresser aux rediffusions des feuilletons de Barney Miller *quand on est en train d' « évoluer »?* se dit Gardener.

Quand il arriva à la pancarte annonçant FIN DE LA ROUTE À 200 MÈTRES, il faisait presque complètement nuit, mais la lune montait, et le ciel était très clair. Au bout de la route, il alla jusqu'à la lourde chaîne tendue entre deux poteaux. On y avait suspendu un panneau, maintenant rouillé et qui avait visiblement servi de cible à des tireurs du dimanche, où on pouvait encore lire PASSAGE INTERDIT. Gard enjamba la chaîne et continua son chemin jusqu'à la gravière abandonnée. Sous la lumière de la lune, ses flancs envahis de mauvaises herbes avaient la blancheur de l'os. Le silence donna la chair de poule à Gardener.

Qu'est-ce qui l'avait amené ici? Sa propre « évolution », supposait-il, quelque chose qu'il avait lu dans l'esprit de Bobbi sans même s'en rendre compte. C'était sans doute ça, parce que ce qui l'avait amené ici était beaucoup plus fort qu'une simple envie.

A sa gauche, une épaisse plaie triangulaire se détachait dans la blancheur du gravier. Il y avait *là* une masse de gravier qu'on avait récemment déplacée. Gardener s'en approcha, accompagné du seul crissement de ses chaussures. Il creusa dans le gravier frais et ne trouva rien, se déplaça, creusa un autre trou, et ne trouva rien, se déplaça, creusa un troisième trou, et ne trouva rien...

Hé ! Une minute.

Ses doigts glissaient sur quelque chose de beaucoup plus lisse qu'une pierre. Il se pencha, entendit les battements de sa tête, mais ne vit rien. Il regretta de ne pas avoir emporté de lampe torche, mais cela aurait davantage encore éveillé les soupçons de Bobbi. Il élargit son trou, laissant les graviers dégringoler la pente.

Il avait dégagé un phare de voiture.

Gardener le regarda avec un curieux amusement macabre. *Alors c'est* ÇA *qu'on ressent quand on trouve quelque chose dans la terre*, se dit-il. *Quand on trouve un objet étrange. Sauf que je n'ai pas trébuché dessus, n'est-ce pas ? Je savais où chercher.*

Il creusa plus vite, remontant la pente et lançant les graviers entre ses jambes comme un chien cherche un os, ignorant sa tête qui battait toujours, ignorant ses mains qui commencèrent par s'égratigner, puis se coupèrent, et se mirent à saigner.

Il parvint à dégager la partie du capot de la Cutlass qui se trouvait juste au-dessus du phare droit, et continua le travail plus vite maintenant qu'il pouvait se mettre debout. Bobbi et ses copains ne s'étaient pas fatigués, pour cet enterrement. Gardener dégagea les graviers à pleines brassées, et finit par les expédier au loin à coups de pied. Les cailloux crissaient et grinçaient sur le métal. Gard avait la bouche sèche. Il remontait vers le pare-brise et, honnêtement, il ne savait pas ce qui valait mieux : voir quelque chose ou ne rien voir.

Ses doigts retrouvèrent une surface douce et lisse. Sans s'autoriser aucune interruption pour réfléchir — l'inquiétant silence du lieu aurait alors pu le décontenancer ; il risquait de s'enfuir —, il dégagea un morceau du pare-brise et regarda à l'intérieur, protégeant ses yeux des reflets de la lune.

Rien.

La Cutlass louée par Anne Anderson était vide.

Ils ont pu la mettre dans le coffre. En fait, tu n'as encore aucune certitude.

Et pourtant il avait l'impression que si. La logique lui disait que le corps d'Anne n'était pas dans le coffre. Pourquoi se seraient-ils donné cette peine ? Quiconque trouverait une voiture neuve enterrée dans une gravière abandonnée aurait des soupçons et fouillerait le coffre... ou alerterait la police qui s'en chargerait.

A Haven, tout le monde s'en moquerait. Ils ont pour l'instant des problèmes plus urgents que de déterrer une voiture dans une gravière. Et si quelqu'un du village la trouvait, jamais il n'appellerait la police. Ce serait attirer des étrangers, et personne ne voulait d'étrangers à Haven cet été-là, n'est-ce pas ? Jamais de la vie !

Donc, elle n'était pas dans le coffre. Simple logique. CQFD.

Peut-être que ceux qui ont fait ça n'avaient pas ta logique imparable, Gard.

Balivernes ! S'il pouvait envisager les choses sous trois angles différents, les Petits Génies de Haven les envisageaient sous *vingt-trois* angles différents. Rien ne leur échappait.

Gardener recula à genoux jusqu'au bord du capot et sauta par terre. Il se rendit compte que ses mains blessées le brûlaient. Il faudrait qu'il prenne de l'aspirine en rentrant, et qu'il essaie de cacher les dégâts à Bobbi demain matin — les gants de travail s'imposeraient. *Toute* la journée.

Anne n'était pas dans la voiture. Où était Anne ? Dans le hangar, naturellement. Dans le hangar. Gardener comprit soudain pourquoi il était venu là : non pas seulement pour confirmer une pensée qu'il avait piquée dans la tête de Bobbi (si c'était ce qu'il avait fait ; son subconscient pouvait simplement s'être fixé sur la gravière parce que c'était l'endroit le plus pratique pour se débarrasser rapidement d'une grosse voiture), mais parce qu'il avait dû s'assurer que c'était le hangar. Il en avait eu *besoin*. Parce qu'il avait une décision à prendre, et il savait maintenant que même le fait d'assister à la transformation de Bobbi en quelque chose d'inhumain n'était pas suffisant pour le contraindre à prendre cette décision. Il avait tellement besoin d'exhumer le vaisseau, de l'exhumer et de le remettre en service, tellement, tellement.

Avant qu'il puisse prendre une décision, il fallait qu'il voie ce qu'il y avait dans le hangar de Bobbi.

5

Sur le chemin du retour, il s'arrêta dans la lumière froide et luisante de la lune, frappé par une interrogation : Pourquoi s'étaient-ils donné la peine de cacher la voiture ? Parce que l'agence de location déclarerait sa disparition et que d'autres policiers viendraient à Haven ? Non. Les gens de Hertz ou d'Avis pouvaient très bien ne pas même *savoir* que la voiture manquait à l'appel avant des jours, et il faudrait plus longtemps encore avant que les flics n'établissent le rapprochement entre Anne et sa famille de Haven. Une semaine au moins, plutôt deux. Et Gardener se dit que d'ici là, Haven ne s'inquiéterait plus des interférences du monde extérieur, quoi qu'il arrive, une bonne fois pour toute.

Alors à qui voulaient-ils cacher la voiture ?

A toi, Gard. Ils l'ont cachée pour que tu ne la voies pas. Ils ne veulent toujours pas que tu saches de quoi ils sont capables pour se protéger. Ils ont caché la voiture, et Bobbi t'a dit qu'Anne était partie.

Il rentra en retournant son dangereux secret dans sa tête comme un joyau.

3.

LA TRAPPE

1

L'événement se produisit deux jours plus tard, alors que Haven somnolait, écrasé par le soleil brûlant d'août. Un temps de chien, bien que, naturellement, il n'y eût plus de chiens à Haven — sauf peut-être dans le hangar de Bobbi Anderson.

Gard et Bobbi se trouvaient au fond de la tranchée qui atteignait maintenant cinquante mètres de profondeur. La coque du vaisseau formait un des côtés de cette excavation, et l'autre côté, derrière le filet métallique qui le quadrillait, montrait une coupe du sol avec la terre, l'argile, le schiste, le granit et la roche aquifère spongieuse. Un géologue aurait adoré ça. Il étaient vêtus de jeans et de sweat-shirts. La chaleur était étouffante à la surface, mais au fond, il faisait presque froid. Gardener avait l'impression d'être un insecte s'agitant sur le flanc d'un distributeur d'eau fraîche. Il portait sur la tête un casque de chantier muni d'une lampe électrique fixée par un ruban adhésif argenté. Bobbi lui avait recommandé de n'utiliser la lampe que lorsque c'était indispensable : ils manquaient de piles. Il s'était bourré les oreilles de coton. Il utilisait un marteau piqueur pour briser les plus gros morceaux de roche. Bobbi en faisait autant à l'autre bout de la tranchée.

Gardener lui avait demandé ce matin-là pourquoi il fallait qu'ils creusent à la main.

« Je préférais les radios explosives, ma vieille Bobbi. Moins fatigant et moins douloureux pour ma cervelle, tu comprends ? »

Bobbi ne sourit pas. Il semblait qu'elle perdait son sens de l'humour au même rythme que ses cheveux.

« On est trop près, maintenant, dit-elle. Avec des explosifs, on pourrait endommager quelque chose d'important.

— La trappe ?

— La trappe. »

Gardener avait mal aux épaules, et la plaque dans sa tête le faisait aussi souffrir — c'était probablement psychique, puisque le métal lui-même ne pouvait provoquer de douleur, mais il en avait néanmoins l'*impression* quand il était là, en bas — et il espérait que Bobbi ne tarderait pas à donner le signal de la pause-déjeuner.

Il laissa le marteau piqueur grignoter son chemin en grognant vers le vaisseau, sans vraiment se soucier d'éviter la surface argentée mais terne. Il savait pourtant qu'il lui fallait veiller à ce que le fleuret du marteau ne frappe pas trop fort le métal s'il ne voulait pas qu'il rebondisse et lui arrache un pied. Le vaisseau se montrait aussi invulnérable aux brutales caresses du marteau piqueur qu'il l'avait été aux explosifs que Gard et ses « aides » avaient utilisés. Du moins ne risquaient-ils pas d'endommager leur bien.

Le marteau piqueur toucha la surface du vaisseau et soudain son bruit tonnant et régulier de mitraillette se transforma en cri suraigu. Gard crut voir de la fumée sortir du nuage vibrant à l'extrémité du fleuret. Il y eut un claquement. Quelque chose siffla au-dessus de sa tête. Tout était arrivé en moins d'une seconde. Il arrêta le marteau piqueur et constata que le bout du fleuret avait disparu. Il n'en restait qu'un moignon difforme.

Gardener se retourna et vit, enfoncé dans la roche, le morceau de métal qui lui avait frôlé la tête. Il avait tranché net une maille du filet argenté. Ce n'est qu'alors que Gard comprit à quoi il avait échappé, et que ses genoux décidèrent de se plier et de le jeter à terre.

Ça m'a raté d'un putain de cheveux ! Sainte Mère de Dieu !

Il essaya d'arracher le fleuret de la roche, et crut tout d'abord qu'il n'y parviendrait pas. Mais il le secoua de droite et de gauche, et le bout de métal se mit à bouger sous ses efforts. *C'est comme arracher une dent d'une gencive,* se dit-il, et un éclat de rire hystérique lui échappa.

Il libéra le bout du fleuret. Il avait le diamètre d'une balle de 45, peut-être un peu moins.

Soudain, Gard eut l'impression qu'il allait s'évanouir. Il posa un bras sur la pente couverte du filet métallique et y reposa sa tête. Il ferma les yeux et attendit que le monde parte, ou revienne. Il se rendit vaguement compte que Bobbi avait elle aussi arrêté son engin.

Le monde commençait à revenir... et Bobbi le secouait.

« Gard ? Gard, qu'est-ce qui ne va pas ? »

Il perçut une sincère inquiétude dans sa voix. En l'entendant, il ressentit une absurde envie de pleurer. C'est qu'il était très fatigué.

« J'ai failli être tué par un fleuret de marteau piqueur calibre 45 dans la tête, dit Gardener. Disons 357 Magnum, plutôt.

— Qu'est-ce que tu racontes ? »

Gardener lui tendit le fragment qu'il avait extrait de la paroi rocheuse. Bobbi le regarda et siffla :

« Doux Jésus !

— Je crois que Lui et moi venons de nous rater. C'est la deuxième fois que j'ai failli être tué dans ce trou à rats. La première, c'était quand ton ami Enders a presque oublié de me remonter alors que j'avais mis en place une des radios explosives.

— Ce n'est pas un de mes amis, dit Bobbi d'un air lointain. Je l'ai toujours trouvé complètement con... Gard, comment est-ce arrivé ? Qu'est-ce que tu as touché ?

— Un rocher, bien sûr ! Qu'est-ce qu'il y a d'autre à toucher, ici ?

— Est-ce que tu étais très près du vaisseau ? demanda Bobbi soudain très excitée, presque fiévreuse, même.

— Oui, mais j'ai déjà frôlé le vaisseau avec le fleuret. Il a seulement rebon... »

Mais Bobbi ne l'écoutait plus. A genoux contre le vaisseau, elle creusait les éboulis de ses doigts.

On aurait dit que ça fumait, se dit Gardener. *Ça..*

C'est là, Gard ! Enfin !

Il fut à côté d'elle avant de se rendre compte qu'elle n'avait pas parlé à haute voix. Gardener avait lu dans ses pensées.

2

Quelque chose est là, en effet, se dit Gardener.

En écartant le rocher que le marteau piqueur de Gardener avait effrité juste avant que le fleuret explose, Bobbi avait découvert, enfin, une ligne dans la coque lisse du vaisseau : une seule ligne sur toute cette immense surface unie. En la regardant, Gardener comprit l'excitation de Bobbi. Il tendit la main.

« Il vaut mieux ne pas y toucher, dit-elle brutalement. Souviens-toi de ce qui est déjà arrivé.

— Fiche-moi la paix », dit Gardener.

Il repoussa la main de Bobbi et toucha la rainure. Il entendit de la musique dans sa tête, mais une musique étouffée, et qui diminua rapidement. Il eut l'impression de sentir ses dents vibrer rapidement dans ses gencives, et se dit qu'il en perdrait d'autres pendant la nuit. Ça n'avait pas d'importance. Il voulait toucher ; il toucherait. C'était le moyen d'entrer ; jamais ils n'avaient été aussi près des Tommyknockers et de leur secret ; c'était le premier véritable signe que cette chose ridicule n'était pas d'un seul bloc — une idée qu'il avait *eue* : quelle blague cosmique *cela* aurait été ! Toucher la rainure, c'était comme toucher une matérialisation de la lumière des étoiles.

« C'est la trappe, dit Bobbi. Je *savais* qu'elle était là !

— Nous y sommes arrivés ! dit Gard en lui souriant.

— Ouais, nous y sommes arrivés ! Comme tu as bien fait de venir, Gard ! »

Bobbi le serra dans ses bras... et quand Gardener sentit les mouvements de méduse de sa poitrine et de son torse, une nausée monta en lui. La lumière des étoiles ? Les étoiles étaient peut-être en train de le toucher en ce moment même.

Il camoufla immédiatement cette pensée, et il crut y avoir réussi, que Bobbi n'en avait rien perçu.

Un pour moi, se dit-il.

« Quelle taille crois-tu qu'elle ait ?

— Je ne sais pas exactement. Je pense qu'on pourra la dégager aujourd'hui. Ce serait le mieux. Le temps commence à nous manquer, Gard.

— Que veux-tu dire ?

— L'air a changé, à Haven. C'est ça qui en est responsable, dit Bobbi en frappant la coque de la deuxième articulation de ses doigts, produisant un son de cloche étouffé.

— Je sais.

— Ça rend les gens malades quand ils arrivent. Tu as bien vu Anne.

— Oui.

— Elle était en partie protégée par ses dents plombées. Je sais que ça a l'air fou, mais c'est vrai. Ça ne l'a pas empêchée de partir très vite. »

Ah ? Vraiment ?

« S'il n'y avait que le fait que les gens sont empoisonnés par l'air quand ils viennent, ce serait déjà ennuyeux, mais *nous ne pouvons plus partir*, Gard.

— Nous...

— Non. Je crois que *toi* tu le pourrais. Tu te sentirais un peu mal pendant quelques jours, mais tu pourrais partir. Moi, ça me tuerait, et très vite. Autre chose : nous avons bénéficié d'une longue période de temps chaud et sans vent. Si le vent se lève et souffle suffisamment fort, il va entraîner notre micro-atmosphère vers l'océan Atlantique. Nous serons comme des poissons tropicaux quand quelqu'un débranche le chauffage de leur aquarium : nous mourrons.

— Le temps a changé le jour où tu es allée aux funérailles de cette femme, Bobbi, dit Gard en hochant la tête. Je m'en souviens. La brise avait nettoyé l'air. C'est pour ça que j'ai trouvé si étrange que tu aies attrapé une insolation après tant de jours chauds et humides.

— Les choses ont changé. L' " évolution " s'est accélérée. »

Est-ce qu'ils mourraient tous ? se demanda Gardener. *TOUS ?* Ou juste toi et tes amis particuliers, Bobbi ? Ceux qui ont besoin de mettre du fond de teint ?

« J'entends des doutes dans ta tête, Gard, dit Bobbi d'air air mi-exaspéré, mi-amusé.

— Ce dont je doute c'est que tout cela soit vraiment en train de se passer, dit Gardener. Et merde ! Allez ! Creuse ! »

3

Ils utilisèrent le marteau piqueur intact à tour de rôle. Tous les quarts d'heure, celui qui l'avait manié le passait à l'autre et déblayait les pierres brisées. Vers trois heures, cet après-midi-là, Gard avait dégagé une rainure circulaire d'environ deux mètres de diamètre, comme un passage obturé. Et là, enfin, se trouvait un symbole. Il le regarda émerveillé, et il fallut qu'il le touche. L'éclat de musique dans sa tête fut plus fort cette fois, comme une protestation agacée — une mise en garde agacée, peut-être, le prévenant de s'éloigner de cette chose avant que sa protection ne lui soit entièrement retirée. Mais il avait eu besoin de toucher, de recevoir une confirmation.

En passant les doigts sur le symbole d'aspect presque chinois, il se dit : *Une créature qui vivait sous la lueur d'un autre soleil a conçu cette marque. Que signifie-t-elle ? DÉFENSE DE PASSER ? NOUS SOMMES DES MESSAGERS DE PAIX ? Ou bien est-ce le symbole de la peste, une version extra-terrestre de VOUS QUI ENTREZ, ABANDONNEZ TOUTE ESPÉRANCE ?*

Le symbole était gravé comme en bas-relief dans le métal du vaisseau. Le simple fait de le toucher lui fit ressentir pour la première fois une terreur superstitieuse. Il aurait ri, six semaines plus tôt, si on lui avait dit qu'il se retrouverait un jour dans l'état d'esprit d'un homme des cavernes devant une éclipse de soleil, ou d'un paysan du Moyen Âge devant l'arrivée de la comète à laquelle Halley donnerait son nom des siècles plus tard.

Une créature qui vivait sous la lueur d'un autre soleil a conçu cette marque. Moi, James Éric Gardener, né à Portland, dans l'État du Maine, États-Unis d'Amérique, dans l'hémisphère nord de la Terre, je touche un symbole conçu et gravé par Dieu seul sait quelle sorte d'être au-delà de la distance noire des années-lumière. Mon Dieu, mon Dieu, je touche un esprit différent !

Bien sûr, il touchait des esprits différents depuis quelque temps maintenant, mais ce n'était pas la même chose... pas du tout la même chose.

Est-ce que nous allons vraiment entrer ? Il se rendit compte que son nez saignait à nouveau, mais même cela ne put le convaincre de retirer sa main du symbole ; il caressait infatigablement de la pulpe de ses doigts la surface douce et indéchiffrable.

Plus précisément, tu vas essayer *d'entrer. Le feras-tu, alors que tu sais que ça pourrait te tuer — que ça te tuera probablement ? Tu reçois un choc à chaque fois que tu touches cette chose ; qu'arrivera-t-il si tu es assez fou pour y entrer ? Elle enverra probablement des vibrations harmoniques dans ta foutue plaque métallique et ta tête explosera comme un bâton de dynamite dans une courge pourrie.*

Tu te préoccupes terriblement de ta santé, pour un homme qui allait se suicider il n'y a pas si longtemps que ça, tu ne trouves pas, vieux frère ? se dit-il en souriant involontairement. Il retira ses doigts du symbole gravé, les agitant instinctivement pour se débarrasser des fourmillements. *Vas-y, va jusqu'au bout. Qu'est-ce que tu en as à foutre ? Si tu dois partir de toute façon, te faire vibrer le cerveau à mort dans une soucoupe volante, c'est plus exotique que beaucoup d'autres moyens.*

Gard rit franchement. Cela produisit un son étrange au pied de cette profonde entaille dans le sol.

« Qu'est-ce qu'il y a de drôle ? demanda calmement Bobbi. Qu'est-ce qu'il y a de drôle, Gard ?

— Tout, répondit Gard en riant plus fort. C'est... autre chose. Je crois que j'ai le choix entre rire et devenir fou, tu piges ? »

Bobbi le regarda, ne pigeant pas, à l'évidence. Et Gardener se dit : *Bien sûr, qu'elle ne pige pas. Bobbi est engagée dans l'autre voie. Elle ne peut pas rire, parce qu'elle est devenue folle.*

Gardener rugit jusqu'à ce que des larmes coulent sur ses joues, et certaines étaient rouges de sang, mais il ne le remarqua pas. Bobbi, si. Mais Bobbi ne prit pas la peine de le lui dire.

4

Dégager entièrement la trappe leur prit deux heures de plus. Quand ils eurent terminé, Bobbi tendit dans la direction de Gardener une main sale, bien qu'encore recouverte par endroits de fond de teint.

« Quoi ? demanda Gardener en la serrant.

— Ça y est, dit Bobbi. Nous avons terminé les fouilles. C'est fini, Gard

— Ah, ouais ?

— Ouais. Demain, on entre, Gard. »

Gard la regarda sans rien dire. Il avait la bouche sèche.

« Oui, continua Bobbi en hochant la tête comme si Gard lui avait posé une question. Demain, on y entre. J'ai parfois l'impression que j'ai commencé tout ça il y a un million d'années. Parfois, j'ai l'impression que c'était hier. J'ai trébuché dessus, et je l'ai vu, et je l'ai touché, et j'ai soufflé pour enlever la poussière. C'était le début. Un doigt traîné dans la terre. Et maintenant, c'est la fin.

— Au début, ce n'était pas la même Bobbi.

— Oui », répondit Bobbi d'un ton méditatif.

Elle leva les yeux et Gard y vit une lueur d'humour.

« C'était aussi un autre Gard.

— Ouais. Je crois que tu sais que ça va probablement me tuer, d'entrer là-dedans... mais je vais tout de même essayer.

— Ça ne te tuera pas.

— Non ?

— Non. Allez, partons d'ici. J'ai beaucoup de choses à faire. Je serai dans le hangar, cette nuit. »

Elle pressa le bouton de commande du treuil, maintenant motorisé.

Gardener scruta intensément Bobbi, mais Bobbi regardait vers le haut, où le treuil se mettait à ronronner, prêt à les hisser.

« J'ai construit des choses, là-bas, dit Bobbi d'une voix rêveuse. Avec quelques autres. Nous nous sommes préparés en vue de ce qui nous attend demain.

— Ils vont te rejoindre cette nuit, dit Gardener sur un ton qui n'avait rien d'interrogateur.

— Oui. Mais d'abord, il faut que je les amène ici, pour qu'ils voient la trappe. Ils... ils ont aussi beaucoup attendu ce jour, Gard.

— Je n'en doute pas.

— Qu'est-ce que tu veux dire, Gard ? demanda Bobbi en se retournant pour le scruter du regard.

— Rien. Rien du tout. »

Leurs yeux se croisèrent. Gardener la sentait très clairement penser, maintenant. Elle travaillait sur son cerveau, tentait d'y pénétrer, et il eut à nouveau la sensation que ce qu'il savait en secret et les doutes qu'il éprouvait en secret tournaient et retournaient dans son cerveau comme une dangereuse pierre précieuse.

Il pensa délibérément :
Sors de ma tête Bobbi, tu n'y es pas la bienvenue.
Bobbi se tassa sur elle-même comme si elle venait de recevoir une gifle, mais il vit également un nuage de honte sur son visage, comme si Gard l'avait surprise en train de regarder par un trou de serrure. Il lui restait donc quelques traces d'humanité, et c'était réconfortant.

« Fais-les venir, je t'en prie, dit Gard. Mais quand on ouvrira, Bobbi, il n'y aura que toi et moi. Nous avons déterré cette saloperie, et nous y entrerons les premiers. D'accord ?

— Oui. Nous y entrerons les premiers. Nous deux. Ni fanfare, ni majorettes.

— Ni la police de Dallas.

— Elle non plus, dit Bobbi avec un petit sourire en saisissant la corde. Tu veux monter le premier ?

— Non, vas-y. On dirait que tu as un emploi du temps de ministre, pour les heures qui viennent.

— C'est vrai, dit Bobbi en s'installant avant de presser un second bouton et de s'élever du sol. Merci encore, Gard.

— De rien, dit Gardener en levant la tête pour suivre l'ascension de Bobbi.

— Et tu te sentiras mieux quand... »

Quand tu « évolueras », quand tu auras terminé ton « évolution ».
Bobbi montait, montait, disparaissait.

4.

LE HANGAR

1

On était le 14 août. Un rapide calcul montra à Gardener qu'il était avec Bobbi depuis quarante et un jours — presque exactement une de ces périodes de confusion ou de temps aboli dont parle la Bible : « Il erra dans le désert pendant quarante jours et quarante nuits. » Cela lui avait paru plus long. Il avait l'impression que c'était toute sa vie.

Bobbi et lui avaient à peine touché à la pizza congelée que Gardener avait fait réchauffer pour leur dîner.

« Je crois que j'ai envie d'une bière, dit Bobbi en s'approchant du frigo. Et toi, Gard ? Tu en veux une ?

— Je vais m'abstenir, merci. »

Bobbi leva les sourcils mais ne dit rien. Elle prit sa bière, sortit sur le porche, et Gardener entendit son vieux fauteuil à bascule émettre un craquement satisfait quand elle s'y installa. Au bout d'un moment, il se fit couler un verre d'eau et sortit pour s'asseoir près de Bobbi. Ils restèrent là un long moment sans se parler, regardant le calme brumeux de ce début de soirée.

« Ça fait longtemps, toi et moi, Bobbi, dit-il.

— Oui. Longtemps. Et c'est une curieuse fin.

— Est-ce que c'est ça ? demanda Gardener en se tournant dans son fauteuil pour dévisager Bobbi. La fin ? »

Bobbi haussa les épaules. Elle détourna les yeux.

« Oh, tu sais... la fin d'une phase. Ça te plaît mieux, comme ça ?

— Si c'est *le mot juste*, alors ce n'est pas seulement mieux, pas seulement le meilleur *mot*, mais le seul qui compte. Est-ce que ce n'est pas ce que je t'ai enseigné ?

— Ouais, c'est ça, dit Bobbi en riant. Lors de ton premier foutu cours. Chiens fous, Anglais... et *professeurs* d'anglais.

— Ouais.

— Ouais. »

Bobbi but une gorgée de bière et regarda de nouveau dans la direction de la vieille route de Derry. Gardener se dit qu'elle était impatiente de les voir arriver. S'ils avaient tous deux dit tout ce qu'ils avaient à se dire après tant d'années, il souhaitait presque n'avoir jamais cédé à l'impulsion qui l'avait fait revenir, qu'elles qu'aient pu en être les raisons ou l'issue éventuelle. Une conclusion si faible à une relation qui en son temps avait embrassé l'amour, le sexe, l'amitié, les soucis et même la peur, une période de « détente » tendue qui semblait tout réduire — la douleur, la peine, les efforts — à une simple plaisanterie.

« Je t'ai toujours aimé, Gard, dit Bobbi d'un ton doux et songeur sans le regarder. Quoi qu'il arrive maintenant, souviens-toi que je t'aime encore. »

Cette fois, elle regarda Gardener, avec son visage qui semblait une étrange parodie de visage sous le fond de teint. C'était certainement une excentrique sans espoir qui par hasard ressemblait un peu à Bobbi.

« Et j'espère que tu te souviendras que je n'ai jamais demandé à trébucher sur ce foutu machin. Mon libre arbitre n'y est pour rien, comme l'a sûrement dit un petit futé .

— Mais tu as choisi de creuser. »

La voix de Gardener était aussi douce que celle de Bobbi, mais il sentit une nouvelle terreur s'insinuer dans son cœur. Est-ce que cette plaisanterie sur le libre arbitre était une excuse détournée pour son propre meurtre imminent ?

Arrête, Gard. Arrête de te battre contre des ombres.

Est-ce que la voiture enterrée au bout de la route de Nista est une ombre ? répliqua son esprit du tac au tac.

Bobbi rit doucement.

« Mon vieux, l'idée que déterrer ou non quelque chose comme ça puisse jamais *dépendre* d'un libre arbitre... tu pourrais le faire croire à un gosse, pendant un débat en classe, mais on est sur le porche, Gard. Tu ne crois pas vraiment que quiconque *choisit* de faire une chose pareille, n'est-ce pas ? Crois-tu que quiconque puisse renoncer à quelque connaissance que ce soit dès qu'il l'a entrevue ?

— J'ai lutté contre l'énergie nucléaire parce que je le croyais, oui, dit lentement Gardener.

— La société peut choisir de ne pas mettre en œuvre une idée, dit Bobbi en écartant cet exemple d'un revers de main. En fait, j'en doute, mais pour simplifier le raisonnement, on dira que c'est possible, mais les gens ordinaires ? Non, Gard. Je suis désolée. Quand des gens ordinaires voient quelque chose qui émerge du sol, il faut qu'ils creusent. Il faut qu'ils creusent, parce que ça pourrait être un trésor.

— Et tu n'as pas pensé une seconde qu'il pourrait y avoir des... »

Retombées fut le premier mot qui lui vint à l'esprit, mais il se dit que Bobbi ne l'aimerait pas.

« ... des conséquences ?

— Pas une seconde ! déclara Bobbi avec un grand sourire.

— Mais Peter n'aimait pas ça.

— Non. Peter n'aimait pas ça. Mais ça ne l'a pas tué, Gard. »

Je n'en doute pas.

« Peter est mort de mort naturelle. Il était *vieux*. Cette chose dans les bois est un vaisseau venu d'un autre monde, pas une boîte de Pandore, pas un pommier du paradis. Je n'ai entendu aucune voix venant du ciel qui chantait *Tu ne mangeras pas du vaisseau de la connaissance, car le jour où tu en mangerais, tu mourrais.*

— Mais *c'est* un vaisseau de la connaissance, non ? demanda Gard avec un petit sourire.

— Oui, je suppose. »

Bobbi regardait de nouveau vers la route, visiblement peu désireuse de poursuivre la conversation sur ce sujet.

« Quand doivent-ils venir ? » demanda Gardener.

Au lieu de répondre, Bobbi montra la route du menton. La Cadillac de Kyle Archinbourg arrivait, suivie de la vieille Ford d'Adley McKeen.

« Je crois que je vais rentrer et piquer un petit roupillon, dit Gardener en se levant.

— Si tu veux venir jusqu'au vaisseau avec nous, nous en serons ravis.

— Toi peut-être, mais eux ? demanda-t-il en montrant de son pouce retourné les voitures qui approchaient. Ils croient que je suis fou. Et ils ne peuvent pas me blairer parce qu'ils n'arrivent pas à lire mes pensées.

— Si je dis que tu viens, tu viens.

— Je crois que je vais m'abstenir, dit Gard en s'étirant. Je ne les aime pas non plus. Ils me rendent nerveux.

— Je suis désolée.

— Ne te donne pas cette peine. Mais... demain. Nous deux, Bobbi, d'accord ?

— D'accord.

— Salue-les pour moi. Et rappelle-leur que je vous ai aidés, plaque de métal dans la tête ou non.

— Je le ferai. Naturellement, je le ferai. »

Mais les yeux de Bobbi se dérobèrent à nouveau, et Gardener n'aima pas ça Il n'aima pas ça du tout.

2

Il pensait qu'ils iraient peut-être d'abord dans le hangar, mais ils n'en firent rien. Ils restèrent dehors un moment à bavarder — Bobbi, Frank, Newt, Dick Allison, Hazel, d'autres — et puis ils partirent en rangs serrés vers les bois. Maintenant, la lumière tournait au pourpre sombre, et ils tenaient presque tous une torche électrique.

En les regardant, Gard se dit que ce dernier moment véritablement passé avec Bobbi était reparti comme il était venu. Il ne lui restait plus à présent qu'à entrer dans le hangar et voir ce qu'il contenait. Il faudrait qu'il prenne une décision, une fois pour toutes.

Vit un œil reluquant à travers un nuage de fumée derrière la porte verte...

Il se leva et entra à temps pour les voir, de la fenêtre de la cuisine, traverser le jardin exubérant de Bobbi. Il les compta rapidement pour s'assurer qu'ils étaient tous là, puis se dirigea vers la cave. Bobbi y gardait un trousseau de clés.

Il ouvrit la porte et s'arrêta une dernière fois.

Est-ce que tu veux vraiment faire ça ?

Non. Non, il ne le voulait pas. Mais il avait l'*intention* de le faire. Et il découvrit que, plus que de la peur, il ressentait une grande solitude. Il n'y avait absolument personne vers qui il pouvait se tourner pour demander de l'aide. Il avait erré dans le désert avec Bobbi Anderson pendant quarante jours et quarante nuits, et maintenant il était seul dans le désert. Que Dieu lui vienne en aide !

Au diable, se dit-il. Comme l'avait prétendument dit un vieux sergent de la Première Guerre mondiale : « Allez, les gars, vous voulez donc vivre éternellement ? »

Gardener descendit l'escalier pour prendre le trousseau de clés de Bobbi.

3

Il était là, accroché à son clou, chaque clé portant une étiquette bien propre. L'ennui, c'était que la clé du hangar n'y était pas. Elle *avait* pourtant été là, il en était tout à fait sûr. Quand donc l'avait-il *vue* pour la dernière fois ? Gard essaya de s'en souvenir, mais n'y parvint pas. Bobbi prendrait-elle des précautions ? Peut-être.

Il resta planté dans le Nouvel Atelier Amélioré, la sueur perlant à son front et à ses couilles. Pas de clé. Formidable. Alors, qu'était-il censé faire ? Prendre la hache de Bobbi et imiter Jack Nicholson dans *Shining ?* Il s'y voyait. Smatch, cratch, bam : *voilàààààà GARDENER !* Sauf qu'il pourrait être difficile de cacher son forfait avant que les pèlerins ne reviennent de leur visite à la Trappe Sacrée.

Il resta planté dans l'atelier de Bobbi, sentant le temps filer, se sentant Vieux et Non Amélioré. Combien de temps allaient-ils rester là-bas ? Aucun moyen de le savoir. Aucun.

Bon. Où les gens mettent-ils des clés ? Toujours en se disant qu'elle ne faisait que prendre des précautions, et qu'elle n'essayait pas de les cacher.

Une idée lui traversa l'esprit avec une telle force qu'il s'en frappa le front. Ce n'était pas *Bobbi* qui avait pris la clé. Et personne n'avait essayé de la cacher. La clé avait disparu quand Bobbi était paraît-il à l'hôpital de Derry pour se remettre de son insolation. Il en était presque sûr, et ce que sa mémoire ne pouvait lui assurer, sa logique y pourvoyait.

Bobbi n'était pas allée à l'hôpital. Elle était dans le hangar. Est-ce que l'un des autres avait pris la clé pour s'occuper d'elle quand elle en avait besoin ? Est-ce qu'ils en avaient tous des doubles ? Pourquoi s'en faire ? Personne ne volait plus rien maintenant à Haven ; ils « évoluaient ». On ne fermait le hangar à clé que pour l'en écarter, *lui*. Alors ils pouvaient simplement...

Gardener se souvint de les avoir observés une fois où ils étaient venus, après le jour où « quelque chose » était arrivé à Bobbi... ce « quelque chose » qui avait été bien plus grave qu'un simple coup de chaleur.

Il ferma les yeux et revit la Cadillac KYLE-1. Ils en étaient sortis et...

... et Archinbourg s'était éloigné des autres quelques instants. Tu t'étais redressé sur un coude pour les regarder par la fenêtre et, à y repenser, tu t'étais dit qu'il avait dû passer derrière le hangar pour soulager sa vessie. Mais ce n'était pas ça. Il était passé derrière le bâtiment pour prendre la clé. Mais oui, c'est ce qu'il avait fait. Il était allé prendre la clé derrière le hangar.

Ce n'était pas grand-chose, mais ça suffisait pour qu'il se remette en mouvement. Il grimpa l'escalier de la cave quatre à quatre et se dirigea vers la porte, puis fit demi-tour. Dans la salle de bains se trouvait une vieille paire de lunettes de soleil Foster Grant, au-dessus de la pharmacie. Elle avait trouvé là sa place définitive, comme les objets courants ne le font que chez les célibataires (ainsi la boîte de fond de teint qui avait appartenu à la femme de Newt Berringer). Gardener prit les lunettes, souffla sur les verres pour les débarrasser de l'épaisse couche de poussière qui les recouvrait, les essuya soigneusement, plia les branches et les glissa dans sa poche de poitrine.

Il sortit et prit la direction du hangar.

4

Il s'arrêta devant la porte de planches et regarda en direction du sentier qui conduisait aux fouilles. Le crépuscule était suffisamment avancé pour que les bois, au-delà du jardin, ne constituent plus qu'une masse gris-bleu où l'on ne distinguait plus de détails. Il ne perçut aucun rayon vacillant provenant d'une lampe torche.

Mais ils pourraient revenir. A n'importe quel moment, ils pourraient revenir et te surprendre le doigt jusqu'au coude dans le pot de confiture.

Je crois qu'ils vont passer un bon moment là-bas à l'admirer. Ils ont des torches.

Mais tu n'en es pas sûr.

Non. Pas sûr.

Gard reporta son regard sur la porte. Il distinguait la lumière verte aux jointures des planches, et un bruit ténu et désagréable, comme une vieille machine à laver barattant des vêtements sales dans une mousse épaisse.

Non. Pas seulement une machine à laver. Toute une rangée, plutôt. Pas tout à fait synchronisée.

La lumière coordonnait ses pulsations avec les faibles bruits de déglutition.

Je ne veux pas entrer là-dedans.

Il y avait une odeur. Gardener reconnut là aussi un relent de savon, fade, avec une touche de rance. Du vieux savon. Du savon desséché.

Mais ce n'est pas une rangée de machines à laver. On dirait que ça vit. Ce ne sont pas des machines à écrire télépathiques là-dedans, pas non plus de Nouveaux Chauffe-eau Améliorés, c'est quelque chose de vivant, et je ne veux pas entrer.

Mais il allait le faire. Après tout, n'était-il pas revenu de chez les morts juste pour regarder dans le hangar de Bobbi et surprendre les Tommyknockers sur leurs drôles de petits bancs ? C'est ce qu'il croyait.

Gard fit le tour du hangar. Là, à un clou rouillé, sous le rebord du toit, pendait la clé. Il tendit une main tremblante et la prit. Il tenta d'avaler sa salive mais n'y parvint pas du premier coup. Il avait l'impression qu'on avait tapissé sa gorge de flanelle sèche et surchauffée.

Un verre. Juste un verre. Je vais retourner à la maison juste le temps d'en boire un petit. Ensuite, je serai prêt.

Parfait. Un projet formidable. Sauf qu'il n'allait pas le réaliser, et il le savait. L'étape de la bouteille était dépassée. L'étape des atermoiements aussi. Serrant la clé dans sa main humide, Gardener revint vers la porte. Il se dit : *Je ne voudrais pas entrer. Je ne sais même pas si je l'ose. Parce que j'ai trop peur...*

Arrête. Que cette étape soit dépassée, elle aussi. Ta Phase Tommyknockers.

Il guetta à nouveau, espérant presque voir un rayon de lampe torche sortir des bois, ou entendre des voix.

Tu ne peux rien entendre, puisqu'ils se parlent dans leurs têtes.

Pas de lumière. Pas de mouvements. Pas de criquets. Pas de chants d'oiseau. Il n'y avait que le son des machines à laver, le son amplifié de battements de cœurs qui auraient fui : *slisshh-slisshhh-slissshh...*

Gardener regarda les pulsations de la lumière verte qui se frayaient un chemin à travers les fentes des planches. Il prit les vieilles lunettes de soleil dans sa poche et les chaussa.

Il n'avait pas prié depuis bien longtemps, mais il le fit. Ce ne fut qu'une courte prière, mais une prière tout de même.

« Mon Dieu, je T'en supplie », dit Jim Gardener à la faible lumière du soir.

Et il introduisit la clé dans le cadenas.

5

Il s'était attendu à un éclat de musique dans sa tête, mais il n'y en eut pas. Jusqu'à ce moment, il ne s'était pas rendu compte que son estomac était serré, aspiré de l'intérieur, comme celui d'un homme qui s'attend à recevoir une décharge électrique.

Il se lécha les lèvres et tourna la clé.

Un petit bruit, à peine audible par-dessus les bruits d'eau en mouvement du hangar : *clic !*

Le cadenas s'ouvrit. Gardener tendit vers lui un bras qui pesait du plomb, le libéra, le referma et le plaça dans sa poche gauche avec la clé toujours engagée dans la serrure. Il avait l'impression de vivre un rêve. Et ce n'était pas un bon rêve.

L'air qu'on respirait là-dedans devait être correct — enfin, pas vraiment *correct*, puisque nulle part à Haven on ne respirait plus d'air correct. Mais c'était presque le même qu'à l'extérieur, se dit Gard, parce que le hangar était plein de fissures. S'il existait une pure biosphère Tommyknocker, elle ne pourrait se concentrer là-dedans. Du moins, il ne le *pensait* pas.

Il allait tout de même prendre le moins de risques possibles. Il emmagasina une grande bouffée d'air, la retint et se dit qu'il fallait qu'il compte ses pas : *Trois. Tu ne fais pas plus de trois pas. Au cas où. Tu regardes bien autour de toi. Très vite.*

Tu l'espères.

Oui, je l'espère.

Il jeta un dernier regard vers le chemin, ne vit rien, fit face au hangar et ouvrit la porte.

La lueur verte, dont les lunettes ne parvenaient pas à filtrer tout l'éclat, l'inonda comme une lumière solaire corrompue.

6

Au début, il ne distingua rien du tout. La lumière était trop vive. Il savait qu'elle avait été encore plus brillante à d'autres occasions, mais il n'en avait jamais été aussi proche. Proche ? Seigneur ! Il était *dedans*. Si on avait tenté de le trouver depuis la porte, on aurait à peine pu le voir.

Il plissa les yeux pour atténuer la fulgurante lumière verte et glissa d'un pas... d'un autre... puis d'un troisième. Il avait tendu les bras devant lui comme un aveugle. C'est ce qu'il était, merde ! Même ses lunettes le prouvaient.

Le bruit était plus fort. *Slissh-slissshh-slisshhh...* à gauche. Il se tourna dans cette direction mais n'avança pas plus loin, de peur de ce qu'il risquait de toucher.

Ses yeux commençaient maintenant à s'habituer. Il distingua des formes sombres dans le vert. Un banc... mais pas de Tommyknockers dessus ; on l'avait simplement repoussé contre le mur, pour laisser la voie libre. Et...

Mon Dieu, c'est une machine à laver ! C'en est vraiment une !

C'en était bien une, une vieille, avec le rouleau d'essorage au-dessus, mais ce n'était pas elle qui produisait ce son étrange. On l'avait aussi repoussée contre un mur. On était en train de la modifier ; quelqu'un y travaillait dans la meilleure tradition Tommyknocker, mais elle ne fonctionnait pas.

A côté se trouvait un aspirateur Electrolux... un ancien modèle traîneau qui se déplaçait tout près du sol, comme un basset mécanique. Une tronçonneuse montée sur roues. Des tas de détecteurs de fumée achetés chez Radio Shack, la plupart encore dans leur boîte d'origine. Un certain nombre de barils de kérosène, sur roues, eux aussi, avec des tuyaux qui en pendaient, et des trucs comme des bras...

Des bras, naturellement, des bras : ce sont des robots, de foutus robots en cours de fabrication, et aucun ne ressemble vraiment à la colombe de la paix, hein, Gard ? Et...

Slishh-slishh-slishhh.

Plus à gauche. Là se trouvait la source de la lumière.

Gard s'entendit émettre un drôle de son sifflant. L'air qu'il avait retenu s'échappait doucement de ses poumons, comme d'un ballon percé. Et toute force quittait ses jambes. Il tendit les bras en aveugle et une de ses mains trouva le banc, où il ne s'assit pas : il y tomba. Il était incapable de détacher les yeux du fond du hangar, à gauche, où Ev Hillman, Anne Anderson, et Peter, le bon vieux beagle de Bobbi, avaient en quelque sorte été suspendus à des piquets dans deux vieilles cabines de douche en acier galvanisé dont on avait retiré les portes Ils étaient suspendus là comme des bœufs écorchés à des crochets de boucher. Mais ils étaient vivants. Gard le sut... d'une certaine façon, ils étaient encore en vie.

Une grosse corde noire qui ressemblait à une ligne à haute tension, ou à un très gros câble coaxial, sortait du centre du front d'Anne Anderson. Le même genre de câble était branché dans l'œil droit du vieil homme. Et tout le sommet du crâne du chien avait été retiré : des dizaines de câbles semblables sortaient du cerveau dénudé et frémissant de Peter.

Les yeux de Peter, sans aucun signe de cataracte, se tournèrent vers Gard. Il gémit.

Seigneur... oh, mon Dieu... Oh, mon Dieu.

Il tenta de se lever de son banc, mais n'y arriva pas.

Il vit qu'on avait aussi retiré quelques portions de la boîte crânienne du vieil homme et d'Anne. Bien que privées de portes, les cabines de douche étaient néanmoins pleines d'un liquide transparent, retenu par le même procédé qui enfermait le petit soleil dans le chauffe-eau de Bobbi, se dit Gardener. S'il tentait de pénétrer dans l'une de ces cabines, il sentirait une résistance élastique. Très élastique... mais impénétrable.

Tu veux entrer ? moi, je ne pense qu'à sortir !

Puis son esprit revint à son idée précédente :

Seigneur... oh, mon Dieu... oh, mon Dieu, regarde-les...

Je ne veux pas les regarder.

Non. Mais il n'arrivait pas à en détacher les yeux.

Le liquide était transparent, mais vert émeraude. Il bougeait, ce qui produisait ce son grave, épais et savonneux. Malgré sa transparence, le liquide devait être vraiment très gluant, se dit Gardener. Il devait avoir la consistance d'un détergent liquide.

Comment peuvent-ils respirer là-dedans ? Comment peuvent-ils être en vie ? Peut-être ne le sont-ils plus ; ce n'est peut-être qu'à cause du mouvement du liquide qu'on croit qu'ils le sont. Ce n'est peut-être qu'une illusion, je vous en supplie Seigneur, faites que ce soit une illusion !

Peter... Tu l'as entendu gémir...

Non. C'est aussi une illusion. Rien de plus. Il est suspendu à un crochet dans une cabine de douche pleine de l'équivalent interstellaire d'un liquide à vaisselle, il ne pourrait gémir là-dedans, il n'en sortirait que des bulles de savon. La peur te fait divaguer. C'est tout, ce n'est qu'une petite visite du Roi de la Trouille.

Sauf que ce n'était pas que la peur, et il le savait. Tout comme il savait que ce n'était pas avec ses *oreilles* qu'il avait entendu Peter gémir.

Ce gémissement douloureux et impuissant était venu du même endroit que les éclats de radio : du centre de son cerveau.

Anne Anderson ouvrit les yeux.

Fais-moi sortir d'ici ! hurla-t-elle. *Fais-moi sortir d'ici. Je la laisserai tranquille. Je ne sens rien, sauf quand ils font mal, mal, maaaaal...*

Gardener essaya à nouveau de se lever. Il avait à peine conscience de produire un son. Il se dit que le son qu'il produisait était probablement très proche de celui d'une marmotte sur laquelle passe une voiture.

Le liquide verdâtre et mouvant donnait au visage de Sœurette une couleur cadavérique de fantôme nébuleux. Le bleu de ses yeux s'était décoloré. Sa langue flottait comme une algue marine charnue. Ses doigts, fripés et amaigris, dérivaient.

Je ne sens rien, sauf quand ils font maaaaalllll..., gémissait Anne, et il ne pouvait arrêter le son de sa voix, il ne pouvait enfoncer ses doigts dans ses oreilles pour ne plus l'entendre, parce que la voix venait de l'intérieur de sa tête.

Slisshhh-slishhh-slisshhh.

Les tubes de cuivre qui entraient au sommet des cabines de douche les faisaient ressembler au croisement comique d'une chambre de réanimation de Buck Rogers et de l'alambic clandestin de Li'l Abner.

La fourrure de Peter était tombée par plaques. Ses pattes arrière semblaient effondrées sur elle-mêmes et se mouvaient dans le liquide en longs battements paresseux, comme s'il s'enfuyait en rêve.

Quand ils font maaalll !

Le vieil homme ouvrit son œil unique.

Le gamin.

Cette pensée était parfaitement claire, incontestable. Gardener se surprit à y réagir.

Quel gamin ?

La réponse fut immédiate, étonnante un instant, puis indiscutable :

David. David Brown.

L'œil regardait Gardener, saphir d'un bleu persistant avec des reflets émeraude.

Sauvez le gamin.

Le gamin. David. David Brown. Est-ce qu'il avait une part à tout ça, ce garçon qu'ils avaient recherché pendant tant de journées épuisantes de chaleur ? Naturellement. Indirectement peut-être, mais tout de même.

Où est-il ? songea Gardener à l'intention du vieil homme qui flottait dans sa solution vert pâle.

Slishhh-slishhh-slishhh.

Altaïr-4, répondit faiblement le vieil homme. *David est sur Altaïr-4. Sauvez-le... et ensuite, tuez-nous. C'est... horrible. Vraiment horrible. On ne peut même pas mourir. Nous avons essayé. Nous avons tous essayé. Même*

(garcegarce)

elle. C'est l'enfer. Utilisez leur foutu transformateur pour sauver David. Et ensuite débranchez les prises. Coupez les fils. Brûlez cet endroit. Vous m'entendez ?

Pour la troisième fois, Gardener essaya de se lever et retomba sur le banc comme s'il n'avait pas d'os. Il s'aperçut que de gros câbles électriques jonchaient le sol, et cela lui rappela vaguement le groupe de rock qui l'avait pris en stop sur l'autoroute quand il revenait du New Hampshire. Il s'en étonna, puis comprit pourquoi : le sol ressemblait à une scène juste avant qu'un groupe de rock commence à jouer. Ou à un studio de télévision dans une grande ville. Les câbles ondulaient jusqu'à une énorme caisse pleine de circuits imprimés et de piles raccordés les uns aux autres. Il chercha un transformateur et n'en trouva pas. Il se dit alors : *Naturellement, idiot : les piles donnent déjà du courant continu.*

Des magnétophones à cassette avaient été reliés à un assemblage hétéroclite d'ordinateurs domestiques — des Atari, Apple II et Apple III, TRS-80, Commodore. Un mot clignotait sur le seul écran allumé :

PROGRAMME ?

Derrière les ordinateurs modifiés se trouvaient des plaques de circuits imprimés, des centaines de plaques. L'ensemble émettait un ronron somnolent, un son qui évoqua pour Gard...
(utilisez le transformateur)
celui d'un gros appareillage électrique.

Un flot de lumière verte sortait de la caisse et des ordinateurs placés sans ordre apparent à côté d'elle, mais cette lumière n'était pas constante, son intensité obéissait à un cycle. On ne pouvait ignorer la relation entre les pulsations de la lumière et les bruits du liquide sortant des cabines de douche.

C'est le centre, se dit Gard avec la faible excitation d'un invalide. *C'est l'annexe du vaisseau. Ils viennent dans le hangar pour utiliser ce fourbi. C'est tout ça, le transformateur, et ils en tirent leur énergie.*

Utilisez le transformateur pour sauver David.

Pourquoi ne pas me demander de piloter l'avion du président des États-Unis, tant que vous y êtes ? Demandez-moi quelque chose de facile, Grand-Père. Si je pouvais le faire revenir d'où il est en récitant un peu de Mark Twain — ou même d'Edgar Poe — je pourrais essayer. Mais ce truc ? On dirait une boutique d'électronique dévastée par une explosion.

Pourtant, ce gamin...

Quel âge a-t-il ? Quatre ans ? Cinq ?

Et, bon Dieu, où l'avaient-ils mis ? Le ciel, dans son infinité, constituait sans aucun doute la seule limite.

Sauvez le gamin... utilisez le transformateur.

Il n'avait, naturellement, pas même le temps d'admirer en détail tout ce bordel. Les autres allaient revenir. Pourtant, il fixait l'écran éclairé du regard intense d'un homme hypnotisé.

PROGRAMME ?

Et si je tapais Altaïr-4 *sur le clavier ?* se demanda-t-il, avant de constater qu'il n'y avait pas de clavier. Au même instant, les lettres changèrent sur l'écran :

ALTAÏR-4

pouvait-on lire maintenant.

Non ! cria son cerveau, comme s'il se sentait coupable d'une effraction. *Non, Seigneur, non !*

Les lettres s'inscrivirent :

NON SEIGNEUR NON

Transpirant, Gardener se dit : *Efface ! Efface !*

EFFACE EFFACE

Les lettres clignotèrent impertubablement. Gardener les contempla fixement, horrifié. Puis il lut :

PROGRAMME ?

Il fit un effort pour dissimuler ses pensées et tenta à nouveau de se mettre sur ses pieds. Cette fois, il y réussit. D'autres fils sortaient du transformateur. Ils étaient plus fins. Il y en avait... Il les compta. Oui. Il y en avait huit. Au bout, des écouteurs.

Des écouteurs. Freeman Moss. Le dompteur menant des éléphants mécaniques. Ici, il y avait beaucoup d'écouteurs. Curieusement, cela lui rappela le laboratoire de langues au lycée.

Est-ce qu'ils apprennent une langue étrangère, ici ?

Oui. Non. Ils apprennent à « évoluer ». La machine leur apprend à « évoluer ». Mais où sont les piles ? Je n'en vois aucune. Il devrait y en avoir dix ou douze grosses, dans ce truc. Juste une charge d'entretien à l'intérieur. Il devrait...

Stupéfait, il leva à nouveau les yeux vers les cabines de douche.

Il regarda les câbles coaxiaux sortant du front de la femme, de l'œil du vieil homme. Il regarda les pattes de Peter qui exécutaient ces grands pas de rêve, et se demanda comment Bobbi avait pu se mettre des poils de chien sur sa robe. Est-ce qu'elle avait exécuté sur la cabine de Peter l'équivalent d'une vidange interstellaire ? Est-ce qu'elle avait été étreinte par une simple émotion humaine ? De l'amour ? Des remords ? De la culpabilité ? Est-ce qu'elle avait serré son chien dans ses bras avant de remplir à nouveau la cabine de liquide ?

Ce sont eux, les piles. Des Delcos et des piles organiques, pourrait-on dire. Ils les pompent. Ils sucent leur énergie comme des vampires.

Une nouvelle émotion s'insinua dans sa peur, sa stupéfaction, sa répulsion : la fureur. Gardener en fut heureux.

Ils font maaall... maaall... maaaalll...

La voix d'Anne s'interrompit d'un coup. Le ronronnement monotone du transformateur changea de registre ; le cycle se fit plus grave. La lumière sortant de la caisse s'atténua un peu. Il se dit que Sœurette avait dû perdre conscience, ce qui avait diminué la production totale de la machine d'un nombre *n* de... de quoi ? de volts ? d'ampères ? de webers ? Qui aurait pu le dire ?

Mets fin à tout ça, mon garçon. Sauve mon petit-fils, et puis mets-y fin.

Pendant un instant, la voix du vieil homme emplit la tête de Gardener, la voix parfaitement claire d'un esprit parfaitement lucide. Puis elle se tut. L'œil du vieil homme se referma.

La lumière verte de la machine pâlit encore.

Ils se sont réveillés quand je suis entré, se dit Gardener fiévreusement. La colère lui martelait, lui burinait encore le cerveau. Il cracha une dent sans presque s'en rendre compte. *Même Peter s'est un peu réveillé. Maintenant, ils sont retournés à l'état dans lequel ils étaient... avant. Dormaient-ils ?* Non. Ils ne dormaient pas. C'était un état différent. Un état de mise en réserve de l'organisme.

Les piles rêvent-elles de moutons électriques ? se demanda-t-il. Il émit un rire heurté.

Il s'éloigna à reculons du transformateur,

(Qu'est-ce qu'il transforme exactement comment pourquoi ?)

s'éloigna des cabines de douche, des câbles. Ses yeux se tournèrent vers la rangée d'engins bizarres disposés contre le mur du fond. Le rouleau d'essorage de la machine à laver était surmonté d'un appendice qui ressemblait à une de ces antennes de télévision en forme de boomerang que l'on voit parfois sur le coffre arrière des grosses limousines. Derrière la machine à laver, à gauche, Gard aperçut une vieille machine à coudre à pédale, munie d'un entonnoir de verre monté sur sa roue d'entraînement. Des bidons de kérosène d'où sortaient des tuyaux et des bras d'acier... Un couteau de boucher était fixé à l'extrémité d'un de ces bras.

Seigneur, qu'est-ce que c'est que tout ça ? A quoi est-ce censé servir ?

Une voix murmura : *Peut-être est-ce pour se protéger, Gard. Au cas où la police de Dallas arriverait trop tôt. C'est la grande braderie annuelle de l'arsenal Tommyknocher ! Vieilles Machines à laver équipées d'une antenne radar en cellular, Nouveaux Aspirateurs Electrolux Améliorés, Tronçonneuses Antipersonnel sur Roues. Y a qu'à demander !*

Il sentit que sa raison chancelait. Ses yeux étaient inexorablement attirés vers Peter, Peter dont on avait pelé le crâne, Peter et son faisceau de fils branchés dans ce qui restait de sa tête. Son cerveau avait l'air d'un rôti de veau blanchâtre hérissé de sondes de température.

Peter et ses pattes courant en rêve dans le liquide, ses pattes fuyant en rêve.

Bobbi, se dit-il, désespéré et furieux, *comment as-tu pu faire ça à Peter ? Seigneur !* Anne et le vieil Ev Hillman étaient horribles à voir, mais Peter était pire, en quelque sorte. Il était le juron couronnant une obscénité. Peter, et ses pattes qui couraient, couraient toujours, comme s'il fuyait en rêve.

Des piles. Des piles vivantes.

Il heurta quelque chose en reculant. Cela rendit un bruit mat et métallique. Il se retourna et vit une autre cabine de douche, aux parois latérales semées de petites fleurs de rouille. On avait aussi enlevé sa porte, et percé des trous à l'arrière pour faire passer des fils électriques. Pour l'instant, ils pendaient, inutiles, mais déjà munis de grosses prises à leur extrémité.

C'est pour toi, Gard ! cria son cerveau. *Ces prises sont pour toi, comme la bière dans la publicité ! Ils vont retirer l'arrière de ta boîte crânienne, peut-être aussi tes centres moteurs pour que tu ne puisses plus bouger, et puis ils vont percer des trous, des trous pour brancher cette machine qui aspirera ton énergie. Ces prises sont pour toi, quoi que tu fasses... elles sont toutes prêtes. Elles t'attendent ! Ouah ! C'est gentil tout plein !*

Il attrapa ses pensées, qui s'enroulaient en une spirale hystérique, et leur imposa son contrôle. Non, cette cabine n'avait *pas* été conçue pour lui ; du moins, pas à l'origine. Elle avait déjà été utilisée. Il subsistait une légère odeur, fade et savonneuse, et des traînées de saloperie séchée sur les parois intérieures — dernières traces de ce liquide vert et visqueux. *On dirait la semence du magicien d'Oz,* se dit-il.

Est-ce que tu veux dire que Bobbi a mis sa sœur à flotter dans un grand réservoir de sperme ?

Un curieux ricanement lui échappa. Il porta le dos de sa main contre sa bouche, et pressa fort pour contenir cette espèce de hoquet.

Il baissa les yeux et vit une paire de chaussures à côté de la cabine de douche. Il en ramassa une, maculée de traces de sang séché.

Les chaussures de Bobbi. Sa seule paire de bonnes chaussures. Les chaussures « du dimanche ». Elle les portait en partant pour les funérailles de cette dame.

L'autre chaussure aussi était tachée de sang.

Gard regarda derrière la cabine de douche et y trouva le reste des vêtements que Bobbi portait ce jour-là.

Du sang, tant de sang !

Il ne voulait pas toucher le chemisier jeté sur la jolie jupe anthracite de Bobbi, mais en dessous, il ne distinguait que trop bien une forme. Il pinça le tissu aussi délicatement qu'il put entre l'ongle du pouce et celui de l'index.

Sous le chemisier se trouvait un revolver, le plus gros et le plus antique que Gardener ait jamais vu en dehors d'un livre sur l'histoire des armes de poing. Au bout d'un moment, il prit le revolver et fit basculer le barillet. Il y restait quatre balles. Deux avaient été tirées. Gardener aurait parié que l'une d'entre elles avait atteint Bobbi.

Il mit le barillet en place et glissa l'arme dans sa ceinture. Immédiatement, une voix s'éleva dans son cerveau. *T'as tiré sur ta femme, hein ?... tu t'es mis dans de beaux draps.*

Aucune importance. Le revolver pourrait lui servir.

Quand ils verront qu'il n'est plus là, c'est toi qu'ils viendront chercher, Gard. Je croyais que tu l'avais déjà compris.

Non, c'était un aspect de la question dont il pensait qu'il n'avait pas à se soucier. Ils auraient remarqué une modification des mots sur l'écran de l'ordinateur, mais personne n'avait touché à ces vêtements depuis que Bobbi les avait retirés (ou depuis qu'ils les lui avaient enlevés, ce qui était plus probable).

Quand ils entrent ici, ils doivent être trop excités pour se préoccuper du rangement, se dit-il. *C'est une bonne chose qu'il n'y ait pas de mouches.*

Il toucha à nouveau le revolver. Cette fois, la voix dans sa tête resta silencieuse. Elle avait peut-être décidé qu'ici, il n'y avait pas d'épouse dont il faille se soucier.

Si tu dois abattre Bobbi, est-ce que tu en seras capable ?

Il ne pouvait répondre à cette question.

Slishhh-slishhh-slishhh.

Depuis combien de temps Bobbi et ses amis étaient-ils partis ? Il ne le savait pas. Il n'en avait pas la moindre idée. Ici, le temps ne signifiait plus rien. Le vieil homme avait raison. C'était l'enfer. Et est-ce que Peter réagissait toujours aux caresses de son étrange maîtresse quand elle arrivait ?

Gardener sentait son estomac au bord de la révolte.

Il fallait qu'il sorte, qu'il sorte tout de suite. Il avait l'impression d'être un personnage de conte de fées, la femme de Barbe-Bleue dans la chambre secrète, Jacques fouillant dans le gros tas d'or du géant. Il était sur le point de trouver ce qu'il cherchait... Mais, comme gelé sur place, il tenait devant lui le chemisier de Bobbi maculé de sang. Pas « comme » : il *était* gelé.

Où est Bobbi ?

Elle a eu une insolation.

Drôle d'insolation, qui avait imbibé son chemisier de sang. Gardener avait gardé un intérêt morbide, maladif, pour les armes et les dommages qu'elles peuvent infliger au corps humain. Si Bobbi avait été atteinte en pleine poitrine par une balle du gros revolver glissé maintenant dans sa ceinture, il était sûr qu'elle n'aurait pas dû y survivre. Même si on l'avait emmenée immédiatement dans un service hospitalier spécialisé dans le traitement en urgence des blessures par balles, elle serait probablement morte.

Ils m'ont amenée ici quand j'étais en morceaux, mais les Tommyknockers m'ont très bien raccommodée.

Pas pour lui. La vieille cabine de douche n'était pas pour lui. Gardener avait l'impression qu'on l'écarterait du chemin d'une façon plus définitive. Cette cabine de douche avait servi pour Bobbi.

Ils l'avaient amenée ici, et... quoi?

Mais pour la raccorder aux piles, naturellement. Pas à Anne, puisqu'elle n'était pas encore là. Mais à Peter... et à Hillman.

Il laissa tomber le chemisier... puis se força à le ramasser et à le reposer sur la jupe. Il ne savait pas ce qu'ils pouvaient bien percevoir du monde réel quand ils entraient dans le hangar (sans doute pas grand-chose), mais il ne voulait pas courir de risques inutiles.

Il regarda les trous au dos de la cabine, les fils qui en pendaient, et les prises à leur extrémité.

La lumière verte avait à nouveau augmenté d'intensité, et son cycle s'accélérait. Il se retourna. Anne avait rouvert les yeux. Ses cheveux courts flottaient autour de sa tête. Il percevait encore cette haine infinie dans ses yeux, mêlée cette fois d'horreur et d'une étrangeté croissante.

Maintenant, elle émettait des bulles.

Elles s'échappaient mollement de sa bouche dans le liquide épais.

Une pensée explosa à grand fracas dans la tête de Gard.

Elle criait.

Il s'enfuit.

7

La véritable terreur est, de toutes les émotions, la plus débilitante physiquement. Elle sape les glandes endocrines, rejette dans le sang les drogues organiques qui font se contracter les muscles, accélère le cœur, épuise l'esprit. Jim Gardener sortit en titubant du hangar de Bobbi Anderson, les jambes en coton, les yeux exorbités, la bouche stupidement béante (la langue pendant sur un côté comme un morceau de chair morte), les intestins brûlants et distendus, l'estomac noué par une crampe.

Il lui était difficile de repousser les images puissantes et crues qui bégayaient dans son cerveau comme un néon qui va flancher : ces corps suspendus à des crochets comme des insectes empalés sur des épingles par des enfants cruels et oisifs ; Peter agitant indéfiniment ses pattes ; le chemisier sanglant percé d'une balle ; les prises ; la vieille machine à laver surmontée de son antenne boomerang. Et la plus forte de ces images : l'épais et bref chapelet de bulles montant de la bouche d'Anne Anderson tandis qu'elle criait dans le cerveau de Gard.

Il entra dans la maison, se précipita à la salle de bains et s'agenouilla devant la cuvette des toilettes... mais il ne pouvait vomir. Il *voulait* vomir. Il pensa à des hot-dogs grouillants de vers, à des pizzas moisies, à de la limonade rose avec des cheveux flottant à la surface. Il finit par s'enfoncer deux doigts dans la gorge, ce qui déclencha quand même un haut-le-cœur, mais rien de plus. Il ne pouvait s'en débarrasser aussi facilement...

Si je n'y arrive pas, je vais devenir fou.

Parfait, deviens fou, s'il le faut. Mais d'abord, fais ce que tu as à faire. Ressaisis-toi le temps nécessaire. Au fait, Gard, est-ce que tu as encore des questions à poser sur ce que tu dois faire ?

Non, il n'en avait plus. Les pattes mouvantes de Peter l'avaient convaincu. Le chapelet de bulles l'avait convaincu. Il se demandait comment il avait pu hésiter si longtemps à affronter une puissance qui, à l'évidence, corrompait tout, nourcissait tout.

C'est parce que tu étais fou, se répondit-il à lui-même. Il hocha la tête. C'était ça. Il n'avait pas besoin de davantage d'explications. Il avait été fou — et pas seulement ce dernier mois. Il s'était réveillé bien tard, oh oui ! bien tard ; mais mieux vaut tard que jamais.

Le bruit. *Slishh-Slishhh-Slissshh.*

L'odeur. Une fade odeur de viande. Une odeur que son esprit, insistant, associait avec du veau cru se mortifiant lentement dans du lait.

Son estomac réagit. Un renvoi acide et brûlant envahi sa gorge. Gardener gémit.

L'idée — cette lueur — lui revint, et il s'y accrocha. Il serait peut-être possible, soit de tout étouffer dans l'œuf... soit du moins d'en contrôler le développement pendant très très longtemps. Peut-être.

Il faut que tu laisses le monde se damner à sa façon, Gard, qu'on soit à deux minutes de minuit ou non.

Il songea à Ted, l'Homme de l'Énergie, aux folles organisations militaires qui s'échangeaient des armes de plus en plus sophistiquées, et à cette partie de son cerveau irritée, primitive, obsessionnelle, qui tentait de hurler une dernière fois à la raison.

Ta gueule, lui dit Gardener.

Il gagna la chambre d'amis et retira sa chemise. En regardant par la fenêtre, il vit des étincelles de lumière sortant des bois. La nuit était sombre. Ils revenaient. Ils allaient entrer dans le hangar et peut-être s'offrir une petite séance. Une réunion de cerveaux autour des cabines de douche. Une fraternisation à la lueur douillette de cerveaux violés.

Amusez-vous bien, se dit Gardener. Il plaça le 45 sous son matelas, au pied du lit, puis déboucla sa ceinture. *C'est peut-être la dernière fois, alors...*

Il regarda son pantalon. Un arc de métal sortait de la poche. Le cadenas, naturellement. Le cadenas de la porte du hangar.

8

Pendant un moment qui probablement lui sembla beaucoup plus long qu'il ne le fut effectivement, Gardener resta incapable de bouger. Cette sensation de terreur irréelle, de terreur de conte de fées, se réintroduisit dans son cœur fatigué. En regardant ces lumières progresser inéluctablement le long du chemin, il se trouvait réduit à l'état de spectateur horrifié. Bientôt, ils atteindraient le jardin frappé de gigantisme. Ils le traverseraient en diagonale. Ils passeraient la porte de la cour. Ils atteindraient le hangar. Ils verraient que le verrou manquait. Puis ils viendraient dans la maison et, soit ils tueraient Jim Gardener, soit ils enverraient ses atomes désincarnés sur Altaïr-4 — où qu'Altaïr 4 puisse se trouver.

Sa première pensée cohérente fut un simple hurlement de panique au plus fort de sa voix : *Cours ! Va-t'en de là !*

Sa seconde pensée fut un retour tremblant à la surface de sa raison. *Dissimule tes pensées. Il n'a jamais été plus indispensable de les dissimuler.*

Il était planté là, torse nu — son jean déboutonné, la braguette ouverte, godaillait autour de ses hanches — et le regard fixé sur le cadenas dans sa poche.

File là-bas immédiatement et remets-le en place. TOUT DE SUITE !

Non... pas le temps... Seigneur ! Je n'ai pas le temps. Ils sont dans le jardin.

Peut-être. Peut-être qu'il y a juste le temps si tu cesses de jouer à pile ou face et que tu te remues !

Il sortit de sa paralysie par un énorme effort de volonté, extirpa de sa poche le cadenas toujours muni de sa clé et courut aussi vite qu'il le put tout en remontant la fermeture à glissière de sa braguette. Il se glissa par la porte de derrière, s'arrêta juste le temps de voir les deux dernières lampes torches s'introduire dans le jardin et disparaître, et courut au hangar.

Faiblement, vaguement, il entendait leurs voix dans son esprit — des voix pleines de crainte, d'émerveillement, de jubilation.

Il se ferma à elles.

Un éventail de lumière verte s'épanouissait depuis la porte restée entrouverte.

Bon Dieu, Gard, comment as-tu pu être aussi stupide ! rageait son esprit. Mais il connaissait la réponse. On n'avait pas de mal à oublier des choses aussi terre à terre que de fermer une porte quand on avait vu des gens suspendus à des crochets, des câbles coaxiaux sortant de leur tête.

Il les entendait maintenant dans le jardin — il entendait le frottement des épis de maïs géants et inutiles.

Alors qu'il tâtait le moraillon, il se souvint qu'il avait fermé le cadenas avant de le glisser dans sa poche. Sa main sursauta à cette pensée, à tel point qu'il fit tomber ce foutu truc. Il tâta le sol. Il le cherchait, mais ne voyait rien.

Si... il était là, juste à côté du triangle palpitant de lumière verte. Le cadenas était là, oui, mais il ne portait plus sa clé : elle s'était échappée quand le cadenas avait heurté le sol.

Oh, mon Dieu, mon Dieu, mon Dieu sanglota le cerveau de Gard. Son corps était maintenant couvert de sueur. Ses cheveux pendaient dans ses yeux. Il se dit qu'il devait dégager une odeur de vieux singe galeux.

Le frottement des feuilles de maïs s'amplifiait. Quelqu'un rit doucement, mais la proximité de ce rire causa un choc à Gard. Dans quelques secondes ils sortiraient du jardin, et Gard sentait ces secondes lui marteler la tête. Il s'agenouilla, ramassa le cadenas et balaya le sol de sa main pour trouver la clé.

Saloperie, où es-tu? Saloperie, où es-tu? saloperie, où *es-tu?*

Même maintenant, malgré la panique, il avait tendu un écran autour de ses pensées. Est-ce que ça marchait? Il ne le savait pas. Et s'il n'arrivait pas à trouver la clé, cela n'aurait plus beaucoup d'importance, hein?

Saloperie, où es-tu?

Il entrevit la lueur terne d'un objet argenté près de l'endroit où sa main caressait le sol. La clé était tombée beaucoup plus loin qu'il ne l'aurait cru. Ce n'était que par chance qu'il l'avait vue... comme Bobbi lorsqu'elle avait trébuché sur le petit rebord de métal émergeant du sol, deux mois plus tôt.

Gardener saisit la clé et sauta sur ses pieds. Le côté de la maison le cacherait à leur vue quelques instants encore, mais il ne pouvait compter sur beaucoup plus. Le moindre faux mouvement le condamnerait, et il ne disposait peut-être même plus d'assez de temps pour accomplir chacune des banales petites opérations nécessaires au cadenassage correct d'une porte.

· *Le destin du monde dépend maintenant du fait qu'un homme pourra ou non cadenasser une porte du premier coup,* songea-t-il comme dans un brouillard. *La vie moderne est un tel défi!*

Pendant un moment, il crut qu'il n'arriverait même pas à introduire la clé dans le cadenas. Elle tapotait tout autour du trou sans jamais y pénétrer, prisonnière des mains tremblantes de Gardener. Puis, quand il crut que tout était perdu, elle entra. Il la tourna. Le cadenas s'ouvrit. Il ferma la porte, engagea l'arceau du cadenas dans le moraillon et le referma. Il retira la clé et la serra dans sa main trempée de sueur. Il contourna le hangar comme une goutte d'huile glissant sur une vitre. A ce moment précis, les hommes et les femmes qui étaient allés voir le vaisseau pénétrèrent dans la cour, en file indienne.

Gardener leva le bras pour accrocher la clé au clou où il l'avait trouvée. Pendant un instant cauchemardesque, il crut qu'il allait à nouveau la faire tomber, et qu'il devrait à nouveau la chercher dans les herbes folles. Quand il l'eut accrochée au clou, il laissa échapper son souffle en un soupir tremblotant.

Il aurait voulu ne pas bouger, rester là, comme gelé. Mais il décida qu'il valait mieux ne pas courir ce risque. Après tout, il ne *savait* pas si Bobbi avait sa clé.

Il continua de glisser le long du hangar. Sa cheville heurta le manche d'une herse qu'on avait laissée rouiller dans les mauvaises herbes, et il dut serrer les dents pour ne pas crier de douleur. Il contourna le coin du bâtiment. Il se trouvait maintenant derrière le hangar.

Le bruit savonneux était incroyablement fort.

Je suis juste derrière ces bon Dieu de douches, se dit-il. *Ils flottent à quelques centimètres de moi... quelques centimètres.*

Des herbes que l'on foule. Un tout petit frottement de métal. Gardener eut à la fois envie de rire et de pousser un cri strident. Ils *n'avaient pas* la clé de Bobbi. Quelqu'un venait de contourner le hangar et de prendre la clé que Gardener n'avait raccrochée que quelques secondes plus tôt. C'était probablement Bobbi elle-même.

Elle gardait encore la chaleur de ma main, Bobbi, as-tu remarqué ?

Il resta derrière le hangar, serré contre la cloison de bois brut, les bras légèrement écartés, les épaules appliquées contre les planches.

As-tu remarqué ? Est-ce que tu m'entends ? Est-ce que l'un de vous m'entend ? Est-ce que quelqu'un — Allison ou Archinbourg, ou Berringer — va soudain passer sa tête au coin du hangar et crier « Coucou, Gard, je t'ai vu » ? Est-ce que mon bouclier me protège encore ?

Il ne bougea pas et attendit qu'ils viennent se saisir de lui.

Personne ne vint. Par une nuit d'été ordinaire, il n'aurait probablement pas pu entendre le cliquetis du cadenas quand ils ouvrirent la porte : le bruit métallique aurait été masqué par le puissant *cri-cri-cri-cri* des criquets. Mais maintenant, il n'y avait plus de criquets. Il les entendit ôter le cadenas de la porte ; il entendit les charnières grincer quand ils ouvrirent ; il entendit les charnières grincer quand ils refermèrent. Ils étaient à l'intérieur.

Presque instantanément, les pulsations de lumière filtrant entre les planches s'accélérèrent et gagnèrent en intensité, et son cerveau fut déchiré par un cri d'agonie :

Maal ! Ça fait maaaalll...

Il s'éloigna du hangar et rentra dans la maison.

9

Il resta un long moment allongé sans dormir, attendant qu'ils ressortent, attendant de voir s'il avait été démasqué.

D'accord, je peux essayer d'interrompre l' « évolution », se dit-il. Mais ça ne marchera pas à moins que j'entre vraiment dans le vaisseau. Est-ce que je peux le faire ?

Il ne le savait pas. Bobbi semblait ne pas s'inquiéter, mais Bobbi et les autres étaient différents, maintenant. Oh ! lui aussi « évoluait » : les dents qu'il perdait le prouvaient, comme sa capacité à entendre les pensées des autres. Il avait modifié les mots sur l'écran de l'ordinateur juste en les pensant. Mais inutile de se leurrer : il était loin derrière dans la compétition. Si Bobbi survivait à leur entrée dans le vaisseau et que son vieux copain Gard tombait mort, est-ce qu'aucun deux, même Bobbi, verserait la moindre larme ? Il en doutait.

Peut-être que c'est ce qu'ils veulent tous, y compris Bobbi. Ils ne te souhaitent que d'entrer dans le vaisseau et de tomber, et que ton cerveau explose en une énorme harmonie radiophonique. Ça épargnerait à Bobbi la douleur morale d'avoir à se débarrasser de toi elle-même. Meurtre sans larmes.

Il ne doutait plus qu'ils eussent l'intention de se débarrasser de lui. Mais il se disait que peut-être Bobbi — l'ancienne Bobbi — le laisserait vivre assez longtemps pour qu'il voie l'intérieur de cette chose étrange dont l'extraction leur avait demandé tant de travail. Cela lui *semblait* bien. La fin n'avait pas d'importance. Si Bobbi prévoyait un meurtre, Gard n'avait pas de réel moyen de défense, n'est-ce pas ? Il *fallait* qu'il entre dans le vaisseau. S'il ne le faisait pas, son idée, aussi folle et invraisemblable qu'elle fût, n'avait aucune chance de marcher.

Il faut que tu essaies, Gard.

Il avait eu l'intention d'essayer dès qu'ils seraient à l'intérieur, et ce serait probablement le lendemain matin. Maintenant, il se disait que peut-être il devrait tenter un peu plus la chance. S'il appliquait son « plan original » à la lettre, il se dit qu'il n'aurait aucun moyen de faire quoi que ce soit pour ce petit garçon. Il fallait qu'il fasse passer l'enfant d'abord.

Gard, il est probablement mort de toute façon.

Peut-être. Mais le vieil homme ne le pensait pas ; le vieil homme pensait qu'il y avait encore un petit garçon à sauver.

Un gosse, ça ne compte pas — pas face à tout ça. Et tu le sais. Haven est comme un grand réacteur nucléaire qui va entrer dans le rouge. Le cœur est en fusion, si je peux me permettre cette métaphore.

C'était logique, mais d'une logique de croupier. En dernière analyse, c'était même plutôt la logique d'un tueur, la logique de Ted, l'Homme de l'Énergie. Si Gard voulait jouer le jeu de cette façon, pourquoi même tenterait-il quoi que ce soit ?

Ou bien l'enfant est important, ou bien rien ne l'est plus.

Et peut-être que de cette façon, il pourrait même sauver Bobbi. Il n'y croyait pas. Il pensait que Bobbi était allée trop loin pour qu'on puisse la sauver. Mais il pouvait essayer.

Rien ne joue en ta faveur, mon vieux Gard.

Bien sûr. L'horloge n'est qu'à une minute de minuit... on en est à compter les secondes.

C'est sur cette pensée qu'il s'enfonça dans l'oubli du sommeil. L'oubli fut suivi de cauchemars où il flottait dans un bain vert transparent, transpercé de câbles coaxiaux. Il essayait de crier, mais il n'y parvenait pas, parce que les câbles sortaient de sa bouche.

5.

LE SCOOP

1

Enseveli sous les surcharges du décor de la taverne Bounty et engloutissant des chopes de Heineken tandis que David Bright se moquait de lui — un David Bright dont l'humour était tombé si bas dans la vulgarité qu'il avait fini par comparer Leandro à Jimmy Olsen, le copain de Superman —, John Leandro avait craqué. Inutile de se leurrer. Il *avait* effectivement craqué. Mais les grands visionnaires ont toujours dû endurer les flèches acérées du ridicule, et, à cause de leurs visions, nombreux furent ceux qu'on brûla, qu'on crucifia ou dont on augmenta artificiellement la taille de quinze ou vingt centimètres sur les chevalets de torture de l'Inquisition. Entendre David Bright lui demander, après quelques bières au Bounty, si sa montre secrète marchait bien, n'était pas, et de loin, ce qui aurait pu lui advenir de pire.

Mais, nom de Dieu, que ça faisait mal !

John Leandro était persuadé que David Bright et tous ceux que Bright aurait informés des lubies de Johnny le Cinglé, selon qui Quelque-Chose-d'Important-Se-Passait-à-Haven, finiraient par rire jaune. Parce que quelque chose d'important *se passait* bel et bien à Haven. Il le sentait jusque dans la moelle de ses os. Certains jours, quand le vent soufflait du sud-est, il s'imaginait presque qu'il pouvait le *flairer*.

Ses vacances avaient commencé le vendredi précédent. Il avait espéré pouvoir se rendre à Haven le jour même. Mais il vivait avec sa mère, veuve, et, avait-elle dit, elle comptait tellement sur lui pour qu'il la conduise en Nouvelle-Écosse voir sa sœur ! Mais si John avait des obligations, bien sûr, elle comprenait ; il est vrai qu'elle était vieille et plus bien drôle ; elle n'était plus là que pour lui préparer à manger et lui laver ses sous-vêtements, et c'était très bien comme ça.

Vas-y, Johnny, va et décroche ton *scoop*. Je téléphonerai à ta tante Megan, et peut-être que dans une semaine ou deux ton cousin Alfie la conduira pour qu'*elle* vienne me voir ; Alfie est tellement gentil avec sa mère, etc., etc., *id.*, *ibid.*, *ad libitum, ad infinitum.*

Le vendredi, Leandro emmena sa mère en Nouvelle-Écosse. Bien sûr, ils y passèrent la nuit, et quand ils revinrent à Bangor, le samedi, la journée était fichue. Dimanche était un mauvais jour pour commencer quoi que ce soit, avec le catéchisme pour les enfants à neuf heures, la messe à dix heures, et la réunion des Young Men for Christ au presbytère de l'église méthodiste à dix-sept heures. A la réunion des YMC, un orateur montra aux jeunes gens un diaporama sur Armageddon. Tandis qu'il leur expliquait comment les pécheurs impénitents seraient affligés de brûlures, de plaies purulentes et de douleurs qui leur ravageraient les boyaux, Georgina Leandro et les autres dames patronnesses distribuaient des gobelets en carton de Za-Rex et des biscuits de flocons d'avoine. Le soir, il y avait toujours dans le sous-sol de l'église une fête où l'on chantait le Christ.

Les dimanches le laissaient toujours exalté... et épuisé.

2

C'est donc seulement le lundi 15 août que Leandro jeta ses blocs-notes au papier jaune, son magnétophone Sony, son Nikon, et un sac plein de pellicules et de divers objectifs sur le siège avant de sa vieille Dodge, et se prépara à prendre la route de Haven... et de ce qui, espérait-il, lui assurerait la gloire en tant que journaliste. Il n'aurait pas été vraiment épouvanté si on lui avait dit qu'il allait gravir la première marche de ce qui ne tarderait pas à devenir le plus grand scoop depuis la crucifixion de Jésus-Christ.

C'était un jour calme, bleu et doux — très chaud mais pas sauvagement étouffant et humide comme les précédents. Une journée que personne au monde ne pourrait oublier. Johnny Leandro voulait un scoop, mais il n'avait jamais entendu ce vieux proverbe : « Dieu dit : " Prenez ce qu'il vous faut... vous payerez à la sortie. " »

Il savait seulement qu'il avait trébuché sur le coin de quelque chose, et que, quand il avait essayé de l'agiter, ça n'avait pas bougé... ce qui signifiait que c'était peut-être plus gros qu'il ne l'avait pensé à première vue. Aucun moyen de se défiler : il allait creuser. Aucun David Bright au monde ne pourrait l'arrêter avec ses fines plaisanteries sur la montre de Jimmy Olsen et Fu Manchu.

Il mit en marche la Dodge et commença de s'écarter du trottoir.

« N'oublie pas ton déjeuner, Johnny ! » lui cria sa mère.

Elle arrivait, tout essoufflée, sur l'allée, un sac de papier brun dans une main. De grosses taches grasses maculaient déjà le papier. Depuis l'école primaire, Leandro avait toujours affectionné les sandwichs à la mortadelle, avec des oignons des Bermudes et de l'huile Wesson.

« Merci, maman, dit-il en se penchant pour prendre le sac et le poser par terre. Mais ce n'était pas la peine. J'aurais pu m'acheter un hamburger...

— Si je ne te l'ai pas dit mille fois, je ne te l'ai pas dit une, répondit-elle : **Ta** place n'est pas dans les restaurants du bord de la route, Johnny. On ne sait jamais si la cuisine est propre. Les *microbes,* dit-elle d'un ton menaçant en se penchant vers lui.

— Maman, il faut que je p...

— On ne voit pas du tout les *microbes,* continua Mme Leandro qui n'était pas du genre à lâcher un sujet avant de l'avoir épuisé.

— Oui, maman, murmura Leandro d'un ton résigné.

— Certains de ces endroits sont des paradis pour *microbes,* insista-t-elle. Les cuisiniers peuvent être sales, tu sais. Il arrive qu'ils ne se lavent pas les mains après être allés aux toilettes. Ils peuvent avoir des saletés, ou même des excréments sous les ongles. Ça ne me plaît pas de parler de ça, tu comprends, mais c'est une chose qu'une mère doit apprendre à son fils. La nourriture, dans ce genre d'endroits, peut rendre très, très malade.

— Maman... »

Elle émit un rire de longue souffrance et se tamponna un instant le coin d'un œil avec son tablier.

« Oh, je sais ! Ta mère est idiote, ce n'est qu'une vieille idiote avec de vieilles idées, et elle ferait probablement mieux d'apprendre à se taire. »

Leandro savait bien que c'était encore une de ses façons de le manipuler, mais il ne s'en sentit pas moins, comme toujours, honteux, coupable, redevenu un petit garçon de huit ans.

« Mais non, maman, dit-il. Je ne pense pas ça du tout.

— Tu es un grand journaliste. Moi, je reste à la maison pour faire ton lit, laver tes vêtements et aérer ta chambre quand tu attrapes des gaz parce que tu as bu trop de bière. »

Leandro baissa la tête, ne répondit pas, et attendit sa libération conditionnelle.

« Mais fais ça pour moi : garde-toi des restaurants du bord de la route, Johnny, parce que ça peut te rendre malade. A cause des *microbes.*

— Je te le promets, maman. »

Satisfaite de lui avoir extorqué une promesse, elle était prête maintenant à le laisser partir.

« Tu seras de retour pour le dîner ?

— Oui, répondit Leandro, qui n'en savait rien.

— A six heures ? insista-t-elle.

— Oui ! Oui !

— Je sais, je sais, je ne suis qu'une vieille idiote...

— Au revoir, maman ! » se hâta-t-il de dire en déboîtant.

Il regarda dans le rétroviseur et la vit, au bout de leur allée, qui lui faisait au revoir de la main. Il répondit et laissa retomber sa main, espérant qu'elle rentrerait dans la maison... et sachant que non. Quand il tourna à droite deux pâtés de maisons plus loin et que sa mère disparut, Leandro ressentit un léger, mais indiscutable, soulagement dans sa poitrine. A tort ou à raison, c'est toujours ce qu'il ressentait quand sa mère disparaissait de sa vue.

3

A Haven, Bobbi Anderson montrait à Jim Gardener un appareil respiratoire modifié. Ev Hillman l'aurait reconnu : le respirateur ressemblait beaucoup à celui qu'il avait loué pour le flic, Butch Dugan, afin de le protéger de l'air de Haven ; mais les respirateurs dont Bobbi faisait la démonstration contenaient des réserves... d'air de Haven. Et c'était justement cet air de Haven que tous deux allaient respirer en entrant dans le vaisseau des Tommyknockers. Il était neuf heures trente.

Au même moment, à Derry, John Leandro s'était arrêté sur le bas-côté de la route, non loin de l'endroit où l'on avait découvert le daim saigné et la voiture de service des officiers Rhodes et Gabbons. Il ouvrit la boîte à gants et vérifia que le Smith & Wesson calibre 38 qu'il s'était procuré à Bangor la semaine précédente s'y trouvait bien. Il le sortit un instant, se gardant d'approcher son index de la détente, bien qu'il sût parfaitement qu'il n'était pas chargé. Il aimait la façon dont la forme compacte de l'arme s'insérait dans sa paume, son poids, l'impression de puissance qu'elle communiquait. Mais cela le faisait aussi trembler un peu, comme s'il avait détaché de quelque mets un morceau beaucoup trop gros pour qu'un type comme lui puisse le manger d'une bouchée.

Un morceau de quoi ?

Il n'en était pas sûr. Une sorte de viande étrange.

Des microbes, dit la voix de sa mère dans son esprit. *La nourriture, dans ce genre d'endroits, peut rendre très, très malade.*

Il vérifia que la boîte de balles était toujours dans la boîte à gants, et y replaça le pistolet. Il se dit que transporter un pistolet dans la boîte à gants d'un véhicule était probablement illégal — ce qui l'amena, inconsciemment, à repenser à sa mère. Il imagina un flic lui demandant de se garer pour un contrôle de routine, réclamant sa carte grise, et apercevant le 38 dans la boîte à gants ouverte. C'est toujours comme ça que les assassins se faisaient prendre dans la série *Alfred Hitchcock présente,* que sa mère et lui regardaient chaque samedi soir sur une chaîne de télévision par câble. Ce serait *aussi* un sacré scoop : UN REPORTER DU *DAILY NEWS* DE BANGOR ARRÊTÉ POUR PORT D'ARME PROHIBÉE.

Alors, retire ta carte grise de la boîte à gants et mets-la dans ton portefeuille, si tu t'inquiètes.

Mais il ne le ferait pas. C'était une très bonne idée, mais il avait l'impression que ce serait attirer les ennuis... et cette voix de la raison ressemblait trop à celle de sa mère le mettant en garde contre les *microbes* ou l'informant (comme elle l'avait fait quand il était enfant) des horreurs qui pourraient lui arriver s'il oubliait de tapisser de papier le siège des toilettes publiques avant de s'y asseoir.

Leandro continua sa route, conscient que son cœur battait un peu trop vite et qu'il transpirait un peu trop pour que cela s'explique uniquement par la chaleur du jour.

Quelque chose d'important... certains jours, je peux presque le flairer.

Oui. Il y avait bien quelque chose là-bas. La mort de Mme McCausland (une explosion de chaudière en juillet? *Vraiment?*); la disparition des policiers chargés de l'enquête; le suicide de l'officier prétendument amoureux. Et, avant tout ça, la disparition du petit garçon. David Bright avait dit que le grand-père de David Brown était venu lui débiter tout un tas d'idioties sur la télépathie et des tours de magie qui marchaient vraiment.

Si seulement vous étiez venu me voir moi, au lieu de Bright, M. Hillman! se dit Leandro pour la cinquantième fois.

Mais maintenant *Hillman* avait disparu. Cela faisait deux semaines qu'il ne s'était pas montré à la pension de famille. Il n'était pas revenu voir son petit-fils à l'hôpital de Derry, alors qu'avant les infirmières devaient le mettre dehors chaque soir. La thèse officielle de la police de l'État était qu'Ev Hillman n'avait *pas* disparu, mais c'était une situation sans issue, parce qu'aux yeux de la loi, un adulte *ne pouvait pas* être déclaré disparu tant qu'un *autre* adulte ne signalait pas sa disparition en remplissant les formulaires idoines. Officiellement, tout était donc parfait. Mais c'était loin d'être le cas pour John Leandro. La propriétaire de la pension lui avait dit que Hillman lui devait soixante dollars — et pour autant que Leandro puisse être sûr de quoi que ce soit, c'était sans doute bien la première fois de sa vie que le vieil homme laissait une ardoise.

Quelque chose d'important... une viande étrange.

Et ce n'était pas tout ce qui émanait d'étrange de Haven ces temps-ci : en juillet également, un couple était mort dans l'incendie de sa maison, sur la route de Nista; ce mois-ci, un chirurgien était mort aux commandes de son petit avion, qui avait brûlé (d'accord, c'était arrivé à Newport, mais les contrôleurs aériens de deux tours de contrôle avaient confirmé que l'infortuné neurologue avait survolé Haven, et à une altitude très basse, non autorisée); curieusement, les liaisons téléphoniques avec Haven étaient devenues tout à fait capricieuses. Parfois, on joignait son correspondant, parfois non. Il avait obtenu du centre des impôts d'Augusta — contre les six dollars demandés pour les neuf feuillets crachés par l'ordinateur — la liste des gens de Haven inscrits sur les listes électorales, et il avait réussi à retrouver des parents de près de soixante de ces électeurs, des parents vivant à Bangor, Derry, et dans la région. Le tout pendant son temps libre.

Il n'avait pu en trouver un seul — *pas un seul* — qui ait vu ses parents de Haven depuis l'enterrement de Ruth McCausland... près d'un mois auparavant. *Pas un seul.*

Naturellement, beaucoup de ceux qu'il avait interrogés ne trouvaient rien d'étrange à cela. Certains n'étaient pas en bons termes avec leurs parents de Haven et se moquaient bien de ne pas entendre parler d'eux pendant six mois... ou six ans. D'autres semblèrent tout d'abord surpris, puis songeurs quand Leandro insista sur le nombre de jours dont il s'agissait vraiment. Naturellement, l'été constituait une saison très active pour la plupart des gens. Le temps passait à une vitesse qu'on ne connaissait pas en hiver. Et, naturellement, ils avaient parlé à leur tante

Mary ou à leur frère Bill une ou deux fois au téléphone — parfois on ne pouvait pas obtenir la communication, mais parfois si.

D'autres similitudes dans le témoignage des gens qu'il interrogea avaient fait flairer à Leandro quelque chose d'indubitablement curieux.

Ricky Berringer, peintre en bâtiment à Bangor, était le jeune frère de Newt, l'entrepreneur en charpentes qui se trouvait être aussi l'administrateur de la commune de Haven.

« On l'a invité à dîner fin juillet, dit Ricky, mais il a dit qu'il avait la grippe. »

Don Blue, agent immobilier à Derry, avait à Haven une tante Sylvia qui venait déjeuner chez lui et sa femme presque tous les dimanches. Les trois derniers dimanches, elle s'était excusée — une fois parce qu'elle avait la grippe *(la grippe semble faire des ravages à Haven, se dit Leandro, et nulle part ailleurs, vous comprenez — seulement à Haven)*, et les autres fois parce qu'il faisait si chaud qu'elle n'avait pas le courage de se déplacer. Pressé de questions, Blue se rendit compte qu'il y avait en fait *cinq* dimanches que sa tante n'était pas venue — peut-être même six.

Bill Spruce élevait un troupeau de vaches laitières à Cleaves Mills. Son frère Frank en avait un à Haven. Ils se voyaient généralement toutes les semaines, rassemblant pour quelques heures deux très grandes familles : le clan Spruce consommait des tonnes de viande grillée au barbecue, buvait des litres de bière et de Pepsi-Cola, et Frank et Bill s'asseyaient soit à la table de pique-nique dans l'arrière cour de Frank, soit sur le porche de la maison de Bill pour comparer les chiffres de ce qu'ils appelaient simplement leurs Affaires. Bill admit que cela faisait un mois ou plus qu'il n'avait pas vu Frank. Frank lui avait parlé de divers problèmes, d'abord avec ses fournisseurs d'aliments pour bestiaux puis avec l'inspection sanitaire. Pendant ce temps, Bill avait eu quelques problèmes de son côté. Une demi-douzaine de ses holsteins étaient mortes pendant les fortes chaleurs. Et puis, ajouta-t-il après réflexion, sa femme avait eu une crise cardiaque. Son frère et lui n'avaient tout simplement pas eu beaucoup le temps de se voir, cet été-là... mais l'homme avait néanmoins exprimé une surprise non dissimulée quand Leandro avait sorti son agenda et qu'ils avaient tous les deux calculé combien de temps s'était écoulé depuis la dernière fois que les deux frères s'étaient vus : ça datait du 30 juin. Spruce siffla et remonta sa casquette au sommet de son crâne.

« Bon sang, ça en fait du temps ! avait-il dit. Je crois bien que je vais faire un saut à Haven pour voir Frank, maintenant qu'Evelyn est en convalescence. »

Leandro ne dit rien, mais certains des autres témoignages qu'il avait collectés ces deux dernières semaines lui avaient laissé penser que Bill Spruce pourrait trouver ce voyage un peu dangereux pour sa santé.

« J'avais l'impression d'être à l'article de la mort », avait raconté Alvin Rutledge à Leandro.

Rutledge était un camionneur musclé, actuellement au chômage, qui vivait à Bangor. Son grand-père, Dave Rutledge, avait toujours habité Haven.

« Qu'est-ce que vous voulez dire exactement ? » avait demandé Leandro.

Alvin Rutledge, attablé à la taverne Nan, à Bangor, avait posé un regard rusé sur le journaliste.

« Une autre bière descendrait toute seule, pour le moment, avait-il dit. Parler, ça donne incroyablement soif, mon gars.

— N'est-ce pas ? avait répondu Leandro en commandant deux autres chopes à la serveuse.

— Mon cœur battait trop vite, avait continué Rutledge après avoir aspiré une ample gorgée et essuyé du dos de sa main la mousse qui s'était déposée sur sa lèvre supérieure. J'avais mal à la tête. J'avais l'impression que j'allais dégueuler tripes et boyaux. Et *j'ai* vomi, vraiment. Juste avant de faire demi-tour. J'ai ouvert la fenêtre et j'ai tout envoyé par-dessus bord. C'est ce que j'ai fait.

— Eh bien ! » avait dit Leandro, qui avait l'impression que Rutledge attendait une réaction.

L'image de Rutledge — « tout envoyé par-dessus bord » — l'avait frappé, mais il avait décidé de ne pas s'y attarder. Du moins avait-il essayé.

« Hé, regardez, là ! »

Il avait relevé sa lèvre supérieure pour découvrir ce qui restait de ses dents.

« Hou oiyez heu ou euhan ? » avait demandé Rutledge.

Leandro voyait beaucoup de trous devant, mais il s'était dit qu'il serait sans doute maladroit d'en faire la remarque. Il s'était contenté d'opiner du chef. Rutledge en avait fait autant, et avait laissé retomber sa lèvre. Ce fut un soulagement.

« Mes dents n'ont jamais été bien solides, avait expliqué Rutledge d'un ton d'indifférence. Quand je travaillerai et que je pourrai m'offrir un bon dentier, je les ferai toutes sauter. Elles m'emmerdent. Enfin, bon, ce que je veux dire, c'est que j'avais encore mes deux dents du devant, ici, en haut, avant de partir pour Haven il y a quinze jours pour voir le grand-père. Bon Dieu, elles ne bougeaient même pas !

— Elles sont tombées quand vous vous êtes approché de Haven ?

— Elles sont pas *tombées*, avait dit Rutledge avant de finir sa bière. J' les ai *dégobillées*.

— Oh, avait dit faiblement Leandro.

— Vous savez, une autre chope descendrait bien. Parler, ça...

— Ça donne soif, je sais », avait terminé Leandro en faisant signe à la serveuse.

Il avait dépassé sa limite, mais il se disait qu'il avait bien besoin d'une bière de plus, lui aussi.

4

Alvin Rutledge n'était pas le seul qui eût essayé de rendre visite à un ami ou un parent de Haven au cours du mois de juillet, ni le seul qui, malade eût fait demi-tour. Grâce aux listes électorales et aux annuaires téléphoniques de la région, Leandro trouva trois autres personnes qui lui racontèrent des histoires semblables à celle de Rutledge. Il découvrit un cinquième incident par pure — presque pure — coïncidence. Sa mère savait qu'il « suivait » certains aspects de sa « grande affaire », et elle lui dit en passant que son amie Eileen Pulsifer avait une amie à Haven.

Eileen avait quinze ans de plus que la mère de Leandro, ce qui la menait à près de soixante-dix ans. Devant une tasse de thé et un plateau de biscuits au gingembre écœurants de sucre, elle raconta à Leandro une histoire identique à celles qu'il avait déjà entendues.

L'amie de Mme Pulsifer était Mary Jacklin (la grand-mère de Tommy Jacklin). Elles se rendaient mutuellement visite depuis plus de quarante ans, et souvent participaient ensemble à des tournois locaux de bridge. Cet été, elle n'avait pas vu Mary du tout. Pas *une seule* fois. Elle lui avait parlé au téléphone, et elle avait l'air d'aller bien ; ses excuses semblaient toujours plausibles... mais tout de même, à force de mauvaises migraines, de pâtisseries à faire ou de soudaines visites en famille au Trolley Museum de Kennebunk, cela commençait à devenir bizarre.

« C'étaient de bonnes excuses considérées individuellement, mais à force, l'une après l'autre, ça devenait curieux, si tu vois ce que je veux dire, résuma-t-elle en lui proposant de reprendre des biscuits.

— Non, merci, répondit Leandro.

— Allez, prends-en ! Je vous connais, vous, les jeunes ! Votre mère vous a appris à être polis, mais jamais un garçon n'a pu résister à un biscuit au gingembre ! Alors, ne fais pas le timide et prends ce dont tu as envie ! »

Avec un sourire de circonstance, Leandro prit un autre biscuit.

Mme Pulsifer s'installa confortablement contre le dossier de son fauteuil, croisa ses mains sur son ventre rebondi et continua :

« J'ai fini par me dire que quelque chose n'allait pas... Je crois *toujours* que quelque chose pourrait ne pas aller bien, pour dire la vérité. J'ai tout d'abord pensé que Mary ne voulait peut-être plus être mon amie... que j'avais dit ou fait quelque chose qui l'aurait offensée. Mais je me suis dit que non, que si j'avais dit ou fait quelque chose, elle me l'aurait signalé. Au bout de quarante ans d'amitié, je crois qu'elle m'aurait parlé. De plus, elle ne m'avait pas semblée *froide* au téléphone, tu sais...

— Mais elle semblait différente ?

— Certainement, dit Eileen Pulsifer en opinant du chef. Alors je me suis dit qu'elle était peut-être malade, que son médecin, Dieu l'en garde, lui avait peut-être trouvé un cancer, ou je ne sais quoi, et qu'elle ne voulait pas que ses vieilles amies le sachent. Alors j'ai appelé Véra et j'ai dit : " On va aller à Haven, Véra, pour voir Mary. On ne la préviendra pas de notre visite, comme ça elle ne pourra pas refuser. Prépare-toi, Véra, parce que je passe te prendre à dix heures, et si tu n'es pas prête, j'irai sans toi.

— Véra, c'est...

— Véra Anderson, de Derry. Pratiquement ma meilleure amie au monde, John, à part Mary et ta mère. Cette semaine-là, ta mère était à Monmouth, chez sa sœur. »

Leandro s'en souvenait très bien : chaque semaine de paix et de silence restait enchâssée dans sa mémoire comme un trésor.

« Alors, vous êtes parties toutes les deux pour Haven.

— Exactement.

— Et vous avez été malade.

— *Malade !* J'ai cru que j'allais mourir. Mon *cœur !* dit-elle en posant sa main sur sa poitrine en un geste théâtral. Mon cœur battait si *vite !* J'ai été prise de maux de tête, mon nez s'est mis à saigner, et Véra a commencé à avoir peur. Elle a dit " Faisons demi-tour, Eileen, tout de suite. Tu dois aller immédiatement à l'hôpital ! " Je ne sais pas trop comment j'ai réussi à faire demi-tour — je ne m'en souviens pas, le monde tournait autour de moi — et ma bouche avait commencé à saigner aussi, et j'avais perdu deux dents. Tombées de ma mâchoire, John ! Est-ce que tu as jamais entendu une histoire pareille ?

— Non, mentit Leandro, pensant à Alvin Rutledge. Où est-ce arrivé ?

— Mais je te l'ai dit : nous allions voir Mary Jacklin...

— Oui, mais est-ce que vous étiez déjà à Haven, quand vous avez été malade ? Par quel côté arriviez-vous ?

— Oh, je comprends ! Non, nous n'étions pas à Haven. Nous étions sur la vieille route de Derry. A Troie.

— *Tout près* de Haven, donc.

— Oh, à environ un kilomètre et demi de la commune. Je ne me sentais pas bien depuis un petit moment, un peu vaseuse, tu sais. Mais je n'ai rien voulu dire à Véra. J'espérais que ça allait s'arranger. »

Véra Anderson n'avait pas été malade, et cela chiffonnait Leandro. Ça ne collait pas. Véra n'avait pas saigné du nez, ni perdu de dent.

« Non, elle n'a pas du tout été malade, dit Mme Pulsifer. Sauf de terreur. Je crois qu'elle a été malade de terreur. Pour moi... et pour elle aussi, je crois.

— Et pourquoi ?

— Eh bien, la route était épouvantablement déserte. Elle a cru que j'allais m'évanouir — et c'est presque ce que j'ai fait. Il aurait bien pu s'écouler quinze à vingt minutes avant que quiconque ne passe par là.

— Elle aurait pu prendre le volant.

— Mon cher enfant ! Véra souffre de dystrophie musculaire depuis des années. Elle porte de grosses prothèses métalliques aux jambes — des instruments horribles qu'on s'attendrait à trouver plutôt dans une chambre de torture. Rien qu'en la voyant, j'ai parfois envie de pleurer. »

5

A dix heures moins le quart, le matin du 15 août, Leandro entra dans la commune de Troie, la peau glacée, l'estomac serré d'anxiété et — soyons francs — d'un soupçon de peur.

Il se peut que je sois malade. Il se peut que je sois malade, et dans ce cas, je laisserai trente mètres de traces de pneus en forme de U. C'est clair ?

Tout à fait, patron, se répondit-il à lui-même. *Tout à fait, tout à fait.*

Il se peut que je perde des dents, se dit-il. Mais la perte de quelques dents semblait un petit prix à payer pour une histoire qui pouvait lui valoir le prix Pulitzer... et, mieux encore, qui rendrait David Bright vert de jalousie.

Il traversa le village de Troie, où tout semblait normal... même s'il remarqua un certain manque d'activité. Le premier signe de la succession normale des événements bizarres apparut un kilomètre et demi plus au sud, et ce fut un signe qu'il n'attendait pas. Il écoutait WZON, une station de radio de Bangor. La réception, ordinairement claire et puissante en modulation d'amplitude, commença à faiblir et à se brouiller. Leandro entendait une autre... non, deux... non, trois autres stations qui se mélangeaient à la première. Il fronça les sourcils. Cela se produisait parfois la nuit, quand la réflexion des ondes dans l'ionosphère permettait aux émissions d'être reçues plus loin que dans la journée, mais il n'avait jamais entendu dire que cela pouvait arriver le matin, pas même durant ces périodes optimales pour les transmissions radio que les radio-amateurs appelaient « zone de silence ».

Il tourna le bouton de réglage des stations de son auto-radio et fut stupéfait de la foule de stations se bousculant dans ses haut-parleurs : rock and roll, country and western, musique classique, tout se mélangeait. Très loin, à l'arrière-plan, il distinguait la voix de Paul Harvey chantant les louanges des produits Amway. Il continua à tourner et arriva à une émission tellement claire qu'il s'arrêta sur le bas-côté, fixant le poste avec des yeux ronds.

Ça parlait japonais.

Il attendit l'inévitable explication — « Votre cours de japonais pour débutants vous a été offert par votre magasin Kyanize Paint » — ou quelque chose dans le genre. La voix se tut. Elle fut suivie d'une chanson des Beach Boys en japonais.

Leandro continua de tourner le bouton d'une main de plus en plus tremblante. C'était presque pareil sur toute la bande. Comme pendant la nuit, cependant, le mélange des voix et des musiques empirait dans les hautes fréquences. Finalement, il devint tel que Leandro en fut effrayé — on aurait dit les sifflements montant d'une fosse à serpents. Il éteignit la radio et resta derrière le volant, les yeux agrandis, le corps un peu douloureux, comme quelqu'un qui se serait speedé avec de la mauvaise came.

Qu'est-ce que c'est que ça ?

A quoi cela rimait-il de se poser des questions alors que la réponse se trouvait moins de dix kilomètres... à condition qu'il puisse la découvrir, naturellement.

Oh, je crois que tu vas la découvrir. Il est possible qu'alors ça ne te plaise pas, mais oui, je crois que tu vas la découvrir sans aucun mal.

Leandro regarda autour de lui. Le foin, dans les champs, à sa droite, était long et touffu. Trop long et trop touffu pour le mois d'août. On n'avait pas fané début juillet. Il se dit même qu'il n'y aurait pas de fenaisons en août non plus. A sa gauche, il vit une grange en ruine entourée d'épaves de voitures rouillées. La carcasse d'une Studebaker 1957 pourrissait devant l'entrée béante de la grange. Leandro eut l'impression que les fenêtres le regardaient. Il n'y avait pourtant *personne* pour le regarder, du moins à ce qu'il voyait.

Une petite voix très douce, très polie, s'éleva en lui, la voix d'un enfant lors d'un thé mondain qui a tourné à l'épouvante :

Je voudrais rentrer chez moi, s'il vous plaît.

Oui. Chez maman. A temps pour regarder avec elle les feuilletons de l'après-midi. Elle serait heureuse de le voir rentrer avec son scoop, mais peut-être encore plus de le voir rentrer sans. Ils s'assiéraient devant une assiette de biscuits et boiraient du café. Ils parleraient. *Elle* parlerait, plutôt, et il l'écouterait. Ça se passait toujours ainsi, et ce n'était pas si mal. Elle pouvait être bien irritante parfois, mais elle était...

Sécurisante.

Oui, sécurisante. C'était ça. Sécurisante. Et quoi qu'il pût se passer au sud de Troie en cet après-midi somnolent d'été, la sécurité n'y avait aucune part.

Je voudrais rentrer chez moi, s'il vous plaît.

Oui. Il y avait probablement eu des moments où les journalistes du *Washington Post*, Woodward et Bernstein, avaient ressenti la même chose quand ils subissaient les pressions des gars de Nixon pendant leur enquête sur le Watergate. Bernard Fall avait probablement ressenti ça aussi quand il avait décollé de Saïgon pour la dernière fois. Quand on voit des correspondants de presse dans des endroits dangereux comme le Liban ou Téhéran, ils ont seulement *l'air* cool, calme et posé. Les téléspectateurs n'ont jamais l'occasion de regarder leur slip.

Il y a une histoire, là-bas, et je vais la raconter, et quand j'aurai le prix Pulitzer, je pourrai dire que je le dois à David Bright... et à ma montre secrète de Superman.

Il fit redémarrer sa Dodge et continua vers Haven.

6

Il n'avait pas parcouru deux kilomètres qu'il commença à se sentir mal. Il se dit que ce devait être un symptôme physique de sa peur et l'ignora. Puis, quand il se sentit plus mal encore, il se demanda (comme on le fait quand on se rend compte que la nausée nichée dans son estomac comme un petit nuage noir n'a pas l'air de vouloir se dissiper), il se demanda ce qu'il avait mangé. Aucune critique à formuler de ce côté-là : il n'avait pas peur quand il s'était levé le matin, mais il ressentait une grande anxiété et une forte tension, si bien qu'il avait refusé ses habituels œufs brouillés au bacon pour se contenter d'un thé avec des toasts sans beurre. C'était tout.

Je voudrais rentrer chez moi ! cria la voix sur un mode plus aigu.

Leandro continua en serrant les dents. Le scoop était à Haven. S'il ne pouvait entrer dans Haven, il n'y aurait *pas* de scoop. On ne pouvait parler que de ce qu'on avait vu. CQFD.

A un kilomètre environ de la commune — la journée était étrangement et totalement morte — une série de bip, boup, bzzz, bang, toc se fit entendre depuis le siège arrière, et Leandro eut si peur qu'il cria et se rangea à nouveau sur le bas-côté de la route.

Il se retourna, et ne parvint pas immédiatement à comprendre ce qu'il voyait. Ce devait être, se dit-il, une hallucination due à sa nausée de plus en plus forte.

Quand sa mère et lui s'étaient rendus à Halifax le week-end précédent, il avait emmené son neveu Tony manger une glace. Tony (que Leandro considérait personnellement comme un petit morveux mal élevé) était monté à l'arrière et avait joué avec un truc en plastique qui ressemblait à un combiné de téléphone. Ce jouet s'appelait Merlin, et c'était un ordinateur. Il proposait quatre ou cinq jeux simples faisant appel à la mémoire du joueur ou à sa capacité d'identification de séries mathématiques simples. Leandro se souvenait qu'il permettait aussi de jouer au morpion.

Quoi qu'il en soit, Tony devait l'avoir oublié, et maintenant il devenait fou sur le siège arrière, ses lumières rouges clignotant au hasard (vraiment ? ou simplement un peu trop vite pour que Leandro comprenne ?) répétant sans fin ses simples séries de sons. Il marchait tout seul.

Non... non. J'ai dû passer dans un nid-de-poule, ou donner une secousse quelconque. C'est tout. Ça a poussé le bouton. Ça l'a mis en marche.

Mais il *voyait* le petit bouton noir sur le côté. Il était éteint, et Merlin continuait ses boup, bip et bzzz. Ça lui rappela les machines à sous de Las Vegas quand elles recrachent un jackpot.

Le boîtier de plastique du jouet se mit à fumer. Le plastique s'effondrait, se gondolait... coulait comme une chandelle. Les lumières clignotaient de plus en plus vite... plus vite. Soudain, elles s'allumèrent toutes d'un coup, d'un rouge brillant, et le gadget émit un zonzonnement étranglé. Le boîtier éclata. Il y eut une brusque pluie de miettes de plastique. En dessous, le revêtement du siège commença à son tour à fumer.

Sans penser à ses malaises, Leandro se mit à genoux sur son siège et projeta le jouet au sol. Merlin laissa une tache de brûlé sur le siège.

Qu'est-ce qui se passe ?

La réponse, sans aucun rapport, fut un cri :

JE VOUDRAIS RENTRER CHEZ MOI TOUT DE SUITE S'IL VOUS PLAÎT !

« *Sa capacité d'identification de séries mathématiques simple.* » *Est-ce que j'ai pensé ça ? Moi, le John Leandro qui a raté son épreuve de maths à l'examen de fin d'études au lycée ? C'est sérieux ?*

Aucune importance. Fous le camp !

Non.

Il remit la Dodge en marche et démarra. Il n'avait pas fait vingt mètres quand soudain, dans une folle excitation, il pensa :

La capacité à isoler des séries mathématiques simples indique l'existence d'un cas général, n'est-ce pas ? A y réfléchir, on peut l'exprimer ainsi :

$$ax^2 + bxy = cy^2 + dx + ey + f.$$

Ouais ! Ça marche tant que a, b, c, d, et f sont constants. Je crois, ouais. Tu parles ! Mais il ne faut pas qu'a, b, ou c soit égal à 0 — ça ficherait tout par terre ! f peut se débrouiller seul.

Leandro avait envie de vomir, mais il n'en émit pas moins un rire aigu et triomphant. Il eut tout à coup l'impression que son cerveau s'était envolé par le sommet de son crâne. Bien qu'il ne l'eût pas connue (puisqu'il avait pratiquement dormi pendant toute cette partie du programme de maths), il avait redécouvert l'équation générale du second degré à deux variables, équation que l'on peut en effet utiliser pour isoler les éléments d'une série mathématique simple. Il planait.

Un moment plus tard, du sang jaillit de son nez en un flot surprenant.

Ce fut la fin de la première tentative de John Leandro pour entrer dans

Haven. Il passa la marche arrière et recula en zigzaguant, le bras droit accroché au dossier de son siège, le sang coulant sur l'épaule de sa chemise tandis qu'il regardait par la lunette arrière avec des yeux larmoyants.

Il recula sur plus d'un kilomètre, puis fit demi-tour dans un chemin de terre. Il regarda sa chemise. Elle était trempée de sang. Mais il se sentait mieux. *Un peu* mieux, corrigea-t-il. Il ne s'attarda pourtant pas. Il retourna au village de Troie et se gara devant l'unique boutique.

Il entra, s'attendant à ce que le groupe habituel de vieillards qui hante ce genre d'endroits regarde, dans ce silence accompagnant toujours la surprise d'un Yankee, sa chemise pleine de sang. Mais il n'y avait que le commerçant, et il ne parut pas du tout surpris — ni du sang, ni de la question que Leandro lui posa sur une chemise qu'il pourrait lui vendre.

« On dirait qu' vot' nez a bien pissé l' sang », dit gentiment le commerçant en montrant des T-shirts à Leandro.

Il en possédait un choix inhabituel pour une si petite boutique, se dit Leandro, qui reprenait lentement ses esprits bien que sa tête lui fît encore mal et que son estomac fût encore aigre et instable. L'écoulement de sang par son nez avait beaucoup effrayé Leandro.

« Vous pouvez le dire », répondit Leandro.

Il laissa le vieil homme fouiller à sa place dans la pile de vêtements parce que des traces de sang séchaient encore sur ses mains. Il y avait là les quatre tailles habituelles : S, M, L, et XL. certains T-shirts portaient l'inscription : OÙ DIABLE SE TROUVE DONC TROIE ? DANS LE MAINE ! D'autres arboraient un gros homard et disaient : J'AI EU LA PLUS BELLE QUEUE DE MA VIE À TROIE, DANS LE MAINE. Sur d'autres encore, un gros moustique noir ressemblant à un monstre venu de l'espace : L'OISEAU DE L'ÉTAT DU MAINE, proclamaient-ils.

« Vous avez vraiment beaucoup de choix », dit Leandro en montrant une taille M dans le modèle OÙ DIABLE ?

Il avait trouvé amusante la plaisanterie des homards, mais il s'était dit que sa mère n'aurait guère apprécié le sous-entendu.

« Que oui ! confirma le commerçant. Il en faut beaucoup. On en vend beaucoup.

— Les touristes ? »

Le cerveau de Leandro filait déjà en avant, tentant de trouver ce qui allait venir ensuite. Il avait pensé être sur quelque chose d'important ; maintenant, il croyait que c'était infiniment plus important que même *lui* ne l'avait cru.

« Quelques-uns, dit le commerçant, mais y en a pas eu beaucoup par ici, cet été. La plupart du temps, c'est des types comme vous.

— Comme moi ?

— Ouais. Des types avec le nez qui saigne. »

Leandro ouvrit bêtement la bouche.

« Y saignent du nez, y bousillent leur chemise, expliqua le commerçant. Exactement comme vous avez bousillé la vôtre. Alors y veulent se changer. Et si c'est des gens du coin — comme vous, j' parie — y-z-ont pas d' bagages et rien d'aut' à s' mettre. Alors y s'arrêtent devant l' premier magasin qu'y voient et y-z-achètent quelque chose. J' les comprends. Conduire dans une ch'mise toute couverte de sang comme la vôt' ça m' donnerait envie d' vomir. Vous savez, j'ai vu des dames ici cet été — des dames *très* bien, bien attifées et tout — qui puaient comme toute une porcherie. »

Le commerçant ricana, dévoilant une bouche sans aucune dent.

« Dites-moi si je vous ai bien compris, dit lentement Leandro. D'*autres* gens sont revenus de Haven avec le nez en sang ? Pas seulement moi ?

— Seulement vous ? Bon Dieu, non ! Le jour où y-z-ont enterré Ruth McCausland, j'ai vendu quinze T-shirts ! En une seule journée ! Je m' voyais déjà prend' ma r'traite en Floride ! dit le commerçant en riant. C'était tous des étrangers au village, ajouta-t-il comme si cela expliquait tout (ce qui était peut-être le cas dans son esprit). Y en avait même dont l' nez saignait encore quand y sont arrivés ici. Des nez comme des fontaines ! Leurs oreilles aussi, parfois. Nom de Dieu de merde !

— Et personne ne le *sait* ? »

Le vieil homme regarda Leandro avec des yeux soudain remplis de sagesse « Tu le sais, *toi*, mon garçon », dit-il.

6.

À L'INTÉRIEUR DU VAISSEAU

1

« Tu es prêt, Gard ? »

Gardener, assis sur le porche, ne quittait pas la Route n° 9 des yeux. La voix venait de derrière lui, et il n'eut pas de mal — aucun mal — à revoir en un instant une centaine de scènes de prison tirées de mauvais films, où les gardiens arrivent pour escorter le condamné dans le couloir de la mort. Ces scènes commencent toujours, naturellement, par la voix grave d'un gardien qui grogne : *T'es prêt, Rocky ?*

Prêt à ça ? Tu veux rire.

Il se leva, se retourna, vit l'équipement que Bobbi portait dans ses bras, puis le petit sourire qu'arborait son visage. Le sourire de quelqu'un qui en savait long, et Gard n'aimait pas cela.

« Tu vois quelque chose de drôle ? demanda-t-il.

— C'est ce que j'ai *entendu*, qui est drôle. Je t'ai entendu, Gard, répondit Bobbi. Tu pensais à des scènes de prison dans de vieux films, et ensuite tu as pensé : " Prêt à ça ? Tu veux rire ". J'ai tout entendu, cette fois, et c'est très rare... sauf quand tu me transmets délibérément tes pensées. C'est pour ça que j'ai souri.

— C'est de l'espionnage.

— Oui. Et il m'est de moins en moins difficile », dit Bobbi en continuant à sourire.

Derrière son bouclier mental en voie de pourrissement, Gardener pensa : *Maintenant, j'ai une arme, Bobbi. Elle est sous mon lit. Je l'ai prise dans la Première Église réformée des Tommyknockers. C'était dangereux...* mais il aurait été plus dangereux encore de ne pas savoir jusqu'où Bobbi pouvait l' « espionner ».

Le sourire de Bobbi s'assombrit un peu.

« Quoi ? Qu'est-ce que tu as pensé ?

— A toi de me le dire. »

Quand le sourire de Bobbi se chargea de soupçons, Gardener ajouta d'un ton détaché :

« Allez, Bobbi, j'essayais seulement de te pousser dans tes retranchements. Je me demandais ce que tu portais. »

Bobbi s'approcha avec l'équipement. C'étaient deux embouts de tuba, en caoutchouc, reliés à des réservoirs et à des détendeurs bricolés.

« On mettra ça pour entrer », dit-elle.

Entrer.

Ce simple mot alluma une étincelle brûlante dans le ventre de Gard et déclencha en lui toutes sortes d'émotions contradictoires — admiration, terreur, impatience, curiosité, tension. Il avait l'impression d'être à la fois un indigène superstitieux s'apprêtant à fouler le sol d'une montagne sacrée, et un gosse le matin de Noël.

« A l'intérieur, l'air est donc différent, dit Gardener.

— Pas tellement. »

Bobbi avait étalé son fond de teint n'importe comment, ce matin, peut-être parce qu'elle avait décidé qu'il n'était plus utile de cacher à Gard l'accélération du processus de changement physique qu'elle subissait. Gard se rendit compte qu'il pouvait voir la langue de Bobbi bouger dans sa tête pendant qu'elle parlait... sauf que cela ne ressemblait plus vraiment à une langue. Et ses pupilles, plus grandes, comme inégales et changeantes, semblaient regarder du fond d'une flaque d'eau. De l'eau légèrement teintée de vert. Gard sentit son estomac se retourner.

« Pas tellement, dit-elle. Juste pourri.

— Pourri ?

— Le vaisseau est fermé depuis plus de vingt-cinq mille siècles, expliqua patiemment Bobbi. *Hermétiquement* fermé. Nous serions tués par cette bouffée de mauvais air dès que nous ouvririons la trappe. Alors, nous allons porter ça.

— Qu'est-ce qu'il y a dedans ?

— Rien que du bon air de Haven. Les réservoirs sont petits — quarante à cinquante minutes d'autonomie. Ça s'attache à la ceinture comme ça, tu vois ?

— Oui. »

Bobbi lui tendit un des appareils. Gard attacha la bouteille d'air à sa ceinture. Pour ce faire, il dut relever son T-shirt, et il fut très content d'avoir décidé de laisser le 45 sous le lit.

« Ne commence à utiliser l'air du réservoir que juste avant que j'ouvre, dit Bobbi. Ah ! j'allais oublier. Tiens. Pour le cas où *toi*, tu oublierais. »

Elle lui tendit un pince-nez que Gard fourra dans sa poche de jeans.

« Bien ! dit Bobbi presque énergiquement. Est-ce que tu es *prêt*, maintenant ?

— Est-ce qu'on va vraiment entrer à l'intérieur ?

— Absolument », dit Bobbi d'un ton presque tendre.

Gardener émit un rire tremblant. Ses mains et ses pieds étaient glacés.

« Je suis drôlement excité, dit-il.

— Moi aussi, répondit Bobbi en souriant.

— Et j'ai peur.

— Il n'y a pas de raison, Gard, dit Bobbi de la même voix tendre. Tout se passera bien. »

Gard sentit dans cette tendresse quelque chose qui lui fit plus peur que tout.

2

Ils montèrent sur le Tomcat et gagnèrent les bois morts, silencieusement, accompagnés du seul ronronnement des batteries. Ils ne parlèrent ni l'un ni l'autre.

Bobbi gara le Tomcat près de la cabane et ils regardèrent un moment la soucoupe argentée émergeant de la tranchée. Le soleil matinal s'y réfléchissait en un secteur circulaire de plus en plus large et d'une luminosité très pure.

Entrer, songea de nouveau Gardener.

« Tu es prêt ? demanda à nouveau Bobbi. Viens, Rocky — c'est juste une grosse secousse, tu ne sentiras rien.

— Ouais, charmant », dit Gardener d'une voix un peu enrouée.

Bobbi le scruta de ses yeux changeants, de ses pupilles flottantes et dilatées. Gardener avait l'impression de sentir des doigts mentaux trifouiller dans ses pensées, tenter de les décortiquer.

« Tu sais qu'entrer là-dedans *pourrait* te tuer, finit par dire Bobbi. Pas l'air — on a réglé ce problème... C'est drôle, tu sais, ajouta-t-elle en souriant, cinq minutes à respirer de notre air en boîte ferait perdre conscience à n'importe quelle personne de l'extérieur, et en une demi-heure, elle serait morte. Mais cet air va nous garder en vie. Ça ne te fait pas tout drôle, Gard ?

— Si », dit Gard en contemplant le vaisseau et en se posant les questions qu'il se posait toujours : *D'où viens-tu ? Combien de temps as-tu dû voyager dans la nuit pour arriver ici ?* « Si, ça me fait tout drôle.

— Je *crois* que tu ne risques rien, mais tu sais..., dit Bobbi en haussant les épaules. Ta tête... cette plaque de métal dans ta tête interfère d'une certaine façon avec...

— Je connais les risques.

— Dans ce cas... »

Bobbi se tourna et se dirigea vers la tranchée. Gardener resta un instant immobile à la regarder.

Je connais les risques que me fait courir ma plaque. *Ce que je conçois moins clairement, ce sont les risques que tu me fais courir, Bobbi. C'est de l'air de Haven, que je vais respirer quand j'utiliserai ce masque, ou une sorte de DDT ?*

Mais ça n'avait pas d'importance, n'est-ce pas ? Les dés étaient jetés. Et *rien* ne l'empêcherait de voir l'intérieur de ce vaisseau s'il le pouvait, ni David Brown, ni rien au monde.

Bobbi avait atteint la tranchée. Elle se retourna, son visage maquillé formant un masque morne dans la lumière matinale qui traversait les vieux pins et les jeunes épicéas entourant les lieux.

« Tu viens ?

— Ouais », dit Gardener.

Il se mit en marche vers le vaisseau.

3

Descendre s'avéra extrêmement compliqué. Le treuil était commandé par un gros interrupteur-inverseur électrique à deux boutons, fixé sur une des poutres qui soutenaient l'abri, à vingt mètres du bord de la tranchée. Gardener comprit pour la première fois pourquoi il y avait tant de voitures neuves que l'on devait renvoyer à l'usine : un simple oubli, une commande mal placée.

Il y avait maintenant des semaines qu'ils utilisaient le treuil pour monter et descendre. Assez longtemps pour trouver ça tout à fait normal. Au bord de la tranchée, ils se rendirent compte que jamais encore ils n'étaient descendus ensemble, et qu'aucun d'eux ne s'était inquiété du fait que ses bras ne mesuraient pas tout à fait vingt mètres de long. Ce dont ils se rendirent également compte tous les deux, mais que ni l'un ni l'autre ne dit, c'était qu'ils auraient pu descendre l'un après l'autre, comme d'habitude : avec quelqu'un pour presser le bouton en bas, tout aurait été facile. Ni l'un ni l'autre ne le dit parce qu'il était sous-entendu entre eux cette fois-ci, et seulement cette fois-ci, qu'ils devaient descendre ensemble, parfaitement ensemble, chacun ayant engagé un pied dans l'unique boucle de la corde, les bras entourant la taille de l'autre, comme des amants sur une escarpolette. C'était stupide, tout à fait stupide — assez stupide pour constituer la seule manière d'agir.

Ils se regardèrent sans dire un mot, mais deux pensées fusèrent entre eux :

(ici nous sommes deux étudiants)

(Bobbi, où est-ce que j'ai laissé ma clé anglaise pour gaucher)

L'étrange Nouvelle Bouche Améliorée de Bobbi frissonna. Elle se retourna et pouffa. Gard sentit un instant la vieille chaleur toucher à nouveau son cœur. Ce fut la dernière fois qu'il vit vraiment la Vieille Bobbi Anderson.

« Est-ce que tu pourrais bricoler un boîtier de télécommande pour le treuil ?

— Oui, mais ça prendrait trop de temps. J'ai une meilleure idée. »

Ses yeux, songeurs et calculateurs, effleurèrent un instant le visage de Gardener, qui ne parvint pas vraiment à interpréter ce regard. Puis Bobbi se dirigea vers l'abri.

Gardener la suivit quelques pas et la vit ouvrir une grande boîte métallique verte fixée à un piquet. Bobbi fouilla dans le capharnaüm d'outils et de pièces détachées qui s'y trouvait, et revint avec un poste de radio à transistors plus petit que ceux que les « aides » de Gardener avaient transformés en Nouvelles Charges Explosives Améliorées à l'époque où Bobbi se remettait de son « insolation ». Gard n'avait jamais vu ce poste auparavant. Il était vraiment très petit.

L'un d'eux l'a apporté la nuit dernière, se dit-il.

Bobbi tira la petite antenne, inséra une fiche dans le boîtier de plastique et l'écouteur dans son oreille. Gard se souvint de Freeman Moss déplaçant les pompes comme un dresseur d'éléphants faisant évoluer ses pachydermes sur une piste de cirque.

« Ça ne prendra pas longtemps. »

Bobbi pointa l'antenne dans la direction de la ferme. Gardener eut l'impression d'entendre un lourd et puissant ronronnement — non pas porté par l'air, mais *dans* l'air, aurait-on dit. Un instant, son cerveau fut chatouillé par une musique, et il sentit cette douleur au milieu du front qui se manifeste quand on boit trop d'eau froide d'un coup.

« Et maintenant ?

— On attend, dit Bobbi. Il n'y en a pas pour longtemps. »

Son regard scrutateur passa à nouveau sur le visage de Gardener, et cette fois Gardener crut comprendre ce qu'il signifiait. *C'est qu'elle veut que je voie quelque chose. Et cette occasion se présente à point pour qu'elle me le montre.*

Il s'assit près de la tranchée et découvrit un très vieux paquet de cigarettes dans sa poche de poitrine. Il en restait deux à l'intérieur, une cassée, l'autre pliée, mais entière. Il l'alluma et fuma, songeur, pas vraiment fâché de ce retard, qui lui donnait l'occasion de peaufiner ses projets. Naturellement, s'il tombait raide mort dès qu'il passerait cette trappe ronde, ses projets s'en trouveraient quelque peu bouleversés.

« Ah ! Nous y voilà ! » dit Bobbi en se levant.

Gard se leva aussi. Il regarda autour de lui, mais ne vit rien.

« Là-bas, Gard. Dans le sentier. »

Bobbi exprimait une certaine fierté, comme un gosse qui vient faire admirer une caisse montée sur roues — la première voiture qu'il a fabriquée. Gardener aperçut enfin l'objet dont s'enorgueillissait Bobbi, et il se mit à rire. Il n'en avait pas vraiment eu l'intention, mais il n'avait pu s'en empêcher. Il croyait toujours qu'il s'était habitué au meilleur des mondes de la superscience hors normes de Haven, et à chaque fois un nouveau gadget le renvoyait à son ignorance. Comme maintenant.

Bobbi souriait, mais à peine, vaguement, comme si le rire de Gardener ne signifiait rien pour elle.

« Je sais, ça semble un peu étrange, mais ça suffira, crois-moi. »

C'était l'aspirateur Electrolux que Gard avait vu dans le hangar. Il ne roulait pas sur le sol, mais juste au-dessus, ses petites roues blanches tournant dans le vide, son ombre courant tranquillement à côté, comme un chien au bout de sa laisse. De l'arrière, où aurait dû s'insérer le tuyau d'aspiration, sortaient deux fils, fins comme des cheveux, en forme de V. *L'antenne*, se dit Gardener.

L'aspirateur atterrit, si l'on peut employer ce terme quand un objet retombe d'une hauteur de dix centimètres, et cahota sur le sol raviné de la zone de fouilles jusqu'à l'abri, laissant derrière lui de fines traces de roues. Il s'arrêta sous l'interrupteur contrôlant le treuil.

« Regarde-moi ça ! » dit Bobbi de ce même ton de fierté enfantin.

Il y eut un déclic, un ronronnement, et une cordelette noire sortit du flanc de l'aspirateur, comme une corde s'élevant du panier d'osier d'un fakir indien.

Mais ce n'était pas une cordelette. Gardener identifia un morceau de câble coaxial.

Il s'éleva dans les airs... monta... monta... monta. Il toucha le côté de l'interrupteur, puis glissa vers le devant du boîtier. Gardener eut un frisson de dégoût. C'était comme regarder une chauve-souris, un animal aveugle muni d'une sorte de radar. Une chose aveugle qui pouvait *chercher*.

L'extrémité du câble trouva les boutons de commande du treuil — le noir pour la descente, le rouge pour la montée. L'extrémité du câble toucha le bouton noir, et soudain se raidit. Le bouton noir s'enfonça d'un coup. Le moteur installé derrière la cabane se mit en marche, et la corde glissa dans la tranchée. Le câble coaxial relâcha sa pression, et le moteur s'arrêta. En se penchant, Gardener vit la corde qui pendait contre le flanc de la tranchée, environ quatre mètres plus bas. Le câble glissa plus bas vers le bouton rouge, se raidit, et le pressa. La corde remonta. Quand elle atteignit le sommet de la tranchée, le moteur s'arrêta automatiquement.

Bobbi se tourna vers Gard. Elle souriait, mais ses yeux étaient attentifs.

« Voilà, dit-elle. Ça marche.

— C'est incroyable », dit Gardener.

Ses yeux étaient passés de Bobbi à l'aspirateur tandis que le câble pressait les boutons. Bobbi n'avait fait aucun geste avec la radio (comme Freeman Moss avec son walkie-talkie) mais Gardener avait détecté des rides de concentration sur son front, et il avait vu ses yeux se baisser juste avant que le câble coaxial ne glisse du bouton noir vers le bouton rouge.

On dirait un teckel mécanique, une de ces adorables peintures absolument tuantes de Kelly Freas. C'est à ça que ça ressemble, mais ce n'est pas un robot, pas vraiment. Ça n'a pas de cerveau. Son cerveau, c'est Bobbi... et elle veut que je le sache.

Il y avait *beaucoup* de ces machines bricolées, dans le hangar, toutes alignées contre le mur. Celle sur laquelle l'esprit de Gard tentait de se fixer était la machine à laver avec son antenne en forme de boomerang.

Le hangar. Ça soulevait une question extrêmement intéressante. Gard ouvrit la bouche pour la poser... puis la referma, luttant dans le même temps pour épaissir autant qu'il le pouvait le bouclier dissimulant ses pensées. Il éprouvait le même vertige qu'un homme qui a failli basculer dans une crevasse de trois cents mètres en regardant un beau coucher de soleil.

Il n'y a personne à la maison — du moins à ce que je crois — et le hangar est fermé de l'extérieur. Alors comment Fido l'Aspirateur est-il sorti ?

Il avait vraiment été à un cheveu de poser cette question quand il s'était souvenu que Bobbi n'avait pas dit *d'où* venait l'Electrolux. Gard prit soudain conscience de l'odeur de sa propre sueur, aigre et mauvaise.

Il regarda Bobbi et vit que Bobbi le regardait avec ce petit sourire irrité qui signifiait qu'elle sentait Gardener penser... sans savoir quoi.

« Mais d'où sors-tu ce truc ? demanda Gardener.

— Oh... Je l'avais dans un coin, dit Bobbi avec un geste évasif de la main. L'important, c'est que ça marche. Bon, on a perdu assez de temps. On y va ?

— D'accord », dit-il.

Ils gagnèrent la tranchée. Bobbi engagea la première le pied dans la boucle. Gardener monta à son tour, tenant la corde. Le câble sortant du côté de l'aspirateur pressa le bouton noir.

Gard regarda une dernière fois le vieil aspirateur et se demanda à nouveau · *Comment diable est-il sorti ?*

Il glissait dans la tranchée étroite et s'imprégnait de l'odeur minérale de la roche humide. La surface lisse du vaisseau semblait monter sur sa gauche, comme le mur aveugle d'un gratte-ciel sans fenêtres.

4

Gard se dégagea de la corde. Bobbi et lui se tenaient côte à côte devant la rainure circulaire de la trappe, de la taille d'un grand hublot. Gardener découvrit qu'il lui était presque impossible de détacher les yeux du symbole qui y était gravé, et cela lui rappela un épisode de sa petite enfance. Il y avait eu une épidémie de diphtérie dans la banlieue de Portland où il habitait. Deux enfants étaient morts, et le ministère de la Santé publique avait imposé une quarantaine. Il se souvenait, en allant jusqu'à la bibliothèque, la main emprisonnée dans celle de sa mère, d'être passé devant des portes où l'on avait tracé des signes qu'il ne savait pas encore déchiffrer. Au début de chaque inscription, il y avait toujours le même mot en grosses lettres noires. Il avait demandé à sa mère ce que cela voulait dire, et elle avait répondu que ce mot signalait qu'un malade vivait dans la maison. Ce n'était pas un vilain mot, avait-elle dit, car il prévenait les gens de ne pas entrer. Sinon, avait-elle expliqué, ils risquaient d'attraper la maladie et de la transmettre à d'autres.

« Tu es prêt ? demanda Bobbi qui interrompit ses pensées par ces quelques mots.

— Qu'est-ce que ça signifie ? demanda Gard en montrant le symbole du doigt.

— Rasoirs Burma, répondit Bobbi sans sourire. Alors, tu es prêt ?

— Non... mais je crains de ne jamais l'être davantage. »

Il regarda le réservoir accroché à sa ceinture et se demanda à nouveau s'il allait inhaler un poison qui ferait exploser ses poumons à la première bouffée. Il ne le pensait pas. Cette étape devait être sa récompense : une visite à l'intérieur du Temple Sacré avant qu'on ne l'efface une fois pour toute de l'équation.

« D'accord, dit Bobbi. Je vais l'ouvrir...

— Tu vas l'ouvrir par la *pensée ?* demanda Gardener en regardant l'écouteur fiché dans l'oreille de Bobbi.

— Oui, répondit Bobbi d'un ton sans réplique comme pour dire : *Et comment faire autrement ?* Ça va s'ouvrir comme un diaphragme, et le mauvais air jaillira comme dans une explosion... Très mauvais, crois-moi. Dans quel état sont tes mains ?

— Qu'est-ce que tu veux dire ?

— Tu as des égratignures ?

— Rien qui ne soit en voie de cicatrisation, dit-il en tendant ses mains comme un petit garçon qui se soumet à l'inspection de sa mère avant de se mettre à table.

— Ça va, dit Bobbi en sortant une paire de gants de travail en coton de sa poche arrière et en les enfilant. J'ai la peau arrachée à deux ongles, expliqua-t-elle devant le regard interrogateur de Gard. Ce ne sera peut-être pas suffisant, mais j'espère que si. Quand tu verras que la trappe commence à s'ouvrir, ferme les yeux, Gard. Respire l'air du réservoir. Si tu inspires ne serait-ce qu'une bouffée de ce qui va sortir du vaisseau, ça te tuera aussi vite qu'un cocktail au Dran-O.

— Je n'en doute pas », dit Gardener.

Il inséra l'embout du tuba dans ses lèvres et ferma ses narines à l'aide du pince-nez. Bobbi en fit autant. Gardener entendait et sentait la pulsation de son sang dans ses tempes, très rapide, comme si on frappait d'un doigt de petits coups saccadés sur un tambour.

Ça y est... enfin.

« Prêt ? » demanda Bobbi une dernière fois.

Le mot, étouffé par l'embout du tuba, ressembla plutôt à *pouêt*.

Gardener hocha la tête.

« Tu te souviens ? » *Huhehouuhin ?*

Gardener acquiesça de nouveau.

Pour l'amour de Dieu, Bobbi, allons-y !

Bobbi acquiesça à son tour.

OK. Prépare-toi.

Avant qu'il ne puisse demander à quoi il lui fallait se préparer, le symbole s'incurva et Gardener comprit soudain, avec une excitation si profonde qu'elle lui donna presque la nausée, que la trappe s'ouvrait. Il y eut un bruit semblable à un hurlement, comme celui que produit n'importe quelle porte rouillée fermée depuis longtemps, et qui résiste très fort.

Il vit Bobbi tourner la valve du réservoir fixé à sa ceinture et l'imita. Puis il ferma les yeux. Un instant plus tard, un souffle très doux lui caressa la visage, écartant de son front ses cheveux ébouriffés. Gardener se dit : *La Mort. C'est la Mort. La Mort qui passe près de moi, remplissant cette tranchée comme du chlore. A cet instant précis, tous les microbes réfugiés à la surface de ma peau sont en train de crever.*

Son cœur battait beaucoup trop vite, et il commençait même à se demander si la sortie de gaz *(comme la bouffée de gaz sortant d'un cercueil,* ajouta son esprit avec une espièglerie hors de propos) n'était pas finalement en train de le tuer aussi, quand il se rendit compte qu'il avait seulement retenu sa respiration.

Il inspira par le tuba et attendit de voir s'il en mourrait. Non. Malgré un goût rance et sec, c'était tout à fait respirable.

Quarante, peut-être cinquante minutes d'air.

Ralentis, Gard. Inspire lentement. Fais-le durer. Pas d'essoufflement.

Il ralentit sa respiration.

Il essaya, du moins.

Puis le long cri de la trappe cessa. La bouffée d'air s'adoucit encore sur son visage avant de retomber totalement. Gardener passa alors une éternité dans le noir, face à la trappe ouverte, les yeux fermés. Les seuls bruits qu'il entendait étaient les battements sourds de son cœur et le sifflement de l'air dans la valve du réservoir. Il avait déjà un goût de caoutchouc dans la bouche, et ses dents serraient l'embout beaucoup trop fort. Il fit un gros effort pour se détendre.

Enfin, l'éternité se termina. Une pensée très claire de Bobbi emplit le cerveau de Gardener :

D'accord... ça devrait aller... tu peux ouvrir tes jolis yeux bleus, Gard.

Comme un enfant amené les yeux bandés devant l'arbre de Noël, Gard fit ce qu'elle lui disait.

5

Il était face à une coursive.

La coursive était parfaitement ronde, à l'exception d'une étroite zone plane, mais disposée presque verticalement. Position totalement absurde. Pendant un moment de folie, il imagina les Tommyknockers comme des mouches abominablement intelligentes se déplaçant dans la coursive en s'accrochant à la paroi avec leurs pattes munies de ventouses. Puis la logique reprit ses droits. La coursive était de travers, *tout* était de travers, parce que le vaisseau était penché.

Une douce lumière émanait des parois rondes et lisses.

Ils n'ont pas de problèmes de batteries, ici, se dit Gardener. Les leurs durent *vraiment plus longtemps!* Il scrutait le corridor, au-delà de la trappe, avec un profond émerveillement. *C'est vivant. Au bout de tous ces siècles, c'est encore en vie.*

J'entre, Gard. Tu viens?

Je vais essayer, Bobbi.

Elle entra, baissant la tête pour ne pas se cogner au bord supérieur de la trappe. Gardener hésita un moment, mordant à nouveau l'embout du tuba, et la suivit.

6

Il y eut un moment d'agonie. Il sentit plutôt qu'il n'entendit la radio remplir sa tête. Non pas une seule station : c'était comme si toutes les émissions de radio du monde avaient un instant hurlé dans son cerveau.

Puis tout se tut, simplement, comme ça. Il pensa à la façon dont la réception faiblit et disparaît quand on entre dans un tunnel. Il était entré dans le vaisseau, et toutes les ondes de l'extérieur avaient été totalement étouffées. Pas seulement celles de l'extérieur, comme il le découvrit peu après : Bobbi le regardait, lui envoyant, à l'évidence, une pensée — *Ça va?* devina Gardener —, mais ce n'était qu'une supposition. Il n'entendait plus du tout Bobbi dans sa tête.

Curieux, il lui transmit : *Ça va, continue!*

L'expression interrogatrice de Bobbi ne changea pas. Bien qu'elle fût beaucoup plus rompue que Gard à ce petit exercice, elle n'entendait rien non plus. Gard lui fit signe d'avancer. Elle finit par acquiescer et se mit en marche.

7

Ils parcoururent vingt pas dans la coursive. Bobbi avançait sans hésiter. Elle n'hésita pas non plus quand ils parvinrent à une trappe intérieure ronde qui s'ouvrait dans la partie plane de la coursive d'accès. Cette trappe, d'un mètre de diamètre, était béante. Sans même se retourner pour regarder Gardener, Bobbi s'y engouffra.

Gardener s'arrêta, jeta un coup d'œil à la coursive doucement éclairée derrière lui. La trappe extérieure était toujours là, hublot rond donnant sur l'obscurité de la tranchée. Il suivit Bobbi.

Une échelle était boulonnée à la paroi de la nouvelle coursive, presque assez étroite pour qu'on l'appelle un boyau. Gard et Bobbi n'eurent pas besoin de l'échelle car, du fait de la position du vaisseau, le boyau était presque horizontal. Ils progressèrent à quatre pattes, l'échelle leur raclant parfois le dos.

L'échelle mettait Gardener mal à l'aise. Pour commencer, les barreaux étaient distants de plus d'un mètre — autant dire qu'un homme, même doté de très longues jambes, aurait eu des difficultés à l'utiliser. Ensuite, les barreaux étaient plus que déroutants : au milieu, chacun s'incurvait en un demi-cercle, qui formait presque une encoche.

Les Tommyknockers ont vraiment la voûte plantaire très affaissée, se dit Gard en écoutant le bruit rauque de sa propre respiration. *Tu parles d'une information, Gard.*

Mais l'image qui s'imposa à lui ne fut pas celle de pieds plats ni de voûtes plantaires affaissées. L'image qui s'insinua dans son cerveau, tout doucement, mais avec une puissance simple et indéniable, fut celle d'une créature pas vraiment descriptible, possédant une serre unique à chaque pied, un gros ongle, qui se serait parfaitement encastré dans chacune de ces entailles tandis qu'elle serait montée à l'échelle...

Soudain, il lui sembla que la paroi ronde et peu éclairée l'enserrait, et il dut lutter contre un terrible accès de claustrophobie. Les Tommyknockers étaient bien là, et toujours en vie. A tout moment, il risquait de sentir une grosse main inhumaine se refermer sur sa cheville...

Des gouttes de sueur ruisselaient dans ses yeux, brûlantes.

Il s'essuya le front et jeta un coup d'œil par-dessus son épaule.

Rien. Rien, Gard. Reprends-toi.

Mais ils sont *là. Peut-être morts... mais vivants tout de même. Dans Bobbi, pour commencer. Mais...*

Mais il faut que tu voies, Gard. AVANCE!

Il se remit à ramper. Ses mains laissaient des empreintes humides sur le métal. Des empreintes humaines dans cette chose venue de Dieu sait où.

Bobbi arriva au bout du passage, pivota sur son estomac et disparut. Gardener la suivit, s'arrêtant toutefois à la sortie pour regarder où il débouchait. C'était une salle, de forme hexagonale, comme un grand alvéole de rayon de miel. Elle était également, depuis le « naufrage », inclinée selon un angle qui la faisait ressembler à une construction enfantine un peu ratée. Les murs luisaient d'une douce lumière incolore. Au sol, un gros câble sortait d'un joint d'étanchéité. Il se divisait ensuite en une demi-douzaine de fils plus fins, et chacun se terminait par une sorte de paire d'écouteurs au centre renflé.

Bobbi ne les regardait pas. Elle regardait dans un coin. Gardener suivit son regard et sentit son estomac prendre du poids. Sa tête se mit à flotter inconsidérément. Le cœur lui manqua.

Ils s'étaient rassemblés autour de leur manche à balai télépathique, ou Dieu sait quoi, quand le vaisseau avait percuté la Terre. Peut-être avaient-ils essayé, jusqu'au dernier instant, de redresser la trajectoire de leur plongeon. Et ils étaient là, deux ou trois d'entre eux du moins, rejetés dans le coin opposé. On avait du mal à dire à quoi ils ressemblaient tant ils étaient imbriqués les uns dans les autres. Le vaisseau avait heurté violemment le sol, et ils avaient été projetés dans ce coin où ils étaient toujours.

Accident de la circulation interstellaire, se dit Gardener avec une nausée. *Est-ce tout ce qu'il y a à en dire, Alf?*

Bobbi ne s'approchait pas de ces masses brunes empilées dans l'angle le plus bas de l'étrange pièce vide. Elle les regardait, ses mains se serrant et se desserrant. Gardener tenta de comprendre ce qu'elle pensait et ressentait, mais il n'y parvint pas. Il se retourna et se laissa doucement descendre dans la pièce. Il la rejoignit, marchant avec précaution sur le sol en pente. Bobbi le regarda avec ses étranges nouveaux yeux — *A quoi est-ce que je ressemble, à travers ces nouveaux yeux?* se demanda Gard — et retourna à sa contemplation des restes entremêlés dans le coin. Ses mains continuaient à s'ouvrir et à se refermer brusquement.

Gardener fit un pas dans la direction des masses brunes affaissées. Bobbi s'accrocha à son bras. Gardener se dégagea de son emprise sans même y penser. Il fallait qu'il les regarde. Il avait l'impression d'être un enfant attiré vers un tombeau ouvert, terrorisé mais poussé inexorablement à regarder. Il fallait qu'il *voie*.

Gardener, qui avait grandi dans le sud du Maine, traversait ce qu'il croyait être — malgré son aspect désolé — la salle de contrôle d'un vaisseau interstellaire. Sous ses pieds, le sol semblait aussi lisse que du verre, mais ses baskets n'avaient aucun mal à y adhérer. Il n'entendait pas d'autre son que sa propre respiration difficile, et ne sentait que l'air poussiéreux de Haven. Il marcha jusqu'aux corps sur le sol incliné, et les regarda.

Voilà les Tommyknockers, se dit-il. *Bobbi et les autres ne leur ressembleront pas exactement quand ils auront fini d' « évoluer ». Peut-être à cause de l'environnement, ou peut-être parce que le résultat final de l'évolution dépend de l'organisation physiologique originelle du — comment dire? Du groupe cible? — et présente un aspect un peu différent à chaque fois que ce genre de chose se produit. Mais il y a bien un air de famille. Peut-être que ceux-ci ne sont pas les originaux... mais ils n'en sont pas loin. Dieu qu'ils sont vilains !*

Il sentait la crainte... l'horreur... la répulsion qui coulait jusque dans ses veines.

Tard, la nuit dernière et celle d'avant, chantonna une voix peu assurée dans son cerveau, *Toc, toc à la porte — Les Tommyknockers ! Les Tommyknockers, les esprits frappeurs.*

Au début, il crut qu'il y en avait cinq, mais il n'y en avait que quatre — l'un était en deux morceaux. Aucun (de sexe masculin, féminin, neutre ?) ne semblait être mort facilement, ni dans la sérénité. Leurs visages étaient laids, avec un long groin. Leurs yeux étaient recouverts d'un film blanc ressemblant à une cataracte. Leurs lèvres étaient rentrées en un rictus uniforme. Leur peau était écailleuse mais transparente. Gard pouvait voir des faisceaux croisés de muscles figés aux mâchoires, aux tempes et le long des cous.

Ils n'avaient pas de dents.

8

Bobbi le rejoignit. Gard lut sur son visage combien elle était impressionnée, mais non révulsée.

Ce sont ses dieux, maintenant, et il est bien rare — si cela arrive jamais — que l'on soit révulsé par ses propres dieux, se dit Gardener. *Ce sont ses dieux, maintenant, et pourquoi pas ? Ce sont eux qui l'on faite ce qu'elle est aujourd'hui.*

Il les lui montra du doigt chacun à son tour, délibérément, comme un professeur. Ils étaient nus, leurs blessures clairement apparentes. Un accident de la circulation interstellaire, oui, mais Gardener ne croyait pas qu'il y ait eu une quelconque panne mécanique. Ces étranges corps couverts d'écailles étaient tailladés et griffés, couverts de coupures qui avaient mis leur peau en lambeaux. Une main à six doigts serrait encore le manche de ce qui ressemblait à un couteau à lame circulaire.

Regarde-les, Bobbi. Inutile d'être Sherlock Holmes pour voir qu'ils se battaient, qu'ils se livraient à un cassage de gueule en règle dans leur bonne vieille salle de contrôle. Pour tes foutus dieux, pas question de « réunissons-nous pour trouver une solution raisonnable à nos différends ». Ils s'entre-massacraient. Peut-être que tout avait commencé par une divergence d'opinion : était-il opportun d'atterrir ici ? Auraient-ils dû tourner à gauche après Alpha du Centaure ? En tout cas, le résultat est là. Souviens-toi de ce que nous pensions toujours que seraient les membres d'une espèce technologiquement avancée s'ils prenaient contact avec nous ? Nous pensions qu'ils seraient aussi intelligents que le Magicien d'Oz et aussi sages que Robert Young dans Papa a toujours raison. Eh bien, voici la vérité, Bobbi. Le vaisseau s'est écrasé parce qu'ils se battaient. Et où sont les armes modernes ? Les pistolets à laser ? La cabine de transmutation ? Je ne vois qu'un couteau. Les autres plaies ont dû être infligées par des miroirs brisés... ou par leurs mains nues... ou par ces grosses serres.

Bobbi détourna les yeux, les sourcils douloureusement froncés — une élève butée, qui ne voulait pas comprendre sa leçon, une élève qui, en fait, était bien décidée à *ne pas* la comprendre. Elle voulut s'éloigner. Gardener la retint par un bras et la ramena. Il lui montra les pieds des créatures.

Si Bruce Lee avait eu des pieds comme ça, il aurait tué mille personnes par semaine, Bobbi.

Les jambes des Tommyknockers étaient d'une longueur grotesque. Elles rappelaient à Gardener ces types qui montent sur des échasses et enfilent les pantalons rayés de l'oncle Sam pour les défilés de la fête nationale, le 4 Juillet. Les muscles, sous la peau translucide, étaient longs, comme des cordes grises. Les pieds, étroits, ne se terminaient pas vraiment par des doigts. A la place, chaque pied s'incurvait en une griffe épaisse et chitineuse, comme une serre d'oiseau. Comme une serre de rapace géant.

Gardener pensa aux encoches dans les barreaux de l'échelle et frissonna.

Regarde, Bobbi. Regarde comme ces serres sont foncées. C'est du sang, ou je ne sais quel fluide qui circulait en eux. Il s'est déposé sur les serres parce que ce sont elles qui ont fait l'essentiel des ravages. Je parie qu'avant l'accident, cette salle n'avait rien à voir avec la passerelle de commandement du vaisseau interstellaire Enterprise. *Juste avant le choc, elle ressemblait plutôt à une arène pour combats de coqs dans la grange délabrée d'un bouseux. C'est ça, le progrès, Bobbi ? A côté de ces types, Ted, l'Homme de l'Énergie, fait concurrence à Gandhi.*

Le front plissé, Bobbi s'écarta. *Laisse-moi tranquille,* disaient ses yeux.

Bobbi, est-ce que tu ne vois pas...

Gardener resta près des corps desséchés, la regardant remonter sur le sol incliné comme si elle escaladait une colline lisse et pentue. Elle ne glissa pas du tout. Elle tourna en direction d'un mur où était ménagée une autre ouverture ronde et s'y engouffra. Pendant un instant, Gardener vit encore ses jambes et la semelle sale de ses tennis, puis elle disparut.

Gard remonta la pente et resta un instant près du centre de la pièce, regardant l'unique câble sortant du sol, et les écouteurs qui en partaient. La similitude entre ce système et celui du hangar de Bobbi était parfaitement évidente. Sinon...

Il regarda autour de lui. Une pièce hexagonale. Nue. Pas de sièges. Pas de photo des chutes du Niagara — ou des chutes de Cygnus-B, plutôt. Pas de cartes d'astronavigation, pas d'équipement produits par Mabuse Laboratoires. Les producteurs de films de science-fiction et les gens des effets spéciaux auraient été dégoûtés par ce vide, se dit Gardener. Rien que des écouteurs dont les fils s'emmêlaient sur le sol et les corps, parfaitement conservés mais probablement aussi légers maintenant que des feuilles d'automne. Des écouteurs et les corps momifiés, en tas dans le coin où la gravité les avait entraînés. Rien de bien intéressant. Rien de très intelligent. Ça collait. Parce que les gens de Haven faisaient plein de trucs mais, tout bien considéré, aucun n'était très futé.

Il ne ressentait pas de déception, mais plutôt le sentiment d'avoir vu stupidement juste. Non pas d'avoir su la vérité — Dieu savait qu'il n'y avait pas de vérité dans tout ça — mais d'avoir vu juste, comme si quelque chose en lui avait toujours su que ce qu'ils trouveraient serait ainsi quand ils entreraient — s'ils entraient. Pas de clinquant à la Disneyland. De simples spécimens de nullité. Il se souvint soudain d'un poème de W. H. Auden sur la fuite : tôt ou tard, on arrive toujours dans une pièce, sous une ampoule nue pendant du plafond, seul, à trois heures du matin. Le monde de demain, semblait-il, était un lieu vide où des gens assez intelligents pour naviguer entre les étoiles étaient devenus fous et s'étaient entre-déchirés avec les griffes de leurs pieds.

Voilà pour Robert Heinlein, se dit Gard. Et il suivit Bobbi.

9

Il escaladait une pente en se disant qu'il avait totalement perdu la notion de sa position par rapport au monde extérieur. Il valait mieux ne pas y penser. Il utilisait l'échelle pour progresser. Il arriva à une porte rectangulaire et, au-delà, aperçut ce qui pouvait être une salle des machines : de gros blocs de métal, carrés à une extrémité, ronds à l'autre, disposés par paire. Des tuyaux, épais et de couleur argent mat, sortaient de chacune des extrémités carrées de ces blocs et s'en écartaient en formant des angles étranges et biscornus.

Comme les tuyaux sortant d'un vieux tacot d'enfant, se dit Gard. Il prit soudain conscience qu'un liquide chaud descendait au-dessus de sa bouche, puis sur ses lèvres, et bientôt le long de son menton. Non nez saignait à nouveau.. Lentement, mais cela signifiait que le saignement durait depuis un moment

Est-ce que la lumière est plus forte, ici ?

Il s'arrêta et regarda autour de lui.

Oui. Et n'entendait-il pas un léger ronronnement, ou était-ce son imagination ?

Il pencha la tête. Non, ce n'était pas l'effet de son imagination. Des machines. Quelque chose s'était mis en marche.

Ça ne s'est pas mis en marche, et tu le sais. C'est nous, qui l'avons mis en marche. nous l'avons réanimé.

Il mordit très fort l'embout du tuba. Il voulait sortir. Il voulait faire sortir *Bobbi*. Le vaisseau était vivant ; comme un cri, il eut l'étrange intuition que c'était le *nec plus ultra* Tommyknocker. C'était aussi le plus horrible de tout. Une créature sensible... Quoi ? Nous l'avons réveillée, naturellement. Gard voulait qu'elle reste endormie. Soudain, il eut tout à fait l'impression d'être Jacques fouinant dans le château pendant que le géant dormait. Il fallait qu'ils sortent. Il se mit à ramper plus vite. Une nouvelle idée traversa alors son esprit, l'arrêtant net :

Et si ça ne voulait pas nous laisser sortir ?

Il écarta cette idée, et continua.

10

Il arriva à une patte d'oie. La coursive de gauche continuait de monter, celle de droite s'enfonçait de manière abrupte. Il prêta l'oreille et entendit Bobbi ramper vers la gauche. Il la suivit et arriva à une autre ouverture. Bobbi était debout en contrebas. Elle leva brièvement vers Gard des yeux dilatés et pleins d'effroi. Puis elle reporta son regard sur la pièce.

En forme de losange, elle était pleine de hamacs suspendus dans des cadres de métal. Il y en avait des centaines, relevés comiquement vers la gauche. On aurait dit un dortoir de bateau figé en plein roulis. Tous les hamacs étaient pleins. Leurs occupants étaient attachés. Peau transparente, museau de chien, yeux laiteux et morts.

Un câble sortait de chacune des têtes triangulaires et écailleuses.

Pas seulement attachés, se dit Gardener. ENCHAÎNÉS. *Ils étaient l'énergie du vaisseau, n'est-ce pas, Bobbi ? Si c'est ça, le futur, il est temps de prendre nos jambes à notre cou. Ce sont des galériens morts.*

Ils semblaient gronder, mais Gardener se dit que les grondements de certains d'entre eux avaient dû rester coincés dans leur gorge, car leur tête avait apparemment éclaté, comme si, quand le vaisseau s'était écrasé, un gigantesque retour d'énergie avait littéralement fait exploser leur cerveau.

Tous morts. Enchaînés à leurs hamacs pour l'éternité, la tête pendante, le groin figé en un grognement éternel. Morts dans la pièce penchée.

Tout près, une autre machine se mit en marche, par à-coups rouillés au début, puis en tournant plus rond. Un instant après, le système de ventilation s'anima, et Gard se dit que la machine qui venait de se réveiller devait le commander. Un courant d'air lui caressa le visage, mais il n'eut pas la tentation de découvrir s'il était frais ou non.

C'est peut-être le fait d'avoir ouvert la trappe sur l'extérieur qui a mis ce truc en marche, mais je ne le crois pas. C'est nous. Et qu'est-ce qui va démarrer, maintenant, Bobbi ?

Imagine que maintenant, ce soient *eux* qui démarrent. Les Tommyknockers en personne. Imagine que leurs mains à six doigts gris et transparents se mettent à se serrer et se desserrer, comme les mains de Bobbi l'avaient fait quand elle avait vu les cadavres dans la salle de contrôle vide. Et si ces pieds griffus avaient un frisson ? Et si ces têtes tournaient, et si ces yeux laiteux les regardaient ?

Je veux sortir. Ces fantômes sont tout à fait vivants, et je veux sortir.

Il toucha l'épaule de Bobbi. Elle sursauta. Gardener regarda son poignet sans montre. Seule paraissait une zone plus blanche sur sa peau bronzée. Il avait porté une Timex, une vieille montre costaud qui avait fait bien des virées avec lui et en était toujours ressortie vivante. Mais deux jours de fouilles avaient eu raison d'elle. VOILÀ *un truc que John Cameron n'a jamais essayé dans ses foutues publicités télévisées,* se dit Gard.

Bobbi comprit. Elle montra le réservoir d'air attaché à sa ceinture, et leva les sourcils. *On est là depuis combien de temps ?*

Gardener n'en savait rien et s'en moquait. Il voulait sortir avant que tout ce foutu vaisseau ne s'éveille et ne fasse Dieu sait quoi.

Il montra la coursive. *C'est assez long. Fichons le camp.*

Un bruit épais, huileux et saccadé prit son essor derrière la paroi proche de Gardener. Il s'en écarta. Des gouttes de sang de son nez éclaboussèrent la cloison. Son cœur battait comme un fou.

Arrête. C'est seulement une sorte de pompe...

Le bruit huileux s'adoucit... et quelque chose s'enraya. Il y eut un cri perçant de métal grippé et une série d'explosions rapides et tonitruantes. Gardener sentit la paroi vibrer, et pendant un instant, la lumière fit mine de clignoter et de faiblir.

Est-ce que nous retrouverions notre chemin vers la sortie dans le noir, si les lumières s'éteignaient ? En voilà une plaisanterie ! qu'elle est bonne, señor !

La pompe tenta de se réamorcer. Un grand cri du métal obligea Gardener à mordre l'embout de caoutchouc. Le cri s'estompa et s'arrêta enfin. Il fut suivi par un long et puissant gargouillis, comme le bruit d'une paille s'acharnant au fond d'un verre vide. Puis plus rien.

Ça n'a pas pu rester là aussi longtemps sans qu'il y ait des dégâts, se dit Gardener avec soulagement.

Bobbi montrait la coursive. *Vas-y, Gard.*

Avant de partir, il vit Bobbi s'arrêter et regarder une fois encore les rangées de cadavres dans les hamacs. Il vit à nouveau la peur passer dans ses yeux.

Puis Gard rampa dans la coursive par où ils étaient venus, tentant de garder une progression régulière et calme tandis que la claustrophobie l'oppressait de nouveau.

11

Dans la salle de contrôle, une des parois s'était transformée en une gigantesque baie panoramique de seize mètres de long sur sept de haut.

Gardener resta bouche bée devant le ciel bleu du Maine et la frise de pins, d'épicéas et d'érables entourant la tranchée. Dans le coin de droite, il voyait le toit de leur abri de chantier. Il regarda le spectacle plusieurs secondes — assez longtemps pour que de grands nuages d'été blancs traversent le ciel bleu — avant de se rendre compte qu'il ne pouvait s'agir d'une fenêtre. Ils étaient quelque part au centre du vaisseau, et très profondément enfoncés dans le sol. Une fenêtre dans cette paroi ne pourrait montrer qu'un morceau du vaisseau. Même s'ils avaient été près de la coque, ce qui n'était pas le cas, ils n'auraient vu qu'un mur de roche couvert d'un treillis métallique, et peut-être une bande de ciel bleu tout en haut.

C'est une image vidéo. Ou quelque chose dans ce genre.

Mais il n'y avait pas de lignes, comme sur une télévision. L'illusion était parfaite.

La puissance de la fascination lui fit oublier son besoin frénétique de sortir, Gardener s'approcha lentement de la paroi. L'inclinaison lui donnait la sensation trompeuse de voler. C'était comme se glisser aux commandes d'un simulateur de vol et de tirer le faux manche à balai en une ascension vertigineuse. Le ciel était si lumineux que Gard devait cligner des yeux. Il continua de chercher une paroi, un mur, comme on cherche l'écran de cinéma en s'approchant d'une image projetée, mais il ne semblait pas qu'il y eût de mur. Les pins étaient d'un vrai vert clair. Seul le fait qu'il ne pouvait sentir la moindre brise ni l'odeur des bois infirmait la véracité de cette illusion.

Il s'approcha encore, cherchant toujours le mur.

C'est une caméra. Il ne peut s'agir que d'une caméra pointée vers l'extérieur du vaisseau, peut-être même au coin sur lequel Bobbi avait trébuché. L'angle le confirmait. Mais, Seigneur, c'est tellement vrai ! Si les gens de chez Kodak ou Polaroïd voyaient ça, ils...

On saisit son bras, très brutalement, et il fut envahi de terreur. Il se retourna, s'attendant à voir l'un d'*eux*, une chose grimaçante avec une tête de molosse porcin, tenant à la main un câble terminé par une prise : *Penchez-vous, monsieur Gardener. Ça ne vous fera pas mal.*

C'était Bobbi. Il montra le mur. Elle écarta ses mains et ses bras et les secoua rapidement pour mimer quelque chose. Puis elle montra à nouveau le mur-fenêtre. Au bout d'un moment, Gardener comprit. Bien que terrifiant, c'était presque drôle. Bobbi avait mimé une électrocution, lui disant qu'effleurer ce mur équivaudrait probablement à caresser le rail électrifié du métro.

Gardener hocha la tête, puis montra le couloir plus large par lequel ils étaient entrés. Bobbi acquiesça et passa devant.

Comme Gardener se hissait dans le tunnel, il eut l'impression d'entendre un bruit de feuilles sèches et se retourna, ressentant la terreur d'un enfant en plein cauchemar. Il était sûr que c'étaient eux, ces cadavres dans le coin, eux qui se levaient lentement sur leurs pieds crochus, comme des zombies.

Mais ils étaient toujours emmêlés dans leur coin. La grande vue claire du ciel et des arbres sur le mur (ou *à travers* le mur) s'estompait, perdant la précision de sa définition et la puissance de son réalisme.

Gardener se retourna et courut derrière Bobbi aussi vite qu'il le put.

7.

LE SCOOP, SUITE

1

Tu es fou, tu sais, se dit John Leandro en se garant exactement à la même place qu'Everett Hillman moins de trois semaines auparavant — ce que, bien sûr, Leandro ignorait. Et c'était probablement tout aussi bien ainsi.

Tu es fou, se dit-il à nouveau. *Tu as saigné comme un porc, tu as deux dents en moins, et tu projettes d'y retourner. Tu es fou !*

D'accord, se dit-il en sortant de sa vieille voiture. *J'ai vingt-quatre ans, je suis célibataire, mon ventre s'arrondit, et si je suis fou, c'est parce que je suis tombé sur cette histoire, je l'ai trouvée,* moi. *J'ai trébuché dessus. C'est important, et c'est à moi. C'est mon histoire. Non, utilise l'autre mot. C'est un peu ringard, mais qui me le reprochera ? C'est le mot juste :* mon scoop. *Je ne le laisserai pas me tuer, mais je vais m'y cramponner jusqu'à ce qu'il me lance dans la profession.*

Leandro était arrivé sur le parking à une heure et quart, en cette journée qui devait rapidement devenir la plus longue de sa vie (et la dernière, bien qu'il se fût juré le contraire), et il se dit : *Ça, c'est parler, mon vieux ! Tu vas t'y cramponner jusqu'à ce qu'il te lance dans la profession. Il est probable que Robert Capa ou Ernie Pyle ont pensé la même chose de temps à autre.*

Raisonnable. Sarcastique, mais raisonnable. Les régions les plus profondes de son esprit, pourtant, ne semblaient plus accessibles au raisonnement. *Mon histoire,* ne cessait-il de se répéter. *Mon scoop.*

John Leandro, vêtu maintenant d'un T-shirt sur lequel on pouvait lire : OÙ DIABLE SE TROUVE DONC TROIE ? DANS LE MAINE ! (David Bright aurait probablement ri à s'en faire péter les veines en lisant ça), traversa le petit parking des Fournitures médicales du Maine (« *Spécialistes des soins et des appareils respiratoires depuis 1946* »), et entra dans le magasin.

2

« Trente dollars, c'est une caution bien élevée, pour un masque. Vous ne trouvez pas ? » fit remarquer Leandro à l'employé.

Il comptait ses billets. Il croyait bien avoir trente dollars, mais il allait se retrouver à sec.

« Je n'aurais jamais pensé que c'était une aubaine pour le marché noir, ajouta-t-il.

— Avant, on ne demandait jamais de caution, dit l'employé, et on n'en demande toujours pas si on connaît la personne ou l'entreprise, vous savez. Mais j'en ai perdu un il y a une ou deux semaines. Un vieil homme est arrivé et m'a expliqué qu'il voulait un masque et un réservoir d'air comprimé. J'ai cru que c'était pour plonger, vous savez — il était vieux, mais il paraissait assez costaud — alors je lui ai parlé de Downeast ScubaDive à Bangor. Mais il a dit que non, qu'il voulait surtout que le matériel soit portable sur terre. Alors je lui ai loué un appareil. Il ne l'a jamais rapporté. Un appareil tout neuf. Deux cents dollars d'équipement. »

Leandro, presque malade d'excitation, regarda le vendeur. Il avait l'impression de suivre des flèches de plus en plus loin dans une caverne effrayante mais fabuleuse et totalement inexplorée.

« Ce masque, vous l'avez loué personnellement ?

— Le masque et le réservoir, oui. Je m'occupe de cette affaire avec mon père. Il livrait des bouteilles d'oxygène à Augusta. Qu'est-ce qu'il m'a passé ! Je ne sais pas s'il va apprécier que je loue encore un équipement, mais avec la caution, je pense que ça ira.

— Pouvez-vous me décrire l'homme à qui vous avez loué l'équipement ?

— Monsieur, est-ce que vous vous sentez bien ? Vous êtes un peu pâle...

— Je vais très bien. Pouvez-vous me décrire l'homme qui a loué l'équipement ?

— Un vieux. Bronzé. Presque chauve. Maigre... comme un clou, même. Mais je vous l'ai dit, il avait l'air costaud, dit le vendeur d'un air songeur. Il conduisait une Valiant.

— Pourriez-vous vérifier quel jour il est venu ?

— Vous êtes un flic ?

— Un reporter. Du *Daily News* de Bangor, dit Leandro en tendant sa carte de presse au vendeur qui se montra immédiatement très excité.

— Il a fait autre chose, à part faucher notre équipement ?

— Pourriez-vous vérifier le nom et la date s'il vous plaît ?

— Bien sûr. »

Le vendeur parcourut les pages de son registre. Il trouva la mention de la location et tourna le registre pour que Leandro puisse lire lui-même. A la date du 26 juillet, le nom du client, griffonné mais lisible, était Everett Hillman.

« Et vous n'avez pas signalé la perte de l'équipement à la police », dit Leandro

Ce n'était pas une question. Si, en plus de la propriétaire de Hillman, légitimement mécontente de voir deux semaines de loyer lui passer sous le nez, quelqu'un était venu trouver les flics afin de porter plainte pour vol contre le vieux, la police se serait sans doute davantage intéressée à sa disparition · comment, pourquoi... et *où.*

« Non. Mon père a dit que ce n'était pas la peine. Notre assurance ne couvre pas le vol des équipements loués, vous comprenez, alors... c'est comme ça. »

Le vendeur haussa les épaules et sourit, mais il avait l'air un peu gêné, un peu hésitant, et Leandro le remarqua. Peut-être était-il, comme David Bright le craignait, une andouille irrécupérable, mais il n'était pas stupide. Si ces commerçants avaient déclaré le vol ou la disparition de l'équipement, la compagnie ne les aurait pas couverts, mais le père de ce type connaissait un autre moyen de faire casquer la compagnie d'assurances. Pour le moment, ce n'était cependant qu'une considération très secondaire.

« Bien, merci de votre aide, dit Leandro en retournant le registre. Maintenant, si nous pouvions terminer...

— Naturellement, oui, dit le vendeur qui était visiblement heureux d'abandonner le sujet de l'assurance. Et vous ne direz rien de tout ça dans le journal avant d'en parler à mon père, n'est-ce pas ?

— Absolument rien, affirma Leandro avec une chaleureuse sincérité que même P.T. Barnum aurait admirée. Est-ce que je pourrais signer l'accord...

— C'est ça. Vous avez une pièce d'identité ? Je n'en ai pas demandé au vieux, et pour ça aussi, mon père m'a sonné les cloches, croyez-moi.

— Je viens de vous montrer ma carte de presse.

— Je sais, mais vous avez peut-être une *vraie* pièce d'identité ? »

Leandro soupira et posa son permis de conduire sur le comptoir.

3

« Vas-y doucement, Johnny », dit David Bright.

Leandro lui téléphonait d'une cabine près d'un parking de restaurant. Il décela un début d'excitation dans la voix de Bright. *Il me croit. Putain de Dieu, je crois qu'il finit par me croire !*

Alors qu'il quittait le magasin des Fournitures médicales du Maine et reprenait la route de Haven, Leandro avait atteint un tel degré d'excitation et une telle tension qu'il avait cru exploser s'il ne parlait pas à quelqu'un. Il le *fallait.* Il considérait qu'il détenait là une responsabilité qui supplantait son désir de revendiquer ce scoop pour lui seul. Il le fallait parce qu'il y retournait, et que quelque chose pourrait facilement lui arriver. Et dans ce cas, il voulait s'assurer que quelqu'un savait quelle piste il suivait. Et Bright, aussi insupportable qu'il fût, était du moins foncièremen. honnête. Il ne le doublerait pas.

Doucement, oui, il faut que j'y aille doucement.

Il porta le combiné à son autre oreille. Le soleil lui tapait sur le cou, mais ce n'était pas désagréable. Il commença par raconter son premier voyage vers Haven : l'incroyable bousculade des stations de radio, les violentes nausées, le nez qui saignait, les dents tombées. Il raconta à Bright sa conversation avec le vieux vendeur du magasin de Troie, le magasin vide, toute la région qui semblait partie pêcher à la ligne. Il ne dit rien de ses soudaines lumières en mathématiques, parce qu'il s'en souvenait à peine. *Quelque chose* était arrivé, mais c'était vague et diffus dans son esprit.

En revanche, il expliqua à Bright qu'il avait l'impression que l'air de Haven avait été comme empoisonné — qu'un produit chimique avait dû se répandre, ou bien qu'un gaz naturel mais mortel devait s'échapper des profondeurs de la terre.

« Un gaz qui améliorerait la réception des émissions de radio, Johnny ? »

Oui, il savait que c'était improbable, il savait que tout ne concordait pas encore, mais il y était *allé* et il était certain que c'était l'air qui l'avait rendu malade. Alors il avait décidé de se munir de réserves d'oxygène et d'y retourner.

Il raconta comment, par hasard, il avait découvert qu'Everett Hillman, que Bright avait considéré comme un vieux toqué, était venu avant lui, et avait demandé exactement le même type d'équipement.

« Alors, qu'est-ce que tu en penses ? » demanda finalement Leandro.

Il y eut un silence, puis Bright prononça les mots les plus doux que John ait jamais entendus :

« Je crois que tu avais raison depuis le début, Johnny. Il se passe quelque chose de curieux, là-bas, et je te conseille instamment de ne pas y retourner. »

Leandro ferma les yeux et posa la tête contre le montant de la cabine téléphonique. Il souriait d'un grand sourire émerveillé. *Raison. J'ai raison depuis le début.* Ah, comme c'étaient de belles paroles, de jolis mots, des mots de consolation et de béatitude. *Raison depuis le début.*

« John ? Johnny ? Tu es toujours là ? »

— Je suis là », répondit Leandro sans ouvrir les yeux ni se départir de son sourire. *Je savoure, mon vieux David, parce que je crois que j'ai attendu toute ma vie que quelqu'un me dise que j'avais raison depuis le début. Raison pour quelque chose. Raison pour n'importe quoi.*

« N'y va pas. Appelle la police.

— C'est ce que tu ferais ?

— Sûrement pas !

— Eh bien, dit Leandro en riant, nous y voilà. Tout se passera bien. J'ai de l'oxygène.

— A en croire le type des fournitures médicales, Hillman en avait aussi. Et ça ne l'a pas empêché de disparaître.

— J'y vais. Quoi qu'il se passe à Haven, je serai le premier à le voir... et à en prendre des photos.

— Je n'aime pas ça.

— Quelle heure est-il ? »

La montre de Leandro s'était arrêtée, ce qui l'étonna. Il était presque certain de l'avoir remontée le matin même en se levant.

« Presque deux heures.

— Bon. Je t'appellerai à quatre heures. Et à six heures, etc. Jusqu'à ce que je sois rentré sain et sauf chez moi. Si tu n'entends pas parler de moi pendant plus de deux heures, appelle les flics.

— Johnny, tu parles comme un gosse qui jouerait avec des allumettes et donnerait à son père l'autorisation de l'éteindre s'il prenait feu.

— Tu n'es pas mon père, lança sèchement Leandro.

— Écoute, Johnny, soupira Bright. Si ça peut te faire plaisir, je m'excuse de t'avoir appelé Jimmy Olsen. Tu avais raison, est-ce que ça ne suffit pas ? Ne va pas à Haven.

— Deux heures. Je veux deux heures, David. J'ai *droit* à deux heures, bon Dieu ! »

Leandro raccrocha.

Il prit la direction de sa voiture... puis fit demi-tour et se dirigea d'un air de défi vers le comptoir du restaurant et commanda deux cheeseburgers avec tous les suppléments possibles. C'était la première fois de sa vie qu'il mangeait dans un de ces lieux que sa mère appelait des *restaurants du bord de la route* — et quand elle prononçait ces mots, on avait l'impression qu'elle parlait des plus sombres bouges de films d'horreur tels que *Ça venait d'un restaurant du bord de la route*, ou *La Terre contre les monstres microbes*.

Quand ils arrivèrent, les cheeseburgers étaient brûlants et enveloppés dans des feuilles de papier sulfurisé un peu gras portant, répétés sur toute leur surface, les merveilleux mots de BURGER DU RANCH DE DERRY. Il avait englouti le premier avant même d'atteindre sa Dodge.

« Merveilleux, marmonna-t-il sans que sa bouche pleine puisse réellement articuler. Merveilleux, merveilleux. »

Microbes, au travail ! se dit-il avec l'œil conquérant d'un ivrogne tandis qu'il s'engageait sur la Route n° 9. Il ne savait naturellement pas que, maintenant, les choses changeaient rapidement à Haven, surtout depuis midi. Pour employer un terme cher aux spécialistes du nucléaire, Haven se trouvait actuellement en situation critique. Haven était en fait devenu un pays en soi, dont les frontières étaient bien gardées.

Ignorant ce fait, Leandro continua sa route, dévorant son second cheese-burger avec le seul regret de ne pas avoir commandé de milk-shake à la vanille pour compléter son repas.

4

Quand il arriva à la hauteur du magasin de Troie, son euphorie s'était dissipée, et sa vieille nervosité latente se manifestait de nouveau. Le ciel était d'un bleu uniforme parcouru de quelques traînées de nuages blancs, mais ses nerfs pressentaient l'arrivée d'un orage. Il regarda l'équipement de respiration posé sur le siège à côté de lui, et dont le masque doré était recouvert d'un rond de Cellophane où l'on pouvait lire : SCEAU SANITAIRE — POUR VOTRE PROTECTION. *En d'autres termes*, se dit Leandro, *microbes, gardez vos distances !*

Aucune voiture sur la route. Aucun tracteur dans les champs. Pas un gamin pieds nus portant des cannes à pêche sur le bas-côté. Troie semblait silencieux (et sans doute édenté, se dit John), sous le soleil d'août.

Il garda son autoradio réglé sur WZON, et quand il passa devant l'église baptiste, le volume de la station faiblit, puis l'émission fut submergée par d'autres voix. Peu après, ses cheeseburgers commencèrent à arpenter nerveusement son estomac, avant de se mettre à cabrioler. Il les imaginait éliminant leur graisse en retombant. Il était tout près du lieu où il s'était arrêté lors de sa première tentative. Il fit halte à nouveau, sans attendre que les symptômes alarmants ne s'aggravent. Ces cheeseburgers lui avaient semblé trop bons pour qu'il les perde.

5

Le masque à oxygène en place, ses malaises disparurent instantanément, mais pas cette nervosité qui le rongeait. Il se regarda dans le rétroviseur, le masque doré sur le nez et la bouche, et prit peur. Était-ce bien lui ? Le regard de cet homme était trop sérieux, trop intense... On aurait dit les yeux d'un pilote de chasse. Leandro ne voulait pas que David Bright et ses pareils le considèrent comme une andouille, mais il n'était pas sûr de vouloir être à ce point sérieux.

Trop tard, maintenant. Tu y es.

A la radio caquetaient cent voix différentes, mille peut-être. Leandro l'éteignit. Là, devant lui, approchait le panneau annonçant l'entrée dans la commune de Haven. Leandro, qui ne savait rien du bas nylon invisible, s'approcha... passa la ligne, et entra dans Haven sans le moindre ennui.

Bien que la pénurie de piles fût à nouveau critique à Haven, on aurait *pu* créer des champs de force sur la plupart des routes menant au village. Mais dans la confusion et la peur qu'avaient créées les événements du matin, Dick Allison et Newt Berringer avaient pris une décision qui devait affecter directement John Leandro. Ils voulaient que Haven soit fermé, mais ils ne voulaient pas que quelqu'un se heurte à une inexplicable barrière au milieu de ce qui semblait être de l'air pur, fasse demi-tour, et aille raconter son aventure à qui il ne fallait pas...

... c'est-à-dire à n'importe qui ailleurs dans le monde, pour l'instant.

Je ne pense pas que quiconque puisse approcher si près, avait dit Newt. Dick et lui se trouvaient dans le camion de Dick, au milieu d'un convoi de voitures et de camions fonçant chez Bobbi Anderson.

C'est ce que je pensais, répondit Dick, *avant Hillman... et la sœur de Bobbi. Quelqu'un pourrait entrer... mais dans ce cas, il ne ressortirait jamais.*

Bon, d'accord. Comme tu voudras. Mais est-ce que tu ne pourrais pas conduire ce tas de ferraille un peu plus vite ?

Le fond des pensées des deux hommes — de toutes les pensées qui les entouraient — mêlait déception et fureur. Pour le moment, l'incursion possible d'un étranger dans Haven était le cadet de leurs soucis.

« Je *savais* qu'on aurait dû se débarrasser de ce foutu ivrogne ! » hurla Dick tout haut en abattant son poing sur le tableau de bord. Il ne portait pas de maquillage, aujourd'hui. Sa peau, tout en devenant de plus en plus transparente, avait commencé à se durcir. Le centre de son visage — comme le visage de Newt, ainsi que le visage de tous ceux qui avaient fréquenté le hangar de Bobbi —, s'était mis à enfler, à prendre indubitablement la forme d'un groin.

6

John Leandro n'en savait naturellement rien. Tout ce qu'il savait, c'était que l'air qui l'entourait était empoisonné, plus empoisonné encore que même *lui* l'aurait cru. Il avait retiré le masque juste le temps d'une bouffée d'air et le monde s'était immédiatement estompé dans l'obscurité. Il avait remis le masque précipitamment, son cœur battant à se rompre, les mains glacées.

Deux cents mètres après l'entrée dans la commune, la Dodge de Leandro rendit l'âme. La plupart des voitures et des camions de Haven avaient été bricolés pour qu'ils ne soient pas gênés par l'augmentation du champ électromagnétique provenant, depuis deux mois environ, du vaisseau enterré (Elt Barker se chargeait le plus souvent de ce travail dans son garage Shell), mais la voiture de Leandro n'avait subi aucun traitement spécial.

Il resta un moment assis derrière le volant, regardant bêtement ces idiotes de lumières rouges, mit le levier de vitesse au point mort et tourna la clé. Le moteur ne sursauta pas. Bon sang, la bobine ne cliqueta même pas !

Peut-être que le câble de la batterie s'est débranché.

Ce n'était pas le câble de la batterie car, dans ce cas, les voyants HUILE et AMP ne se seraient pas allumés. Ça n'avait pas d'importance. En fait, il savait que ce n'était pas le câble de la batterie, simplement parce qu'il le savait.

A cet endroit, des arbres bordaient les deux côtés de la route. Le soleil qui filtrait à travers leurs feuilles mouvantes projetait des taches claires et sombres sur l'asphalte et la terre blanche des bas-côtés. Leandro sentit soudain que des yeux le regardaient de derrière les arbres. C'était idiot, naturellement, mais l'impression n'en était pas moins puissante pour autant.

D'accord, maintenant il faut que tu repartes, et que tu voies si tu peux marcher hors de la zone empoisonnée avant de ne plus avoir d'air. Tes chances s'amenuisent à chaque seconde où tu restes là à te faire peur.

Il essaya de nouveau de tourner la clé de contact. Toujours rien.

Il prit son appareil photo, passa la sangle sur son épaule et sortit. Il regarda d'un air inquiet les bois qui s'étendaient à droite de la route. Il crut entendre quelque chose derrière lui, comme un frottement. Il se retourna brusquement, les lèvres relevées en un rictus de peur.

Rien... rien qu'il pût *voir*.

Les bois sont beaux, sombres et profonds.

En route. Tu gâches de l'air.

Il rouvrit la porte, se pencha et sortit le pistolet de la boîte à gants. Il le chargea, puis tenta de le glisser dans sa poche de droite. Il était trop gros. S'il le laissait là, il avait peur qu'il ne tombe et que le coup ne parte tout seul. Il releva son T-shirt tout neuf et glissa le pistolet dans sa ceinture avant de rabattre le T-shirt dessus.

Il regarda de nouveau les bois, puis la voiture, avec amertume. Il se disait qu'il pourrait prendre des photos, mais qu'y verrait-on ? Rien qu'une route de campagne déserte. On en voyait partout, même au plus fort de la saison touristique. Les photos ne rendraient pas le manque de bruits dans les bois ; elles ne montreraient pas que l'air était empoisonné.

Adieu le scoop ! Oh, tu écriras des tas d'articles sur ce sujet, et j'ai l'impression que tu vas indiquer à plein d'équipes de télévision quel est ton bon profil ; mais ta photo sur la couverture de Newsweek *? Le prix Pulitzer ? Oublie-les.*

Au fond de lui-même, son côté le plus adulte répétait avec insistance que c'était idiot, que mieux valait la moitié d'une miche que pas de pain du tout, que la plupart des reporters du monde tueraient pour une simple tranche de ce pain-là, quel qu'il soit en réalité.

Mais John Leandro était plus jeune que ses vingt-quatre ans. Quand David Bright avait vu en lui une andouille, il ne s'était pas trompé. Il avait des excuses, naturellement, mais les excuses ne changent rien aux faits. C'était comme s'il avait marqué un essai contre toute attente, mais ne l'avait pas transformé. *Seigneur, tant que vous y étiez à me favoriser, pourquoi est-ce que vous ne m'avez pas laissé triompher complètement ?*

Le village de Haven était à peine à plus d'un kilomètre. Il pouvait y être en un quart d'heure... mais alors il ne pourrait jamais sortir de la zone empoisonnée avant que ne s'épuisent ses réserves d'air, et il le savait.

J'aurais dû louer deux de ces foutus appareils.

Même si tu y avais pensé, tu n'aurais pas eu assez d'argent liquide pour verser la double caution. La véritable question, Johnny, c'est de savoir si, oui ou non, tu es prêt à mourir pour ton scoop ?

Non. Si sa photo devait faire la couverture de *Newsweek,* il ne voulait pas qu'elle soit entourée d'un filet noir.

Il se mit en route vers Troie. Il avait fait une soixantaine de pas quand il se rendit compte qu'il entendait des moteurs, plein de moteurs, très loin.

Il se passe quelque chose à l'autre bout de la commune.

Ça pourrait tout aussi bien se passer sur la face cachée de la Lune. Laisse tomber.

Après un nouveau coup d'œil vers les bois, il se remit en marche, mal à l'aise. Une douzaine de pas plus tard, il se rendit compte qu'il entendait un autre bruit : un faible ronronnement qui s'approchait de lui par-derrière.

Il se retourna et sa bouche s'ouvrit de surprise. A Haven, presque tout juillet avait été le Mois Municipal du Gadget. L' « évolution » progressant, les gens de Haven ne s'étonnaient plus de ces choses... mais les gadgets étaient toujours là, étranges éléphants blancs comme ceux que Gardener avait vus dans le hangar de Bobbi. Beaucoup avaient été affectés à la surveillance des frontières. Hazel McCready trônait dans son bureau de l'hôtel de ville devant une batterie d'écouteurs, dirigeant brièvement les engins à tour de rôle. Elle était furieuse qu'on l'ait laissée là pour assurer cette tâche alors que l'avenir de *tout* était en jeu à la ferme de Bobbi. Mais... quelqu'un avait finalement réussi à pénétrer dans la commune.

Heureuse de cette diversion, Hazel entreprit de se débarrasser de l'intrus.

7

C'était le distributeur de Coca-Cola qui se trouvait naguère devant le supermarché Cooder. Leandro regarda la machine approcher, et l'étonnement le paralysa ; le joli parallélépipède rectangle rouge et blanc de deux mètres de haut sur un mètre de large fendait rapidement l'air dans sa direction, flottant à une cinquantaine de centimètres du sol.

Je suis tombé dans une pub, se dit Leandro. *Une sorte de pub étrange. Dans une ou deux secondes, la porte de cette chose va s'ouvrir et O. J. Simpson va en sortir comme un diable de sa boîte.*

L'idée était drôle. Leandro se mit à rire. Alors même qu'il riait, il se dit qu'elle était là, sa photo... Seigneur, oui ! C'était *la* photo : une machine de Coca-Cola flottant sur une route rurale !

Il saisit son Nikon. Le distributeur de Coke, marmonnant pour lui-même, fit le tour de la voiture en panne et continua son chemin. On aurait dit l'hallucination d'un fou, mais le devant de la machine proclamait que, même si certains désirent se convaincre du contraire, COCA-COLA C'EST ÇA !

Riant toujours, Leandro se rendit compte que la machine, loin de s'arrêter, accélérait. Et qu'est-ce que c'était qu'un distributeur de boissons, en fait ? Un réfrigérateur orné d'autocollants publicitaires. Et un réfrigérateur, c'était *lourd*. La machine à Coke, missile guidé rouge et blanc, fendait l'air en direction de Leandro. Le vent produisait un petit sifflement dans le clapet de retour des pièces.

Leandro oublia la photo. Il sauta vers la gauche. Le distributeur de Coke heurta son tibia et le brisa. Pendant un moment, sa jambe ne fut plus qu'un éclair de pure douleur blanche. Il hurla dans le masque doré en atterrissant sur son estomac, déchirant son T-shirt au bord de la route. Le Nikon vola à l'extrémité de sa sangle et heurta bruyamment le gravier du bas-côté.

Oh ! Espèce de fils de pute ! Cet appareil vaut quatre cents dollars !

Il se mit sur ses genoux et se retourna, le T-shirt déchiré, la poitrine en sang, la jambe hurlant.

La machine recula. Elle resta un instant suspendue dans l'air, sa face avant se tournant de droite et de gauche en petits arcs qui rappelèrent à Leandro le balayage d'un radar. Le soleil se reflétait dans sa porte vitrée. A l'intérieur, Leandro voyait des bouteilles de Coke et de Fanta.

Soudain elle s'orienta droit sur lui... et accéléra.

Elle m'a trouvé ! Seigneur...

Il se leva et tenta de sauter sur sa jambe gauche jusqu'à sa voiture. La machine se lança sur lui, le clapet de retour des pièces émettant un hurlement sinistre.

Avec un cri, Leandro se jeta en avant et roula. La machine ne le rata que de quelques centimètres. Il atterrit sur la route. La douleur remonta de sa jambe brisée. Leandro cria de nouveau.

La machine tourna, s'arrêta, le trouva, et redémarra.

Leandro chercha le pistolet glissé dans sa ceinture et le sortit. Il tira quatre fois, en équilibre sur ses genoux. Chaque balle atteignit son but. La troisième brisa la porte vitrée de la machine.

La dernière chose que Leandro vit avant que la machine ne le heurte de ses trois cents kilos, fut la mousse et les gouttes jaillissant des bouteilles de soda brisées par ses balles.

Des bouteilles brisées fonçaient sur lui à soixante à l'heure.

Maman! hurla l'esprit de Leandro, et il serra ses bras autour de sa tête.

En fait, il n'avait pas à s'inquiéter des bouteilles brisées, ni des microbes qui avaient pu proliférer dans les cheeseburgers du Ranch. Une des vérités primordiales de l'existence est que, lorsqu'on est sur le point d'être heurté par un distributeur de Coca-Cola pesant trois cents kilos et lancé à soixante à l'heure, on n'a plus à s'inquiéter de rien d'autre.

Il y eut un bruit tonitruant d'écrasement. L'avant du crâne de Leandro éclata comme un vase Ming projeté du cinquième étage. Une fraction de seconde plus tard, sa colonne vertébrale se brisa. Pendant un moment, la machine le traîna à sa suite, collé à elle comme un gros insecte maculant le pare-brise d'une voiture rapide. Ses jambes désarticulées traînaient sur la route, la ligne blanche se déroulant entre elles. Les talons de ses chaussures de tennis frottèrent le macadam jusqu'à n'être plus que des masses de caoutchouc fumant. Il en perdit une.

Puis il glissa au sol et s'abattit sur la route.

Le distributeur de Coke reprit la route du village de Haven. Le réceptacle des pièces avait été faussé quand la machine avait heurté Leandro, et tandis que la machine ronronnante filait dans les airs, des pièces de tous diamètres s'envolaient en un flot continu du clapet de retour de monnaie et allaient rouler sur l'asphalte.

8.

GARD ET BOBBI

1

Gardener savait que Bobbi ne tarderait pas à exécuter son projet : la veille, elle avait accompli ce que la Nouvelle Bobbi Améliorée considérait comme sa dernière obligation envers le bon vieux Jim Gardener, arrivé quelques semaines plus tôt pour sauver son amie et resté pour badigeonner une bien étrange clôture.

Il se dit, en fait, que ce serait la corde, que Bobbi monterait la première et, une fois en haut, ne la renverrait pas et couperait la commande du treuil. Il resterait là, en bas, à côté de la trappe, et il mourrait, tout près de cet étrange symbole. Bobbi n'aurait pas à se salir les mains par un véritable meurtre. Elle n'aurait pas non plus à craindre que le bon vieux Gard ne meure lentement et misérablement de faim. Le bon vieux Gard mourrait d'hémorragies multiples, et très rapidement.

Mais Bobbi insista pour que Gard monte le premier, et l'étincelle sardonique qu'il vit dans ses yeux lui montra qu'elle avait très bien compris ce qu'il pensait, sans pour cela, d'ailleurs, avoir à lire ses pensées.

La corde s'éleva dans les airs et Gardener s'y accrocha, luttant contre son envie de vomir, une envie, se dit-il, qu'il lui serait bientôt impossible de réprimer, mais Bobbi lui avait envoyé une pensée qui lui était parvenue tout à fait clairement dès qu'ils s'étaient extraits de la trappe : *Ne retire pas le masque avant d'arriver en haut.* Les pensées de Bobbi étaient-elles plus claires qu'avant, ou bien l'avait-il imaginé ? Non, il n'avait rien imaginé. Tous deux avaient reçu une bonne dose supplémentaire à l'intérieur du vaisseau. Le nez de Gard saignait toujours et sa chemise se maculait de sang. C'était de loin le pire saignement de nez qu'il eût connu depuis que Bobbi l'avait amené ici.

Pourquoi ça ? avait-il répondu en silence, faisant tout son possible pour ne transmettre que cette pensée superficielle, et pas les plus profondes.

Presque toutes les machines que nous avons entendues étaient des systèmes de renouvellement d'air. Respirer maintenant l'air de la tranchée te tuerait tout aussi rapidement que respirer celui qui était dans le vaisseau quand nous l'avons ouvert. Il faudra plus d'une journée pour que tout redevienne normal.

Cela n'avait pas grand rapport avec les pensées qu'on attend généralement d'une femme qui désire votre mort, mais la lueur sardonique persistait dans les yeux de Bobbi.

Accroché au câble comme à sa vie, mordant l'embout de caoutchouc, Gardener luttait pour contrôler son estomac.

La corde arriva au sommet. Il s'écarta du vide sur des jambes qui ne valaient guère mieux que des élastiques sur un rouleau de papier, remarquant à peine l'aspirateur maintenant au repos près de l'abri. *Compte jusqu'à dix*, se dit-il. *Compte jusqu'à dix, éloigne-toi autant que tu le pourras de la tranchée, et ensuite retire le masque, et advienne que pourra. Je crois de toute façon que je préfère mourir que de rester dans cet état.*

Il arriva à cinq et ne put se retenir davantage. De folles images dansèrent devant ses yeux : le verre vidé dans le décolleté de Patricia McCardle ; Bobbi titubant sur son porche pour l'accueillir quand il était enfin arrivé ; le grand bonhomme avec un masque doré sur le visage qui s'était retourné pour le regarder depuis la fenêtre du passager d'une quatre-quatre alors que Gardener était vautré sur le porche, fin soûl.

Si j'avais creusé ailleurs dans la gravière, qui sait si j'aurais trouvé aussi celle-là ! songea-t-il, et c'est alors que son estomac se révolta enfin.

Il arracha l'embout de caoutchouc de sa bouche et vomit, cherchant à tâtons un pin en bordure de la clairière pour s'y cramponner.

Il vomit à nouveau et se dit qu'il n'avait jamais vomi ainsi de toute sa vie. Par ses lectures, il savait pourtant que cela pouvait arriver. Il éjectait de la matière — essentiellement sanguinolente — en boulettes qui partaient comme des balles. Et c'étaient presque des balles. C'était une crise de vomissements en jet. Dans les cercles médicaux, ce n'était pas considéré comme un signe de bonne santé.

Des voiles gris passaient devant ses yeux. Ses genoux ployèrent.

Bordel de Dieu, je suis en train de mourir, se dit-il sans que cette idée semble vraiment l'émouvoir. C'était une mauvaise nouvelle, rien de plus, rien de moins. Il sentit sa main glisser le long du tronc rugueux du pin. Il sentit la sève poisseuse. Il prit vaguement conscience d'une odeur d'air pourri, jaune et sulfureux, l'odeur d'un moulin à papier au bout d'une semaine de temps couvert et sans vent. Il s'en moquait. Champs Élysées ou Grand Rien noir, ça ne puerait pas comme ici. Alors peut-être qu'il y gagnerait. Il valait mieux laisser tomber. Juste laisser...

Non ! Non, tu ne laisseras pas tomber ! Tu es revenu pour sauver Bobbi, et il était sans doute déjà impossible de la sauver, mais ce gosse n'est pas loin, et qui dit que lui, tu ne peux pas le sauver ? Je t'en prie, Gard, essaie au moins !

« Que tout ça n'ait pas été en vain, dit-il d'une voix incertaine et râpeuse. Jésus-Christ ! Faites que tout ça n'ait pas été vain ! »

La brume grise s'éclaircit un peu. Les vomissements diminuèrent. Gardener leva une main vers son visage et effaça une traînée de sang.

Une main toucha sa nuque, et la peau de Gardener se hérissa des protubérances familières de la chair de poule. Une main... la main de Bobbi... mais pas une main *humaine*, plus maintenant.

Gard, est-ce que ça va ?

« Ça va », répondit-il à haute voix en réussissant à se hisser sur ses pieds.

Le monde chancela, puis redevint stable. Et c'est Bobbi qui y parut en premier. Elle portait sur son visage une expression calculatrice froide et sans joie. Il n'y vit aucune trace d'amour, pas même un semblant d'inquiétude. Bobbi était au-delà de ces choses.

« Partons, dit Gardener d'une voix rauque. Conduis. Je me sens .., commença-t-il avant de trébucher et d'attraper l'étrange épaule étriquée de Bobbi pour éviter de tomber..., un peu sonné. »

2

De retour à la ferme, Gardener se sentait déjà mieux. Son saignement de nez avait considérablement diminué. Il avait avalé une bonne quantité de sang pendant qu'il portait l'appareil respiratoire, et l'essentiel du sang qu'il avait vu dans ses vomissures devait provenir de là. Du moins l'espérait-il.

Il avait perdu neuf dents au total.

« Je voudrais me changer, dit-il à Bobbi.

— Tu viendras dans la cuisine après, dit Bobbi sans lui prêter une grande attention. Il faut que nous parlions.

— Oui. Je le crois aussi. »

Dans la chambre d'amis, Gardener retira son T-shirt et en enfila un propre. Il le laissa par-dessus son pantalon. Au pied du lit, il souleva le matelas et sortit le 45. Il le glissa dans sa ceinture. Le T-shirt était trop grand : Gardener avait perdu beaucoup de poids. S'il rentrait le ventre, on devinait à peine la bosse que formait la poignée de son revolver. Il resta un instant immobile à se demander s'il était prêt à faire ça. Il se dit qu'il n'y avait aucun moyen de savoir une chose pareille à l'avance. Ses tempes commençaient doucement à le faire souffrir, et le monde semblait devenir flou par cycles lents et nébuleux. Il avait mal à la bouche, et il sentait son nez rempli de sang séché.

Et voilà. Une épreuve de force comme Bobbi n'en avait jamais décrit dans ses romans. Le soleil luit sur le centre du Maine. Joue ton rôle, mon pote.

L'ombre d'un sourire passa sur ses lèvres. Tous ces philosophes à bon marché disaient que la vie était une étrange affaire, mais en fait elle était monstrueuse.

Il se rendit dans la cuisine.

Assise à la table, Bobbi le regarda. Un curieux liquide vert circulait sous la surface de son visage transparent. Ses yeux — plus grands, avec des pupilles bizarrement difformes — regardaient sombrement Gardener.

Un radiocassette était posé sur la table. A la demande de Bobbi, Dick Allison l'avait apporté trois jours plus tôt. C'était celui que Hank Buck avait utilisé pour envoyer Pits Barfield dans le grand reppeldeppel du ciel. Il avait fallu moins de vingt minutes à Bobbi pour le connecter au pistolet d'enfant à photons qu'elle pointait sur Gardener.

Sur la table, il y avait aussi deux bières et un flacon de comprimés. Gardener reconnut le flacon. Bobbi avait dû aller le chercher dans la salle de bains pendant qu'il se changeait. C'était son Valium.

« Assieds-toi, Gard », dit Bobbi.

3

Gardener avait dressé son bouclier mental dès qu'il était sorti du vaisseau. Mais il ne savait pas ce qu'il en restait.

Il traversa lentement la pièce et s'assit à la table. Il sentit le 45 lui entrer dans l'estomac et dans l'aine — et dans son esprit aussi, lourdement appuyé contre ce qui restait du bouclier.

« Est-ce que c'est pour moi ? dcmanda Gard en montrant les comprimés.

— J'ai pensé que nous pourrions boire une bière ou deux ensemble, dit Bobbi d'un ton égal, commc dcux amis. Et pendant notre conversation, tu pourrais avaler quelques-uns de ces comprimés d'un coup. J'ai pensé que ce serait plus gentil comme ça.

— Gentil », minauda Gardener.

Il ressentait les premiers assauts timides de la colère. Je ne me laisserai plus avoir, disait la chanson, mais l'habitude doit être terriblement difficile à casser. Pour sa part, il s'était fait avoir dans les grandes largeurs. *Mais finalement,* se dit-il, *tu es peut-être l'exception qui confirme la règle, mon vieux Gard.*

« Les comprimés pour moi, et cet horrible aquarium dans le hangar pour Peter. Bobbi, ta définition de la gentillesse a subi une modification radicale depuis l'époque où tu pleurais quand Peter rapportait un oiseau mort à la maison. Tu te souviens de cette époque ? Nous vivions ici ensemble, nous rembarrions ta sœur ensemble, et nous n'avons jamais eu à la suspendre dans une cabine de douche pour y arriver. Nous nous contentions de l'envoyer balader d'un coup de pied au cul, dit-il en la regardant d'un air sombre. Tu te souviens, Bobbi ? C'était quand nous étions amants autant qu'amis. Je me disais que tu avais peut-être oublié. J'aurais donné ma vie pour toi, minette. Et *sans* toi, je serais mort. Tu te rappelles ? Te souviens-tu de *nous ?* »

Bobbi regarda ses mains. Avait-il vu des larmes dans ces yeux étranges ? Il n'avait probablement vu que ce qu'il aurait désiré voir.

« Quand es-tu allé dans le hangar ?

— Hier soir.

— Qu'as-tu touché ?

— Avant, c'est *toi* que je touchais. Et toi tu me touchais. Et aucun de nous n'y trouvait rien à redire. Tu t'en souviens ?

— *Qu'as-tu touché ?* hurla-t-elle au point de ne plus ressembler qu'à un monstre furieux.

— Rien, dit Gardener. Je n'ai touché à rien. »

Sur son visage, le mépris devait être plus convaincant encore que ses dénégations, car Bobbi se détendit. Elle but une gorgée de bière.

« Ça n'a pas d'importance. Tu n'aurais de toute façon pas pu abîmer quoi que ce soit.

— Comment as-tu pu faire ça à Peter ? Je n'arrête pas de me le demander. Je ne connaissais pas le vieil homme, et Anne s'est jetée dans la gueule du loup. Mais je connaissais *Peter*. *Lui* aussi serait mort pour toi. Comment as-tu pu faire ça ? Seigneur !

— Il m'a gardée en vie quand tu n'étais pas là, dit Bobbi d'une voix un tout petit peu gênée et sur la défensive. Quand je travaillais vingt-quatre heures sur vingt-quatre. Ce n'est que grâce à lui que tu as trouvé quelque chose à sauver quand tu es arrivé.

— Salope de *vampire !* »

Elle le regarda, puis détourna les yeux.

« Seigneur, tu as fait ça, et *je t'ai aidée !* Est-ce que tu sais à quel point ça fait mal ? *Je t'ai aidée !* J'ai vu ce qui t'arrivait... à un moindre degré, j'ai vu ce qui arrivait aux autres, mais *je t'ai quand même aidée*. Parce que j'étais fou. Mais bien sûr, tu le savais, n'est-ce pas ? Tu m'as utilisé comme tu as utilisé Peter, mais je n'étais même pas aussi futé qu'un vieux beagle, j'imagine, parce que tu n'as pas eu à me mettre dans le hangar et à me planter un de tes *bon sang de câbles pourris* dans la tête. Tu as juste veillé à ce que je reste ivre. Tu m'as tendu une pelle et tu m'as dit : " Allez, Gard, déterrons ce machin pour arrêter la police de Dallas. " *Sauf que* tu es *la police de Dallas. Et j'ai marché*.

— Bois ta bière, dit Bobbi dont le visage était à nouveau glacé.

— Et si je ne la bois pas ?

— Alors je mettrai cette radio en marche, elle ouvrira un trou dans la réalité, et t'expédiera... quelque part.

— Sur Altaïr-4 ? » demanda Gardener d'une voix calme.

Il resserra son emprise mentale

(bouclier-bouclier-bouclier-bouclier)

sur cette barrière dans son esprit. Un léger froncement rida à nouveau le front de Bobbi, et Gardener sentit encore une fois ses doigts mentaux qui tâtonnaient, creusaient, essayaient de découvrir ce qu'il savait, combien il en savait... comment il avait su.

Distrais-la. Mets-la en colère, et distrais-la. Comment ?

« Tu as *beaucoup* fouiné, n'est-ce pas ? demanda Bobbi.

— Pas avant que je comprenne que tu me mentais. »

Et soudain il sut. Il avait tout appris dans le hangar sans même s'en rendre compte.

« La plupart de ces mensonges, c'est toi qui te les es racontés, Gard.

— Ah oui ? Et le gosse qui est mort ? Ou la fille qui est aveugle ?

— Comment sais-tu... ?

— Le hangar. C'est là que tu vas pour devenir futée, non ? »

Elle ne répondit pas.

« Vous les avez envoyés chercher des *batteries*. Vous en avez tué un et vous avez rendu l'autre aveugle pour avoir des *batteries*. Seigneur, Bobbi, à quel degré de stupidité allez-vous vous arrêter ?

— Nous sommes plus intelligents que tu ne pourras jamais espérer...

— Qui parle d'*intelligence*? s'écria-t-il furieux. Il ne s'agit pas d'être *futé*, mais d'avoir simplement le *sens commun*, bon Dieu! Les lignes à haute tension passent juste derrière ta *maison*! Pourquoi ne pas vous être branchés dessus?

— C'est ça, dit Bobbi en souriant de sa curieuse bouche. C'est une idée très intelligente — excuse-moi, *futée*. Et la première fois qu'un technicien d'Augusta aurait remarqué qu'on pompait du courant sur ses compteurs...

— Presque tout marche sur batteries ou sur piles, ça n'aurait été qu'une *bagatelle*. N'importe quel type utilisant l'électricité domestique pour faire marcher une scie à ruban aurait tiré plus que ça. »

Un instant, elle eut l'air égaré. Elle semblait écouter — non pas quelqu'un d'autre, mais sa propre voix intérieure.

« Les batteries fournissent du courant continu, Gard. Les lignes à haute tension ne nous auraient pas...

— *Et vous n'avez jamais vu de redresseur? Nom de Dieu!* s'écria-t-il en se frappant les tempes de ses deux poings. Tu peux en acheter à Radio Shack pour trois dollars! Est-ce que tu essaies de me faire croire que vous n'auriez pas pu fabriquer de simples redresseurs alors que vous faites voler les tracteurs et taper les machines à écrire par télépathie? Est-ce que tu...

— *Personne n'y a pensé!* » hurla-t-elle soudain.

Il y eut un moment de silence. Elle semblait sonnée, presque stupéfaite du son de sa propre voix.

« Personne n'y a pensé, dit Gardener. Très bien. Alors vous avez envoyé ces gosses, tout prêts à réussir ou à mourir pour le bon vieux Haven, et maintenant le garçon est mort et la fille est aveugle. C'est de la merde, Bobbi. Je me moque de savoir qui ou ce qui s'est emparé de vous — mais une partie de vous doit bien exister encore *quelque part*. Une partie de vous capable de comprendre que vous n'avez rien fait de créatif du tout. Bien au contraire. Vous avez avalé des comprimés de bêtise, et vous vous êtes congratulés pour les merveilles réalisées. C'était *moi*, le fou. Je n'ai pas cessé de me dire que tout irait bien quand j'en saurais plus. Mais c'est toujours la même merde. Vous pouvez désintégrer les gens, vous pouvez les téléporter dans un endroit sûr, ou les enterrer, ou je ne sais quoi, mais vous êtes aussi bêtes qu'un bébé tenant un pistolet chargé.

— Je crois que tu ferais mieux de te taire, maintenant, Gard.

— Vous n'y avez pas pensé, dit-il doucement. Seigneur! Bobbi! Comment peux-tu encore te regarder dans ton miroir? Toi, et tous les autres?

— J'ai dit que je crois...

— Un savant idiot, tu as parlé un jour d'un savant idiot. C'est pire. C'est comme un groupe de gosses qui se préparent à faire sauter le monde avec des chariots en bois. Vous n'êtes même pas mauvais. Idiots, mais pas mauvais.

— Gard...

— Vous n'êtes qu'une troupe de cloches avec des tournevis, dit-il en riant.

— *Ta gueule!* hurla Bobbi.

— Seigneur! Est-ce que j'ai vraiment cru que Sœurette était morte? Est-ce que je l'ai *cru*? »

Bobbi tremblait.

Il montra du menton le pistolet à photons en plastique.

« Alors si je ne bois pas ma bière et que je ne prends pas les comprimés, tu vas m'expédier sur Altaïr-4, c'est ça ? Je pourrai garder David Brown jusqu'à ce que nous mourrions tous les deux d'asphyxie ou de faim ou d'empoisonnement à cause du rayonnement cosmique. »

Elle était d'une froideur cruelle, maintenant, et cela faisait mal à Gard, plus mal qu'il ne l'aurait jamais cru ; mais du moins n'essayait-elle plus de lire dans ses pensées. Elle était tellement en colère qu'elle avait oublié.

Tout comme elle avait oublié combien il était simple de brancher un magnétophone à piles sur une prise murale grâce à un adaptateur placé entre l'instrument et la source de courant.

« En fait, il n'y a pas d'Altaïr-4, comme il n'y a pas de Tommyknockers. Certaines choses n'*ont pas* de nom, elles se contentent d'*être*. Ici, quelqu'un leur a donné un nom, et ailleurs, on leur en donnera un autre. Le nom n'est jamais très bon, mais ça n'a pas d'importance. Tu es revenu du New Hampshire en parlant de Tommyknockers, en pensant à des Tommyknockers, alors ici, c'est ce que nous sommes. On nous a donné d'autres noms ailleurs, tout comme à Altaïr-4. Ce n'est qu'une sorte d'entrepôt. Généralement pas pour des êtres vivants. Les greniers peuvent être des lieux froids et sombres.

— Est-ce de là que vous venez ? Votre peuple ? »

Bobbi — ou cet être qui lui ressemblait un peu — rit presque gentiment.

« Nous ne sommes pas un " peuple ", Gard. Pas une " race ". Pas une " espèce ". Klaatu ne va pas apparaître et dire : " Conduisez-moi à votre chef. " Non, nous ne sommes pas Altaïr-4. »

Elle le regarda en continuant à sourire légèrement. Elle semblait avoir recouvré l'essentiel de sa sérénité... et avoir oublié les comprimés, pour le moment.

« Puisque tu sais, pour Altaïr-4, je me demande si tu n'as pas trouvé étrange l'existence du vaisseau. »

Gardener la regarda bêtement.

« J'imagine que tu n'as pas eu le temps de te demander, continua Bobbi en agitant un peu le pistolet de plastique, pourquoi une race qui a accès à la technologie du télétransport devrait se donner la peine de circuler dans un vaisseau en dur. »

Gardener leva les sourcils. Non, il n'y avait pas pensé, mais maintenant que Bobbi évoquait ce sujet, il se rappelait un camarade de fac qui se demandait pourquoi le capitaine Kirk, M. Spock et les autres s'embêtaient avec le vaisseau *Enterprise* alors qu'il aurait été tellement plus simple de parcourir l'univers sur un rayon.

« Encore des comprimés de bêtises, dit-il.

— Pas du tout. C'est comme la radio. Il y a des longueurs d'onde. Mais au-delà, nous ne comprenons pas très bien ce qui se passe. Ce qui est d'ailleurs vrai, en ce qui nous concerne, dans la plupart des domaines, Gard. Nous sommes des bâtisseurs, pas des " compreneurs ". Quoi qu'il en soit, nous avons isolé environ quatre-vingt-dix mille longueurs d'onde " claires " — des ensembles prolinéaires qui permettent deux choses : premièrement d'éviter le paradoxe des binômes, qui empêche la réintégration des tissus vivants et de la matière inerte, et deuxièmement d'*aller* effectivement quelque part. Mais dans presque tous les cas, ce n'est nulle part ou quiconque aurait envie de se rendre.

— Autant gagner un séjour tous frais payés à Utica, hein ?

— Bien pire. Il y a un endroit qui ressemble beaucoup à la surface de Jupiter. Si tu ouvres une porte vers *ce* lieu, la différence de pression est tellement grande que ça déclenche une tornade dans l'embrasure de la porte, en même temps qu'une charge électrique extrêmement forte agrandit la porte de plus en plus. C'est comme si on débridait une plaie. La gravité est tellement plus forte que ça se met à aspirer la substance de la planète qui a tenté cette incursion, comme un tire-bouchon extrait un bouchon d'une bouteille. Si on reste trop longtemps dans cette situation, ça peut entraîner une modification de la trajectoire orbitale de la planète — si sa masse est similaire à celle de la Terre. Selon la composition de la planète, ça risque de la mettre en pièces.

— Est-ce que ça a failli arriver *ici ?* » demanda Gard en bougeant à peine ses lèvres engourdies.

Une telle perspective reléguait Tchernobyl au niveau d'un pet dans une cabine téléphonique. *Et tu as marché, Gard !* lui cria son cerveau. *Tu les a aidés à le déterrer !*

« Non, mais il a fallu dissuader certains de trop jouer avec les lignes de transmission/transmutation, dit-elle en souriant. Mais c'est arrivé dans un autre lieu que nous avons visité.

— Qu'est-il arrivé ?

— Ils ont refermé la porte avant l'apocalypse, mais beaucoup de gens ont rôti quand l'orbite a changé, expliqua-t-elle comme si le sujet commençait à l'ennuyer.

— *Tous ?* murmura Gardener.

— Non. Il en reste encore neuf ou dix mille vivants sur l'un des pôles, je crois.

— Seigneur ! Oh, Seigneur, Bobbi !

— D'autres canaux ouvrent sur du roc. Seulement du roc. L'intérieur de quelque part. La plupart s'ouvrent sur les profondeurs de l'espace. Nous n'avons jamais pu localiser un seul de ces lieux en utilisant notre carte astrale. Te rends-tu compte, Gard ! Tous ces lieux nous sont étrangers.. même à nous, et nous sommes de grands voyageurs du ciel. »

Elle se pencha en avant et but un peu de bière. Le pistolet en plastique, qui n'était plus un jouet, restait pointé sur la poitrine de Gardener.

« Alors, c'est ça le télétransport. La belle affaire ! Quelques rochers, beaucoup de trous, un grenier cosmique. Peut-être qu'un jour quelqu'un ouvrira une longueur d'onde jusqu'au cœur du soleil et asséchera toute la planète. »

Bobbi se mit à rire, comme si c'eut été une trouvaille particulièrement réjouissante, mais le pistolet resta pointé sur la poitrine de Gard.

Retrouvant son sérieux, Bobbi déclara :

« Ce n'est pas *tout*, Gard. Quand tu allumes un poste de radio, tu le règles sur une station. Mais les bandes — mégahertz, kilohertz, ondes courtes, ce que tu voudras — ce ne sont pas que des *stations*. C'est aussi tout l'espace vide *entre* les stations. En fait, il constitue l'essentiel de la plupart des bandes. Est-ce que tu me suis ?

— Oui.

— C'est ma façon détournée de te convaincre de prendre les comprimés. Je ne t'enverrai pas sur ce que tu appelles Altaïr-4, Gard — là, tu mourrais lentement et de façon très déplaisante.

— Comme David Brown est en train de mourir ?

— Je n'ai rien eu à voir avec ça, dit-elle précipitamment. C'était entièrement le fait de son frère.

— Comme au procès de Nuremberg, hein ? Rien n'est vraiment la faute de *quiconque*.

— Espèce d'idiot ! Est-ce que tu ne peux pas comprendre que parfois c'est la vérité ? Est-ce que tu manques de tripes au point de refuser d'accepter l'idée de faits dus au hasard ?

— Je peux l'accepter. Mais je crois aussi que tout individu peut corriger un comportement irrationnel.

— Vraiment ! En tout cas, *toi* tu n'y es jamais parvenu. »

T'as tiré sur ta femme, dit dans sa tête le flic qui se curait le nez, *tu t'es mis dans de beaux draps !*

Peut-être que parfois des gens commencent la Danse de l'Expiation un peu trop tard, se dit-il en regardant ses mains.

Les yeux de Bobbi analysaient cruellement son visage. Elle avait saisi une partie de ses pensées. Il tenta de renforcer son bouclier par une chaîne emmêlée de pensées sans aucun rapport entre elles, un bruit blanc.

« A quoi penses-tu, Gard ?

— A rien que tu doives savoir, répondit-il avec un petit sourire. Considère que c'est comme... disons... un cadenas sur une porte de hangar. »

Les lèvres de Bobbi se retroussèrent un instant comme pour montrer les dents... puis elles se détendirent pour produire à nouveau un sourire étrangement gentil.

« Ça n'a pas d'importance, dit-elle. De toute façon il se peut que je ne comprenne pas. Comme je l'ai dit, nous n'avons jamais été très forts de la comprenette. Nous ne sommes pas des super-Einstein. Nous serions plutôt des Thomas Edison de l'Espace, je crois. Passons. Je ne veux pas t'envoyer quelque part où tu mourrais lentement et misérablement. Je t'aime encore, à ma façon, Gard, et s'il *faut* que je t'envoie quelque part, je t'enverrai... nulle part, dit-elle en haussant les épaules. C'est probablement comme de prendre de l'éther... mais ça *peut* être douloureux. Une véritable agonie, même. Quoi qu'il en soit, le diable qu'on connaît est toujours préférable au diable qu'on ne connaît pas.

— Bobbi, s'écria Gard en fondant soudain en larmes, tu aurais *vraiment* pu m'éviter beaucoup de peine en me rappelant ça plus tôt !

— Prends les comprimés, Gard. Va vers le diable que tu connais. Tel que tu es maintenant, 200 milligrammes de Valium te feront partir très vite. Ne m'oblige pas à t'expédier comme une lettre adressée nulle part.

— Parle-moi encore des Tommyknockers, dit Gardener en se passant les mains sur le visage.

— Les comprimés, Gard, insista Bobbi en souriant. Si tu commences à en avaler, je te dirai tout ce que tu veux savoir. Sinon... »

Elle leva le pistolet à photons.

Gardener dévissa le bouchon du flacon de Valium, secoua une demi-douzaine de comprimés bleus ornés d'un cœur (*La Saint-Valentin de la vallée de la Torpeur*, se dit-il) et les projeta dans sa bouche. Il décapsula la bière et les avala. 60 milligrammes descendirent dans le bon vieux tuyau. Il aurait pu en cacher un sous sa langue, peut-être, mais six ? Allez, les gars, soyez réalistes. *Ça ne prendra pas longtemps. J'ai vidé mon estomac en vomissant, j'ai perdu beaucoup de sang, je ne prends plus de ces merdes depuis longtemps, ce qui fait que je n'ai aucune accoutumance, je pèse près de quinze kilos de moins que quand on m'a fait la première ordonnance. Si je ne me débarrasse pas de ces conneries, et vite, elles vont m'avoir comme un semi-remorque dont les freins ont lâché.*

« Parle-moi des Tommyknockers », demanda-t-il à nouveau.

Une de ses mains glissa sous la table et tâta la poignée
(bouclier-bouclier-bouclier-bouclier)
du revolver. Combien de temps avait-il avant que les comprimés ne fassent effet ? Vingt minutes ? Il ne s'en souvenait plus. Et personne ne lui avait jamais parlé de prendre congé en avalant du Valium.

Bobbi montra le flacon du bout de son pistolet.

« Prends-en plus, Gard. Comme il se pourrait que Jacqueline Susann l'ait dit un jour, six risquent de ne pas suffire. »

Il en fit tomber quatre de plus, mais les laissa sur la nappe.

« Tu en chiais dans ton froc de trouille, là-bas, hein ? demanda Gardener. Je t'ai regardée, Bobbi. Tu avais l'air de penser qu'ils allaient tous se lever et se mettre à marcher. *Le Retour des Morts vivants.* »

Les Nouveaux Yeux Améliorés de Bobbi lancèrent des éclairs... mais sa voix resta douce.

« Mais *nous* marchons, *nous* parlons, Gard. Nous sommes de retour. »

Gard prit les quatre comprimés et les fit sauter dans sa paume.

« Je voudrais que tu me dises une seule chose, et ensuite je les avalerai. »

Oui. Cela suffirait en quelque sorte à répondre à toutes les autres questions — toutes celles qu'il n'aurait jamais l'occasion de poser. C'était peut-être à cause de cette question qu'il n'avait pas encore essayé son revolver sur Bobbi. Parce qu'il avait vraiment besoin de le savoir. Juste une chose :

« Je voudrais savoir ce que vous *êtes*, dit-il. Dis-moi ce que vous *êtes*

4

— Je vais te répondre, ou du moins essayer, dit Bobbi, si tu prends ces comprimés que tu fais rebondir dans ta main. Sinon, au revoir, Gard ! Tu as quelque chose dans ta tête. Je n'arrive pas à savoir quoi. C'est comme si je percevais une forme dans le brouillard. Mais ça me rend *extrêmement* nerveuse. »

Gardener mit les comprimés dans sa bouche et les avala.

« Encore. »

Gardener en fit tomber quatre de plus et les prit. Il en était à 140 milligrammes. Il décollait pour la lune. Bobbi sembla se détendre.

« J'ai dit que nous ressemblions plutôt à Thomas Edison qu'à Albert Einstein, et cette comparaison n'est pas plus mauvaise qu'une autre. Je crois que certaines choses, ici, à Haven, auraient complètement ahuri ce cher Albert. Mais Einstein savait ce que *signifiait* $E = mc^2$. Il *comprenait* la relativité. *Lui*, il connaissait les choses. *Nous*... nous faisons des choses. Nous réparons des choses. Nous ne théorisons pas. Nous construisons. Nous sommes des tâcherons.

— Vous *améliorez* les choses », dit Gardener.

Il avala. Quand le Valium faisait effet, sa gorge devenait sèche. Il s'en souvenait. Quand cela se produirait, il faudrait qu'il agisse. Il se disait qu'il avait peut-être déjà pris une dose mortelle, et il restait bien une douzaine de comprimés dans le flacon.

Le visage de Bobbi s'était un peu éclairé.

« *Nous améliorons !* C'est ça ! C'est ce que nous faisons. Comme ils — comme nous avons amélioré Haven. Tu as compris l'étendue potentielle de nos pouvoirs dès que tu es revenu. Nous n'étions plus accrochés à la mamelle du réseau d'électricité de l'État. Il serait même possible éventuellement de se reconvertir à... euh... à des sources de stockage d'électricité totalement organiques. Elles sont renouvelables et très durables.

— Tu parles des gens.

— Pas *seulement* les gens, bien que les espèces supérieures semblent *effectivement* produire une énergie plus durable que les espèces inférieures — c'est peut-être davantage fonction de leur spiritualité que de leur intelligence. Le mot latin *esse* est sans doute celui qui traduit le mieux ce que je veux dire. Mais même Peter a tenu un temps remarquablement long, et il a produit une grande quantité d'énergie, bien qu'il ne soit qu'un *chien*.

— Peut-être à cause de son esprit, dit Gardener. Peut-être parce qu'il t'aimait. »

Il sortit le pistolet de sa ceinture et le tint
(bouclier-bouclier-bouclier-bouclier)
contre sa cuisse gauche.

« Ça n'a rien à voir, dit Bobbi en écartant de la main toute allusion à l'amour ou à la spiritualité de Peter. Tu as décidé pour une raison qui t'appartient que ce que nous faisons est moralement inacceptable. Mais l'éventail de ce que tu considères comme moralement acceptable est très étroit. Ça n'a pas d'importance : tu ne tarderas pas à t'endormir. Nous n'avons pas d'histoire, ni écrite, ni orale. Quand tu dis que le vaisseau s'est écrasé ici parce que les responsables se battaient pour tenir le manche à balai, je sens qu'il y a là une part de vérité... mais je sens aussi que ça devait peut-être arriver, que le *destin* en avait décidé ainsi. Les télépathes jouissent de prémonitions partielles, Gard, et de ce fait ils sont plus enclins à se laisser guider par les courants, grands ou petits, qui parcourent l'univers. Certains donnent le nom de " Dieu " à ces courants, mais Dieu n'est qu'un mot, comme Tommyknockers ou Altaïr-4. Je veux dire que nous aurions disparu depuis longtemps si nous ne nous étions pas fiés à ces courants, parce que nous avons toujours été un peu vifs, prêts à nous battre. Mais " battre " est un mot trop général. Nous... nous... »

Les yeux de Bobbi luirent soudain d'un reflet vert profond et effrayant. Ses lèvres s'écartèrent en un sourire sans dents. Gardener serra la poignée de son arme d'une main trempée de sueur.

« Nous nous *chamaillons*! dit Bobbi. Voilà *le mot juste*, Gard!

— Bien trouvé », dit Gardener en avalant sa salive.

Il entendit comme un déclic dans sa bouche. La sécheresse ne s'était pas imposée progressivement — elle était arrivée d'un seul coup.

« Oui, nous nous chamaillons, nous nous sommes toujours chamaillés. Comme des enfants, dit Bobbi avec un sourire. Nous sommes très enfantins. C'est notre bon côté.

— Vraiment? »

Une image monstrueuse emplit soudain la tête de Gard : des collégiens se dirigeant vers leur école chargés de livres, de cahiers et de pétards M-16, de gamelles « smurf » pour leur déjeuner et de mitraillettes Uzi, de pommes pour les professeurs qu'ils aiment et de grenades à fragmentation pour ceux qu'ils n'aiment pas. Et... Seigneur! Toutes les filles ressemblent à Patricia McCardle et tous les garçons à Ted, l'Homme de l'Énergie. Ted, l'Homme de l'Énergie, avec des yeux verts dont la lueur explique tout ce bordel déplorable, les Croisades, les arcs et les flèches, les satellites armés de missiles chers à Reagan.

Nous nous chamaillons. De temps à autre, nous nous bagarrons même un peu. Nous sommes des adultes — je crois — mais nous avons mauvais caractère, comme des enfants, et nous aimons aussi nous amuser, comme les enfants, alors nous satisfaisons nos deux penchants en construisant ces chouettes lance-pierres nucléaires, et de temps à autre nous en laissons quelques-uns traîner pour que des gens les ramassent, et tu sais quoi? Ils les ramassent toujours. Les gens comme Ted, qui sont parfaitement prêts à tuer pour qu'aucune femme de Braintree qui désirerait acheter un sèche-cheveux ne manque d'électricité pour le faire marcher. Les gens comme toi, Gard, qui n'ont que de maigres scrupules à tuer pour l'idée de paix.

Ce serait un monde tellement terne, sans les armes et les chamailleries, tu ne trouves pas?

Gardener se rendit compte qu'il avait sommeil.

« Enfantins, répéta Bobbi. Nous nous battons... mais nous pouvons être aussi très généreux. Comme nous l'avons été ici.

— Oui, vous avez été très généreux pour Haven », dit Gardener avant que ses maxillaires ne s'écartent soudain en craquant pour un bâillement à se décrocher la mâchoire.

Bobbi sourit.

« Quoi qu'il en soit, il est possible que nous nous soyons écrasés parce que c'était " l'heure de l'écrasement ", selon les courants dont j'ai parlé. Le vaisseau n'a pas été endommagé, naturellement. Et quand j'ai commencé à le mettre au jour, nous... sommes revenus.

— Êtes-vous nombreux?

— Je ne sais pas, dit Bobbi en haussant les épaules, *et je m'en moque. Nous sommes ici. Il faut apporter des améliorations. Ça suffit.*

— C'est vraiment tout ce que vous êtes? »

Il voulait s'en assurer, s'assurer qu'il n'y avait rien d'autre. Il avait terriblement peur d'y employer trop de temps, beaucoup trop de temps... mais il *fallait* qu'il sache.

« C'est *tout* ? insista-t-il.

— Qu'est-ce que tu veux dire ? Est-ce si peu, ce que nous sommes ?

— Franchement, oui, dit Gard. Tu vois, j'ai recherché le diable hors de moi *toute* ma vie parce que celui que j'avais à l'intérieur était tellement difficile à attraper... C'est dur de croire si longtemps que tu es... Homère... »

Il bâilla à nouveau, très profondément. Il avait l'impression d'avoir des briques sur les paupières.

« ... et de découvrir que tu n'as jamais été que... le capitaine Achab... Est-ce que c'est *vraiment* tout ce que vous êtes ? demanda-t-il pour la dernière fois avec un accent désespéré dans la voix. Juste des gens qui fabriquent des choses ?

— Je crois, dit-elle. Désolée de te décevoir a... »

Gardener leva le pistolet sous la table, et au même moment, il sentit que la drogue le trahissait : le bouclier s'évanouissait.

Les yeux de Bobbi se mirent à luire — non, cette fois ils *flamboyèrent*. Sa voix, cri mental, traversa la tête de Gardener comme un couteau à viande

(ARME IL A UNE ARME IL A UNE)

tailladant le brouillard de plus en plus épais.

Elle essaya de bouger. Et en même temps, elle essaya de pointer le pistolet à photons sur lui. Gardener dirigea le 45 vers Bobbi, sous la table, et pressa la détente. Il n'y eut qu'un claquement sec. Le vieux revolver n'avait pas tiré.

9.

LE SCOOP, SUITE ET FIN

1

John Leandro mourut. Mais pas le scoop.

David Bright avait promis de donner jusqu'à seize heures à Leandro, et c'était une promesse qu'il voulait tenir parce qu'il avait le sens de l'honneur, naturellement, mais aussi parce qu'il n'était pas sûr de vraiment vouloir mettre son nez dans cette histoire. Il se pouvait qu'il ne s'agisse pas d'une nouvelle pour la presse, mais d'un piège à cons peut-être mortel. Il ne douta néanmoins jamais que Johnny Leandro eût dit la vérité, ou ce qu'il en percevait, aussi folle que parût son histoire. Johnny était une andouille. Non seulement il lui arrivait de tirer des conclusions hâtives, mais il allait parfois bien au-delà. Cela dit, il n'était pas menteur (et même s'il l'avait été, il n'était sans doute pas, selon Bright, assez futé pour fabriquer une histoire aussi touffue).

Vers deux heures et demie, cet après-midi-là, Bright pensa soudain à un autre Johnny — ce pauvre diable de Johnny Smith, un médium qui avait parfois eu des « sensations » en touchant des objets. C'était aussi une histoire folle, mais Bright avait cru Johnny Smith, il avait cru que Smith pouvait faire ce qu'il disait. Il était impossible de regarder les yeux fervents de cet homme et de ne pas le croire. Bright ne touchait rien qui appartînt à John Leandro, mais il voyait son bureau, de l'autre côté de la pièce, la housse qui recouvrait bien proprement son ordinateur à traitement de texte, et il ressentait quelque chose... de tout à fait lugubre. Il avait l'impression que John Leandro était peut-être mort.

Il se traita de vieille bonne femme, mais cela ne dissipa en rien son impression. Il pensa à la voix de Leandro, désespérée et vibrante d'excitation. *C'est mon histoire, et je ne vais pas laisser tomber comme ça.* En pensant aux yeux sombres de Johnny Smith, à sa façon de se frotter constamment le côté gauche du front, Bright n'arrivait pas à quitter du regard le traitement de texte de Leandro.

Il résista jusqu'à trois heures. L'impression était devenue une certitude nauséeuse. Leandro était mort. Il n'y avait plus aucun doute. Bright n'aurait peut-être plus jamais d'authentique prémonition de sa vie, mais en cet instant, il en avait une. Pas fou, pas blessé, pas disparu, *mort*.

Bright décrocha son téléphone, et bien qu'il ne composât qu'un numéro de Cleaves Mills, Bobbi et Gard auraient compris qu'il téléphonait très loin : cinquante-cinq jours après que Bobbi Anderson eut trébuché dans les bois, quelqu'un appelait enfin la police de Dallas.

2

L'homme à qui Bright parla au commissariat central de la police de l'État, à Cleaves Mills, s'appelait Andy Torgeson. Bright le connaissait depuis ses années d'université, et il pouvait lui parler sans avoir l'impression qu'on avait tatoué sur son front JOURNALISTE EN QUÊTE DE NOUVELLES SENSATIONNELLES. Torgeson écouta avec patience, parlant peu, tandis que Bright lui racontait tout, commençant par le jour où Leandro avait été envoyé enquêter sur la disparition des deux flics.

« Son nez s'est mis à saigner, ses dents sont tombées, il s'est mis à vomir, et il était persuadé que ça venait de l'air ?

— Oui, répondit Bright.

— Et ce truc dans l'air améliore les transmissions radio.

— C'est ça.

— Et tu crois qu'il a plein d'ennuis.

— Encore vrai.

— Je crois moi aussi qu'il risque d'être dans la merde, Dave. On dirait qu'il est bon pour le pavillon des agités.

— Je sais ce qu'on dirait. Mais je ne crois pas que ce soit *ça*.

— David, dit Torgeson sur un ton de grande patience, il est possible — dans les films en tout cas — de prendre un petit village et de l'empoisonner. Mais il y a une *route nationale* qui traverse ce petit village. Il y a des *gens* dans ce petit village. Et des *téléphones*. Est-ce que tu crois que quelqu'un pourrait empoisonner tout un village ou le couper du monde extérieur sans que personne ne le sache ?

— La vieille route de Derry n'a d'une route nationale que le nom depuis qu'on a terminé le tronçon de l'autoroute I-95 entre Bangor et Newport, il y a trente ans. Maintenant, la vieille route de Derry ressemble plutôt à une piste d'atterrissage abandonnée avec une ligne jaune au milieu.

— Tu n'essaies pas de me dire que *personne* n'a tenté de l'utiliser ces derniers temps, quand même !

— Non. Je n'essaie pas de te dire grand-chose... mais Johnny prétendait qu'il avait trouvé plusieurs personnes qui n'avaient pas vu leurs parents habitant Haven depuis près de deux mois. Et certains de ceux qui avaient essayé d'aller les voir ont été malades et ont dû rebrousser chemin. La plupart ont mis leur malaise sur le compte d'un mauvais repas, ou Dieu sait quoi. Il m'a aussi parlé d'un magasin à Troie où un vieux commerçant fait des affaires en or en vendant des T-shirts aux gens qui ont essayé d'aller à Haven, parce qu'ils saignent du nez... et ce depuis des semaines.

— Divagations ! » dit Torgeson.

Il regarda de l'autre côté de la salle de garde et vit son collègue se redresser brutalement et prendre, pour pouvoir écrire, son téléphone de la main gauche. A son air ahuri, il était clair qu'on ne venait pas de lui parler d'un différend entre voisins ni d'un vol à la tire. Naturellement, les gens étant ce qu'ils sont, il arrivait toujours quelque chose. Et, bien qu'Andy ne l'admît pas volontiers, il pouvait aussi se passer quelque chose à Haven. Toute cette histoire semblait aussi folle que le thé d'*Alice,* mais David ne lui avait jamais semblé être un membre de la brigade des cinglés notoires. Du moins pas officiellement, corrigea-t-il.

« Tu as peut-être raison, disait Bright, mais tu pourras confirmer ou non que ce sont des divagations en envoyant tout simplement un de tes gars à Haven... Je te le demande en tant qu'ami. Je ne suis pas un grand pote de Johnny, mais je me fais du souci pour lui. »

Torgeson regardait toujours le bureau vitré du chef, où Smokey Dawson faisait marcher sa mâchoire à cent à l'heure. Smokey leva les yeux, vit que Torgeson le regardait et dressa une main, les doigts écartés. *Attends,* voulait dire ce geste. Il se passe *quelque chose d'énorme.*

« J'enverrai quelqu'un avant ce soir, dit Torgeson. J'irai moi-même si je peux, mais...

— Si je venais à Derry, tu pourrais m'emmener ?

— Je te rappellerai, dit Torgeson. Il se passe quelque chose. On dirait que Dawson est au bord de la crise cardiaque.

— Je ne bouge pas d'ici, dit Bright. Je me fais *vraiment* du souci, Andy.

— Je sais, dit Torgeson, je t'appellerai. »

Bright n'avait pas manifesté le moindre intérêt quand Torgeson lui avait dit qu'il se passait quelque chose et ça ne lui ressemblait pas du tout.

Dawson sortit du bureau du chef. On était en plein été, et à part Torgeson, tous les autres policiers étaient sur les routes. Les deux hommes tenaient le poste à eux seuls.

« Oh, Andy ! gémit Dawson, je ne sais vraiment pas quoi penser de tout ça !

— De quoi ? »

Il sentit l'excitation, oppressante, peser au centre de sa poitrine. Torgeson avait aussi ses intuitions de temps à autre, et elles étaient assez justes dans le cadre étroit de la profession qu'il avait choisie. Quelque chose d'énorme, sans nul doute. On aurait dit que Dawson avait reçu un coup sur la tête. Cette bonne vieille oppression de l'excitation — il la haïssait la plupart du temps, mais elle agissait sur lui comme une drogue. Et à cet instant, la drogue lui fit faire un rapprochement fulgurant : c'était aussi irréfutable qu'irrationnel. La grande nouvelle était liée à ce que Bright venait de lui dire. *Qu'on aille chercher le Chapelier fou, le thé est servi.*

« Il y a un feu de forêt à Haven, dit Dawson. C'est forcément un feu de forêt. On dit que c'est probablement dans les bois du Grand Injun. »

— *Probablement !* Qu'est-ce que ça veut dire que cette merde, *probablement ?*

— Le rapport est venu de la station d'observation des incendies de China Lakes, dit Dawson. Ils ont localisé la fumée il y a plus d'une heure. Vers deux heures. Ils ont alerté la caserne de Derry et la Station Trois des Rangers de Newport. On a fait partir des camions de Newport, d'Unity, de China, de Woolwich...

— Troie ? Albion ? Et eux, alors, bon sang ? Ils sont limitrophes de la commune de Haven !

— Troie et Albion n'ont pas répondu.

— Et Haven même ?

— Les téléphones sont en dérangement.

— Allons, Smokey, ne me casse pas les couilles. *Quels* téléphones ?

— *Tous,* dit-il après avoir péniblement avalé sa salive. Naturellement, je n'ai pas vérifié personnellement, mais ce n'est pas le pire. Enfin... je sais, c'est déjà incroyable, mais...

— Allez, crache le morceau ! »

C'est ce que fit Dawson. Quand il eut terminé, la bouche de Torgeson était sèche.

La Station Trois des Rangers avait la responsabilité des incendies du comté de Penobscot, du moins tant que le feu ne progressait pas dans les bois sur un front trop large. La première de ses tâches était la surveillance, la seconde le repérage, la troisième la localisation. Ça semblait facile, mais ça ne l'était pas. Dans le cas présent, la situation était pire encore qu'à l'ordinaire, parce que le feu avait été signalé depuis un poste d'observation situé à plus de trente kilomètres. La Station Trois réclama des camions de pompiers de type classique, parce qu'il était encore théoriquement possible qu'ils s'avèrent utiles : on n'avait pu joindre quiconque à Haven qui fût capable de leur dire ce qu'il en était exactement. Pour autant que les gardes aient pu le déterminer, le feu aurait pris dans le champ est de Frank Spruce, ou à plus d'un kilomètre dans les bois. Ils avaient aussi envoyé trois équipes de deux hommes dans des véhicules tout-terrain, avec des cartes topographiques, et un avion de reconnaissance. Dawson avait parlé des bois du Grand Injun, mais le chef Wahwayvokah n'était plus depuis longtemps, et aujourd'hui, le nouveau nom sans connotation raciale indiqué sur les cartes officielles semblait plus approprié : les Bois Brûlants.

La voiture de pompiers d'Unity arriva la première... malheureusement pour elle. A cinq ou six kilomètres de la commune de Haven, alors qu'ils étaient encore à une douzaine de kilomètres de la colonne de fumée de plus en plus imposante qui s'élevait dans le ciel, les hommes commencèrent à se sentir mal. Pas seulement un ou deux : tous les sept. Le chauffeur continua sa route... jusqu'à ce qu'il perde soudain conscience derrière le volant. Le camion-pompe sortit de la route de la vieille école d'Unity et s'écrasa dans les bois, à près de deux kilomètres de Haven. Trois hommes furent tués sur le coup, deux autres saignèrent à mort, les deux survivants s'échappèrent de la zone à quatre pattes en vomissant tout le long de la route.

« Ils ont dit que c'était comme si on les avait gazés, expliqua Dawson.

— C'étaient eux, au téléphone ?

— Seigneur, non ! Les deux survivants sont en route pour l'hôpital de Derry dans une ambulance. C'était la Station Trois. Ils essaient de rassembler des informations, mais pour le moment, on dirait qu'il se passe à Haven bien davantage qu'un feu de forêt. Quant au feu, il commence à échapper à tout contrôle. La météo annonce un vent d'est dans la soirée, et il ne semble pas que quiconque puisse aller là-bas pour éteindre l'incendie.

— Que savent-ils d'autre ?

— *Merde !* s'exclama Smokey Dawson comme si on lui infligeait une offense personnelle. Les gens qui approchent de Haven sont malades. Plus ils approchent, plus ils sont malades. C'est tout ce qu'on sait, en plus du fait que quelque chose brûle. »

Pas une seule unité de pompiers n'était arrivée à Haven. Celles de China et de Woolwich étaient allées le plus loin. Torgeson consulta l'anémomètre sur le mur et crut comprendre pourquoi ; ils étaient arrivés à contre-vent. Si l'air autour de Haven était empoisonné, le vent qui soufflait dans leur dos l'entraînait loin d'eux.

Nom de Dieu ! Et si c'était radioactif !

Dans ce cas, ça ne ressemblait à aucune radiation dont Torgeson ait jamais entendu parler. Les unités de Woolwich avaient annoncé cent pour cent de pannes mécaniques à l'approche de Haven. China avait envoyé une auto-pompe et un camion-citerne. La pompe les avait lâchés, mais la citerne avait continué à marcher et le chauffeur — Dieu sait comment ! — avait réussi à faire demi-tour et à la sortir de la zone dangereuse avec ses hommes, vomissant, tassés dans la cabine, accrochés aux pare-chocs, ou à cheval sur la citerne. La plupart souffraient de saignements de nez, certains de saignements d'oreilles, un d'une rupture de vaisseau dans un œil.

Tous avaient perdu des dents.

Mais qu'est-ce que ça peut être que cette foutue radiation ?

Dawson jeta un coup d'œil dans le bureau du chef et vit que toutes les lignes téléphoniques clignotaient.

« Andy, ça s'aggrave. Il faut que je...

— Je sais, dit Torgeson, il faut que tu parles à des fous. Je dois appeler le bureau de l'attorney général à Augusta et parler à d'autres fous. Jim Tierney est le meilleur attorney général que nous ayons eu dans le Maine depuis que je porte cet uniforme, et tu sais où il est, en cette belle journée, Smokey ?

— Non.

— En *vacances*, dit Torgeson avec un rire qu'il ne contrôlait pas vraiment. Ses premières vacances depuis qu'il occupe ce poste. Le seul homme de toute l'administration de l'État qui aurait pu comprendre cette situation de fous est en train de camper avec sa famille dans l'Utah. Dans l'*Utah*, bordel ! C'est pas beau, ça ?

— Très.

— Mais qu'est-ce qui se passe ici ?

— Je ne sais pas.

— D'autres victimes ?

— Un ranger de Newport est mort, dit Dawson après une seconde d'hésitation.

— Qui ?

— Henry Amberson.

— *Quoi ?* Henry ? *Seigneur !* »

Torgeson eut l'impression qu'on l'avait frappé à l'estomac. Il connaissait Henry Amberson depuis vingt ans. Ils n'étaient pas inséparables, mais ils avaient joué aux cartes ensemble les jours calmes, et ils étaient allés pêcher à la mouche. Ils avaient aussi dîné en famille.

Henry, Seigneur, Henry Amberson. Et Tierney qui est dans l'*Utah*, bordel !

« Est-ce qu'il était sur l'une des Jeep qu'ils ont envoyées ?

— Ouais. Il avait un stimulateur cardiaque, tu sais, et...

— Quoi ? Quoi ? demanda Torgeson en faisant un pas vers Smokey comme s'il voulait le secouer. *Quoi ?*

— Le type qui conduisait la Jeep aurait transmis par radio à la Station Trois que le stimulateur avait explosé dans la poitrine d'Amberson.

— Bon Dieu, c'est pas vrai !

— Je n'en suis pas encore sûr, ajouta précipitamment Dawson. Rien n'est sûr. La situation n'est pas encore claire.

— Comment un stimulateur cardiaque peut-il *exploser ?* demanda doucement Torgeson.

— Je ne sais pas.

— C'est une blague, déclara froidement Torgeson. Quelqu'un fait une blague idiote, ou c'est comme l'émission de radio *La Guerre des mondes*.

— Je ne crois pas, dit timidement Smokey, que ce soit une blague, ni un canular.

— Moi non plus, dit Torgeson en se dirigeant vers son bureau. Bordel d'*Utah*. » murmura-t-il.

Il alla au téléphone, laissant Smokey Dawson faire front aux informations de plus en plus incroyables qui arrivaient de la zone dont la ferme de Bobbi Anderson formait le centre.

3

Si Jim Tierney n'avait pas été dans l'Utah — bordel ! —, Torgeson aurait commencé par appeler le bureau de l'attorney général. Mais comme Tierney *était* dans l'Utah, Torgeson différa son appel le temps de parler à David Bright, au *Daily News* de Bangor.

« David ? C'est Andy. Écoute, je...

— J'ai entendu dire qu'il y a un incendie à Haven, Andy. Peut-être un gros. Tu le sais ?

— Ouais, on le sait, David. Je ne peux pas t'emmener. Les informations que tu m'as données collent, pourtant. Les équipes de pompiers et de reconnaissance n'arrivent pas à entrer dans la commune. Ils sont malades. On a perdu un ranger. Un type que je connaissais. On m'a dit... Oublie ce qu'on m'a dit. C'est trop fou pour être vrai.

— Qu'est-ce que c'est ? demanda Bright dont la voix trahissait l'excitation.

— Laisse tomber.

— Mais tu dis que les pompiers et les équipes de secours sont malades ?

— Les équipes de *reconnaissance*. On ne sait pas encore si des secours sont nécessaires ou non. Et puis il y a eu une merde avec les camions de pompiers et les Jeep. Les véhicules semblent tous avoir des ennuis mécaniques à l'approche de Haven.

— *Quoi ?*

— Tu m'as bien compris.

— Tu veux parler de quelque chose comme le pouls ?

— Le pouls ? Quel pouls ? demanda Andy qui eut la folie de croire un instant que Bright parlait du stimulateur cardiaque de Henry et qu'il savait tout depuis le début.

— C'est un phénomène qui est censé suivre les grandes explosions nucléaires. Les moteurs des voitures s'arrêtent net.

— Bon sang ! Et les radios ?

— Elles aussi.

— Mais ton ami a dit...

— Sur toute la bande, oui. Des centaines. Est-ce que je peux citer ce que tu m'as dit des pompiers et des équipes de reconnaissance ? Des véhicules qui s'arrêtent ?

— Ouais. Cite M. Sources. M. Sources Bien Informées.

— Quand est-ce que tu en as entendu parler pour la première...

— Je n'ai pas le temps de donner une interview pour *Playboy*, David. Ton Leandro est allé louer un appareil de respiration aux Fournitures médicales du Maine ?

— Oui.

— Il pensait donc que c'était l'air, murmura Torgeson davantage pour lui que pour Bright. C'est ce qu'il pensait, *lui*.

— Andy... tu sais ce qui arrête aussi les moteurs de voitures, selon les rapports qu'on reçoit de temps à autre ?

— Quoi ?

— Les OVNIS. Ne ris pas, c'est vrai. Les gens qui ont vu des soucoupes volantes de près alors qu'ils conduisaient une voiture ou un avion ont presque toujours dit que leur moteur s'est arrêté jusqu'au départ de la chose... Tu te souviens du médecin dont l'avion s'est écrasé à Newport, il y a une semaine environ ? »

La Guerre des mondes, se dit à nouveau Torgeson. *Quel bordel de merde !*

Mais le stimulateur cardiaque de Henry Amberson avait... avait quoi ? *Explosé ?* Est-ce que cela se pouvait ?

Il veillerait à tirer ça au clair, ça, on pouvait en être sûr.

« On se rappelle, Davy », dit Torgeson avant de raccrocher.

Il était 15 heures 15. A Haven, l'incendie qui avait éclaté à la ferme du vieux Frank Garrick brûlait depuis plus d'une heure, et il s'étendait maintenant, en un croissant toujours plus large, en direction du vaisseau.

4

Torgeson appela Augusta à 15 h 17. A cette heure, deux limousines transportant six inspecteurs de police étaient déjà en route sur la I-95. La Station Trois avait appelé les bureaux de l'attorney général à 14 h 26, et la police de Derry à 14 h 49. Le rapport de Derry faisait la synthèse des premiers éléments épars : l'accident de l'autopompe d'Unity, la mort du ranger qui semblait avoir été tué par son propre stimulateur cardiaque comme par une balle. A 13 h 30, heure des montagnes Rocheuses, une voiture de la police de l'Utah s'arrêtait au camping où Jim Tierney et sa famille passaient leurs vacances. L'officier informait Tierney de la situation d'urgence dans le Maine. Quelle sorte d'urgence ? Ça, l'officier de police ne le savait pas. Ce type d'information, lui avait-on dit, n'était divulguée qu'en cas de nécessité absolue. Tierney aurait pu appeler Derry, mais il connaissait Torgeson, à Cleaves Mills, et il lui faisait confiance. Et pour l'instant, il voulait plus que tout parler à quelqu'un en qui il avait confiance. Il sentit la peur s'insinuer dans sa gorge, le sentiment que c'était sûrement Maine Yankee, que c'était à cause de la seule centrale nucléaire de l'État, forcément. Il fallait au moins ça pour qu'on lui refuse toute précision à l'autre bout du pays. L'officier demanda le numéro. Torgeson fut à la fois ravi et soulagé d'entendre la voix de Tierney.

A 13 h 37, heure des Rocheuses, Tierney montait dans la voiture de police et demandait :

« A quelle vitesse pouvez-vous rouler ?

— Monsieur ! Ce véhicule dépasse les deux cents kilomètres/heure, et je suis mormon, Monsieur, alors je n'ai pas peur de le conduire à cette vitesse, parce que je suis certain de ne pas aller en enfer, Monsieur !

— Prouvez-le ! » lança Tierney.

A 14 h 03, heure des Rocheuses, Tierney avait pris place dans un Learjet dépourvu de toute marque distinctive, hormis un drapeau américain sur sa queue. L'avion attendait sur un petit aéroport privé près de Cottonwoods... la ville dont Zane Grey parlait dans *Les Cavaliers de la sauge pourpre*, le livre de chevet de Roberta Anderson quand elle était enfant. celui qui l'avait peut-être lancée à tout jamais sur la piste des westerns.

Le pilote était en péquin.

« Vous êtes du ministère de la Défense ? demanda Tierney.

— Affirmatif », répondit-il en regardant Tierney à travers des lunettes noires, sans expression.

Ce fut la seule fois qu'il fit entendre sa voix tant avant que pendant ou après le vol.

C'est ainsi que la police de Dallas entra dans la danse.

5

Haven n'avait jamais été qu'un point sur la route, rêvant sa vie, confortablement installé à quelque distance des principales routes touristiques du Maine. Maintenant, on l'avait remarqué. Maintenant, les gens s'y rendaient en cohortes. Comme ils ne savaient rien des anomalies que l'on rapportait en nombres de plus en plus importants, ce ne fut au départ que la colonne de fumée à l'horizon qui les attira, comme des mites vers la flamme d'une bougie. Il faudrait attendre presque 19 heures ce soir-là avant que la police de l'État, avec l'aide des Gardes nationaux du coin, réussisse à bloquer toutes les routes de la région — les routes secondaires aussi bien que les routes principales. Au matin, le feu deviendrait le plus grand incendie de forêt de l'histoire du Maine. Le vent d'est se leva juste à l'heure, et quand il fraîchit, on n'eut plus aucune chance d'arrêter le feu. Ils ne le comprirent pas tout de suite, mais ils finirent par s'en rendre compte : le feu se serait propagé sans aucune gêne même si l'air avait été parfaitement immobile. On ne pouvait pas grand-chose contre un feu impossible à atteindre, et les efforts pour s'en approcher avaient produit des résultats déplaisants.

L'avion de reconnaissance s'écrasa.

Un bus plein de Gardes nationaux de Bangor sortit de la route, percuta un arbre et prit feu quand le cerveau du conducteur explosa comme une tomate farcie de bombes-cerise. Les soixante-dix pompiers du dimanche furent tués, mais la moitié seulement sur le coup : les autres moururent en un effort désespéré pour s'extraire en rampant de la zone empoisonnée.

Malheureusement, le vent soufflait du mauvais côté... comme Torgeson aurait pu le leur dire.

L'incendie de forêt qui avait démarré aux Bois Brûlants avait tout rôti jusqu'à mi-chemin de Newport avant que les pompiers n'aient pu se mettre réellement au travail... Mais à ce moment-là, ils n'étaient plus assez nombreux pour faire grand-chose, surtout que le front du feu s'étendait sur près de cent kilomètres.

A 7 heures, ce soir-là, des centaines de gens — dont beaucoup de pompiers improvisés, appartenant pour la plupart à l'espèce bien connue *Homo curiosus* — s'étaient agglutinés dans la région. Bon nombre d'entre eux repartirent sur-le-champ, le visage décoloré, les yeux exorbités, le nez et les oreilles pissant le sang. Certains serraient dans leur main leurs dents tombées comme s'ils avaient craché des perles. Et il en mourut un nombre non négligeable... sans compter même les centaines de malheureux habitants de l'est de Newport sur qui s'abattit soudain un nuage mortel d'air de Haven quand le vent fraîchit. La plupart de ceux-là moururent chez eux. C'est sur les diverses routes, ou à proximité, qu'on retrouva les badauds qui s'étaient laissés asphyxier sur place par l'air pourri, recroquevillés en position fœtale, les mains crispées sur leur estomac. La plupart d'entre eux, raconta plus tard un G.I. au *Washington Post* (à condition qu'on ne cite pas son nom), ressemblaient à des virgules humaines sanguinolentes.

Ce n'est pas ainsi que finit Lester Moran, un démarcheur en livres scolaires qui vivait dans la banlieue de Boston et passait l'essentiel de ses journées à sillonner les autoroutes du nord de la Nouvelle-Angleterre.

Lester revenait de sa tournée de fin d'été dans les écoles du comté d'Aroostook, quand il vit de la fumée — beaucoup de fumée — à l'horizon. Il était environ 16 h 15.

Lester décida d'aller voir. Il n'était pas pressé de rentrer : célibataire, il n'avait rien de prévu pour les deux semaines à venir. Mais il aurait fait le détour même si la conférence annuelle des vendeurs avait figuré à son agenda pour le lendemain, et s'il n'avait pas encore écrit le premier mot du discours inaugural qu'il était censé y prononcer. Il n'aurait pas pu s'en empêcher. Lester Moran avait une passion pour le feu, et ce depuis sa plus tendre enfance. En dépit de cinq jours passés sur les routes, de ses fesses aplaties comme une planche, de ses reins qui lui semblaient lourds comme des pierres après tous les chocs que sa voiture avait été incapable d'amortir sur des routes merdiques menant à des villages si petits qu'ils ne portaient même pas de nom et se réduisaient à une chiure de mouche sur la carte, il n'hésita pas une seconde. Sa fatigue s'estompa et ses yeux luirent d'une lumière surnaturelle que tous les pompiers, de Manhattan à Moscou, connaissent et redoutent : l'excitation malsaine d'un authentique pyromane.

Mais c'est pourtant le genre de personnes que les pompiers utilisent... s'ils y sont contraints. Cinq minutes plus tôt, Lester Moran — qui s'était proposé comme pompier à Boston à l'âge de vingt et un ans et n'avait pas été accepté à cause de sa plaque de métal dans le crâne — se sentait un moral de chien battu. Maintenant, il avait le moral d'un homme gonflé aux amphétamines. Maintenant, il était cet homme qui aurait joyeusement transporté toute la nuit sur son dos une pompe pesant près de la moitié de son poids, respirant de la fumée comme d'autres respirent du parfum dans le cou d'une belle femme, luttant contre les flammes jusqu'à ce que la peau de ses joues soit toute craquelée et boursouflée, et ses sourcils grillés.

Il quitta l'autoroute à Newport et brûla les étapes jusqu'à Haven.

On avait remplacé un os de son crâne par une plaque de métal après un horrible accident qu'il avait eu à l'âge de douze ans, quand il assumait la charge de faire traverser la route à ses camarades de collège. Une voiture l'avait heurté et projeté à dix mètres, où le mur de brique inamovible d'un magasin de meubles avait interrompu son vol plané. On lui administra l'extrême-onction. Le chirurgien qui l'avait opéré prévint ses parents en larmes que leur fils mourrait certainement dans moins de six heures, ou resterait dans le coma pendant plusieurs jours, voire plusieurs semaines, avant de succomber. Mais le gamin se réveilla et demanda une glace avant le coucher du soleil.

« Je crois que c'est un miracle, s'exclama sa mère en sanglotant. Un miracle du ciel !

— Moi aussi », dit le chirurgien qui avait eu l'occasion de voir le cerveau de l'enfant par le trou laissé dans son crâne fracassé.

Et le jour de l'incendie, en approchant de cette délicieuse fumée, Lester se sentit un peu patraque du côté de l'estomac, mais il mit cela sur le compte de l'excitation et finit par ne plus y penser. La plaque de métal qui fermait son crâne était presque deux fois plus grosse que celle de Jim Gardener. Il trouva à la fois incroyable et tout à fait excitante l'absence de tout véhicule de police, d'incendie ou des Eaux et Forêts, dans la fumée qui réduisait de plus en plus sa visibilité. Après un tournant, une grosse Plymouth couleur bronze était couchée sur le toit dans le fossé de gauche, ses feux de détresse encore allumés. La porte avant portait l'écusson des pompiers de Derry.

Lester gara son break Ford, sortit et s'approcha du véhicule accidenté. Il y avait du sang sur le volant, sur le siège du conducteur et sur le sol, et des gouttelettes écarlates maculaient le pare-brise.

Ça faisait pas mal de sang. Lester regarda, horrifié, puis tourna les yeux vers Haven. A la base de la colonne de fumée, il voyait maintenant des reflets rouges, et il se rendit compte qu'il pouvait *entendre* le craquement du bois en feu. C'était comme s'il s'approchait du plus grand foyer à ciel ouvert du monde... ou plutôt comme si des jambes avaient poussé à ce foyer, qui s'approchait de *lui*.

Comparée à ce bruit, comparée à ce reflet rouge terne mais titanesque, la voiture retournée du chef des pompiers de Derry et le sang à l'intérieur lui semblèrent soudain beaucoup moins importants. Lester retourna vers sa propre voiture, lutta brièvement contre sa conscience, et gagna la partie en se promettant qu'il s'arrêterait à la première cabine téléphonique pour prévenir la police de Cleaves Mills... Non, de Derry. Comme la plupart des bons vendeurs, Lester Moran possédait en tête une carte détaillée de son territoire, et après l'avoir consultée, il en vint à la conclusion que Derry était plus près.

Il résista à une furieuse envie de pousser son break à la limite de ses possibilités... qui se situait aux environs de cent à l'heure, ces temps-ci. A chaque virage, il s'attendait à tomber sur des barrières en travers de la route, sur un chaos de véhicules garés en tout sens, les CB glapissant des messages, les hommes casqués et portant des cirés, criant des ordres.

Cela n'arriva pas. Au lieu de barrières et d'un foisonnement d'activité, il trouva l'autopompe d'Unity, la cabine détachée de la citerne qui continuait à se vider de son contenu. Lester, qui respirait maintenant autant de fumée que d'un air qui aurait tué pratiquement n'importe qui d'autre, resta sur l'accotement, paralysé par la vue d'un bras blanc pendant à la fenêtre de la cabine amputée de l'autopompe. Des rigoles de sang séché formaient un dessin compliqué sur l'intérieur blanc et vulnérable du bras.

Il y a quelque chose qui ne va pas, ici. C'est bien plus grave qu'un feu de forêt. Il faut que tu fiches le camp, Lester.

Mais il se retourna vers le feu, et fut perdu.

Le goût de fumée s'accentuait dans l'air. Le bruit du feu n'était plus un craquement, mais un tonnerre roulant. La vérité s'abattit soudain sur lui comme un seau de ciment : *Personne ne luttait contre ce feu. Personne.* Pour une raison qu'il ne pouvait comprendre, soit ils n'avaient pu pénétrer dans la zone, soit on ne leur avait pas *permis* d'y aller. Si bien que le feu brûlait sans contrôle, et, avec le vent qui s'était levé et fraîchissait, il s'étendait comme un monstre radioactif dans un film d'horreur.

Cette idée le rendit malade de peur... d'excitation... et d'une sombre joie. Ce n'était pas bon de ressentir ce genre de joie, mais elle était là, et il n'aurait servi à rien de la nier. Il n'était pas le seul à l'avoir ressentie : cette sombre joie semblait avoir envahi tous les pompiers à qui il lui était arrivé de payer un verre (c'est-à-dire presque tous les pompiers qu'il avait rencontrés depuis qu'on l'avait écarté du métier).

Il tituba jusqu'à sa voiture, la fit redémarrer avec quelque difficulté (en se disant que, dans son excitation, il avait probablement noyé ce foutu dinosaure), monta le conditionneur d'air au maximum et reprit la route de Haven. Il savait parfaitement que c'était une idiotie sans nom — après tout, il n'était pas Superman, mais un vendeur de livres de classe de quarante-cinq ans, un peu chauve et toujours célibataire parce qu'il était trop timide pour inviter une femme à sortir avec lui. Il ne se contentait pas de se conduire comme un idiot. Aussi dur que fût ce jugement, il était tout à fait rationnel. En vérité, il se conduisait comme un fou. Et pourtant, il ne pouvait pas plus s'arrêter qu'un drogué qui voit sa dose cuire dans sa cuiller.

Il ne pouvait pas *lutter* contre le feu...

... mais il pouvait toujours aller le *voir*.

Et ce serait vraiment quelque chose, de le voir, non ? se dit Lester. Des gouttes de sueur coulaient déjà sur son visage, comme s'il anticipait la sensation de chaleur qui l'attendait. Quelque chose à voir, oh oui ! On permettait à un feu de forêt de faire rage à sa guise, comme des millions d'années plus tôt, quand les hommes n'étaient guère plus que de petites tribus de singes sans poils blotties dans les berceaux jumeaux du Nil et de l'Euphrate, à l'époque où les grands incendies étaient déclenchés spontanément par la foudre ou une chute de météore, et non par des chasseurs ivres qui se foutaient pas mal de savoir où tombaient leurs mégots de cigarettes. Ce serait un feu orange clair, un mur de feu de trente mètres de haut à travers les clairières, les jardins et les champs, courant comme le feu de prairie du Kansas dans les années 1840, avalant les maisons tellement vite qu'elles implosaient à cause du soudain changement de pression de l'air, comme les maisons et les usines dans les tempêtes de feu allumées par les bombardements de la Seconde Guerre mondiale. Il verrait la route sur laquelle il était, *cette route-ci*, disparaître dans la fournaise, comme une autoroute pénétrant dans l'enfer.

Le goudron, se dit-il, se mettrait d'abord à couler en rigoles poisseuses.. puis il s'enflammerait.

Il accéléra et se dit : *Comment pourrais-tu ne pas continuer, alors que tu as la chance — la chance d'une vie — de voir quelque chose comme ça ? Comment le pourrais-tu ?*

6

« Je ne sais vraiment pas comment je vais expliquer ça à mon père, vraiment pas... », gémissait le vendeur des Fournitures médicales du Maine.

Il aurait voulu ne jamais avoir convaincu son père, quatre ans plus tôt, d'étendre les services de leur magasin à la location. Son père n'avait pas manqué de lui envoyer ça dans les gencives quand le vieux n'avait pas rendu son équipement, et maintenant c'était l'enfer à Haven — la radio avait parlé d'un feu de forêt, mais avait laissé entendre qu'il pourrait s'y passer des choses bien plus bizarres — et il aurait parié qu'il ne reverrait jamais non plus l'équipement qu'il avait loué le matin même au reporter aux grosses lunettes. Et maintenant, il y avait deux autres types, des flics de l'État, rien moins, tous les deux grands, et l'un, ce qui l'étonnait le plus, aussi noir qu'on peut l'être, qui exigeaient la fourniture non pas d'un équipement, mais de *six*.

« Tu diras à ton père que nous les avons réquisitionnés, dit Torgeson. Tu fournis bien des équipements de respiration aux pompiers, non ?

— Oui, mais...

— Et il y a un incendie de forêt à Haven, non ?

— Oui, mais...

— Alors apporte-les. Je n'ai pas de temps à perdre.

— Mon père va me tuer ! hurla-t-il. C'est tout ce qui nous reste ! »

En sortant du parking du commissariat, Torgeson avait croisé Claudell Weems qui y entrait. Claudell Weems, le seul flic noir de l'État, était grand — pas aussi grand que Monstre Dugan, mais il mesurait tout de même un mètre quatre-vingt-treize. Le sourire de Claudell Weems s'ouvrait sur une dent en or, et quand Claudell Weems s'approchait des gens, s'approchait très près d'un suspect, ou d'un vendeur récalcitrant, par exemple, et qu'il révélait cette incisive étincelante, ils devenaient très nerveux. Une fois, Torgeson avait demandé à Claudell Weems comment il expliquait ce phénomène, et Claudell Weems avait répondu qu'il *c'ouayait* que c'était cette bonne vieille magie noi'e. Et il était parti d'un rire qui avait fait trembler les fenêtres.

Weems se pencha donc très près du vendeur, et utilisa sa bonne vieille magie noire qui marchait si bien.

Quand ils quittèrent les Fournitures médicales du Maine avec les équipements, le vendeur n'était plus très sûr de ce qui lui était arrivé... sauf que ce nègre avait la plus grande dent en or qu'il ait jamais vue de sa vie.

7

Le vieil édenté qui avait vendu son T-shirt à Leandro était sur le porche de son magasin. Il regarda, impassible, la voiture de Torgeson passer en trombe. Quand elle fut loin, il entra et composa un numéro de téléphone que la plupart des gens n'auraient pu obtenir : ils auraient entendu ce bruit de sirène qui avait tant irrité Anne Anderson. Mais il y avait une amélioration idoine au dos du téléphone du commerçant, et il ne tarda pas à joindre une Hazel McCready de plus en plus débordée.

8

« Bien ! dit Claudell Weems d'un air joyeux après avoir regardé l'indicateur de vitesse. Je vois que nous dépassons les cent trente à l'heure ! Et comme de l'avis général tu es probablement le conducteur le plus merdique de toute la police de l'État du Maine...

— L'avis général *de qui*, bordel ? demanda Torgeson.

— Le *mien*, répondit Claudell Weems. En tout cas, ça m'amène à une déduction : je ne vais pas tarder à mourir. Je ne sais pas si tu connais cette foutaise qui consiste à accorder un dernier vœu à un condamné, mais si oui, peut-être pourrais-tu me dire de quoi il s'agit ? Si possible avant qu'on reçoive le bloc-moteur dans la gueule, bien sûr. »

Andy ouvrit la bouche, puis la referma.

« Non, dit-il. Je ne peux pas. C'est trop tordu. Je peux te dire une chose : il est possible que tu ne te sentes pas bien. Dans ce cas, renifle tout de suite un peu de cet air en boîte.

— Seigneur ! C'est l'*air* qui a été empoisonné à Haven ?

— Je ne sais pas. Je crois.

— Seigneur ! répéta Weems. Qui a déversé quelle cochonnerie ? »

Andy se contenta de hausser les épaules.

« C'est pour *ça* que personne ne lutte contre le feu. »

La ligne de fumée qui bouillonnait dans les airs à l'horizon s'élargissait de plus en plus. Pour l'instant, elle était presque toute blanche, Dieu merci !

« Je ne sais pas. Je crois. Allume la radio et cherche une station. »

Weems fronça les sourcils comme s'il croyait que Torgeson était fou.

« Quelle fréquence ?

— N'importe. »

Weems mit donc la fréquence de la police, et au début n'obtint rien que les exclamations confuses et de plus en plus paniquées de flics et de pompiers qui voulaient combattre un feu et ne pouvaient s'en approcher pour une raison inconnue. Puis, plus loin, ils entendirent une demande de renforts pour un vol à main armée dans une boutique de spiritueux au 117, Mystic Avenue, à Medford.

Weems regarda Andy.

« Bon sang, Andy, je ne savais pas qu'il y avait une Mystic Avenue à Medford... en fait, je n'ai jamais imaginé qu'il y avait la moindre avenue à Medford. Juste quelques sentiers caillouteux, et encore.

— Je crois, dit Andy d'une voix dont l'écho lui sembla revenir de très loin à ses propres oreilles, que cet appel provient de Medford dans le *Massachusetts*. »

9

Lester Moran n'avait pas parcouru deux cents mètres sur le territoire de la commune de Haven que son moteur rendit l'âme. Il ne toussa pas, il ne brouta pas, il ne pétarada pas. Il rendit l'âme en douceur et sans fanfare. Lester sortit de sa voiture sans prendre la peine de tourner la clé de contact.

Le craquement ininterrompu du feu emplissait le monde. La température de l'air s'était élevée de dix degrés au moins. Le vent poussait la fumée dans sa direction, mais vers le haut, si bien que l'air restait respirable. Il n'en avait pas moins un goût âcre et brûlant.

A gauche et à droite s'étendaient des champs — les terres des Clarendon à droite, celles des Ruvall à gauche. Ils ondulaient vers le bois. Dans ces bois, Lester voyait des éclats rouges et orange de plus en plus lumineux. De la fumée s'en élevait en un torrent qui s'assombrissait. Il entendait les implosions brutales des arbres creux quand le feu aspirait l'oxygène qu'ils renfermaient comme on sucerait la moelle d'un os. Le vent ne soufflait pas droit sur lui, mais presque. Le feu allait sortir des bois et courir dans les champs d'une minute à l'autre... dans quelques secondes, peut-être. Sa descente vers lui, lui dont la face rougeoyait et ruisselait de sueur, pouvait être mortellement rapide. Il préférait être de retour dans sa voiture avant que cela n'arrive — elle allait démarrer, naturellement qu'elle démarrerait, cette vieille carcasse ne l'avait encore jamais lâché — et creuser la distance qui le séparait de cette bête rouge lancée à sa poursuite.

Pars, alors! File, pour l'amour de Dieu! Tu as vu, alors maintenant, file!

Mais l'ennui, c'était qu'il ne l'avait pas *vraiment* vu. Il n'avait pas senti sa chaleur, il ne l'avait pas vu plisser les yeux et souffler de la fumée de ses narines de dragon... il n'avait pas encore vraiment *vu* le feu.

Il le vit.

Il jaillit du bois pour inonder le champ ouest de Luther Ruvall. Le front principal du feu continuait sa route dans les bois du Grand Injun, mais ce flanc venait de sortir libéré de la forêt. Les arbres massés à l'extrémité du champ n'étaient que fétus de paille pour l'animal rouge. Ils semblèrent un instant noircir tant la lumière derrière eux était forte — jaune orangé, orange rougeâtre. Puis ils s'enflammèrent. Tout arriva en un instant. Lester ne vit plus que leur sommet, avant qu'il ne disparaisse aussi. C'était un numéro de grand prestidigitateur; un magicien comme Hilly Brown aurait, de tout son cœur, de toute son âme, voulu être.

La ligne du feu s'élevait à trente mètres de haut et dévorait les arbres devant un Lester Moran fasciné, bouche bée. Les flammes s'engagèrent sur la pente du champ. Maintenant, la fumée tournoyait autour de Lester, plus épaisse, suffocante. Il se mit à tousser.

Va-t'en! Pour l'amour du Ciel, sauve-toi!

Oui. Maintenant, il allait partir, maintenant, il le *pouvait*. Il avait vu, et c'était tout aussi spectaculaire qu'il l'avait espéré. Mais c'était *bien* une bête fauve. Et quand un homme raisonnable est confronté à un fauve, il s'enfuit. Il court aussi vite et aussi loin qu'il le peut. Tous les êtres vivants le font. Tous les êtres vivants...

Lester reflua vers sa voiture, et s'arrêta.

Tous les êtres vivants.

Oui. Tous les êtres vivants s'enfuient devant un incendie de forêt. L'ordonnance ancestrale n'a plus cours : le coyote court aux côtés du lièvre. Mais il n'y avait ni lièvres ni coyotes courant dans ce champ, il n'y avait aucun oiseau dans le ciel de plomb.

Il n'y avait personne d'autre que lui.

Pas d'oiseau, pas d'animal fuyant le feu... cela voulait dire qu'il n'y en avait pas dans les bois.

La voiture de police retournée, le sang partout.

L'autopompe écrasée dans les bois. Le bras ensanglanté.

Que se passe-t-il, ici ? hurla son cerveau.

Il ne le savait pas... mais il savait qu'il était temps d'enfiler les légendaires bottes de sept lieues. Il ouvrit la porte de sa voiture — et se retourna une dernière fois.

Ce qu'il vit sortir de la grande colonne de fumée lui arracha un cri. Il inspira de la fumée, toussa, et cria à nouveau.

Quelque chose — un gigantesque *quelque chose* — s'élevait dans la fumée comme la plus grosse baleine de la création émergeant lentement des flots.

Les rayons du soleil, voilés par la fumée, l'éclairaient doucement, et la chose continuait de monter, monter, monter, sans aucun bruit hormis les craquements et les explosions dus au feu.

Plus haut... plus haut... toujours plus haut...

Il leva la tête pour suivre la lente et impossible progression de l'objet, si bien qu'il ne vit pas le curieux petit engin qui sortait de la fumée au ras du sol et descendait bravement la route vers lui. C'était un chariot d'enfant, rouge. Au début de l'été, il appartenait encore au petit Billy Fannin. Au centre du chariot, on avait fixé une planche, et sur la planche une débroussailleuse Bensohn — guère plus qu'une lame circulaire au bout d'une perche. La lame était commandée par une gâchette. Pendait encore de la poignée une étiquette où l'on pouvait lire : FENDEZ L'ORAGE AVEC VOTRE BENSOHN ! Montée sur un cardan, on aurait dit la proue d'un vaisseau absurde.

Lester agrippait sa voiture et regardait le ciel quand le détecteur d'ondes cérébrales du chariot rouge — qui avait commencé sa vie comme thermomètre de cuisine digital — actionna le démarreur électronique de la débroussailleuse (une amélioration à laquelle les concepteurs de la Bensohn n'avaient pas pensé). La lame se mit à tourner, le petit moteur à essence miaulant comme un chat blessé.

Lester baissa les yeux et vit quelque chose comme une canne à pêche munie de dents qui avançait vers lui. Il cria et se réfugia derrière sa voiture.

Que se passe-t-il, ici ? hurla son cerveau. *Que se passe-t-il, que se passe-t-il, que se passe-t-il, que...*

La débroussailleuse pivota sur son cardan, cherchant Lester, suivant les ondes émises par son cerveau, qui lui parvenaient comme de petites pulsations bien nettes, pas si différentes des bip d'un radar. La débroussailleuse n'était pas très intelligente (son cerveau provenait d'un jouet programmable appelé le Terrible Tank Traqueur), mais elle était assez futée pour rester fixée sur la faible émission électrique du cerveau de Lester Moran — ses piles, pourrait-on dire.

« *Fous le camp !* cria Lester au chariot de Billy Fannin qui cahotait vers lui. *Fous le camp !* Fous *le caaaaamp !* »

Mais le chariot sembla au contraire bondir vers lui. Lester Moran, le cœur battant comme un fou dans sa poitrine, s'enfuit en zigzaguant. La débroussailleuse zigzagua derrière lui. Il zigzagua de plus belle — et une énorme ombre l'engloutit lentement. Il ne put s'empêcher de lever les yeux... il ne put s'en empêcher. Il s'emmêla les pieds, tomba, et la lame entra en action. Elle pénétra en tourbillonnant dans la tête de Lester. Elle s'acharnait encore sur lui quand le feu les engloutit tous deux, l'assaillant comme sa victime.

10

Torgeson et Weems virent le corps au même instant. Ils respiraient tous deux l'air de leurs réservoirs. Ils avaient été pris de nausées si soudaines qu'ils en avaient été effrayés, mais une fois les masques en place, les nausées disparurent complètement. Leandro avait raison. L'air. Quelque chose dans l'air.

Claudell Weems cessa de poser des questions après qu'ils eurent capté sur leur radio l'appel de la police du Massachusetts. A partir de là, il resta sagement assis, les mains sur les cuisses, les yeux mobiles et attentifs. D'autres stations les avaient informés des activités des polices de Friday dans le Dakota du Nord, d'Arnette au Texas...

Torgeson s'arrêta et les deux hommes descendirent de voiture. Weems, après une hésitation, se munit du fusil à pompe fixé sous le tableau de bord. Torgeson approuva de la tête. Les choses commençaient à s'éclaircir. Elles ne devenaient pas *rationnelles*, elles étaient plus *claires*. Que disait déjà cette chanson de Phil Collins, celle où la batterie donnait la chair de poule ? *Je le sens dans l'air, cette nuit...*

C'était bien dans l'air.

Tout doucement, Torgeson retourna l'homme dont il pensait que c'était celui qui avait fini par déclencher l'alarme.

Il avait nettoyé bien des accidents d'une horreur écœurante sur l'autoroute, mais il ne put pourtant retenir un râle et détourna les yeux.

« Seigneur ! Qu'est-ce qui a bien pu lui faire ça ? » demanda Weems. Le masque étouffait ses mots, mais le ton d'épouvante parvint 5 sur 5 à Andy.

Torgeson ne savait pas. Il avait vu un jour un homme heurté par un chasse-neige. Il ressemblait vaguement à ça. C'était ce qu'il voyait de plus proche.

Le type n'était que sang du sommet de ce qui avait été sa tête jusqu'à la taille, où la boucle de sa ceinture s'enfonçait dans son corps.

« Bon Dieu, mon vieux, je suis désolé », murmura-t-il en laissant doucement retomber le corps.

Il aurait pu prendre le portefeuille du mort, mais il ne voulait plus rien avoir à faire avec ce cadavre déchiqueté. Il revint à la voiture. Weems s'effondra à côté de lui, son fusil à pompe en travers de la poitrine. Au loin, à l'ouest, la fumée s'épaississait à vue d'œil, mais ils ne sentaient qu'une légère odeur de bois brûlé.

« Quelle incroyable merde ! s'exclama Weems dans son masque.

— Oui.

— Je ne me sens pas du tout bien, ici.

— Oui.

— Je crois que nous devrions foutre le camp de cette zone en quatrième v... »

Il y eut un cliquetis derrière eux et, pendant un instant, Torgeson pensa que ce devait être le feu, très loin — mais ça pouvait aussi être tout autre chose, tout près... Parfaitement raisonnable ! Quand on prend le thé avec le Chapelier fou, tout est raisonnable. En se retournant, il se rendit compte que ce n'était pas un bruit de branches en train de brûler, mais de branches cassées.

« Bordel de *merde !* » hurla Claudell Weems.

La mâchoire inférieure de Torgeson tomba de stupéfaction.

Le distributeur de Coca-Cola, stupide mais fiable, s'était remis en marche et sortait cette fois des buissons de l'accotement. La vitre de la façade était brisée, les côtés de la grande boîte rectangulaire éraflés. Et sur la partie métallique du devant de la machine, Torgeson vit une chose dont la forme ne laissait pas de doute sur sa nature, malgré l'horreur qu'elle inspirait, une chose encastrée si profondément qu'elle avait presque l'air sculptée.

Elle ressemblait à une demi-tête.

Le distributeur de Coke s'engagea sur la route et resta un instant suspendu là, comme un cercueil peint de couleurs d'une gaieté incongrue. Elles étaient gaies du moins tant qu'on ne remarquait pas le sang qui coulait et commençait à sécher en taches bordeaux.

Torgeson entendit un léger ronronnement, un cliquetis — *Comme des relais*, se dit-il. *Elle a peut-être été abîmée. Peut-être, mais...*

Le distributeur de Coke se tourna soudain droit sur eux.

« *Putain de MERDE !* hurla Weems d'une voix qui trahissait la surprise et la terreur, mais aussi le hoquet d'un rire incontrôlé.

— *Tire dessus, tire !* » cria Torgeson en effectuant un saut vers la droite.

Weems recula d'un pas et tomba sur le corps de Leandro. C'était tout à fait stupide. Et c'était aussi tout à fait heureux. La machine le rata de quelques centimètres. Alors qu'elle prenait son élan pour revenir sur eux, Weems s'assit et tira trois fois dessus. Le métal s'enfonça en formant des fleurs irisées au cœur noir. Elle se mit à bourdonner et s'arrêta, secouée de sursauts comme une victime de la chorée de Huntington.

Torgeson dégaina et tira quatre fois. La machine le chargea, mais elle semblait léthargique, incapable d'accélérer. Elle vibra et s'arrêta, sursauta et fit un bon en avant, s'arrêta, refit un bon en avant. Elle oscillait, comme ivre. Le bourdonnement s'intensifia. La porte de façade cracha des coulées de soda qui se figèrent en rigoles poisseuses.

Torgeson n'eut pas de mal à esquiver quand la machine arriva sur lui.

« *Couche-toi, Andy !* » cria Weems.

Torgeson s'aplatit. Claudell Weems tira trois balles de plus dans le distributeur de Coke, aussi vite qu'il le put. Au troisième coup, quelque chose explosa à l'intérieur. De la fumée noire et une brève flamme léchèrent un des côtés de la machine.

Du feu *vert*, remarqua Torgeson. *Vert.*

Le distributeur de Coke s'écroula sur la route à sept mètres du corps de Leandro. Il oscilla, puis s'abattit en avant en un bang vide. Du verre brisé s'éparpilla en tintant. Il y eut trois secondes de silence, puis un long râle métallique, qui s'arrêta. Le distributeur de Coca-Cola était mort en travers de la ligne blanche marquant le milieu de la Route n° 9. Sa carcasse rouge et blanche était criblée de perforations de balles laissant échapper de la fumée.

« Je viens de dégainer et de tuer un distributeur de Coke, mon lieutenant, dit Claudell Weems d'une voix qui sonnait creux sous son masque.

— Et sans sommations ! Tu ne lui as jamais donné l'ordre de s'arrêter, déclara Andy Torgeson en se tournant vers lui. Tu n'as pas non plus tiré de coups de semonce. Ça te vaudra probablement une suspension, crétin. »

Ils se regardèrent par-dessus leurs masques et éclatèrent de rire. Claudell Weems riait tant qu'il était presque plié en deux.

Vert, se dit Torgeson. Et bien qu'il fût encore en train de rire, il ne trouvait rien de drôle tout au fond de lui-même, où résidait son instinct de survie. *Le feu qui sortait de cette saloperie était* vert.

« Je n'ai pas tiré de coups de semonce, hoquetait Weems. Non, je ne l'ai pas fait. Pas du tout.

— C'est une violation de ses droits civiques.

— Faudra faire une enquête ! Ouais, mon vieux ! Je veux dire... »

Weems riait tant qu'il ne put finir. Il remit maladroitement son grand corps sur ses pieds... et ce n'était pas rien. Torgeson se rendit soudain compte qu'il était un peu étourdi, lui aussi. Ils respiraient de l'oxygène pur... ils étaient en hyperventilation.

« *Arrête de rire !* hurla-t-il d'une voix qui semblait venir de très loin. Claudell, arrête de rire ! »

Il parvint à tituber jusqu'à Weems, sur une distance qui lui sembla très grande. Alors qu'il était presque arrivé, il trébucha. Weems parvint à le retenir et ils restèrent un instant à osciller, enlacés comme deux ivrognes. On aurait dit Rocky Balboa et Apollo Creed à la fin de leur premier combat.

« Tu vas me faire tomber, crétin, murmura Weems.

— C'est toi qui as commencé, enfoiré. »

Le monde était flou, redevenait net, et flou à nouveau.

Respire plus lentement, s'ordonna Torgeson. *Prends de longues inspirations profondes. Reste tranquille, mon cœur affolé !* Ce dernier ordre le fit à nouveau rire, mais il se contrôla.

Ils titubèrent ensemble jusqu'à la voiture, se tenant respectivement par la taille.

« Le corps..., dit Weems.

— Laisse tomber pour le moment. Il est mort. Pas nous. Pour l'instant.

« — Regarde, dit Weems en passant près des restes de Leandro, les bulles ! Elles sont éteintes ! »

Sur le toit de la voiture, les gyrophares bleus que les flics appellent des bulles étaient éteintes et sombres. Ça n'aurait pas dû être le cas : jamais un flic n'aurait oublié de laisser les gyrophares allumés sur les lieux d'un accident.

« Est-ce que tu... », commença Torgeson.

Quelque chose avait changé dans le paysage. Tout s'était assombri comme lorsqu'un grand nuage passe devant le soleil, ou quand commence une éclipse. Ils se regardèrent, puis se retournèrent. Torgeson la vit le premier, l'énorme forme argentée émergeant des volutes de fumée. Son bord gigantesque luisait.

« Sainte Vierge ! » gémit Weems.

Sa grande main brune trouva le bras de Torgeson et le serra.

Torgeson le sentit à peine, et pourtant, le lendemain, il aurait la forme de la main de Weems incrustée en bleu dans son muscle.

Ça montait... montait... montait. Le soleil voilé de fumée faisait luire la surface bombée du métal. Ça montait selon un angle d'environ quarante degrés. Ça semblait encore osciller quelque peu, bien que cette oscillation eût pu n'être qu'une illusion due à la brume de chaleur.

Naturellement, tout cela ne pouvait être qu'une illusion — impossible autrement. Ça ne *peut pas* être réel, se dit Torgeson. C'était dû à l'oxygène qu'il respirait.

« Oh, mon Dieu ! gronda Weems, c'est une soucoupe volante, Andy, c'est une foutue soucoupe volante ! »

Alors comment se fait-il que nous ayons tous les deux la même hallucination ?

Mais pour Torgeson, ça n'avait pas l'air d'une soucoupe ; ça avait l'air du dessous d'une assiette du réfectoire de l'armée, la plus grosse assiette de cette foutue création. Elle apparaissait, encore et encore. Andy se disait que ça devait s'arrêter, qu'une bande brumeuse de ciel allait se dessiner entre elle et les volutes de fumée, mais elle continuait à s'élever comme une falaise au-dessus des arbres qui semblaient de plus en plus minuscules, dans un paysage de maison de poupée. On aurait dit que la fumée et le feu de forêt étaient une cigarette fumant dans un cendrier. Elle emplissait de plus en plus de ciel, bouchant l'horizon, montant, oh, oui ! montant des bois du Grand Injun, montant dans un silence mortel — sans un bruit, sans le moindre bruit.

Ils la regardaient, et Weems s'accrochait à Torgeson, et Torgeson s'accrocha à Weems, et ils se serrèrent l'un contre l'autre comme des enfants, et Torgeson se dit : *Oh, et si ça tombe sur nous...*

Et ça continuait à sortir de la fumée et du feu, à monter, comme si ça n'allait jamais finir.

11

A la tombée du jour, Haven était isolé du monde par la Garde nationale. Les gardes l'entouraient. Ceux qui se trouvaient sous le vent portaient des masques à oxygène.

Torgeson et Weems réussirent à sortir — mais pas dans leur voiture. Elle était aussi morte qu'on peut l'être. Ils revinrent à picd. Quand ils eurent utilisé tout l'oxygène de la dernière bonbonne, ils étaient déjà depuis longtemps dans la commune de Troie, et ils se rendirent compte qu'ils pouvaient supporter l'air extérieur : le vent les avantageait, expliqua plus tard Claudell Weems. Ils sortirent de ce que les rapports ultra-secrets du gouvernement ne tarderaient pas à appeler « la zone de pollution », et c'est leur propre rapport qui constitua le premier récit officiel de ce qui se passait à Haven. Mais il ne vint qu'après des centaines de rapports officieux racontant combien l'air de la zone était mortel, et des *milliers* de rapports sur le gigantesque OVNI qu'on avait vu s'élever au-dessus de la fumée dans les bois du Grand Injun.

Weems saigna du nez. Torgeson perdit une demi-douzaine de dents. Tous deux considérèrent qu'ils avaient eu de la chance.

Initialement, le périmètre était bouclé par les seuls Gardes nationaux de Bangor et d'Augusta. A 21 heures, on leur envoya en renfort les gardes de Limestone, de Presque Isle, de Brunswick et de Portland. A l'aube du lendemain, mille gardes de plus, en tenue de combat, atterrissaient en provenance des villes du Corridor Est.

De 19 heures à 1 heure du matin, le NORAD resta en état d'alerte immédiate DEFCON-2. Le Président survolait le Middle-West à vingt mille mètres d'altitude à bord du *Looking Glass,* mâchouillant cinq à six Tums à la fois pour combattre ses brûlures d'estomac.

Le FBI arriva sur place à 18 heures, la CIA à 19 heures 15. A 20 heures, ils se disputaient sur des points de droit. A 21 heures 15, un agent de la CIA nommé Spacklin, terrorisé et furieux, abattit un agent du FBI nommé Richardson. On étouffa l'incident, mais Gardener et Bobbi Anderson auraient parfaitement compris : la police de Dallas était sur place, et contrôlait parfaitement la situation.

10.

TOC, TOC À LA PORTE LES TOMMYKNOCKERS LES ESPRITS FRAPPEURS

1

Après que le vieux 45 d'Ev Hillman eut refusé de tirer, il y eut un moment où le silence paralysa la cuisine de Bobbi, un silence tant mental que physique. Les grands yeux bleus de Gard étaient rivés sur les yeux verts de Bobbi.

« Tu as essayé... », commença Bobbi, et son cerveau

(! essayé de !)

produisit un long écho dans la tête de Gardener. Ce moment sembla s'éterniser. Et quand il cessa, il cassa comme du verre.

Bobbi, dans sa surprise, avait laissé pendre le long de sa chaise le pistolet à photons. Elle le releva. Gardener n'aurait pas d'autre occasion. Dans son agitation, elle ouvrit totalement son esprit à Gardener, et il sentit combien elle était bouleversée de découvrir la chance qu'elle lui avait donnée. Elle n'avait pas l'intention de lui en fournir une seconde.

Il ne pouvait rien faire avec sa main droite : elle était sous la table. Avant que Bobbi ait eu le temps de pointer le canon du pistolet à photons sur lui, il posa sa main gauche sur le rebord de la table et, sans calcul, la poussa aussi fort qu'il le put. Les pieds grincèrent sur le sol et le plateau vint frapper la poitrine boursouflée et difforme de Bobbi. Au même moment, un rayon de brillante lumière verte jaillit du canon du pistolet en plastique relié au gros radio-cassette de Hank Buck. Au lieu d'atteindre la poitrine de Gard, il fut dévié vers le haut et passa au-dessus de son épaule — à plus de trente centimètres, en fait, mais Gard n'en sentit pas moins sa peau désagréablement chatouillée par des molécules qui dansaient sous sa chemise comme des gouttes d'eau sur une plaque brûlante.

Gard esquiva sur la droite et se pencha pour éviter ce rayon qui avait l'air d'une simple lumière. Ses côtes allèrent donner contre la table, lourdement, et la table poussa de nouveau Bobbi, plus fort cette fois. La chaise de Bobbi se balança sur ses pieds arrière, hésita, puis s'écroula au sol, et Bobbi avec elle. Le rayon de lumière verte fila vers le haut, et Gardener pensa un instant aux types qui, sur les pistes d'atterrissage des aéroports, font des signaux à l'aide de lampes torches pour guider les avions jusqu'à leur parking.

Il entendit un bruit à la fois sourd et cassant, comme si on brisait du bois sur sa tête, et leva les yeux : le pistolet à photons avait fendu le plafond de la cuisine. Gardener se releva en titubant. C'est à peine croyable, mais il bâilla à nouveau, faisant craquer ses mâchoires. Sa tête résonnait des cris d'alarme à quoi se réduisaient les pensées de Bobbi

(il a une arme il a essayé de me tirer dessus le salaud le salaud a une arme)

et il essaya de se fermer à eux avant de devenir fou. Il n'y parvint pas. Bobbi hurlait dans sa tête, et alors même qu'elle était clouée au sol entre sa chaise renversée et la table, elle essayait de diriger sur lui le rayon du pistolet.

Gardener leva un pied et poussa de nouveau la table en grimaçant. Elle se renversa, entraînant avec fracas bières, comprimés et radio-cassette. Presque tout tomba sur Bobbi. La bière éclaboussa son visage et s'écoula en sifflant et en moussant sur sa Nouvelle Peau Améliorée. La radio lui frappa le cou, puis tomba sur le sol et atterrit dans une petite mare de bière.

Claque, saloperie ! lui cria Gardener. *Explose ! Autodétruis-toi ! Explose, bordel, ex...*

La radio fit mieux. Elle sembla gonfler, puis, avec un bruit de tissu élimé qui se déchire le long d'une couture, elle éclata dans toutes les directions, crachant comme des éclairs des traînées de feu vert. Bobbi cria. Ce que Gard entendit avec ses oreilles était terrible, mais le son qui emplit sa tête fut infiniment pire.

Il cria avec elle, sans s'entendre. La chemise de Bobbi brûlait.

Il s'approcha d'elle sans penser à ce qu'il allait faire et, toujours sans réfléchir, il laissa tomber le 45. Cette fois, le coup *partit*, envoyant une balle dans le mollet de Jim Gardener, qu'elle déchira. La douleur traversa son esprit comme un vent chaud. Il cria de nouveau en faisant un pas titubant, la tête résonnant des horribles cris mentaux de Bobbi. Ça n'allait pas tarder à le rendre fou... Cette pensée lui apporta un certain soulagement. S'il devenait enfin fou, plus rien de cette merde n'aurait d'importance.

Puis, pendant une seconde, Gard vit *sa* Bobbi pour la dernière fois.

Il se dit que peut-être Bobbi essayait de sourire.

Mais les cris reprirent. Elle criait et tentait d'étouffer les flammes qui transformaient son torse en suif, et ses cris étaient trop puissants, bien trop puissants, trop forts, bien trop forts : c'était insupportable — pour eux deux, se dit Gard. Il se baissa, trouva le revolver par terre, et le ramassa. Il lui fallut ses deux pouces pour l'armer. Il ressentait une douleur terrible dans la jambe, et il en était conscient, mais pour le moment cette douleur était perdue, enfouie dans les cris d'agonie de Bobbi. Il pointa le revolver de Hillman sur la tête de Bobbi.

Tire, foutu engin ! Je t'en supplie, tu as encore des balles...

Mais si ça marchait et qu'il ratait son coup ? Il ne restait peut-être plus qu'une balle.

Sa putain de main n'arrêtait pas de trembler.

Gard tomba à genoux comme un homme soudain assailli par un violent besoin de prier. Il rampa jusqu'à Bobbi, qui brûlait en criant et se tordant au sol. Il la sentait, il voyait des éclats du plastique de la radio qui s'enfonçaient en bouillonnant dans sa chair. Il faillit perdre l'équilibre et tomber sur elle. Alors il pointa le 45 contre son cou et pressa la détente.

Encore un clic.

Bobbi criait, criait toujours, criait dans la tête de Gardener.

Il essaya de nouveau de relever le chien, faillit réussir, le laissa glisser. *Clic. Seigneur, je Vous en supplie, laissez-moi être son ami une dernière fois !*

Il réussit à relever complètement le chien. Il pressa de nouveau la détente. Le coup partit.

Le cri dans sa tête ne fut plus qu'un bourdonnement. Il savait qu'il entendait le son d'un esprit que la mort déconnecte. Il leva la tête. Un large rayon de soleil tombait sur son visage depuis le toit crevé, le divisant en deux. Gardener cria.

Soudain le bourdonnement cessa, et le silence s'installa.

Bobbi Anderson — ou ce qu'elle était devenue — était morte comme la pile de corps semblables à des feuilles d'automne dans la salle de pilotage du vaisseau, aussi morte que les galériens qui avaient fait se mouvoir le vaisseau.

Elle était morte, et Gardener aurait bien voulu mourir aussi à cet instant... mais il n'avait pas fini.

Pas encore.

2

Kyle Archinbourg buvait un Pepsi-Cola chez Cooder quand les cris commencèrent dans sa tête. La bouteille lui échappa et s'écrasa sur le sol. Il porta ses mains tremblantes à ses tempes. Dave Rutledge, qui somnolait devant le magasin dans un fauteuil qu'il avait recanné lui-même, était renversé en arrière contre le mur et rêvait d'étranges rêves aux couleurs inconnues. Ses yeux s'ouvrirent d'un coup, et il se redressa comme si on l'avait touché avec un fil électrifié, les tendons de son cou décharné saillant le long de sa gorge. Sa chaise glissa, et quand sa tête heurta le mur de bois du magasin, son cou se brisa comme du verre. Il était mort avant de s'affaisser sur l'asphalte. Hazel McCready se faisait du thé. Quand les cris commencèrent, ses mains sursautèrent, celle qui tenait la théière renversa de l'eau bouillante sur le dos de celle qui tenait la tasse et la brûla. Elle lança la théière à travers la pièce, hurlant de douleur et de peur. Ashley Ruvall, qui passait à bicyclette devant l'hôtel de ville, tomba sur la chaussée et y resta, sonné. Dick Allison et Newt Berringer jouaient aux cartes chez Newt, ce qui était complètement idiot puisque chacun savait ce que l'autre avait en main, mais Newt ne possédait pas de jeu de pachési, et en plus, ils ne faisaient que passer le temps, attendant que le téléphone sonne, attendant que Bobbi leur dise que l'ivrogne était mort et que la phase suivante du travail pouvait commencer. Newt servait. Il lâcha le jeu, éparpillant les cartes sur la table et le plancher. Dick bondit sur ses pieds, les yeux fous, les cheveux hérissés sur sa tête, et fonça vers la porte. Mais il la rata de près d'un mètre, et s'effondra par terre après avoir heurté le mur. Le Dr Warwick était dans son bureau en train de relire son journal intime. Le cri lui fit l'effet d'un mur de parpaings lancé sur des rails à pleine vitesse. Son corps projeta des quantités mortelles d'adrénaline dans son cœur, qui éclata comme un vieux pneu. Ad McKeen se rendait chez Newt dans son pick-up. Il sortit de la route et enfonça la cahute à hot-dogs abandonnée de Pooch Bailey. Son visage heurta le volant. Il fut momentanément sonné, mais rien de plus grave. Il roulait lentement. Il regarda autour de lui, stupéfait et terrifié. Wendy Fannin remontait de la cave avec deux pots de conserves de pêches. Depuis le début de son « évolution », elle ne mangeait pas grand-chose d'autre. Au cours des quatre dernières semaines, elle avait mangé plus de quatre-vingt-dix bocaux de conserves de pêches à elle toute seule. Elle cria et lança les deux bocaux en l'air comme un jongleur saisi d'un spasme. Ils tombèrent, heurtèrent l'escalier, éclatèrent. Des moitiés de pêches et du jus poisseux coulèrent de marche en marche. *Bobbi*, se dit son cerveau engourdi, *Bobbi Anderson est en train de brûler !* Nancy Voss regardait par la fenêtre arrière de la poste et pensait à Joe. Il lui manquait, il lui manquait beaucoup. Elle se disait que l' « évolution » finirait pas effacer cette nostalgie — qui semblait d'ailleurs chaque jour plus lointaine — mais bien que cela lui fît mal de regretter Joe, elle ne voulait pas que cela cesse. C'était idiot, mais c'était ainsi. Les cris se déclenchèrent dans sa tête et elle fit un bond en avant si soudain qu'elle cassa trois des vitres avec son front.

3

Les cris de Bobbi recouvrirent Haven comme une sirène d'alerte aérienne. Tout s'arrêta... et puis les Habitants Améliorés de Haven affluèrent dans les rues du village. Ils arborèrent tous la même expression de surprise, de douleur et d'horreur, au début. Puis de colère.

Ils savaient ce qui avait déclenché ces cris d'agonie.

Tant qu'ils durèrent, aucune autre voix mentale ne put se faire entendre, et ils ne purent rien faire d'autre que les écouter.

Puis vint le bourdonnement annonciateur de la mort, et un silence si total que ce ne pouvait être que la mort même.

Quelques instants plus tard leur parvint la faible pulsation de l'esprit de Dick Allison. Elle tremblait d'émotion, mais l'ordre qu'elle émettait fut suffisamment clair.

A sa ferme. Tout le monde. Arrêtez-le avant qu'il puisse faire quoi que ce soit d'autre.

La voix de Hazel pimenta cette pensée, la renforçant, produisant l'effet d'un duo.

La ferme de Bobbi. Allez-y. Tout le monde.

La voix mentale de Kyle transforma le duo en trio. Leur voix collective gagna en vigueur et sa portée s'étendit.

Tous. Arrêtez-le...
La voix d'Adley. La voix de Newt Berringer.
... avant qu'il puisse faire quoi que ce soit d'autre.
Ceux que Gardener considérait comme les Gens du Hangar avaient uni leur voix en un seul commandement, clair et sans réplique... Non pas que quiconque à Haven eût même songé à répliquer.
Arrêtez-le avant qu'il puisse faire quoi que ce soit au vaisseau. Arrêtez-le avant qu'il puisse faire quoi que ce soit au vaisseau.
Rosalie Skehan quitta son évier sans prendre la peine de fermer le robinet qui rafraîchissait le cabillaud qu'elle voulait préparer pour le dîner. Elle rejoignit son mari qui cassait du petit bois dans la cour — et qui avait bien failli s'amputer plusieurs doigts de pieds avec sa hache quand le cri de Bobbi avait résonné. Sans un mot, ils montèrent en voiture et prirent la direction de la ferme de Bobbi, à sept kilomètres de là. En sortant de leur allée, ils faillirent emboutir Elt Barker, qui avait quitté sa station-service sur sa vieille Harley. Freeman Moss fit démarrer son camion. Il ressentait un vague regret. Au fond, il aimait bien Gardener. Comme aurait dit son vieux, ce type avait du cran. Mais ça ne l'empêcherait pas de l'étriper. Andy Bozeman monta dans son Oldsmobile Delta 88, sa femme à côté de lui, les mains gentiment croisées sur son sac. A l'intérieur du sac se trouvait un excitateur de molécules qui pouvait en quinze secondes augmenter de mille degrés la température de n'importe quoi sur une surface d'environ cinq centimètres de diamètre. Elle espérait griller Gardener comme un homard. *Qu'on me laisse l'approcher à moins de deux mètres*, ne cessait-elle de penser, *moins de deux mètres, c'est tout ce que je demande.* De plus loin, le gadget n'était pas sûr. Elle savait qu'elle aurait pu augmenter sa portée jusqu'à près de huit cents mètres, et elle regrettait maintenant de ne pas l'avoir fait, mais si Andy n'avait pas au moins six chemises propres dans son placard, il rugissait comme un ours. Le visage de Bozeman arborait un sourire impitoyable. *Je vais te la badigeonner, ta* clôture, *quand je te tiendrai, face d'œuf,* songea-t-il en poussant son Oldsmobile à cent quarante à l'heure, dépassant une file de voitures moins rapides qui se dirigeaient toutes vers chez Bobbi. Tous entendaient la Voix du Commandement qui martelait maintenant comme une litanie : *ARRÊTEZ-LE AVANT QU'IL PUISSE FAIRE QUOI QUE CE SOIT AU VAISSEAU, ARRÊTEZ-LE AVANT QU'IL PUISSE FAIRE QUOI QUE CE SOIT AU VAISSEAU, ARRÊTEZ-LE, ARRÊTEZ-LE, ARRÊTEZ-LE !*

4

Gard était penché sur le cadavre de Bobbi, en état de choc, à moitié fou de douleur et de tristesse... et sans crier gare, ses mâchoires s'ouvrirent en un autre bâillement irrépressible. Il se traîna jusqu'à l'évier, essayant de sautiller, mais s'y prenant fort mal à cause des comprimés qu'il avait avalés. A chaque fois qu'il retombait sur sa jambe blessée, il avait l'impression qu'on lui enfonçait une serre de métal dans la chair. Sa gorge était douloureusement sèche maintenant, et ses membres lourds. Ses pensées perdaient de leur précision : il avait l'impression qu'elles... *s'étendaient*, comme un jaune d'œuf crevé. Quand il arriva à l'évier, il bâilla de nouveau et s'appuya délibérément sur sa jambe blessée. La douleur déchira le brouillard de sa tête comme un couteau de boucher bien aiguisé.

Il tourna à peine le robinet d'eau chaude et se remplit un verre d'eau presque brûlante. Il fouilla dans le placard du haut, renversant une boîte de céréales et une bouteille de sirop d'érable. Sa main se referma sur la boîte de sel en carton, celle qui porte l'image d'une petite fille. Il chercha à ouvrir le bec verseur pendant ce qui lui sembla au moins une année, puis versa assez de sel dans son verre pour que l'eau se trouble. Il mélangea d'un doigt. Avala. Ça avait un goût de noyade.

Il vomit — de l'eau salée bleue. Il repéra aussi des morceaux non dissous de comprimés bleus. Certains avaient l'air presque intacts. *Combien m'en a-t-elle fait prendre ?*

Il vomit à nouveau... encore... encore. C'était un bis du numéro de vomissements en jets qu'il avait offert dans les bois. Il ne savait quel circuit surmené de son cerveau ne cessait de stimuler ce réflexe de haut-le-cœur, cette sorte de hoquet qui pouvait tuer.

Les spasmes s'espacèrent, puis cessèrent.

Des comprimés dans l'évier. De l'eau bleue dans l'évier.

Du sang dans l'évier. Beaucoup.

Il tituba à reculons, se reçut sur la mauvaise jambe, cria, s'effondra par terre. Son regard tomba sur l'un des yeux vitreux de Bobbi de l'autre côté du champ de bataille que représentait le linoléum, et Gard ferma ses propres paupières. Son esprit s'esquiva immédiatement... mais dans l'obscurité, il y avait des voix. Non — beaucoup de voix fondues en une seule. Il la reconnut. C'était la voix des Gens du Hangar.

Ils venaient pour lui, comme il l'avait sans doute toujours su...

Arrêtez-le... arrêtez-le... arrêtez-le !

Remue-toi, sinon ils n'auront pas à t'arrêter. Ils te tueront ou te désintégreront, ou Dieu sait ce qu'ils te réservent, pendant que tu feras la sieste par terre.

Il se redressa sur les genoux, puis parvint à se hausser sur ses pieds en s'agrippant au plan de travail. Il pensait qu'il y avait dans l'armoire de la salle de bains une boîte de comprimés de caféine No-Doz, qui pourraient le réveiller, mais il doutait que son estomac pût retenir quoi que ce soit après la dernière offense qu'il lui avait infligée. Dans d'autres circonstances, cela aurait valu la peine d'essayer, mais Gardener avait peur que, si ses vomissements reprenaient, ils ne cessent plus.

Ne t'arrête pas. Si ça va vraiment mal, marche un peu sur cette jambe. Ça te réveillera vite fait.

Vraiment ? Il n'en savait rien. Mais il savait qu'il devait se remuer vite, et tout de suite, et il n'était pas sûr de pouvoir bouger longtemps.

Il sautilla et se traîna jusqu'à la porte de la cuisine et regarda derrière lui une dernière fois. Bobbi, qui avait si souvent sauvé Gard de ses démons, n'était guère plus qu'une épave. Sa chemise fumait encore. Finalement, il n'avait pas été capable de la sauver de ses démons à elle. Il n'avait su que la mettre hors de leur portée.

T'as tiré sur ta meilleure amie. Tu t'es mis dans de beaux draps !

Il pressa le dos de sa main contre sa bouche. Son estomac gronda. Il ferma les yeux et réprima son envie de vomir avant qu'elle ne devienne incoercible.

Il se retourna, rouvrit les yeux et entreprit la traversée du salon. L'idée, c'était de chercher des objets stables et de s'appuyer dessus pour avancer à cloche-pied. Son esprit ne cessait de vouloir devenir ce ballon argenté qu'il était juste avant d'être emporté dans le grand cyclone noir. Il résista comme il le put et repéra des meubles vers lesquels il pouvait sautiller. S'il y avait un Dieu, et s'Il était bon, peut-être que tous ces points d'appui supporteraient son poids et qu'il arriverait à traverser cette pièce apparemment sans fin, comme Moïse et ses tribus avaient traversé le désert.

Il savait que les Gens du Hangar n'allaient pas tarder à arriver. Il savait que s'il était encore ici quand ils viendraient, il n'était pas seulement cuit, il était irradié. Ils avaient peur qu'il ne n'en prenne au vaisseau. Bon. Puisque vous en parlez, c'était effectivement une de ses intentions, et il savait qu'il y serait plus en sécurité.

Il savait aussi qu'il ne pouvait pas y aller. Pas encore.

Il avait d'abord à faire dans le hangar.

Il arriva sous le porche où Bobbi et lui avaient passé tant de soirées d'été, Peter endormi sur les planches entre eux, juste assis là, à boire des bières, l'équipe des Red Sox disputant un match à Fenway ou Comiskey Park, ou ailleurs, mais en tout cas dans le poste de radio de Bobbi : des petits joueurs de base-ball courant entre les transistors et les diodes. Assis là avec des bouteilles de bière dans un seau d'eau fraîchement tirée du puits. Parlant de la vie, de la mort, de Dieu, de politique, d'amour, de littérature. Peut-être même, une fois ou deux, de la possibilité que la vie existât sur d'autres planètes. Gardener avait l'impression qu'il se souvenait d'une ou deux de ces conversations, mais son esprit épuisé ne lui jouait-il pas des tours ? Ils avaient été heureux, ici. Ça semblait très loin.

C'est sur Peter que son esprit épuisé se fixa. Peter était son premier but, le premier meuble vers lequel il devait sauter. Ce n'était pas tout à fait vrai : il devait d'abord tenter de sauver David Brown avant de mettre fin aux tortures de Peter, mais David Brown ne lui donnait pas l'impulsion émotionnelle nécessaire ; il n'avait jamais vu David Brown de sa vie. Peter, c'était autre chose.

« Bon vieux Peter », dit-il au chaud après-midi (était-ce déjà l'après-midi ? Mais oui !). Il gagna les marches du porche, et c'est alors que le désastre s'abattit sur lui : il perdit l'équilibre et retomba de tout son poids sur la mauvaise jambe. Cette fois, il sentit presque comme des bouts d'os brisés s'enfoncer les uns dans les autres. Il émit un long cri miaulant — pas le cri d'une femme, mais celui d'une très jeune fille qui a de gros ennuis. Il s'accrocha à la rampe, mais elle s'effondra de côté.

Pendant les quelques folles journées de début juillet, Bobbi avait réparé la rampe de l'escalier menant de la cuisine à la cave, mais ne s'était pas souciée de celle qui allait du porche à la cour. Elle branlait depuis des années, et quand Gard s'y appuya de tout son poids, les deux piquets pourris cédèrent. Un nuage de vieille poussière de bois s'éleva dans la lumière estivale, nuage piqué de quelques têtes de termites stupéfaits. Gard tomba du porche avec un cri lamentable, et s'écrasa dans la cour en produisant le bruit mat d'un quartier de viande lancé sur une table. Il essaya de se lever, puis se demanda pourquoi il faisait tant d'efforts. Le monde oscillait devant ses yeux. Il vit tout d'abord deux boîtes aux lettres, puis trois. Il décida de tout oublier et de s'endormir. Il ferma les yeux.

5

Durant le long, étrange et douloureux rêve qu'il faisait, Ev Hillman sentit/vit Gardener tomber, et il entendit clairement

(oublie tout et dors)

sa pensée. Puis le rêve sembla se briser, et ce fut bon. C'était difficile, de rêver. Ça lui faisait mal partout, ça le faisait souffrir. Et ça faisait mal de lutter contre la lumière verte. Quand le soleil était trop lumineux

(je me souviens un peu du soleil)

on pouvait fermer les yeux, mais la lumière verte était *à l'intérieur*, toujours *à l'intérieur* — un troisième œil qui voyait et une lumière verte qui brûlait. Il y avait d'autres esprits, ici. L'un appartenait à LA FEMME, l'autre à L'ESPRIT INFÉRIEUR qui avait été Peter. Maintenant L'ESPRIT INFÉRIEUR ne pouvait plus que hurler. Il hurlait parfois pour que BOBBI vienne et le libère de la lumière verte... mais la plupart du temps il hurlait, tout simplement, tandis qu'il brûlait dans les tourments du drainage d'énergie. LA FEMME criait aussi pour qu'on la libère, mais parfois ses pensées se tournaient vers d'horribles images de haine qu'Ev pouvait à peine supporter. Alors : oui. Il valait mieux

(mieux)

dormir

(plus facile)

et tout laisser tomber...

... mais il y avait David.

David mourait. Déjà, ses pensées — qu'Ev avait clairement perçues au début — s'enfonçaient dans une spirale de plus en plus profonde qui aboutirait d'abord à l'inconscience puis, rapidement, à la mort.

Alors Ev combattit l'obscurité.

Il la combattit et il se mit à crier :

« *Debout ! Debout ! Vous, là-bas, au soleil ! Je me souviens du soleil ! David Brown mérite de faire son temps au soleil. Alors debout ! Debout ! Debout !* DE-

6

BOUT DEBOUT DEBOUT !

Cette pensée martelait régulièrement le cerveau de Gardener. Non, ce n'était pas un martèlement. C'était comme une voiture, sauf que ses roues étaient de verre, et qu'elles pénétraient dans son cerveau tandis que la voiture y progressait lentement.

mérite son temps au soleil David Brown DEBOUT *David* RAMÈNE *David David Brown!* DEBOUT! DAVID BROWN! DEBOUT! DEBOUT, BON SANG!

« *D'accord!* » ronchonna Gardener d'une bouche pleine de sang. D'ac*cord*, je t'entends, fous-moi la paix! »

Il réussit à se mettre à genoux. Il essaya de se hisser sur ses pieds. Le monde s'assombrit. Mauvais. Du moins la voix qui frottait et coupait son cerveau l'avait-elle un peu lâché... Il avait l'impression que son propriétaire regardait par ses yeux, les utilisant comme des fenêtres sales,

(rêvant à travers eux)

voyant un peu de ce qu'ils voyaient.

Il essaya à nouveau de se dresser sur ses pieds, et n'y réussit pas mieux.

« Mon quotient de connerie est toujours très élevé », croassa Gardener. Il cracha deux dents et se mit à ramper vers le hangar dans la terre de la cour.

7

Tout Haven se précipitait pour avoir Jim Gardener.

Ils venaient en voiture. Ils venaient en pick-up. Ils venaient en camion. Ils venaient en tracteur. Ils venaient à moto. Eileen Crenshaw, Mme Avon que le SECOND GALA DE MAGIE de Hilly Brown avait tant ennuyée, arriva dans le buggy de son fils Galen, le révérend Goohringer assis derrière elle, ce qui restait de ses cheveux grisonnants rejeté en arrière et découvrant son front brûlé par le soleil. Vern Jernigan arriva dans un corbillard qu'il avait tenté de convertir en camping-car avant que l' « évolution » n'entre dans sa phase accélérée. Ils occupaient toutes les routes. Ashley Ruvall zigzaguait entre les piétons comme un slalomeur, pédalant frénétiquement sur sa bicyclette. Il était rentré chez lui le temps de prendre ce qu'il appelait son pistolet Zap. Au printemps, ce n'était encore qu'un gros jouet que recouvrait peu à peu la poussière du grenier. Maintenant, équipé d'une pile de 9 volts et d'un circuit imprimé emprunté à la « Dictée magique » de son frère, c'était une arme que le Pentagone aurait trouvée intéressante. Elle faisait des trous dans les choses. De *gros* trous. Le pistolet Zap était attaché sur le porte-bagages destiné naguère au transport des journaux qu'Ashley distribuait. Tous arrivaient en panique, et il y eut quelques accidents. Deux personnes furent tuées quand la Volkswagen d'Early Hutchinson percuta le break des Fannin, mais ce n'était pas le genre de détail qui pouvait arrêter quiconque. Les mots psalmodiés mentalement emplissaient l'espace; toutes ces têtes vibraient d'un même cri rythmé continuellement répété : *Avant qu'il ne puisse faire quoi que ce soit au vaisseau! Avant qu'il ne puisse faire quoi que ce soit au vaisseau!* C'était une belle journée d'été, une belle journée pour tuer, et si quelqu'un méritait qu'on le tue, c'était bien ce James Éric Gardener; ils venaient donc, plus de cinq cents en tout, ces bonnes gens de la campagne qui avaient appris de nouveaux tours. Ils venaient. Et ils apportaient leurs nouvelles armes.

8

A mi-chemin du hangar, Gardener commença à se sentir mieux — peut-être était-ce une brève rémission ? Mais il pensa plus probable qu'il s'était effectivement débarrassé de l'essentiel du Valium et qu'il reprenait le dessus.

Ou peut-être le vieil homme lui insufflait-il sa force ?

Ou peut-être avait-il déjà suffisamment « évolué » pour être moins sensible à la douleur ?

Quoi qu'il en soit, cela suffit à le remettre sur ses pieds et à lui permettre de sautiller jusqu'au hangar. Il s'accrocha un instant à la porte, le temps de calmer son cœur qui galopait dans sa poitrine. En baissant les yeux, il vit un trou dans la porte. Un trou rond. Les bord en étaient dentelés, hérissés d'échardes blanches. On aurait dit qu'il avait été découpé par des *dents*, ce trou.

L'aspirateur qui appuyait sur les boutons. C'est comme ça qu'il est sorti. Il possédait un Nouvel Équipement de Découpage Amélioré. Seigneur ! Ces êtres-là étaient vraiment cinglés.

Il contourna le bâtiment et une froide certitude l'assaillit : la clé ne serait plus là.

Oh, Seigneur, Gard, du calme ! Pourquoi est-ce qu'elle... ?

Mais elle n'était plus là. Envolée. Plus rien n'était accroché au clou.

Gardener, épuisé et tremblant, s'appuya au hangar. Son corps luisant de sueur. Il baissa les yeux et le soleil lui renvoya le reflet d'un objet au sol — la clé. Le clou était un peu courbé vers le bas. Peut-être était-ce lui qui l'avait tordu quand il avait remis la clé en hâte, l'autre nuit. Le bois était tendre, cela s'expliquait facilement, et la clé avait simplement glissé.

Il se baissa péniblement, la ramassa et revint vers la façade de la bâtisse. Il avait une conscience aiguë de la vitesse à laquelle passait le temps. Ils ne tarderaient pas à arriver. Comment pourrait-il bien terminer ce qu'il avait à faire dans le hangar, puis gagner le vaisseau avant qu'ils ne soient là ? Étant donné que c'était impossible, il valait mieux ne plus y penser.

Quand il arriva à la porte, il entendait déjà le son ténu des moteurs. Il avança la clé vers le cadenas et manqua le trou. Le soleil tapait fort, et l'ombre de Gard ne formait guère plus qu'une flaque sous ses talons. Encore. Cette fois, la clé pénétra dans la serrure. Il la tourna, ouvrit la porte et se jeta dans le hangar.

La lumière verte l'enveloppa.

Elle était forte — plus forte que la fois précédente. Le gros ensemble d'appareils reliés les uns aux autres

(le transformateur)

luisait ardemment. L'intensité de la lumière variait de façon cyclique, comme avant, mais, maintenant, les cycles se succédaient plus rapidement. De petites flammèches vertes parcouraient les itinéraires argentés des circuits imprimés.

Il regarda autour de lui, le vieil homme, flottant dans son bain vert, le regardait de son œil unique. Ce regard était torturé... mais sain d'esprit.

Utilise le transformateur pour sauver David.

« Ils sont après moi, mon vieux, croassa Gardener. Je n'ai plus de temps. »

Coin. Le coin du fond.

Il regarda et vit quelque chose qui ressemblait un peu à une antenne de télévision, ou à un portemanteau, ou à un de ces réseaux de fils tournants sur lesquels les femmes accrochent leur lessive dans leur cour.

« Ça ? »

Sors-le dans la cour.

Gardener ne posa pas de questions. Il n'en avait pas le temps. L'objet était monté sur un petit boîtier parallélépipédique, qui servait de pied et dont Gardener se dit qu'il devait contenir les circuits — et les piles. De près, il vit que ce qui ressemblait à des tiges d'antenne de télévision tordues était en fait de minces tubes d'acier. Il saisit la tige centrale. L'engin n'était pas lourd, mais encombrant. Content, pas content, il faudrait qu'il s'appuie un peu sur sa jambe blessée.

Il regarda un instant la cabine où flottait Ev Hillman.

Tu es sûr de toi, vieux frère ?

Mais c'est la femme qui répondit. Ses yeux s'ouvrirent. Les regarder, c'était comme plonger dans le chaudron des sorcières de *Macbeth*. Pendant un moment, Gard oublia toutes ses douleurs, toute sa fatigue et même combien il se sentait malade. Ce regard empoisonné le mit en transe. A cet instant, il comprit toute la puissance de la femme terrifiante que Bobbi appelait Sœurette, et pourquoi Bobbi avait fui loin d'elle, comme on fuit un ennemi. Elle *était* un ennemi. Elle *était* une sorcière. Et même maintenant, dans son abominable agonie, sa haine subsistait.

Prends-le, imbécile ! Je le ferai marcher !

Gardener posa sa jambe blessée et hurla en sentant comme une main sauvage jaillir de son mollet pour aller serrer le fragile double sac de ses testicules.

Le vieil homme :

Attends attends.

L'objet se souleva tout seul. Pas très haut. Seulement à quatre ou cinq centimètres. La marécageuse lumière verte s'intensifia encore.

Il va falloir que tu le guides, mon garçon.

Ça, il en était capable. L'objet oscillait à travers le hangar vert comme le squelette de quelque ahurissant parasol de plage qui aurait multiplié saluts et courbettes tout en projetant au sol et sur les murs une étrange ombre décharnée. Gardener sautillait maladroitement à sa suite, ne voulant pas, n'*osant* pas regarder à nouveau les yeux fous de la femme. Son cerveau ne cessait de répéter une seule et même pensée : *La sœur de Bobbi Anderson était une sorcière... une sorcière... une sorcière...*

Il guida le parasol sous la lumière du soleil.

9

Freeman Moss arriva le premier. Il engagea dans la cour de Bobbi le camion dans lequel Gard était monté quand il avait fait du stop, et il en sortit presque avant que le vieux moteur poussif se soit tu. *Eh bon Dieu, mon pote, c'est-y pas ce salaud qu'est là, droit devant, avec un truc qu'a l'air d'un séchoir de bonne femme. L'a-t-y pas l'air d'un coureur claqué ? Y tient un pied en l'air, le gauche, comme un chien qu'a une écharde dans la patte. L'est rouge de la tête aux pieds, le salaud, dégoulinant de sang. On dirait qu' Bobbi a au moins réussi à t'en mettre une dans l' lard, vipère !*

Il lui sembla que le salaud meurtrier avait capté ses pensées, car Gard leva les yeux et sourit faiblement. Il tenait toujours le parasol (à moins que ce ne fût un séchoir) sur son boîtier. Il s'appuyait dessus, plutôt.

Freeman s'approcha de lui, laissant la porte de son vieux camion grande ouverte. Il y avait quelque chose d'enfantin, de triomphant, dans le sourire de Jim, et Freeman identifia cette expression : avec les dents qui manquaient, c'était le sourire de citrouille de Halloween d'un petit garçon.

Seigneur, j' t'aimais bien... pourquoi est-ce qu'il a fallu que tu nous fasses tant d'emmerdes ?

« Qu'est-ce que tu fais ici, Freeman ? demanda Gardener. Tu aurais dû rester chez toi à regarder les Red Sox. J'ai fini de badigeonner la clôture. »

Espèce de fils de pute !

Moss portait un gilet, mais pas de chemise dessous : c'était tout ce qui lui était tombé sous la main quand il avait bondi hors de chez lui. Il l'écarta et découvrit non pas un jouet bricolé, mais un bon vieux Colt Woodsman. Il le prit en main. Gardener, accroché à son séchoir, un pied en l'air, le regarda.

Ferme les yeux. J'irai vite. Je peux au moins faire ça pour toi.

10

(*BAISSE-TOI COUILLON BAISSE-TOI OU TU VAS PERDRE TA TÊTE QUAND IL PERDRA LA SIENNE ET JE ME FOUS DE QUI PERDRA SA TÊTE ALORS BAISSE-TOI SI TU VEUX VIVRE*)

Dans la cabine de douche, les yeux d'Anne Anderson lançaient des flammes de haine et de fureur ; ses dents étaient tombées, mais elle frottait ses gencives l'une contre l'autre, l'une contre l'autre, l'une contre l'autre, et une traînée de petites bulles montait dans la gelée verte.

Le cycle de la lumière s'accéléra, comme un manège qui prend de la vitesse et où tout finit par se fondre en une vision de traînées multicolores. Le ronronnement devint un sourd murmure électrique, et l'air se chargea d'une riche odeur d'ozone.

Sur l'écran allumé, le mot :

PROGRAMME ?

fut remplacé par :

DESTRUCTION

Le mot clignotait rapidement.

(BAISSE-TOI COUILLON OU RESTE DEBOUT JE M'EN FOUS)

11

Gardener se baissa. Sa jambe blessée heurta le sol. La douleur grimpa à nouveau le long de sa cuisse. Il s'écroula à quatre pattes dans la poussière.

Au-dessus de sa tête, le séchoir se mit à tourner, lentement au début. Moss le regarda, et le pistolet s'affaissa un instant dans sa main. Un éclair de compréhension passa sur son visage à la dernière seconde où il en eut encore un. Puis les fins tuyaux d'acier projetèrent dans la cour un cercle de feu vert. Pendant un instant, l'illusion d'un parasol de plage fut parfaite et complète. On aurait vraiment dit un grand parasol vert abaissé pour que le bout de ses franges touche le sol. Mais ce parasol était de feu, et Gard se recroquevilla dessous, les yeux plissés, une main sur le visage, grimaçant comme si la chaleur était trop forte... mais il n'y avait *pas* de chaleur, du moins pas là, sous le champignon vénéneux de Sœurette.

Freeman Moss était dans le champ du parasol. Son pantalon s'enflamma, puis son gilet. Pendant un instant, les flammes furent vertes, avant de devenir jaunes.

Il cria et tituba en arrière, laissant tomber son arme. Au-dessus de la tête de Gardener, le séchoir tourna plus vite. Les bras squelettiques de métal, qui pendaient de façon plutôt comique, se redressaient de plus en plus sous l'effet de la force centrifuge. L'ourlet de feu du parasol s'étendit vers l'extérieur, et les épaules comme le visage de Moss furent enveloppés d'une flamme couvrante tandis que l'homme reculait. Dans la tête de Gard, l'abominable hurlement mental reprit. Il tenta de s'en abstraire, mais il n'y avait pas moyen — aucun moyen. Gard aperçut l'image tremblante d'un visage coulant comme du chocolat chaud, puis il se cacha les yeux comme un enfant qui a peur au cinéma.

Les flammes s'étendaient selon un cercle de plus en plus large autour de la cour de Bobbi, projetant une spirale noire de terre vitrifiée, une sorte de verre grumeleux. Finalement, le champ de l'engin engloba le camion de Moss et le pick-up bleu de Bobbi. Le hangar se trouvait juste hors de portée, mais sa silhouette dansait comme un démon dans la brume de chaleur. Il faisait *très* chaud en bordure du cercle, aucun doute à ce sujet, même si ce n'était pas le cas à l'endroit où Gard se tenait accroupi.

La peinture du capot du camion de Moss et des flancs du pick-up commença par cloquer, puis noircit, avant de s'enflammer, dénudant le métal blanc. Les restes d'écorce, de sciure et d'éclats de bois à l'arrière du camion de Moss s'enflammèrent comme une pastille d'alcool solide dans un réchaud. Les deux bacs à ordures posés sur le plateau du pick-up de Bobbi, en ciment précontraint, se délitèrent et s'effondrèrent sur eux-mêmes. Le cercle sombre en bordure du parasol de feu rappelait la soucoupe. La couverture de l'armée jetée sur le siège défoncé du camion de Moss s'enflamma, puis le revêtement même des sièges, le rembourrage enfin. Toute la cabine n'était plus maintenant qu'une étincelante fournaise orange, où des ressorts squelettiques perçaient les flammes.

Freeman Moss vacilla en arrière, se tordit et virevolta, comme un cascadeur de cinéma qui aurait oublié d'endosser sa combinaison ignifugée. Il s'effondra.

12

Le cri mental d'Anne Anderson reprit, dominant même les hurlements d'agonie de Moss :

Bouffe la merde et crève! Bouffe la merde et cr...

Soudain, dans un dernier éclat de lumière verte, après une pulsation soutenue qui dura près de deux secondes, quelque chose se rompit dans ce qui restait de Sœurette. Le lourd ronronnement du transformateur s'éleva, et tous les circuits du hangar le reprirent et vibrèrent par sympathie.

Le ronronnement décrut à nouveau et retrouva son ancien rythme paresseux. La tête d'Anne tomba en avant dans le liquide, ses cheveux suivant le mouvement comme ceux d'une noyée. Sur l'écran de l'ordinateur ʼ

DESTRUCTION

s'effaça comme une bougie qu'on souffle et laissa de nouveau place à :

PROGRAMME ?

13

Le parasol de feu flancha, puis disparut. Le séchoir, qui tournait comme un fou, ralentit, grinçant rythmiquement, comme une porte dans le vent. Les tubes d'acier retombèrent. Un dernier grincement, et tout s'arrêta.

Le réservoir d'essence du camion de Bobbi explosa soudain. D'autres flammes jaunes jaillirent vers le ciel. Gard sentit un morceau de métal fuser tout près de lui.

Il leva la tête et regarda stupidement le pick-up en feu en pensant : *Bobbi et moi, on allait parfois au Drive-In Starlite de Derry, dans ce pick-up. Je crois même qu'on y a baisé, une fois, pendant un film idiot de Ryan O'Neal. Qu'est-il arrivé, Seigneur, qu'est-il arrivé ?*

Dans son cerveau, la voix du vieil homme s'éleva, presque éteinte, mais pourtant impérieuse :

Vite! Je peux faire fonctionner le transformateur quand les autres viendront, mais tu dois te presser! Le gamin! David! Vite, mon ami!

Pas beaucoup de temps, songea Gardener épuisé, *Seigneur, il n'y a jamais assez de temps.*

Il revint vers la porte ouverte du hangar, en sueur, les joues d'une pâleur de cierge. Il s'arrêta devant le cercle sombre de terre vitrifiée, puis sauta maladroitement par-dessus. Il ne savait pas pourquoi, mais il n'avait pas envie de le toucher. Il tituba, près de perdre l'équilibre, puis parvint à poursuivre sa route en sautillant. Pendant qu'il revenait dans le hangar, les deux réservoirs d'essence du camion de Moss explosèrent avec un rugissement furieux. La cabine se détacha du corps du camion qui se renversa comme un château de cartes. Des restes calcinés du capitonnage et du rembourrage des sièges s'envolèrent par la fenêtre, du côté du passager, emportés par le premier souffle d'un vent d'est qui ne tarderait pas à fraîchir. Une poignée de rembourrage en feu tomba sur un livre de poche que Gardener avait laissé une semaine plus tôt sur la table, juste à côté de la porte, et qui s'enflamma aussitôt.

Dans le salon, un autre fragment de rembourrage mit le feu à un tapis en lirette que Mme Anderson avait confectionné dans sa chambre à coucher et envoyé en cachette à Bobbi un jour où Anne était sortie.

Quand Jim Gardener ressortit du hangar, toute la maison brûlait.

14

La lumière était plus faible que jamais dans le hangar — un vert clair et aqueux, de la couleur de l'eau d'un étang.

Gardener jeta un coup d'œil méfiant vers Anne, craignant que ses yeux ne jettent des flammes. Mais il n'avait plus à la redouter. Elle flottait, la tête penchée en avant, comme plongée dans ses pensées, les cheveux en couronne au-dessus de sa tête.

Elle est morte, mon garçon. Si tu as l'intention de ramener l'enfant, il faut que ce soit maintenant. Je ne sais pas pour combien de temps encore je peux te fournir du courant. Et je ne peux me diviser en deux, la moitié de moi surveillant les autres et l'autre faisant fonctionner le transformateur.

Il regarda Gardener, et Gard ressentit une profonde pitié... et une profonde admiration pour cette vieille brute si pleine de courage. Aurait-il pu faire la moitié de ce qu'avait fait le vieux? Serait-il allé moitié aussi loin, si l'on avait inversé leurs positions? Il en doutait.

Vous souffrez beaucoup, n'est-ce pas?

Je ne plane pas vraiment, mon garçon, si c'est ce que tu veux savoir. Mais j'y arriverai.. si tu es prêt à continuer.

Continuer. Oui. Il avait trop lanterné, beaucoup trop.

Sa bouche s'ouvrit pour un nouveau bâillement, puis il s'approcha du matériel qui entourait le cageot d'oranges — ce que le vieil homme appelait le transformateur.

PROGRAMME?

demandait l'écran d'ordinateur sans clavier

Hillman aurait pu dire à Gardener ce qu'il fallait faire, mais Gardener n'avait pas besoin qu'on le lui dise. Il savait. Il se souvenait aussi du saignement de nez et de l'éclat de musique qu'il avait subis lors de son unique expérience de lévitation avec le gadget de Moss. Ce truc avait l'air d'une boîte de Meccano. Mais, qu'il s'en réjouisse ou non, il avait avancé d'un bon bout de chemin dans sa propre « évolution » depuis. Il fallait seulement espérer que ça suffi...

Oh, merde, mon garçon ! ne raccroche pas, on a de la visite.

Puis une voix forte couvrit celle de Hillman, une voix que Gard reconnut vaguement, mais sur laquelle il ne parvint pas à mettre de nom.

(STOP STOP ARRÊTEZ-VOUS)

Juste je crois juste un ou peut-être deux

C'était à nouveau la voix mentale épuisée du vieil homme. Gardener sentit qu'Ev Hillman se concentrait sur le séchoir tournant de la cour. Dans le hangar, la lumière brilla à nouveau un peu plus fort, et les pulsations mortelles recommencèrent.

15

Dick Allison et Newt Berringer étaient encore à trois kilomètres de la ferme de Bobbi quand commencèrent les cris mentaux de Freeman Moss. Quelques instants plus tôt, ils avaient fait un écart pour dépasser Elt Barker. Dick regarda dans son rétroviseur et vit la Harley de Barker bondir en l'air au terme d'une embardée en travers de la route. Un moment, Elt ressembla à Evel Knievel, malgré ses cheveux blancs. Puis il se sépara de sa moto et atterrit dans le fossé.

Newt écrasa la pédale de frein et les pneus du camion crissèrent jusqu'à l'arrêt, au milieu de la route. Il regarda Dick avec de grands yeux à la fois effrayés et furieux.

Ce fils de pute a une arme !

Ouais. Du feu. Une sorte de

Dick éleva brutalement sa voix mentale en un cri. Newt se joignit à lui pour l'amplifier. Depuis la Cadillac, Kyle Archinbourg et Hazel McCready crièrent à l'unisson.

(STOP STOP ARRÊTEZ-VOUS)

Ils s'arrêtèrent, restant sur leurs positions. En règle générale, ils n'aimaient guère les ordres, ces Tommyknockers, mais les cris hideux de Moss, qui maintenant faiblissaient, les avaient amplement persuadés. Ils s'arrêtèrent tous, il faut dire, sauf l'Oldsmobile bleue Delta 88 dont le pare-chocs portait un autocollant annonçant : LES AGENTS IMMOBILIERS EN ONT DES HECTARES.

Quand il reçut l'ordre de s'arrêter et de rester sur place, Andy Bozeman apercevait déjà la ferme de Bobbi. Sa haine avait subi une croissance exponentielle : il ne pouvait penser à rien d'autre qu'à Gardener mort dans une mare de sang. Il arriva en pleine accélération dans l'allée de Bobbi. L'arrière de l'Oldsmobile dérapa quand Bozeman écrasa les freins. La grosse voiture faillit se renverser.

Je vais te la badigeonner, ta clôture, trou-du-cul de merde. Et je vais te donner un rat mort, et une ficelle pour le balancer, fils de pute.

La femme d'Andy sortit l'excitateur de molécules de son sac à main. On aurait dit une pétoire à la Buck Rogers créée par un cinglé plutôt ingénieux à partir d'un outil de jardin de chez Weed Eater. Ida Bozeman se pencha à la fenêtre de la voiture et pressa la détente sans rien viser de particulier. L'extrémité est de la ferme de Bobbi explosa en une boule de feu. Ida sourit d'un air de reptile réjoui.

Les Bozeman descendaient de leur Oldsmobile quand le séchoir se remit à tourner. Une seconde plus tard, le parasol de feu vert se déploya. Ida tenta de pointer sur l'engin ce qu'elle appelait son « secoue-molécules », mais trop tard. Si, à son arrivée, elle avait visé le séchoir au lieu de la maison, cela aurait pu tout changer... mais rien ne fut changé.

Ils brûlèrent tous les deux comme de l'étoupe. Un instant plus tard, l'Oldsmobile explosait, alors qu'il ne leur restait plus que trois mensualités de crédit à payer.

16

A peine les cris de Freeman Moss eurent-ils cessé de hanter leur tête que ceux d'Andy et Ida Bozeman les remplacèrent. Newt et Dick attendirent en grimaçant qu'ils s'estompent.

Ils cessèrent enfin.

Il ne manquait pas de véhicules garés des deux côtés de la Route n° 9, et même au milieu, devant Dick Allison. Frank Spruce se penchait par la fenêtre de la cabine de son gros camion-citerne, interrogeant impatiemment Newt et Dick du regard. Chacun sentait les autres — tous les autres — sur cette route, et sur d'autres routes ; certains restaient même immobiles dans les champs qu'ils avaient entrepris de traverser. Tous attendaient quelque chose, attendaient qu'une décision soit prise.

Dick se tourna vers Newt.

Le feu.

Oui, du feu.

Est-ce qu'on peut l'éteindre ?

Il y eut un court silence mental pendant que Newt réfléchissait ; Dick sentait qu'il voulait simplement foncer droit sur Gardener sans se soucier des flammes. Ce que voulait Dick n'était pas compliqué : il voulait écharper Jim Gardener. Mais ce n'était pas ce qu'il fallait faire, et tous deux le savaient — tous Ceux du Hangar le savaient, même Adley. L'enjeu était de taille. Et Dick ne doutait pas que Jim Gardener finisse par se faire écharper, d'une façon ou d'une autre.

Ce n'était pas une bonne idée, de s'opposer aux Tommyknockers. Ça les rendait furieux. Cette vérité, beaucoup d'espèces, dans d'autres mondes, l'avaient découverte à leurs dépens avant les festivités qui se déroulaient en ce jour d'été à Haven.

Dick et Newt regardèrent vers le champ bordé d'arbres où Elt Barker s'était écrasé. L'herbe et les feuilles des arbres ondulaient, pas très fort, mais suffisamment pour indiquer que le vent commençait à souffler de l'est. Pas encore de quoi s'inquiéter, mais Dick pressentit qu'il allait fraîchir.

Oui, on peut éteindre le feu, répondit enfin Newt.

On peut arrêter et le feu et l'ivrogne ? Est-ce que c'est sûr ?

Nouvelle longue pause pour réfléchir, puis Newt en arriva à la réponse que Dick attendait :

Je ne sais pas si on peut faire les deux. Je sais qu'on arrivera à l'un ou à l'autre, mais je ne sais pas si on y arrivera pour les deux.

Alors on va laisser le feu brûler pour le moment on

va le laisser brûler oui c'est ça

Le vaisseau ne craint rien le vaisseau

ne sera pas endommagé et le vent la direction dans laquelle souffle le vent

Ils se regardèrent en souriant tandis que leurs pensées se réunissaient en un moment de parfaite harmonie : une voix, un cerveau.

Le feu sera entre le vaisseau et lui. Il ne pourra pas atteindre le vaisseau !

Sur les routes et dans les champs, les gens écoutaient la pensée et tous se détendirent un peu. *Il ne pourra pas atteindre le vaisseau.*

Est-ce qu'il est toujours dans le hangar ?

Oui.

Newt tourna son visage inquiet et troublé vers Dick.

Qu'est-ce qu'il peut bien y foutre ? Est-ce qu'il a trouvé un truc pour fabriquer quelque chose ? Quelque chose qui puisse endommager le vaisseau ?

Il y eut un silence, puis la voix de Dick, ne s'adressant plus seulement à Newt Berringer mais à tous les Gens du Hangar, résonna claire et impérieuse :

RELIEZ VOS ESPRITS. RELIEZ VOS ESPRITS AUX NÔTRES. TOUS CEUX QUI LE PEUVENT, RELIEZ VOS ESPRITS AUX NÔTRES ET ÉCOUTEZ. ÉCOUTEZ GARDENER. ÉCOUTEZ.

Ils écoutèrent. Dans le chaud silence de l'été, en ce début d'après-midi, ils écoutèrent. Deux ou trois collines plus loin, les premières volutes de fumée s'élevaient dans le ciel.

17

Gardener les *sentit* écouter. Il eut l'horrible impression que quelqu'un rampait à la surface de son cerveau. C'était ridicule, mais c'était ce qui se passait. Il se dit : *Maintenant, je comprends ce que doivent éprouver les lampadaires quand tous ces moucherons leur volent autour.*

Le vieil homme bougea dans sa cabine, essayant d'attirer le regard de Gardener. Il rata son regard, mais atteignit son esprit. Gardener leva les yeux.

Ne t'en fais pas, mon garçon. Ils veulent savoir quels sont tes projets, mais ne t'en préoccupe pas. Ça ne fait rien, s'ils le découvrent. Ça pourrait même aider. Les ralentir. Les soulager. Ils se moquent bien de David. Ils ne s'intéressent qu'à leur foutu vaisseau. Continue, mon garçon ! Continue !

Gardener était près du transformateur, et il tenait l'un des écouteurs dans la main. Il ne voulait pas se le mettre à l'oreille. C'était comme si, alors qu'il avait introduit les doigts dans une prise et reçu une bonne décharge, on le contraignait à recommencer l'opération.

Est-ce qu'il faut vraiment que je mette cette connerie ? Avant, j'ai réussi à changer les mots sur l'écran rien qu'en pensant.

Oui, et c'est tout ce que tu pourrais obtenir. Il faut que tu mettes l'écouteur, mon garçon Je suis désolé.

C'est à ne pas croire, mais les paupières de Gardener s'alourdirent à nouveau et il dut faire un effort pour les garder ouvertes.

J'ai peur que ça me tue, songea-t-il à l'intention du vieil homme, puis il attendit, espérant que le vieil homme le contredirait. Mais il ne lui répondit pas, se contentant de le regarder de son œil douloureux, dans les *slisshh-slishhh-slissshhh* de la machine.

Ouais, ça peut me tuer, et il le sait.

Dehors, il entendait les craquements lointains du feu.

La sensation de chatouillement à la surface de son cerveau cessa. Les moucherons s'étaient envolés.

C'est avec beaucoup de répugnance que Gardener introduisit alors l'écouteur dans son oreille.

18

Kyle et Hazel se détendirent. Ils se regardèrent. Il y avait une expression identique — et très humaine — dans leurs yeux : l'expression de gens qui découvrent que quelque chose est trop beau pour être vrai.

David Brown ? pensa Kyle à l'intention de Hazel. *Est-ce que c'est bien ce que tu ce que j'ai compris oui il essaie de sauver la gosse de*
le ramener
le ramener d'Altaïr-4

Puis, pendant un instant, au-dessus des autres pensées, arriva la voix de Dick Allison, tout excitée, triomphante :

BORDEL ? JE SAVAIS BIEN QUE CE MÔME NOUS SERVIRAIT UN JOUR À QUELQUE CHOSE !

19

Pendant un moment, Gardener ne sentit rien du tout. Il se détendit un peu, prêt à s'assoupir à nouveau. Puis la douleur l'assaillit d'un coup en un élancement tellement destructeur qu'il eut l'impression que sa tête se déchirait en deux.

« *Non !* hurla-t-il en portant ses poings à ses tempes pour les frapper. *Non, Seigneur, non ! Ça fait trop mal ! Seigneur, non !* »

Tiens le coup, mon garçon, essaie de tenir le coup !

« *Je ne peux pas, je ne peux pas ! OH, SEIGNEUR ! FAITES QUE ÇA S'ARRÊTE !* »

En comparaison, sa jambe blessée le gênait autant qu'une piqûre de moustique. Il avait à peine conscience que son nez saignait, que sa bouche s'emplissait de sang.

TIENS LE COUP, MON GARÇON !

La douleur régressa un peu. Elle fut remplacée par une autre sensation, horrible. Horrible et terrifiante.

Une fois, alors qu'il était à l'université, il avait participé à la Grande Bouffe de McDonald's. Cinq associations d'étudiants y avaient engagé des « champions ». Gard défendait les couleurs de la Delta Tau Delta. Il en était à son sixième Big Mac — bien loin du total qu'atteindrait le vainqueur du tournoi — et il s'était soudain rendu compte qu'il était très près de la surcharge physique totale. Jamais il n'avait ressenti cela de sa vie. C'était presque intéressant. Le milieu de son corps grondait. Il n'avait pas envie de vomir ; le terme de nausée ne décrivait pas vraiment ce qu'il ressentait. Il imaginait son estomac comme un immense dirigeable inerte, coincé dans un air immobile au centre de son corps. Il lui semblait voir des lampes rouges s'allumer dans quelque centre de contrôle mental, tandis que divers systèmes physiologiques tentaient de faire face à cette folle quantité de viande, de pain et de sauce. Il ne vomit pas. Il partit. Très lentement, il partit. Pendant des heures, l'estomac lisse et tendu, incroyablement près d'éclater, il avait eu l'impression d'être un de ces dessins de Tweedledum ou Tweedeldee.

Maintenant, c'était son cerveau qu'il sentait ainsi et, de façon aussi froide et rationnelle qu'un trapéziste qui travaille sans filet, il sut qu'il était à un cheveu de la mort. Mais il éprouvait encore une autre sensation, une sensation qu'il ne pouvait rapprocher d'aucune autre, et pour la première fois, il comprit ce qu'étaient les Tommyknockers, ce qui les faisait agir, ce qui les poussait à continuer.

Malgré la douleur, qui ne s'était qu'atténuée, et malgré cette horrible sensation d'être un python qui vient d'avaler un enfant, il éprouvait un doux bonheur. Comme sous l'effet d'une drogue, une drogue incroyablement puissante. Son cerveau ronronnait comme le moteur de la plus grosse Chrysler jamais construite, qui augmente son régime et attend qu'on passe une vitesse pour bondir dans un hurlement de pneus.

Vers où ?

N'importe où.

Vers les étoiles, s'il le voulait.

Mon garçon, je te perds.

C'était le vieil homme, plus épuisé que jamais, et Gardener se força à revenir à sa tâche du moment — le prochain meuble jusqu'où il devait sauter. Oh, cette sensation était enivrante, mais elle était stérile. Il se força à penser à nouveau à ces formes aux couleurs de feuilles mortes, sanglées dans les hamacs. Aux galériens. Le vieil homme lui donnait l'énergie ; il vampirisait le vieil homme. Allait-il devenir un vrai vampire ? Comme *eux* ?

Il pensa, à l'intention du vieil homme : *Je suis avec toi, vieux cheval.*

Ev Hillman ferma son bon œil unique, et un silence marqua son soulagement. Gard se tourna vers l'écran, pressant sans y penser l'écouteur dans son oreille, comme un journaliste en direct qui écoute une question d'un collègue resté au studio.

Dans l'espace fermé du hangar de Bobbi, la lumière reprit son cycle.

20

Écoutez

Ils écoutaient tous ; ils étaient tous sur cette même longueur d'onde qui couvrait tout Haven, irradiant d'un centre se trouvant à environ trois kilomètres de cette — encore — petite colonne de fumée. Ils étaient tous sur le réseau et ils écoutaient tous. Ils n'acceptaient aucun lien absolu : « Tommyknockers » était un nom qu'ils portaient comme ils auraient porté n'importe quel autre nom, mais ils n'étaient en fait que des vagabonds interstellaires, sans roi. Pourtant, en ce moment de crise, pendant la période de régénération — une période où ils étaient extrêmement vulnérables — ils étaient prêts à accepter les voix de ceux que Gardener appelait les Gens du Hangar. Après tout, ils étaient la plus pure quintessence d'eux tous.

l'heure est venue de fermer les frontières

Il y eut un soupir universel d'approbation — un son mental que Ruth McCausland aurait reconnu, celui de feuilles d'automne poussées par le vent de novembre.

Pour le moment, du moins, les Gens du Hangar avaient perdu tout contact avec Gardener. Ils se contentaient de savoir qu'il était occupé ailleurs. S'il avait l'intention de s'approcher de leur vaisseau, le feu ne tarderait pas à l'en empêcher.

La voix unifiée expliqua rapidement la stratégie à suivre. On avait vaguement dressé certains plans des semaines plus tôt. Ils étaient devenus plus concrets au fur et à mesure de l' « évolution » des Gens du Hangar.

On avait bricolé des gadgets — au hasard, semblait-il. Mais on peut croire aussi que les oiseaux qui prennent la direction du sud à l'approche de l'hiver se mettent en route par hasard. Il est même possible qu'ils en aient eux-mêmes l'impression — une façon comme une autre de passer les mois d'hiver. Aurais-tu envie d'aller en Caroline du Nord, chérie ? Naturellement, mon amour, quelle merveilleuse idée !

Ils avaient donc fabriqué toutes sortes de choses. Ils s'étaient parfois entretués avec leurs nouveaux jouets. Parfois ils avaient terminé leur engin, l'avaient regardé avec méfiance et l'avaient rangé en sécurité, puisqu'il ne pouvait leur servir à rien dans leur vie quotidienne. Mais ils en avaient emporté certains aux limites de la commune, souvent dans le coffre de leur voiture, ou à l'arrière de leur camion, sous des bâches. L'un de ces gadgets était le distributeur de Coca-Cola qui avait assassiné John Leandro : il avait été modifié par feu Dave Rutledge, qui gagnait jadis sa vie en assurant l'entretien de ces machines. Un autre était la débroussailleuse qui avait tranché la tête de Lester Moran. Il y avait des téléviseurs à la noix qui lançaient des flammes ; il y avait des détecteurs de fumée (Gardener en avait vu certains, mais pas tous, lors de sa première visite au hangar) qui fendaient l'air comme des Frisbees, émettant des ultrasons de fréquence mortelle ; en plusieurs endroits, il y avait des barrières de force. Presque tous ces engins pouvaient être activés mentalement à l'aide de bidules électroniques tout simples familièrement appelés « demandeurs », pas très différents du poste de radio trafiqué que Freeman Moss avait utilisé pour transporter les pompes à travers les bois.

Personne ne s'était demandé pourquoi ils installaient ces gadgets tout autour de la commune, pas plus qu'un oiseau ne réfléchit avant de voler vers le sud, ou une chenille avant de filer un cocon. Mais, naturellement, un temps venait toujours où tout s'expliquait : il fallait fermer les accès à la commune. Ce temps était arrivé tôt... mais pas *trop* tôt, semblait-il.

Les Gens du Hangar suggérèrent également qu'un certain nombre de Tommyknockers retournent au village. On désigna Hazel McCready pour les accompagner — en représentante des Tommyknockers les plus avancés dans leur « évolution ». Le dispositif qui protégeait les limites de la commune pouvait fonctionner presque sans surveillance tant que les piles n'étaient pas mortes. Au village se trouvaient des engins plus spécifiques qu'on pourrait envoyer dans les bois former un cercle de protection autour du vaisseau, au cas où l'ivrogne réussirait à franchir la barrière de feu.

Et il y avait encore un autre engin, très important, qu'il fallait surveiller pour le cas bien improbable où quelqu'un — n'importe qui — parviendrait à entrer. Une ancienne chaudière se trouvait dans la cour de Hazel McCready, dissimulée sous une tente pour cinq personnes, comme un canot de sauvetage sous un prélart. Elle pouvait faire presque tout ce dont était capable le transformateur du hangar, mais s'en distinguait néanmoins foncièrement en deux points : les tuyaux d'aluminium anodisé qui la reliaient jadis aux bouches de chaleur des diverses pièces de la maison des McCready pointaient tous vers le ciel. Reliées à la Nouvelle Chaudière Améliorée, reposant sur deux bouts de contre-plaqué, abritées sous ce même filet métallique qui tapissait la tranchée où reposait le vaisseau, se trouvaient vingt-quatre batteries de camion. Quand ce gadget fonctionnait, il produisait de l'air.

De l'air Tommyknocker.

Quand cette petite usine de fabrication d'atmosphère tournerait à plein rendement, ils ne seraient plus à la merci des vents et du temps : même en cas d'ouragan, l'échangeur d'air, qui avait été entouré d'un champ de force, pourrait protéger la plupart d'entre eux, s'ils se rassemblaient dans le village.

La suggestion de fermer les abords de la commune fut émise au moment où Gardener plaçait l'un des écouteurs du transformateur dans son oreille. Cinq minutes plus tard, Hazel et une quarantaine d'autres s'étaient détachés du réseau et revenaient vers le village : certains vers l'hôtel de ville pour dominer la commune du regard et assurer la défense du vaisseau grâce aux engins idoines gardés en réserve, d'autres chargés de vérifier que le modificateur d'atmosphère était en sécurité, en cas d'accident... ou au cas où la réaction du monde extérieur serait plus rapide, mieux informée et mieux organisée qu'ils ne l'avaient prévu. Tout cela s'était déjà produit, en d'autres temps, sur d'autres mondes, et les affaires se concluaient généralement de façon satisfaisante... mais « l'évolution » ne connaissait pas *toujours* une fin heureuse.

Pendant les dix minutes qui séparèrent l'ordre de fermer les frontières du départ du groupe de Hazel, la taille et la forme de la fumée s'élevant dans le ciel ne changèrent pas de façon notable. Le vent ne soufflait pas très fort... du moins, pas encore. C'était une bonne chose, parce que l'attention du monde extérieur mettrait plus longtemps à se tourner vers *eux*. C'était une mauvaise chose, parce que Gardener ne serait pas de sitôt coupé du vaisseau.

Pourtant, Newt/Dick/Adley/Kyle pensaient que Gardener était pratiquement cuit. Ils gardèrent immobiles les Tommyknockers restants pendant cinq minutes de plus, attendant le signal mental que les engins défendant les frontières étaient en état d'alerte et prêts à remplir leur office.

Le signal leur fut donné par un ronronnement brutal.

Newt regarda Dick. Dick hocha la tête. Tous deux sortirent du réseau et reportèrent leur attention vers le hangar. Gardener, que quelques semaines plus tôt même Bobbi ne parvenait pas à entendre, restait difficile d'accès. Mais ils devaient pouvoir sans peine lire le transformateur : ses pulsations énergétiques régulières et puissantes auraient dû être aussi audibles pour eux que les parasites d'un petit moteur de mixeur électrique sur un téléviseur ou un poste de radio.

Mais le transformateur n'était qu'un murmure, aussi faible que le bruit de l'océan dans un coquillage.

Newt regarda de nouveau Dick avec appréhension.

Seigneur il est parti fils de pute

Dick sourit. Il ne pensait pas que Gardener, qui parvenait à peine à lire dans les pensées ou à envoyer des messages, ait pu aboutir si vite... si tant est qu'il fût capable d'aboutir. La présence de cet homme et l'affection perverse que Bobbi lui portait n'avaient causé que des ennuis... mais Dick pensait maintenant que leurs ennuis allaient prendre fin.

Il cligna d'un de ses yeux bizarres à l'adresse de Newt. Ce visage mêlant curieusement l'humain et l'étrange était à la fois hideux et comique.

Il n'est pas parti, Newt. Ce trou-du-cul est MORT.

Newt regarda Dick d'un air songeur, puis il sourit.

Ils se mirent en mouvement, tous ensemble, resserrant leur emprise autour de la maison de Bobbi.

21

La tête lourde...

Ces quelques mots résonnaient constamment au fond du cerveau de Gard tandis qu'il se concentrait sur l'écran du moniteur. Il semblait qu'ils aient été là depuis longtemps. Jadis, pour un Jim Gardener qui n'existait plus, ses poèmes avaient formé ce genre de lignes autour de lui, comme des perles autour d'éclats de roches.

La tête lourde, maintenant, patron.

Est-ce que ça venait d'un film de gangsters, de *Luke la main froide ?* D'une chanson ? Ouais. D'une chanson. De quelque chose qui semblait curieusement embrouillé dans sa tête, quelque chose qui était venu de la côte Ouest pendant les années soixante, la chanson d'un *flower-child* au visage enfantin peint de couleurs psychédéliques et portant un blouson de Hell's Angel avec une chaîne de bicyclette autour de sa fine main blanche de violoniste...

Ton cerveau, Gard, quelque chose arrive à ton cerveau...

Ouais, en plein dans le mille, papa, j'ai la tête lourde, voilà, j'étais né pour rester sauvage, j'ai été pris dans le trafic du centre ville, et s'ils disent que je ne t'ai jamais aimé, tu sais que ce sont des menteurs. J'ai la tête lourde. Je peux sentir les veines, les artères, et les vaisseaux qui parcourent mon cerveau se gonfler, grossir, saillir comme les veines sur le dessus de la main d'un enfant qui a entouré son poignet d'une douzaine d'élastiques pour voir ce que ça donne. La tête lourde. Si je me regardais dans un miroir, je sais ce que je verrais : de la lumière verte s'écoulant de mes pupilles comme le fin rayon d'une lampe-stylo. La tête lourde. Et si tu la secoues, elle éclatera. Oui. Alors, fais attention, Gard. Fais

attention, mon garçon

Ouais vieux cheval ouais.

David.

Ouais.

Sensation de plonger et d'osciller par-dessus l'abîme. Il se souvint des nouvelles, à la télévision, où l'on avait vu Karl Wellanda, le vieux prince des équilibristes, tomber de son fil à Porto Rico, le chercher des mains, le trouver, l'attraper une minute... puis tout lâcher.

Gardener écarta cette image de son cerveau. Il tenta d'écarter toutes les images, et de se préparer à être un héros. Ou à mourir en essayant d'en être un.

22

PROGRAMME ?

Gard cala l'écouteur bien profondément dans son oreille et regarda l'écran en fronçant les sourcils. Il dirigea vers lui le lourd chaos de ses pensées. La douleur augmenta. Gard sentit le ballon qu'était son cerveau gonfler un peu plus. La douleur s'estompa. La sensation de gonflement persista. Il fixa l'écran des yeux.

ALTAÏR-4

D'accord... et maintenant ? Il prêta l'oreille pour que le vieil homme lui souffle, mais il n'entendit rien. Ou bien la relation mentale que Gardener avait établie avec le transformateur excluait le vieil homme, ou bien celui-ci ne connaissait pas la suite. Importait-il vraiment à Gardener de connaître la raison de ce silence ? Non.

Il regarda l'écran.

RECOUPER AVEC...

L'écran s'emplit soudain de 9, de haut en bas, de droite à gauche. Gardener le regarda avec consternation en se disant : *Oh, Seigneur, je l'ai bousillé !*
Les 9 disparurent et pendant un instant l'écran afficha :

OH SEIGNEUR JE L'AI BOUSILLÉ

Puis inscrivit :

PRÊT AU RECOUPEMENT

Gard se détendit un peu. La machine fonctionnait toujours, mais son cerveau était vraiment tendu au maximum, et il le savait. Si cette machine, qui fonctionnait grâce au vieil homme et ce qui restait de Peter, pouvait ramener le gamin, il parviendrait peut-être à prendre ses jambes à son cou... en sautillant, étant donné son état. Mais si elle devait aussi tirer son énergie de *lui*, son cerveau éclaterait comme un pétard.
Ce n'était pas le moment de penser à ça, n'est-ce pas ?
Léchant ses lèvres d'une langue engourdie, il regarda l'écran.

RECOUPER AVEC DAVID BROWN

Des 9 couvrirent l'écran.
Des 9 pour l'éternité.

RECOUPEMENT RÉALISÉ

Bon. Parfait. Et maintenant ? se demanda Gardener en haussant les épaules. Il savait ce qu'il essayait de faire. Pourquoi tourner autour du pot ?

RAMENER DAVID BROWN D'ALTAÏR-4

Des 9 plein l'écran. *Deux* éternités, cette fois. Puis un message apparut, si simple, si logique, et pourtant tellement fou que Gard aurait hurlé de rire s'il n'avait su qu'il ferait ainsi éclater tous les circuits encore opérationnels qui lui restaient.

OÙ VOULEZ-VOUS LE RAMENER ?

L'envie de rire lui passa. Il fallait répondre à cette question. Où ? Sur la « Home Plate » du Yankee Stadium ? Sur Piccadilly Circus ? Sur la digue qui s'enfonçait dans la mer devant la plage de l'hôtel Alhambra ? Rien de tout ça, bien sûr, mais pas ici à Haven en tout cas, Ciel, non ! Même si l'air ne le tuait pas, ce qui serait probablement le cas, il serait remis à des parents qui devenaient des monstres.
Alors où ?
Il regarda le vieil homme, et le vieil homme lui rendit impatiemment son regard, et soudain il trouva — il n'y avait vraiment qu'un seul endroit au monde où le mettre, non ?
Il le dit à la machine.
Il attendit qu'elle demande plus ample information, ou qu'elle dise que c'était impossible, ou qu'elle suggère un ensemble de commandes qu'il ne

serait pas capable d'exécuter. Mais il n'y eut que d'autres 9. Ils restèrent cette fois un temps infini. La pulsation verte du transformateur devint si brillante que Gard pouvait à peine garder les yeux ouverts.

Il les ferma, et dans l'obscurité verdâtre de fonds marins, derrière ses paupières, il crut entendre, très loin, le vieil homme qui criait.

Puis l'énergie qui avait empli son cerveau le quitta. Gagné! C'était parti. Comme ça. Gardener tituba en arrière, l'écouteur arraché de son oreille tomba lourdement sur le sol. Son nez coulait toujours, et il avait imbibé son T-shirt de sang. Combien de litres de sang y avait-il dans un corps humain? Et qu'était-il arrivé? Il n'avait lu ni :

TRANSFERT RÉUSSI

ni :

TRANSFERT MANQUÉ

ni même :

UN GRAND TOMMYKNOCKER TOUT NOIR VA ENTRER DANS VOTRE VIE

A quoi tout ça avait-il servi? Il se rendit compte avec un serrement de cœur qu'il ne le saurait jamais. Deux vers d'Edwin Arlington Robinson lui vinrent à l'esprit :

Alors on a continué à travailler et on a attendu la lumière,
Et on est parti sans la viande, maudissant le pain...

Pas de lumière, patron ; pas de lumière.
Si tu attends, ils te brûleront sur place,
Et y'a là une clôture qu'est même pas à moitié badigeonnée.

Pas de lumière ; juste un écran vide et bête. Il regarda le vieil homme et vit qu'il plongeait en avant, la tête basse, épuisé.

Gardener pleurait un peu. Ses larmes se mêlaient à son sang. Une douleur diffuse rayonnait depuis la plaque de son crâne, mais cette sensation d'être gavé, près d'éclater, s'était dissipée. De même que son sentiment de puissance. Il découvrit qu'il regrettait ce dernier sentiment. Il aurait presque voulu qu'il revienne, quelles qu'en fussent les conséquences.

Continue, Gard.

Oui, d'accord. Il avait fait ce qu'il pouvait pour David Brown. Peut-être que quelque chose était arrivé, peut-être rien. Peut-être avait-il tué l'enfant ; peut-être David Brown, qui avait probablement joué avec des figurines de *La Guerre des Étoiles* et souhaité rencontrer E.T., comme Elliot dans le film, n'était-il plus maintenant qu'un nuage d'atomes dispersés quelque part dans les profondeurs de l'espace entre Altaïr-4 et la Terre. Il ne le saurait jamais. Mais il avait atteint ce meuble, et il s'y appuyait depuis assez longtemps — peut-être trop longtemps. Il savait qu'il était temps de se remettre en mouvement.

Le vieil homme leva la tête.

Vieil homme, est-ce que tu sais?

S'il est sauvé? Non. Mais, mon garçon, tu as fait de ton mieux. Je te remercie
Maintenant, s'il te plaît, mon garçon, s'il te plaît

Elle s'estompait... la voix mentale du vieil homme s'estompait
Je t'en prie fais-moi sortir de ce
le long d'un couloir et
regarde sur une de ces étagères là-derrière
Gardener devait faire un effort pour l'entendre.
s'il te p oh s'il te
Un murmure lointain. La tête du vieil homme ballottait vers l'avant, son reste de fins cheveux blancs flottant dans le brouet vert.

Les pattes de Peter bougeaient comme en rêve, tandis qu'il chassait le lièvre dans son sommeil si léger... ou qu'il cherchait Bobbi, sa chère Bobbi.

Gard sauta jusqu'aux étagères du fond. Elles étaient sombres, poussiéreuses, grasses, encombrées de vieux fusibles oubliés et d'une boîte à café Maxwell pleine d'écrous, de joints, de charnières et de clés, avec leurs serrures dont on avait oublié depuis longtemps de quelles portes elles venaient.

Sur l'une de ces étagères, il vit un Pistolet de l'Espace Transco Sonic. Encore un jouet. Il portait un interrupteur sur le côté. Gard se dit que le gosse qui l'avait reçu en cadeau d'anniversaire devait utiliser ce bouton pour faire ululer le pistolet sur différentes fréquences.

Et maintenant, à quoi servait-il, cet interrupteur ?

Qu'est-ce qu'on en a à foutre ? se dit péniblement Gardener. *Tous ces foutus jouets sont devenus une seule et même chierie.*

Chierie ou pas, il glissa l'arme dans sa ceinture et sautilla de nouveau jusqu'à l'autre bout du hangar. De la porte, il regarda une dernière fois le vieil homme.

Merci mon vieux
Lointain, lointain, de plus en plus lointain — frottement de feuilles sèches :
sortir de là mon garçon
Oui. Toi et Peter, tous les deux. Et comment !

Il sauta à l'extérieur et regarda autour de lui. Personne d'autre n'était encore arrivé. C'était une bonne chose, mais sa chance ne pouvait plus durer bien longtemps. Ils étaient là ; son cerveau touchait les leurs, comme ces couples qui valsent ensemble avec précaution, parce qu'ils ne se connaissent pas. Il les sentit liés en

(un réseau)

une seule et même conscience. Ils ne l'entendaient pas... ne le sentaient pas... ou Dieu sait quoi. Le fait d'utiliser leur transformateur, ou simplement d'être dans le hangar, avait coupé son cerveau des leurs. Mais ils ne tarderaient pas à savoir que lui qui était boiteux et sautait à l'aveuglette, avait tenté un « come-back », comme en son temps Elvis, gras et titubant.

Le soleil brillait de tous ses feux. L'air était étouffant, imprégné d'odeurs de brûlé, la maison de Bobbi flambait comme un fagot de petit bois dans une cheminée. Au moment où il la regarda, la moitié du toit s'effondra. Des étincelles, presque incolores dans l'intense lumière du jour, montèrent vers le ciel pour se déployer en plumet. Dick, Newt et les autres n'avaient pas décelé beaucoup de fumée, parce que le feu était très chaud et incolore. La fumée qu'ils avaient vue venait essentiellement des véhicules qui brûlaient dans la cour.

Gard resta un instant perché sur sa jambe valide dans l'embrasure de la porte du hangar, puis s'approcha du séchoir à linge. Il était à mi-chemin quand il s'étala dans la poussière. En tombant, il pensa au Pistolet de l'Espace qu'il avait glissé dans sa ceinture. Un jouet d'enfant. Il n'y a pas de sécurité, sur un jouet d'enfant. Si la détente était pressée, une partie essentielle de Gardener pourrait se trouver cruellement réduite. Le Régime Amaigrissant Tommyknocker. Il sortit le pistolet de sa ceinture, et le tint à bout de bras comme une mine prête à éclater. Il rampa jusqu'au séchoir, s'aidant de ses mains et de ses genoux, puis se redressa.

A une quinzaine de mètres de là, l'autre moitié du toit de Bobbi s'effondra. Des étincelles brûlantes tourbillonnèrent vers le jardin et les bois environnants. Gard se tourna vers le hangar et pensa de nouveau, aussi fort qu'il le put : *Merci, mon ami.*

Il crut entendre une réponse — une réponse épuisée et faible.

Gardener pointa le jouet sur le hangar et appuya sur la détente. Un rayon vert pas plus épais qu'une mine de crayon jaillit du canon. Il y eut un grésillement de lard grillant dans une poêle. Pendant un instant, le rayon vert gicla sur la façade du hangar comme de l'eau sortant d'un tuyau, puis les planches s'enflammèrent. *Encore du travail d'incendiaire. Smokey l'Ours, le petit protecteur des forêts, serait très en colère contre moi.*

Il entreprit de sautiller jusqu'à l'arrière de la maison, Pistolet de l'Espace en main. La sueur se mêlait à des larmes de sang sur ses joues. *Winston Churchill, lui, il m'aurait bien aimé,* se dit-il en éclatant de rire. Il vit le Tomcat... et sa bouche s'agrandit en un autre large bâillement. Il lui passa par la tête que Bobbi lui avait peut-être sauvé la vie sans même le savoir. En fait, c'était plus que possible : c'était vraisemblable. Le Valium l'avait sans doute protégé des effets de la puissance inimaginable que recelait le transformateur. C'était peut-être le Valium qui...

Dans la maison en flammes, quelque chose — un des gadgets de Bobbi — explosa avec un bruit d'obus. Gard se recroquevilla instinctivement. On aurait dit que la moitié de la maison décollait soudain. C'était la moitié la plus éloignée de Gardener — heureusement pour lui. Il regarda dans le ciel, et un second bâillement se transforma en une expression hébétée et stupide.

Ainsi mourut l'Underwood de Bobbi.

La machine à écrire volante s'éleva très haut, tournant et virevoltant dans le ciel.

Gard continua sa route en sautillant. Il arriva au Tomcat. La clé était en place. Une bonne chose. Il avait eu assez de problèmes de clés pour le reste de sa vie — surtout pour le peu qu'il lui restait sans doute à vivre.

Il se hissa sur le siège. Derrière lui, des véhicules approchaient et entraient dans la cour. Il ne se retourna pas pour regarder. Le Tomcat était garé trop près de la maison. S'il ne démarrait pas immédiatement, Gard allait cuire comme une pomme au four.

Gard tourna la clé de contact. Le moteur du Tomcat ne fit aucun bruit, mais ça ne l'inquiéta pas. Il vibrait doucement. Il y eut une nouvelle explosion dans la maison. Des étincelles retombèrent et picotèrent la peau de Gard. D'autres véhicules arrivaient dans la cour. L'esprit des Tommyknockers était tourné vers le hangar, et ils pensaient

comme une pomme au four
cuit dans le hangar
mort dans le hangar oui

Bien. Qu'ils continuent à penser ça. Le Nouveau Tomcat Amélioré ne les alerterait pas : il était aussi silencieux qu'un Ninja. Il fallait partir. Dans le jardin, les tournesols géants et les immenses épis de maïs aux grains immangeables grillaient déjà. Mais le sentier qui le traversait restait praticable.

HÉ ! HÉ ! HÉ, IL EST DERRIÈRE LA MAISON ! IL EST ENCORE VIVANT ! IL EST
ENCORE...

Gardener, consterné, regarda sur sa droite et vit Nancy Voss. Elle traversait le champ pierreux qui s'étendait entre la maison de Bobbi et le mur de pierre délimitant la propriété des Hurd. Nancy Voss chevauchait un vélo-cross Yamaha. Ses nattes volaient derrière elle. On aurait dit une harpie — bien qu'elle eût encore l'air d'une sœur de charité à côté de Sœurette, se dit Gard.

HÉ ! ICI ! DERRIÈRE LA MAISON !

Salope, pensa Gardener en levant le Pistolet de l'Espace.

23

Vingt ou trente d'entre eux entrèrent dans la cour. Adley et Kyle en étaient, ainsi que Frank Spruce, les Golden, Rosalie Skehan et Pop Cooder. Newt et Dick restaient à l'arrière, sur la route, pour veiller au bon ordre de l'opération.

Tous se tournèrent vers

ICI ! DERRIÈRE LA MAISON ! VIVANT ! CE FILS DE PUTE EST ENCORE

Nancy Voss qui criait. Ils la virent tous charger à travers le champ sur son vélo-cross, dont la suspension la faisait rebondir avec l'air d'un jockey lançant son cheval au grand galop. Ils virent tous le rayon vert surgir derrière la maison en flammes et envelopper Nancy Voss.

Aucun d'eux ne vit le séchoir à linge qui se remettait à tourner.

24

Tout un côté du hangar était en flammes. Une partie du toit s'effondra. Des étincelles tourbillonnèrent en une grosse spirale. L'une d'elles atterrit sur une pile de chiffons graisseux qui s'épanouirent en roses de feu.

La délivrance, songeait Ev Hillman. *La dernière chose, la dernière...*

Le transformateur se remit une dernière fois à luire d'un vert brillant et cyclique, faisant concurrence au feu.

25

Dick Allison entendit le grincement du séchoir. Son esprit s'emplit d'un cri de rage furieux et sauvage quand il comprit que Gardener était toujours vivant. Tout se passa vite, très vite. Nancy Voss n'était plus qu'une poupée de chiffons en flammes dans le champ à droite de la maison de Bobbi. Son Yamaha continua de rouler sur vingt mètres, heurta un rocher, et se retourna en un saut périlleux arrière

Dick vit les carcasses brûlées des camions de Bobbi et de Moss ainsi que de l'Oldsmobile des Bozeman — et c'est alors seulement qu'il aperçut le séchoir.

ÉLOIGNEZ-VOUS DE CE TRUC! ÉLOIGNEZ-VOUS! ÉLOI

Mais c'était impossible. Dick était sorti du réseau, et il ne pouvait surmonter les deux pensées qui battaient comme un rythme primitif d'orchestre de rock.

Encore vivant. Derrière la maison. Encore vivant. Derrière la maison.

D'autres personnes arrivaient. Elles traversaient la cour comme un fleuve, ignorant la maison en flammes, le hangar en flammes, les véhicules noircis.

NON! CONNARDS! CINGLÉS! NON! ARRÊTEZ! PARTEZ!

Fasciné, Newt regardait le feu infernal de la maison, ignorant le séchoir qui tournait de plus en plus vite, et à ce moment, Dick aurait bien aimé le tuer. Mais il avait encore besoin de lui, et il se contenta de le pousser brutalement au sol et de tomber sur lui.

Un instant plus tard, le parasol vert déploya de nouveau sa toile délicate sur la cour.

26

Gard entendit les cris — une multitude de cris, cette fois — et s'en protégea du mieux qu'il put. Ça n'avait pas d'importance. Rien ne comptait, sauf courir vers le terminus.

Inutile d'essayer de faire voler le Tomcat. Il passa la première et s'enfonça dans le jardin monstrueux et inutile de Bobbi.

Arriva un moment où il crut qu'il ne pourrait le traverser : dans les herbes et les plantes gigantesques, le feu avait pris beaucoup plus vite qu'il ne l'aurait cru possible. Une chaleur incroyable le cuisait littéralement. Ses poumons n'allaient pas tarder à bouillir.

Il entendit des chocs sourds, comme de gros nœuds de pin explosant dans une cheminée, regarda, et vit des citrouilles et des courges qui explosaient effectivement comme des nœuds de pin dans une cheminée. Le volant brûlant du Tomcat couvrait ses paumes de cloques.

Il avait trop chaud à la tête. Il leva une main. Ses cheveux étaient en feu.

27

Tout l'intérieur du hangar était maintenant en flammes. Au milieu, l'intensité du transformateur croissait et décroissait, croissait et décroissait, comme l'œil d'un chat au centre de l'enfer.

Peter reposait sur le flanc, les pattes enfin immobiles. Ev Hillman, épuisé, se concentrait sur le transformateur, qu'il ne quittait pas du regard. Le liquide où il baignait devenait très, très chaud. Pas de problème : il ne ressentait pas de douleur, pas de douleur physique. L'isolant du câble principal qui le reliait au transformateur commençait à fondre. Mais le branchement tenait bon. Pour le moment, dans le hangar en feu, il tenait bon, et Ev Hillman se disait :

La dernière chose. Donne lui une chance de s'échapper. La dernière chose...

DERNIÈRE CHOSE

afficha l'écran.

DERNIÈRE CHOSE DERNIÈRE CHOSE DERNIÈRE CHOSE

puis il se couvrit de 9.

28

La cour de Bobbi Anderson était une véritable vision d'apocalypse.

Dick et Newt regardaient, fascinés, presque incrédules. Comme dans les bois, le jour où étaient arrivés le vieil homme et le flic, Dick se surprit à se demander comment les choses avaient pu si mal tourner. Toux deux — de même que ceux qui n'étaient pas encore arrivés — se trouvaient à l'extérieur du périmètre mortel du parasol, mais pourtant Dick ne se relevait pas. Il n'était pas sûr de pouvoir.

Des gens brûlaient dans la cour comme des corbeaux desséchés. Certains couraient, battant des bras et croassant tant avec leur voix qu'avec leur esprit. Quelques-uns — les plus chanceux — réussissaient à reculer à temps. Frank Spruce passa lentement près de l'endroit où Dick et Newt étaient allongés, la moitié de son visage brûlé de telle sorte que sa demi-mâchoire s'ouvrait en un demi-sourire. Il y eut des explosions et des jets de flammes quand les armes que certains portaient fondirent et s'autodétruisirent.

Dick rencontra le regard de Newt.

Envoie-les faire le tour ! Pour le prendre à revers ! Qu'ils aillent
Oui d'accord mais oh Seigneur il doit bien y avoir vingt d'entre nous qui brûlent
ARRÊTE DE GEINDRE NOM DE DIEU !

Newt eut un mouvement de recul, les lèvres tendues sur une grimace édentée. Dick l'ignora. Le réseau de cerveaux s'étant éparpillé, il pouvait maintenant se faire entendre.

Faites le tour ! Faites le tour ! Attrapez-le ! Prenez l'ivrogne à revers ! Faites le tour !

Ils se mirent en mouvement, lentement au début, promenant des visages stupéfaits, puis plus vite.

29

L'écran de l'ordinateur implosa. Il y eut une série de détonations, comme une quinte de toux, comme un géant qui racle des glaires au fond de sa gorge, et un épais liquide vert s'échappa de la cabine de douche qui gardait Ev Hillman prisonnier. La gelée verte, au contact du feu, s'écroula en une rigole mortelle. Ev, enfin mort, Dieu merci, glissa hors de sa cabine comme un poisson tombe d'un aquarium brisé. Un instant plus tard, Peter suivit. Anne Anderson vint en dernier, ses doigts morts encore crispés en forme de serres.

30

Le parasol de feu s'éteignit. On n'entendait plus que les cris des mourants et la voix insistante de Dick. C'était l'enfer, ce jour d'été. La cour de Bobbi n'était plus qu'une mare de déchets calcinés où surnageaient des îlots de feu. Mais les Tommyknockers finissaient toujours par déchaîner le feu, et ils s'y habituaient vite.

Newt joignit sa voix à celle de Dick. Kyle était mort, Adley salement brûlé. Néanmoins, Adley associa aux leurs sa propre voix mortellement blessée :

Attrapez-le avant qu'il n'arrive au vaisseau ! Il est encore vivant ! Attrapez-le avant qu'il n'arrive au vaisseau ! Avant qu'il n'arrive au vaisseau !

Les Tommyknockers avaient été éprouvés. Une quinzaine d'entre eux frits en un clin d'œil dans la cour de Bobbi, ce n'était pas très important. Mais Bobbi était morte, Kyle était mort, Adley allait bientôt mourir, le transformateur avait été détruit juste au moment où ils en avaient le plus besoin pour boucler les frontières de la commune. Et Gardener était toujours vivant. Incroyable ! Gardener était toujours vivant.

Pis encore : le vent fraîchissait.

31

Attrapez-le, et attrapez-le vite.

Sur le réseau... Les Tommyknockers étaient sur le réseau.

Ils arrivaient à travers champs ; ils arrivaient vers le feu qui s'étendait.

VITE !

Dick Allison se tourna vers le village et le réseau pivota avec lui comme l'antenne d'un radar. Il sentit la stupéfaction qui paralysait Hazel maintenant qu'elle comprenait la tournure que prenaient les événements.

Il

(le réseau)

ne s'en occupa pas.

Tout ce que tu as dans le coin, Hazel, lance-le à ses trousses.

Dick se tourna vers Newt.

« C'était pas la peine de me pousser si fort, ronchonna Newt en essuyant les gouttes de sang qui perlaient sur son menton.

— Va te faire foutre, répondit Dick d'une voix ferme. Allons attraper ce fils de pute. »

32

Le séchoir, maintenant mort, avait déclenché un incendie qui s'étendait en éventail. Un éventail embrasé. A son point d'origine, la maison de Bobbi, ossature noire sur fond de colonnes de feu rouge. Puis l'éventail s'épanouissait à travers le jardin à la croissance presque obscène, où les plantes mutilées faisaient virer le feu au vert.

Gardener, couronné de cheveux en feu, filait entre les flammes. Son T-shirt fumait ; une de ses manches finit par prendre feu. Il étouffa les flammes en les frappant de la paume. Il avait envie de crier, mais il était trop fatigué, trop étourdi.

Je suis au bout du rouleau, songea-t-il, *et je ne peux m'en prendre qu'à moi.*

Il atteignit l'extrémité du jardin. Le Tomcat entama une petite descente vers les bois. Les buissons épineux qui bordaient le chemin brûlaient, et les flammes s'étendaient déjà dans les bois du Grand Injun. Gard ne s'en préoccupa pas. Il ne cessait de chasser de son esprit l'idée qu'il allait rôtir. Ses cheveux dégageaient une odeur horrible — comme de la nourriture brûlée par un enfant.

Une flammèche verte grésilla sur son épaule droite au moment où le Tomcat pénétrait dans les bois.

Gard tourna vers la gauche et se pencha. Il regarda derrière lui. Hank Buck arrivait, brandissant son propre pistolet Zap. Hank était venu à la ferme à moto, était tombé dans le champ où Nancy Voss avait fini ses jours, s'était relevé et avait repris sa course.

Gardener se retourna, braqua le Pistolet de l'Espace à bout de bras, et saisit son poignet droit de sa main gauche. Il pressa la détente. Le rayon jaillit et, plus par chance que par adresse, il atteignit Hank en pleine poitrine, du côté gauche. Il y eut un grésillement. La mort verte inonda le visage de Hank, et il tomba.

Gardener regarda de nouveau devant lui, et vit que le Tomcat fonçait à huit kilomètres à l'heure droit sur un arbre en feu. Tournant le volant de ses deux mains brûlées, il évita de peu une collision frontale. Un des gros pneus du Tomcat frotta le tronc, et pendant un moment, Gardener dut écarter des brindilles embrasées et odorantes comme s'il se frayait un chemin à travers des rideaux en feu. Le petit tracteur tangua d'un air malade, hoqueta... puis se stabilisa de nouveau. Gardener poussa le levier du changement de vitesse et ne le lâcha pas tout le temps où le Tomcat progressa à travers les bois.

33

Ils arrivaient. Les Tommyknockers arrivaient. Ils arrivaient le long des ailes déployées de l'effrayant éventail, et Dick Allison commença de ressentir une sorte de furieux désespoir, parce qu'ils n'allaient pas l'attraper. Gardener avait pu emprunter le sentier, et ça faisait toute la différence. Trois minutes plus tard — peut-être même une seule — et Gardener aurait *vraiment* rôti. Quatre des Tommyknockers (dont Eileen Crenshaw et le révérend Goohringer) tentèrent de le suivre et furent brûlés vifs. Deux des gigantesques plants de maïs s'écrasèrent sur Mme Crenshaw, qui cria et lâcha le volant du buggy. Celui-ci dévia sa course et s'enfonça instantanément dans le jardin en flammes. Ses pneus explosèrent comme des bombes. A peine quelques secondes plus tard, le feu barrait le chemin.

Dick sentit la frustration s'insinuer jusqu'à la moelle de ses os, et plus profondément encore. Il était déjà arrivé que l' « évolution » se trouve interrompue et étouffée — pas souvent, pourtant c'était arrivé — mais toujours à cause d'un phénomène naturel... comme il arrive que toute une génération de larves de moustiques se développant dans une mare stagnante soit tuée par la foudre lors d'un orage d'été. Cette fois, il n'y avait pourtant pas eu d'orage, pas de catastrophe naturelle : il y avait eu *un homme*, un homme qu'ils avaient tous considéré avec cette sorte de mépris circonspect que l'on réserve ordinairement à un chien stupide qui risque de mordre. Cet *homme seul* avait roulé Bobbi et l'avait tuée, et il refusait de mourir, quoi qu'ils fissent.

Nous ne nous laisserons pas arrêter par un homme seul, rugit Dick dans sa tête. *NON, nous ne le laisserons pas faire !* Mais existait-il vraiment un moyen de l'en empêcher ? Le front du feu avançait maintenant trop vite pour qu'ils le rattrapent. Gard avait réussi à filer entre deux murs de feu, mais il serait le seul. Hank Buck avait une arme... mais ce fils de pute avait réussi à le tuer.

Dick atteignait le summum de la fureur (Newt ressentit cette sorte d'extase qui gagnait Dick et garda ses distances — Dick pesait dix kilos de plus que lui, et il avait dix ans de moins), mais au centre de cette rage grossissait la terreur, comme une crème rance fourrant un vieux chocolat empoisonné.

Les Tommyknockers, comme Bobbi l'avait dit à Gardener, étaient de grands voyageurs interstellaires. C'était vrai. Mais jamais, où que ce soit, ils n'avaient rencontré quiconque ressemblant à *cet homme*, qui continuait d'avancer, avec une jambe déchirée par une balle de 45, après avoir perdu tant de sang, après une véritable indigestion de drogue qui aurait dû le plonger dans l'inconscience en moins d'un quart d'heure, même s'il en avait beaucoup vomi.

Impossible — mais vrai.

Le feu censé empêcher Gardener d'approcher du vaisseau était paradoxalement devenu son bouclier de protection.

Il ne leur restait plus que les automates — leurs gadgets de la dernière chance.

« Ils l'auront », murmura Dick.

Newt et lui étaient perchés sur un monticule, à droite de la maison, comme deux généraux, et ils regardaient les gens affluer vers les bois... mais en deux files obliques qui les rendaient furieux. Dick ouvrit les mains, les referma avec un claquement, les ouvrit, les ferma. Son sang vert battait dans son cou.

« Ils l'auront, ils l'arrêteront, il n'arrivera pas au vaisseau, non il n'y arrivera *pas*. »

Newt Berringer observait un silence prudent.

34

Le détecteur de fumée, qui ressemblait beaucoup à une soucoupe volante, évoluait silencieusement à travers les bois, son palpeur clignotant frénétiquement d'une lueur rouge sur sa face inférieure. Hazel McCready contrôlait elle-même ce bébé-là. Elle avait perçu la vague de colère de Dick Allison, son désespoir, sa peur, et elle était bien décidée à prendre soin en personne de Gardener — par télécommande. En arrivant au village, Hazel avait d'abord confié une mission à Pauline Goudge, en qui elle avait le plus confiance, et puis elle était descendue dans son bureau, elle avait fermé la porte et tourné la clé dans la serrure.

Du tiroir le plus bas de son classeur, elle avait extirpé une radio-cassette un peu plus petite que celle de Hank Buck, l'avait posée sur son bureau et l'avait allumée. Prenant ensuite un écouteur dans le panier à courrier de son bureau, elle l'avait introduit dans son oreille.

Maintenant, elle était assise, les yeux clos, mais elle voyait les arbres filer de chaque côté du détecteur de fumée qui fendait l'air à deux mètres du sol. Ce détecteur aurait rappelé à Gardener la séquence du *Retour du Jedi* où les bons pourchassent les méchants à travers une forêt sans fin, à une vitesse étourdissante, sur des sortes de motos volantes.

Hazel, cependant, n'avait pas de temps à consacrer à ce genre de considérations — et elle n'en aurait jamais, s'ils sortaient de là : les Tommyknockers n'étaient pas très doués non plus pour les métaphores.

Une part d'elle-même — celle qui habitait le détecteur de fumée relié au côté de l'engin à l'interface organico-cybernétique qu'elle avait réalisé — avait envie de déclencher l'alarme sonore conformément à sa vocation originelle, parce que les bois étaient pleins de fumée. C'était comme quand on a envie d'éternuer sans y réussir.

Le détecteur de fumée tournait facilement d'un côté et de l'autre, slalomant entre les arbres, bondissant au-dessus des buttes, piquant vers les replis de terrain comme le plus petit avion épandeur d'insecticide du monde.

Hazel était penchée sur son bureau, l'écouteur bien enfoncé dans l'oreille, férocement concentrée. Elle poussait le petit détecteur de fumée à travers les bois à une vitesse qui n'était pas vraiment raisonnable, mais il venait de la limite entre Haven et Newport, à près de huit kilomètres du vaisseau, et il fallait qu'il arrive à temps jusqu'à Gardener. Or le temps manquait.

Le détecteur de fumée vira à droite et évita de peu un petit pin. Hazel avait eu chaud. Mais... il était là, et le vaisseau aussi, renvoyant ses échos de lumière, tatouant ses taches de soleil mouvantes sur les arbres.

Le détecteur de fumée interrompit un instant sa course au-dessus de l'épais matelas d'aiguilles de pin recouvrant le sol de la forêt... puis il fila directement sur Gardener. Hazel se prépara à déclencher les ultrasons qui devaient réduire en miettes les os de Gardener.

35

Hé, Gard ! Attention sur ta gauche !

Aussi incroyable qu'elle fût, cette voix restait indubitable : c'était la voix de Bobbi Anderson, la bonne vieille Bobbi non améliorée. Mais Gardener n'avait pas le temps d'y penser. Il regarda sur sa gauche et vit quelque chose qui jaillissait des bois et fonçait droit sur lui. C'était de couleur brune, et un voyant rouge clignotait en dessous. Ce fut tout ce que Gard eut le temps de distinguer.

Il leva le Pistolet de l'Espace, se demandant comment il pouvait espérer atteindre cet objet volant, et au même instant, un cri aigu et sauvage, comme si tous les moustiques de la Terre unissaient leur zonzonnement en une harmonie parfaite, emplit ses oreilles... sa tête... son *corps*. Oui, c'était *à l'intérieur* de lui. Tout en lui se mettait à vibrer.

Puis il eut l'impression que des mains saisissaient son poignet — le saisissaient d'abord, puis le tournaient. Il tira. Le feu vert traversa la lumière du jour. Le détecteur de fumée explosa. Plusieurs bouts de plastique volèrent près de la tête de Gardener, le ratant de peu.

36

Hazel hurla et se redressa d'un coup sur son vieux fauteuil tournant. Un fantastique retour d'énergie jaillit de l'écouteur. Elle voulut l'agripper, mais le rata. L'écouteur se trouvait dans son oreille gauche. De son oreille droite s'écoula soudain une espèce de bouillie radioactive, un flot de liquide épais et verdâtre. Pendant un instant, son cerveau continua de s'écouler de sa tête par son oreille, puis la pression devint trop forte. Le côté droit de son crâne s'ouvrit comme une fleur exotique et son cerveau alla s'écraser, baiser liquide, sur le calendrier de Currier & Ives accroché au mur.

Hazel s'effondra sur son bureau, les mains tendues, les yeux vitreux et incrédules fixés sur rien.

La radio-cassette crépita quelques instants puis s'arrêta.

37

Bobbi ? pensa Gardener en regardant comme un fou autour de lui.

Va te faire foutre, vieille bourrique, répondit une voix amusée. *C'est toute l'aide que tu auras... après tout, je suis morte, tu t'en souviens ?*

Je m'en souviens, Bobbi.

Un petit conseil : méfie-toi des aspirateurs ; ils peuvent être féroces.

Elle avait disparu — si elle avait jamais été là. Derrière Gard se fit entendre le craquement lugubre d'un arbre qui s'abat. Les bois situés entre lui et la ferme commençaient à retentir de bruit de volcan. Il y avait aussi des voix derrière lui, des voix mentales, et des voix qui criaient. Des voix de Tommyknockers.

Mais Bobbi avait disparu.

Tu l'as imaginée, Gard. Ce qui en toi veut Bobbi — a BESOIN de Bobbi — essaie de la réinventer, c'est tout.

Ouais, et la main ? La main sur ma main ? Est-ce que je l'ai imaginée aussi ? Je n'aurais jamais pu atteindre cette saloperie tout seul. Même Annie Oakley n'aurait pu l'atteindre sans aide.

Mais les voix — celles qui naviguaient dans les airs, et celles qu'il entendait dans sa tête — se rapprochaient. De même que le feu. Gardener inhala une bouffée de fumée, passa de nouveau une vitesse du Tomcat et se remit en route. Il n'était pas temps de débattre de ces choses.

Gard prit la direction du vaisseau. Cinq minutes plus tard, il débouchait dans la clairière.

38

« Hazel ? cria Newt saisi d'une sorte de terreur religieuse. Hazel ? Hazel ? »

Oui, Hazel ! rétorqua Dick Allison, furieux, et qui ne parvenait plus à se contenir. Il se jeta sur Newt. *Espèce de connard !*

Fils de pute ! cracha Newt en retour, et tous deux roulèrent dans la poussière, leurs yeux verts lançant des éclairs, leurs mains tentant d'atteindre la gorge de l'autre. Ce n'était pas du tout logique, étant donné les circonstances, mais toute ressemblance entre les Tommyknockers et les amis de M. Spock n'eût été que pure coïncidence.

Les mains de Dick trouvèrent les plis et les fanons de la gorge de Newt et commencèrent à serrer. Ses doigts crevèrent la peau et un sang vert jaillit en bouillonnant. Dick se mit à soulever Newt et à le faire durement retomber sur le dos. Les forces de Newt diminuaient... diminuaient... diminuaient. Dick l'étrangla jusqu'à ce qu'il soit tout à fait mort.

Cela fait, Dick découvrit qu'il se sentait un peu mieux.

39

Gard descendit du Tomcat, tituba, perdit l'équilibre, et tomba. Au même moment, un projectile bourdonnant et grondant fendit l'air à l'endroit où Gard se trouvait quelques instants plus tôt. Il regarda stupidement l'aspirateur Électrolux qui avait failli lui arracher la tête.

L'aspirateur fonça comme une torpille dans la clairière, tourna et revint sur Gard. A une extrémité, il était muni d'un appendice — quelque chose comme une hélice — qui déformait l'air en rides argentées.

Gardener pensa au trou rond déchiqueté au bas de la porte du hangar, et toute salive quitta immédiatement sa bouche.

Méfie-toi des...

L'aspirateur attaqua en piqué, son appendice tranchant sifflait et bourdonnait comme le moteur à essence d'un modèle réduit de Stuka. Les petites roues, censées faciliter le travail de la ménagère épuisée traînant son fidèle aspirateur derrière elle de pièce en pièce, tournaient paresseusement dans les airs. Le compartiment où l'on était censé ranger divers types d'embouts béait comme une gueule ouverte.

Gardener fit semblant d'esquiver sur la droite et resta un instant ainsi. S'il sautait trop tôt, l'aspirateur tournerait avec lui et lui entaillerait la gorge aussi facilement qu'il avait attaqué la porte du hangar quand Bobbi l'avait appelé.

Il attendit, feignit de partir vers la gauche, puis se jeta à droite au dernier moment. Il s'affala douloureusement au sol. Les chairs déchiquetées de son mollet frottèrent la roche. Gardener cria lamentablement.

L'Électrolux s'écrasa au sol, l'hélice labourant la terre. Puis il rebondit, comme un avion qui aurait heurté trop sèchement la piste d'atterrissage. Il partit en sifflant vers le grand plat incliné qu'était le vaisseau, puis se retourna pour lancer une autre attaque contre Gardener. Le câble qu'il avait utilisé pour presser les boutons jaillit du trou prévu pour les tuyaux, et siffla dans l'air avec un bruit sec de serpent que Gardener perçut à peine dans le grondement de l'incendie. Le câble tournoya et, un instant, Gardener se souvint du rodéo de l'Ouest Sauvage que sa mère l'avait emmené voir un jour (dans cette célèbre ville de pionniers au bord de la grande piste qu'est Portland, dans le Maine). Un cow-boy coiffé d'un grand chapeau blanc avait offert une démonstration de corde, faisant tourner un grand lasso à hauteur de ses chevilles, et il avait sauté dans le cercle, puis à l'extérieur, en dansant au son de « My Gal Sal », qu'un autre cow-boy jouait à l'harmonica. Le câble qui sortait du trou de l'aspirateur ressemblait à cette corde.

Cette saloperie va te trancher la tête en moins de temps qu'il n'en faut pour le dire, si tu la laisses faire, Gard, mon vieux.

L'Électrolux siffla dans sa direction. Gard avança, suivi de son ombre.

A genoux, il leva le Pistolet de l'Espace et tira. L'aspirateur tourna pendant qu'il visait, mais Gardener l'atteignit tout de même. Un morceau de chrome s'arracha au-dessus de la roue arrière. Le câble traça une ligne sinueuse dans la terre.

tue-le
oui tue-le avant
avant qu'il n'endommage le vaisseau

Plus proches. Les voix étaient plus proches. Il fallait qu'il y mette fin.

L'aspirateur contourna un arbre et reparut de l'autre côté, dressé, avant d'escalader le tronc. Puis il se laissa tomber dans un piqué de kamikaze, sa lame tranchante tournant de plus en plus vite.

Gardener reprit son équilibre en pensant à Ted, l'Homme de l'Énergie.

Tu devrais voir cette merde, mon vieux Teddy, se dit-il de façon un peu folle, *tu adorerais ça ! Le confort grâce à l'électricité !*

Il pressa la détente du pistolet de plastique, vit le fin rayon vert éclabousser le groin de l'aspirateur puis s'élança en avant des deux pieds, tant pis pour la jambe blessée. L'Électrolux heurta le sol à côté du Tomcat et s'enfouit à un mètre de profondeur dans la terre. Une fumée noire fusa de l'extrémité qui émergeait du trou en un petit nuage dense et précis. L'aspirateur émit un lourd bruit de pet puis mourut.

Gardener se leva en s'appuyant sur le Tomcat, le Pistolet de l'Espace ballottant au bout de son bras droit. Il constata que le canon de plastique avait en partie fondu. Il ne lui servirait plus bien longtemps. Il en allait indubitablement de même pour sa propre personne.

L'aspirateur était mort — mort, et émergeait du sol comme une bombe qui n'aurait pas éclaté. Mais il restait plein d'autres gadgets qui se dirigeaient vers lui, certains en volant, d'autres en tintinnabulant joyeusement à travers les bois sur leurs drôles de roues. Il ne fallait pas qu'il s'attarde ici.

Qu'est-ce que le vieil homme avait pensé à la fin ? *La dernière chose...* et... *Délivrance.*

« Un bon mot, dit Gardener d'une voix rauque. Dé-li-vrance. Un grand mot. »

Il se souvint aussi que c'était le nom d'un roman. Le roman d'un poète, James Dickey. Un roman sur les citadins qui devaient se faire cogner, agresser et baiser pour découvrir qu'après tout ils étaient de bons garçons. Mais il y avait une phrase dans ce livre... un homme en regardait un autre et lui disait calmement : « Les machines vont échouer, Lewis. »

Gardener l'*espérait* bien.

Il sautilla jusqu'à la cabane et pressa le bouton qui enclenchait la descente de la corde. Il allait devoir descendre à la force des bras. C'était stupide, mais c'était tout ce que la technologie des Tommyknockers avait à lui offrir. Le moteur commença à geindre, et le câble à descendre. Si Gardener arrivait en bas de la tranchée, il serait en sécurité.

En sécurité au milieu des Tommyknockers morts.

Le moteur s'arrêta. Gard distinguait vaguement le bout de la corde, tout en bas. Les voix se rapprochaient, le feu se rapprochait, toute une armée de vicieux engins bricolés se rapprochaient. Ça n'avait pas d'importance. Il avait tiré le premier, rampé, grimpé aux échelles, franchi la rivière, et il avait touché la ligne d'arrivée avant les autres.

Tous nos compliments, monsieur Gardener ! Vous avez gagné une soucoupe volante !

Est-ce que vous voulez en rester là, ou est-ce que vous tentez de gagner les vacances tous frais payés dans le silence éternel des espaces infinis ?

« Et merde, croassa Gardener en jetant son pistolet à moitié fondu. Allons jusqu'au bout. »

Cela aussi lui rappelait quelque chose, mais quoi ?

Il saisit le câble et s'engagea dans la tranchée. Ce faisant, ça lui revint. Bien sûr. Gary Gilmore. C'était Gary Gilmore qui l'avait dit juste avant de se placer devant le peloton d'exécution, dans l'Utah.

40

Il était à mi-chemin du fond quand il se rendit compte que ses dernières forces physiques s'épuisaient. S'il ne faisait pas rapidement quelque chose, il tomberait.

Il se mit à descendre plus rapidement, maudissant cette décision inconsidérée qui avait fait placer les boutons de commande du treuil si loin de la tranchée. Une sueur brûlante et puante lui coulait dans les yeux. Ses muscles sursautaient et tremblaient. Son estomac se remit à se contorsionner, lentement, paresseusement. Ses mains glissèrent... se resserrèrent... glissèrent à nouveau. Puis, soudain, le câble se mit à couler entre ses mains comme du beurre fondu. Il serra les doigts, hurlant de douleur à cause du frottement. Un fil de métal qui sortait d'un des nœuds du filin lui transperça la paume.

« *Seigneur !* hurla Gardener. *Oh, Seigneur Dieu !* »

Le pied de sa jambe blessée finit par tomber juste dans la boucle. La douleur remonta en rugissant le long de sa cuisse, dépassa son estomac, atteignit son cou. Elle sembla lui arracher le sommet du crâne. Son genou ploya et heurta le côté du vaisseau. La rotule sauta comme une capsule de bouteille.

Gardener sentit qu'il s'évanouissait et lutta. La trappe était là, encore ouverte. Le recycleur d'air ronronnait toujours.

La jambe gauche de Gardener était un mur de douleur gelée. Il baissa les yeux et constata qu'elle était magiquement devenue plus courte que la droite. Elle avait l'air... *rabougrie*, comme un vieux cigare qu'on a trop longtemps trimbalé dans sa poche.

« Seigneur, je m'en vais par tous les bouts », murmura-t-il.

Puis il s'étonna lui-même en se mettant à rire. Il faut dire à sa décharge que tout cela était infiniment plus intéressant que de simplement sauter d'une digue après une cuite.

Il entendit un doux bourdonnement au-dessus de sa tête. Autre chose était arrivé. Gardener n'attendit pas de voir ce que c'était. Il se jeta dans la trappe et monta la coursive en rampant. La lumière des murs faisait luire doucement la surface de son visage hagard, et cette lumière — blanche et non pas verte — était apaisante. En voyant Gardener sous cet éclairage, on aurait presque pu croire qu'il n'était pas en train de mourir. Presque.

41

Tard, la nuit dernière et celle d'avant,
(par-delà les rivières et les bois)
Toc, toc à la porte — les Tommyknockers!
Les Tommyknockers, les esprits frappeurs...
(nous allons chez mère-grand)
Bien qu'immobiles, ils ne sont pas vraiment morts.
(les chevaux savent où mener le traîneau)
Et te donnent dans la tête la grippe Tommyknocker!
(sur la neige gelée des champs)

Tout cela se bousculait dans sa tête tandis qu'il rampait dans la coursive, ne s'arrêtant qu'une fois pour tourner la tête et vomir. L'air sentait encore passablement le renfermé. Il se dit qu'un canari de mineur serait probablement déjà couché au fond de sa cage, encore en vie, mais les pattes en l'air.

Mais les machines, Gard... est-ce que tu les entends? Est-ce que tu entends comme elles ronronnent plus fort, depuis que tu es entré?

Oui. Plus fort, plus sûres d'elles. Et pas seulement le système d'aération. Plus loin dans le vaisseau, d'autres machines reprenaient vie. La lumière augmentait d'intensité. Le vaisseau pompait ce qui restait d'énergie en lui. Pourquoi pas?

Il arriva à la première trappe intérieure, se retourna et fit une grimace en direction de celle qui donnait sur la tranchée. Ils ne tarderaient pas à arriver dans la clairière; peut-être y étaient-ils déjà. Ils risquaient d'essayer de le suivre. A en juger par les réactions impressionnantes de ses « aides » (même ce cabochard de Freeman Moss n'avait pas été complètement immunisé), il doutait qu'ils y arrivent... mais il valait mieux ne pas oublier à quel point ils étaient désespérés. Il voulait s'assurer que ces cinglés étaient sortis de sa vie une fois pour toute. Dieu seul savait ce qui lui restait de vie. Il ne voulait pas que ces cons lui bousillent le peu de temps dont il disposait.

Une douleur toute neuve s'épanouit dans sa tête, la sensation qu'on attrapait son cerveau avec un hameçon, et les larmes lui vinrent aux yeux. Douloureux, mais rien de comparable à la douleur qu'il ressentait dans sa jambe. Il ne fut pas surpris de voir la trappe donnant vers l'extérieur se refermer. Pourrait-il la rouvrir s'il le voulait? Il en doutait un peu. Maintenant, il était enfermé à l'intérieur... enfermé avec les Tommy-knockers morts.

Morts? Es-tu sûr qu'ils sont morts?

Non, au contraire. Il était sûr qu'ils ne l'étaient *pas*. Ils avaient été assez vivants pour tout déclencher. Assez vivant pour transformer Haven en une usine de munitions démente. Morts?

« In-vrai-sem-bla-ble », articula Gardener d'une voix d'outre-tombe.

Il se hissa à travers la trappe et s'enfonça dans le boyau. Les machines ronronnaient et leurs pulsations augmentaient dans les entrailles du vaisseau. Il sentait les vibrations en touchant le mur lumineux et incurvé.

Morts ? Oh, non. Tu rampes dans la plus vieille maison hantée de l'univers, mon vieux Gard.

Il pensa entendre un bruit et se retourna brutalement, le cœur battant, les glandes salivaires répandant une humeur amère dans sa bouche. Il n'y avait rien, naturellement. Sauf qu'il y avait *quelque chose. J'avais de fort bonnes raisons de faire toutes ces histoires : j'ai rencontré les Tommyknockers, et c'était nous.*

« Seigneur, aidez-moi ! » dit Gardener.

Il rejeta ses cheveux puants d'un coup de tête. Au-dessus de lui s'élevait l'échelle arachnéenne aux barreaux espacés, incurvés, avec cette profonde et troublante encoche au milieu de chacun d'eux. L'échelle serait verticale quand... Si... Si le vaisseau basculait pour se retrouver à l'horizontale, dans sa position normale — partout où « horizontal » et « vertical » avait un sens.

Il y a une odeur, ici. Épurateur d'air ou non, une odeur, une odeur de mort, je crois, d'une longue mort, une odeur de folie.

« Oh, Seigneur ! Aidez-moi, je Vous en prie, juste un peu d'aide, d'accord ? Juste quelques moments de récréation pour le gosse, c'est tout ce que je demande, d'accord ? »

Tout en conversant avec Dieu, Gardener continuait sa route. Il ne tarda pas à atteindre la salle de contrôle et s'y laissa glisser.

42

Les Tommyknockers s'alignèrent à l'orée de la clairière, regardant Dick. Ils étaient plus nombreux à chaque minute. Ils arrivaient, puis s'arrêtaient, comme de simples instruments à commande numérique parvenus au bout de leur programme.

Ils promenaient leur regard de la surface inclinée du vaisseau à Dick... de nouveau au vaisseau... puis à Dick. On aurait dit une foule de somnambules à un match de tennis. Dick sentait les autres, ceux qui étaient retournés au village pour s'occuper de la défense des frontières et qui attendaient... regardant par les yeux de ceux qui étaient là.

Derrière eux, le feu accourait, gagnant sans cesse de la puissance. Déjà la clairière commençait à s'orner de volutes de fumée. Quelques personnes toussèrent... mais aucune ne bougea.

Dick se retourna pour les regarder, étonné. Qu'attendaient-ils exactement de lui ? Puis il comprit. Il était le dernier des Gens du Hangar. Les autres avaient tous disparu, et directement ou indirectement, c'était Gardener qui avait causé leur mort. C'était vraiment inexplicable, et plus qu'un peu effrayant. Dick était de plus en plus convaincu que rien de tel ne s'était jamais produit dans toute la longue, très longue expérience des Tommyknockers.

Ils me regardent parce que je suis le dernier, et je suis censé leur dire quoi faire.

Mais ils ne *pouvaient* rien faire. Il y avait eu une compétition, et Gardener aurait dû perdre. Mais il n'avait pas perdu, et maintenant il ne leur restait rien d'autre à faire qu'attendre. Regarder, attendre et espérer que le vaisseau le tue avant qu'il ne puisse faire quoi que ce soit. Avant...

Une grande main plongea soudain dans la tête de Dick Allison et pressa la chair de son cerveau. Il porta précipitamment ses mains à ses tempes, les doigts prenant des formes raides et crispées de pattes d'araignée. Il tenta de crier mais en fut incapable. Il se rendit vaguement compte qu'en dessous de lui, dans la clairière, les gens tombaient à genoux, tous en rangs, comme des pèlerins témoins d'un miracle ou d'une visitation divine.

Le vaisseau s'était mis à vibrer. Le bruit emplissait l'air d'un ronronnement épais qui n'avait presque plus rien d'un son.

Dick le sentit... puis ses yeux jaillirent hors de sa tête comme des boules de gélatine à moitié congelée, et il ne sentit plus rien. Il ne sentirait plus jamais rien.

43

Un peu d'aide, mon Dieu, on est bien d'accord ?

Gard s'assit au milieu de la salle hexagonale inclinée, sa jambe déchiquetée et tordue projetée devant lui (*rabougrie*, oui, il n'en démordait pas, sa jambe s'était *rabougrie*), près de l'endroit où l'épais câble de commande émergeait du sol.

Un peu d'aide pour le gosse. Je sais que je ne suis pas grand-chose, j'ai tiré sur ma femme, je me suis mis dans de beaux draps, j'ai tué ma meilleure amie, ça aussi m'a mis dans de beaux draps, de Nouveaux Draps Foutument Améliorés, pourrait-on dire, mais je Vous en supplie, mon Dieu, j'ai besoin d'aide en ce moment même.

Et il n'exagérait pas. Il avait besoin de plus qu'un peu d'aide. Le gros câble se divisait en huit plus fins, chacun se terminant non pas par un seul écouteur mais par un casque. S'il avait joué à la roulette russe dans le hangar de Bobbi, maintenant, il mettait carrément sa tête dans un canon et demandait à quelqu'un de tirer.

Mais il fallait le faire.

Il ramassa l'un des casques, remarquant à nouveau combien chaque écouteur était renflé en son centre, puis regarda l'enchevêtrement de corps bruns et desséchés à l'autre bout de la pièce.

Des Tommyknockers ? Ouais, c'était un nom débile, mais c'était encore trop bon pour eux. Des hommes des cavernes de l'espace, c'est tout ce qu'ils avaient été. De longues griffes faisant fonctionner des machines qu'ils fabriquaient mais n'essayaient même pas de comprendre. Des doigts de pied comme des ergots de coqs de combat — une tumeur maligne qu'il fallait bien vite opérer.

Je Vous en supplie, mon Dieu, faites que la petite idée que j'ai soit juste.

Est-ce qu'il pouvait se brancher sur eux *tous* ? C'était vraiment la question à 64 000 dollars ! Si l' « évolution » était un système clos — l'effet de quelque substance, à la surface du vaisseau, qui se biodégradait tout simplement dans l'atmosphère — la réponse était probablement non. Mais Gardener en était venu à penser — ou peut-être seulement à espérer — qu'il y avait plus, qu'il y avait un système ouvert dans lequel le vaisseau nourrissait les humains, ce qui les faisait « évoluer », tandis qu'en retour les humains nourrissaient le vaisseau pour qu'il puisse... quoi ? Renaître, naturellement. Pouvait-on utiliser le mot de « résurrection » ? Désolé, non. Trop noble. S'il avait raison, il s'agissait d'une sorte de parthénogenèse de film d'horreur qui aurait dû se dérouler sous l'éclairage bigarré d'une fête foraine et se retrouver dans les journaux à potins, pas dans la mythologie ni l'histoire des religions. Un système ouvert... un système esclavagiste... littéralement un système d'auto-vampirisation.

Mon Dieu, je Vous en supplie, juste un peu d'aide, tout de suite.

Gardener mit le casque.

Cela se produisit instantanément. Aucune sensation de douleur, cette fois, seulement une grande irradiation blanche. Les lumières de la salle de contrôle donnèrent leur pleine intensité. Un des murs se transforma à nouveau en fenêtre, montrant un ciel enfumé et une frange d'arbres. Puis un autre des six murs de la pièce devint transparent... un autre... un autre. En quelques secondes, Gard eut l'impression d'être assis en plein air, avec le ciel au-dessus de lui et la tranchée garnie de son filet argenté tout autour. Le vaisseau semblait avoir disparu. Gard embrassait une vue de 360°.

Les moteurs entrèrent un à un en action et montèrent à pleine puissance.

Quelque part, une espèce de Klaxon retentit. D'énormes et bruyants relais s'enclenchèrent en série, et le sol trembla sous lui.

L'impression de puissance était incroyable. C'était comme le Mississippi en crue coulant dans sa tête. Il sentait que ce processus le tuait, mais ça ne faisait rien.

Je me suis branché sur eux, songea vaguement Gardener. Oh, Seigneur, merci. Seigneur ! Je me suis branché sur eux tous ! Ça a marché !

Le vaisseau se mit à trembler. A vibrer. Les vibrations se transformèrent en spasmes, en secousses destructrices. Le moment était venu.

Serrant les dernières dents qui lui restaient, Gardener se prépara à se concentrer et à donner tout ce qu'il pouvait encore donner.

44

Il s'était branché sur eux, mais l'essentiel de l'énergie nécessaire au vaisseau avait été fournie par Dick Allison, à cause de son évolution plus poussée, et par les quelque quarante surveillants des frontières de Hazel, au village : ces derniers étaient tous reliés par un réseau unifié, et le vaisseau n'avait eu qu'à y puiser.

Ils s'effondrèrent, le sang jaillissant de leurs yeux et de leur nez, et moururent quand le vaisseau aspira leur cerveau.

Le vaisseau tira aussi son énergie des Tommyknockers des bois, et plusieurs des plus vieux moururent ; la plupart, cependant, ne ressentirent qu'une douleur fulgurante dans la tête et tombèrent à genoux ou allongés sur le sol, presque inconscients, autour de la clairière. Quelques-uns se rendirent compte que le feu était très proche. Quand le vent fraîchit, l'éventail de feu s'étendit... s'étendit. La fumée traversa la clairière en épais nuages d'un blanc grisâtre. Le feu craquait et tonnait.

45

Maintenant, se dit Gardener.

Il sentit que son cerveau laissait filer quelque chose, le rattrapait, le laissait filer... le rattrapait fermement. Comme un changement de vitesse. C'était douloureux, mais supportable.

Ce sont EUX qui ressentent l'essentiel de la douleur, se dit-il vaguement.

Les côtés de la tranchée semblèrent bouger. Juste un peu, au début. Puis davantage. Il y eut un bruit de frottement, un hurlement de meule.

Gardener se recroquevilla, les sourcils crispés, les yeux réduits à de simples fentes.

Le filet argenté se mit à glisser, lentement mais sûrement. Il ne bougeait pas, bien sûr : c'était le *vaisseau* qui bougeait, et produisait ce bruit de frottement en raclant le lit rocheux d'où il s'échappait après des siècles d'emprisonnement.

Je monte, songea-t-il de façon tout à fait incohérente. *Lingerie pour dames, vêtements d'enfants, mercerie, et n'oubliez pas notre rayon d'animaux domestiques...*

Le vaisseau prenait de la vitesse, les parois de la tranchée descendaient plus rapidement de chaque côté. Le ciel s'élargissait. Il avait une couleur terne de plomb. Des étincelles se tortillaient en formations qui évoquaient pour Gardener de petits oiseaux en feu.

Il avait l'impression qu'il allait éclater tant l'exaltation dilatait son cœur.

Il pensa à un métro qui quitte une station, quand on regarde par la fenêtre et qu'il démarre, lentement au début, puis roule de plus en plus vite, et que les carreaux des murs semblent défiler à l'envers comme des bandes de papier dans un piano mécanique, et que les affiches publicitaires se succèdent de gauche à droite — *Annie, Chorus Line, Notre temps exige le* Times, *Touchez ce Velours*. Et bientôt, dans l'obscurité, on ne sent plus que le mouvement et une impression de murs noirs fuyant à toute vitesse.

Un Klaxon assourdissant résonna trois fois, et Gardener cria. Du sang éclaboussa à nouveau ses cuisses. Le vaisseau frissonna, gronda et grinça tandis qu'il s'extirpait de sa crypte de roc. Il s'éleva dans la fumée de plus en plus épaisse et la lumière voilée du soleil, ses flancs polis émergeant de la tranchée, s'en arrachant et montant, montant, comme un mur de métal mouvant. A observer cette ascension, on aurait pu croire que la Terre accouchait d'une montagne d'acier, ou qu'elle projetait dans les airs une muraille de titane.

Un arc de plus en plus large émergeait, le vaisseau atteignit le haut de la tranchée que Gard et Bobbi avaient creusée, incisant la gangue de terre avec leurs petits outils futés-idiots comme des sages-femmes pratiquant une césarienne.

Il montait et sortait, sortait et montait. La roche criait. La terre gémissait. De la poussière et de la fumée, dégagées par le frottement, s'élevaient au-dessus de la tranchée. La colossale forme circulaire de la soucoupe émergeait maintenant de la terre comme une fabuleuse apparition. Le vaisseau lui-même était silencieux, mais la clairière résonnait du fracas de la roche qui éclatait. Il sortait et montait, achevant d'ouvrir la tranchée, et son ombre recouvrait peu à peu toute la clairière et les bois en feu.

La partie la plus élevée du bord — l'endroit où Bobbi avait trébuché — trancha le sommet d'un jeune épicéa et l'envoya s'écraser en rebondissant sur le sol. Le vaisseau s'extrayait du ventre qui l'avait retenu si longtemps. Il continua de s'extraire jusqu'à ce qu'il recouvre tout le ciel — et renaisse.

A un moment, il cessa d'agrandir la tranchée, et tout de suite après, on put voir un espace s'élargir entre le bord de la tranchée et le flanc du vaisseau. Le centre du vaisseau avait émergé de sa gangue et continuait à s'élever.

Le vaisseau s'arracha de la tranchée fumante, se dressa dans le soleil voilé, les frottements et les raclements cessèrent enfin, et la lumière put s'insinuer entre le sol et le vaisseau.

Il était sorti.

Il s'éleva, incliné selon l'angle qu'il avait gardé dans la terre, puis bascula lentement à l'horizontale, écrasant les arbres sous sa masse inouïe, inimaginable, faisant éclater les troncs. Leur sève s'exhala dans l'air comme une fine brume ambrée.

Il évoluait avec une élégance lente et solennelle dans le jour en feu, se frayant un chemin à travers les cimes des arbres comme un sécateur rase une haie. Puis il s'immobilisa, comme s'il attendait quelque chose.

46

Sous Gardener, le sol était lui aussi devenu transparent ; il semblait assis dans les airs, regardant en contrebas les récifs moutonneux de fumée qui s'élevaient des bois et emplissaient l'atmosphère.

Le vaisseau était totalement ranimé — mais il faiblissait vite.

Gardener porta ses mains à son casque.

Hardi, se dit-il, *vire au guindeau et souquons ferme.*

Il se plongea de toutes ses forces dans sa tête, et cette fois la douleur se fit épaisse, fibreuse et nauséeuse.

Je fonds, arriva-t-il péniblement à penser, *c'est ce qu'on ressent quand on fond.*

Il ressentit une sensation de vitesse extraordinaire. Une main de géant l'envoya s'étaler sur le sol, mais il n'éprouva aucun des effets classiques d'une accélération de pesanteur de plusieurs g. Les Tommyknockers avaient apparemment trouvé un moyen de s'en débarrasser.

Le vaisseau ne s'inclina pas : parfaitement horizontal, il s'éleva tout droit dans les airs.

Au lieu d'occulter tout le ciel, il n'en cacha plus que les trois quarts, puis la moitié. Ses contours se firent indistincts dans la fumée, sa réalité d'alliage métallique aux angles nets devint floue, comme onirique.

Il disparut dans la fumée, ne laissant que des Tommyknockers hébétés et vidés, qui essayèrent de retrouver l'usage de leurs pieds avant que le feu ne les rattrape. Il laissa les Tommyknockers et la clairière, l'abri de rondins... et la tranchée, comme une gencive noire dont on aurait arraché quelque crochet à venin.

47

Allongé sur le dos dans la salle de contrôle, Gard regardait disparaître la fumée et la couleur de chrome du ciel, qui était redevenu bleu, du bleu le plus pur et le plus lumineux qu'il eût jamais vu.

Fabuleux, essaya-t-il de dire, mais aucun mot ne sortit de sa bouche, pas même un croassement. Il avala du sang et toussa sans jamais quitter le ciel des yeux.

Le bleu devint plus profond, vira à l'indigo... puis au violet.

Je Vous en supplie, que ça ne s'arrête pas encore, s'il Vous plaît...

Le violet vira au noir.

Et dans ce noir, il vit les premiers éclats durs des étoiles.

Le Klaxon résonna à nouveau. La douleur se raviva et les éclats s'éloignèrent de lui. L'accélération se fit sentir quand le vaisseau passa à la vitesse supérieure.

Où allons-nous ? se demanda Gardener.

L'obscurité l'enveloppa tandis que le vaisseau filait toujours plus loin, échappant à l'enveloppe de l'atmosphère terrestre aussi facilement qu'au sol qui l'avait si longtemps retenu. *Où allons...?* Question absurde.

Plus haut, toujours plus haut — le vaisseau s'élevait, et Jim Gardener, né à Portland, dans le Maine, partait avec lui.

Gard descendit les degrés noirs de l'inconscience, et peu avant que ne commence sa crise de vomissements finale — des vomissements dont il n'eut jamais conscience — il fit un rêve. Un rêve tellement réel qu'il sourit, allongé là, dans l'obscurité, environné par l'espace, la Terre en dessous de lui comme une grosse bille de verre bleu.

Il s'en était sorti. Il ne savait pas comment, mais il s'en était sorti. Patricia McCardle avait essayé de le briser, mais elle n'avait jamais vraiment pu le faire. Maintenant, il était de retour à Haven, et Bobbi descendait les marches du porche pour venir à sa rencontre, Peter aboyait en agitant la queue, et Gard attrapait Bobbi et la serrait contre lui, parce que c'était bon de retrouver des amis, bon de rentrer chez soi... bon d'avoir un havre de paix où revenir.

Allongé sur le sol transparent de la salle de contrôle, à plus de cent mille kilomètres dans l'espace, Jim Gardener reposait dans une flaque de son propre sang... et souriait.

Épilogue

Pelotonne-toi, chérie ! fais-toi toute petite !
Pelotonne-toi, chérie ! qu'on ne te voie pas !
En secret,
Garde tout ça hors de vue,
En secret dans la nuit.

Les Rolling Stones, « Undercover »

Oh chaque nuit, chaque jour,
Un petit morceau de toi s'effrite...
Trace ta ligne du pied et joue leur jeu,
Laisse l'anesthésie tout recouvrir,
Jusqu'à ce qu'un jour ils appellent ton nom :
On ne fait qu'attendre que le marteau tombe.

Queen, « Hammer to Fall ».

1

La plupart moururent dans l'incendie. Pas tous.

Une centaine n'avaient pas encore atteint la clairière avant que le vaisseau ne s'arrache du sol et ne disparaisse dans le ciel. Elt Barker, par exemple, avait été éjecté de sa moto, et d'autres furent comme lui blessés ou tués en chemin, avant d'avoir pu arriver... Les hasards de la guerre... Certains, comme Ashley Ruvall ou la vicille demoiselle Timms, qui tenait la bibliothèque du village les mardis et jeudis, étaient tous simplement arrivés en retard à cause de leur lenteur.

Tous ceux qui parvinrent à la clairière ne furent pas tués non plus. Le vaisseau s'éleva dans le ciel et l'épouvantable puissance qui les avait vidés de leur énergie disparut dans l'espace avant que le feu n'ait gagné la clairière (bien que des étincelles fussent retombées tout près et que les plus petits arbres, à l'est, fussent en feu). Certains, titubant et boitant, parvinrent à fuir dans les bois devant l'éventail toujours plus large du feu. Rosalie Skehan, Frank Spruce et Rudy Barfield (frère de feu Pits, que personne n'avait vraiment regretté) eurent l'idée de prendre droit à l'ouest. Naturellement, ce n'était pas la meilleure solution, entre autres parce qu'ils ne tardèrent pas à manquer d'air respirable, en dépit du vent. Il fallait donc prendre d'abord à l'ouest, puis tourner soit au sud, soit au nord, afin de contourner le front du feu... un jeu désespéré où la pénalité, en cas d'échec, n'était pas qu'on perdait la balle, mais qu'on se transformait en petit tas de cendres dans les bois du Grand Injun. Quelques-uns — pas tous, mais quelques-uns — réussirent leur coup.

La plupart, cependant, moururent dans la clairière où Bobbi Anderson et Jim Gardener avaient travaillé si longtemps et si durement. Ils moururent à quelques pas de cette gencive vide où quelque chose avait si longtemps reposé, avant d'en être extrait.

Ils avaient été utilisés brutalement par une puissance beaucoup plus grande que leur début d' « évolution » ne le leur permettait. Le vaisseau s'était tendu vers le réseau de leur esprit, s'en était emparé, et l'avait utilisé pour obéir aux ordres, faibles mais irréfutables, donnés par le contrôleur aux circuits organico-cybernétiques du vaisseau : Souquons ferme. Les mots SOUQUONS FERME ne figuraient pas dans le répertoire du vaisseau, mais l'intention était suffisamment claire.

Les survivants gisaient sur le sol, presque inconscients, souvent en état de choc profond. Quelques-uns s'assirent, tenant leur tête en gémissant, ignorant les étincelles qui retombaient tout autour d'eux. D'autres, conscients du péril venant de l'est, essayèrent de se lever et retombèrent.

L'un de ceux qui ne retombèrent pas fut Chip McCausland, qui vivait sur la route de Dugout avec sa concubine et environ dix gosses ; deux mois et un million d'années plus tôt, Bobbi Anderson était allée chez Chip acheter des cartons à œufs pour y installer sa collection de piles qui s'enrichissait sans cesse. Chip traversa la moitié de la clairière comme un homme ivre et bascula dans la tranchée vide. Il dégringola en hurlant jusqu'au fond, où il mourut le cou brisé et le crâne fracassé.

D'autres, qui avaient conscience du danger que représentait le feu, et qui auraient pu s'enfuir, choisirent de n'en rien faire. L' « évolution » était une fin en soi. Elle s'était terminée avec le départ du vaisseau. Le but de leur vie s'était envolé. Ils se contentèrent donc de rester assis et d'attendre que le feu s'occupe de ce qui restait d'eux.

2

A la tombée de la nuit, il ne restait même pas deux cents personnes en vie à Haven. L'essentiel de la moitié ouest de la commune, densément boisée, avait brûlé ou brûlait encore. Le vent soufflait de plus en plus fort. L'air commençait à changer, et les Tommyknockers restants, hors d'haleine et le teint cireux, se rassemblèrent dans la cour de Hazel McCready. Phil Golden et Bryant Brown mirent en marche le grand recycleur d'air. Les survivants se rassemblèrent autour de la machine comme les fermiers se rassemblaient autour du poêle quand ils rentraient, transis de froid, après une journée aux champs. Leur souffle torturé se régularisa peu à peu.

Bryant regarda Phil.

Le temps de demain ?

Ciel clair, moins de vent.

Marie n'était pas loin, et Bryant la vit se détendre.

Bien... c'est bien.

Oui, c'était bien... pour le moment. Mais le vent ne se reposerait pas pour le restant de leur vie et, le vaisseau parti, il ne restait que ce gadget et vingt-quatre batteries de camion entre eux et l'étouffement final.

Combien de temps ? demanda Bryant.

Personne ne répondit. Leurs yeux effrayés et inhumains brillaient d'un éclat terne dans la nuit illuminée de flammes.

3

Le matin suivant, il y en avait vingt de moins. Pendant la nuit, l'histoire de John Leandro s'était répandue dans le monde entier, avec la force d'un coup de marteau. Le ministère de l'Intérieur et celui de la Défense nièrent tout en bloc, mais des dizaines de gens avaient pris des photos du vaisseau au cours de son ascension. Ces photos étaient assez convaincantes... et personne ne pouvait arrêter le flot de fuites provenant de « sources bien informées » — comme les habitants effrayés des villages environnants et les premiers Gardes nationaux arrivés sur les lieux.

Aux frontières de Haven, la barrière tenait le coup, du moins pour le moment. Le front du feu avait progressé vers Newport, où les flammes purent enfin être contrôlées.

Plusieurs Tommyknockers se firent sauter la cervelle dans la nuit.

Poley Andrews avala le Dran-O destiné à déboucher son évier.

Phil Golden se réveilla et découvrit que Queenie, son épouse de vingt ans, avait sauté dans le puits à sec de Hazel McCready.

Dans la journée, il n'y eut que quatre suicides, mais les nuits... les nuits étaient les pires moments.

Quand l'armée, plus tard dans la semaine, comme une bande d'ineptes cambrioleurs forçant un coffre-fort, finit par faire irruption dans Haven, il ne restait même plus quatre-vingts Tommyknockers.

Justin Hurd tira sur un gros sergent avec un fusil à air comprimé Daisy en plastique qui crachait du feu vert. Le gros sergent explosa. Un soldat affolé, qui passait à ce moment-là devant le supermarché Cooder dans un véhicule blindé de reconnaissance, pointa sa mitrailleuse de 12,7 sur Justin Hurd, vêtu de son seul caleçon pisseux et de chaussures orange.

« *Zigouillez-les tous, ces salauds !* hurlait Justin. *Zigouillez-les tous, espèce de cons ! Zi...* »

Une vingtaine de balles de 12,7 farcirent le corps de Justin qui explosa presque, lui aussi.

Le soldat dégueula dans son masque à gaz et faillit s'étouffer le temps qu'un autre lui en mette un propre sur le nez.

« Que quelqu'un aille récupérer ce flingue de gosse ! » cria un commandant dans un mégaphone.

Son masque étouffait ses mots, mais sans les rendre inaudibles.

« Allez le récupérer, ajouta-t-il, mais faites attention ! Prenez-le par le canon ! Je répète, faites extrêmement attention ! Ne le pointez sur personne ! »

Gard aurait pu lui dire que, plus tard, ... on finissait toujours par pointer ses armes sur quelqu'un.

4

Plus d'une douzaine furent abattus le premier jour de l'invasion par des soldats effrayés à la gâchette facile, des gosses pour la plupart, qui pourchassaient les Tommyknockers de maison en maison. Au bout d'un moment, une part de la peur qu'éprouvaient les envahisseurs se dissipa. Dès l'après-midi, l'affaire commençait même à les amuser, comme s'ils poursuivaient des lapins dans un champ de blé. Ils en tuèrent deux douzaines de plus avant que les médecins de l'armée et les cerveaux du Pentagone ne se rendent compte que l'air à l'extérieur de Haven était mortel pour ces mutants de film d'horreur qui avaient été des contribuables américains. Le fait que les envahisseurs ne puissent pas respirer l'air *à l'intérieur* de Haven aurait dû les amener à se dire que l'inverse risquait d'être vrai mais, dans l'excitation, personne ne réfléchissait vraiment de façon logique (Gard n'aurait pas trouvé ça bien surprenant).

Il n'en restait maintenant plus qu'une quarantaine. La plupart étaient fous. Ceux qui ne l'étaient pas refusaient de parler. Une sorte de palissade fut construite dans la zone qui devait être la place du village de Haven, juste en dessous et à droite de l'hôtel de ville sans tour. On les y parqua une semaine encore, et quatorze moururent pendant cette période.

On analysa l'air modifié. On étudia méticuleusement la machine qui le produisait. On remplaça les batteries défaillantes. Comme Bobbi l'avait suggéré, il ne fallut pas longtemps aux cerveaux de l'armée pour comprendre le mécanisme de l'engin, et les MIT, Cal Tech, Bell Labs et autres *Shops*, eurent tôt fait d'en étudier les principes. Les savants en étaient presque malades d'excitation.

Les vingt-six Tommyknockers restants, qui ressemblaient aux survivants de la dernière tribu Apache, épuisée et décimée par la variole, furent emmenés à bord d'un C-140 Stralifter dans lequel on avait recréé l'atmosphère de Haven, et débarqués dans un container sur une base militaire en Virginie. Cette base, qu'un enfant avait jadis réduite en cendres, était le *Shop*. On les y étudia... et ils y moururent, l'un après l'autre.

La dernière survivante fut Alice Kimball, l'institutrice dont Jésus avait appris à Becky Paulson, en une chaude journée de juillet, qu'elle était lesbienne. Elle mourut le 31 octobre... le jour de Halloween.

5

Presque au moment où Queenie Golden se tenait au bord du puits sec de Hazel et se préparait à sauter, une infirmière entra dans la chambre de Hilly Brown pour voir comment son état évoluait. L'enfant avait en effet montré quelques faibles signes de conscience depuis deux jours.

Elle regarda dans le lit et fronça les sourcils. C'était impossible ! Elle ne voyait pas ce qu'elle voyait ! Une illusion, une ombre dédoublée projetée sur le mur par la lumière du couloir...

Elle manœuvra l'interrupteur et fit un pas dans la chambre. Sa bouche s'ouvrit stupidement. Ce n'était pas une illusion. Il y avait deux ombres sur le mur parce qu'il y avait deux enfants dans le lit. Ils dormaient dans les bras l'un de l'autre.

« Mais... ? »

Elle s'approcha d'un pas de plus, sa main serrant inconsciemment le crucifix qu'elle portait au cou.

L'un des deux, naturellement, était Hilly Brown, le visage émacié et anguleux, les bras maigres comme des bâtons, la peau aussi blanche que sa chemise d'hôpital.

Elle ne connaissait pas l'autre enfant, un très jeune garçon. Il portait un short bleu et un T-shirt où l'on pouvait lire : ON M'APPELLE DR AMOUR. Ses pieds étaient noirs de crasse... et quelque chose ne lui sembla pas naturel dans cette terre qui maculait les pieds du petit garçon.

« Mais... ? » murmura-t-elle à nouveau.

L'enfant s'étira et resserra ses bras autour du cou de Hilly ; sa joue reposait contre l'épaule de Hilly. L'infirmière constata avec une sorte de terreur que les deux enfants se ressemblaient beaucoup.

Elle décida d'appeler le Dr Greenleaf. Immédiatement. Elle se retourna pour partir, le cœur battant vite, une main serrant toujours son crucifix... et vit une chose tout à fait impossible.

« Mais... ? » chuchota-t-elle pour la troisième et dernière fois en écarquillant les yeux.

Sur le sol. Encore de cette étrange terre noire. Des traces sur le sol Conduisant au lit. Le petit garçon avait marché jusqu'au lit et s'y était couché. La ressemblance des deux enfants laissait penser qu'il s'agissait du frère disparu — et depuis longtemps supposé mort — de Hilly.

Les traces ne partaient pas du couloir. Elles partaient du milieu de la chambre.

Comme si le petit garçon était arrivé de nulle part.

L'infirmière sortit en courant de la chambre, appelant le Dr Greenleaf de toute la force de ses poumons.

6

Hilly Brown ouvrit les yeux.

« *David ?*

— Tais-toi, Hilly, ze dors. »

Hilly sourit, ne sachant pas bien où il était, ni *quand* il était, sachant seulement que beaucoup de choses s'étaient mal passées — ce qu'étaient ces choses n'avait plus d'importance, parce que tout allait bien maintenant. David était là, chaud et bien réel contre lui.

« Moi aussi. Il faudra que je te donne des G.I. Joe demain.

— Pourquoi ?

— J' sais pas. Mais il le faut. J'ai promis.

— Quand ?

— J' sais pas.

— Tant que z'ai Boule-de-Cristal..., dit David en s'installant plus confortablement au creux de l'épaule de Hilly.

— D'accord... »

Silence... Dans la salle des infirmières, on s'agitait un peu, mais dans la chambre, tout était silence, chaleur et douceur pour les petits garçons.

« Hilly ?

— Quoi ? murmura Hilly.

— Y faisait froid, où z'étais.'

— Ah ?

— Oui.

— Ça va mieux, maintenant ?

— Mieux. Ze t'aime, Hilly.

— Je t'aime aussi, David. Je suis désolé.

— De quoi ?

— J' sais pas

— Oh. »

David tâtonna pour trouver la couverture, la trouva et la tira sur lui. A cent soixante-trois millions de kilomètres du soleil et à cent parsecs de l'axe polaire de la galaxie, Hilly et David Brown dormaient dans les bras l'un de l'autre.

19 août 1982,
19 mai 1987

Imprimé en France

Achevé d'imprimer en décembre 1989
N° d'édition : 10971. N° d'impression : 9935-2195.
Dépôt légal : décembre 1989.

*La composition de ce livre
a été effectuée par Bussière à Saint-Amand,
l'impression et le brochage ont été effectués
sur presse CAMERON
dans les ateliers de la S.E.P.C. à Saint-Amand-Montrond (Cher)
pour les Éditions Albin Michel*